LOUIS XI

LOUIS XI A AMIENS

PAR FÉLIX DE SERVAN

I

DEUX AVENTURES MYSTÉRIEUSES

Le 27 août, en 1475, les habitans d'Amiens commencèrent, vers l'approche de la nuit, à se reposer d'une des journées le plus singulièrement agitées qui aient jamais troublé peut-être aucune ville de France.

Voici en quelques mots la cause de cette agitation extraordinaire :

Le roi d'Angleterre, Édouard IV, était descendu, il y avait deux mois, sur les côtes de la Picardie, avec une puissante armée, pour déclarer la guerre à Louis XI ; les deux monarques, après les premières hostilités, n'avaient pas tardé à terminer leur différend par des négociations dont le résultat immédiat fut un traité de paix, ou plutôt une trêve de neuf ans.

Alors ils s'étaient rapprochés l'un de l'autre, autant pour pouvoir discuter plus facilement les articles du traité que pour en jurer la rigoureuse observation dans une entrevue solennelle qui devait avoir lieu entre eux : le roi de France était allé se renfermer dans Amiens, Édouard avait établi son camp à une demi-lieue de la ville.

Le premier, en attendant le jour de l'entrevue, avait voulu fêter d'une façon toute magnifique l'armée de son rival : chaque matin, les portes de la vieille capitale de la Picardie s'ouvraient aux troupes ennemies, qui pouvaient, sans rien payer, prendre place dans toutes les tavernes et les hôtelleries, à des tables abondamment chargées de mets appétissants et d'excellents vins.

On comprend si la soldatesque d'outre-mer, conviée à un tel festin, se montrait empressée d'y figurer, et savait y remplir dignement son rôle !

De là un flux continuel, orageux, effrayant même, de la population étrangère sur la population indigène ; de là ce bruit, ce tumulte inaccoutumé dont nous avons parlé.

Plus tard, nous entrerons dans d'autres détails indispensables à la clarté de notre récit, en revenant sur les causes de la descente d'Édouard IV en France, et sur les circonstances qui amenèrent la trêve dont elle fut suivie ; mais, pour le moment, il n'y a de place ici que pour deux événements étranges, arrivés cette nuit-là à Amiens, peu de temps après que les portes en furent fermées sur les Anglais repus et avinés qui rejoignaient leur camp.

A cette époque, l'extrémité du nord-ouest de la ville était traversée, sur la rive gauche de la Somme, par plusieurs ruelles étroites et tortueuses, qui longeaient des jardins et des habitations solitaires, et dont la plupart aboutissaient au bord du fleuve.

A l'instant où les bandes bruyantes des soldats d'Édouard quittaient les tavernes pour regagner leur quartier, il se glissa dans une de ces ruelles un homme vêtu d'un riche costume anglais, sur lequel brillaient les insignes d'un grade supérieur.

Ses regards inquiets, jetés de temps en temps avec précaution derrière lui, et l'isolement dans lequel il poursuivait sa route, auraient pu faire penser qu'il cherchait à éviter autant la rencontre de ses compatriotes que celle des Français mêmes.

Du reste, tout le servait merveilleusement dans ce double but : aucune figure humaine n'apparaissait sur son chemin désert et, s'il s'y fût croisé avec quelque passant, il est douteux qu'il eût pu être reconnu ; car le ciel, voilé de profonds nuages, l'enveloppait d'une de ces couches impénétrables de ténèbres, dans lesquelles, surtout entre les murs resserrés d'une petite rue, deux hommes peuvent se heurter avant de se voir.

Malgré cela, il ne crut pas inutile de donner une garantie de plus à sa sécurité : il déploya un large et long manteau qu'il avait tenu jusqu'alors sur ses bras ; il s'en couvrit, et fit ainsi disparaître une partie du danger auquel pouvait l'exposer son costume anglais.

Il marcha jusqu'au bord de la Somme :

Là, il s'arrêta le long d'une baraque en bois qui recouvrait un lavoir public.

Il demeura debout, appuyé à la charpente, les yeux fixés sur la rivière, comme un homme qui eût attendu de ce côté la venue d'une autre personne. Immobile et absorbé dans ses réflexions, il entendit bientôt mourir tous les divers bruits de la ville.

Quelques éclats de chants rauques et discordants que l'ivresse arrachait au gosier obstiné de ses compatriotes cheminant hors des remparts vinrent un instant encore et par intervalles frapper confusément ses oreilles ; puis le silence de la nuit ne fut plus troublé autour de lui que par les vagues soupirs du vent sur la grève.

La physionomie de cet étranger convenait parfaitement à sa situation et au mystère dont étaient entourés tous ses mouvements.

Bien qu'il ne parût âgé que de trente ans environ, il ne conservait rien sur son visage des grâces ni de l'expansive vivacité d'expression d'un homme qui n'a pas encore franchi les dernières limites de la jeunesse.

Ses traits, assez beaux, mais vigoureusement accusés, avaient quelque chose de sinistre, et l'on eût dit que son regard, couvert d'épais sourcils, contenait, dans son feu sombre, comme l'effort du travail douloureux d'une imagination constamment en quête de calculs égoïstes ou de noirs projets.

Au bout de cinq minutes d'attente, il sortit de son immobilité en voyant glisser sur le fleuve un objet à peine distinct dans l'obscurité, et au mouvement duquel il donna désormais toute son attention : c'était une barque qui, conduite rapidement, et sans le moindre bruit, vint toucher le bord de la rive, à dix pas tout au plus du lavoir.

Le seul homme qu'elle portait sauta promptement à terre, et celui qui paraissait ne s'être rendu dans ce lieu que pour épier son arrivée s'avança aussitôt à sa rencontre.

— Allons ! exact au rendez-vous ! dit le nouveau venu d'un ton dégagé... Je reconnais en cette occasion, comme toujours, la ponctualité de sir George Parker.

— Parle plus bas, Williams ! répliqua l'autre brusquement, mais en élevant à peine la voix... Et même, si tu m'en crois, nous ferons bien, dans notre conversation, de ne point prononcer si imprudemment nos noms : deux officiers anglais qui vont à passer clandestinement la nuit dans une ville française, une ville ennemie, pourvue d'une garnison nombreuse et vigilante, ne sauraient, à mon avis, s'entourer de trop de précautions.

— En vérité, cher ami, repartit gaiement Williams, tu t'exagères un peu nos dangers... Que nous arriverait-il, après tout, si nous étions rencontrés et reconnus ? Ce qui est arrivé, la nuit dernière, à plus de cinquante de nos soldats, qui, trop bien traités par Sa Majesté Louis XI, se sont oubliés dans leur ivresse, les uns sous les tables des tavernes, les autres au coin des rues... Ils en ont été quittes pour se réveiller, ce matin, dans les bras ou plutôt sous les pieds de leurs ennemis, qui les ont remis sur leurs jambes en riant à pleine gorge comme de vrais Français, et n'ont pas manqué ensuite de les fêter de plus belle !

— Mais c'étaient des soldats, et nous sommes des officiers ! répondit sir George Parker d'un accent dur et sombre, qui semblait être son ton naturel, et nous pourrions bien ne pas être l'objet d'un aussi fraternel accueil, d'autant plus que nous ne serions pas trouvés endormis sous les tables ou dans les rues.

— Mais, en cas de surprise, n'avons-nous pas toujours la ressource de nous frotter les yeux et d'avoir l'air de nous réveiller à l'instant ? dit Williams, dont le langage et les manières enjouées contrastaient singulièrement avec le flegme et la rudesse de son compagnon.

— Sans doute, c'est un moyen à tenter pour se tirer d'un mauvais pas... Néanmoins, je te le répète, la prudence est avant tout notre meilleur rempart contre les événements imprévus... Mais nous perdons du temps, et j'ai à te donner mes instructions.

— J'éprouve, je te l'avoue, une furieuse impatience de les connaître ; car tu ne m'en as pas soufflé mot dans la journée en m'indiquant ce rendez-vous ; de sorte que je ne me doute seulement pas pourquoi je suis encore dans Amiens à cette heure !

— Nous nous sommes rencontrés dans la cour d'une hôtellerie encombrée de Français : il eût été dangereux de m'expliquer davantage... Je revenais en ce moment-là de notre camp, où j'avais passé une heure dans la tente du roi, qui m'a fait l'honneur de m'entretenir de l'affaire importante dont nous avons actuellement à nous occuper ; et, comme je savais qu'on peut compter sur ta bravoure et même sur ton audace en toute circonstance, je me suis contenté de te dire à la hâte et sans préambule de faire choix de quatre hommes résolus parmis tes amis, de les garder avec toi sur l'autre rive de la Somme quand on fermerait les portes de la ville, et alors de te séparer d'eux un instant pour venir t'entendre avec moi.

— Tout cela est fait... Mes quatre amis sont là-bas, en face de nous.

— Eh bien ! maintenant, écoute-moi... C'est après-demain que doit avoir lieu l'entrevue des deux monarques... En attendant ce jour, le roi d'Angleterre n'est pas sans crainte de l'attitude assez surprenante prise à son égard par le roi de France... Cet accueil en apparence cordial qu'on fait à nos troupes, ces festins qui leur sont prodigués, ces vins dont on les enivre, lui semblent cacher quelque piège... Il est donc curieux de savoir d'une manière certaine ce qui se passe la nuit dans Amiens ; si l'on n'y prend pas des dispositions militaires dont nous n'avons jusqu'ici aucun indice, et qui nous menaceraient de sanglantes surprises... enfin, il a besoin, pour ses vues particulières, qu'on lui apprenne au juste sur quel pied de défense se tient l'armée française du soir au matin, et comment sont gardés les principaux postes.

— Ah ! ah ! dit Williams à voix basse, Sa Majesté aurait-elle pour son compte certaines intentions ?...

— Elle veut être sur ses gardes, voilà tout... en prévision d'une attaque, il est bien naturel qu'elle cherche à connaître les côtés faibles de l'ennemi.

— Rien n'est plus juste... et c'est toi, cher ami, toi dont elle sait apprécier l'intelligence supérieure et l'intrépide courage, qu'elle charge de cette tâche délicate.

— C'est-à-dire que c'est moi qui lui ai proposé de m'en charger ; car, pour des motifs qui me concernent, je ne suis pas fâché de passer cette nuit dans Amiens... Quant au plan de conduite que nous devons suivre, il est bien simple ; le voici : Avec tes quatre compagnons, tu feras une reconnaissance dans les quartiers situés sur la rive où tu les as laissés ; moi, j'agirai de même de mon côté avec quatre hommes sûrs que je me suis aussi choisis... Au point du jour, lorsque la ville ouvrira de nouveau ses portes aux soldats de notre camp, nous nous retrouverons dans l'hôtellerie

où je t'ai rencontré aujourd'hui ; là, je recueillerai les observations de tout notre monde, et j'irai faire mon rapport au roi.

— A merveille! voilà un plan qui nous promet peut-être une abondante moisson d'aventures, sans compter celle dont j'ai déjà été témoin, il n'y a pas plus d'une heure.

— Et quelle est cette aventure ? a-t-elle quelque chose de commun avec notre affaire ?

— Non.

— Peut-elle m'intéresser ?

— Oui... car elle m'a fort intéressé moi-même, ou plutôt beaucoup étonné... En un mot, elle concerne un des frères du roi.

— Un des frères du roi ! dit vivement sir George, conte-la-moi bien vite... je t'écoute.

— Il y a une heure, mes amis et moi, nous étions déjà blottis sur l'autre bord de l'eau derrière un amas de matériaux de construction, lorsqu'une barque, qui tenait le milieu de la rivière, passa et repassa plusieurs fois devant nous... L'idée que nous avions été découverts et qu'on observait nos mouvements fut la première qui s'offrit à notre esprit... mais cette crainte ne tarda pas à se dissiper ; nous reconnûmes que les personnes contenues dans la barque n'étaient occupées que d'elles-mêmes, c'est-à-dire de leur conversation. Elles étaient trois : une dame et deux hommes. Il vint un moment où, pour éviter la rencontre d'un grand bateau chargé de marchandises, elles s'avancèrent si près de la rive, qu'il me fut possible de distinguer la figure de l'un des deux hommes, lequel était tourné précisément en face de moi... Et devine qui se présentait ainsi à ma vue... Le duc de Glocester !

— Es-tu bien sûr que ce fût lui ?

— Je l'ai parfaitement reconnu, bien qu'il portât un déguisement... Son costume de circonstance était exactement semblable à celui des fournisseurs de notre armée.

— Ce costume est bien choisi ; car nos fournisseurs sont sans cesse à rôder par la ville et n'attirent l'attention de personne... Mais qui peut donc y amener le duc ?

Parker réfléchit un instant ; puis il reprit :

— Et l'autre homme ?... et la dame ?

— Il m'a été impossible d'apercevoir leurs traits.

— C'est fâcheux !... Mais quel soupçon !... S'ils étaient...

Sir George n'acheva pas sa phrase ; il s'écria tout à coup avec émotion, en saisissant le bras de son ami :

— Quel était l'habillement de cet inconnu ?

— Celui d'un bourgeois aisé.

— Peut-être aussi un déguisement !... Et les vêtements de la dame ?

— Ceux qu'aurait pu porter la femme ou la fille de ce bourgeois vrai ou faux.

— Et il n'y avait point de batelier !

— Non. C'était l'inconnu qui tenait les rames.

— Évidemment, ils avaient eu recours à une promenade en bateau comme à un moyen sûr de pouvoir causer sans crainte d'être entendus.

— C'est aussi mon opinion, car leur entretien paraissait fort animé.

— Et enfin, que sont-ils devenus ?

— Je l'ignore... Ils se sont éloignés en se dirigeant vers le centre de la ville, un peu avant que les portes fussent fermées... Le duc a dû retourner au camp.

Williams s'interrompit subitement, mit un doigt sur ses lèvres pour recommander le silence, et prêta attentivement l'oreille à un bruit vague qui venait du fleuve.

— C'est une barque qui va aborder ici, reprit-il tout bas; tiens ! la vois-tu ?... elle n'est plus qu'à une trentaine de pas de nous.

— Cachons-nous donc ! répondit sir George Parker.

Ils allèrent tous deux se réfugier derrière une des cloisons à claire-voie du lavoir.

Un instant après, la barque atteignait la terre. Celui qui l'avait conduite se hâta d'en descendre : c'était un vieillard d'une figure noble, austère et vénérable. Une jeune fille, à laquelle il tendit la main, s'élança légèrement près de lui. Il prit soin alors d'amarrer la barque à un pieu, où il devait sans doute la rattacher d'après la recommandation du pêcheur auquel il l'avait louée; puis, présentant son bras à la jeune fille, il s'avança à pas pressés vers la ruelle même qui avait amené sir George sur le rivage.

— Ce sont eux ! dit Williams en regardant à travers les planches de la cloison.

— Qui, eux ?

— Cette femme et cet homme qui étaient avec le duc... je les reconnais à leurs vêtements.

Sir George Parker glissa à son tour ses regards entre les planches.

Les deux personnes qu'il voulait examiner étaient précisément arrivées le long de la cloison : un nuage qui s'entr'ouvrit en ce moment sous les rayons de la lune laissa tomber une lueur soudaine sur les traits de la jeune fille, et le doux astre des nuits, en déchirant les ténèbres, sembla tout réjoui de s'épanouir un instant sur le plus frais, sur le plus beau visage de blonde qu'il eût peut-être jamais éclairé.

Williams sentit la main de Parker s'appuyer fortement sur son bras et frémir d'un mouvement tout convulsif. Il le regarda : une violente agitation bouleversait ses traits.

Williams comprit sans peine qu'il n'y avait que les ravages d'une passion terrible qui pussent animer ainsi cette physionomie ordinairement froide et farouche.

Quand sir George crut que la jeune fille et le vieillard étaient assez éloignés pour ne rien entendre de ses paroles, il pressa de nouveau le bras de son ami, en lui disant de sa voix rude, mais étouffée par l'émotion :

— C'est elle-même !... Ah ! j'avais un pressentiment qu'elle était dans Amiens ou dans les environs !

— Tu as pu voir son visage ?... Tu la connais ?... demanda Williams, qui, ayant cédé, le long de la cloison, sa place à sir George, n'avait rien aperçu du visage dont il parlait.

— Suis-moi ! reprit vigoureusement Parker, sans répondre aux questions qui lui étaient faites... Je puis avoir besoin de tes services pour ne point perdre leurs traces... car il faut absolument que je découvre leur demeure !... Tu entends ? il le faut absolûment !

Et il se précipita hors du lavoir.

— Ne marchons pas ensemble, reprit alors sir George. Deux hommes lancés de front à leur poursuite pourraient les effrayer ou attirer un peu trop leur attention... Tiens-toi à quelque distance derrière moi ; je vais me glisser seul tout près d'eux, de manière à bien m'assurer que mes yeux ne viennent pas à me tromper... puis, nous les suivrons jusqu'à leur logis.

Comme il prononçait ces derniers mots, la jeune fille et son respectable guide entraient dans la ruelle : il ne lui fallut qu'un instant pour les atteindre; mais le chemin était si étroit qu'il craignit de se mettre trop en évidence en passant de côté pour les examiner : tout ce qu'il crut pouvoir faire sans imprudence, ce fut de marcher dans leurs pas à une distance si rapprochée qu'il lui eût été facile de saisir la moindre de leurs paroles.

Malheureusement pour lui, un silence profond régnait entre eux.

Ils parurent tourmentés de la pensée que quelqu'un les suivit, car ils commencèrent à presser vivement leur marche. Enfin, ils arrivèrent dans une rue assez large qui se croisait avec la ruelle. Il n'y avait plus pour sir George le même danger à avoir sur ce nouveau terrain ses allures plus libres : bien enveloppé de son manteau, il se jeta promptement le long d'une maison, du côté où la jeune fille se tenait appuyée au bras du vieillard, et, à l'instant où il la dépassait, il arrêta sur elle son regard sombre et perçant.

La jeune personne se tourna aussi, par une curiosité ou plutôt par une crainte bien naturelle, vers l'individu dont elle avait jusque-là entendu les pas retentir dans les siens; mais à peine eut-elle fait ce mouvement, qu'elle laissa sourdement échapper une exclamation de surprise ou d'effroi, et, ramenant avec vivacité son charmant visage vers celui de son guide, elle parut adresser au vieillard quelques mots tout bas.

Celui-ci lança à son tour un coup d'œil rapide sur Parker, et aussitôt la jeune fille et lui doublèrent la vitesse de leur course.

L'officier anglais, satisfait sans doute du résultat de ses observations à leur égard, ralentit au contraire sa marche pour se replacer derrière eux; et il n'avait plus l'esprit rempli que du désir de connaître leur demeure, lorsqu'il resta soudain immobile, l'oreille attentive, les yeux fixés avec inquiétude devant lui dans l'ombre.

Un bruit de pas nombreux et mesurés lui annonçait qu'une ronde s'était engagée dans la rue et arrivait sur lui.

Bientôt l'éclat des armes et des habits militaires perça l'obscurité : furieux, il rebroussa chemin à la hâte, presque en courant.

Il retrouva Williams à peu de distance.

— Fâcheux contre-temps ! lui dit-il d'un air exaspéré, une ronde m'a forcé de les abandonner !... cette ronde s'avance vers nous... cherchons un refuge.

Ils regagnèrent la ruelle qui conduisait à la Somme; mais ils étaient loin d'être certains que la ronde n'y pénétrerait pas elle-même.

Aussi, apercevant une petite porte dans l'un des

murs de leur sombre route, ils n'hésitèrent pas à la pousser : elle céda à leurs efforts, et ils mirent pied dans un vaste jardin.

Comme ils ne trouvèrent aucun abri près de la porte, ils firent une cinquantaine de pas de plus pour atteindre un massif de feuillage, et se glissèrent dans un bouquet touffu de coudrier.

Ils cherchèrent alors à reconnaître leur position : ils étaient sur le bord d'une allée, et, assez près d'eux, sur leur gauche, s'élevait une vieille maison, que les arbres avaient jusqu'à ce moment masquée à leurs regards.

A peine eurent-ils le temps de faire ces observations et d'échanger quelques paroles : la marche précipitée d'une ou deux personnes à travers les arbres qui bordaient l'autre côté de l'allée les tint tout à coup silencieux et consternés.

En effet, ils ne tardèrent pas à voir deux hommes s'arrêter devant eux sous le dôme obscur de gigantesques châtaigniers, et ce ne fut pas sans émotion qu'ils reconnurent dans leurs habits l'un des uniformes des troupes françaises.

Ils étaient, du reste, parfaitement bien placés pour les examiner sans courir le risque d'être aperçus : les branches de coudrier dont ils étaient enveloppés descendaient jusqu'au sol, tandis que les deux Français restaient à découvert le long des troncs de leurs grands arbres, dont les rameaux ne commençaient à s'étendre qu'à dix pieds au-dessus de leur tête. La largeur seule de l'allée séparait ces quatre hommes : les Anglais ne perdirent donc pas un mot de la conversation suivante.

— Eh bien ! Nicole, disait l'un des soldats français, tu vois qu'il n'est pas si difficile que tu te l'imagines d'échapper à une ronde qui vous serre d'un peu trop près les côtes : un saut par-dessus un mur, et nous nous rions d'elle tout à notre aise ! puis, quand nous la supposerons assez éloignée, un pareil saut pour sortir d'ici, et nous rentrons tranquillement dans ma famille, où il nous a été permis de prendre notre logis depuis l'arrivée de l'armée à Amiens... Voilà qui vaudra un peu mieux pour nous, je l'espère, que de passer huit jours au cachot, avec un morceau de pain noir et un verre d'eau pour tout festin ! car c'était là, tu n'en doutes pas, le sort charmant qui nous attendait, si nous avions été ramassés dans la rue après l'heure de la retraite.

— Et, vraiment ! ce serait ta faute, Morin, et je ne te le pardonnerais pas ! Chaque soir tu me fais passer par les mêmes transes avec ta passion maudite pour les tavernes ! quand tu es à côté d'une bouteille, tu ne peux te décider à lui faire tes adieux à une heure convenable !

— Que veux-tu ? le charme de la bouteille, c'est bien quelque chose en ce monde !

— C'est beaucoup, j'en conviens ! mais vois un peu à quoi il nous expose et ce qu'il exige de nous : il nous faut des yeux de lynx pour éviter les surprises dans l'ombre, et l'agilité des chats pour nous accrocher aux murailles ! Encore si nous étions définitivement hors de péril ! mais le ronde ne peut-elle nous avoir suivis dans notre fuite, et venir nous relancer ici ?

— Sois tranquille, timide et prudent camarade, je sais où je t'ai mené... Amiens est ma ville natale, comme tu ne l'ignores pas : eh bien ! apprends que j'ai passé dix ans de mon enfance à jouer dans ces lieux ;

je connais tellement tous les coins et recoins du jardin, et ceux de la maison depuis les caves jusqu'aux greniers, que je défierais toutes les rondes de la terre de venir à bout de dépister ici mes traces... En un mot, cette maison appartient à mon oncle.

— Qui l'habite ?

— Non... depuis plusieurs années, il en a fait une espèce de magasin des récoltes de son jardin, et, il y a quelques jours seulement, il l'a louée pour peu de temps à un négociant étranger qui passait par la ville, et qui se dit Normand.

— Et si le bonhomme allait nous trouver rôdant autour de son logis ?

— Il dort sans doute... car on n'aperçoit aucune lumière aux fenêtres.

Nicole, au lieu de répondre, regarda fixement son camarade en ce moment avec un air d'épouvante, et lui fit signe de se taire.

— Écoute ! lui murmura-t-il à l'oreille, quand je te disais que la ronde viendrait nous attaquer dans notre fort !

— Il est vrai, j'entends quelque chose, répliqua Morin... mais je suis sans crainte... Contentons-nous d'abord de nous tenir étroitement blottis derrière ces troncs de châtaigniers.

Un bruit, qui justifiait cette sage précaution, s'élevait à l'un des bouts de l'allée, et il était facile de deviner, à la nature de ce bruit, qu'une multitude d'hommes s'avançaient vers la maison.

Toutefois, leur marche n'avait pas cet ensemble et cette précision qui font que, la nuit, l'oreille ne peut se tromper sur l'approche d'une troupe militaire : c'était un pêle-mêle de pas pressés et tumultueux.

Bientôt ces hommes cessèrent d'être invisibles, et passèrent entre les deux officiers anglais et les deux soldats français. Ils gardaient un morne silence ; ils cheminaient tête baissée et comme impatients d'arriver à leur but.

Ils composaient une bande de vingt individus environ, qui tous portaient le costume de paysans picards.

A peine avaient-ils atteint la maison, qu'une lumière, pâle et petite, y brilla, mais presque au niveau du sol, et comme si elle fût sortie tout à coup du mur.

Nos quatre spectateurs remarquèrent qu'elle venait de l'entrée d'un caveau dont la porte avait été ouverte sans bruit, et ils aperçurent dans cette ouverture un autre paysan qui ne montrait que sa tête, à la hauteur de laquelle il tenait une lampe pour éclairer ceux dont il attendait sans doute l'arrivée.

— Pourquoi mettez-vous ainsi votre lumière dehors ? lui dit en anglais et d'un ton sévère celui qui probablement était le chef de la bande.

— Il n'y a aucun danger autour de cette habitation isolée, répondit l'homme à la lampe.

Cependant, sa lumière fut soudain abaissée au-dessous du sol ; il n'en resta plus qu'un reflet mourant à la voûte du caveau, et les vingt individus descendirent assez confusément et avec précipitation dans ce souterrain. La porte en fut aussitôt refermée derrière eux, et tout retomba dans le silence et l'obscurité.

— Voilà donc la ronde qui nous faisait battre le cœur d'épouvante ! dit alors Nicole en riant... mais que viennent faire chez le négociant normand, chez le locataire de ton oncle, tous ces paysans picards?

— Et tu as la simplicité de prendre ces gens-là pour des paysans picards? repliqua Morin d'un air sérieux et inquiet. Ne comprends-tu pas qu'ils n'en ont que le costume? N'as-tu pas entendu celui qui a pris la parole s'exprimer parfaitement en anglais?

— Et tu penserais?...

— Ami Nicole! reprit subitement Morin, en étendant la main vers la maison, je ne sais qui me dit que quelque chose se trame là-dedans contre notre roi!

— Est-il possible? s'écria l'autre en frémissant.

— Je veux m'en assurer... je t'ai dit que je connaissais tous les coins de la maison : eh bien! il existe un caveau secret dont la sortie donne précisément dans ce jardin... il servait autrefois d'entrepôt à un certain commerce de contrebande de vins que mon oncle recevait par la Somme... Si, comme il est probable, aucun de ces Anglais ne le connaît, je puis, grâce à une porte qui sépare les deux caveaux et se trouve effacée dans la muraille, parvenir assez près de nos ennemis pour voir ce qu'ils font et entendre ce qu'ils disent.

— Vais-je t'accompagner?

— Non, les lieux te sont inconnus; tu pourrais faire du bruit en tâtonnant dans l'obscurité. D'ailleurs, il est utile que nous ne nous exposions pas tous deux au même danger : si, dans une demi-heure, je ne suis pas de retour, c'est que je serai mort ou pris... Alors, franchis vite le mur, et cours avertir nos officiers.

Morin quitta son camarade, et disparut sous le feuillage avec la vitesse du chevreuil.

Son absence ne dura pas plus d'un quart d'heure.

Il revint avec tous les signes de la terreur, les membres tremblants, la poitrine haletante, l'air effaré. Il saisit violemment Nicole par le bras, et, l'attirant dans l'allée, il lui dit d'une voix entrecoupée :

— Viens! viens!... il ne s'agit plus maintenant d'éviter les rondes et le cachot... Nous avons à sauver notre roi et notre pays.

— Qu'as-tu donc appris? demanda Nicole, glacé d'effroi.

— Viens! viens, te dis-je! Ne perdons pas un instant en explications.

Et ils se mirent à précipiter leur course dans l'allée. Mais probablement Morin avait été aperçu par des sentinelles vigilantes, lorsqu'il était sorti du caveau secret; car lui et son compagnon avaient à peine fait quelques pas, que dix hommes, vêtus aussi en paysans picards, s'élancèrent d'un massif d'arbres, et se jetèrent sur eux, avant que les pauvres soldats eussent eu le temps de toucher à leurs armes, et, les terrassant, leur couvrirent la bouche d'un mouchoir pour étouffer leurs cris.

Morin et Nicole furent relevés après avoir été désarmés.

Chacun de ceux qui les avaient attaqués, leur mit un poignard sur la poitrine en les menaçant de la mort au moindre mouvement de résistance, et ils furent ainsi entraînés dans le caveau de la maison.

Un instant après, leurs dix agresseurs en ressortirent; mais ils étaient accompagnés d'un onzième personnage qui, marchant à leur tête, dit à l'un d'eux,

au moment où ils passèrent près de la touffe de coudrier derrière laquelle sir George Parker et Williams se tenaient cachés :

— Et vous ignorez par quel moyen un de ces soldats a surpris nos secrets?

— Nous l'ignorons... Comme nous étions occupés, d'après vos ordres, à visiter le jardin, nous vîmes un homme qui fuyait à travers les arbres... Lancés aussitôt sur ses traces, nous arrivâmes près de lui à l'instant où, ayant rejoint son camarade, il lui adressait les paroles que je vous ai rapportées... C'est alors que nous prîmes le parti de les empêcher tous deux de continuer leur route... Il n'y avait pas à hésiter, je crois?

— Non, sans doute.

— Qu'allons-nous faire maintenant de ces deux Français?

— Leur sort dépendra des circonstances. En attendant, ils resteront ici garrottés et gardés à vue : mais nous nous occuperons d'eux dans un autre moment, songeons que peut-être n'étaient-ils pas seuls dans ces lieux, qu'il nous faut fouiller de tous côtés avec le plus grand soin.

Ce furent là les derniers mots que Williams et sir George recueillirent de cette conversation.

Dès qu'ils eurent entendu les voix de ceux qui la tenaient se perdre dans l'éloignement, ils jugèrent prudent de sortir au plus vite de leur position, qui ne leur parut rien moins que rassurante, bien qu'après tout, s'ils eussent été découverts, ils ne fussent tombés qu'entre les mains de leurs compatriotes.

Mais c'était là un péril inconnu, petit ou grand, dont ils n'étaient nullement tentés de faire l'épreuve.

Ils regagnèrent sans accident la porte de la ruelle.

Lorsqu'il se vit hors du jardin, Williams aspira fortement l'air frais de la nuit, le cœur étouffé par le long silence qu'il avait été obligé de garder au milieu de ses pensées confuses.

— Eh bien! sir George, dit-il, que penses-tu d'une telle aventure?

Parker lui mit avec effroi la main sur la bouche.

— Imprudent! murmura-t-il, prononcer encore mon nom si près du lieu de ce mystérieux et incompréhensible événement!.

Ils marchèrent un instant sans échanger une parole; puis, Williams reprit à voix basse :

— As-tu comme moi reconnu la voix de celui qui paraît être leur chef.

— J'ai même reconnu son visage : c'est Hopkins, l'un des écuyers du duc de Glocester... Les autres sont certainement des hommes choisis parmi ses troupes ou même ses serviteurs... Leur déguisement peut les mettre aisément à l'abri de tout soupçon dans Amiens, surtout s'ils parlent tous sans difficulté la langue française; et cela est probable, car cette langue, grâce à nos fréquentes guerres avec la France depuis plus d'un siècle, est devenue pour beaucoup d'Anglais aussi familière que celle de leur pays.

— Mais, enfin, ton opinion sur tout cela? demanda Williams.

— Je n'ai point d'opinion à ce sujet, ou du moins je ne veux point en avoir, dit sir George de son air sombre et pensif... Du reste, tu sais comme moi que le duc blâme hautement la conduite tenue par le roi son frère envers Louis XI : il ne peut s'habituer à l'idée du traité de paix... Fais donc là-dessus tes commentaires.

— Et si le roi savait ce qui vient de se passer sous nos yeux?

— Ce n'est pas moi qui le lui dirai... C'est là une ténébreuse affaire à laquelle, je te le répète, je ne veux rien comprendre, et dont je n'ai pas à me mêler; je suis ici pour m'occuper des Français, et non de mes compatriotes... Je t'engage fort à suivre mon exemple : il se peut encore que le duc parvienne à changer la politique, les résolutions du roi, et commande en quelque sorte ainsi à la situation... ne nous attirons donc pas son ressentiment par la moindre indiscrétion à son égard... soyons prudents !

— Diable ! tu l'es de toutes manières ! répliqua gaiement Williams... Mais, cher ami, m'est-il permis de t'adresser une dernière question ? poursuivit-il, entraîné par une curiosité irrésistible qui aurait voulu se fixer à la fois sur tous les points des événements de la soirée... Dis-moi, l'entretien que le duc a eu, ce soir, sur la Somme, avec les deux personnes que tu as poursuivies sans succès tout à l'heure, se rattacherait-il aux secrets du caveau où s'est introduite cette bande de faux paysans?

— Oh! non, non, je ne le crois pas! repartit brusquement sir George, dont le visage et la voix s'animèrent de nouveau.

Pressé sans doute de rompre avec ce sujet de conversation, il ajouta aussitôt :

— Allons! il est temps de nous séparer... Rejoins vite tes amis; moi, je retourne auprès des miens... et n'oublions rien du plan que nous devons suivre.

A ces mots, Parker laissa Williams se diriger vers la rivière, et il se traça sa route du côté opposé. Il fallait que le souvenir de la jeune fille, sur lequel on venait de ramener sa pensée, eût le pouvoir de remuer tout particulièrement et même d'exaspérer son âme, sans doute aussi irritable que sa physionomie était sombre; car, en se remettant en marche, il murmura avec une sorte de rage mal contenue :

— Oui ! oui ! je saurai bien découvrir sa demeure!... Si ce soir je n'ai pas réussi, il n'en sera pas de même demain... j'en ai l'espoir !

II

MAITRE HORATIUS ET SON HOTELLERIE

Il nous faut dire maintenant à la suite de quels événements Édouard IV était venu déclarer la guerre au roi de France.

Lorsque Louis XI prit place sur le trône, la France était encore toute saignante de cette large et douloureuse plaie que lui avaient faite, depuis plus d'un siècle, les invasions anglaises, et quelque chose remuait toujours dans son sein le feu mal éteint des discordes civiles.

Du fond de sa politique méditative, le fils de Charles VII avait déjà arrêté, avant de mettre la main au gouvernement, son œil perçant sur les périls de la situation, et nul doute qu'il ne les eût vus tous réunis dans une royauté trop dépendante des téméritės ambitieuses ou des caprices des grandes vassalités féodales; car de l'affaiblissement causé à l'État par leurs entreprises contre les droits du souverain naissait logiquement cet espoir de conquête qui appelait sans cesse sur les côtes françaises les rois d'Angleterre.

Aussi brisa-t-il sans hésitation d'une main intelligente et ferme le frein blanchi d'écume que la monarchie, depuis les successeurs de Charlemagne, avait si péniblement porté dans ses luttes avec les grands vassaux.

Ce fut parmi eux une rumeur indéfinissable : leur premier mouvement fut celui de la stupéfaction; leur première colère fut presque du dédain; ils ne purent croire à leur faiblesse, et moins encore à leur danger, au milieu de leurs prérogatives féodales, nées de la coutume et non du droit, vieillies avec eux, et que semblait avoir cimentées à jamais aux créneaux de leurs redoutables forteresses tout le sang versé par leurs ancêtres dans les guerres intestines du moyen âge.

Ils se mirent donc à attaquer de toutes manières et de toutes parts un monarque qui ne craignait pas de faire sentir le poids de son sceptre à leur ombrageuse ambition.

Mais, mis aux prises avec ce prince audacieux qu'ils comptaient réduire en un instant à l'inaction, ils eurent à se défendre contre une arme nouvelle qui leur était inconnue : c'était la politique, c'était le génie du souverain qui voyait l'heure venue de gouverner par l'esprit plutôt que par le glaive.

En un moment, et sans qu'ils pussent soupçonner les stratagèmes employés à rompre leur ligue formidable, ils se trouvèrent engagés comme malgré eux envers le roi dans un réseau de traités secrets et artificieux, de combinaisons savamment compliquées, qui leur lièrent les mains, et les rendirent tous ennemis les uns des autres.

Chacun eut à pourvoir à ses intérêts, à se défier de son voisin, son allié la veille, puis en même temps à repousser les attaques du souverain qui s'était mis ainsi en état de les soumettre en détail.

Alors, fixant leurs yeux effrayés sur l'unité monarchique qui se reconstituait après plusieurs siècles d'anéantissement, et dont la marche, laborieuse, infatigable, ouvrait leurs rangs, les dispersant de côté et d'autre selon ses vues, ils frémirent, reculèrent, s'affaissèrent dans l'orage soulevé par eux-mêmes, comme des flots irrités se retirent devant un puissant navire qui les divise, et avance toujours.

A l'époque où se passe l'action de ce récit, l'œuvre de Louis XI grandissait d'heure en heure : il avait déjà réuni à la couronne la Guienne, le Roussillon, la Cerdagne, et les villes aliénées par son prédécesseur ou par lui-même au début de son règne, dans les provinces de la Picardie, de la Normandie et de la Champagne; il venait d'attacher adroitement, par la reconnaissance, à ses intérêts, le jeune René, qui devait en partie à sa protection le gouvernement du duché de Lorraine.

Quant aux seigneurs qui n'avaient que peu de forces à lui opposer, et dont il avait rigoureusement réprimé les tentatives de rébellion, ils se tenaient prudemment immobiles dans leurs châteaux, non toutefois sans épier par intervalles l'occasion de secouer le joug en se joignant aux plus forts.

Enfin, Louis XI, par une alliance avec les Suisses, alliance qui fut la base de toutes celles contractées depuis par la France avec ce peuple tout nouvellement apparu sur la scène politique, avait su se créer une armée de courageux auxiliaires contre les entreprises du fameux duc de Bourgogne, Charles le Téméraire. Néanmoins, ce prince et le duc de Bretagne, ses deux plus puissants vassaux, ne cessaient de lui résister avec une persistance énergique.

Le premier surtout, si connu par la violence de son caractère, l'impétuosité et l'audace qu'il apportait dans ses desseins et dans ses actes, ne laissait aucun repos ni à la politique, ni aux armées du roi.

Il avait, de concert avec le duc de Bretagne, au commencement de cette année 1475, mis à exécution le plus hardi, le plus formidable de tous ses projets : ce fut de jeter le roi d'Angleterre dans ses querelles, et de l'appeler en France.

Celui-ci devait de grands services aux deux ducs, qui, dans ses démêlés avec l'infortuné Henri VI, l'avaient secouru de leurs hommes et de leur argent, pour l'aider à se rasseoir sur son trône deux fois usurpé.

Il avait promis de leur prêter aussi son appui, si les circonstances l'exigeaient.

Lié par cet engagement, il forma avec eux une ligne offensive et défensive contre le monarque français ; toutefois, il fut moins encore entraîné dans cette ligue par son serment que par l'élan de cette nation même, qui, au moindre bruit de guerre avec la France, ne manquait jamais de pousser de chaleureux cris d'enthousiasme et de s'enivrer de triomphes anticipés.

Dans le traité qu'ils firent entre eux trois en cette occasion, ils s'abandonnèrent aux dernières témérités envers Louis XI : ils prononçaient nettement sa déchéance, plaçaient sa couronne sur la tête d'Édouard IV, et se partageaient les provinces de son royaume, comme s'ils en eussent été déjà les maîtres.

L'allié des ducs descendit à Calais avec une puissante armée : « Oncques, roy d'Angleterre, depuis le « roy Arthus, dit Commines, n'amena tant de gens pour « un coup de deçà la mer. » Évidemment, c'est une erreur : Édouard III, durant la captivité du roi Jean, s'était montré en France à la tête d'une armée de cent mille hommes, et celle dont il est ici question était loin d'atteindre ce chiffre, et se composait de quinze mille archers à cheval et de quinze cents lances. Mais on sait qu'on entendait par une lance un homme d'armes, suivi de cinq combattants sous ses ordres, y compris son écuyer ; et, si l'on tient compte de l'infanterie, sur laquelle il n'existe aucun détail dans les historiens, et qui, figurant fort peu en ce temps-là dans les batailles, était toujours en petit nombre, on pourra supposer que l'armée du roi d'Angleterre s'élevait à vingt-cinq mille hommes environ.

Il est vrai qu'elle devait paraître beaucoup plus nombreuse, car les armées se grossissaient alors d'une foule de gens qui ne prenaient point part au combat.

« Il y en avait largement, rapporte Commines, tant « pour tendre leurs tentes et pavillons qu'ils avaient « en grant quantité, que aussi pour servir leur artil-

« lerie et clorre leur camp. » La plupart des historiens prétendent que si Édouard IV ouvrit sa campagne par la Picardie, il suivit en cela le conseil de Charles le Téméraire : une lettre du duc à son royal allié prouve le contraire.

Cette pièce est assez peu connue ; nous en citerons un fragment qui en forme la conclusion :

« Au regard de Calais, vous ne pouvez trouver assez « vivres pour vos gens, ne moy pour les miens ; et si « ne pourraient les deux armées estre paisiblement « ensemble, et aussi mon frère de Bretagne serait trop « loing de nous deux. Mais il me semble que devez « faire vostre descente en Normandie, soit en la rivière « de Seyne, ou à la Hogue ; et je ne doubte point que « vous n'ayez bientôt des villes et des places, et si « serez à la droite main de mon frère de Bretagne et « de moy. »

Si nous avons fait cette citation, qui contredit une opinion généralement reçue, c'est qu'elle peut jeter quelque lumière sur le peu d'activité déployée depuis ce moment par Charles le Téméraire en faveur du roi d'Angleterre.

Au lieu de venir, selon des engagements pris envers lui, le joindre en temps apportun avec un corps considérable de ses gens d'armes, il s'était d'abord occupé d'employer ses forces au siège de la ville de Nuits, révoltée contre l'électeur de Cologne, dont il soutenait la cause ; et, après avoir été obligé de lever ce siège qui lui avait fait subir d'énormes pertes, il alla se présenter devant Édouard avec quelques débris de ses troupes.

Néanmoins, ils se mirent en mesure de prendre pour place d'armes Saint-Quentin, dont le connétable de Saint-Pol était en possession, et qu'il avait offert de leur remettre.

On connaît assez les continuelles et malheureuses fluctuations du connétable dans cette guerre : changeant tout à coup d'avis, il reçut les Bourguignons et les Anglais avec des volées de canon.

Louis XI, qui se tenait tout près avec dix mille hommes de bonnes troupes, profita de ce conflit, et s'empara sans peine de la ville.

Édouard éclata en expressions de vif mécontentement contre le duc de Bourgogne, lui reprochant de ne lui avoir amené qu'une poignée de ses gens ; l'accusant presque, et sans raison, de s'être entendu avec le le comte de Saint-Pol pour le dégoûter de son expédition. Froissé par ce langage, et sans doute offensé aussi du peu de cas qui avait été fait de ses conseils dans le premier plan de campagne, Charles quitta brusquement les Anglais.

Louis XI venait de lui préparer de la besogne d'un autre côté : à son instigation, le jeune duc de Lorraine avait eu la hardiesse de défier son puissant voisin sur ses domaines.

Charles alla combattre ce nouvel ennemi.

Le roi, débarrassé pour un moment du terrible duc, avait l'impatient désir de faire repasser la mer aux Anglais.

Une circonstance, de nulle valeur en apparence, lui offrit l'occasion de tenter quelque chose à ce sujet.

Le premier prisonnier français fait par le roi d'Angleterre avait été, selon l'usage du temps, rendu à la liberté.

Il rencontra sur son chemin les lords Howard et Stanley, qui se promenaient et lui dirent : « Recommandez-nous aux bonnes grâces du roi de France, si vous pouvez lui parler. » Tout autre que Louis XI n'eût peut-être pas arrêté un instant son attention sur cet incident ; mais, pour son esprit recueilli, les petits faits quelquefois insignifiants devenaient promptement une source de pensées fécondes d'où découlaient comme par miracle les expédients les plus propres à le seconder dans ses vues.

Le héraut qui était venu de la part d'Edouard, au commencement de la campagne, lui apporter un défi fondé sur les anciennes et chimériques prétentions des rois d'Angleterre au trône de France, lui avait appris que les lords Howard et Stanley jouissaient d'un grand crédit dans l'esprit de leur maître, et qu'ils blâmaient son expédition.

Il conclut que ces seigneurs se montreraient favorables à des ouvertures de paix.

Il envoya donc vers le roi d'Angleterre, non pas un de ses gentilshommes, mais un valet de l'un d'eux, un nommé Mérindot, qui fut travesti en héraut. Ce n'est point ici le moment de parler ni du caractère ni de la

Sire, l'affluence des Anglais est si grande. (Page 11.)

physionomie de ce personnage qui figurera dans notre histoire, ni des intentions que pouvait avoir eues Louis XI en employant, du reste selon ses habitudes, un homme de cette classe dans la négociation d'une affaire à laquelle étaient attachés des intérêts politiques de la nature la plus élevée : nous dirons seulement que le valet sut parfaitement bien remplir sa mission en débitant et même en paraphrasant avec intelligence un discours qui lui avait été tout préparé par le roi lui-même.

Ce discours tendait surtout à accroître l'irritation du monarque anglais contre Charles le Téméraire.

« Votre plus puissant allié, disait-il en substance, « s'est joué de votre bonne foi ; il vient vous trouver « sans troupes, vous expose devant Saint-Quentin et « vous abandonne ensuite dans la situation la plus » critique, pour aller s'occuper de ses projets de con- « quête sur la Lorraine ! »

Or, nous venons de voir que c'était par les artifices mêmes de Louis XI que le duc de Bourgogne avait été rappelé dans ses Etats pour les défendre contre les attaques du jeune René, son voisin.

Enfin, après quelques autres raisons tout aussi

adroites, le roi de France terminait ses propositions de paix en déclarant que si ses avances, faites dans un intérêt commun, étaient repoussées, il ne redoutait rien et n'attendait plus que le combat.

Un tel langage fit impression sur Edouard, qui non-seulement se voyait abandonné par Charles le Téméraire, mais encore n'apercevait nul effet des promesses de son autre allié, le duc de Bretagne, lequel, pour sa part d'action, s'était engagé à inquiéter Louis XI sans relâche par ses intelligences dans l'intérieur de la France; dégoûté de son entreprise, plutôt que dépourvu de ressources (car ses propres forces ne laissaient pas que d'être toujours redoutables), il se décida sur-le-champ à nommer des plénipotentiaires chargés de traiter de la paix avec ceux dont son adversaire fit choix de son côté.

Une trêve de neuf ans sortit de leurs délibérations.

Aux termes du traité qui la garantissait, Louis versait dans les mains d'Édouard soixante-quinze mille écus comptants pour les frais de la guerre, prenait de plus l'engagement de lui payer chaque année cinquante mille écus de pension, et le roi d'Angleterre devait immédiatement retourner dans ses États sans commettre sur sa route aucune hostilité.

Des politiques du temps, et depuis plusieurs écrivains, ont accusé Louis XI de s'être montré trop facile sur les conditions de ce traité, mais on n'a pas assez vu les imminents dangers de sa position ; la perte d'une bataille pouvait les accumuler sur ses pas : elle ramenait autour de son trône ses trois ennemis plus étroitement liés que jamais ; elle attirait sur le sol français plusieurs princes étrangers, empressés de satisfaire leurs intérêts dans les premiers désordres de la guerre, car Louis XI n'ignorait pas qu'Édouard avait envoyé secrètement des ambassadeurs à l'empereur Frédéric, à Ferdinand, roi de Sicile, au roi de Hongrie et à quelques autres souverains, pour les exhorter à entrer dans la ligue. Il ne croyait donc pas acheter trop cher, par des sacrifices d'argent, du reste peu considérables, une paix qui lui assurait le maintien des grandes choses qu'il avait faites pour le salut et la puissance de la monarchie.

Assez indifférent sur le prestige attaché à la gloire des armes, quand cette gloire ne servait pas efficacement les intérêts de son royaume, il songeait d'abord à l'utile et au solide dans tous ses actes.

Il savait, d'ailleurs, que le beau rôle était pour lui dans cet affaire; car, après l'éclat que le roi d'Angleterre avait donné à ses projets de conquête, le renvoyer avec de l'argent dans son île, c'était singulièrement abaisser en son rival la dignité du souverain, et couvrir de confusion l'orgueil du conquérant ; et il voyait si juste en cela, que la trêve fit de nombreux mécontents dans l'armée anglaise, parmi les seigneurs, les officiers et les soldats.

Chacun se sentit humilié, et beaucoup firent entendre de sérieux murmures.

Le duc de Bourgogne, à la nouvelle des négociations entamées, était revenu en grande hâte au camp du roi d'Angleterre, n'amenant avec lui que seize chevaux seulement.

Étonné des bruits qui courent, il demande à être éclairé sur la situation : il ne peut croire qu'Édouard IV songe sérieusement à ne point continuer la guerre. Instruit de tout, il laisse éclater sa fureur, déclare à

son allié que, puisqu'il se montre si indigne d'une haute entreprise, il peut à son aise sortir de France ; que, quant à lui, il n'a nul besoin du secours des Anglais pour poursuivre ses desseins, et que, voulant les en convaincre, il fait serment de n'accueillir aucune ouverture de paix que trois mois après qu'ils auront repassé la mer.

Cependant, comme nous l'avons dit, les deux souverains s'étaient rapprochés pour l'entière conclusion de leur traité, et pour en jurer la rigoureuse exécution dans une entrevue solennelle.

Louis XI, d'après Commines, se plaisait à voir, d'une porte d'Amiens, arriver les Anglais dans la ville, où, ainsi que nous l'avons déjà rapporté, ils étaient généreusement reçus, sans bourse délier, dans toutes les tavernes.

Il paraît que, en ce temps-là, la discipline militaire avait fait encore bien peu de progrès chez nos voisins d'outre-mer :

« Il semblait bien, dit l'exact et judicieux écrivain, « qu'ils fussent neufs à ce métier de tenir les champs, « et chevauchaient en assez mauvais ordre. Ils se mon-« traient peu sages, et ayant peu de révérence à leur « roy ; ils venaient tous armés et en grande compa-« gnie. Et, quant à nostre roy, si y eust voulu aller à « mauvaise foi, jamais si grande compagnie ne fust « si aisée déconfire; mais sa pensée n'était autre qu'à « les bien festoyer. » Pour donner une idée plus com-plète des largesses prodiguées à leur égard, nous ajou-terons que Louis XI avait fait dresser à la porte par laquelle ils entraient deux énormes tables chargées de viandes et de toutes sortes de boissons ; à chacune de ces tables se tenaient, par son ordre, cinq ou six personnages de bonne maison, tous fort gros et gras, et dont la mine engageante et réjouie ne manquait pas d'attirer les Anglais.

Commines pousse l'exactitude historique jusqu'à ne pas oublier de livrer à la curiosité des siècles à venir les noms du seigneur de Cran, des sires de Bressure, de Villiers, comme les noms sans doute des principaux de ceux auxquels avait été confié le soin de faire les honneurs de ces festins en plein air, dignes assuré-ment des temps homériques.

Cette hospitalité, qui allait plus loin que ne l'eût voulu la prudence, eut des conséquences qu'il fallait prévoir.

Les Anglais en abusèrent à un tel point, qu'un soir le grand maître des arbalétriers de France, le seigneur de Torcy, vint représenter au roi le danger qu'offrirait une telle multitude de soldats étrangers dans la ville.

Louis XI, dominé par ses vues politiques, craignant en conséquence de mécontenter les ennemis par quelque changement apporté dans sa conduite envers eux, accueillit sévèrement cette observation, et personne n'osa plus lui adresser un mot à ce sujet.

Mais, un matin, le lendemain même du jour où s'étaient passés les premiers événements de notre histoire, on apprit à Commines qu'il n'y avait pas moins de neuf mille Anglais armés dans Amiens : le danger lui parut trop grand pour qu'il ne crût pas devoir en avertir immédiatement le roi, et il se rendit auprès de lui.

Les vertus et le mérite de ce ministre sont si connus qu'il ne nous semble pas nécessaire d'en parler lon-guement ici.

On sait qu'il avait été élevé à la cour du duc de Bourgogne, et que, pour des raisons sur lesquelles il garde le silence dans ses mémoires, il passa, en 1472, au service du roi de France.

Ce prince le nomma son chambellan, l'employa souvent dans des négociations de la plus haute importance, et n'eut toujours qu'à se louer de sa loyauté, de son habileté et de ses rares connaissances dans la science du gouvernement.

Il ne se contenta pas de l'avoir à sa cour comme excellent ministre, il fit de lui son ami, l'honora d'une confiance presque sans bornes, et empreinte d'une grande familiarité.

Il y a peu de secrets qu'il lui ait cachés, même des plus délicats, même de ceux que tout homme, prince ou sujet, tient le plus à laisser ensevelis dans le pli de sa pensée.

Une telle façon d'être, qui contredit singulièrement, à certains égards, la réputation de monarque sombre, inquiet et soupçonneux, qu'on a trop largement faite à Louis XI, honore ici, ce nous semble, autant le souverain que le ministre.

Le roi disait ses heures lorsque Commines se présenta devant lui.

Avant de le mettre en scène, il n'est pas inutile de donner un aperçu de l'ensemble de ses particularités extérieures : celles qui concernent son caractère et ses mœurs trouveront leur développement dans le cours de notre récit.

Ce monarque avait alors cinquante-deux ans, c'est-à-dire qu'il était dans l'âge où les impressions qui ont le plus fréquemment agité le cœur de l'homme laissent des traces indélébiles sur le visage : aussi le sien se ressentait-il des ravages causés par les soucis et l'accablante activité d'une existence toujours menacée et toujours menaçante, et surtout par la fatigue d'un esprit absorbé dans de continuelles et ardentes méditations, dont les destinées de la monarchie formaient l'unique objet.

« Même quand il reposoit, rapporte Commines, son « entendement travailloit. »

Mais ce n'était là que le fond de la physionomie du prince livré, pour ainsi dire, à la majesté de ses pensées, et sur qui pesait l'immense fardeau des affaires de l'Etat : cette physionomie, comme nous le verrons, se modifiait à l'infini avec une facilité admirable, selon la nature des nouvelles impressions reçues, selon les circonstances qui le faisaient quelquefois passer sans transition des inquiétudes et des devoirs du souverain au commerce agréable et familier de la vie intime.

Enfin, ce qui frappait peut-être le plus l'imagination dans l'aspect de la personne de Louis XI, c'était sa façon bizarre de se vêtir : nul n'ignore quels étaient ses vêtements plus que simples, même dans les jours de représentation.

« Nostre Roy, dit son historien, s'habilloit fort court « et si mal, que pis ne pouvoit, et assez mauvais drap « portoit aucune fois, et portoit aussi un mauvais cha- « peau différent des aultres, et une image de plomb « dessus. »

Cette image, qu'il baisait souvent, représentait la sainte Vierge, et c'était sur elle qu'il avait coutume de faire ses serments.

Commines arriva donc en sa présence au moment où il disait ses heures ; il l'aborda avec ces mots :

— Sire, que Votre Majesté veuille me pardonner de venir ainsi troubler son pieux recueillement ; mais je croirais manquer à mes devoirs en ne l'instruisant pas de ce qui se passe.

— Que se passe-t-il donc ? répondit Louis XI étonné en détournant les yeux de son livre d'heures, pour les porter avec une curiosité inquiète sur la figure de son chambellan.

— Sire, l'affluence des Anglais dans la ville est en ce moment si grande, qu'il devient impossible de ne pas arrêter sa pensée sur le péril véritable qui nous entoure.

— On m'a déjà parlé de cela, dit le roi avec un air de léger mécontentement... que ces bons Anglais, ajouta-t-il en souriant, se divertissent tout à leur aise ! ce m'est, je vous assure, une grande joie de voir un si plaisant spectacle !

— Mais Votre Majesté ignore sans doute que c'est aujourd'hui une armée de neuf mille soldats ennemis qui encombre les rues et les maisons ?

— Neuf mille, dites-vous ? s'écria le monarque en fermant son livre d'heures et en se levant précipitamment... Neuf mille !... en êtes-vous bien sûr ?

— Parfaitement sûr... On a déjà compté, depuis ce matin, cent onze écots dans une seule taverne, et il n'est pas encore neuf heures !... Si cela continue, Sire, toute l'armée anglaise, avant la fin du jour, sera dans Amiens.

Louis XI fit quatre ou cinq pas en silence, l'air soucieux et réfléchi ; puis, s'arrêtant devant son ministre, et le regardant en face :

— Vous avez bien fait, messire de Commines, dit-il, de venir me donner cet avis ; le danger est réel cette fois, bien réel... Qui me dit que ces esprits mécontents de la trêve, parmi ces bons Anglais, ne songent pas à la rendre impossible en machinant quelque diablerie contre moi ? C'est demain que doit avoir lieu à Picquigny mon entrevue avec leur roi. Ne pourraient-ils point d'ici là tirer partie de cette multitude armée, et tâcher de s'emparer de la ville ?

— D'autant plus, Sire, que vous leur auriez épargné les fatigues d'un assaut, répliqua Commines avec un sourire.

Cette réflexion si juste rendit de nouveau Louis XI pensif. Il fronça le sourcil.

— Le duc de Glocester, reprit-il, est au nombre de ces mécontents ; il a échangé plusieurs fois, avec le roi son frère, des paroles fort vives au sujet de notre traité, dont il ne peut supporter l'idée. C'est, dit-on, un prince entreprenant, audacieux ; ses vues sont toujours habilement dissimulées, et je sais qu'il a eu, il y a quelques jours, un entretien secret dans sa tente avec mon cher cousin le duc de Bourgogne, au moment où celui-ci, tout irrité, quittait pour la seconde fois le roi d'Angleterre... Qu'ont-ils conçu, médité ensemble ? Rien de bon pour moi, j'imagine... La situation, j'en conviens, ajouta le monarque en s'animant par degrés, doit éveiller de justes soupçons, et j'ai eu tort de ne point me mettre assez sur mes gardes, surtout à la veille de cette entrevue... Il faut faire cesser tout ce désordre ; mais à condition cependant de ne point laisser deviner à nos amis les Anglais qu'il nous déplaît et nous inspire des craintes.

— Alors, Sire, je ne vois aucun moyen de résoudre un tel problème.

Louis XI ne répondit pas.

Il se promena un instant encore en réfléchissant, le menton appuyé sur sa main ; puis il interrompit brusquement sa promenade et reprit d'un air fort agité, et en employant le juron favori qui lui servait, dans les circonstances un peu graves , à exprimer l'énergie de sa volonté :

— Par la Pâques-Dieu ! je vous promets, messire de Commines, que tout cela finira comme je le désire !... Voulez-vous bien me conduire dans cette taverne où l'on a déjà fait ce matin cent et onze repas ?... Je veux, moi, offrir un déjeuner à quelques-uns des officiers de ces braves étrangers qui aiment si fort les mets et les vins de France !

— Mais , Sire , fit observer le ministre dans sa surprise, Votre Majesté va se trouver au milieu du tumulte d'une foule avinée qui n'a plus sa raison.

— Soyez tranquille ! dit le roi avec un peu d'impatience. Allons ! menez-moi bien vite dans cette maison... Vous l'a-t-on nommée ?

— Oui, Sire, et je sais où elle est située.

Commines , avec la connaissance qu'il avait du caractère de son maître, se garda bien de faire d'autres réflexions.

Il savait que quand il avait exprimé une volonté, elle était irrévocable ; mais , ce qui le tranquillisait, c'est qu'il ne l'avait jamais vu se jeter dans aucune résolution sans qu'elle eût un but sérieusement utile.

Toutefois , il lui fut impossible de comprendre , en cette circonstance, quel parti le roi pouvait tirer de celle qu'il venait de prendre.

Louis XI, accompagné de deux à trois cents hommes d'armes, d'une compagnie des archers de sa garde, du maréchal de Gié et de Commines , sortit de l'hôtel de ville, où il était logé depuis son arrivée, et prit le chemin de la taverne.

Nous allons le précéder dans cet établissement, le plus renommé de tous ceux de ce genre dont la capitale de la Picardie pouvait alors se glorifier.

Aussi nous croyons-nous obligé de donner sur lui quelques détails.

Nous devons dire , avant tout , qu'il avait sur beaucoup d'autres l'avantage d'être à la fois une taverne et une hôtellerie, et que nous lui laisserons dès à présent cette dernière dénomination, comme mieux appropriée à sa destination la plus connue.

Les vastes bâtiments qu'il occupait se faisaient remarquer à l'extérieur par une grande enseigne barbouillée d'une peinture qui eût été incompréhensible malgré l'extrême simplicité du sujet, si son auteur n'avait jugé nécessaire d'y ajouter en énormes lettres cette explication : *Au Soleil d'or.*

A l'intérieur, l'attention de tout venant avait peine à se détacher un instant de la physionomie du digne patron auquel la maison devait en partie sa célébrité, ou du moins sa vogue actuelle, car elle était fort ancienne.

On ne s'y fût volontiers présenté que pour voir cet homme de très-petite taille , mais large , trapu , bien

nourri, et richement étoffé d'embonpoint. Il était surtout admirable par la vivacité de ses allures : preste, alerte, toujours remuant, toujours courant , il paraissait plutôt glisser ou rouler que marcher , tant ses jambes courtes, dans leurs rapides évolutions, se dérobaient à l'œil sous l'ampleur de son corps.

Par un prodige de locomotion dont nous ne nous chargeons pas de donner l'explication , il exerçait autour de lui sa vigilance sur toutes personnes et sur toutes choses avec une si brusque et si merveilleuse activité, qu'on croyait être frappé partout en même temps de son apparition et du son de sa voix ; du reste, homme habile et de sens, mais vaniteux, ambitieux à sa manière , tout gonflé de l'importance de sa profession et de ses succès ; enfin ne songeant qu'au gain, et se montrant énergiquement impitoyable pour tous ceux qui, soumis à ses ordres, ne se livraient pas, du matin au soir, dans les intérêts de son commerce, à la même agitation que lui-même.

Ce modèle d'hôtelier avait une femme dont on peut aisément se faire un portrait assez exact, en se représentant , au physique comme au moral, tout l'opposé de son mari.

Maigre , sèche et mince , elle faisait bien en hauteur le double du petit et gros personnage ; elle n'en formait pas le quart en épaisseur.

Elle eût été capable d'endormir tout le logis par la mollesse et la lenteur de sa démarche, ayant toujours l'air d'être accablée d'elle-même avant d'avoir fait un pas, et de compter ensuite un à un tous ceux qu'elle était obligée de faire.

Elle tenait à passer pour languissante et maladive, et, qu'elle le fût ou non, elle assurait être , depuis quinze ans de mariage, la martyre de la pétulance orageuse de son époux, qui la secouait, la tirait, la poussait, remettait son sang et son corps en circulation malgré elle, sans quoi elle n'eût peut-être bougé de sa vie.

C'était entre eux une lutte perpétuelle des habitudes et des instincts les plus ennemis.

Ceux qui ne jettent point sans réflexion leurs yeux sur les tristes singularités de ce monde ne seront point étonnés de ces contrastes : ils savent que le proverbe *Qui se ressemble s'assemble* n'est pas d'une justesse fort rigoureuse, quand il s'agit de l'appliquer aux ménages.

Comme le roi s'approchait de l'hôtellerie, cette plaintive victime du pouvoir marital avait profité d'un instant où son tyran, occupé à l'une des extrémités de la maison , ne pouvait surveiller ses mouvements, et elle était allée se réfugier dans la cuisine pour se jeter sur une chaise, et prendre un peu de repos.

Depuis le point du jour, elle n'avait cessé de remuer dans sa langueur bras et jambes, et de plus sa tête était brisée par les clameurs étourdissantes s'élevant de la foule des soldats anglais dont regorgeaient toutes les salles de l'hôtellerie.

Rien ne saurait mieux peindre le tableau produit par le tumultueux désordre de ces avides consommateurs que cette phrase énergique et concise de l'historien de Louis XI :

« Les uns chantaient, les autres dormaient, et tous estoient yvres. »

Mais à peine la malheureuse femme s'était-elle assise

loin d'eux, et commençait-elle à respirer, que, par un de ces prodiges de locomotion dont nous avons parlé, son mari arriva comme un boulet dans la cuisine.

Essoufflé, tout haletant, il s'arrêta devant elle en se croisant les bras d'un air de furieuse indignation.

— Je voudrais bien savoir, madame Horatius, s'écria-t-il, ce que vous faites là?

— Vous le voyez bien, mon ami, je me repose, répondit-elle avec un long soupir, et en posant sa main sur son cœur défaillant.

— Vous vous reposez! répliqua-t-il presque hors de lui-même.... d'où vous vient, s'il vous plaît, cette idée de vous reposer, quand de tous côtés il y a de la besogne autour de nous, et qu'avec cette besogne il y a de l'argent à gagner?... Oser se donner du repos dans une pareille circonstance! mais c'est une abomination!.... Tenez! madame Horatius, je vous le dis pour la millième fois, si vous aviez eu un mari qui vous ressemblât, il y a beau jour que ma maison serait perdue!

En achevant cette bouillante mercuriale, il vit un de ses garçons de service qui, étant venu chercher un plat, ne se pressait pas assez, selon lui, pour sortir de la cuisine.

— Et vous aussi, Jean! que faites-vous là, en demeurant endormi sur vos jambes?... Marchez! marchez donc! s'écria-t-il en se ruant sur lui, le poussant dehors par les épaules, et l'obligeant à prendre le pas de course.

Il revint précipitamment près de sa femme:

— En vérité, reprit-il, personne ne se bouge ici! Il me faut seul suffire à tout!... C'est vous, Brigitte, qui leur faites contracter ces mauvaises habitudes; il semble vraiment que vous ne compreniez pas les devoirs qui vous sont imposés par la réputation attachée à l'ancienneté bien reconnue de cette hôtellerie! Oubliez-vous que son origine se perd dans la nuit des temps les plus reculés?.... Je sais, moi, de source certaine, qu'elle existait déjà, il y a dix siècles, du temps même où le roi Clodion fit la conquête de la Picardie.... car une tradition, précieusement conservée dans ma famille, prouve jusqu'à l'évidence que Mérovée, successeur de Clodion, Mérovée, qui, dit-on, faisait d'Amiens sa résidence ordinaire, vint un jour, avec plusieurs de ses compagnons de guerre, s'asseoir à l'une des tables de l'hôtellerie du Soleil d'or, et commander un repas somptueux!... Oui, madame, l'illustre conquérant a respiré un instant sous le toit de mes aïeux!.... Je dis mes aïeux, entendez-vous bien, parce qu'il est avéré que l'établissement était, en ce temps-là même, dans les mains de ma famille, qui, depuis lors, dans son respect pour la mémoire d'un tel événement, a toujours voulu tenir ici quelqu'un des siens, de père en fils, à la tête du même commerce.... Des savants prétendent même que la fondation de ma maison remonterait bien plus haut que l'apparition des Francs dans le pays: un magister de la ville m'a assuré que mes ancêtres ont dû s'y fixer à l'époque des invasions romaines; mon nom, qui, dit-il, est tout romain, lui en fournit la preuve.... De sorte que le sang d'un des compagnons de Jules César coulerait dans mes veines!.... Et, ces choses dites et prouvées, vous n'avez pas honte, madame Horatius, de ne point servir vos nerfs vous remuer plus qu'ils ne font dans une maison remplie d'aussi glorieux souvenirs!

— Mon ami, répartit Brigitte en poussant un nouveau soupir des plus langoureux, vous savez bien que j'ai

horreur de la paresse; c'est ma constitution qui m'ôte la force d'agir comme je le voudrais; mon médecin ne vous a-t-il pas affirmé souvent qu'elle est faible, lymphatique, et qu'elle exige les plus grands ménagements?

— Les plus grands ménagements! répéta l'hôtelier en haussant les épaules... Votre médecin ne suit ce qu'il dit.... si je n'y mettais bon ordre, il vous condamnerait bientôt à une immobilité éternelle!.... Allons! levez-vous, Brigitte! il y a mille choses qui souffrent de ces haltes continuelles que vous faites sans motif au milieu de vos travaux!... Levez-vous! levez-vous!

Mais ces mots étaient à peine prononcés, qu'il partit comme un trait en enfilant un corridor qui se trouvait devant lui, et jusqu'au fond duquel plongeait son vigilant regard. Il s'y arrêta derrière un garçon occupé à fermer une porte basse et cintrée.

— Serez-vous donc une heure, lui cria-t-il, à tourner la clef de cette porte au lieu de porter votre vin à ceux qui vous l'ont demandé?... Courez! courez!

Et il lui fit poursuivre son chemin par la méthode expéditive que nous lui avons déjà vu employer dans la cuisine à l'égard du premier garçon.

Puis, s'élançant d'un bond dans une salle pleine de convives:

— Philippe, dit-il à un troisième valet, vous causez, je crois? Votre temps se perd. N'entendez-vous pas qu'on vous appelle là-bas? Vite en besogne, et ne soufflez mot.

Et, courant à un autre:

— Guillaume, ne voyez-vous pas que ces bouteilles sont vides, et qu'il faut en débarrasser les tables? Sera-t-il donc toujours nécessaire d'avoir l'œil sur vos négligences?

Un cinquième valet lui tomba sous la main dans une autre salle:

— Que vois-je, Simon? voilà de braves Anglais qui attendent leur déjeuner! Ils ne sont pas encore servis, grâce sans doute à votre fainéantise.... Mais vous n'avez donc point de sang dans les veines? Vite! vite! prenez leurs ailes!

Et ayant ainsi remis chacun dans sa route, après avoir tiré celui-ci par le bras, celui-là par l'habit, et poussé l'autre vigoureusement devant lui, il rentra dans la cuisine avec l'impétuosité d'un ouragan.

Il retrouva l'infortunée Brigitte languissamment assise sur sa chaise. Il devint pourpre de colère.

— Eh quoi! madame, s'écria-t-il, vous imaginez-vous réellement que vous allez rester là tranquille toute votre vie? Le désordre est partout dans la maison; tous vos gens négligent leurs devoirs; ils ne font plus rien! Venez avec moi remédier au mal... Encore une fois, debout! debout!

— Un peu de repos, je vous en prie, Horatius! Vous finirez par détruire entièrement ma santé si délicate et si chétive!

— La détruire? tout au contraire! Encore un mois de cette existence active et salutaire que ces soldats vous font mener depuis huit jours, et vous aurez les membres tout aussi assouplis que les miens... Je ne pourrai plus vous arrêter.

— Ah! je mourrai avant ce temps!

Pour toute réponse, Horatius saisit sa femme par un bras, et il l'avait déjà soulevée à demi, lorsqu'il la laissa subitement retomber sur sa chaise, pour prêter l'oreille à un immense bruit de cavalerie qui se faisait entendre à la porte de son hôtellerie.

— Qui nous arrive donc ? reprit-il fort étonné... ce doit être au moins la moitié de l'armée anglaise !... mais, en vérité, qu'aurait cela de surprenant, après le nombre d'Anglais que mon hôtellerie a déjà engouffrés depuis le point du jour ? C'est à qui d'entre eux viendra faire connaissance avec ma cuisine et mon vin !... Eh bien ! comprenez-vous, madame ? N'est-ce point là un des précieux résultats de la tenue de ma maison, c'est-à-dire de ma vigilance et de mon activité ?

Et comme ces dernières paroles sortaient de sa bouche, Horatius, à la grande satisfaction de Brigitte, disparut encore une fois avec la rapidité de l'éclair pour aller s'assurer par lui-même du nombre et de la qualité des nouveaux arrivants, dont la marche bruyante excitait justement sa curiosité.

Mais, en mettant pied dans la cour, il resta soudain sans mouvement, interdit, foudroyé, à la vue de plusieurs archers de la garde du roi qui pénétraient dans cette cour, accompagnant trois personnages, parmi lesquels il aperçut Louis XI, dont les traits lui étaient parfaitement connus. De plus, il vit que la rue était pleine d'hommes d'armes français. Sa première impression fut celle de la terreur : il crut qu'il s'était commis quelque acte répréhensible dans sa maison et qu'on venait l'interroger à cet égard, peut-être même s'emparer de sa personne.

Le monarque l'eut bientôt rassuré en s'avançant vers lui le sourire sur les lèvres.

— Ai-je le plaisir de me rencontrer en ce moment avec le maître même de cette hôtellerie ? lui demanda-t-il d'un air ouvert et gracieux qu'il prenait fréquemment, surtout avec les gens de la bourgeoisie.

— Oui, Sire, répondit le gros et petit homme avec émotion, en tenant son bonnet à la main et s'inclinant jusqu'à terre ; c'est bien le maître de ces lieux, c'est Horatius lui-même qui a l'honneur de recevoir Votre Majesté.

Et, ne concevant plus aucune crainte, il se redressa de toute sa hauteur avec sa pétulance habituelle, tout fier, tout enorgueilli de cette incompréhensible situation qui lui permettait d'adresser la parole à son souverain.

Louis XI l'examinait avec un vif intérêt ; il aimait les figures originales, et il se plaisait fort à converser avec ceux que la nature avait marqués du sceau de cette distinction particulière.

— Eh bien ! maître Horatius, mon ami, lui dit-il gaiement en se servant d'une locution qui lui était familière, j'ai beaucoup entendu vanter votre hôtellerie : le désir m'est venu d'y réunir quelques personnes que je veux traiter... Pouvez-vous nous préparer à l'instant un repas pour vingt convives ?

A cet ordre si inattendu, l'hôtelier demeura muet de stupéfaction.

— Vous serait-il donc impossible de nous le servir ? ajouta le roi, en se méprenant sur la cause de ce silence.

— Oh! Sire, répliqua vivement Horatius, je n'ai qu'à donner mes ordres, et tout est prêt !... J'ose assurer qu'on ne peut trouver dans toute la ville

d'Amiens une hôtellerie qui soit plus abondamment fournie de toutes choses que celle du Soleil d'or, et où surtout le service se fasse plus promptement, grâce peut-être à la manière dont je m'y prends pour entretenir le bon ordre... Mais c'est que je crois rêver, Sire... Votre Majesté venir faire un repas chez moi !

Et, dans sa confusion, il ajouta, se parlant à lui-même et se frappant le front :

— Tout comme il y a dix siècles !... tout comme il y a dix siècles... sous le règne du grand roi Mérovée !

— Qu'est-ce donc ? que dites-vous là ? demanda Louis XI étonné.

— Je pense, Sire, que, il y a dix siècles, cette maison reçut un pareil honneur du vaillant monarque dont le nom vient de m'échapper : il a daigné, un jour, y prendre sa part d'un festin servi par la main de mes ancêtres.

— Est-il possible ? dit le roi que divertissait singulièrement la naïve vanité de l'hôtelier, votre établissement. maître Horatius, daterait de ces vieux temps ?

— Rien n'est plus certain !... Mais, Sire, il est probable que le jour où les pas du fameux roi franc ont retenti dans cette hôtellerie la place était libre, et qu'il a pu s'y installer fort à son aise, au lieu qu'aujourd'hui tout y est comble... aussi, comme je vais en faire déloger sans délai tous ces Anglais !

— Non ! non ! repartit vivement Louis XI en retenant même par le bras le petit bonhomme fougueux qui avait déjà pris son élan, je tiens beaucoup à ce qu'on ne dérange personne... j'ai mes raisons pour cela.

— Sire ! il ne me reste pas alors un seul coin convenable que je puisse offrir à Votre Majesté.

— Si fait ! si fait ! j'ai trouvé moi-même ce qu'il me faut... En passant sous votre porte, j'ai aperçu à ma droite un endroit qui n'est point occupé, et où mes convives et moi nous serons très-bien placés.

— Sire, c'est la loge de mon portier !

— Eh bien ! qu'importe, si elle est libre ?

— Elle l'est sans doute... mais c'est la loge de mon portier ! répéta Horatius consterné... Ne serais-je pas désespéré de voir Votre Majesté chercher un refuge, quand les soldats du roi d'Angleterre mangent, boivent, s'enivrent, rient et chantent dans mes plus belles salles ?

— Je vous répète, maître Horatius, mon ami, que j'ai avant toutes choses le désir de ne déranger personne, répliqua Louis XI d'un ton ferme, adouci par une extrême affabilité de manières ; ce serait me mécontenter beaucoup, ne l'oubliez pas, que d'éloigner d'ici, à cause de moi, un seul soldat anglais.

Tout en parlant, le monarque s'était dirigé de lui-même vers la loge du portier.

Il marchait en avant ; car l'hôtelier, dans sa surprise, s'imaginant toujours qu'il reviendrait sur une pareille détermination, n'avait pas eu le temps de songer à lui ouvrir le chemin.

Commines et le maréchal de Gié, qui le suivaient aussi, n'éprouvaient pas un moindre étonnement.

Habitués à la singularité et à l'imprévu de ses résolutions, qui s'écartaient presque toujours de la voie commune des actions humaines, ils n'avaient pas jugé à propos de lui faire une seule observation.

Ils attendaient, pour avoir une opinion en cette circonstance, que l'événement leur ouvrît les yeux sur le but inconnu vers lequel ils se laissaient aveuglément conduire.

Le logis du portier se composait de deux pièces.

Louis XI, trouvant la première un peu petite, ne s'y arrêta pas, et il passa dans la seconde, qui heureusement était assez spacieuse pour être transformée en une salle de festin.

Au moment où il y entra, une femme jeune, blonde, d'une grande beauté, d'une parfaite distinction de physionomie et de maintien, se tenait assise près d'une fenêtre, et semblait examiner avec attention, par un coin de rideau légèrement relevé, les hommes d'armes répandus dans la rue.

Elle tourna la tête au bruit des pas du roi, et elle n'eut pas plutôt jeté les yeux sur lui, que, soit qu'elle le connût, soit que l'apparition d'un étranger dans cette pièce reculée et tranquille l'eût troublée d'une façon inopinée dans sa retraite, et lui causât quelque gêne, elle se releva précipitamment en faisant entendre une exclamation involontaire qui ressemblait à un cri de surprise étouffé.

Elle courut vers un vieillard qui était assis, triste et pensif, à l'autre extrémité de la pièce : cet inconnu avait, comme elle, la figure noble et belle ; il parut, à la vue du roi, éprouver également une vive contrariété de ce dérangement apporté à leur solitude.

La jeune personne lui prit le bras à la hâte, et avant que Louis XI eût pu leur adresser la parole, ils ouvrirent une porte, et disparurent d'un pas rapide en s'enfonçant dans un long corridor.

— Vous aviez raison, maître Horatius, dit aussitôt le monarque, je m'aperçois qu'il n'y a pas dans toute votre hôtellerie un seul coin qui ne soit occupé; car celui-ci n'est pas aussi libre que vous me l'aviez assuré. Mon arrivée ne vient-elle pas d'y causer la fuite de deux personnes?

— Il est vrai, Sire, répondit l'hôtelier; j'avais oublié que ces deux voyageurs, qui sont descendus chez moi il y a deux jours, devaient être en ce moment dans cette loge : ils ont l'habitude d'y venir faire leur repas pour éviter le bruit et le désordre qu'ils trouveraient partout ailleurs.

— Je l'avoue sincèrement, reprit le roi, je ne crois pas avoir jamais vu de traits plus ravissants, et aussi d'une expression plus fière, que ceux de cette jeune dame, ni de visage plus digne et plus respectable que celui du vieillard... Quels sont donc ces voyageurs? ajouta-t-il par un sentiment de curiosité qui manquait rarement d'attirer son attention sur les moindres détails de la vie des autres.

— C'est un sieur Lanoue et sa demoiselle... ils viennent de la Guienne, m'ont-ils dit, et ne sont que de passage en Picardie, où ils ont été appelés pour des intérêts de famille.

— Je regrette vivement qu'ils ne m'aient pas laissé le temps de leur adresser un mot d'excuse sur la manière dont j'ai pris possession de ce tranquille réduit de leur choix, et je le regrette d'autant plus qu'ils ont fui comme si ma présence les avait épouvantés.

— Sire, s'ils ont disparu avec cette promptitude, ce n'est point parce qu'ils ont reconnu Votre Majesté; je les vois toujours s'effaroucher ainsi chaque fois

que quelqu'un se jette par hasard au milieu de leur solitude... Ils paraissent livrés à de profonds chagrins, et l'on dirait qu'ils ne veulent pas être distraits dans les pensées qui les attristent... Du reste, on va les servir dans leurs chambres, où ils se sont retirés, et ils y feront leur déjeuner aussi tranquillement et aussi commodément qu'ici.

Le roi, se tournant alors vers les deux autres personnages dont il était accompagné, dit à son chambellan :

— Maintenant, messire de Commines, faites-moi le plaisir, je vous prie, d'aller chercher par la ville une quinzaine d'officiers anglais de votre connaissance ; et si vous n'en rencontrez pas de ceux-là, faites votre choix parmi les premiers venus... ce sont là nos convives... Hâtez-vous ! car, d'après ce que je devine de la ponctualité de notre hôte, le repas commandé ne se fera pas longtemps attendre, ajouta le monarque avec un sourire, et en jetant un regard sur Horatius.

— Sire ! s'écria celui-ci en roidissant son corps rond et replet sur ses petites jambes de l'air tout triomphant d'un homme dont l'amour-propre savoure un délicieuse flatterie... comme j'ai déjà eu l'honneur de l'affirmer à Votre Majesté, tout est prêt !

Et il sortit en même temps que Commines.

On conçoit sans doute avec quelle vélocité il franchit la distance qui le séparait de la cuisine.

Ceux de ses valets qui, ne sachant point ce qui se passait, le rencontrèrent sur leurs pas, crurent sérieusement à un dérangement de sa raison ; car, les yeux enflammés et hors de la tête, le visage convulsivement agité, il se frappait le front en criant presque sans interruption :

— Tout comme sous le règne du roi Mérovée !... tout comme sous le règne de Mérovée !

Ce fut au bruit de ces paroles qu'il fit son orageuse entrée dans la cuisine, et il ne cessa de les répéter que pour regarder avec ébahissement Brigitte, qu'il retrouva, comme il l'avait laissée, nonchalamment étendue sur sa chaise.

— Quoi ! vous n'avez pas encore fait un mouvement, madame Horatius ! lui dit-il une voix frémissante de colère... Ah ! vraiment, vous prenez bien votre temps, cette fois, pour prolonger ainsi votre repos... Vous ne vous doutez pas de ce qui m'arrive et de ce qui vous attend !

Il lui saisit aussitôt le bras, et en un clin d'œil il l'eut remise sur ses pieds en la lançant au milieu de la cuisine, où elle demeura près de lui, étourdie, haletante, et lui dominant de la moitié de son corps, quoiqu'elle se tînt dolemment penchée, soit par suite de la commotion reçue, soit par l'effet de sa langueur imaginaire.

Elle murmurait déjà quelques reproches plaintifs ; mais il l'interrompit en donnant ses ordres à ceux de ses gens qu'il aperçut à portée de sa voix.

— Vite ! vite ! à l'ouvrage, leur dit-il avec feu, il s'agit d'un festin royal... nos mets les plus délicats, les plus renommés ! nos vins les plus recherchés, les plus exquis !... Qu'on place une table pour vingt personnes dans la loge de mon portier !... Quant à vous, Brigitte, vous ne me quitterez pas ; nous resterons près des convives : c'est à nous deux seuls que doit appartenir l'honneur de servir Sa Majesté !

— Sa Majesté ! s'écrièrent ses garçons stupéfaits.

— Que dit-il ? soupira langoureusement madame Horatius, qui crut rêver ou avoir mal entendu.

— Je dis, répliqua son mari avec une fougue délirante, je dis qu'il en est aujourd'hui comme il y a dix siècles, sous le règne du roi Mérovée !... C'est une seconde grâce du ciel qui descend sur ma maison... quel bruit un tel événement va faire dans Amiens ! mes confrères en mourront de jalousie et de désespoir !... Mais les moments sont précieux ; il s'agit d'agir et non de parler... Brigitte ! ouvrez vos armoires, choisissez votre linge le plus blanc, le plus fin, et allons nous-mêmes en couvrir la table.

A ces mots, il partit ; mais, retournant la tête vers sa femme, il la vit qui s'avançait comme de coutume, avec un tel regret de se mouvoir, qu'elle paraissait en réalité faire des réflexions sur chacun de ses pas symétriquement posés.

Exaspéré à ce spectacle, et rendu inventif par la gravité des circonstances, il songea, pour s'épargner la répétition de ses mercuriales inutiles, à employer envers Brigitte un moyen de locomotion dont il n'avait pas encore fait l'épreuve.

Il revint d'un bond auprès d'elle, la prit par la main, et, ne la lâchant plus, il la traîna derrière lui sans ralentir un instant sa marche effrénée, malgré les lamentations de la dolente et faible créature.

— Horatius ! s'écria-t-elle, Horatius ! vous voulez me tuer !... Vous oubliez donc que mon médecin vous a recommandé les plus grands ménagements pour ma santé ?

Mais Horatius n'écoutait rien.

Absorbé dans ses seules idées, le cœur plein de l'ivresse de ses impressions, il répondit avec la chaleur de l'enthousiasme :

— Tout comme il y a dix siècles !... tout comme il y a dix siècles, sous le règne du roi Mérovée !

Lorsqu'ils furent tous deux chargés du linge de table dont ils avaient besoin, il poursuivirent leur chemin de la même façon qu'ils l'avaient commencé.

L'hôtelier ne laissa respirer sa femme qu'au moment où, traversant sa cour, il rencontra un officier anglais qui y faisait son apparition : il s'arrêta tout juste le temps de s'incliner respectueusement devant lui, puis, continuant d'entraîner Brigitte à demi suffoquée, il disparut avec elle dans la loge du portier.

Nous les y retrouverons plus tard : nous sommes forcé, pour l'instant, de nous attacher au pas de l'officier anglais, dans lequel nous avons à reconnaître sir George Parker.

Depuis le lever du jour, ce sombre personnage, agité du seul désir de découvrir le logis de la jeune fille et du vieillard dont il avait été si malencontreusement séparé la veille au soir, n'était occupé qu'à visiter toutes les hôtelleries d'Amiens.

Il avait été d'abord attiré vers celle du Soleil d'or par la vue du grand nombre de cavalerie française qui remplissait la rue en face de cet établissement même.

Comme il entrait dans ses fonctions d'avoir l'œil sur tous les mouvements de l'armée de Louis XI dans la ville, il voulut savoir la cause de cette réunion considérable d'hommes d'armes ; mais, dès qu'il eut franchi le seuil de l'hôtellerie, il fut vite ramené par la pente de ses pensées à l'unique but des recherches qui touchaient ses propres intérêts.

Il se mit donc à examiner attentivement, l'une après l'autre, toutes les fenêtres des bâtiments dont il était entouré.

Rien ne paraissait devoir le troubler dans cette minutieuse occupation ; car, outre une vingtaine d'archers de la garde du roi de France, groupés en sentinelles devant la loge du portier, et par conséquent assez éloignés du milieu de la cour, où il tâchait de dissimuler ses intentions par une promenade faite de long en large, il n'y avait près de lui d'autre personne qu'un capitaine de cette même garde, lequel se promenait également d'un air profondément pensif. Ce capitaine, âgé de vingt-six ans au plus, formait sous tous les rapports un contraste frappant avec l'Anglais : autant celui-ci inspirait l'aversion et la crainte par le caractère dur et sinistre de sa physionomie, autant l'autre appelait la confiance et l'estime par l'air de douceur, de franchise et de dignité noble répandu sur la sienne. Doué d'une de ces beautés que rend plus remarquable encore l'expression des traits que leur pureté même, assez grand, bien fait, souple, élégant dans ses moindres mouvements, l'officier français, par les dehors charmants de la personne comme par les sentiments devinés de l'âme, réalisait ce type de grâce, d'honneur et de loyauté qui, traversant victorieusement toutes les vicissitudes des siècles, est jusqu'à nos jours demeuré inséparable de l'existence de la véritable noblesse française.

Ce jeune homme semblait en ce moment livré à une accablante tristesse.

Il marchait à pas lents, le front morne et rêveur, et sans donner la moindre attention à l'Anglais, qui était venu se placer à côté de lui dans la cour.

Or, il arriva que, par un singulier hasard, ces deux jeunes gens levèrent au même instant leurs yeux vers la même fenêtre, et qu'un rideau écarté à demi leur laissa voir cette blonde et jolie jeune fille qui avait fui de la loge du portier à l'arrivée du roi.

On eût pu croire qu'elle aussi avait aperçu l'un des jeunes gens, ou peut-être tous les deux ; car le rideau retomba si promptement de sa main le long de la vitre, qu'elle ne leur donna le temps de l'entrevoir que comme une vision vaporeuse, à peine saisissable au regard.

A cette apparition, ils s'arrêtèrent brusquement dans leur promenade, et leur visage, se ressentant sans doute du désordre de leur âme, devint soudain pâle et agité. Mais cette halte et cette émotion eurent pour chacun d'eux des conséquences toutes différentes : l'Anglais se dit avec un sourire triomphant que le génie du mal semblait avoir animé de son souffle :

— Enfin, je les ai retrouvés !

Le Français, immobile, consterné, l'œil fixe, pressant son front dans sa main, comme un homme qui cherche à retrouver sa raison au milieu des nuages, se disait :

— Non !... non !... ce n'est pas elle !... J'ai rêvé !

Puis, après un court instant de réflexion, il murmura encore :

— Elle ici !... elle ici... à Amiens !... est-ce donc possible ?

En ce moment, deux voix que l'Anglais et le Français entendirent retentir derrière eux s'écrièrent, l'une :

— Sir George Parker !

L'autre :

— Capitaine Albert de Vannes !

Les deux officiers, qui ne s'étaient jamais vus, se connaissaient sans doute de nom ; car, au lieu de répondre à ceux qui les appelaient, ils portèrent précipitamment leurs yeux l'un sur l'autre avec un mouvement irrésistible de surprise et de curiosité.

Mais il y eut sur leurs visages deux expressions tout opposées de sentiments : celui de sir George reflétait l'impression d'une haine violente et mal dissimulée ; celui d'Albert de Vannes n'était couvert que du calme d'un mépris profond.

Quand ce dernier se tourna du côté d'où était partie la voix qui l'avait nommé, il se trouva en face du maréchal de Gié, qui lui dit :

— Capitaine, le roi désire vous avoir à sa table... il vous attend.

Le jeune homme suivit le maréchal, non sans avoir jeté encore un regard vers la fenêtre où il avait cru apercevoir la jeune fille.

Ai-je le plaisir de me rencontrer avec le maître de cette hôtellerie ? (Page 14, col. 1.)

Quant à Parker, lorsqu'il chercha derrière lui l'individu qui avait prononcé son nom, ses yeux rencontrèrent la figure réjouie de son ami Williams.

— Ah ! sir George ! s'écria ce dernier, quelle nouvelle je t'apporte !... imagine-toi que tout à l'heure, aux environs de cette hôtellerie, je me trouve sur les pas du sire de Commines, qui s'empresse de venir à moi d'un air des plus affables... et sais-tu pourquoi il m'aborde ainsi ?... uniquement pour me faire l'honneur de m'inviter à m'asseoir, ce matin, à la table du roi de France !

Parker, au lieu de répondre, se contenta dans son étonnement de regarder son ami, comme s'il eût douté de la réalité du fait qui lui était raconté.

— Oh ! je ne plaisante nullement ! reprit Williams... Mais écoute encore : le sir de Commines m'a expressément recommandé de faire à mon tour à l'un de mes meilleurs amis la même invitation, et je me suis mis aussitôt à ta recherche... Enfin notre bonne fortune veut de plus que nous soyons pour ainsi dire tout rendus dans la salle du festin, qui aura lieu, en cette hôtellerie même, où le roi est déjà arrivé.

— Il est ici ?... Voilà donc l'explication de la présence de ces hommes d'armes qui encombrent la rue...

Mais quelle fantaisie le roi de France a-t-il eue de donner ce repas et d'inviter ses convives de cette étrange façon?

— Cela ne nous regarde pas... et, puisque nous sommes l'objet d'un tel honneur, nous n'avons, ce nous semble, qu'à nous en féliciter, sans nous occuper du reste... D'autant plus, cher ami, que c'est là un événement fort agréable qui nous arrive comme à point nommé, pour distraire un peu nos esprits : je t'avoue que le mien a besoin de quelque chose qui l'enlève au souvenir de la ténébreuse aventure dont nous avons été témoins dans la soirée d'hier, et à l'impression des dangers affrontés cette nuit.

—Imprudent! murmura sir George d'une voix sourde en saisissant violemment le bras de Williams, ne t'habitueras-tu donc jamais à parler moins haut de nos secrets? quelqu'un ici pourrait entendre!

— Tu as ma foi raison! répliqua Williams en baissant également la voix... décidément, j'aurai toujours une peine infinie à marcher de compagnie avec les mesures de prudence... heureusement tu es là pour me remettre promptement dans leur chemin; car, certes, ce n'est pas toi qu'on trouvera en défaut à leur égard!... Mais, après tout, pourquoi t'effrayer des légèretés de ma langue incorrigible? je crois sérieusement que le danger est devenu impossible pour nous, et qu'il fuit même notre présence... Vois un peu : après une nuit passée sans sommeil, à la belle étoile, au milieu d'une garnison ennemie dont nous avions à observer les mouvements, nous voilà tout à coup appelés à prendre notre part d'un splendide et succulent déjeuner que Sa Majesté Louis XI semble avoir tenu tout préparé à notre intention, et qui va délicieusement nous refaire de nos fatigues!... Tu conviendras, cher ami, que nous sommes véritablement traités par le sort en enfants gâtés!... aussi, avec quel empressement, avec quelle joie vas-tu, au sortir de table, retourner auprès de notre roi; non-seulement pour lui faire ton rapport sur l'état dans lequel nous avons trouvé Amiens durant la nuit, mais encore pour lui conter les merveilles de la vie que l'on mène dans cette incomparable ville!

— Oh! avant de reprendre le chemin du camp, j'ai à donner ici tous mes soins à une affaire qui me concerne, repartit sir George d'un air distrait. Je regrette même que ce repas ne me permette point de m'en occuper plus tôt...

— Ah! ah! s'agirait-il toujours de ces deux personnes mystérieuses qui ont échappé à ta poursuite hier au soir, et pour lesquelles, sans doute, tes regards inquiets interrogent depuis ce matin toutes les fenêtres?

Parker avait justement les yeux levés en cet instant vers la fenêtre où la jeune fille lui était apparue.

— Mais, reprit aussitôt Williams, en voilà précisément une dont la vue semble t'intéresser beaucoup plus que notre conversation... Est-ce que par hasard tu toucherais en ces lieux au but de tes recherches?

La figure de sir George se rembrunit, comme s'il eût été vivement contrarié qu'on essayât de lui arracher à cet égard une seule de ses pensées.

— Sais-tu bien, ami Parker, ajouta Williams, que tu es un homme d'une retenue désespérante! Je ne puis élever la voix à ce sujet sans te faire froncer ton sourcil terrible... Et pourtant, je te le déclare, ton silence enveloppe à mes yeux ces deux personnes d'un

mystère étrange dont je serais fort curieux de déchirer les voiles!... Allons! voilà maintenant qu'il y a de la férocité dans le froncement de ton sourcil!... Rassure-toi donc : je ne pousserai pas plus loin mes questions indiscrètes... du moins, pour le moment, je ne m'en sens pas le courage, attendu que toutes mes facultés morales semblent avoir passé l'une après l'autre dans mon estomac affamé! Je ne saurais te dire avec quelle impatience, qui tient du délire de la fièvre, j'appelle l'heure de ce festin merveilleux, que la baguette d'un génération enchanteur n'aurait pas plus à propos fait sortir de terre sur nos pas.

Les deux amis étaient arrivés à ce point de leur conversation, lorsque Commines se montra sous la porte de l'hôtellerie, traînant à sa suite un certain nombre d'officiers anglais.

— Tiens! regarde, s'écria joyeusement Williams, ne suis-je pas servi à souhait? Voilà le seigneur de Commines qui m'apparait et nous fait signe de le suivre.

Williams et Parker allèrent se joindre aux autres officiers, et le chambellan de Louis XI, ouvrant la marche, pénétra avec tous ses invités dans la loge du portier.

III

LE DÉJEUNER

Ceux qui, parmi nos lecteurs, n'auraient point parcouru les mémoires de Commines, sont priés d'être bien convaincus que nous n'avons rien inventé ni des motifs de ce repas auquel nous allons les faire assister, ni du lieu où il fut donné, ni de la manière dont les convives reçurent leur invitation.

Louis XI accueillit les officiers anglais avec la plus affable courtoisie.

On se ferait une très-fausse idée du caractère et des dehors de ce prince, si on se le représentait absolument d'après l'image que quelques scènes exagérées de certains romans et de plusieurs pièces de théâtre ont pu laisser de lui dans l'imagination de la multitude.

En général, ces esquisses, tracées sous l'empire d'opinions toutes faites, arbitraires, exclusives, affranchies pour la plupart de tout esprit d'examen, ne nous montrent qu'une figure sombre et soucieuse, celle d'un despote jaloux à l'excès de sa puissance, et n'appliquant ses facultés qu'à accroître cette puissance pour le triomphe d'un étroit et cruel égoïsme.

On a fait ainsi un portrait commun et vulgaire de l'homme qui ressemblait le moins aux autres hommes.

Le Louis XI réel, le Louis XI de l'histoire, était bien plus extraordinaire, et partant plus digne d'intérêt, que ce type unique, toujours rembruni de fausses couleurs, par lequel on a cru cependant enchaîner l'avide curiosité de la foule.

Il y avait en ce monarque comme deux natures opposées et ennemies, qui se combattaient sans cesse, et dont la réunion paraîtrait impossible dans un seul être, si ce n'était là un fait clairement établi par l'histoire.

Tantôt réfléchi, sobre de paroles, l'œil inquiet, soupçonneux; tantôt expansif, abondant en saillies aimables ou railleuses, aimant les causeries familières, cherchant les amusements ou les faisant naître chez les autres, il semblait défier le jugement d'autrui de se tenir sur un point fixe à son sujet, et peut-être même, en certains cas, échappait-il à son propre jugement.

Mais il ne faut pas toutefois s'imaginer que ces subites et bizarres métamorphoses fussent dues à un tempérament capricieux et fantasque : les caprices sont le lot des natures vulgaires, et ce n'est point parmi elles que se place celui dont le génie politique, en refaisant à la monarchie un trône puissant et respecté, a attendu de l'avenir seul la lumière qui devait être répandue sur son œuvre.

La source des contradictions apparentes de son caractère est donc ailleurs qu'en lui-même, et il semble qu'on en soit facilement convaincu, lorsqu'on arrête avec réflexion sa pensée sur les événements qui lui ont fait une vie si menacée et si laborieuse : il avait comme pressenti qu'il tenait en ses mains les destinées de la monarchie; et, quand il la voyait en péril, il ne croyait jamais ni assez se hâter, ni aller trop loin dans ses mesures rigoureuses, pour soutenir l'antique et précieux édifice qu'il craignait de voir à chaque instant crouler sur sa tête.

Peut-être était-il né pour livrer son vaste esprit à la pratique du gouvernement des hommes, dans ces temps purs de troubles et d'orages; car c'est un fait constant dans la marche de la nature humaine, que ceux qui se trouvent jetés par les circonstances hors de leur sphère morale ne procèdent que par excès dans leurs moyens d'action, si les obstacles contre lesquels ils sont en lutte contrarient trop violemment leurs penchants et leurs instincts. Ce qu'il y a de certain, c'est que, les tempêtes une fois dissipées, il revenait à sa bonne humeur, à ses entretiens intimes, à ses joyeux propos, et souffrait même assez volontiers, sans jamais se fâcher, qu'on le raillât comme il raillait les autres.

« C'est merveille, dit l'historien Dupleix, que jamais « prince n'ayant été si jaloux de son autorité que « celui-ci, néanmoins il fut grandement familier aux « siens, et ne mangea jamais qu'il n'eût pour le moins « sept ou huit personnes à sa table. »

Cette familiarité prenait surtout une grâce inépuisable et une chaleur pénétrante, lorsque des raisons politiques mêlaient aux épanchements naturels du cœur de l'homme les intérêts cachés du souverain.

Telles étaient précisément les conditions dans lesquelles il se trouvait vis-à-vis de ses convives de l'hôtellerie du Soleil-d'Or : l'importance qu'il attachait à la réussite de son traité de paix avec Édouard IV devait nécessairement lui faire multiplier envers les officiers de ce monarque les séductions de ses manières et de son langage.

Quant aux invités, ils portaient à peu près tous sur leur visage l'expression d'une grande surprise : sans doute, depuis quelques jours, ils avaient eu lieu plus d'une fois de s'étonner des libéralités du roi de France à l'égard de l'armée anglaise; car Louis XI ne s'était pas contenté seulement de la bien traiter dans Amiens, il lui avait envoyé dans son camp, rapporte Commines, « trois cents chariots chargés de vins, des meilleurs qu'il fût possible de trouver » ; il avait fait des présents considérables à des officiers de tous grades; il

avait su mettre de son côté une partie du conseil d'Édouard, en distribuant des pensions à plusieurs de ses membres; l'or et les dons de toute espèce, s'échappant chaque jour de ses mains, allaient éblouir les yeux et enchaîner l'ambition de ses superbes ennemis; mais de tout ce que ceux-ci avaient vu, rien n'était plus capable de les frapper de stupéfaction que cette invitation singulière qui était venue les chercher au milieu de la rue, pour les placer, dans une taverne, à la table du monarque dont les largesses occupaient si fort leur imagination.

Leur roi était loin de les avoir habitués à cette aimable simplicité, à ce sans-façon tout cordial, qui leur faisait oublier en ce moment près de Louis XI la pompe et le cérémonial des cours.

Il est vrai que leur hôte auguste et malicieux avait eu, l'on s'en souvient, ses vues secrètes en se plaçant dans une telle situation; et il fut enfin facile à Commines et au maréchal de Gié de les découvrir, dès les premières paroles qu'ils lui entendirent adresser aux Anglais. Ces officiers regardaient avec étonnement le lieu étrange où ils étaient introduits.

— Messieurs, leur dit-il de l'air le plus ouvert et du ton le plus sympathique, je vous fais très-sincèrement mes excuses sur la nécessité où je me vois réduit de n'avoir à vous offrir pour salle de festin que la loge du portier de cette hôtellerie... Mais, malgré tout mon bon vouloir, je n'aurais su trouver ailleurs place pour deux personnes seulement dans les rangs pressés de vos aimables compatriotes.

Le visage des Anglais se couvrit de confusion.

— Quoi! Sire, répondit l'un d'eux avec chaleur, nos soldats abuseraient à ce point des libéralités de Votre Majesté?

— Et comment donc pourraient-ils en abuser en réjouissant de leur présence toute ma bonne ville d'Amiens? répartit Louis XI avec le même gracieux abandon... D'ailleurs, leur affluence, en augmentant sans cesse, ne m'apporte-t-elle pas la preuve de l'excellent esprit de concorde qui existe entre les deux armées?

— Mais, Sire, dit un autre Anglais, pouvons-nous souffrir qu'ils se comportent de manière à forcer en quelque sorte Votre Majesté de leur céder ici la place?

— Ah! il faut convenir qu'il n'y a rien en cela de leur faute... Ces braves gens ne se doutaient certainement pas de mon arrivée; ils ont occupé les lieux avant moi, et j'en suis ravi pour eux... Je reste donc coupable de ce qui nous arrive... et, à ce sujet, je vous dois, Messieurs, une petite explication : c'est demain que j'aurai le plaisir de serrer la main à mon cher cousin le roi d'Angleterre, et j'ai voulu passer, avant ce temps, quelques joyeux moments en compagnie de plusieurs des vaillants chefs de son armée... J'ai pensé que les rassembler autour de moi dans une hôtellerie, et au milieu de leurs soldats, c'était donner à notre réunion un caractère tout franc, simple et militaire qui ne leur déplairait pas; et, si je me suis permis de leur envoyer mes invitations à l'heure même du repas et un peu au hasard, c'est que j'ai tenu à leur prouver que je n'avais point de choix à faire parmi eux, et que s'il m'eût été possible d'avoir à ma table tous leurs valeureux compagnons sans distinction, je me fusse empressé de les y appeler.

Mais plus le langage de Louis XI paraissait plein de cordialité et de caresses, plus les officiers anglais, entraînés par l'expression de leur reconnaissance, se montraient indignés de l'indiscrétion brutale de leurs soldats.

— Sire, fit observer l'un de ceux qui avaient déjà pris la parole, nous cesserions d'être dignes des bontés de tous genres dont nous honore Votre Majesté, si nous ne mettions un terme à la situation dans laquelle elle se trouve jetée par l'intempérance de nos gens... c'est à peine si nous pouvons nous entendre à travers leurs chants et leurs cris assourdissants !

— Et encore la foule des arrivants augmente sans cesse! dit un autre en passant sa tête par la porte de la première pièce, qui conduisait dans la cour.

— Je serais désolé, Messieurs, reprit le roi, que ces bruyantes manifestations de leur joie vous rendissent désagréable le séjour de cette maison ; mais deux puissantes raisons ne m'ont pas laissé libre de faire choix d'une autre hôtellerie : d'abord, celle-ci est la plus renommée, dit-il en appuyant lentement sur chaque mot, et jetant un coup d'œil à la dérobée sur le maître du lieu...

Horatius, occupé en cet instant du service de la table, et aidé tant bien que mal par sa femme qu'il dirigeait à voix basse ou par des signes énergiques, bondit sur lui-même en entendant l'éloge que le monarque faisait de son établissement.

La vivacité de ses mouvements devint incroyable et son visage sembla crever d'orgueil.

— Ensuite, Messieurs, poursuivit Louis XI, on m'a assuré que toutes les autres hôtelleries et tavernes étaient également encombrées.

— Cela ne peut donc durer, Sire, reprit un Anglais ; la gourmandise de nos soldats finirait par les rendre aujourd'hui plus nombreux dans Amiens que les habitants de la ville même !... avant une heure, la plupart d'entre eux auront regagné le camp.

— Oh! voilà précisément ce que je ne veux pas ! s'écria le roi.

Puis, avec un sourire charmant, et passant d'un regard en revue tout son monde, il ajouta :

— Mais, Messieurs, il est temps de nous mettre à table.

Il vit alors, tout en entourant de soins ses convives, qu'un officier adressait tout bas, dans un coin, quelques paroles à l'un de ses compagnons, et que celui-ci sortit précipitamment.

Il n'eut pas l'air d'avoir remarqué cette disparition.

Persuadé par là que les deux Anglais venaient de prendre une mesure dont l'exécution aurait pour effet de diminuer considérablement l'affluence des Anglais dans Amiens, il commença à se féliciter lui-même du moyen ingénieux qu'il avait employé pour arriver à son but, en restant déchargé de toute responsabilité dans l'acte d'autorité qui allait s'accomplir.

Nous ne suivrons pas Louis XI dans les mille détails de sa conversation durant ce repas, conversation qui tint constamment ses convives sous l'impression de l'admiration et d'un irrésistible charme, par l'abondance des traits aimables, piquants, instructifs et profonds tour à tour dont elle fut semée.

Il n'oublia personne dans ses minutieuses et délicates attentions.

Horatius lui-même en fut tout particulièrement l'objet, dans un moment où, apercevant la malheureuse Brigitte immobile, il se mit à l'aiguillonner de son mieux et à sa façon en la remettant en mouvement avec un geste peut-être un peu trop vif.

— Maître hôtelier, dit le roi, c'est sans doute madame Horatius qui chemine si prestement devant vous ?

Brigitte, toute confuse d'avoir attiré l'attention du monarque, s'arrêta court ; son grand corps fluet se ploya peu à peu et parvint à faire une profonde révérence, dont l'indescriptible lenteur fit bouillir le sang dans les veines de l'impétueux Horatius.

— Oui, Sire, répondit-il, en dissimulant ce qu'il éprouvait, c'est Brigitte, mon épouse bien-aimée, qui a l'honneur de servir en ce moment Votre Majesté.

— Mais il me semble, reprit Louis XI, que depuis que nous sommes à table, vous faites faire à votre épouse bien-aimée un exercice assez violent.

Enchantée de cette observation, Brigitte en marqua sa reconnaissance par une seconde révérence qui parut plus interminable encore que la première aux yeux pétillants d'impatience de son mari.

— Vous n'avez pas besoin de vous tant presser, continua le roi ; nous pouvons attendre... d'autant plus que madame Horatius me paraît fatiguée... et un peu maladive.

— Oh! très-maladive! soupira Brigitte en faisant une troisième révérence, durant laquelle elle eut amplement le temps de regarder son époux avec un hochement de tête triomphant, qui semblait lui dire : Eh bien ! vous voyez, monsieur Horatius, le roi lui-même reconnaît mon état de langueur, et vous accuse de ne point ménager ma santé ! Après cela, j'espère que vous serez bien obligé d'user de procédés plus délicats à mon égard.

Mais l'hôtelier ne se laissait pas facilement battre dans le domaine de ses prérogatives maritales.

Fort de son droit, et l'esprit toujours appliqué à l'admirable entente des intérêts de son commerce, il répondit en s'inclinant à son tour :

— Sire, voilà quinze ans que je ne cesse de répéter chaque jour à ma chère Brigitte que l'exercice est l'unique moyen de fortifier sa santé ; aussi commence-t-elle à être persuadée que j'ai raison, et fait-elle tout ce qu'elle peut pour me le prouver.

— Oh ! puisqu'il en est ainsi, dit Louis XI, je retire mon observation, et je suis ravi de voir qu'après quinze ans de ménage, un si parfait accord d'opinions et de sentiments règne entre deux époux.

Brigitte fut accablée du poids d'une telle sentence tombée si inopinément des lèvres du monarque : n'ayant ni la présence d'esprit ni l'aplomb du maître hôtelier, elle ne trouva aucune objection pour sa défense dans sa pauvre cervelle troublée, et elle soupira en pensant que sa cause, qui lui avait un instant paru gagnée, était à tout jamais perdue ; car elle ne doutait point que son mari ne s'appuyât désormais de ces dernières paroles du roi pour ne plus mettre des bornes à sa persévérante et tyrannique vigilance envers elle.

La physionomie de ces époux, si dissemblables au physique et au moral, formait un spectacle fort divertissant pour les Anglais, qui ne se lassaient point de les examiner de la tête aux pieds, tandis que Louis XI ne se procurait pas de son côté un moindre plaisir en leur adressant, comme on vient de le voir, quelques malicieuses paroles.

— A propos, maître Horatius, mon ami, reprit-il gaiement, j'espère que l'activité remarquable avec laquelle vous nous consacrez vos soins ne vous a point fait oublier cette blonde damoiselle, si belle et si candide, et son respectable père, qui tous deux, à mon arrivée, ont disparu si vite de ces lieux ?

Ces mots tirèrent tout à coup du profond abîme de leurs réflexions le capitaine Albert de Vannes et sir George Parker, qui, depuis le commencement du repas, étaient restés, l'un mélancolique et rêveur, l'autre sombre et taciturne.

Par un mouvement involontaire, comme cela leur était arrivé dans la cour, ils croisèrent rapidement leurs regards, mais ce fut pour les détourner aussitôt avec la même promptitude. Ils se portèrent alors sur l'hôtelier en paraissant attendre sa réponse avec un singulier intérêt.

— Sire, dit Horatius, que Votre Majesté soit rassurée à l'égard de M. Lanoue et de sa damoiselle.

A ce nom de Lanoue, sir George et Albert parurent éprouver un égal étonnement, et leur attention redoubla.

— J'ai donné les ordres qui les concernent, continua Horatius ; ils déjeunent dans leur appartement... Du reste, il m'eût été impossible d'oublier ces voyageurs, à cause de la gracieuse et douce damoiselle... Elle doit rester d'autant plus présente à ma pensée, ajouta-t-il avec une certaine emphase, qu'elle est de son aimable sexe la seule personne qui loge en ce moment chez moi.

Cette dernière phrase sembla faire disparaître l'expression de la surprise du visage d'Albert et de celui de sir George, probablement parce qu'elle fixait avec certitude leur opinion sur un point important : c'est qu'il ne leur était plus permis maintenant de douter que la jeune fille aperçue par eux à une fenêtre ne fût celle dont le nom vrai ou faux venait d'être prononcé.

Cela ne fit qu'accroître l'intérêt qu'ils prenaient au dialogue du roi et de l'hôtelier.

Mais ils furent déçus dans leur attente, s'ils comptaient recueillir d'autres détails sur la jeune fille; car Louis XI ne reprit la parole que pour dire d'une voix joyeuse à Brigitte :

— Vraiment, madame Horatius, on doit vous féliciter d'avoir su vous choisir un mari qui, déjà si actif par lui-même, comme tout nous le prouve, fait aussi régner une telle activité dans le service de sa maison, que tout le monde se ressent de ses bons soins en même temps... Aussi, je ne m'étonne point de la renommée attachée à l'enseigne du Soleil-d'Or, et vous devez être la plus heureuse des femmes de voir avec quelle exactitude et quelle vitesse tout marche et s'accomplit dans votre brillant commerce !

Brigitte soupira de nouveau, mais au fond d'elle-même, en victime résignée à son sort ; et, après avoir répondu aux compliments du roi par une de ses lentes et silencieuses révérences, elle se releva pour se livrer au charme et à la douceur d'une immobilité absolue. Mais Horatius ne la laissa pas longtemps dans cet état : il la relança vigoureusement dans ses rapides allées et venues.

Il lui était moins que jamais possible de rester en place : ivre de ces dernières louanges dont son établis-

sement et conséquemment sa personne étaient l'objet, il s'agitait, glissait, se précipitait de tous côtés autour de la table, souvent sans besoin, sans motif, uniquement sans doute pour s'admirer lui-même dans l'exercice énergique de ses fonctions.

Louis XI, tout en lui jetant un coup d'œil de temps en temps, et retenant un sourire, reprit la conversation avec ses convives, et il ne les laissa plus respirer un instant sous l'empire de la fascination que sa bonne humeur, sa verve, son affabilité exercèrent sur leur esprit jusqu'à la fin du repas.

Enfin vint le moment où ces officiers étrangers prirent congé du monarque.

Albert de Vannes sortit derrière eux.

Louis XI, demeuré seul dans la loge du portier avec le maréchal de Gié et Commines, dit à ce dernier :

— Pourriez-vous m'apprendre le nom de cet officier qui était à votre droite ?

— Sire, il se nomme sir George Parker... C'est un jeune homme qui jouit de quelque crédit auprès du roi son maître, auquel il a rendu d'importants services par sa valeur dans les guerres des maisons de Lancastre et d'York.

— J'ignore quelle est sa bravoure, répliqua assez brusquement Louis XI, mais il a un visage dont l'expression a toujours repoussé ma confiance.

— Comment toujours, Sire ?... L'auriez-vous donc déjà vu.

— Je l'ai aperçu deux ou trois fois dans Amiens depuis notre arrivée... Ses traits m'avaient tellement frappé qu'ils sont restés profondément gravés dans ma mémoire... Lorsqu'il est entré ici, je n'ai pu me défendre d'un sentiment d'appréhension et de dégoût... Je ne sais ce que je lis sur cette figure farouche et dure : on croirait y voir le reflet d'une âme travaillée sans cesse par de méchantes et perfides pensées... Avez-vous remarqué que, toujours renfermé dans ses réflexions, il n'a pas dit quatre mots durant le repas.

— Oui, Sire, j'ai aussi fait cette remarque.

— Que ne peut-on pas craindre d'un tel homme dans la situation où nous sommes, environnés d'ennemis si divisés de sentiments et d'opinions sur mon traité de paix ?... En vérité, je serais curieux de lire dans le secret de ses actions, comme je crois lire dans la noirceur de son âme.

Au moment même où le monarque s'entretenait ainsi avec son ministre le long d'une fenêtre donnant sur la cour de l'hôtellerie, il aperçut dans cette cour George Parker, rendant fièrement son salut à un individu qui passait à côté de lui, et dont le costume était celui d'un valet de grande maison.

— Eh mais ! que vois-je ! reprit vivement Louis XI, voilà Mérindot qui salue cet Anglais !... Ce Mérindot a été traité en habile homme dans sa mission auprès du roi d'Angleterre... Son intelligence ne pourrait-elle encore m'être utile en cette circonstance ?... Voulez-vous bien, messire de Commines, dire à ce rusé garçon de venir me parler ?

Le ministre sortit.

Le lecteur se souvient sans doute que Mérindot était ce valet qui, affublé des habits d'un héraut d'armes, avait été chargé de porter à Édouard IV les premières propositions de paix. Nous parlerons plus tard, comme nous l'avons promis, de sa physionomie et de son caractère. Il fut aussitôt introduit par Commines dans la loge du portier. Le roi le revit avec une vive satisfaction qu'il ne chercha pas à cacher.

— Eh bien ! compère, tu connais donc ce sir George Parker ? lui dit-il du ton engageant et presque amical qu'il était dans ses habitudes de prendre avec les gens de petit état, qui lui avaient donné des preuves éclatantes de leur zèle et de leur dévouement.

— Sire, répondit le valet, j'ai vu plusieurs fois cet officier dans la tente du roi d'Angleterre.

— Bien ! c'est à merveille ! repartit Louis XI du même ton... Tu vas me suivre à l'Hôtel de ville... Nous avons à causer ensemble... J'aurai, je crois bien, à te confier le soin d'une nouvelle entreprise, ajouta-t-il en regardant Mérindot avec un fin sourire.

Et il se dirigea vers la sortie de la loge. Arrivé dans la cour, il ne manqua pas de remarquer par les fenêtres ouvertes du rez-de-chaussée qu'il ne restait plus qu'un petit nombre de soldats anglais dans les salles de l'hôtellerie ; et, en traversant les rues de la ville, il acquit encore, par ses propres yeux, l'assurance que, de toutes parts, Amiens se débarrassait peu à peu de cette population incommode et dangereuse.

— Eh bien ! dit-il à Commines, vous voyez que, sans le risque de me mettre mal avec nos ennemis, il n'était pas difficile de les renvoyer dans leur camp.

— Pardonnez-moi, Sire, de ne pas être de votre avis : cela était fort difficile au contraire... car j'avoue qu'un tel moyen de sortir d'embarras ne me serait jamais venu à l'esprit... Votre Majesté peut maintenant être parfaitement tranquille sur l'effet de sa conduite dans cette affaire : les officiers et les soldats anglais demeureront toujours persuadés que c'est contre ses désirs mêmes qu'ont été donnés les ordres secrets qui viennent de changer si sensiblement notre situation.

Le roi sourit, et d'abord ne répondit rien. Mais bientôt il reprit d'un air assez soucieux :

— Il y a toutefois dans ce qui se passe une chose qui me contrarie : les soldats qui sont restés doivent boire fort peu ; car on n'entend pas leurs chants dans les tavernes ; et ceux qui vont par les rues marchent d'un pas sûr, et se tiennent parfaitement droits.

— Qu'est-ce que cela fait donc, Sire ?

— Cela ne pourrait-il pas, en vue de certaines appréhensions, donner à penser que nous avons été délivrés de ceux qui n'étaient pas à craindre, et que ceux qui restent le sont peut-être ?

Commines, frappé de la justesse et même de la profondeur de cette réflexion, garda le silence, devint pensif à son tour, et se mit à examiner avec une grande attention la physionomie des Anglais qui se rencontrèrent sur son passage.

Nous allons le laisser continuer sa route avec le roi : le cours de notre récit nous force de retourner dans l'hôtellerie du Soleil-d'Or.

Immédiatement après le départ de Louis XI, sir George Parker rentra d'un air fort empressé dans la loge du portier.

Horatius s'y trouvait seul : il venait d'y faire sa rentrée lui-même, après avoir vainement cherché de tous côtés Brigitte qui, l'esprit bouleversé, les membres rompus par les fatigues de cette orageuse journée, avait eu enfin, pour la première fois de sa vie, l'adresse d'échapper aux investigations persécutrices de

son époux, sans qu'il sût dans quel coin de la maison elle pouvait ainsi le braver impunément et goûter en toute liberté le repos qu'elle aimait tant.

— Maître hôtelier, dit Parker, j'ai besoin de vos services pour un moment.

Horatius s'inclina jusqu'à terre en revoyant devant lui l'un des convives du roi.

— Je suis tout aux ordres de Votre Seigneurie, répondit-il.

— Pendant le repas, reprit l'Anglais, je vous ai entendu parler d'un sieur Lanoue et de sa damoiselle, qui logent dans votre hôtellerie ; je les connais très-bien tous deux... Je m'étais présenté ce matin même chez vous pour les voir, lorsque l'invitation du roi de France est venue m'arrêter dans mon projet de visite... Vous allez donc me conduire auprès d'eux sans retard.

— Très-volontiers, Messire, quoique, à vrai dire, ils m'aient bien recommandé de ne faire monter dans leur appartement aucune des personnes qu'ils ne m'auraient pas désignées à l'avance... Mais, comme vous les connaissez tout particulièrement, la recommandation ne vous concerne pas sans doute... Cependant, je vais leur porter votre nom, si Votre Seigneurie veut bien me le dire...

— C'est inutile... je veux au contraire leur causer une surprise... Vous leur direz seulement que je suis un ami du fournisseur des guerres, dont ils ont dû, hier, recevoir la visite.

— Il est vrai, Messire... c'était un fournisseur de l'armée anglaise... ils sont même sortis avec lui... C'est la seule personne que j'avais ordre d'introduire auprès d'eux... Oh ! puisque vous êtes un de ses amis, le reste va tout seul... Votre Seigneurie veut-elle se donner maintenant la peine de me suivre ?

Horatius fit entrer sir George dans le corridor par lequel, à l'arrivée du roi, s'étaient enfuis la jeune fille et son père.

Il le mena par ce passage au premier étage de son hôtellerie : là, il ouvrit la porte d'une chambre avec une clef qu'il avait sur lui ; puis, se contentant de passer la moitié de son corps dans la chambre, il adressa ces paroles aux personnes qu'elle renfermait :

— Un ami du fournisseur anglais qui est venu vous voir hier demande à vous parler.

— Qu'il entre ! répondit la voix grave d'un homme.

L'hôtelier se retira pour laisser passer sir George : cet officier pénétra vivement dans la pièce dont on lui livrait l'entrée, et il en ferma aussitôt la porte derrière lui.

Peut-être s'attendait-il à l'effet extraordinaire que devait y produire son apparition ; néanmoins, le tableau que lui mit devant les yeux l'expression du visage et de l'attitude des deux personnes qu'il venait visiter lui causa une visible émotion, et parut même un instant ébranler l'assurance de son maintien.

La jeune fille courut vers son père, et se serra près de lui par un mouvement involontaire, comme pour lui demander sa protection contre un danger commun, et le vieillard, qui avait déjà fait un pas vers la porte, s'arrêta tout à coup, le sourcil froncé, mais l'œil fier et plein de dédain, en regardant en face l'officier anglais.

— Quel motif, lui dit-il, peut donc nous valoir la visite de sir George Parker ?

— Quel motif? repartit l'officier en se remettant un peu de son trouble... Mais votre intérêt même, lord Egelton.

Le vieillard conserva son air digne et grave, ne répondit rien, et, ne cessant d'avoir les yeux fixés sur son interlocuteur, parut attendre de lui une plus intelligible explication de sa conduite.

— Sans doute, Milord, reprit sir George, il est assez naturel que vous soyez surpris de revoir aujourd'hui devant vous l'ancien prétendant de miss Égelton.

A ces mots, la jeune fille pâlit, et elle passa rapidement son bras sous celui de son père avec un geste indéfinissable de frayeur: on eût dit qu'elle avait besoin de chercher dans ce doux lien une force intérieure qui la rassurât contre le projet d'union que les paroles de Parker lui remettaient en mémoire.

Cet élan d'aversion n'échappa probablement point à l'attention de l'officier; car il pâlit aussi lui-même, et une étincelle de son âme violemment remuée brilla dans son œil fauve. Mais il eut l'art de couvrir ses impressions d'une mine toute respectueuse et d'un sourire forcé à travers lequel il poursuivit en ces termes:

— Toutefois, Milord, tranquillisez-vous: l'ancien prétendant à la main de miss Égelton ne vient pas ici pour tenter de ressaisir quelqu'une de ses espérances depuis longtemps détruites, ni pour se plaindre des refus opiniâtres qui ont accueilli toutes ses démarches... La grandeur de l'infortune qui vous frappe en ce moment occupe seule sa pensée... Il sera franc: il sait que plusieurs de ses ennemis l'on point à vos yeux comme un homme qui vous gardait un profond ressentiment des blessures faites à son cœur et à son amour-propre; c'est là un fonds de calomnies odieuses, sur lequel toute justification serait superflue avec une âme aussi élevée et aussi juste que la vôtre, Milord! elle sait bien que l'animosité et la haine n'ont jamais troublé la mienne... J'ai pu, je l'avoue, m'abandonner au dépit, à l'irritation même, sous le choc d'une première et impétueuse douleur, toujours inséparable des obstacles qui brisent nos rêves les plus chers; mais, de toutes ces agitations, il ne me reste aujourd'hui que le simple et triste regret d'avoir échoué dans mes projets de bonheur; et, je le répète, je ne me présente pas ici pour faire revivre des songes évanouis... mais, plein de l'oubli des intérêts qui me concernent, je n'ai pu résister au désir de venir vous tendre la main dans le malheur, et vous offrir mon appui, si, comme je l'espère, il peut vous aider à vous délivrer des dangers dont votre sort est menacé.

Lord Égelton ne répondit rien encore; il fit seulement une légère inclination de tête pour engager sir George à continuer son explication.

Ce dernier, toutefois, fut assez maître de lui-même pour ne point perdre contenance devant une attitude si réservée et si imposante, et il ajouta avec un calme qui n'était que sur son visage:

— Déjà, hier au soir, Milord, mes services eussent été mis à votre disposition, si lorsque je vous ai rencontrés tous les deux dans les rues d'Amiens, j'avais pu vous entretenir un instant... mais, ajouta-t-il, en rompant tout à coup le fil de son discours, je vous parle de cet incident sans trop savoir si vous avez remarqué que quelqu'un marchait à côté de vous dans l'ombre.

— Nous avons parfaitement remarqué cela, repartit sèchement lord Egelton; et de plus, nous avons été fort surpris de deux choses: c'est que nous fussions, sans raison connue, poursuivis de cette façon dans l'obscurité, et que, à une pareille heure, se trouvât encore dans la ville un officier anglais.

Parker avait prévu toutes les questions embarrassantes qui pourraient lui être faites à ce sujet, et il tenait pour chacune d'elles, dans son esprit, des réponses toutes préparées. Aussi répliqua-t-il avec assurance:

— Milord, j'ai déjà répondu en partie à la première cause de votre étonnement, en vous disant que mon intention était hier, comme aujourd'hui, de vous offrir mes services; il ne faut donc attribuer qu'à cette intention seule l'ardeur avec laquelle je me suis jeté sur vos traces.... Quant au motif qui m'a forcé de rester la nuit dans la ville, il est bien simple et le voici: depuis quelques jours, certains bruits qui me sont venus de la cour du duc de Bourgogne m'ont donné lieu de soupçonner que vous deviez avoir quitté cette cour, et que vous aviez sans doute fait route vers notre camp... Hier donc, préoccupé de l'idée que peut-être étiez-vous réfugié dans Amiens, je consacrai, mais inutilement, toute ma journée à votre recherche. J'appris, à l'approche du soir, que le duc de Glocester venait d'être vu se promenant en bateau sur la Somme, en compagnie de deux personnes dont l'une était une femme: je ne saurais dire pourquoi ma pensée se porta vers vous, Milord, et sur miss Égelton; je me rendis aussitôt sur le bord de la rivière, où mes nouvelles recherches ne furent pas plus heureuses; et bientôt, surpris par la nuit, et ayant dans ma préoccupation laissé passer l'heure où se ferment les portes de la ville, je me trouvai réduit à me tenir caché dans quelque coin de rue pour attendre le jour... Ce fut alors que je vous vis sortir d'un bateau avec miss Egelton et mettre pied non loin de moi sur la rive. Je crus vous reconnaître; mais il m'était impossible de distinguer vos traits: je voulus m'assurer de la réalité, et je pris la liberté de vous suivre. J'allais vous adresser la parole, lorsqu'une ronde vint nous séparer. Enfin, ce matin dès que le hasard m'eut livré le nom sous lequel vous êtes connu dans cette maison, le même désir de vous être utile qui, hier, m'a précipité sur vos pas, m'a fait prendre la résolution de me servir d'un innocent stratagème pour pénétrer jusqu'à vous... Car il n'y a pas un moment à perdre pour votre salut, Milord; et je m'étonne que vous soyez venu ici chercher pour ainsi dire vos dangers à leur source même; l'ignoriez-vous donc? le roi d'Angleterre, très-irrité en ce qui vous touche dans sa situation, semble moins que jamais disposé à revenir des accusations qu'il a lui-même portées contre vous... Néanmoins, il se peut faire que, grâce au crédit dont j'ai l'honneur de jouir auprès de sa personne, je parvienne à arrêter les effets de son courroux... Il est donc nécessaire que je m'entende avec vous à cet égard.

Lord Egelton accueillit cette proposition avec son air toujours si froid et si sévère, que, pour n'en point paraître offensé, Parker eut besoin de tout l'empire qu'il semblait avoir acquis sur les plus fougueux mouvements de son âme.

Le noble vieillard se recueillit un instant, comme s'il hésitait à demeurer dans ce dédaigneux silence, ou à livrer quelques-unes de ses pensées à son interlocuteur.

Ce fut à ce dernier parti qu'il s'arrêta ; et, tandis que sa charmante fille, le visage attentif et triste, les yeux baissés, restait suspendue à son bras avec toute la grâce candide d'un ange descendu près de lui pour lui inspirer chacune de ses paroles, il reprit :

— Sir George Parker, je n'ignore absolument rien des périls de ma position ; et, pour que vous compreniez bien comment je n'ai pas craint de venir les affronter ici, je dois vous montrer au juste quel est le fond des accusations qui pèsent actuellement sur moi.

« Ce rapide exposé de ma conduite sera d'autant plus en ce moment à sa place, ajouta lord Egelton avec un certain accent d'ironie amère, qu'il m'est prouvé par votre langage même que je parle devant un de ceux qui, à la cour de notre roi, ont dû être souvent étonnés, sinon indignés, de me voir en butte aux singulières calomnies dont je puis être bientôt victime...

« Je suis obligé, pour être plus clair, de reprendre d'un peu loin le cours des événements...

« Vous vous souvenez sans doute, sir George Parker, du jour où miss Cécilia, ma noble et chère enfant, quitta Londres pour se rendre auprès de sa tante, mariée à un gentilhomme de la cour du duc de Bourgogne ?

— Hélas ! il y a un an de cela, et vous me retracez un de mes plus cruels souvenirs ! répondit sir George, qui, en poussant un soupir, s'inclina avec courtoisie devant la jeune fille...

« Le bruit n'a-t-il pas couru alors que miss Egelton ne s'éloignait d'Angleterre que pour se dérober plus sûrement aux effets de la volonté de notre souverain, qui avait conçu le projet de nous unir ?

— Eh bien ! déjà à cette époque, continua lord Egelton sans relever la réflexion de Parker, le roi commençait à apporter quelque refroidissement dans nos rapports.

« Ce refroidissement parut augmenter durant les premiers mois qui suivirent le départ de ma fille.

« Cependant, vers la fin de l'hiver dernier, j'obtins d'être nommé son ambassadeur à la cour du duc de Bourgogne, pour y traiter de toutes les affaires relatives à la guerre qui allait être déclarée à la France.

« J'avais fort brigué ce poste, je l'avoue, parce qu'il me permettait de me retrouver auprès de ma pauvre enfant...

« Je croirais presque faire injure à ma propre conscience en disant ici avec quel zèle je servis dans mes fonctions les intérêts de mon auguste maître et de mon pays : ce zèle alla si loin que j'osai, dans mes lettres au roi, blâmer franchement plusieurs fautes commises par lui dès le début de la campagne.

« Il en fit une grande surtout : ce fut de ne point opérer sa descente en Normandie, comme le lui avait conseillé le duc de Bourgogne.

« Celui-ci garda un vif ressentiment de cette façon avec laquelle on négligea ses avis.

« De là peut-être découlent tous les obstacles qui se sont opposés aux succès de l'entreprise du roi d'Angleterre ; et ces obstacles ont amené cette situation si inattendue où, livré à lui seul, il a cru devoir faire un humiliant traité de paix que j'ai blâmé, et que je blâmerai toujours aussi hautement que sa descente à Calais !...

« Il paraît que la franchise de mon langage, la vigueur de mes observations, lui ont tout particulièrement déplu, ou qu'il a été porté à en mal penser par ses dispositions, déjà peu favorables à mon égard...

« Mais il paraît aussi, poursuivit le noble lord en arrêtant un regard accablant sur sir George, que quelques bons amis qui s'occupent beaucoup trop de mes intérêts à la cour n'ont pas peu contribué, par leurs adroites insinuations, à enraciner de plus en plus chaque jour le soupçon dans son esprit...

« Enfin, ce qu'il y a de certain, c'est que, dans mon dévouement rigide, mais respectueux et profond, dans mes réflexions trop véhémentes peut-être, mais toutes inspirées par le désir de ses succès, il n'a vu qu'un parti pris de censurer tous ses actes dans cette guerre ; et il en est venu à se persuader, ou à être persuadé par d'autres, que, ayant des vues secrètes et intéressées pour le détourner du but de son expédition, je m'étais appliqué, par la manière dont je m'établissais le juge de sa conduite, à entretenir contre lui le mécontentement du duc de Bourgogne, et que j'avais ainsi réussi à décider ce prince à ne venir joindre son allié qu'avec un secours insignifiant, et à l'abandonner ensuite, afin de le laisser dans l'embarras au milieu d'un pays ennemi !...

« C'est-à-dire que je suis tout simplement accusé d'un crime de lèse-majesté au premier chef !...

« J'ignorais entièrement quel était l'état de ses pensées à mon sujet, lorsqu'il m'envoya une lettre de rappel : au moment où j'allais me mettre en route, le duc de Bourgogne m'apprit qu'il venait d'être instruit de tous les dangers auxquels je m'exposais en retournant auprès du roi ; il me fit connaître les soupçons dont j'étais l'objet ; il m'assura que je n'étais attendu au camp que pour être conduit à la Tour de Londres, et qu'une commission était déjà nommée pour instruire mon procès... Miss Egelton, dans son effroi, me supplia de différer mon départ, et de prendre ainsi du temps pour chercher quelque moyen de dissiper cet orage : je cédai à ses prières...

« Cet acte de prudence ne fit que donner plus de force aux arguments de mes accusateurs : on prétendit que je mettais au grand jour ma trahison en n'osant plus quitter la cour du duc de Bourgogne...

« Tandis que j'étais dans cette triste situation, le bruit des négociations entamées pour le traité de paix prenait de jour en jour plus de consistance. Enfin, je sus que ce traité devenait une affaire fort sérieuse, et que les deux monarques s'étaient rapprochés pour se voir... Alors, fermant les yeux sur mes dangers, sur mes seuls intérêts, n'ayant plus en vue que la dignité du trône et du roi, je n'hésitai pas à venir me jeter aux pieds du roi, dans l'espoir de l'amener à reconnaître la honte dont allaient se couvrir nos armes, après tant de menaces et de préparatifs de guerre dont toute l'Europe a retenti !...

« Miss Egelton qui, au sujet de cette inconcevable trêve, partage tous mes sentiments, a compris que mon départ était cette fois l'accomplissement d'un rigoureux devoir, et elle ne s'y est point opposée ; mais, d'un autre côté, songeant aux périls que j'allais braver, elle n'a pu supporter l'idée d'être séparée de moi dans un tel moment : elle a voulu absolument joindre sa voix à la mienne pour éclairer, s'il était possible, le roi sur l'innocence de mes actes ou fléchir sa colère. Elle m'a donc suivi...

« Parvenu près du camp, je fis avertir secrètement le duc de Glocester de notre arrivée : je voulais être guidé par ses conseils dans tout ce que j'avais à faire ; je le savais autant que moi ennemi de la trêve ; je n'ignorais pas non plus qu'il avait vivement critiqué, dans le plan de campagne du roi, les mêmes fautes contre lesquelles je m'étais élevé ; enfin, j'avais entendu dire qu'il ne me croyait point coupable : c'étaient là autant de raisons qui me pressaient de m'ouvrir à lui. Il ne fit pas difficulté de venir au rendez-vous que je lui indiquai ; et il désapprouva fortement le projet que j'avais eu de parler immédiatement au roi. Il me dit que je compromettrais toutes mes chances de salut en allant le trouver au milieu de l'irritation dont il était animé contre moi.

« Vos ennemis, ajouta-t-il, ont été jusqu'à lui faire « entendre qu'il était de votre part depuis longtemps « l'objet de secrets motifs de vengeance, et que vous « n'avez sollicité une mission à la cour de Bourgogne « que pour avoir l'occasion de lui nuire d'une manière « plus efficace... En outre, on assure qu'il a en main « une pièce importante qui donne un grand poids à « ses convictions, et dont on doit faire, lors de votre « procès, la base de l'accusation... Entraîné par ses « préventions, il ne verrait donc, dans la hardiesse de

Quel motif peut donc nous valoir la visite de sir George Parker ? (Page 22.)

« votre démarche auprès de lui et dans l'énergie de « vos remontrances, qu'un dessein médité de changer « brusquement le cours et la nature de ses pensées sur « votre compte. » Je répondis au duc que je ne savais, en vérité, ni quels étaient ces motifs de vengeance que l'on m'attribuait, ni quelle était cette pièce importante dont on avait l'intention de m'accabler ; que par cela même j'étais impatient de comparaître devant mes juges...

« Mais, s'appuyant des craintes de ma fille, qui de nouveau trembla pour moi, et faisant valoir plusieurs autres bonnes raisons dont il est inutile de parler ici, il me décida à suspendre, du moins pour quelque temps, l'exécution de mon projet... Ainsi, par tout ce qui vient de vous être raconté, sir George Parker, il vous est prouvé, je pense, que je ne m'aveugle sur aucun des dangers de ma position ; mais il vous est bien prouvé aussi que l'état de ma conscience saura toujours me mettre au-dessus de ces dangers, quelque sort qu'ils me réservent !...

« Quant à l'offre que vous me faites de votre appui, ajouta lord Egelton d'un air glacial, il m'est tout à fait impossible de l'accepter dans les circonstances où je me trouve. »

Fort déconcerté par l'imposant langage du noble lord, sir George répondit en dissimulant, avec son habileté ordinaire, l'impression désagréable qu'il éprouvait.

— Et pourquoi, Milord, les circonstances actuelles vous empêcheraient-elles d'accepter l'offre de mon appui ?

— Parce que mes actes seuls doivent répondre de mon innocence.

— Mais s'ils continuaient à la couvrir d'un voile, au lieu de la mettre en évidence ?..... Vous conviendrez, Milord, que cette prévision peut ne pas être dénuée de fondement.

— J'en conviens... eh bien ! dans ce cas, j'aimerais mieux subir les conséquences les plus terribles de la situation que de devoir à une grâce mon salut... Une grâce ne peut que nous dérober au châtiment ; mais n'accable-t-elle pas l'innocence, puisque par sa nature même elle laisse toujours le crime supposé ?... Il s'agit donc pour moi de sauver mon innocence en combattant avec mes propres forces... et peut-être saurai-je bientôt prouver au roi qu'il ne doit pas me ranger parmi ceux qui conspirent contre les intérêts et la gloire de sa couronne.

— Si vous avez un moyen quelconque d'atteindre par vous seul un tel but, j'avoue qu'il serait sage de l'employer sans retard, répliqua Parker sans pouvoir réprimer cette fois un certain mouvement de dépit, et en devenant de plus en plus attentif à chaque parole de son grave interlocuteur.

— Je ne prétends nullement, repartit celui-ci d'un ton bref, que le succès soit assuré au moyen dont je compte faire usage... toutefois, le résultat de mes conférences avec le duc de Glocester établit pour moi la nécessité de continuer à marcher dans la voie que je me suis tracée.

Cette dernière phrase prouvait à sir George clairement deux choses : d'abord, que le duc de Glocester et lord Egelton s'étaient déjà vus plusieurs fois ; ensuite, que le plan de conduite adopté par l'ancien ambassadeur avait formé le fond de leurs entretiens. Mais quel était ce plan de conduite ? Se liait-il à des desseins essentiellement politiques ? ou demeurait-il étranger aux grands événements qui entouraient la question de la trêve ? La première supposition parut à Parker la seule fondée. Toutefois, il ne lui paraissait pas admissible que le duc et celui qui avait recours à ses conseils se fussent engagés dans une seule et même entreprise ; car il était convaincu que le passage de lord Egelton à Amiens ne se rattachait pas à ce qu'il avait vu, la veille au soir, de cette réunion mystérieuse d'Anglais déguisés en paysans picards et se glissant dans un caveau d'une maison isolée. Ce qu'il connaissait du caractère mâle et ferme, mais en même temps doux et calme du noble vieillard, ne lui permettait pas de supposer qu'il eût pu se décider à entrer dans de noirs complots ; même envers le roi de France. Aussi, en vue de la réussite de ses projets cachés, dont on connaîtra plus tard toute l'étendue, il ne désirait-il rien tant que de découvrir les secrets politiques de lord Egelton ; mais il sentait bien qu'il lui était impossible pour le moment de satisfaire sa curiosité à ce sujet, car il n'aurait certainement en pour toute réponse à ses questions indiscrètes qu'un silence dédaigneux et superbe. Il en était donc réduit à chercher vainement dans son imagination un fil qui le conduisît à travers le labyrinthe de ses conjectures.

— J'ignore, Milord, répondit-il sous le poids de sa préoccupation, j'ignore quelles sont les espérances puisées dans vos conversations avec le duc... mais me serait-il permis de vous faire humblement observer que ce prince, qui, comme vous l'avez remarqué vous-même, suit, dans le cours des événements actuels, une politique toute contraire à celle du roi, pourrait bien se tromper et s'égarer dans les conseils qu'il vous donne pour votre salut.

— Sir George ! répliqua fermement et d'un air mécontent lord Egelton, il est absolument inutile d'examiner cette matière... votre visite inattendue et vos offres de service m'ont fait un devoir d'éclairer votre esprit sur la prétendue trahison dont on m'accuse : mon explication, je crois, doit s'arrêter là... J'attends maintenant de votre honneur et de votre discrétion une chose, qu'il n'est pas besoin, du reste, de leur demander.

— Parlez, Milord... je me soumets d'avance à tous vos désirs.

— Puisque le hasard vous a mis sur nos traces, j'espère que vous ne direz rien au roi qui puisse lui faire soupçonner que nous sommes si près de lui... Quoique hors de sa puissance en restant au milieu de l'armée française, nous croyons devoir nous entourer de précautions.

— Comme vous l'avez dit, Milord, la recommandation était inutile... Mais d'autres que moi ne peuvent-ils vous avoir rencontrés et reconnus ?

— Nous ne le pensons pas... Jusqu'à présent, nous n'avons encore aperçu sur nos pas, excepté vous, que des officiers et des soldats anglais qui ne nous connaissent point... Quant aux Français, ils ne sauraient s'imaginer qui nous sommes : nos habits pareils à ceux qu'ils portent, la connaissance parfaite que nous avons de leur langage, et notre faux nom, nous mettent à l'abri de leur curiosité et de leurs indiscrétions.

— Mais, dit sir George avec un air qui devenait de plus en plus soucieux, je suppose que ma réserve n'a pas à s'étendre jusqu'au duc de Glocester, et que je puis sans inconvénient lui apprendre que j'ai eu l'honneur de vous voir ?

— Assurément.

— Dans ce cas, si je puis vous être utile auprès de lui, si vous avez besoin de lui faire parvenir quelque avis, je suis, Milord, tout à vos ordres.

Lord Egelton réfléchit un instant.

— Vous pouvez lui dire, reprit-il, que nous l'attendons demain ici dans la matinée.

Sir George s'inclina profondément devant l'ancien ambassadeur et sa fille, en leur adressant ces mots d'un accent ému, que l'on aurait pu prendre pour celui d'un cœur pénétré de respect et agité par les regrets :

— Je souhaite ardemment, Milord, pour votre bonheur et celui de miss Egelton, que vos efforts soient couronnés du plus prompt succès !

Et il sortit.

Dès qu'il fut hors de la chambre, ses traits se décomposèrent, ou plutôt le visage d'emprunt au moyen duquel il avait voilé jusque-là les mouvements tumultueux de son âme fit place à sa physionomie naturelle, ce qu'il y avait habituellement en elle de farouche et de sinistre reparut dans toute sa sauvage énergie. Il descendit l'escalier à pas précipités, le geste brusque, violent, le front penché. Il y avait comme un débordement de sourde fureur sur ses lèvres convulsivement frémissantes, et son regard profond et fixe étincelait du choc de toutes les passions extrêmes et désordonnées, qui ne laissent plus aux natures vicieuses ou corrompues que la faculté d'obéir au sentiment de la vengeance.

— Toujours l'objet du même mépris! se disait-il presque tout haut... Quoi! ce fier et vertueux lord a un pied sur l'abîme, et c'est avec cette outrageante netteté de langage, avec cette franchise mêlée d'ironie et de dédain, qu'il repousse la main que je veux bien lui tendre!... et sa fille, impitoyablement retranchée dans les sentiments d'antipathie et de dégoût dont elle n'a cessé en tout temps de m'accabler, ne m'a pas dit un mot durant toute cette conversation! Bien plus, elle n'a pas même un instant tourné les yeux de mon côté; elle les a tenus si constamment baissés que je n'en connaîtrais pas la teinte bleue et douce, si depuis longtemps déjà ils n'avaient brillé devant moi pour mon malheur! On eût dit vraiment que je n'étais point là, ou que je n'existais pas pour elle!... Ah! que n'ai-je la même indifférence ou le même mépris à lui opposer!... Mais mon sang bouillonne, mon cœur se révolte, ma raison s'égare, à l'idée qu'un autre deviendrait un jour le maître de sa destinée! Non, cela ne sera pas! non, je ne veux pas subir un tel supplice! Je ne laisserai pas ainsi mon œuvre inachevée: depuis un an, depuis que miss Egelton a quitté Londres pour me fuir, j'ai tout fait pour atteindre mon but, et je l'atteindrai!... Nous verrons bien si ce secours qu'ils m'ont tout à l'heure si orgueilleusement refusé, ils ne seront pas forcés bientôt de me le demander eux-mêmes!... En attendant, je ne les perds point de vue, j'aurai l'œil sur toutes leurs actions, et je finirai bien par découvrir la nature de leurs projets.

En faisant ces réflexions, Parker arriva dans la cour de l'hôtellerie. Il ne s'y arrêta pas: il gagna aussitôt la rue.

Retournons maintenant dans la chambre qu'il venait de quitter.

Il n'en eut pas plus tôt disparu, que miss Egelton, abandonnant le bras de son père, croisa les mains par un geste de désespoir, et, levant ses beaux yeux au ciel:

— Oh mon Dieu! soupira-t-elle, qu'allons-nous devenir?

— Ma pauvre Cécilia! lui dit tristement le noble lord, je comprends ta frayeur: tu n'as que trop raison de redouter les conséquences de la visite de cet homme, que nous avons toujours connu pervers et vindicatif; il ne peut nous l'avoir faite que sous l'empire des plus perfides sentiments... Quel appui ose-t-il venir nous offrir celui qui, du jour où il a essuyé le refus de ta main, a travaillé d'heure en heure à me faire perdre la confiance et les bonnes grâces de mon roi? Celui qui encore, je n'en doute pas, doit être rangé parmi ceux dont la haine a, dans ces derniers temps, su tout employer des manœuvres les plus habiles pour donner à ma conduite une apparence criminelle?

— Mais pourquoi donc, le connaissant si bien, l'avez-vous mis dans vos secrets, en le chargeant de dire au duc de Glocester que nous l'attendons ici demain matin?

— Je n'ai cherché par là qu'à lui donner le change sur le lieu de notre retraite; car nous ne serons plus

ici demain matin: il faut à tout prix nous dérober à la vue de ce traître!... Assurément, c'est un malheur que nous ayons mis le pied dans Amiens; j'eusse bien fait de ne point sortir, avant-hier, de la chaumière que nous habitions depuis notre arrivée, et où le duc, jusqu'à ce jour-là, était venu fort tranquillement à tous nos rendez-vous... Mais je me suis laissé entraîner par ses conseils: l'isolement de cette chaumière lui a fait craindre que nous n'y fussions trop exposés aux poursuites qui pourraient être dirigées de notre camp contre moi; et il a prétendu, non sans quelque raison, que nous serions plus à couvert de ce danger dans le sein même de la garnison française... Mais je ne me fie plus à l'efficacité de cette mesure, après l'étrange visite de George Parker: une telle démarche de sa part cache certainement des desseins que nous ne saurions trop combattre par la plus active défiance. Que connaissons-nous des ressources dont il peut disposer contre nous dans cette ville même pour satisfaire un désir de vengeance? Devant ce but, je crois sa perversité capable de n'être arrêtée par aucun obstacle. Nous ne pouvons donc, sans une imprudence impardonnable, rester un instant de plus dans cette hôtellerie. Il parait du reste que nous y étions venus chercher, sans nous en douter, les aventures les plus extraordinaires; le valet qui nous a servi notre déjeuner ne nous a-t-il pas assuré que c'est bien le roi de France lui-même dont nous avons fait la rencontre dans la loge du portier?

— Ah! j'avoue que, bien que je ne l'eusse jamais vu, son apparition m'a causé une grande frayeur! dit Cécilia en souriant; car le portrait que l'on m'avait souvent fait de ce monarque, et ce grand nombre d'hommes d'armes arrêtés dans la rue, me firent aussitôt comprendre quel était l'auguste personnage qui se présentait ainsi à mes yeux.

— Eh bien! à défaut d'autres raisons, c'est là un événement qui devrait encore nous éloigner de cette maison: tu sais que des motifs particuliers nous engagent à éviter de trouver le roi de France sur nos pas... Il est nécessaire que, lui aussi, il ignore où nous sommes.

— Cette première rencontre avec lui ne peut avoir d'inconvénients, puisqu'il ne nous connaît pas.

— Mais n'as-tu pas remarqué comme moi qu'un de ses officiers, qui nous connaît bien, lui, a levé avec surprise ses yeux vers cette fenêtre, tandis que j'étais derrière toi, regardant ce qui se passait dans la cour? Certainement, toi du moins, tu as dû être aperçue par le sire Albert de Vannes.

Cécilia rougit, et, les yeux baissés, elle répondit avec confusion:

— Pensez-vous donc, mon bon père, que M. de Vannes soit assez indiscret ou ait l'esprit assez léger pour instruire le roi son maître de notre séjour à Amiens?

— Il pourrait lui en parler sans mauvaise intention... Ainsi, tout bien considéré, nous n'avons plus qu'à partir sur-le-champ pour retourner dans notre première retraite, dans la chaumière tranquille des ruines de Picquigny.

— Il est vrai que cette retraite n'est connue de personne, excepté du duc de Glocester.

— Du reste, depuis deux jours que nous l'avons quittée, je suis dans l'impatience de savoir ce qu'y est devenu notre vieux serviteur Lesly... Je l'y ai laissé pour qu'il reçût la dépêche que le duc de Bourgogne doit me faire parvenir: c'est là que le courrier a ordre de se rendre. Cette dépêche n'est pas arrivée, puisque nous sommes encore aujourd'hui sans nouvelles de Lesly... Il faut cependant que nous la recevions aujourd'hui même, ou la réussite de mes projets est fort compromise... Ce retard ne laisse pas que de me jeter dans une grande inquiétude...Enfin, partons! peut-être, en mettant le pied dans notre chaumière isolée, trouverons-nous ce que nous attendons!... De là nous enverrons aussitôt notre fidèle serviteur vers le duc de Glocester pour l'instruire de notre départ d'Amiens, et, s'il y a lieu, lui annoncer l'arrivée de la dépêche du duc de Bourgogne.

Une demi-heure après cette conversation, miss Egelton et son père avaient tout préparé pour leur départ, et deux mules, chargées de leur léger bagage, les attendaient dans la cour. Ils allèrent prendre place sur ces montures, avec lesquelles ils avaient fait jusqu'alors leur voyage, et ils sortirent de l'hôtellerie.

Au moment de leur passage dans la rue, et comme deux ou trois maisons les séparaient à peine de l'enseigne du Soleil-d'Or, on eût pu voir près d'eux, à une fenêtre d'une petite et obscure taverne, s'agiter un rideau qui, relevé à demi, retomba tout à coup avec une précipitation peu ordinaire. Nous allons laisser s'éloigner nos deux voyageurs et pénétrer dans la pièce qu'éclairait cette fenêtre.

Deux hommes seuls s'y trouvaient, immobiles et debout, le long de la croisée. L'un d'eux était George Parker : c'est lui dont la main avait laissé retomber le rideau qu'il tenait encore écarté d'une manière imperceptible du bord des vitres, afin de pouvoir diriger ses regards dans la rue.

— Je ne m'étais pas trompé dans mes prévisions ! murmura-t-il avec un geste de dépit furieux, ma visite leur a fait prendre la fuite !

Se tournant aussitôt vers l'autre homme placé près de lui, et qui était un simple soldat de l'armée anglaise, il lui dit brusquement :

— Peters, viens ! regarde ! tu vois bien ce vieillard et cette jeune fille sur ces mules ?

— Oui, Milord.

— Sors vite ! suis leurs traces, à une distance qui ne leur permette pas de soupçonner que tu les observes... Tu ne les quitteras que quand tu seras sûr qu'ils auront établi leur gîte pour la nuit dans le lieu où ils se seront arrêtés... alors, tu retourneras à notre camp, et tu me trouveras sous ma tente.

— Bien, Milord ! répondit le soldat en prenant son élan pour exécuter l'ordre.

— Tu sais la récompense que je t'ai promise, lui cria sir George... je te la doublerai, si tes instructions sont parfaitement remplies.

— Oh ! pour cela, Milord, soyez tranquille, repartit le soldat, transporté de joie.

Et il disparut.

Sir George sortit derrière lui, et, le front penché, l'air irrité et lugubre, il reprit le chemin du camp des Anglais.

On n'a pas oublié sans doute que Louis XI, en sortant de l'hôtellerie du *Soleil-d'Or*, s'était fait suivre par Mérindot.

Arrivé à l'Hôtel de ville, il s'enferma seul avec lui.

Avant de raconter l'entretien qu'ils eurent ensemble, il est utile donner ici un aperçu des qualités physiques et morales du nouveau personnage qui va commencer à jouer un rôle dans cette histoire.

Nous n'avons rien de mieux à faire pour atteindre ce double but que de raconter, d'après Commines lui-même, les rapports qu'il eut avec cet homme.

On se souvient du moment où quelques paroles des lords Howard et Stanley, rapportées à Louis XI par un prisonnier français rendu à la liberté, firent concevoir à ce monarque le projet de tenter des négociations pour la paix auprès d'Édouard IV : il avait prié son ministre de dîner à part, ce jour-là, et de faire manger Mérindot à sa table, en tâchant de le décider à accepter dans cette affaire les fonctions de héraut d'armes.

Commines ne connaissait pas ce valet, qui appartenait au chevalier Olivier Mérichon, seigneur des halles de Poitiers, et actuellement échanson du roi.

« Je fus très-ébahy quand je le vis, dit-il ; il ne me « sembloit ne de taille, ne de façon propice à une « telle œuvre. »

Ledit serviteur ne tomba pas lui-même dans un moindre ébahissement, en apprenant ce qu'on attendait de lui : sa stupéfaction se changea même en épouvante, lorsqu'il vint à penser que bien probablement on ne songeait à lui pour un rôle de cette importance que parce qu'on ne voulait point exposer un personnage plus considérable à des risques certains et terribles.

« Il se jeta à deux genoux devant moy, comme « un homme qui cuydoit déjà estre mort, continue le « fidèle chroniqueur ; je l'assuray le mieux que je « peux, et lui promys une élection en l'Isle-de-Ré, « dont il étoit natif, et de l'argent ; et petit à petit, « le mettois en ce qu'il avoit à faire. Je n'eus guères « été près de luy, que le roy m'envoya quérir.. Je luy « comptay de nostre homme et luy en nommay d'aul- « tres plus propices à mon entendement ; mais il n'en « voulust point d'aultres, et vinst luy-même parler à « luy, et l'assura plus en une parole que je n'avois « fait en cent. »

Cette persistance opiniâtre de Louis XI dans son choix ne prouve qu'une chose : c'est que prompt et judicieux appréciateur des qualités qu'il désirait trouver chez ceux auxquels il accordait sa confiance, il devait avoir découvert dans ce valet précisément celles qui lui étaient le plus nécessaires en cette occurrence.

En effet, Commines, ayant mieux étudié Mérindot, ajoute « qu'il avoit la parole douce et aimable » ; et le père Daniel fait de lui ce portrait : « C'étoit un petit homme d'assez mauvoise mine, mais adroit et insinuant. »

Cet exemple et bien d'autres dans la vie de Louis XI feraient presque croire que rien n'échappait des secrets de l'esprit humain à son coup d'œil curieux et pénétrant, même sous l'enveloppe la plus épaisse et la plus trompeuse des formes extérieures, dont la nature semble se plaire souvent à recouvrir les richesses morales de l'homme.

Presque toujours, peu de chose, un bon mot, une saillie plaisante ou grave, une étincelle de l'intelligence jetée dans l'expression d'une physionomie quelquefois vulgaire, attirait son attention, fixait son jugement, décidait de ses préférences.

Ceux même qui, par une étude réfléchie du caractère de ce prince extraordinaire, ont cherché à se rendre compte des motifs de la singularité de ses actions, n'ont pu s'expliquer ce penchant qui le portait si fréquemment à employer pour négociateurs des gens de *petit état*, comme dit Commines, dans des affaires dont a dépendu plus d'une fois le sort du royaume. Si l'on veut bien cependant avoir la précaution de ne point séparer ici l'homme des circonstances essentiellement liées à ses actes, précaution sans laquelle tout jugement doit nécessairement frapper à faux ou dans le vide, on reconnaîtra bientôt que ce n'est point par une pure bizarrerie de tempérament que Louis XI faisait ainsi ses choix. En se décidant, au milieu d'une situation des plus critiques, à charger Mérindot, comme héraut et comme ambassadeur tout ensemble, de porter au roi d'Angleterre des propositions de paix fort hasardées et qui pouvaient être immédiatement refusées, nul doute qu'il n'eût eu l'intention, en prévision d'un échec, de sauver sa dignité en ne paraissant pas avoir songé à une démarche sérieuse par l'entremise d'un valet. S'il réussissait au contraire, il gardait de son côté tous les avantages de la négociation, ayant presque agi avec son présomptueux rival comme on agit avec un inférieur. Car, loin d'abaisser toujours, ainsi qu'on pourrait le croire, la majesté du trône par ses choix singuliers, il s'en fit souvent un puissant levier pour le tenir haute et inaccessible : n'est-ce pas dans cette vue qu'il répondit un jour par l'envoi de deux laquais à l'ambassade un peu fastueuse d'un petit prince dont la conduite et les prétentions avaient encouru son indignation? Peut-être même ne serait-il pas déraisonnable d'attribuer en partie au même sentiment cette négligence excessive apportée dans ses vêtements, négligence qu'on lui a si fort reprochée, et qui nous paraît avoir été mise trop souvent sur le compte de l'avarice ou d'un entier oubli de soi-même : sa fameuse entrevue sur la Bidassoa avec Henri IV, roi de Castille, entrevue dans laquelle l'humilité apparente, mais certainement affectée, de son costume, contrastait d'une façon si éclatante, pour ainsi dire, avec le luxe éblouissant du monarque castillan et de sa cour, ne semble-t-elle pas la leçon sévère d'un philosophe donnée à un prince qui ne croirait voir le véritable caractère de sa souveraineté que dans la pompe des ornements de la vanité humaine ? On n'est peut-être pas assez descendu de ce côté dans l'âme de Louis XI ; il y a là comme un pli caché et mystérieux de sa pensée : n'a-t-il pas cherché par cet éloignement de tout éclat extérieur à mettre ses habitudes en rapport avec l'austérité de son génie, uniquement occupé de la solution des grands problèmes politiques de son siècle, et à donner ainsi à entendre que la vraie puissance du trône réside dans la tête seule du souverain ? En effet, quelques paillettes d'or étalées sur ses habits eussent fait sourire ou rendu honteux de lui-même ce roi, qui savait bien que tout ne s'agitait que par son action dans le monde des idées politiques, et que, au moindre mouvement de son esprit infatigable, délié, profond, tous les princes de l'Europe tournaient vers lui les yeux, en se tenant attentifs et peu tranquilles sur leurs trônes.

Mérindot se trouvait donc seul avec Louis XI : on comprend sans peine que ce n'était plus, du moins dans les apparences, le même homme qui, effrayé des suites de sa mission auprès d'Édouard IV, s'était jeté aux pieds de Commines pour implorer sa pitié ; mais, au contraire, tout enorgueilli alors du souvenir de ses succès, tout fier de voir son nom mêlé à une affaire aussi considérable qu'une suspension d'armes entre deux souverains, il avait la mine sereine et réjouie, le regard assuré, le maintien ferme, et il attendait, avec le juste sentiment de son importance personnelle, que le roi voulût bien lui faire part des raisons qui les réunissaient tous deux une fois encore.

Louis XI, en arrivant, s'était assis dans un grand fauteuil ; et, de là, regardant le valet avec ce sourire d'encouragement, avec ce laisser aller, pour ainsi dire, de manières et de physionomie, par lequel un prince cherche à mettre à l'aise un serviteur qu'il veut de nouveau honorer de sa confiance, il débuta par ces mots :

— Eh bien ! compère Mérindot ; je suis vraiment content de te revoir et de pouvoir causer un instant avec toi !

Mérindot, dans sa reconnaissance, s'inclina, sinon avec grâce, du moins avec un trouble respectueux, qui prouvait assez que ce n'était point sa faute si, depuis qu'il approchait des fronts couronnés, il n'avait pu se rendre plus familière la haute et élégante politesse des cours.

— Sais-tu bien, continua le roi, que te voilà devenu un personnage sur lequel, quoi qu'il arrive maintenant, la postérité aura les yeux ?... et il ne faut pas te le dissimuler, si ce traité de paix arrive sans encombre à son terme, tu auras à revendiquer ta bonne part d'une grande et belle œuvre, car tu auras fait autant que moi pour la tranquillité du royaume.

Tout ce que put faire le valet enivré des fumées d'un si doux encens, ce fut de s'incliner profondément encore devant son auguste panégyriste.

— L'intelligence, l'habileté avec laquelle tu as mené cette affaire, poursuivit le monarque, m'a suggéré l'idée de t'en confier une autre, d'une nature moins élevée, il est vrai, mais qui, par ses conséquences tout à fait imprévues, pourrait bien avoir aussi la plus haute importance.

— Oh ! Sire ! s'écria Mérindot avec la fougue que donnent les succès obtenus et avec l'impatience causée par ceux qu'on espère encore, Sire ! je suis tout prêt à affronter pour le service de Votre Majesté les dangers les plus terribles !

— Oh! oh! il paraît que tu as pris goût à telle besogne! dit Louis XI en exprimant toute sa satisfaction par une explosion de joyeuse humeur.

« Je suis ravi de te trouver dans de semblables dispositions !...

« Heureusement pour toi, je ne crois pas que l'entreprise dont j'ai à te parler t'expose à de grands périls.

Il y eut alors un moment de silence; puis le roi reprit :

— Ainsi tu connais, m'as-tu assuré, cet officier anglais, ce George Parker ?...

« Voyons, là... parle-moi franchement, sans détour et sans crainte : quel effet sa figure a-t-elle produit sur toi ?

— Un effet tel, Sire, que chaque fois qu'il lui est arrivé de croiser ses yeux avec les miens, j'ai senti comme un frisson parcourir tout mon corps... il semble que son sinistre visage soit toujours le pronostic de quelque malheur prêt à vous frapper.

— En vérité, tu penses cela ? répliqua Louis XI en

se redressant vivement sur son fauteuil et en arrêtant un regard plein de surprise sur Mérindot... tu as un rare talent, sais-tu bien ? c'est de lire au fond d'une âme! car je suis sûr que tu ne te trompes pas à l'égard de cet homme; les noirs sentiments que tu crois lire sur ses traits bouillonnent certainement dans son cœur...

« Voyons! réponds-moi encore avec la même franchise : tu m'as dit l'avoir vu plusieurs fois dans la tente du roi d'Angleterre ?

— Oui, Sire; et il était parmi les courtisans au moment où j'ai eu l'honneur d'être présenté au roi et de lui adresser mon discours... je veux dire celui que Votre Majesté m'avait préparé.

— Eh bien! pourrais-tu m'apprendre ce qu'il pense du traité de paix ?

— Sire, il n'en pense rien du tout.

— Comment, rien ?

— Pas un mot, pas un geste, pas un regard, n'a trahi son sentiment à ce sujet, tandis que les autres, consultés par leur prince, discutaient vivement leurs opinions.

— Et tu conclus de là qu'il n'en pense rien?

— Sans doute, Sire... c'est un de ces hommes silencieux et circonspects, beaucoup plus dangereux, dans les affaires politiques, que les plus prompts et les plus ardents à exprimer leur mécontentement; parce que ceux-ci se livrent sur l'heure et tout entiers, et que les autres, ne se prononçant pas, se réservent pour l'occasion où ils pourront sans danger se mettre du parti qui l'emportera.

Louis XI se tut, et fixa sur son interlocuteur un œil de plus en plus étonné.

— Ami Mérindot! reprit-il au bout d'un instant, je puis assurer en conscience qu'une tête blanchie dans l'étude et la pratique du gouvernement des hommes ne raisonnerait pas plus sainement...

« Cependant cet Anglais, tu peux me croire, vit absorbé dans une singulière préoccupation, qui indique en lui un continuel et actif travail de l'esprit; j'ai la conviction qu'il est à la poursuite de projets auxquels il attache un grand prix...

« Quels sont ces projets? ont-ils leur source dans la situation politique? ne concernent-ils que ses propres affaires?

« C'est ce qu'il est de mon intérêt, de mon devoir de connaître au milieu des circonstances actuelles... et, pour arriver à ce but, j'ai compté sur ton aide, c'est-à-dire sur ton adresse.

— Sire, j'attends vos ordres, répondit résolûment Mérindot.

— Avant de les recevoir, écoute-moi encore un peu avec patience...

« Sir George Parker n'est pas seul, il s'en faut, qui, dans l'armée anglaise, soit en ce moment l'objet de mon attention; j'ai à te nommer un autre personnage sur les actions duquel j'aurais le désir d'être aussi particulièrement éclairé : c'est le duc de Glocester.

— Oh! pour celui-là, dit vivement le valet, on sait quelle est son opinion sur la question de la trêve ; il l'a manifestée hautement devant moi-même en combattant les dispositions du roi son frère, et l'on assure que depuis il n'en a pas changé.

— Tu conçois donc combien, la veille de mon entrevue avec le roi d'Angleterre, il m'importe de savoir si le duc n'est pas occupé de quelque complot tendant à y mettre obstacle ?

« J'ai encore vingt-quatre heures devant moi : ce sont peut-être les plus dangereuses à passer...

« Ne puis-je voir tous mes projets renversés par quelque entreprise hardie contre mon armée ou contre ma personne, par quelque diabolique stratagème, enfin, au moment où l'on y pensera le moins, à l'heure peut-être de l'entrevue, ou pendant l'entrevue même?

« Serait-il bien surprenant qu'un soulèvement de quelques seigneurs anglais et d'une partie de leurs troupes force Édouard IV à changer brusquement de conduite envers moi?

« Qui sait même si ce monarque n'a pas subi déjà malgré lui l'influence des opinions de son frère et de tous ses autres ennemis de la paix, et demeure inébranlable dans ses premières dispositions?...

« Je te parle à cœur ouvert, tu le vois, Mérindot, mon ami! mais tu m'as prouvé jusqu'ici que tu es un discret et loyal serviteur, et que ta bouche est incapable de répéter un son des paroles qui échappent à la mienne.

— Oh! Sire, saurais-je jamais trahir mon roi? dit Mérindot, le cœur profondément remué par l'habile flatterie de ce langage.

— Il y a donc là sous mes pieds, continua Louis XI, une situation inconnue qui me cause d'assez graves inquiétudes, je te l'avoue... j'ai bien parmi les Anglais mêmes quelques personnes occupées à l'examiner et à m'en rendre compte, comme je dois bien t'en douter; mais, jusqu'à présent, aucun renseignement important ne m'est venu de ce côté, et je suis sûr que je serai plus heureux avec toi.

— Ah! je le souhaite de toute mon âme! et pour cela, Sire, que faut-il faire ?

— D'abord il s'agit de trouver un moyen de te rendre au camp des Anglais et d'y rester aujourd'hui, cette nuit et demain, sans attirer sur toi le moindre soupçon.

— Ce moyen est tout trouvé : je me suis étroitement lié avec un serviteur de lord Howard, un tout aimable et joyeux garçon que j'ai largement festoyé depuis notre arrivée à Amiens; il veut en retour me faire bonne chère dans le camp de ses compatriotes, et il m'a fait promettre de l'y accompagner aujourd'hui même pour y passer deux jours.

« Je devais le rencontrer à l'hôtellerie du Soleil-d'Or, où nous avons pris rendez-vous, et j'étais précisément à sa recherche, lorsque Votre Majesté m'a fait l'honneur de m'appeler auprès d'elle.

— A merveille ! ta bonne étoile t'a débarrassé des premières difficultés... maintenant voici la tâche qui t'est confiée : tu auras soin d'observer attentivement ce qui se passe parmi ces Anglais ; de faire causer... beaucoup causer... entends-tu bien ?... ceux avec qui tu te divertiras; de les sonder sur ce qu'ils savent des intentions de George Parker et du duc de Glocester... mais il serait essentiel que tu eusses avec toi quelque rusé compagnon qui, n'étant point connu de ces deux personnages, pût s'attacher à leurs pas...

« Instruit de leurs mouvements, je n'aurais peut-être point de peine à pénétrer leurs desseins...

« George Parker porte sur sa figure toute l'empreinte d'un caractère audacieux et téméraire ; on dit que le roi son maître a une grande confiance dans sa bravoure : il ne manquerait donc pas de l'employer à l'exécution de ses projets, s'il en avait conçu qui me fussent contraires... quant au duc, personne n'ignore l'irritation que lui cause l'idée seule d'une trêve !...

« Ainsi, il n'est pas impossible qu'un peu de lumière, jetée sur les allures de l'un et de l'autre, ne découvre tout à mes regards du fond de ma situation.

Pendant que le roi s'exprimait en ces termes, Mérindot, le visage appuyé sur sa main, réfléchissait. Tout à coup il reprit :

— Sire ! j'ai justement l'homme qu'il me faut pour être, selon mes vues, parfaitement secondé dans cette entreprise : c'est mon ami Serpent.

— Serpent ? répéta le monarque tout surpris..., voilà, ma foi, un singulier nom !

— C'est un surnom qu'il a reçu à cause de sa souplesse d'esprit et de corps, et de la facilité qu'il a de se glisser partout et de tout entendre...

« Ce brave garçon est un des gens attachés au service de Monseigneur de Torcy, le grand maître des arbalétriers de Votre Majesté...

« Je réponds de son intelligence, de sa discrétion et de son courage.

— Certes, j'en conviens, c'est là un précieux sujet, s'il a toutes les qualités dont tu parles... mais tu ne te contenteras pas d'un seul aide, je pense ?

— Sire, avec votre permission, je ne prendrai que celui-là...

« L'affaire est délicate : en bonne politique, il ne faut pas multiplier ses confidences.

« Un homme qui s'est engagé à nous servir peut, s'il reste livré à lui seul, nous demeurer fidèle avec une grande fermeté de cœur ; il n'en est pas toujours ainsi de deux hommes lancés ensemble à la poursuite du même but : ils ne se gâtent que trop souvent l'un par l'autre.

— Mérindot, tu es un sage ! dit Louis XI en se renversant dans son fauteuil avec un nouveau mouvement de stupéfaction...

« Après quinze ans de règne et d'une dure expérience, je ne parlerais pas autrement, j'en fais l'aveu !...

« Je t'abandonne donc l'entière direction de cette affaire...

« Il ne s'agit plus que de te donner un laisser-passer qui te permettra, à quelque heure que ce soit de la nuit ou du jour, de pénétrer sans délai jusqu'à moi ; car il est bon de prévoir le cas où tu aurais à m'apporter une nouvelle qui, par sa gravité, ne pourrait souffrir aucun retard.

Le roi traça l'écrit et le remit à Mérindot.

Comme celui-ci le serrait avec empressement sous ses habits, deux petits objets, que ce mouvement de précipitation dérangea dans une de ses poches, roulèrent à terre en produisant un bruit sec qui attira l'attention du roi : Louis XI aperçut alors deux dés à jouer s'arrêtant aux pieds de son sentencieux interlocuteur, à qui cet accident imprévu parut un moment faire perdre contenance.

— Ah ! ah ! mon grave philosophe ! dit le monarque en riant de bon cœur...

« Il paraît que nous ne passons pas le temps qu'à raisonner dans ce monde !...

« Quelle est donc cette dragée qui s'échappe ainsi de tes poches ?

Mérindot se remit vite de sa confusion, et, prenant bravement son parti de cette légère atteinte portée à sa réputation de sage, il répondit d'un ton dégagé et de bonne humeur :

— Quelle est cette dragée, Sire ? c'est... si je me souviens bien de l'une des maximes du maître d'école auquel je dois mon éducation... c'est un *remedium contra pestem* (un remède contre la peste).

— Viens çà ! tu es un plaisant compagnon ! s'écria Louis XI avec une sorte de ravissement ; car, entraîné par son goût pour les réparties vives, ingénieuses ou seulement bizarres, il s'amusait toujours beaucoup de celles qui, non préparées, tiraient soudain un homme d'embarras...

« Viens çà, te dis-je ! continua-t-il en faisant signe au valet de s'avancer vers lui...

« Allons ! approche... je suis bien aise de te parler de plus près....mais, en passant, n'oublie pas de ramasser ton *remedium contra pestem*, car j'ai à te donner une substance qui ajoutera, j'en suis sûr, à son efficacité.

Il ouvrit le tiroir d'une petite table placée à côté de lui, et il en tira une bourse pleine d'or qu'il glissa dans la main du joueur de dés.

— Tiens ! voilà, lui dit-il, ce dont, j'en suis bien persuadé, ton précieux remède ne saurait se passer durant ces deux jours-ci.

« Au revoir... amuse-toi... mais surtout songe à notre affaire.

— Ah ! Sire, ai-je besoin d'assurer que je ne songerai qu'à elle seule ?

« Ces dragées qui étaient sur moi, et celles que Votre Majesté a bien voulu y joindre, ne me serviront qu'à faire jaser les Anglais, dont elles pourront tenter la gourmandise.

Mérindot sortit de la chambre avec de grandes démonstrations de reconnaissance et de joie, mais certainement très-étonné que cette aventure des dés, qui l'avait d'abord couvert de honte, n'eût eu d'autre résultat que d'accroître encore ses succès auprès du roi, et lui valût un surcroît de récompense auquel il avait été sans doute loin de s'attendre en laissant tomber de sa bouche trois mots latins.

Du reste, il faut se garder de croire que Louis XI fût avant tout dominé dans cette occasion par le plaisir de récompenser l'à-propos d'une adroite réponse ; car si ce prince poussait, en ce qui le concernait, l'épargne et la parcimonie jusqu'à l'excès le plus surprenant, il ne manquait point, par une loi d'oppositions constantes qui semble avoir dirigé toutes ses actions, de payer toujours généreusement, souvent même avec une prodigalité sans bornes, le zèle et le dévouement de ceux dont les services, de quelque nature qu'ils fussent, pouvaient concourir au salut ou au bien de l'État.

Aussitôt après que Mérindot l'eut quitté, le roi fit appeler le maréchal de Gié.

— Monsieur de Gié, lui dit-il, je vais partir pour Picquigny... vous m'accompagnerez, comme cela a été convenu... je vous prie d'avoir avec vous cinq cents lances, et la compagnie d'archers qui a fait partie de mon escorte ce matin.

Le maréchal se retira sans répondre.

Il était instruit depuis la veille de ce projet de sortie, dont nous allons expliquer les motifs.

L'entrevue des deux souverains, laquelle avait été fixée au lendemain, devait avoir lieu sur un pont de bois, construit exprès sur la Somme pour cette auguste cérémonie, aux portes mêmes de Picquigny, petite ville distante de trois lieues environ de celle d'Amiens.

Les ouvriers qui avaient travaillé à ce pont, les matériaux dont il était composé, avaient été prudemment fournis par le roi de France.

Cependant ces précautions ne le satisfaisaient pas encore entièrement dans ses justes inquiétudes, et il tenait à s'assurer par ses propres yeux si rien n'avait été négligé des minutieuses recommandations qu'il avait eu soin de faire aux gens chargés de la direction des travaux.

La solidité de ces travaux était un point essentiel, qui appelait d'autant plus son attention qu'ils avaient été forcément commencés et achevés à la hâte : quelques jours seulement avaient suffi à leur exécution.

Une heure après avoir donné ses ordres pour son départ, Louis XI sortait d'Amiens.

Il n'était précédé que par un petit nombre de ses archers; le gros de son escorte marchait derrière lui. Il avait à ses côtés Commines, dont il ne se séparait presque jamais, et le maréchal de Gié.

Une chose assez digne de remarque, c'est que ce dernier, pour se conformer à un désir du roi, portait absolument les mêmes habits que lui, tant pour la couleur que pour la forme.

Cette particularité ne provenait point, comme on pourrait se l'imaginer, d'une résolution que Louis XI avait prise ce jour-là par exception ; elle était au contraire l'effet d'une règle de conduite qu'il s'était prescrite pour certaines occasions.

« Il avoit accoustumé de long-temps, dit Commines, « d'en avoir quelqu'un qui s'habilloit pareil de luy sou- « vent. »

Quoique le scrupuleux historien ne s'explique pas sur les causes d'une telle coutume, tout porte à penser qu'elle n'était qu'une précaution prise contre les dangers imprévus.

A quelques pas devant le roi, Albert de Vannes faisait route à côté de la troupe d'archers qui ouvrait la marche, et qu'il avait sous son commandement. Sa tristesse paraissait toujours aussi profonde qu'au moment où nous l'avons aperçu pour la première fois dans la cour de l'hôtellerie d'Horatius. Monté sur un beau cheval blanc dont l'élégance des formes et la fierté d'allures semblaient avoir été choisies exprès pour accompagner la distinction brillante et le noble maintien de son maître, le jeune capitaine s'oubliait de temps en temps dans ses rêveries jusqu'à laisser flotter la bride au hasard et à ne plus songer à guider son coursier.

Un faux pas de l'animal l'arrachait bientôt à ses réflexions : il relevait et secouait alors la tête avec un soupir, comme quelqu'un qui aurait eu besoin de chercher, dans l'air vif et parfumé des champs, un soulagement aux blessures cachées du cœur. Mais il ne tardait pas à être de nouveau accablé du poids de ses pensées et à retomber dans les mêmes distractions.

Il était impossible que cette tristesse ne devînt point l'objet de l'attention toujours vigilante du roi : nous avons déjà dit qu'il avait un penchant tout particulier à s'occuper des affaires privées des autres; mais ce penchant ne commandait jamais plus impérieusement à son âme que quand il s'agissait pour lui de lire dans les secrets des gens au sort desquels il s'intéressait.

Aussi, impatient de satisfaire en cette circonstance sa curiosité à l'égard d'Albert, se mit-il à serrer plus étroitement de son cheval le flanc de celui de son ministre ; puis il dit à demi-voix avec ce plaisir qu'il prenait toujours à entrer dans une causerie familière :

— En vérité, messire de Commines, c'est un bien noble et bien charmant officier que ce jeune homme qui chemine en ce moment devant nous !...

« Je ne saurais oublier que c'est à vous-même que je dois de le voir à la tête d'une de mes compagnies d'archers.

— Sire, c'est à moi seul de ne jamais oublier que vous avez bien voulu, à ma sollicitation, lui accorder cette faveur, malgré sa grande jeunesse... car c'est le plus jeune capitaine de la garde de Votre Majesté.

— C'est là une considération dont je n'ai pas dû tenir compte, puisqu'il était votre protégé, répond gracieusement le monarque, et je me félicite fort de ce que j'ai fait, sa conduite et son caractère ne m'ayant pas donné jusqu'à ce jour le moindre sujet de mécontentement...

« Toutefois, une chose m'étonne en lui : pourriez-vous m'apprendre, vous qui le connaissez depuis long-temps, d'où lui vient cette espèce d'abattement auquel je le vois continuellement livré?...

— Cet abattement, Sire, n'existerait probablement pas si, à la fin de l'hiver dernier, vous n'aviez envoyé le pauvre garçon passer trois mois à la cour du duc de Bourgogne.

— Vraiment? dit Louis XI avec surprise, et quel sujet d'affliction a-t-il donc rencontré dans la mission que je lui avais confiée, laquelle a été par lui habilement et honorablement remplie, quoiqu'il n'ait pu atteindre le but que nous nous étions proposé?

Avant de pousser plus loin ce dialogue, nous devons dire comment Albert avait été chargé d'une mission auprès de Charles le Téméraire : dès que Louis XI eut eu connaissance du traité d'alliance que préparaient secrètement entre eux Édouard IV et le duc de Bourgogne, il avait conçu l'idée d'entamer avec ce dernier certaines négociations qui pouvaient avoir pour effet de le détourner de ses engagements envers le monarque anglais.

Mais, selon le plan qu'il s'était tracé, il pensait d'autant plus s'assurer la réussite de cette affaire, qu'il se montrerait plus indifférent sur ses résultats.

Il lui avait donc paru sage d'en confier la direction à un envoyé fort jeune, et qui, n'ayant point encore paru dans les cours étrangères, ne pût, ni par ses succès passés, ni par la réputation d'habileté ordinairement attachée à l'expérience que donne l'âge, faire soupçonner l'importance des vues cachées de son maître, et exciter la défiance ombrageuse du duc. Ces raisons avaient engagé Louis XI à choisir Albert de Vannes pour son plénipotentiaire ; et, comme il vient de le faire entendre, si le jeune homme avait échoué dans sa mission, c'était, non sa faute, mais celle des événements.

— Oh! répondit Commines en souriant, il n'a point trouvé du tout cette source inépuisable de tristesse dans les difficultés de l'affaire qu'il avait à mener à bonne fin... En un mot, il doit ses chagrins au souvenir d'une jeune personne qu'il a connue à la cour du duc.

— Quoi! le cœur du pauvre garçon ne lui appartiendrait-il plus?

— Comme vous le dites, Sire.

— Et connaîtrais-je par hasard cette jeune personne?

— Votre Majesté a seulement entendu parler d'elle... c'est miss Egelton.

— Ah! la fille de l'ambassadeur du roi d'Angleterre?

— Oui, Sire, la fille de ce lord accusé aujourd'hui, dit on, d'avoir trahi les intérêts de son souverain.

— Et qui, loin de les trahir, comme me le prouvent quelques notes secrètes que j'ai reçues récemment, tra-.

Il tira de la table une bourse, qu'il glissa dans la main du joueur de dés. (Page 31.)

vaillerait de tous ses efforts en ce moment à la reprise des hostilités...

« Mais pour que M. de Vannes soit dans un tel accablement de cœur, il s'est donc attiré la haine de miss Egelton?

— Au contraire, Sire.

— Comment! au contraire?

— Sans doute! puisqu'il avait demandé la main de celle qu'il aime, et que miss Egelton avait consenti à ce mariage, qui fut même sur le point d'être contracté...

« C'est dire assez qu'Albert de Vannes ne s'était pas

fait remarquer seulement de la jeune Anglaise, mais qu'il avait en même temps su gagner tout particulièrement l'estime de lord Egelton.

— Je le crois sans peine... mais que m'apprenez-vous là?

« Mon jeune ambassadeur songerait à s'allier à la famille de l'ambassadeur de mon rival!... de mon ennemi!

— Sire, je le connais : il eût rejeté bien loin de son esprit la pensée d'une telle alliance, s'il avait cru par là déplaire à Votre Majesté... Mais voici quelles avaient été ses intentions : il espérait décider lord Egelton et sa fille à venir vivre à votre cour; et ayant ainsi mis l'ambassadeur anglais dans une nécessité absolue de veiller à vos intérêts devenus un peu les siens, il ne doutait point qu'il ne parvînt bientôt, avec son aide, à éteindre les premières étincelles de la guerre allumée déjà au fond des choses entre l'Angleterre et la France... Alors seulement, il vous eût instruit de son projet de mariage... et je crois que, dans ces conditions, ajouta Commines avec un sourire, Votre Majesté n'y eût pas voulu mettre obstacle.

— Oh! tout cela change singulièrement mes idées sur le sentiment qui l'entraînait à épouser cette Anglaise! repartit Louis XI enchanté... Savez-vous bien que c'est un homme précieux que mon jeune capitaine!... A son âge, ne point oublier les intérêts de l'État, la gravité de ses devoirs, dans une question de cœur!... c'est rare! c'est merveilleux! Mais, enfin, qui l'a empêché de réussir auprès de lord Egelton?

— Le seigneur anglais avait précisément de son côté les mêmes intentions sur le jeune homme, et voulait emmener son gendre à la cour du roi d'Angleterre.

— Et qu'a répondu à cela M. de Vannes?

— Il a repoussé la proposition avec indignation.

— Bien !... fort bien !

— Alors le noble lord a fait l'offre d'une transaction... il a consenti à demeurer avec sa fille et son gendre à la cour du duc de Bourgogne... et Albert de Vannes a paru aussi indigné de cette proposition que de la première.

— Oh! oh! de mieux en mieux! dit le roi avec chaleur... En vérité, messire de Commines, c'est quelque chose d'admirable que la conduite de ce bon jeune homme!... Ainsi, ajouta-t-il en lançant vers Albert un regard tout réjoui, il a sacrifié son bonheur à ses devoirs, à son honneur, à mes intérêts? et cependant ce sentiment qu'il éprouve pour la fille de lord Egelton est une affection sérieuse, j'en suis sûr?

— Si sérieuse et si profonde, que je crains bien qu'elle n'ait une influence considérable sur toute sa vie.

— Mais pourquoi, hé, ne m'avez-vous pas instruit plus tôt de ces détails sur l'état de son cœur?

— Une lettre de sa famille est venue me les révéler ces jours-ci seulement; et l'occasion ne s'est pas encore présentée d'en parler à Votre Majesté.

— Et avez-vous quelque connaissance des qualités de miss Egelton?

— On la dit si belle, qu'il n'est point étonnant que son souvenir remplisse l'âme d'Albert d'accablants regrets. Quant à son caractère, on ne m'en a rien appris.

Louis XI devint alors pensif.

— Il faut assurément, reprit-il bientôt avec un peu d'amertume, que cette jeune Anglaise et son père haïssent bien ma cour, puisque, refusant d'y paraître, ils auraient volontiers passé leur vie à celle de mon vassal le plus rebelle... Il est vrai que les notes qui me sont parvenues sur lord Egelton me le représentent comme l'ennemi déclaré de toutes mes vues politiques : il est profondément animé de cet esprit guerroyant de sa nation, sous l'empire duquel, depuis plus d'un siècle, les Anglais se sont entêtés à ne regarder la France que comme la plus belle partie de leur royaume... Il s'imaginait qu'Édouard IV devait en faire la conquête en quinze jours!... Aussi est-il fort irrité contre ceux de ses compatriotes qui ont les premiers prêté l'oreille à un accommodement.

— Si ces notes sont dans le vrai, Sire, le roi son maître serait donc bien trompé sur son compte.

— D'autant plus trompé que, comme je vous l'ai dit tout à l'heure, lord Egelton, d'après ce qu'on m'assure, s'occupe des moyens de tout bouleverser de la situation actuelle... quels sont ces moyens? C'est ce qu'il n'a pas été possible de découvrir... et où se trouve en ce moment cet ancien ambassadeur? C'est encore ce qu'on n'a pu m'apprendre.

Le roi et Commines continuèrent leur conversation sur lord Egelton, en formant fort au hasard une foule de conjectures à l'égard des projets qu'il pouvait avoir conçus.

Nous allons, tandis qu'ils poursuivent ainsi leur route, donner au lecteur des éclaircissements sur un point qu'il lui importe de connaître à fond pour l'intelligence des événements qui vont suivre : nous voulons parler des causes auxquelles le père de miss Cécilia dut d'être accusé du crime de haute trahison, malgré son dévouement à ses devoirs.

Pour entrer dans cette explication, nous avons besoin de remonter à l'époque où la jeune Anglaise avait été demandée en mariage par George Parker.

Cet officier comptait d'autant plus alors sur le succès de sa démarche, qu'il était appuyé dans ses prétentions par Édouard IV lui-même, non que ce monarque fût attaché à Parker par les liens d'une aveugle amitié, mais parce qu'il se trouvait envers lui dans une position qui lui faisait presque un devoir de ne point lui refuser son appui.

Sir George, dans les terribles démêlés des maisons de Lancastre et d'York, s'était acquis des droits incontestables à la reconnaissance de son prince par une infatigable activité dans chaque guerre, par une bravoure toujours intrépide, et en quelque sorte pleine d'une fureur sauvage; tant elle était impétueuse, tant elle se montrait aussi peu soucieux d'épargner son sang que celui de ses ennemis au milieu de l'ardeur du combat.

Véritable soldat de fortune, sans famille connue, et pour ainsi dire du néant, c'était un homme continuellement emporté par la fougue de ses mauvaises passions; mais aussi, comme on le voit, méprisant tout danger, et qui faisait contribuer cette indomptable audace (l'unique qualité qui fût en lui!) aux divers succès de son ambition, par la seule espèce de services qu'elle lui permettait de rendre à l'État sur un champ de bataille.

Il s'était ainsi créé une position assez solide près du trône en sachant habilement joindre au souvenir et au prestige de ses actions d'éclat l'art de voiler aux yeux de son souverain les vices de son cœur, et même de donner à ses actes les plus entachés d'égoïsme un motif apparent d'intérêt public.

Édouard IV ne connaissait donc positivement rien de son caractère; et si, comme nous l'avons dit, il ne se sentait pas attiré vers lui par les élans d'une bien forte affection, c'est que la conformité d'humeurs et de manières manquait absolument entre eux; mais, en revanche, il lui accordait une extrême confiance, à cause de l'énormité des services rendus, et peut-être même à cause de ceux que, dans l'avenir, il pouvait lui devoir encore.

Aussi éprouva-t-il un vif regret de n'avoir point réussi à lui faire obtenir la main de miss Cécilia ; et, lorsque lord Egelton, pressé par ses questions et forcé de s'expliquer sur son refus, lui eut dit, peut-être avec un peu trop de franchise, qu'il ne saurait marier sa fille à un homme qu'il n'estimait pas, Édouard IV, passant aussitôt du regret à un véritable mécontentement, lui répondit seulement qu'il ne lui tourmenterait plus l'esprit sur cette affaire.

De là les premiers signes de refroidissement remarqués dans leurs rapports.

Quant à Parker, nature irascible, tout imbue de fiel et de rancune, il ne put s'habituer à l'idée de n'avoir point vu sa demande favorablement accueillie, et il couva dans son sein, pour lord Egelton, une implacable haine dont il eut l'habileté de ne rien laisser percer aux yeux du roi.

Un événement imprévu vint encore aggraver cette situation : ce fut la retraite de Cécilia auprès de sa tante, qui vivait à la cour du duc de Bourgogne.

La jeune miss, par sa beauté, par les grâces de son caractère, par la distinction et les charmes de son esprit, était un des ornements de la cour d'Angleterre.

Sa disparition, qui s'était faite subitement, et sans que personne n'en eût avis, fut donc un grand sujet de surprise autant que d'affliction pour cette cour et pour le roi.

Par cela même, Édouard IV sentit s'accroître son mécontentement contre le noble lord ; en outre, commençant à subir en cette occasion l'influence des artificieuses insinuations de sir George, il crut voir, dans l'éloignement de la jeune fille, une mesure de défiance prise envers la promesse même qu'il avait faite à son père de ne plus s'occuper de son mariage, et il se montra fort sensible à cette offense supposée.

Mais disons vite que la fuite précipitée de Cécilia avait eu un tout autre motif : lord Egelton, voulant mettre définitivement sa fille à l'abri des prétentions de sir George, avait songé à l'unir à un gentilhomme qui était l'objet de son estime et de son amitié ; ce jeune seigneur fut trouvé, une nuit, étendu mort dans la rue, à peu de distance de son hôtel, et percé de deux coups d'épée.

Lord Egelton n'ignorait pas que Parker était animé contre cet infortuné d'une furieuse jalousie ; et, bientôt, quelques indices recueillis par lui de côté et d'autre sur les causes présumées de ce meurtre, ne lui permirent plus de douter que le futur époux de Cécilia n'eût péri victime d'une querelle qui lui avait été cherchée au milieu de la nuit par son vindicatif rival.

Néanmoins, n'ayant point de preuves matérielles à l'appui de sa conviction, il n'osa parler de ses soupçons au roi.

Alors, Cécilia, tout épouvantée de ce événement, agitée d'appréhensions vagues, mais terribles, toutes les fois qu'elle se retrouvait en présence de sir George, sentait le besoin d'aller loin de Londres reposer de leurs secousses son esprit et son âme.

Elle pensa d'ailleurs que son absence servirait peut-être à l'effacer du souvenir de son persécuteur.

Son père la conduisit donc en Bourgogne ; et ce fut surtout à son retour qu'il eut lieu de remarquer la froideur dont se montrèrent empreintes les manières d'Édouard IV à son égard.

Cependant quatre mois plus tard, il n'en obtint pas moins son ambassade auprès de Charles le Téméraire : l'ardeur presque juvénile dont il paraissait tout rempli à l'idée d'une guerre probable avec la France, la considération attachée à son rare mérite dont il avait donné plus d'une fois des preuves éclatantes comme homme d'État ; enfin, le torrent des graves préoccupations politiques, firent aisément en cette circonstance oublier au roi de légères causes de dissentiment ; et le ministre plénipotentiaire, au comble de la joie, alla rejoindre ainsi en Bourgogne sa fille bien-aimée.

C'était là presque un triomphe remporté sur les sourdes manœuvres de sir George, qui, contenant à peine son dépit et sa rage, depuis qu'il savait que Cécilia n'avait quitté Londres que pour le fuir, s'était efforcé chaque jour d'employer tous les moyens imaginables de miner de plus en plus le crédit de lord Egelton à la cour.

Mais Parker n'était pas homme à se considérer comme battu pour un si petit échec.

De nouveaux événements vinrent bientôt en aide à son ressentiment.

Il avait su se créer des intelligences à la cour du duc de Bourgogne, et une lettre l'instruisit du projet de mariage de miss Egelton avec Albert de Vannes, quoique l'ambassadeur anglais eût pris toutes ses précautions pour tenir ce projet caché.

Il ne fit d'abord aucun usage de cette nouvelle, il la garda secrète pour ne s'en servir que dans une circonstance toute favorable à ses desseins.

Trois mois après, Édouard IV choisissait Calais pour lieu de son débarquement, contre l'avis du duc Charles.

On se rappelle que de ce moment commença, entre lui et son plénipotentiaire, une correspondance dans laquelle ce dernier s'élevait avec chaleur contre les fautes commises dès le début de la campagne.

Il a dit lui-même, dans le précédent chapitre, comment le monarque fut amené peu à peu à le soupçonner, puis à l'accuser de vouloir le dégoûter de cette expédition, et d'agir sur l'esprit du duc de Bourgogne de façon à refroidir l'activité de ce prince envers son allié ; mais ce qu'il n'a pu expliquer, c'est jusqu'à quel point Parker, par ses adroites et subtiles insinuations, avait préparé l'imagination du roi à recevoir la semence de telles idées.

On comprend quelle consistance ces idées acquièrent ensuite par l'effet de la conduite étrange de Charles le Téméraire, après le combat livré sous les murs de Saint-Quentin.

Parker profita habilement de cette conjoncture : il déclara à Édouard IV que rien ne l'étonnait de tout ce qui était arrivé ; qu'il croyait avoir en main une preuve que lord Egelton, depuis le commencement de son ambassade, n'avait cessé d'être enclin à trahir la cause de son souverain ; et il s'excusa de n'avoir pas jusqu'à ce moment osé faire cette révélation, en assurant que, vu la nature de la preuve dont il parlait, il avait craint de paraître n'agir que sous l'empire de considérations toutes personnelles.

Alors, il montra la lettre qu'il avait reçue de la cour du duc, lettre dans laquelle il était question du mariage de miss Egelton et du jeune ambassadeur français Albert de Vannes, comme d'une affaire définitivement arrangée ; il ajouta, par simple réflexion, qu'un tel projet devait nécessairement en entraîner un autre, qui était de rendre la guerre impossible entre l'Angleterre et la France ; et il fallait avouer, fît-il encore observer, que lord Egelton semblait n'avoir rien négligé pour obtenir ce résultat.

Édouard IV, fort courroucé, allait demander sur ce fait une explication à son plénipotentiaire, lorsque le hasard renforça encore d'un nouveau moyen de vengeance la haine de sir George : l'infidélité d'un valet appartenant à un ami de lord Egelton lui livra, moyennant quelque argent, une lettre que le noble lord avait écrite à cet ami dans un de ces moments où une âme vive et confiante jette au dehors tout ce qu'elle renferme d'amertume et d'affliction ; ainsi, dans cette lettre, il lui était échappé de dire :

« On ne doit pas tant blâmer le duc de Bourgogne ; « il n'appuie que par de trop bonnes raisons son mé- « contentement contre le roi d'Angleterre, qui semble « réellement avoir tout fait pour s'attirer le châtiment « de ses fautes ; et l'on comprend que le duc en soit ar- « rivé à laisser son allié se tirer lui-même d'embarras. »

Cette phrase, évidemment sortie d'un cœur désespéré de la mauvaise tournure que prenaient les choses, fut interprétée dans le sens le plus défavorable à son auteur : le monarque anglais n'y vit que la joie mal dissimulée de celui qui l'avait tracée, et qui en accusant son roi, déchargeait sa conscience de la part qu'il avait prise aux événements.

Ce fut alors qu'il rappela son ambassadeur.

Celui-ci a raconté lui-même quelle conduite il se vit forcé de tenir depuis ce moment jusqu'à celui où, emporté par son dévouement à la gloire de son prince, il s'était déterminé à aller le trouver au camp, pour lui adresser de nouvelles remontrances.

Mais nous avons à combler une lacune de son récit : il rencontra en route Charles le Téméraire, comme celui-ci, retournant dans ses États, venait de quitter pour la seconde fois Édouard IV, à la suite de cette explication si vive qu'ils avaient eue entre eux dans les termes les plus propres à les rendre ennemis irréconciliables.

Lord Egelton eût une conférence secrète de plusieurs heures avec le duc ; personne ne fut mis dans la confidence des questions qui y furent agitées ; et, quand elle se termina, l'on remarqua que le prince fit ses adieux au seigneur anglais avec toutes les démonstrations les moins équivoques d'une profonde estime.

Après ce que l'on connaît maintenant des manœuvres de sir Georges, il est nécessaire que l'on sache aussi quelles furent ses vues lorsqu'il alla dans l'hôtellerie du Soleil-d'Or trouver lord Egelton pour lui offrir ses services.

On n'a pas oublié que, peu de jours auparavant, quelques bruits vagues, en lui apprenant que l'ancien ambassadeur et sa fille étaient partis de la cour du duc de Bourgogne, lui avaient fait supposer qu'ils pouvaient s'être retirés dans les environs du camp.

Depuis lors il s'était tracé à leur égard un plan de conduite des plus hardis et sans contredit bien digne de ses habitudes et de ses sentiments : tout le mal qu'il leur avait fait lui avait créé vis-à-vis d'eux une position dont il comptait maintenant tirer un excellent parti pour le triomphe même de sa propre cause ; en un mot, à tort ou à raison, il pensait avoir assez de crédit sur l'esprit d'Édouard IV pour l'amener à

couvrir d'un généreux pardon la prétendue trahison de son ambassadeur ; et, comme il était loin de s'imaginer que Cécilia et son père fussent instruits de ses perfidies, il ne doutait presque point que, dissipant par toutes les apparences du dévouement leurs anciennes préventions contre lui, il ne vît aussitôt la reconnaissance les lier étroitement à ses intérêts.

Il lui paraissait tout naturel alors que la main de miss Egelton fût le prix qui couronnât son œuvre.

Mais il était bien décidé à ne faire un pas dans cette voie que si la manière dont on accueillerait sa démarche lui laissait la certitude de ne point voir ses espérances déçues.

Or, on se rappelle l'accueil qui fut fait à ses avances, la fureur qu'il remporta de cet affront, et les nouveaux projets de vengeance qu'y puisa son esprit irrité.

C'est que sir George aimait Cécilia comme peuvent aimer tous les hommes de ce caractère : toujours impatient de se livrer à la haine et à la vengeance, quand l'obstacle qui s'opposait à ses volontés lui semblait invincible ; toujours prêt au contraire à ressaisir un moyen quelconque de conquérir le cœur de sa victime, dès qu'il croyait possible le succès de ses efforts ; enfin, confondant tellement la haine et l'amour dans son âme, qu'unir sa main à celle qui lui avait toujours échappé, c'était peut-être pour lui encore une pure satisfaction de sa vengeance !

Dans ce débordement de fureur où nous l'avons laissé, Parker avait surtout l'imagination tourmentée d'une cruelle idée : il se demandait si Albert de Vannes connaissait le séjour à Amiens de lord Egelton et de sa fille.

Il l'avait trouvé près de lui dans la cour de l'hôtellerie, se promenant rêveur et soucieux : n'était-il, là, sous leurs fenêtres que parce qu'il les savait logés dans cette maison ?

Épiait-il l'occasion de les voir, de leur parler ? ou bien s'était-il déjà entretenu avec eux les jours précédents ?

Dans ce dernier cas, il ne pouvait qu'avoir conservé le rôle du prétendu de Cécilia.

Sir George devait naturellement avoir cette crainte ; car, depuis qu'il avait été prévenu du projet de leur mariage, rien n'était venu lui en apprendre la rupture.

Quant à Albert, il se livrait à peu près aux mêmes réflexions à l'égard de son rival : tout lui était connu, et des prétentions de Parker envers Cécilia, et de la perversité de ce jeune homme, lord Egelton lui ayant confié dans leurs moindres détails les motifs de la retraite de sa fille à la cour du duc ; aussi, depuis le moment où le nom de Parker, en retentissant à ses oreilles, avait si vivement excité sa curiosité, comme on s'en souvient sans doute, était-il dans les plus grandes inquiétudes sur le sort de miss Egelton : il lui semblait que sir George, lui aussi, l'avait aperçue à sa fenêtre ; et l'air réfléchi et sombre dont la figure de cet Anglais était constamment demeurée couverte durant le déjeuner du roi, lui faisait pressentir des desseins dont Cécilia et son père pouvaient avoir tout à redouter.

Voilà quelles étaient les pensées qui, indépendamment des impressions particulières auxquelles il devait la tristesse de ses regrets, causaient durant la route l'accablement de son esprit et de son cœur.

Maintenant que nous avons donné au lecteur tous les éclaircissements indispensables à la clarté des événements qui vont lui être racontés, nous n'avons plus qu'à rejoindre Louis XI et son escorte.

Après une heure et demie de marche, le roi aperçut Picquigny à un quart de lieue environ devant lui, et, tout près de cette petite ville, le pont de bois qu'il avait fait construire.

Mais ce n'était en ce moment ni le pont, ni Picquigny, qui attiraient son attention.

Ses yeux étaient fixés sur un tout autre point de la Somme, dont il longeait le cours à une distance de trois cents pas.

Un coteau sur la crête duquel il était arrivé lui laissait découvrir au loin le fleuve, dont l'aspect lui avait été caché depuis un peu de temps par divers accidents du paysage.

Or, voici ce qui se passait dans la direction que son regard avait prise : un individu, qui venait de sortir à la hâte d'une chaumière située tout au bord de la Somme, était occupé à prendre place dans une barque; son costume n'était ni celui d'un paysan, ni celui d'un homme de guerre, et l'on ne pouvait reconnaître de si loin à quelle classe il appartenait.

Louis XI semblait observer avec un grand intérêt la route que se traçait cet individu dans sa barque.

Il le vit bientôt mettre pied sur la rive opposée, courir vers un cheval isolé, attaché à un saule, le monter, le pousser vigoureusement, et disparaître à travers les arbres dont cette rive était couverte.

Le roi, alors, s'arrêta sur le coteau, et dit à Commines :

— Avez-vous aperçu cet homme qui fuit à toute bride de l'autre côté de la rivière?

— Oui, Sire... et j'ai remarqué qu'il excitait tout particulièrement la curiosité de Votre Majesté, depuis l'instant où il est sorti de cette habitation de pêcheur.

— En effet, j'ai été assez surpris de voir qu'un homme qui sort d'une telle demeure ne soit pas vêtu de l'habit d'un paysan... mais ce qui m'a le plus frappé, indépendamment de la précipitation avec laquelle il s'est jeté dans sa barque, c'est qu'il ait cru devoir laisser son cheval sur l'autre bord, où campent les Anglais, au lieu de faire route de notre côté pour arriver à la chaumière...

« Il fallait donc qu'une affaire bien pressante l'y amenât, et qu'il craignit de perdre du temps en faisant un détour? ou bien plutôt avait-il ses raisons pour ne pas s'aventurer sur notre terrain?

— Ma foi, Sire, dit Commines en souriant, j'avoue que Votre Majesté a l'art de présenter les choses de manière à piquer aussi singulièrement ma curiosité!

— Songez bien, ajouta le roi d'un ton sérieux et grave, songez bien qu'il nous faut toujours par prudence nous considérer comme en choses de guerre, et que notre défiance envers les choses que nous ne comprenons pas est un devoir qui nous est rigoureusement imposé par les circonstances...

« Poussons donc, je vous prie, jusqu'à cette pauvre habitation ; il me semble que je n'aurai l'esprit tranquille que quand je saurai ce qu'elle renferme, et, s'il se peut aussi, ce qu'y est venu faire ce cavalier...

« Mais je n'ai pas besoin d'y emmener toute mon escorte...

« Qui sait? Peut-être est-il utile de ne pas y trahir notre approche par le bruit de la marche d'un grand nombre de gens d'armes. »

Louis XI voulut être accompagné de quinze archers seulement, qu'il plaça sous le commandement d'Albert de Vannes; et, se mettant en tête de ce détachement avec le jeune officier et Commines, il se dirigea vers la chaumière.

Le maréchal de Gié eut l'ordre de l'attendre sur le coteau avec tout le reste de l'escorte.

Nous allons pénétrer avant le monarque dans la chaumière; mais nous donnerons d'abord une idée de sa situation et de l'aspect du lieu qui l'environnait.

Construite sur les fondations d'un ancien château dévasté et incendié par les Anglais, sous le règne de Charles VII, elle occupait, de ces vastes fondations, un point de la partie qui était assise dans les eaux mêmes de la Somme, de sorte que, sur l'une de ses faces, elle n'avait devant elle que le lit du fleuve.

A une distance de vingt pas à peine de son mur jeune et lézardé, s'élevait un reste encore imposant du manoir gothique : c'était une tour très-large, mais d'une hauteur médiocre, et qui, penchée également sur la Somme, demeurait appuyée à une autre petite portion du vieil édifice.

Cette masse de pierres, d'un ton brun et sévère, d'un caractère à la fois mélancolique et sombre, paraissait assez bien conservée, et était à son sommet garnie de créneaux, qui n'avaient pas non plus beaucoup souffert de l'injure du temps.

Quelques pans de mur d'écurie étaient aussi restés debout, et se montraient sur la partie qui, regardant les champs, se trouvait la plus éloignée de la rivière.

Un canal, alimenté par la Somme, avait autrefois formé une ceinture au château; mais il était alors comblé au niveau du sol, excepté du côté opposé à la chaumière, où son eau venait encore, à peu de distance de la tour, baigner la base souterraine des majestueuses ruines.

Dans l'étroit espace qui séparait ce débris d'architecture féodale de la chétive habitation de pêcheur, quelques filets, étendus sur des perches ou accrochés à des clous le long des murs, séchaient à l'air libre et flottaient au vent.

Entrons maintenant dans la chaumière.

Son intérieur se composait de plusieurs petites pièces :

Dans les unes étaient entassés pêle-mêle des ustensiles de pêche, des denrées, du bois de chauffage, et d'autres objets; enfin, toutes les choses indispensables aux travaux et à l'existence du propriétaire des lieux.

Deux pièces seulement formaient le corps de logis : la première, située du côté des champs, était vide en ce moment; la seconde, dont l'unique fenêtre s'ouvrait sur la rivière, contenait trois personnes, qui étaient lord Egelton, Cécilia et leur vieux serviteur Lesly.

L'ancien ambassadeur avait pris possession de ce toit de chaume le jour même où le duc de Glocester le dissuada de se présenter devant le roi d'Angleterre.

Ce jour-là, par une heureuse circonstance, le pêcheur à qui appartenait l'habitation la quittait avec sa femme pour aller passer un mois en Normandie chez un de ses parents, où l'appelait une affaire de succession.

Il fut donc enchanté d'avoir l'occasion de louer sa

demeure pour un bon prix en argent comptant à ceux qui lui demandèrent à s'y installer en son absence, comme grands amateurs de pêche, et à avoir en conséquence la liberté de se servir de tous les instruments de son état.

Au moment où nous introduisons le lecteur dans la chambre la plus reculée du logis, un grand feu, flamboyant dans l'âtre, en chassait l'humidité produite par le voisinage du fleuve, et pouvait être aussi une précaution prise contre l'approche d'une de ces soirées tristes et brumeuses qui, sur la fin d'août, sont parfois non moins âpres que les plus rigoureuses de l'automne.

Lord Egelton était debout au milieu de la chambre, ayant à la main un papier qu'il lisait et relisait avec une agitation qui témoignait du plaisir que lui causait son contenu.

Près de lui, Cécilia, assise devant une table, mettait un certain empressement à la couvrir de tout ce qu'il lui fallait pour écrire.

Quant à leur vieux et fidèle valet, il se tenait appuyé à l'angle de la fenêtre ouverte; et, le visage tourné vers eux, il paraissait attendre avec un vif intérêt la reprise de leur conversation.

— Vraiment, ma chère Cécilia, dit lord Egelton, quand j'ai vu arriver le courrier qui nous quitte, je n'espérais pas qu'il fût porteur de nouvelles aussi satisfaisantes...

« Ainsi, le duc de Bourgogne tient la promesse qu'il m'a faite, lorsque je le rencontrai sur ma route...

« Jusqu'à ce jour, mon enfant, je ne t'ai confié que peu de chose de la conférence secrète que j'eus avec lui, et je ne t'ai laissé que vaguement entrevoir la mission dont il m'a chargé : je dois à présent te la faire connaître tout entière, pour te rendre juge de notre position, et des événements qu'elle nous prépare. »

Le noble lord se croisa les bras, pencha la tête en réfléchissant, et continua comme un homme étonné lui-même de sa réussite dans une difficile entreprise :

— Ah ! j'avoue que je ne comptais pas amener le duc à mon but...

« L'irritante explication qui venait d'avoir lieu au camp entre lui et le roi d'Angleterre, l'avait laissé sous le coup d'une colère terrible : il me semblait donc impossible d'obtenir de sa volonté que, loin de rompre définitivement avec notre souverain, il fît au contraire tout ce qui dépendrait de lui pour l'engager à rentrer dans ses premiers projets de conquête sur la France...

« Cependant, malgré ses mauvaises dispositions apparentes, il ne fit pas de difficulté d'écouter attentivement mes conseils, puis, cédant à mes instances, de me promettre un envoi de huit mille hommes de troupes d'élite.

« Il m'annonce par cette dépêche que, demain, au lever du jour, ces huit mille hommes seront à deux lieues de notre camp, dans un endroit qu'il m'indique...

« Il a mis à leur tête un de ses meilleurs généraux, qui se tiendra prêt à agir selon mes avis. »

L'ancien ambassadeur se tut un instant, se promena par la chambre, toujours plongé dans ses réflexions; puis il reprit :

— Par quel motif s'est-il rendu en cette occasion si promptement à mes remontrances et à mes désirs? C'est ce que je ne saurais expliquer...

« Peut-être, avant de me rencontrer, s'était-il en chemin rappelé les réflexions que je lui ai faites maintes fois sur sa conduite, et avait-il fini par se convaincre que c'était surtout à ses propres intérêts qu'il avait porté atteinte par les fatales conséquences de toutes ses actions dans cette guerre...

« Sans doute, son plan de campagne était excellent, et le roi d'Angleterre, comme je ne l'ai dit que trop souvent pour mon malheur, a commis une énorme faute en ne le suivant pas; mais le duc en est-il pour cela moins coupable dans son animosité contre Édouard IV?

« N'a-t-il pas tout fait, sous l'influence de ce sentiment, pour empirer la situation de son allié, et pour le forcer en quelque sorte d'accueillir favorablement les propositions de paix du roi de France?...

« Il ne vient d'abord le joindre qu'avec dix-huit cents hommes tout au plus, et l'abandonne tout à coup, après l'échec essuyé devant Saint-Quentin !

« Puis, il ne reparaît dernièrement devant lui qu'accompagné de seize chevaux, et uniquement pour l'accabler des plus violents reproches sur la cessation des hostilités!...

« La conduite d'un prince qui, au lieu de chercher à réparer les fautes de son allié en lui venant en aide, ne court à sa rencontre que pour l'accuser des mauvais résultats de la campagne, est au moins quelque chose de fort inexplicable...

« Tel est le jugement sans doute que le duc de Bourgogne a été amené à porter sur lui-même, et il aura compris, enfin, que le roi d'Angleterre, recevant de lui cette fois, non des reproches offensants, non des promesses vagues et sans effet, mais un renfort réel et considérable de bonnes troupes, pourrait bien modifier ses vues politiques envers Louis XI...

« Seulement, sa fierté l'empêcha de revenir sur ses pas pour offrir lui-même ce secours à notre souverain...

« Il m'assura, du reste, qu'une telle démarche, faite par lui personnellement, échouerait sans doute; sa vue seule, pensa-t-il, ne ferait que réveiller le ressentiment du monarque, qu'il avait fort irrité dans leur dernière explication, par la hardiesse de son langage et les emportements de sa colère; mais il me dit que, tentée par un tiers, cette démarche avait bien des chances de réussite, et c'est à mes soins qu'il s'en remit de la direction de toutes choses à ce sujet...

« Il me déclara, d'ailleurs, avec un sentiment plein de générosité, qu'il était heureux de me donner par là le moyen de regagner la confiance du roi mon maître, à qui j'allais fournir une preuve éclatante du dévouement avec lequel je n'avais cessé de le servir...

« Enfin, il se sépara de moi en me recommandant de prendre l'avis du duc de Glocester, sur la manière dont je devais agir pour remplir ma mission avec succès...

« Quant à moi, j'avais déjà en tête mon plan tout tracé; je voulais aller trouver franchement le roi, et lui dire :

« Sire, on m'a accusé auprès de Votre Majesté de « n'avoir rien négligé pour créer des obstacles à son « expédition; je me constitue donc prisonnier...

« Mais, avant de décider de mon sort, permettez-

« moi de vous annoncer qu'un envoi de huit mille
« soldats bourguignons m'a été promis, et que ce ren-
« fort sera sous peu de jours réuni à vos troupes...

« Depuis le printemps, j'ai tout fait pour vous le
« procurer : si le duc de Bourgogne, ouvrant enfin les
« yeux sur les funestes conséquences de sa conduite,
« ne me l'a accordé qu'à la dernière heure, il faut ou-
« blier ses fautes en pensant qu'il me permet d'arriver
« encore assez à temps pour vous aider à relever de
« son abaissement la gloire des armes anglaises...

« L'occasion est belle, Sire, de tout réparer : votre
« armée se trouve appuyée d'une puissante légion de
« soldats aguerris, et cette armée murmure contre le
« traité de paix, ne désire que le combat et n'aspire
« qu'à la victoire ! »

« Oui, tel était mon plan, ma chère Cécilia, lorsque, arrivé dans ce pays, je demandai un entretien au
duc de Glocester pour me guider par ses conseils : il
me montra sur-le-champ, par de solides raisons, les
dangers que je courrais en faisant isolément une telle
tentative auprès du roi, dans un moment où rien ne
semblait pouvoir l'obliger de renoncer à la paix, et
où, par conséquent, aucune grave considération ne le
forçant à accepter mes services, il resterait tout entier
livré à l'irritation dont mes ennemis ne cessent d'animer son esprit contre moi...

« Mais il me dit que si je savais attendre, j'aurais
bientôt peut-être l'appui des circonstances toutes favorables à mon entreprise...

« Alors il me confia ses projets :

« Le 29 de ce mois, me dit-il, à l'heure où notre
« armée recevra l'ordre de se mettre en marche pour
« l'entrevue des deux rois, toutes les troupes placées
« sous mon commandement refuseront d'avancer et
« demanderont à grands cris la rupture de la trève ; à
« ces troupes se joindront celles qui, dans les autres
« corps, se sont aussi jusqu'à ce jour prononcées pour
« la guerre... le roi mon frère sera dans un grand
« embarras : profitez de cette conjoncture, présentez-
« vous devant lui, pour mettre à sa disposition vos
« huit mille Bourguignons; et nul doute que, forcé par
« les événements d'accepter ce secours qu'il devra à
« votre zèle, il ne revienne de ses préventions injustes,
« et n'oublie tous ses griefs contre vous. »

« Voilà donc le nouveau plan que ses conseils m'ont
fait adopter.

— Il faut avouer, cher père, dit Cécilia, qu'un tel
plan vous offre les plus grandes espérances de rentrer
en grâce auprès de Sa Majesté.

— C'est vrai... mais il faut aussi avouer que le duc
de Glocester, en me l'indiquant, a songé à ses propres
intérêts autant qu'aux miens; car l'impatience, l'anxiété
même avec laquelle il attend la dépêche du duc de
Bourgogne, me prouve assez que mon renfort de huit
mille hommes est pour lui, aujourd'hui, l'élément le
plus sûr du succès de la révolte de ses troupes.

— En effet, il paraît impossible que le roi d'Angleterre, ayant sous sa main ce surcroît de forces, résiste
au vœu et à l'élan de son armée.

— D'autant plus que l'on prétend qu'accablé du mécontentement et des remontrances d'un grand nombre
de ses officiers supérieurs, il n'est pas sans se repentir
déjà du traité humiliant qu'il a fait...

« D'après cela, il n'y a aucune raison de croire
qu'il ne saisisse pas l'occasion de rompre ce traité,

qui n'est toujours qu'à l'état de simple projet, tant que
la cérémonie de l'entrevue n'aura pas eu lieu, et que
les deux monarques n'auront pas, en présence l'un
de l'autre, prêté le serment de tenir leurs engagements
écrits.

— Ah ! mon noble et bon père ! reprit en soupirant
la jeune fille qui était devenue pensive depuis un instant... Nous sommes, hélas ! dans une bien triste
situation, car la guerre est une horrible chose; et je
souhaiterais de tout mon cœur que l'Angleterre ne se
fût pas jetée dans les hasards de cette expédition;
mais, enfin, puisque son armée est descendue en
France, est-il permis à des Anglais de désirer qu'elle
n'y remplisse pas le rôle qui lui est tracé et imposé
par le sentiment de son honneur ?

— Aussi, ma pauvre enfant, repartit vivement lord
Egelton, mon esprit est-il dans cette affaire bien moins
occupé de mon sort que de la gloire du roi mon maître...

« Je me croirai, je te l'assure, assez récompensé de
mes actions, si, après tant de bruit fait pour une
guerre dont le résultat devait être une si rapide et si
brillante conquête d'un grand royaume, je n'ai point
la douleur de voir nos officiers et nos soldats retourner
honteusement dans notre île pour quelques bourses
bien garnies d'or, et quelques pots de bon vin de
France !...

« C'est là un affront que je ne me déciderais jamais
à supporter...

— Oh ! ni moi non plus ! s'écria Cécilia en s'animant
au contact de l'exaltation de son père, et frappant de
sa blanche et petite main sur la table avec une énergie
beaucoup plus gracieuse pour les yeux des deux
autres personnages de cette scène, que redoutable
pour le trône de Louis XI.

Lord Egelton se mit en ce moment à relire tout bas
un passage de la dépêche qu'il avait à la main ; puis,
il reprit :

— Il est une chose qui m'inquiète... déjà, quelques
mots échappés au duc de Glocester m'avaient laissé
deviner que son esprit nourrit d'autres desseins que
celui dont il m'a fait la confidence ; et le duc de Bourgogne vient aujourd'hui confirmer mes soupçons en
m'invitant, dans cette dépêche, à bien recommander
de sa part au duc de Glocester « de ne rien abandonner
du projet qu'ils ont arrêté ensemble. »

« En effet, je sais que ces deux princes ont eu une
conférence secrète dans notre camp...

— Et en quoi pensez-vous que consiste ce projet?
demanda Cécilia.

— Je n'ose faire des suppositions... mais je déclare
ne connaître qu'une manière de reprendre les hostilités contre le roi de France : c'est, tandis qu'il en est
temps encore, de ressaisir nos armes tombées à terre,
et de combattre avec toute l'ardeur de notre ancienne
bravoure...

« Je ne saurais m'associer à aucune entreprise par
laquelle on tenterait de m'écarter de cette voie. »

Le vieux serviteur Lesly interrompit en cet instant
l'entretien, après avoir regardé par la fenêtre et porté
ses yeux vers l'horizon.

— Milord, la nuit approche, dit-il... ne voulez-vous
pas m'envoyer au camp?

— Sans doute ! répondit lord Egelton... il faut absolument que le duc de Glocester reçoive notre avis, ce soir même; autrement, demain, à l'heure où Amiens ouvrira ses portes, il se rendrait dans cette ville, croyant nous y trouver... car telles sont nos conventions pour le rendez-vous que nous lui avons donné hier, en le quittant.

— Et dont sir George Parker a dû aujourd'hui lui renouveler le souvenir, fit observer Cécilia.

— Écrivons donc au duc sans retard, ma chère enfant.

— Que faut-il lui dire? demanda la jeune fille en prenant la plume.

— Ne lui parle pas du contenu de la dépêche, répondit lord Egelton en déposant ce papier sur la table; il veut, tu le sais, que rien ne lui parvienne au camp de ce qui serait de nature à jeter du jour sur les choses qu'il médite.

Complétons ici cette explication au sujet des mesures de prudence prises par le duc de Glocester : il avait même eu soin, depuis l'arrivée de lord Egelton, d'écrire au duc de Bourgogne pour le prier de n'envoyer ses dépêches qu'à l'ancien ambassadeur : en conséquence, il devait se rendre chaque jour, s'il était possible, auprès de ce dernier, tant pour recevoir les communications qui pouvaient lui être faites, que pour délibérer sur leurs projets.

C'est dans ce double but qu'ils s'étaient vus plusieurs fois déjà dans la chaumière des ruines de Picquigny, et une fois à Amiens.

— Nous pourrions même, continua lord Egelton, nous dispenser de lui écrire, si Lesly était sûr de le trouver dans sa tente ; mais au moment où il y arrivera, le duc peut être auprès du roi, ou assister à quelque conseil d'officiers généraux...

« Il est donc indispensable de lui faire parvenir un avis écrit, afin que cet avis soit remis en son absence à l'un de ses gens...

« Eh bien! ma chère Cécilia, dis-lui seulement que nous avons reçu ce qui était l'objet de nos désirs... et que nous l'attendons, ce soir, dans ces lieux.

— Ajouterai-je qu'il apercevra notre signal ordinaire à la fenêtre, s'il n'y a pour lui aucun danger de passer l'eau et de se présenter ici ?

— Oui... il tient beaucoup à ce qu'on prenne cette précaution, et cela se conçoit : des événements qu'il est impossible de prévoir peuvent amener dans cette maison des passants, des voyageurs... et le duc courrait le risque de faire naître des soupçons sur ses desseins, et même de nous trahir par sa présence, s'il était reconnu.

Alors le noble lord, s'adressant à son valet:

— Lesly, dit-il, tout est-il prêt pour ce signal?

— Rien n'a été changé depuis que Votre Seigneurie a quitté la chaumière, répondit le serviteur.

Et il alla tirer une corde qui, attachée au bord de la fenêtre, avait à son autre extrémité une lanterne suspendue sur l'eau.

— Une fois la nuit venue, reprit-il, il n'y aura plus qu'à allumer cette lanterne et à la laisser retomber à sa place.

— C'est bien... car nous aurons, ma fille et moi, à nous occuper de ce soin nous-mêmes en ton absence...

« Tu reviendras probablement avec le duc, si tu as

le voir : il est donc nécessaire, en prévision de ce cas, que le signal brille sur le fleuve avant ton retour.

Comme lord Egelton achevait de prononcer ces derniers mots, il retourna vivement la tête au bruit des pas de deux hommes qui pénétrèrent tout à coup dans la chambre.

Il se trouvait en ce moment près de la fenêtre, occupé à examiner la lanterne que Lesly tenait à la main.

Il y demeura frappé de consternation ; car ces deux hommes, arrivés à l'improviste, c'étaient Louis XI et Albert de Vannes !

Cécilia, assise au milieu de la chambre, était donc assez éloignée de son père.

Elle ne put retenir un cri, qui fut plutôt encore l'expression de la frayeur que de la stupéfaction, car elle avait aussi parfaitement reconnu le roi de France.

Prise en quelque sorte de vertige, l'esprit tout épouvanté des dangers auxquels son père était exposé par l'affaire même dont elle venait de s'entretenir avec lui, elle se leva d'un bond, saisit la dépêche déposée sur la table et la lettre qu'elle avait écrite, et courut jeter ces deux papiers dans le feu.

Il n'en fallait pas tant au coup d'œil subtil et exercé de Louis XI pour apercevoir, dans ce mouvement et dans cet effroi, les traces d'un complot.

Il n'avait pas, lui non plus, oublié les traits du noble vieillard et de la charmante jeune fille, qu'il avait rencontrés, le matin, dans l'hôtellerie d'Horatius.

— Monsieur de Vannes! s'écria-t-il d'une voix forte, saisissez-vous de la personne de M. Lanouc et de son valet !

Nous ne dirons rien des impressions d'Albert, jeté comme par enchantement en face de lord Egelton et de Cécilia, et forcé d'agir avec cette rigueur envers le père de celle qu'il aimait.

Le lecteur comprendra mieux que nous ne saurions les lui exprimer le désordre et les angoisses de son âme.

Il s'avança donc vers le seigneur anglais et Lesly, pour les empêcher de faire aucun mouvement, tandis que le roi se précipitait vers l'âtre où le feu avait déjà gagné la lettre et la dépêche.

Mais miss Egelton veillait sur ce dépôt précieux confié aux flammes et, comprenant toute la valeur des secrets qui y étaient renfermés, elle osa barrer le passage au monarque.

En vain essaya-t-il de se baisser plusieurs fois vers le foyer : les mains délicates de Cécilia s'enlacèrent aux siennes, et le repoussèrent même ou le continrent avec une énergie et une force convulsives qui l'étonnèrent, et ne firent, du reste, que redoubler sa curiosité à l'égard de ces mystérieux papiers.

Sur ces entrefaites, Commines, amenant avec lui plusieurs archers, parut au seuil de la porte : il était resté en dehors sur l'ordre de Louis XI, qui n'avait pas jugé utile d'être accompagné de deux personnes pour s'introduire dans la chaumière ; le ministre ayant entendu s'y élever assez haut la voix du roi, avait conçu quelque crainte, et s'était empressé de le rejoindre, en se faisant suivre des premiers archers qu'il trouva sous sa main.

Tous ces divers incidents, depuis l'entrée de Louis XI, n'avaient pas embrassé l'espace de deux minutes.

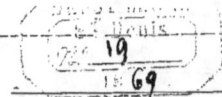
— Messire de Commines, dit le monarque avec véhémence, tandis qu'il tâchait de contenir à son tour les efforts de Cécilia, hâtez-vous, je vous prie, de prendre dans le feu les papiers qui viennent d'y être jetés.

Mais, en ce moment même, miss Egelton, portant un regard sur le foyer, se mit à sourire et cessa toute résistance : la dépêche et la lettre étaient consumées.

A la vue de leurs cendres noires, Louis XI ne fut pas maître d'un certain mouvement de dépit et même de colère : il voyait lui échapper tout ce qui pouvait le plus sûrement éclairer ses investigations.

Aussi songea-t-il à s'assurer un dernier moyen qui lui restait encore de les diriger peut-être avec quelque espoir de succès : c'était de séparer le père et la fille avant qu'ils eussent échangé un signe ou une parole, de leur faire subir ensuite un interrogatoire.

Il se tourna vers Albert, qui semblait tout accablé du triste devoir qu'il accomplissait en gardant au fond de la chambre lord Egelton et Lesly, et il lui dit d'une voix brève et agitée :

— Monsieur de Vannes, emmenez vite dans une autre pièce M. Lanoue et son serviteur.

Avez-vous aperçu cet homme qui fuit de l'autre côté de la rivière ? (Page 37.)

Le pauvre jeune homme n'osa lever les yeux sur le père de Cécilia en exécutant ce nouvel ordre ; il le plaça timidement entre ses archers, et il se dirigea vers la porte.

Lord Egelton avait compris jusque-là que le faux nom français qu'il s'était donné lui imposait la nécessité de ne point opposer de résistance à l'autorité du du roi de France, s'il voulait ne pas se trahir ; mais se voyant entraîné par les archers, il se mit à s'écrier comme malgré lui :

— Et ma fille !... ma fille !... Voulez-vous donc me séparer d'elle ?

Il avait à peine eu le temps de prononcer ces paroles qu'il était déjà hors de la chambre.

Cécilia voulut se précipiter vers son père ; elle fut retenue par le roi, qui dit à son ministre :

— Vous resterez ici, messire de Commines, pour veiller sur la damoiselle Lanoue.

Miss Egelton, de plus en plus effrayée, ne sut que prévoir des suites de cette situation, et elle perdit tout courage ; elle se laissa retomber sur sa chaise près de la table en fondant en larmes.

— Mais pourquoi enfin, Sire, dit-elle au milieu de

ses sanglots, pourquoi de telles mesures envers mon père et envers moi?

— C'est une question à laquelle il vous est, ce me semble, beaucoup plus facile de répondre que je ne saurais le faire! répliqua sévèrement Louis XI.

— Quelles peuvent donc être les intentions de Votre Majesté? continua la jeune fille désespérée.

— Vous me permettrez, je suppose, repartit le roi du même ton, de garder, dans une pareille circonstance, le secret de mes intentions pour moi seul?

Cécilia n'osa plus murmurer un mot, et baissa la tête en la cachant dans ses mains.

— Louis XI s'apprêtait à se retirer pour se rendre auprès de son prisonnier; il jeta en cet instant, par hasard ou par regret, un regard vers le feu, et il aperçut au bord des cendres trois ou quatre parcelles de papier épargnées par les flammes; il s'empressa, avec un air d'indéfinissable satisfaction, de les ramasser à l'insu de miss Egelton, puis il sortit en toute hâte.

LES RUSES DE LOUIS XI

Quand le roi fut passé dans l'autre chambre, il aperçut Albert, à qui il dit rapidement :

— Eh bien! où avez-vous mis notre prisonnier?

— Il est dans cette pièce avec son valet, répondit le jeune officier en désignant une porte devant laquelle un archer se tenait en sentinelle.

« Deux gardes, ajouta-t-il, sont auprès d'eux. »

Louis XI se dirigeait vers la porte qui lui était indiquée, lorsque Albert l'arrêta, d'une voix toute tremblante, par ces mots :

— Sire! avant de faire un pas de plus, daignez m'écouter, je vous prie!

Le monarque regarda avec étonnement le visage ému du jeune homme.

— Qu'avez-vous donc à me dire? lui demanda-t-il.

— Que vous êtes trompé, Sire!

— Trompé?... et sur quoi?

— Sur le nom de ceux que vous avez trouvés dans cette habitation.

— Quoi donc! ce vieillard ne se nomme-t-il pas Lanoue?

— Ce vieillard, répondit Albert d'une voix de plus en plus brisée... est lord Egelton... et la jeune personne qui l'accompagne est sa fille.

— Lord Egelton? l'ambassadeur que vous avez rencontré à la cour du duc de Bourgogne?

— Lui-même.

Le roi demeura tout stupéfait devant une telle révélation.

Il comprit alors la cause de l'émotion d'Albert, à qui il devait en coûter plus qu'à tout autre de livrer le secret du père de la jeune Anglaise.

— Vous doutez-vous bien, monsieur de Vannes, après ce qui vient de se passer sous vos yeux, lui dit-il pour éprouver jusqu'où pouvaient aller la franchise et la droiture de son caractère, vous doutez-vous bien de la nature des soupçons que je puis avoir conçus contre lord Egelton?

— Sire, j'ai dû m'en douter, puisque je n'ai point

voulu vous laisser pénétrer jusqu'à lui, sans vous dire son nom, qui peut jeter une grande lumière sur ses projets.

Louis XI fut vivement touché de cette héroïque fermeté, si pleine de noblesse et de candeur, avec laquelle le jeune capitaine sacrifiait, sans hésitation, ses sentiments particuliers aux graves intérêts de son prince et de son pays.

Il ne lui témoigna toutefois rien de son profond contentement; et il se mit aussitôt à examiner les petits morceaux de papier qu'il avait retirés des cendres.

Le premier sur lequel tombèrent ses regards lui fit faire un mouvement de surprise.

— L'écriture du duc de Bourgogne! murmura-t-il avec un certain trouble dans la voix et dans la physionomie.

Puis, il lut tout bas ces mots : « *Selon la promesse que vous avez eue de moy, j'ay...* » Le feu avait enlevé ou noirci environ deux lignes à la suite de ce commencement de phrase, et il ne restait plus qu'un tout petit espace blanc, où apparaissaient ces deux seuls mots : « *Nostre réussite...* » Le second fragment consulté par le roi appartenait aussi à la dépêche du duc; on y lisait : « *Vous direz au duc de Glochester que...* » Puis, le feu avait encore dévoré une ligne, après laquelle on retrouvait cette fin de phrase : « *Projet arresté avecque luy.* »

Il n'y avait plus qu'un morceau de papier à examiner; son contenu était en anglais, et on y reconnaissait aisément une écriture de femme.

— Vous qui avez passé plusieurs mois auprès de lord Egelton, dit malicieusement Louis XI à Albert, pourriez-vous me dire si ce ne serait pas là son écriture?

Le jeune homme, ayant jeté les yeux sur le papier, rougit, et répondit en dissimulant autant que possible sa confusion :

— Sire, je crois bien que ce doit être là l'écriture de miss Egelton.

— Ah! vraiment, la charmante miss serait chargée du soin dangereux de cette correspondance politique!... Voyons donc si ce qu'a tracé sa jolie main qui a si bien déjoué mes efforts tout à l'heure, me révélera quelque secret important.

Et le roi trouva dans ce fragment de la lettre de Cécilia les membres de phrase suivants, dont nous nous contenterons de marquer les intervalles par des points, pour indiquer les endroits que le feu avait consumés ou rendus illisibles : « *Milord duc... ce soir... vous éviter une course demain au matin à Amiens. Nous avons reçu...* »

— Il n'y a pas à se faire illusion, dit alors Louis XI; il est évident que j'ai dans les mains les traces d'un grand complot tramé entre mon beau cousin de Bourgogne, le duc de Glocester et lord Egelton, et il est non moins évident que ce complot me concerne; car il ne peut, dans les circonstances présentes, avoir d'autre but que la rupture de mon traité de paix...

« Mais quels moyens ont-ils mis en œuvre pour la réussite de leurs desseins? voilà ce que rien ne m'indique...

« Tout cela n'est donc qu'un chaos à travers lequel je ne puis me lancer à la recherche de la vérité que par la voie des conjectures...

« Ah! pâques-dieu! ajouta-t-il d'un ton résolu, je

veux, capitaine de Vannes; je veux, avant de reprendre la route d'Amiens, tout tenter pour connaître le fond de l'abîme que l'on creuse sous mes pieds! »

Le monarque reporta les yeux sur les phrases tronquées qu'il venait de lire et médita en silence sur leur signification.

Il reprit au bout d'un instant:

— Le jour baisse... et je dois m'occuper sur-le-champ de cette affaire, qui prendra au moins tout mon temps jusqu'à la nuit... je n'irai donc pas au pont de Picquigny; le maréchal de Gié s'y rendra, et je me fierai entièrement à son rapport sur les travaux exécutés...

« Il laissera, au lieu où nous l'avons quitté, la plus grande partie de mon escorte : nous pourrions en avoir besoin... envoyez vite vers lui un de vos archers avec mes ordres, que je vais vous donner par écrit. »

Le roi prit des tablettes, en déchira une feuille qu'il couvrit de quelques lignes au crayon, et il la remit à Albert, qui sortit de la chaumière.

Il cacha alors sur lui les précieux débris de la lettre de la jeune Anglaise et de la dépêche de Charles le Téméraire, et il ouvrit la porte qui conduisait dans la pièce où lord Egelton était renfermé.

Cette pièce avait ses murs tapissés, pour ainsi dire, d'instruments de pêche; le vieux Lesly était assis dans un coin, et son maître se promenait, d'un air monotone et abattu, à côté de deux archers.

Louis XI, en entrant, ordonna à ces soldats de se retirer, et de rester dans la chambre voisine.

L'ancien ambassadeur d'Édouard IV interrompit soudain sa promenade et ne put se défendre d'une certaine agitation en se retrouvant en présence du roi de France.

Le monarque lui dit d'un ton assez sévère, mais dans lequel il eût été facile de reconnaître une voix qui n'était pas exempte d'émotion :

— Lord Egelton, vous me pardonnerez, je l'espère, les mesures de rigueur prises à votre égard ?

Le seigneur anglais, voyant que son faux nom ne couvrait plus ses actes, releva la tête avec un sentiment de fierté inspiré par la dignité de son rang, et il répondit :

— Sire, puisque je suis maintenant connu de Votre Majesté, j'aime à penser que les mesures dont elle me parle ne seront pas poussées plus loin; car un sujet anglais ne peut relever de l'autorité d'un roi de France.

— Vous vous trompez, Milord ! repartit Louis XI avec une vivacité qu'il ne put contenir... j'ai fait avec votre roi un traité pour une trève de neuf ans; nous avons donc, lui et moi, le même but à atteindre, qui est d'empêcher les ennemis de la paix de détruire notre œuvre : dans ces conditions, qui agit contre moi agit aussi contre lui, et c'est mon devoir et mon droit de veiller sur ses intérêts tout en veillant sur les miens.

— Mais, enfin, répliqua lord Egelton dont la fermeté fut singulièrement ébranlée par la force de cet argument, pour quels motifs, Sire, serais-je en ce moment l'objet d'une accusation de votre part ?

— Je ne répondrai à cette question, Milord, qu'en vous priant de jeter un coup d'œil sur les habits qui vous couvrent, et de songer au nom français que vous êtes venu porter dans mes États.

— Sire ! dit lord Egelton en retrouvant toute son assurance, parce qu'il avait cette fois de bonnes raisons à donner de sa conduite, vous ignorez sans doute l'infortune qui me poursuit ?

» Vous ne savez point que je ne saurais me montrer dans le camp du roi d'Angleterre, sans y être arrêté comme traître ?

— Je sais cela.

— Votre Majesté trouve-t-elle donc alors surprenant que, faussement accusé et si proche du péril, je cherche une sauve-garde dans un déguisement et dans un nom étranger ?

— Je comprends ces précautions, Milord, et je ne les blâme pas...

« Mais si elles ont été uniquement prises contre le roi d'Angleterre, d'où vient que mon apparition dans ces lieux vous a si fort effrayé, et a forcé miss Egelton de jeter au feu les papiers qu'elle avait sous la main ?

— Sire, répondit l'ancien ambassadeur avec un nouvel embarras, un proscrit qui redoute les conséquences d'une injuste accusation, ne peut-il pas avoir des papiers qu'il doit dérober à tous les yeux, excepté à ceux de ses amis intimes, dont les opinions et les sentiments à son égard lui sont parfaitement connus ?

— Lord Egelton ! dit Louis XI d'un ton ferme, mais sans colère, croyez-moi, ne vous fatiguez pas l'esprit à chercher, par d'ingénieuses et tortueuses raisons, à défendre une mauvaise cause; apportez dans cette explication une franchise égale à la témérité de vos actes; avouez tout simplement que vous êtes lié au duc de Glocester et au duc de Bourgogne par les fils d'un ténébreux complot, dont l'objet est la rupture de la trève, et par conséquent le renversement de mon trône !...

« J'ai la preuve de ce que j'avance...

« Convenez donc de vos fautes; éclairez-moi sur quelques détails que je puis ignorer encore, je l'avoue... et peut-être, ce soir même, vous rendrai-je votre liberté.

— Sire, répliqua le noble lord d'un air presque offensé et avec un redoublement de fierté dans l'accent et dans le maintien, l'idée de ma liberté menacée ne saurait avoir aucun empire sur mon âme : je n'ai donc rien à ajouter aux paroles que j'ai eu l'honneur de vous faire entendre jusqu'à présent .. du moins, je ne me permettrai plus qu'une seule observation :

« Votre Majesté parle de mes fautes... j'ignore à quel point de vue elle se place pour en apercevoir dans mes actions; mais ce que je sais, c'est que j'ai toujours marché dans la voie dont ne doit jamais s'écarter un bon Anglais qui aime son roi et son pays !... si je me suis parfois égaré dans ma carrière politique, ce n'a pu être que par défaut de lumière, non de dévouement...

« Je souhaite, Sire, pour la prospérité de vos États, que votre trône soit entouré de sujets toujours prêts à servir aussi fidèlement leur prince que j'ai servi le mien...

« Mais je m'arrête : je n'ai plus maintenant qu'à me renfermer dans un silence absolu, dont rien ne me fera sortir, quelles qu'en puissent être les funestes conséquences pour ma liberté. »

Cette défense, toute de sentiment, et dans laquelle lord Egelton, par un mouvement impérieux de sa conscience, éludait la question du complot, le servit plus peut-être dans l'esprit de Louis XI, que n'eussent pu le faire les dénégations les plus subtilement enveloppées de captieux arguments.

Elle n'apprenait rien au monarque, il est vrai, que ce qu'il savait déjà sur la situation; mais elle lui faisait voir en son prisonnier un homme doué d'une assez grande fermeté de cœur pour ne point vouloir se sauver d'une dangereuse position par l'opiniâtreté d'un mensonge poussé jusqu'à ses dernières limites.

Une telle force morale est une vertu toujours trop rare aux heures du péril, pour que Louis XI, au fond de lui-même, ne l'appréciât point ce qu'elle valait.

Aussi l'opinion qu'elle lui donna du caractère énergique de son interlocuteur lui démontra-t-elle l'inutilité des nouveaux efforts qu'il ferait dans l'intention de vaincre son silence obstiné.

Il se retira en lui disant :

— Je vous laisse à vos réflexions, Milord... peut-être dans un autre moment, vous trouverai-je mieux disposé à comprendre vos véritables intérêts.

Le prisonnier s'inclina devant le roi avec respect et d'un air résigné.

Louis XI était impatient d'interroger miss Egelton; il se repentait même de n'avoir pas eu son premier entretien avec elle, et de lui avoir peut-être ainsi laissé le temps de réfléchir à ce qu'elle devait lui répondre.

Il espérait tirer de promptes lumières de sa conversation avec une jeune fille qui, pleine de la simplicité et de la franchise de son âge, sans défense contre les piéges de la parole humaine, incapable, en conséquence, de calculer la portée de son langage, ne manquerait pas de trahir quelque chose de la vérité, soit par la naïveté de ses réponses, soit par l'expression de ses gestes et de sa physionomie.

Il retrouva dans l'autre pièce Albert de Vannes : il l'entraîna sur ses pas pour un motif que nous ne tarderons sans doute pas à connaître, et pénétra avec lui dans la chambre où miss Egelton avait été confiée aux soins de Commines.

Le roi fit signe à son ministre de se retirer; puis, tandis qu'Albert allait timidement s'enfoncer dans un angle obscur de la chambre, il prit place sur une chaise à l'un des coins de la cheminée.

En face de lui, dans l'autre coin, se tenait Cécilia, qui, s'étant levée respectueusement à son approche, venait de se rasseoir toute triste et fort émue.

Dans le mouvement qu'elle avait fait pour se tourner vers ceux qui entraient, elle avait bien aperçu Albert; mais, comme si elle ne l'eût pas reconnu, elle s'était hâtée de reporter ses yeux d'un air distrait sur la flamme du foyer.

Louis XI, qui, l'on s'en souvient sans doute, avait quitté la jeune Anglaise avec les marques d'un mécontentement ressemblant fort à de l'irritation, lui montrait en ce moment le plus gracieux visage.

— J'espère bien, lui dit-il en souriant, que notre terrible lutte ne nous a pas rendus ennemis irréconciliables, miss Egelton ?

La jeune fille, en entendant son nom, bondit malgré elle sur sa chaise, et son limpide et beau regard bleu, se courrouçant, lança un éclair du côté d'Albert de Vannes; puis elle l'abaissa de nouveau vers le feu, et garda le silence.

— Savez-vous bien, Miss, reprit le monarque d'un ton enjoué, qu'il fait bon vous rendre dépositaire d'un secret politique ?

« Vous mettez à le défendre de toute atteinte une intrépidité dont pourrait se faire gloire un brave chevalier, qui, le heaume en tête et la lance au poing, jurerait de mourir ou de demeurer maître du champ de bataille !

« Et je suis bien obligé d'avouer, à mon grand regret, Miss, que le champ de bataille vous est entièrement resté ! »

Cécilia ne répondit rien encore.

Retranchée derrière une sorte de bouderie calculée et fière, mais pleine de charmes par sa grâce enfantine, elle semblait ne pouvoir se décider à adresser la parole à celui qui, l'ayant privée de la liberté, l'avait en même temps séparée de son père.

— Convenez, Miss, poursuivit le roi, que je joue de malheur avec vous ; voilà deux fois que le hasard me jette sur vos pas, et, à chaque fois, ma vue vous glace d'épouvante !...

« La première fois, cependant, vous n'aviez pas de papiers dangereux à brûler, et par conséquent point de périls à courir : serait-ce donc que votre conscience seule, pleine de l'idée des projets coupables de lord Egelton, vous faisait trembler pour lui en ma présence ?

— Sire, répondit timidement Cécilia, je ne vois pas quels pourraient être les projets coupables de mon père envers un souverain qui n'est pas celui de son pays.

— Cependant, repartit le monarque toujours du même ton enjoué, il faut que ses desseins à mon égard ne soient pas des plus innocents, puisque vous n'avez eu tout à l'heure rien de plus pressé que d'en faire disparaître jusqu'aux dernières traces dans les flammes...

« On vous a donc fait du roi Louis XI un portrait bien horrible, pour que la crainte de son ressentiment vous ait portée à une si brusque détermination ?

« Je vous assure, Miss, qu'il eût été heureux au contraire de vous prouver sa reconnaissance, si vous lui aviez permis de lire un peu dans vos secrets. »

La naïve jeune fille, entraînée par la vivacité de ses impressions et la candeur de son âme, fit un petit geste d'indignation.

— Bien ! fort bien ! je comprends ! dit Louis XI enchanté; oui, sans doute, vous auriez cru trahir vos devoirs en me livrant vos secrets... une telle énergie de résolution dans un dévouement à une cause que l'on croit bonne, m'inspire tout l'intérêt qu'elle mérite...

« Mais, Miss, par cela seul, elle fait naître en moi le juste désir de devenir en cette occasion votre appui malgré vous et contre vous-même : oui, je veux vous donner quelques conseils, qui, s'ils sont suivis, ne seront pas inutiles au bonheur de votre père ni au vôtre. »

Et, se retraçant alors un à un les mots contenus dans les fragments de la dépêche de Charles le Téméraire et de la lettre de la jeune Anglaise, il crut pouvoir continuer hardiment la conversation en ces termes :

— Voyons ! Miss, je vous parle en ami : quel profit lord Egelton pense-t-il donc retirer de ce complot avec le duc de Bourgogne ?

Cécilia, qui, certes, était loin de s'attendre à cette

question, pâlit, et jeta sur le roi un regard vague et effaré.

— Comment, ajouta-t-il en dissimulant adroitement sa joie, peut-on compter sur le succès d'une affaire dont la marche dépend en partie de la conduite de mon cher cousin de Bourgogne, ce brouillon qui se lance au hasard dans dix entreprises à la fois, et qui n'a ni assez de suite dans les idées, ni assez de vraie résolution dans le caractère, pour en mener une seule à bonne fin?...

« Eh quoi! poursuivit-il en interrogeant de ses yeux fixes le regard tremblant de Cécilia, vous imaginez-vous donc qu'il tiendra bien rigoureusement la promesse qu'il a faite à votre père, et dont il a l'air de s'occuper dans sa dépêche? »

La jeune fille était consternée, et elle resta sans voix, se demandant où le roi pouvait avoir puisé ces renseignements.

Louis XI ne savait certainement pas quelle était cette promesse dont il parlait; mais, dans sa conviction, elle devait déjà avoir reçu un commencement d'exécution; c'était du moins ce qui lui semblait résulter des commentaires qu'il ne cessait de faire en lui-même sur le fragment de la dépêche.

Aussi continua-t-il avec le même air d'assurance:

— Croyez-moi, Miss, si lord Egelton était encore libre d'agir, il ne tarderait pas à se repentir de sa confiance en ce terrible duc, homme d'une nature aussi inconstante qu'irascible; il se verrait trompé, abandonné par lui comme le roi d'Angleterre lui-même l'a été...

« Alors, quel fruit recueillerait-il de son entreprise? Il aurait, par des actions irréfléchies, tout à fait compromis sa position vis-à-vis de son souverain... et vous conviendrez que les dangers de cette position sont déjà assez graves pour qu'il soit de son intérêt de ne pas les accroître.

— Mais il ne fait rien qui puisse les accroître, Sire, répliqua Cécilia qui, se plaçant ainsi sur le terrain des généralités, ne craignit point pour le repos de sa conscience de hasarder cette réflexion.

— Il fait tout au contraire pour cela!... dit Louis XI, car l'exécution de ses desseins ne le force-t-elle pas d'entretenir sans cesse des rapports secrets avec le duc de Glocester?

La jeune fille pâlit de nouveau et ne répondit rien.

— Or, les intentions de ce prince sont connues, reprit le monarque: il est à la recherche de tous les moyens capables de rallumer la guerre...

« Votre père, en s'associant aux vues et aux périls de sa politique, croit-il recouvrer par là les bonnes grâces de son roi?...

« Et ne me dites pas, Miss, que lord Egelton ne voit point le duc de Glocester pour prendre ses arrangements avec lui au sujet du complot...

« Tenez, ce soir même... poursuivit Louis XI lentement, observant toujours le visage de Cécilia, sur lequel il étudiait l'effet de chaque parole tombée de ses lèvres, et n'en lâchant pas une sans avoir d'avance acquis ainsi la certitude qu'il ne commettait point d'erreur...

« Oui, ce soir même, il devait le faire venir dans ces lieux... n'est-ce pas?

« Il devait l'y faire venir... pour lui parler... de cette importante dépêche du duc de Bourgogne .. et, s'il n'eût pas quitté Amiens, c'est... dans cette ville... qu'il aurait, demain au matin, reçu la visite du prince. »

Cécilia était dans une stupeur indéfinissable.

Elle avait la persuasion que sa lettre, comme la dépêche, avait été réduite en cendre: comment donc le roi connaissait-il ce qu'elle n'avait confié qu'au papier?

— Vous voyez donc bien, Miss, continua Louis XI, que votre père semble, en vérité, se plaire à grossir l'orage qui gronde sur sa tête; car jugez quelle sera sa situation, le jour où ses menées coupables seront connues du roi d'Angleterre!

« Et pourtant à quoi doivent tendre tous ses efforts? n'est-ce point à son salut?

« Et vous, pauvre enfant, qui partagez ses peines et ses dangers, que pouvez-vous désirer le plus vivement en ce monde? n'est-ce point de le voir reprendre son crédit et rentrer dans tous ses priviléges à la cour?

« Eh bien! je vous le dis franchement, il avait, pour atteindre ce but, une route bien facile à suivre: puisqu'il s'était réfugié sur mon terrain, et au milieu même de mon armée, que n'a-t-il fait un pas de plus vers moi? que n'est-il venu me confier ses soucis et ses alarmes?

« Dans les termes où je me trouve avec le roi d'Angleterre, j'eusse pu arranger toutes choses... et je crois que, aujourd'hui, lord Egelton, au lieu de se cacher, pourrait hardiment traverser la Somme, sans courir le risque de perdre sa liberté sur l'autre rive...

« Enfin, il est encore temps de réparer sa faute, et je suis tout prêt à me porter caution pour une prompte réconciliation entre lui et son souverain...

« Mais, entendons-nous, ce sera à une condition: vous me ferez connaître, Miss... (et notez bien que je n'en dirai rien à votre roi; je garderai la confidence pour moi seul)... vous me ferez simplement connaître tous les détails de ces sourdes machinations qui menacent la tranquillité de mon royaume.

— Sire, repartit Cécilia avec résolution, je n'ai qu'une réponse à faire à Votre Majesté: lord Egelton, je puis l'affirmer, ne voudra jamais d'une réconciliation qui, ayant tout l'air d'une grâce, le laisserait toujours accablé du poids des accusations auxquelles a donné lieu sa prétendue trahison.

— Lord Egelton est fier, Miss! et sa fierté a passé dans votre âme et dans votre voix! mais je suis loin de vous en faire un crime, dit Louis XI, en admirant malgré lui la fermeté renfermée dans la candeur de cette belle et naïve jeune fille...

« Cependant, il est nécessaire de vous montrer sur quelle pente glissante vous entraîne ce sentiment inflexible... vous êtes, vous et votre père, mes prisonniers aujourd'hui; mais ne pouvez-vous d'un moment à l'autre passer de mes mains dans celles du roi d'Angleterre?

— Oh! Sire, s'écria Cécilia en joignant les mains par un geste d'effroi, Sire!... j'en ai la conviction, vous ne ferez pas cela!

— Écoutez, Miss, répliqua Louis XI d'un ton sérieux quoique attendri...

« Vous savez où en sont mes affaires avec votre roi: je suppose donc qu'il apprenne que lord Egelton et sa fille sont en mon pouvoir, et qu'il exige, comme condition expresse au maintien de notre traité, que je lui livre mes deux prisonniers... »

La pauvre enfant n'avait point prévu ce cas : elle baissa la tête, et garda de nouveau le silence.

— De tels faits, reprit le monarque en l'examinant toujours attentivement, se sont jetés souvent à travers de graves évènements politiques ; et vous avez certainement trop de raison, Miss, et, j'en suis sûr aussi, une trop juste idée des devoirs des princes, pour ne pas comprendre quelle sera, dans une semblable situation, la conduite d'un roi qui aura à choisir entre les intérêts de son peuple et ceux de deux particuliers.

— Il est vrai, Sire, dit Cécilia qui avait eu le temps de rentrer dans toute son énergie morale, je comprends parfaitement les dangers auxquels nous sommes exposés ; mais mon père n'en redoute aucun, puisqu'il est innocent du crime dont on l'accuse.

— Ainsi, répliqua Louis XI avec un mouvement d'impatience, vous aimez mieux courir volontairement au-devant des plus grands malheurs que de prendre avec moi des arrangements qui les dissiperaient tous ?

— Sire, repartit la jeune Anglaise d'un accent aussi ferme que doux et calme, je ne puis avoir d'autre volonté que celle de mon père...

« Toutes les questions que Votre Majesté me ferait l'honneur de m'adresser à ce sujet n'aboutiraient donc qu'à prolonger inutilement une explication dans laquelle il ne m'appartient pas d'avoir un avis.

— Allons ! pensa le roi étonné et découragé, ma politique aura-t-elle été se briser contre la candeur de cette enfant, après avoir été réduite à l'impuissance par la sage et habile réserve du père ?

Louis XI, il est vrai, était loin d'avoir tiré de son entretien avec miss Egelton toutes les lumières sur le secours desquelles il avait compté ; cependant, il était parvenu à fixer son opinion sur plusieurs points fort essentiels : d'abord, l'existence d'un complot contre le traité de paix ne formait plus pour lui l'objet du moindre doute ; ensuite, il avait acquis la conviction que le duc de Glocester devait être invité, ce soir-là, à se rendre dans la chaumière, et que, s'il ne recevait pas cette invitation, il irait dans la matinée du lendemain à Amiens, croyant trouver encore lord Egelton à l'hôtellerie.

Enfin, le roi concluait que le duc avait déjà dû s'introduire pour le même motif dans la ville, et qu'il ne pouvait s'y montrer que sous un déguisement.

C'étaient là, sans doute, des notions précieuses dont il avait bien l'espoir de se servir avec quelque avantage au milieu des embarras de sa position ; mais il lui restait toujours à découvrir le fond même des choses, c'est-à-dire le plan du complot, et il sentait que tant que ce renseignement lui manquerait, sa situation demeurerait enveloppée de ténèbres et de périls.

Aussi voulut-il chercher la vérité par toutes les voies que le hasard lui ouvrait en ce moment.

Il se leva en répondant à Cécilia d'un air tout affable :

— Eh bien ! Miss, je vais voir si lord Egelton est un peu mieux disposé que vous à faire quelque chose pour votre bonheur commun.

Mais son projet n'était nullement d'aller rejoindre le noble Anglais.

Il traversa la chambre d'un pas rapide, et, comme s'il eût oublié qu'Albert de Vannes s'y tenait blotti dans un coin, il sortit brusquement, avant que le jeune capitaine eût seulement eu le temps de bouger de sa place ; puis, refermant derrière lui la porte, dont la clef se trouvait en dehors, il fit faire à cette clef deux tours dans la serrure.

Voici les raisons auxquelles il avait cédé en agissant ainsi : il pensait que la conversation de miss Egelton et d'Albert allait peut-être l'instruire de tout ce qu'il désirait savoir, et il fondait un tel espoir sur cette idée, que la jeune Anglaise, n'ayant point, à l'égard des intentions d'Albert, à se tenir dans la même défiance qu'envers les intentions du roi de France, et retrouvant celui qu'elle aimait, après une longue séparation et au milieu des tourments d'une situation redoutable, elle laisserait sans doute, dans la vivacité de ses impressions, échapper malgré elle de son cœur quelques-unes de ces éclairs rapides de la pensée, quelques-unes de ces paroles irréfléchies qui font entrer subitement un esprit observateur au fond des secrets les plus cachés.

Il chercha donc un moyen d'écouter leur entretien.

Il aperçut une pièce étroite et obscure, servant de bûcher, et qui était précisément contiguë, du côté de la rivière, à la chambre d'où il sortait : il s'y glissa, et il fut assez heureux pour découvrir dans la cloison une petite fente qui lui permit de prêter l'oreille au dialogue du jeune capitaine et de miss Egelton, et d'avoir en même temps l'œil sur leur physionomie.

Il vit Albert immobile près de la porte, et paraissant indécis sur le parti qu'il avait à prendre, soit pour rester dans la chambre, soit pour frapper à la porte, afin qu'on vînt la lui ouvrir.

Cécilia, debout, pâle, frémissante, portant un regard irrésolu et tout empreint d'anxiété sur Albert, fit enfin deux pas vers lui par une détermination qui sembla lui coûter quelque effort, et elle lui dit d'une voix couverte par l'agitation de son âme :

— Monsieur de Vannes... demeurez, je vous prie !

Le jeune officier poussa deux ou trois fois assez légèrement la porte par manière de contenance sans doute, et il se retourna vers le centre de la chambre, en disant avec un trouble qui ne le cédait pas à celui de miss Egelton :

— Le roi n'aura plus pensé que j'étais là... il m'a enfermé.

Cécilia s'avança encore de quelques pas du côté d'Albert.

— Nous n'avons peut-être qu'un instant à nous, Monsieur, reprit-elle précipitamment ; permettez-moi de l'employer à vous demander une grâce.

— Une grâce ! à moi ? s'écria le jeune homme stupéfait, mais aussi vivement touché de l'air suppliant qui accompagnait le langage de Cécilia.

— Vous avez entendu, continua-t-elle, ce que le roi de France vient de me dire des dangers que court mon père ?

— Oh ! oui, Miss, j'ai tout entendu ! répondit Albert en soupirant.

— Ainsi, mon père est exposé à tomber entre les mains de son souverain !...

« Il faut même penser que cet événement est inévitable; car le roi votre maître se persuadera qu'il est de l'intérêt de sa politique de le provoquer lui-même, pour frapper de crainte, par cette mesure de rigueur, ceux qu'il suppose être les complices du complot dont il m'a parlé.

— Tout cela certainement est bien triste ! murmura le jeune capitaine avec un nouveau soupir.

— Et si vous connaissez les accusations terribles, mais non fondées, je vous l'affirme, qui menaceraient à la cour d'Angleterre la liberté, peut-être la vie de lord Egelton, vous comprenez quelles sont les alarmes et les souffrances de sa fille !

— Non-seulement je les comprends, Miss, mais je les partage !

— Oh ! merci, mon Dieu ! dit Cécilia en levant les yeux au ciel et en croisant les mains, il y a donc en ces lieux quelqu'un qui s'intéresse à notre sort !

Puis, laissant retomber sur Albert son regard attendri par la reconnaissance, elle reprit avec un doux et mélancolique sourire, et en pressant de plus en plus ses paroles :

— Eh bien ! monsieur de Vannes, puisque vous partagez mes souffrances, répondez-moi franchement : vous pouvez sauver mon père !... le voulez-vous ?

— Si je le veux, Miss ? s'écria le jeune homme en faisant à son tour quelques pas vers Cécilia, et se plaçant tout auprès d'elle... si je le veux ? peut-il exister en ce monde un bonheur égal à celui que j'éprouverais, le jour où j'aurais rendu un tel service à lord Egelton... à celui qui est votre père ? oh ! parlez, Miss ! parlez vite !

« Apprenez-moi ce que vous exigez de moi, tracez-moi ma conduite, et mon dévouement vous est assuré d'avance ! »

La jeune Anglaise leva encore les yeux au ciel, et adressa, en hésitant un peu, cette question à Albert :

— Commandez-vous seul les archers qui se trouvent ici ?

— Je les commande seul.

— Eh bien ! poursuivit-elle avec une hésitation prononcée et d'une voix fort tremblante, serait-il impossible, au moment où nous sortirions de ces lieux pour être sans doute conduits prisonniers à Amiens, serait-il impossible que trois ou quatre de vos archers fussent commandés de manière... à ne pouvoir empêcher... la fuite de mon père ?

— Que dites-vous, Miss Egelton ? s'écria Albert, en reculant comme épouvanté.

Puis, essuyant la sueur froide qu'un douloureux frisson de son âme avait fait monter à son front :

— Miss, reprit-il avec tristesse, j'ai cru que vous alliez mettre mon dévouement à une épreuve qu'il eût pu accepter... mais est-ce bien une trahison que vous attendiez de moi ?

— Une trahison ? répéta machinalement Cécilia, en se tordant les bras de désespoir au milieu du désordre de ses idées...

« Mais songez donc, monsieur de Vannes, que celui dont je vous demande la liberté est mon père !

— Mais songez, miss Egelton, que celui que je trahirais est le roi de France, et que ce roi est mon roi !

« Songez que mon unique devoir est de tout faire

pour son salut, de même que le vôtre est de tout faire pour le salut de lord Egelton !

— Monsieur Albert ! continua Cécilia d'une voix plus attendrissante encore par un redoublement d'agitation et de douceur, si je vous affirme que mon père, une fois libre, renoncera à l'exécution de ses projets; si je vous engage ici ma parole pour garant de sa conduite à venir... me refuserez-vous encore votre appui ?

— Je vous le répète, Miss, mon appui serait une trahison : je le refuse de nouveau sans hésiter.

— Sans hésiter?... répéta la jeune fille en regardant Albert d'un air de consternation et d'effroi.

Et, baissant tout à coup les yeux, elle ajouta timidement d'un ton de reproche :

— Oh ! monsieur de Vannes ! il me semblait cependant que vous aviez autrefois quelque estime... quelque tendresse même pour mon père... et que vous n'étiez pas entièrement insensible à tout ce qui touchait son sort... et le mien... le temps a-t-il tout effacé ?

Albert frémit à ces paroles.

Il porta la main à son cœur pour en comprimer les palpitations, et il répondit d'un accent profondément attristé, mais qui avait aussi quelque chose de grave et de solennel.

— Miss Egelton, laissez-moi vous dire toute ma pensée... et, au fond de la douleur dont la vôtre m'accable, vous pourrez apercevoir, d'une part, la force du sentiment inaltérable qui attachera toujours mon âme à votre souvenir et à celui de votre père; et, de l'autre, le sentiment impérieux de mes devoirs, qui ne tracera jamais qu'une route à mes actions : celle de ma fidélité envers le roi, mon souverain...

« Depuis que j'ai quitté la cour du duc de Bourgogne, je n'ai vécu, au camp comme à la ville, dans les fatigues de la guerre comme dans les agréments d'une société paisible, je n'ai vécu qu'avec une seule image devant les yeux : est-il besoin, Miss, de vous dire quelle est cette image.

« Tous mes rêves (et Dieu sait combien dans mon abattement j'en ai fait de doux et d'amers à la fois !), tous mes rêves n'ont été bercés que par le timbre harmonieux d'une seule voix, d'une voix absente, hélas ! mais dont l'écho n'a cessé de retentir au fond de mon cœur : est-il besoin encore, Miss, de vous dire à qui appartient cette voix ?

« Et, au milieu de ces charmantes fictions dont ma tristesse aimait à se nourrir, croyez-vous que mon imagination ne se soit pas plu chaque jour à se retracer les traits nobles et fiers du vieillard dont vous êtes aujourd'hui l'unique consolation ?

« Croyez-vous que je ne me sois pas redit cent fois mot pour mot les graves et intimes entretiens que nous eûmes ensemble, et dont je suis sorti, honoré de sa bienveillance et de son aménité ?

« Ainsi, tout ce qui remplissait mon âme, il y a six mois, y est resté, vivant et pur, pour la remplir toujours, mais aussi pour la convaincre qu'elle doit demeurer livrée aux regrets, aux souffrances d'une éternelle séparation... car, je le sais (et je l'ai compris trop tard), des obstacles insurmontables s'élevaient entre nos deux familles; tous mes beaux et chers projets de mariage n'étaient, il faut l'avouer, que des rêves d'enfant : votre père est Anglais, je suis Français, nous servons deux causes ennemies, et nous ne saurions, lui et moi, unir étroitement nos mains qu'en brisant nos serments de fidélité jurés au pied des deux trônes dont nous sommes les défenseurs... vous voyez que je ne me fais aucune illusion sur l'avenir, et qu'il ne m'apparaît que tout noir de mes longs chagrins...

« Eh bien ! Miss, je veux maintenant vous faire connaître la part de moi-même que j'ai donnée à mon prince, cette part qu'il a droit d'attendre du cœur de tout loyal gentilhomme : s'il était au pouvoir de quelqu'un de me proposer l'échange de ma triste destinée contre l'immense bonheur qui n'a toujours brillé à mes yeux qu'en songe, et dont la fuite fera constamment mon désespoir ; s'il était, dis-je, au pouvoir de quelqu'un de me proposer un tel échange à cette condition que, durant un seul instant, durant l'espace d'un éclair de mon existence, il me faudrait, non pas trahir mon roi, mais seulement oublier l'obéissance que je dois au moins important, au moins utile de ses ordres, oh! Miss, je repousserais cette offre trompeuse de félicité comme on repousse l'idée de tout remords !

« Je dirais adieu à toutes les éblouissantes chimères de mon cœur, et, ensevelissant ma vie dans une profonde et immuable affliction, je saurais demeurer fidèle à l'honneur !... pardonnez-moi, Miss, de vous tenir un tel langage ; ce qu'il renferme est aussi douloureux pour mon âme que pour la vôtre ; car, s'il vous prouve qu'aucun remède aux maux de votre père ne peut venir de mon côté, il me fait craindre, à moi, que ma franchise ne m'expose à votre mécontentement, à votre indifférence... et, que sais-je ? à votre ressentiment peut-être !

— A mon ressentiment ?, dit Cécilia en passant la main sur son front, et comme se réveillant d'un songe... hélas ! monsieur de Vannes, vous ne faites véritablement que votre devoir... c'est mon tort de ne l'avoir pas compris plus tôt.

— Qu'entends-je ! s'écria Albert, je ne me serais point attiré votre courroux ?

— Oh ! Monsieur, je vous le répète, c'est mon tort de n'avoir pas compris plus tôt que vous ne deviez pas agir autrement...

« Mais la douleur avait égaré ma raison... et cette douleur s'explique assez par les craintes que me cause le sort le mon père. »

Albert baissa tristement la tête sans répondre.

— Un instant, reprit Cecilia, j'ai espéré que notre faux nom, en nous permettant de ne point nous faire connaître au roi de France, empêcherait en même temps le roi d'Angleterre d'être instruit de notre situation actuelle...

« Et nous aurions pu par là éviter de tomber en son pouvoir, jusqu'au moment où lord Egelton aurait trouvé le moyen de se justifier des accusations portées contre lui.

— Hélas ! Miss, dit le jeune capitaine en soupirant, c'est moi qui ai livré votre vrai nom !

— Je l'avoue, monsieur de Vannes, je vous en ai d'abord voulu de cette indiscrétion ; mais je suis obligée de le reconnaître : vous n'avez encore fait en cela que votre devoir...

« Ainsi je n'ai donc plus ni reproche à vous adresser, ni service à vous demander... et je me résigne en priant Dieu de veiller sur mon père ! »

La pauvre fille alors leva de nouveau ses chastes et beaux yeux au ciel, puis elle alla reprendre sa place sur sa chaise au coin du feu en éclatant en sanglots, tandis qu'Albert demeurait au milieu de la chambre, silencieux et morne, et le cœur brisé.

Louis XI avait suivi tous les mouvements de cette scène avec une attention égale au vif intérêt qu'elle lui avait inspiré.

Il est vrai qu'elle ne dissipait rien des ténèbres dont restait toujours couvert pour lui le plan du complot ; mais elle lui avait appris qu'il existait dans les rangs de ses courtisans un jeune homme dont le dévouement ne lui manquerait en aucune circonstance, un de ces êtres merveilleusement organisés, qui peuvent également répartir les richesses de leur cœur entre celle qu'ils aiment et leur prince, sans craindre de laisser jamais ce cœur s'abîmer avec le sentiment de ses devoirs dans le torrent des passions humaines.

Louis XI, après quinze ans d'un règne hérissé de trahisons, continuellement agité de tempêtes inattendues et terribles, Louis XI, plus qu'aucun roi peut-être, était capable de comprendre ce que valait à côté du souverain un si ferme et si loyal soutien du trône.

Aussi, ne se lassait-il pas d'arrêter ses yeux tout rayonnants de surprise et de joie sur ce jeune officier, sorti dans toute la pureté de sa conscience d'une des plus rudes épreuves auxquelles puisse être soumis le cœur de l'homme.

Enfin, voyant que cette scène n'avait plus rien à lui apprendre, il rentra dans la chambre où elle venait d'avoir lieu.

— Eh quoi ! je vous avais donc laissé ici, monsieur de Vannes ? avec un air si riant, d'une voix si caressante que son fidèle gentilhomme ne sut comment s'expliquer cette disposition particulière de bonne humeur dans un moment où il devait supposer le roi accablé des plus pénibles pensées.

— Oui, Sire, répondit Albert d'un accent qui n'était pas dégagé de toute émotion, Votre Majesté avait fermé sur ma porte à double tour.

— Vraiment ?... eh bien ! sans le vouloir je n'ai pas mal fait après tout ; j'ai donné ainsi à ma prisonnière un gardien, qui, j'en suis persuadé, a eu soin de ne pas perdre un instant de vue tous ses mouvements.

Ces paroles troublèrent bien un peu Cécilia et le jeune capitaine ; mais le monarque feignit de ne point s'apercevoir de leur confusion.

— Ma foi, Miss, reprit-il, je n'ai pas plus réussi auprès de lord Egelton qu'auprès de vous ; je l'ai trouvé pareillement sourd à mes conseils...

« Il faut donc en prendre son parti...

« Mais tout cela est fâcheux, Miss, tout cela est affligeant pour vous et pour lui ! »

Et, remarquant que la nuit s'avançait, et que, sous ses premières ombres, tous les objets commençaient à disparaître autour de lui dans la chambre :

— Il fait bien sombre ici, ajouta-t-il... Monsieur de Vannes, allumez donc, je vous prie, la lampe que j'aperçois sur la cheminée... de mon côté, moi, je vais m'occuper de cette lanterne.

Le lecteur n'a peut-être pas oublié la lanterne dont il est ici question : c'était celle que tenait le valet de lord Egelton au moment où le roi était arrivé dans la chaumière.

Lesly, dans sa consternation, l'avait laissée tomber à ses pieds, et elle était demeurée à la même place.

La vue de cet ustensile de ménage, attaché à une longue corde qui était retenue elle-même à un crochet sur le bord extérieur de la fenêtre, avait fort intrigué l'esprit de Louis XI, tandis que, de l'endroit où il s'était caché, il écoutait la conversation d'Albert et de la jeune Anglaise.

La fente au moyen de laquelle il avait pu, à travers la cloison, diriger ses regards, sur ce que renfermait la plus grande partie de la chambre, était précisément située à deux pas de la lanterne : à force d'examiner cet objet si singulièrement arrangé, il s'était persuadé qu'il devait servir à faire, la nuit, des signaux à quelque personne placée sur l'autre rive.

Sa perspicacité habituelle l'avait donc conduit une fois encore tout droit à la découverte du vrai, quant au fond de la chose ; mais elle l'égara sur un détail : il s'imagina que la lanterne, allumée et suspendue en dehors de la chaumière, était destinée, ce soir-là, à donner avis à l'un des gens du duc de Glocester qu'il pouvait passer l'eau, et venir prendre ce qu'on avait à lui remettre ; et le monarque ne doutait point que ce qu'on eût, dans ce cas, remis à cet homme, ne fût cette lettre que miss Egelton avait écrite et livrée aux flammes.

Le roi aperçut au bord des cendres trois ou quatre parcelles de papier. (Page 42, col. 1re.)

Louis XI, qui aimait assez à faire lui-même ses propres affaires, quand il avait en tête quelque projet singulier dont l'exécution le piquait d'intérêt, prit un morceau de papier sur la table, le tortilla, le présenta au feu, l'enflamma, puis il courut allumer la lanterne.

— Mais, Sire, ne put s'empêcher de dire Cécilia toute surprise, pourquoi Votre Majesté se donne-t-elle cette peine ? Une seule lumière suffit.

Cette observation ne fit que stimuler le roi dans sa besogne ; il répondit avec ce sourire de contentement que l'homme retient toujours difficilement lorsqu'il entrevoit le succès probable d'une ruse habilement préparée :

— Miss, vous savez bien que je n'allume pas cette lanterne pour éclairer la chambre ?

— Comment ! Sire, je le sais ? répliqua la jeune fille, qui était loin de soupçonner les intentions du roi.

— Eh ! sans doute... pourquoi y toucherais-je, si ce n'était pour la suspendre à sa place ordinaire ?

— A sa place ordinaire ? répéta Cécilia, dont l'étonnement redoubla.

— Il est évident, Miss, qu'on ne l'a point posée là

pour qu'elle restât dans la chambre, puisque sa corde, fixée à la partie extérieure de la fenêtre, empêcherait que cette fenêtre ne pût se fermer.

Louis XI, en disant ces mots, porta la lanterne au-dessus de la rivière, et la fit descendre le long du mur avec une grande précaution, afin qu'une brusque secousse de la corde ne l'éteignît pas en route.

Ce soin accompli, il s'accouda sur le bord de la fenêtre, et se retourna d'un air toujours riant et de belle humeur vers miss Egelton, occupée à l'examiner avec une stupéfaction croissante qui ne lui laissa pas d'abord le pouvoir d'articuler une parole.

— Mais, Sire, reprit-elle après un instant de silence, et entraînée par un élan d'irrésistible curiosité, qui peut donc vous faire penser qu'il soit nécessaire de suspendre ainsi une lumière sur le fleuve ?

— Je n'ai aucune idée bien arrêtée à cet égard, Miss...

« Je me souviens seulement que, quand je suis entré, votre valet avait en ses mains cette lanterne ; il se préparait sans doute à en faire l'usage que j'en ai fait... et puisque je vous ai privée de son service, ajouta Louis XI avec une malicieuse courtoisie, il est bien juste que quelqu'un le remplace pour un moment, et que toutes choses se passent comme s'il était encore ici. »

Cécilia, se demandant si le roi plaisantait ou parlait sérieusement, et n'ayant aucun moyen de découvrir le but qu'il se proposait, ne trouva pas un mot de réponse dans la confusion de ses idées, et alla se rasseoir toute rêveuse au coin de la cheminée.

Quant à Louis XI, il se retourna du côté de la Somme, et parut porter de toutes parts sur son cours un regard attentif.

Il y avait quelques minutes que, dans une immobilité complète, il se tenait ainsi en observation, lorsque tout à coup il fit avec vivacité un pas en arrière, sans cesser, pour cela, d'avoir sa vue sur la rivière.

— Eh ! reprit-il, votre lanterne, Miss, produit des merveilles ! Il semble que sa lumière soit un appât pour les gens qui se trouvent sur l'autre bord.

— Comment cela, Sire ? répondit très-vivement Cécilia, qui, par un mouvement plus fort que sa volonté, se leva de sa chaise et se rendit près de la fenêtre.

— Tenez, Miss, dit le roi avec une complaisance empressée et gracieuse, due en partie au plaisir que lui faisait éprouver la pensée d'avoir réussi dans son stratagème ; tenez ! n'apercevez-vous pas cet objet grisâtre qui se glisse lentement et sans bruit sur l'eau ?

En effet, une barque, dont le corps se présentait de face, se dessinait à peine au regard dans l'obscurité déjà profonde de la nuit, avait franchi à peu près la moitié de la largeur du fleuve, et continuait de s'avancer vers la chaumière.

A cette vue, la jeune fille fut saisie d'une étrange frayeur : elle se disait que le duc de Glocester seul pouvait être attiré par la lumière pendante sur l'eau.

S'était-il donc rendu à Amiens dans la journée ?

Y avait-il appris par le maître de l'hôtellerie du Soleil-d'Or le départ précipité de lord Egelton ?

Et, convaincu naturellement que celui-ci avait dû retourner aux ruines de Picquigny, venait-il en ce moment l'y retrouver ?

Cette conclusion paraissait avoir pour Cécilia la certitude d'un fait.

Alors, elle se demanda ce qui allait se passer dans la chaumière entre le prince anglais et le roi de France, lorsque ce dernier, déjà mis sur la voie des desseins du duc, n'avait rien à négliger pour en arrêter l'exécution.

— Et pourquoi, Sire, dit-elle en dissimulant autant qu'elle put son agitation, Votre Majesté semble-t-elle attacher une si grande importance à l'arrivée d'une barque ?

— J'ai été bien aise de vous en prévenir, Miss, car elle vous annonce probablement une visite.

— Nous n'attendons personne !

— Alors c'est quelqu'un qui veut agréablement vous surprendre.

— Ce bateau ne vient sans doute pas ici pour nous !

— Et pour qui y viendrait-il ? Il n'y a dans ces lieux que votre habitation... et voyez, je vous prie, comme il se dirige en ligne droite sur elle !

Louis XI s'éloigna en cet instant de la fenêtre.

— Allons ! Miss, ajouta-t-il, je me retire... il faut bien vous laisser causer librement avec ceux qui viennent vous voir.

— Je suis bien sûre, je le répète, que cette barque ne nous amène personne, repartit Cécilia toute tremblante et tâchant de s'étourdir sur l'objet de ses craintes.

— Dans ce cas, répliqua le roi, nous aurons le plaisir de revenir tout à l'heure vous tenir compagnie.

Et, suivi d'Albert, il sortit de la chambre, dont il se contenta cette fois de pousser seulement la portière derrière lui.

On se rappelle qu'il y avait une sentinelle dans l'autre pièce : il l'envoya se joindre aux deux archers placés auprès de lord Egelton.

En même temps, il ordonna à Albert d'aller promptement trouver ses autres hommes et Commines, et de les faire disparaître, eux et leurs chevaux, en les plaçant parmi les ruines de l'ancien château.

Il lui recommanda de chercher aussi pour lui un refuge à peu de distance de la chaumière.

Certain, alors, que, au dedans comme au dehors, aucun indice ne trahirait ni sa présence ni celle de ses gens, il s'introduisit dans le bûcher où il s'était déjà caché : il se proposait encore de surprendre ainsi l'entretien que miss Egelton aurait avec l'individu qui arriverait en bateau.

Or, comme on le sait, il avait la conviction que cet individu était un des serviteurs du duc de Glocester : il pensait donc que ce valet, n'étant à aucun égard sur ses gardes, pourrait, avant que la jeune anglaise eût le temps de lui imposer silence, révéler dans ses premières paroles quelque chose des secrets de son maître.

Il espérait même le voir porteur d'une lettre du duc relative au complot, et dans laquelle il serait peut-être facile d'en saisir le plan.

On se souvient que la petite pièce où se trouvait le roi était située du côté de l'eau : elle ne recevait d'air que par une ouverture fort étroite donnant sur la Somme, et par laquelle Louis XI put suivre aisément la barque dans sa route.

Cette barque n'était plus séparée de la chaumière que par le quart de la largeur du fleuve à peu près, lorsqu'il la vit soudain demeurer immobile, comme si ceux qu'elle contenait se fussent mis à délibérer sur ce qu'ils avaient à faire.

Il s'étonna un peu de ce temps d'arrêt, et attendit avec impatience qu'elle eût repris son mouvement.

V

LE BATEAU

Nous allons laisser le roi livré à ses observations : la marche des événements nous force de nous rapprocher en ce moment des personnages amenés par le bateau.

Ils étaient au nombre de deux seulement : l'un était le batelier ; l'autre un homme qui, assis en face de lui, le front morne et soucieux, se tenait avec soin enveloppé d'un large et long manteau.

Ce vêtement, qui ne laissait rien découvrir de ses autres habits, ne permettait pas de deviner à quelle classe il appartenait.

La toque, dont il était couvert, n'en apprenait pas davantage : elle eût pu tout aussi bien parer la tête d'un bourgeois que celle d'un soldat ou d'un officier débarrassé de son costume de guerre.

Il eût été de même assez difficile d'avoir une idée juste de son âge ; car ses traits, que voilait une nuit sombre, ne se distinguaient pas sur la masse vague et confuse de son visage, à demi caché, du reste, par les plis de son manteau dont il avait rejeté un pan par-dessus ses épaules.

Ce personnage était demeuré jusqu'alors tel que nous venons de le représenter, taciturne, pensif, enfin dans l'attitude d'un homme dont la vie serait tout entière concentrée en ses réflexions.

Mais, parvenu aux trois quarts du fleuve, il releva subitement et vigoureusement la tête en croyant entendre le hennissement d'un cheval sortir du milieu des ruines vers lesquelles il se dirigeait.

— Arrête ! dit-il au batelier d'une voix brusque, mais un peu frémissante d'émotion.

Et, tendant l'oreille au vent tandis que la barque restait immobile, il retint son haleine pour mieux écouter.

Un second hennissement retentit sur un autre point des ruines ; un troisième, qui répondit à celui-là, s'éleva sur un autre point encore.

L'homme au manteau frissonna ; il fronça le sourcil et se mordit les lèvres, comme s'il eût éprouvé une vive contrariété.

Il savait sans doute qu'il ne devait pas y avoir de chevaux dans ces lieux, et il avait probablement ses raisons pour que la présence de ces animaux lui fît concevoir la crainte de s'y montrer ; car il sembla se consulter sérieusement avant de se jeter dans une résolution quelconque.

Enfin, avec un geste qui indiquait que sa détermination était bien prise, il dit au batelier :

— Continue ta route !

La barque alla s'arrêter le long du rivage, à une petite distance de la chaumière.

— Maintenant, batelier, reprit le passager, c'est toi qui vas descendre à terre.

— Moi, Messire ?... et pourquoi faire ?

— Tu vas le savoir ! répliqua l'homme au manteau d'un accent dont la rudesse annonçait clairement que les réflexions de ceux à qui il donnait ses ordres n'avaient jamais l'art de lui plaire...

« Entre dans cette habitation de pêcheur ; tu y trouveras une damoiselle et son père... tu leur demanderas si celui qui a coutume de venir les voir peut pénétrer en ce moment chez eux. »

— Est-ce tout, Messire ?

— Oui, tout ! sans cela, il me semble que je t'en eusse dit davantage ?

— Oh ! alors, voilà une commission dont les difficultés ne sont pas nombreuses, et qui sera bientôt faite ! repartit le batelier d'un air libre et dégagé, en paraissant fort peu se préoccuper de la sombre humeur de son passager.

Et, bien que la barque fût encore à plus de deux brasses de la terre, il s'élança d'un bond sur la rive avec une telle aisance, qu'on eût cru volontiers que l'air était son élément naturel.

Ce batelier était un homme de taille moyenne, au corps mince, déplié, plein de nerfs et de vigueur.

Il ne marcha pas vers la chaumière, mais il y courut avec la légèreté d'un daim, tant il semblait que la rapidité des mouvements fût une loi imposée à sa souple organisation.

Quand il eut mis le pied dans la première pièce du logis, il fut conduit vers la chambre où était miss Egelton, par le rayon de lumière qu'il vit scintiller sous la porte.

A l'apparition de cet inconnu, Cécilia faillit pousser un cri de surprise, tant elle s'attendait à apercevoir le duc de Glocester.

— Belle damoiselle, lui dit le batelier avec un gros et franc rire de paysan, est-ce que, par hasard, la figure d'un pauvre garçon que vous n'avez jamais vu vous épouvanterait ?...

« Rassurez-vous ; voici l'explication de ce qui vous étonne : je suis batelier ; je viens d'amener de l'autre rive quelqu'un dont vous avez, vous et votre père, l'habitude de recevoir la visite...

« Il est resté dans mon bateau, ne voulant pas en sortir avant de savoir s'il peut se présenter ici.

— Ah !... fit seulement la jeune fille comme frappée d'une idée qu'elle ne pouvait exprimer tout haut.

Mais elle se dit en elle-même d'un air de satisfaction :

— Le duc a été encore plus prudent que je ne l'eusse espéré.

« Il n'avait point reçu d'avis ; il ne s'est aventuré qu'à la vue de cette lumière sur l'eau : il a bien fait de prendre toutes ses précautions.

— Eh bien! Damoiselle, que lui dirai-je? reprit le batelier.

Cécilia avait facilement deviné les intentions de Louis XI, lorsqu'elle l'avait vu, un instant auparavant, si empressé de la quitter : elle pensait donc qu'il était dans quelque coin aux écoutes; mais, ne se doutant guère qu'il eût l'œil sur elle, et voulant ne rien lui laisser connaître de l'impatience qu'elle avait d'éloigner du rivage celui qui attendait sa réponse dans la barque, elle fit seulement un signe de tête négatif au batelier, et lui montra la porte d'un geste fort animé.

— Ah! bien!... bien!... dit le paysan en examinant dans le plus grand étonnement cette pantomime véhémente, et n'y comprenant rien... je lui dirai donc que...

Cécilia ne lui laissa pas le temps d'achever sa phrase : elle l'interrompit par de nouveaux signes de tête et de main, dont la vivacité pressante et la signification non équivoque le convainquirent aussitôt qu'il n'avait plus qu'à se taire et à prendre la fuite.

Demeurée seule, miss Egelton regretta de n'avoir pas remis un mot d'écrit au batelier, pour avertir le duc de Glocester de tout ce qui se passait.

Cette idée ne s'était pas fait jour au travers des tumultueuses impressions qui venaient d'assiéger et de troubler sa raison.

Mais elle s'aperçut bientôt qu'elle n'eût pu en tirer aucun profit : en jetant les yeux sur la table, elle n'y retrouva plus ni papier, ni écritoire, ni plumes; Louis XI, en sortant, avait eu soin d'enlever lui-même tous ces objets.

Elle fut désolée d'en être privée, car elle songea qu'elle avait encore un moyen de faire parvenir un avis au prince : c'était de lui jeter un billet par la fenêtre, si la barque, en s'en retournant, passait pour cela assez près de la chaumière.

Elle se mit alors à chercher comment elle pourrait suppléer au papier et à l'encre qui lui manquaient.

Tout à coup elle sourit, et parut comme transportée de joie; elle courut prendre un morceau de charbon dans la cheminée, étendit ensuite un mouchoir sur la table, et le couvrit rapidement de ces mots :

« Mon père et moi, tous deux prisonniers du roi de « France, qui est en ce moment près de nous !... Il a « quelque soupçon d'un complot; mais il ne connaît « rien du plan... reçu la dépêche attendue... tout est « prêt...

                    « Cécilia EGELTON. »

Cela fait, elle noua soigneusement le mouchoir autour d'un petit plâtras qu'elle détacha sans peine du mur crevassé de la chambre; puis, elle se précipita vers la fenêtre pour épier le passage du bateau.

Il ne tarda pas à paraître, et il advint même, par des causes qui nous seront bientôt connues, qu'il se traça sa route en remontant le cours du fleuve, et en passant sous la fenêtre à deux ou trois brasses tout au plus de la rive.

Cécilia lança promptement vers lui son étrange billet, et elle entendit le retentissement produit par sa chute au fond du bateau.

Elle vit quelqu'un qui se tenait debout près du batelier se baisser aussitôt pour le ramasser.

Alors elle alla se rasseoir à la hâte devant le feu, afin de ne pas attirer sur ses mouvements les soupçons du roi, qui pouvait rentrer tout à coup dans la chambre.

Retournons maintenant auprès de Louis XI.

Il n'avait rien vu de cette dernière entreprise de miss Egelton; car au moment où le batelier avait disparu de la chaumière, il était sorti lui-même pour parler au capitaine de ses archers.

Albert, placé à peu de distance, le long des ruines, ayant aperçu le roi sur le seuil de l'habitation, était venu aussitôt à sa rencontre.

— Monsieur de Vannes, lui avait dit alors Louis XI tout bas et d'un ton très-vif qui faisait comprendre toute l'importance qu'il attachait en cet instant à ses paroles, rejoignez vite le batelier qui sort d'ici... faites-vous transporter par lui sur l'autre rive : il y a dans sa barque un personnage qui avait à se présenter dans cette demeure, et qui n'a pas osé mettre pied à terre.

— Les hennissements de nos chevaux l'auront effrayé.

— Peut-être bien !... mais il nous faut absolument connaître ce personnage... vite! monsieur de Vannes!... vite! il n'y a pas un moment à perdre.

Albert, sur les indications du roi, courut vers l'endroit où le batelier devait s'être rendu : il n'en était plus qu'à une vingtaine de pas, lorsqu'il aperçut ce paysan qui s'élançait du rivage dans la barque.

Pendant qu'il franchit ce court espace, écoutons le dialogue qui s'établit entre le batelier et son passager.

— Eh bien! demanda ce dernier, que t'a-t-on dit?

— Rien, Messire.

— Comment, rien! n'as-tu vu personne?

— J'ai vu une damoiselle blonde, gracieuse, et d'une beauté incomparable... mais il faut qu'elle ait le malheur d'être muette.

— Que dis-tu là, imbécile?

— Eh! Messire, je dis ce que j'ai vu!...

« Je ne lui eus pas plus tôt répété vos paroles ou à peu près, que, à l'exception d'un petit cri sourd qui lui est échappé, elle ne s'est mise à me répondre que par signes; et elle a fait tant de branlements de tête et de gestes de main en me désignant la porte pour me conseiller de déguerpir au plus vite, qu'il devint clair pour moi que vous vous exposeriez à quelque danger en pénétrant dans cette maison.

— Tu me dis toute la vérité?

— Toute la vérité, Messire.

— C'est étrange! murmura l'homme au manteau en réfléchissant.

Les deux interlocuteurs tournaient le dos au rivage; ils furent interrompus en ce moment par une voix douce et sonore qui prononça ces mots derrière eux :

— Eh! batelier, attendez !... ne touchez pas à vos rames; j'ai à passer l'eau, moi aussi.

— Venez, Messire, répondit le paysan, qui, apercevant un jeune et brillant officier français, le salua en tenant suspendu un instant avec respect son bonnet au-dessus de sa tête.

Il se préparait à rapprocher sa barque de la rive, lorsqu'il vit, non sans étonnement, son nouveau passager y sauter aussi légèrement et s'y arrêter soudain d'un pied aussi ferme que cela lui était arrivé à lui-même.

— Ah ! ah ! Messire, reprit-il en examinant avec une attention toute particulière la figure du jeune officier, il paraît que vous n'avez pas, vous non plus, les jambes rouillées dans leurs ressorts !

L'homme au manteau, toujours assis à l'un des bouts de la barque, ne put, à la vue d'Albert, s'empêcher de relever vivement la tête avec un frémissement qui parcourut tout son corps.

Mais cette agitation ne fut remarquée ni par celui qui en était la cause, ni par le batelier : Albert, resté tranquillement debout, et ne semblant pas disposé à s'asseoir, avait en ce moment ses regards arrêtés sur le paysan ; et celui-ci, ayant repris sa place accoutumée, s'apprêtait à faire jouer ses rames.

— Batelier ! dit l'homme au manteau d'un accent bref et âpre qui provenait sans doute d'irritantes réflexions auxquelles il était en proie, ne va pas au moins, cette fois, nous porter sur ces bateaux échoués au milieu de la Somme, et que nous avons rencontrés en venant !

A cette voix, Albert tressaillit à son tour, et jeta un coup d'œil à la dérobée sur l'inconnu.

— Soyez tranquille, Messire, répondit le paysan ; on sait conduire sa barque et on connaît sa rivière.

— Oui, tu conduis si bien l'une, et tu connais si bien l'autre, que tu as manqué nous faire chavirer contre les bateaux dont je te parle.

— Que voulez-vous, Messire ?... un moment de distraction !... chacun a les siens... je n'ai pas eu l'occasion de traverser la Somme depuis hier, et j'avais oublié que, la nuit dernière, deux grands bateaux de commerce, lourdement chargés, se sont heurtés et que, s'étant ouverts dans leur choc, ils ont coulé à fond... le passage de la rivière, à l'endroit où cet accident est arrivé, est d'autant plus dangereux que l'obstacle qui la barre s'élève à peine au-dessus de l'eau, et que, dans une nuit obscure comme celle-ci, on n'en aperçoit rien... mais, à présent, je me tiens sur mes gardes, et pour une bonne raison : vous m'avez dit, je crois, que vous ne savez pas nager ?

— Sans doute, je l'ai dit !

— Eh bien ! je ne voudrais pas pour tout l'or du monde m'exposer à noyer deux braves gentilshommes... car monseigneur l'officier qui nous accompagne est probablement dans le même cas que vous.

— Non pas, répondit Albert d'un ton d'indifférence...

« Je traverserais sans peine la Somme à la nage, quand elle aurait pour largeur le tiers de la distance qui nous sépare d'Amiens.

— Une lieue !... Oh ! oh ! mon capitaine, vous avez là un petit savoir qui peut avoir son utilité dans certaines circonstances.

— Mais où nous mènes-tu donc ? cria en ce moment l'homme au manteau en voyant le batelier qui faisait glisser sa barque le long de la berge et prenait sa direction du côté de la chaumière.

— Vous ne comprenez donc pas, Messire, que je remonte le fleuve précisément pour me tracer ma route au-dessus de cet endroit terrible qui vous fait tant de peur ?

— Allons ! allons ! c'est bien... maintenant, marche ! et plus de réflexions ! dit l'inconnu en s'appuyant sur son coude et se couchant à demi sur l'arrière de la barque, comme pour s'abandonner entièrement à ses pensées.

Albert avait eu le temps de l'examiner à son aise durant ce dialogue : le ton rude de sa voix, la brusquerie de ses gestes, l'ensemble de sa physionomie, bien qu'il ne l'entrevît que fondue pour ainsi dire dans les ombres de la nuit, fixèrent enfin son opinion ; et, aux dernières paroles qu'il lui entendit prononcer, il se dit en lui-même avec une émotion contenue :

— Sir George Parker !

En effet, c'était bien cet officier anglais que le batelier avait conduit de ce côté de la Somme. Traçons rapidement ici, à son sujet, quelques mots d'explication.

Sir George avait été parfaitement renseigné sur le lieu de retraite de miss Egelton et de son père par le soldat anglais lancé d'Amiens sur leurs pas.

Il avait aussitôt pris la résolution de les revoir ce jour-là même.

Mais il craignit d'être traversé dans ce projet par le duc de Glocester, en supposant que ce prince, déjà prévenu des mouvements des deux fugitifs, eût eu l'idée d'aller leur faire une visite immédiate aux ruines de Picquigny ; aussi, s'empressa-t-il de s'assurer de ses intentions avant d'agir : il se rendit dans sa tente, lui apprit, sans entrer dans aucun détail, qu'il avait eu l'occasion de rencontrer à Amiens lord Egelton et sa fille, et se déclara chargé de lui rappeler qu'il était attendu par eux, à leur hôtellerie, dans la matinée du lendemain.

Le duc fut assez surpris de ce qui lui était raconté ; car il n'ignorait ni les menées perfides de Parker contre lord Egelton, ni le mépris de celui-ci pour son odieux persécuteur.

Néanmoins, il ne laissa rien percer de son étonnement, et ne répondit à l'officier qu'en lui recommandant d'un ton marqué d'autorité la plus grande discrétion, tant sur ses visites à Amiens que sur le séjour de l'ancien ambassadeur dans cette ville.

Bien convaincu alors que ce dernier n'avait encore envoyé aucun avis au prince, sir George monta à cheval, et sortit en toute hâte du camp.

Quant à ses desseins sur Cécilia et son père, ils étaient d'une grande et atroce simplicité ; il allait se présenter comme accourant auprès d'eux pour les prévenir que le roi d'Angleterre venait d'être instruit de leur arrivée dans la contrée, et il devait leur dire même qu'il n'avait connu que par le monarque leur retraite actuelle ; il frappait ainsi leur esprit de l'idée des plus imminents dangers ; il offrait alors de nouveau ses services à lord Egelton, lui donnant la certitude qu'ils auraient pour résultat sa réconciliation avec son souverain.

S'il essuyait encore un refus, il était décidé à ne plus user de ménagements pour parvenir à ses fins : il irait révéler l'état des choses à Édouard IV ; et si, à la suite de cette révélation, l'ancien ambassadeur tombait au pouvoir de son roi, il se serait fait ainsi, lui, sir George une situation dont il se verrait le maître, et où il pourrait imposer ses conditions au père de Cécilia, en lui proposant encore, dans son surcroît d'infortune, des chances certaines de salut.

Il fit route tout en perfectionnant cet habile plan de conduite dans sa tête ; et la nuit était venue, lorsqu'il s'arrêta sur le bord de la Somme, en face des ruines de Picquigny.

Il attendit toutefois pour passer l'eau que l'obscurité fût plus profonde, tenant à ne pas être reconnu dans le bateau par les habitants de la chaumière : il les croyait capables d'éviter sa rencontre, soit en allant à son approche chercher quelque nouveau refuge au dehors, soit en prenant la détermination de lui fermer leur porte. Il attacha son cheval à un arbre de la rive, et s'assit sous le feuillage.

Il ne se leva que lorsqu'il vit briller une lumière dans la chaumière, et une autre hors de l'habitation et suspendue sur l'eau.

Il ne se mit nullement en peine de s'expliquer les motifs de la position de cette dernière lumière : il avait l'esprit préoccupé de choses trop graves pour l'arrêter sur un si mince objet.

Il alla frapper à une cabane de pêcheur qu'il avait remarquée en arrivant, et il ramena un batelier avec lui.

Quand, parvenu aux trois quarts de la rivière, il entendit les hennissements des chevaux, il conçut de vagues appréhensions, et il était homme trop prudent, même dans ses témérités, pour continuer à marcher vers son but avant d'avoir pris ses précautions.

Il avait vu miss Egelton et son père sortir d'Amiens sur des mules : à qui appartenaient donc ces chevaux dont l'écho des ruines lui apportait les hennissements ?

Des troupes de Louis XI étaient-elles venues occuper ces lieux ?

Ou bien ces animaux avaient-ils pour maîtres des voyageurs qui avaient reçu des hôtes de la chaumière l'hospitalité pour la nuit ?

Dans l'un ou l'autre cas, son projet ne pouvait être poussé plus loin, puisque son exécution reposait sur des secrets qui n'admettaient la présence d'aucun étranger entre lord Egelton et lui.

Le parti qu'il prit de ne point descendre à terre, et d'envoyer le batelier aux informations, était donc le seul raisonnable auquel il pût s'arrêter dans une pareille situation.

Mais retrouvons maintenant nos trois personnages dans leur barque.

En un instant ils eurent atteint le mur de la chaumière, et ils glissèrent rapidement sous la fenêtre au bord de laquelle Cécilia attendait leur passage.

Elle ne remarqua point que la barque contenait trois personnes ; car sir George étant à demi couché, s'effaçait dans cette position même, et il était de plus entièrement masqué par Albert qui se tenait debout.

Ce dernier, obéissant à un entraînement invincible de son cœur, leva les yeux vers la fenêtre, aperçut la jeune miss, et lui vit faire le geste d'une personne qui jette quelque chose dans l'espace.

Presque au même instant, il entendit un objet assez lourd tomber à ses pieds, et il le ramassa.

Il le serra aussitôt sous ses vêtements sans l'examiner.

De son côté, sir George avait tout vu.

Il comprit aisément que l'objet lancé par miss Egelton devait renfermer quelque avis important.

Depuis l'arrivée du capitaine de Vannes auprès de lui, son esprit avait beaucoup travaillé sur la nature des événements dont la chaumière et les ruines du château gothique pouvaient être le théâtre : il ne doutait plus que des troupes du roi de France n'y fussent cachées ; mais à quel titre s'y trouvaient-elles ?

Etait-ce comme gardiennes de lord Egelton, devenu prisonnier de Louis XI, après avoir attiré sur lui la méfiance de ce monarque par quelque acte politique, imprudent ou malheureux ? ou bien Albert n'était-il venu dans ces lieux qu'avec son écuyer et un petit nombre de ses archers seulement pour escorte, dans l'unique intention de passer la soirée auprès du noble lord et de celle qu'il aimait ? et ne s'était-il jeté dans la barque que par un transport de jalousie, afin de connaître l'individu qui avait passé l'eau pour venir voir la jeune Anglaise ?

Dans le premier cas, l'objet lancé par Cécilia s'adressait à un libérateur, et il était alors pour celui qui avait envoyé le batelier auprès d'elle, et qu'elle supposait être le duc de Glocester ; dans le second cas, il était destiné à Albert, et, alors, que contenait-il ? que pouvait avoir écrit cette jeune fille à celui qui avait été, un jour, sur le point de devenir son époux ? quelle raison puissante l'avait poussée à lui jeter un billet dans un bateau où d'autres personnes étaient à côté de lui ?

Toutes ces idées bouleversaient tellement l'esprit de Parker, qu'il fut frappé, en cet instant, comme de vertige.

L'impatience de savoir ce qu'il ignorait, la jalousie, la fureur, la vengeance exaspérèrent son âme et allumèrent son sang ; il jura de pénétrer à fond, sur l'heure, un mystère duquel dépendaient d'une manière absolue la marche et l'accomplissement de ses projets.

Lorsqu'il se vit à une certaine distance de la chaumière, il se leva précipitamment, et, regardant Albert en face :

— Capitaine, dit-il avec résolution et tout frémissant de ses fougueuses impressions, vous venez de ramasser un écrit qui n'était point pour vous.

— Et qui vous donne lieu de penser, Messire, répliqua froidement Albert, que ce que j'ai ramassé soit un écrit ?

— Je le sais !

— C'est-à-dire que vous vous en doutez ?

Sir George se mordit les lèvres de colère.

— En tous cas, poursuivit Albert, qui vous assure qu'il ne soit pas pour moi ?

— La personne dont la main nous l'a envoyé ne le destinait qu'à celui qui était venu dans cette barque !

— Mais qui vous dit que cette personne sût que c'était vous qui fussiez dans cette barque ?

Un tressaillement nerveux, paroxysme de sa rage, ébranla tous les membres de l'officier anglais.

— Ainsi, Messire, continua Albert avec le même calme auquel se mêlait toutefois une nuance d'ironie, vous voudrez bien me permettre de garder ce qui est maintenant en ma possession...

« Rasseyez-vous tranquillement, je vous prie, et oubliez une chose qui ne vous concerne pas...

— Me rasseoir ?... oublier une chose qui ne me concerne pas ? s'écria sir George en bondissant sur lui-même ; car le sang-froid de son adversaire ne faisait qu'enflammer la violence de son caractère irritable...

« Pour qui me prenez-vous donc, capitaine ?

« Me croyez-vous un homme à souffrir qu'un autre vienne à jeter dans mes affaires, et mettre des entraves à mes actions ? »

— Et vous, Messire, répondit l'élégant officier de Louis XI avec une aisance parfaite, me croyez-vous homme à souffrir que le premier venu ose ainsi tenter de m'imposer ses volontés, en appuyant sa conduite sur je ne sais quelles inconcevables prétentions ?

— Voici donc qui soutiendra ces prétentions ! repartit l'Anglais en se débarrassant de son manteau, et tirant son épée.

— Eh bien ! voici également qui soutiendra mon droit ! répliqua Albert sans sourciller et mettant aussi son épée hors du fourreau.

— Et il est bien décidé que vous ne voulez pas me restituer l'écrit que vous avez sur vous ? demanda encore Parker tout haletant, et labourant dans sa fureur le fond du bateau avec la pointe de son arme.

— Vous plaisantez vraiment ! répondit Albert en souriant d'un air de dédain.

— Défendez-vous donc, alors !... et je vous en préviens : un seul de nous deux sera transporté vivant sur la rive ; car j'aurai cet écrit ou je serai tué !...

« Mais quelque chose me dit que ma bonne fortune ne m'abandonnera pas en cette circonstance ! »

Ces mots étaient à peine tombés de la bouche de sir George, que son fer, comme impatient et avide de la lutte, alla frapper rudement celui que son adversaire tenait encore abaissé à ses pieds.

Albert se mit en garde sans colère, et avec un maintien digne et assuré dont l'effet fut de pousser jusqu'à ses dernières limites le courroux de l'Anglais.

Ces deux combattants, du reste, n'eurent pas plutôt croisé leurs armes, qu'ils s'aperçurent de leur force et de leur adresse réciproques, et comprirent que la vie de l'un comme de l'autre serait fermement disputée, et pourrait coûter cher au vainqueur.

Mais quelle différence dans leurs physionomies et dans leurs mouvements !

Parker, écumant de rage et de haine, avançait, reculait par bonds précipités, et tirait du fond de sa poitrine une sorte de rugissement sourd à chaque fois qu'il fondait sur son ennemi ; Albert ayant pris position entre les jambes du batelier, ne bougeait de cette place non plus qu'un roc devant le déchaînement d'une tempête, et sa lame répondait aux coups vigoureux, mais désordonnés de Parker, avec une régularité pour ainsi dire réfléchie, qui les condamnait tous à une inutilité désespérante.

Il y avait toute l'ardeur de la soif du sang dans les yeux agités et étincelants de sir George ; il y avait toute l'indifférence du mépris dans le regard limpide, doux, mais courageux et fier du gentilhomme français.

Quant au batelier, on conçoit quelle devait être sa terreur devant cet horrible spectacle.

Le pauvre homme, depuis le commencement de la lutte, ramait avec une telle vigueur, qu'il semblait avoir donné des ailes à sa barque.

Les combattants étaient trop occupés d'eux-mêmes pour songer à se rendre compte de ses intentions.

Il arriva ainsi au milieu de la Somme.

Là tout à coup ses rames devinrent presque immobiles, et la barque descendit alors d'elle-même le fleuve avec une effrayante rapidité, bien qu'elle se présentât par son flanc au cours de l'eau, position dans laquelle son conducteur s'efforçait de la maintenir.

— Prends garde, batelier ! se mit à crier Albert, je crois que nous sommes sur un courant dangereux !

— Soyez sans crainte, Messire, je connais mon affaire, répliqua le paysan d'une voix singulièrement altérée... je reprends ma route vers le point où nous devons aborder.

L'attention qu'Albert venait de prêter au mouvement de la barque fut cause qu'il se relâcha un peu du soin avec lequel il avait jusqu'alors veillé à sa défense : il se trouva en cet instant à découvert sous l'œil de son adversaire, dont l'épée lui déchira la joue...

Son sang rejaillit sur le visage du batelier.

— O mon Dieu ! s'écria cet homme en levant les yeux vers lui et craignant de le voir tomber mortellement frappé.

Mais, au moment même où il était en proie à cette inquiétude ; au moment même où Albert, vivement aiguillonné par sa blessure, apportait dans la lutte une énergie moins calme, la barque, ne cessant de descendre le fleuve, et toujours aussi légère que le vol d'une hirondelle, reçut un choc terrible et se brisa en deux parts égales, comme si un glaive gigantesque et invisible l'eût coupée par le milieu.

La frêle embarcation était, en effet, depuis un instant sur un courant rapide, lequel aboutissait à l'endroit où deux grands bateaux avaient coulé à fond dans la nuit précédente ; et c'était contre la partie angulaire que présentait un peu au-dessus de l'eau l'arrière de l'un d'eux qu'elle avait été se briser.

Ses deux moitiés furent, par la violence du choc, lancées au loin à droite et à gauche avec ce qu'elles contenaient.

Occupons-nous d'abord de sir George, qui était seul de son côté : la direction des vagues sous lesquelles il disparut l'écarta de plus en plus du point où il eût pu s'accrocher à quelque portion des bateaux engloutis.

Ne sachant pas nager, il lutta contre la mort par des mouvements aussi inutiles que désespérés, qui ne servirent qu'à le ramener par intervalles sur la surface du fleuve, au fond duquel il replongeait aussitôt.

Après avoir été ainsi entraîné durant quelques minutes, il fut jeté sur un îlot presque entièrement submergé : la seule partie que l'eau n'eût pas atteinte était une petite butte où il trouva juste assez de place pour s'asseoir et reprendre haleine.

Maintenant quel moyen lui restait-il de regagner la terre ?

Élèverait-il la voix pour demander du secours à ceux dont il venait d'être séparé ?

Cet appel à la pitié d'un officier français, son rival détesté, qu'il n'avait combattu que pour lui arracher la vie, répugnait à son orgueil, et sa haine en repoussait l'idée avec horreur.

Il penchait d'ailleurs fort à croire que l'événement dont il était victime devait être attribué à la malice du batelier : aussi se venger en temps et lieu de son brillant adversaire et du rusé paysan était-il un projet qui occupait bien autrement son esprit que le désir de toucher la rive à la condition de courber son front humilié sous le poids d'un service dû à leur générosité.

Du reste, il se voyait dans sa position hors de tout danger ; il résolut donc, pour en sortir, d'attendre le passage de quelque bateau de commerce, duquel il recevrait sans honte le secours dont il avait besoin.

Disons à présent ce qu'étaient devenus Albert et le batelier : ils ne furent pas plutôt lancés dans les flots de la Somme, qu'ils se trouvèrent nageant à côté l'un de l'autre.

— Seriez-vous blessé dangereusement, Messire ? demanda vite le paysan.

— Non, non, mon ami... cela ne vaut pas la peine d'en parler.

— Ah ! Dieu soit loué !...

« Maintenant, Messire, vers quel bord nous dirigeons-nous ?

— Mais il s'agit avant tout de secourir mon adversaire... oublies-tu qu'il ne sait pas nager ?

— Vraiment ! oui, je l'oubliais !

Et le batelier suivit Albert.

— Mais, reprit-il, en paraissant apporter peu d'empressement à la besogne ; nous est-il donc possible de le retrouver par une nuit aussi noire ?

— N'importe ! faisons du moins pour cela tous nos efforts.

— Ah ! certes, Messire, vous êtes un ennemi généreux !...

« Mais enfin, puisque tel est votre bon plaisir, tâchons de remettre la main sur notre homme. »

Ils nagèrent alors le long des deux bateaux échoués aux planches desquels, dans leur opinion, l'Anglais pouvait avoir été retenu.

Albert les visita de toutes parts avec un soin minutieux qui lui prit beaucoup de temps ; car il régnait une telle obscurité autour de lui qu'il était obligé d'arriver sur les objets pour les reconnaître.

Ses recherches étant inutiles sur ce point, il se décida à les pousser plus loin en descendant la rivière ; mais, soit que le hasard ne l'eût pas conduit dans la direction de l'îlot où était réfugié Parker, soit que l'épaisseur des ténèbres lui en eût dérobé la vue, il fut forcé de se rendre à l'avis du batelier, qui lui conseilla de ne point épuiser plus longtemps ses forces en pure perte.

— Voyez, Messire, lui dit ce paysan, voyez où nos recherches nous ont entraînés : nous voilà maintenant à trente pas de ma rive !...

« Atteignons-la donc vite... je vous mènerai dans la cabane où l'Anglais est venu me chercher : vous y pourrez changer d'habits. »

Deux minutes plus tard, ils mettaient pied tous deux à terre.

— Ainsi, dit alors Albert d'un air fort contrarié, ta maladresse aura noyé un homme !

— Ma maladresse ? répondit le batelier en souriant et en se mettant en route avec le jeune capitaine vers la cabane dont il lui avait parlé...,

« J'en conviens, cette maladresse a été grande !...

« Mais, après tout, dois-je regretter qu'elle ait été si fatale à sir George Parker ?

— Tu connais donc cet officier anglais ?

— Si je le connais !...

« Et c'est justement parce que je sais à quel homme vous aviez à faire, que je ne puis pas être très-fâché que tout se soit terminé de cette façon.

— Pourquoi cela, s'il te plaît ?

« Sir George et moi ne courions-nous pas également les mêmes risques ?

« Notre combat n'était-il pas dans les règles ?

— Dans les règles, un combat à propos d'une pareille chicane ! s'écria le batelier en s'échauffant ; dites, Messire, que c'était un attentat contre votre vie !...

« Et j'en serais resté tranquillement spectateur jusqu'à votre mort peut-être ?

— Qu'entends-tu dire par là, malheureux ?

« Serais-tu volontairement cause de notre accident ?

— Oh ! ne vous mettez pas en colère pour si peu de chose, Messire ! je veux seulement dire par là que je n'ai pu être de sang-froid témoin de la lutte, et que mon émotion, en augmentant ce qui est appelé par vous ma maladresse, a sans doute un peu contribué à ce qui est arrivé...

« Mais, puisque l'un de vous deux devait périr, faut-il, je vous le répète, me désoler parce qu'un Anglais de mauvaise foi, impétueux et cruel, aura perdu la chance d'assouvir brutalement sa fureur dans le sang d'un des plus valeureux gentilshommes de l'armée française ?

« La vie de sir George Parker aurait-elle à mes yeux plus de prix que celle de sire Albert de Vannes, capitaine d'une compagnie d'archers de la garde de notre roi ?

— Qu'entends-je ? tu me connais aussi ! dit Albert, fort surpris...

« Mais qui es-tu donc ?

— Moi ? je suis Serpent, Messire.

— Comment ! tu es Serpent ?

— Eh ! oui... Serpent, l'ami de Mérindot.

— Quoi ! du célèbre Mérindot, le héraut d'armes du roi de France dans l'affaire de la trêve !

— Précisément, Messire.

— Et comment se fait-il que Mérindot ait des amis parmi les pêcheurs de la Somme ?

— Il n'a point, au contraire, d'amis parmi ces gens-là ! repartit Serpent avec un éclat de rire.

— Que dis-tu ?... ne serais-tu pas batelier ?

— Je ne le suis que quand la nécessité l'exige, comme ma singulière maladresse vient de vous le prouver.

— Et quelle nécessité te forçait de conduire sir George aux ruines de Picquigny ?...

— Ah ! cela n'est peut-être pas mon secret... cependant, il me semble que je puis bien, sans compromettre ma conscience, en dire quelque chose à un officier des gardes de Sa Majesté...

« Mais ce sera à une condition : c'est que vous ne rapporterez rien de mes paroles qu'au roi lui-même.

— C'est convenu... je t'écoute, répondit Albert, fort intrigué par cette étrange recommandation.

— Oh ! mon récit ne sera pas bien long...

« Apprenez, Messire, poursuivit Serpent, que Mérindot et moi nous nous sommes rendus dans la journée au

camp des Anglais, pour des raisons qu'il est, je crois, tout à fait inutile de vous expliquer...

« Je n'y fus pas plutôt arrivé que, sans trop savoir comment cela se fit, je me sentis poussé sur tous les pas de sir George Parker comme par une sorte de fatalité : quelles que fussent ses allées et venues, j'étais toujours sûr de me retrouver partout derrière lui...

« Pourtant, si j'eus lieu de remarquer cette singularité, son attention, à lui, n'en fut pas frappée ; car les événements de ce soir m'ont prouvé que mes traits ne lui étaient pas restés gravés dans la mémoire, et cela

se conçoit : il avait l'air si sombre et si préoccupé, qu'il ne portait ses regards sur personne...

« Vers la fin du jour, il monta à cheval et sortit du camp...

« Eh bien ! Messire, voyez encore un effet de la fatalité dont je vous parle : je fus tout à coup pris du désir de faire aussi un petit voyage aux environs...

« J'avais à ma disposition un cheval campagnard, de mine peu brillante, mais vif, alerte, marchant dru, et dont la tournure était en parfait rapport avec les vêtements rustiques qui me couvraient...

LESESTRE. FÈRE.

Monsieur de Vannes, demeurez, je vous prie. (Page 46, col. 2.)

« Or, qu'arriva-t-il ?

« Je n'eus pas fait deux cents pas hors du camp que j'aperçus devant moi, sur ma route même, le sombre officier anglais !

« Décidément, nous ne pouvions nous quitter.

« Je me tins à distance pour que ma compagnie ne lui parût pas suspecte ; car imaginez-vous que, par une suite de cet élan irrésistible qui m'entraînait vers lui, je ne pus me résoudre encore en cette occasion à le perdre un seul instant de vue...

« Au bout d'une heure de marche, il s'arrêta sur le

bord de la Somme, attacha son cheval à un arbre, et s'assit sur la rive, en regardant attentivement du côté des ruines du vieux château.

« Avait-il l'intention de passer l'eau ? et attendait-il pour cela quelque signal ou l'obscurité de la nuit ?

« Je ne sus que penser... mais, dans le doute, je pris mes précautions...

« Et remarquez bien toujours, Messire, comme j'étais sans relâche emporté malgré moi vers toutes mes actions !

« Je cédai à l'envie d'aller frapper à la seule cabane

de pêcheur qui fût en ce lieu : un vieillard en ouvrit la porte...

« Mon brave homme, lui dis-je, quelqu'un viendra « peut-être tout à l'heure vous demander de le trans- « porter sur l'autre bord de la rivière; tenez! voilà « dix écus d'or, à condition que, quand il se présentera « ici, il n'aura affaire qu'à moi, et que je serai seul, « ce soir, le maître et le conducteur de votre barque. »

« Vous comprenez si le pauvre vieillard accepta vite un tel marché!...

« Voilà, Messire, comment les événements m'ont si singulièrement destiné à vous faire rouler dans les eaux de la Somme...

« Maintenant, lorsque vous verrez le roi, vous me ferez le plaisir de lui rapporter exactement ce que je viens de vous raconter; vous ajouterez à ce récit celui des choses qui se sont passées sous vos propres yeux; n'oubliez pas surtout de lui dire le nom du batelier dont la maladresse a si bien mérité vos reproches...

« Peut-être Sa Majesté comprendra-t-elle quelque chose à cette fatalité qui a enchaîné sans cesse mes actions à celles de sir George Parker, et vous en dira-t-elle davantage...

« Pour moi, je crois avoir assez parlé.

— Eh bien! Serpent, sois tranquille, répondit Albert, pour qui le véritable rôle qu'avait joué le faux batelier auprès de l'officier anglais ne renfermait plus aucun mystère, j'instruirai dans un instant le roi de tout ce que je sais.

— Dans un instant, dites-vous?

« Le roi est donc près d'ici?

— Il m'attend au lieu où tu m'as trouvé...

— Ah! sir George n'avait donc pas tout à fait tort de s'imaginer qu'il se passait là-bas quelque chose d'extraordinaire!...

« Eh bien! Messire, puisque vous reverrez tout à l'heure Sa Majesté, apprenez-lui encore que j'ai laissé au camp des Anglais mon Mérindot fort occupé d'une partie de dés avec deux ou trois des serviteurs du duc de Glocester...

« Il n'avait jusque-là réussi qu'à leur gagner de l'argent, à les faire beaucoup boire et un peu causer.

— Je lui rapporterai tout cela.

— Quant à moi, je vais reprendre promptement le chemin qui m'a amené ici...

« Je m'établirai jusqu'à demain matin dans quelque chaumière près de l'armée ennemie; et, à l'heure où il sera permis de s'introduire dans le camp, je rejoins mon ami Mérindot, qui pourrait avoir besoin de mes services...

« Mais, Messire, nous voilà arrivés à la demeure du pêcheur, ajouta Serpent en s'arrêtant devant une espèce de petite masure. »

Ils entrèrent dans cette habitation.

La première chose dont Albert s'occupa, ce fut d'examiner, à la lueur de la lampe qui éclairait le logis, le contenu de l'objet que miss Egelton avait jeté dans la barque : lorsqu'il en eut pris connaissance, il songea à se débarrasser de ses habits tout trempés d'eau.

Le pêcheur avait un fils qui était précisément de la taille d'Albert; on présenta à celui-ci les vêtements du jeune paysan; il s'en couvrit et trouva qu'ils lui allaient à merveille.

Serpent n'eut pas de difficulté non plus à se former un costume qui remplaçât avantageusement ses hardes humides; et, comme il avait sur lui une certaine portion de l'or que Mérindot tenait des libéralités de Louis XI, il sut à la fois récompenser généreusement le pêcheur de ses soins, et le dédommager de la perte de sa barque, en lui mettant dans la main le double de la somme que cet homme eût été en droit de réclamer.

Il sortit alors, monta son cheval et s'éloigna, tandis qu'Albert se faisait reconduire par le batelier aux ruines de Picquigny.

Au moment où le jeune capitaine y arriva, Louis XI causait devant la chaumière avec le maréchal de Gié : cet officier général, à son retour du pont qu'il avait été chargé de visiter, ayant conçu quelque inquiétude de l'absence prolongée du monarque, était venu le rejoindre avec une forte partie de ses troupes.

Quant à Commines, il se trouvait dans la chaumière, tenant compagnie à miss Egelton.

Lorsque le roi eut écouté le récit de tout ce qu'Albert avait à lui apprendre, il se mit d'abord à sourire en disant :

— Il faut en convenir, ce Serpent est un habile homme!...

« Qui sait, monsieur de Vannes? vous devez peut-être la vie à un coup de rame qu'il aura donné de travers!

« Allons! Mérindot m'a prouvé qu'il était bon juge en me faisant l'éloge de son ami, et je ne doute pas qu'il n'y ait encore de grandes choses à attendre de la réunion de ces deux fins compagnons. »

Puis, prenant aussitôt un air grave et réfléchi, il ajouta :

— Ainsi, sir George Parker faisait aussi partie du complot?

— Je n'ai pas dit cela, Sire, répliqua vivement Albert.

— Ne m'avez-vous pas raconté que miss Egelton a lancé dans la barque son mouchoir sur lequel elle avait écrit au charbon l'avis important dont vous venez de me citer les termes?

— Voici cet avis, répondit le jeune capitaine en présentant le mouchoir à Louis XI, mais je suis certain que sir George n'était point le personnage auquel miss Egelton le destinait.

— Sur quoi fondez-vous cette conviction?

— Des faits qui me sont connus ne me permettent pas de croire que lord Egelton ait eu volontairement, depuis un an, le moindre rapport avec cet officier; et, bien assurément, miss Egelton ne se doutait guère que ce fût lui qui se trouvât, ce soir, dans la barque.

— Pourtant, il a envoyé le batelier lui demander si celui qui avait l'habitude de venir les voir, elle et son père, pouvait se présenter.

— Ce n'était là évidemment qu'un stratagème pour s'introduire auprès d'eux; car il devait être persuadé qu'en leur livrant son nom, il se fermait la porte de cette chaumière.

— Vraiment?

— Du reste, Sire, voici des preuves à l'appui de ma conviction.

Albert fit connaître au roi tous les détails de la conduite qu'avait tenue sir George comme prétendant à la main de Cécilia ; l'esprit de vengeance dont toutes ses actions s'étaient empreintes depuis le refus qu'avait essuyé sa demande ; les soupçons qui planaient sur lui au sujet de la mort d'un fiancé de la jeune Anglaise ; enfin, le dégoût et le mépris que son caractère inspirait à l'âme du noble lord et de sa fille.

— Vous avez raison, dit Louis XI, un tel homme ne pouvait être attendu ici ; par conséquent, sa visite n'avait rien qui eût rapport à la politique, et ne concernait que ses desseins particuliers.

Le monarque se fit apporter de la lumière et se mit à lire attentivement les mots tracés sur le mouchoir de Cécilia.

— Oui, reprit-il, cet avis n'était que pour le duc de Glocester, soit que la jeune miss crût l'avoir jeté à l'un des serviteurs du prince, soit qu'elle s'imaginât le lui avoir rendu en mains propres, en supposant qu'instruit par hasard du retour de lord Egelton dans ces lieux, il s'était empressé de s'y rendre lui-même...

« Il est question dans ces lignes de la dépêche reçue... de plus, il y est annoncé que tout est prêt. »

Le roi pencha la tête, et son front se plissa.

— Tout est prêt! répéta-t-il avec inquiétude après un moment de réflexion...

« Qu'ont-ils donc entrepris et déjà exécuté? et quelle situation m'ont-ils faite?...

« En tous cas, l'un des auteurs du complot est en mon pouvoir; le voilà réduit à l'inaction...

« Quant à l'autre (et c'est le plus dangereux sans doute), quant au duc de Glocester, il m'est prouvé maintenant qu'il n'a point encore été averti du changement de retraite de lord Egelton; et j'ai acquis la certitude qu'il a pris rendez-vous avec lui pour le voir demain matin à Amiens. »

En cet instant le front de Louis XI se rembrunit encore.

— Ainsi éclairé sur ses mouvements, continua-t-il, je verrai le parti que j'ai à prendre à son égard...

« Mais afin qu'il ne renonce pas à cette visite, il faut tout faire pour ne pas lui donner le moindre soupçon de ce qui s'est passé; et, dans cette vue, il est indispensable de ne point emmener à Amiens lord Egelton et sa fille : leur passage dans les rues au milieu de nous attirerait l'attention publique, ferait causer tout le monde; et quelque chose des bruits circulant à cet égard pourrait parvenir aux oreilles du duc avant l'heure où il doit s'introduire dans la ville...

« Qui sait même s'il n'y a pas dispersé des émissaires chargés d'épier les nouvelles de tous les événements?...

« Monsieur de Vannes, ajouta le roi en souriant, il faudra donc vous résigner à garder ici cette nuit nos prisonniers.

— Moi, Sire? balbutia le jeune homme qui, en recevant cet ordre inattendu, sentit son cœur battre avec violence.

— Sans doute, vous! repartit malicieusement le monarque, sans paraître remarquer l'émotion d'Albert; il est bien naturel que je leur donne pour gardien le seul de mes officiers qui ne soit pas tout à fait un étranger pour eux; leur captivité leur semblera peut-être moins dure avec lui qu'avec tout autre.

Albert s'inclina sans prononcer un mot.

— Vous aurez à prendre, poursuivit le roi, quelques précautions que je vais vous indiquer, et qui sont exigées par les circonstances...

« Les seigneurs anglais qui forment le parti du duc de Glocester, et doivent par conséquent être du complot, ont été sans doute mis par lui dans la confidence des rapports qu'il a depuis plusieurs jours avec lord Egelton; le lieu ordinaire de retraite de ce dernier leur est probablement connu...

« Or, si l'un d'eux venait par hasard, dans la matinée de demain, se promener sur l'autre rive en face de ces lieux, et qu'il les vît occupés par des soldats de ma garde, il pourrait deviner l'événement qui s'y est accompli, et, alors, il y aurait à craindre une de ces deux choses : ou que ce seigneur et ses amis ne fissent une tentative à main armée pour la délivrance de lord Egelton; ou que l'idée leur vînt de se servir de cette position d'un sujet anglais, retenu prisonnier par le roi de France, comme d'un moyen très-propre à soulever leurs troupes contre le maintien de la trêve...

« Il est donc prudent, monsieur de Vannes, d'empêcher que vos hommes et leurs chevaux ne soient en vue; vous les tiendrez soigneusement cachés dans les ruines. »

— En ce cas, Sire, vingt seulement de mes archers resteront avec moi; il me sera facile de placer ce petit nombre d'hommes où je voudrai; et je le crois d'ailleurs plus que suffisant pour la garde des prisonniers.

— Il faut encore prévoir un autre danger, ajouta Louis XI, qui ne laissait jamais rien dans l'oubli des moindres périls d'une situation critique...

« Rien ne nous prouve jusqu'ici, d'une manière certaine, que sir George Parker ait péri...

« Eh bien! s'il respirait encore, vous me semblez assez le connaître pour être persuadé qu'il chercherait à se venger au plus tôt sur vous de ce qui lui est arrivé...

« Puis, que savons-nous des intentions avec lesquelles il venait, ce soir, voir miss Egelton?...

« On ne peut donc avoir trop présent à la pensée tout ce qu'il serait capable d'entreprendre contre elle ou contre vous, cette nuit même, avec l'aide de quelques amis dévoués...

« Et cette chaumière ne me paraît pas en état de vous fournir les moyens de repousser une attaque bien dirigée. »

Le roi leva les yeux du côté des ruines.

— Si l'on visitait cette vieille tour, reprit-il... peut-être est-elle habitable.

Albert s'empara vite de la lumière que l'on avait apportée à Louis XI, un instant auparavant, et il monta dans la tour.

Au bout de quelques minutes, il en revint en disant :

— Sire, ce reste du vieux château est parfaitement conservé à l'intérieur...

« J'aurai une prison solide dans laquelle je puis braver les efforts d'une petite armée.

— Eh bien! il faut vous y installer tout de suite...

« Demain matin je vous enverrai un exprès qui sera chargé de me faire savoir la manière dont la nuit se sera passée dans ces lieux...

« Il vous apportera mes ordres, si j'en ai de nouveaux à vous donner au sujet des prisonniers. »

Le roi, prêt à se mettre en route, fit revenir Commines auprès de lui.

— A propos, monsieur de Vannes, dit-il au moment où il allait monter à cheval, voici un objet qui ne m'appartient pas : c'est votre butin, il n'est pas juste qu'il reste entre mes mains.

Et il rendit à Albert le mouchoir de Cécilia.

— Oh ! Sire, merci ! s'écria le jeune officier qui, emporté par ses impressions, laissa malgré lui échapper tout son cœur dans la vivacité de cette réponse.

Il s'empressa de cacher le précieux mouchoir sur son sein, tandis que Louis XI s'éloignait avec son escorte, et disait tout bas en se penchant à l'oreille de Commines :

— En vérité, les amoureux sont fous...

« Vous avez vu ce chiffon que le capitaine de Vannes a si ardemment saisi, eh bien ! je suis sûr de l'avoir rendu plus heureux en le lui remettant dans les mains que si je lui avais placé sur le front la couronne de mon rival, le roi d'Angleterre !...

« Je vais faire tout à l'heure cesser votre étonnement en vous contant tous les détails de cette affaire...

« Mais j'ai à vous apprendre bien d'autres choses encore...

« Il paraît que mes ennemis sont prêts à agir, et que les dangers dont ils m'entourent sont plus imminents que je ne le pouvais le penser. »

Aussitôt après le départ du roi, Albert envoya quelques-uns de ses hommes dans la tour, pour en approprier la partie qu'il destinait à ses prisonniers, laquelle formait le faîte de ce débris du manoir féodal : elle se composait d'une seule pièce donnant de plain-pied sur une terrasse garnie d'un parapet crénelé.

Une cheminée, encore en bon état, permit d'y allumer un grand feu.

Albert y fit porter, de la chaumière, tous les meubles qu'il jugea nécessaires à ceux dont il était constitué le gardien.

En moins d'une heure, tous ces préparatifs furent faits.

Alors il se rendit auprès de lord Egelton, le réunit, ainsi que son serviteur Lesly, à Cécilia, et il les conduisit tous les trois dans leur nouvelle prison.

Il n'emmena qu'un de ses archers avec lui, après en avoir mis un autre en sentinelle au bas de la tour, devant la seule porte qui y donnât entrée en s'ouvrant immédiatement sur l'escalier.

Ses autres hommes campèrent avec leurs chevaux au milieu des ruines, de façon à ce que rien n'y pût trahir leur présence lorsque viendrait le jour.

Ils eurent ordre de faire une garde active durant toute la nuit, et, s'il survenait un danger sérieux, de se renfermer dans la tour.

Albert plaça le long des créneaux l'archer dont il était suivi.

Il ne prit cette précaution que pour avoir quelqu'un qui l'aidât à exercer une surveillance continuelle sur les actions des prisonniers, et empêcher qu'ils n'eussent des intelligences avec le dehors ; car il ne croyait avoir à craindre aucune surprise dans sa position.

Il s'était assuré qu'on ne pouvait pénétrer dans la tour que par l'escalier dont nous avons parlé.

La partie du corps de l'ancien édifice à laquelle elle était appuyée ne présentait que des murs à demi écroulés, dont les divers étages n'offraient plus aucun moyen de communication avec le sol, et c'était, du reste, au pied de ces murs que la petite troupe d'archers se trouvait cachée.

Albert entra en même temps que ses prisonniers dans la pièce qu'il leur avait fait préparer.

Nous devons dire qu'il avait marché jusqu'à ce moment près d'eux en se tenant couvert d'un manteau, et leur avait ainsi dérobé la vue de ses habits de paysan ; mais il est fort douteux, du reste, que ce costume, laissé visible, eût pu attirer leur attention.

Cécilia, soit effet d'une timidité produite par le trouble de ses propres sentiments, soit effet d'une tristesse puisée dans l'appréhension des malheurs qui menaçaient son père, Cécilia n'avait pas encore levé les yeux vers le jeune homme ; et, quant à lord Egelton, vivement irrité de ce qui lui était arrivé, tout disposé à faire retomber sur son gardien le dépit et la colère dont il se sentait animé contre le roi de France, il suivait Albert d'un air morose, taciturne, dédaigneux, et semblait ne pouvoir se résoudre à lui jeter un seul regard.

— Messire geôlier ! lui dit-il d'un accent à la fois ironique et fier en pénétrant dans sa prison, vous vous méfiez donc bien des intentions de deux vieillards et d'une jeune fille, que vous vous croyiez obligé de les enfermer dans un château fort ?

— Milord, répondit respectueusement Albert, aussi affligé du reproche que du ton avec lequel il lui était adressé, je ne fais qu'exécuter les ordres du roi mon maître.

— Et savez-vous, ou soupçonnez-vous au moins quelque chose des vues du roi votre maître à notre égard ?

— Je ne les connais pas, Milord ; et il ne m'appartient pas de chercher à les pénétrer.

— Certes ! messire geôlier ! répliqua le noble lord avec un redoublement d'aigreur, vous faites preuve d'une discrétion et d'une soumission tout à fait dignes de l'emploi que vous exercez en cette circonstance... mais que dis-je ? ajouta-t-il en portant seulement alors ses yeux sur le jeune capitaine, qui venait de retirer son manteau, et l'avait posé sur son bras... vous n'avez pas que les qualités propres à votre nouvel état, vous en avez aussi le costume.

Cécilia demeurait non moins ébahie que son père à l'aspect des vêtements d'Albert ; et celui-ci, qui se rappelait la douceur affable, la bienveillante aménité dont il avait été en Bourgogne l'objet de la part de lord Egelton, ne pouvait empêcher son cœur d'être brisé par ce dédain railleur et impitoyable que semblait prendre plaisir à lui prodiguer maintenant le seigneur anglais.

— Un accident de peu d'importance, répondit-il d'une voix sensiblement altérée, m'a forcé d'échanger mes habits contre ceux d'un paysan.

— Eh ! que vois-je encore ? vous êtes blessé, monsieur de Vannes ! s'écria lord Egelton, qui perdit tout à coup son accent ironique sous l'impression d'une âme vivement touchée.

— Blessé ? répéta sourdement Cécilia avec effroi.

Albert avait été jusqu'à cet instant placé de manière

à pouvoir cacher à ses prisonniers la blessure qu'il portait au visage.

— « Ce n'est rien, répondit-il... j'ai fait une chute en visitant ces vieux bâtiments. »

— Non, messire de Vannes ! non ! répliqua lord Egelton d'un ton grave... ce que vous avez là est bien un véritable coup d'épée !

— Un coup d'épée, répéta encore Cécilia, qui, pâle, tremblante, les yeux fixés sur Albert, s'appuya d'une main sur le dossier d'une chaise et porta l'autre à son front, comme si elle eût été à la poursuite d'une idée qui éclairât déjà le fond du mystère offert à ses réflexions.

— Milord, reprit aussitôt le jeune capitaine pour rompre ce sujet de conversation, voyez, je vous prie, si vous ayez bien ici tout ce qui peut vous être nécessaire...

« J'y ai fait transporter de la chaumière ce qui devait, ce soir, servir sans doute à votre repas...

« S'il vous faut quelque autre chose, je l'enverrai chercher au village le plus proche.

— Nous n'avons besoin de rien, repartit lord Egelton, qui, rappelé de nouveau par cette offre à la réalité de sa position, reprit un ton sec et hautain...

« Vous concevez, ajouta-t-il, que nous ne sommes guère disposés à toucher maintenant à notre souper...

« Pour moi, je n'ai qu'un désir, c'est de pouvoir causer sans gêne avec ma pauvre enfant...

« Je ne sais pas si cette liberté, ou plutôt cette consolation, me sera laissée. »

Albert s'inclina en silence et sortit.

— Quelle est donc cette blessure ? demanda tout bas lord Egelton à sa fille, tandis que le jeune officier se retirait.

— Je vous dirai tout à l'heure mes soupçons, murmura Cécilia d'une voix un peu éteinte par son émotion.

Albert alla se promener sur la terrasse et chercher dans l'air humide de la nuit quelque soulagement aux impressions qui brûlaient son âme.

Il s'était cru plus affermi contre lui-même, lorsque Louis XI l'avait commis à la garde des prisonniers : la pensée d'avoir à veiller sur celle qu'il aimait, et dont il devait être nécessairement ensuite à jamais séparé, lui avait d'abord souri comme une de ces félicités imprévues et fugitives, qui endorment un instant le cœur de l'homme sur la réalité des faits et de sa douleur.

Mais l'âcreté du langage, la hauteur des manières de lord Egelton, lui avaient vite enlevé la douceur du rêve, pour ne lui laisser que l'amertume de l'affliction : il ne se voyait plus positivement que le geôlier du père de Cécilia, et il se disait qu'il ne pouvait, après tout, cesser d'être traité comme tel par le courroux d'un seigneur anglais, ennemi du roi de France, et auquel les liens de la captivité avaient subitement enchaîné les mains et l'esprit au milieu du cours de ses desseins politiques.

Aussi, puisque l'avenir présentait des obstacles insurmontables à toute idée de rapprochement entre sa destinée et celle de miss Egelton, regrettait-il maintenant que le sort ne lui eût pas épargné le supplice de ces tristes heures à passer près de celle qui n'avait plus désormais de place à prendre que dans ses souvenirs.

En effet, une éternelle absence est certainement une épreuve moins cruelle que l'apparition soudaine et inespérée d'un être aimé que l'on retrouve à travers mille angoisses, mille alarmes, pour retomber aussitôt dans la nuit d'une nouvelle séparation ; car telle est la triste infirmité du cœur humain, que, pour ne point perdre sa force sur lui-même, il a besoin de se tenir dans un continuel éloignement des objets dont l'aspect, source de ses sympathies, est aussi celle de ses souffrances.

Albert était donc absorbé dans ces amères pensées, interrompant par moments sa promenade mélancolique pour tirer de son sein le mouchoir de Cécilia, et le porter vivement à ses lèvres : vaine consolation qui ne servait qu'à ranimer la violence de ses regrets et de son désespoir !

Tout, du reste, autour de lui, était en harmonie avec la nature de ses réflexions : le ciel restait toujours sombre, et le vent, se heurtant à la tour, jetait dans l'espace tantôt un sifflement aigu, tantôt un soupir plaintif.

De temps en temps, un oiseau de rivage, descendant de la hauteur des nuages sur le fleuve, réveillait, de son cri sauvage et solitaire, l'écho endormi dans l'enceinte des ruines.

Parfois aussi le hennissement d'un cheval retentissait au bas de la tour dans la profondeur des ténèbres, et, ramenant le jeune officier au souvenir des événements de la soirée, lui rappelait sa situation et la rigueur de ses devoirs.

VI

LE DUC DE GLOCESTER

Le lendemain du jour où se passèrent les événements qui viennent d'être racontés, et comme les premiers rayons du soleil se levaient sur Amiens, Louis XI était assis, et seul, au fond d'une chambre de l'appartement qu'il occupait à l'Hôtel de ville.

Son attitude immobile, sa tête penchée, son regard vague, mais animé, indiquaient assez l'importance des réflexions auxquels il était livré ; et, de temps en temps, à un imperceptible frémissement de ses lèvres muettes, à une légère contraction des muscles de son visage, on eût aisément deviné qu'il éprouvait un certain mécontentement contre lui-même et cherchait dans son esprit quelque résolution capable de l'en délivrer.

Disons la cause de ce malaise moral : il venait d'avoir avec Commines et le maréchal de Gié un longue conférence au sujet de la conduite qu'il aura e à tenir envers le duc de Glocester, dans le cas où ce prince se présenterait dans Amiens, ce jour-là, avec l'intention de faire une visite à lord Egelton.

Ses deux conseillers furent d'avis qu'il fallait laisser librement circuler le duc dans la ville, et se contenter de surveiller ses mouvements avec soin.

Ils firent observer qu'une mesure de rigueur prise à son égard offrait de grands dangers ; que si la captivité de lord Égelton, gentilhomme qui avait perdu les bonnes grâces de son souverain, n'entraînait avec elle aucune conséquence fâcheuse pour le roi de France, il n'en serait pas de même de la moindre atteinte portée à la liberté d'un prince du sang royal d'Angleterre; que, pour peu qu'Édouard IV eût un repentir de la facilité avec laquelle il avait accepté des propositions de paix, pour peu seulement que son opinion fût flottante sur cette question, il s'empresserait de saisir une occasion toute trouvée de renouveler la guerre, sous prétexte de venger une injure faite à sa couronne dans la personne d'un de ses frères.

Il ne restait donc à Louis XI, contre le duc, que la voie des reproches et des remontrances; mais, disaient alors le maréchal et Commines , comment les lui adresser sans preuves matérielles de ses actes?

N'avait-on pas à craindre qu'il n'affectât de voir, dans la moindre accusation dont il serait l'objet, une offense qui, rapportée au monarque anglais, produisît des effets tout aussi désastreux que pourrait en avoir une entreprise contre sa liberté même?

Toutes ces raisons avaient un grand sens; elles ne s'étaient que trop fortement présentées à l'esprit de Louis XI, et c'était là précisément le motif de cette conférence qu'il avait tenue; car on ne le voyait pas d'ordinaire prendre l'avis de ses ministres : on sait qu'il avait coutume de dire que « tout son conseil était dans sa tête. »

Ce ne fut donc que par une exception rare qu'il eut recours cette fois à des conseillers, et il se rendit, quoique à regret, à leurs arguments.

Mais, lorsqu'ils l'eurent quitté, il se mit à plaider en lui-même le pour et le contre de la décision qui venait de terminer leurs délibérations; et, s'il vit un danger sérieux du côté où on le lui avait montré, il le vit encore plus grand du côté où il avait paru moindre aux yeux des autres.

Il se dit que, puisqu'un complot existait contre lui chez les Anglais, puisque le duc de Glocester en était l'âme sans doute, il préparait lui-même le succès des projets du duc en lui laissant toutes les facilités d'agir; que son règne de quinze années orageuses lui fournissait trop d'exemples de mainte situation de ce genre, où, cédant à des considérations délicates et négligeant de prendre sur-le-champ une mesure énergique, il avait vu la solidité de son trône ébranlée par les événements; que le complot du prince réussissant, tout s'évanouissait du traité de paix, et que la France était alors replongée dans les calamités dont la menaçaient les factions du dedans et les ennemis du dehors.

On comprend donc quelles devaient être les inquiétudes, les transes même du monarque au milieu de ces fluctuations de son esprit.

C'était l'heure où les portes d'Amiens allaient s'ouvrir : le duc de Glocester pouvait d'un instant à l'autre arriver dans la ville, et, n'y rencontrant point celui à qui il avait donné rendez-vous, en ressortir aussitôt pour s'occuper de l'exécution de ses projets.

N'y avait-il pas à craindre même qu'il ne se rendît immédiatement à la chaumière des ruines de Picquigny, pensant y trouver lord Égelton, et que, venant à découvrir ce qui était advenu à ce seigneur, il ne conçût de l'enlever aux mains de ses gardiens pour recevoir de lui de vive-voix la communication de la dépêche attendue du duc de Bourgogne?

Louis XI, l'âme flottante et comme perdue dans ces tumultueuses pensées, ne savait encore quelle conduite tenir, lorsqu'un incident imprévu vint l'arracher tout à coup à ses perplexités, en lui traçant la marche qu'il avait à suivre.

Cet incident fut l'arrivée de Mérindot dans sa chambre.

Le valet paraissait fort agité; le roi ne l'était pas moins : il avait comme un pressentiment que l'apparition de ce serviteur n'était point étrangère au cours même de ses réflexions.

Il allongea rapidement vers lui la tête, l'accueillit avec un sourire complaisant auquel se mêlait un regard plein de feu et d'impatience, et il lui dit d'une voix pressante et assez émue :

— Ah ! compère, je vois à ton air que tu m'apportes quelque nouvelle de grande importance.

— Il est vrai, Sire, répondit Mérindot tout haletant; et j'ai couru tout le long de mon chemin pour que cette nouvelle-là n'arrivât pas en retard à Votre Majesté.

— Quelle est-elle donc?... Parle vite.

— Sire... le duc de Glocester est dans Amiens !

— Déjà !

— Quoi ! Votre Majesté savait-elle qu'il y viendrait?

— Je soupçonnais quelque chose de ses intentions à ce sujet... et je vois maintenant que j'ai perdu des moments précieux en réflexions inutiles; car il n'est sans doute plus temps d'agir : le duc doit être actuellement sorti de l'hôtellerie du Soleil-d'Or et avoir repris la route du camp.

— Mais, Sire, ce n'est point à l'hôtellerie du Soleil-d'Or qu'il s'est rendu.

— Que dis-tu là?... où donc se trouve-t-il? demanda le roi avec un vif étonnement.

— Voici les seuls renseignements que je puis fournir à Votre Majesté : il y a une heure, le duc a quitté à pied le camp sous un déguisement...

— Et quel est ce déguisement?

— Celui des fournisseurs de l'armée anglaise.

— Bien !... continue.

— J'ai lancé sur ses traces mon ami Serpent, qui, habillé en paysan et monté sur un cheval campagnard, avait tout l'air d'un bon villageois allant pour ses affaires à la ville.

« Moi, comme je suis connu du duc, j'ai eu soin de me tenir en arrière à une grande distance.

« Le prince a pénétré dans Amiens au moment où l'on en ouvrait les portes : il s'est tracé sa route vers l'ouest, c'est à dire dans une direction opposée à celle qui l'eût conduit à l'hôtellerie du Soleil-d'Or.

« Parvenu presque au bout de la ville, il s'est rendu sur le bord de la Somme et est entré dans une barque, pour se faire conduire de l'autre côté du fleuve.

« Serpent a dû l'abandonner en cet endroit, parce qu'il ne lui était pas possible de descendre de son cheval et de se faire conduire lui-même en bateau sans exciter l'attention et les soupçons du duc.

« Mais il est demeuré à la même place pour l'observer de loin : il le vit aborder à l'autre rive et se jeter d'un pas assez vif dans une petite ruelle entre des jardins au milieu desquels apparaissent trois ou quatre maisons éparses, les seules habitations de cette partie déserte de la ville.

Ce fut là qu'il le perdit de vue.

— Est-ce tout ce que tu as à m'apprendre ?

— Oui, tout, Sire.

— Et penses-tu que, depuis ce moment-là, le prince n'ait pas eu le temps de se rendre à l'hôtellerie du Soleil-d'Or ?

— Cela lui eût été impossible : il est séparé de cette hôtellerie par une distance qui est trois fois celle que j'ai eu à franchir pour arriver jusqu'ici...

« Puis, l'on doit être certain que s'il s'est introduit dans ce quartier isolé, c'est pour s'y occuper de quelque affaire qui l'y retiendra plus ou moins de temps.

— C'est juste !...

« Mais quelle est cette affaire ? dit Louis XI en penchant le front et comme se parlant à lui-même...

« Avec qui donc a-t-il de ce côté des rapports secrets ?

« Allons ! allons ! je n'ai plus à hésiter...

« Les dangers inconnus semblent s'accroître sans cesse autour de moi, et me font une situation qui n'est plus supportable !...

« Puisqu'il en est temps encore, oui, je tâcherai d'avoir une entrevue avec le duc... mais il faut pour cela prévenir son arrivée à l'hôtellerie du Soleil-d'Or. »

Le roi fit appeler un de ses officiers, auquel il donna à voix basse ses instructions, après quoi il lui adressa tout haut ces paroles :

— Ne perdez pas un instant, partez vite !... J'y arriverai presque aussitôt que vous.

L'officier sortit, et Louis XI, se levant alors, reprit d'un accent bref et rapide :

— Mérindot, où as-tu laissé ton ami Serpent ?

— Sire, je l'ai envoyé dans le quartier où le duc de Glocester a disparu... j'ai pensé qu'il pourrait l'y rencontrer, et découvrir même ce qu'il y est allé faire.

— J'allais précisément te dire de lui tracer la même ligne de conduite... mais tu es un garçon de sens, tu pourvois à tout...

« A propos, sais-tu bien que tu as un ami précieux dans ce Serpent ?

« Tu connais l'aventure dans laquelle il a joué, hier au soir, si habilement son rôle aux ruines de Picquigny ?

— Oui, Sire, il m'a tout conté, répondit Mérindot en souriant.

— Et qu'est devenu sir George Parker ? s'est-il noyé ? s'est-il sauvé ?

— Nous l'ignorons... il n'avait point encore reparu au camp, lors de notre départ.

— Mais, dis-moi, reprit brusquement le monarque sans relever les dernières paroles de son interlocuteur, ton ami a dû se mettre en frais avec cette barque brisée ?...

« Tiens ! voilà pour le dédommager un peu. »

Et il jeta dans les mains de Mérindot une bourse tout aussi bien fournie d'or que celle qu'il lui avait donnée la veille.

— Et quand reverras-tu ce rusé compagnon ? ajouta-t-il.

— Avant une heure, dans une taverne qu'il m'a désignée.

— Dès qu'il t'aura fait connaître le résultat de ses recherches, tu viendras m'en instruire...

« J'espère donc te retrouver ici à mon retour. »

Un instant après cette conversation, Louis XI traversait les rues d'Amiens, se dirigeant vers l'hôtellerie du Soleil-d'Or : il était accompagné du maréchal de Gié, et son escorte se composait seulement d'une douzaine de ses gardes à cheval et d'environ cent archers à pied.

Nous allons encore cette fois lui laisser continuer sa route, et nous ferons avant lui notre entrée dans la demeure de maître Horatius.

Ce célèbre établissement était, en ce moment même, le théâtre de petits événements domestiques qui se lient si essentiellement à notre récit, que nous ne saurions, sans manquer aux devoirs d'un historien exact, les passer sous silence.

Horatius, durant cette matinée, ne s'était montré qu'occupé à parcourir toute sa maison avec sa prestesse accoutumée, à jeter ses ordres pêle-mêle à droite et à gauche, à remuer tout autour de lui meubles, ustensiles, valets, en apportant dans ses actions une impatience, une humeur irritée, dont ses gestes et sa physionomie n'avaient cessé de semer l'orageuse expression sur son passage.

Un instant vint où, emporté par une sorte de secousse nerveuse, effet probable d'un bouillonnement d'imagination produit par une vive contrariété, il s'élança vers un escalier et en gravit précipitamment les marches, à la grande satisfaction de ses gens, qui espérèrent profiter de sa courte absence pour reprendre quelque peu haleine dans leurs travaux.

Arrivé au haut de cet escalier, il entra dans une chambre dont il referma sur lui la porte avec fracas ; puis, il s'arrêta soudain, les bras croisés et étouffant de colère, en face d'une femme immobile, grande, sèche, mince, assise devant une petite table surmontée d'un miroir.

Cette créature inactive, et pour ainsi dire inanimée, c'était madame Horatius, donnant ses soins à sa toilette.

Un éblouissant déshabillé du matin rendait sa personne plus digne encore d'attention que d'ordinaire : elle portait une jupe d'un rouge écarlate, une camisole jaune, était coiffée d'un bonnet de nuit d'un rose tendre, retenu autour de ses cheveux par de larges rubans verts dont les nœuds, d'une nuance recherchée, et s'élevant au-dessus de la tête, paraissaient grandir encore sa haute taille.

Cette dernière particularité, jointe à l'élégante diversité des couleurs de ses vêtements, lui prêtait assez l'air de ces oiseaux brillants, sveltes, montés sur hautes jambes, redressant fièrement leur tête empanachée d'une belle huppe, et dont la physionomie singulière ne manque jamais de frapper les regards des curieux dans les cabinets d'histoire naturelle.

Brigitte, enfin, semblait en ce moment si endormie ou si brisée de lassitude, par suite des fatigues de la veille, que l'arrivée bruyante de son mari la tira à peine de sa torpeur, et qu'elle fut comme obligée de faire un suprême et dernier effort pour tourner vers lui son visage avec sa lenteur habituelle.

Elle vit une tempête dans le regard enflammé d'Horatius.

— En croirai-je mes yeux, Madame? s'écria-t-il en conservant l'attitude que nous avons décrite... vous voilà encore vous regardant bien à votre aise et tout tranquillement dans votre miroir!... et vous ne songez pas que les intérêts de notre commerce réclament depuis longtemps votre présence au milieu de nos gens!

— J'y songe, mon ami, répliqua Brigitte de son ton traînant et langoureux; mais on ne peut pas tout faire à la fois; il faut bien donner quelques instants à sa toilette.

— Quelques instants, dites-vous?... il y a une heure que je vous ai laissée là, précisément placée comme vous l'êtes! je suis venu dix fois vous dire de vous hâter... eh bien! je vous ai toujours retrouvée dans la même position, vous arrangeant, vous attifant, ou plutôt ne faisant rien du tout... car je ne remarque pas le plus petit changement dans votre ajustement.

Ces paroles parurent produire l'effet d'une injure sur madame Horatius; elle prit un air pincé et digne, et, par une tactique propre aux femmes habiles qu'un point d'une discussion embarrasse, elle se jeta vite sur un autre point, et, d'accusée qu'elle était, devint accusatrice.

— Vous m'avez quasi-tuée, hier, monsieur Horatius! répondit-elle gravement...

« Vous conviendrez que l'existence ne serait plus supportable pour votre pauvre femme si, après une pareille journée, il ne lui était pas permis de se reposer un peu dans sa chambre.

— Vous reposer?... eh! vous ne faites que cela du matin au soir! repartit l'hôtelier hors de lui.

— D'ailleurs, je ne sais pourquoi je vous presserais tant! continua Brigitte... c'est aujourd'hui que doivent se voir, à quatre heures du soir, à Picquigny, le roi de France et le roi d'Angleterre; les soldats de l'armée ennemie sont être occupés de leurs préparatifs pour cette cérémonie; peu d'entre eux auront la permission de venir se promener à Amiens, et notre hôtellerie sera loin d'être encombrée comme hier...

« Je suis sûre qu'il ne s'y est encore présenté personne ?

— Il est vrai... mais cela ne peut durer... car, quoi que vous en disiez, j'ai déjà aperçu, ce matin, un certain nombre de soldats anglais qui rôdaient par la ville...

« En tous cas, nous ne pouvons manquer de recevoir une foule de nos compatriotes, qui, accourant des campagnes voisines pour jouir du spectacle de l'entrevue, auront à traverser Amiens...

« Enfin, Brigitte, il est inutile de nous expliquer plus longuement à ce sujet : le bon ordre de la maison exige que vous descendiez sans retard, et vous allez me suivre.

— Y pensez-vous dans ce négligé !

— Puisque votre toilette est interminable !

— Je ne sortirai d'ici que quand elle sera entièrement achevée !

— C'est ce que nous allons voir! répliqua l'hôtelier

qui, se souvenant des excellents effets de la méthode qu'il avait mise en pratique la veille, tendit la main vers sa femme pour l'entraîner avec lui.

— Monsieur!... Monsieur!... s'écria Brigitte en repoussant la main de son mari et en se renversant sur sa chaise avec le même effroi que si elle eût à se préserver de l'atteinte d'une vipère...

« Voulez-vous me livrer au même supplice qu'hier? avez-vous juré d'être mon bourreau?

Cette querelle de ménage dont les allures tournaient au tragique, et promettaient des péripéties si intéressantes, fut interrompue en cet endroit par l'arrivée d'un valet qui vint annoncer à son maître qu'un officier du roi de France demandait à lui parler.

Cet officier était celui à qui Louis XI, avant de quitter l'Hôtel de ville, avait donné tout bas ses instructions en présence de Mérindot.

— Vous voyez, Brigitte, reprit Horatius qu'une telle nouvelle jeta dans une sorte d'extase, nous voilà encore aujourd'hui l'objet de l'attention de Sa Majesté!...

« Peut-être s'agit-il de l'ordonnance d'un repas comme celui d'hier!... allons! allons! venez vite m'aider à soutenir l'honneur de la maison! ajouta-t-il en secouant vivement la chaise de sa femme...

« Je n'ai pas le temps de vous en dire davantage... Je descends... mais que j'entende vos pas derrière les miens ! »

Brigitte se rétablit avec sa lente ténacité sur sa chaise, dès qu'elle fut délivrée de la présence de son mari.

Quant à celui-ci, lancé comme une flèche ou plutôt comme un boulet hors de la chambre, il fit franchir à son petit corps rond et replet les marches de l'escalier sans paraître les avoir touchées.

Il arriva de ce train auprès de l'officier qui l'attendait dans une salle.

— Maître hôtelier, lui dit l'envoyé de Louis XI, je viens ici pour vous transmettre les volontés du roi au sujet d'une grave affaire sur laquelle il vous recommande le plus grand secret.

Horatius, tout étourdi par ces paroles, attendit d'un air ébahi et en silence ce qu'on avait à lui communiquer.

— Le logement qu'occupaient, ces jours derniers, M. Lanoue et sa fille, continua l'officier, est-il vacant?

— Oui, Messire.

— Ne le donnez à personne...

« Réservez-le pour le roi, qui sera ici dans un instant.

— Sa Majesté daignerait venir loger chez moi? s'écria Horatius dans la dernière stupéfaction.

— Elle a besoin de s'installer dans ce logement pour la matinée seulement... mais écoutez encore : si un fournisseur de l'armée anglaise se présente ici pour voir M. Lanoue, qu'il ne croit point parti, vous le laisserez dans son erreur, et vous l'introduirez dans la chambre où vous aurez placé le roi.

— Ah ! fort bien, Messire! répondit à voix basse et d'un air mystérieux l'hôtelier, qui commençait à comprendre l'importance des ordres qu'il recevait...

« Mais, ajouta-t-il, si ce fournisseur se présente avant l'arrivée de Sa Majesté?

— Dans ce cas, vous le ferez de même monter dans la chambre de M. Lanoue, en lui disant que votre hôte est sorti et ne tardera pas à rentrer...

« Il me reste maintenant à vous demander si dix gardes à cheval et cent hommes à pied peuvent être aisément cachés dans votre hôtellerie.

— Je m'engage à les rendre en un instant invisibles à tous les yeux.

— Et y a-t-il en ce moment quelques voyageurs logés chez vous?

— Oui, Messire; et ils sont tous encore dans leurs chambres.

— On les y tiendra renfermés afin de n'avoir rien à craindre de leur indiscrétion sur ce qu'ils pourraient voir...

« Quant à vos gens, je me repose sur vous du soin qu'il faut prendre pour les empêcher de répandre au dehors le bruit de cette affaire...

Il lança le billet dans la cour (page 75, col. 1re

« Voilà tout ce que j'avais à vous dire...

« Préparez-vous maintenant à recevoir Sa Majesté. »

Horatius quitta l'officier, et remonta auprès de sa femme, dont la curiosité et le bavardage lui avaient maintes fois causé du tourment, et l'inquiétaient tout particulièrement en cette circonstance.

Il la trouva encore sur sa chaise et devant son miroir.

Mais un notable changement s'était opéré dans sa toilette : son bonnet rose aux rubans verts n'ornait plus sa tête, et elle commençait à s'occuper de l'ar-

rangement de ses cheveux qui se déroulaient pittoresquement sur ses épaules.

— Oh! Madame, soyez satisfaite! lui dit avec impétuosité Horatius tout palpitant de l'émotion que lui avait fait éprouver son entretien avec l'officier, vous pouvez à présent vous reposer tant que vous voudrez... nous n'avons plus besoin de vous... vous nous généreriez au contraire.

— Je vous générais, moi? répliqua Brigitte d'un air fort offensé, et remarquant, non sans surprise, la vive agitation de son mari.

— Oh ! oui, sans doute ! une femme n'a rien à voir ni à entendre dans les choses qui vont se passer ici.

Et, sans entrer dans une plus longue explication, l'hôtelier disparut, ferma derrière lui la porte de sa chambre à triple tour, et en emporta la clef.

Aussitôt après cette brusque et courte apparition qui lui fit l'effet d'un songe, madame Horatius se leva par un bond convulsif, comme si l'impulsion d'un puissant ressort l'eût jetée tout à coup, malgré elle, hors de ses mouvements habituels, et elle se dit avec un courroux superbe :

— Quelles sont donc les choses dans lesquelles une maîtresse de maison serait forcée de ne rien voir et de ne rien entendre ?

« En quelle occasion vraiment une femme peut-elle jamais être de trop dans ce qui se passe chez elle ?...

« Est-ce à dire que je deviendrai à tous égards l'esclave des caprices égoïstes et tyranniques de mon mari ?...

« Tantôt il me faudra courir comme le vent sur ses pas ! tantôt je serai emprisonnée dans ma chambre, quand je n'y veux pas rester !...

« Car il est en ce moment d'une nécessité absolue que j'en sorte : tout m'assure qu'un grand événement est sur le point de s'accomplir dans notre hôtellerie, et je serais réduite à n'en rien savoir, à n'en pas être témoin ?...

« Oh ! évidemment, M. Horatius ne me connaît pas ! »

En effet, Brigitte ne présumait pas trop d'elle-même en faisant ainsi implicitement son éloge : une curiosité sans frein et une résistance opiniâtre à toutes les volontés diamétralement opposées aux siennes formaient ses qualités dominantes ; et, si elle manquait de jambes pour vaquer aux soins du ménage, elle avait des ailes pour se mettre à la poursuite des moindres occasions de pratiquer ces deux estimables vertus de son sexe.

Nous ignorons si les femmes, aux prises avec les difficultés d'une position qui leur est imposée et les révolte, puisent dans l'ardeur de la lutte et l'espoir du triomphe une énergie surnaturelle, ou si le plaisir de faire précisément le contraire de ce qu'on attend d'elles les doue d'une force nerveuse, capable d'opérer une métamorphose subite de leurs facultés physiques et morales ; mais ce que nous pouvons assurer, c'est que madame Horatius, cette femme si faible, si chétive, si dolente, marcha, gesticula, se démena dans sa chambre avec la vélocité d'un oiseau qui, transporté des champs dans une cage, se livre à mille mouvements désespérés, et ébranle sans relâche du battement de ses ailes captives les barreaux de son étroite prison.

Elle chercha d'un œil avide autour d'elle quelque issue où son corps léger et fluet pût s'ouvrir un passage ; il n'en existait point d'autre que la porte et la fenêtre : elle trouva la porte trop solidement fermée, pour qu'elle eût aucun moyen d'en forcer la serrure ; il ne lui restait donc dans son désespoir que la fenêtre, qu'elle courut ouvrir avec une précipitation furieuse.

Cette fenêtre donnait sur un toit peu incliné, qui ne s'élevait qu'au-dessus du premier étage de la maison.

Madame Horatius mit la tête dehors, fit une reconnaissance rapide des lieux, et à l'instant même son parti fut pris.

Elle rétablit aussitôt dans un état à peu près convenable sa chevelure qui était fort en désordre, et rejeta à la hâte sur sa tête son élégant bonnet de nuit, qui, s'y replaçant au hasard et de travers, demeura penché sur une oreille, et prêta ainsi à sa physionomie un petit air mutin et résolu, dont l'expression s'accordait assez bien avec la nature et le but de ses actions ; puis, à l'aide d'une chaise, elle grimpa sur le toit, sans faire réflexion que son déshabillé du matin, rouge et jaune, pouvait attirer de loin les regards sur le spectacle d'une personne se promenant de la sorte dans les airs.

Heureusement, la cour de l'hôtellerie était vide, et les voyageurs enfermés dans leurs chambres y étaient livrés au sommeil.

Il faut que le sentiment de la curiosité ou, comme nous l'avons déjà dit, l'amour de la contrariété fasse réellement des prodiges ; car la languissante Brigitte continua à se mouvoir sur les toits avec une agilité peu commune : la marche d'un de ces quadrupèdes domestiques qui ont l'habitude de les parcourir jour et nuit n'y eût pas été plus assurée que la sienne.

Elle atteignit vite la porte d'un grenier, contre laquelle était appuyée une échelle : elle descendit dans la cour, et se cacha parmi des bottes de foin sous un hangar situé près de la rue.

Elle s'y arrangea de manière à avoir l'œil sur toutes les personnes qui entreraient dans l'hôtellerie.

Elle vit bientôt arriver des gardes à cheval, des archers à pied, et elle aperçut à leur tête deux personnages qu'elle reconnut, l'un pour le roi de France, l'autre pour l'officier général qui, la veille, avait déjeuné avec lui ; elle vit aussi Horatius accourir pour recevoir le monarque, et s'empresser de l'introduire, ainsi que le maréchal de Gié, dans un escalier qui conduisait à divers logements.

Elle remarqua que Louis XI se fit suivre dans cet escalier par cinq ou six de ses archers, et que les valets de l'hôtellerie s'occupèrent aussitôt de faire disparaître le reste de l'escorte, en cachant les cavaliers dans les écuries et les gens de pied dans différentes pièces du logis.

La cour, comme par enchantement, redevint ainsi en un moment déserte.

Mais un nouveau personnage ne tarda pas à y faire son entrée : c'était un homme portant les habits d'un marchand anglais.

Il sembla à Brigitte qu'il ne lui était pas inconnu, et qu'elle devait l'avoir déjà vu dans sa maison.

Horatius, qu'il rencontra dans la cour, et à qui il adressa quelques mots que la femme de l'hôtelier, à son grand regret, ne put entendre, le mena dans l'escalier par lequel le roi avait disparu.

Tant de mouvements mystérieux, la présence de Louis XI dans l'hôtellerie, celle des soldats cachés de tous côtés, commencèrent à faire réfléchir la curieuse Brigitte sur les suites de l'indiscrétion de sa conduite, et elle se demanda avec effroi ce qu'il lui arriverait si on la surprenait occupée à saisir des secrets auxquels était liée peut-être quelque grave affaire d'État.

Elle n'eut plus dès lors qu'un désir : ce fut de sortir de son refuge et de regagner sa chambre ; mais comme elle dépassait l'angle du hangar avec la merveilleuse vivacité dont elle accompagnait depuis quelques instants toutes ses actions, elle se heurta contre un gros et grand paysan picard, qui mettait le pied dans la cour.

Cet individu recula d'un pas, frappé sans doute de la singularité du costume et de la physionomie de cette femme apparue subitement devant lui ; quant à Brigitte, arrêtée aussi par le choc, elle examina le paysan, et, soit que sa figure lui inspirât de l'intérêt, soit qu'elle obéît à un immense besoin de jeter à quelqu'un les pensées qui lui pesaient sur le cœur, elle lui prit le bras, et l'attira sous le hangar, en lui disant tout bas et avec autant d'émotion que s'il se fût agi de lui sauver la vie :

— Malheureux ! que venez-vous faire ici ?

— J'y viens déjeuner, ma bonne dame, répondit l'inconnu avec des manières et un ton peut-être un peu trop polis pour un campagnard, et dont l'hôtelière eût pu s'étonner, si tout son être moral n'avait été absorbé par ses propres impressions.

— Oh ! fuyez, mon brave homme ! reprit-elle, fuyez bien vite, croyez-moi ! il n'y a pas à déjeuner ici au milieu de tout ce qui se passe !

— Que s'y passe-t-il donc ?

— A vrai dire, je n'en sais rien... Mais tout ce que j'ai vu est si extraordinaire, que j'en rêverai, je crois, toutes les nuits de ma vie !...

« Comment vous raconter cela ? par où commencer ?.., et puis, le temps me manque ; car il faut que je me sauve, moi aussi !...

« Néanmoins, pour vous mettre en un mot au courant des choses, je vous apprendrai que notre roi vient de s'introduire mystérieusement dans cette maison, et que mille hommes de sa garde y sont dispersés dans tous les coins, de façon à ne pouvoir être aperçus.

— Le roi de France ici avec une garde de mille hommes ! murmura le paysan d'un air singulier de consternation.

— Ai-je dit mille hommes ?.., il y en a peut-être deux mille... L'hôtellerie en est comble !...

« Puis, derrière eux, est arrivé un bourgeois, un marchand anglais, que l'on a fait entrer du côté où se trouve le roi.

— Un marchand anglais, dites-vous ? balbutia le campagnard en pâlissant.

— Ah ! tout cela vous étonne, n'est-ce pas ?...

« Vous le voyez, mon brave homme, on s'occupe ici de quelque affaire sur laquelle il serait dangereux pour vous et pour moi de lever les yeux...

« Je vous le répète donc, ce que vous avez de mieux à faire, c'est de tourner les talons à mon logis.

— Merci de votre avis, ma bonne dame !

— Fuyez, vous dis-je ! fuyez sans retard ! moi, je remonte dans ma chambre...

« Je ne sais, en vérité, comment j'ai pu céder à l'affreuse tentation de risquer mes jambes jusqu'ici ! »

En prononçant ces derniers mots, Brigitte courut retrouver son échelle.

A peine s'était-elle éloignée du paysan, que celui-ci, au lieu de se diriger vers la rue, se glissa à son tour entre les bottes de foin du hangar et y demeura caché.

Pendant qu'il s'y plaçait le plus commodément possible pour n'avoir pas la vue gênée du côté de la cour, madame Horatius regagna fort lestement le toit.

Elle n'avait plus que deux ou trois pas à faire pour toucher la fenêtre de sa chambre, lorsque son mari revint dans la cour, et aperçut cette espèce de fantôme qui se promenait sur le comble de la maison.

Il attribua d'abord ce qu'il voyait à l'effet d'un éblouissement : il passa la main sur ses yeux ; mais, retrouvant encore devant lui l'étrange apparition, au moment où elle pénétrait dans la chambre de sa femme, il ne lui fut plus permis de croire à une illusion de ses sens.

— Non ! ce n'est pas un rêve ! s'écria-t-il, c'est bien réellement Brigitte dans son négligé du matin !...

« Quoi ! elle ne peut se décider à faire de son propre mouvement quatre pas de suite dans son ménage, et la voilà qui parcourt les toits avec la légèreté d'une souris !...

« Que signifie ce prodige ? La malheureuse a-t-elle été frappée de folie ? ou bien mon hôtellerie est-elle sous l'empire de quelque enchantement, pour que, depuis hier, tant d'événements incompréhensibles s'y succèdent sans interruption ? »

Et Horatius se précipita vers l'escalier qui menait à la chambre de l'imprudente Brigitte.

Nous ne le suivrons pas dans la rapidité de cette nouvelle course : toute notre attention doit maintenant se porter sur le duc de Glocester, que nous avons vu, il y a un instant, arriver dans l'hôtellerie sous un déguisement de fournisseur anglais.

Nous allons reprendre notre récit au moment où ce prince se dirigeait sur les pas d'Horatius vers le logement qui avait été, la veille, celui de lord Egelton.

Mais, avant de le mettre en présence de Louis XI, il n'est pas inutile d'esquisser en quelques mots les principaux traits de sa personne et de son caractère : Le duc de Glocester n'avait rien dans les dehors qui prévint en sa faveur : il était de petite stature, et un peu contrefait ; la remarquable proéminence d'une de ses épaules l'avait fait surnommer le Bossu ; un de ses bras, sec et décharné, formait avec l'autre un contraste frappant, qu'il avait eu la précaution de dissimuler en cette occasion par l'ampleur des manches de son costume.

Tous les historiens anglais disent que sa figure, dénuée de tout agrément, portait l'empreinte d'une certaine dureté.

Pour ce qui touche son caractère et son organisation intellectuelle, ils nous le représentent comme un composé de toutes les qualités et de tous les défauts qui découlent d'une ambition démesurée : il joignait aux excès des passions qu'elle enfante un esprit mûr, fin, pénétrant, et les lumières d'un jugement très-solide.

On sait que ce fut ce prince qui, après la mort du roi son frère, occupa par usurpation le trône d'Angleterre sous le nom de Richard III.

Mais, à l'époque où se développent les scènes de notre histoire, son ambition ne s'était pas encore, même en rêve, tournée vers l'éclat du diadème, et sa rare intelligence n'était occupée que des atteintes graves, selon lui, portées aux intérêts de la nation anglaise et de la couronne de son frère par le traité conclu avec le roi de France.

Il lui avait suffi d'un simple coup d'œil pour voir de

quel côté étaient réunis tous les avantages réels de ce traité : sa pensée plongeant dans l'avenir, lui montrait Louis XI retirant du résultat de ses adroites négociations repos, prospérité, gloire même pour son royaume ; et Édouard IV ne rapportant en Angleterre, de ses vastes desseins de conquête sur la France, que l'honneur puéril d'en avoir foulé le sol un instant pour repasser le détroit avec une modique pension payée par son royal adversaire, dont l'esprit aussi malicieux que profond saurait de toutes manières mettre chaque jour à profit, pour la dignité de son trône, la honte d'un ennemi renvoyé si facilement et à de telles conditions dans ses États.

Le duc frémissait d'avance en songeant à l'accueil que l'armée recevrait de la nation anglaise au retour de cette humiliante expédition.

Aussi avait-il juré de ne point remettre les pieds dans son île, sans avoir épuisé tous les moyens de ramener les choses sur le terrain de la guerre, soit par l'influence de ses conseils sur l'esprit d'Édouard, soit par l'effet de ses propres entreprises, si ses conseils n'étaient point écoutés.

Tel était, au physique et au moral, le prince qu'Horatius conduisit dans la chambre où se trouvait Louis XI.

L'hôtelier l'y fit entrer en disant :

— Une visite pour M. Lanoue.

Puis il se retira en refermant la porte :

Le duc de Glocester n'avait jamais vu le roi de France ; il n'éprouva donc qu'un léger étonnement, lorsque, au lieu de la figure de lord Egelton, il aperçut dans un coin de la chambre celle d'un inconnu.

— L'hôtelier, dit-il, s'est sans doute trompé en m'amenant ici.

Louis XI était assis en ce moment ; il se leva en souriant, et répondit avec courtoisie :

— Non, Monsieur, l'hôtelier ne s'est pas trompé ; il ignore seulement que les personnes que vous venez voir sont sorties pour un instant...

« M. Lanoue a été obligé de faire une course dans Amiens avec sa fille : j'ai à vous prier de sa part d'attendre ici son retour... si toutefois vous êtes bien le fournisseur des guerres avec qui il a ce matin un rendez-vous.

— Oui, Monsieur, je suis ce fournisseur, dit le duc dont le visage ne conserva plus trace d'étonnement.

— Eh bien ! alors asseyez-vous, ajouta le roi en lui montrant une chaise...

« Je vais vous raconter comment j'ai été chargé par M. Lanoue de vous recevoir en son absence. »

Le prince prit place sans défiance sur le siége qui lui était offert.

En effet, rien dans le langage de son interlocuteur n'était de nature à éveiller ses soupçons ; et, à la vue de l'excessive simplicité des vêtements tout bourgeois du monarque, il ne lui vint pas à l'esprit d'autre supposition, sinon que l'inconnu qui le recevait cachait peut-être, comme lui et lord Egelton, sa véritable qualité sous des habits d'emprunt et jouait aussi d'une façon quelconque son rôle dans le complot.

Quant à Louis XI, il ne lui était pas possible de douter que, sous le costume du prétendu fournisseur, il ne vît bien réellement le duc de Glocester lui-même : les singulières particularités du portrait qui lui avait été quelquefois fait de ce prince étaient trop en évidence dans le personnage placé sous ses yeux pour qu'il pût craindre d'être le jouet d'une erreur produite par le rapport de Mérindot ou par le hasard des circonstances.

Il avait pensé un instant qu'il serait peut-être bien connu du duc, qui pouvait l'avoir rencontré, ce jour-là ou un autre jour, dans les rues d'Amiens ; mais, lorsqu'il fut assuré que cette conjecture n'avait aucun fondement, il résolut de ne se faire connaître que si le cours de la conversation l'exigeait.

Du reste, il n'avait point encore de parti pris sur la conduite à tenir pendant comme après cette entrevue : il attendait tout de l'allure imprévue des choses et de ses inspirations.

Il était assez embarrassé de savoir comment il entamerait l'entretien, puisque ce n'était plus le roi qui allait parler, mais un particulier auquel il prêterait à sa fantaisie tel ou tel rang, tel ou tel caractère.

Il s'assit en face du prince d'un air en apparence fort indifférent, mais qui couvrait un profond trouble de l'âme ; car il touchait à un moment où son esprit sagace et circonspect lui permettait moins que jamais de se dissimuler ni les dangers renfermés dans le complot qu'il voulait déjouer, ni ceux contenus dans les mesures qu'il devait prendre pour l'anéantir.

— Maintenant que nous sommes seuls, reprit-il, je puis vous dire, Monsieur, que je suis un ami de lord Egelton.

Le duc promena involontairement ses regards autour de lui, comme s'il avait craint qu'une troisième personne ne fût dans la chambre, et n'eût entendu le nom qui venait d'être prononcé.

— Oh ! rassurez-vous ! ajouta le roi, nous pouvons tranquillement parler de lord Egelton en nous servant de son vrai nom : cette pièce est reculée ; le son même de notre voix ne saurait parvenir aux oreilles des gens de la maison...

« Je vous disais donc que je suis un ami de l'ancien ambassadeur de votre roi : j'ai eu occasion de me lier étroitement avec lui à la cour du duc de Bourgogne, de laquelle je fais partie ; et voici les raisons qui m'ont amené dans ce pays...

« Lord Egelton a reçu, hier au soir, une dépêche du duc...

— Ah ! il a reçu une dépêche du duc ? répéta le prince anglais de l'air calme et froid avec lequel il eût pu accueillir une nouvelle inattendue et sans importance ; car il avait pris la détermination de demeurer dans les termes d'une prudente réserve envers un inconnu.

— Cette dépêche, continua Louis XI, était à peine dans les mains du courrier, que notre duc qui, comme vous savez, n'est pas toujours bien affermi dans ses résolutions, voulut modifier l'arrangement des choses dont il instruisait lord Egelton, et il m'envoya aussitôt vers lui, en me chargeant, non-seulement de lui porter une seconde lettre, mais encore de lui communiquer de vive voix certains conseils qui ne pouvaient être confiés au papier... Tandis que lord Egelton s'entretenait tout à l'heure avec moi à ce sujet, il reçut d'un officier anglais un billet qui lui indiquait un rendez-vous auquel il crut devoir se rendre sans retard avec sa fille.

— Un billet d'un officier anglais, dites-vous? répondit assez vivement le duc de Glocester... et il n'a pas laissé échapper le nom de cet officier?

— Je crois avoir entendu quelque chose comme sir John... ou sir George...

— Sir George?... je m'en doutais! dit le prince en frappant du pied d'un air contrarié...

» Il a mal fait d'aller à ce rendez-vous...

« Je lui avais bien conseillé, dans son intérêt, de ne point avoir de nouveaux rapports avec cet homme.

— En sortant, reprit le monarque, il m'a donc prévenu qu'il avait à recevoir, ce matin, la visite d'un fournisseur des troupes anglaises...

« Il m'a confié, Monsieur, que vous étiez chargé d'une partie de l'exécution de ses projets, et il m'a recommandé de vous dire qu'il avait longuement à s'entretenir avec vous sur les deux dépêches du duc de Bourgogne.

— Je l'attendrai, Monsieur, répondit laconiquement le duc de Glocester, qui ne voulait entrer dans aucune explication.

Louis XI parut se recueillir un instant, cherchant sans doute sur quelle pente il devait maintenant lancer la conversation; puis, le visage éclairé d'un léger sourire qui contrastait singulièrement avec son regard pensif, il reprit :

— Monsieur le fournisseur, puisqu'il me reste un peu de temps pour causer avec vous, je ne crois pas inutile de l'employer à tâcher de fortifier votre âme contre une surprise qui vous attend peut-être...

« Je crains, pour le triomphe de votre cause, que vous ne retrouviez pas tout à fait lord Egelton dans les mêmes dispositions que l'autre jour. »

Un imperceptible mouvement de tête du duc fit assez comprendre que ces paroles avaient jeté quelque désordre dans sa pensée : il ne répondit pas; mais il regarda son interlocuteur avec une attention vivement excitée, et pleine pour ainsi dire de son profond étonnement.

— En un mot, continua le roi, le duc de Bourgogne a apporté, dans ses desseins, des changements qui les détournent de leur premier but; et les observations que j'ai communiquées de sa part à lord Egelton ont eu assez d'influence sur ce dernier pour qu'il se croie aujourd'hui intéressé à s'arrêter dans sa folle et audacieuse entreprise...

« Je vois qu'un tel langage dans ma bouche vous étonne...

« Mais, je ne saurais vous le cacher, je ne suis pas étranger à cette révolution presque soudaine qui s'est produite dans les idées du duc de Bourgogne.

— Comment, Monsieur !... s'écria le prince anglais avec un geste d'indignation comprimée.

— Que voulez-vous, monsieur le fournisseur, répliqua le monarque en redoublant de courtoisie, il y a assez longtemps que la discorde règne entre Louis XI et son vassal !

« Je me suis convaincu qu'il était de l'intérêt de celui-ci de faire enfin une paix sérieuse; je n'ai rien négligé pour l'amener à ce but; et, s'il y arrive, je me réjouirai toute ma vie du résultat de mes efforts...

car, je vous l'avoue, c'est à mon avis une bien méchante et bien déloyale guerre que celle qui a été déclarée en dernier lieu au roi de France !

— Qu'entends-je? s'écria de nouveau le prince en contenant un peu moins son indignation, vous osez vous exprimer de la sorte, vous, sujet du duc de Bourgogne?

— Et pourquoi pas ? Est-ce donc un crime que de désirer la paix d'un royaume ?...

« D'ailleurs, moi, monsieur le fournisseur, j'ai toujours eu mes idées particulières sur les vues et la politique de Louis XI, et je ne puis me refuser la conviction que ce monarque mérite plus d'estime et de confiance que ses ennemis ne lui en accordent. »

Le duc de Glocester demeura muet, tant cette fois il fut accablé de sa surprise.

Le roi feignit de ne pas s'apercevoir de cet effet de son langage; il se croisa les jambes, pencha son front sur sa main, prit une attitude familière et toute méditative, comme celle d'un homme qui obéit au besoin de rentrer en lui-même et de se replier sur ses pensées ; puis, d'un air moitié triste, moitié ironique, selon le courant de ses impressions, il laissa tomber chacune de ses paroles avec une espèce d'abandon plein de grâce, sous lequel l'art du causeur fécond et la science de l'habile politique ne pouvaient être que difficilement aperçus.

— Étrange et peu désirable existence assurément que celle de ce roi de France! reprit-il...

« Je crois saisir l'ensemble du travail de son esprit sur la monarchie et la civilisation... éteindre de toutes parts autour de son trône la révolte des grands, pour assurer la tranquillité à ses sujets; faire de cette tranquillité un état stable sous un pouvoir ferme, respecté; profiter de ce temps de calme et de confiance pour accroître la prospérité de ses peuples, en soumettant à de sages réformes l'administration du royaume, en répandant de nouvelles et utiles lumières dans le commerce, les arts et les sciences : tel doit être à peu près son rêve...

« Mais cherche-t-il à en faire une réalité ? consume-t-il pour cela sa vie dans la fatigue des méditations et des veilles ? soudain un coup de canon le réveille de son songe!

« Une levée de boucliers interrompt, trouble, bouleverse son œuvre !

« Il lui faut dire adieu aux détails du gouvernement, revêtir l'armure, courir au combat, et laisser derrière lui, condamné à périr peut-être, le fruit imparfait encore de sa pensée !...

« N'est-ce donc point un spectacle affligeant et digne de pitié que ce monarque chaque jour ainsi arrêté dans sa tâche ?

« Pauvre roi ! je vous le dis, mal connu, mal compris, mal jugé !

« En voulez-vous une preuve?

« Plongez vos regards au fond de cette dernière affaire : deux de ses grands vassaux lèvent l'étendard de la révolte; qu'ont-ils pour alliés contre leur souverain ?

« Des têtes couronnées comme lui !

« Car ce n'est point seulement votre roi qui menace la France : l'empereur d'Autriche, le roi de Hongrie, celui de Sicile, et quelques autres encore peut-être, ont l'œil sur les pas d'Édouard IV; s'ils l'avaient vu s'ouvrir un chemin sur Paris par une victoire, ils venaient tous grossir son armée de leurs armées, pour entrer dans le partage de la conquête !...

« O délire de l'esprit humain ! ou bien aveuglément inexplicable des princes trop enclins à ne vouloir gouverner le monde que par leurs rêves ambitieux !

« Ils ne voient pas que la cause de Louis XI, c'est leur cause; que chaque coup qu'ils portent à son trône, c'est un coup qui ébranle leur trône; ils ne comprennent pas que. de l'heure où le roi de France serait abattu par la mutinerie de ses vassaux et la convoitise des souverains, ils n'auraient fait que glorifier aux yeux de toutes les nations un terrible exemple de rébellion et d'anarchie dont leurs sujets pourraient se servir un jour contre leur propre couronne... car qui ne sait que les petits se croient toujours autorisés à faire ce que les grands n'ont pas craint de concevoir et d'exécuter dans un moment de fièvre et de folie ? »

Le duc de Glocester ouvrit enfin les yeux sur sa situation : il devint évident pour lui que de tels arguments en faveur de la politique de Louis XI ne pouvaient être inspirés par les sentiments d'un homme attaché à la cour du duc de Bourgogne.

Il comprit qu'il était tombé dans un piège; mais il fut loin de soupçonner encore, à travers ses conjectures, même les plus hasardées, le rang de son interlocuteur; et, pour ce qui le concernait, il ne supposa même pas que, sous son rôle de fournisseur, le frère du roi d'Angleterre eût cessé d'être inaperçu.

Il pensa seulement que Louis XI, ayant été mis sur la trace des projets politiques de lord Egelton, et instruit de son arrivée à Amiens, avait envoyé à son hôtellerie un agent chargé de recevoir les personnes qui se présenteraient pour lui parler ; que cet agent était tenu de les interroger, de leur arracher malicieusement leurs pensées, de pénétrer leurs vues.

Le duc, bien persuadé que tel était l'état des choses, ne songea cependant pas à se retirer : un si brusque départ, après sa parole donnée d'attendre lord Egelton, devenait une véritable fuite dont les conséquences lui semblèrent assez graves ; il accumulait par là les soupçons sur ses intentions, ce qui était un acte d'imprudence, et il montrait qu'il tremblait pour sa personne, ce qui était au-dessous de son rang et de son caractère.

En outre, il pensa que s'il courait quelque danger, les mesures dont il devait être l'objet étaient certainement déjà prises.

Tout bien considéré, le plus sage parti comme le plus digne était donc de ne point bouger et de voir venir les événements.

Mais, quel que fût le péril, il était bien décidé, si la conversation continuait sur ce ton, de ne faire preuve, dans l'expression de ses sentiments, d'aucune faiblesse qui pût abaisser en lui l'orgueil de sa nation.

Plusieurs phrases du monarque avaient blessé sa fierté; aussi répondit-il avec d'autant plus d'assurance et de hauteur, que, sous son costume de marchand, il s'imaginait ne rien compromettre ni des opinions ni des desseins du prince :

— Avant de faire, Monsieur, de véritables criminels de tous ceux qui ont pris les armes contre le roi de France, ne serait-il pas juste d'examiner si cette guerre n'a pas été provoquée par lui-même ?

— Ah ! je serais curieux de voir qu'on me prouvât cela ! repartit Louis XI en riant.

— N'a-t-il point par ses artifices, poursuivit le duc, n'a-t-il point par ses intrigues continuelles, et toujours si adroitement dissimulées, semé la défiance, l'animosité, entre tous les souverains comme entre ses vassaux ?

« N'a-t-il point jeté la confusion dans leurs affaires, dans leurs intérêts de toute espèce ?

« Et le jour n'a-t-il pas dû venir où ils se sont tous regardés en face pour s'interroger, se mieux connaître et s'unir enfin pour se défendre contre l'ennemi commun ?

« Ainsi ses actions mêmes sont la source de ses tourments...

« Et vous, qui portez si haut les vertus de ce monarque, ajouta-t-il avec un sourire de dédain; vous conviendrez au moins que la qualité la plus essentielle à la réputation d'un grand prince ne saurait être remarquée en lui : puisqu'il appelle de tous côtés la lutte, que ne montre-t-il un courage à la hauteur des événements qu'il fait naître ?

« Que ne repousse-t-il la guerre par la guerre, au lieu de se retrancher sans cesse derrière des trêves ou des traités de paix, qui me semblent peu en rapport avec sa politique tracassière et la dignité du trône ? »

Le regard de Louis XI s'enflamma.

Cette tristesse, cette ironie, qui, tour à tour, avaient animé sa parole et son geste, firent place, sur ses traits et dans sa voix, à une uniforme expression de gravité sévère et imposante.

Il répliqua en relevant noblement son front, qui était resté abaissé sur sa main :

— Et qui vous assure, Monsieur, que l'âme de Louis XI soit plus vide qu'une autre du sentiment de la gloire des armes ?

« Plus d'un combat, sous le roi Charles VII, son valeureux père, plus d'un autre sous son propre règne, prouveraient, à qui en douterait, qu'il n'a pas été moins prodigue de son sang que le plus bouillant de ses chevaliers !

« Peut-être même. était-il entraîné par goût et par ses premiers succès vers cet art brillant de la guerre, qui, de tous les arts, parle le plus vivement à la vanité et au cœur de l'homme, en lui fermant si facilement les yeux sur le danger, pour ne lui laisser entrevoir que l'éclat de l'action et l'ivresse du triomphe ; il lui a donc fallu une bien puissante raison pour ne pas céder à la tentation , et cette raison, ne la devinez-vous point ?

« Ne serait-il pas senti l'âme fatiguée du spectacle des guerres, après tant de calamités publiques, nées du glaive ?...

« Mais vous dites cependant qu'il a provoqué de tous côtés la lutte...

« Je pense mieux découvrir l'étendue de ses desseins et le but de ses actions : si sa politique a été d'opposer un prince à un prince, un peuple à un peuple, un vassal à un vassal; s'il a jeté dans leurs démêlés ses conseils et ses vues, que vous appelez des intrigues, et que je nommerai des mesures sages, ne fut-ce point pour s'efforcer toujours d'établir entre eux tous une telle balance d'intérêts, que chacun d'eux vît clairement ce qu'il perdrait à vouloir conquérir sur son voisin ce qu'il gagnerait à demeurer en repos chez lui?

« Et, en effet, monsieur le fournisseur, croyez-vous donc que l'esprit guerrier fasse seul les affaires de ce monde, et soit destiné à souffler éternellement sur les empires?

« Assurément, ses bienfaits ne sauraient être niés, et personne plus que le roi de France, j'en suis sûr, ne se plaît à les reconnaître : sans doute, ce fut un beau spectacle pour l'univers que celui de ces peuples encore barbares, qui, sortis du fond des forêts de la Germanie, inondèrent de toutes parts en Europe les possessions de l'empire romain; ils étaient appelés par la Providence à de grandes et divines choses : la guerre les répandait sur des terres étrangères où les semences de la vraie religion allaient vivifier leurs âmes; où, faisant chaque jour reculer devant leurs vaillantes hordes le flot vainement irrité des anciens-maîtres du monde, ils devaient élever les trônes de leurs rois sur les ruines du paganisme.

« Mais aujourd'hui que l'œuvre du ciel est accomplie, aujourd'hui que toutes les positions sont prises, les trônes occupés, les bornes des empires à peu près fixées, que reste-t-il à faire au glaive?

« A maintenir la paix entre tous, mais à se bien garder des conquêtes; car l'Europe me paraît maintenant dans une situation telle que si un prince étendait ses conquêtes hors de ses limites naturelles, il affaiblirait les forces de son royaume par l'agrandissement même de ses États : agissant contre les intérêts de tous les souverains, il aurait tôt ou tard ces souverains contre lui.

« Ils peuvent bien, il est vrai, le pousser à la guerre dans un transport de jalousie ou de ressentiment envers un autre prince; mais, la conquête faite, ils ne tarderont pas à songer à leur propre conservation, et ce qu'ils auront, dans un moment d'égarement, conseillé ou permis de prendre, ils l'arracheront dès les mains de l'usurpateur, pour se garantir à l'avenir eux-mêmes d'une pareille usurpation...

« Il est donc des temps où, selon des vues qui sont au-dessus de la portée des prévisions de l'intelligence humaine, les guerres de conquêtes peuvent être un bienfait; il en est d'autres où elles deviennent le plus terrible fléau qui puisse accabler les nations, et ces temps-ci sont les nôtres : autrefois, elles se faisaient sans péril pour les ressources du pauvre, sur des pays presque incultes, aujourd'hui, elles répandent leurs ravages sur des champs couverts de moissons; autrefois, elles ne s'attaquaient dans les villes qu'à des hommes rompus au métier des armes et vivant de leur butin, aujourd'hui elles en oppriment les habitants paisibles, elles en chassent le commerce ou l'anéantissent.

« Ainsi, dans le sillon du laboureur comme dans l'œuvre de l'artisan, elles bouleversent, détruisent le principe même de la vie des peuples! En un mot, tout mouvement d'une nation qui court aux armes, non pour se défendre, mais pour ravir; enfin, toute guerre injustement entreprise, c'est, pour les vainqueurs comme pour les vaincus, l'humanité violemment arrachée aux labeurs de l'intelligence, et livrée aux hasards du combat, à la honte d'une défaite, à la brutalité d'une victoire!... Et, dites-moi, monsieur le fournisseur, êtes-vous bien assuré que toutes ces pensées n'aient point inspiré la politique prudente du roi de France, laquelle peut-être ne vous semble tracassière que parce qu'elle est en contradiction avec les idées reçues?

« Savez-vous s'il ne s'est point mis en tête de prouver à son peuple que les temps des grandes conquêtes guerrières sont passées, ou ne peuvent avoir qu'une courte durée; qu'il n'a plus maintenant à conquérir de biens solides que dans l'agriculture, le commerce, les sciences et les arts ; que sa richesse n'est plus à la pointe de ses armes, mais qu'elle a sa source dans le sentiment de ses besoins mêmes, soumis aux calculs de son intelligence, et à son amour de l'ordre et du travail ?...

« Supposez à présent que ces nouvelles et précieuses conquêtes soient un jour la récompense de son expérience et de ses efforts, et le temps sera proche où l'homme ne touchera plus que d'une main sage ou justement craintive cette menaçante épée que, dans le feu de sa colère et son futile orgueil, il ne peut depuis des siècles se décider à laisser un instant reposer dans le fourreau ! »

Le duc de Glocester avait écouté cette véhémente réplique avec des impressions bien diverses : la stupéfaction, une certaine admiration forcée, le dépit, la fureur même, se partagèrent son âme.

Il se demanda plusieurs fois quelle qualité pouvait avoir auprès du roi de France ce personnage qui pénétrait avec cette audace et cette sûreté de coup d'œil dans les sinuosités les plus profondes de la pensée de son maître, et il se révolta en même temps contre l'idée que l'éloge qu'il entendait faire de la politique de Louis XI condamnait si vigoureusement celle du roi son frère au sujet de sa descente en France.

Impatient de prendre la défense d'Edouard IV, la sienne propre, celle enfin de tous les seigneurs anglais entraînés dans cette expédition , il oublia en quelque sorte le modeste costume qu'il portait, il ne se souvint plus des dangers cachés au fond de son étrange position, et il répondit d'un ton d'aigreur et presque menaçant :

— Je suis persuadé, Monsieur, que tous les Anglais sont parfaitement de votre avis en ce qui touche les guerres injustement entreprises; aussi n'est-ce point en conquérants qu'ils se sont présentés sur le sol français : leur roi ne les y a conduits que pour prendre sa place sur un trône qui lui appartient !

Louis XI se leva d'un bond ; il changea de visage ; ses lèvres devinrent tremblantes sans qu'il eût articulé un mot.

Son regard ardent, courroucé , plein du sentiment de sa majesté outragée, était fixé sur le prince.

— Leur roi ne les y a conduits que pour prendre sa place sur un trône qui lui appartient! répéta-t-il d'une voix sourde.

Puis, comme si la parole lui eût manqué tout à coup, ou qu'il voulût étouffer sous le poids de son silence la tempête amassée en son cœur , il s'élança par la chambre à grands pas, muet, sombre, le front incliné, les lèvres toujours agitées.

Enfin, par un geste à la fois brusque, noble, majestueux , un de ces gestes indescriptibles qui font deviner l'homme habitué à manier un sceptre, il s'arrêta devant le duc demeuré assis, et l'orage, vainement contenu en lui-même, éclata dans toute sa force.

— Votre roi, Monsieur, s'écria-t-il, votre roi, dites-vous, n'a foulé le sol français que parce qu'il a des droits sur la couronne de Louis XI !...

« Et sur quels titres fonde-t-il ces droits ? Il s'en prétend héritier par les femmes : est-ce une ironie ?...

« Qu'il jette les yeux sur les lois et les coutumes de la monarchie française depuis son origine : elles anéantissent toutes ses prétentions...

« Il ne lui reste donc que la loi du conquérant, la loi du glaive : sa folie fait sourire !...

« Pense-t-il que ce ne soit qu'un jeu que la conquête de ce royaume ?

« Quelle idée ses gentilshommes et ses soldats se font-ils donc de leur valeur ?

« Dans quels glorieux souvenirs puiseraient-ils l'espérance du succès de leurs armes ?

« S'ils ont pour eux : les batailles de Créci, de Poitiers, d'Azincourt, nous avons pour nous vingt autres batailles, vingt autres victoires, qui ont chassé jusqu'au dernier Anglais de nos provinces.

« Nous avons pour nous Dieu lui-même, dont la main protectrice est étendue sur le trône de Charlemagne et de Saint-Louis : n'a-t-il pas, pour notre défense donné le courage à la timidité, la force au sexe qui en est le moins doué, armé le bras d'une jeune fille appelée par lui de sa chaumière sur le champ du combat, et n'a-t-il pas rendu cette héroïne de son choix victorieuse de tous nos ennemis, comme pour leur montrer, par l'apparente faiblesse d'un tel secours, la part que sa toute-puissance prenait au salut de la France ?...

« Et, dans ces derniers temps, quelle preuve plus manifeste encore de la protection de la Providence à l'égard de ce royaume, que cet abandon où s'est trouvé tout à coup votre roi ?

« Il n'avait rien négligé pour son entreprise, tout était prêt : alliés puissants, troupes fraîches, trésors immenses !

« Mais des obstacles de tous genres se lèvent sur ses pas ; sa campagne traîne en longueur, ses alliés se retirent ou n'agissent pas, son armée se décourage, ses richesses s'épuisent ; il promène alors ses regards autour de lui, et, dans son affreuse solitude, il n'est plus qu'effrayé du néant de ses projets !...

« Cependant, si malgré ces avertissements du ciel, il se laissait emporter par des conseils funestes et insensés, et cédait au désir de rompre la paix, eh bien ! qu'il tente contre l'armée française : elle est toute préparée à la lutte par le souvenir de sa victoire récente, et par l'ardeur qu'elle ne perdra jamais, quand il s'agira de combattre sous les yeux de son roi pour la défense du trône et du pays !...

« Quant à Louis XI, aidé de Dieu et de ses sujets, il ne désespère pas de prouver au monde ce que peut valoir encore le poids de son épée dans la destinée de son royaume ! »

Toute la physionomie jusqu'ici connue de Louis XI avait subi une étonnante transformation dans le débit de cette mâle et fière réponse : ce n'était plus là ce prince oubliant la dignité du trône pour s'entretenir familièrement avec un valet, admirer ses reparties, et lui demander le secours de ses ruses dans un moment d'embarras et d'alarmes ; ce n'était plus ce monarque laissant son sceptre à la porte d'une taverne, pour déployer à une table, au milieu de ses convives, les grâces d'un causeur aimable, facile, sans gêne et sans façon ; ce n'était plus même le penseur grave et austère, que nous avons vu tout à l'heure expliquant quelques-uns des secrets de sa politique savante et compliquée ; mais c'était le chef, le souverain d'un grand État se retrouvant tout entier en face de l'ennemi ; c'était, en un mot, le roi de France sentant avec un juste orgueil la couronne qui pesait à son front, et qu'il voulait défendre de toute injure !

Aussi, devant la majestueuse énergie de ses derniers accents, le duc de Glocester, comme obéissant à un sentiment de respect forcé, se leva-t-il de sa chaise, et, regardant d'un air consterné son éloquent interlocuteur, se dit-il en lui-même :

— C'est Louis XI ! c'est le roi de France !... oui, ce ne peut-être que lui !

— Monsieur le fournisseur, reprit le monarque en même temps que ce mouvement de surprise se produisait chez le prince, il est inutile, je pense, de vous dire maintenant que je ne suis nullement un envoyé du duc de Bourgogne...

« Mais quelle que soit ma position en ce monde, les sentiments dont vous me voyez animé pour celui qui gouverne la France, rendront sans doute fort légitimes à vos yeux les mesures que, dans son intérêt, je suis obligé de prendre à votre égard...

« C'est à la fin de cette journée que son entrevue avec le roi d'Angleterre aura lieu :

« Lord Egelton, je le sais, a des projets qui pourraient bien troubler un peu cette cérémonie...

« La visite que vous venez lui faire ce matin, votre langage, enfin, toutes vos impressions durant notre entretien, m'ont assez prouvé quel rôle considérable vous avez à remplir dans une telle entreprise...

« Vous voudrez donc bien, Monsieur, renoncer pour l'instant à son exécution, et, au lieu de reprendre la route de votre camp, attendre ici, comme vous vous y êtes engagé, le retour de lord Egelton...

« Quelques affaires pressantes me forcent de vous quitter ; mais d'autres me remplaceront auprès de vous. »

Et Louis XI disparut de la chambre.

Le duc de Glocester demeura atterré.

Cette pensée qu'il était depuis une heure devant le roi de France, cette autre pensée que le monarque l'arrêtait par un coup vigoureux dans la marche de ses desseins, et avait pareillement sans doute traversé ceux de lord Egelton, le jetèrent dans une sorte d'anéantissement.

Il entendit, derrière les pas de Louis XI, la porte qui se refermait à double tour ; il comprit qu'il était dans une prison bien réelle, et entouré probablement de vigilants gardiens, répandus de tous côtés dans l'hôtellerie.

Il eut un moment l'idée de se nommer, en s'imaginant que le roi de France n'avait osé agir si hardiment à l'égard d'un Anglais que parce qu'il l'avait pris pour un marchand, et il ne douta pas que ce roi ne s'empressât de relâcher son prisonnier sitôt qu'il verrait en lui le frère d'Édouard IV.

Mais cette démarche, outre qu'elle humiliait sa fierté vis-à-vis du souverain qui venait de lui parler en maître, dérangeait entièrement ses vues politiques, auxquelles il ne renonçait pas : révéler son nom, après avoir tenté de le cacher sous un déguisement, n'était-ce point avouer sa participation aux projets de lord Egelton? n'était-ce point faire acte de repentir, demander un pardon à Louis XI, se lier envers lui par la reconnaissance, et se condamner, par conséquent, à l'inaction?

Il se décida donc à rester dans la position qui lui était faite, d'autant plus qu'il ne voyait pas en elle d'insurmontables obstacles à ses desseins.

Leur exécution pouvait, à son avis, être poursuivie en son absence, et, s'ils ne réussissaient pas, sa captivité même devait servir à réparer cet échec, en forçant le roi d'Angleterre à venger une injure personnelle dans la détention arbitraire du prince son frère.

Alors la guerre s'allumait de nouveau, et tel était

Levant son poing fermé vers l'antique tour féodale (page 79, col. 1re

précisément l'unique but où tendaient les efforts du duc de Glocester.

Comme il faisait ces réflexions le long d'une fenêtre, et en regardant machinalement dans la cour, il jeta tout à coup un cri sourd de joie et de surprise : son regard distrait venait de tomber sur un paysan qui sortait lentement et avec précaution du hangar situé près de la porte d'entrée de l'hôtellerie : c'était ce même paysan que nous avons vu, après sa conversation avec Brigitte, se blottir soigneusement dans ce lieu.

Il avait aperçu la figure du duc à travers les vitres de la fenêtre, et il s'était décidé à se montrer dans la cour.

— Hopkins! se dit le prince en l'examinant toujours...

« Oui, c'est lui-même! »

Nous rappellerons ici au lecteur que Hopkins était un des écuyers du duc de Glocester, et qu'il a paru en scène au début de notre histoire, dans cette maison isolée sur le bord de la Somme, où deux soldats français furent surpris et enlevés par une bande d'Anglais déguisés en paysans picards.

Nous rappellerons encore que dans cet événement, Hopkins avait semblé exercer sur ses compagnons l'autorité d'un chef.

— Bien probablement, continua à se dire le duc, il aura jugé à propos, pour ma sûreté, de suivre mes pas, après l'entretien que j'ai eu avec lui il y a une heure... il est tout agité, il a l'air de savoir qu'il se passe ici quelque chose d'extraordinaire...

« Il a les yeux sur moi, il m'a vu ! »

Le prince lui fit signe de la main, prit ses tablettes, en déchira un feuillet, et sur ce feuillet il écrivit :

« Agissez sans moi... le roi de France, qui est là, me retient prisonnier...

« Il soupçonne un complot; mais il ne me connaît pas. »

Le duc roula son billet de façon à en faire une petite boule; puis entr'ouvrant doucement la fenêtre, il le lança dans la cour.

Ce papier, rendu presque imperceptible par sa forme, tomba aux pieds de Hopkins, qui le ramassa et regagna aussitôt la rue.

A peine le duc avait-il refermé la fenêtre que sa porte s'ouvrit, et que deux archers s'introduisirent dans sa chambre pour le garder à vue.

Retrouvons maintenant Louis XI : il était entré dans une pièce voisine, où il avait laissé le maréchal de Gié.

— Eh bien ! Sire ? lui dit aussitôt cet officier impatient de connaître le résultat de l'entrevue.

— Eh bien ! Maréchal, il est notre prisonnier, répondit le monarque, le front toujours un peu soucieux, mais en reprenant son ton familier.

— Prisonnier? répliqua de Gié avec effroi... Lui ! le frère du roi d'Angleterre !

— Oh! détrompez-vous ! il n'y a pas ici de frère du roi d'Angleterre : je ne garde tout simplement sous les verrous qu'un fournisseur des troupes anglaises.

— Comment! il ne s'est pas fait connaître?

— Il s'en est bien gardé !...

« Vous concevez maintenant que je rends un très-grand service à mon beau cousin Edouard IV : un fournisseur de son armée s'avise de se mêler d'un complot dont l'objet est la rupture de notre trève; j'arrête cet homme dans son entreprise, et, en temps opportun, je le remets entre les mains de son roi...

« Je n'aurai donc privé de la liberté qu'un inconnu, un bourgeois coupable, et non le duc de Glocester.

— Ah! répondit le maréchal stupéfait, j'avoue, Sire, que les choses vues ainsi changent singulièrement la situation.

— N'est-ce pas? dit Louis XI avec un sourire de satisfaction.

« Voilà donc lord Egelton et le duc forcés de laisser s'écouler cette précieuse journée sans agir !

— Mais d'autres peuvent agir à leur place.

La figure du roi s'assombrit.

— Par la Pâque-Dieu ! s'écria-t-il, j'ai juré, Maréchal, que je serrerais aujourd'hui la main du roi d'Angleterre; et nous verrons si les obstacles qu'on m'oppose sont capables de briser mes efforts !

« La paix est en ce moment un bien trop utile à mon royaume pour que je n'épuise pas tous les moyens qui sont en mon pouvoir de la lui procurer !

Louis XI alors songea à se retirer : il confia la garde de son prisonnier à un officier sous le commandement duquel il laissa seulement quelques hommes; et ce fut en cet instant que, sur son ordre, deux archers furent envoyés auprès du prince.

Revenu à l'Hôtel de ville, il y retrouva Mérindot, qui lui apprit que son ami Serpent n'était point retombé sur les traces du duc de Glocester dans le quartier désert où il était allé le chercher.

Le roi le mit au courant de la situation et le renvoya au camp des Anglais pour observer tout ce qui s'y passerait, et employer les dernières ressources de son adresse à découvrir le complot.

Lorsque Mérindot eut disparu, Louis XI se prépara à faire une nouvelle sortie, dont le motif, que nous devons consigner ici pour le besoin de notre histoire, pourra servir à esquisser l'un des traits saillants des mœurs de ce singulier monarque : il avait promis à une corporation de commerçants d'Amiens d'assister à un repas par lequel elle se proposait, dans cette matinée, de célébrer le jour où devaient se voir les deux souverains.

Et il ne faut pas croire que la complaisance qu'il mettait à honorer de sa présence ce festin bourgeois fût un fait exceptionnel dans sa vie : il en avait usé de même à l'égard des marchands de Paris durant la guerre du *Bien public*, cette fameuse guerre qui lui avait été déclarée par tous ses grands vassaux ligués contre lui.

On l'avait vu pousser les prévenances envers ces marchands jusqu'à les admettre à sa table, à tenir plusieurs de leurs enfants sur les fonts de baptême, jusqu'à faire partie même de leurs confréries.

C'était un devoir qu'il semblait s'être imposé au milieu des exigences de certaines situations, de s'attacher la bourgeoisie par un redoublement de familiarité caressante et d'attentions flatteuses dans ses rapports fréquents avec elle.

Comme il allait partir, on vint lui annoncer qu'une surprise l'attendait à la porte de la maison où devait avoir lieu le repas : une foule de gros et braves paysans de la province, lui dit-on, s'y était rassemblés pour avoir le plaisir de l'apercevoir et de le couvrir d'acclamations sur son passage.

Si nous parlons de ce dernier incident, c'est qu'il aura par la suite sa liaison avec une partie importante de notre récit.

VII

LE CAMP DES ANGLAIS

Il est temps d'apprendre au lecteur ce qui se passait aux ruines de Picquigny, à peu près vers l'heure où s'accomplissaient à Amiens les derniers événements que nous venons de lui raconter.

La nuit s'y était écoulée sans alerte.

Lorsque le premier rayon de l'aube répandit sa pâle clarté sur le triste solitude de ces lieux, la plupart des archers, dispersés parmi les débris des bâtiments écroulés, dormaient çà et là abrités par des restes de pans de muraille ; quelques autres, assis sur les pierres qui jonchaient le sol, veillaient et faisaient le guet.

L'un d'eux se tenait debout et immobile au seuil de l'entrée de la tour.

Leurs chevaux, attachés à des piquets, paissaient l'herbe, qui, de toutes parts à travers les ruines, s'élevait haute, vigoureuse, abondante, comme partout où la nature, rendue à elle-même, reprend, dans ses sauvages productions, sa force et sa fécondité.

Au haut de la tour, sur la terrasse, un morne et profond silence régnait entre les deux seuls personnages qui s'y trouvaient : l'un était l'archer qui avait été mis en sentinelle à la porte de la pièce transformée en prison ; l'autre était Albert de Vannes.

Le jeune capitaine avait passé la nuit sans sommeil et l'imagination dévorée par ses réflexions.

Il s'était promené, durant plusieurs heures, avec une grande agitation sur l'espace étroit que ses pas avaient à parcourir ; mais, un peu avant le jour, brisé peut-être par cet exercice non interrompu, ou bien ayant besoin de s'isoler d'une manière absolue, il s'enveloppa de son manteau et s'étendit le long des créneaux sur les dalles, du côté opposé à celui où se tenait son homme de garde.

Là, le front appuyé sur sa main, il s'égara de plus en plus dans le monde mystérieux et sans limites de la pensée, en y emportant avec ses rêves l'image de celle qui était sa prisonnière, image dont il cherchait depuis la veille à étouffer en lui le charme et le prestige, et vers laquelle le ramenaient sans cesse les efforts mêmes qu'il faisait pour s'en détacher.

L'intérieur de la tour offrait un tableau tout différent, dont nous devons aussi donner une idée.

Le vieux Lesly, assis dans un coin de la cheminée, était occupé à rapprocher quelques tisons à demi éteints du feu qui avait été entretenu pendant la nuit ; dans l'autre coin, lord Egelton, le visage couvert de l'inquiétude et de l'agitation de son âme, se désespérait en lui-même du renversement de tous ses projets.

Près de lui, Cécilia, accablée par la fatigue d'une veille prolongée jusqu'aux premières lueurs du matin, s'était enfin endormie sur sa chaise. Lorsqu'elle se réveilla, au bout d'une heure d'un profond sommeil, elle avait perdu tout souvenir de sa situation.

— Où suis-je? murmura-t-elle de l'air d'une personne qui croit faire un songe.

Elle porta de tous côtés ses yeux avec surprise, avec effroi même, et se rappelant toutes choses, elle se jeta en larmes dans les bras de lord Egelton.

— O mon pauvre père! s'écria-t-elle... quel réveil!

Le vieillard la pressa tendrement sur son cœur.

— Console-toi, ma chère enfant! lui dit-il en levant son regard au ciel, Dieu, tu le vois, ne nous a point abandonnés : ne sommes-nous pas ensemble?

— Il est vrai! et j'ai tort de m'affliger, répondit-elle en soupirant... tant qu'on ne nous séparera pas, je ne dois rien avoir à redouter du sort.

Elle retomba sur sa chaise ; et lord Egelton, après un moment de silence, reprit avec un accent amer :

— Ainsi voici l'heure où je devais agir!... les troupes du duc de Bourgogne sont sans doute à leur poste...

mais elles ne feront pas un mouvement avant que leur général ait reçu mon avis ou celui du duc de Glocester ; et ce prince n'est point prévenu de leur arrivée, et personne ne pourra l'en instruire!...

« Il se rendra, ce matin, à Amiens comme il nous l'avait promis, et ne nous y trouvant pas, quelle détermination va-t-il prendre?...

« Nous cherchera-t-il?

« Se décidera-t-il à poursuivre seul notre but?...

« Il est vrai qu'il a d'autres desseins dont il ne m'a point fait confidence : les mettra-t-il à exécution?...

« Enfin, si la révolte d'une partie de l'armée éclate, il est douteux que le roi d'Angleterre se laisse entraîner dans une nouvelle guerre, s'il ne se sent pas appuyé par un renfort des troupes de l'allié qui l'avait abandonné...

« Cependant, la chose n'est pas impossible... tout dépend de la disposition de son esprit et des circonstances...

« Vraiment, je me perds dans toutes ces idées! »

Le noble lord se leva avec impétuosité.

— Non ! continua-t-il en se promenant d'un pas rapide, non ! je ne puis me résoudre à croire que cette expédition se termine par une paix aussi funeste à la gloire des armes anglaises!...

« Non ! je ne puis croire que nos officiers et nos soldats consentent à retourner dans leurs foyers, pour avouer qu'ils ont été arrêtés en chemin, et vaincus, par l'or et le bon vin de leurs ennemis !... J'ignore ce que le ciel me réserve ; mais il me semble, en vérité, que, libre de mes actions, je préférerais l'exil à la douleur de voir un pareil spectacle ! »

Il fut interrompu à ces mots par la voix de Cécilia, qui l'appelait auprès d'elle.

La jeune fille avait aussi quitté le coin du feu, et, pour se distraire, elle était allée se placer à une petite fenêtre ogivale, seule ouverture par laquelle la lumière pénétrait dans la tour.

Cette fenêtre avait vue sur le fleuve.

Comme elle était privée de ses vitraux, on y avait tendu, la veille, une couverture provenant de l'un des lits de la chaumière : c'était un soin qu'avait pris Albert pour garantir ses prisonniers du souffle humide de la nuit.

Ce fut aussitôt après avoir fait tomber cet épais rideau que Cécilia, l'œil fixé sur la Somme, appela son père en accompagnant ses paroles d'un geste très-vif d'étonnement.

Lorsqu'il fut près de la fenêtre, elle lui montra à sa gauche, vers le milieu de la rivière, un homme assis sur la portion encore visible d'un îlot presque entièrement submergé.

— N'est-ce point là, dit-elle, un officier des troupes anglaises?

— Certainement, lui répondit son père, non moins étonné qu'elle.

Mais leur surprise devait bientôt s'accroître : l'individu ainsi observé avait la tête nue, et son visage était tourné en ce moment vers ceux qui l'examinaient ; il pouvait donc, malgré la distance, être reconnu par de bons yeux habitués à l'ensemble de sa physionomie et à l'aspect général de sa personne.

— Est-il possible ? reprit Cécilia, ne me tromperais-je point ?... Regardez bien, mon père : distinguez-vous quelque chose de cette sombre figure ?... n'est-ce point celle de sir George Parker ?

Le vieillard frémit, et fit un mouvement en arrière, comme si l'homme qui venait d'être nommé, devait, de loin aussi bien que de près, être pour lui toujours à craindre.

— Sir George Parker ! répéta-t-il en attachant fixement sur l'îlot ses regards un peu affaiblis par l'âge...

« Non ! Tu ne te trompes pas... c'est bien lui !... je n'en puis douter maintenant... Mais par quel hasard se trouve-t-il là ?

— Ne vous souvient-il pas de ce que je vous ai dit, hier au soir, de mes suppositions au sujet de ces habits de paysan dont nous avons vu M. de Vannes revêtu ? dit la jeune fille en réfléchissant.

— Oui, tu penses que, lorsque la barque si impatiemment attendue par le roi de France s'est éloignée de la chaumière, M. de Vannes devait être au nombre de ceux qu'elle contenait, et ton opinion est de plus qu'il a dû arriver un accident à cette barque...

« En effet, il semble impossible de s'expliquer autrement cet étrange changement de costume du jeune officier, qui aura été forcé de gagner à la nage l'autre rive, où, au sortir de l'eau, il aura pris les premiers vêtements qui lui seront tombés sous la main.

— Eh bien ! ce que nous voyons en ce moment n'est-il pas une suite du même accident, et ne nous prouve-t-il pas que le personnage qui, ayant traversé le fleuve pour se rendre auprès de nous, a d'abord jugé prudent d'envoyer dans la chaumière son batelier, était, non pas le duc de Glocester, comme nous l'avons cru jusqu'à présent, mais bien sir George Parker ?...

« Ne sachant pas nager, sans doute il sera resté en cet endroit.

— De sorte que la blessure que M. de Vannes porte au visage...

— Au lieu de provenir d'un coup d'épée du duc, ainsi que nous l'avions encore supposé, est due à celle de sir George.

— Cela est évident... Une querelle se sera élevée entre eux, probablement au sujet de ton mouchoir jeté dans la barque...

« Ainsi, ce loyal et noble gentilhomme français aura risqué sa vie dans un combat contre notre plus dangereux ennemi !... et moi ! moi, qui l'ai raillé si cruellement, hier, sur son prétendu costume de géôlier !...

« Pauvre garçon ! »

Cécilia baissa les yeux et se tut.

Il semblait qu'une profonde émotion, causée par les dernières paroles de son père, lui ôtât la force de s'exprimer.

— Assurément, ajouta lord Egelton d'un ton de sincère repentir, je suis bien coupable de lui avoir parlé avec cette amertume et cette rudesse ironique dans un moment d'irritation... je me pardonne d'autant moins mon injuste conduite, que rien après tout, tu le sais, n'est capable de diminuer l'estime que j'ai pour ses vertus.

Comme lord Egelton achevait sa phrase, il vit sir George faire des signes aux hommes d'un grand bateau de commerce qui descendait le fleuve : c'était le premier que l'officier anglais apercevait ; les eaux de la Somme étaient demeurées, toute la nuit autour de lui, dans une solitude désespérante ; et, depuis le point du jour, la terre même lui avait refusé tous les moyens d'appeler quelqu'un à son secours, aucune figure humaine ne s'était montrée à ses yeux sur les deux bords de la rivière.

Enfin ce grand bateau lui apparut : une barque s'en détacha, alla le prendre sur son îlot, et le transporta sur la rive par laquelle il était arrivé la veille.

Il s'enfonça et disparut sous les arbres dont elle était couverte.

Cécilia et son père avaient suivi avec attention tous ses mouvements.

— Il m'est impossible, reprit en ce moment lord Egelton, d'expliquer l'impression que me cause toujours la vue de cet homme...

« Il me semble que chacune de ses apparitions doit être pour nous le présage d'un nouveau malheur...

« Il n'a pu chercher, hier au soir, à s'introduire près de nous que dans des intentions funestes à notre sort ; et reculera-t-il à présent devant son but, parce qu'un obstacle l'aura arrêté en chemin ?

« Le péril qu'il vient de courir ne fera, au contraire, qu'accroître son audace et ses témérités dans tout ce que lui inspirera son ressentiment. »

Cecilia allait répondre, lorsque le bruit d'une personne qui entrait dans la tour lui imposa silence ; elle se retourna et vit en face d'elle Albert de Vannes, non plus sous ses vêtements rustiques, mais sous un brillant costume d'officier.

Ce costume venait d'être apporté d'Amiens au jeune capitaine par l'exprès que Louis XI avait promis de lui envoyer pour être instruit des événements de la nuit.

Albert était descendu pour s'en revêtir et donner en même temps un coup d'œil à la petite troupe de ses archers.

Il y avait une demi-heure qu'il ne se trouvait plus sur la tour, lorsque était passé le bateau qui secourut Parker ; et, comme au moment où il avait quitté les créneaux, il ne faisait pas encore assez jour pour que ses yeux pussent distinguer nettement les objets sur la rivière, et que les ruines au bas desquelles il s'était rendu lui avaient masqué la vue de la Somme, il n'avait eu à aucun instant l'occasion d'apercevoir son terrible rival, et il demeurait ainsi dans la plus complète ignorance du sort de cet Anglais.

En reparaissant devant ses prisonniers, il s'inclina respectueusement, le front tout obscurci de tristesse ; et ce fut d'une voix peu assurée qu'il dit au père de Cécilia, sans oser lever un regard sur lui :

— Milord, pardonnez-moi cette visite qui vient vous déranger de si grand matin... j'ai pensé que vous auriez besoin d'avancer aujourd'hui l'heure de votre déjeuner, puisque vous n'avez, vous et miss Egelton, rien voulu prendre hier au soir...

« Je sais que les provisions commencent à vous manquer ici : deux de mes hommes, chargés de s'en procurer, ont été envoyés par moi, cette nuit, au hameau le plus proche, et ils en sont revenus avec tout ce qu'ils ont pu y trouver.

— Quoi ! vous avez eu cette attention, monsieur de Vannes ? répondit lord Egelton.

Le ton doux et gracieux avec lequel ces mots furent prononcés, parut à Albert un fait si incompréhensible après la façon dont il avait été traité la veille, que, levant soudain ses yeux qu'il avait tenus baissés jusqu'alors, il les fixa sur les traits du seigneur anglais de l'air d'un homme qui cherche à s'assurer s'il n'est point la dupe d'une cruelle ironie; mais il aperçut sur la figure du vieillard toutes les traces de la bienveillance et de l'aménité dont le souffle caressant avait animé sa voix.

— Je veux bien, Monsieur, reprit lord Egelton, accepter le déjeuner que vous venez nous offrir ; mais ce sera à une condition... c'est que vous en prendrez à côté de nous votre part.

Albert tombait de surprise en surprise.

Interdit, muet, il avait toujours les yeux fixés sur son noble prisonnier.

— Que peut donc avoir ma proposition de si extraordinaire? continua ce dernier.

‹ Il semble que vous en soyez épouvanté...

‹ Vous feriez-vous un crime de vous asseoir à table auprès d'un Anglais, grand partisan de la guerre contre la France !...

« Hélas ! ajouta-t-il en souriant, les ennemis abattus et dont les mains sont enchaînées doivent voir mourir à leurs pieds toutes les rancunes et toutes les colères !

— Oh ! Milord, repartit Albert d'un accent fortement ému, ai-je besoin de vous assurer que de tels sentiments, quand il s'agit de vous, ne peuvent trouver place dans mon cœur?...

« Ce que j'éprouve en ce moment, c'est le plaisir bien vif et bien naturel causé par l'accueil dont vous m'honorez...

« Mais c'est aussi la crainte de prolonger par ma présence une situation qui vous prive de la liberté de vos entretiens avec miss Egelton.

— Eh quoi donc ! causerons-nous moins librement, et surtout moins gaiement, parce que vous serez là ? répliqua le prisonnier avec un élan plein de cordialité... et ne voyez-vous pas que nous allons vous devoir, dans notre captivité, une distraction dont nous ne saurions vous être trop reconnaissants ?

— Mais, Milord... balbutia le jeune homme en hésitant encore, et consultant du regard Cécilia qui, silencieuse et les paupières baissées, semblait craindre qu'on ne devinât ses impressions et ses pensées.

— Allons ! monsieur de Vannes, reprit lord Egelton, je vois qu'il faut employer avec vous les grands moyens de persuasion...

« Je vous déclare donc que, bien que mon estomac soit vide depuis près de vingt-quatre heures, je ne toucherai pas au déjeuner si vous vous retirez.

— Mais tout le monde, Milord, ne sera peut-être pas ici satisfait de la détermination que vous me forcerez de prendre ? répondit Albert en interrogeant de nouveau le visage de la jeune Anglaise.

Elle leva enfin la tête, et, arrêtant avec un sourire ses beaux yeux bleus sur Albert, elle lui dit d'un air tout à la fois enjoué et candide :

— Oh ! pour moi, Monsieur, je ne saurais me mettre à table, et je n'y vois pas mon père, et vous venez de lui entendre dire qu'il ne s'y placera point si vous refusez son invitation...

‹ C'est donc à vous, Monsieur, de décider s'il faut que lui et moi nous soyons privés aujourd'hui de notre déjeuner.

— Alors je reste, répondit le jeune officier avec une expression de ravissement dont il est facile de se former une idée.

Il fit aussitôt apporter ses provisions; elles se composaient de volailles rôties, de laitage et de fruits.

— Mais, en vérité, s'écria lord Egelton, nous allons, grâce à vous, faire un repas splendide.

‹ Je doute que le roi mon maître en trouve, ce matin, un meilleur dans sa tente. »

Cécilia, aidée de Lesly, se mit à commencer les préparatifs du déjeuner.

Nous avons déjà dit qu'Albert avait fait transporter dans la tour les meubles dont l'usage était indispensable aux prisonniers : la jeune fille étendit une nappe sur la seule table qu'elle eût à sa disposition; les provisions d'Albert y furent déposées par ses mains délicates avec un ordre, une attention minutieuse qui prouvait tout l'intérêt renfermé pour elle dans l'accomplissement de cette petite tâche.

Elle allait et venait de tous côtés comme emportée par une joie d'enfant, l'œil animé, le sourire sur les lèvres, la parole douce, facile, heureuse, soit qu'elle l'adressât à son père, soit que le jeune capitaine en fût l'objet.

En effet, n'avait-elle pas, pour la première fois de sa vie, l'occasion de prodiguer en même temps ses soins aux deux êtres qui possédaient peut-être également les deux parts de son cœur ?

Et quel charme ne devait pas avoir pour sa jeune et fraîche imagination cette distraction si inattendue, cette délicieuse aventure tombée tout à coup comme une grâce du ciel dans ses chagrins?

Tout en elle rayonnait du contentement de son âme, et pourtant c'était au fond d'une prison qu'il se faisait sentir !

Mais peut-être bien même ce contentement n'eût-il été ni aussi vif, ni aussi marqué, si Cécilia avait eu à s'occuper des mêmes apprêts dans l'hôtel de son père à Londres, au milieu d'une position brillante et tranquille ; car tout malheur extrême a cela de particulier qu'il double la sensibilité de l'âme et sa force d'expansion sous le coup du moindre événement agréable qui vient par hasard la surprendre.

Dans le cours ordinaire de la vie, l'âme, ne s'écartant guère d'un cercle de faits vulgaires et chaque jour renouvelés, dort, pour ainsi dire, dans l'habitude des impressions connues; elle sait presque d'avance tous ses petits bonheurs, tous ses petits tourments, et son état de calme en est faiblement atteint, et rarement troublé.

Mais dans une infortune bien déclarée, mais sur le bord d'un abîme, est-elle frappée de quelque pâle lueur d'une félicité inespérée, elle éclate, fait explosion en s'échappant des liens rompus de ses souffrances, et nos actions, nos gestes, nos traits, nos paroles répandent au dehors tout ce qui l'agite.

N'est-ce pas un des plus précieux et des plus manifestes bienfaits de la Providence, que cette faculté qui nous est donnée de nous trouver doués dans nos plus grandes peines d'une plus grande sensibilité, pour jouir plus pleinement des rares instants de joie dont elles sont traversées ?

Albert, tout en causant avec lord Egelton près de la fenêtre, jetait de temps en temps un regard rempli de son extase contemplative vers cette jeune fille si naïve, si animée, et qui, sans le savoir, augmentait, par la chaste agitation de son cœur, l'éclat de sa grâce et de sa beauté.

Il n'osait pas trop se dire qu'il pouvait bien être pour quelque chose dans cette agitation ; et il demeurait aussi étonné que ravi de ce doux spectacle.

D'un autre côté, il n'était pas moins surpris du singulier changement opéré à son égard dans la conduite, le ton, la physionomie de lord Egelton, qui mettait à profit toutes les ressources de la conversation la plus aimable pour lui faire oublier ses torts de la veille ; de sorte que, par tout ce qu'il voyait, comme par tout ce quil entendait, il ne savait à quoi attribuer ce bonheur dont semblaient vouloir à l'envi l'accabler ses deux captifs.

Enfin, quand la voix de la gracieuse et jolie miss l'eut invité à se mettre à table, il s'y plaça en perdant presque le souvenir du lieu où il était, et s'imaginant assister plutôt à une joyeuse fête de famille qu'à un repas attristé par les murs d'une prison.

Il prit alors le parti de s'abandonner tout simplement au charme de la situation, sans ouvrir les yeux sur l'avenir, sans songer qu'il ne devait avoir devant lui que le rêve d'un instant, et sans se demander si, sous l'ombre séduisante et fugitive de ce rêve, sa destinée ne lui cachait pas l'approche des plus terribles événements.

Mais le moment est venu de nous séparer d'Albert et de ses prisonniers, pour nous attacher aux pas d'un personnage dont les actions vont maintenant occuper une place importante dans notre récit : on a déjà deviné sans doute qu'il s'agit de sir George Parker.

Cet Anglais, tandis qu'il était sur son îlot, avait fini par trouver dans sa mésaventure de quoi se dédommager un peu du supplice auquel elle l'avait condamné jusqu'au jour : ainsi, il avait pu constater que la chaumière ne contenait plus personne, et que le haut de la tour était habité ; car, dans la maison du pêcheur, une obscurité profonde avait régné toute la nuit, tandis qu'une lumière, ayant commencé, dès le soir, à se montrer à la fenêtre de la ruine gothique, n'avait cessé d'y briller, mais en l'éclairant seulement de quelques minces rayons le long de la tenture dont elle était couverte.

Lorsque, dans la matinée, cette tenture tomba à ses yeux, il aperçut la tête de Cécilia, près de laquelle vint se placer presque aussitôt celle de lord Egelton. Ses regards avaient aussi découvert l'archer qui était en sentinelle derrière les créneaux.

Enfin, quelques hennissements de chevaux, entendus pendant la nuit, l'avaient assuré que rien n'était changé aux dispositions prises, la veille, dans l'enceinte des ruines.

Arrivé sur la rive avec ces précieux renseignements, sir George ne s'éloigna pas d'abord comme le lecteur a pu le croire ; il demeura caché sous les arbres touffus dont cette rive était bordée, et de là continua ses observations.

Il vit bientôt Albert paraître entre les créneaux, pénétrer dans l'intérieur de la tour, et causer à la fenêtre avec lord Egelton ; il distingua même deux ou trois fois la charmante figure de Cécilia passant rapidement derrière leurs têtes ; puis, tous ces visages s'effacèrent à ses yeux, et la fenêtre resta vide, sans qu'Albert sortît de la tour.

Alors, Parker fit ses réflexions.

Elles ne pouvaient porter que sur deux points qui, déjà la veille, avaient fort occupé son esprit : lord Egelton était-il prisonnier de Louis XI, ou bien avait-il reçu de ce monarque une garde pour sa sûreté ?

Ce fut à cette dernière opinion qu'il s'arrêta.

En effet, toutes les apparences la lui désignaient comme la seule qui eût un fondement raisonnable : si l'ancien ambassadeur anglais auprès du duc de Bourgogne, se disait-il, eût été traité par le roi de France comme un ennemi sur les actions duquel il devait veiller avec soin, il ne lui aurait pas donné Albert pour gardien ; Albert qui, sous l'empire de ses sentiments pour Cécilia, pouvait se laisser gagner plus aisément que tout autre, et avoir intérêt à favoriser l'évasion de son prisonnier.

Le choix de cet officier n'était donc qu'une attention délicate de Louis XI, qui avait ainsi cherché à entourer le noble lord et sa fille de toutes les garanties possibles de sécurité en leur donnant en même temps la compagnie d'un jeune homme aimable dont ils étaient connus.

Enfin, si lord Egelton était au pouvoir du monarque français, c'est à Amiens qu'il eût trouvé une prison, et non aux ruines de Picquigny.

Voici maintenant l'ordre que, d'après ces raisonnements, sir George pensait pouvoir établir dans la marche des faits accomplis : la jeune Anglaise et son père, après avoir reçu sa visite à l'hôtellerie du Soleil-d'Or, avaient résolu de s'éloigner d'Amiens pour se dérober à ses persécutions ; ils avaient espéré que Parker, ne les retrouvant pas chez Horatius, les croirait passés dans une autre hôtellerie, et ne songerait pas à les chercher hors de la ville ; ils avaient probablement eu en partant une entrevue avec Albert, ou bien ils l'avaient instruit par une lettre des motifs de leur fuite ; alors, celui-ci, plein d'inquiétude sur leur sort, s'était empressé d'obtenir pour eux la protection du roi son maître, et ce prince, soit qu'il eût ses raisons pour être bien disposé en leur faveur, soit qu'il voulût simplement ne point repousser les instances de son jeune capitaine, avait permis à Albert d'aller les rejoindre avec quelques archers dans la retraite où ils étaient retournés.

Ce qui persuadait Parker que cette conjecture ne l'égarait pas, c'est que, du moment où il avait tenté de s'approcher des ruines de Picquigny, lord Egelton et sa fille s'étaient hâtés d'abandonner la chaumière pour se réfugier dans la tour comme dans une forteresse : ils prévoyaient donc le cas où Parker, échappé au péril qu'il avait couru, se jetterait à leur égard, par ressentiment, dans quelque entreprise désespérée ; et Albert, en se prêtant à de nouvelles mesures de prudence ou en les leur conseillant, ne fournissait-il pas la preuve qu'il ne se trouvait près d'eux que pour veiller à leur salut ?

De telles suppositions amenaient nécessairement sir George à conclure que son rival ne remplissait ce rôle officieux qu'à titre de prétendu de miss Egelton, et que leur mariage, selon toutes probabilités, était une affaire irrévocablement arrangée.

Cette conviction mettait le comble à sa fureur; car là était pour lui le point capital de la situation.

Ainsi, pour se venger de l'aversion dédaigneuse du père et de la fille, il aurait appelé à son aide tout ce que la perversité et la haine, dans la fièvre de leurs colères contenues, peuvent employer d'armes d'autant plus terribles qu'elles sont cachées, et ses efforts n'auraient pu empêcher Cécilia de trouver en ce monde le bonheur en s'unissant à celui qu'elle aimait, ni le noble lord de fuir sa persécution en se plaçant sous la protection du roi de France!

Bien plus, le sort se serait joué de lui jusqu'à rendre ses tentatives, non-seulement impuissantes, mais ridicules : il veut pénétrer jusqu'à la retraite de ceux qu'il poursuit de sa vengeance, et c'est pour en être chassé par son rival lui-même! Il tire l'épée contre ce rival, et c'est pour être aussitôt englouti dans les eaux de la Somme! Il échappe à la mort, et c'est pour passer, transi d'humidité et de froid, une nuit horrible sur un îlot!

C'est pour être au lever de l'aurore témoin de la tranquillité et de l'heureux accord qui règnent entre ses victimes et leur jeune et charmant défenseur!

Tant de causes de honte, d'humiliation, de dépit, firent pousser à sir George un cri de rage sous le feuillage où il s'était caché. Il se mit à rêver de nouvelles combinaisons pour ses projets de vengeance, et il jura que si miss Egelton n'était point destinée à être sa femme, elle ne serait pas non plus celle d'Albert de Vannes.

Cette résolution bien prise, il chercha son cheval qu'il avait laissé attaché à un arbre de la rive : il le retrouva à la même place.

Il le monta et reprit au galop la route du camp, en levant son poing fermé vers l'antique tour féodale, comme s'il eût eu à menacer d'un malheur sûr et prochain tous ceux qu'elle renfermait.

On vient de voir quelles étaient les convictions de Parker sur les événements qu'il avait tant d'intérêt de pénétrer; néanmoins il y avait çà et là quelques faits dont il ne pouvait saisir l'exacte signification, et qui jetaient un peu de confusion dans ses idées : ainsi, il ne savait comment concilier les visites secrètes que le duc de Glocester, ennemi de la paix, faisait à lord Egelton, et l'intention de ce dernier de marier sa fille à un gentilhomme français; il ne s'expliquait pas davantage les paroles que l'ancien ambassadeur lui avait fait entendre à Amiens, vingt-quatre heures auparavant, sur ses sentiments au sujet de la guerre, et cette conduite qu'il tenait maintenant en acceptant une sauvegarde de Louis XI.

Mais comme dans toutes les situations compliquées, il est des choses inexplicables en apparence, sur lesquelles l'avenir répand tôt ou tard une lumière qui nous fait rougir du peu de pénétration apporté de primeabord dans leur examen, sir George ne s'arrêta pas à ce défaut de liaison qu'il remarquait en quelques points de ses arguments, et il laissa aux événements futurs le soin de l'éclairer sur ce qui lui paraissait alors incompréhensible.

Arrivé au camp, il ne se dirigea pas vers sa tente; mais s'éloignant au contraire de l'endroit où elle était située, il continua sa marche à travers les troupes, le visage irrité et pensif, et sans faire une halte, sans jeter en passant un mot à ses compagnons d'armes.

Le camp embrassait une vaste étendue de terrain : on apercevait, à de grandes distances, ses tentes qui étaient au nombre de quinze cents, toutes très-spacieuses; elles appartenaient aux gentilshommes et aux divers officiers; les soldats, ainsi que les valets et les ouvriers de toute espèce, qui, en ces temps-là, suivaient les armées, couchaient en plein air.

Parmi ces tentes, il y en avait une, de forme carrée, qui attirait tout particulièrement les regards : elle s'élevait de sa moitié au-dessus des autres, et avait aussi le double des autres en largeur.

La richesse de ses étoffes la rendait aussi remarquable que ses dimensions.

Ses trois portes, pratiquées sur trois de ses côtés, étaient tendues de velours écarlate, brodé d'or : à chacune d'elles, un chevalier superbement armé, et monté sur un cheval magnifique, se tenait immobile, le casque en tête, la visière et la lance levées.

Ce fut dans cette tente que George Parker entra : c'était celle du roi d'Angleterre.

Pour préparer le lecteur à une parfaite intelligence de la scène que nous allons mettre sous ses yeux, nous devons dire quelles étaient les dispositions d'esprit d'Édouard IV à l'égard de sa suspension d'armes avec la France.

Le mécontentement d'une partie des seigneurs qui l'avaient accompagné dans son expédition, les remontrances surtout de son frère, le duc de Glocester, enfin ses propres réflexions, lui faisaient éprouver par instants un regret d'être entré si vite et si facilement dans des négociations pour la paix.

Au moment où ces négociations furent entamées, ses troupes étaient bien supérieures en nombre à celles de Louis XI, et, quoiqu'elles vinssent d'être battues devant Saint-Quentin, elles ne laissaient pas que d'être encore formidables, et capables même de grandes choses, si elles avaient été sous le commandement d'un chef résolu et audacieux.

Mais, cette occasion manquée, il parut que ce qui préoccupait le plus l'esprit du roi d'Angleterre, ce n'était point tant une conquête qui lui échappait que l'accueil qui lui serait fait à son retour dans son île : toute la nation anglaise avait les yeux sur les mouvements de son armée; et, dans le délire de ses prétentions sur le trône de France, elle attendait certainement autre chose qu'un traité de paix des immenses sacrifices qu'elle avait faits pour le succès de cette guerre.

Nous avons déjà dit avec quelle bouillante promptitude le parlement avait accordé au roi un subside, promptitude dont il n'a cessé de donner d'éclatantes preuves, depuis le règne d'Édouard III, toutes les fois qu'une entreprise contre la France a été l'objet de ses délibérations; mais, cet argent n'ayant point suffi, on fut obligé de s'adresser à la bourse même des particuliers : ce nouveau subside reçut le nom de *bénévolence*, ce qui indiquait qu'il avait été accordé de bon gré.

Nul ne se fit prier; tout le monde donna avec enthousiasme; et telle était la fièvre générale qu'une grande partie des sommes ainsi obtenues tomba des mains mêmes des dames de Londres.

On cite à ce sujet un fait qui mérite d'être rapporté : une riche veuve, à la libéralité de laquelle Édouard IV faisait appel devant toute sa cour avec le charme de son amabilité accoutumée, répondit qu'elle ne saurait refuser vingt livres sterling à un prince qui empruntait de si bonne grâce.

Le roi, également enchanté et de la politesse et du présent de la dame, ne put, dans la vivacité de sa reconnaissance, s'empêcher de lui donner un baiser qu'il accompagna d'un compliment des plus flatteurs : la riche veuve doubla aussitôt la somme ; le prince eut la générosité de ne pas lui faire une seconde fois les mêmes remercîments, dans la crainte, dit-on, qu'elle ne se ruinât.

Ceci, pour le dire en passant, est une preuve de plus entre tant d'autres que la sensibilité des dames pour les compliments a été dans tous les siècles une de leurs incontestables vertus.

On conçoit donc combien le souvenir de cet enthousiasme national et des espérances qu'il avait soulevées de toutes parts devait causer de soucis sérieux au roi d'Angleterre.

Il souffrait de penser qu'il venait de détruire par un trait de plume les illusions guerrières que sa renommée de grand capitaine avait jusque-là entretenues dans l'imagination de son peuple.

Aussi eût-il bien voulu se tirer avec l'éclat de quelque gloire de la situation critique où la force des choses, bien plus que sa volonté, l'avait placé.

Mais il avait, contre ses vains regrets, sa parole donnée, son honneur engagé, l'armée de Louis XI considérablement augmentée, et la conduite adroite et souple de ce monarque qui, par ses prévenances amicales, délicates, envers tous les Anglais, autant que par les ruses toujours agissantes de sa politique, le caressait, l'étourdissait, le pressait, de tous côtés, et l'entraînait vers son but, sans lui laisser le temps de reprendre haleine et de se reconnaître.

Tel était le sujet des pensées d'Édouard, lorsque sir George se présenta dans sa tente.

Il s'y trouvait seul, se promenant avec une agitation très-vive, au milieu de laquelle se déployaient toute la grâce et toute la noblesse de ses mouvements et de sa haute taille.

Ce prince, âgé alors de trente-trois ans, était doué des plus brillants et des plus rares agréments personnels.

« Lorsque Édouard monta sur le trône, dit Rapin « de Toiras, il était un des hommes les mieux faits « de son royaume, et peut-être de l'Europe. »

Commines, qui l'avait rencontré à la cour du duc de Bourgogne, et qui le vit à Picquigny, parle de lui en ces termes :

« C'étoit un très-beau prince, et grant, mais com- « mençoit à s'engresser, et l'avoye vu autrefois plus « beau ; car je n'ay point souvenance d'avoir vu un « plus bel homme, quand monseigneur de Warvich « le feit fuyr d'Angleterre. »

Ajoutons que tous ces avantages extérieurs étaient encore rehaussés par la richesse et l'extrême recherche qu'on remarquait dans ses vêtements.

À l'apparition de Parker, il interrompit sa promenade, et il se mit à examiner de la tête aux pieds, avec étonnement, cet officier, qui, peut-être bien pour attirer davantage l'attention du roi sur lui-même en cette occasion, n'avait pas voulu quitter les habits avec lesquels il était sorti des eaux de la Somme.

— D'où venez donc, sir George ?...

« Que vous est-il arrivé ? demanda Édouard IV.

— Sire, il m'est arrivé un petit accident dont j'ai eu le bonheur de me tirer sain et sauf, répondit l'officier en s'inclinant profondément, et avec un sourire presque gracieux qui éclaira un instant l'expression de sa sinistre physionomie...

« Votre Majesté voudra sans doute bien me pardonner de paraître en cet état devant elle : la nouvelle que j'apporte est d'une telle gravité, que j'eusse été coupable de lui faire souffrir le moindre retard pour quelques soins à donner à ma personne.

— S'agit-il donc d'une nouvelle alarmante ? dit le roi avec inquiétude.

— Sire... se contenta de répliquer Parker en arrêtant ses yeux sur le visage du monarque pour juger de l'effet qu'allaient produire ses paroles...

« Sire, lord Egelton est dans les environs du camp.

— Lord Egelton près de moi ! s'écria Édouard IV en se rapprochant précipitamment de l'officier... en êtes-vous sûr ?

« Comment savez-vous cela ? »

C'était là justement ce que sir George n'avait nulle envie de révéler ; car il eût fallu avouer qu'il connaissait depuis deux jours l'arrivée de celui qui était en ce moment l'objet de sa dénonciation : et, en faisant un tel aveu, il s'accusait lui-même d'avoir gardé le silence sur un fait aussi grave.

Il répondit donc :

— Hier, Sire, après vous avoir fait mon rapport sur tout ce que, mes amis et moi, nous avions pu observer de l'état de la ville d'Amiens durant la nuit que nous venions d'y passer, je m'éloignai du camp avec l'intention d'aller par curiosité visiter le pont qui a été construit à Picquigny pour la cérémonie d'aujourd'hui : comme j'en approchais, un hasard singulier, et sur lequel il est, je crois, inutile de m'étendre, me fit découvrir la retraite de lord Egelton et de sa fille.

— Miss Egelton est avec lui ! dit le roi fort surpris.

— Oui, Sire... et ils ont établi leur refuge sur le bord de la Somme, à deux ou trois cents pas du lieu où le pont a été jeté.

— Mais non pas de notre côté sans doute ?

— Bien entendu, Sire, ils n'ont pas commis cette imprudence.

« La maison qu'ils habitent, ou du moins qu'ils habitaient hier, est une chaumière située sur les ruines d'un ancien château, que Votre Majesté a dû remarquer en allant examiner l'endroit qui a été choisi pour la construction du pont.

— Oui... oui... une tour et une autre partie de bâtiment sont encore debout...

« Mais comment concevoir que lord Egelton, qui s'est senti assez coupable pour ne point oser reparaître en ma présence, lorsqu'il a reçu l'ordre de son retour, se soit décidé tout à coup à quitter la Bourgogne pour venir se cacher si près de mon camp ?

« Quelles peuvent être ses vues ?

« Pourquoi enfin est-il accompagné de sa fille ?

— Sire, votre étonnement redoublera, lorsque je

vous aurai dit que je les ai trouvés sous la protection du roi de France, qui leur a formé une garde d'un certain nombre de ses archers.

— Plaisantez-vous, sir George? dit Edouard IV aussi ému que stupéfait.

— Je parle très-sérieusement, Sire... et je pense ne pas encore diminuer la surprise de Votre Majesté en ajoutant que l'officier qui commande ces archers n'est autre que le sire Albert de Vannes.

— Quoi! l'envoyé du roi de France auprès du duc de Bourgogne?... celui qui voulait épouser miss Egelton?

— Et qui compte bien toujours l'épouser, j'en suis sûr!...

« Je vous raconterai brièvement, Sire, comment je suis arrivé à la découverte de tous ces détails : J'avais pris une barque pour traverser la Somme durant l'obscurité de la nuit, et m'approcher de la chaumière où je soupçonnais que miss Egelton et son père s'étaient réfugiés; je m'assurai bientôt, en effet, qu'ils s'y trouvaient tous deux en compagnie du capitaine de Vannes...

« A mon retour, la barque se heurta contre un bateau échoué, et se mit en pièces... je ne sais pas

Parker les regardait s'éloigner. (Page 84, col. 2.)

nager; les vagues me jetèrent sur un îlot d'où je n'ai été tiré que ce matin... placé ainsi à une petite distance des ruines, je pus faire de précieuses observations : dans la soirée, je vis des lumières passer rapidement de la chaumière au faîte de la tour, qui finit par rester seule éclairée...

« Au point du jour, je reconnus que la chaumière était vide, et que mes trois personnages, pour plus grande sûreté, s'étaient logés dans la tour.

— Et quel pouvait être le motif de cette subite détermination?

— Probablement la promenade que j'avais faite dans ma barque jusque près d'eux; car je crois avoir été observé et même reconnu par Albert de Vannes... il aura pensé qu'on était à la recherche des personnes confiées à sa garde, et il aura pris ce moyen de les mettre à l'abri d'une surprise...

« Ce qu'il y a de certain, c'est que j'ai aperçu, ce matin, derrière les créneaux de la tour, un archer en sentinelle, quoique ce soldat prît toutes ses précautions pour ne pas s'y laisser voir; c'est que j'ai acquis la preuve que d'autres archers sont dispersés dans les ruines ; c'est qu'enfin j'ai vu miss Egelton et son père apparaître à la fenêtre de cette tour, et recevoir un instant après la visite du jeune capitaine, qui s'est enfermé avec eux pour ne les plus quitter.

— Que signifie tout cela ? dit le monarque en réfléchissant.

— Cela signifie, Sire, que Louis XI a su mettre depuis longtemps lord Egelton dans ses intérêts ; que votre plénipotentiaire à la cour de Bourgogne n'a eu pour but dans tous ses actes que d'amener les choses au point où nous les voyons aujourd'hui... et maintenant qu'un traité de paix est signé, il vient chercher auprès du roi de France la récompense promise à ses services... c'est-à-dire qu'il va marier sa fille à Albert de Vannes, d'après des conventions arrêtées depuis six mois, et qu'il demeurera à la cour de Louis XI pour le reste de ses jours.

— J'en conviens, il n'y a que cette explication à donner à ce qui se passe, repartit Édouard IV, toujours plongé dans ses réflexions...

« Mais je cherche en vain le motif qui a pu porter le roi de France à laisser lord Egelton dans cette chaumière isolée au lieu de le garder près de lui à Amiens.

— Le séjour de cette ville exposait lord Egelton à être rencontré par vos officiers, Sire, et c'est ce danger qu'on aura voulu éviter...

« Ensuite, qui peut pénétrer les profondeurs ténébreuses de la politique de Louis XI, et savoir si la retraite de votre ancien ambassadeur dans le voisinage du pont de Picquigny ne lui est pas utile à quelque chose ?

« Serait-il étonnant que lord Egelton eût été placé là pour observer de ce côté les mouvements de vos troupes, au moyen de quelques espions qu'il aurait sous ses ordres.

— Sans doute, cette supposition n'a rien de hasardé...

« Ainsi, mon artificieux rival, après avoir corrompu par ses menées sourdes l'homme que j'avais investi de toute ma confiance, couvrirait de sa protection sous mes yeux mêmes cet homme qui m'a trahi, et se servirait peut-être encore de lui pour poursuivre ses vues secrètes contre moi, au moment même où il semble tout faire pour éteindre la guerre entre nous !

— Ah ! Sire, dit Parker d'un ton insinuant, il y a bien des princes qui trouveraient là plus d'un motif de rompre une trêve !

— Sir George ! répondit Édouard IV sévèrement, Louis XI a ma parole, et quels que soient les regrets que me laissent les événements accomplis, je dois la tenir.

« C'est un roi de France qui a dit que « si la bonne foi et la justice étaient bannies du reste du monde, elles devraient se réfugier dans la bouche et dans le cœur des rois » ; et ce n'est point moi, roi d'Angleterre, qui, foulant en ce moment le sol français, ferai mentir cette maxime sur la terre où elle a pris naissance.

« Je ne puis être délié de mon serment que par la force des choses, et non par ma volonté.

« Si Louis XI, par exemple, oubliait le sien, je ne ferais certainement aucun effort pour le ramener à la paix : je reprendrais au contraire les armes avec ardeur ; car, je l'avoue, cette paix fait peser sur moi une responsabilité qui m'inquiète, qui m'accable même...

« C'est donc dans l'appréhension d'une reprise d'hostilités provoquée par mon rival que je vous ai chargé de me donner une exacte idée de la ville d'Amiens durant la nuit...

« J'avais, et j'ai toujours des craintes sur les intentions du roi de France : ces prévenances, ces attentions séduisantes et si multipliées dont il entoure mes troupes me sont suspectes ; peut-être ai-je tort ; mais je ne saurais me défendre d'un soupçon : j'attends donc tout des circonstances...

« Telle est la voie que j'ai tracée à mes actions, et je n'en dévierai pas.

— Oh ! loin de moi, Sire, la pensée de conseiller à Votre Majesté de ne point se rappeler ses engagements ! répliqua Parker qui, pour parvenir à ses fins, avait tenté seulement d'indisposer son maître contre Louis XI... ce que je veux dire, ajouta-t-il, c'est que le roi de France, par une telle conduite, vous a donné le droit de lui faire entendre de justes reproches, et d'exiger même qu'il vous livre un de vos sujets, criminel d'État, qui ne doit plus appartenir qu'à ses juges.

— C'est bien aussi ce que je suis résolu d'exiger, répondit vivement Édouard IV ; il ne sera pas dit que celui qui m'a mis dans la situation où je me trouve, puisse jouir tranquillement, en pays étranger, du fruit de sa trahison...

« Nous nous sommes réservé, le roi de France et moi, la liberté de discuter entre nous, sur le pont de Picquigny, plusieurs points de nos affaires, lesquels ont été omis exprès dans le traité : j'y joindrai ma demande au sujet de lord Egelton.

— Et si elle n'est pas acceptée ?

— Elle le sera !

— Je l'espère, Sire...

« Mais, enfin, il faut tout prévoir : si, par hasard, elle était repoussée, que ferait Votre Majesté ?

— Ce que je ferais ?... dit le monarque en redevenant pensif et en recommençant à se promener dans sa tente avec vivacité.

— Votre embarras serait grand, Sire, dit Parker en étudiant la physionomie du roi ; car vous seriez obligé ou d'essuyer un refus humiliant, ou de répondre par une nouvelle déclaration de guerre...

— Eh bien ! Sire, pour vous épargner ces deux extrémités cruelles, je me charge de remettre aujourd'hui même, en votre pouvoir, lord Egelton, sans que vous ayez besoin pour cela d'avoir recours au bon vouloir du roi de France.

— Que dites-vous ?...

« Quel serait donc votre plan ?

— Il est fort simple, et le voici...

« J'ai visité plusieurs fois, lors de notre arrivée en ce pays, le château en ruines du bord de la Somme ; j'en ai parcouru tous les souterrains, tous les passages les plus secrets, et, ce matin, je me suis convaincu, par mes observations, que ces souterrains et ces passages sont entièrement inconnus aux archers qui gardent les ruines et à leur capitaine...

« S'il en est ainsi, je puis à leur insu, et par conséquent sans rencontrer aucun obstacle, parvenir au haut de la tour : or, il n'y a là près de lord et miss Egelton qu'Albert de Vannes et un archer...

« Leur enlèvement ne présentera donc pas de difficulté...

« J'aurai avec moi dix hommes éprouvés : c'est plus qu'il n'en faut pour assurer le succès de mon entreprise.

— Et ce succès vous paraît certain ?

— Oui, Sire.

— Mais pas une goutte de sang ne sera versée ?

Un éclair brilla dans les yeux de sir George ; il tâcha d'en adoucir la flamme par un sourire forcé, et répondit d'une voix dont il chercha à dissimuler l'émotion :

— Pas une goutte, Sire.

Le roi se promena encore, tout rêveur ; puis, au bout d'un instant de silence, il reprit :

— Je ne puis cependant vous permettre de faire cette tentative, avant d'en avoir fait une moi-même auprès du roi de France...

« Si j'échoue, alors je me croirai en droit de reprendre, par la ruse, mon bien entre ses mains.

— Mais, après l'entrevue, sera-t-il encore temps d'agir ? Louis XI, en retournant à Amiens, peut emmener lord Egelton avec lui.

— C'est juste.

— Sire, il y a un moyen de tout arranger...

« Je me tiendrai, pendant l'entrevue, avec deux barques et mes hommes, au pied des ruines ; j'ai la certitude que nous y arriverons sans être l'objet d'aucun soupçon, si, contre mon attente, nous sommes aperçus.

« De là nous verrons aisément ce qui se passera sur le pont...

« Maintenant, Sire, voulez-vous convenir avec moi d'un signe qui me fera connaître la réponse du roi de France à votre demande ?...

« Je serai ainsi prêt à agir sur l'heure, si cette réponse n'est pas favorable.

— Il est vrai, voilà un expédient qui remédie à tout.

— Mais quel sera ce signe dont j'ai besoin ?

— Eh bien !... un manteau que l'un de mes gentilshommes laissera tomber dans la rivière.

— Et qui signifiera ?...

— Que l'on m'a répondu par un refus...

« Alors vous serez libre d'agir.

— Mais, de mon côté, Sire, je veux aussi avoir un signe qui apprenne à Votre Majesté si mon entreprise a réussi : j'aurai, dans ce cas, une petite bannière aux couleurs d'Angleterre en tête d'une de mes barques.

— Fort bien !...

« Mais, surtout, je vous le répète, point de lutte avec les Français ! point de sang versé ! que l'affaire se réduise simplement à un adroit stratagème qui enlève un Anglais coupable à la protection du roi de France, pour le rendre à la justice de mon royaume.

— Sire, voilà, en effet, tout ce que sera cette affaire, répliqua sir George en affectant un ton de profonde sincérité ; on comprend sans peine que je ne saurais

rendre miss Egelton témoin de quelque scène sanglante...

« Hélas ! il ne m'est déjà que trop pénible d'être ainsi appelé moi-même, par le cours des choses, à priver, sous mes yeux, son père de la liberté !

« Mais quand je pense, Sire, que les intrigues de votre ambassadeur sont en partie cause des funestes résultats de votre expédition, je ne puis contenir mon indignation, et je sens tous mes intérêts personnels étouffés par le dévouement sans réserve avec lequel j'ai toujours servi Votre Majesté...

« Aussi, mon ancien projet de mariage n'est-il plus maintenant qu'un vain songe effacé de mon esprit !

— Et pourquoi donc ?

— L'aversion de lord Egelton ne m'a-t-elle pas en tout temps poursuivi ?

« Les événements qui se préparent vont l'augmenter encore...

« Ce serait donc le comble de la folie de rattacher à mes sentiments pour miss Egelton l'ombre d'une espérance.

— Il ne faut pas au contraire perdre espoir, sir George...

« Que lord Egelton retombe en mon pouvoir... et nous verrons !...

« Mais il est temps de nous séparer : vous devez avoir besoin de repos après une pareille nuit... et moi, j'ai à assembler un conseil de guerre, afin d'arrêter avec lui les mesures exigées par la prudence dans ce jour solennel. »

Sir George sortit, ravi de cet entretien : les dernières paroles du roi lui laissaient vaguement entrevoir l'espérance qu'il avait toujours conçue de faire dépendre de son crédit la grâce du père de Cécilia, et d'être récompensé de ce signalé service par son mariage avec cette jeune personne.

Enfin, en supposant qu'il n'atteignît pas son but par la réussite du coup hardi qu'il allait tenter, il n'en parvenait pas moins ainsi à séparer Cécilia et Albert de Vannes ; et il voyait lord Egelton traîné en prison, humilié et flétri peut-être dans son honneur par la sentence de ses juges.

Si le bonheur lui échappait, la vengeance du moins lui restait, et cette pensée souriait encore à la noire ambition de son ressentiment.

En quittant la tente d'Édouard IV, sir George alla se retirer dans la sienne pour changer d'habits ; puis, il s'occupa sans retard du choix des hommes nécessaires à son entreprise.

Un peu avant le milieu du jour, comme il les avait tous réunis, et s'apprêtait à partir, un bruit étrange se répandit tout à coup dans le camp, et parvint jusqu'à ses oreilles : le roi ne savait, disait ce bruit, ce que le duc de Glocester était devenu ; une grande inquiétude régnait parmi les serviteurs et les officiers du prince.

Cependant, nous dirons que, quant à ces derniers, ils avaient été instruits de ce qui lui était arrivé par son écuyer Hopkins ; mais, comme ils trempaient tous dans le complot dont il était le chef, ils avaient craint de se compromettre auprès de leur souverain, en lui faisant part de la nouvelle qu'ils avaient reçue.

Ils aimèrent mieux attendre que la situation se dénouât d'elle-même.

Le roi fit appeler Parker et lui demanda s'il ne connaissait rien des projets du duc, s'il ne l'avait point aperçu quelque part; il ajouta que, d'après un aveu arraché à l'un de ses gens, il avait dû s'éloigner du camp, de grand matin, sous un costume de fournisseur des guerres, pour prendre la route d'Amiens.

L'officier interrogé n'osa pas même révéler que le prince avait fait, deux jours auparavant, une semblable apparition dans cette ville.

Prudent à l'excès sur certains points et ne sachant pas ce que pourraient avoir d'avantageux ou de funeste pour lui les suites d'une indiscrétion à cet égard, il ne voulut point s'occuper d'une affaire qui ne le concernait pas, et se retira en laissant le monarque aussi intrigué qu'alarmé de cette aventure.

Mais l'heure pressait pour tout le monde en ce moment; et Édouard IV, malgré ses soucis, dut s'arrêter dans le cours de ses réflexions sur la disparition de son frère et commencer ses préparatifs pour l'entrevue.

Sir George pensait bien que le duc avait été attiré à Amiens par des motifs tout politiques; seulement il ne pouvait s'expliquer son absence prolongée.

Il ne perdit pas, du reste, son temps en conjectures à ce sujet : la tête toute remplie de son entreprise, il ne songea plus qu'aux moyens d'en assurer l'heureuse exécution.

Il sortit du camp avec son ami Williams (que le lecteur n'a sans doute pas oublié), et huit hommes résolus, choisis parmi ses soldats.

Ils étaient tous déguisés en pêcheurs.

Ils emportaient des armes enveloppées dans des manteaux.

Quand ils ne furent plus qu'à un quart de lieue des ruines de Picquigny, sir George loua deux barques et des filets, plaça dans l'une Williams et la moitié de ses hommes, et se mit dans l'autre avec le reste de sa troupe.

Il descendit ainsi la Somme en rasant la rive sur laquelle les ruines étaient situées, et en ayant soin de faire jeter de temps en temps les filets : par ce manége, il eût trompé la vigilance de ceux qui, du haut de la tour, auraient observé la marche des barques; lui et ses gens eussent certainement été pris pour des pêcheurs livrés à leurs travaux ordinaires.

Mais cette précaution même fut inutile : la sentinelle des créneaux n'était point placée de leur côté, et Albert de Vannes était enfermé dans la tour, causant tranquillement avec ses prisonniers, qu'il n'avait presque pas quittés depuis le déjeuner.

Quant aux archers placés au bas des ruines, ils avaient ordre, comme l'on sait, de ne point se montrer, et l'on va voir que, de la position qu'ils occupaient, ils ne pouvaient avoir l'œil sur l'arrivée des prétendus pêcheurs.

Nous avons dit, en faisant une description de ces lieux, qu'un canal, alimenté par la Somme, avait entouré autrefois le château gothique, et qu'il n'en existait plus qu'un seul bras du côté opposé à la chaumière.

Un débris de haute muraille s'élevait sur le bord de ce bout de canal, et se prolongeait sans interruption jusqu'à la rivière; là il se joignait à la partie du château contre laquelle la tour était appuyée.

Les bâtiments demeurés debout formaient donc un angle décrit par la Somme et par le canal, et dont la face saillante regardait Amiens.

C'était dans l'espace embrassé par cet angle, à l'intérieur des ruines, que se trouvaient les archers et leurs chevaux.

On comprend par là que tout ce qui arrivait par le fleuve, en descendant son cours, n'était point aperçu par eux.

Sir George s'approcha donc des ruines sans difficulté comme sans péril : il fit entrer ses barques dans le canal, où elles s'arrêtèrent bientôt sous la voûte d'un large pont de pierre, étant ainsi parfaitement cachées à tout regard.

Mais elles étaient du reste parvenues à leur but : une profonde ouverture se montrait béante sur l'un des côtés de la voûte, à trois pieds environ au-dessus de l'eau, et menait dans les souterrains.

Parker, après avoir attaché une épée à sa ceinture, passa par cette ouverture avec Williams et ses hommes, munis également de leurs armes : deux seulement, qui furent laissés dans une barque, regagnèrent la Somme.

A ceux-là, il était ordonné de paraître sans relâche occupés de leur pêche, de ne point trop s'écarter du canal, d'avoir attentivement les yeux sur le pont de Picquigny, et de venir rejoindre leurs compagnons s'ils voyaient, durant l'entrevue des monarques, un manteau jeté dans le fleuve par un des gentilshommes de la suite du roi d'Angleterre.

Leur chef les regardait s'éloigner, en avançant sa tête hors de l'ouverture du souterrain, lorsque Williams vint lui poser la main sur l'épaule, et lui dit assez haut :

— Ah çà !... où diable nous mènes-tu donc?... et que prétends-tu faire de nous ici?

Sir George se retourna en tressaillant de terreur, et étouffa, selon son habitude, avec sa main, la parole sur les lèvres de son ami.

— Malheureux ! murmura-t-il à son oreille, as-tu juré de faire échouer tous mes projets ?

« Quoi ! dans les positions les plus délicates, les plus scabreuses, ne te décideras-tu jamais ou à te taire, ou à ne donner de ta voix qu'un son qui n'ait pas d'écho ?

— C'est vrai !... maudite cervelle ! repartit tout bas Williams en se frappant le front...

« Mais aussi que veux-tu, cher ami ?

« Voilà deux jours que tu sembles te plaire à exiger de moi l'impossible : tu ne me lances que dans des affaires où il n'y a pas moyen un instant de desserrer les dents à son aise !... et puis, n'excites-tu pas ma curiosité au dernier point avec tous tes mystères?...

« Voyons ! de quoi s'agit-il, cette fois ?

« Tu ne m'as rien appris de tes desseins, sachant trop bien que j'ai coutume de te servir en aveugle; tu m'as dit :

« Viens !... et je t'ai suivi !...

« Mais je n'en suis pas moins dévoré par une impatience fiévreuse d'être mis enfin dans la confidence de tes secrets !

« Es-tu encore, par hasard, à la poursuite de la

mystérieuse damoiselle dont tu as fait la rencontre et perdu les traces dans les rues d'Amiens?

« Serait-elle donc cachée dans ces ruines?... et sommes-nous destinés à te prêter main-forte pour son enlèvement ?

— Eh bien !... tu l'as deviné !

— Est-il possible ?...

« Parles-tu sérieusement ?

— Très-sérieusemement... mais pas un mot de plus !

— Je me tais !...

‹ A la bonne heure, au moins, voilà une entreprise qui a son charme !...

« Quant à moi, je te déclare que je suis prêt à braver tous les périls pour le plaisir seul d'apercevoir cette merveille qui m'est inconnue, et dont le souvenir, depuis la soirée d'avant-hier, semble t'avoir fait perdre la raison !

Et Williams, afin de ne plus être tenté de rompre le silence, prit le sage parti de s'éloigner de son ami, et d'aller s'asseoir dans un coin.

Quant à sir George, il resta à l'entrée du souterrain, le front couvert du voile de ses sombres pensées, et appelant de tous ses vœux l'accomplissement des choses qui lui ramèneraient ses deux hommes envoyés en observation sur la rivière.

Du reste, il avait peu de temps à attendre pour savoir ce que le sort devait décider à cet égard : il était alors près de quatre heures.

Déjà même, s'il n'eût pas été dans un souterrain, il eût pu apercevoir, sur la route d'Amiens, un gros nuage de poussière qui annonçait l'approche du roi de France.

VIII

LE PONT DE PICQUIGNY

Louis XI s'avançait vers Picquigny à la tête de huit cents hommes d'armes.

On n'a pas oublié, sans doute, qu'un homme d'armes ou une lance, d'après l'explication que nous avons donnée à ce sujet, avait toujours cinq autres gens de guerre à sa suite.

Le monarque, durant toute la marche, n'avait point adressé la parole avec son abandon ordinaire aux officiers dont il était environné.

Il songeait au complot du duc de Glocester et de lord Egelton ; il se demandait si la part qu'y avait prise le duc de Bourgogne n'aurait pas, même en leur absence, son plein effet ; il ne savait, enfin, que penser au juste des véritables sentiments du roi d'Angleterre à son égard ; et, quoi qu'il fît pour dissimuler sa préoccupation, on voyait aisément que l'appréhension des périls inconnus qui pouvaient être amenés par la fin de cette journée, travaillait profondément son esprit.

Cependant, les précautions minutieuses auxquelles il avait eu recours pour se mettre en garde contre toute trahison le rassuraient un peu.

Ces précautions ne sauraient être omises dans notre récit, à cause de leur singularité, et nous nous ferons un devoir de les rapporter dans leur plus scrupuleuse exactitude historique.

D'abord Louis XI s'était assuré de grands avantages sur l'ennemi par le choix du lieu où le pont avait été construit.

Du côté des Français, le terrain était plein et solide ; du côté du roi d'Angleterre, on n'arrivait au pont que par une longue et étroite chaussée, flanquée de marais fangeux.

Commines avait été chargé de choisir ce lieu en compagnie de quelques seigneurs anglais, et il était parvenu à les décider à n'en point chercher d'autre :

« C'étoit un très-dangereux chemin, dit-il, et sans ‹ point de doubte, les Anglois ne sont pas si subtilz « en traitez et en appointements comme sont les Fran- « çois, et quelque chose que l'ón en die, ils vont assez « grossement en besogne ; mais il fault avoir un peu « de patience, et ne débattre point colériquement avec ‹ eulx. »

Louis XI, par surcroît de prudence, s'était arrangé de façon à fournir lui-même le bois de charpente et les ouvriers ; et il avait fait dresser au milieu du pont deux loges, l'une pour lui, l'autre pour Édouard IV, chacune capable de contenir à peu près quinze personnes.

Elles étaient séparées par une épaisse cloison, dont la moitié par le haut se composait d'un treillis très-fort, ressemblant, rapporte naïvement Commines, à celui « d'une cage de lions, » et à travers lequel il était possible seulement de passer la main.

Cette cloison, qui s'élevait jusqu'au toit des loges, était d'une largeur égale à celle du pont, et n'avait point de porte : elle formait donc entre les deux princes une barrière infranchissable.

« En la rivière, ajoute l'illustre chroniqueur, y avoit « une petite sentine (sorte de nacelle), où se tenoient « deux hommes pour passer ceulx qui vouloient aller « d'un costé à l'aultre. »

Une affluence immense de spectateurs des deux sexes, de tout les âges et de tous les rangs encombrait non-seulement les abords du pont sur la rive suivie par le roi de France, mais s'étendait au loin dans les champs, partout où quelque élévation de terrain pouvait permettre aux curieux d'avoir l'œil sur la cérémonie.

La petite ville de Picquigny, au pied de laquelle avait été jeté le pont de bois, offrait surtout un aspect des plus étrangement animés : tous ses habitants semblaient s'être portés sur les toits ; les uns y agitaient en l'air des bannières en signe de réjouissance ; les autres avaient planté les leurs aux cheminées et les laissaient ainsi gaiement flotter d'elles-mêmes au caprice des vents.

Au-dessus de ces toits, devenus mouvants comme les flots d'une mer houleuse, s'élevait majestueusement le vieux château de la ville, vaste et précieux monument du septième siècle, appartenant alors à Jean d'Ailly, seigneur de Picquigny et vidame d'Amiens.

Ce château avait été brûlé, en 1472, par le duc de Bourgogne ; et, non entièrement réparé, il conservait encore sur plusieurs points les sombres empreintes de l'incendie.

On l'avait ouvert ce jour-là à la population, qui, s'étant emparée des positions les plus commodes, se montrait entassée derrière les créneaux, ainsi qu'à toutes les fenêtres tournées du côté du fleuve.

Lorsque Louis XI fut parvenu en face du pont, il fit étendre à droite et à gauche le long du rivage son corps de troupes, et mit pied sur le pont avec sa suite, laquelle avait été fixée à un nombre de douze personnes seulement.

Il était convenu que celle d'Édouard IV ne dépasserait pas non plus ce nombre.

Parmi ceux dont le roi de France avait fait choix, on remarquait le duc Jehan de Bourbon, le cardinal son frère, le maréchal de Loheau, le seigneur de Torcy et le sire de Commines : c'était ce dernier qui, cette fois, portait les mêmes habits que son maître.

« Le plaisir du Roy, dit-il, avoit été que je fusse « vestu comme luy, ce jour. »

Les douze seigneurs français avaient avec eux quatre seigneurs anglais, qui leur servaient d'otages, et avaient mission d'examiner si rien ne se faisait de contraire à l'ordre des choses réglées pour l'entrevue.

Louis XI arriva avant Édouard IV à la barrière qui séparait les deux loges.

Il n'aperçut par le treillis qu'un seul personnage : c'était un baron d'Angleterre, qui, attendant la venue du roi de France pour en porter avis à son souverain, disparut à l'instant même.

Édouard IV était en route ; il ne tarda pas à se montrer sur la chaussée dont nous avons parlé.

Il y a apparence qu'il avait avec lui presque toute son armée : une chronique fait mention de « vingt « mille Anglois bien artillez ; » et Commines dit à ce sujet :

« Ce que nous avyons de nostre costé, ne paroissoit « rien auprès. »

Toutes ces troupes, ne pouvant suivre le roi sur l'étroit chemin qui le conduisait au pont, s'arrêtèrent à l'entrée de la chaussée, et s'y rangèrent comme en bataille.

Vingt-deux lances seulement de sa compagnie continuèrent à l'escorter, selon la chronique citée plus haut, « et demeurèrent dedans l'eau, à costé du dict « pont ; » c'est-à-dire sans doute dans la fange des marais qui bordaient la chaussée.

On voit par là d'un coup d'œil quels étaient tous les avantages de la position de Louis XI ; mais on voit aussi avec quel soin son adversaire avait tâché de suppléer aux inconvénients de la sienne par la supériorité numérique de ses troupes.

Parmi les douze grands personnages qui accompagnaient le roi d'Angleterre, on cite le duc de Clarence, l'un de ses frères, le duc de Northumberland, son chambellan, du nom de Jestingues, et son chancelier Scot, appelé l'évêque de l'Ile.

Ils avaient également parmi eux pour otages quatre gentilshommes français chargés aussi de surveiller leurs actions.

Leur monarque était somptueusement vêtu : il avait des habits de drap d'or, et sa tête était couverte d'une barrette de velours noir sur laquelle étincelait une grande fleur de lis formée de pierres précieuses.

Trois ou quatre de ses seigneurs portaient des vêtements non moins remarquables par leur éclat et leur richesse.

Il paraît que sa beauté, son maintien, son costume, firent une vive impression sur les Français ; car Commines s'écrie :

« Il sembloit bien roy ! »

Lorsqu'il fut proche de sa loge, et qu'il eut aperçu le roi de France derrière la cloison, il s'agenouilla tout à coup et profondément, se courbant jusqu'à terre, se releva, fit un pas, se mit à genou de nouveau, se releva encore, et s'inclina une troisième fois de la même façon :

« Hommage libre, remarque si justement M. Lauren- « tie, ou reconnaissance involontaire d'une supériorité « de couronne, admise dans les vieux temps, et encore « attestée malgré les prétentions à l'usurpation. »

Louis XI, qui l'attendait, appuyé contre la barrière, lui fit une seule révérence, et l'accueillit avec toute la courtoisie imaginable.

Alors ils passèrent les bras par le treillis, et se pressèrent vivement la main.

Édouard IV, soit qu'il fût attristé par la tournure qu'avait prise son expédition, ou humilié par la politique de son rival qui l'avait vaincu sans combattre, soit que cette entrevue lui inspirât des craintes sur la sincérité des intentions de Louis XI, se montra d'abord un peu froid, et ne put empêcher que son front ne réflétât quelque chose du malaise de son âme.

Le roi de France observait tout cela.

Il n'était pas, lui non plus, sans trouble intérieur ; mais il sut merveilleusement contenir toutes ses impressions, et il n'eut qu'un visage affable et joyeux.

Il se hâta de prendre le premier la parole.

— Monsieur mon cousin, dit-il aussitôt après avoir serré la main d'Édouard, il n'y a homme au monde que je désirasse tant voir que vous... et Dieu soit loué de ce que nous sommes ici assemblés à si bonne intention !

L'accent vif, assuré, plein de franchise avec lequel avait été dite cette phrase, dont les derniers mots ramenaient habilement les esprits vers l'idée de tous les biens que la fin de la guerre présageait aux deux royaumes, éclaircit forcément la physionomie du monarque anglais, et le fit rougir de ses inutiles regrets et de ses craintes.

— Monsieur mon cousin, répondit-il, je loue sincèrement aussi Dieu de ce qu'il m'a permis de vous tendre, en ce jour, une main non armée, mais amie... et je vous remercie, vous, très-cher prince, de toutes les gracieusetés et largesses que vous n'avez cessé jusqu'ici de prodiguer à mes officiers et soldats.

Alors, le chancelier d'Édouard, l'évêque de l'Ile, prononça un discours plein d'onction sur la marque ineffable de la bonté divine dans la cessation des hostilités ; puis, déployant les lettres qui avaient été remises au roi son maître par les plénipotentiaires français pour la conclusion du traité de paix, il les présenta à Louis XI, et lui demanda si elles contenaient bien toutes les clauses qui devaient y être insérées ; il lui fit la même question sur celles que ce monarque avait de son côté reçues des mains des plénipotentiaires anglais ; et Louis XI répondit affirmativement.

« Lors, continue l'exact historien, témoin oculaire « de cette cérémonie, fust apporté et ouvert le missel, « et mirent les deux roys la main dessus, et les deux « aultres mains sur la sainte vraye croix, et jurèrent « tous deux tenir ce qui avoit été promis entre eulx...

« Ce serment fait, ajoute Commines, nostre roy, qui « avoit bien la parole à son commandement, commença « à dire à celuy d'Angleterre en se riant, qu'il falloit « qu'il vinst à Paris, et qu'il le festoyroit.

« Le roy Édouard le prit à plaisir, et parla de bon « visage. »

La conversation dura assez longtemps sur ce sujet ; et ce qui paraîtrait singulier, si quelque chose pouvait étonner de l'ascendant qu'exerçait Louis XI sur ceux qui le voyaient pour la première fois, comme sur ceux qui le connaissaient de longue date, c'est que, durant cet entretien devenu peu à peu des plus familiers, ce fut toujours lui qui eut la parole haute, ferme, intarissable, triomphante pour ainsi dire, pleine enfin de grâce et d'assurance, et d'une dignité vraiment royale ; lui, dont les avis sérieux ou les plaisanteries étaient recherchés, écoutés, avec une sorte d'empressement avide ; lui, sur qui l'attention générale était dirigée comme sur un centre commun vers lequel toutes les imaginations autour de sa personne étaient forcément entraînées.

C'était là un spectacle d'autant plus saisissant que ces monarques semblaient devoir produire, par la différence extrême de leurs costumes, un effet tout opposé à l'admiration dont l'un d'eux était l'objet : celui qui était effacé mêlait au charme de ses avantages extérieurs l'éclat de ses habits tout éblouissants d'or et de diamants ; celui qui brillait réellement n'avait pour vêtement qu'un drap grossier qu'on l'eût fait prendre de prime abord pour un marchand d'une petite ville !

Un tel fait a bien son enseignement : c'est, dans la vie de Louis XI, un exemple de plus de l'invincible supériorité des qualités solides de l'esprit humain sur le prestige des ressources matérielles les plus splendides, dont l'homme aime à entourer ses actions pour fasciner les regards.

Reprenons Commines :

« Le roy qui se montroit avoir autorité en cette com- « pagnie, poursuit-il, nous fit retirer et nous dit qu'il « vouloit parler au roi d'Angleterre seul.

« Ceux du roy d'Angleterre se retirèrent semblablement sans attendre qu'on leur dît. »

Louis XI, qui, de son propre mouvement, avait ainsi mis des deux côtés tout les seigneurs à l'écart, fit encore les premiers frais de cette conférence secrète.

Il avait à discuter avec Edouard les divers points sur lesquels leur traité gardait le silence.

Il lui demanda quelle conduite il aurait à tenir envers les ducs de Bourgogne et de Bretagne, si ces princes persistaient dans leur résolution de ne point accepter la trêve : le roi d'Angleterre le laissa libre d'agir comme il l'entendrait à l'égard du premier ; mais, quant au second, il témoigna le désir qu'il ne fût pas inquiété par son souverain.

— Je ne puis oublier, ajouta-t-il, que le duc de Bretagne a été, dans mes mauvais jours, mon meilleur ami, qu'il m'a secouru par tous les moyens qui étaient alors en son pouvoir ; je vous prie donc de lui permettre de demeurer hors du traité, si telle est sa volonté.

Louis XI fit judicieusement observer que, s'il était permis à l'un de ceux qui lui avaient déclaré la guerre de ne point reconnaître la trêve de neuf ans, le traité ne renfermait plus des garanties suffisantes pour l'a-

venir, et qu'il croyait d'ailleurs faire valoir un droit légitime en forçant par les armes l'un de ses grands vassaux rebelles à consentir à la paix.

— Monsieur mon cousin, répliqua Édouard, piqué de ce raisonnement, si le duc de Bretagne était ainsi tourmenté, je me verrais forcé de repasser en France.

— N'en parlons donc plus ; il nous faut rester bons amis, repartit Louis XI fort gracieusement, mais, au fond du cœur, très-mécontent de l'inflexibilité de son auguste adversaire sur ce point.

Édouard IV était devenu tout à coup soucieux, soit que cette dernière partie de l'entretien l'eût vivement contrarié, soit que l'objet sur lequel il se disposait à reprendre la parole lui causât quelque embarras et occupât péniblement sa pensée.

— Mon cher cousin, dit-il après un instant de réflexion, les circonstances m'obligent à vous parler maintenant d'une triste affaire, au sujet de laquelle, je l'espère bien, il ne s'élèvera pas de différend entre nous.

— Une triste affaire ? répéta le roi de France surpris et tout intrigué.

— Un de mes lords, un homme que j'avais investi de toute ma confiance, et qui, si les apparences et les bruits répandus sur son compte ne me trompent pas, a trahi son roi et son pays, vit dans ce moment en toute tranquillité sous votre protection.

— Sous ma protection ?...

« Et de qui donc s'agit-il ? dit Louis XI, qui ne comprenait rien encore à cette entrée en matière.

— J'aurais cru, répliqua Édouard en s'animant un peu, qu'il vous eût été facile de me comprendre, sans que j'eusse besoin de vous nommer lord Egelton.

— Lord Egelton sous ma protection ! s'écria de nouveau le roi de France, dont l'étonnement ne faisait que croître.

— Mon cousin, continua le monarque anglais avec un mouvement d'humeur, et s'imaginant que son malicieux interlocuteur était résolu à lui nier la vérité, vous voudrez bien convenir sans doute que vous lui avez formé une garde de vos archers, laquelle veille attentivement sur lui ?

— Il est vrai, répondit Louis XI tout ingénument.

— Alors, poursuivit le roi d'Angleterre en s'animant toujours, vous trouverez juste, j'en suis sûr, que je vous prie de remettre en mon pouvoir un de mes sujets parjure et traître envers son souverain !

Louis XI ne laissa, entre sa réponse et la demande qui lui était faite, s'écouler qu'un instant rapide comme un éclair, c'est-à-dire que le temps nécessaire à la pénétrante perspicacité de son esprit pour juger des conséquences de l'acte qu'on attendait de lui, et pour apercevoir le but raisonnable et fixe où devait tendre sa volonté.

— Mon beau cousin, reprit-il avec calme et le sourire sur les lèvres, je serais heureux de vous être agréable en cette occasion comme toujours... mais mes bonnes intentions rencontrent un petit obstacle.

— Et lequel ?

— La crainte qu'une justice entière ne soit pas rendue à l'infortuné lord dont il est question.

— Quoi ! votre opinion serait-elle donc qu'on l'accuse à tort ?

— Peut-être ai-je un peu cette opinion...

« Du moins je suis certain, sans toutefois pouvoir en donner des preuves, qu'il n'est point coupable du crime de haute trahison qui lui est imputé...

« Il a pu commettre des fautes durant sa mission, et surtout dans ces derniers temps; mais je suis tout tenté de croire qu'elles sont peu graves, et qu'il faut seulement en chercher la source dans un égarement causé par l'excès même de son zèle et de son dévouement pour son pays et son prince.

— Et qui pourrait me donner de lui maintenant une pareille idée? dit d'un ton véhément Édouard, dont la persuasion était que Louis XI employait toutes les subtilités de son langage pour lui voiler ses intelligences secrètes avec lord Egelton.

— Enfin, continua le roi de France d'un air presque enjoué, j'ai bien envie d'assurer que si le pauvre lord est animé de sentiments coupables, c'est envers moi seul.

— Je vous en prie, ne vous donnez point tant de mal pour tâcher de détourner mes yeux de la vue d'une trahison dont j'ai entre les mains plus de preuves assurément que vous ne sauriez vous l'imaginer! repartit Edouard IV, qui ne put réprimer un mouvement d'impatience.

— Mon beau cousin, dit Louis XI en couvrant toujours ses répliques d'une courtoisie charmante, quand il s'agit de juger un homme, les preuves réunies contre lui, vous le savez, ne sont quelquefois, même pour les esprits les plus éclairés et les plus sains, qu'une apparence trompeuse qui peut les entraîner bien loin hors du droit chemin...

« Or, si j'ai la conviction de l'innocence de lord Egelton, me blâmerez-vous de ne point exposer un innocent aux chances toujours hasardeuses de la justice humaine?

— En un mot, vous êtes décidé à garder lord Egelton auprès de vous?

— Vraiment, je pense qu'il est bien où il est, et qu'il faut l'y laisser en attendant que se dissipe l'orage amassé sur sa tête...

« Puis, n'a-t-il pas avec lui une jeune fille que Dieu semble avoir placée sur ses pas comme une sauvegarde qu'il est doux de respecter?

« L'admiration qu'elle inspire ne rend-elle pas horrible l'idée de lui faire partager les souffrances que l'on causerait à son père?

— Il est très-naturel que vous vous intéressiez à son bonheur, repartit le roi d'Angleterre en songeant aux prétendus services rendus par lord Egelton à Louis XI; mais je devrais peut-être bien me plaindre de vous voir si fermement résolu à m'ôter le moyen de ramener dans mes États un grand criminel qui leur appartient!

— Mon beau cousin, répondit le roi de France d'un ton un peu solennel, tout à l'heure vous m'avez prié d'épargner un vassal qui relève de ma couronne, et que je tiens pour très-coupable...

« Ne puis-je pas vous prier à mon tour de laisser tranquille entre mes mains un de vos sujets que je crois innocent?

Il n'eût pas été facile de répliquer à cet argument, et Louis XI n'était point fâché peut-être de reconnaître de cette manière l'accueil qui avait été fait à sa demande touchant le duc de Bretagne.

Il avait, du reste, comme on le verra bientôt, de puissantes raisons pour ne rien changer à sa détermination.

Édouard IV comprit très-bien qu'il persisterait en vain dans ses réclamations, et il ne compta plus dès lors, pour arriver à ses fins, que sur l'exécution de l'entreprise de sir George Parker.

Il porta aussitôt par trois fois la main à son front : c'était un signal convenu avec l'un de ses gentilshommes, lequel, placé à quelques pas de la loge, le long de la barre d'appui du pont, sur le côté qui faisait face aux ruines de Picquigny, laissa, par une sorte de distraction, tomber son manteau dans le fleuve.

Louis XI avait tout vu; et, comme les moindres faits, dans une situation grave, ne lui semblaient jamais indignes de sa défiance ou au moins de son attention, il lui parut sage de s'éclairer à l'instant même, s'il était possible, sur l'importance de l'incident mystérieux dont il était témoin.

— Que vois-je? reprit-il subitement, est-ce qu'un des seigneurs de votre suite ne vient pas de tomber dans la rivière?

— Un de mes seigneurs dans la rivière? répondit le monarque anglais, qui, voulant paraître ignorer ce qui s'était passé, sortit de sa loge, comme pour aller parler à ses gentilshommes.

Le roi de France s'élança en même temps hors de la sienne; car c'était pour avoir la liberté de faire ce mouvement qu'il avait cherché un moyen d'être séparé un instant d'Édouard.

Son but était de s'assurer par lui-même si, sur la Somme, il n'y avait pas quelque chose d'extraordinaire qui se liât au petit événement du pont.

Il touchait à l'extrémité de sa loge, et allait se pencher sur l'eau, lorsqu'il sentit comme une main qui lui serrait doucement le bas de la jambe, de manière seulement à attirer son attention.

Surpris, et même effrayé, il abaissa ses regards à ses pieds, et ne sut que penser en apercevant le visage inconnu d'un homme qui, se tenant accroché au bord extérieur du pont, lui présentait un petit papier.

Il resta immobile un moment, examinant cet individu sans s'arrêter à aucun parti.

L'inconnu, voyant son hésitation et sa crainte, lui jeta ces mots d'une voix étouffée et avec impatience :

— Je suis Serpent! je suis Serpent!

— Ah!... fit aussitôt Louis XI en s'emparant vivement du papier qui lui était présenté.

Et Serpent disparut comme une ombre par le chemin qui l'avait amené là, c'est-à-dire en se laissant glisser le long d'une pièce de bois formant un des piliers du pont, et au bas de laquelle se trouva prêt à le recevoir le seul bateau qu'il y eût en cet endroit de la Somme.

Le roi de France, après avoir jeté un regard rapide sur le fleuve et sur ses rives, et ne découvrant rien qui dût l'inquiéter, retourna à la barrière.

Édouard IV y revenait de son côté.

— L'accident n'a rien de fâcheux, dit ce dernier en souriant... c'est tout simplement un manteau qu'un de mes gentilshommes a laissé échapper de ses épaules, et qui flotte en ce moment sur l'eau.

— Je suis heureux d'apprendre qu'il n'y ait là que le manteau! repartit Louis XI, dont l'esprit était occupé de tout autre chose que de la conversation; car, après avoir atteint la cloison, il s'était hâté de déplier, au-dessous du treillis, le papier qu'il tenait soigneusement caché dans sa main, et déjà il avait eu le temps de lire ce qui suit :

« Sire,

« J'ai découvert le fond du complot...

« Il s'agissait d'enlever Votre Majesté et de la conduire dans les États du duc de Bourgogne...

« Si la tentative d'enlèvement échouait, on devait soulever les troupes anglaises pour mettre obstacle à l'entrevue...

« Soyez toujours sur vos gardes : les gens du duc de Glocester ont reçu l'ordre d'agir sans lui...

« J'ai cru qu'il fallait absolument vous donner cet avis sans retard...

« Je n'ai qu'un moyen pour cela : il est tout entier dans l'agilité de mon ami Serpent.

Parle vite, je t'écoute, dit le roi. (Page 95, col. 2.)

« De Votre Majesté le zélé serviteur et sujet,
                                        « MÉRINDOT. »

— Enlevé! et conduit là! pensa Louis XI sans pouvoir retenir un frisson, tandis qu'il faisait d'un air calme sa réponse au roi d'Angleterre.

Puis, il reprit :

— Mon cher cousin, l'affaire de ce manteau est venue interrompre notre entretien sur un objet essentiel... j'ai à cœur maintenant de m'assurer que ce qui concerne lord Egelton ne jettera aucun nuage dans notre amitié.

— Oh! pas le moindre nuage! répliqua Édouard IV d'un ton assez dégagé.

— Mais, continua le roi de France, je serais désolé de vous quitter sans vous avoir donné une preuve du soin que je prends de servir vos véritables intérêts...

« Je puis vous renvoyer, à la place de lord Egelton, un autre de vos sujets que je sais parfaitement coupable envers vous et envers moi, et que j'ai cru devoir, ce matin, retenir à Amiens.

— Un autre de mes sujets? dit Édouard, dont la

pensée se reporta involontairement sur le duc de Glocester...

« Et quelle est donc sa faute ?

— Il dirigeait un complot dont le but était de me faire enlever...

— Que m'apprenez-vous là ?

— Et de me confier aux soins de votre ancien allié, mon bienveillant cousin le duc de Bourgogne.

— Je n'ai nul besoin sans doute de vous affirmer que je n'avais aucun soupçon d'un pareil complot ?

— J'en suis convaincu...

« Mais ce n'est pas tout : si le projet d'enlèvement ne recevait pas son exécution, on devait provoquer une révolte parmi vos troupes, afin que notre entrevue ne pût avoir lieu.

— Est-il possible ? s'écria le roi d'Angleterre consterné.

Puis, il ajouta avec émotion et d'un air assez embarrassé :

— Et le nom de cet homme ?

— Personne n'a pu le lui arracher.

— Ah ! dit le monarque anglais un peu rassuré...

« Mais sa position ?... son rang ?

— C'est un simple fournisseur des vivres.

— Un fournisseur ! répéta Édouard IV, qui ne douta plus que ce ne fût son frère.

Et, comme il parlait, une expression de surprise et de contentement se répandit tout à coup sur ses traits : il était évident que rien dans ce dialogue ne pouvait en être la cause.

Il faut dire qu'une petite fenêtre avait été pratiquée des deux côtés de chaque loge, et permettait d'avoir l'œil sur la Somme : ce fut au moment où il venait de regarder par l'une de ces fenêtres dans la direction du château en ruines, que s'était produit ce changement soudain sur son visage.

— Je vous remercie, monsieur mon cousin, reprit-il, de l'attention avec laquelle vous avez veillé au maintien de la paix entre nous, en rendant inutiles les efforts de ce fournisseur, que je tiens à connaître et à interroger le plus tôt possible.

— Ce soir, il sera rendu à votre camp.

— Ah ! je désirerais bien, je l'avoue, qu'il pût s'y rencontrer avec l'autre coupable ! ajouta le roi d'Angleterre en se tournant de nouveau vers la petite fenêtre de sa loge, et en accompagnant ce mouvement d'un singulier sourire.

Louis XI, qui l'observait, regarda aussi par sa fenêtre, et il aperçut deux barques qui, voguant à peu de distance de la tour des ruines de Picquigny, s'en éloignaient pour gagner la rive opposée.

Sur la barque la plus avancée, se balançait au vent une bannière aux couleurs d'Angleterre : on se rappelle que tel était le signe par lequel sir George Parker devait annoncer le succès de son entreprise.

Le roi de France ne douta pas que ce qu'il voyait n'eût un rapport secret avec le manteau jeté dans la rivière, et l'idée d'un coup audacieux tenté contre ses prisonniers traversa aussitôt son esprit.

Le lecteur sentira sans doute la nécessité où nous sommes en ce moment de nous séparer des deux souverains, pour lui raconter les événements dont la vieille tour gothique venait d'être le théâtre.

IX.

LES PRISONNIERS.

Nous avons laissé sir George à l'ouverture du souterrain des ruines, attendant le retour de la barque qu'il avait renvoyée avec deux de ses gens sur la Somme.

On se souvient que ces deux hommes, chargés de ne point quitter des yeux le pont de Picquigny, devaient rejoindre leur chef, s'ils apercevaient un manteau tomber de la loge du roi d'Angleterre dans le fleuve.

Après une heure d'attente, George Parker les vit reparaître à l'entrée du canal ; et lorsqu'ils lui eurent apporté la nouvelle que le manteau en question avait été lancé dans la rivière, il bondit avec une joie farouche vers ceux qui se tenaient silencieux et immobiles derrière lui.

— Vite ! de la lumière ! leur dit-il à voix basse.

L'un d'eux tira une petite lanterne sourde de dessous ses vêtements et l'alluma.

Sir George s'en saisit, et, ouvrant la marche à côté de son ami Williams, il guida sa bande à travers les détours multipliés du souterrain.

Il parvint ainsi, sans avoir éveillé par un seul mot l'écho de ces sombres lieux, devant un étroit escalier qui s'élevait en spirale, et il s'arrêta en cet endroit.

— Maintenant, reprit-il en parlant toujours très-bas, écoutez bien, avant de faire un pas de plus, ce que j'ai à vous dire pour assurer le succès de ce que nous allons tenter...

« Cet escalier secret touche à la tour; il est pratiqué dans l'épaisseur du mur du bâtiment contre lequel elle s'appuie, et il nous mène directement au haut de cette tour...

« Quand nous aurons atteint son dernier degré, une porte formée d'une seule pierre nous barrera le passage; je n'aurai qu'à la pousser, et nous serons sur la terrasse crénelée...

« Un archer y est en sentinelle : nous nous débarrasserons de cet homme sans bruit, s'il est possible... vous comprenez : sans bruit !...

« Peut-être trouverons-nous près de lui son capitaine, le sire Albert de Vannes...

— Albert de Vannes ! interrompit vivement Williams, quoi ! cet officier qui était, hier, du déjeuner que le roi de France...

— Oui, lui-même ! dit Parker, qui avait pâli de haine et de rage en prononçant comme en entendant le nom de son rival...

« Mais, continua-t-il, s'il n'est pas sur les créneaux, nous le trouverons certainement dans l'intérieur de la tour auprès de lord Egelton et de miss Egelton.

— Que dis-tu ? murmura Williams consterné... lord Egelton et sa fille seraient en ces lieux ?

— Nous avons à les faire prisonniers tous deux ! répliqua laconiquement sir Georges d'un air triomphant.

— Ah ! je comprends tout maintenant ! dit Williams, en songeant à la trahison dont on accusait lord Egelton.

— Tu vois, poursuivit Parker, que mes intérêts ne sont pas seuls engagés dans cette affaire, dont la haute importance t'est, je pense, à présent, suffisamment expliquée...

« Il faut que nous réussissions à tout prix...

« Nous devrons donc nous débarrasser du sire Albert de Vannes comme de son archer ! ce sont les seuls défenseurs de lord Egelton au haut de la tour ; mais en bas, c'est-à-dire, là, au-dessus de nos têtes, ajouta Parker en levant la main vers la voûte du souterrain, il y en a vingt peut-être qui ne laisseraient pas vivant un seul de nous dans ces ruines, s'ils entendaient leur chef ou leur camarade pousser un cri d'alerte !...

« Il s'agit donc, si vous tenez à votre existence, d'empêcher que ce cri ne soit poussé ! »

On se rappelle la promesse que sir George avait faite à Édouard IV de ne point verser de sang ; mais, pour la lâche cruauté de son cœur, sa vengeance n'eût pas été complète, si, en se rendant maître du sort de Cécilia et de lord Egelton, il eût épargné la vie d'un rival trop cher à la jeune Anglaise et auquel il était redevable de l'horrible et humiliante nuit qu'il avait passée sur un îlot de la Somme.

Quant à la manière dont il s'excuserait auprès de son roi, trompé par lui, il en était peu embarrassé : il ne serait pas difficile, pensait-il, de rejeter la cause d'une lutte sanglante sur la nécessité de sa défense devant une subite agression des archers français.

Après avoir ainsi animé l'ardeur et le courage de ses hommes par l'imminence même du danger qu'ils allaient courir, il leur dit en mettant le pied sur la première marche de l'escalier :

— A commencer de ce moment, plus un mot entre nous ! que le bruit de nos pas ne parvienne même point à nos oreilles !... c'est à ces seules conditions que nous pouvons braver les périls et surmonter les difficultés de l'entreprise.

En achevant ces paroles, il monta l'escalier, et toute sa bande le suivit avec précaution dans le plus profond silence.

Tandis qu'ils s'avancent vers leur but, nous allons dire dans quelle situation se trouvaient, en cet instant même, les personnages qui étaient l'objet de leur téméraire tentative.

Lord Egelton et Cécilia étaient restés enfermés dans l'intérieur de la tour durant toute la journée.

Albert se faisait une trop haute idée de ses devoirs envers son prince, pour avoir cru qu'il pût permettre de son propre chef, à ceux dont il était le gardien, de respirer l'air sur la terrasse. Du reste, il avait eu le bonheur de leur tenir compagnie presque constamment, toujours traité par eux avec cette humeur douce, affectueuse, charmante dont nous avons vu dans la matinée les prodigieux effets sur son âme.

Il n'est pas inutile de dire ici que, dans leurs longues causeries, le noble lord et sa fille ne lui avaient pas adressé un seul mot touchant les motifs politiques de leur captivité.

Ils avaient même gardé le silence sur l'étrange situation dans laquelle George Parker leur était apparu au point du jour ; car parler de l'aventure arrivée à leur implacable ennemi, c'eût été amener la conversation sur les événements de la veille, et ils avaient craint de laisser involontairement deviner, par quelques-unes de leurs paroles, que ce n'était point à cet officier que Cécilia avait cru jeter l'avis écrit sur son mouchoir.

Or, ils s'imaginaient, en se tenant dans une réserve absolue à ce sujet, fixer les soupçons du roi de France et d'Albert entièrement sur sir George, en délivrer par là le duc de Glocester, et ménager ainsi à ce prince la chance de n'être point arrêté dans l'exécution de ses projets.

Telle était leur illusion.

Pendant que Parker, Williams et leurs gens montaient l'escalier secret, Albert n'était plus avec ses prisonniers ; il y avait une demi-heure qu'il s'était séparé d'eux pour se rendre sur la terrasse et contempler de là le majestueux spectacle de l'entrevue de Louis XI et d'Édouard IV.

Là, la sentinelle et lui s'y trouvaient placés de manière à n'être pas aperçus du dehors ; car, dans son opinion, la vue d'un officier et d'un soldat français au haut de la tour était aussi propre que la découverte de sa petite troupe dans les ruines à éveiller trop vivement l'attention de ceux qui, parmi les amis ou ennemis de lord Egelton, pouvaient être pour une raison quelconque à la recherche de ce seigneur, et rôder aux environs.

Aussi avait-il, dès le point du jour, recommandé à son archer de s'effacer derrière les créneaux ; et il avait pris la même précaution pour lui-même toutes les fois qu'il était sorti de l'intérieur de la tour.

Néanmoins, cette précaution, comme on l'a vu, n'avait point empêché sir George, réfugié sur son îlot, de les apercevoir l'un et l'autre.

Lord Egelton, resté seul avec sa fille et le vieux Lesly, était promptement retombé dans les tristes et amères réflexions que lui inspiraient ses projets anéantis.

Il disait en ce moment, d'un air abattu, à Cécilia, assise près de lui dans le fond de leur prison :

— Ainsi, c'est à présent un événement bien accompli : les deux rois se sont vus ! la paix est définitivement conclue !

— Mon pauvre père ! répliqua Cécilia en pressant tendrement la main du noble vieillard, si je ne vous voyais dans une prison, et si je n'avais tout à craindre des suites de votre captivité, je serais tentée de vous dire :

« Dissipons nos vains regrets ; ne nous montrons point tant désespérés de la tournure qu'ont prise les affaires ; le renouvellement de la guerre n'aurait sans doute été, pour l'Angleterre, qu'une source de déceptions et de malheurs... car, avouons-le franchement, cette conquête de la France était une bien folle entreprise !

— Qu'entends-je ? est-ce bien toi qui me tiens un pareil langage ? s'écria lord Egelton en regardant sa fille de l'air qu'il eût pu avoir, s'il se fût imaginé qu'elle eût perdu la raison.

— Oh ! c'est que, depuis hier, répondit-elle en baissant les yeux et en rougissant un peu, j'ai fait bien des réflexions à ce sujet !

Nous croyons franchement, nous, que, sur cette

grave matière, les mouvements de son cœur avaient contribué un peu plus que les méditations de son esprit au changement opéré dans ses convictions politiques : demeurée depuis le matin en présence d'Albert de Vannes, elle avait sans peine compris qu'il était moins affligeant d'être en paix qu'en guerre ouverte avec une nation qui mettait à la tête de ses armées des officiers d'un mérite si distingué et si digne d'intérêt.

— Mais, continua lord Egelton, ce qui m'étonne au moins autant que ta résignation et ton raisonnement, c'est l'inaction dans laquelle semble être resté le duc de Glocester... où est-il ? à quoi songe-t-il ? Se serait-il donc rallié aux partisans de la paix ? assisterait-il à cette entrevue, que je ne puis me décider encore à croire réelle ?

— Oh ! il vous est bien facile de vous assurer qu'elle n'est pas un songe, répondit Cécilia en souriant. Il suffit pour cela de jeter un regard hors de cette fenêtre, dont vous n'avez pas voulu vous approcher depuis une heure : de là, votre vue s'étendra, comme vous le savez, jusqu'à la moitié du pont où la cérémonie a lieu.

— Non ! non ! j'ai juré de ne rien voir de ce qui s'y passe ! repartit vivement lord Egelton ; je ne veux pas que mes yeux ajoutent encore aux tourments de mon esprit...

« J'ai déjà bien assez, ajouta-t-il d'un accent amer, de supporter l'idée de la courtoisie charmante avec laquelle les Français nous font reprendre le chemin de notre île !

« Il me semble entendre de tous côtés leur malignité railleuse s'exercer spirituellement sur notre compte, en faisant le pompeux éloge de l'héroïsme que nous avons déployé dans notre expédition ! »

Il allait poursuivre sans doute ses réflexions sur ce ton, lorsqu'il vit Cécilia se lever tout à coup par un mouvement d'effroi et prêter l'oreille du côté de la porte de leur prison.

— Qu'as-tu donc, ma chère enfant ? lui demanda-t-il avec autant d'étonnement que d'inquiétude.

— N'avez-vous point entendu ? murmura tout bas la jeune fille en ne cessant point d'écouter attentivement.

Ce qu'elle avait cru entendre, c'était comme un cri étouffé, semblable au soupir d'une voix éteinte, et, presqu'en même temps, le bruit sourd d'un corps quelconque s'affaissant sur les dalles de la terrasse.

— Mais qu'est-ce donc enfin ? demanda de nouveau lord Egelton.

A peine avait-il prononcé ces mots, que la porte de la tour s'ouvrit, et que neuf individus, l'épée à la main, se précipitèrent vers lui : c'étaient Williams et les huit soldats anglais.

On saura tout à l'heure où était sir George en ce moment.

Lord Egelton ne connaissait pas Williams ; aussi, à l'apparition de cette bande d'hommes armés et couverts des habits des gens du peuple, s'imagina-t-il avoir affaire à une troupe d'assassins.

Il s'élança, dans son épouvante, entre eux et Cécilia.

— Milord, lui dit alors Williams, n'ayez aucune crainte, nous venons seulement, au nom du roi d'An-

gleterre, vous prier de nous suivre, vous et miss Egelton, à l'instant même.

A ces paroles, la terreur de Cécilia et de son père se changea en une consternation qui ne peut se décrire.

Ils n'eurent pas le temps de répondre à Williams : un nouveau bruit venant du dehors, et qui était celui d'un cliquetis d'épées, frappa les oreilles de la jeune Anglaise, et lui fit tourner la tête vers la fenêtre.

— O ciel ! que vois-je ? s'écria-t-elle, en étendant d'un air effaré sa main du côté où s'était porté son regard.

Les yeux de lord Egelton suivirent la direction de ce signe.

— George Parker ! murmura-t-il aussitôt en tressaillant.

En effet, devant lui, le long des créneaux et en face de la fenêtre même, se montrait sir George, qui, ayant attaqué Albert de Vannes, faisait tous ses efforts pour que la lutte se terminât à son avantage d'une façon prompte et décisive.

Il faut nous hâter de dire ce qui avait précédé ce combat : au sortir de l'escalier secret, dont la porte de pierre, parfaitement invisible sur le reste du mur, donnait sur la terrasse en s'ouvrant dans l'angle formé par la tour et la portion intacte de l'ancien château, George Parker s'était trouvé à deux pas de l'archer placé en sentinelle ; il avait porté lui-même le coup mortel à cet homme, qui, surpris par derrière, avait été frappé avant d'avoir pu apercevoir son meurtrier, et dont la voix ne s'était élevée que pour pousser ce dernier soupir ou ce cri étouffé vaguement entendu par Cécilia. Albert était en cet instant de l'autre côté de la tour, contemplant le tableau que lui offraient le pont de Picquigny et les deux armées rangées sur les deux rives.

Sir George, dès qu'il eut vu à ses pieds le corps inanimé de l'archer, avait glissé tout bas ces mots à l'oreille de Williams :

— Entre vite dans la tour avec tous nos hommes ; fais prisonniers lord Egelton et sa fille...

« Si Albert de Vannes est auprès d'eux, empêche-le d'appeler du secours, veille sur lui, et attends-moi... mais peut-être est-il sur la terrasse... c'est ce que je vais voir.

« Si je l'y trouve, garde-toi bien de troubler le plaisir de ma vengeance en envoyant quelqu'un à mon aide... c'est là un plaisir que je ne veux partager avec personne. »

Sir George s'était donc mis à la recherche de son rival, tandis que sa bande pénétrait dans la tour.

Quant à Albert, il n'eut pas plutôt aperçu (on juge avec quelle surprise !) l'ennemi qui venait le trouver, qu'il s'était élancé à sa rencontre, et leur combat avait commencé devant la fenêtre.

L'habileté des deux adversaires dans le maniement de leurs armes reproduisit entre eux cette différence si frappante de mouvements et de physionomie que nous avons remarquée dans leur lutte de la veille : c'était toujours chez Albert la même dignité dans le calme, la même assurance fière et noble, qu'aucun sentiment du péril n'ébranlait ; c'était chez l'aventurier anglais la même violence d'action, la même impétuosité fougueuse, qui semblait multiplier les ressources de sa vigueur musculaire et de son adresse.

Ses bonds précipités et furieux, ses regards d'où jaillissait une flamme haineuse, les grondements continus de sa rage, retentissant sourdement au fond de sa poitrine, exprimaient son ardente soif du sang de celui qu'il considérait déjà comme sa victime.

On conçoit au milieu de quelle anxiété Cécilia et son père demeuraient spectateurs de ce combat, dont la hideuse et terrible férocité de George Parker augmentait encore l'horreur.

La jeune fille n'eut pas la force d'en supporter longtemps la vue ; elle tomba à genoux, et, levant les yeux au ciel :

— O mon Dieu! dit-elle, prends l'innocent sous ta protection !

Puis, elle cacha sa tête dans ses mains, comme si l'ombre des combattants que, en demeurant à genoux, elle ne pouvait cependant plus voir, était restée ineffaçable devant ses yeux.

Lord Egelton, indigné, fit un vigoureux et vain effort pour s'échapper des mains des soldats anglais et voler au secours d'Albert.

— Monstre ! s'écria-t-il en étendant son bras menaçant vers sir George, s'il faut absolument des victimes à ta haine, viens assouvir ta sauvage cruauté dans mon sang; mais épargne celui d'un être qui ne t'a fait aucun mal !

En ce moment, Cécilia entendit la sombre voix de sir George jeter une soudaine et forte exclamation par laquelle il semblait annoncer son triomphe.

Elle se releva d'un bond, pâle, muette, toute frémissante, et portant un regard terrifié sur le lieu de la lutte.

Mais ce qu'elle avait pris pour un cri de victoire n'était au contraire qu'un cri d'impuissante rage et de désespoir : elle aperçut George Parker qui chancelait, et tomba enfin, percé en pleine poitrine de l'épée de son adversaire.

A l'aspect de son ami mortellement frappé, Williams ne sentit plus que le désir de le venger ; et, confiant ses prisonniers à la garde de ses hommes, il se précipita sur la terrasse.

— Lâche ! lui cria lord Egelton, qu'allez-vous faire ?...

« Ce gentilhomme français n'a que loyalement défendu sa vie en se délivrant d'un odieux ennemi; lui faudra-t-il encore vous combattre tous, les uns après les autres, pour sortir vivant de ces lieux ?

Williams avait à peine fait un pas hors de la tour qu'un spectacle des plus imprévus le rendit immobile de stupeur : celui qu'il venait combattre, le capitaine Albert de Vannes, était monté sur le parapet crénelé, et il disparut aussitôt en s'élançant dans la Somme.

Williams courut alors vers sir George, qui respirait encore.

— Il t'échappe donc aussi à toi ! lui dit le mourant d'une voix éteinte, mais avec un éclair de fureur dans les yeux.

— Non, il ne m'échappe pas ! il a mieux aimé aller chercher la mort dans un précipice que de la recevoir de ma main... voilà tout.

— Tu crois que sa mort est certaine ?

— Il est impossible que, tombant d'une telle hauteur, il ne se soit pas tué sur le coup... et la preuve, ajouta Williams en passant sa tête entre les créneaux, c'est que je ne vois rien sur le fleuve au pied de la tour, et que l'eau est là, comme ailleurs, parfaitement calme.

— Je mourrai donc vengé ! répondit sir George avec un sourire d'atroce joie... mais il faut que la vengeance soit complète, il faut qu'elle les frappe tous...

« Écoute : c'est sur toi seul que repose maintenant tout le succès de l'entreprise; ne perds pas un instant pour emmener tes prisonniers... quand ils seront dans l'une des barques, aie soin, pour traverser la rivière, de déployer la petite bannière que nous avons apportée avec nous...

« Pars ! pars vite, te dis-je ! »

A ces mots, George Parker expira.

Williams se hâta de rentrer dans la tour.

— Cet officier français s'est donné lui-même la mort, dit-il brusquement et sans s'expliquer davantage.

Miss Egelton et son père tressaillirent, penchèrent la tête et gardèrent le silence.

Ils furent aussitôt entraînés avec leur vieux serviteur par la troupe de Williams et introduits dans l'escalier secret des souterrains.

Nous les abandonnerons en cet endroit, pour reprendre notre récit au moment où Albert venait d'étendre son farouche ennemi à ses pieds.

Le jeune capitaine, tout en se battant, avait aperçu les Anglais déguisés qui étaient dans l'intérieur de la tour et entouraient lord Egelton et Cécilia.

Sa seule idée fut que ses archers, surpris dans les ruines par un nombre supérieur d'Anglais revêtus d'un costume qui n'inspirait aucune défiance, avaient été tous massacrés ou faits prisonniers : il n'eût pu en effet s'expliquer autrement l'arrivée de Parker et de sa bande au faîte de la tour.

D'après cette conjecture, passée vite en son esprit à l'état de conviction, il ne lui restait plus qu'à choisir entre ces deux partis : ou à mourir les armes à la main, ce qui ne remédiait à rien, ou à se jeter dans le fleuve, ce qui, selon ses vues, pouvait changer la face des choses, s'il était secondé par la chance fort incertaine de ne point périr dans sa chute.

Malheureusement, la Somme, à la place où il tomba, avait peu de profondeur : la violence du choc qu'il reçut sur le lit de sable ne le fit remonter tout étourdi à la surface de l'eau, et il s'engloutit de nouveau, ayant perdu l'usage de ses forces, mais non point celui de sa pensée; car il conserva constamment le sentiment de son état et de sa situation.

Ce fut en cet instant que Williams regarda au pied de la tour, et n'y aperçut rien.

Cependant Albert ne tarda pas à revenir sur l'eau ; l'engourdissement douloureux de ses membres céda cette fois à ses efforts, et il se mit à nager avec sa vigueur ordinaire.

Il s'éloigna des ruines, où, d'après ses suppositions, devait être caché le gros de la troupe d'Anglais qui s'était emparée des lieux ; et, traversant la rivière en ligne droite, il se dirigea sur un massif d'aunes, lequel formait, le long de l'autre rive et dans l'eau même, une espèce de petit bois d'un feuillage si touffu, qu'il était impossible au regard d'en pénétrer l'épaisseur.

Il en atteignait les premières branches au moment où Williams sortait, avec ses deux barques et ses prisonniers, du canal où aboutissaient les souterrains.

Albert avait déjà disparu sous les aunes, lorsqu'une voix s'éleva près de lui en s'écriant :

— Comment ! c'est vous, capitaine !

— Enfin, j'ai pu, grâce à Dieu, arriver jusqu'à vous ! répondit le jeune officier.

Il était ainsi parvenu près d'une barque dans laquelle il monta, et où celui qui venait de lui adresser la parole se trouvait au milieu d'un groupe d'une douzaine de soldats français.

Vingt autres barques environ, contenant également chacune le même nombre d'hommes, lui apparurent dispersées çà et là sous l'épais feuillage.

Donnons rapidement l'explication d'un fait dont le lecteur peut à bon droit s'étonner : ces barques remplies de soldats étaient tout simplement une ruse à laquelle Louis XI avait eu recours pour sa propre sûreté.

On a vu que, par suite de ses minutieuses précautions, une petite nacelle, se tenant près du pont de Picquigny, était seule destinée au transport de ceux qui voudraient passer de l'une à l'autre rive; mais il avait prévu le cas où des Anglais descendraient la Somme depuis leur camp jusqu'au pont, sous prétexte de faire des promenades sur l'eau, et de jouir ainsi plus à leur aise du spectacle de l'entrevue.

Or, comme dans tous les mouvements un peu équivoques de ses ennemis, il était par habitude porté à voir des périls pour sa personne, il n'avait pas négligé de prendre des mesures efficaces pour que ces inquiétantes promenades fussent interrompues à temps, et n'arrivassent pas jusqu'à lui : les soldats cachés sous les aunes étaient donc chargés de faire rebrousser chemin à tous les Anglais qui se présenteraient dans des bateaux avec l'intention de pousser leur course jusqu'au pont même.

Ils étaient venus prendre possession de ce massif de feuillage dans la matinée.

Louis XI lui-même ordonné à leur chef de ne permettre à aucun de ses hommes de s'y mettre à découvert, voulant, si les circonstances ne les forçaient pas de se montrer, que les Anglais ne pussent avoir aucun soupçon de l'acte de défiance dont ils étaient l'objet.

Ajoutons maintenant qu'Albert, instruit de tous ces détails par l'exprès envoyé vers lui au point du jour, avait été autorisé à appeler à son aide ce renfort invisible, si ses archers, mis en face de quelque danger, ne suffisaient pas pour sa défense.

— Qui vous amène donc ici, et de cette manière? reprit celui qui l'avait recueilli dans sa barque, lequel était l'officier même de la troupe placée en cet endroit.

— N'avez-vous pas vu ce qui vient de se passer là-bas sur la tour? répondit Albert.

— Nullement... ce feuillage nous empêche d'en découvrir le faîte...

Nous n'avons eu constamment les yeux que sur la rivière, épiant l'arrivée des bateaux qui contiendraient des Anglais ; mais, jusqu'à présent, nous n'avons encore aperçu que deux barques conduites par des pêcheurs qui n'ont cessé de jeter leurs filets le long de l'autre rive, et n'ont point dépassé les ruines, auprès desquelles ils ont fini par s'arrêter pour se reposer sans doute.

— Que m'apprenez-vous?... c'étaient eux !

— Qui, eux ?

— Tenez ! dit Albert sans répondre à cette question, les voyez-vous maintenant qui, venant des ruines, s'avancent en toute hâte vers nous?

— Effectivement, ce sont bien les mêmes hommes... mais il y a cette fois une femme avec eux... et que vois-je? une bannière anglaise flotte sur l'une de leurs barques?...

« Quelles sont donc ces gens-là?

— Vous allez le savoir... mais ne faisons aucun mouvement jusqu'au moment où ils seront près de ce massif, le long duquel ils veulent sans doute aborder.

Quand les Anglais ne furent plus qu'à une courte distance des aunes, Albert sortit de son refuge avec cinq ou six barques, et il en entoura celle qui arrivait à lui portant la bannière d'Angleterre et les prisonniers de la tour.

Qu'on juge de la stupéfaction de Cécilia et de son père à la vue du jeune capitaine, qu'ils croyaient mort.

— Monsieur de Vannes ! s'écrièrent-ils tous deux à la fois, sous le coup d'une émotion qui ne leur permit pas de prononcer un mot de plus, et en regardant fixement Albert, comme s'ils eussent pu douter de la réalité de son apparition.

La surprise de Williams ne fut pas moins grande, et son dépit, sa colère, l'emportèrent encore sur sa surprise ; mais il comprit que la résistance était impossible pour son petit nombre d'hommes.

On fit passer sans difficulté lord Egelton et Cécilia de sa barque dans celle d'Albert; et celui-ci, bien escorté, les dirigea en toute hâte du côté de leur prison.

Il fut alors instruit par eux de tout ce qu'il ignorait à l'égard des souterrains et de l'escalier secret qui avaient fourni à sir George et à sa troupe le moyen de parvenir si facilement et sans bruit jusqu'au faîte de l'édifice en ruines.

A cette révélation, Albert sentit son cœur soulagé : le massacre supposé de tous ses archers n'avait donc été heureusement qu'un rêve !

Arrivé à terre, il les retrouva tranquillement couchés derrière les murailles.

Comme il apparaissait au milieu d'eux, un officier, venant du pont de Picquigny, lui apporta l'ordre de se rendre avec ses prisonniers auprès du roi.

C'est ici l'occasion de raconter de quelle manière s'était terminée l'entrevue de Louis XI et d'Édouard IV.

On se rappelle que le roi de France, au moment où nous avons quitté le pont, apercevait les deux barques qui s'éloignaient de la tour ; on se rappelle aussi que la bannière placée sur l'une d'elles, le sourire de joie du monarque anglais, le manteau jeté à l'eau, tous ces petits faits, enfin, se produisant à la suite du refus par lequel il avait répondu à la demande d'Édouard, lui avaient donné lieu de penser que lord Egelton et sa fille lui avaient été enlevés.

Mais il s'attendait à ce qui allait arriver : il vit bientôt plusieurs des barques cachées dans le massif d'aunes en sortir, environner les Anglais ravisseurs, et leur reprendre les prisonniers.

Ce fut à son tour de sourire de joie.

Comme ce n'était point là une affaire de telle importance, sous son côté politique, que ses conséquences dussent réagir sur les graves intérêts qui venaient d'être balancés et réglés entre les deux royaumes, il n'épargna pas à son auguste adversaire les expressions multipliées de son contentement.

Déjouer une ruse par une ruse, était toujours pour son cœur un précieux triomphe, presque une gloire dans les grandes choses, et un très-vif plaisir dans les petites ; mais ce plaisir, il le témoigna à sa façon, c'est-à-dire par une voie détournée ; il redoubla de courtoisie et de bonne humeur envers Édouard, demeuré tout ébahi et fort confus du dénoûment de l'entreprise de George Parker.

Enfin, « avec les plus amyables et gracieuses pa-« roles, rapporte Commines, il prit congé du roy « d'Angleterre, après avoir dict quelques bons mots à « chacun de ses gens. »

Au bout du pont, il aperçut un individu qui, placé devant les archers de sa garde, l'attendait pour lui parler.

Cet individu était Mérindot.

Louis XI, voulant s'entretenir seul avec lui, fit retirer tous ses gentilshommes.

— Eh bien ! compère, lui dit-il, comment et quand dois-je être enlevé ?

— Ah ! Sire, s'il n'est pas arrivé malheur à Votre Majesté, c'est grâce aux précautions dont elle n'a cessé de s'entourer jusqu'à ce moment.

« Mais comme tout danger n'a peut-être pas encore disparu, j'ai pris la liberté de me mettre ici sur votre passage, pour vous instruire plus tôt de tout ce que vous devez savoir.

— Et je te loue de m'avoir marqué ton zèle en agissant ainsi...

« Parle vite..., je t'écoute.

— Sire, apprenez donc que trente Anglais, hommes audacieux et déterminés, tous soldats ou serviteurs du duc de Glocester, se réunissent chaque nuit dans les caveaux d'une maison isolée d'Amiens : cette maison est censée louée à un négociant normand, retenu par ses affaires pour quelque temps dans la ville ; et ce prétendu négociant n'est autre qu'un nommé Hopkins, l'un des écuyers du duc, et le chef même de cette bande d'Anglais.

« Tous ses compagnons et lui sont vêtus en paysans picards, et parlent assez bien le français pour tromper les Français mêmes qui causent avec eux ; ils n'ont donc pas à craindre d'exciter la défiance de ceux qui les rencontreraient dans Amiens, après que les portes en sont fermées...

« Tels sont les hommes qui, pouvant à la faveur de leur costume vous approcher facilement dans les rues, étaient chargés d'enlever Votre Majesté...

« Voilà, Sire, les seuls renseignements que je possède à leur sujet ; mais vous avez maintenant le moyen d'être parfaitement éclairé sur tout ce qui les concerne : deux soldats de votre armée ont, avant-hier, surpris les secrets de leurs délibérations nocturnes ; découverts et saisis aussitôt par eux, ils ont été enfermés dans les caveaux de leur habitation déserte.

— Ils y sont encore ?

— On me l'a assuré.

— Et l'on t'a désigné cette maison ?

— Oui, Sire.

— Mais tu m'as parlé aussi, dans ton billet, d'un projet de soulèvement des troupes anglaises.

— Il est vrai, Sire, et je n'ai point non plus d'autres détails sur cette affaire.

— Et de qui tiens-tu ceux que tu me donnes ?

— D'un des gens du duc de Glocester...

« Il faisait partie de cette bande mystérieuse qui, à ce qu'il paraît, a été fort épouvantée, ce matin, en apprenant que le duc était votre prisonnier...

« Cet homme, plus effrayé encore que ses camarades, a regagné le camp au plus vite...

« Le hasard a fait qu'il tomba sous ma main : quelques bouteilles de bon vin, et une quantité respectable de vos écus d'or, Sire, lui mirent bientôt le cerveau dans un tel état, que je lui arrachai la révélation de ce que je viens de vous apprendre...

« Alors, la fatigue, les émotions ou l'ivresse le plongèrent dans un sommeil lourd et tenace, dont j'essayai, mais en vain, de le tirer pour le faire causer davantage...

« Je le quittai à la hâte, et j'accourus ici avec mon ami Serpent, qui me proposa de vous porter lui-même à l'instant mon avis sur le pont ; je crus devoir le laisser libre d'agir, parce que je pensai qu'il n'était pas inutile que Votre Majesté, tout en s'entretenant avec le roi d'Angleterre, pût se tenir sur ses gardes au sujet de la révolte des troupes du duc de Glocester.

— Allons ! tu t'es sagement conduit encore en cette circonstance, répondit le monarque.

On peut juger si Louis XI, après cet entretien, était pressé de revoir Amiens !

Ce fut alors qu'il envoya chercher Albert, qui arriva bientôt avec ses prisonniers.

Ceux-ci étaient montés sur des mules qui les avaient transportés, la veille, aux ruines de Picquigny.

Albert raconta au roi les événements dans lesquels il venait de jouer un si grand rôle ; puis, le monarque reprit rapidement la route de la capitale de la Picardie, entraînant à sa suite lord Egelton et Cécilia.

Il ne leur adressa pas un mot durant la marche.

Il s'imaginait tout naturellement que le but poursuivi par lord Egelton dans ses desseins politiques devait être l'affaire même de l'enlèvement, et une telle persuasion, on le conçoit, était peu propre à le disposer, pour le moment du moins, à lier conversation avec ce seigneur.

Une heure et demie plus tard, il rentrait dans Amiens.

Il ne se rendit pas d'abord à l'hôtel de ville : il mit pied à terre dans le célèbre établissement de maître Horatius, des vues particulières l'invitant à s'y arrêter un moment.

Là il attendit le retour d'un officier à qui il avait donné l'ordre d'aller, avec une compagnie de gens d'armes, cerner la maison isolée dont Mérindot lui avait parlé, et dans laquelle le premier chapitre de ce récit a introduit le lecteur.

Cette maison fut vainement fouillée de fond en

comble : on n'y trouva que les deux soldats français, Nicole et Morin, solidement attachés à des anneaux de fer dans le caveau où se tenaient les réunions nocturnes de la bande des trente Anglais déguisés.

Quant à ceux-ci, pour des raisons que l'on connaîtra bientôt, ils avaient dans la journée précipitamment débarrassé de leur présence la ville d'Amiens ; mais, en prenant la fuite, ils ne s'étaient nullement préoccupés du sort des deux pauvres Français, qui auraient probablement péri de faim dans leur prison souterraine, si le ciel, par un concours de circonstances imprévues, n'eût amené la découverte de leur triste situation.

Nicole et Morin furent conduits devant le roi.

Ils lui firent connaître tous les détails de l'événement qui avait manqué leur être si fatal ; ils lui apprirent qu'il avait été décidé qu'on leur laisserait la vie et qu'on les rendrait à la liberté, lorsque ceux qui les tenaient en leur pouvoir n'auraient plus rien à faire dans la ville ; ils ajoutèrent qu'ils avaient eu deux ou trois hommes pour gardiens durant le jour ; que, la nuit, toute la bande, assemblée dans leur caveau même, délibérait sans gêne devant eux, et qu'ils avaient été ainsi mis au courant de tous ses projets et de ses moindres actions dans la marche du complot.

Interrogé par le roi sur le plan de ce complot, Morin répondit :

— Sire, ces trente faux paysans picards devaient tenter de vous enlever pendant une de vos sorties, où vous n'auriez eu qu'une faible escorte, et dans un de ces moments où la ville est pour ainsi dire au pouvoir des troupes anglaises que vos libéralités y attirent.

« Des régiments entiers du duc de Glocester, dispersés dans les tavernes et dans les rues, étaient destinés à assurer le succès de l'entreprise : il était ordonné aux uns de s'élancer sur votre escorte et de vous séparer d'elle ; aux autres d'exciter à la révolte le reste des Anglais répandus dans Amiens...

« Quant aux prétendus paysans, leur rôle était de se trouver comme par hasard sur votre passage au moment de l'attaque : alors, ils se précipitaient entre vous, Sire, et vos agresseurs, vous couvraient de leurs corps, et, jetant sur vos épaules un de leurs habits, sous prétexte de dérober votre personne à la vue de vos ennemis, vous entraînaient avec eux, au milieu du tumulte, des cris, du bouleversement général, vers la porte la plus proche dont se fussent d'avance rendus maîtres les soldats anglais postés sur ce point...

« De là, Votre Majesté était conduite sous bonne garde dans le duché de Bourgogne. »

Interrompons ici le récit de Morin pour donner une explication sur un fait dont ils n'avaient pu être instruits par les délibérations des dangereux habitants de la maison déserte : tout le plan de ce complot avait été tracé dans la conférence secrète que, quelques jours auparavant, le duc de Glocester et Charles le Téméraire avaient eue ensemble.

Lorsque ensuite le duc de Bourgogne s'était rencontré en route avec lord Egelton, il avait consenti à lui accorder un envoi de huit mille hommes, pour des considérations qu'il est facile de pénétrer : si la tentative d'enlèvement était traversée par des obstacles insurmontables il rejetait alors tout son espoir sur le projet conçu par le duc de Glocester de faire ré-

volter les troupes anglaises, lorsqu'elles recevraient l'ordre de partir pour l'entrevue des deux monarques, et il pensait que, dans ce cas, le renfort qu'il offrait à Édouard IV le déciderait vite à céder aux élans guerriers de son armée ; si, au contraire, l'enlèvement était possible, il avait la certitude que la promesse seule de l'envoi de ses huit mille hommes augmenterait l'ardeur et la témérité des Anglais qui dirigeaient l'affaire, puisque ce surcroît de forces fournirait à leur roi le moyen de rouvrir glorieusement la campagne contre les Français privés de leur souverain.

— Sire, continua Morin, plusieurs lords et beaucoup d'officiers étaient entrés dans le complot.

« Tous y attachaient de grandes espérances : il leur paraissait impossible que la ville d'Amiens, dans cette attaque si inattendue, suivie de l'enlèvement de Votre Majesté, ne restât pas au pouvoir des troupes ennemies renfermées en ses murs ; ils espéraient qu'une partie des vôtres mettrait bas les armes, et que le reste, fuyant découragé, n'opposerait plus à l'armée du roi d'Angleterre qu'une faible résistance ; alors la conquête de la France leur semblait assurée...

« Cependant les jours s'écoulaient, et l'occasion de mettre leurs projets à exécution ne se présentait pas : vous sortiez toujours accompagné d'une garde formidable...

« Le temps pressant, ils résolurent que l'affaire aurait lieu dans la journée d'hier : tout, dès la matinée, se montra favorable à leurs desseins ; neuf mille Anglais armés étaient dans Amiens ; les régiments du duc de Glocester s'y trouvaient au complet...

« Hopkins, le chef des trente aventuriers déguisés du duc, apprit alors que Votre Majesté déjeunait dans une hôtellerie ; il voulut mettre à profit cette circonstance...

« Mais il arriva que, tandis que vous étiez encore à table, les soldats anglais, sur l'ordre de quelques-uns de leurs chefs, disparurent tout à coup de la ville comme des ombres ; du moins, il n'y resta plus que des débris des régiments du duc de Glocester et leurs officiers : ils se crurent en trop petit nombre pour agir ; puis, l'escorte de Votre Majesté était encore telle, cette fois-là, qu'elle contint leur audace...

« Enfin, les choses furent remises à aujourd'hui même : on savait, Sire, que vous deviez vous rendre ce matin à l'invitation d'une corporation de marchands qui vous donnaient un repas ; la salle du festin était précisément située près de l'une des portes de la ville et du côté du camp de l'armée ennemie...

« Mais, comme il y avait peu de troupes anglaises dans Amiens, à cause des préparatifs qui se faisaient parmi elles pour la cérémonie du pont de Picquigny, on avait renoncé pour le moment à la prise de la ville, et on ne devait s'occuper que de l'enlèvement... le duc de Glocester était venu lui-même visiter ses gens de grand matin dans la maison où nous étions tenus prisonniers ; il ne descendit pas dans le caveau ; mais quelques mots échappés à nos gardiens et à leurs camarades, nous firent comprendre qu'il avait eu, dans le jardin, un entretien avec Hopkins...

« On comptait beaucoup sur le succès de cette dernière tentative, parce que le bruit avait couru que, pour donner un témoignage de la confiance avec laquelle vous vouliez vous présenter à la table des bons négociants amiénois, vous auriez peu de gardes autour de votre personne.

— Il est vrai, dit Louis XI; mais, vu la gravité des circonstances, j'avais changé d'avis : mon escorte était au contraire fort nombreuse.

— Et voilà encore, Sire, un des obstacles qui ont bouleversé leurs projets...

« Mais ce qui a surtout jeté le désordre parmi eux, c'est la nouvelle qu'ils reçurent par leur chef que le duc de Glocester était retenu en vos mains; ils se trouvaient alors tous réunis aux abords de la maison où Votre Majesté était attendue par ses hôtes; et, quoique Hopkins leur apportât l'ordre d'agir malgré ce qui était arrivé au prince, ils ne furent plus qu'épouvantés de leur position...

« L'approche du grand nombre de vos gardes acheva de glacer leur courage, et ils prirent tous la fuite...

« Ils vinrent se réfugier dans notre caveau pour s'entendre sur la conduite qu'il leur fallait tenir.

« Nous fûmes alors mis par leur conversation dans la confidence de tout ce qu'ils avaient fait depuis le matin...

Il entendit derrière les pas de Louis XI la porte qui se refermait à double tour.

« Hopkins envoya aussitôt au camp un de ses hommes pour instruire de l'état des choses les divers chefs du complot...

« Au bout d'une heure, cet homme revint et annonça que tous les amis du prince, plongés dans l'abattement et la consternation, renonçaient à leurs deux projets... car il faut vous apprendre, Sire, qu'ils en avaient effectivement un second, qui était, si la tentative d'enlèvement n'avait pu réussir, de provoquer la révolte de l'armée anglaise, qui aurait demandé la rupture du traité de paix...

« Enfin, dans leur frayeur, impatients d'être hors de la ville, tous les Anglais que renfermait le caveau en sortirent pour n'y plus rentrer, en nous y laissant en proie à toutes les horreurs du désespoir! »

Louis XI, après avoir écouté ce récit, fit venir lord Egelton, voulant tâcher de tirer de lui quelque aveu sur la part qu'il avait prise au complot; mais le monarque fut bien étonné de le voir s'indigner à l'idée qu'on pût le soupçonner d'être complice de ceux qui avaient entrepris d'enlever le roi de France.

L'ancien ambassadeur d'Édouard IV, n'ayant plus aucun intérêt à taire la vérité sur lui-même, puisque tout était anéanti de ses projets, fit connaître franchement toute la ligne de conduite qu'il avait tenue depuis son départ de la Bourgogne jusqu'au moment où il avait trouvé pour prison sa retraite des ruines de Picquigny.

— L'affaire de la révolte de l'armée anglaise refusant de se rendre à l'entrevue, dit-il ensuite, était donc la seule dont j'eusse connaissance, la seule à laquelle j'avais promis mon concours, avec l'espoir que son résultat serait la reprise des hostilités...

« Sans doute, ajouta-t-il d'un ton pénétré, je suis coupable d'avoir désiré le soulèvement des troupes du roi mon maître; mais l'ardeur de mes sentiments en vue de sa gloire même a pu seule égarer ma raison. »

Louis XI laissa l'entretien terminé à ces mots, sans avoir dit une parole qui pût mettre son interlocuteur sur la trace de ses intentions; puis, prenant avec lui un de ses officiers seulement, lequel fut Albert de Vannes, il conduisit lord Egelton et miss Cécilia dans la chambre où, depuis la matinée, le duc de Glocester était gardé à vue.

Nous n'essayerons pas de peindre la surprise réciproque du prince et de ceux qui étaient amenés en sa présence.

La jeune Anglaise et son père ne savaient quelle contenance prendre dans une telle situation : ils craignaient de se rendre coupables d'une grave indiscrétion en reconnaissant ouvertement le duc sous son déguisement, et ils demeuraient devant lui muets et consternés, tandis que le prince au contraire avait fait un mouvement involontaire vers eux comme pour leur parler.

Le roi jouissait tout à son aise de leur embarras, avec un air de bonne humeur et de gaieté maligne; car (qui le croirait après les jugements trop absolus portés généralement sur son caractère?), une fois le péril passé, il pardonnait volontiers; mais il aimait surtout alors à charmer son regard ou à apaiser son ressentiment par le spectacle de la gêne, de la confusion ou de la crainte de ceux que son astuce avait réduits à l'impuissance.

— Monsieur le fournisseur, dit-il au duc, je vous ai promis que vous verriez aujourd'hui les personnes à qui votre visite de ce matin était destinée : vous voyez que je vous ai tenu parole.

Le prince s'inclina respectueusement sans répondre, et le monarque ajouta :

— Quant à votre liberté, elle vous est pleinement rendue...

« Mais j'ai à vous donner un avertissement :

« Je crois que vous perdriez votre temps, si, avant de rejoindre l'armée anglaise, vous vouliez dire un mot en passant aux trente amis déguisés en paysans picards que vous avez logés dans une maison d'Amiens...

« Ces bonnes gens, m'a-t-on assuré, n'ont pas jugé prudent de pousser plus loin l'envie qu'ils avaient de me connaître plus particulièrement. »

Ces paroles furent comme un coup de foudre pour le duc de Glocester : il rougit et pâlit tour à tour; un frémissement convulsif du visage laissa lire dans le trouble de son âme.

Mais il garda le même silence.

Alors, le roi se tourna vers le père de miss Cécilia, et il reprit d'un ton enjoué :

— Quant à vous, lord Egelton, vous êtes libre aussi de vous rendre au camp de vos compatriotes; mais si vous aimez à tenir compte d'un bon et utile conseil, vous vous garderez bien de tourner vos pas de ce côté-là... il règne sur l'autre rive de la Somme certain vent orageux que je vous engage fort à ne pas aller respirer... en un mot, le roi d'Angleterre m'a fait à votre égard une demande qui, je le l'eusse favorablement accueillie, vous ferait certainement regretter de ne plus vous retrouver en mon pouvoir dans la vieille tour des ruines de Picquigny.

— Et quelle est donc cette demande, Sire, repartit lord Egelton avec autant d'inquiétude que de curiosité.

— Le roi, votre maître, voulait simplement que je vous remisse entre ses mains... j'ai préféré vous laisser dans les miennes.

— Quoi ! Sire, vous lui avez répondu par un refus ? s'écria le noble lord, étonné et tout ému.

— Et c'est précisément ce refus qui a été cause de la tentative hardie par laquelle on a cherché aussitôt à vous enlever de votre prison... vous voyez par là si l'on est impatient de vous en donner à Londres une autre plus solide et mieux gardée !

— Ah ! Sire, s'écria Cécilia avec une touchante effusion de cœur, aurai-je jamais l'occasion de vous prouver ma reconnaissance pour l'appui généreux que vous avez bien voulu prêter à mon père ?

— Vous avez, Miss, un moyen bien facile de me la prouver en cet instant même, repartit fort galamment Louis XI : c'est de décider votre père à accepter l'abri que je lui offre à ma cour.

— Sire, reprit lord Egelton d'un accent vivement attendri, je vais à ce sujet dire à Votre Majesté toute ma pensée : je ne m'aveugle point sur ma triste et dangereuse position, et, cependant, je n'hésiterais pas à comparaître devant mes juges, si je n'exposais que ma personne et mes biens aux hasards de la justice des hommes...

« Mais, ajouta-t-il en tournant un regard obscurci par une larme vers Cécilia, j'ai à côté de moi une chère et pauvre enfant dont j'accablerais la destinée du poids de tous les malheurs qui peuvent m'atteindre...

« Et puisqu'il faut, devant une si puissante raison, me tenir éloigné de mon pays, saurais-je chercher un asile ailleurs qu'à la cour d'un prince qui a bien voulu oublier tout ce que j'ai fait pour rallumer une guerre si funeste à ses intérêts ?

— Oh ! croyez bien, au contraire, Milord, que je n'oublierai rien de ce qui a rapport à cette guerre... mais je ne m'en souviendrai que pour remercier la Providence de la manière dont les choses ont tourné.

— Et il faut convenir, Sire, répondit tristement lord Egelton, que les choses ont tourné merveilleusement à votre gloire et à la confusion des ennemis de votre couronne :

« Il y a quelques jours à peine qu'ils se vantaient encore bien haut de devenir les maîtres de votre royaume, et les voilà prêts à retourner chez eux, enrichis, non pas de leur butin, mais de vos largesses ! et moi, je suis aujourd'hui trop heureux de trouver un refuge au pied du trône du souverain même dont je conspirais la perte !

« Sire, n'est-on pas forcé de penser qu'il y a là comme un châtiment du ciel, qui, irrité de nos desseins ambitieux et de nos orgueilleuses vanteries, a voulu, par notre abaissement et notre honte, nous montrer l'injustice et la folie de nos prétentions sur les destinées de la France ? »

Louis XI triomphait au fond du cœur en entendant un tel discours sortir de la bouche d'un Anglais; mais il était loin de laisser percer au dehors quelque apparence de sa joie, tant il craignait que l'animosité des fiers insulaires ne se réveillât sous le sentiment trop vif de leur humiliation.

Aussi s'empressa-t-il de répondre en éludant la question :

— Je ne sais vraiment, Milord, comment il peut vous paraître que l'Angleterre ait été mise par les derniers événements dans une situation qui soit au-dessous de sa dignité...

« Mais nous discuterons ce point plus à loisir un autre jour...

« Pour le moment, nous n'avons à nous occuper que de ce qui concerne votre séjour dans mes États : je vous préviens tout de suite que, en hôte un peu égoïste, j'ai à mettre une petite condition à mon hospitalité.

— Sire, après ce que Votre Majesté a fait pour nous, dit Cécilia, nous sommes prêts à souscrire à toutes les conditions qui nous seront imposées par elle.

— Miss ! n'oubliez pas, je vous prie, ces paroles, repartit le roi gaiement ; elles sont un engagement formel de votre part.

— Je le sais bien, Sire... et je n'en rétracterai jamais rien.

— C'est ce que nous allons voir sur-le-champ ; car il s'agit justement de vous-même dans tout ce que j'ai maintenant à vous dire.

— De moi-même? répéta la jeune fille toute surprise.

— Oui, Miss...

« Je voudrais trouver un moyen de vous fixer tout à fait à ma cour, un moyen qui fût plus sûr pour moi que la nécessité où vous êtes en ce moment d'y chercher un abri; je voudrais en un mot qu'un lien plus fort, plus indestructible que celui des circonstances actuelles, vous enchaînât pour jamais en France.

— Je ne vois pas quel lien, Sire... murmura timidement Cécilia.

— Pour me faire comprendre, Miss, est-il donc nécessaire de prononcer le mot de mariage? dit délicatement Louis XI.

Miss Egelton rougit, et, baissant les yeux, demeura toute confuse et sans voix.

Albert, placé à quelques pas d'elle, ne montrait pas une contenance plus assurée.

— Oh ! je comprends votre embarras, Miss, et même votre frayeur, reprit le roi; le mariage est une grande et grave affaire dans laquelle on n'aime pas d'ordinaire

à se lancer sans de mûres et sages réflexions, et sans avoir arrêté ses vues longtemps d'avance...

« Mais nous sommes pressés : il faut aujourd'hui même qu'on souscrive à ma condition, et j'ai votre engagement... donc, nous allons faire notre choix à tout hasard : on prétend, du reste, que ce sont quelquefois les meilleurs...

« Qu'en pensez-vous, lord Egelton.

— Je pense, Sire, dit en souriant le père de Cécilia, que le choix de Votre Majesté ne pourra que nous porter bonheur.

— Eh bien! miss Egelton, reprit Louis XI en se tournant joyeusement vers la jeune fille, je vais, pour accroître les difficultés de la position, vous proposer une énigme...

« Je vous prie d'accorder votre main à celui qui pourra vous rendre le mouchoir que vous avez, hier au soir, laissé tomber... ou jeté de la fenêtre de votre chaumière dans la Somme.

La jeune Anglaise abaissa de nouveau ses beaux regards à ses pieds, et n'osa encore sortir de son chaste silence.

— Sire, je répondrai pour elle ! dit vivement lord Egelton en contemplant avec émotion le trouble de Cécilia et d'Albert...

« Je crois que l'énigme proposée par Votre Majesté sera déchiffrée sans peine... et, quel que soit le nom qu'elle livre à notre curiosité, celui qui portera ce nom, je vous le jure, sera l'époux de ma fille.

— Par la Pâques-Dieu ! s'écria le monarque en se frottant les mains avec toute l'expression d'un véritable ravissement, je vous promets, moi, de célébrer le jour des noces de miss Egelton, de manière à vous prouver la joie que me causera son union avec ce fiancé encore inconnu!

Remarquons maintenant que, dans ce mariage, comme dans la protection dont il avait couvert lord Egelton en refusant de le livrer au roi d'Angleterre, Louis XI n'avait pas perdu un instant de vue les intérêts de sa politique : en retenant à sa cour un seigneur anglais qui connaissait les secrets de cabinet et le caractère d'Édouard IV, il espérait gagner peu à peu sa confiance, et tirer de lui des lumières utiles à la conduite qu'il aurait dans l'avenir à tenir envers ses voisins d'outre-mer.

C'était une ressource qu'il ne se refusait jamais au besoin, que d'enlever à ses rivaux, et même à ses alliés, ceux de leurs sujets dont il pouvait se faire des créatures dévouées.

Enfin, en mariant miss Egelton à Albert de Vannes, il récompensait la fidélité éprouvée de son jeune capitaine; et c'était encore un soin auquel il ne manqua jamais que de resserrer de temps en temps par quelque bienfait le lien qui l'unissait aux plus zélés et aux plus ardents défenseurs de son trône.

Après avoir fait à l'ancien ambassadeur d'Édouard IV la réponse que nous venons de rapporter, le monarque se tourna vers le duc de Glocester, et, feignant toujours de ne voir en lui qu'un simple bourgeois, il lui dit :

— Monsieur le fournisseur, nous avons eu ensemble ce matin une petite querelle : je serais enchanté de faire naître une occasion qui vous permit de l'oublier...

« J'espère donc que vous ne retournerez pas à votre camp sans avoir pris place à côté de lord Egelton au souper qui m'attend à l'Hôtel de ville, et qui réunira toutes les personnes que j'ai eu le plaisir d'avoir auprès de moi durant mon entrevue avec mon aimable et beau cousin le roi d'Angleterre.

— Sire, répondit le prince étonné, Votre Majesté ne peut douter de la reconnaissance avec laquelle je reçois et j'accepte l'honneur d'une si gracieuse invitation.

Louis XI quitta aussitôt l'hôtellerie du *Soleil-d'Or*, au grand regret de l'ambitieux maître du logis, qui, l'esprit encore tout enivré des souvenirs si glorieux pour lui de la journée précédente, commençait déjà à regarder comme une chose probable et assez naturelle d'avoir à servir un souper au roi et à toute sa suite; mais la munificence royale même sut largement le dédommager d'un tel mécompte : il lui fut ordonné de préparer un repas splendide, auquel rien ne manquât de tout ce que pourrait exiger la délicatesse de ceux qui auraient à en prendre leur part.

Mérindot et Serpent furent chargés de faire, en leurs noms, les honneurs de ce somptueux festin, et laissés libres, par conséquent, de se donner tous leurs amis pour convives.

Nous croyons essentiel d'ajouter que, guidés par le sentiment d'une urbanité irréprochable, ils envoyèrent leurs deux premières invitations aux deux soldats sortis du caveau de la maison déserte.

Horatius eut donc là une excellente occasion de déployer de nouveau toutes les ressources de son incomparable activité; et il faut dire à sa louange que, bien qu'il se sentît le cœur oppressé de l'idée de n'avoir pas cette fois encore pour hôtes un souverain et de grands seigneurs, il fit les choses en conscience, et ne se montra pas au-dessous de sa réputation.

En un clin d'œil, toute sa maison fut mise, non pas seulement sur pied, mais en révolution; ses valets, appelés de tous les côtés à la fois, furent aussi lancés à la fois de tous les côtés, et ils ne cessèrent de le retrouver sur leurs pas, les heurtant, les poussant, les stimulant de toutes façons, leur reprochant leur lenteur et leur paresse.

On les voyait au bruit de sa voix retentissante, ou de ses soudaines et terribles apparitions, courir çà et là, souvent au hasard, se croiser, se confondre, comme une volée d'oiseaux qu'effarouche la vue d'un épervier, et qui ne savent plus vers quel but diriger leur fuite.

Quant à Brigitte, il la tenait prudemment sous la main, afin que, par crainte des grandes fatigues dont elle était menacée, elle n'allât pas, comme la veille, se cacher dans quelque coin où elle serait introuvable; car, depuis qu'il l'avait vue, dans la matinée, donner une preuve non équivoque de son agilité en se promenant si lestement sur les toits, il se montrait moins que jamais sensible à ses lamentations, et il avait pris le parti de la faire marcher, en toute occasion, avec la même vitesse que lui-même.

— Vous voyez bien, Horatius, qu'il ne me reste plus un souffle ! lui dit-elle en s'arrêtant tout court dans un instant, comme une personne prête à rendre le dernier soupir.

— Allons! allons! ma chère Brigitte, lui répliqua-t-il en l'entraînant, ne me parlez plus de votre santé languissante et chétive; certes! je sais à quoi m'en tenir maintenant à ce sujet...

« Quand on trotte sur la pente d'un toit avec plus d'aplomb et de légèreté que les rats de mes greniers, on doit avoir des jambes pour courir aussi sur terre et mener bon train les affaires de sa maison. »

De tels arguments étaient sans réplique, surtout tombant des lèvres d'un mari aussi jaloux de son autorité que le maître de l'hôtellerie du Soleil-d'Or.

Voilà ce que la pauvre femme avait gagné pour avoir voulu un moment, tandis qu'elle était mise sous clef, sortir de sa prison, et s'occuper de choses qui ne la regardaient pas.

En vérité, nous ne souhaitons point que toutes celles qu'un peu trop de pente à la malice et à l'esprit de contradiction entraînerait hors des limites d'une discrétion prudente, trouvassent à chaque heure du jour pour châtiment sur leur chemin un petit tyran de l'espèce du bonhomme Horatius : nous craindrions qu'un tel sort n'eût à frapper trop d'intéressantes victimes à la fois.

Ce récit ne serait pas complet, à notre avis, si nous le terminions sans apprendre au lecteur que Louis XI, au milieu de ses libéralités et de l'épanchement de sa joie dans cette heureuse soirée, étendit ses attentions jusqu'au camp même de ses amis les Anglais, « à qui, « rapporte Commines, on envoya de la maison du roy « tout ce qu'il leur faisoit besoing, jusques aux torches « et chandelles. »

Ne semblait-il pas vraiment qu'il eût pris à tâche de replacer sans cesse dans les moindres choses devant leur esprit cette idée; que ceux qui étaient venus pour conquérir son royaume n'auraient pu, dans ce royaume, subsister sans les soins dont il les entourait?

Une conversation que Commines eut quelques jours plus tard avec un gentilhomme gascon qui était au service d'Édouard IV, rend parfaitement bien l'impression que dut produire sur les Anglais le dénoûment inattendu de leur expédition.

« Les Français, disait ce Gascon, nommé Bretailles, « vont singulièrement rire à nos dépens; car je ne « comprends pas qu'un prince aussi vaillant, aussi « accoutumé aux victoires que le roi d'Angleterre, ait « pu consentir ainsi à remettre son épée au fourreau.

« — Et quels ont donc été ses exploits jusqu'à présent? demanda Commines.

« — Il a gagné neuf batailles où il a commandé en « personne.

« — Et combien en a-t-il perdu?

« — Une seule ! et c'est celle-là même que vous ve-« nez de lui gagner.

« Mais je trouve cette défaite si honteuse, qu'elle « efface à elle seule la gloire des neuf victoires qu'il a « remportées ! »

En effet, le traité d'Amiens ou de Picquigny (car il est connu sous ces deux titres) est un des plus grands actes de la politique de Louis XI, tant par l'habileté des négociations dont il fut l'objet que par l'importance de ses résultats.

En rompant une des plus terribles alliances qui aient jamais menacé d'usurpation la monarchie française, il laissait les ducs de Bourgogne et de Bretagne livrés à leurs uniques ressources, c'est-à-dire à l'impuissance envers leur souverain; et il faisait franchir la mer à une armée d'étrangers entêtés d'une aveugle et folle ambition, à laquelle la France, depuis plus d'un siècle, devait ses troubles, ses discordes, ses secousses profondes, ses misères de toute espèce.

Et dans quel état renvoyait-il ces présomptueux insulaires dans leurs foyers !

Charles VII, en les combattant, les avait chassés de son royaume, vaincus, accablés de toutes parts, mais fiers encore de leur résistance et de leur bravoure :

Louis XI, sans les combattre, les rejetait poliment dans leur île, humiliés et flétris.

Jamais conquérant, par la terreur de ses armes, n'a remporté une victoire qui ait frappé ses ennemis plus profondément au cœur, ni qui les ait rendus plus embarrassés et plus honteux de leur contenance.

Affranchi, dès ce moment, de tout souci du côté de la guerre étrangère, l'actif et vigilant monarque se tourna d'un air assuré et menaçant vers ses deux grands vassaux révoltés : l'un, le duc de Bourgogne, dans les emportements de sa colère contre Édouard IV, avait juré de ne faire ni paix ni trêve avec le roi de France que trois mois après la retraite des Anglais : il voulait leur prouver par là qu'il n'avait nul besoin de leur secours, et saurait bien soutenir seul tout le poids d'une longue guerre ; mais, à peine trois semaines s'étaient-elles écoulées, que, vaincu par les intrigues pressantes de son souverain, il met bas les armes, et conclut aussi une trêve de neuf ans.

Quant au duc de Bretagne, il était, on s'en souvient, le protégé du roi d'Angleterre, qui avait déclaré qu'il viendrait en personne combattre à ses côtés s'il le voyait en péril.

Louis XI, peu intimidé par cette menace, ou feignant de ne pas se la rappeler, marche vers lui, l'attaque et le réduit à passer par toutes les conditions qu'il lui impose : le monarque et le vassal s'engagent, par un traité particulier, à se défendre mutuellement, à se donner réciproquement avis des moindres événements qui tendraient à leur nuire en quelque chose, et même des bruits fâcheux, des imputations malveillantes que l'on répandrait sur leur compte.

De plus, le duc, renonçant à toute alliance avec les Anglais, prend l'engagement de servir contre eux s'ils reparaissent jamais en France.

Louis XI va plus loin : il ne trouve pas encore assez étroite la dépendance dans laquelle il tient désormais son vassal : il le gratifie du titre de lieutenant général du royaume, titre que le duc ne sollicitait nullement, et par lequel il le met dans cette alternative, ou de se soumettre sans réserve à toute la politique de son suzerain, ou de se rendre coupable du crime de lèse-majesté à la première tentative, non pas seulement de rébellion, mais de simple désobéissance.

Édouard IV, à la nouvelle de ce traité, murmura bien un peu dans son île, chercha même plusieurs fois, par des menées sourdes, à former avec quelques princes couronnés une ligue puissante contre la France; mais Louis XI sut toujours, par ses négociations, arrêter à temps les efforts de son rival, et il eut même l'art de l'amener à prolonger pour tout le reste de leur vie la fameuse trêve qui forme le sujet de cette histoire.

Il put, de ce moment, deviner sans doute qu'il lui était réservé d'attacher à son règne la gloire d'avoir éteint les prétentions de l'Angleterre sur le trône de France.

Voilà ce que devint entre ses mains habiles cette formidable et monstrueuse alliance qui avait d'avance condamné ses États à l'usurpation et au morcellement, et dont il médita et réalisa si singulièrement la destruction par l'entremise d'un laquais !

Alors voyant, tant à l'extérieur qu'au dedans, tous ses ennemis défaits, abaissés ou contenus par la peur, il reprit plus à loisir l'œuvre immense de toute sa vie : chaque jour disparurent sur ses pas quelques-uns des vestiges de la puissance féodale.

Tous les grands vassaux furent contraints, les uns après les autres, de reconnaître la supériorité du monarque, non point par un vain spectacle de déférences illusoires ou d'hommages de convention, comme cela se pratiquait dans les cérémonies anciennes, mais par un ordre nouveau de choses qui établissait leur subordination réelle, leur soumission positive, leur obéissance ponctuelle et rigoureuse aux ordres du souverain comme aux lois du royaume.

Ils trouvèrent même les communes armées contre eux de droits administratifs capables de résister aux abus de leur pouvoir.

Ainsi s'opérèrent en France ces changements qui peu à peu délivrèrent de ses entraves l'action de la royauté dans la marche du gouvernement, et qui valurent à Louis XI le titre de *Restaurateur de la monarchie*.

Toutefois, il serait injuste de ne faire rejaillir que sur lui seul tout l'éclat de ce grand ouvrage : l'histoire paraît nous démontrer qu'il en dut l'inspiration non moins aux événements principaux de deux des règnes précédents qu'à l'élan de son génie même.

Charles V, par la sûreté de son coup d'œil sur la situation de la France envahie, par la constante sagesse de ses mesures, par sa science profonde du gouvernement, avait déjà habitué ses chevaliers à voir dans la royauté l'âme pour ainsi dire de leurs actions, et il avait surtout fait germer en leurs cœurs un sentiment tout nouveau de leurs devoirs : il était parvenu à détourner leur attention des querelles particulières, des guerres de province à province, de château à château, en leur montrant le véritable honneur de leurs armes dans la défense de la commune patrie menacée.

L'exaltation du vrai, du pur patriotisme, date de son règne.

Il suffit de citer des noms tels que ceux de Duguesclin, Clisson, Tanneguy du Châtel, pour mettre cette vérité en évidence.

Charles VII, prince plus actif et plus entreprenant, politique plus habile que ne l'ont cru beaucoup d'historiens, faute peut-être de n'avoir pas assez cherché jusqu'à quelle profondeur il était personnellement entré dans les événements les plus mémorables de son règne, Charles VII n'eut pas seulement la gloire de chasser entièrement de son royaume cet ennemi que les vaillants capitaines de son aïeul avaient déjà accoutumé aux défaites : il étendit ses soins vigilants, avec une rare intelligence, sur tout ce qui avait besoin d'ordre et de discipline ; ses troupes et ses tribunaux reçurent des règlements utiles, et il sut même, par de sages ordonnances, souvent efficaces, corriger les mœurs de son temps, soit parmi son peuple, soit parmi ses vassaux.

Louis XI hérita donc des lumières de la bonne administration de son père et de Charles V ; et, comme si Dieu eût voulu qu'il ne se trompât point sur la route qu'il avait à suivre, il plaça devant ses yeux entre ces deux règnes glorieux celui de Charles VI, époque de bouleversement et de tumulte, de ténèbres et de ruines, nuit profonde dans les annales de notre histoire.

Il semble donc qu'il n'eût qu'à jeter un regard attentif derrière lui pour apercevoir les destinées de son règne écrites dans les leçons du passé, et pour trouver parfaitement préparé par les soins de deux de ses prédécesseurs le terrain sur lequel il éleva son colossal édifice.

Charles VII lui avait même enseigné, par plus d'un exemple remarquable de sévérité, tout ce que la monarchie pouvait oser contre les grands fiefs : des procès tels que ceux du seigneur de Lesparre, du comte d'Armagnac, du duc d'Alençon, n'étaient-ils pas de nature à produire une impression ineffaçable sur l'esprit d'un prince qui, près de s'asseoir sur le trône, songeait à affranchir de tout joug et de toute injure les prérogatives de la couronne ?

Ainsi Louis XI, fortement aidé, il est vrai, de ses penchants et de son génie du gouvernement, n'a eu peut-être qu'à se laisser aller à l'impulsion des événements accomplis avant lui, pour atteindre aux hauteurs où il plaça la puissance souveraine.

Mais, s'il ne tira pas tout entière de son cerveau la pensée de son œuvre, s'il lui fut permis de profiter des lueurs des choses passées pour éclairer ses pas, jamais prince ne marcha vers son but avec plus de maturité dans les idées, plus d'unité dans les vues, plus de sagacité dans son appréciation des hommes et des faits, plus d'énergie et de ruse tout ensemble dans l'exécution de ses desseins.

Il faut bien le dire, il fit de l'astuce en politique une sorte de science enfouie en des profondeurs impénétrables, et dans laquelle il est resté un incomparable maître.

Aussi, parmi les rudes obstacles qu'il eut constamment à vaincre, ne nous apparaît-il jamais arrêté par la lassitude ou le découragement : un échec ne l'abattait pas, parce que, pour arriver à ses fins, ne cessant de suivre au fond de sa pensée des chemins sinueux, invisibles aux yeux du vulgaire, il sortait presque toujours triomphant d'une difficulté au moment même où on l'en croyait accablé.

Son caractère était en apparence aussi compliqué que sa politique.

Tous les contrastes, tous les extrêmes de la nature humaine, se heurtaient sans cesse dans ses actions.

L'histoire le peint comme alliant la majesté à l'oubli de la dignité royale, la magnificence à l'avarice, l'abandon à la défiance, la circonspection à l'imprudence, la clémence à une cruauté sans bornes, une dévotion sincère à des pratiques superstitieuses qui tendaient à voiler en lui le sentiment de la vraie piété.

Mais il semble impossible que tant d'oppositions fussent naturellement réunies dans un seul être : aucune œuvre du Créateur ne se compose de lois qui se contredisent ; l'harmonie est la condition essentielle de tout ce qui sort des mains de Dieu.

Comme nous l'avons déjà remarqué, la plupart des transformations étranges, des particularités bizarres, aperçues dans le caractère et dans les mœurs de ce monarque, peuvent être attribuées, non sans raison, à l'influence exercée sur lui par les terribles orages que son règne a traversés.

C'est la faute d'un grand nombre de ses historiens de n'avoir pas détaché l'homme des circonstances, et de ne s'être appliqués à voir dans sa vie qu'un confus mélange de tendances diverses et multiples, provenant toutes d'une même source.

Il est résulté de là que sa nature d'emprunt (si l'on peut s'exprimer ainsi) a souvent été prise pour sa nature propre, et que les choses qui, dans l'ensemble de ses actes, ont le plus frappé les regards, comme par exemple les écarts et les détails de sa justice inexorable et souvent atroce, ont été considérées comme la marque même de la pente de son âme.

Pour bien juger Louis XI, ainsi que tous les hommes, il est donc nécessaire de le séparer des faits où son âme a été trop vivement remuée, troublée, emportée hors d'elle-même par les secousses extérieures, et de l'étudier dans ces temps de calme où les actions d'un prince, ne relevant pas des événements, ne sont plus que le fruit de ses inspirations et de ses instincts redevenus libres.

On le retrouve alors dans toute la simplicité, dans toute l'unité de vues et d'actions, qui est la loi, parfois occulte, mais toujours réelle de notre être : on le voit, ne se donnant aucun repos, s'occuper, non de lui-même, non de ses querelles, mais de toutes les réformes utiles à l'administration et à la prospérité du royaume ; assurant par d'excellents règlements la discipline des troupes, la dispensation de la justice, l'ordre dans les finances ; rapprochant les distances sociales entre ses sujets, étendant les droits du peuple sans trop affaiblir les prérogatives des grands, ayant surtout et en toute circonstance l'œil sur le commerce, y encourageant les roturiers par de nouveaux privilèges, et le permettant aux nobles et aux ecclésiastiques ; songeant même à empêcher que la France ne s'appauvrît par son goût pour les étoffes de luxe tirées de l'étranger, et, dans ce but, appelant de Grèce et d'Italie dans ses États des ouvriers chargés d'y établir les premières manufactures d'argent, d'or et de soie.

On l'aperçoit aussi animé du même zèle pour les arts ; car il avait une ardente curiosité pour tout ce qui était de nature à hâter les progrès de la civilisation : il se fit une gloire d'attirer à grands frais auprès de lui les Allemands qui enrichirent la France du secret de l'imprimerie, et qu'il récompensa pour leur coup d'essai par toutes sortes de largesses ; ses libéralités allèrent chercher jusque dans les coins les plus reculés de l'Europe les savants étrangers qui s'y étaient fait quelque réputation, et il les fixa à sa cour à d'avantageuses conditions qu'ils n'auraient pu trouver dans leur propre patrie.

Il permit à la médecine, à la chirurgie, de se livrer, dans les tâtonnements de la science, à des tentatives audacieuses, qui n'ont pas peu contribué à éclairer leur marche des lueurs dont elles avaient besoin.

Enfin, sa considération pour les lettres se manifeste également à nos yeux de toutes manières : n'étant encore que Dauphin, il fit commuer la peine de mort prononcée contre le poëte Villon en celle du bannissement ; et, assis sur le trône, il se montra vaincu dans son ressentiment par le mérite et les services du célèbre recteur de l'Université Guillaume Fischet, à qui il pardonna d'avoir, par ses discours et par ses actes, tâché de soulever les bourgeois de Paris contre l'exécution de plusieurs ordonnances de son roi.

Il honora d'ailleurs, les lettres par ses travaux mêmes : beaucoup d'écrivains lui attribuent le *Rosier*

des Guerres et un *Abrégé de l'Histoire de France*, ouvrages composés pour l'éducation de son fils.

Tels se présentent à notre jugement les labeurs de ce prince doué d'une ardeur infatigable, génie impatient de répandre sur son époque les lumières de la pensée humaine, homme toujours pressé de marcher en avant, entassant projets sur projets, œuvres sur œuvres, être étrange et prodigieux, méditant toujours, agissant toujours, dormant peu, choyant ses heures comme un avare son or, et se refusant toute espèce de délassement d'esprit, excepté le plaisir de la chasse pour lequel il avait un goût particulier.

C'est à cette fiévreuse et inépuisable activité qu'on doit l'établissement des postes, dont il conçut l'idée, pour le transport de sa correspondance politique, et afin de se donner sur les autres souverains l'avantage de recevoir le premier les nouvelles des événements qui intéressaient tous les États.

Il semblait qu'il cherchât sous tous rapports à dompter aussi le temps et à l'obliger de le servir plus vite que le reste des hommes.

LAURA HIRMANN

ou

LES BRIGANDS DU HARTZVALD

Par FÉLIX DE SERVAN

AVERTISSEMENT

Cher et bienveillant lecteur, je vais tout simplement vous raconter une de ces histoires du bon vieux temps, avec lesquelles, au foyer de la famille, on a maintes fois bercé notre enfance ; une de ces histoires qui ont, par l'étonnement et l'épouvante, captivé l'avide curiosité de notre jeune âme, et endormi nos premiers chagrins ; un de ces petits drames, en un mot, dont les héros et les événements, tranchant sur le fond uniforme et vulgaire de la vie de chaque jour, ont bien souvent alors glissé jusque dans les agitations de notre sommeil leurs effroyables apparitions.

Si, du reste, parvenu à l'âge d'homme, il vous est quelquefois arrivé d'appliquer vos méditations à la recherche des causes des entraînements les plus naturels à l'esprit humain, vous n'ignorez pas que, jeune ou vieux, sérieux ou frivole, cet esprit singulier dévore avec une sorte de passion délirante l'appât toujours renfermé pour ses appétits insatiables dans les mystères et les surprises de toute espèce.

Depuis Homère jusqu'à l'Arioste et au Tasse, depuis Ossian jusqu'à Goëthe, depuis Shakspeare jusqu'à

Walter Scott, depuis les *Mille et une Nuits* jusqu'aux rêveries fantastiques d'Hoffmann et au roman que vous composez en ce moment, cher lecteur, l'extraordinaire et l'imprévu ont constamment eu, dans le domaine de l'imagination des peuples, le rôle que joue la loi de l'attraction dans l'ordre physique de la nature : chaque mot de la langue écrite ou parlée de l'humanité leur doit le poids avec lequel il tombe et retentit dans la sensibilité de notre âme.

Aussi passez-vous, ainsi que moi, j'en suis sûr, quelques-unes des meilleures heures de la vie à rouvrir avec une sensation délicieuse, durant les longues soirées d'hiver, les pages d'un de ces merveilleux récits qui nous transportent ému de pitié ou ravi d'extase, ou tremblant et effaré de peur, dans ses péripéties étranges ; et gardez-vous bien de rougir de ce plaisir si innocemment goûté !

Souvenez-vous de celui que notre incomparable fabuliste, ce philosophe naïf et profond, eût si volontiers trouvé à se faire conter les aventures de Peaud'Ane. Celles que vous allez lire visent à un but tout aussi moral sans doute que ce conte de Perrault ; mais ne trouvez pas mauvais qu'elles soient d'une teinte plus rembrunie.

Plusieurs des figures qui vont être mises sous vos

yeux ne seraient point déplacées à côté de celles de Barbe-Bleue et de l'ogre du petit Poucet.

Si, par moments, elles font passer des frissons de terreur sur les fibres les moins délicates de votre cœur, accusez-en, non mes intentions, non mon amour de la fiction, mais la vérité, cette muse austère et impérieuse, qui m'impose le devoir de ne rien altérer de la nature et des détails des événements dont je dois être le scrupuleux historien; car j'ai à cœur de vous assurer que mon récit, quoique traversé de situations peu communes, appartient tout entier à la réalité des choses de ce monde.

LA MAISON DU BUCHERON.

Au mois de décembre de l'année 1749, un voyageur, faisant route tout seul et à pied dans le Hartzwald (forêt de Hartz), en traversait, vers la fin du jour, une des parties les plus désertes, située au sud de la principauté de Grubenhagen : c'était un jeune homme de vingt-cinq ans environ, dont le costume et la physionomie n'eussent point manqué d'attirer l'attention de ceux qui se fussent rencontrés sur ses pas.

Vêtu d'un justaucorps étroit et court, sous lequel se dessinait une taille souple et vigoureuse, chaussé de forts souliers capables de résister aux fatigues d'une longue marche, et que surmontaient des guêtres de cuir dont ses jambes étaient couvertes jusqu'aux genoux ; enfin, coiffé d'une espèce de toque en fourrure de martre, il complétait l'aspect assez pittoresque de sa personne par un fusil de chasse à deux coups, qu'il portait négligemment sur son épaule.

Un fusil double était à cette époque une arme de luxe, et pouvait bien indiquer que notre inconnu appartenait à quelque classe privilégiée de la société allemande : il eût suffi, du reste, pour donner à cette opinion un fondement plus solide, de jeter un coup d'œil sur l'aisance et la distinction de sa tournure, ainsi que sur la noble expression de ses traits.

Mais ce qu'il y avait en lui de plus remarquable, c'était la tristesse ou plutôt la rêverie profonde à laquelle il semblait livré.

De temps en temps il interrompait sa marche en poussant un soupir, promenait autour de lui ses regards, et passait la main sur son front pensif, comme s'il se fût appliqué à chercher dans ses souvenirs la reconnaissance exacte des lieux qu'il parcourait ; puis, laissant retomber sa tête sur sa poitrine, il s'enfonçait de nouveau à travers les chemins solitaires et sombres qui s'offraient à sa vue.

On sait que la forêt Hercynienne ou du Harts, connue du temps de Jules César sous le nom de forêt de Bacenis, mesurait alors sa longueur sur neuf jours de marche, et sa largeur sur six jours ; il s'en fallait de beaucoup qu'elle eût, il y a un siècle, des limites aussi reculées ; mais elle n'en présentait pas moins un spectacle à la fois triste et majestueux par la hauteur de ses montagnes, par la profondeur de ses vallées obscures, et surtout par la lumière toujours voilée qui y pénétrait à peine entre les rangs serrés de gigantesques sapins, de hêtres et de chênes énormes.

La nuit surprit le jeune homme sous cette immense voûte de rameaux, comme il atteignait le pied d'une montagne qu'il s'apprêtait à gravir.

Il devenait pressant pour lui de trouver un gîte.

Un vent impétueux du nord lui fouettait depuis un instant le visage, en lui apportant avec ses sifflements aigus les premiers flocons d'une neige épaisse dont le ciel était plein.

Il comprit que c'était là le présage d'un ouragan terrible, qui pouvait durer jusqu'au jour.

Il craignait d'avoir peut-être à s'avancer longtemps encore au hasard avant de rencontrer une habitation, lorsque la chaumière d'un bûcheron lui apparut à dix pas de lui sur le bord de la route.

Précédons son arrivée dans cet humble logis, et voyons ce qui s'y passait.

Le bûcheron, revenant de sa cour, jetait en ce moment à ses pieds un fagot de branches de sapin, entre sa jeune femme occupée à préparer le souper, et un petit garçon de quatre à cinq ans, blotti sur un escabeau dans un coin de la cheminée.

— Ah! ma chère Martha, dit-il en déliant son fagot, qu'il y aura plaisir, ce soir, à se trouver tranquillement chez soi devant un bon feu !

— Il est vrai, mon pauvre Gerfrutz, nous allons avoir une nuit affreuse ! répliqua la paysanne en frissonnant au bruit d'une bourrasque qui faisait craquer la frêle charpente du toit de la chaumière...

« Je prie Dieu qu'il n'y ait point, par un pareil temps, de voyageurs égarés dans la forêt !

— En voici justement un qui vient vous demander l'hospitalité, mes braves gens, répondit notre jeune voyageur en ouvrant la porte, et en se montrant sur le seuil.

Gerfrutz eut à peine levé les yeux sur l'étranger, qu'il parut deviner sa distinction sous la simplicité de son costume; car ce fut d'un ton respectueux et le bonnet à la main qu'il lui répondit par ces nobles paroles, que, dans aucun pays, grâce au ciel, il n'est pas rare d'entendre retentir sous un toit de chaume :

— Entrez, Monsieur ! entrez !...

» Dieu, en m'envoyant un hôte, bénit ma maison...

» Soyez le bienvenu !

— Mais, mon ami, pourrez-vous, sans que cela dérange les habitudes de votre intérieur, me donner un abri pour toute la nuit ?

— Parfaitement, Monsieur...

» Vous aurez notre lit pour vous reposer... il ne nous sera pas difficile de trouver pour nous une botte de bruyère bien sèche dans notre grenier.

— Oh ! ce n'est pas ainsi que je l'entends !...

« Je ne veux accepter qu'une place au coin de ce feu; je passerai là une nuit délicieuse en comparaison de celles qui se sont écoulées souvent pour moi dans les camps, par des froids aussi rudes que celui de ce soir !

— Ah! vous avez servi dans la dernière guerre? dit le paysan.

— Oui, mon ami, répondit l'inconnu en déposant son fusil dans l'angle intérieur de la cheminée.

Puis, il s'assit près de cette arme sur l'escabeau que n'occupait plus le petit garçon du bûcheron : cet enfant s'était vite levé à l'apparition de l'étranger, pour aller s'accrocher à la jupe de sa mère; et, de là, il regardait, d'un air étonné et presque craintif, celui qui était venu si brusquement prendre possession de son logis, et surtout de son coin favori.

Mais bientôt sa timidité disparut, il s'approcha peu à peu du voyageur, et finit même par l'examiner de la tête aux pieds avec cette curiosité hardie dont les enfants ne tardent jamais à faire preuve devant une physionomie qui leur plaît.

— Karl ! reviens ici ! lui cria Martha toute confuse de l'indiscrétion de l'innocent effronté.

Mais Karl n'eut pas le temps de faire un pas en arrière : l'étranger étendit vers lui la main, le saisit, le plaça entre ses jambes, et, l'entourant de ses bras :

— Non, non, petit ami, il ne faut pas t'en aller, lui dit-il affectueusement... je me souviens maintenant que j'ai pris ta place...

« Eh bien ! reste là, nous nous chaufferons ensemble.

— Je veux bien ! répliqua vivement Karl déjà presque familiarisé.

— Oh ! Monsieur, vous êtes trop bon ! reprit Gerfrutz tout ému de l'attention dont son enfant était l'objet,

C'était un jeune homme de vingt-cinq ans environ. (Page 104, col. 1re.)

et, pour mieux cacher une larme que le sentiment de la fierté paternelle fit monter du cœur à ses yeux, il acheva de délier son fagot, et se mit à jeter branches sur branches dans son âtre, pour réchauffer cet hôte aimable que la Providence avait conduit à sa porte.

Quant au petit Karl, prenant goût à la situation, il se sentait de plus en plus à l'aise avec l'air de douceur infinie dont les traits du jeune voyageur étaient tout particulièrement doués.

Aussi secoua-t-il bientôt, par son vif et gracieux babil, la tristesse rêveuse dans laquelle l'inconnu était déjà retombé comme malgré lui.

— Vous n'avez donc pas peur, vous, lui dit-il, de marcher comme ça, la nuit, sous les grands arbres de la forêt ?

— Tu vois ! répondit en souriant le jeune homme, qui du doigt désigna son fusil, j'ai de quoi me défendre.

— Oui... mais vous êtes seul, vous... et ils sont nombreux... bien nombreux... les loups et les bandits !...

« Écoutez !... écoutez !... ajouta l'enfant en frémissant, les voilà qui s'approchent !

— Les bandits ?

— Non... les loups !... quoi ! vous n'entendez pas ces grosses et effrayantes voix ?

— Pauvre enfant, rassure-toi : ce ne sont là que les sifflements du vent dans les sapins et sur la chaumière.

— Oh ! non ! non !... je sais bien ce que je dis, moi !... ne retournez pas, ce soir, dans la forêt : on ne vous verrait plus !

Puis, à la manière capricieuse de tous les enfants dans la conversation, Karl passa sans transition d'un sujet à un autre.

— Mais quel est donc votre nom ?...

« Voulez-vous me le dire ? reprit-il en frappant familièrement de ses petites mains dans celles de son complaisant interlocuteur.

— Très-volontiers, répliqua celui-ci, avec un nouveau sourire... tu n'as sans doute besoin que de mon nom de baptême :

« Eh bien ! appelle-moi Moritz. »

Karl allait répondre ; mais il étouffa soudain ses paroles sur ses lèvres à la vue de son père qui, lui faisant signe de garder le silence, semblait prêter l'oreille à certains bruits venant du dehors.

— Je ne me trompe pas, dit Gerfrutz au bout d'un instant... c'est bien le roulement d'une voiture mêlé au murmure de plusieurs voix...

« Mais la voiture est maintenant arrêtée ; les voix seules se font encore entendre...

« Que se passe-t-il donc sur le chemin ?... c'est ce que je vais voir. »

Il n'avait pas fait trois pas vers sa porte, lorsqu'elle s'ouvrit avec fracas, et qu'un homme en costume de voyage se précipita dans la maison, le sourcil froncé, le visage irrité et menaçant.

— Fainéant ! s'écria-t-il en s'adressant au bûcheron, voilà une heure que moi et mon cocher nous appelons quelqu'un à notre aide !

Le paysan demeurait muet et interdit sous le coup de ce furieux langage.

— Monsieur, fit observer poliment Moritz, il était impossible à ce brave homme de saisir aucune de vos paroles au milieu du bruit de l'ouragan.

— Ce n'est pas à vous que je parle ! repartit sèchement le nouveau venu en jetant par-dessus son épaule un coup d'œil de dédain à Moritz.

« Et, se retournant vers Gerfrutz :

— Allons ! imbécile, reprit-il, munis-toi de bonnes cordes, cours vite à mon carrosse... un des traits de mes chevaux s'est rompu ; hâte-toi de le raccommoder solidement, tandis que je vais me remettre un peu ici du froid qui m'a saisi.

Le bûcheron sortit aussitôt, et l'irascible voyageur alla s'installer carrément devant le feu, présentant tantôt un pied, tantôt l'autre, à la flamme pétillante des branches de sapin.

Ce personnage mérite que nous tracions son portrait, au moins en quelques mots : il était de haute stature et paraissait avoir à peu près trente-cinq ans.

Son regard, dur et sec, comme son accent, lançait par moments des éclairs sinistres qui s'échappaient

sans doute d'une âme constamment ravagée par les plus mauvaises passions.

Son visage conservait encore quelques traces d'une certaine pureté de lignes qui avait dû le rendre autrefois remarquable ; mais, décoloré, flétri alors, il ne portait plus dans ses rides prématurées que l'empreinte de l'égoïsme et d'une cruauté brutale, tristes vestiges d'une jeunesse probablement livrée à la dissipation et au désordre.

La vue de ses habits causait une aussi pénible impression que sa figure : leurs plis surannés, leur forme encore élégante et la finesse de leur étoffe révélaient toute une vie de luxe par laquelle la ruine ou les extravagances de tous genres avaient passé.

Le petit Karl ne pouvait s'empêcher de fixer ses grands yeux pleins d'effroi sur ce nouvel hôte.

— Petit impertinent ! lui dit le violent personnage, qu'as-tu donc à me regarder ainsi ?

L'enfant, par un mouvement d'épouvante, cacha sa jolie tête blonde sur le sein de Moritz, à qui il dit tout bas en lui passant les bras autour du cou :

— Qu'il est méchant !

— Comme les loups de la forêt ! répondit son confident sur le même ton.

— Oh ! bien plus encore !

— Hein ! que dit ce mauvais petit drôle ? s'écria l'homme au carrosse en continuant de se chauffer les pieds.

— Il dit, Monsieur, repartit Moritz d'un accent froid et ferme, qu'il ne vous en coûterait pas beaucoup d'être un peu plus civil sous un toit qui n'est pas le vôtre.

Le sombre voyageur lança obliquement un second regard de dédain sur le jeune protecteur de Karl, et murmura entre ses dents :

— Que les enfants, avec leur audacieuse effronterie et leur mine hypocrite, sont donc quelque chose de détestable dans une maison !...

« Je ne comprends pas comment, avec un peu de bon sens, on peut se plaire à leur société ! »

Gerfrutz revint en cet instant.

— Monsieur, dit-il, tout est réparé...

« Vous pouvez vous remettre en route... mais, à votre place, moi, j'attendrais un peu : l'ouragan ne fait que croître, et vos chevaux sont tout haletants de peur.

— Que t'importe ?

Et ces mots étaient à peine sortis de sa bouche, que le sinistre étranger avait gagné la cour sans songer seulement à remercier le bûcheron du service qui venait de lui être rendu.

Gerfrutz alla machinalement se placer sur le seuil de sa porte pour le regarder partir.

N'étant ainsi séparé de la route de la forêt que par une vingtaine de pas qui formaient la longueur de sa cour, il entendit le cocher dire à son maître, au moment où celui-ci montait en carrosse :

— Ah ! j'ai oublié de demander à ce paysan quel est le chemin le plus praticable et le plus court d'ici au château de Krozenberg ?

— A quoi penses-tu ?

« Tais-toi ! répliqua le voyageur à demi-voix, comme s'il eût été contrarié que son cocher eût fait tout haut cette réflexion.

— Vous n'avez qu'à prendre le second chemin à votre droite, leur cria Gerfrutz... c'est le meilleur.

— Je n'ai nul besoin de ton avis ! repartit le maître du fond de la voiture.

— Seulement je vous préviens, continua imperturbablement le bûcheron, que vous êtes à cinq bons milles du château de Krozenberg, et que, par une telle nuit, il vous faudra plus d'une heure pour vous y rendre.

— Et qui te dit donc que je me rends à ce château? répondit le voyageur de son ton courroucé.

Et le carrosse s'éloigna.

Alors Gerfrutz rentra dans la maison et ferma sa porte.

En ce moment Martha avait terminé les apprêts du souper.

Quatre chaises de paille, placées autour d'une petite table non loin du foyer, attendaient les convives.

La jeune paysanne se tourna vers Moritz et lui dit :

— La marche, Monsieur, a dû vous donner de l'appétit...

« Vous ne refuserez pas sans doute de vous asseoir à notre table?

— Je m'y mettrai avec plaisir, ma brave femme, répondit le jeune homme, qui releva tout à coup la tête en soupirant, car il était de nouveau retombé dans ses tristes pensées.

— Oh ! moi, je veux souper à côté de M. Moritz ! s'écria Karl en frappant joyeusement ses petites mains l'une contre l'autre.

Et, tandis que Gerfrutz s'occupait de tirer encore de son fagot quelques rameaux pour alimenter son feu, Martha se mit à lever le couvercle d'un large et grand pot de terre à moitié enfoui dans les cendres : aussitôt il se répandit dans la chambre une humide et chaude fumée emportant avec elle une délicieuse odeur de jambon.

L'effet produit par un tel parfum sur l'estomac affamé du jeune homme ne peut guère être apprécié que par ceux qui, après avoir franchi, durant toute une journée, montagnes, vallées et ravins, ont été, sur le soir, conduits comme Moritz par une main protectrice et invisible sous le toit d'une cabane où la Providence s'est montrée très-généreuse à leur égard en leur offrant une part de la nourriture du pauvre.

La paysanne déposa le mets appétissant sur la table, entre un gros pain de seigle dans lequel chacun enfonça son couteau à sa fantaisie, et un cruchon plein d'une bière écumante, qui, par les soins du bûcheron, ne tarda pas à remplir chaque verre jusqu'au bord.

Pendant ce souper, le babil infatigable du petit Karl ne laissa pas le temps à d'autres nuages de tristesse de remonter au front du jeune étranger : toujours l'oreille tendue au bruit de l'ouragan, l'enfant craintif parla tant des grosses voix des loups de la forêt, et surtout du méchant homme dont on venait de recevoir la visite, que l'imagination de Moritz finit par croire aussi à la férocité des loups du Hartzwald,

et aux brigands plus ou moins redoutables qui pouvaient, la nuit, en parcourir les sentiers escarpés et solitaires.

Du reste, de telles idées se trouvaient en parfaite harmonie avec cette nuit si pleine de désordre et de menaçantes colères : la neige ne cessait de battre à flots pressés les contrevents et la porte, et des rafales furieuses, arrivant du fond de la forêt, venaient avec de lugubres mugissements continuellement se heurter au toit de la chaumière toute frémissante de leur étreinte.

On eût cru que ce chétif abri de la pauvreté et de la félicité humaines allait, avec ses habitants, être emporté comme un atome par l'aile de la tempête.

Au milieu d'une de ces tourmentes, et vers la fin du souper, Karl saisit subitement le bras de son père, et s'écria :

— Oh ! écoute, papa !... il y a encore quelqu'un sur le chemin.

Chacun fit silence et écouta.

— Je crois que le petit a raison, dit bientôt Gerfrutz; il me semble entendre la voix d'un homme.

Il courut ouvrir la porte, et il aperçut dans le chemin de la forêt un cavalier qui, poussant des cris d'impatience contre sa monture effrayée par l'impétuosité de l'ouragan, ne pouvait parvenir à la faire avancer d'un pas.

Il s'approcha de cet individu.

— Vous feriez mieux, lui dit-il, de laisser à votre cheval le temps de se calmer...

« Arrêtez-vous chez moi... peut-être dans un instant n'aurez-vous plus à lutter contre cette neige et ce vent horribles.

— Votre conseil est sage, mon ami, et je dois le suivre, répondit le cavalier en entrant dans la cour.

Il descendit de sa monture, qu'il mena sous une espèce de hangar où il l'attacha; puis, ayant secoué la neige amoncelée sur un long manteau qui le couvrait de la tête aux pieds, il pénétra dans la maison.

A son apparition, Martha se leva.

— Que personne ne se dérange ! dit-il...

« Continuez tous, je vous prie, tranquillement votre repas, ou je reprends aussitôt ma route. »

Il exprima cette résolution d'un ton si net et si franc, que chacun comprit bien qu'elle aurait son plein effet, si l'on ne se conformait pas à son désir.

Toutefois, le bûcheron ne put reprendre sa place à table sans répliquer :

— Mais, Monsieur, vous êtes libre de partager notre souper.

— Je vous suis reconnaissant de cette offre, mon ami, et je regrette de ne pouvoir l'accepter.

« Je ne me sens aucun appétit. »

Tout en faisant cette réponse, le cavalier était arrivé près du feu; il demeura debout, le dos appuyé à la cheminée.

Il se trouvait ainsi placé en face de la table; le bûcheron, Martha et leur hôte reprirent immédiatement leur conversation.

Karl seul ne dit pas un mot; il tenait ses yeux attachés sur ce troisième étranger avec la même curiosité qu'il les avait portés sur le second, mais non pas avec la même impression de frayeur, quoique cependant, à force de l'examiner dans tous les détails de sa personne, il ne se sentît point parfaitement rassuré.

Ce dernier voyageur était grand de taille, comme le précédent, et l'on pouvait fixer à une trentaine d'années la limite probable de son âge.

Il avait, lui aussi, le visage creusé et vieilli par la fatigue; mais cette fatigue ne semblait pas être le châtiment que le ciel inflige au débauché en le flétrissant avant l'heure: c'était comme la rude et vigoureuse empreinte d'une vie âpre, difficile, douloureusement subie.

Ses traits avaient une beauté fière, mâle, assombrie par le caractère de toute sa physionomie; son regard direct, résolu, assuré, eût été capable de faire baisser les yeux à qui eût voulu en soutenir l'éclat étrange.

Son sourire triste et amer ne déplaisait pas, mais serrait le cœur.

Ses manières étaient douées plutôt de simplicité que de politesse acquise, plutôt de fierté que de distinction.

On sentait qu'elles étaient le produit de sa nature seule, non de l'éducation.

En résumé, il y avait en lui comme un mélange confus et inexplicable d'orgueil et d'audace, d'abattement et de souffrance.

On n'eût pas été porté à lui demander son amitié, mais on n'eût pu ni le mépriser ni le haïr.

Son long manteau qui empêchait qu'on ne découvrît rien du genre de ses habits, son chapeau dont les larges bords jetaient son visage dans une demi-teinte d'obscurité, et sa voix grave, pleine, et un peu triste, achevaient d'envelopper d'ombre et de mystère cet homme, sur lequel il était bien naturel que le petit Karl concentrât toute sa naïve attention.

— Étonnante aventure! dit Gerfrutz en versant à boire à son jeune hôte...

« C'est la première fois qu'il m'arrive de recueillir chez moi trois voyageurs dans la même soirée.

— Trois? répondit le cavalier un peu surpris...

« Monsieur, ajouta-t-il en désignant Moritz, est sans doute de ce nombre; mais je ne vois pas le troisième.

— Oh! il n'est resté qu'un instant ici!... un singulier être, ma foi! emporté et furieux comme l'ouragan de cette nuit!

La figure de l'homme au manteau s'anima d'intérêt.

— S'il eût été sage, continua le bûcheron, il n'eût point, par ce temps affreux, poursuivi son voyage, ou du moins il se serait comme vous reposé un peu au coin de mon feu... mais il n'a pas été possible de lui faire entendre raison...

« Ah! je crains bien qu'il n'arrive pas sans accident au château de Krozenberg!

— Que dites-vous? il allait au château de Krozenberg? s'écria d'une voix vibrante le cavalier en faisant un pas vers la table avec un éclair si vif dans le regard, que le petit Karl se serra tout tremblant près de son ami Moritz... et ce voyageur n'avait-il pas un carrosse attelé de deux chevaux bruns et robustes?

— Oui, monsieur.

— Et un cocher de mine basse et insolente?

— Il est vrai.

— C'est lui!... c'est lui! murmura le cavalier avec une émotion contenue, et comme s'il ne se fût adressé qu'à sa propre pensée... et je le croyais derrière moi!... et j'ai pu interrompre ma route!...

« Oh! il faut que je sois avant lui au château de Krozenberg!

— Impossible! dit le paysan... il y a environ trois quarts d'heure qu'il est parti!

— Trois quarts d'heure?... malédiction!...

« Je tenterai du moins tout pour le rejoindre, quand je devrais crever mon cheval. »

— Ou trouver vous-même, par une telle nuit, la mort dans quelque précipice! fit observer le bûcheron effrayé...

« Écoutez-donc mugir l'ouragan! »

Mais l'homme au manteau n'écoutait rien; il s'était déjà précipité dehors en s'écriant:

— Il arriverait avant moi!... ô mon Dieu!... mon Dieu!...

— Attendez donc au moins qu'on vous éclaire! dit Gerfrutz.

En un clin d'œil, le brave homme eut allumé une lanterne, et il s'élança dans la cour.

Moritz l'y suivit.

Le cavalier était déjà sur sa monture.

Avant de lâcher la bride, il serra la main du bûcheron en y glissant une pièce de monnaie.

— Adieu, mon ami, dit-il.

Et il s'éloigna rapidement.

Son cheval était une bête fine, ardente et vigoureuse: il ne fit aucune résistance pour traverser la cour; mais, quand il se retrouva sur le chemin de la forêt, sur cette route toute voilée de ténèbres dans lesquelles il lui fallait s'ouvrir un passage, fouetté en pleine tête par les tourbillons de neige et les sifflements des bourrasques, il se mit à frissonner de tous ses membres et à reculer en renâclant de terreur.

Moritz se décida à le saisir par le mors, et le conduisit de la sorte une vingtaine de pas; mais une fois délivrée de la main qui le forçait ainsi à l'obéissance, la bête rétive ou plutôt ombrageuse, refusant d'aller plus loin, ne fit plus que tourner sur elle-même.

Son maître irrité lui enfonça dans les flancs ses éperons avec une telle vigueur, qu'elle se cabra de toute sa hauteur, et il y eut à craindre qu'elle ne roulât à terre en écrasant son cavalier.

C'était un horrible spectacle, au milieu de ces convulsions de la nature, que cette lutte engagée par l'intrépide inconnu contre l'épouvante de son coursier et les fureurs de l'ouragan.

— Restez, monsieur, restez! s'écriait Gerfrutz avec effroi... vous courez, je vous le répète, à votre mort!

— Il le faut! il le faut! répondit d'une voix sourde le voyageur en ayant recours à un second coup d'éperon donné avec la même force.

Mais, cette fois, le cheval fut vaincu par la douleur:

il partit comme un trait, soulevant sous ses quatre fers des flots de neige qui réjaillirent jusque sur le visage des deux spectateurs de cette scène émouvante, et son maître et lui, pareils à deux noirs fantômes, s'évanouirent dans la profonde obscurité de cette nuit sinistre.

Gerfrutz et son hôte n'entendirent plus autour d'eux gronder que l'ouragan.

Ils rentrèrent dans la chaumière, l'âme remuée par une indéfinissable impression.

Le bûcheron examina la pièce de monnaie que le cavalier lui avait glissée dans la main.

— De l'or ! s'écria-t-il avec surprise...

« Cet homme est un prince ou un fou !...

« Y songe-t-il ! me payer aussi largement sa venue, quand il n'a fait que paraître et disparaître !

— Voilà, dit Moritz, deux étranges voyageurs qui ont bien hâte d'atteindre le même but.

— C'est précisément la réflexion que je fais en moi-même depuis un instant, répliqua Gerfrutz...

« Mais ce qui m'étonne surtout, c'est que ce soit au château de Krozenberg qu'ils se montrent l'un et l'autre si pressés d'arriver...

— Et pourquoi cela vous étonnerait-il ?

— Parce que le comte de Krozenberg est mort il y a six semaines.

— Le château est-il donc maintenant inhabité ?

— Il ne s'y trouve plus que mademoiselle Laura Hirmann, l'héritière du comte, et le tuteur de cette jeune fille.

— Eh bien ! ces voyageurs sont des invités qu'ils attendent... et, qui sait ? deux rivaux peut-être, deux prétendus de mademoiselle Laura Hirmann.

— Non, non... elle et son tuteur ne reçoivent personne.

— Voilà qui me surprend... comment une jeune fille qui appartient à une si noble famille, et qui se trouve riche héritière sans doute, ne serait-elle pas entourée de nombreux visiteurs empressés de lui offrir leurs hommages et leurs consolations ?

— Mais c'est que justement, Monsieur, elle n'appartient pas à la famille des Krozenberg; mademoiselle Laura Hirmann est tout simplement la fille d'un ancien garde-chasse.

— Et le comte lui a laissé tous ses biens ?... il n'avait donc plus de proches parents ?

— Il lui restait un frère.

— Qu'il a dépouillé de sa succession ?

— Comme vous le dites... mais aussi quel frère !...

« Ah ! triste histoire, croyez-moi, Monsieur ! ajouta Gerfrutz en soupirant, triste histoire que celle de la vie et de la mort de ce pauvre comte de Krozenberg dans son vieux et solitaire château !

— Cette histoire est donc bien épouvantable, pour que vous en parliez sur ce ton ?

— Elle est aussi épouvantable qu'extraordinaire !

— Vraiment, mon ami, vous m'inspirez le plus vif désir de la connaître; et ce qui accroît encore ce désir, c'est l'ardente agitation avec laquelle ces deux voyageurs se dirigent, par ce temps et à cette heure, vers le château de Krozenberg... tout cela, je vous l'avoue, excite singulièrement mon intérêt au sujet des événements dont cette habitation isolée a pu être le théâtre.

— Eh bien ! Monsieur, me voici prêt à satisfaire votre curiosité...

« Du reste, mon récit ne sera pas long. »

Comme le souper était terminé, Moritz reprit en ce moment sa place sur l'escabeau dans un coin du foyer.

Le petit Karl, apprenant qu'on allait conter une histoire, sauta tout familièrement sur les genoux du jeune homme, et de là parut appeler, de sa mine impatiente et attentive, les paroles sur les lèvres de son père.

Martha alla chercher son rouet et sa quenouille, s'assit à l'autre bout de la cheminée, et se mit à filer tranquillement et en silence.

Durant ce temps, Gerfrutz, ayant ramassé au milieu de sa chambre les restes de son fagot de sapin, en avait recouvert le chaud brasier de son âtre; puis, il s'était installé sur une chaise entre Moritz et sa femme.

Alors, au bruit du vent et de la neige qui fouettaient les murailles de sa masure, au bruit monotone du rouet de Martha et du cliquetis produit par les étincelles s'échappant du bois qui prenait flamme, il commença son récit en ces termes :

— Le comte Arnolf de Krozenberg avait deux frères qui se nommaient Stéphan et Ludwig...

« Dès l'enfance, chacun d'eux révéla nettement son caractère :

« Arnolf, qui était l'aîné, avait un cœur plein de sensibilité, de douceur et de générosité; Ludwig, le plus jeune, paraissait doué des mêmes qualités, et l'on découvrait en lui déjà un air déterminé, et une vivacité d'action qui contrastait d'une façon frappante avec l'humeur paisible de l'aîné.

« Quant à Stéphan, il ne possédait aucun des bons penchants de ses frères : aussi cruel que sournois, aussi envieux que vindicatif, il semblait avoir dans l'âme le germe de tous les vices...

« Lorsque leur père mourut, Luwigd touchait seulement à sa cinquième année; Stéphan avait plus du double de cet âge, et Arnolf vingt-deux ans accomplis...

« L'amour de la comtesse, leur mère, se concentra dès lors involontairement sur l'aîné et sur Ludwig; mais, soit que l'air vif et résolu de ce dernier répondît plus parfaitement à ses goûts, soit qu'elle sentît que, étant le plus jeune, il avait plus besoin de protection, c'était surtout à lui qu'elle prodiguait du matin au soir ses soins affectueux...

« Arnolf était si bon, qu'il se montra comme tout heureux de cette large part de dévouement maternel donnée à l'un de ses frères; mais Stéphan s'en irrita... il ne se passait pas de jour qu'il ne cherchât querelle à Ludwig, et que même, pour assouvir sa haine, il n'en vînt brutalement aux coups...

« Mais plus il le maltraitait, plus la tendresse de la comtesse et d'Arnolf s'éloignait de lui, et protégeait son innocente victime contre sa cruauté...

« S'apercevant qu'il ne retirait aucun profit de cette situation, il contint sa fureur jalouse et feignit de changer de conduite : on le vit tout à coup docile aux remontrances de sa mère, doux, souple, caressant avec ses frères, surtout avec le dernier qu'il ne cessait d'entourer de ses prévenances et de ses soins en apparence les plus tendres.

« La certitude que le repentir avait touché son cœur fit bientôt régner la joie dans le château.

« On finit par ne plus veiller sur Ludwig, et on le laissa jouer et se promener librement avec Stéphan...

« Un jour que celui-ci l'avait entraîné assez loin dans la forêt, il s'approcha du bord d'un rocher connu sous le nom du Nid-des-Hiboux, et qui domine un précipice de cent pieds de profondeur ; il appela son petit frère près de lui sous prétexte de lui montrer un objet qui venait d'exciter sa curiosité ; et, quand il eut le faible enfant sous la main, il le poussa dans l'abîme, en lui criant :

« Tiens ! toi qui es cause de toute l'horreur que « j'inspire autour de moi, appelle donc à ton secours « maintenant ta mère dévouée et ton généreux frère « Arnolf ! »

« Ne croyez pas, Monsieur, que j'invente ces paroles ; elles ont été réellement prononcées par ce cœur pervers, et entendues par un bûcheron nommé Waldeck, qui achevait son dîner derrière des cépées de chêne, de l'autre côté du précipice.

— Et que résulta-t-il de ce crime atroce ? demanda Moritz au milieu d'une pause que l'émotion fit faire à son interlocuteur.

— Stéphan, reprit Gerfrutz, retourna vite au château et y arriva tout en pleurs, en disant que, tandis qu'il se promenait avec son frère dans la forêt, un homme s'était tout à coup élancé sur eux, et avait précipité Ludwig du haut d'un rocher...

« Il ajouta que, lui Stéphan, il n'avait réussi à se dérober que par la fuite à la fureur de cet homme...

« Les gens du château coururent au Nid-des-Hiboux, pour recueillir au fond du précipice le cadavre du pauvre Ludwig ; mais ils n'y trouvèrent que sa toque de velours : on chercha vainement le corps de tous côtés...

« Comme la nuit approchait, et qu'on rencontra quelques loups dans une gorge étroite à laquelle aboutit le précipice, on se convainquit qu'un de ces animaux ou plusieurs même avaient emporté le cadavre sur un autre point de la forêt, et l'avaient dévoré...

« Pendant qu'on faisait ces inutiles recherches, le bûcheron Waldeck se présentait au château, et il instruisait la comtesse de ce qu'il avait entendu et vu ; il ajouta qu'il s'était rendu au pied du fatal rocher pour porter secours à la victime, mais qu'il avait été fort surpris de ne la pas découvrir...

« Il pensait, lui aussi, qu'elle était à l'instant même devenue la proie des loups....

« Stéphan, loin de paraître accablé du poids de son crime ainsi dévoilé, s'indigna contre la prétendue scélératesse de l'accusateur, et s'écria qu'il le reconnaissait bien maintenant pour le paysan qui les avait poursuivis, lui et son frère...

« Dans le premier moment, on fut presque tenté d'ajouter foi à son hardi mensonge ; car Waldeck, qui,

dans sa jeunesse, avait compté au nombre des serviteurs de la famille de Krozenberg, avait été renvoyé du château pour mauvaise conduite, et l'on savait qu'il était animé d'un vif ressentiment contre ses anciens maîtres, surtout contre la comtesse, à qui il reprochait la perte de sa place...

« Mais l'interrogatoire qu'on leur fit subir, à lui et à Stéphan, les réponses confuses et contradictoires de celui-ci, les explications nettes et précises du paysan, démontrèrent bientôt de quel côté était la vérité...

« Néanmoins, malgré son innocence, Waldeck ne se crut probablement pas en sûreté ; car, peu de jours après cet événement, il disparut du pays, et, depuis lors, on n'a plus entendu parler de lui.

— Et Stéphan continua d'être sans doute un monstre de cruauté ? dit Moritz impatient de connaître le dénoûment de cette histoire.

— Tant que dura son enfance, poursuivit Gerfrutz, il ne cessa de faire le désespoir de sa mère et de son frère par l'endurcissement chaque jour plus marqué de son cœur, et par la noire perfidie cachée au fond de toutes ses actions... Parvenu à l'âge d'homme, il s'échappa plusieurs fois du château avec d'énormes sommes d'argent dérobées à la comtesse, et qu'il allait dépenser en diverses villes en les faisant servir à ses premières débauches...

« Enfin, la comtesse mourut en lui laissant une assez belle part d'héritage ; il passa aussitôt en Angleterre, ayant entendu dire qu'on s'amusait mieux à Londres qu'en aucune ville d'Allemagne... La passion du jeu et tous les genres de désordres y dévorèrent sa fortune en moins de deux années...

« Alors, dénué de ressources, couvert de dettes, et toujours retenu à Londres par ses habitudes et les mauvaises liaisons, il écrivit à son frère, appela à son aide la générosité du bon Arnolf, qui, lui pardonnant ses fautes, et ne pouvant supporter l'idée de le savoir dans la misère, lui fit passer, chaque année, des secours d'argent considérables formant à peu près le tiers de ses revenus...

« Tel était entre eux le cours des choses, lorsque Stéphan, qui n'avait pas remis le pied dans son pays depuis dix ans, arriva tout à coup, et, à trois mois, au château de Krozenberg sans y être attendu...

« Il venait, d'un air en apparence repentant et tout amical, apprendre au comte qu'il rougissait maintenant de ses dérèglements, et s'était donné tout entier à l'exécution d'une vaste entreprise commerciale, qui pouvait être pour lui la source d'une rapide et immense fortune...

« Il désirait causer à ce sujet uniquement avec lui pour se guider par ses conseils...

« C'est ici le moment, Monsieur, de vous parler de Laura Hirmann, fille d'un ancien garde-chasse du château :

« Laura était encore en bas âge, lorsqu'elle perdit son père et sa mère.

« Elle fut recueillie et élevée par la comtesse, qui, l'aimant chaque jour davantage pour sa jolie figure et son charmant caractère, s'y attacha comme à son propre enfant.

« En quittant ce monde, la charitable dame recommanda l'orpheline aux soins de son fils aîné : celui-ci, orphelin lui-même, pleurant une jeune femme que la mort venait de lui enlever presque en même temps que sa mère, et n'ayant point d'enfant, s'accoutuma à ne plus trouver que dans la compagnie de Laura toutes les consolations dont son âme avait besoin au milieu de sa solitude et de ses chagrins; il fit donner à la pauvre fille une brillante éducation, et ne la traita pas autrement que si elle eût été réellement sa sœur.

« Il se croyait d'autant plus libre de la garder près de lui, sans que ses intentions pussent lui être imputées à mal, qu'il avait trois fois l'âge de celle dont il était le bienfaiteur, et que, par la pureté de ses mœurs, il s'était attiré le respect de tout le monde...

« Il est presque inutile d'ajouter que l'orpheline faisait tous ses repas à la table du comte: le jour où Stéphan reparut au château, Arnolf la pria de le laisser seul, pendant le souper, avec son frère qui avait à l'entretenir d'une affaire particulière.

« Laura Hirmann avait souvent entendu parler des désordres et de la perversité de Stéphan: elle n'eut l'esprit tranquille que lorsqu'elle eut trouvé le moyen d'assister, sans être vue, à ce souper qui avait lieu dans la chambre d'Arnolf; elle se cacha dans un cabinet tenant à cette chambre et dont la porte vitrée lui permit d'avoir l'œil sur les deux frères.

« Elle ne tarda pas à remercier le ciel des craintes qu'elle avait conçues: elle vit Stéphan jeter une poudre dans le verre du comte, tandis que celui-ci, tourné vers la cheminée, s'occupait lui-même d'attiser le feu; car, pour être plus libres dans leur entretien, ils n'avaient gardé aucun domestique auprès d'eux...

« La jeune fille s'élança du cabinet, et montrant à Arnolf le verre posé devant lui, elle s'écria:

« Ne buvez pas ce vin! il vient d'être empoisonné « par votre frère! »

« Je ne vous dirai rien, Monsieur, de l'effet produit par de telles paroles sur les deux convives: vous comprenez la stupeur de l'un, l'indignation de l'autre...

« Le comte, qui se connaissait un peu en chimie, examina lui-même le contenu du son verre: il acquit la preuve que la poudre, qui avait été mêlée à la liqueur, était un des plus violents poisons et aussi l'un de ceux dont les traces ne se découvrent que difficilement sur la victime...

« Sans pitié cette fois pour ce frère ingrat et dénaturé, il le chassa du château, en lui déclarant qu'il ne devait plus désormais compter ni sur ses pardons, ni sur ses bienfaits.

— Il est évident, dit Moritz, que Stéphan, en méditant ce nouveau crime, n'a eu d'autre but que d'entrer par voie de succession en possession des biens du comte.

— Oh! certainement, c'était là son unique but, continua le bûcheron.

« Aussi le comte, jurant de le punir comme il le méritait, s'empressa-t-il d'instituer Laura Hirmann son unique héritière.

« Il fit même plus: il voulut lui assurer dès ce moment la jouissance de la moitié de sa fortune, afin que la jeune fille, qui avait atteint sa dix-huitième

année, pût trouver plus vite et plus aisément un riche et bon parti.

« Il était précisément occupé depuis quelque temps de la vente d'une grande partie de ses terres; son intention était d'acheter dans plusieurs villes, avec le produit de cette vente, des maisons dont le rapport augmenterait de beaucoup ses revenus; il résolut alors de faire ces acquisitions sous le nom de Laura Hirmann.

« Il avait l'argent dans ses coffres, et il était déjà en marché pour mener à fin son projet, lorsque la mort le surprit... et quelle mort, Monsieur!...

« Un matin, il y a six semaines, il fut trouvé dans son lit, frappé au cœur de deux coups de poignard!

— Deux coups frappés par la main de Stéphan, sans doute? dit Moritz avec un frémissement d'horreur.

— C'est ce qu'on ignore, répondit Gerfrutz; Stéphan n'a point été aperçu dans le pays depuis sa dernière entrevue avec son frère... il est vrai qu'il a pu y reparaître sans avoir été remarqué, car beaucoup de gens, desquels je suis, ne le connaissent pas... mais ce qu'il y a d'étonnant, c'est que l'assassin ait eu le moyen de pénétrer dans le château, et d'en sortir sans laisser trace de son passage: toutes les portes et les fenêtres en étaient fermées comme elles l'avaient été la veille; seulement, tous les meubles de l'appartement de la victime avaient été soigneusement fouillés.

« Bien probablement le meurtrier y avait cherché la somme provenant de la vente d'une partie des terres du comte; cette somme ne formait pas moins, dit-on, de deux cent mille risdales... mais elle avait été mise en lieu sûr et ne put être trouvée.

— Alors, ce crime a été commis par l'un des domestiques du château? reprit Moritz.

— C'est ce qu'on a pensé d'abord; mais les magistrats, après les avoir tous interrogés, ont été convaincus de leur innocence, et les ont mis en liberté...

« Néanmoins, Laura Hirmann crut devoir par prudence en renvoyer deux qui étaient nouveaux, et dont elle ne connaissait pas la moralité.

« Elle garda deux vieillards et une femme, anciens serviteurs qui n'avaient donné toute leur vie à leur malheureux maître que des preuves constantes de fidélité et de dévouement.

« Enfin, dix jours environ après cet assassinat, Stéphan fit une nouvelle apparition au château; il revenait de Londres et se disait instruit de la mort de son frère par les papiers publics.

« Il affecta de se montrer très-affligé, et il retourna en Angleterre sans que l'idée des biens du comte passant dans les mains d'une étrangère parût exciter sa colère ou son étonnement...

« Voilà, monsieur, les détails des tristes événements qui se sont accomplis dans la famille de Krozenberg; et ma femme et moi nous tenons ces détails de Laura Hirmann elle-même.

— Vous connaissez donc particulièrement cette jeune fille?

— Si nous la connaissons! répliqua vivement le bûcheron...

« C'est par sa main que Dieu répand les consolations et le bien-être dans notre ménage!

« Si notre bière est meilleure, si notre pain est moins bis, si notre feu est plus brillant, nous le devons à ses bienfaits !...

« Le comte, homme compatissant et généreux, la laissait libre de distribuer ses aumônes comme elle l'entendait : aussi ne choisissait-elle pas parmi les malheureux ; elle donnait à tous et sans compter... et depuis la mort du comte, sa bourse n'est pas restée fermée un instant !...

« Ah ! monsieur, avec quelle figure rayonnante de joie et de bonheur, pénétrant elle-même au fond des chaumières, elle remplit chaque jour son pieux devoir !

« Il n'est pas un paysan qui n'accueille avec un cœur tout palpitant d'attendrissement, de reconnaissance et d'admiration, cet ange de charité, de grâce et de candeur !...

« Mais ce n'est point là le seul beau côté de son âme : qui le croirait? cette jeune fille si simple et si douce a autant de bravoure et d'intrépidité devant le péril que de penchant à la pitié devant les souffrances de la misère... et si je ne craignais, Monsieur, d'abuser un peu de votre attention en prolongeant mon récit, je vous rapporterais de son courage deux traits qui causeraient certainement votre surprise.

— Racontez-les-moi vite, mon ami ! vous ne sauriez me faire un plus grand plaisir, repartit Moritz... car, grâce à ce que vous m'avez déjà dit de Laura Hirmann, je me sens bien près d'éprouver à mon tour pour elle une admiration sans bornes !

— Eh bien ! je commence, répondit Gerfrutz...

« Je n'ai sans doute pas besoin, Monsieur, de vous demander si vous avez entendu parler de Roderich et de Krammer?

— Ah ! les deux chefs de bandits, qui exercent leurs ravages dans la forêt du Hartz et dans ses alentours?...

« Je vous expliquerai tout à l'heure comment je pourrais moi-même vous fournir des détails sur la troupe de l'un d'eux... mais continuez.

— Vous connaissez alors, reprit le bûcheron, l'animosité qui existe entre ces deux chefs, et vous savez que cette animosité a sa source dans la différence de leur caractère et de leur conduite.

« Krammer, féroce et lâche, n'épargne pas plus la cabane du paysan que le château, pas plus le voyageur qui chemine avec son bâton noueux que le grand seigneur qui fait route en carrosse.

« Il attaque, incendie, tue, partout où il croit pouvoir mettre la main sur quelques risdales...

« Roderich, au contraire, n'a fait jusqu'ici la guerre qu'à de riches et brillants personnages, soit en pénétrant dans leurs habitations, soit en les attendant sur les chemins ; encore ne semble-t-il vouloir troubler la tranquillité que de ceux qui se sont fait une mauvaise réputation par leurs mœurs, la dureté de leur cœur, ou leurs exactions dans l'exercice de quelques fonctions publiques; enfin, il n'a recours au meurtre que lorsqu'il y est forcé pour sa défense...

« Quant aux voyageurs pauvres et aux habitants des chaumières, non-seulement il les respecte, mais il les protège même contre les attaques de Krammer : on l'a vu souvent forcer celui-ci, après une lutte sanglante, à rendre au paysan ce qu'il lui avait enlevé...

« Un jour donc, il y a de cela dix-huit mois, comme il n'était suivi que de six de ses compagnons, il rencontre Krammer occupé à dévaliser un paysan qui regagnait sa demeure avec le produit de la vente de quelques denrées : sans s'arrêter à la pensée que son adversaire avait une suite quatre fois plus nombreuse que la sienne, il tombe sur lui avec fureur... mais le nombre l'emporta sur le courage...

« Roderich fut terrassé, garrotté et lié à un arbre où ses ennemis se promettaient de lui faire subir mille tortures, avant de lui donner le coup mortel...

« Ceux qui l'y avaient attaché furent obligés de le quitter aussitôt pour prêter leur aide à leurs compagnons, que commençaient à repousser les six hommes de Roderich, dont aucun n'avait été mis hors de combat...

« La lutte dura longtemps, et entraîna tous les bandits assez loin dans la forêt...

« En ce moment, Laura Hirmann, qui faisait une tournée pour ses aumônes, passa sur le chemin et aperçut un homme lié à un arbre :

— « O mon Dieu ! que vois-je? s'écria-t-elle en s'élançant vers lui... »

« Au même instant, quelques-uns des gens de Krammer revinrent vers leur prisonnier; mais n'ayant point repris pour le rejoindre la route qu'ils avaient suivie dans leur combat, ils trouvèrent entre eux et lui un précipice qui s'étendait à une longue distance sur leur droite et leur gauche, et qu'il leur était impossible de franchir.

« De plus, le gros tronc d'arbre auquel Roderich était adossé le mettait, d'après la position actuelle de ses ennemis, à l'abri de leurs coups de feu.

« Ils comprirent bien que la jeune fille aurait le temps de le secourir avant qu'ils pussent arriver jusqu'à lui en tournant d'un côté ou d'autre le précipice.

« Aussi mirent-ils tous en joue Laura en lui criant :
— « Garde-toi de faire un pas de plus vers cet homme, ou tu es morte! »

— « Pauvre enfant! lui dit aussitôt Roderich, retire-toi! de grâce, retire-toi! n'expose pas à une mort certaine tant de jeunesse et de beauté pour le salut d'un misérable! »

— « Dieu, répondit-elle en s'avançant toujours avec calme, ne veut pas que j'abandonne une de ses créatures quand je peux lui venir en aide. »

« Et, comme elle parlait, la décharge des sept ou huit fusils dirigés sur sa poitrine se fit entendre.

« Sa destinée la fit passer saine et sauve au milieu des balles.

« Elle continua de marcher résolûment vers le prisonnier et le délivra de ses liens, tandis que les bandits rechargeaient leurs armes.

« Elle s'éloigna avec lui de l'arbre...

« Une nouvelle détonation retentit derrière eux; mais Dieu ne cessait de veiller sur Laura et même sur ses œuvres, car les balles ne firent encore que siffler autour d'elle et de celui qui lui devait la vie...

« A quelque distance de là, près de se séparer de la jeune fille, Roderich, par un élan de reconnaissance, fut tenté de la presser sur son cœur; mais un sentiment de respect le retint...

: « Il voulut lui serrer la main : il fut arrêté par le même sentiment... il ne put qu'essuyer une grosse larme qui roulait dans ses yeux, et s'écrier d'une voix suffoquée

— « Laura Hirmann!... je m'en souviendrai! »

— « Vous me connaissez? dit l'orpheline toute surprise... et Roderich se perdit dans la forêt.

— Noble et courageuse fille, en effet! murmura Moritz en devenant tout à coup rêveur, et sans pouvoir dissimuler une vive émotion qui, plusieurs fois durant la fin de ce récit, avait étonné le bûcheron.

Puis, passant la main sur son front couvert d'une étrange pâleur, il ajouta :

— Je connais aussi une aventure qui a quelque rapport avec celle-là...

« Mais poursuivez, mon ami... n'avez-vous pas à me raconter un autre trait d'un pareil héroïsme?

— Ce dernier trait, reprit Gerfrutz, se rattache à un événement qui a eu lieu aussi dans la forêt, au mois de novembre de l'an passé, et quinze jours environ après la paix d'Aix-la-Chapelle.

— Quinze jours après la paix d'Aix-la-Chapelle? ré-

Alors mettons-nous donc en marche' dit Moritz.

péta Moritz en relevant subitement la tête, et regardant le paysan d'un air stupéfait.

Nous croyons devoir, pour la clarté de ce dialogue, rappeler au lecteur que la paix dont il est ici question, avait mis fin momentanément à cette opiniâtre et terrible guerre que, pendant huit ans, Marie-Thérèse eut à soutenir contre les puissances qui lui disputaient sa couronne.

Parmi ces puissances, la France figurait au premier rang, non point en apparence pour ses propres intérêts, mais pour ceux de l'électeur de Bavière,

qu'elle voulait asseoir sur le trône de l'empire d'Autriche.

A la France s'étaient alliées l'Espagne, la Prusse, la Sardaigne; et, au milieu même des Etats de l'Allemagne, Marie-Thérèse n'avait eu pour elle que l'électeur de Hanôvre, alors roi d'Angleterre, qui la soutenait des hommes et des subsides de son électorat.

« On sait que la principauté de Grubenhagen, dans laquelle se passent les événements de notre histoire fait partie du Hanôvre.

— Oui, Monsieur, continua Gerfrutz tout en remarquant la singulière stupéfaction de son hôte... à peu près vers cette époque, un jeune officier hanovrien, fait prisonnier par les Français, et rendu à la liberté par le traité de paix, regagnait à cheval ses foyers, lorsque, en traversant le Harztwald, il tomba dans la bande infernale de Krammer...

Moritz tenait toujours arrêtés sur le bûcheron ses yeux de plus en plus animés.

— Les bandits, continua le narrateur, voulurent lui enlever son petit bagage et son cheval...

« Il se défendit comme un lion, tua deux des scélérats, et en blessa dangereusement plusieurs autres...

« Mais qu'avez-vous donc, Monsieur? ajouta soudain et avec effroi le paysan ; vous pâlissez comme si vous alliez vous trouver mal !

— Achevez !... achevez vite, mon ami ! j'ai hâte de connaître la fin de cette aventure ! répondit Moritz en comprimant fortement de sa main les palpitations de son cœur.

— Eh bien, Monsieur... le pauvre officier fût bientôt accablé par le nombre, sans toutefois recevoir de blessures graves.

« Les bandits lui lièrent les mains derrière le dos, le mirent à genoux, et voulant dans leur fureur venger la mort de leurs compagnons, ils dirigeaient leurs mousquets à bout portant sur sa poitrine lorsqu'une jeune fille se précipita entre leurs armes et l'officier... c'était Laura Hirmann !

— C'était elle ! c'était elle !... je l'ai retrouvée !...

« Mon Dieu ! mon Dieu ! merci, s'écria Moritz emporté par une secousse délirante de l'âme, et se levant de son escabeau avec un mouvement si énergique et si prompt, que Martha, Gerfrutz et le petit Karl jetèrent tous à la fois sur lui un regard consterné.

— Oh ! ne craignez rien, mes amis ; je ne suis pas fou ! reprit-il aussitôt en souriant.

— Quoi ! lui dit le bûcheron tout ému, cet officier hanovrien... serait-ce donc vous, Monsieur ?

— Oui, c'est moi-même ! répondit Moritz d'une voix étouffée par ses impressions, et, pour vous le prouver, je vais maintenant terminer votre récit...

« Laura Hirmann (puisque tel est le nom de celle qui m'a sauvé la vie) s'était, comme vous venez de le dire, élancée entre moi et les armes de mes assassins...

« D'abord, étonnés de sa témérité, touchés peut-être de sa beauté et de sa candeur, ils relevèrent comme involontairement les canons de leurs fusils ; mais, reportant les yeux sur leurs deux compagnons morts, et excités par les injures dont m'accablaient ceux que j'avais blessés, ils abaissèrent de nouveau sur mon sein le bout de leurs mousquets.

— « Misérables ! leur cria Laura en me formant toujours un rempart de son corps, ce jeune homme « a-t-il fait autre chose que ce que chacun de vous eût « fait à sa place? Il n'a que défendu loyalement et « bravement sa vie contre ceux qui attentaient à la « sienne !

« Que lui demandez-vous avec son sang?... de « l'or !...

« Eh bien ! voilà ce que vous cherchez ! ajouta-t-elle « en vidant sa bourse à leurs pieds...

« Cet or était destiné à soulager de pauvres familles

« qu'écrase chaque jour le poids d'un travail pénible: « faites-en votre profit, vous qui ne l'avez point mé- « rité... et épargnez le sang d'un honnête homme... « Dieu vous tiendra peut-être un jour compte de cette « action !... »

« Le langage du vrai courage et de la vertu a une telle puissance, même sur les âmes les plus dépravées, que tous les bandits demeurèrent silencieux, consternés, comme tout honteux d'eux-mêmes, et la crosse de leurs fusils retomba sur le sol...

« Toutefois, dans leur confusion, ils ramassèrent l'or qui gisait à leurs pieds...

« Laura profita de ce moment pour me délier les mains, et je la suivis...

« Quelques pas plus loin, elle s'enfonça d'un mouvement si rapide dans un sentier de la forêt, que je n'eus pas même le temps de prononcer un mot pour lui exprimer ma reconnaissance.

— Oui, c'est bien ainsi que tout s'est passé, dit Gerfrutz, ayant peine encore à revenir de la surprise que lui causait l'idée d'avoir sous son toit le héros de ce mémorable événement.

— Je ne vous étonnerai pas en ajoutant, reprit Moritz, que, depuis ce jour, l'image de mon ange sauveur n'a cessé un instant d'être fixée devant mes yeux...

« Quand j'arrivai à Osterode, ma ville natale, où réside ma famille, on me proposa un riche mariage qui avait été arrangé en mon absence : je ne pus me décider à épouser celle que l'on me destinait, non qu'elle ne fût digne ni d'amour ni d'estime (car elle eût été adorable pour tout autre !), mais parce que mes rêves du jour, mes songes de la nuit n'étaient pleins que de la vision éblouissante et toute céleste de la jeune fille de la forêt du Hartz !...

« Je devins sombre, dégoûté de tous plaisirs, fatigué des autres et de moi-même ; je ne pouvais supporter la vie que dans l'isolement, et encore cet isolement faisait-il mon supplice en concentrant plus fortement mes pensées sur l'objet de ma tristesse et de mes regrets...

« Enfin, je sentis que le seul remède à mes souffrances était de me mettre à la recherche de celle dont le souvenir avait tout envahi dans mon cœur...

« Sans me rendre bien compte des folles espérances attachées à ma détermination, je partis d'Osterode hier, résolu de faire route seul et à pied, afin de n'être pas distrait de mes rêveries par des compagnons incommodes et de rester ainsi tout à moi-même...

« Mon but était, en parcourant les environs du lieu où la bande de Krammer m'avait arrêté, de découvrir, par mes questions adressées à tout le monde, le nom et la demeure de mon héroïque libératrice ; et je commençais, ce soir, à reconnaître que je ne devais pas être éloigné de ce lieu, lorsque la nuit et l'ouragan me forcèrent d'interrompre mon voyage à votre seuil.

— Eh bien ! monsieur, dit le bûcheron d'un ton joyeux, le hasard vous a servi à souhait en vous amenant ici ; vous voilà maintenant muni de tous les renseignements dont vous aviez besoin : vous saurez, demain matin, où porter vos pas pour revoir celle que vous cherchez.

— Demain matin? s'écria Moritz en saisissant avec

vivacité son fusil dans le coin de la cheminée et s'élançant au milieu de la chambre... c'est ce soir que je veux être près d'elle !...

« Oubliez-vous donc ces deux sombres voyageurs qui se sont rendus au château de Krozenberg?

« Qui vous assure que Laura Hirmann n'a pas à courir cette nuit quelque danger ?

— Ma foi ! Monsieur, il faut que je vous l'avoue, c'est là une maudite idée qui me travaille aussi singulièrement l'esprit depuis une heure !... et elle me tourmente d'autant plus en ce moment, que je songe à une chose qui s'était entièrement effacée de ma mémoire : d'après ce que nous a dit mademoiselle Laura, cette semaine, son tuteur a dû la quitter, ce matin, pour un voyage d'affaires, et il sera absent du château pendant deux ou trois jours ; elle n'aurait donc pour défenseurs actuellement, s'il lui arrivait malheur, que les deux vieux domestiques et la servante dont je vous ai parlé... aussi, monsieur, ne serez-vous pas seul à voler au secours de ma bienfaitrice !

Et le paysan, se glissant dans la ruelle de son lit, détacha du mur une vieille carabine rouillée, accrochée à deux clous.

— Voilà une arme assez respectable, reprit-il, qui a arrêté sa course plus d'un daim de la forêt, et qui saura faire encore sa besogne, ce soir, si nous tombons sur les pas de Krammer !

— Y songez-vous?... me suivre par cet effroyable temps ?

— Vous le bravez bien ! pourquoi donc me retiendrait-il ici plus que vous ?...

« Et puis, quand ce ne serait que pour prêter mon aide à celui qui a bien voulu prendre mon petit Karl sur ses genoux et ne point se montrer ennuyé de son bavardage, je ne pourrais encore me refuser le plaisir de vous accompagner...

« Adieu, femme ! ajouta Gerfrutz, adieu Karl !... à demain. »

Il tendit la main à Martha, embrassa son enfant, et il sortit précipitamment de la chaumière avec le jeune officier.

Ce ne fut pas sans frémir que la paysanne referma la porte sur leurs pas : la neige tombait toujours, de violentes bourrasques continuaient de gronder dans les cimes des hauts sapins et des larges chênes, et en emportaient les branches brisées jusque dans la cour de la chaumière.

Le petit Karl se mit à pleurer.

— Oh ! pourquoi donc papa est-il parti? dit-il... les loups vont le dévorer !

— Ton père, mon pauvre enfant, lui répondit sa mère en soupirant, a fait ce qu'il devait faire : il porte secours à celle qui t'a donné de bons habits, cet hiver, pour te garantir de ce froid si rude !

Dix minutes plus tard, comme Martha s'occupait de préparer le lit de Karl, qu'elle voulait coucher, l'enfant courut vers elle en s'écriant :

— Entends-tu, maman? entends-tu la voix des loups?

— Cette fois tu as raison ! répliqua la paysanne avec un mouvement de terreur... ce sont bien des loups que tu entends !

En effet, des hurlements s'élevaient de divers côtés de la forêt, et de distance en distance; bientôt ils ne formèrent plus qu'un affreux concert retentissant sur un seul point.

Les féroces animaux s'étaient réunis, et leur voix rauque et lugubre s'approchait peu à peu de la demeure du bûcheron.

Ils semblaient deviner qu'il n'y avait plus là qu'une femme et un enfant.

— Quelle nuit ! murmura Martha en joignant les mains; que Dieu ait en sa sainte garde ton père et le jeune officier !

Elle tomba à genoux sur une chaise, et se mit en prière.

Un instant après elle reprit :

— Karl, nous ne nous coucherons pas... nous pourrions être surpris par quelque danger durant notre sommeil... nous attendrons au coin de l'âtre le retour de ton père.

Elle alla se rasseoir devant son rouet, et recommença son monotone travail de fileuse.

Karl traîna son escabeau près du rouet, et se pelotonnant dans les plis de la jupe de sa mère, il y demeura immobile et tremblant, ses grands yeux inquiets fixés dans le vide et l'oreille tendue aux terribles rumeurs du dehors.

Les loups étaient arrivés sur le chemin, le long de la solitaire habitation.

Quelques-uns avaient même franchi la clôture et hurlaient dans la cour.

Le vent hurlait comme eux, et la neige continuait de battre sans relâche de son bruit strident les contrevents et la porte.

II

LE CHATEAU DE KROZENBERG

Nous allons reprendre notre récit au moment où le second voyageur, qui avait fait une si rapide apparition chez Gerfrutz, s'éloignait dans son carrosse, et nous suivrons jusqu'au but de son voyage ce sinistre inconnu.

Il longea, pendant une demi-heure, l'étroite vallée au fond de laquelle était située la maison du bûcheron; puis, rencontrant sur sa droite un chemin qui menait par une pente oblique dans la montagne, il le fit gravir à son cocher, parvint au bout d'une autre demi-heure sur la crête de cette montagne; et, enfin, après avoir employé à peu près le même temps à descendre le versant opposé à celui qu'il avait gravi, il atteignit, malgré les vents, la neige et l'effroi de ses chevaux, le mur élevé et sombre de la cour d'un vaste bâtiment.

C'était le château de Krozemberg.

Ce château, dont le parc immense formait de ce côté la lisière du Hartzwald, était entouré de grands massifs d'arbres de toute espèce, qui, à une certaine distance, en dérobaient la vue au passant.

Le long de son enceinte, et au milieu de quelques places vagues, jonchées de bruyères, apparaissaient çà et là des rochers auxquels des formes angulaires et bizarres prêtaient l'apparence de géants accroupis dans les ténèbres, et transis par la neige tombant à flocons pressés sur leurs puissantes épaules.

Ce site, par sa solitude comme par son aspect, avait un caractère âpre et sauvage qui remuait et attristait singulièrement l'âme; et si quelque chose eût pu ajouter à l'impression produite par un tel lieu, c'eût été assurément l'expression des mouvements et de la figure de notre voyageur sortant de son carrosse qu'il avait fait arrêter devant la porte du château.

Le sourcil froncé, la tête penchée, l'œil étincelant d'étranges et ardentes pensées, il saisit et secoua, par un geste brusque et impatient, l'anneau d'une petite chaîne de fer qui pendait à un angle de la porte.

Le timbre d'une grosse sonnette retentit grave et prolongé, se répercutant d'écho en écho dans les profondeurs sonores du solitaire édifice.

Au bout de cinq minutes, des pas se firent entendre derrière la porte et une voix, qui était celle d'un homme âgé, demanda :

— Qui est là?

— Quelqu'un qui est chargé de communiquer une nouvelle de la plus haute importance à mademoiselle Laura Hirmann, répondit le voyageur d'un ton calme et doux qui contrastait avec l'expression de toute sa physionomie.

— Alors, qui êtes-vous?

— Un envoyé de son homme d'affaires.

Le domestique ne répondit pas à ces mots, et l'on entendit qu'il se consultait tout bas avec un autre serviteur.

La voix ferme et comme un peu courroucée de ce dernier ne tarda pas à répliquer :

— Mademoiselle nous a donné l'ordre de ne laisser entrer ici personne pendant la nuit.

— Mais elle me recevrait à l'instant même, si elle savait ce que j'ai à lui apprendre.

— Confiez-nous-le... nous le lui rapporterons fidèlement.

— J'ai mission de n'en instruire qu'elle seule... cela concerne ses intérêts.

— Alors, retournez sur vos pas, et revenez demain matin.

— Mais au moins faites-lui connaître mon arrivée, et le motif qui m'amène : j'attendrai ici sa réponse.

— C'est inutile!... elle ne reviendra pas sur la décision qu'elle a prudemment prise, après l'affreux événement dont une main criminelle a ensanglanté ces lieux.

— Eh bien! à demain! dit l'étranger éconduit en rongeant en lui-même sa fureur.

Puis, passant devant ses chevaux, il fit signe à son cocher de suivre ses pas, et il s'engagea dans un chemin pratiqué le long des murs de clôture du château.

Nous le rejoindrons bientôt dans cette dernière route; nous sommes forcés pour le moment de ne point quitter la porte dont nous venons de le voir s'éloigner.

Un quart d'heure après qu'il se fut retiré, l'intrépide et bouillant cavalier qui s'était lancé sur ses traces, arriva au grand galop de sa monture : l'épaisse écume qui, par cette nuit glacée, couvrait les flancs de la pauvre bête, indiquait assez si son maître avait pressé sa course.

Sans mettre pied à terre, il tira de toute sa force la chaîne de la sonnette.

Un instant après, les deux vieux serviteurs du château se trouvaient derrière la porte.

— Allons! vous n'êtes donc pas parti? dit l'un d'eux.

— Parti?... Je ne fais que d'arriver.

— En effet, ce n'est pas la même voix, répliqua le domestique... Que voulez-vous?

— Parler à votre maîtresse.

— L'autre disait de même, repartit le vieillard d'un ton bourru, et nous l'avons renvoyé.

— Quel est donc cet autre que vous avez renvoyé? demanda vivement le cavalier.

— Un voyageur qui était en carrosse... du moins, nous le présumons, car nous avons entendu le bruit d'une voiture lorsqu'il a repris sa route.

— Il n'est pas entré! murmura le cavalier... Oh! Dieu veille sur elle!

— Que marmottez-vous donc là? reprit le domestique.

— Je dis que je serais enchanté de pouvoir donner un avis essentiel à mademoiselle Laura Hirmann.

— Toujours le même langage que [l'autre!... tout cela nous paraît suspect...

« Il nous est, du reste, défendu d'ouvrir la nuit à qui que ce soit.

— C'est une sage mesure que j'approuve fort...

« Néanmoins elle est regrettable en ce qui me concerne.

— Connaissez-vous donc notre maîtresse?

Le cavalier se tut, et parut hésiter sur le choix de sa réponse.

— Non... répondit-il bientôt d'une voix émue.

— D'ailleurs, que vous la connaissiez ou non, il n'y a d'exception pour personne...

« Adieu! dit le vieux serviteur en s'éloignant avec son camarade.

Le cavalier était demeuré immobile et pensif; tout à coup il releva la tête d'un air animé, et se dit :

— La porte ne lui a pas été ouverte; mais qui sait s'il n'a point d'autres moyens de pénétrer dans le château?

« Ce n'est pas avant deux heures qu'il aura besoin de rejoindre ceux dont il s'est momentanément séparé : durant ce temps, ne peut-il tenter d'exécuter à lui seul quelque audacieuse entreprise?...

« Quant à moi, j'ai également deux bonnes heures dont je puis disposer à mon gré : je les emploierai à veiller sur les alentours de cette demeure. »

Et, sentinelle active et vigilante, le cavalier se mit aussitôt à parcourir le chemin qui longeait l'enceinte du château.

Retrouvons maintenant l'autre voyageur, que nous avons vu s'engager dans le même chemin.

Après avoir, en marchant devant son carrosse, franchi l'espace d'une cinquantaine de pas, il entraîna son cocher dans une de ces clairières de la forêt au milieu desquelles se dessinait confusément la silhouette fantastique d'énormes rochers.

Il entra dans un enfoncement large et profond que lui présenta l'un de ces rochers, et y fit arrêter sa voiture, ainsi parfaitement cachée à tous les regards.

Il en ouvrit vite la portière, prit sur une banquette deux pistolets et un poignard qu'il glissa sous ses vêtements; puis, tirant une petite lanterne sourde d'une des poches de son justaucorps, il l'alluma.

Alors, se tournant vers son domestique, homme sûr, dont l'âme infernale lui était toute dévouée, il lui recommanda de ne point bouger du lieu où il le laissait, et de n'y trahir par aucun bruit sa présence.

Cet ordre étant donné, il poursuivit sa marche vers le fond du rocher à travers un labyrinthe d'étroits et tortueux détours, et se trouva bientôt dans une grotte qui ne semblait avoir d'autre issue que le passage par lequel il était arrivé.

Plusieurs blocs de granit, portant la marque austère de leur âge dans leur épaisse couche de mousse verdâtre, formaient, à partir du sol et de distance en distance, des saillies de trois à quatre pieds de haut dans les flancs de la grotte; il passa la main dans une petite fente comprise entre l'un de ces blocs et la paroi du rocher, y sentit le bouton d'un puissant ressort, poussa ce bouton avec force, et la lourde pierre roula d'elle-même en dedans de la grotte sur des gonds invisibles.

Elle le mit ainsi en face d'une ouverture au bord de laquelle se montrait un escalier qu'il s'empressa de descendre.

Vingt marches environ le conduisirent dans une voûte souterraine et solidement maçonnée.

Parvenu à l'extrémité de cette voûte, longue de cent pas au moins, il eut à monter un escalier en spirale, qui le mena à une assez grande élévation.

Il s'arrêta sur le dernier degré, colla l'oreille le long d'un panneau de bois, et s'étant assuré qu'aucun mouvement humain ne se faisait dans l'endroit où il voulait pénétrer, il fit jouer le ressort du panneau, et, sa lanterne à la main, il sortit de ce passage secret.

Il était en ce moment arrivé dans un vaste garde-meubles situé au deuxième étage du château de Krozenberg.

Le visage toujours sombre et contracté par les impressions qui ne pouvaient manquer de bouleverser son âme dans une telle situation, les yeux tout flamboyants de l'impatience de toucher au dénoûment de son entreprise, il ouvrit sans bruit une porte de la pièce où il s'était introduit, enfila un corridor, se glissa dans un appartement, et traversa plusieurs chambres sans paraître un instant embarrassé de la direction qu'il devait prendre; bientôt il redoubla de précaution en faisant son entrée dans un salon élégamment meublé, sur lequel il promena de tous côtés les rayons du foyer de sa lanterne sourde, pour en examiner l'ensemble avec attention; puis, s'avançant sur la pointe des pieds, il s'approcha d'une porte dont la clef se trouvait placée de son côté, et il se dit tout bas, tandis qu'il portait la main à la serrure:

— Oui... oui... ce doit être là sa chambre.

Pénétrons avant lui dans cette chambre, et voyons ce qu'elle renfermait.

Un grand feu y brillait dans une de ses spacieuses cheminées si bien appropriées aux majestueuses dimensions des appartements de nos pères.

À l'un des coins de la cheminée, une blonde jeune fille, toute vêtue de deuil, était assise dans un fauteuil, la main posée sur une table où elle effleurait un livre ouvert du bout de ses doigts blancs et délicats.

Mais elle ne lisait plus, et elle avait son visage pensif tourné du côté du feu; de temps en temps elle passait son autre main sur les ailes repliées d'une tourterelle blanche, juchée sur son épaule, et qui, par un roucoulement plaintif et tendre, lui demandait continuellement ses caresses.

Rien n'était plus ravissant que le tableau offert par cette jeune fille obéissant aux douces exigences de son oiseau familier, sans pour cela rompre le cours de ses mélancoliques réflexions; elle avait une figure qui tout à la fois étonnait et faisait rêver, tant sa beauté était radieuse, chaste et suave; cependant (et en cela qu'on nous pardonne de ne point nous conformer à un usage un peu trop légèrement peut-être établi de nos jours parmi les romanciers), nous nous garderons bien de la comparer à aucune de celles que le génie et la main de Raphaël, de l'Albane, du Titien, de Murillo, et de tant d'autres illustres maîtres, ont transmises à notre admiration; car si séduisantes ou si pleines d'un calme céleste que soient ces jolies têtes transportées de leurs rêves sur la toile, elles auront toujours le défaut inséparable du travail de l'homme dans la partie matérielle d'un art: c'est d'avoir des traits fixés d'une façon immuable par le pinceau, et de poser ainsi des bornes à nos impressions et à notre enthousiasme.

La nature, au contraire, dans les nuances infinies d'expression qu'elle répand sur un visage, ouvre un espace sans limites aux élans de notre pensée ravie.

La figure, dont nous n'essayerons pas même de donner ici une esquisse, était douée d'une de ces beautés idéales, poétiques et rêveuses, que Gœthe et Walter Scott nous font deviner dans leurs œuvres, mais dont, heureusement pour eux et pour leurs lecteurs, ils n'ont point cherché à tracer les lignes insaisissables; elle composait, enfin, un de ces types achevés, qui échappent à toute analyse, et dont l'imagination seule, au fond de ses songes, peut sentir plutôt que saisir l'ensemble harmonieux, quand elle les crée elle-même en plaçant sur leur front, à côté de la perfection des traits, la grâce, la candeur et la noblesse de l'âme.

Nous n'apprendrons rien, sans doute, au lecteur en lui disant que la jeune fille parée de cette rare beauté était Laura Hirmann.

À quoi songeait-elle en ce moment, ainsi étendue dans son fauteuil, oubliant sa lecture et caressant d'un air profondément distrait la fidèle compagne de sa solitude?

Nous allons sans périphrase mettre en lumière les coins les plus cachés de son cœur; elle pensait tout simplement au jeune officier délivré par ses mains du plus grand péril, il y avait un an, au moment où les compagnons du bandit Krammer le tenaient en leur pouvoir.

L'impression qui lui était d'abord restée de cet événement n'avait été que ce qu'une belle et bonne action laisse toujours après elle dans un noble cœur: elle se sentait tout heureuse, et presque toute fière (si toutefois l'innocence et la candeur peuvent l'être !) d'avoir arraché pour la seconde fois un être humain à la mort.

Mais, à ce sentiment élevé d'une conscience satisfaite, se mêla chaque jour, avec un charme de plus en plus vif, le souvenir de tout ce qui avait touché son âme dans la physionomie, les gestes, le ton, la tournure, le courage de celui dont elle avait été l'ange protecteur ; et elle s'étonna bientôt de voir que la puissance seule de ce souvenir semblait faire dans son esprit toute la valeur de son héroïque action.

Par un instinct plus fort que sa volonté, et que sa raison ne s'expliquait pas, elle ne pouvait traverser la forêt au milieu de ses courses nécessitées par ses aumônes, sans passer par l'endroit où le jeune officier lui était apparu entouré des bandits, et attendant avec une audacieuse sérénité le coup mortel dont il était menacé ; mais, hélas ! elle n'y retrouvait plus qu'une place nue, aride, vide de tout être vivant ; elle n'apercevait plus qu'un désert là où son imagination se plaisait à faire revivre sans cesse la même scène si animée et si terrible !

Mais ce désert lui était cher : elle ne le revoyait pas sans avoir le cœur serré par le mouvement d'une secrète joie ; elle ne le quittait pas sans décharger son cœur d'un soupir de regret ; et, en s'éloignant, elle s'imaginait toujours que l'ombre du jeune inconnu allait lui apparaître au détour de chaque sentier ; puis, déçue dans cette attente, elle ne manquait jamais d'entendre en elle-même comme un vague murmure de son âme, qui la consolait en lui disant : « Ce sera demain peut-être ! »

Rentrée au château, elle s'enfermait seule dans sa chambre, et là, elle avait, au milieu de ses rêveries, de chastes et mystérieux entretiens avec la chère image qui lui enlevait ainsi la froide réalité des faits.

Elevée dans son plus jeune âge sur les pas d'un père, garde-chasse, et habituée à s'égarer avec lui dans les bruyères, sur les rochers, sous le dôme touffu et mélodieux des sapins et des hêtres, à respirer le sauvage parfum des bois, à ne voir que les aspects les plus variés de la nature, Laura n'avait eu que dans la seconde moitié de son enfance son contact avec une vie étroitement resserrée entre les murs de splendides appartements, et soumise à une éducation réglée et sévère ; elle avait donc parcouru le cercle des deux existences les plus opposées, dont les tendances et les impressions diverses, étant sur tous les objets de la création et de la civilisation à la fois la force indomptable des aspirations humaines, ont été souvent la semence du génie déposée par le hasard des circonstances dans l'âme des grands poëtes, sont toujours, dans une âme de dix-huit ans, innocente et naïve, la source de sentiments profonds et rêveurs : aussi Laura, à travers les capricieux voyages de son imagination, se retrouvait-elle près du jeune officier, tantôt dans l'épaisseur de la forêt, luttant avec lui d'agilité et d'adresse pour franchir quelque ravin escarpé, et riant de ses prouesses après le danger surmonté ; tantôt, assise à son côté, au coin du feu, et lui lisant les pages les mieux touchées des livres qu'elle aimait, ou lui confiant dans son bonheur le plan des visites qu'elle aurait à faire, le lendemain, aux pauvres des environs.

Ce fut au milieu de ce monde enchanteur de ses rêves que la mort tragique du comte de Krozenberg

surprit la pauvre enfant : c'était encore un véritable père qu'elle perdait, un père tendre, bon et généreux pour elle, et pour tous autour d'elle.

On conçoit la douleur et même la terreur dont elle fut accablée par une telle perte accompagnée d'un tel genre de mort !

Se couvrir de deuil, laisser son beau visage fondre en larmes jour et nuit, prendre le ciel à témoin de son désespoir, lui adresser de ferventes et continuelles prières pour que toutes ses pensées fussent portées à l'âme du seul appui que Dieu lui avait donné dans ce monde, et qui lui était enlevé par la main criminelle des hommes, ce fut là le besoin autant que le devoir de son cœur aimant et reconnaissant !

Mais Dieu n'a jeté aucune âme du sein de son immensité sur la terre, pour qu'elle y vécût seule, en s'y consumant dans la violence des premiers chagrins ; et, par l'effet même de cette loi divine, Laura se rattacha avec plus d'ardeur que jamais au souvenir du jeune et vaillant officier ; il lui semblait alors qu'elle trouvait en lui comme un tendre frère qui lui avait toujours manqué, et que son bon ange lui envoyait pour sécher ses pleurs et le protéger ; et, devant cette vision constamment trompeuse, tout cependant disparaissait comme par enchantement du néant et de l'horreur de la solitude !

Elle ne se croyait plus seule : elle habitait un monde plein de bruits caressants, de douces causeries et de joie.

O contempteurs des naïves illusions de notre cœur ! n'est-ce point un des plus larges et des plus magnifiques présents des cieux que cette imagination si remplie de mensonges qui ont le charme des plus riantes vérités, et d'erreurs qui ont le prestige des faits les plus heureux ?

Car quoi de plus réel parmi les hommes qu'une consolation qui, émanée de nos chimères, épuise la source de nos larmes, et éteint sur notre âme le feu de nos souffrances ?

Laura avait précisément l'esprit absorbé dans ces délicieuses rêveries, au moment où s'arrêta à sa porte le voyageur qui, par un chemin souterrain, venait de s'introduire dans le château.

Au bruit de la clef s'agitant dans la serrure, elle releva la tête avec une vive expression de surprise ; car elle ne comprenait pas qui pouvait, ce soir-là, entrer chez elle ; son tuteur, ainsi que le lecteur l'a déjà appris, l'avait quittée dans la matinée, ayant à faire un voyage rendu indispensable par une affaire relative à l'administration des biens de sa pupille ; la seule servante du château, un peu indisposée, s'était mise au lit aussitôt après le souper ; quant aux deux vieux domestiques, ils n'avaient point coutume de venir à une telle heure, pour quelque motif que ce fût, troubler le repos de leur maîtresse.

Elle avait en conséquence les yeux fixés sur sa porte avec une sorte d'étonnement inquiet, lorsqu'elle la vit s'ouvrir ; et, à l'aspect du personnage qui la referma sur lui en mettant pied dans la chambre, elle demeura d'abord frappée d'une muette consternation, et fut tentée un instant de n'attribuer cette effrayante apparition qu'à une illusion de ses sens.

Mais quand elle eut vu cet homme continuer à se mouvoir bien réellement et s'avancer vers la cheminée, elle laissa échapper malgré elle un cri sourd d'effroi, et fit un mouvement en arrière si précipité, en se renversant dans son fauteuil, qu'elle recula de deux ou trois pas avec ce siége vers le fond de sa chambre.

En même temps, partageant sa frayeur, sans doute, la blanche colombe posée sur son épaule, prit sa volée, et alla se réfugier sur le ciel du lit.

Quant au mystérieux visiteur, voilant d'un air assez poli les sombres et irritantes impressions sous l'empire desquelles il nous a paru agir jusqu'alors, il saluait en silence la jeune fille atterrée, qui murmura, enfin, d'une voix brisée :

— Monsieur... le vicomte de Krozenberg !

— Oui, Laura, répondit-il d'un ton doucereux, c'est bien le frère de votre ancien maître, c'est bien Stéphan qui a le plaisir de se présenter chez vous... mais qui ne s'explique pas l'agitation singulière dont sa présence est en ce moment la cause.

— Mais, Monsieur... je ne vous attendais pas ! répliqua Laura avec une brusque franchise et sans se déconcerter, quoiqu'en frémissant toujours au fond de l'âme...

« Quel est donc le motif de cette visite ?

— Votre salut, ma chère enfant.

— Mon salut ?

— En un mot, un grand danger vous menace, ce soir même, et je viens vous offrir les moyens de l'éviter.

— Un grand danger me menace ? dit la jeune fille, qui prit pour une défaite la phrase de son interlocuteur; car elle ne s'imaginait pas qu'il pût y avoir pour elle un plus imminent péril que la situation où elle se voyait jetée.

« Mais comment donc, ajouta-t-elle en arrêtant son regard tout effaré sur le visage de Stéphan, et se rappelant l'horrible mystère dont avait été enveloppé l'assassinat du comte, comment donc avez-vous pénétré dans le château ?

— Ah ! oui ! repartit Stéphan en souriant, vous devinez que je ne suis pas arrivé dans ces lieux par le chemin ordinaire, puisque je n'ai pas été annoncé par l'un de vos gens... eh bien ! vous avez deviné juste.

Laura tressaillit.

— Vos vieux serviteurs, continua le vicomte, sont restés fidèles à leur consigne : ils ont impitoyablement refusé de m'ouvrir... mais votre sûreté, je le répète, exigeait que j'eusse sur l'heure un entretien avec vous; aussi, n'ai-je pas hésité sur le parti que j'avais à prendre...

« Mon domestique m'a fait la courte échelle le long du mur; j'ai sauté dans la cour et gagné le grand escalier sans avoir été aperçu...

« Voilà de quelle manière je suis parvenu jusqu'à votre chambre. »

La jeune fille ne répondit rien encore, mais ne crut pas un mot de cette explication.

Elle était maintenant persuadée qu'il existait un passage secret conduisant du dehors dans les appartements.

Le lecteur apprendra plus tard comment ce passage n'était connu que de Stéphan.

— Il est vrai que vos gens ignorent à qui ils ont parlé, poursuivit-il en prenant d'un air tranquille un siège en face de Laura...

« Je ne leur ai point dit mon nom... mais ce nom, vous le savez, n'eût fait qu'affermir leur résolution de me laisser à la porte; car la cruelle fatalité qui n'a cessé de peser sur moi a voulu que je fusse, à toutes les époques de ma vie dans ce château, l'objet des injustes préventions et de la défiance de tout le monde ! »

Cet audacieux langage ne valut à Stéphan qu'un regard naïvement stupéfait de l'orpheline.

— Oui, je comprends votre pensée, reprit-il en soupirant, comme s'il eût été sous le poids d'une accablante affliction; vous vous dites que ces préventions et cette défiance sont fondées... vous vous rappelez cette prétendue tentative d'empoisonnement dont j'ai été accusé par vous-même de m'être rendu coupable envers mon frère, et vous croyez que j'ai pu réellement m'abandonner à l'idée de commettre une telle action !

— Monsieur le vicomte ! répondit Laura que ce ton d'assurance effrontée rendit toute rouge d'indignation... ce n'est pas moi qui aurais entre nous réveillé ce souvenir !

— Mais ne concevez-vous pas, ma chère enfant, qu'il est bien naturel que moi j'en fasse un instant le sujet de notre conversation, pour saisir enfin l'occasion qui se présente de me justifier des soupçons cruels dont j'ai subi l'atteinte ?

— Songez-vous bien, Monsieur, à la portée de vos paroles à mon égard ? répliqua la jeune fille d'un air offensé et d'une voix ferme... elles m'imputent la dernière des perfidies, qui serait d'avoir fait un mensonge pour frapper un innocent d'une accusation terrible !

— Rassurez-vous, Laura, repartit Stéphan en redoublant de douceur apparente... je suis loin de penser que votre faute ait été volontaire; je sais qu'elle n'a été que le résultat d'une erreur.

— D'une erreur ?...

« Nos yeux peuvent-ils donc nous tromper ? dit du même ton la jeune fille, qui, toujours guidée par sa naïve franchise, ne pensait pas qu'il y eût, même pour se détourner d'un péril, d'autre chemin à suivre que celui de la vérité.

— Si nos yeux peuvent nous tromper ? répondit le vicomte avec son inqualifiable audace...

« Simple et candide enfant ! en êtes-vous donc encore à savoir que nos sens nous trompent au moins aussi souvent que les illusions de notre esprit ?

« Étourdie depuis votre enfance du bruit des faux rapports répandus sur mon caractère, l'imagination toute remplie des calomnies que l'on vous a débitées sur mon compte, vous vous êtes persuadé que chacun de mes mouvements devait contenir le sentiment d'une méchante action ; et un geste fort naturel que vous m'aurez vu faire à table du côté de mon frère aura tout de suite porté vos vagues et incompréhensibles appréhensions sur l'idée d'un poison quelconque jeté dans son verre. »

Laura ne crut pouvoir répondre à de telles paroles qu'en regardant en face celui qui avait osé les prononcer.

— Oh ! sans doute, reprit-il, vous me direz que mon frère a mis sous vos yeux une certaine poudre qu'il a prétendu avoir retirée du verre... mais ne connaissez-vous pas l'aversion que j'ai toujours eu le malheur d'inspirer à Arnolf ?

« Ignorez-vous qu'il était las de me faire une modique rente ?...

« Voilà évidemment plus de raisons qu'il n'en faut à l'explication de sa conduite ; car ne vous démontrent-elles point par quelle pente il aura été amené à chercher un moyen de rendre votre accusation vraisemblable, pour m'éloigner à tout jamais de lui, et se débarrasser ainsi d'une charge qui lui pesait ?

— Monsieur !... Monsieur !... s'écria l'orpheline presque hors d'elle-même, cessez, je vous prie, de me parler ainsi de mon bienfaiteur, l'homme le plus loyal, le plus généreux qui fût au monde !

— Ah ! pauvre enfant ! continua Stéphan avec un magnifique sourire d'indulgence, la triste expérience ne vous a pas encore appris combien l'homme peut être dur et injuste envers les siens, et néanmoins se piquer de bienveillance, d'équité et de largesse envers les autres !

« Vous ne vous doutez pas de ce que sont capables de produire les inimitiés dans les familles !...

« Voyez ce qu'elles ont fait de moi depuis mes plus jeunes années : un infortuné sans cesse soupçonné, accusé, tenu à l'écart comme un paria, et aujourd'hui exclu de la succession de son frère !...

« Cependant, ai-je murmuré contre ce dernier coup qui m'a frappé ?...

« Non, Laura... j'ai pu, d'un côté, plaindre Arnolf dans son égarement à mon sujet ; mais, de l'autre, je ne saurais qu'applaudir aux raisons qui lui ont inspiré le désir de faire votre bonheur : je connais toutes vos vertus, tous vos mérites ; je sais autant que personne si vous êtes digne de la fortune qui est en vos mains ! et rien ne surpasse dans mon âme, croyez-moi, l'intérêt que je porte à votre sort ! »

Durant ce dialogue, la timide tourterelle, qui était allée se blottir sur le ciel du lit, avait repris plusieurs fois son élan vers sa maîtresse, mais sans oser s'abattre sur les épaules de la jeune fille, qu'elle se contentait de raser de son vol circulaire, en tournant sans cesse sa petite tête effrayée vers Stéphan, comme vers un épouvantail.

Enfin, tandis que le vicomte achevait de prononcer les dernières paroles que nous venons de rapporter, elle effleura du bout de ses pieds craintifs une épaule de Laura, lui caressa la joue de son aile toute frémissante, puis regagna son abri avec un roucoulement si plein d'un expressif effroi, qu'il semblait dire :

« Oh ! fuis comme moi ! hâte-toi ! cherche aussi ton refuge ! »

La jeune fille sentait bien qu'un orage était près d'éclater au fond de cette scène à laquelle la noire hypocrisie de Stéphan prêtait, non sans intention probablement, une apparence si calme.

Mais quel genre de péril courait-elle ? et que pouvait-elle faire pour l'éviter ?

Voilà ce qu'elle s'était répété à tout moment.

Elle avait bien songé à appeler ses deux serviteurs à son aide ; mais, dans le mouvement qu'il lui fallait faire, ou pour sortir, ou pour atteindre le cordon de la sonnette qui n'était justement point de son côté, elle était sûre d'être arrêtée par le vicomte, s'il avait de mauvais desseins, d'exciter par conséquent sa colère, et de précipiter la catastrophe en le mettant ainsi en position ou de craindre pour lui-même, ou d'exécuter sans retard le plan qu'il s'était tracé.

Elle conclut donc qu'il était prudent de voir plus clair dans la situation pour prendre un parti décisif.

— Oui, ma chère enfant, poursuivit Stéphan de son ton le plus insinuant, je comprends tellement là conduite d'Arnolf à votre égard, que si vous étiez pauvre aujourd'hui, et que la fortune qu'il vous a laissée fût entre mes mains, je sens que je serais heureux de la mettre à vos pieds, et de faire pour votre sort plus encore qu'il n'a fait... je m'empresserais de vous donner mon nom.

— Que voulez-vous dire, Monsieur ? repartit la jeune fille toute confuse et d'un air courroucé.

— Ce que je veux dire ? soupira le vicomte comme un homme dont les accents seraient étouffés par son émotion...

« Ah ! puisque ces paroles me sont échappées, laissez-moi maintenant, trop aimable Laura, vous ouvrir tout mon cœur...

« Quand, après dix ans d'absence, je reparus il y a trois mois dans ce château, et que mes yeux rencontrèrent en vous tant d'indéfinissables grâces acquises par une éducation parfaite, et cette merveilleuse beauté dont la nature vous a si largement prodigué tous les trésors, j'eus la preuve que les charmes d'aucune femme n'avaient encore jusqu'à ce moment répondu aux besoins de mon âme !... et, dès lors, mon existence se trouva mystérieusement enchaînée à la vôtre par je ne sais quel sentiment invincible, dont la force ne me laissa plus que le pouvoir de tout rapporter à vous seule de mes pensées et de mes projets. »

L'orpheline fit en cet instant un si vif mouvement de terreur, que Stéphan craignit presque d'avoir compromis la réussite de ses desseins par un aveu trop précipité.

Cependant, adoucissant encore sa voix, il ajouta aussitôt :

— Oh ! ne vous effrayez pas, pauvre enfant ! les projets dont je parle n'ont toujours été qu'à l'état de vains rêves dans mon cœur...

« Cependant, je ne puis résister au désir de vous en faire connaître quelque chose...

« Que de fois, n'ayant que votre image devant les yeux, me suis-je dit : si belle, si séduisante, si adorable par l'éclat des lumières de l'esprit, comme par la distinction de toute sa personne, et être destinée à ensevelir sa vie dans l'isolement avec quelque campagnard, quelque rustre qui sera son époux ! car sans naissance, sans titre, elle n'a aucun espoir de faire un mariage dans la noblesse...

« Et pourtant, moi, je serais si fier de lui voir porter mon nom ! si fier de l'emmener à Londres où l'attendrait la plus brillante existence ! à Londres, où j'ai récemment fait une rapide et colossale fortune, où tous les salons de la plus haute aristocratie me sont ouverts, et recevraient comme la reine même de leurs splendides fêtes la jeune et charmante vicomtesse de Krozenberg !

— Monsieur ! répondit Laura, la voix toute vibrante d'une impression que sa naïveté n'eut pas l'art de dissimuler, et qui était celle du dégoût et du mépris... si je songeais à me marier, ce ne serait pas, croyez-le bien, le titre de vicomtesse qui séduirait mon cœur : c'est à d'autres qualités que j'attacherais quelque prix !...

« J'espère, Monsieur, que ces mots seront les derniers prononcés entre nous à ce sujet. »

Stéphan contint sa rage ; mais ce ne fut pas néanmoins sans en laisser voir quelques signes extérieurs : il se mordit la lèvre jusqu'au sang, et ses mains se crispèrent malgré lui sur ses genoux.

En ce moment la tourterelle décrivait encore ses cercles aériens au-dessus de la jeune fille avec la même expression d'inquiétude et de malaise ; et son roucoulement plaintif ne cessait de se faire entendre, semblant toujours dire : Viens ! viens vite ! fuyons ensemble !

— Laura ! reprit tout à coup le vicomte en se levant

Au secours ! O mon Dieu, au secours ! S'écriait-elle.

par un mouvement plein de résolution, nous perdons un temps précieux dans un entretien inutile !...

« J'oubliais vraiment déjà le danger dont vous êtes menacée ! »

Et tandis qu'il s'exprimait ainsi, son geste était vif, sa voix saccadée, son sourire sardonique, son œil étincelant. Laura pâlit et frissonna au fond de son fauteuil.

— Quel est donc ce danger ? dit-elle, plutôt pour prendre contenance que par curiosité.

— Cette nuit, repartit Stéphan tout brusquement en

se tenant adossé au manteau de la cheminée, le château de Krozenberg sera attaqué par une des bandes de brigands qui désolent la contrée, et ont, comme vous ne l'ignorez pas, leurs repaires dans le Hartzwald.

— Comment savez-vous cela ? demanda la jeune fille, cette fois fort étonnée.

— Un heureux hasard m'a permis de surprendre aujourd'hui la conversation secrète de deux hommes dans une auberge isolée, située à peu de distance de la forêt ; leur entretien me révéla qu'ils faisaient partie d'une troupe de brigands qui avait résolu de mettre, cette nuit, à exécution l'entreprise dont je viens de vous parler...

« Le but de cette expédition paraît être, d'après ce que j'ai cru comprendre, la découverte et la capture d'une somme de deux cent mille rixdales qui seraient cachées dans ce château.

Laura garda le silence, cherchant seulement à lire la vérité sur les traits du vicomte.

Et la colombe volait toujours autour du front de la pauvre orpheline avec sa voix triste et suppliante.

Stéphan continua, en pressant vivement ses paroles :

— Je suis en Allemagne depuis quelques jours pour mes affaires, et je ne comptais certainement pas avoir le plaisir de vous faire une visite ; mais cet incident a changé ma détermination...

« Vous sachant exposée à un tel péril, je me suis rapidement jeté sur la route de votre habitation, et je n'ai pas eu un seul instant de repos que je n'y fusse arrivé...

« Ainsi, chère enfant, il n'y a pas une minute à perdre : il faut vous hâter de mettre en sûreté ces deux cent mille rixdales.

— Oh ! ils ne les trouveront pas ! dit la jeune fille avec une précipitation irréfléchie.

Un éclair de joie brilla dans les yeux de Stéphan ; il semblait qu'il fût ravi d'avoir une preuve certaine que le trésor était encore dans le château.

Nous dirons en passant que le tuteur de l'orpheline était précisément alors en voyage pour terminer des arrangements relatifs à une acquisition d'immeubles, dans laquelle les deux cent mille rixdales devaient trouver leur placement.

— Détrompez-vous, Laura, poursuivit le vicomte... ces bandits remueront le château de fond en comble, et cette somme ne leur échappera pas.

— Je n'ai aucune crainte à cet égard.

— Mais où l'avez-vous donc mise, trop confiante enfant ? car je ne connais pas ici d'endroit où l'on puisse cacher quelque chose que des bandits ne parviennent à découvrir, s'ils veulent persévérer dans leurs recherches.

— Je n'ai pas à dire où est cet argent, repartit Laura d'un accent bref et sec... il me suffit d'être assurée qu'il est hors de leur atteinte.

Le vicomte se mordit de nouveau les lèvres ; l'expression de son visage devint sombre et menaçante.

Cependant, la tourterelle, gémissant toujours, ne se lassait pas de voltiger autour de la jeune fille, mais en se rapprochant de plus en plus de Stéphan, comme si elle eût voulu, faible et impuissante créature, mettre une barrière entre sa douce maîtresse et cet homme sinistre.

— Qu'a donc ce vilain oiseau à passer et repasser sans cesse devant mes yeux avec ses cris lamentables ? dit alors le vicomte en faisant un geste d'impatience.

— Ce vilain oiseau ? répéta Laura fort indignée et tendant la main vers la tourterelle, qu'elle prit et posa sur son épaule.

La craintive colombe alla se blottir dans la courbe du cou gracieux et poli de l'orpheline, mais en continuant de regarder avec inquiétude du côté de l'é-

tranger, dont elle paraissait ne pouvoir supporter la présence.

Laura, quoique toute palpitante elle-même, tâcha de la calmer par ses caresses.

Le spectacle de cette intimité charmante entre deux êtres innocents, unis par les ennuis de la solitude, sembla faire mal à l'âme de Stéphan, dont les traits se couvrirent aussitôt d'une irritation plus ardente.

Il reprit, en s'efforçant de comprimer ses impressions :

— Enfin, puisqu'il vous plaît d'exposer à une perte certaine une partie de votre fortune, n'en parlons plus... et songeons maintenant à sauver votre personne.

— Que voulez-vous dire par là ?

— Qu'il vous faut au plus vite fuir de ce château... il se fait tard : les bandits peuvent y pénétrer d'un moment à l'autre.

— Je les attendrai !... qu'aurait donc à redouter d'eux une femme contre laquelle ils n'ont aucun sujet de vengeance ?

— Voilà un argument admirable, en vérité ! répliqua Stéphan en ricanant et haussant les épaules, ne savez-vous donc rien de tous les excès auxquels ces brigands se livrent dans toutes les maisons qu'ils pillent, surtout quand ces maisons renferment quelque femme jeune et jolie ?

« Le moins qu'il puisse vous arriver, c'est de recevoir la mort !...

« Allons ! sortons !...

« Voici mon bras... nous prendrons en passant vos gens pour les emmener avec nous.

— Je vous répète que je resterai ici ! répondit Laura épouvantée en voyant le vicomte faire un pas vers elle.

— Eh bien ! fille folle et entêtée !

« Je vous sauverai donc malgré vous ! s'écria-t-il d'une voix dans laquelle gronda sourdement sa fureur étouffée.

— Malgré moi ? dit-elle en se levant soudain, mais demeurant immobile devant son fauteuil, sans savoir encore à quel parti la prudence lui conseillait de s'arrêter... et qui vous donne le droit, Monsieur, de venir ici m'imposer votre protection ?

— Le sentiment même que vous m'avez inspiré, et qui ne permet pas que je vous laisse, comme une étourdie, exposée au péril qui menace vos jours !

Et, disant cela, il fit un pas de plus vers Laura, qui s'élança rapidement au milieu de la chambre en mettant sa table entre elle et lui.

La pauvre enfant se dirigea vite vers la porte :

Stéphan se jeta devant elle, et lui barra le passage.

— Ah ! de la défiance envers moi, après le langage amical que je vous ai tenu ! s'écria-t-il d'un accent qui retentit au fond de sa poitrine comme le roulement d'un tonnerre lointain en temps d'orage.

Muette et glacée cette fois par la peur, Laura chercha à se précipiter vers le cordon de sa sonnette, placé dans le coin de la cheminée où le vicomte s'était assis à son arrivée : elle fut aussitôt encore atteinte par lui, et arrêtée dans sa marche.

Alors, se rejetant de quelques pas en arrière, et rassemblant ses forces pour accroître l'étendue de sa voix, elle voulut crier au secours; mais à peine un son avait-il frémi sur ses lèvres, que Stéphan s'était rué sur elle, s'écriant avec une explosion de rage :

— Malheureuse ! que fais-tu ?

Et en même temps, il lui appuya un mouchoir sur la bouche, de manière à y étouffer chacune de ses paroles.

Elle lutta encore un instant contre cette vigoureuse et sauvage étreinte; puis, accablée de ces impressions ou épuisée par ses vains efforts, elle tomba inanimée aux pieds de son bourreau.

Le farouche Stéphan alluma vite sa lanterne sourde, qu'il avait éteinte et cachée sous ses vêtements avant d'entrer dans la chambre; il releva ensuite le corps de la jeune fille, le plaça sur son bras gauche, tint du même côté sa lanterne accrochée à l'un de ses doigts, et, gardant ainsi une main libre pour sa défense, il s'arma d'un pistolet, et s'avança vers la porte.

La colombe, chassée du cou de Laura par les premiers mouvements de l'horrible lutte qui venait d'avoir lieu, n'avait fait, depuis ce moment, que voltiger de meuble en meuble avec tous les signes de la plus vive épouvante; mais, quand elle vit qu'on emportait celle qui l'avait tant aimée, et qu'elle aimait tant sans doute, elle se mit à suivre le ravisseur en planant au-dessus du visage de sa maîtresse chérie.

Elle accompagnait son vol de plaintes désespérées dont le ton, s'élevant de plus en plus, fit craindre à Stéphan qu'elles ne fussent entendues des autres parties du château.

Furieux, il saisit au vol le fidèle et inoffensif, oiseau et le lança de toute sa force contre le mur en s'écriant :

— Détestable bête ! réduirai-je enfin au silence ta voix maudite ?

L'infortunée tourterelle retomba du mur sur le plancher, jeta encore un petit cri plaintif, battit de l'aile un instant, puis demeura sans voix et sans mouvement.

Elle avait dit son dernier adieu à sa compagne enlevée, et aux années de bonheur qu'elle avait passées près d'elle dans cet appartement.

Le vicomte sortit de la chambre, reprit exactement le chemin qu'il avait suivi pour y arriver, et parvint dans le garde-meuble, sans qu'aucun accident eût troublé sa marche.

Il se hâta d'ouvrir le panneau qui masquait l'escalier du souterrain, entra dans cet escalier, et referma soigneusement le panneau sur ses pas.

Alors, s'arrêtant sur un degré, il promena avec une cruelle satisfaction les rayons de sa lanterne sur la pâle figure de la jeune fille évanouie.

— Te voilà donc en mon pouvoir, murmura-t-il, ô toi qui possèdes aujourd'hui toutes les richesses que je devais avoir ! toi, fille d'un valet ! toi, qui as vécu entourée sans cesse de toutes les attentions, de toutes les adorations de ma famille, quand moi, vicomte de

Krozenberg, je n'ai eu d'elle qu'indifférence et mépris !... mais je tiens ma vengeance : dis adieu à ces murs pour toujours, puisque tu as osé repousser avec un tel dédain le titre de vicomtesse que je voulais bien t'offrir !... Quant à ta fortune, si je ne puis te l'arracher tout entière, au moins parviendrai-je bien, cette nuit même, à mettre la main sur le trésor renfermé dans ces lieux, et que tu me caches avec tant de soin !

Puis il ajouta, en approchant ses yeux ardents et irrités des traits candides de l'orpheline :

— Et pourtant, je t'ai dit vrai : oui, ton éblouissante beauté a bouleversé toute mon âme !... je t'aime je ne sais de quel amour ! je t'aime tout en te maudissant ! mais je sens que cet amour-là est aussi fort, aussi violent que ma haine !

Après avoir soulagé son cœur par cette brutale effusion de ses pensées, Stéphan continua de descendre l'escalier, et, au bout de cinq minutes, il rentrait dans la grotte où aboutissait l'autre extrémité du souterrain.

Parvenu à l'endroit où son cocher l'attendait, il monta promptement dans son carrosse avec le corps toujours inanimé de Laura; puis, il traça au cocher l'itinéraire qu'il devait suivre, et la voiture sortit d rocher.

Elle ne revint pas sur le chemin qui longeait les murs d'enceinte du château; elle s'en éloigna au contraire en roulant, durant un espace d'une centaine de pas, à travers les bruyères de la forêt.

Elle gagna ainsi un sentier détourné dans lequel elle ne put faire route qu'au pas des chevaux à cause de l'abondance de la neige qui couvrait le sol.

Le vicomte dut à cet itinéraire sans doute le bonheur d'avoir pu se dérober à la surveillance du cavalier qui faisait le guet autour du château.

Au moment même où la jeune fille était ainsi emportée à demi morte d'effroi, il se passait non loin d'elle une scène dont elle était l'objet, et qui appelle maintenant toute notre attention.

Moritz et Gerfrutz venaient d'arriver à la porte du château, et le bras vigoureux du bûcheron, secouant sans relâche la grosse sonnette, en faisait retentir les sons les plus précipités et les plus formidables.

Bientôt, une voix grondeuse cria derrière la porte :
— Eh bien ! qu'est-ce encore ?... qui fait ce vacarme ?

— Ah ! c'est vous père Wilhems ? dit le paysan.
— Tiens ! répondit le vieux serviteur en adoucissant tout à coup son accent, il me semble que c'est l'ami Gerfrutz que j'entends ?

— C'est lui-même assurément !

— Comment donc, mon garçon, te trouves-tu ici à cette heure ?

— Ah ! je vous en prie, père Wilhems, ne poussons pas plus loin la conversation... par un temps comme celui-là, j'aime mieux causer les pieds sur les chenets que le nez en plein vent... ouvrez-nous vite ?

— Tu n'es donc pas seul ?

— J'ai un jeune voyageur avec moi.

— Ah ! diable ! en voilà bien des voyageurs, ce soir !

— Ce qui veut dire que les deux autres sont déjà venus?

— Venus et renvoyés!

— Vraiment?... c'est fort bien fait, je crois!

— Tu savais donc que ces deux-là devaient venir?

— Eh sans doute!... mais je vous conterai tout cela sous le manteau de votre cheminée... ne nous faites pas plus long-temps languir : nous voilà déjà à moitié glacés!

— Ma foi! mon garçon, je te dirai que j'ai ordre de n'ouvrir à personne durant la nuit... cependant, comme tu es, toi, un ami de la maison, je vais donner avis de ton arrivée à Mademoiselle... je ne tarderai pas à t'apporter sa réponse.

— Ayez la bonté de lui dire, père Wilhems, que le jeune homme qui m'accompagne est aussi une de ses connaissances.

— C'est bien! c'est bien! nous ferons la commission, répondit la voix déjà éloignée du vieillard.

Au bout d'un quart d'heure d'attente, Moritz et Gerfrutz s'étonnèrent que le domestique ne fût pas de retour.

Ils s'étaient imaginé entendre, à plusieurs reprises, comme des cris partir du fond des appartements du château : mais ils avaient pris ce bruit singulier pour les sifflements du vent aux angles des bâtiments et des rochers.

Cependant, ils s'éloignèrent un peu du mur de clôture pour pouvoir porter leur vue sur le château, et ils restèrent stupéfaits en apercevant des lumières qui couraient avec une extrême rapidité de fenêtre en fenêtre, puis disparaissaient d'un étage pour reparaître bientôt aux fenêtres d'un autre étage.

Enfin, la voix haletante de Wilhems dans la cour frappa leur oreille.

— Ah! mon Dieu!... ah! mon Dieu!... s'écriait cet homme en courant vers la porte.

— Qu'y a-t-il donc? lui demanda Gerfrutz épouvanté.

— Ah! notre pauvre maîtresse!... notre pauvre maîtresse!... où est-elle?... qu'est-elle devenue?

— Que dites-vous là?... expliquez-vous! s'écria Moritz avec éclat.

— Comme je vous l'avais promis, répliqua le vieillard en sanglotant, je me suis empressé de monter à l'appartement de Mademoiselle... mais jugez de mon effroi! j'entre dans sa chambre : elle n'y est pas!... et qu'aperçois-je? tous ses meubles en désordre, et sa tourterelle, qui ne la quittait jamais, étendue morte sur le plancher!...

« Je parcours le reste de l'appartement : j'en trouve toutes les portes ouvertes... et de ma malheureuse maîtresse, point de traces!... Je me rends à la chambre de sa vieille servante, qui, malade, était au lit : j'avais un vague espoir d'y rencontrer Mademoiselle... Mais là, comme ailleurs, rien! rien! la servante consternée se lève; l'autre domestique se joint à nous : nous visitons tous les coins et recoins du château, et jusqu'ici toutes nos recherches n'ont abouti qu'à nous prouver que notre bonne et infortunée maîtresse n'a pu être qu'enlevée!

— Enlevée? répétèrent Gerfrutz et Moritz confondus.

— O mes amis! reprit le serviteur désespéré, faites aussi vos recherches aux alentours du château, tandis que nous allons poursuivre les nôtres dans les cours et dans le parc!...

« Avez-vous des armes?

— Oui!

— Eh bien! si le ravisseur se rencontre sur votre chemin, ne l'épargnez pas!

— Soyez tranquille sur ce point, répliqua Moritz d'une voix frémissante de colère et de douleur.

Puis, se tournant vers Gerfrutz, il lui dit :

— Maintenant, de quel côté nous diriger?

— Marchons à tout hasard, et hâtons-nous, Monsieur! repartit le bûcheron.

Ils avaient à peine l'un et l'autre fait un mouvement, lorsqu'ils furent arrêtés par ces mots prononcés d'un ton grave derrière eux :

— Ne perdez pas votre temps!... livrés à vous seuls, vous ne sauriez retrouver Laura Hirmann!

Ils se retournèrent vivement, et ne furent pas peu surpris de reconnaître, dans leur interlocuteur inattendu le cavalier que Gerfrutz avait reçu dans sa chaumière.

Cet inconnu, caché avec sa monture entre les troncs de quelques gros arbres, avait entendu toutes les paroles qui s'étaient échangées entre Wilhems, le jeune officier et le paysan, et il venait seulement alors de s'avancer vers ces deux derniers.

— Et comment, Monsieur, lui répondit Moritz avec défiance, êtes-vous si sûr que nous ne saurions retrouver Laura Hirmann?

— Parce que vous n'avez aucune idée de la route prise par son ravisseur.

— Il est vrai...

« Mais vous même, Monsieur, la connaissez-vous?

— Oui... et je vous l'indiquerai si vous voulez me suivre.

— Et quelle garantie de la confiance que nous devons avoir en vos paroles?

« Qui êtes-vous donc, Monsieur?

— Que vous importe mon nom, pourvu que je vous mène à votre but?

— Mais enfin, reprit Moritz, qui craignait quelque embûche, et dont la main restait posée sur la détente de son fusil, tandis que l'inconnu se tenait sur son cheval dans une attitude pleine de calme ou d'indifférence...

« Enfin, qui nous assure que vous n'êtes pas un des complices du ravisseur? »

Le cavalier, sans se montrer froissé de cette défiance opiniâtre, entr'ouvrit son large manteau, et détachant de sa ceinture deux pistolets et un poignard, il les présenta au jeune officier en lui disant :

— Voici mes armes, Monsieur... prenez-les... montez en croupe derrière moi... et, au moindre signe de trahison de ma part, brûlez-moi la cervelle!

Moritz, tout honteux, laissa retomber la crosse de son fusil à terre.

— Mais quel intérêt portez-vous donc à cette jeune fille ? reprit-il en ne pouvant se défendre d'un mouvement de jalousie.

— Quel que soit cet intérêt, répliqua le cavalier qui démêla parfaitement ce qui se passait dans l'âme du jeune homme, il n'est pas de nature à troubler le repos de votre cœur.

Moritz rougit.

— Eh bien ! partons ! dit-il avec élan.

— Mais avant de vous entraîner sur mes pas, reprit le cavalier, je ne dois rien vous dissimuler des dangers que nous allons courir...

« En un mot, il s'agit d'aller retrouver Laura Hirmann au milieu de la bande de Krammer.

— De Krammer ! s'écrièrent le jeune officier et Gerfrutz consternés.

— Qu'importe ! ajouta aussitôt Moritz... je serais prêt à sacrifier dix fois ma vie, s'il était possible, pour sauver Laura Hirmann !

— Et moi aussi ! dit le bûcheron.

— Mais, reprit Moritz, l'infâme ravisseur serait-il donc Krammer lui-même ?

— Non, reprit le cavalier... celui qui a enlevé la pauvre fille est le voyageur que vous avez vu s'arrêter avant moi, ce soir, chez Gerfrutz.

— Ah ! l'homme au carrosse ! s'écria le paysan.

— Comment donc, demanda le jeune officier, s'y est-il pris pour mener à fin son entreprise, à l'insu des gens du château ?

— Je l'ignore comme vous, répliqua l'inconnu ; car j'épiais son passage, et je n'ai pas aperçu son ombre.

— Et vous connaissez cet homme, sans doute ?...

« Quel est-il ? »

Le cavalier réfléchit, et répondit en soupirant, mais d'un ton ferme :

— Ne m'interrogez pas à cet égard !...

— Alors, mettons-nous donc en marche ! dit Moritz.

Le cavalier fit prendre un pas rapide à sa monture, et s'engagea avec ses deux compagnons de route dans un des sentiers de la forêt.

— Mais ne pourrions-nous pas, reprit Moritz, découvrir et suivre les traces de son carrosse dans la neige ?

— La neige ne cesse de tomber, repartit le cavalier ; elle a certainement déjà recouvert l'empreinte des roues de la voiture et du pied des chevaux...

« Du reste, je n'ai nul besoin de cet indice pour me diriger. »

Un silence profond commença à régner dès ce moment entre ces trois personnages : il ne fut interrompu qu'au bout d'un certain temps par l'inconnu qui jeta subitement ces paroles à Moritz :

— Je serais vraiment désespéré, Monsieur, si, par ma faute, vous étiez conduit cette nuit à votre perte... car vous êtes un loyal et bon jeune homme !

— Vous connaissez donc M. Moritz ? dit Gerfrutz.

— Non... mais je l'ai vu à votre table causer et rire avec votre petit enfant... qui aime les enfants, a reçu du ciel un sensible et noble cœur ! car c'est

une sainte et douce chose que l'amour de la famille !... Hélas ! ajouta le cavalier en penchant avec un soupir sa tête sur sa poitrine, heureux ceux qui peuvent voir chaque jour, dans un coin de leur foyer, sourire leur femme bien-aimée, et s'ébattre leurs joyeux enfants !... ceux-là ont le paradis sur la terre !

Sur ces mots, le cavalier retomba dans ses réflexions, et ses deux compagnons continuèrent à côté de lui leur route, silencieux et pensifs eux-mêmes.

Il ne s'éleva plus autour d'eux que la voix rugissante de l'ouragan à travers les arbres, et le bruit sourd des pas du cheval dans la neige du chemin.

III

KRAMMER ET SA BANDE.

Rejoignons à présent le vicomte de Krozenberg.

Quelques minutes après qu'il se fut éloigné du château, le souffle glacé de la nuit, pénétrant dans son carrosse, tira Laura de son évanouissement.

D'abord, ayant comme un nuage devant les yeux, elle ne distingua rien de tout ce qui l'entourait ; elle sentit seulement qu'elle avait froid, et elle porta la main à son front en disant :

— Où suis-je donc, grand Dieu ?

Mais, presque aussitôt, le roulement de la voiture, la voix du cocher parlant à ses chevaux, l'ombre d'un homme qu'elle finit par entrevoir assis sur la même banquette où elle était placée, lui remirent en mémoire l'affreuse scène qui venait d'avoir lieu dans sa chambre, et révélèrent à son esprit la vérité sur son effroyable situation.

— O mon Dieu ! mon Dieu ! a-t-il osé encore commettre ce nouveau crime ? s'écria-t-elle en cherchant à fuir la vue de son ravisseur et se jetant avec effroi sur l'autre banquette.

— Tais-toi, malheureuse ! lui répondit Stephan, qui laissa éclater cette fois dans toute sa force sa voix haineuse et menaçante... tais-toi ! tu as mérité ce qui t'arrive !

Laura étendit convulsivement sa main vers une glace pour l'ouvrir et appeler du secours.

— Insensée ! reprit Stephan en lui saisissant le bras, ne te donne pas cette peine... à quoi te serviraient tes cris ?... domineraient-ils le bruit de l'ouragan ? et à qui, après tout, s'adresseraient-ils dans ce désert ?

— Quel sort me réservez-vous donc ? dit la jeune fille en fondant en larmes.

— Ton sort sera ce que deviendra le mien, bon ou mauvais... tu ne me quitteras plus : ce sera là ma vengeance !

— Mais quel mal vous ai-je fait, moi, pauvre orpheline ?

— Ta question est admirable ! repartit le vicomte en ricanant... mon frère n'a-t-il pas rompu avec moi par ce que tu m'as accusé d'avoir attenté à sa vie par le poison ?... et, aujourd'hui, n'es-tu pas en possession du domaine de Krozenberg ?... et tu as l'audace de me demander quel mal tu m'as fait !

Laura garda le silence et s'enfonça dans une encoignure du carrosse en couvrant, au milieu de ses sanglots, son visage de ses mains.

Elle ne fut point troublée dans son affliction par Stephan, qui, réfléchi, quoique irrité, s'abandonna au cours de ses pensées, et ne chercha pas à renouer l'entretien.

De temps en temps, elle relevait la tête pour jeter un coup d'œil craintif à travers les glaces de la voiture ; mais, chaque fois, le même spectacle désespérant et monotone frappait ses regards : c'étaient toujours de noirs troncs de sapins lui apparaissant comme des fantômes alignés et immobiles le long de la route, toujours des branches secouées ou brisées par d'impétueuses bourrasques, toujours la neige sillonnant l'air de ses flocons épais.

Quand la voiture eut roulé pendant environ une demi-heure, elle ralentit un peu sa marche.

Elle était arrivée depuis un instant au fond d'une vallée.

Laura crut alors distinguer sur le bord du chemin quelques formes humaines qui se glissèrent aussitôt entre les arbres.

Le carrosse fit un brusque mouvement de leur côté, et les suivit en pénétrant dans une clairière, où il ne tarda pas à s'arrêter :

Stephan mit pied à terre avec promptitude.

Il trouva en face de lui, près de la portière, un individu qui semblait l'attendre : c'était un homme petit, mais robuste et trapu, portant une tête énorme sur de larges épaules, et dont la mine basse et sournoise, le sourire cruel, le regard farouche, les cheveux en désordre, devaient produire une vive impression sur ceux qui le rencontraient pour la première fois.

Il tenait à sa main une carabine, avait sa ceinture garnie de deux pistolets, et sa tête était couverte d'un vieux et sale chapeau, qu'il ne retira pas en abordant le vicomte.

— Nous apportez-vous de bonnes nouvelles ? lui dit-il à demi-voix.

— Non ! répliqua Stephan de mauvaise humeur...

« Je n'ai pu rien savoir...

« C'est égal... il faut tenter l'entreprise.

— C'est aussi mon avi... nous sommes prêts.

— Bien... nous partirons quand j'aurai définitivement arrêté avec vous notre plan de conduite dans cette affaire...

« Mais, avant tout, il s'agit de mettre en lieu sûr Laura Hirmann.

— Elle est donc là ?

— Sans doute !

— Eh bien, je vais la confier à mon vieux lieutenant, un homme vraiment respectable, croyez-moi, par son caractère autant que par ses cheveux blancs...

« Il la conduira là tout près, dans les ruines de l'abbaye de Frigenthal, où il veillera convenablement et avec soin sur elle en votre absence.

L'individu qui parlait ainsi jeta derrière lui ce nom :

— Diebold !

Et aussitôt se présenta un vieillard portant à peu près les mêmes vêtements et les mêmes armes que le chef qui l'avait appelé.

Ce chef lui donna ses instructions à voix basse, tandis que Stéphan s'occupa de Laura, qu'il fit sortir de la voiture.

La pauvre fille, comprenant bien qu'aucun moyen de résistance n'était devenu possible, se laissa remettre, silencieuse et résignée, entre les mains de ce Diebold, constitué son gardien.

Cet homme, remarquable par sa physionomie presque aussi farouche que celle de son capitaine, déploya un petit manteau qu'il avait sur le bras et en couvrit les épaules de la prisonnière, soit qu'il voulût ainsi la garantir de la neige, soit que plutôt il eût l'intention d'empêcher que ses habits ne trahissent son sexe aux yeux des voyageurs qui pouvaient être conduits par le hasard dans cet endroit de la forêt.

Stéphan éleva la voix en ce moment.

— Dans quelques heures nous nous reverrons, Laura ! dit-il de son accent sombre et courroucé.

Et Diebold s'éloigna avec la jeune fille, dont il tint le bras étroitement serré contre le sien, dans la crainte qu'elle ne cherchât à fuir.

Laura faisait d'étranges réflexions ; il lui semblait que l'horrible figure de son gardien, et celle non moins repoussante de l'autre individu qui s'était entretenu tout bas avec lui, avaient déjà passé devant ses yeux ; et se rappelant les deux événements dramatiques dans lesquels elle s'était trouvée en face des terribles compagnons de Krammer, elle ne douta point un instant qu'elle ne fût en cet instant au pouvoir de la plus redoutable bande des brigands du Hartzwald.

Elle avait fait une soixantaine de pas au milieu de ces réflexions, et elle traversait une des parties les plus obscures de la forêt, lorsqu'une voix sonore, mais cependant contenue par la prudence, retentit non loin d'elle en articulant ces deux mots du ton de l'interrogation plutôt que de la surprise :

— Laura Hirmann ?

La jeune fille crût rêver.

Néanmoins, elle interrompit sa marche, et répondit involontairement :

— Qui m'appelle ?

Le vieux Diebold n'était pas moins étonné qu'elle ; immobile, et un doigt sur la détente d'un de ses pistolets, seule arme à feu dont il pouvait se servir sans quitter le bras de sa prisonnière, il promena ses regards de tous côtés ; mais ses yeux, quoique habitués à la sombre obscurité des forêts, n'aperçurent que la silhouette des énormes troncs de sapins et de hêtres dispersés autour de lui.

— Une voix a prononcé votre nom ? dit-il à Laura d'un ton rude et sans bouger de place.

— Je l'ai cru... répliqua-t-elle timidement.

L'idée de la jeune fille était qu'on ne devait avoir eu d'autre intention en prononçant son nom que de s'assurer si c'était bien elle qui cheminait ainsi affublée d'un grossier manteau d'homme.

— Vous le croyez? reprit le bandit furieux... dites que vous en êtes sûre!... vous savez qui vous a parlé!

— Non, vraiment!...

« Du reste, est-il même bien certain que mon nom ait été prononcé? nos oreilles ne peuvent-elles avoir été frappées d'un son imaginaire, au milieu de tous les bruits de l'ouragan?

— Il serait merveilleux, il faut en convenir, que ce son imaginaire nous eût trompés tous les deux à la fois! repartit Diebold, en ne cessant de se tenir sur ses gardes...

« Écoutez, Laura Hirmann, ajouta-t-il avec une fermeté impitoyable, tant pis pour vous, si quelqu'un s'est mis en tête de vous secourir; car j'ai ordre de vous donner la mort, plutôt que de vous laisser arracher de mes mains!...

« Vous voilà prévenue... continuons maintenant notre route. »

Le bandit se remit en marche, un pistolet à la main, et son fusil en bandoulière sur son épaule.

Dix pas plus loin, au moment où la jeune fille rasait de ses vêtements l'écorce d'un hêtre d'une grosseur monstrueuse, elle s'imagina que l'ombre d'un homme de haute taille se dressait soudain à côté d'elle, en paraissant sortir comme par enchantement du tronc même de cet arbre; elle tourna vivement la tête vers cette apparition, et ce mouvement subit, soit de surprise soit de frayeur, attira l'attention de Diebold qui porta aussi les yeux dans la même direction.

Mais, à l'instant même, elle sentit que le bandit lui lâchait le bras, et elle le vit s'affaisser et rouler comme une masse inerte sur lui-même, sans qu'il poussât un cri ou un soupir.

Et immédiatement, l'être mystérieux dont la grande ombre lui était apparue du côté opposé le long du hêtre se montra près d'elle à la place de son terrible gardien, et lui prit à la hâte le bras.

— Suivez-moi vite, Laura! murmura-t-il tout bas... et pas un mot d'explication, je vous en conjure!

Tout en disant cela, il entraîna si rapidement la jeune fille, qu'il ne songea pas même à ramasser son poignard enfoncé jusqu'à la garde dans la poitrine du vieux bandit.

Une minute plus tard, ils étaient arrivés au pied d'un édifice gothique, dont la plupart des murailles tombaient en ruines.

Là, le libérateur de Laura la fit entrer dans un buisson touffu de cépées de chêne, de ronces et d'épines entrelacées, où il parvint à lui ouvrir un passage en écartant avec soin devant elles les branches de ce fourré, qui paraissait impénétrable.

Bientôt ils se trouvèrent en face de l'ouverture d'une voûte souterraine, entièrement masquée par l'épaisseur du buisson, et dans laquelle ils descendirent, et poursuivirent leur route sur une pente douce, mais en se courbant et marchant l'un après l'autre, à cause du peu de hauteur et de largeur de cette voûte.

Laura fut un moment effrayée des ténèbres dont elle fut tout à coup enveloppée.

— Avancez! avancez sans crainte! lui dit son guide, qui la tenait par la main...

« Maintenant, ajouta-t-il, nous pouvons nous parler sans courir le risque d'être entendus.

— N'est-ce pas l'ancienne abbaye de Frigenthal que je viens d'apercevoir? demanda l'orpheline.

— Oui, pauvre enfant... et l'on vous destinait probablement, cette nuit, un coin de ces ruines pour prison; car c'est là le repaire de la bande de Krammer, quand elle vient dans cette contrée.

— Pourquoi, en ce cas, ne nous en sommes-nous pas éloignés?.

— Parce que, s'ils s'aperçoivent bientôt de votre disparition, ils se mettront à votre recherche dans les chemins de la forêt; car il ne pourra leur venir à l'esprit que vous êtes restée si près d'eux.

— Oui, ce raisonnement est juste.

— Puis, je suis certain que ce lieu de refuge leur est inconnu.

— Mais qui êtes-vous donc, reprit Laura, vous qui me délivrez de leurs mains, et paraissez si bien instruit de leurs habitudes?

Elle ne reçut pas de réponse.

Quand ils furent parvenus au bas de la pente de leur chemin souterrain, ils rencontrèrent une autre voûte, qui s'étendait sur leur gauche, et où ils purent enfin se mouvoir à l'aise et le front levé.

Ils la suivirent sur une longueur de trente pas; puis, le guide de la jeune fille s'arrêta, et alluma une lanterne qu'il avait sur lui.

L'orpheline jeta les yeux autour d'elle, et se vit environnée des murs cintrés d'un petit caveau:

— Vous demandez qui je suis? lui dit alors tout tristement son libérateur... regardez-moi, Laura Hirmann... me reconnaissez-vous?

Elle se mit à examiner, non sans une profonde émotion, cet homme dont les traits, parfaitement éclairés par tous les rayons de la lanterne tenue à la hauteur de son visage, lui semblèrent, dans leur extrême pâleur, comme sillonnés des marques d'un douloureux accablement de l'âme. Bientôt, rassemblant ses souvenirs, elle recula d'un pas en laissant échapper un cri d'étonnement.

— Que vois-je?... est-il possible? murmura-t-elle... suis-je en face de celui qui, il y a dix-huit mois, dans cette forêt...

Elle ne put achever.

— Oui, Laura, reprit son interlocuteur avec la même tristesse, vous avez bien devant vous l'infortuné que vous avez arraché, un jour, à la fureur des gens qui vous avaient tout à l'heure en leur pouvoir...

« Saviez-vous alors quel était l'homme dont votre héroïque courage sauvait la vie?

— Non... je ne l'ai appris que plus tard.

— Et... ajouta-t-il en hésitant un peu, vous tremblez sans doute aujourd'hui de vous trouver auprès de Roderich, le chef de brigands?

— Oh! ne prononcez pas ces mots! répliqua vivement la jeune fille en se rapprochant de son libérateur par un mouvement irrésistible de sensibilité...

« Je sais que si vous avez mené une vie coupable, votre cœur n'a jamais été méchant ! »

Il y avait un accent si sincère de reconnaissance et de tendre pitié dans ces paroles, que Roderich fut obligé de comprimer sous sa main l'élan de son cœur trop fortement ému, et que deux grosses larmes roulèrent sur ses joues.

— Oh ! oui, reprit-il en soupirant, les anges ne sauraient maudire !

« Ils n'ont de voix que pour consoler les plus criminels d'entre les hommes!...

« Ah ! sublime enfant ! ce n'est point assez pour la générosité de votre âme qu'elle vous ait fait affronter la mort pour le salut d'un homme qui vous était inconnu, et qui se trouvait être un grand coupable envers les lois divines et humaines ; il faut encore aujourd'hui qu'elle s'efforce, par les accents les plus doux, de voiler à la propre pensée de ce malheureux le dégoût et l'horreur de sa vie !...

« Mais l'élévation de vos sentiments ne se sera point étendue sur un ingrat.

« Depuis dix-huit mois, je n'ai qu'un serment, c'est de voler à votre secours en tout lieu et en toute circonstance... et je serais heureux, n'en doutez pas, de verser jusqu'à la dernière goutte de mon sang pour vous épargner seulement une heure de chagrin ! »

Laura eut peine à dissimuler sa stupéfaction, en entendant ce langage si convenable et si digne sortir de la bouche d'un chef de bandits.

— Et puis, ajouta-t-il aussitôt, d'autres raisons encore me font une loi de veiller sur votre destinée.

— Et quelles sont ces raisons ? demanda-t-elle.

— Je n'ai point le temps de vous dire un mot à cet égard, répliqua Roderich, avec l'intention manifeste d'éluder la question...

« Occupons-nous des dangers qui vous entourent encore...

« J'ai à vous apprendre, du reste, plusieurs choses essentielles au sujet de votre implacable ennemi, que j'étais bien sûr de rejoindre ici.

— Quoi ! ce n'est donc point le hasard qui vous a jeté ce soir sur mes pas ?

— Non, Laura... j'étais à la porte de votre château lorsque vous avez été enlevée...

« Je n'ai eu connaissance de cet événement que par les cris d'alarme et de désespoir de l'un de vos domestiques, bien que je me fusse rendu là précisément pour vous protéger contre les desseins de Stéphan de Krozenberg... mais il a échappé à ma surveillance...

« Je n'étais pas le seul attiré en ce lieu par le péril que vous couriez ; il y avait à côté de moi deux personnes qui vous sont toutes dévouées : l'une est le bûcheron Gerfrutz, l'autre un jeune homme fort distingué, qui se nomme Moritz.

— Oh ! je connais très bien Gerfrutz, dit Laura ; c'est un brave et bon paysan, que j'aime beaucoup...

« Quant à celui que vous appelez Moritz, c'est la première fois que j'entends prononcer son nom.

— Cela m'étonne ! repartit Roderich...

« Il faut alors ou qu'il ait pris un faux nom, ou que la réputation que vous ont faite vos vertus soit la cause de son dévouement, car il est tout prêt à sacrifier pour vous sa vie. »

L'orpheline réfléchit, en paraissant chercher dans ses souvenirs ; puis elle passa la main sur son front, et secoua la tête en disant :

— Je vous assure de nouveau que ce nom m'est inconnu.

N'ayant aucun motif pour prolonger l'entretien sur ce point, Roderich reprit :

— Je me mis donc avec ce jeune homme et Gerfrutz à la poursuite de votre ravisseur... celui-ci, étant en voiture, devait avancer assez lentement, à cause des chemins rendus presque impraticables par cette neige abondante ; de plus, il était obligé de prendre les grandes routes de la forêt pour le passage de son carrosse... moi, j'étais à cheval, Gerfrutz et monsieur Moritz me suivaient à pied ; nous pûmes ainsi nous engager dans des sentiers qui raccourcirent pour nous de moitié la distance que Stéphan avait dans sa direction à franchir pour atteindre ces ruines...

« Quand nous en fûmes proches, je laissai mon cheval entre les mains de mes compagnons, et je les priai d'attendre mon retour à l'endroit même où je les quittai, voulant ainsi qu'il vous restât deux défenseurs derrière moi, dans le cas où je périrais dans ma tentative... Je me glissai d'arbre en arbre jusqu'à la bande de Krammer, et le ciel permit que, au moment même où j'arrivais près d'elle, le carrosse du vicomte se présentât en s'arrêtant à vingt pas de moi... Je ne tardai pas à voir deux personnes se diriger de mon côté, et je crus reconnaître dans l'une d'elles la taille et la démarche d'une femme : je pris les devants, et je trouvai à me blottir dans le tronc caverneux d'un hêtre... Pourtant, je n'étais pas certain que ce fût vous qui veniez de m'apparaître sous un manteau d'homme ; et, pour m'en assurer je vous jetai votre nom, lorsque vous fûtes près de l'arbre qui m'abritait...

« Voilà comment, pauvre orpheline, Dieu, pour répandre un baume sur le souvenir de mes fautes, daigna m'appeler à la défense de l'un de ses anges.

— Mais, repartit la jeune fille avec curiosité, vous venez de dire tout à l'heure que vous vous étiez rendu au château de Krozenberg pour me secourir... par quel moyen aviez-vous donc découvert les projets du vicomte ?

— Cette question, Laura, touche justement aux choses dont vous devez être instruite... Je serai bref ; car, comme vous allez l'apprendre, votre salut même exige que je reste peu de temps près de vous... Je commence donc : Il y a quinze jours, il se passa dans mon existence un événement extraordinaire qu'il est inutile que je vous raconte ; sachez seulement qu'il m'imposa la nécessité d'avoir le plus tôt possible un entretien avec Stéphan de Krozenberg.

« Je partis pour Londres, où je croyais le trouver ; mais, après plusieurs jours employés à la recherche de son domicile, j'appris qu'il venait de quitter l'Angleterre et qu'il était retourné en Allemagne. L'homme de qui je tins ce renseignement était un de ses domestiques qu'il avait laissé à sa demeure.

« La figure de ce valet me frappa ; et jugez de ma surprise lorsque j'eus reconnu en lui l'un des gens que vous avez renvoyés du château après l'horrible et mystérieux assassinat de leur maître !

— Grand Dieu ! que me dites-vous ? s'écria Laura.

— Vous concevez, continua Roderich, la nature des soupçons qui s'emparèrent alors de mon esprit ! je résolus de ne pas me retirer sans avoir une conviction à emporter avec moi... J'étais seul dans l'appartement à côté de cet homme ; j'allai donc vite en besogne : je lui déclarai sans détour que j'étais. Roderich le bandit, que je le savais complice du vicomte dans l'assassinat commis au château de Krozenberg, et que j'avais des raisons secrètes pour l'interroger à ce sujet.

« Je dirigeai aussitôt sur sa poitrine les canons de deux pistolets, en lui jurant que, s'il tentait de m'échapper ou seulement de me tromper par ses mensonges, il tomberait frappé de mes balles... Mais j'ajoutai que j'étais prêt à le bien traiter, à le récompenser même généreusement, s'il consentait à ne me rien cacher des causes et du but de son crime ; je lui dis que les motifs qui me faisaient agir exigeaient que je fusse éclairé, non sur sa part d'action dans cette affaire, mais uniquement sur celle du vicomte... et, en même temps, je jetai devant lui sur une table tout l'or que contenait ma bourse...

« La vue de cette somme, qui était considérable, ou la crainte de la mort, triompha de ses scrupules : il m'avoua en tremblant que, séduit par la promesse

Laura.

d'une forte récompense, il s'était chargé de tenir Stéphan de Krozenberg au courant de ce qui se passait au château...

« Stéphan avait ainsi appris que le comte vous léguait toute sa fortune, et, recevant bientôt par la même voie la nouvelle que deux cent mille rixdales devaient être renfermées dans les coffres de son frère, il conçut le projet de s'en emparer à quelque prix que ce fût... Ce domestique me dit de plus qu'il lui avait fourni le moyen de pénétrer jusqu'à la chambre du comte, mais que là s'était borné son rôle dans l'assassinat.

— Oh ! s'écria Laura en se voilant par un mouve-

ment d'horreur les yeux avec les mains, je m'étais bien toujours douté que le coup était parti de la main de Stéphan !...

« Mais, ajouta-t-elle, que vous a révélé ce valet du moyen dont il s'est servi pour introduire l'assassin si secrètement dans le château ?

— Il m'a simplement assuré qu'il l'avait aidé à escalader le mur de la cour en lui passant une échelle...

« Or, il est clair maintenant qu'il m'a menti sur ce point : le vicomte a dû prendre, cette nuit-là, le même chemin qu'il a suivi, ce soir, pour vous enlever.

— Mais quel est ce chemin? C'est ce que j'ignore.

— Vous l'ignorez?... Et comment s'est donc fait votre enlèvement?

— Je ne me souviens que d'une chose : c'est que je suis tombée évanouie à ses pieds dans ma chambre... lorsque j'ai repris mes sens, j'étais en pleine forêt dans son carrosse.

— Il est donc évident qu'il existe dans le château une issue secrète !

Apprenons au lecteur que cette issue avait été découverte par le complice du vicomte, quelques jours avant le meurtre.

Cet homme, en faisant, un matin, divers arrangements dans le garde-meuble, avait par hasard posé assez fortement la main sur le coin d'une sculpture de la boiserie, lequel servait à faire jouer le ressort du panneau de l'escalier secret, et le panneau s'était tout à coup ouvert.

Cette route souterraine était toujours restée inconnue de la famille de Krozenberg, qui ne possédait le château que depuis un demi-siècle environ.

Maintenant disons que si l'infâme serviteur, interrogé par Roderich, lui avait caché cette particularité, c'est qu'il avait voulu conserver aux projets de Stéphan la ressource du souterrain ; car il le savait précisément alors occupé de nouveau du projet d'enlever le trésor du château.

C'était sur ce trésor qu'il devait toucher la récompense promise à ses odieux services ; et, au travers des aveux dont il avait, pour une éblouissante somme d'or, accablé le vicomte, il n'avait point perdu assez l'esprit pour détruire tout d'un coup, par de trop complètes révélations, l'autre chance qui lui restait d'accroître encore son commencement de fortune.

— Mais, reprit Roderich, je reviens à mon récit... aussitôt que j'eus tiré de ce traître les renseignements que je voulais avoir, je m'éloignai de Londres, et, dès mon retour en Allemagne, Stéphan devint l'objet de mes recherches les plus actives; car, comme je vous l'ai dit, j'avais pour d'importantes raisons besoin de m'entretenir avec lui...

« Huit jours s'écoulèrent, pendant lesquels je réussis seulement à m'assurer qu'il avait été vu dans le Hanovre et qu'il voyageait sous un faux nom... enfin, je perdais l'espoir de le rencontrer, lorsque j'ai été mis aujourd'hui sur ses traces de la manière la plus imprévue...

« Il faut que vous sachiez que j'ai dans la bande de Krammer un espion chargé de m'instruire de tout ce qu'elle est sur le point d'exécuter: je traversais, toujours en quête du vicomte, la forêt vers six heures du soir, lorsque mon espion m'apparut au détour d'un chemin; il venait de visiter un rocher où il avait déposé, dans la matinée, un billet d'avis pour moi... Il a ainsi dans les divers cantons du Hartzwald, parcourus par la troupe dont il fait partie, un endroit destiné à recevoir les communications que je ne puis envoyer chercher par quelqu'un de mes gens que de temps à autre, ce qui fait qu'elles me parviennent souvent en retard... C'était moi qui, aujourd'hui, étant en course dans ce canton, devais me rendre au rocher où il avait porté son billet... il s'en retournait fort contrarié que cet écrit s'y trouvât encore; car la nou-

velle qu'il y avait consignée était de la plus haute importance. Voici ce qu'il s'empressa de m'en apprendre alors de vive voix :

« Une expédition contre le château de Krozenberg a été proposée et arrêtée ce matin, et elle aura lieu cette nuit, vers une heure... et savez-vous quel est celui qui la dirige ? c'est, non pas Krammer, comme vous pourriez le présumer... mais Stéphan de Krozenberg ! »

— Ah ! je soupçonnais bien, repartit Laura, que le langage hypocrite qu'il m'a tenu ce soir recouvrait quelque infamie de ce genre !

— Oui, poursuivit Roderich, Stéphan, furieux de n'avoir pu découvrir les deux cent mille rixdales après l'assassinat du comte, et jugeant que cette somme devait être encore au château, a voulu tenter un dernier coup pour la ravir, et il s'est associé pour cette entreprise le féroce Krammer, en s'engageant à lui abandonner le quart du trésor...

« Il avait été d'abord convenu que ce vol serait accompagné de votre enlèvement, car il paraît que le vicomte a conçu pour vous un amour digne de la cruauté de son âme ; mais, la nuit venue, il modifia un peu son plan : il résolut de se rendre auprès de vous avant de courir les hasards de l'expédition, et Krammer fut seul mis dans le secret des motifs de cette visite...

« Le lieu où me fut faite la révélation de tous ces détails est situé assez loin de ces ruines, dans lesquelles Krammer et sa bande ne devaient venir chercher un gîte qu'aux premières heures de la nuit : je me trouvais alors à dix milles du point où je m'étais, le matin, séparé de mes gens...

« Selon nos habitudes, mon lieutenant, placé près d'eux dans une auberge en qualité de voyageur, y attendait mes ordres : je lui écrivis sur-le-champ une lettre intelligible pour lui seul, laquelle lui faisait savoir qu'il eût à me rejoindre promptement avec ma troupe. Je la lui expédiai par un paysan que je rencontrai en ce moment-là par hasard, et qui fut heureux de saisir une telle occasion de gagner quelque argent...

« Cela fait, je me dirigeai rapidement vers votre demeure, pour tâcher de couper Stéphan dans sa route...

« Mon espion m'assurait qu'il n'était probablement pas encore parti ; mais j'eus bientôt la preuve qu'il avait au contraire de l'avance sur moi...

« Enfin, je n'arrivai pas assez tôt pour lui parler et l'empêcher de pénétrer jusqu'à votre appartement...

« Maintenant, pauvre enfant, voulez-vous m'apprendre ce qui s'est dit entre vous et lui durant sa visite ? »

La jeune fille fit vite le récit de l'horrible scène dont sa chambre avait été le théâtre.

— Il m'est facile à présent, reprit Roderich, de comprendre quelles ont été les vues de Stéphan : il aura voulu d'abord voir si le titre de vicomtesse qu'il vous offrait ne serait pas un talisman devant lequel s'évanouirait toute l'horreur qu'il vous inspire ; et, s'il avait acquis la certitude d'entrer en possession des biens de son frère par son mariage avec vous, nul doute qu'il n'eût renoncé à l'expédition projetée, et dégagé sa parole envers Krammer en promettant de le dédommager plus tard de la perte de sa part de butin...

« Mais, se voyant plus que jamais l'objet de votre mépris, il n'aura plus songé qu'à assurer le succès de cette entreprise, en tâchant adroitement de vous arracher le secret du lieu où est renfermée la somme tant convoitée par lui...

« Enfin, n'obtenant aucun résultat de toutes ses tentatives, il se sera déterminé à vous enlever immédiatement lui-même, pour ne point vous laisser le temps de prendre des mesures contre l'attaque du château...

« Mais voici le moment venu, Laura, où je dois m'occuper des moyens d'empêcher cette attaque et de vous faire sortir saine et sauve de ces lieux : je ne puis atteindre ce double but qu'avec le concours de mes hommes. »

Roderich consulta sa montre.

— Il est onze heures un quart, continua-t-il...

« Il en était six et demie, lorsque le paysan à qui j'ai confié ma lettre s'est mis en route ; et, en supposant qu'aucun accident n'ait interrompu sa marche, et qu'il ait trouvé mon lieutenant dans son auberge, je ne compte pas que celui-ci soit avec ses compagnons parvenu, avant minuit, au lieu du rendez-vous que je lui ai indiqué près de cette abbaye...

« Cependant, votre sûreté exige que j'aille sans retard y attendre mes hommes, afin que, dès leur arrivée, ils me trouvent prêt à agir.

— Il me faut donc rester seule ici ? dit Laura en soupirant.

— Je ne pense pas que vous ayez quelque danger à y courir...

« Je vous répète que ce caveau leur est inconnu.

« Bien souvent, je m'y suis réfugié avec mes gens pour surprendre ceux de Krammer dans leurs entreprises contre les voyageurs égarés et les chaumières, et jamais ils n'ont paru s'apercevoir d'où nous sortions pour tomber si brusquement sur eux... Je vais vous laisser ma lanterne ; la lumière est une compagne nécessaire au fond d'un lieu si triste et si lugubre... je voudrais vous laisser aussi une arme, dans le cas où, par un hasard que je ne prévois pas, vous auriez à songer à votre défense ; mais mon poignard est resté sur le corps du brutal gardien qu'on vous avait donné ; et un de mes pistolets ne serait, peut-être, dans votre main d'aucune utilité.

— Il est vrai... je ne saurais pas m'en servir... Puis, ce sont là des armes dont il ne faut point vous dessaisir au milieu des périls que vous allez affronter.

— Allons !... dit Roderich en faisant un pas vers l'issue du caveau, que votre cœur et votre voix d'ange prient le ciel en mon absence, pour que Dieu ne vous abandonne pas dans cette terrible situation !

La jeune fille, l'âme toute pénétrée de reconnaissance, ne put retenir ces mots, dont elle crut devoir payer les services de ce singulier chef de brigands.

— Merci, Roderich !... merci !

Roderich avait déjà disparu du caveau lorsque ces doux accents arrivèrent jusqu'à ses oreilles.

Dès qu'il se retrouva hors du souterrain, il resta un instant immobile dans le buisson épais qui le cachait si parfaitement à l'entrée, écoutant si quelque voix d'homme ne s'élevait pas autour de lui ; car sa crainte était que les compagnons de Diebold n'eussent découvert son cadavre, et ne fussent à la recherche du meurtrier et de Laura Hirmann.

Il songeait en frémissant que, s'il ne pouvait rejoindre sa troupe, si, en un mot, il était arrêté en chemin par ses ennemis, le château de Krozenberg serait immanquablement livré, cette nuit, au pillage, à la dévastation, peut-être même à l'incendie ; et que de plus Laura, inquiète de ne le point voir revenir, finirait sans doute par tenter toute seule la fortune en prenant la fuite à travers le Hartzwald, et courrait risque alors de retomber dans les mains du vicomte.

Mais, n'entendant aucun bruit aux alentours du buisson, il en sortit, précipita sa marche sous les grands arbres, et se dirigea vers l'endroit où il avait confié son cheval aux soins de Moritz et du bûcheron.

Cet endroit était à deux cents pas au moins des ruines de Frigenthal : il y arriva sans avoir éprouvé aucune alarme sur son chemin.

Il fut fort étonné de n'apercevoir que Gerfrutz près de sa monture.

— Où est donc M. Moritz ? lui demanda-t-il tout bas.

— Il ne doit pas être loin, murmura le paysan d'un air inquiet, et se montrant avec son fusil dans l'attitude d'un homme qui se tient prêt à le mettre en joue...

Il lui a semblé, ajouta-t-il en désignant sa gauche, que le son d'une voix s'était élevé de ce côté ; il a voulu s'assurer si nous n'étions pas entourés de quelque péril, et il m'a quitté pour quelques instants.

— C'est fâcheux ! dit Roderich, car nous n'avons pas le temps de l'attendre, surtout dans ce lieu couvert de hautes cépées, derrière lesquelles nous pouvons être à chaque moment victimes d'une surprise.

— Et mademoiselle Laura ? reprit Gerfrutz, tandis que Roderich mettait la main à la bride de son cheval, nous apportez-vous de ses nouvelles ?

— Pour l'instant, elle est en sûreté.

— Est-il possible ! mon Dieu ! répondit le bûcheron ivre de joie.

Comme son dernier mot tombait de ses lèvres, cinq ou six voix irritées éclatèrent ensemble, à quelques pas de lui, en s'écriant :

— Ah ! les voilà !... par ici ! par ici !... nous les tenons !

Et aussitôt un nombre d'hommes égal à celui des voix apparut entre les cépées ; mais à peine avaient-ils fait un pas de plus en avant que les pistolets de Roderich en étendaient deux à terre, et que le fusil de Gerfrutz envoyait la mort à un troisième.

Ceux qui étaient restés debout ripostèrent par la décharge de leurs mousquets ; mais leurs balles se perdirent dans l'espace.

Alors Gerfrutz, qui, tout paisible bûcheron qu'il était, n'y allait pas de main morte lorsqu'il s'agissait de préserver sa peau de toute atteinte funeste, empoigna vigoureusement sa carabine par le bout du canon, et s'en servant comme d'une massue, effondra d'un coup de crosse la poitrine d'un autre bandit, lequel se coucha sur le sol auprès de ses trois infortunés compagnons pour ne plus se relever.

De son côté, Roderich, doué d'une prodigieuse force musculaire, étouffait dans ses bras le seul ennemi demeuré vivant des cinq qui s'étaient d'abord présentés, et il allait le jeter expirant à ses pieds lorsque tout le reste de la bande de Krammer, débouchant subitement de divers points, se rua sur lui et sur le bûcheron, et vingt poignards se levèrent à la fois sur leurs poitrines.

— Ne les tuez pas encore!... ne les tuez pas encore! s'écria la voix de Stéphan derrière cette troupe furieuse, nous avons besoin de les interroger!

A ces mots, on se hâta de leur lier étroitement les mains au dos avec des cordes et des bandoulières de fusil; on leur mit aux pieds des liens semblables; puis, les laissant assis sur le terrain, on se prépara à les attacher dans cette attitude aux troncs de deux gros hêtres très-rapprochés l'un de l'autre.

Pendant cette opération, Krammer, le sourcil froncé, l'œil injecté de sang, secouant, dans sa haine et sa fureur, sa tête énorme et hideuse, comme un lion affamé qui s'agite avec des frissons de férocité impatiente à l'approche du moment où il pourra librement dévorer sa proie, Krammer, dont la voix semblait être devenue plutôt un rugissement qu'un son parti d'une poitrine humaine, disait à son redoutable adversaire terrassé :

— Traître et infâme Roderich! ta vie m'appartient donc pour la seconde fois!... mais ce sera la dernière!...

« Ah! tu comptais, j'en suis sûr, nous échapper encore? et je crois vraiment que tu aurais eu ce bonheur, si l'un de mes hommes, envoyé il y a un instant par moi dans les ruines de l'abbaye pour voir comment mon lieutenant s'y était installé avec la jeune fille placée sous sa garde, n'avait heurté du pied le corps inanimé de mon fidèle et inestimable Diebold!...

« Ton poignard, laissé par oubli ou peut-être bien par bravade sur ta victime, nous a dit quelle main avait frappé ce coup hardi; car ce poignard... charmant bijou, ma foi! ajouta l'atroce brigand en faisant briller cette arme sous les yeux de son prisonnier... porte ton nom en belles lettres d'or incrustées sur son manche de fin acier ciselé...

« Tu comprends si j'ai fait diligence pour retrouver la piste d'un ennemi tel que toi! pour venger dans ton sang les maux causés au milieu de nous par la cruelle et perfide guerre que tu nous as en tout temps déclarée, au lieu de nous traiter en confrères et en amis! »

Roderich, que l'on achevait de garrotter au tronc d'un hêtre, ne répondit à ces dernières paroles qu'en souriant avec fierté, et haussant les épaules d'un air de mépris.

— Exécrable Roderich! maudit objet de ma haine! hurla Krammer qui écumait de rage...

« Oui, te voilà encore, selon ta coutume, te drapant dans ton silence dédaigneux et dans tes façons de grand seigneur!...

« Tu auras donc toujours l'air de nous prendre ainsi pour tes inférieurs, pour des gens indignes de ton courroux aussi bien que de ton amitié?...

« Tiens? vois-tu, je ne sais qui me retient d'en finir sur l'heure avec ton indomptable orgueil! »

Et l'affreux chef de brigands posa le canon d'un pistolet sur le front de Roderich : celui-ci, toujours impassible, leva le visage vers son bourreau avec le même sourire et le même mouvement d'épaules.

Krammer poussa un cri rauque de fureur, et il allait faire feu sans doute, lorsque Stéphan de Krozenberg s'élança vers lui, et lui releva le bras en s'écriant avec véhémence :

— Je vous répète qu'il faut que j'interroge cet homme!

Stéphan était non moins irrité que son terrible associé.

Demeuré derrière la troupe des bandits, il avait attendu pour adresser la parole aux prisonniers qu'on eût fini de les attacher aux deux arbres.

Se plaçant alors de l'air d'un juge inexorable en face de Roderich, il l'apostropha violemment par les phrases suivantes, qui seraient peut-être d'un comique parfait, si elles ne contenaient un triste exemple de la facilité avec laquelle l'homme, au plus profond des abîmes d'une vie criminelle, sait encore oublier ses propres œuvres pour ne porter ses yeux que sur la conscience troublée des autres.

— Vil scélérat! s'écria-t-il, qu'est devenue en tes mains cette jeune fille que tu m'as ravie? où est Laura Hirmann?

« Parle! réponds vite, rebut de l'espèce humaine ou redoute ma colère! »

Mais à peine Roderich eut-il vu s'approcher le vicomte, et lui eût-il entendu prononcer deux mots, que cette énergique et froide impassibilité dont il avait fait preuve devant Krammer disparut sans qu'il en restât la moindre trace dans ses gestes et sur sa physionomie.

Il courba sur sa poitrine son front tout à l'heure si audacieux, et tout son corps sembla frappé de l'immobilité du plus étrange accablement.

— Quoi donc! misérable bandit! reprit Stéphan avec un ricanement lugubre, la crainte de la mort t'aura-t-elle rendu muet?... car tu trembles, je crois?

— Eh! oui, vraiment, vous avez raison! dit Krammer, le voilà qui frissonne!

En effet, un frémissement nerveux agitait les membres du prisonnier.

Tous les bandits accoururent vers lui pour l'examiner avec une avide curiosité; et, au milieu de leurs cris de joie et de triomphe, retentit la voix de leur sanguinaire capitaine, qui s'écriait avec une sorte d'ivresse sauvage qu'il serait impossible de décrire :

— Enfin! voilà donc ton âme intimidée, amollie, vaincue, fier Roderich!

« Enfin, tu as peur! enfin, tu n'oses plus lever les yeux sur nous!...

« Il est vrai que ce n'est pas sans raison que tu trembles : le spectacle des quatre cadavres de nos vaillants compagnons qui sont là gisant à nos pieds te dit assez quelle vengeance je saurai tirer de toi!...

« Cependant, écoute : si tu nous dis où se trouve en ce moment Laura Hirmann, tu ne recevras que la simple mort : quelques balles dans la cervelle...

« Voilà tout!...

« Si tu refuses de parler, toutes les tortures de

l'enfer te sont destinées, et te seront données par mes mains et celles de mes deux hommes les plus robustes !

— Eh bien ! monstre ! reprit Stéphan... ces conditions te décideront-elles à répondre sans retard à mes questions ?

Mais plus le vicomte pressait de sa parole ardente et dure celui qu'il interrogeait, plus l'accablement de ce dernier semblait devenir profond : la tête toujours inclinée, Roderich ne donnait signe de vie ni par un geste, ni par un murmure.

— Et toi, satellite de ce brigand ! ajouta Stéphan en s'adressant à Gerfrutz, dont il ne distinguait pas assez les traits dans l'obscurité pour reconnaître en lui le paysan chez lequel il s'était arrêté au commencement de la nuit... nous révéleras-tu quelque chose sur cette jeune fille ?...

« Songe bien que si tu te tais, tu subiras les mêmes tortures que ton capitaine. »

On n'entendit pas une parole sortir de la bouche du bûcheron.

— Allons ! reprit le vicomte, nous ne tirerons rien de ces deux lâches coquins !... la terreur les a consternés.

— Et tellement consternés, ajouta Krammer, que je crois, en vérité, que des larmes coulent sur les joues de mon cher ami Roderich !

Tous les autres bandits approchèrent leur visage de celui du prisonnier, dont l'affliction était assurément bien digne d'exiter leur curiosité.

— Il pleure ! il pleure !... rien n'est plus vrai ! s'écrièrent-ils.

— Roderich est devenu une femme ! ajoutèrent aussitôt quelques-uns dans le délire d'une joie fougueuse.

— Roderich est maintenant moins qu'un enfant ! hurlèrent quelques autres.

Et chacune de ces paroles circulait à travers d'immenses éclats de rire.

— Il faut laisser ce poltron un instant à lui-même, reprit Stéphan... la raison lui reviendra avec la réflexion ; et, j'en suis sûr, bientôt, sous l'appréhension des tortures, il ne fera pas difficulté de nous satisfaire sur tous les points...

« Mais ne perdons point ici davantage notre temps en propos inutiles : je suis convaincu maintenant que Laura Hirmann ne doit pas être loin ; car, si elle n'avait pas trouvé un refuge près de nous, ce misérable et son compagnon l'auraient certainement escortée dans sa fuite.

— C'est juste !... voilà une idée qui ne m'était pas venue, repartit Krammer ; mettons-nous donc vite à la recherche de Laura Hirmann !

Puis, se tournant vers son ennemi :

— Sensible Roderich ! ajouta-t-il d'un ton cruellement sardonique, sois assuré qu'on ne me verra pas courir avec moins d'ardeur sur les traces de la belle protégée que sur les tiennes ; car je la hais autant que je te hais !

« N'est-ce pas elle qui, un jour, a eu l'audace de t'arracher à la mort sous nos yeux et malgré nos balles ?...

« Tu peux compter que, ce soir, tu n'auras pas une

pareille fortune ; car, d'une part, je vais te confier, durant ma courte absence, à des gardiens qui tiendront ta vie au bout de leurs mousquets ; et, d'autre part, je sais que tu n'as aucun secours à recevoir de ta bande, qui, au moment où je parle, est tranquillement campée à dix milles d'ici... tu vois que ma police est bien faite, et qu'elle ne me laisse ignorer aucun de tes moindres mouvements. »

Krammer choisit alors huit de ses hommes les plus éprouvés et il leur dit :

— C'est vous que je charge du soin de veiller sur nos prisonniers...

« Si, contre toute attente, vous aviez à repousser une attaque faite en vue de leur délivrance, commencez par leur donner la mort, vous songerez ensuite à votre défense.

« De cette manière, je me retire parfaitement tranquille sur leur sort... Du reste, au bruit des coups de feu, nous serions vite de retour ; car nous ne nous écarterons pas beaucoup de ces lieux... nous allons d'abord fouiller de fond en comble les ruines de l'Abbaye. »

Lorsque Stéphan de Krozenberg et Krammer, accompagnés de quinze hommes environ, se furent éloignés, l'un des huit gardiens des prisonniers prit la parole d'un ton narquois en regardant fixement le bûcheron.

— Tiens ! tiens ! dit-il... je ne me trompe pas... c'est bien mon ami Gerfrutz qui est là devant moi ?

— Ton ami Gerfrutz ?

« Tais-toi, bandit ou cesse de m'appeler de ce nom ! s'écria le paysan indigné.

— Tout doux, mon garçon ! tout doux, je te prie !... il ne faut pas parler avec ce mépris de la bande de l'illustre Krammer, lorsque l'on est soi-même enrôlé dans celle de Roderich.

— Enrôlé parmi ses gens, moi ?... c'est seulement tout à l'heure que j'ai appris, par les paroles de votre chef, en compagnie de qui j'étais ici...

« En tous cas, Roderich, lui, n'enlève pas les jeunes filles ; il les respecte au contraire, et les protège contre vos atrocités !

« Il y a donc, selon toute justice, quelque différence à établir entre sa troupe et la vôtre ! »

Durant le cours de ce dialogue, Roderich avait un moment, avec un éclair singulier dans le regard, relevé tout à coup son visage jusque-là si attristé et si pensif : c'est qu'une voix derrière lui, le long du hêtre, avait glissé ces mots à son oreille :

— Que faut-il faire ?... j'ai un fusil double, et je suis sûr de mes coups.

— C'est la voix de ce jeune homme qu'on nomme Moritz ! pensa-t-il... et moi, qui l'accusais en moi-même de lâcheté en ne le voyant pas venir à notre secours !

Moritz, effectivement, se traînant dans la neige, de cépée en cépée, avec la souplesse d'un reptile, était parvenu jusqu'à l'arbre auquel on avait lié Roderich ; puis, se couchant à plat ventre au pied de cet arbre dont le large tronc était plus que suffisant pour couvrir son corps, il avait hasardé de murmurer les paroles que nous venons de rapporter.

Roderich, pour lui répondre, espérait que la conversation deviendrait encore plus vive et plus bruyante entre le bandit et le bûcheron.

Du reste, toute la nature semblait le servir en cette occasion : la nuit était sombre, la neige tombait en flocons épais et serrés, et le vent, le frappant en plein visage, devait porter de sa voix à son interlocuteur seul, et le garantir de la crainte qu'un faible écho n'en arrivât aux oreilles de ses gardiens placés en face de lui.

Mais ceux-ci se tenaient debout à cinq pas du hêtre tout au plus : un mouvement de Moritz pouvait trahir sa présence d'un moment à l'autre, et tout était alors perdu de la dernière tentative dont Roderich conçut sur-le-champ l'idée pour le salut de Laura.

Aussi les angoisses de son âme furent-elles en ce moment ce qu'elles n'avaient jamais été, même au travers des plus horribles situations de sa coupable et aventureuse existence.

Reprenons vite le dialogue interrompu pour le lecteur par ces réflexions indispensables. .

Le bandit le continua en ces termes :

— Ami Gerfrutz! si c'est vraiment le hasard qui, cette nuit, a si merveilleusement allié ton sort à celui de notre plus implacable ennemi, j'en suis sincèrement affligé pour toi; car, foi d'honnête homme, foi de Blumbach, surnommé Cœur d'acier, je te portais quelque intérêt.

— De quoi viens-tu là encore me rompre la tête, gibier de potence? répliqua le bûcheron, qui, ayant jeté un regard de côté, crut apercevoir comme un corps humain étendu derrière l'arbre de son compagnon de captivité, et, devinant en partie le fond de la situation, s'efforça de n'attirer que sur lui seul l'attention des bandits...

« Je ne sais, ajouta-t-il, quelle sorte d'intérêt tu me portes et où tu peux m'avoir rencontré pour si bien me reconnaître à présent; quant à moi, je te déclare, Blumbach, surnommé Cœur d'acier, que c'est bien la première fois que mes yeux tombent sur ta face hideuse de démon, et sur celles non moins repoussantes de tes dignes camarades!

— Ah çà! l'ami! du respect pour tes gentils et doux maîtres! crièrent en chœur les sept autres brigands.

Tandis que ces paroles s'étaient échangées de part et d'autre, Moritz, croyant n'avoir pas été entendu de Roderich, lui avait saisi les mains qui, comme on se le rappelle, étaient liées et croisées sous les reins, et lui avait répété le plus bas possible :

— Que faut-il faire?

Roderich, la tête penchée sur une épaule du côté de Gerfrutz, et ayant ainsi l'apparence d'un homme absorbé dans ses réflexions, répondit à Moritz sans faire le moindre mouvement et d'une voix qui n'était pour ainsi dire qu'un souffle :

— Prenez la bague qui est à ma main gauche..., puis, glissez vos doigts derrière mon cou, rompez le petit cordon que vous y sentirez, et tirez-le à vous... à ce cordon est attaché un sifflet...

En un instant le jeune officier fut en possession du sifflet et de la bague; mais il n'eut pas le temps de recevoir des instructions sur l'usage qu'il devait faire de ces objets; car la querelle engagée entre le bûche-

ron et les bandits eut une courte interruption, ces derniers ayant en ce moment à se livrer à une de leurs plus douces distractions : chacun d'eux se mit à tirer de dessous ses habits une énorme pipe qu'il bourra et alluma fort gravement et avec le plus grand soin.

— Aimable Gerfrutz, reprit enfin Blumbach Cœur d'acier, en lançant vers le paysan de gros nuages de fumée, puisque tu sembles douter de mes bons sentiments, je veux te prouver comme quoi je suis véritablement ton ami; car malgré mon terrible surnom, je porte en moi, ainsi que tu vas le voir, un vrai cœur de chérubin...

« Souvent mes braves camarades ont conçu l'idée d'une petite expédition contre ta chaumière : je me suis toujours opposé à l'exécution de ce projet, d'abord, parce que tu as su gagner, je te le répète, mon estime et mon affection; ensuite, parce que tu as une jeune et jolie femme, et que je me ferais un crime de causer un chagrin à cette intéressante créature...

« Aussi, dès que nous aurons fait digérer à ton robuste estomac quelques-unes de nos dragées de plomb, je t'assure que je n'oublierai pas ta ravissante Martha : je me charge, moi, bien-aimé Gerfrutz, d'aller au plus tôt la consoler.

— Lâche suppôt de Satan! s'écria le paysan, qui ne put étouffer ce cri de rage ni retenir une larme en songeant à sa femme et à son enfant.

— Ah! ah! voilà qui te met en belle humeur, répondirent gaiement les bandits en fumant leurs pipes.

Durant cette reprise du dialogue, Roderich avait eu le temps de dire à Moritz, mais seulement par intervalles, et toujours avec les mêmes précautions :

— Prenez le premier chemin qui se trouve derrière vous; suivez-le dans la direction opposée à la montagne; puis, quittez ce chemin pour le second que vous y rencontrerez à votre droite... alors marchez jusqu'à un rocher d'où jaillit une source en cascade... là, donnez un coup de sifflet... et si...

— Tiens! dit en ce moment un bandit, que marmotte donc là le grand capitaine Roderich entre ses dents?

Roderich sentit comme le froid de la mort lui traverser le cœur : il ne doutait pas que ses gardiens ne vinssent examiner si quelqu'un n'était point caché derrière le hêtre.

Gerfrutz eut la même frayeur.

— Je crois, ajouta un autre bandit en riant, qu'il donne à son compagnon de sages conseils sur la manière de se conduire dans l'autre monde, avec lequel ils sont près de faire connaissance!

Roderich respira.

— Eh bien! oui, repartit Gerfrutz avec force, il me donne des conseils tout bas, et c'est pour m'engager à ne point vous irriter par mes injures... mais je ne crains ni vos menaces, ni les balles de vos mousquets, voyez-vous!

— Oh! oh! quel est ce prodige? répondit le marquis Blumbach, voilà l'orgueilleux et redoutable Roderich devenu doux comme un agneau, et le paisible et timide bûcheron transporté de la fureur du tigre! et, pourtant, impétueux et irascible Gerfrutz, je fais tout par mes bons procédés pour adoucir tes chagrins, et calmer l'ardeur du sang qui bout maintenant dans tes veines... laisse-moi continuer, et tu vas savoir jusqu'où peut aller mon dévouement à ton égard... j'irai donc, comme je te le disais, consoler ta gentille femme ; et cela ne me sera pas difficile : je n'aurai tout simplement qu'à l'emmener avec moi, afin de lui procurer les agréments de ma société pour le reste de ses jours, et lui faire en même temps partager les délices de notre vie de périls et d'aventures !... Quant à ton enfant, ton gracieux petit Karl, je veillerai comme il faut à son éducation : j'en veux faire un gaillard qui, un jour, nous vaudra tous ! et s'il a des dispositions, comme je n'en doute pas, il peut marcher à pas de géant dans sa carrière, et devenir à vingt ans capitaine d'une bande aussi glorieuse que la nôtre !

— Eh bien ! pour que ce beau projet réussisse, généreux Cœur d'acier, répliqua le paysan en prenant à son tour un ton ironique, fais en sorte que mes liens ne se brisent pas, et que ma carabine ne me retombe jamais sous la main ; car, foi d'un homme qui n'a jamais manqué une bête fauve courant à cent pas de lui, je ne te laisserais guère le temps de poursuivre tes charitables plans d'éducation pour les enfants de tes victimes !

— Décidément, repartit Blumbach, l'ami Gerfrutz a un mauvais caractère ; car le voilà qui se fâche encore tout rouge, au lieu de me remercier du soin que je veux bien prendre de sa famille après lui.

Ce sanglant persiflage ne manqua pas d'exciter les nouveaux éclats de rire des sept autres brigands.

Cette fois les allures fort animées et un peu désordonnées de la conversation avaient permis largement à Roderich de donner à Moritz ses dernières instructions, par ces mots prudemment murmurés, comme les précédents, à plusieurs reprises :

— Si, au coup de sifflet, se présente un homme, montrez-lui ma bague... et appuyez-en fortement le chaton sur son front... si personne ne se présente, tout est perdu !... partez vite !

Moritz s'éloigna en rampant, protégé par la violence des coups de vent qui emportaient du son côté tout le bruit des mouvements de son corps sur la neige.

Il eut bientôt mis quelques hautes cépées entre lui et le hêtre ; alors, se relevant, il prit sa course dans la direction de la route qui lui avait été tracée.

Tandis qu'il effectuait si heureusement sa retraite, Roderich se disait en lui-même :

— Étrange et brave jeune homme !... il vient là de faire preuve d'une force morale dont j'ai vu peu d'exemples dans ma vie : tirer ses deux coups de fusil sur nos gardiens, et se jeter au milieu d'eux pour périr en combattant, ce n'eût rien été... bien d'autres que lui l'eussent fait... et moi, tout le premier, malgré ma longue expérience des situations périlleuses, je n'eusse pas agi autrement... Mais contenir sa fureur, se traîner jusqu'ici pour me demander mon avis, s'exposer à être découvert et mis en pièces, sans pouvoir se venger avant de recevoir la mort ; enfin, unir cette impassibilité de la réflexion à une telle intrépidité d'action, c'est là assurément le comble du courage humain !... Je ne sais ce qui va lui arriver ; mais, si ma bouche n'était pas indigne de prononcer le nom du Tout-Puissant, je dirais : Que la main de Dieu le conduise !

A l'instant où Roderich achevait mentalement ce monologue, le bûcheron ouvrait la bouche pour répondre à Cœur d'acier.

— Allons ! Gerfrutz, dit subitement Roderich, ne recommencez pas à insulter nos ennemis ; le triste moment qui nous réunit, et nous prépare une destinée commune, doit enlever de notre âme toute irritation... attendons la mort avec calme et avec courage.

— Ah ! ah ! ah ! cela va bien vraiment au capitaine Roderich de parler, ce soir, de courage ! le pauvre enfant a encore les joues toutes mouillées de ses larmes ! repartit Blumbach dont l'observation piquante fit pleuvoir les éclatantes risées de ses compagnons sur le redoutable chef ennemi tourné en ridicule.

Plusieurs d'entre eux, ayant laissé s'éteindre leurs pipes, se mirent à les rallumer à celles de leurs voisins ; cette importante opération suspendit un instant encore le cours des gracieuses facéties de l'ami inconnu que l'infortuné bûcheron possédait parmi ces bonnes gens.

IV

LES LOUPS

Moritz, comme nous l'avons dit, précipitait sa course vers le but qui lui avait été indiqué.

La rapidité avec laquelle il franchissait les obstacles opposés à ses pas par la nature du terrain ou la végétation de la forêt ne pourrait être comparée qu'à celle du chevreuil serré de près par une meute acharnée à sa perte.

Le cœur et l'esprit uniquement pleins de l'idée du salut de Laura, il ne s'apercevait pas qu'il ne lui suffisait parfois que d'un bond pour laisser derrière lui un buisson, un large fossé, un ravin profond, et que, sur sa route inconnue, couverte des ombres de la nuit, et rendue glissante par la neige, il était à tout moment exposé à trouver la mort à la suite d'une chute dans un précipice.

Il parvint avec cette vitesse dans le premier chemin qu'il devait suivre, prit dans ce chemin, selon ses instructions, le second qu'il rencontra sur sa droite, le parcourut jusqu'à l'instant où le bruit d'une cascade se fit entendre près de lui, et il s'arrêta, presque hors d'haleine, au pied d'un rocher de peu d'étendue des flancs duquel cette cascade s'échappait.

Pressé de connaître le résultat de la mission mystérieuse qu'il avait acceptée, il promena de toutes parts autour de lui un œil impatient qui semblait vouloir dévorer l'espace, malgré les ténèbres ; et il n'aperçut point trace d'être vivant.

Son âme s'emplit d'inquiétude et de désespoir.

Toutefois, il tira vite de sa poche le sifflet de Roderich ; et ce sifflet, sur lequel il n'avait pas encore porté ses regards, lui parut d'une grosseur si extraordinaire et d'une forme si bizarre, que ces singularités eussent certainement attiré son attention dans toute autre circonstance ; mais, sans se mettre à l'examiner plus longtemps, il en plaça le bec entre ses lèvres et souffla de toute sa force.

Il en sortit un son pareil à celui qu'auraient rendu vingt énormes sifflets à la fois, soit qu'il fût le produit réel de l'instrument lui-même, soit qu'il eût acquis une partie de cette puissance par la répercussion au travers des échos sonores du rocher ou des lieux d'alentour ; et, en même temps, ce son avait quelque chose de si terrible et de si lugubre, que Moritz, sous la première impression de sa surprise, laissa échapper le fantastique sifflet, qui tomba à ses pieds.

Il se baissa pour le ramasser ; et il le cherchait dans la neige, lorsqu'il aperçut à côté de sa main une autre main qui le saisit tout à coup.

Il se releva stupéfait, et il se trouva en face d'un homme encore jeune, couvert d'un manteau, et qui le regardait d'un air sévère et presque irrité.

— Et qui es-tu donc, lui dit cet individu, qui es-tu, toi qui as l'audace de te servir de ce sifflet ?

Ces brusques paroles, le ton menaçant avec lequel elles étaient prononcées, firent un instant oublier à Moritz le rôle qu'il avait à remplir, et il porta la main à la sous-garde de son fusil.

Ce mouvement ne parut pas éveiller la moindre crainte chez celui qui en était l'objet.

— Ah !... tenez ! reprit le jeune officier en recouvrant vite son sang-froid et le sentiment de sa situation véritable...

« Reconnaissez-vous cela ? »

Et il montra la bague de Roderich.

Le personnage auquel elle était présentée changea de visage ; il la prit, et l'examina fort attentivement ; puis ce fut comme avec une émotion pleine de terreur qu'il répondit :

— Si je connais cette bague ?...

« Oui !... oui, sans doute ! »

Il ajouta, en reportant sur Moritz son regard où brillait l'éclair d'une anxiété douloureuse :

— Eh bien !... est-ce là tout ?

— Non ! repartit le jeune officier.

Il reprit la bague, et en appuya fortement le chaton sur le front de l'inconnu.

Aussitôt, celui-ci frémit et pâlit, et toute son âme sembla faire explosion dans l'ouragan en laissant échapper ces mots, qui retentirent comme un formidable appel à des êtres invisibles :

— Roderich est en danger de mort !

— Roderich en danger de mort ? répéta une multitude de voix frémissantes, dont les divers diapasons vibrèrent de tous côtés aux oreilles de Moritz.

Et, tout à coup, il se vit entouré de trente hommes au moins, ayant carabine à la main, pistolets à la ceinture, et qui étaient demeurés jusque-là, les uns cachés debout derrière les arbres, les autres blottis dans les buissons.

— Monsieur, reprit l'interlocuteur du jeune officier avec une certaine politesse qui ne manquait pas de dignité, je suis David, le lieutenant de Roderich ; j'arrive à l'instant, sur un avis qu'il m'a fait parvenir.

« Je ne vous demande point d'explication sur ce qui lui est arrivé : sa bague appuyée de la sorte sur mon front par celui à qui il l'a confiée, me dit qu'il touche peut-être à sa dernière heure.

— Pour tout vous apprendre en deux mots, répondit Moritz, il est garrotté, et à la discrétion de Krammer.

— De Krammer ! ô vengeance ! vengeance ! s'écrièrent avec des trépignements de fureur et d'impatience David et ses compagnons.

— Alors, partons vite ! poursuivit le jeune officier ; car cinq minutes de retard peuvent être cause de la mort de votre capitaine, et décider aussi du sort de Laura Hirmann !

— Qu'entends-je ? Laura Hirmann ! celle à qui il doit la vie ! répliqua le lieutenant en se lançant avec sa bande sur les pas de Moritz, qui avait déjà repris sa course vers les ruines de Frigenthal.

— Mais ne vous imaginez pas, reprit ce dernier tout en courant, que le désir ardent de la lutte et le courage le plus intrépide suffisent seuls dans cette affaire...

« Apprenez que Krammer a donné aux gardiens de votre chef l'ordre de le passer d'abord par les armes s'il survient la moindre alerte, et de ne songer qu'ensuite à leur défense. »

Une exclamation de stupeur et d'effroi fut poussée par toute la troupe de Roderich.

— Nous ne pouvons donc, continua Moritz, espérer de réussir que par la ruse...

« Écoutez-moi : j'ai fait pendant cinq ans, dans les forêts de la Silésie et de la Bohême, une guerre de stratagèmes et d'embuscades aux Prussiens et au Français... de rudes soldats, croyez-moi !...

« Je pense avoir toute l'expérience nécessaire aux difficultés de la situation : voulez-vous m'obéir comme à votre capitaine ?

— Nous le jurons ! répondit David... et puisqu'il s'agit de porter secours à Roderich et à Laura Hirmann, vous ne trouverez pas parmi nous un seul homme qui hésite un instant à verser sa dernière goutte de sang pour exécuter rigoureusement vos ordres !

Et le jeune officier poursuivit dès lors sa route en silence.

Quoique tout préoccupé des moyens d'assurer le succès de son expédition, il ne laissait pas de faire ses réflexions sur ces soldats de nouvelle espèce, dont le hasard des circonstances et un but honorable lui imposaient le commandement ; et il remarquait avec étonnement combien ces hommes différaient de la hideuse troupe de Krammer par la dignité des manières et du maintien, par la propreté et même la recherche toute pittoresque du costume ; tant il est vrai que toute société, même la plus réprouvée et sous quelque forme qu'elle se présente, tend constamment à n'être qu'une reproduction plus ou moins fidèle des mœurs, des inspirations et du caractère de celui qui la dirige.

Mais il est temps de nous séparer de Moritz pour raconter la scène qui se passait en ce moment-là même sous les deux hêtres auxquels Roderich et Gerfrutz étaient attachés.

Stéphan, Krammer, et les hommes qu'ils avaient emmenés avec eux pour tâcher de découvrir le refuge ou la piste de Laura Hirmann, étaient revenus en cet endroit, après avoir fait d'infructueuses recherches dans les ruines de l'abbaye de Frigenthal, ainsi qu'aux alentours de ce vieil édifice, la fureur du vicomte de Krozenberg et du farouche chef de brigands, son associé, était au comble ; le premier surtout s'agitait sous l'empire des impressions d'un tel accès de rage, qu'il s'écria, hors de lui, en reparaissant devant les prisonniers :

Le château abandonné (page 127.)

— Qu'on donne vite la torture à ces deux vils coquins ! la douleur saura bien leur arracher l'aveu de
la vérité sur la position actuelle de Laura !

— Certes ! répondit Krammer, ce serait avec un sensible plaisir, je vous l'avoue, que je m'acquitterais
d'une aussi agréable besogne, surtout à l'égard de mon
bien-aimé Roderich... mais j'ai, à ce sujet, une observation essentielle à vous soumettre : nous avons perdu
beaucoup de temps dans nos vaines recherches ; l'heure
est venue de partir pour le château de Krozenberg...

« Nous n'avons pas trop du reste de la nuit pour
mener à une heureuse fin cette expédition, dont le but

est d'enlever un trésor que nous ne savons encore où
découvrir...

« Or, ce serait peut-être nous exposer à la faire manquer entièrement, que de nous occuper d'une torture
et d'un interrogatoire qui, avec l'obstination des coupables, ne seraient certainement pas terminés avant
une heure.

— C'est juste ! il ne faut pas retarder notre départ
d'une minute, dit Stéphan, chez qui le désir d'être en
possession de son trésor l'emporta sur tout autre sentiment.

« Débarrassons-nous donc de ces misérables !

— Ce ne sera pas long ! repartit Krammer.

Et, se tournant vers sa troupe :

— Que douze de mes meilleurs tireurs, reprit-il, viennent ici !

Son ordre ayant été aussitôt exécuté, il plaça ces douze hommes sur une ligne, à trois pas de Roderich et de Gerfrutz, et il leur adressa ces mots :

— Faites attention, mes amis, de ne pas tirer tous sur le même : qu'il y ait six balles pour l'un, six balles pour l'autre !

Puis, regardant son adversaire avec des yeux où étincelaient sa haine et sa triomphante et atroce joie :

— Roderich, ne me remercie pas de ma générosité, reprit-il, car, si je te donne la mort des braves, au lieu de celle que je t'avais destinée, c'est que, comme tu le vois, le temps me manque !

— Je ne t'en remercie pas moins d'une chose, répondit Roderich d'une voix ferme et relevant la tête avec une fierté pleine de calme : c'est de mettre un terme, par ta juste vengeance, à toutes les souffrances de mon âme... et, si Dieu continue d'étendre sa protection sur la pauvre enfant que j'ai mise à l'abri des noirs sentiments de Stéphan de Krozenberg, je bénis ce Dieu que j'ai trop offensé de m'ôter, par ta main, une vie qui n'était plus qu'un long supplice...

— Ah ! ah ! l'enfant a essuyé ses pleurs, et il veut faire à présent parade de sa fausse bravoure ! s'écria en cet instant le facétieux Blumbach Cœur d'acier, qui était du nombre des douze tireurs.

— Vous savez bien tous, répliqua gravement Roderich, que mes larmes ne m'ont point été arrachées par la peur...

« Elles ont eu pour cause un secret qui mourra maintenant avec moi...

« Mais j'ai encore un mot à te dire, à toi, Krammer, ajouta-t-il...

« Apprends combien tu as raison en ce moment de ne point laisser échapper l'occasion de te défaire de ton plus implacable ennemi... écoute : Je n'étais pas né pour l'existence criminelle dans laquelle je me suis jeté ; une fatalité terrible, qui n'a cessé d'exercer son influence sur toutes les circonstances de ma vie, m'a conduit de malheur en malheur, d'aventure en aventure, au point où tu me vois arrivé...

« Il y a longtemps, crois-moi, que j'ai horreur de mes brigandages, dont l'énormité n'a cependant rien de comparable à tes forfaits ; et si, sous le poids du remords, je suis néanmoins demeuré dans la même voie, c'est que j'avais fait un serment que j'eus la vanité de croire agréable au ciel et utile à la société : j'avais juré de te faire une telle guerre d'extermination qu'elle purgeât bientôt le Hartzwald du dernier de tes hommes...

« Après quoi, je disparaissais moi-même avec ma bande. »

Un frémissement de fureur s'éleva comme un grondement d'orage du sein de la foule des brigands.

— Ah ! telles étaient tes intentions ! répliqua Krammer avec un grincement de dents qui exprimait tout le plaisir qu'il éprouvait à se voir maître absolu de la destinée de son dangereux rival...

« Eh bien ! magnanime Roderich, il paraît que le sort n'a pas jugé tout à fait à propos de se montrer favorable à tes grands desseins ; car c'est moi au contraire qui vais, en commençant par toi-même, faire rentrer toute ta troupe au néant, une troupe qui, j'en conviens, aurait pu acquérir une certaine gloire dans le Hatzwald, si celle de Krammer n'existait pas !...

« Allons ! mes braves ! ajouta-t-il en s'adressant à ses douze tireurs, vos mousquets sont-ils bien chargés ?

— Oui ! hurlèrent les bandits, dont l'irritation contre celui qui avait juré d'être leur exterminateur était arrivé à son paroxysme.

Puis, une voix isolée, claire et railleuse, se fit entendre parmi eux en disant :

— Eh bien ! ami Gerfrutz, voici le moment de me charger de tes dernières volontés pour la belle Martha et le charmant petit Karl...

« Je te réitère, du reste, la promesse que je saurai les traiter tous deux en bon père de famille.

— J'ai recommandé ma femme et mon enfant à Dieu, répliqua cette fois le bûcheron sans s'émouvoir... ils sont sous sa garde...

« Je n'ai donc à te répondre qu'une chose : Ne me manque pas !...

« Mais peut-être es-tu aussi maladroit que tu es méchant et lâche !

— C'est ce que tu vas voir !... ou plutôt ce que tu ne verras pas !

La voix du féroce Krammer retentit alors avec ces mots :

— Apprêtez-vous !... en joue !

Six mousquets eurent aussitôt leurs canons braqués à deux pas tout au plus de la poitrine de Roderich ; six autres, à la même distance, s'abaissèrent sur celle de Gerfrutz.

Krammer ouvrait de nouveau la bouche, et il en avait déjà laissé sortir un son rauque et guttural qui allait sans doute se terminer par le mot : Feu ! lorsqu'une détonation formidable, dont la force ne pourrait être comparée qu'à celle de l'éclat de la foudre tombant à vos pieds, fit trembler sur leurs racines les robustes troncs des sapins et des hêtres, et empêcha un instant l'oreille d'entendre les rugissements de l'ouragan.

Certes ! cette détonation ne provenait pas des fusils de la bande de Krammer ; car ce sanguinaire capitaine, ses douze tireurs et ses autres compagnons furent aussitôt précipités, comme des êtres inanimés, la face contre terre, à l'exception de quatre hommes, dont trois seulement se sauvèrent tout effarés à travers la forêt.

Ces trois fuyards furent suivis par Stéphan de Krozenberg, que les balles avaient par hasard également épargné.

Nous venons de dire qu'un des quatre bandits demeurés vivants n'avait point bougé de place ; il promenait ses yeux avec stupeur sur les cadavres qui l'environnaient : cet homme était l'espion de Roderich.

— Eh bien ! capitaine, dit-il, que pensez-vous de ce que vous voyez ?

— Je pense que c'est là un coup de mon brave David, répondit Roderich avec autant de calme que si la mort ne s'était pas trouvée un instant auparavant à six pieds de sa poitrine.

— Non ! non !... ce n'est point là un de mes coups, mon pauvre Roderich ! s'écria David lui-même en se présentant sur le lieu de cette scène avec la plus grande partie seulement de ses compagnons ; car il en avait déjà lancé plusieurs à la poursuite des fuyards...

« Celui qui a tout fait, ajouta-t-il, le voici ! »

Et il montra Moritz, qui se baissait en ce moment pour délivrer Gerfrutz de ses liens.

— C'est lui, continua David, en s'occupant du même soin à l'égard de son capitaine, c'est lui qui nous a conduits, dirigés...

« Je te raconterai plus tard comment il a su nous rendre invisibles pour nous amener jusqu'ici...

« Tout ce que je puis dire pour l'instant, c'est que voilà dix minutes que sur son ordre nous nous sommes transformés en reptiles, dix minutes que nous marchons, non des jambes, mais du ventre !...

« Je t'assure bien que, livré à moi seul, je n'aurais pas eu tant de patience et que je serais tombé avec tout l'élan de ma rage sur l'odieux Krammer !...

« Mais aussi est-il probable que, grâce à ma façon d'agir, nous n'aurions pas actuellement le plaisir de causer ensemble.

— Monsieur, dit Roderich à Moritz avec une certaine délicatesse de sentiments et d'idées dans le choix du tour donné à son remerciment, je serais heureux maintenant, si je ne mourais pas avant d'avoir trouvé l'occasion de reconnaître par un service signalé ce que vous venez de faire pour Laura Hirmann !

— Ce service n'a nullement lieu d'être rendu, et c'est moi qui, au contraire, vous devrai tout, ce soir, répondit Moritz, si, par vos soins, Laura Hirmann a été placée hors de danger.

— Elle n'a plus rien à craindre, repartit Roderich... dans un instant, vous allez la voir.

— Dans un instant ? s'écria le jeune officier brûlant de l'impatience de se jeter aux pieds de celle qui, depuis un an, était devenue l'objet de tous ses rêves.

— Elle n'a point quitté ces lieux, ajouta Roderich, je vais vous mener près d'elle.

Les deux prisonniers étaient en ce moment débarrassés de leurs derniers liens.

Gerfrutz profita de la liberté de ses premiers mouvements pour contempler avec une remarquable satisfaction, il faut le dire, le spectacle offert par le champ de carnage qui s'étendait devant lui.

— Décidément, dit-il, la bande de Krammer n'a pas de chance, cette nuit !

Ce fut là toute l'oraison funèbre qu'il ne put s'empêcher de prononcer, en reconnaissance sans doute des amicales et touchantes prévenances du brigand qui s'était chargé de prendre soin de sa famille après sa mort.

Quant à Roderich, il examinait chacune des victimes avec une attention silencieuse et mêlée de signes non équivoques d'anxiété.

Quand il les eut toutes passées en revue, il murmura en soupirant et comme s'il éprouvait un soulagement profond :

— Il n'y est pas !...

Alors il entraîna ses gens et Moritz vers les ruines de l'ancienne abbaye.

Cinq minutes plus tard, faisant arrêter sa troupe le long du buisson qui cachait l'ouverture du souterrain où il avait laissé Laura, il descendit dans ce souterrain avec le jeune officier seulement.

Arrivé sous la voûte transversale qui conduisait au caveau dans lequel devait se trouver la jeune fille, il s'étonna de ne point voir briller la lumière de la lanterne qu'il avait déposée dans ce caveau.

Un pressentiment funeste s'empara de son esprit.

Il se mit à crier involontairement au milieu de la plus vive émotion :

— Laura !...

Ce cri fut suivi d'un silence sépulcral.

— Laura !...

« Laura !... répéta de toute sa force Moritz, qui comprit et partagea les craintes de Roderich. »

Le même silence régna dans le souterrain.

Roderich courut appeler son lieutenant et lui ordonna d'apporter de la lumière : celui-ci ne tarda pas à paraître avec une lanterne sourde; car on sait que les bandits ne sont jamais dépourvus de ces sortes d'ustensiles.

David son chef, et Moritz se précipitèrent dans le caveau : il était vide !

— Horrible pensée ! reprit Roderich en se frappant le front et songeant à Stéphan... le hasard l'aurait-il conduit ici ?... et cette jeune fille serait-elle retombée en son pouvoir ?

Ils sortirent tous les trois à la hâte du souterrain.

Ils firent de minutieuses recherches autour du buisson pour tâcher de découvrir les traces de Laura ; mais elles étaient effacées par la neige qui n'avait point cessé de tomber.

Cependant, sous les rameaux d'une cépée toute garnie encore de ses feuilles desséchées, et à travers laquelle la neige ne pouvait se glisser que peu à peu pour couvrir le sol, Roderich crut distinguer un reste d'empreintes qui lui fit s'écrier :

— Il y a là un pas de femme à côté d'un pas d'homme ! et l'un et l'autre se dirigent précisément vers l'endroit où la voiture de Stéphan était arrêtée.

On se rendit à cet endroit ; naturellement le carrosse n'y était plus ; mais on espérait que ses roues auraient laissé sur plusieurs points des traces profondes qui ne seraient sans doute pas encore recouvertes.

En effet, dans de hautes bruyères foulées par le carrosse, on trouva quelques-unes de ces traces; elles menèrent à un chemin où elles cessèrent de se montrer; car, là, en raison de leur peu de profondeur, sur un terrain plat et solide, elles avaient promptement disparu sous une nouvelle couche de neige.

Mais, par une courbe qu'elles décrivaient sur la lisière des bruyères où l'on finissait de les apercevoir, elles indiquaient du moins vers quel côté du chemin s'était dirigée la voiture.

C'était déjà beaucoup que d'avoir cet indice dans une situation si désespérante.

Roderich fut rejoint en cet instant par ceux de ses hommes qui avaient poursuivi les fuyards : aucun de ces derniers n'avait pu être atteint.

Ayant alors sa troupe au complet, il la divisa en plusieurs bandes, dont chacune fut lancée vers une des routes placées dans la direction que Stéphan avait prise.

— Allons !

« Monsieur dit Roderich à Moritz, du courage ! peut-être tout espoir n'est-il pas perdu... nous pouvons, si nous faisons diligence, couper la retraite au ravisseur; car je connais les chemins du Hartzwald : au milieu des obstacles qu'ils opposeront à sa marche, son carrosse ira moins vite que nos jambes.

A ces mots, tous se répandirent dans la forêt, Moritz, Gerfrutz et Roderich s'avançant en tête de la même bande.

Nous allons nous séparer d'eux en ce moment; mais nous ne tarderons guère à les retrouver.

Le cours des événements nous force de revenir un peu sur nos pas, pour apprendre au lecteur ce qui était arrivé au vicomte de Krozenberg.

Quand il eut franchi, avec les trois autres fuyards, une courte distance hors du lieu où son assosié Krammer était étendu mort, il s'aperçut que plusieurs compagnons de Roderich, lancés sur sa piste, le serraient d'assez près; il ne parvint à se dérober à leur atteinte qu'en accélérant la vitesse de sa course, vitesse déjà rendue prodigieuse par l'effet de sa terreur, et en faisant de nombreux détours, dont le dernier le conduisit au pied des murs mêmes de l'ancienne abbaye.

Il se jeta dans un épais fourré qui lui barrait le passage; et, malgré les épines et les ronces qui déchiraient ses habits, ses mains et son visage, il s'y enfonça de plus en plus, s'imaginant toujours entendre derrière lui la marche précipitée de ses ennemis.

Il sentit bientôt que son chemin s'inclinait, et qu'il était arrivé dans une excavation du sol.

L'espoir d'avoir trouvé là un refuge assuré l'engagea à faire encore quelques pas sous terre; mais quelle fut sa surprise, lorsqu'il crut voir se réfléchir devant lui dans les ténèbres comme une pénombre obscure, qui semblait être le mourant reflet d'une lumière placée à l'extrémité d'une autre voûte souterraine, et transversale à celle qu'il suivait !

Avec l'ardeur qu'un oiseau de proie met à fondre sur sa victime, la pensée de Stéphan s'abattit aussitôt sur Laura Hirmann, qu'il avait, quelques instants auparavant, si vainement cherchée dans les ruines de Frigenthal.

Ses terreurs pour lui-même firent alors place dans son âme aux impressions de son infernal amour, et surtout au désir enflammé de sa vengeance; car son irritation contre l'orpheline s'augmentait en ce moment de toute la rage qu'excitait en lui l'idée d'avoir été arrêté, par des événements si imprévus, dans l'entreprise qui devait lui livrer le trésor du château de Krozenberg.

Il s'avança vers la pâle lueur devenue son guide, et parvenu sous la voûte où elle se réfléchissait, il se rua comme un forcené dans le caveau éclairé par la lanterne restée près de Laura.

Au bruit des pas qui accouraient vers elle, la jeune fille, s'attendant à voir paraître Roderich, s'écria :

— Ah ! que Dieu soit loué !... c'est déjà vous !

— Non ! ce n'est pas lui ! dit le vicomte en touchant le seuil du caveau.

A l'aspect de son bourreau Laura ne put même pas pousser un cri : ses genoux se plièrent d'eux-mêmes jusqu'à terre; elle croisa les mains, et n'eut que la force de se recommander mentalement à la Providence.

— Relevez-vous vite ! et partons ! reprit aussitôt Stéphan, sachant bien qu'il n'avait pas une minute de plus à rester dans ce lieu, où Roderich ne tarderait sans doute pas à venir retrouver sa protégée... vous m'entendez ?

« Relevez-vous, maudite créature ! ajouta-t-il en saisissant rudement l'orpheline par le bras, et faisant briller à ses yeux la lame d'un poignard... je vous préviens que si vous refusez de me suivre, ou si, durant notre marche, vous jetez un seul cri, je continuerai ma route en ne laissant derrière moi qu'un cadavre !

Laura savait trop bien jusqu'à quel point Stéphan était capable de tenir rigoureusement sa parole à cet égard, pour être tentée d'opposer en cette circonstance la moindre résistance à ses volontés.

Aussi, n'écoutant pour le moment que les conseils de la prudence, se renferma-t-elle avec toutes ses pensées dans une muette résignation.

Stéphan put donc l'entraîner sans effort.

Il emporta, pour éclairer sa fuite sous les voûtes, la petite lanterne, qu'il éteignit au sortir du souterrain, et qu'il jeta ensuite au milieu du buisson.

Deux minutes plus tard, il était placé de nouveau à côté de Laura dans sa voiture.

Elle roulait depuis peu de temps au fond de la vallée, lorsque Stéphan, qui avait gardé jusqu'à ce moment un sombre silence, prit la parole.

— Eh bien ! Laura, dit-il avec un ricanement de joie sauvage, me suis-je trompé ? ne vous ai-je pas assuré que nous ne nous quitterions plus ?

— Mais quel profit retirerez-vous de cette persécution ? répondit la jeune fille accablée... à quoi peut-elle aboutir ?

— A satisfaire ma haine et mon amour !... car vous avez eu l'art de m'inspirer ces deux sentiments à la fois !...

« Aussi, comme je vous l'ai dit en sortant du château de Krozenberg, votre sort sera-t-il, en toute circonstance, ce que deviendra le mien : si, au milieu des dangers qui me menacent peut-être encore, je dois mourir cette nuit, vous mourrez avant moi...

« Ce sera là la vengeance de ma haine !...

« Si, au contraire, je suis destiné à vivre, vous vivrez à mes côtés, pour que votre beauté, en charmant mes regards, console chaque jour, mon cœur irrité : ce sera là la vengeance de mon amour repoussé par votre mépris !

Comme le vicomte achevait sa phrase, il crut entendre, à travers les tumultueux grondements de l'ouragan dans les arbres, quelques paroles confuses prononcées par son cocher avec l'accent de l'effroi ; et à peine avait-il prêté l'oreille à ce bruit, que le carrosse fut emporté avec une vitesse surprenante.

— Qu'y a-t-il donc? s'écria-t-il en mettant la tête à une portière.

— Nous sommes suivis depuis cinq minutes par des loups affamés ! répondit le cocher terrifié... ils ont failli plusieurs fois se jeter sur mes chevaux que je ne puis plus contenir... ne les voyez-vous donc pas sur notre gauche ?

Stéphan regarda par l'autre portière, et il aperçut une troupe de vingt à trente loups se tenant dans leur course à trois pas de la voiture, et dont quelques-uns faisaient à tout moment des bonds en avant pour s'élancer sur les chevaux.

Il se rejeta sur sa banquette près de Laura, et murmura en frémissant :

— La position est affreuse !... le péril est imminent !

Il parlait encore, lorsqu'il reçut une secousse causée par un mouvement du carrosse qui, brusquement arrêté dans son élan rapide, se mit à reculer ; en même temps ses oreilles furent frappées des bruits les plus sinistres : aux hennissements déchirants des chevaux portant déjà plusieurs de leurs ennemis accrochés à leurs flancs, à leur cou, à leur poitrail, se mêlaient les cris de détresse de leur conducteur, et les grognements sourds qu'arrachaient aux loups leur rage satisfaite, et la lutte qu'ils se livraient entre eux pour se disputer leur proie.

Laura était glacée de frayeur, Stéphan ne l'était pas moins qu'elle.

Enfin, la voiture reculant toujours, et poussée dans une ligne oblique, alla culbuter sur un fossé qui longeait le chemin.

Ceux qu'elle contenait ne reçurent aucune blessure, et fort heureusement pour eux, elle ne fut pas précipitée au fond du fossé ; elle le couvrit au contraire en s'étendant en travers sur ses deux bords, laissant les chevaux au milieu du chemin, où ils s'abattirent et expirèrent en un instant, ainsi que le cocher, sous la dent des féroces animaux qui se ruèrent en foule sur leurs corps.

Stéphan, comprenant bien qu'un sort pareil lui était réservé, s'il restait dans son carrosse, où les loups pouvaient d'un moment à l'autre venir le visiter, résolut de prendre la fuite pendant qu'ils étaient occupés à dévorer leurs victimes.

Il ouvrit la portière suspendue sur le vide du fossé, au fond duquel il mit pied en se tenant armé de ses deux pistolets ; il y fit descendre ensuite Laura, puis, il l'entraîna rapidement avec lui sans sortir du fossé dont la profondeur les dérobait à la vue des animaux voraces que leur affreux festin retenait toujours groupés sur le chemin.

V

LA VENGEANCE CÉLESTE

Stéphan marcha ainsi dans le fossé jusqu'au moment où il rencontra un sentier qui, s'écartant obliquement de la vallée, menait dans la montagne : il le prit sans hésiter, pressant le pas, ne disant mot à la jeune fille, tremblant et consterné des impressions qu'il empor-

tait de l'horrible spectacle demeuré derrière lui, et du danger qu'il avait couru.

Mais il ne tarda pas à s'apercevoir qu'il n'avait échappé à un péril que pour tomber dans un autre de même nature, et plus grand peut-être : il était à peine parvenu au quart du flanc de la montagne, lorsqu'un hurlement isolé commença à se faire entendre à peu de distance ; d'autres hurlements, partis de plusieurs points de la forêt, répondirent bientôt à ce sanguinaire appel : ils devinrent peu à peu plus proches et plus multipliés ; enfin, ils retentirent à quelques pas seulement des deux côtés du sentier ; Stéphan put alors distinguer, sur sa droite et sa gauche, des yeux ardents qui oscillaient dans l'ombre et s'avançaient rapidement, comme des étoiles filantes égarées çà et là sous les arbres ; évidemment, un loup, venu peut-être de l'endroit où était resté le carrosse, avait flairé la piste des fugitifs, et, trop faible ou trop lâche pour oser tout seul attaquer un homme et une femme, il avait averti ses semblables de la bonne fortune qui se présentait, et le renfort dont il avait besoin ne s'était pas fait longtemps attendre.

Une sueur glacée monta au front du vicomte, et Laura sentit le bras de son bourreau tressaillir au sien.

Il semblait vraiment que Dieu eût arrêté que ce moment serait celui où il infligerait par la terreur à ce cœur dénaturé le châtiment dû à tous ses crimes !

— Quelle épouvantable nuit ! ne put-il s'empêcher de dire tout haut en pressant de plus en plus sa marche.

Et, en effet, ce n'était pas seulement l'approche menaçante des loups qui remplissait son âme d'effroi et d'horreur, c'était encore le désordre croissant de toute la nature : la neige ne tombait plus que par flocons rares et menus ; mais le vent, sous un ciel moins étouffé de nuages, n'en était devenu que plus impétueux et plus terrible.

On eût dit qu'il prenait à tâche de déraciner la forêt.

Il avait dans ses sourdes ou éclatantes menaces de brusques et capricieux changements d'intonations qui eussent fait croire à une légion de démons déchaînés dans les airs.

Tantôt majestueux sur la montagne et nourri de ronflements sonores ; tantôt courant à mi-côte avec le mugissement d'une mer qui rompt ses digues ; tantôt s'abattant sur les vallées et tirant de leurs échos troublés et confondus des sons pareils aux plus douloureux cris de l'homme ou au sifflement strident et prolongé des reptiles, il faisait tout gémir, courbait ou brisait tout sur son passage dans ses rapides et brutales étreintes.

De toutes parts, des branches se détachaient des cimes avec un bruit sec ou déchirant, et roulaient longtemps dans l'espace avant d'aller toucher le sol ; de gros sapins, qu'un coup d'aile de la tourmente cassait à quelques pieds de terre, remplissaient comme d'une foudroyante détonation les vastes profondeurs du Hartzwald, et, précipités du haut des monts, descendaient d'arbre en arbre en fauchant à leur tour d'autres troncs robustes dont l'explosion retentissait semblable à celle de canons rangés sur une ligne de bataille.

Par intervalles, un corbeau, un geai, une pie, un merle, emporté dans le vide avec le rameau qui l'abritait, jetait un cri d'alarme et de détresse dans cet immense et furieux concert, et errait au hasard de son aile effrayée comme à travers les routes sans limites et sans issue du cahos; les objets même les plus inanimés d'ordinaire s'agitaient ou prenaient une voix : les pierres roulaient et se heurtaient sur la pente des chemins; d'autres, détachées de la crête des ravins ou des précipices, tombaient dans l'abîme avec des retentissements étranges.

Les rochers eux-mêmes, quoique immobiles sur leur base, étaient loin de demeurer impassibles : ils grondaient dans leurs antres où s'engouffrait l'ouragan, ils pleuraient, gémissaient sur leurs angles où se brisait sa sifflante haleine.

Enfin, au milieu de ces sons divers, tumultueux, aigus ou sourds, plaintifs ou menaçants, parfois tous discordants, parfois se résolvant en une sorte d'infernale harmonie, au milieu de ce prodigieux orchestre qui avait pour instruments tous les êtres, tous les objets contenus dans le sein de la nature vivante ou inanimée, s'élevaient d'instant en instant deux ou trois notes lugubres, monotones, toujours les mêmes, comme le seraient celles d'un clairon funèbre annonçant la destruction du monde : c'était le hurlement des loups !

Laura et son ravisseur, perdus pour ainsi dire dans ces solitudes gémissantes du Hartzwald, accablés du contre-coup de cet ébranlement douloureux de toutes choses, s'avançaient consternés, atterrés, anéantis.

Les loups avaient fini par se grouper derrière eux dans le chemin même.

Leur nombre devenait effrayant, et leur allure plus qu'audacieuse.

Il était aisé de deviner qu'ils épiaient le moment favorable de s'élancer sur leur proie, soit qu'ils attendissent que le plus courageux d'entre eux commençât l'attaque, soit qu'ils attendissent que les voyageurs se trouvassent engagés dans quelque gorge étroite où la défense comme la fuite leur serait impossible.

Précisément Laura et Stéphan venaient d'entrer dans un de ces sombres défilés, lequel était flanqué de hauts rochers escarpés.

La position de la pauvre orpheline devenait horrible : menacée par la voracité des loups, elle ne l'était pas moins par les projets du vicomte; elle ne pouvait échapper à un péril que pour qu'un autre aussi funeste décidât de son sort.

Quant à Stéphan, agité au fond de lui-même des convulsions de l'épouvante, il se retournait à tout moment vers les terribles bêtes fauves hurlant et marchant dans ses pas; et, plusieurs fois, il en vit quelques-unes si proches de lui et animées de mouvements si hostiles, qu'il hésita sur la lâche résolution de leur jeter Laura en pâture et de prendre la fuite, après avoir par ce moyen désintéressé leur férocité à son égard.

La jeune fille comprit parfaitement sa pensée; car elle lui dit d'un ton suppliant :

— De grâce! s'il vous reste au cœur quelque sentiment d'humanité, ne me laissez pas dévorer vivante par ces animaux!... vous avez des armes : donnez-moi la mort!

Le charme répandu dans la fraîcheur de cette douce voix fit tressaillir l'âme de Stéphan des transports d'un amour qui n'a pas de nom.

— Eh bien! femme que je maudis et que j'aime tout à la fois, répondit-il, tes paroles ont fixé ma détermination...

« Non, je ne puis d'une façon ou d'une autre me décider à me priver du plaisir d'entendre une voix aussi tendre! je veux garder ce plaisir aussi longtemps que possible!...

« Si tu dois être dévorée vivante, c'est que je le serai moi-même à tes côtés... ne l'ai-je pas dit que nous aurions en toute circonstance le même sort? »

Au moment où ces derniers mots sortaient de sa bouche, il entendit un brusque mouvement se produire derrière lui; et, à peine s'était-il retourné pour faire face au danger, qu'un loup lui appuyait déjà sur l'épaule les deux pattes et la gueule.

Il tira un de ses pistolet sur l'animal, qui roula à terre, puis se releva pour aller, avec des cris de douleur, rejoindre ses compagnons.

Le vicomte, voyant que leur troupe intimidée ou simplement étonnée faisait halte, crut la mettre facilement en fuite en continuant le combat, et il déchargea au milieu d'elle son second pistolet.

— O mon Dieu! ils vont tous peut-être maintenant nous attaquer et il ne vous reste plus rien pour me donner la mort! s'écria Laura, toujours épouvantée de l'idée du plus affreux des supplices.

— Je te répète que la destinée sera la mienne! lui répliqua cruellement son ravisseur.

Et il se fouilla à la hâte, cherchant ses munitions pour recharger ses pistolets.

Il pâlit en ne les trouvant pas : il se rappela qu'il les avait laissées sur une banquette de son carrosse; il voulut alors saisir son poignard; mais cette arme lui manquait aussi : la voiture, en versant, la lui avait fait tomber des mains, et il n'avait eu ni le temps ni la pensée de la ramasser.

Ainsi privé de toute défense, il poursuivit sa route d'un pas rapide et tremblant.

A la vue de leur ennemi battant en retraite, les loups se montrèrent aussitôt plus hardis et plus téméraires.

Ils reprirent leur course, et en quelques bonds toute leur bande se trouva sur les talons du vicomte, qui, pour éviter une attaque cette fois décisive, repoussa les premiers en leur lançant à la tête ses deux pistolets, chargea ensuite Laura sur son épaule, et sauta sur un bloc de pierre qu'il aperçut au pied de l'une des roches dont se composaient les deux faces latérales du défilé.

De là, il grimpa sur une saillie de la roche même, puis sur une autre plus élevée, enfin sur une troisième; mais ce ne fut pas sans que les loups lui eussent arraché quelques lambeaux de ses vêtements.

Du point où il était parvenu, il ne les craignait plus, bien que, dans leur rage inassouvie, ils osassent encore tenter des bonds prodigieux qui amenaient leurs gueules béantes presque à ses pieds.

Mais il s'agissait maintenant de sortir de cette situation.

Stéphan était doué d'une constitution vigoureuse; néanmoins, il n'avait pas à puiser dans ses forces l'espoir d'être capable de demeurer là le reste de la nuit avec Laura sur ses épaules; et, cependant, il n'y

avait point placé pour une autre personne sur la saillie du rocher où il avait pris position.

Il porta les yeux au-dessus de sa tête, et il reconnut
bientôt qu'il pourrait, en s'aidant des mains autant
que des pieds, atteindre jusqu'à la crête du défilé,
grâce aux crevasses du roc et à sa pente un peu inclinée.

Il n'eut pas plutôt fait cette observation, que, examinant attentivement les lieux dont il était environné,
il plongea ses regards dans les ténèbres d'un profond
abîme, lequel s'ouvrait à côté de lui en coupant par un
angle droit le rocher qu'il gravissait; et, à l'instant
même, frappé comme d'une nouvelle terreur, il
s'écria :

— Le nid des hiboux !... le nid des hiboux !...

— O ciel !... le nid des hiboux ! murmura la jeune
fille avec non moins d'émotion peut-être.

— Que dis-tu ?!..

« Pourquoi répètes-tu ces paroles? reprit Stéphan
d'une voix tonnante de colère... est-ce que par hasard
ce lieu te rappellerait quelque chose?

— Que voulez-vous qu'il me rappelle? répliqua
Laura, dont la prudence contint le langage...

« J'ai seulement entendu dire qu'il y a là un affreux
précipice dont personne n'ose approcher.

Elle sentit frémir le vicomte, qui ne répondit pas
un mot.

Si le lecteur se souvient du récit fait à Moritz par le
bûcheron Gerfrutz sur les dramatiques événements accomplis dans la famille de Krozenberg, nous n'avons
pas besoin de lui rappeler que le *Nid des hiboux* était
l'abîme où Stéphan, dans son enfance, avait précipité
son jeune frère Ludwig.

Le vicomte profita donc des anfractuosités du roc,
dont il se servit comme d'autant de degrés; il s'éleva
de plus en plus, entendant toujours au-dessous de lui
les hurlements et les bonds tumultueux des loups, et
se roidissant avec effort contre la violence du vent,
qui faillit plus d'une fois le faire rouler dans l'espace
avec son vivant fardeau.

Enfin, il touchait le faîte du rocher, lorsqu'une
bourrasque furieuse, qu'il reçut en pleine poitrine, le
renversa, et il fût infailliblement retombé au fond du
défilé, si Laura, par un mouvement désespéré, ne lui
eût rendu l'équilibre en s'attachant fortement des
mains à une branche d'arbre.

Cette situation d'un instant rapide comme l'éclair
avait été si terrible, la chute avait paru si imminente,
qu'un cri perçant s'était involontairement échappé du
sein de la pauvre enfant ; il se perdit au loin dans les
ténèbres, après avoir retenti d'écho en écho dans les
abîmes caverneux de ce lieu lugubre.

Ainsi Stéphan parvint sur le sol au haut du rocher
sans accidents fâcheux.

Il remit Laura sur ses pieds, et lui reprit vite le
bras pour aller à la recherche d'un nouveau chemin.

Il n'avait pas fait dix pas, qu'il s'arrêta soudain
pour tendre l'oreille au vent avec inquiétude : il lui
semblait qu'un bruit de confuses voix venait de glisser dans les airs.

Il n'attendit pas longtemps pour être certain qu'il
ne se trompait pas ; une voix qui lui était inconnue
s'éleva vivement sur sa droite en jetant ces mots à
une personne un peu éloignée sans doute :

— Je vous assure que j'ai entendu, dans ma direction, un cri poussé par une femme !

— Oui, répondit sur un autre point une seconde
voix avec force, je l'ai entendu aussi... il est parti
des alentours du nid des hiboux...

« Eh bien! avançons toujours, et rapidement! nous
sommes dispersés de manière que celui que nous
poursuivons ne peut maintenant nous échapper! »

Le vicomte tressaillit de nouveau et frappa du pied
avec rage.

— Malédiction ! s'écria-t-il, cette dernière voix est
celle de Roderich !...

« Mes deux coups de pistolet les auront mis sur mes
traces !... je suis cerné ! »

Alors, avec un grincement de dents qui ressemblait
au sourd grondement de fureur d'une bête fauve, il
regarda Laura.

— Je vais mourir ! lui dit-il...

« Mais tu es prévenue : tu sais que tu dois en tout
partager mon sort ! »

La jeune fille, sentant ses défenseurs si près d'elle,
se prit à se rattacher à la vie.

— Oh ! laissez-moi vivre ! lui répondit-elle en joignant les mains... et je vous assure que je vous pro-
tégerai contre leur colère, et qu'il ne vous sera fait
aucun mal !

— Non ! non ! exécrable créature, seule cause de
mes derniers malheurs ! répliqua le monstre, à qui,
l'approche du danger rendit toute l'ardeur de sa sauvage haine, non ! je ne serai pas si insensé que de
te pardonner !...

« Je les connais ces bandits : ils ne m'épargneront
pas, j'en suis sûr, et je te laisserais vivre !...

« Non ! non !... tu mourras avant moi ! »

N'ayant point d'armes pour accomplir sa criminelle
résolution, il prit Laura dans ses bras, et l'emporta
vers la pointe de l'angle formé par le rocher qu'il
avait gravi et le précipice du Nid des hiboux.

Les loups hurlaient toujours en bas, et semblaient
flairer dans l'air qu'une proie leur était promise.

— Quoi ! s'écria Laura, oserez-vous donc, en face
du Tout-Puissant, commettre encore ce crime dans
le lieu même où vous avez donné la mort à votre
frère ?

A ce souvenir, Stéphan s'arrêta subitement à deux
pas de l'abîme, posa la jeune fille à terre, sans la lâcher néanmoins, et demeura immobile, l'œil effaré,
tout le corps frémissant, comme si l'apparition d'un
menaçant fantôme lui eût barré tout à coup le passage.

Mais cette impression du remords ou de la terreur
dura à peine quelques secondes, au bout desquelles
il haussa les épaules en murmurant du ton de la
pitié :

— Quelle faiblesse puérile !

Alors, le vicomte fit un mouvement pour reprendre
dans ses bras sa victime qui, cette fois, opposant à

ses efforts une résistance désespérée, parvint à ne pas se laisser emporter.

— Au secours !... O mon Dieu !... Au secours ! s'écriait-elle.

— Oh ! ils ne sont pas encore là, répondit-il avec son ricanement cruel.

Puis, la saisissant par les mains, il l'amena jusqu'au bord du précipice en la traînant sur le sol.

Comme Laura allait recevoir la dernière secousse qui devait la lancer dans le vide, ses yeux furent frappés d'une lumière soudaine et fugitive, pareille à un éclair ; et, à l'instant même où se fit cette lumière, au centre de laquelle elle crut apercevoir un homme debout à une douzaine de pas devant elle, de l'autre côté de l'abîme, la détonation d'une arme à feu éclata dans l'ouragan.

En même temps aussi, elle sentit que les mains du vicomte se desserraient, et étaient devenues impuissantes à la retenir.

Libre de ses mouvements, elle se rejeta aussitôt en arrière : elle vit alors Stéphan, qui était demeuré à la même place, chanceler, s'affaisser, puis rouler lourdement à terre.

— Laura !... Laura ! s'écria une voix palpitante sur l'autre bord du précipice... ma balle n'a-t-elle atteint que lui ?

— Oui ! répondit-elle... mais quel est donc celui que le ciel a ainsi envoyé à mon secours ?

— Moritz ! répliqua la même voix.

— Moritz ? répéta-t-elle... encore ce nom inconnu !

Elle n'eut pas plutôt fait entendre ces paroles, qu'elle poussa un nouveau cri déchirant : deux loups, qui, plus rusés que les autres, s'étaient séparés de la bande restée dans le défilé, et avaient pris une route détournée pour rejoindre les voyageurs égarés, se trouvaient en ce moment arrivés auprès de Laura, et l'un d'eux s'élançait déjà sur elle, lorsqu'un second coup de fusil, tiré par le jeune officier, l'étendit mort.

L'autre, effrayé, recula, et alla s'arrêter à peu de distance.

Cependant, Moritz craignit que cet animal ne se décidât à attaquer la jeune fille, et il n'avait pas à espérer, en rechargeant son arme, que tous ses coups fussent aussi heureux que le dernier qu'il venait de tirer.

Il fallait donc absolument qu'il se transportât à l'instant même auprès de Laura s'il voulait l'entourer d'une défense sérieuse ; mais le précipice placé entre eux se prolongeait assez loin dans la montagne, et il n'avait pas le temps de le tourner dans une circonstance aussi critique.

Il prit une résolution extrême : il jeta son fusil du côté de Laura, et il se mit à grimper à la hâte sur un jeune sapin, qui, fortement incliné par les vents ou par sa pente naturelle, portait sa cime jusque sur l'autre bord de l'abîme, à quinze pieds environ au-dessus du sol.

Au moment où il était parvenu à la moitié de la hauteur du tronc, une bourrasque, se déchaînant avec furie sur cet arbre chargé d'un poids étranger, le brisa en deux parts égales en plein milieu du précipice même.

La jeune fille, immobile et respirant à peine, demeurait l'œil fixé avec effroi sur cet émouvant spectacle.

Mais une seconde bourrasque, non moins impétueuse, réparant le mal causé par la première, releva la partie rompue du sapin, à laquelle Moritz se tenait étroitement accroché, et l'emporta de l'autre côté du gouffre, où le jeune homme alla tomber presque aux pieds de Laura.

Il ne se releva que pour sourire à la pauvre fille, et lui tendre les bras par un élan involontaire du cœur.

D'abord surprise, elle arrêta sur lui ses yeux avec attention ; puis, reconnaissant bientôt des traits si profondément gravés dans ses souvenirs, et qui lui rendaient en réalité la chère et consolante apparition qu'elle avait à chaque heure, depuis un an, évoquée dans les rêves de sa vie solitaire, elle s'écria presque consternée, et comme si elle se fût crue le jouet d'une illusion :

— Mon Dieu !... mon Dieu !... est-ce bien lui ?

Et, cédant à la force d'un entraînement que doivent assez faire comprendre les dangers qu'elle avait courus, les terribles impressions dont son âme était encore toute pleine, et le prix du dévouement de son jeune libérateur, elle ouvrit aussi ses chastes bras, et elle alla cacher avec des sanglots sa tête sur le sein de celui qui, lui devant la vie, venait de la lui rendre à son tour.

Ils furent arrachés à cette douce étreinte par l'approche de Roderich, qui arrivait suivi de quelques-uns de ses compagnons et de Gerfrutz.

— Sauvée !... sauvée ! s'écria le chef de bandits avec d'indescriptibles transports de joie en se précipitant vers la jeune fille... mais, ajouta-t-il aussitôt d'un air singulier d'anxiété à l'aspect du loup étendu à terre, j'ai entendu deux coups de fusil : ont-ils été tirés sur cet animal ?

— Non, repartit Moritz... le premier a été pour le ravisseur de Laura Hirmann.

Roderich resta un instant sans répondre : on eût dit qu'il craignait de faire une seconde question.

— Et qu'est devenu... cet homme ? se décida-t-il à demander.

— Il est tombé là, répliqua le jeune officier en désignant le bord l'abîme.

Roderich courut vers Stéphan, le releva à demi, et reconnut qu'il n'avait point encore cessé de vivre.

— Oh ! je vous en prie, dit-il à Gerfrutz, qui était allé aussi examiner le cadavre, laissez-moi seul avec lui !

Le bûcheron rejoignit Laura et Moritz.

Roderich transporta le vicomte à quelques pas de là, le long du précipice, sous un massif de hêtres et de chênes dont les larges troncs pouvaient le mettre à l'abri des secousses de l'ouragan.

Ce fut Stéphan qui, levant ses yeux à demi éteints vers le visage penché sur lui, prit le premier la parole.

— Et cette maudite fille m'échappera ! dit-il avec rage... elle vivra !

— Quoi! pas même un repentir! répondit tristement le chef de bandits.

— Mais qui es-tu donc, misérable brigand, reprit le vicomte, qui es-tu, toi qui me fais cette guerre acharnée?

— Une guerre acharnée? répliqua Roderich avec douceur... le ciel m'est témoin que je cherchais autant à te sauver de toi-même qu'à délivrer cette innocente enfant de ta barbarie, et que, malgré tes crimes, je n'eusse pas hésité, dans un combat entre nous deux, à épargner ta vie aux dépens de la mienne?...

« Ce langage t'étonne?... mais tu m'as demandé qui je suis?... ta curiosité va être satisfaite.

— Alors, hâte-toi donc, si tu veux que j'entende ce que tu as à me dire.

— Écoute, Stéphan, reprit Roderich d'un ton grave et en soupirant... te souviens-tu de ce qui s'est passé en ce lieu même, il y a vingt-cinq ans, entre toi et ton frère Ludwig?

— A quoi me servirait à cette heure de le nier? repartit le vicomte...

« Oui, je m'en souviens!

— Eh bien! tu n'as pas oublié non plus sans doute que, tandis que tu poussais ton jeune frère dans le précipice, un bûcheron, nommé Waldeck, faisant son

La famille de Waldeck. (Page 145, col. 2.)

repas derrière un buisson, avait l'œil sur tous tes mouvements...

« Cet homme, ancien serviteur de la comtesse de Krozenberg, avait été renvoyé par elle du château, et était devenu son ennemi implacable...

« N'attendant que l'occasion de se venger, il crut alors l'avoir trouvée, et voici comment : le petit Ludwig n'était point tombé au fond du précipice; il avait rencontré dans sa chute, à vingt pieds environ audessous de toi, une saillie de rocher, sur laquelle il était resté évanoui entre les branches d'une cépée de chêne qui sortait d'une fente de la pierre...

« Waldeck alla l'y chercher; et il le transportait

tout inanimé dans sa chaumière, lorsqu'il se croisa au milieu de la forêt avec une troupe de bohémiens dont il était connu, et qui même, le sachant pauvre, mauvais sujet, souple de corps et rusé d'esprit, l'avaient maintes fois sollicité de se joindre à eux pour gagner sa vie...

« A la vue de Ludwig, ils s'extasièrent sur la beauté de cet enfant, à peine âgé de cinq ans, et ils dirent au bûcheron qu'ils en cherchaient précisément un de cet âge et de cette gentillesse, afin de le former jeune pour l'emploi auquel ils le destinaient; et ils ajoutèrent qu'ils récompenseraient largement quiconque leur en procurerait un semblable.

« Celui-ci est à vous, si vous voulez le prendre, leur répondit Waldeck ; je viens de le trouver en cet état sur mon chemin, et j'ignore à qui il appartient... de plus, je vous annonce que j'ai pris le parti de m'engager dans votre troupe... donnez-moi un rendez-vous, et je vous rejoindrai dans deux jours au plus tard...

« Le marché fut accepté en tous points :

« Ludwig, toujours évanoui, fut emporté par les bohémiens, et Waldeck se rendit au château de Krozenberg pour mettre le comble à sa vengeance...

« Il venait de priver la comtesse d'un enfant qu'elle aimait beaucoup ; ce n'était pas assez pour son ressentiment : il voulut qu'elle sût que l'assassin de Ludwig était un de ses autres fils... c'est alors qu'il t'accusa, Stéphan, et que, toi, tu commis un nouveau crime en l'accusant à son tour d'être le meurtrier de ton frère !...

« Deux jours après, il avait disparu du pays et rejoignait ses camarades les bohémiens...

« Il trouva le petit Ludwig en proie à une fièvre délirante ; l'enfant, dont tous les organes avaient été fortement ébranlés par sa chute, fit une cruelle maladie qui, pendant un an, menaça chaque jour sa vie ; et, lorsqu'elle se termina, ce fut pour ne lui laisser de sa famille et du château de Krozenberg qu'un vague et confus souvenir, à peu près pareil à celui d'un rêve dont notre imagination serait impuissante au réveil à ressaisir la trace presque effacée...

« Mais j'abrége l'histoire de Ludwig : l'ancien bûcheron Waldeck s'attacha à cet infortuné comme à son propre enfant ; et dès qu'il le vit parvenu à l'âge de dix-huit ans, il ne voulut pas qu'il menât plus longtemps la vie vagabonde et sans but des bohémiens ; il l'envoya dans les rangs de l'armée de l'électeur de Hanovre...

« Ludwig s'y distingua, et il obtint vite le grade de lieutenant de sa compagnie... mais il devait être partout la victime des coups les plus imprévus du sort : accusé d'un acte de trahison, dont il n'était point l'auteur, et condamné à mort, il trouva moyen de s'échapper de sa prison...

« Alors, l'âme égarée par l'irritation et les souffrances, n'ayant plus d'asile, rayé de la liste des vivants, il perdit assez la raison pour vouloir se venger sur tous les hommes de l'injustice et des maux dont quelques-uns l'avaient accablé ; et, ainsi pris de vertige, il vint, Stéphan... il vint dans cette forêt... et là, il s'appela Roderich !...

Le vicomte, qui avait écouté ce récit avec un étonnement indéfinissable, se leva sur son coude à ces derniers mots, et, regardant son frère fixement, fit entendre son ricanement amer.

— Oui, malheureux ! ajouta tristement et sans colère Roderich à qui nous conserverons son nom de bandit... réjouis-toi de ton œuvre, si ta haine contre Ludwig ne s'est pas encore éteinte ; car songe que ce qu'il est aujourd'hui, il le doit à ta main qui, en le précipitant dans cet abîme, l'a séparé de la tendresse de sa mère et de son frère aîné !

— Quoi ! murmura avec le même ricanement Stéphan, dont l'âme ne put être amollie par l'approche de la mort même ; quoi !

« Ludwig devenu un illustre chef de brigands !

« Ludwig le bien-aimé, le favori de la comtesse et d'Arnolf !

« Ludwig le charmant enfant pour qui on n'avait que des sourires et des caresses, quand il ne me revenait à moi que des dédains et des remontrances !

« Ludwig, cette merveille, en un mot, sur laquelle tout le monde avait les yeux... a fait un si beau chemin !...

« Sais-tu bien que j'ai vraiment lieu d'être jaloux de tant de gloire !... mais cette histoire est-elle croyable?... qui t'a révélé tous ces faits?

— Waldeck lui-même, il y a quinze jours...

« Waldeck, qui faisait partie de ma bande et qui, moins insensible que toi au repentir en voyant sa fin proche, n'a pas voulu rendre le dernier soupir sans se confesser à moi de son crime et implorer mon pardon !...

« J'ai senti alors le besoin d'avoir une explication avec toi, et jusqu'à ce soir, je t'ai cherché partout.

— Eh bien ! puisque tu es réellement Ludwig de Krozenberg, reprit le vicomte d'une voix dont le timbre s'affaiblissait peu à peu, mais qui ne perdait rien de son âcreté ironique, je n'ai pas tort de t'assurer que je dois te croire jaloux de ton sort, car te voilà maintenant riche et heureux ?

— Que veux-tu dire ?

— Écoute... je crois connaître le cœur de Laura Hirmann ; lorsqu'elle saura qui tu es, elle ne gardera pas des biens d'Arnolf un kreutzer pour elle !

— Mais aussi ignorera-t-elle toujours qui je suis..

« Ma seule consolation ici-bas sera de penser que celle qui a su gagner l'estime et l'amitié de ma mère et de mon généreux Arnolf, celle enfin qui m'a sauvé la vie, jouit en paix des richesses qu'elle a si bien méritées.

— Imbécile !...

« Eh bien ! moi, je veux qu'elle se ruine ! s'écria Stéphan : je veux que d'une façon ou d'autre elle ait encore à se ressentir de ma vengeance !...

« Je vais donc lui apprendre ce que tu as le sot désir de lui cacher.

— Je te le défends ! répliqua vivement Roderich...

« Employons tous deux, Stéphan, ce triste et solennel moment à prier Dieu qu'il nous pardonne nos crimes ! et gardons-nous de l'idée de ravir à ses anges les dons que sa providence leur fait quelquefois en ce monde !

Mais Stéphan, rassemblant ses dernières forces pour que sa voix pût dominer le bruit des vents, s'écria :

— Laura !

— Tais-toi ! lui dit son frère indigné.

— Laura ! répéta le vicomte sur un ton encore plus élevé.

— Qui m'appelle ? répondit la jeune fille demeurée, non loin de là, près de Moritz et de Gerfrutz.

— Un mourant, répliqua Stéphan... un mourant qui veut vous dire un mot.

L'orpheline, suivie de Moritz, s'avança vers le massif de chênes et de hêtres, sous lequel Stéphan était étendu.

Roderich se précipita vers elle, et, se plaçant en travers de son chemin :

— Nou ! non ! lui dit-il profondément ému...

« Gardez vous bien de venir ! »

Puis, s'adréssant d'un ton suppliant à Moritz :

— Monsieur ! reprit-il, je vous en conjure, retenez-la !

— Laura ! continuait le vicomte dans les convulsions d'une rage impuissante, tandis que la tempête redoublant de fureur, faisait avec fracas ployer les arbres au-dessus de sa tête, et que, au fond du précipice, les loups, ne cessant de hurler, semblaient attendre toujours qu'une proie leur fût jetée.

— Mais, répondit la jeune fille à Roderich, c'est un mourant qui demande à me parler : puis-je ne pas me rendre à son désir ?

— Laura !... Laura !... venez donc !... je me meurs ! cria encore la voix impatiente, mais de plus en plus affaiblie de Stéphan.

La jeune fille s'échappa des mains de Roderich et de Moritz, et voulut courir vers le vicomte de Krozenberg ; mais elle n'avait pas fait un pas qu'un coup de vent s'abattit sur elle avec une telle impétuosité qu'elle fut renversée sur le sol.

Roderich et le jeune officier se baissaient pour la relever, lorsqu'un sombre roulement de mille bruits divers et étranges que jusqu'alors n'avait point eus l'ouragan, se répandit dans les airs : c'était une espèce de trombe terrible dont la spirale terrible se déchaînant dans la direction du Nid des Hiboux, arrivait avec le retentissement de tous les ravages qu'elle causait dans la forêt. Roderich et Moritz sentirent la terre trembler sous leurs pieds : ils entraînèrent à la hâte Laura loin de son ennemi expirant.

Aussitôt, il se fit derrière eux un effoyable craquement d'arbres tordus ou brisés, de rochers éventrés par la tourmente et s'écroulant dans les abîmes.

— Laura ! poursuivit la voix haineuse et stridente du vicomte au milieu de ce chaos...

« Laura !... apprends donc que Roderich... »

Mais ce dernier mot ne parvint pas aux oreilles de la jeune fille ; le massif de hêtres et de chênes sous lequel il était prononcé fut enveloppé, déraciné par la trombe et, emportant avec lui des éclats de roche et une énorme portion du sol, il roula dans le précipice.

Un sourd et épouvautable choc, qui glaça les sens de ceux qui l'entendirent, retentit au fond du gouffre d'où s'élevèrent encore, non les hurlements, mais les cris d'agonie des loups avec la proie qu'ils comptaient dévorer.

Laura, Moritz, Roderich, Gerfrutz, consternés par ce terrible exemple de la justice d'un Dieu vengeur, tombèrent à genoux au bord même de la large déchirure du terrain formée par la chute du massif d'arbres et le ciel seul sait ce qui se passa en ce moment dans leur âme.

Quand ils se relevèrent, Gerfrutz dit à Laura :

— Ma bonne demoiselle, le lieu où nous sommes est éloigné du château de Krozenberg, et assez proche de ma chaumière : voulez-vous venir vous reposer au coin de mon feu ?

— Oh ! volontiers, mon ami ! répondit-elle.

Ils se mirent tous en marche et furent escortés par le petit détachement de bandits dont Roderich avait pris le commandement.

Au bout d'une demi-heure ils étaieut devant la maison du bûcheron.

— Laura Hirmann, dit alors Roderich en faisant halte, vous pouvez passer ici tranquillement le reste de la nuit...

« Mes hommes et moi nous veillerons sur cette habitation jusqu'au jour...

« L'un de nous va partir à l'instant même pour le château de Krozenberg, afin de rassurer vos serviteurs sur votre sort. »

Et, sans attendre qu'on lui répondit, il ajouta avec une émotion qu'il n'eut pas la force de contenir :

— Je ne sais, Laura, s'il m'est permis de vous demander une grâce ?

— Une grâce ? repartit l'orpheline étonnée... parlez, Roderich, elle vous est d'avance accordée.

— Il y a dans le château de Krozenberg, continua le bandit, une petite chapelle où je suppose que la comtesse aimait souvent à se rendre avec ses trois fils durant les courtes années où elle les tint réunis autour d'elle...

— Il est vrai... et votre supposition me rappelle toutes les larmes que ma bienfaitrice n'a cessé de verser jusqu'à sa mort, en me parlant des vœux qu'elle allait chaque jour adresser au ciel dans cette chapelle pour la concorde et le bonheur de ses trois enfants !

Roderich passa la main sur ses yeux, et soupira profondément.

— Et bien ! généreuse enfant, reprit-il, toutes les fois que vous irez vous prosterner dans ce saint lieu, voudrez-vous bien, après avoir prié pour le repos de la bonne et charitable comtesse, ne point oublier d'appeler la miséricorde du Tout-Puissant sur un grand criminel, sur l'infortuné auquel vous avez sauvé la vie, et qui, en ce moment même, a déjà rompu, il vous le jure, avec l'infâme existence qu'il a menée dans cette forêt ?...

« Il lui semble qu'une prière s'élevant pour lui de vos lèvres si pures jusqu'au ciel, lui vaudra le pardon dont il se trouverait indigne sans votre angélique intercession !

— Soyez certain, Roderich, soyez bien certain, répondit Laura d'un accent fortement ému, que j'irai souvent prier pour vous dans la chapelle !... oui, souvent !... je le promets !

— Merci, Laura ! merci de ces paroles ! elles me font un grand bien, s'écria l'ancien chef de bandits d'une voix toute tremblante en s'éloignant et se perdant sous les arbres avec ses hommes.

Deux minutes plus tard, Gerfrutz, Moritz et la jeune fille entraient dans la chaumière.

Martha et son enfant étaient dans la même position où nous les avons laissés à la fin de notre premier chapitre : la jeune paysanne, sa quenouille à la main, continuait sans relâche de faire tourner son rouet, et le petit Karl, la tête toujours à demi cachée dans la jupe de sa mère, ne cessait d'écouter les bruits extérieurs ; car les loups avaient hurlé jusqu'à ce moment autour de la maison.

— Tiens ! s'écria-t-il en bondissant de son escabeau vers la porte, sitôt qu'elle fut ouverte... mon bon ami Moritz avec ma bonne petite maman Laura !

Et il se jeta au cou de la jeune fille.

— Quoi ! papa, reprit-il soudain avec volubilité, les loups ne vous ont pas tous mangés ?...

« Vous ne les avez donc pas vus ?

— Nous avons vu mieux qu'eux ! répliqua gaiement le bûcheron en prenant son enfant dans ses bras...

« O mon pauvre petit Karl ! ajouta-t-il en lui tapant tendrement les joues du bout de ses doigts, que je suis heureux de te revoir ! surtout quand je pense que mon aimable ami Blumbach, dit Cœur-d'Acier, a été sur le point de se charger de ton éducation, pour t'élever, un jour, à la dignité de chef de brigands !

— Que veux-tu dire avec ton ami Blumbach Cœur-d'Acier, demanda la paysanne, tout en fixant avec ébahissement ses yeux sur Laura dont elle ne pouvait s'expliquer la présence à une telle heure dans sa chaumière.

— Quant à toi, Martha, continua Gerfrutz, sans croire nécessaire de répondre à la question qui lui était faite, tandis que tu étais ici le dos au feu et filant ta quenouille, tu ne t'es guère douté assurément que tu as été bien près un instant de devenir veuve, et d'avoir pour consolation la chance d'être demandée bientôt en mariage par cet excellent Blumbach dont le nom t'étonne si fort !

— Qu'est-ce enfin que tout ce grimoire que tu me débites là ? reprit avec impatience la femme du bûcheron... et quel malheur est-il donc arrivé au château de Krozenberg, pour que mademoiselle Laura l'ait quitté ?

— Nous vous raconterons, tout à l'heure, les événements de cette nuit, répondit Moritz.

Puis, prenant la main de Laura, il ajouta :

— Permettez-moi, ma bonne Martha, de vous présenter celle qui est aujourd'hui ma fiancée, et qui bientôt sera ma femme, la baronne de Lansfeld.

— Qu'entends-je ? s'écria Gerfrutz... seriez-vous donc monsieur le baron de Lansfeld, ce jeune colonel, qui s'est acquis une si brillante réputation par ses glorieux faits d'armes dans la dernière guerre ?

Le silence modeste de Moritz indiqua suffisamment au bûcheron que sa question pouvait se passer de réponse.

Quant à la fille de l'ancien garde-chasse, elle n'osait croire à la réalité de sa situation : elle regardait le jeune et illustre baron, son futur époux, d'un air tout stupéfait, et même un peu intimidé.

— Laura, je n'ai qu'un regret, reprit Moritz, c'est en vous épousant de ne pas vous trouver pauvre, et ainsi de ne pouvoir faire votre fortune... mais je me console en me disant que, avec vos habitudes et un peu aussi avec les miennes, nous n'aurons pas trop peut-être de ce que nous possédons à nous deux : nous visiterons souvent des chaumières telles que celle de Gerfrutz, et j'espère que nous ne nous apercevrons que par le soulagement apporté à l'existence des autres du surcroît de richesses tombé dans mes mains et dans les vôtres.

Laura, toujours un peu confuse, très-émue et baissant les yeux, gardait ses pensées au fond de son cœur ; mais il fallait bien que ce cœur trop plein s'épanchât sur quelque chose ; elle donna donc un libre cours à sa joie naïve, mais d'une façon détournée, à la manière des femmes : elle s'élança vers le petit Karl, l'enleva dans ses bras et le couvrit de baisers et de caresses.

Maintenant, si le lecteur veut bien résumer en lui-même tous les faits de cette histoire et voir comment la pente seule de la destinée de Laura Hirmann conduisit sur le bord de l'abîme du Nid des Hiboux, Stéphan et Roderich, pour que l'un, à la place même où il se voua pour la première fois au génie du mal, trouvât le châtiment dû à ses crimes, et pour que l'autre se sentît plus vivement que jamais tourmenté du désir de purifier son âme dans le sein d'un vrai repentir et dans la crainte de Dieu ; si le lecteur veut bien encore examiner par quel enchaînement de situations la tentative d'enlèvement dont la jeune fille faillit être victime, amena l'extermination de la bande de Krammer, il ne pourra se refuser à admettre que Dieu se sert parfois ici-bas de ses créatures les plus pures pour punir ou corriger les plus coupables, et que l'action indirecte de la Providence dans les événements de ce monde nous frapperait d'étonnement à chaque heure de notre vie si, pour des motifs impénétrables, ses traces ne se voilaient souvent aux faibles lumières de l'esprit humain.

Nous ne devons pas clore ce récit sans apprendre au lecteur quel fut l'avenir de Roderich : il réussit, au bout de quelques mois, à reprendre, sous un faux nom, du service dans l'armée de Hanovre.

Son lieutenant David se fit, par le même moyen, son compagnon d'armes.

Huit ans plus tard, en 1757, et tout au début de la fameuse guerre, dite *de sept ans*, leur régiment fut incorporé dans l'armée anglaise descendue en Allemagne ; et, après s'être fait remarquer par des prodiges de valeur, il ne tardèrent pas à trouver la mort dans la célèbre bataille que les Français, sous le commandement du maréchal d'Estrées, gagnèrent dans la basse Saxe, près Hastembeck, sur les troupes du roi de la Grande-Bretagne.

Quant aux autres compagnons de Roderich, nous ne saurions dire ce qu'ils devinrent : nous pouvons seulement assurer qu'on n'entendit plus parler d'eux dans les lieux où leur criminelle industrie s'était si longtemps exercée.

Ainsi disparurent du Hartzwald les dernières de ces bandes redoutables, qui, dit-on, depuis les premiers siècles de notre ère, ne cessèrent d'infester de leurs brigandages cette partie de l'ancienne Germanie.

FÉLIX DE SERVAN.

FIN

Tu vas boire ce te potion. (Page 10, col. 2.)

LE MEURTRIER DU ROI

GRAND ROMAN HISTORIQUE

PAR OCTAVE FÉRÉ

PROLOGUE

———

I

ROBERT LE DIABLE

C'est aux portes de Béthune, en Artois. Tout, dans cet intérieur, respire le calme, l'ordre, l'honnêteté.

La lampe de terre cuite, avec sa mèche baignée dans l'huile, repose au milieu d'une table carrée, dont les pieds tournés en spirale, sont maintenus d'aplomb, sur l'aire de terre-battue, par des palets de brique.

Un paisible feu de tourbe se consume dans l'âtre, échauffant le logis, dont la porte et la croisée sont calfeutrées avec un soin prévoyant.

De temps en temps, l'oreille est frappée par le bruit paisible d'un bouillonnement, et l'odorat par de succulentes bouffées.

C'est la chanson, c'est le parfum de la marmite de fonte, suspendue à la crémaillère, et dans laquelle mijote une appétissante soupe au lard, aux choux et aux navets, destinée au souper en famille. — La pomme de terre n'est pas encore vulgarisée en France, nous ne sommes guère qu'en 1738.

Autour de la table, voici la grand'mère qui file, à l'aide de son rouet, un fuseau réunissant toutes les qualités, la finesse, la régularité et la force. — Oh ! le beau fil qu'on faisait alors !

Sa petite-fille, — Madeleine, une jeunesse de 17 à 18 ans, — mène diligemment son tricot.

Marguerite, la jolie blonde, Catherine, la brune, deux sœurs, deux voisines, se font des casaquins, ouvragés à la mode de l'Artois, pour être belles à la Pâque qui vient.

Enfin, André, un fier garçon de vingt-cinq ans, leur frère, savant comme un procureur, pour le moins, — occupe la veillée, avec les belles histoires qu'il lit dans un gros tome, probablement fourni par la bibliothèque du doyen.

André n'est pas un élégant, un Monsieur. C'est un paysan de manières très-simples, très-naturelles, — surtout très-franches.

Ses mains larges et calleuses trahissent son état; il est forgeron, charron, maréchal-ferrant. Au village, on cumule. A l'occasion, il devient serrurier fort adroit.

Nul n'oserait se frotter à ses poings. Mais comme nul ne l'oblige à les exercer en correction, il les tient au service de ses amis. Un fardeau à remuer, un accident à réparer, un coup de main à donner, — parlez; voici l'homme.

C'est à lui qu'on amène, de plusieurs lieues, les chevaux vicieux à ferrer. — Un taureau furieux menace-t-il de causer des malheurs, André est là; le saisir aux cornes, le réduire, c'est un de ses jeux. — Sait-on ce qu'il a sauvé de pauvres gens dans les incendies, si fréquents dans les villages aux toits de chaume et de bruyère ?

Il n'en est pas plus fier, et c'est cette fois qu'il se fâcherait si vous vous avisiez de le lui rappeler et de lui en faire compliment !

Nous ne détaillerons pas le portrait de la grand'-mère. Chacun de nous l'a vue et remarquée au village, cette vieille aux cheveux blancs, aux traits bibliques, dont la bienveillance tempère l'austérité. Les orages des passions l'on respectée, ils auraient craint d'altérer les lignes pures de son front.

Marguerite et Catherine, fillettes de seize ans, au teint bruni, aux dents blanches, sont destinées à faire ourner plus d'une tête campagnarde. Le soin qu'elles mettent à leurs ajustements indique assez qu'elles ont d'excellentes dispositions pour cela.

Mais quoi ! nous allions oublier le portrait de Madeleine ?

Ce n'est pas une beauté. La régularité de ses traits est plus que contestable. Son nez descend certainement trop, et sa bouche est large.

D'où vient donc qu'elle plaît?

C'est qu'elle ne fait rien pour cela; plaire, chez elle, n'est pas un art, c'est un don.

Sa physionomie franche et sympathique vous gagne le cœur, dès le premier abord. Son regard bleu rappelle le ciel. Le timbre de sa voix vous pénètre comme une douce musique.

Mais si quelqu'un l'observait bien, il s'apercevrait que sa prunelle se fixe sur le tricot, mais qu'elle ne le voit pas. Son oreille semble partagée entre le bouillonnement du foyer et les paroles du lecteur, mais, en réalité, elle n'entend ni l'un ni les autres.

Son attention, sa pensée sont attirées vers un autre objet qui l'absorbe.

Des quatre personnes qui se trouvaient là réunies avec elle, une seule avait peut-être surpris cette préoccupation, et c'était précisément celle dont elle se défiait le moins.

L'œil du jeune lecteur que l'on devait croire tout entier à son livre, trouvait moyen, à la fin des paragraphes ou en tournant les pages, de glisser jusqu'à elle un rapide, mais pénétrant regard.

La méditation de Madeleine avait sans doute quelque chose de contagieux, car après chacun de ces regards, André devenait, à son tour, plus sérieux, comme si la gravité de la jeune fille le gagnait.

Ses sœurs, occupées à la fois par leur coquette besogne et par l'intérêt de la lecture, ne remarquaient rien.

Quant à la grand'mère, la lecture, le ronron de son rouet, le bouillottement de la marmite, la chaleur, aussi l'heure qui s'avançait faisaient papilloter ses paupières. Encore un peu, elle allait laisser sa tête alourdie s'appuyer au dossier de son fauteuil de paille.

Elle y touchait, les jeunes filles échangeaient un sourire en la voyant s'assoupir complétement; habitude de tous les soirs, avant le souper.

Un cri aigu, désespéré, sinistre, arriva du dehors, à travers le silence de la campagne.

La dormeuse s'éveilla en sursaut; le lecteur quitta son livre, portant les yeux vers la porte; les trois jeunes filles se regardèrent avec effroi.

— C'est du côté de la route, dit l'une d'elles.

La chaumière se trouvait à une portée de fusil de cette route, qui était celle de la ville, et de laquelle partait une sente, sur laquelle donnaient, à des distances assez écartées, les quelques habitations formant, comme celle-ci, les sentinelles perdues du faubourg.

Après cette observation, tout le monde prêta l'oreille, mais on n'entendit plus rien.

— Cela n'est pas naturel, dit André.

Il se leva, aperçut dans un coin un pic de terrassier, au milieu d'autres outils rustiques, s'en saisit et mit la main sur la clanche de la porte.

Ses sœurs et Madeleine se jetèrent après lui :

— Où vas-tu ?...

— Laissez-moi donc, mes mignonnes, fit-il avec une grande douceur, il faut bien savoir ce que cela signifie.

— Non ! non ! tu n'iras pas.

— Êtes-vous folles ?... Tenez !...

Un second cri se fit entendre; moins strident, plus douloureux que le premier.

Les jeunes filles, saisies d'une frayeur nouvelle, lâchèrent les basques d'André, non pour lui rendre sa liberté, mais pour se cacher la tête dans leurs mains; mouvement machinal, qui ne dura qu'une seconde.

Elles voulurent le ressaisir, mais déjà la porte se trouvait entr'ouverte et la grand'mère leur dit :

— Laissez, mes enfants, André a raison. Il est homme, c'est son devoir. Le pays devient mauvais, il faut que les gens de cœur se montrent. Va, garçon, va !

Ainsi autorisé, il s'élança dans le sentier, son arme sur l'épaule.

Les quatre femmes, immobiles sur le seuil, épiaient le bruit de sa course; la nuit était très-obscure, les haies épaisses, les circuits nombreux. Eût-il fait clair, elles n'auraient pu le suivre des yeux.

Il fallait un certain courage pour courir ainsi, tout seul, à la recherche d'un danger, d'autant plus, comme le disait la vieille paysanne, que le pays, — c'est-à-dire cette partie extrême des faubourgs, située hors de l'œil de la police urbaine, — paraissait depuis un certain temps choisie par d'audacieux malfaiteurs pour théâtre de leurs exploits.

Un accident, passé inaperçu, quoiqu'il s'y rattachât peut-être, avait signalé leurs débuts; Madeleine possédait un chien de moyenne taille, excellente bête, fidèle à ses maitres, et de très-bonne garde.

Le chien fut trouvé sans vie, à la suite d'une nuit où il avait poussé quelques hurlements sourds. Personne ne sut dire de quoi il était mort; Madeleine supposa que c'était de poison; elle se tut, de peur d'alarmer sa grand'mère.

Ce n'était pas une fille sans énergie, elle habitait seule avec la vieille femme cette masure isolée, car André et ses sœurs, leurs plus intimes amis, en occupaient une autre placée sur le bord de la grand'route. On se réunissait pour la veillée, dans la première, afin d'épargner à l'aïeule et à sa petite-fille le retour dans l'obscurité, quoique le bras du jeune homme fût toujours à leur service.

Au bout d'un moment, avant qu'André pût être arrivé à la route, un bruit d'une autre espèce survint : c'était le galop désespéré d'un cheval, dont on entendait le souffle impétueux.

Cette bête, dévoyée sans doute, avait enfilé la sente parcourue par le forgeron; elle passa près de lui, si près qu'elle faillit le renverser, et, frappé par la lumière qui s'échappait de la masure, elle pénétra dans la cour restée également ouverte, et s'arrêta net.

— C'est un cheval échappé! dit Catherine.

— Il aura démonté son cavalier; ce sont les cris de ce malheureux que nous avons entendus; ajouta Marguerite.

— Mieux vaut cela qu'un crime, prononça à son tour l'aïeule, accueillant ces suppositions si vraisemblables.

Madeleine ne disait rien, elle agissait.

Le cheval était resté debout, sur ses quatre pattes roides comme si elles eussent été plantées en terre.

Elle s'en approcha avec adresse, et le saisit au mors. C'était une bête vicieuse, rétive; il voulut regimber, mais elle n'appartenait pas impunément à un pays d'élevage, elle serra le mors en élevant le bras avec force; l'animal se sentit d'instinct maîtrisé, il tenta encore un écart, elle le ramena en pressant sur la bouche; il se rendit.

Catherine ayant apporté la lumière, on l'attacha étroitement à un crochet, fiché dans la muraille pour cet usage, et l'on constata que c'était un cheval de selle, probablement une bête de louage, quoique très-proprement équipée.

Une circonstance significative ramena les craintes concernant un crime : — les courroies destinées à tenir le porte-manteau ou la valise, à l'arrière de la selle, étaient coupées.

— Décidément, murmura l'aïeule, il y a un malheur!

— Si nous allions au-devant d'André? dit Madeleine.

Il suffisait de le proposer pour que ce fût fait. Les femmes de l'Artois n'ont pas usurpé leur réputation de vaillance. Celles-ci, même l'aïeule, saisirent le premier instrument de fer qui leur tomba sous la main, se reprochant d'avoir pu hésiter, et voulant regagner les minutes perdues.

Cependant, quand elles atteignirent la grand'route elles cherchèrent, elles appelèrent vainement. La solitude, le silence étaient redevenus complets.

— Que faire ?... demanda Catherine, la plus jeune des trois fillettes.

— Allons jusqu'à la maison, dit sa sœur, nous préviendrons le père.

— C'est cela, courons !

L'aïeule ne pouvait guère courir; mais elle hâta le pas. La maison n'était pas fort éloignée. En s'approchant, les quatre paysannes distinguèrent une clarté qui s'échappait de la porte ouverte sur le chemin.

Catherine prit son élan, et bientôt, du seuil, elle cria à ses amies :

— André est là !... André est là !

Ce fut un gros poids de moins sur chaque cœur.

— Ah! vous voici, s'écria le brave garçon en les voyant entrer toutes les quatre, le bon Dieu vous amène ; nous avons grand besoin d'aide.

Il leur montra un homme étendu, sans connaissance, sur le lit, au fond de la pièce.

Un morceau de linge, taché de sang, avait servi à essuyer sa poitrine, où bâillait une large plaie.

Quant à ce qui s'était passé, ou du moins quant à ce que savait le jeune homme, cela se réduisait à très-peu de chose.

Après avoir rencontré le cheval sans cavalier, il arrivait sur la route, stimulé par l'idée qu'un accident réclamait son aide, et cherchant des paroles propres à effrayer les malfaiteurs et à rassurer les victimes, il débouchait sur la grand'route en criant :

— Holà !... qui appelle !... Voici de l'aide !... Je suis armé !...

Ce stratagème eut pour résultat de mettre en fuite un invidu, vampire ou bandit, qui, dans cet instant même, courbé sur un malheureux abattu le long d'un tas de pierres, fouillait d'une main frémissante sous ses vêtements, et allait détacher la boucle d'une de ces ceintures de cuir encore en usage aujourd'hui pour porter de l'or en voyage.

André ne songea pas à poursuivre le meurtrier, il s'occupa de la victime.

Les deux appels, arrivés jusqu'à la chaumière, avaient épuisé ses forces; un souffle imperceptible lui restait à peine.

Son protecteur n'hésitait jamais en quoi que ce fût. Il chargea ce corps inerte sur ses épaules, — pour un Alcide de sa force, c'était un jeu, — et le porta directement au logis, où son père teillait du chanvre, en attendant le retour de sa jeune famille.

L'inconnu fut aussitôt entouré des soins de ces braves gens, qui reconnurent avec épouvante la gravité de la blessure par où s'échappait le sang.

C'est ici que l'expérience de l'aïeule offrit un grand secours. Elle ajusta des bandages, étancha adroitement la plaie, et finit par tirer le blessé de sa pâmoison.

C'était un homme jeune encore, d'un visage sympathique et honnête, ses vêtements, sans prétention, indiquaient un bourgeois aisé.

La mémoire lui revint avec la connaissance. Il promena sur les personnes qui l'entouraient un regard attendri :

— Merci !... murmura-t-il, merci. Ah! le terrible coup !...

Il voulut porter la main à sa poitrine, mais la force lui manqua ; il ne fit que la moitié du mouvement ; il était à bout de sang.

— Ne parlez pas, tenez-vous tranquille, vous êtes en sûreté... lui dit la vieille paysanne.

— Merci !... répéta-t-il. Mais, ma bourse ?...

— Voici votre ceinture ; elle est intacte.

Il poussa un soupir de soulagement.

— Et ma valise ?...

On ne put lui répondre.

— Comme il plaira à Dieu ! balbutia-t-il ; puis il s'assoupit, car cette fois, grâce aux cordiaux de ses hôtes, ce n'était plus l'évanouissement, mais le repos.

Il ne fallait pas songer à aller chercher un médecin à la ville, les portes étaient rigoureusement fermées à cette heure. D'ailleurs, l'état du malade permettait d'attendre, sans inquiétude, jusqu'au matin.

Le lendemain, en effet, un praticien exercé constata l'heureux effet de ce premier pansement, et donna un avis rassurant sur la blessure, tout en déclarant que deux lignes plus avant elle eût été mortelle. L'assassin s'était servi d'un fer mince, selon toute probabilité d'un couteau, ou d'un poignard extrêmement tranchant.

Comment s'y était-il pris ? Le blessé l'expliqua lui-même.

Il fit connaître d'abord que commerçant à Paris, il accomplissait une tournée en Artois pour acheter les produits de cette industrieuse province, dentelles et toiles, tout en plaçant quelques-uns des siens.

Le soir du crime, il se rendait à Béthune, sur un cheval de louage, pris par lui à Arras, dans l'après-midi, et qu'il poussait vivement, en voyant s'avancer l'heure de la fermeture des portes.

Il renonçait même à arriver assez tôt, résigné, faute de mieux, à descendre dans quelque auberge du faubourg, lorsque sur la route, à une demi-lieue environ des premières maisons, un homme s'approchant de lui, d'un air dolent, le supplia de le prendre en croupe, se disant estropié par suite d'une chute et hors d'état d'aller plus loin.

Quoique ceci dût encore le retarder, il consentit charitablement. Mais voilà qu'au fond d'un des chemins creux qui précèdent la ville, ce compagnon, jusque-là humble et obséquieux, l'avait étreint avec violence dans ses bras, en lui enfonçant traîtreusement, avec d'autant plus de sûreté qu'il avait pu prendre à loisir ses dispositions, un fer dans la poitrine.

Il avait poussé un cri terrible, — le cri entendu dans la chaumière, — et vidant les étriers, s'était laissé choir le long de la route.

L'assassin, exercé suivant toute apparence au crime, coupait sans désemparer les courroies de la valise attachée à l'arçon, puis, laissant à l'abandon le cheval effrayé, s'abattait sur sa victime pour achever de l'égorger et de la dépouiller.

En sentant son contact, le voyageur exhala cette seconde plainte, au bruit de laquelle André se précipita à sa recherche et à son secours.

Il arriva assez tôt pour empêcher le bandit de consommer son forfait et pour entendre le bruit de sa fuite, mais trop tard pour le saisir ou pour le reconnaître.

La valise contenait, au milieu d'effets usuels, un sac d'argent assez considérable, mais inférieur à la ceinture d'or. A cet égard, la victime se montra aisément consolée.

Le médecin déclara que son état, quoique sans danger, moyennant des soins assidus et surtout toute absence de mouvement, exigerait un traitement long. Il était heureusement dans une maison où l'on ne mesurait pas l'hospitalité.

Le procureur criminel de Béthune ne manqua pas d'évoquer l'affaire ; il mit ses agents en campagne, mais sans résultat. Il ne subsistait aucune trace du voleur, pas même un de ces indices, en apparence insignifiants, qui amènent parfois les plus précieuses découvertes. Pas un objet perdu sur le lieu du crime, pas une empreinte de pas.

Dans la campagne cependant, un soupçon courait, un nom se présentait à plus d'une pensée, et Catherine, causant une fois discrètement avec sa sœur et Madeleine, leur dit tout bas :

— Pour moi, ma conviction est fixée ; je donnerais ma main à brûler, qu'un seul homme a pu commettre un pareil crime...

— Chut !... firent ensemble ses deux compagnes, comme si leur idée comprenait la sienne.

— Eh bien, oui, ajouta-t-elle, l'assassin, ce doit être ce scélérat de Robert !...

Marguerite hocha la tête avec un air de conviction ; quant à Madeleine, pâle, renversée sur le dossier de sa chaise, elle paraissait prête à se pâmer !...

Car c'était le nom que tout le monde avait dans l'esprit, mais que personne n'osait prononcer.

Il y a toujours dans les petites localités, dans les campagnes principalement, de ces êtres privilégiés du crime, épouvantails de leurs concitoyens, qui s'abritent sous leur noire méchanceté, comme sous un bouclier sûr, procédant avec une facilité d'autant plus grande par intimidation, que le mal est plus aisé dans les champs ; un guet-apens, un assassinat à l'affût, un incendie surtout, pouvant s'y commettre en quelque façon à coup sûr, sans témoins.

L'histoire, entièrement authentique, comme la suite le montrera, que nous racontons ici, en serait seule une preuve.

Celui que Catherine désignait sous le nom de Robert était un garçon maréchal, étranger par son origine au pays, mais en apprentissage, depuis plusieurs années, chez un oncle à lui, à la porte de Béthune. Il était le confrère, mais non l'ami d'André.

Il n'y avait sorte de mauvais cas pour lequel il ne fût réputé ; si bien que l'antipathie populaire ne le désignait plus que sous le nom de Robert le Diable.

De confiance, on l'accusait de tous les méfaits perpétrés dans le canton, et si l'on se trompait quelquefois, le plus souvent on tombait juste. Il n'y avait donc pas jugement téméraire à mettre sur son compte l'assassinat du marchant de Paris, dont il était peut-être bien innocent.

Ce qu'il y a de sûr, c'est que les perquisions ni les enquêtes de la justice ne révélèrent aucun indice à sa charge.

Au milieu de l'émotion causée par cet attentat, André ne perdait pas de vue une idée qui paraissait l'occuper depuis son observation discrète de Madeleine à leur première veillée.

Sa nature franche n'entendait rien aux réticences. Ce qu'il avait sur le cœur, il fallait qu'il s'en ouvrît.

Le troisième jour après l'événement, laissant le malade, pour lequel il ne pouvait plus rien, aux soins de ses sœurs, il joignit la jeune fille, seule, dans un bâtiment, au bout de la petite métairie, qu'elle occupait son aïeule.

Une involontaire anxiété s'empara d'elle, en le voyant entrer, mais elle la surmonta et le laissa venir, san quitter son occupation, qui consistait à préparer de la crème pour des fromages.

— Bonjour, Madeleine, dit-il.

— Bonjour, André.

— Te voilà en grand travail.

— Comme tu vois.

Ce qu'il avait à dire ne laissait pas de l'embarrasser, car il ne trouvait pas tout de suite les paroles.

— Sais-tu à quelle fin je viens?

— Sur ma foi, non; à moins que ce ne soit pour me parler de ce pauvre homme qui te doit la vie.

— Non, ce n'est pas de lui... c'est de toi, Madeleine, que je veux te parler.

Elle éprouva bien certainement une contraction du cœur à cette ouverture; mais comme elle lui tournait le dos, il ne vit pas l'altération de ses traits.

— De moi?... fit-elle, en affectant de placer ses moules en paille de seigle avec beaucoup de soin sur les rayons.

LESESTRE.PERE.

Assieds-toi là et causons, dit la dame. —
(Voir la suite.)

— Madeleine, cette besogne presse-t-elle si fort que tu ne puisses me consacrer cinq minutes?

— Oh! mais... dix, si tu veux.

— Çà, alors, viens-t'en, mignonne, t'asseoir sur ce banc à mon côté.

— M'y voici.

— Relève tes beaux grands yeux; réponds-moi en me regardant bien.

— Quelle idée!...

Elle le regarda, à son désir; mais dans l'espace d'une seconde, elle changea trois fois de couleur. Ses lèvres restèrent étrangement blêmes.

— C'est de notre mariage qu'il s'agit, Madeleine, dit André, avec une expression indicible de tendresse et d'anxiété.

— Pauvre André!... murmura la jeune fille en baissant ses paupières, si bas que son regard disparaissait.

— Pourquoi dis-tu pauvre André?... N'est-ce pas chose arrêtée; n'attendons-nous pas, suivant la volonté de ta grand'mère, tes dix-huit ans révolus, pour entrer en ménage? Si tu ne m'as jamais dit en propres termes que tu m'aimais, ne m'as-tu pas permis de te le dire, moi?...

Elle le laissa aller ainsi pendant plusieurs minutes; quand il s'arrêta, elle passa lentement sa main droite tremblante sur son front, se leva du banc rustique, et d'une voix aux cordes vibrantes et douloureuses :

— André, répondit-elle, il faut oublier tout cela.

— Oublier ?... Oublier que je t'aime ?...

— Tout. Et cela plus que tout.

— Madeleine, dit-il, se levant à son tour, pour se placer en face d'elle, Madeleine, tu en aimes un autre.

Elle releva lentement sur lui un regard qui le traversa jusqu'à l'âme puis elle étendit par un geste d'une simplicité sublime son bras vers le ciel.

Mettre en doute un tel serment, c'eût été un sacrilége.

— Alors, reprit le jeune homme éperdu, explique-moi...

Elle agita négativement sa tête de martyre :

— Rien... Je ne peux rien t'expliquer.

— Quoi ! s'écria-t-il d'un accent pareil à un sanglot, pas une parole, pas une excuse... un prétexte ? rien qu'un prétexte !

Elle retomba sur le banc se cacha le visage dans ses mains ; de grosses larmes filtraient à travers ses doigts.

Il s'écoula un temps assez long, lui frémissant et pâle, elle pleurant, immobile.

Ce fut lui qui rompit ce silence en l'appelant par son nom.

— Madeleine ?...

— Ah ! tu es encore là...

— Encore !... M'as-tu donc renvoyé ?...

— André, c'est donc bien vrai que tu m'aimais ?...

— Ingrate !...

— Non ! non, André, ne dis pas ingrate... dis... malheureuse.

— Au moins, lorsqu'on rompt avec les gens, avec les étrangers même, on leur donne une raison...

— André, ne te hâte pas de me jeter la pierre... Non, sur mon salut ! je ne peux t'en dire davantage... Mais au nom de cet amour, que je te supplie d'oublier, ne m'interroge plus, ne m'adresse plus de reproches, et quoi qu'il advienne, pense à moi, non pas avec de la haine mais avec de la pitié !...

Le jeune homme se frappa violemment le front. Il vit bien qu'il ne fallait pas espérer vaincre cette obstination si douce et si ferme.

— Adieu, Madeleine, dit-il, qu'il soit fait suivant tes désirs... Nous ne nous verrons plus... adieu !

— Adieu !... soupira-t-elle.

Il s'éloigna, le front assombri par le chagrin... par la méfiance.

A peine sorti de l'enclos, il se retourna, murmurant d'une voix contractée :

— Oh ! je saurai !... je saurai !...

Puis il s'enfonça, à grandes enjambées, dans la campagne, marchant devant lui sans but, cherchant la fatigue du corps, pour tuer l'activité dévorante de l'âme.

Il s'arrêta, faute de pouvoir passer outre, devant une de ces rivières étroites, mais profondes, qui circulent autour de l'élévation sur laquelle Béthune est bâtie.

Le vent soufflait, glacial, à travers les aunes dénudés de la berge. Le courant, grossi par les neiges récentes du haut pays, roulait avec un bruit inaccoutumé.

Le jeune paysan, la tête nue, les cheveux en désordre ; plongea jusqu'au fond un regard vertigineux.

— A la surface le tumulte... au bas le calme... murmura-t-il.

Cette idée sinistre l'attirait.

— Non ! s'écria-t-il en se rejetant en arrière, non !... je veux savoir... je saurai !...

Et faisant soudain volte-face, il recommença à gravir la côte qu'il avait descendue, arpentant les sentiers quand il s'en trouvait, escaladant les haies quand elles lui barraient la place, enjambant les tranchées ou les fossés ; se dirigeant par un instinct machinal, qui lui éclairait le chemin déjà obscur.

Lorsqu'il s'arrêta pour la seconde fois, songeant enfin à se reconnaître, il s'aperçut que le hasard, — était-ce bien le hasard ?... — le ramenait à l'endroit d'où il était parti, à l'enclos de la petite métairie.

Un sourire poignant traversa son visage ; une satisfaction amère le retint sur la place, juste à l'angle de la laiterie.

De là, à travers le crépuscule, il distinguait la masure. Des flocons de fumée s'échappaient de la cheminée, des filets de lumière traversaient les interstices des volets et de la porte.

Masure, fumée, lumière, lui firent monter à la poitrine un cruel soupir : tout le rayonnement de ses vingt-cinq ans se trouvait là, comme un soleil éteint à son aurore.

Il voulut s'arracher à cette évocation, fuir ces lieux qu'il n'eût jamais dû connaître ; une volonté plus forte que la sienne le retenait.

Il allait triompher pourtant d'un sentiment qu'il traitait de lâcheté, et qui n'était que du désespoir ; il faisait le premier mouvement... Trop tard !

La porte de la maison s'ouvrit. Madeleine parut, une lanterne de corne à la main, se dirigeant précisément vers la laiterie, où il lui restait, avant de finir sa soirée, quelques soins à donner.

André se blottit dans son encoignure, entre la muraille et un gros pommier, dont l'ombre se confondit avec la sienne, au passage de la lumière.

Il lui sembla que sa fiancée, — son infidèle ! — marchait courbée vers la terre et qu'elle était singulièrement pâle.

On sait que, dans les campagnes, peu de portes, surtout dans les cours, ferment à clef. Une clanche de bois était la seule défense de celle de la laiterie. Cette clanche se trouvait à l'intérieur, on passait le doigt par un trou pratiqué au-dessous, on la levait, la porte était ouverte.

C'était encore plus simple que la chevillette du Petit Chaperon Rouge.

Entrée dans le bâtiment, Madeleine repoussa la porte ; l'obscurité du dehors devint plus épaisse, après cette lueur passagère.

Nous ne saurions démêler ce qui s'agitait dans le cœur et dans le cerveau d'André ; c'était bien confus, bien douloureux, car toujours il voulait quitter la place, et toujours il restait, en se criant tout bas, dans sa conscience :

— Lâche ! lâche ! lâche !

Mais voilà que tout cela s'efface ; sa prunelle dilatée perçant la pénombre, son oreille attentive interrogeant le calme de la solitude, se livrent à une investigation palpitante. Il retient son souffle.

Quelqu'un, — oui, quelqu'un, un homme, — c'est bien un homme ! pousse la petite barrière de l'enclos ; de son côté, il l'observe, il écoute.

Rassuré par l'isolement apparent de la cour, il hasarde quelques pas, — la clarté qui filtre sous la porte de la laiterie l'enhardit, il se dirige décidément de ce côté.

Il connaît le procédé pour ouvrir ; il ouvre, en effet ; il entre.

— Un rendez-vous !... C'était donc un rendez-vous !...

André, avec sa force d'Hercule, pouvait écraser cet être rampant d'un coup de poing. Que ne le fit-il ?

— Au premier instant, la rage, — non, ne le calomnions pas, — la douleur, le cloua sur le sol ; — au second, ce fut la réflexion.

Ce fut aussi un cri poussé par Madeleine ; un cri d'horreur, et non pas un cri de joie.

— Vous !... vous ici !...

Le témoin invisible de cette scène n'entendit pas la réponse, l'homme parlait bas.

— Arrière !... arrière !... s'écria encore là jeune fille.

La réponse fut perdue pour André, qui, n'y tenant plus, s'avança jusqu'à la porte, pour écouter, pour agir au besoin.

Il ne voyait pas, mais du moins il entendait.

— Madeleine, chuchotait une voix qui se faisait pressante et suppliante, Madeleine, écoute-moi... Il le faut... Je viens pour ton bien.

— Pour mon bien !... répéta la jeune fille, dont l'ironie amère pénétra André d'un froid étrange.

— Je t'aime... Je te l'ai prouvé...

— Misérable !... Par le poison, par la violence !...

— Il fallait que tu fusses à moi... Je t'aimais trop, j'en serais devenu fou... Que dis-je, eh bien ! oui, je l'ai été... fou furieux... mais je t'aime toujours ; je veux tout réparer.

— Réparer ?... demanda-t-elle avec un étonnement que rien ne saurait rendre.

— Oui... Je suis riche.

— Tu as donc volé ?...

Sans doute, en lui posant cette question, elle le foudroya du regard, car il ne répondit pas de suite.

— Je suis riche, reprit-il après cette secousse ; ce que j'ai m'appartient ; mais ce pays m'est odieux ; nous le quitterons ensemble ; nous irons vivre ailleurs, heureux.

— Heureux !...

— Que puis-je te proposer de plus ?

— Va-t'en !

— Un refus !... Y songes-tu ?... Et ton enfant ?...

André sentit une sueur glacée inonder son front ; sa poitrine se serra comme si tout souffle allait s'éteindre en lui, il se mordit les poings pour étouffer ses rugissements.

— Écoute, Robert, dit Madeleine.

André répéta tout bas :

— Robert !...

— Écoute, Robert, j'avais deux amis, deux protecteurs, l'un mon pauvre chien, tu l'as empoisonné... à moi, tu m'as fait boire aussi une drogue infâme, qui m'a livrée sans défense à ta brutalité... Mais il me reste un de ces deux amis... Que je dise un mot...

— Allons, interrompit l'empoisonneur, tu sais bien que tu ne peux pas le dire, car, aussi vrai que je me nomme François-Robert, au premier soupçon, je le traite comme j'ai traité ton chien.

— Tu n'as donc pas d'âme ?

— Si fait, j'ai une âme, j'ai un cœur, je t'aime, et je te dis encore : Madeleine, que le passé n'existe plus ; avec toi je changerai de vie... je deviendrai un homme nouveau... Je n'ai qu'un moyen de réparer mes torts... je te l'offre, donne un père à ton enfant.

— Mon enfant n'aura point de père, car je me tuerais avec lui plutôt que d'épouser un monstre tel que toi !...

— Ah !... prends garde, à la fin... Nous voici seuls... loin de tout secours... prends garde... Consens... ou...

Elle poussa un cri aigu, il venait de lui broyer le poignet entre ses doigts de fer.

— Pitié pour mon enfant !... dit-elle.

— Non ! Consens, ou je vous écrase tous les deux !...

— A l'aide !... cria la pauvre fille.

— Tu peux appeler, ricana le monstre, il ne viendra personne.

Mais la porte s'ouvrit. André, roide, terrible, se dressa entre le bourreau et la victime.

— Ah !... exclama le monstre en reculant épouvanté.

— Regarde-moi bien, et retiens mes traits, lui dit son rival, car tu mourras de ma main, et, si Dieu est juste, ce sera sur l'échafaud !

Robert, toujours reculant, atteignit la porte, sous le geste impérieux de son ennemi immobile, et, se sentant dehors, il s'enfuit.

André alors s'en vint jusqu'à Madeleine, appuyée au mur, plus défaite qu'une morte ; il s'agenouilla lentement.

— Que faites-vous ? lui dit-elle.

— Je vous ai soupçonnée... Je vous en demande pardon.

— Vous savez tout ?...

— Oui, grâce au ciel...

— Et vous ne m'accusez plus ?

— J'étais votre ami, je serai votre défenseur.

— Merci... mais je n'en suis pas moins une fille déshonorée... André, nous nous sommes dit adieu... nous ne devons plus nous revoir.

— Que prétendez-vous faire ? Attenter à vos jours ?

Elle mit la main sur son sein :

— Non, celui qui est là s'y oppose... et je ne désespère plus de Dieu, puisque, dans ma détresse, il me laisse votre estime. Mais je ne saurais plus vivre ici... Je pars... Ne cherchez pas à savoir où je vais... Puisque vous me conservez quelque affection, consolez ma grand'mère... Adieu... adieu.

Le jeune homme profondément ému s'éloigna, gardant l'espoir de la convaincre, quand elle serait plus calme : mais lorsqu'il revint au matin, elle était partie.

II

A quelques mois de là, dans l'après-midi d'une journée qui avait été brûlante, deux cavaliers de très-belle mine, l'un de vingt-sept à vingt-huit ans, dirigeant l'autre qui n'en avait guère que dix, traversaient sur de magnifiques chevaux un village des environs de Versailles.

Le hasard de la promenade, — c'étaient deux simples promeneurs, — les conduisit du côté de l'Eglise, où ils remarquèrent avec une certaine curiosité, car ce n'était ni un dimanche, ni un jour de fête, un assez grand mouvement.

— Qu'est-ce donc ? demanda le plus âgé à un passant.

— Une plaisante affaire, Monsieur, répondit cet homme, rustre peu dégrossi, mais auquel l'air de distinction de l'inconnu imposait, c'est un baptême.

— Un baptême de conséquence donc, car voilà bien du monde en l'air, quoique je n'entende pas encore sonner les cloches.

— Oh! jarnidieu! ricana l'homme, vous ne les entendrez ni maintenant, ni plus tard.

— Eh! d'où vient? votre curé n'a-t-il point coutume comme les autres de carillonner l'entrée d'un chrétien dans le giron de l'Église?

Le paysan écarquilla ses gros yeux hébétés, chercha à saisir, puis y parvenant à peu près .

— On ne carillonnera pas le baptême, fit-il, attendu qu'il n'y a pas de parrain.

— Comment! parmi tout ce monde? ,

— Personne.

— Pourquoi cela?

— Bédame, mon beau Monsieur, écoutez donc, quand on donne son nom à un enfant, on est bien aise de savoir d'où il sort!...

— Il s'agit donc d'un enfant trouvé?

— Quasiment.

Le cavalier se pencha vers son jeune compagnon, à l'oreille duquel il dit un mot, auquel celui-ci répondit par un signe affirmatif.

— Brave homme, reprit-il alors, pourriez-vous, en vous payant, tenir la tête de nos chevaux et les conduire à l'auberge dont j'aperçois d'ici l'enseigne?·

— Au *Soleil Levant?*

— Oui, au *Soleil levant?*

— Bédame, pourquoi pas?

— Alors c'est fait.

Les deux promeneurs étaient déjà à terre.

Le rustre tendit sa grosse main malpropre. dans laquelle tomba un écu, si luisant qu'il paraissait sortir de la Monnaie.

Il en demeura ébloui, et le soupesa, dans la méfiance d'une mystification.

Mais déjà les promeneurs se trouvaient au milieu des groupes, s'enquérant plus au long de la cause de cette agitation.

Ils n'en apprirent pas beaucoup davantage : une jeune femme, voyageant à pied, s'était arrêtée, à bout de forces, l'avant-veille, à la porte d'une ferme qu'on leur montra de loin : la fermière, veuve charitable, l'avait accueillie, et dans la nuit elle avait mis au monde un petit garçon.

L'hôtesse avait une fille qui consentait à servir de marraine; mais, la pauvre voyageuse ne pouvant fournir des renseignements satisfaisants sur sa condition, et ne paraissant d'après cela qu'une vagabonde, ou pis encore, personne ne voulait être parrain.

Cependant l'enfant était si chétif, qu'il pouvait trépasser d'un instant à l'autre. La fermière et sa fille le tenaient dans leurs bras, sur le seuil de l'Église, attendant que quelqu'un se décidât.

Le curé, en surplis, se montra lui-même :

— Eh quoi! dit-il, aucun de vous ne veut faire cet acte de charité?

— Si fait, répondit un voix enfantine, moi.

La foule s'écarta, laissant passer celui qui réclamait la charge récusée par préjugé, par superstition, par égoïsme.

C'était le jeune et charmant enfant étranger, auquel son compagnon murmura tout bas :

— Cela est bien... cela est digne de vous!

— Tu es content? fit-il en souriant; cela me suffit.

Puis, s'approchant de la jeune marraine, il lui dit avec une grâce exquise :

— Voulez-vous de moi pour compère, Mademoiselle?

Elle répondit par une révérence.

Il se fit montrer l'enfant, un pauvre petit ange endormi, qu'il trouva mignon au possible.

Les paysans restèrent bouche béante devant ce dénoûment inattendu, et devant ces deux beaux cavaliers conduisant l'un la bonne fermière, l'autre la petite marraine vers les fonts baptismaux.

— Comment vous appelez-vous? demanda le curé au parrain.

— Louis.

— Et quel nom désirez-vous donner à votre filleul?

— Le mien, si ma jolie commère n'y voit pas d'inconvénient.

— D'autant moins, répondit la fillette en rougissant, que je me nomme Louison.

— Décidément, c'est la fête des Louis, reprit gaiement le plus âgé des promeneurs; tout le monde en aura.

La cérémonie terminée, il mit plusieurs pièces d'or dans la main du prêtre en ajoutant avec grâce :

— Ceux-ci pour vos pauvres... ceux-ci pour vous. Quant à notre marraine?...

— Voici pour elle, dit le parrain.

Il tira de son doigt une étincelle sertie dans un jonc d'or fin, et il la passa au sien.

— Il ne faut rien faire à moitié, lui souffla encore son compagnon. Il y a à cette ferme, là-bas, une pauvre mère malheureuse...

— Allons à la ferme! s'écria le parrain.

Et l'ami du jeune parrain donnant avec affabilité le bras à la vieille fermière, la marraine portant l'enfant à côté du parrain, ils partirent, suivis à quelques pas de la foule ahurie, honteuse de son égoïsme devant cette générosité sans emphase.

Depuis un quart d'heure, un autre étranger, — celui-ci d'allures toutes différentes, — mêlé aux groupes, s'était à son tour fait tout expliquer, et maintenant marchait l'un des premiers parmi les curieux.

L'accouchée avait la fièvre; elle reconnut son enfant, mais ce fut à peu près tout; cependant, l'aîné des deux cavaliers s'approcha de son chevet, glissa quelque chose sous l'oreiller, et essaya de lui faire retenir un nom et une adresse :

— Si vous avez besoin, si vous êtes malheureuse, ajouta-t-il, venez hardiment à cette porte, elle vous sera ouverte; me comprenez-vous bien?

La malade fit un effort sur elle-même :

— Vous êtes généreux, balbutia-t-elle, que le bon Dieu vous garde.

Il adressa, ainsi que son jeune compagnon, un compliment à la fermière et à sa fille, et retourna vers l'auberge, où les chevaux attendaient.

Sur le seuil de la métairie, ils croisèrent, sans le remarquer, le nouveau venu, qui n'avait pas quitté ce poste, observant leurs moindres mouvement, d'un œil sournois.

Il entra à la sourdine, pendant que la fermière et Louison reconduisaient les cavaliers jusqu'à la porte de la cour.

Il s'approcha du chevet, juste à la place que venait de quitter le généreux voyageur, se pencha comme lui vers la malade, et comme lui passa la main sous le chevet.

— Madeleine?... dit-il.

Elle ouvrit à moitié ses paupières appesanties, et l'ayant reconnu, se dressa, l'œil hagard, halluciné, sur son séant.

— Il est encore temps... Veux-tu être à moi?

— Mon Dieu... mon Dieu... murmura-t-elle, que vous ai-je fait?...

— Un mot, et je te donne mon nom, je reconnais notre enfant...

— Arrière, Satan !... arrière !...

— Comme il te plaira, dit-il d'un ton diabolique, mais cela te coûtera cher.

Les deux paysannes rentraient en ce moment, comme elles le considéraient avec surprise :

— Je suis un peu médecin, leur dit-il, sans se troubler; cette femme est au plus bas.

Effrayées par cette parole sentencieuse, elles n'eurent pas la présence d'esprit d'accorder une plus longue attention à celui qui la prononça.

C'était la journée des rencontres. A peine hors de la ferme, il se trouva face à face avec un autre voyageur, poudreux, essoufflé qui lui barra la route; et ces deux noms éclatèrent entre eux, comme deux imprécations :

— Robert !

— André !...

— Viens-tu de l'achever?... demanda celui-ci.

— Non, répondit-il avec un ricanement féroce, mais si tu te présentes à elle dans l'état où je la laisse, c'est toi qui l'auras tuée.

Sur ce mot, il passa résolument devant son rival atterré, et s'éloigna en glissant dans sa poche un objet qu'il étreignait dans sa main, une bourse dérobée sous l'oreiller de la malade.

Le misérable venait de voler sa victime et son enfant.

III

Il arriva à Arras, au mois de décembre 1738, un gentilhomme dont l'apparition fut très-remarquée.

On l'appelait le chevalier de Fervac.

Il était jeune, de belles façons, d'une libéralité princière. Il portait un costume noir qui ne nuisait en rien à son mérite personnel. Ses traits aristocratiques avaient aussi quelque chose d'énergique qui imposait; on le sentait né pour la domination ou pour les aventures.

Son œil noir, sous ses sourcils nettement arqués, dardait sur vous des rayons qui pénétraient jusqu'à votre pensée, et finissaient par vous donner froid ou peur. Pour les natures faibles ou superficielles ils étaient attractifs; sur les autres ils exerçaient un effet contraire.

Très-sobre de paroles en ce qui concernait ses affaires, il fit simplement connaître à l'auberge où il descendit, qu'il habitait d'ordinaire la capitale. Des intérêts nécessitaient sa présence dans l'Artois pour cinq mois, six peut-être, il ne voulait pas se donner la peine de monter une maison, et désirait trouver un appartement tout garni.

Comme il ne marchandait pas la chose fut aisée.

Il laissa comprendre encore qu'il s'agissait d'un héritage, celui de la personne dont il portait le deuil, personne très-regrettée, ce qui lui faisait désirer de vivre absolument en dehors du monde.

Nous ouvrirons une parenthèse pour constater qu'à cette même époque, l'autorité religieuse, appuyée par l'autorité royale, renouvelait avec rigueur les mesures édictées depuis quelques années déjà contre les sectaires de l'illuminisme. Les extravagances criminelles du cimetière Saint-Médard avaient laissé des traditions

qui devaient même se réveiller bien plus tard encore, en dépit des persécutions ou peut-être à cause d'elles. Mais, pour l'instant, les fauteurs, les coryphées de ces pratiques durent se cacher, se faire oublier, sous peine d'encourir des arrêts impitoyables.

Il manquait à M. de Fervac un domestique, on promit de lui en procurer un.

Le lendemain, un jeune homme de vingt-un à vingt-deux ans se présenta.

C'était un garçon d'une taille assez élevée; son visage un peu allongé n'offrait rien de précisément disgracieux, si ce n'est sa bouche trop enfoncée. Son nez aquilin convenait à son regard non pas perçant peut-être, comme celui du chevalier, mais ardent.

A la moindre émotion le sang lui montait au visage et le transfigurait. Il y avait dans ses traits l'indice d'une nature violente, et dans ses façons, au contraire, une humilité allant jusqu'à l'abaissement. Son sourire obséquieux approuvait toujours; son coup d'œil sombre menaçait souvent, mais il prenait soin de le voiler, laissant filtrer juste ce qui était nécessaire pour observer et non pour être vu.

Nous ferons remarquer au lecteur que ceci est un portrait copié dans l'histoire, et nullement une silhouette de fantaisie.

Lorsque ce regard sombre et le regard perçant de M. de Fervac se rencontrèrent pour la première fois il en résulta un choc.

L'irradiation magnétique de l'un vint se briser sur le voile opiniâtre de l'autre.

— Que veux-tu? lui demanda Fervac, dont la voix possédait un timbre net et mordant comme son regard.

— Monsieur le chevalier, je viens pour la place...

— Sais-tu servir ?

— Passablement.

— Passablement !... c'est peu. Que connais-tu le mieux ?

— La cuisine.

— Ah ! ah !... C'est qu'il me faut quelqu'un de bien, d'honnête?... Le chevalier appuya sur le mot, en enfonçant sa prunelle plus avant encore. Tu as des recommandations ?

— Je sors du couvent de Saint-Waast, où j'aidais un parent à moi, cuisinier en chef.

— Tu sors du couvent?...

— De mon plein gré, se hâta d'interrompre le postulant. Les bons pères sont difficiles à servir...

— Crois-tu que je le sois moins?

— Oh ! fit le drôle avec son rire sournois, monsieur le chevalier l'est avec plus de générosité.

— Comment t'appelle-t-on ?

— Robert.

— Eh bien, Robert, veux-tu que je te dise ce que je pense de toi ?

— J'en serai flatté, monsieur le chevalier.

— Tu me fais l'effet d'un coquin.

Cette apostrophe ne troubla nullement notre homme.

— Si je suis un bon serviteur?...

— Le surplus ne me regarde pas. Mais veille à marcher droit.

— Monsieur le chevalier sera content.

— Je te prends pour six mois; si je reste moins, tu seras payé de même; si je reste plus, tu recevras suivant tes mérites. Va te mettre à la besogne.

Le lendemain, M. de Fervac sonna son nouveau domestique.

Celui-ci se plaça devant lui, attendant ses ordres :
— Je disais bien que tu étais un coquin ; commença le gentilhomme. J'en apprends de belles sur ton compte, tu ne m'as dit que la moitié de ton nom ?... Robert le Diable ?...

— Une plaisanterie de campagne, monsieur le chevalier. Dans le pays nous avons tous un sobriquet. Et puis, ajouta-t-il avec une expression singulière : Par le temps qui court, qui est-ce qui dit toujours son vrai nom ?

Le chevalier plongea sur lui un nouveau regard, plus pénétrant, mais la paupière du drôle opiniâtrément baissée ne laissa rien voir.

— Tu as là un singulier patron, dit son maître sans relever la dernière partie de la phrase : Robert le Diable !...

— Dans tous les cas, monsieur le chevalier, j'ai suivi son exemple : j'ai prévariqué, je me suis retiré ensuite au couvent pour faire pénitence.

— Allons, reprit le gentilhomme, je vois du moins que tu n'es pas aussi niais que tu cherches quelquefois à le paraître. Notre bail persiste.

Ce fut ainsi que Robert se trouva attaché au service de ce personnage, qui, nous devons le dire, n'avait qu'à se louer de lui. Non-seulement il possédait une dose réelle d'intelligence ; quelquefois ses saillies, un peu cyniques pour un ancien serviteur de couvent, — révélaient de la verve ; et chose encore rare à cette époque, il devait à un oncle, chez lequel il avait appris le métier de forgeron, de savoir lire et écrire proprement.

Il acceptait passivement les corvées, quand il s'en présentait, ne murmurait jamais, et seul, suffisait aux besoins de son maître, grâce à son savoir culinaire.

Mais rien ne lui échappait. Il savait fort bien que le chevalier recevait et écrivait un nombre singulier de missives, quoiqu'il portât lui-même les unes et allât retirer les autres.

Nous n'affirmerions pas que le serviteur, toujours par sollicitude pour son maître, n'en lût pas, par-ci par-là, quelqu'une égarée dans une poche ou dans un tiroir.

Quoi qu'il en soit, à mesure que le temps marchait, Robert redoublait de zèle, dans une intention bien simple, celle de conserver sa place.

— Monsieur le chevalier est-il content de mes services ? demanda-t-il à son maître, au commencement de la dernière quinzaine des six mois.

— Enchanté.

— Alors, monsieur le chevalier voudrait-il m'emmener avec lui.

Fervac le considéra de son œil brûlant, qui avait fini par dominer le sien. Il répondit tranquillement :

— Non.

— Ah !... fit le valet, dont le visage s'empourpra.

— Je t'ai pris pour six mois, je te garderai six mois, je te payerai un an, voilà.

— Cependant, il faut que monsieur le chevalier soit servi...

— Tu me sers trop bien.

Robert comprit-il la réticence cachée sous ce compliment ? — Peut-être, car il s'inclina sans insister.

Certainement, se dit Fervac à lui-même en le voyant sortir, c'est mauvais, mais avec un gaillard de cette trempe, le trop bien est le voisin du mal.

Ce Fervac était décidément un profond physiologiste.

La semaine d'après, comme il préparait son départ,

il lui arriva de faire une longue promenade à cheval, qui lui valut une courbature suivie d'un peu de fièvre.

L'impatience qu'il en ressentit activa les battements de son pouls, de telle sorte qu'au milieu de son appartement en désordre, de sa chambre où s'empilaient des malles, il se vit obligé de se mettre au lit.

En homme énergique, il possédait des recettes, des remèdes à lui, de ces spécifiques qui achèvent un tempérament faible, et qui guérissent par miracles instantanés un corps vaillant.

— Il ordonna à son domestique de lui préparer une de ces potions, et de l'éveiller au besoin pour la lui donner dès qu'elle serait prête. Il s'agissait d'une dissolution assez difficile dans quelques verres d'eau ; l'affaire d'une heure.

Vers le moment indiqué, il sortit de lui-même d'un assoupissement où il était tombé, suivant sa prévision, et dans le premier instant, entre le sommeil et la veille, à travers le sang qui lui battait aux tempes, sous ses paupières à peine entr'ouvertes, il aperçut son domestique préparant sur une crédence, surmontée d'une limpide glace de Venise, la potion commandée.

La glace, inclinée, lui renvoyait avec une netteté parfaite les traits de Robert.

Il le trouvait plus pâle que d'ordinaire ; ses sourcils épais étaient comme hérissés ; des frémissements agitaient ses lèvres renfoncées.

Il remuait avec une activité nerveuse le mélange contenu dans une tasse d'argent ; — plus il remuait, plus le bruit de la cuiller devenait précipité, on eût dit que c'était lui qui avait la fièvre.

La pendule de la cheminée sonna l'heure.

A ce bruit, il tressaillit ; le sang revint soudain à son visage, généralement très-coloré.

Il tourna lentement son regard vers le lit de son maître, et le ramena sur l'une des caisses, la plus soigneusement fermée de toutes. Cette caisse l'attirait ; un galant regarde de cet œil la femme qu'il convoite.

Puis il remua de nouveau le breuvage, posa la tasse sur un plateau, et s'approcha du malade avec un calme maintenant parfait.

Les paupières de celui-ci étaient depuis une minute hermétiquement closes.

Il se laissa consciencieusement réveiller, et murmura même :

— Déjà !

— Il est l'heure, monsieur le chevalier, fit le garde-malade, souriant du sourire béat, qu'il paraissait avoir rapporté du cloître.

— L'heure de quoi ? demanda Fervac avec une ignorance accomplie.

— De prendre cette potion... La fièvre aura troublé un peu la mémoire de monsieur le chevalier.

— La fièvre ?... Mais c'est toi qui l'as, mon pauvre garçon, dit le gentilhomme en se mettant sur son séant, et en passant la main droite sous son traversin.

— Moi ?... exclama Robert.

Il commençait à se demander si le mal de son maître ne dégénérait pas en délire.

Celui-ci tenait sa main droite cachée sous la couverture, mais il fit de la gauche un geste énergique.

— Toi-même, dit-il ; à preuve que tu vas boire cette potion.

— Boire ?... Monsieur le chevalier plaisante ; je jure que je ne me portai jamais mieux.

— Tu te flattes... Regarde-toi donc dans ce miroir... Tu ne fus jamais plus blême, au contraire.

Il disait vrai ; sur la proposition de boire le contenu

de la tasse, Robert était passé du pourpre au livide.

— Allons, bois, répéta le chevalier.

Sa main droite sortit alors des draps ; elle tenait un pistolet, dont la gueule alla viser le garde-malade en pleine poitrine.

Robert tomba sur ses deux genoux, lâchant le plateau, les mains jointes.

Le canon le visait toujours, mais au front maintenant.

— Grâce !... balbutia-t-il.

— Qu'as-tu mis là-dedans ?...

— Pardon !

— Tu voulais m'empoisonner ?

— C'est vrai.

— Pour me voler ?

— C'est vrai.

— Eh bien ! je vais te tuer.

Robert se releva, — le canon le visait entre les deux yeux ; — il parut n'y plus prendre garde et dit froidement :

— Vous aurez tort.

— Ah !

— Un homme comme vous ne peut pas se passer d'un homme comme moi.

— Comment dis-tu cela ? fit le chevalier, chez qui la secousse, suppléant au remède, venait de tuer la fièvre.

— Très-simplement, monsieur le chevalier, dans l'intérêt de ma cervelle, que vous tenez là au bout de ce vilain instrument, — et dans celui de vos affaires, où quelquefois le concours d'un homme dévoué sans restriction ne saurait être inutile.

— Mes affaires ?... Les connais-tu ?...

— Hé ! hé ! fit le coquin avec componction, un serviteur fidèle est toujours plus ou moins au courant de ce qui concerne un maître adoré.

Le chevalier abaissa son arme.

— C'est donc un pacte ?

— Pourquoi pas, ricana son homme, puisqu'on m'appelle Robert le Diable.

— Ainsi, tu seras à moi ?

— A la vie, à la mort.

— Est-ce un serment ?

— Peuh ! Je crois qu'entre nous le mieux est de s'en passer. Contentez-vous de ma parole. J'avais juré aux moines de Saint-Waast, sur les quatre Évangélistes, de leur être fidèle jusqu'au martyre.

— Et ils t'ont chassé pour tes méfaits ; je m'en suis toujours douté.

— Eh bien ! tenez-vous à ce que je vous jure aussi ?...

— Non. Tu vas seulement me signer là trois lignes, dans lesquelles tu reconnaîtras qu'aujourd'hui, 10 décembre 1738, tu as tenté de m'empoisonner. Cela me suffira pour te faire pendre si tu me trahis.

Robert écrivit, signa et lui donna le papier.

Le chevalier le lut à haute voix, posément. Il considéra son homme, complètement remis de son émoi momentané, qui attendait son avis ou ses ordres.

— Est-ce bien ce que monsieur le chevalier désire ?

Pour réponse, Fervac déchira le papier, dont il lui tendit les morceaux.

— Sur Dieu ! s'écria Robert, vous êtes seul au monde capable d'un tel acte. — Eh bien ! vous serez aussi le seul auquel je tiendrai mes promesses ; on peut se passer cela une fois dans sa vie... Une fois n'est pas coutume... Maintenant, commandez.

— Tu vas quitter mon service...

— Bien.

— Changer de nom.

— C'est dit.

— Si nous nous rencontrons, tu ne me connaîtras pas.

— Étranger ; c'est convenu.

— Mais le jour où tu recevras, par quelque voie que ce soit, un avis écrit ou verbal ainsi formulé : « Le maître a besoin du serviteur, » tu arriveras ; tu obéiras.

— De quoi qu'il s'agisse, j'obéirai.

— Va, ne t'inquiète point ; je saurai te retrouver. Ne t'impatiente pas ; l'heure viendra.

— Monsieur le chevalier n'a pas autre chose à me prescrire ?

— Si fait, je te défends de te laisser pendre jusque-là ; après, tu seras libre.

— Ne tardez pas trop ; je ferai de mon mieux... Ah ! avant de nous séparer, ne souhaitez-vous point un échantillon de cette poudre dont j'ai mis tantôt quelques grains ?... C'est une composition parfaite... J'en ai toujours sur moi ; c'est mon *vade mecum*.

— Fi donc ! se récria Fervac ; quand j'en veux à quelqu'un, j'ai mon épée... Je suis gentilhomme... — Et puis, ajouta-t-il en se radoucissant, si j'en avais besoin, j'en saurais peut-être fabriquer aussi.

— A votre aise, maître ; il y en aura toujours à votre service.

Ce fut leur adieu.

FIN DU PROLOGUE

PREMIÈRE PARTIE

I

MADEMOISELLE SAINTE-FOY.

« La lune comptait sur les réverbères, les réverbères « comptaient sur la lune : il n'y a ni réverbères ni « lune, et ce qu'il y a de plus clair, c'est qu'on n'y « voit goutte. »

Nous sommes en 1756, et cette saillie d'un personnage du théâtre de Nicolet se trouvait justifiée trois semaines par mois, dans la bonne et brumeuse ville de Paris.

Mais il y a des gens que les ténèbres n'effrayent pas, — bien au contraire ! — et dans l'une des ruelles les plus noires du quartier Saint-Denis, on vit, par une nuit de la première quinzaine de janvier, surgir deux hommes que l'heure de minuit pas plus que les ténèbres ne semblaient inquiéter.

Quand nous disons que nos hommes surgirent dans la rue, il est évident qu'ils sortaient de quelque part; mais il eût vraiment été impossible de savoir d'où, tant cette nuit était profonde, et tant étaient discrètes, sombres, silencieuses les maisons des deux côtés de cette ruelle, à peine assez large pour laisser passer une mule ou une chaise à porteur.

Cependant une porte s'était ouverte pour leur livrer issue, car ils n'étaient pas sorciers. Mais cette porte basse, cintrée en contre-bas, se referma vivement, aucun rayon de lumière n'en jaillit.

La maison était même l'une des plus inoffensives, des plus modestes d'aspect; une vieille masure à pans de bois, composée d'un rez-de-chaussée surmonté d'un seul étage, couronné par un grand pignon, dont l'antique girouette attestait une origine nobiliaire. Une maison à recevoir le bon Dieu sans confession.

Méfiez-vous de ces maisons-là; elles ont presque toujours une porte de derrière.

Nos gens y avaient probablement passé, à en juger par l'énergique juron que poussa l'un d'eux en mettant le pied dans la rue :

— Par la mort nom du diable ! la déveine est complète.

— C'est une revanche à prendre, répondit paisiblement l'autre.

— Sarpejeu ! tu en parles à ton aise !

— Bah ! monsieur le marquis en a pris de plus importantes.

A ce peu de mots, on peut déjà juger que l'un des interlocuteurs était le maître et le second le valet.

— Au fait, reprit le premier d'un ton plus dégagé, tu es un garçon de bon conseil; ce qui m'arrive est bien fait.

— J'aime à voir monsieur le marquis se rendre justice,

— Oui-da, maître Jasmin, c'est qu'il n'y a rien de tel que d'avoir l'escarcelle vide, pour apprécier les expédients qui peuvent la remplir.

— Expédients devenus nécessaires, si j'en juge par la rapide mauvaise humeur de monsieur le marquis.

— Nécessaires ! que dis-tu ? urgents ! mon pauvre garçon.

— Chut !... interrompit Jasmin.

Jusque-là ils avaient marché côte à côte, fort tranquillement, enveloppés dans de chauds manteaux, et ils allaient déboucher dans la rue Montorgueil.

Ils s'arrêtèrent soudain une seconde, le temps de prêter l'oreille, de dégager leur bras droit des plis de la lourde étoffe qui pouvaient les gêner, et de mettre la main à l'épée, — car Jasmin, on le pense, était, comme son maître muni d'une bonne lame.

L'un et l'autre étaient de ceux qu'on ne prend pas sans vert, et sous ce rapport parfaitement assortis, malgré la pétulance du maître et la placidité du valet.

— Qui va là ?... demanda le premier d'un ton résolu.

— Un pauvre homme qui se recommande à vos bontés, psalmodia de l'accent traînard des mendiants, un individu d'humble apparence, le chapeau à la main.

Mais au lieu d'y jeter une aumône, notre personnage répondit, toujours brusquement :

— L'heure est mauvaise pour demander la charité.

Comme cet individu, malgré ses allures suspectes, ne portait aucune arme, au moins apparente, qu'il

était seul, qu'il s'adressait à deux hommes dont l'épée était à moitié tirée du fourreau, la rencontre ne pouvait être dangereuse que dans le cas où il serait l'émissaire de quelque bande cachée aux environs.

Mais ni le maître, ni le valet n'eurent cette pensée, ou ne crurent devoir s'y arrêter, car le premier conserva son attitude impertinente, l'autre sa pleine tranquillité.

Cependant leur interlocuteur se redressa avec une souplesse toute juvénile, et répondit d'un ton dégagé, qui n'était plus celui d'un mendiant ni d'un suppliant :

— C'est vrai, l'heure est tardive, aussi n'est-ce pas l'aumône que je réclame, mon gentilhomme.

Loin de s'effrayer de cette métamorphose, ni de se choquer de cette sortie, l'interpellé regarda son homme avec une attention nouvelle et, s'adressant à son laquais :

— Jasmin, est-ce que monsieur ne te fait pas l'effet d'un drôle ?

— Absolument, répondit le valet.

— Maître Jasmin est trop bon, riposta le rôdeur de nuit, et puisque je suis connu je demande la permission de me couvrir.

Ce disant, il replaça, d'un certain air crâne, son feutre déformé sur sa tête.

— Çà, reprit le maître de Jasmin, voulant terminer la rencontre, finissons ; que veux-tu ?

— L'honneur de dire un mot à monsieur le marquis.

— Ah ! ah ! décidément c'est bien à moi que tu en veux ; tu me connais ?

— Par votre titre seulement.

— Peu importe. Je ne suis pas de ceux que des faquins de ta sorte intimident, pas plus que je n'ai pour habitude de donner mes audiences en plein air. Place !...

Et faisant signe à son valet de le suivre, il commença à passer outre.

— Monsieur le marquis est mal disposé... insista l'homme au vieux feutre.

Mais voyant qu'il continuait son chemin sans daigner plus lui répondre.

— Un mot !... s'écria-t-il.

— Soit ! mais un seul !... au second, je te coupe les oreilles !

Le singulier personnage ne s'émut pas plus de cette menace que du reste.

Il tira de sa veste un objet non moins bizarre que tout ce qu'il avait dit et fait, le mit sous les yeux du gentilhomme de façon que lui seul pût le distinguer, et lui répondit par un seul mot, comme il le lui enjoignait :

— Venez.

Le gentilhomme n'en demanda pas davantage.

— Conduis-moi, dit-il.

L'homme remit avec soin dans une poche secrète l'objet qui lui avait servi d'une manière si persuasive à changer les dispositions de son interlocuteur.

C'était une petite croix de bois, de trois à quatre pouces de haut, sur laquelle le personnage crucifié avait la tête en bas.

Nos trois promeneurs firent une dizaine de pas, en remontant la rue Montorgueil, sans échanger une parole.

Le guide remplissait sa mission, affectant de se tenir pour signifié le silence dont la rupture devait lui coûter les oreilles; le valet marchait à côté de son maître, de la façon la plus paisible; ce dernier avait laissé voir, au moment où on lui présentait la petite croix, un signe d'étonnement, mais s'il y songeait encore, c'était par curiosité, bien plus que par appréhension quelconque.

Tout à coup, il sortit de son mutisme :

— Est-ce qu'il est nécessaire que Jasmin nous accompagne ? demanda-t-il.

— Absolument inutile, répondit le guide; je suis chargé de conduire M. le marquis seul ; et je me verrais forcé de laisser ce brave Jasmin à la porte. Si M. le marquis a besoin d'un serviteur en cette circonstance, je ferai de mon mieux pour qu'il ne s'aperçoive pas de l'absence de son fidèle valet de chambre;

ainsi, maître Jasmin, vous pouvez détaler sans scrupules.

Ceci fut dit d'un ton narquois, où perçait la rancune de l'avis peu flatteur émis par le valet sur l'officieux personnage.

— Je n'obéis qu'à mon maître, répondit froidement le serviteur.

L'homme ne souffla mot, mais le gentilhomme intervint sans affectation :

— Jasmin, dit-il, tu vas aller où tu sais que l'on m'attend ; tu annonceras, sans autre explication, que je suis retenu par une cause imprévue et impérieuse.

Approchez, marquis de Ferrières. (Page 19, col. 2.)

Jasmin jeta un coup d'œil de méfiance sur l'homme au feutre, s'inclina devant son maître sans rien laisser voir de ses impressions, à supposer qu'il en éprouvât quelques-unes, sous son écorce épaisse, et fit lentement volte-face.

Il descendit la rue Montorgueil, traversa tout le quartier des Halles, sans s'inquiéter de certaines ombres suspectes, rôdant çà et là sous les auvents des boutiques fermées, et lui lançant des regards sournois.

L'assurance naturelle de sa démarche, l'aplomb qu'elle témoignait, peut-être bien le scintillement que projetait, par instants, l'acier qui formait la poignée

de sa dague, imposaient-ils un respect forcé à ces coquins aussi couards que fripons.

Il atteignit du même pas régulier le quai de la Mégisserie, après s'être tiré sans encombre et sans hésitation de l'écheveau embrouillé des ruelles qui s'étendaient des Halles à cette rive de la Seine.

Le Pont-Neuf était devant lui ; ses baraques se profilaient sur deux lignes, à travers une pénombre qui permettait tout juste de se diriger droit devant soi.

Ce parage possédait, depuis des siècles, le plus méchant renom de tout Paris. Pendant longtemps, jusqu'au commencement du précédent règne, il avait été dangereux à traverser, même en plein jour, à cause des encombrements occasionnés par les filous et les saltimbanques leurs associés.

Maintenant encore, c'était l'endroit où il se commettait le plus de vols et d'assassinats nocturnes, — un coupe-gorge.

Jasmin n'hésita point à s'y aventurer, quoique son oreille saisît parfaitement des rumeurs vagues, à demi-contenues, qui ne provenaient certainement pas du courant de la rivière.

Ce qui l'eût prouvé au besoin, c'est qu'elles cessèrent par enchantement dès que ses pas retentirent sur le tablier gelé et sonore, car, sans être poltron, comme on le voit assez, notre messager avait pris le beau milieu du pont, et non pas un des côtés.

Il franchit sans obstacle la première partie; mais en arrivant au milieu, il se vit soudain escorté à droite et à gauche par des individus apostés à l'affût des passants, d'un côté, sur le terre-plein du pont, de l'autre, à l'abri des maisons de la place Dauphine.

— Holà ! demanda-t-il hardiment, que me veut-on ?

Ce disant, il rejeta sur ses épaules son manteau et se montra l'épée nue.

— Allons, allons, riposta l'un des agresseurs, ne faisons pas le méchant. Ton manteau et ton escarcelle, nous t'accordons grâce du reste.

— Vous êtes dans l'erreur, mes maîtres, répondit-il, je ne peux rien vous faire.

— Hein ! je crois qu'il raille ! s'écria l'un des coquins.

— Nous allons bien voir, dit un autre, çà, qu'on se dépêche, ou gare l'eau !

C'était une manière de lui promettre de le noyer, après l'avoir dépouillé.

Les assaillants n'étaient pas moins d'une demi-douzaine.

Celui qui le menaçait de la rivière, joignant l'action aux paroles, voulut tirer son manteau.

Mais il était retenu par de bonnes agrafes et au premier geste, Jasmin opéra avec sa lame un moulinet si hardi qu'il écarta les plus pressants.

Ce ne fut, il est vrai, que pour une seconde, ils avaient des armes aussi, et ne les maniaient pas mal.

Seul à ferrailler contre tous, Jasmin perdit sa peine, les bandits exaspérés par sa résistance, se ruèrent sur lui, dès qu'ils le virent désarmé.

— Par la potence ! rugit celui qui paraissait le chef, tu n'as pas voulu nous donner de bonne grâce ton manteau, eh bien ! nous aurons jusqu'à tes grègues, et les poissons mangeront ta carcasse !

— Un moment, riposta Jasmin, laissez-moi m'exécuter de bonne grâce.

— Ouais ! il commence à être temps ! fit le chef.

— Le croquant prétendrait-il nous gouailler ? dit un autre.

— Vous voulez mon manteau, continua Jasmin, eh bien, prenez-le.

En même temps, par un haut-le-corps, il s'en débarrassa, et le laissa aller aux mains qui le tiraillaient dans tous les sens.

— Ta bourse ! ta bourse !... ordonna le chef, pendant que deux de ses hommes se disputaient le manteau.

— Venez la prendre !

Jasmin, que rien ne gênait plus, était un garçon carré, taillé en hercule portant livrée, et pourvu de muscles d'acier.

Le chef des bandits était un petit homme nerveux, agile, souple comme un chat.

L'affaire pouvait être pittoresque et intéressante, mais le résultat n'en était pas douteux ; car au bruit de la rixe, accourait, du fond de la place Dauphine, du renfort aux agresseurs.

Le pauvre Jasmin se sentit empoigné dans tous les sens à la fois.

Se fût-il délivré de cette étreinte mutiple et enragée, c'est ce que nous ne saurions dire, — il se disposait du moins à le tenter, lorsque l'affaire prit une tournure inattendue.

L'un des survenants, malfaiteur expert et soigneux, portait une lanterne sourde.

— Eh bien ! eh bien ! mon compère Estroc, dit-il à l'autre chef ; on fait donc le récalcitrant !... Voyons un peu la face de ce beau ferrailleur !

Et il souleva la plaque de la lanterne, dont la lumière jaillit en plein sur Jasmin, qui en fut ébloui.

— Sacredieu ! ce n'est qu'un laquais !... s'écria le bandit à la lanterne en apercevant la livrée.

— Me preniez-vous point pour un prince.

— Si tu n'es qu'un misérable valet, pourquoi diable t'es-tu défendu si fort, au lieu de l'exécuter de bonne grâce, quand on te demandait ta bourse, elle ne doit pas être si bien garnie ?...

— Elle ne l'est ni bien ni mal, n'en ayant pas.

— C'est ce que nous allons voir.

Le premier chef se rapprocha pour le fouiller, ce que rendait facile la clarté de la lanterne. Mais cette lumière ayant porté sur les grandes initiales brodés aux coins de la livrée, le malfaiteur fit un soubresaut sur lui-même ; poussa un juron argotique, et s'écria :

— Quelle sotte besogne nous allions faire !...

Puis, il montra du doigt à celui qui tenait la lumière, et qui était aussi un dignitaire parmi les voleurs, la marque qui venait de le frapper.

— Il fait bon y voir clair en affaires, dit sentencieusement ce dernier.

— Qu'on lâche ce garçon, ordonna l'autre ; et il ajouta avec une certaine bienveillance : Tu n'as rien à craindre.

— Alors, demanda Jasmin, vous allez me rendre mon manteau ?

Il n'avait pas achevé, que le manteau se trouvait obligeamment replacé sur ses épaules.

— Grand merci, fit Jasmin.

Il ne restait déjà plus près de lui que les deux capitaines, c'était le titre qu'ils s'arrogeaient. La lanterne refermée laissait tout dans une obscurité plus profonde qu'auparavant.

— Tu ne nous dois pas de remerciements, lui dit l'un d'eux, seulement, si tu racontes cette aventure à ton maître, ne manque pas de lui expliquer comment elle s'est terminée à ton avantage.

— De tout mon cœur, messieurs, quoique, sur ma foi, je n'y comprenne pas moi-même grand'chose.

— C'est inutile, reprit le voleur sentencieux ; il est des circonstances où la sagesse consiste à se laisser conduire. Adieu.

— Bonne nuit, messeigneurs.

Jasmin avança le pas pour regagner le temps perdu ; ce fut la seule marque qui témoignât chez lui d'une sensation causée par cette affaire.

S'il se fût retourné, il aurait aperçu les deux bandits le suivant à distance et observant sa marche : qui sait ? peut-être pour lui éviter de nouvelles alertes.

Il franchit en toute sécurité la seconde partie du pont, tourna sur le quai à droite, traversa la rue Guénégaud, et prit la rue Mazarine.

Ce quartier était alors fort recherché par le monde de la jeunesse, des lettres et des arts, à cause du voisinage du théâtre situé à l'origine dans une salle de jeu de paume, dans cette même rue, et transféré depuis dans celle des Fossès-Saint-Germain, et aussi parce qu'on y trouvait les premiers cafés dignes de ce nom, établis dans la capitale.

Elle jouissait cette nuit-là d'une tranquillité parfaite, ce qui n'arrivait pas toujours, en raison des réunions et de la fréquentation dont elle était l'objet.

Jasmin suspendant sa marche hâtive, ne tarda pas à s'arrêter devant une des maisons les plus neuves et les plus élégantes.

Une lueur imperceptible, passait sous les volets soigneusement clos de deux fenêtres du premier étage.

Notre homme ayant remarqué ce détail, gagna une porte bâtarde, placée à côté d'une porte cochère, d'après laquelle on pouvait juger que les maîtres du logis avaient chevaux et voiture.

Il tira de sa poche une petite clef, ouvrit et disparut à l'intérieur.

Les individus qui le suivaient à distance, échangèrent un rire d'intelligence :

— Le voilà en sûreté, dit celui qui portait la lanterne sourde, car je présume qu'il va achever la nuit dans ce logis. Il doit y faire bon, et l'homme intelligent est celui qui reste où il est bien.

— Par la potence ! on a eu raison de l'appeler La Raison, tu parles comme un livre. Que ce drôle dorme ici ou ailleurs, peu m'importe. Nous avons fait pour le mieux. La nuit a été ingrate... Allons nous coucher.

— Le sommeil donne les bons conseils ; demain sera peut-être plus heureux qu'aujourd'hui. L'espérance est la vertu du sage.

Son compagnon, blasé sur ses sentences, ne l'écoutait guère, et murmurait avec une admiration bien sentie :

— C'est égal, foi d'Estoc, le maître qui possède ce gaillard, a là un serviteur solide !

L'objet de cet hommage désintéressé, le flegmatique Jasmin, trouva sa voie dans la maison de la rue Mazarine, monta l'escalier, et se glissa sans bruit dans une antichambre.

D'épais tapis étouffaient ses pas dans ce somptueux asile.

L'antichambre n'était rien moins qu'un salon coquet, décoré de glaces, de tableaux et de vases.

Une petite lampe, sur une crédence dorée, montra au visiteur nocturne une jeune et jolie fille assoupie, sur un sofa, dans un déshabillé plein de coquetterie.

Il s'avança avec plus d'égards qu'on ne l'eût attendu de lui, pour lui annoncer sa présence, mais elle avait le sommeil léger ; elle s'éveilla d'elle-même, se frotta les yeux, fit un soubresaut, et poussa un petit cri de surprise.

— C'est moi, Jasmin, dit-il.

— Tiens, je m'étais endormie... fit-elle en souriant. Mais ce n'est pas vous que nous attendions ?

— Je viens vous annoncer que mon maître ne peut venir.

— Ah !...

— Votre maîtresse ?...

— Est là, dans sa chambre ; je suis sûre qu'elle ne s'est pas endormie comme moi. Elle aime tant son marquis ; quand elle l'attend, il semble que ce soit le Messie en personne ! On ne dort pas, à ce qu'il paraît, quand on est amoureux.

— Allons donc, vous étiez là dans le meilleur sommeil...

— Oui-dà ! maître Jasmin, qu'est-ce que cela prouve ?

— Ma foi, je n'en sais rien, mademoiselle Justine.

— Que je ne suis pas amoureuse donc !

La soubrette lui lança cette riposte avec une vivacité qui fit ressortir l'éclat de ses yeux noirs et le franc sourire de ses lèvres plus rouges que la fraise.

— Tant mieux pour vous ; répondit Jasmin d'un ton assez incrédule. Ce ne sont là mes affaires. Voulez-vous faire ma commission ?

Justine lui adressa un nouveau regard, un regard de reproche qui aurait pourfendu un roc ; mais ce diable d'homme était plus insensible que la pierre.

— Je vais prévenir mademoiselle, dit la charmante fille, non sans quelque dépit.

Elle se glissa sous la tenture de tapisserie des Gobelins, — une tapisserie royale, qui recouvrait l'entrée de la chambre voisine, resta une minute absente et reparut.

— Jasmin, dit-elle, mademoiselle désire vous parler.

Il pénétra à son tour sous la draperie et franchit le seuil de la chambre réservée.

Une chambre ?... un sanctuaire plutôt !

Dès l'abord, une émanation de parfums délicats vous pénétrait, comme l'arôme de l'encens vous saisit en entrant dans un temple.

On marchait sur quelque chose de moelleux pareil à du velours ; les lambris et le plafond capitonnés avec art, formaient un berceau de satin broché, au sein duquel ruisselaient des miroirs de Venise encadrés de guirlandes de fleurs artificielles, fraîches et transparentes comme la nature.

Au fond, dans une niche, entre de grandes colonnes, se dressait une estrade de deux marches supportant un lit à baldaquin, douillet et soyeux comme un nid de chardonneret.

Au chevet brûlait une lampe d'opale, dont la clarté douce, en accord avec cette atmosphère voluptueuse, montrait les objets ainsi qu'on les voit à travers une gaze ou dans un rêve féerique.

Près d'une grande cheminée de marbre rose, harmonisée au reste de l'ameublement, et dont le foyer conservait les débris d'un feu proportionné à la saison, une femme était plongée au fond d'une bergère.

Elle était jeune, elle était jolie, elle était surtout délicate et mignonne. Tout emmitouflée dans un ajustement pompadour, coiffée d'un de ces bonnets de fine dentelle, mis alors à la mode par la favorite du roi, elle ressemblait à une chatte, dont elle possédait la grâce moelleuse.

Elle était en outre blonde, de ce blond délicat pour lequel la poudre paraissait avoir été mise tout exprès en vogue. Ses cheveux, négligemment débouclés, en portaient les traces, et son cou luttait de blancheur avec elle.

Justine avait raison, elle n'avait pas dormi.

— Laisse-nous, dit-elle à sa camériste.

Celle-ci partie, elle allongea son bras, mignon comme toute sa personne, et qui se montra tout nu hors de la large manche de sa robe de chambre. Elle prit sur le marbre une bourse, dont elle tira plusieurs louis.

— Tiens, fit-elle.

Jasmin la reçut et balbutia quelques mots.

— Bah ! pas de remerciements, cela n'en vaut pas la peine. Mais tu dois être mort de froid, assieds-toi là ; causons.

Elle lui montrait un carreau de satin, en face d'elle, à l'autre coin de la cheminée.

— Mademoiselle m'ordonne?...

— De t'asseoir.

— C'est pour vous obéir! dit le valet en se posant sur le bord extrême du carreau, sans se montrer trop surpris, quoiqu'il y eût assez lieu de l'être.

Mais les jolies femmes ont des fantaisies, et celle-ci, à en juger par cet échantillon, usait du droit d'en avoir.

Jasmin, avec sa livrée, ne laissait pas de produire un assez bizarre effet sur ce siège de soie, destiné, suivant toute probabilité, à des visiteurs chamarrés de broderies et de galons d'un autre genre.

Ce léger meuble se crispait et craquait, en se révoltant, sous cet Alcide, en dépit de ses précautions pour y peser le moins possible.

Il y eut un court silence entre le moment où il s'assit et celui où la jeune femme reprit la parole.

Enfouie dans sa bergère, sous ses flots de dentelle, elle eût paru non moins calme que son vis-à-vis, sans un petit mouvement nerveux de la pantoufle qui passait hors de sa robe de chambre, sur le tabouret où posaient ses petits pieds.

— Ce brave Jasmin!... dit-elle d'une voix argentine, harmonieuse, sonore comme une harpe, voilà longtemps que je désirais causer avec toi!

— Mademoiselle est bien bonne.

— Mais non, il n'y a pas de bonté à cela. Un serviteur de ta trempe est rare; si tu n'appartenais pas au marquis je te réclamerais pour mon service.

— Oh! fit Jasmin, ce qui est à M. le marquis n'est-il pas à mademoiselle?

Le lecteur sait que ce titre de mademoiselle s'appliquait encore à cette époque aussi bien aux femmes mariées qu'aux autres, et que celui de dame était réservé aux princesses, ou tout au moins aux épouses et aux filles des dignitaires de la noblesse et de l'État.

Un soupir nullement dissimulé accueillit la réponse de Jasmin.

— Plût à Dieu qu'il en fût ainsi! fut-il répondu mélancoliquement; mais c'est plutôt le contraire qui est vrai!...

— Mademoiselle se trompe assurément.

— Oh! se reprit-elle avec vivacité, je ne dis pas cela pour les légers services que j'ai pu lui rendre par instants... fi donc!... J'en ferais bien d'autres pour être certaine...

Elle changea tout d'un coup d'attitude, avec une pétulance qui la rendit plus ravissante encore. Ses pieds de fée frappèrent le tapis, elle se pencha en avant de façon à lire dans les yeux de son interlocuteur, et poursuivant son idée sans achever la phrase commencée:

— Jasmin, sois franc avec moi, tu ne t'en repentiras pas.

— Excusez-moi, mademoiselle, mais je le suis avec tout le monde.

— En ne disant rien.

— En disant ce que je peux dire et en ne disant pas ce qui serait faux. Le curé qui m'a appris, au village, à lire et à écrire, me recommandait toujours de ne pas faire autrement, si je voulais rester honnête homme.

— Eh bien, reprit-elle en surmontant une pointe d'impatience, je ne t'en demande pas plus. Nous aimons tous les deux ton maître... chacun à notre manière; dans son intérêt, ne me cache rien, mon bon Jasmin.

Décidément, la raison qui avait décidé cette élégante

et mignonne créature à s'enfermer en tête-à-tête avec un laquais, était une tactique et non une fantaisie. Elle tenait Jasmin littéralement sur la sellette.

— Je puis assurer à mademoiselle que M. le marquis lui rend bien son amitié.

— Mais pourquoi ne vient-il pas?

— Il m'a chargé d'annoncer à mademoiselle que des affaires urgentes...

— Ces affaires?...

— Je les ignore.

— Jasmin, l'homme sincère... tu mens!

— Mademoiselle n'a plus rien à me dire? fit le serviteur en se levant à cette brusque apostrophe.

Mais celle qui l'avait lâchée s'en repentait déjà, car elle voyait ses ruses, ses flagorneries s'ébrécher contre ce roc.

Elle prit la bourse dont elle avait déjà tiré de l'or pour entamer la conversation, et présentant le reste à Jasmin:

— Tiens, voilà pour récompenser ta fidélité à ton maître.

Il avança la main et reçut le cadeau; mais la petite main de la jeune femme lui retint le poignet d'une façon nerveuse.

— Au moins, dit-elle, conviens que ton maître mène une vie assez étrange?

Le valet fit passer la bourse de la main captive dans la main libre, et de la main libre dans sa poche.

— M. le marquis devient de plus en plus posé, dit-il, il subit les conséquences de sa condition, et il se retire le plus possible de la société turbulente et compromettante qu'il a pu fréquenter dans un temps. La meilleure preuve, c'est qu'il ne paraît plus à Trianon et qu'on le reçoit à Versailles.

— Et tu vois là une preuve de sa tendresse pour moi?...

— Une garantie du moins. Étant rangé, vous n'avez pas à craindre d'écarts.

— Je ne dis pas... Tu disposes tout cela... Mais pourquoi fait-il mystère de notre intimité?

— Les exigences de Versailles. Puis, n'a-t-il pas fourni ses preuves de dévouement chevaleresque?...

— Oui, dit-elle avec un sourire de bonheur et d'orgueil, il a eu trois duels pour moi!...

— Si ce n'est pas là de l'amour?

— Sans doute... sans doute... et tu me tranquillises?... Ainsi, ce n'est pas pour courir une aventure galante qu'il est absent au moment où je l'attends ici?...

— Il viendra demain rassurer mademoiselle.

— Il m'est fidèle, tu m'en réponds?...

— Je n'ai rien à dire de contraire.

— Rien?... non, rien, n'est-ce pas? Oh! c'est que si je découvrais... Je suis jalouse, mon pauvre Jasmin.

— C'est un vilain mal, à ce que j'ai ouï dire.

— Un mal dont on meurt!... fit-elle en se laissant retomber au fond de son siège.

Jasmin attendit debout, sans souffler, que la crise fût passée.

Tout autre que lui n'eût pas manqué d'en témoigner une grande émotion; mais, on le sait, il ne s'étonnait pas aisément.

Cependant, cette femme délicate, adorable, irrésistible qui se désolait ainsi et mettait à nu, devant lui, le mal de son cœur, c'était une des plus folles divinités du jour. Les costumes, les écharpes, les plumes, les bijoux épars autour d'elle, c'étaient des accessoires de théâtre, — leur possesseur était une actrice de la comédie voisine, la Sainte-Foy, une étoile, ni plus, ni moins !

Oui, une célébrité du monde frivole et scandaleux de cette époque légère et scandaleuse, — convertie tout d'un coup à une passion unique, dans laquelle elle apportait l'ardeur de sa nature primesautière, exclusive, fanatique ! Ce n'était plus de l'amour, c'était un culte.

Le marquis avait subjugué ce caractère fantasque, capricieux, indocile ; effet de fascination, sans doute, car il avait mis à sa merci, celle qui commandait alors au monde galant de la ville et de la cour, et faisait cent fois le jour litière des déclarations et des soupirants les moins vulgaires.

Pour que rien ne manquât à sa conquête, la jalousie s'en mêlait. La sirène qui s'était jouée de tant de chagrins et de désespoir, commençait à passer par les épreuves ; — équitable retour du mal qu'elle avait commis.

Ainsi qu'il arrive quand on éprouve ce tourment, son imagination ardente allait inventer, dénicher des chimères ; sur le moindre indice, elle les grossissait jusqu'à en faire des réalités.

A la vérité, un baiser, un mot, un sourire de son amant dissipaient d'habitude l'échafaudage, mais cette fois il n'était pas là ; les assurances de son messager, suspect d'ailleurs de connivence, aiguisaient le dard au lieu de l'émousser.

Jasmin n'étant pas de ces valets dont l'or a l'infaillible vertu de délier la langue, ne crut pas sa présence plus longtemps nécessaire auprès de la belle affligée, et saluant très-bas, il s'apprêta, pour la seconde fois, à se retirer.

— Tu vas rejoindre ton maître ? lui demanda vivement la comédienne.

— Je regagne l'hôtel.

— L'hôtel où il est ?... Où il est en compagnie peut-être ?

— J'affirme à mademoiselle qu'elle se trompe.

— Alors, il est sorti... il court la ville ?...

— Je le répète à mademoiselle, mon maître ne me met pas au courant de ses affaires.

— Je gage, reprit-elle ironiquement, modèle des serviteurs muets, digne d'entrer dans un harem, que tu ne sais même pas qu'il passe tous les matins dans la rue Saint-Denis ?

— C'est possible.

— Ah ! tu ne veux rien me dire ! Sache que j'ai à ma disposition des gens plus serviables, plus clairvoyants que toi.

— J'ignore absolument ce que mademoiselle entend par là. Je n'accompagne pas mon maître dans toutes ses sorties.

— Non ?... Eh bien, tâche de l'accompagner quelquefois dans celle-là.

— Rue Saint-Denis ?...

— Oui, rue Saint-Denis ; ne connais-tu point la boutique de maître Navelier ?

— Le marchand de Passementerie, à l'enseigne du *Rouet d'argent* ?

— Précisément.

— C'est l'un des fournisseurs de mademoiselle, comment ne le connaîtrais-je pas, y étant allé souvent pour des commandes ?

— Il paraît que ton maître prend la peine d'y entrer lui-même à l'occasion.

— Sans doute.

— Et tu crois que c'est uniquement pour t'éviter la course ?...

— Du moins est-ce pour choisir lui-même les dentelles et les rubans les plus galants, les plus nouveaux pour mademoiselle.

La jeune femme haussa les épaules. Elle murmura du bout de ses lèvres dédaigneuses.

— Niais !

Jasmin ouvrit ses yeux tout grands et resta bouche béante.

— Qu'est-ce qui tient le comptoir de cette boutique ?... demanda la comédienne.

A ce mot, un frémissement suffoquant parcourut, de la plante des pieds à la racine des cheveux, cet être de bronze. La pénombre seule où il était plongé, empêcha son interlocutrice de voir la pâleur livide qui envahit ses traits et décolora ses lèvres.

— Geneviève !... s'écria-t-il d'un ton caverneux.

Mais il dompta ce spasme étrange ; toute son agitation se concentra dans ses mains crispées, où ses ongles entraient jusqu'au vif.

— En effet, reprit la Sainte-Foy, cette petite s'appelle Geneviève. On la proclame ravissante, le fait est qu'elle n'est pas trop mal... — Est-ce qu'elle te paraît plus jolie que moi ?...

— Mademoiselle se moque, repartit le laquais avec une sorte de sourire qui dissimulait le tremblement de sa voix.

— Une fille de comptoir ; elle doit être coquette ?

— Mademoiselle ne connaît pas la maison Navelier.

— Une boutique où il y a une jolie fille, de riches clients et de jeunes commis.

— Mademoiselle... les commis de maître Navelier sont comme sa fille... l'honneur et la délicatesse...

— Tu me fais rire, philosophe Jasmin ! — Et les clients de maître Navelier, en réponds-tu aussi ?

— Oh ! quant aux clients... je les abandonne à mademoiselle.

Pour un manant, le mot n'était pas trop mauvais.

— Jasmin, dit la jeune femme se levant et saisissant de nouveau son bras pour lui mieux inculquer sa volonté, si ton maître s'amourache de cette fille, comme il paraît en train de le faire, il y a vingt louis à gagner, si je l'apprends par toi.

Jasmin ne répondit pas ; il s'inclina avec déférence, se retira à reculons sans hâte et sans lenteur, et disparut sous les draperies qui séparaient la chambre du petit salon d'attente.

II

UN MARCHÉ

Mais il est temps de revenir à l'homme au feutre déformé, du quartier Saint-Denis. Ce personnage avait sans doute, malgré son allure narquoise, des raisons, ou plutôt des instructions, pour montrer une réserve contraire à ses habitudes, car il marchait d'un pas délibéré, mais sans souffler mot.

Il arriva ainsi avec son compagnon, jusqu'au haut de la rue Montorgueil, espèce de passage tortueux tracé sur les flancs d'une montée assez rude.

Ce quartier mal famé, depuis des siècles, avait servi naguère d'égout à l'écume de Paris, de repaire à tous les forbans du royaume.

Louis XIV en créant les asiles pour les bons pauvres avait énergiquement travaillé à l'épurer. Mais en dépit de ses efforts et de ceux des autorités de cette époque, il continuait à recéler dans ses labyrinthes étroits plus d'un antre dangereux, plus d'une caverne ténébreuse.

Les cours des Miracles n'existaient plus ostensiblement, que dans le nom laissé par elles à certains parages, mais en dépit des hospices, des asiles, des fondations charitables, on comptait encore dans la capitale plus de trente mille mendiants. La misère de cet hiver-là ne devait pas en diminuer le chiffre.

Quoi qu'il en soit, nos deux promeneurs nocturnes, ne paraissaient guère songer à ces choses, car ils marchaient sans ombre d'hésitation.

Le gentilhomme foulait de son pied aristocratique, muni de fines chaussures, les cailloux aigus, inégaux, avec la même facilité, le même sans-façon que son guide. Malgré la rigueur de la saison, l'air pénétrait si peu au fond de ces bouges humains, que le sol restait spongieux et fangeux, alors que la gelée faisait dans les endroits ouverts éclater jusqu'aux pierres.

Particularité plus bizarre, rien ne bougeait autour d'eux. Les hôtes de ces ruelles n'avaient pas l'habitude d'y rencontrer de grasses aubaines à cette heure de la nuit; s'ils étaient dehors pour tenter quelque coup, c'était sur des points mieux hantés, — Jasmin, échappé aux rôdeurs du Pont-Neuf, en aurait pu dire quelque chose.

Nos gens quittèrent la rue Montorgueil, à la hauteur de la rue Neuve-Saint-Eustache dans laquelle ils s'enfoncèrent, moitié à tâtons, moitié à l'aide d'une apparence d'éclaircie entre deux nuages.

Cette clarté vague dessina bientôt devant eux, dans un renfoncement bordé de maisons de bois, la silhouette d'un gros bâtiment, que des amateurs ou des peintres n'eussent pas manqué d'admirer pour son aspect fantastique et son délabrement pittoresque.

Le pignon, percé de plusieurs fenêtres inégales et irrégulièrement réparties, ressemblait à celui de quelque ancien oratoire. Cette supposition était confirmée par le coq et la croix de fer en très-mauvais état, plantés au sommet.

La toiture dégradée menaçait de s'effondrer à l'intérieur, et montrait déjà, çà et là des vides lamentables.

Il y avait des portes. L'une à deux battants, surmontée jadis d'un porche dont il ne restait, en fait de débris, que ce que les ravageurs du voisinage n'avaient pu enlever.

L'autre, peu éloignée de la première, mais petite, basse, cintrée.

Ces portes de cœur de chêne, bardées de fer étaient la partie la mieux conservée de l'édifice.

Les croisées qui s'élevaient au-dessus n'avaient plus que de misérables fragments de leurs verrières; les barres de fer, abondamment entre-croisées dans leur embrâsure, ne pouvaient avoir servi qu'à un couvent ou à une prison. Après avoir interdit la sortie aux créatures confinées au-dedans, elles défendaient maintenant l'invasion aux gens du dehors.

Ce bâtiment, auquel étaient jointes des annexes disparues à l'époque où nous le visitons, avait servi naguère de couvent aux *Nouvelles Catholiques*, religieuses établies depuis lors, beaucoup plus avantageusement rue Sainte-Anne.

En voyant son compagnon se diriger vers cet édifice, le promeneur aristocrate lui dit :

— Ah! ça, mon drôle, je t'ai laissé aller jusqu'ici complétement à ta guise, mais prétendrais-tu me conduire au monastère?

— Votre Seigneurie appréhenderait-elle de fouler la Terre-Sainte? repartit le cicerone sur le même ton goguenard.

En terre sainte ou en enfer, marche, répondit le gentilhomme, en accompagnant ces mots d'un susurrement moqueur.

— Tout chemin mène au but, prononça le guide.

Et ils atteignirent le mur de l'ancien couvent.

— Tu vas au moins m'introduire par la porte d'honneur? demanda le marquis.

— Las! mon gentilhomme, fit le conducteur en attachant sur lui avec une certaine fixité son regard cynique, je voudrais vous faire cet honneur, mais je ne suis pas comme les chevaliers *du Passe-partout*, je n'ouvre que les portes dont j'ai la clef. Nous nous contenterons s'il vous plaît de celle-ci.

— C'est palsembleu une injustice!... fit le marquis en riant.

— Quoi donc, mon gentilhomme, que vous ne puissiez entrer par la grande porte?

— Eh non! faquin, que tu n'appartiennes pas à l'honnête compagnie dont tu viens de parler. Tu aurais, si j'en crois ce qu'on en rapporte, toutes les qualités requises!

— Que voulez-vous, monsieur, soupira le cicerone, le mérite est si souvent méconnu!... Mais nous voici arrivés; veuillez me suivre.

En un tour de main, sans qu'on pût savoir s'il s'était servi d'une clef ou d'un ressort caché, la porte cintrée tourna sur ses gonds, sans éveiller aucun bruit, ainsi qu'on l'aurait supposé, les deux compagnons entrèrent dans un endroit complétement noir, et le cicerone referma sur eux l'huis de chêne.

— Encore quelques pas, dit-il.

Il prit la main du marquis et lui fit, selon toute apparence, traverser la pièce où ils se trouvaient, salle basse carrelée de grands pavés; où l'on respirait une atmosphère moite et concentrée comme celle d'une cave.

— Entrez, dit encore le guide.

Une seconde porte s'ouvrit, avec la même discrétion que la précédente, l'aventureux gentilhomme, se sentit poussé en avant; il entendit la porte se refermer, et se trouvant seul chercha à se reconnaître.

Quoiqu'il ne régnât dans cette nouvelle pièce qu'une clarté assez faible, projetée par deux chandelles de cire jaune, son œil sortant d'une obscurité opaque, fut d'abord ébloui.

— Approchez, marquis de Ferrières, lui dit une voix grave; soyez sans crainte.

— Si j'étais de ceux qui redoutent une aventure, répondit-il avec une crânerie justifiée par sa conduite, je ne serais pas ici.

Et il traversa, en faisant résonner les dalles sous son talon, la salle, en haut de laquelle se trouvait la personne qui lui parlait.

La mise en scène était sinistre par sa nudité même. Cette salle, ancien réfectoire du couvent, n'avait aucune communication avec le dehors; l'unique fenêtre qu'elle possédât autrefois, n'était pas de celles dont on apercevait de la rue les grillages, elle avait été murée.

Quatre piliers ronds, l'un à chaque angle, servaient de supports à autant de nervures grossières, formant la clef d'une voûte, en tout pareille à celle d'une prison.

Le long des murs noircis par l'humidité, des boiseries, des stalles vermoulues indiquaient les places des religieuses. Toute trace de peinture, d'ornementation avait disparu.

Un seul objet subsistait, c'était un crucifix, suspendu au point le plus élevé de la muraille du fond, d'où il dominait mélancoliquement ces débris et ces souvenirs.

Mais lui-même, atteint par les outrages du temps et de l'abandon, avait dévié de sa position naturelle, il était aux trois quarts renversé; on eût cru qu'il inclinait à prendre l'attitude bizarre de la petite croix, dont l'homme au feutre s'était servi pour se faire suivre par son noble compagnon.

Devant une table massive, celui-ci aperçut plusieurs siéges, tabourets et fauteuils, provenant sans doute de l'ancien mobilier du monastère, et moins délabrés que le reste. Les lumières brûlaient dans deux branches d'un de ces flambeaux appelés tercels; on n'avait pas jugé nécessaire d'en allumer la troisième.

Au surplus, notre héros songea moins à cet inventaire qu'au personnage mystérieux qui l'avait appelé, et qu'il entrevoyait devant lui comme une silhouette immobile.

Le maintien du personnage, le ton dont il parlait, la sobriété de son geste, montraient tout de suite qu'il ne fallait pas le considérer ni le traiter comme un partner sans conséquence. Une invincible autorité émanait de tout son être; les intentions ironiques du marquis échouaient contre cette gravité austère.

Assis dans l'un des grands fauteuils antiques, comme un sénateur sur sa chaise curule, il portait une lourde robe noire, sans ornement d'aucun genre, munie, à l'ancienne mode, d'un coqueluchon rabattu, au fond duquel son visage restait abrité.

Une épaisse et longue barbe noire, barbe d'emprunt, achevait de rendre ses traits méconnaissables, mais elle faisait ressortir une prunelle brune, aux lueurs énergiques.

— Si l'on ne vous eût pas cru hardi et brave, dit-il en relevant l'apostrophe de son visiteur, on ne vous eût pas mandé.

— Dans ce cas, parlez, que me veut-on ?

— C'est un entretien approfondi.

— Alors ce sera long ?... Soit.

De Ferrières, puisqu'aussi bien son mystérieux interlocuteur avait débuté par prononcer son nom, posa négligemment son chapeau sur la table, s'enferma dans son manteau, et s'assit sans plus de façon dans un fauteuil, en face de son homme.

— Vous avez, reprit celui-ci, reconnu votre ancien signe de ralliement, et vous êtes venu sans hésiter, c'est bien ; j'y comptais.

— Permettez une distinction avant d'aller plus loin. J'ai été, je ne m'en défends pas, avec mon frère, mort à la peine, l'un des adeptes fervents de la foi nouvelle qui tendait à se constituer sur la tombe du diacre Paris. J'étais presque un enfant alors, la nouveauté, le merveilleux, les conseils de mon frère m'avaient exalté, — j'ai toujours été l'ennemi du terre à terre.

— J'arrivai sur la fin de ces pratiques, je m'y jetai à corps perdu ; je me regardai comme persécuté, quand on les supprima par la violence.

« D'autres aventures, d'autres entreprises m'ont attiré depuis. Je m'y suis lancé avec le même abandon. Le danger, les obstacles ont pour moi un attrait invincible, il est dans mon tempérament de me mesurer avec eux, l'un doit finir par avoir raison de l'autre, mais, jusqu'ici, le sort, le hasard, le diable m'ont assez bien servi.

« Quand on m'a présenté, subitement, à bout portant, l'image crucifiée qui nous servait naguère de modèle et de signe de ralliement, au cimetière Saint-Médard, je me suis senti reporté à mon enfance ; mes serments, — ces serments formidables que nous prêtions si gaillardement au milieu des convulsions des femmes, des tenaillements ensanglantés des hommes, — ces serments me sont revenus, je me suis laissé conduire où et devant qui l'on a voulu.

— C'est sur quoi je comptais. Car, moi aussi, quoique plus jeune que votre frère, je fus initié par lui aux mystères de Saint-Médard ; et c'est par lui que je connus votre ardeur, vos engagements. Je m'en suis servi pour vous mander en cet asile ; pour vous prouver que ce n'était pas avec des étrangers, mais avec d'anciens alliés que vous alliez vous trouver.

— Tranchons cette question, s'il vous plaît.: Vous n'avez pas dessein de renouveler cette secte éteinte, ni d'en recommencer les pratiques ?

— Marquis de Ferrières, moi et ceux qui sont avec moi, partageons sur ce point vos idées, autres temps, autres entreprises. Le seul rapport entre l'œuvre qu'il s'agit d'accomplir aujourd'hui et celle d'alors, c'est la lutte des persécutés contre les persécuteurs.

— J'entends, répondit froidement Ferrières.

— Oh ! reprit son interlocuteur lisant dans sa pensée, il ne s'agit point, — pour vous du moins, — d'une œuvre stérile.

— J'écoute et j'attends.

— Le marquis votre frère ne vous a guère laissé pour héritage que son titre et son humeur hardie jusqu'à la témérité.

— Je m'en contente.

— Cela n'est pas pour vous blesser, loin de là ! mais uniquement pour bien établir les choses entre nous.

— Au fait, il s'agit d'un marché, je crois?

— D'un traité, si vous préférez.

— Comme il vous plaira ; les mots ne m'arrêtent jamais.

— Je continue donc. Vous menez un grand-train, qui vous ruinerait en peu de temps si...

— Si je ne l'étais déjà.

— C'est ce que j'allais dire.

— Je vois que vous me connaissez, en effet.

— Aussi bien et autant que possible.

— Oh ! oh !... fit le marquis d'un ton incrédule.

Son interlocuteur, au lieu de relever ce doute, préféra lui fournir des preuves :

— Malgré la réforme affectée et calculée de votre train de vie, malgré votre puritanisme, vous êtes endetté pour une somme...

— A quoi bon vous donner la peine de chercher le total, — si vous y réussissiez, je vous prendrais pour sorcier, ne le connaissant pas moi-même. — Croyez-moi, passons.

— Vous étiez hier matin à bout de ressources.

— Permettez, permettez, un homme comme moi sait toujours sortir d'un embarras momentané.

— Assurément, mais quelqu'un vous a tiré de celui-là au prix d'un sacrifice méritoire, car il s'agit d'une femme...

— Parfaitement exact, interrompit le marquis. Seulement, vous ignorez l'emploi que j'ai fait de cette somme?

— Pardon, vous venez de la jouer et de la perdre dans le tripot au sortir duquel mon messager vous a joint.

— Merveilleux ! Si nous étions encore au temps des révélations, des évocations surnaturelles dont nous causions tout à l'heure, je proclamerais que le bon diacre Pâris est descendu tout exprès du paradis pour vous souffler ces détails.

— En souhaitez vous davantage ?

— Absolument superflu. C'est chose entendue : je suis ruiné, archi-ruiné ; comment, par quoi, par qui ? Vous en connaissez les circonstances par A plus B. Mais, enfin, je jouis de quelques entrées dans le monde de la cour ; j'y jouis, j'ose le dire, d'un vernis que vous êtes le premier à entamer ; la personne qui m'a rendu le petit service d'argent en question, trouvera bien moyen de se faire indemniser par quelqu'un ; je suis toujours marquis, et si j'ai perdu cette nuit à un jeu, demain je puis gagner à un autre.

— Un jeu dangereux, marquis, je vous conseillerais d'y renoncer, si vous étiez sage...

Ferrières regarda son interlocuteur en face ; celui-ci ne fit rien pour éviter son œil noir, perçant comme celui d'un aigle ; il laissa même se dessiner sur ses lèvres un sourire sarcastique.

— Sarpejeu, s'écria le gentilhomme percé à jour, — je ne m'en dédis pas, si vous n'êtes le diable vous avez des accointances avec lui... Laissons ce sujet ; parlons de notre... traité.

— M'y voici. L'on a remarqué que vous ne paraissez plus à Trianon.

— Je m'y ennuyais.

— Et puis, n'eûtes-vous pas quelque chose, comme un mot piquant, avec la marquise ?...

— La favorite ?...

— Oui...

— C'est possible, dit Ferrières avec une certaine grimace de déplaisir.

— Est-il vrai qu'un jour, à propos de je ne sais quelles frasques, elle vous lâcha, à brûle-pourpoint, ce lazzi : « Cher marquis, où donc sont vos terres ?... Croiriez-vous qu'on dit que vous avez d'excellentes raisons pour chasser sur celles d'autrui ?... »

— Eh bien ! oui, interrompit Ferrières pâle de colère au souvenir de cet affront, infligé par madame de Pompadour, en pleine soirée de Trianon, à son orgueil vindicatif. — Oui, elle a dit cela... et tous les beaux valets titrés et dorés qui forment sa cour se sont mis à rire... J'ai ri aussi, moi... Seulement, je rirai le dernier !

— Depuis lors vous n'êtes pas retourné à Trianon ?

— Non ; mais je vais toujours à Versailles.

— A la cour du dauphin.

— La cour de l'avenir.

— De l'avenir ?... répéta gravement le personnage au noir vêtement.

Puis il s'arrêta, se recueillit et reprit après une assez longue pause :

— Marquis de Ferrières, de grands événements se préparent ; le monde en sera ébranlé... Au lieu d'une vie aventureuse, qui peut à chaque instant vous entraîner à un dénoûment... sinistre, voulez-vous prendre votre part de l'entreprise nouvelle, qui sera héroïque et glorieuse ?...

— Ne me disiez-vous pas en commençant, que si je passais cet arrangement avec vous, il me serait avantageux ?...

— Vous n'aurez plus besoin de faire des dettes, ni de recourir à... de certains moyens... pour entretenir votre luxe. Vous trouverez des arrhes en rentrant à votre hôtel.

— Décidément, ce qu'on attend de moi est grave ?...

— Hésiteriez-vous ?

— Non pas, sarpejeu ! Tant mieux ! Les grandes manœuvres sont mon élément !

— C'est donc affaire décidée.

— Un mot encore ; je ne sais ni envers qui, ni à quoi je m'engage ?

— Vous vous engagez envers les représentants de ce qu'il y a plus fort, de plus puissant, de plus autorisé dans le royaume ?...

— Eh bien, et le roi ?...

— Plus fort que le roi.

Ferrières réfléchit à son tour un moment ; l'accent convaincu de son interlocuteur lui causait une impression singulière, mais non de l'incrédulité ; au contraire.

On traversait, en effet, alors, une période sans analogue dans les annales de la France et surtout de sa capitale. L'année s'ouvrait sous les plus funestes auspices. Les Parisiens ne se trouvaient plus proche des puissants de ce monde, que pour en apprécier plus fatalement les débordements, et ne vivre sous la main immédiate des chefs du pouvoir que pour en éprouver la pesanteur.

Non-seulement il faisait froid, mais il faisait faim, suivant une expression pittoresque trop juste en cette circonstance. A la rigueur de la saison se joignait, pour le pauvre monde, celle de la cherté des subsistances, car le blé était cher, et quand le blé est cher tout s'en ressent.

Le pis de cette disette relative, trop de fois expliquée et décrite pour que nous ayons besoin de nous y arrêter, c'est qu'elle avait sa source dans les spéculations cruelles, inventées depuis plusieurs années déjà par les accapareurs ; on monopolisait les grains, pour les revendre à des prix exorbitants à la consommation.

Que voulez-vous, le roi Louis XV avait trouvé le trésor complètement obéré par les dépenses et par les désastres de la fin du règne de son devancier, la régence n'avait pas mené les choses de manière à remplir les coffres, et l'administration actuelle brochait aveuglément sur le tout.

On avait eu d'abord recours à des palliatifs, mais l'appétit vient en mangeant, — soit dit sans allusion aux pauvres diables qui ne mangeaient guère en ce temps-là ; — et d'expédient en expédient on en était venu à spéculer sur les grains. Dans le populaire on appelait cela le pacte de famine ; à la cour, les blés, objet de ce trafic, se nommaient avec plus d'euphémisme les Blés du roi.

Le malaise des esprits dépassait cependant encore celui du commerce. Nous avions éprouvé, l'année précédente, de vifs désagréments dans nos entreprises belliqueuses, notamment au Canada.

Il circulait des bruits inquiétants, sur un projet d'alliance avec l'Autriche, tenant à nous mettre sur les bras la Prusse et l'Angleterre.

Ces éventualités de guerres maritimes et continentales effrayaient tous les intérêts matériels, tandis qu'une guerre religieuse et administrative des plus irritantes, atteignait à l'intérieur à son paroxysme.

De l'aveu des historiens, il faudrait avoir assisté à ces luttes pour s'en figurer l'exaspération, et ces choses sont si loin de nos mœurs et de nos idées, quoiqu'un siècle seulement nous en sépare, qu'on est toujours tenté de les déclarer invraisemblables.

L'archevêque de Paris, M. de Beaumont, poussé par le parti ultra-catholique et les Jésuites, s'était avisé d'exhumer les dispositions d'une bulle rendue en 1713,

par le pape Clément XI, contre certaine secte Janséniste. Il avait décrété que le clergé de Paris refuserait
la communion pascale et les sacrements, même *in ex-
tremis*, à quiconque les réclamerait sans être muni
d'un billet de confession certifiant son adhésion entière à la célèbre bulle.

Cette agitation est connue dans l'histoire sous le
nom d'affaire des *Billets de confession*.

Le Parlement se prononça avec énergie contre le
clergé.

Les scènes du cimetière Saint-Médard. les fameuses
traditions des convulsionnaires, n'étaient pas encore
assez effacées par un laps de 20 à 25 ans, pour que
ces circonstances ne les réveillassent pas chez d'anciens sectaires. On sait que ces fanatiques avaient
précisément pour but de protester contre cette bulle
Unigenitus, et monseigneur de Beaumont en évoquant
l'une ne pouvait manquer de galvaniser les autres.

Si les fantasmagories du tombeau du diacre Pâris ne
se renouvelèrent pas d'une façon ostensible, il est hors
de doute que le levain laissé par elles dans certains esprits ne laissa pas de contribuer à l'agitation que nous
indiquons et aux événements auxquels elle aboutit.

Rien n'était moins stable que les idées de la cour.

Il mit un louis d'or dans la main du soldat. (Page 75. col. 1re.)

d'alors, et l'on assista bientôt à une série de décisions
plus graves, plus irritantes, plus contradictoires les
unes que les autres.

A côté de cette guerre intestine, la guerre européenne
qui se préparait nécessitait la levée de nouveaux im-
pôts. Le Parlement prétendit faire acheter son adhésion
à ces subsides, par des concessions sur le conflit religieux.

La lutte s'envenima des deux parts ; la cour fatiguée,
usant du droit de bon plaisir, suspendit les trois
quarts du premier corps de l'Etat, qui se trouva réduit
à trente-un membres, appartenant à la Chambre criminelle ou Grand'Chambre.

Cet ostracisme tourna contre le pouvoir. Les Parisiens, d'autant plus attachés au Parlement, qu'on le
frappait pour avoir défendu leurs intérêts religieux et
financiers, se prirent d'une véritable frénésie contre la
cour.

Pour la première fois, dans ce pays profondément
monarchique, on vit s'agiter tout haut, dans les
réunions, et jusque dans les rues et les carrefours, les
propositions les plus hostiles aux gouvernants, sans
excepter la personne du roi.

Mais il n'y a pires sourds que ceux qui refusent
d'entendre, ni pires aveugles que ceux qui ne veulent
pas voir.

La cour et le roi étaient de ceux-là.

Tout concourait, d'ailleurs, à empêcher ce dernier de comprendre et de connaître la gravité de la situation. Tandis que des ministres et des fonctionnaires obséquieux l'amusaient par le détail des scandales et des anecdotes les moins dignes, on lui dissimulait les faits sérieux et les symptômes alarmants.

Il affectionnait peu les Parisiens, qui le lui rendaient avec usure, en dépit du surnom de bien-aimé, que ses maîtresses et ses flatteurs continuaient de lui donner, alors qu'il l'avait depuis longtemps perdu dans l'esprit de son peuple.

Aussi le tenait-on avec soin éloigné de la capitale, où, de son côté, il se souciait peu de se montrer, ne fût-ce que par antipathie pour les affaires, dont il se voyait, dans ces circonstances, obligé de s'occuper, au moins en apparence.

La ville ne laissait pas de souffrir beaucoup de ces dispositions de son souverain. On ne faisait rien pour lui venir en profit; quand on s'occupait d'elle c'était pour lui demander de l'argent.

La police était fort mal faite, jamais on n'avait changé les chefs aussi souvent. M. Berryer le lieutenant général, tenait à durer plus que ses prédécesseurs, et pour cela il appliquait ses efforts à se maintenir dans les bonnes grâces de l'entourage du roi, le reste n'était que pour la forme.

Aussi, peut-on dire que ce qui était défendu était ce qui, alors, prospérait le mieux. Les filous avaient beau jeu et se signalaient par des exploits d'une audace incroyable. Les grands seigneurs ne connaissaient d'obstacles à aucun de leurs caprices. Les créatures affichées tenaient le haut du pavé.

Enfin, les tripots florissaient, en dépit des arrêts et prohibitions du roi et de la police. Seulement, quelques-uns, véritables cavernes, aussi funestes à l'honneur qu'à la bourse de ceux qui les fréquentaient, ne s'ouvraient que la nuit, et recouraient à toutes sortes de ruses pour éluder les tracas suscités par les plaintes de quelques victimes de mauvaise composition.

Pour finir, la misère des classes affamées brochait sur l'ensemble.

Tout se ressentait donc de l'aigreur de la cour, et tandis qu'on prodiguait à Versailles l'argent en folles dépenses, on liardait dans la capitale avec les services de première utilité; on rognait jusque sur l'éclairage des rues.

Si les ténèbres volontaires profitaient à quelqu'un, on peut croire que c'était plutôt aux malfaiteurs et aux coureurs d'aventures scabreuses qu'aux honnêtes gens.

Il était d'ailleurs de très-bon ton, ainsi que chacun sait, parmi la jeunesse brillante et titrée, de se livrer à des promenades nocturnes, en faisant tapage; le comble du raffinement était d'avoir une altercation avec les rondes du guet et de les rosser, ou de se faire rosser par elles, ce qui arrivait bien quelquefois, sans que nos gentilshommes se vantassent des horions justement reçus, dans ces rencontres, par leurs nobles échines.

Les derniers lieutenants de police, dans le but de rendre ces collisions moins graves, avaient défendu aux seigneurs qui sortaient la nuit accompagnés de leurs valets de donner à ceux-ci des épées. Mais il en était de cette inhibition comme de tant d'autres, nul n'en tenait compte.

Mais terminons avec cet aperçu d'ailleurs très-incomplet de la situation fâcheuse, sous tous les rapports, de la première ville du royaume, en constatant qu'elle était exploitée par des bandits audacieux, qui déjouaient les recherches les plus minutieuses de l'autorité.

L'habileté de leurs coups de main, leur impudence, la rapidité avec laquelle hommes et butin disparaissaient ne permettaient pas de douter qu'il n'y eût là une association, dirigée par un chef redoutable et redouté.

Comme on en était réduit à ces conjectures vagues, la rumeur publique les désignait sous le titre de chevaliers du Passe-Partout, parfaitement justifié par leurs exploits.

L'appréhension de la rencontre de quelques membres de cette bande expliquait la contravention à l'ordonnance sur les valets armés, constamment commise par les gens de qualité obligés de sortir de nuit, comme le marquis de Ferrières avec son Jasmin.

Continuant de faire bonne contenance devant son imposant interlocuteur, le marquis reprit :

— Si je deviens vôtre... associé, votre allié, je vous connaîtrai, du moins ?

— Vous serez notre instrument, fut-il répondu avec froideur, nous vous payerons assez cher pour cela. Mais ne cherchez pas à nous connaître, vous y perdriez votre peine. Vous ne nous verrez jamais réunis, et jamais vous ne verrez l'un de nous deux fois... Aujourd'hui, c'est moi, la prochaine fois ce sera un autre, jusqu'à l'épuisement de la liste, mais elle est longue, et l'œuvre presse.

— Si je passe sur ce point, dit le marquis après une nouvelle pause, il faudra du moins que vous m'éclaircissiez sur l'autre ?

— La lumière vous parviendra à mesure qu'il sera nécessaire; astreignez-vous à suivre les instructions que vous recevrez, tout ira bien.

— Les oracles étaient des Démosthènes à côté de ces énigmes ! Pourquoi vous adresser à moi plutôt qu'à un autre ? On ne manque pas, dans ce Paris, d'hommes entreprenants.

— Il en fallait un qui eût des relations en haut lieu, et qui menât grande figure dans le monde.

— Sous ce rapport, j'en conviens, je ne suis pas un croquant.

— Il en fallait un, continua froidement l'austère personnage, qui eût un pied dans les rangs les plus déclassés de la tourbe...

— Sarpejeu ! se récria Ferrières avec une indignation superbe; puis s'apaisant soudain, il sourit d'un sourire à lui particulier, qui laissait voir ses dents blanches, aiguës, serrées comme celles d'un loup cervier : ne vous gênez pas, fit-il.

— Il faut, continua son interlocuteur, que cet homme ait la main sur cette population, qu'il la tienne à sa disposition, afin qu'un jour, à l'heure donnée, il lui dise : — Va ! — et qu'elle aille !...

Ferrières se leva sur ce mot, et reprenant son chapeau, dont il se couvrit par un geste digne d'un hidalgo :

— N'avez-vous pas dit que je trouverais des arrhes en rentrant chez moi ?

— Cent mille écus; ils y sont.

— C'est un pacte signé, dit-il en saluant le grand Christ de la muraille.

Un dernier mot, pour cette fois. Avez-vous examiné le garçon qui vous a servi de guide ?

— Assez pour reconnaître un cynique vaurien.

— Vous répugnerait-il de l'attacher à votre service ?

— J'y songeais. De tels drôles ont du bon.

— Il sera utile en même temps à nos communications réciproques.

— Plaît-il?...

— Oh! ne craignez rien; ce n'est pas un espion que je prétends vous donner, — il ignore lui-même la moindre des particularités qui se passent actuellement entre nous. Mais c'est le commissionnaire le plus adroit, l'éventeur de pistes le plus subtil de tout Paris.

— Soit, j'accepte ses services à titre de limier.

Le personnage mystérieux tira un son bref d'un sifflet d'argent.

Le cicerone entra.

— Avance, lui fut-il ordonné.

— Qu'y a-t-il pour Vos Seigneuries? demanda-t-il.

— A partir de ce moment, maître Gauthier, tu entres dans la maison de M. le marquis.

— C'est beaucoup d'honneur.

— Ce sera surtout, si tu te comportes à mon gré, beaucoup de profit, intervint Ferrières.

— Monsieur le marquis sera servi à son gré, riposta le drôle.

— Pour commencer tes fonctions, dit l'homme à la robe noire, reconduis ton maître à son hôtel...

— Je ne vous dis pas au revoir, Monsieur? fit le marquis en saluant son hôte.

— Si nous nous revoyons, contre toute attente, monsieur de Ferrières, c'est qu'il y aura de grandes choses accomplies; mais vous ne tarderez pas à recevoir des instructions.

— Je le désire.

On échangea un signe d'adieu, puis Gauthier emmena son nouveau maître par la salle noire et la petite porte de l'ancien monastère.

Comme ils mettaient le pied dans la rue, quatre heures sonnaient à Saint-Eustache.

— Où allons-nous? demanda Gauthier.

Ferrières réfléchit une seconde:

— Chez moi... Je n'ai pas envie de me morfondre à passer les ponts à pareille heure et par un tel froid.

Le temps s'était éclairci; le vent devenait piquant; nos deux compagnons jugèrent à propos de hâter le pas pour se réchauffer.

Le marquis logeait rue Saint-Honoré, à portée du Louvre et des Tuileries, quartier fort recherché par quiconque menait une vie active, et où, à cause même de ce mouvement, on se trouvait plus isolé et plus libre que dans les froides régions du faubourg Saint-Germain.

Ils se disposaient donc à prendre cette direction, en gagnant la rue Montmartre, lorsqu'ils s'aperçurent que ces parages si déserts une heure auparavant, avaient pris une animation singulière.

C'étaient des allées, des venues, comme s'il se fût agi d'une fourmilière humaine. Les oiseaux de nuit sentant venir le matin rentraient au gîte.

— Mauvaise société! fit Gauthier entre ses dents.

Le fait est que cette horde en guenilles, ces groupes aux voix rauques, aux regards sournois, n'offraient rien de rassurant.

— Aurais-tu peur? dit Ferrières.

— Peuh! pour ce que j'ai à voler!... monsieur le marquis me verra à l'œuvre quand il le souhaitera... Si la canaille nous effrayait, où en serions-nous, bon Dieu!... D'ailleurs, ces gens-là m'ont l'air très-honnêtes; ils se rangent sur notre chemin.

« On dirait que monsieur a un talisman; peut-être de la corde de pendu...

— Drôle, tes plaisanteries sont déplacées, j'attendrai pour en avoir qu'on m'en procure de la tienne.

— Alors, je tâcherai que Monsieur attende longtemps.

— Eh bien! qu'est-ce?...

C'était un mendiant de l'aspect le plus délabré, portant une hotte, à la façon des chiffonniers. Contrairement aux autres passants, en apercevant les deux promeneurs, il se dirigea vers eux.

— Qu'y a-t-il. — Que demandes-tu? lui dit Ferrières avec hauteur, en fronçant le sourcil.

Le mendiant tira respectueusement son bonnet de laine.

— Je voulais dire à ces messieurs, au cas où ils se dirigeraient vers le Pont-Neuf, qu'il y a eu cette nuit du grabuge de ce côté.

— Que nous importe!

— Un nommé Jasmin est tombé dans une embuscade de tire-laine.

— Sarpejeu!...

— Il a été mis hors de danger par votre serviteur et par un camarade, brave chiffonnier comme moi, nommé Estoc.

— Après!

— L'esclandre a causé du bruit, une ronde du guet passant rue de la Monnaie est arrivée, deux ou trois pauvres drilles ont été pris. Les soldats de monseigneur le lieutenant de Police se sont installés à l'angle de la place Dauphine, d'où ils guettent tout ce qui se présente, et voient des suspects dans les honnêtes gens amenés là par leurs affaires.

— Les marauds!

— Ils vont jusqu'à les fouiller. Voilà pourquoi j'ai cru devoir, honnêtement, prévenir ces messieurs...

— C'est bien, mon brave, merci.

De Ferrières fouilla au fond de sa poche, d'où il ramena une dernière pièce échappée au tapis vert. Il la jeta au mendiant, et continua son chemin sans autre incident.

Si Jasmin se fût trouvé là, il n'eût pas manqué de constater que ce mendiant d'une obligeance si grande, n'était pas sans quelques rapports avec certain autre, auquel son maître faisait fréquemment l'aumône, qui se tenait de temps en temps à la porte de son hôtel et que l'on appelait à cause de cela le vieux pauvre de monsieur le marquis. Il n'était pas non plus sans un air de parenté avec le philosophe La Raison, dont la sollicitude inattendue avait préservé le brave garçon d'aller cette nuit-là, par un froid si piquant, tâter de la température de la Seine, par-dessus le parapet du Pont-Neuf.

III

LE PREMIER COUP D'ARCHET

A quelques jours de là, vers les sept heures du soir, les fenêtres du château de Trianon s'éclairaient graduellement sur toute la longueur des salons particuliers, ce qui était la marque d'une réception intime.

Intime s'entend du personnel de l'intimité et non d'un tête-à-tête.

Le roi, comme tout le monde sait, vivait depuis dix ans dans les termes les plus froids avec Marie Leczinska, sa femme.

La résignation, la douceur, surtout l'honnêteté imposante de cette princesse, le gênaient, comme autant de remords auxquels son principal souci était de se dérober.

Ennemi juré de tout travail, de tout soin sérieux, il avait renoncé à se montrer dans Paris, et peu à peu il s'éloignait même de Versailles, ne s'y présentant plus que par apparitions cérémonieuses, dans les circonstances officielles, ou quand il fallait absolument s'entretenir avec des hommes d'État.

Il avait fixé sa résidence à Trianon, cette villa enchantée, où les fleurs avec les plaisirs naissaient littéralement sous ses pas, car la nature et l'art rivalisaient pour lui procurer des surprises, des divertissements, capables d'empêcher la lassitude et d'exciter ses esprits blasés.

Ce roi, peu fait pour les splendeurs du trône, si chères à son prédécesseur, ne se plaisait que dans les familiarités des petits comités. C'est d'après ce penchant de son royal esclave que madame de Pompadour avait organisé la cour de Trianon.

Il était sûr de ne voir là que les visages qui lui plaisaient, de n'y trouver que des distractions, que des passe-temps.

L'un des plus fréquents consistait en des soupers délicats, réunions piquantes, abandonnées au laisser-aller, à une familiarité qui effaçait titres et distances, où le monarque se faisait un bonheur de disparaître, pour se mettre sur le pied d'une égalité, d'une camaraderie parfaite avec ses invités.

Sans le luxe des salons, le raffinement des services, on se serait tout aussi bien cru à une soirée donnée par un des élégants du jour dans son hôtel.

Le personnel était le même, au lieu de comédiennes on avait des dames dont la pruderie n'était pas le défaut.

Vers l'heure donc où les officiers de la maison du roi, petits et grands, s'occupaient de dresser le repas et d'éclairer les appartements, un homme d'allure prudente sortait du parc de Versailles par l'une des nombreuses petites portes percées dans le mur d'enceinte, et dont il avait la clef, car les grilles principales étaient fermées dès la tombée du jour.

A le voir s'orienter ensuite, non pas dans les avenues tracées à grandes lignes, du parc à Trianon, mais dans les fourrés et les massifs occupant alors les espaces aujourd'hui aplanis, défrichés et cultivés, on aurait pu croire, en songeant aux mœurs et aux préoccupations dominantes des habitués de ces localités, qu'il s'agissait d'un galant, allant à un rendez-vous; l'amour ne craignant pas la gelée et les amoureux ne craignant pas l'obscurité, — au contraire !

Que ce fût ce motif ou un autre, cet homme avait certainement de graves raisons pour se cacher, car il y mettait un luxe rare de précautions.

Les environs étaient absolument déserts, il faisait un froid à dégoûter les promeneurs, curieux d'admirer l'éclairage du château, spectacle sur lequel les habitants de Versailles étaient d'ailleurs suffisamment blasés.

A peine, dans la durée de son trajet, notre promeneur aperçut-il trois ou quatre des gens de service allant d'une résidence à l'autre.

Arrivé, par son chemin discret, à deux portées de fusil de la grille de Trianon, il s'arrêta, s'appuyant au tronc d'un arbre, et resta en observation, suivant avec intérêt les progrès de l'éclairage des appartements, les silhouettes des domestiques circulant empressés, et surtout les draperies épaisses tirées ensuite successivement sur les croisées des galeries joignant les salons intérieurs, où se tenaient les réunions hors des regards profanes.

On voulait bien, en effet, que Trianon affectât l'air de fête qui convient à la villa de plaisance d'un prince, mais on n'ouvrait pas à deux battants les portes du sanctuaire aux philistins. Les salons réservés donnaient sur les jardins intérieurs, et c'est de là seulement qu'on aurait réellement pu juger de l'éclat et de l'entrain de la réunion.

Un raffinement ingénieux voulait que le début de ces festins fût occupé par un ou deux morceaux de musique, remplissant le vide laissé par la conversation au commencement des repas.

Tout se faisait avec un ordre, sans doute connu de lui, car notre observateur supputait chaque détail, comme il eût fait de la marche d'une aiguille sur un cadran.

Quelque chose était-il, à son avis, en avance ou en retard? Sans perdre son immobilité silencieuse, il se mit à froncer le sourcil, et ses doigts s'agitèrent d'une façon nerveuse.

Mais tout à coup, du bout de l'avenue, éclata le bruit d'un fouet et retentirent les grelots et le galop d'un cheval dévorant l'espace.

A travers les branches du fourré, et à l'aide des lueurs projetées par l'éclairage du château, on vit cheval et cavalier, légers comme le vent, franchir la longueur de l'allée et s'arrêter net à la grille de Trianon.

Le cavalier était un courrier de la poste royale.

Le Suisse du pavillon d'entrée, prévenu par les grelots et par le claquement du fouet, n'attendit pas qu'il sonnât ou qu'il appelât, il se trouvait debout, la hallebarde à la main, pour le recevoir.

— Terteiffle, fit-il, vous arrivez du retard aujourd'hui.

— Ce damné paquet n'arrivait pas; j'ai failli me rompre le cou dix fois, pour regagner le temps. Allons, père Hallebarde, prenez et portez; moi je passe aux écuries, dit le messager hors d'haleine.

— C'est pien, c'est pien; che fais faire la gommission; ça me gonnaît.

Le postillon lui jeta un sac de cuir qu'il portait en bandoulière sous sa veste, et se dirigea, comme il le disait, vers les écuries, où le cheval, couvert d'écume, et lui-même, allaient se réconforter; les écuries de Trianon étant le paradis des chevaux et des piqueurs.

Le grave enfant de l'Helvétie, toujours appuyé sur sa perche dorée, traversa la cour, pénétra dans le vestibule, et de là dans un petit salon d'attente, en ce moment désert et obscur, sur la table duquel il remit flegmatiquement le sac apporté en si grande hâte.

Dans le même temps, l'homme que nous avons vu en observation dans un massif extérieur, reprenait sa marche, de façon à longer l'enceinte de la villa, jusqu'à une petite porte, aussi déserte que celle du parc de Versailles, sinon qu'il s'y trouvait un factionnaire, détaché là par un poste assez éloigné, comme une sentinelle perdue.

Huit heures sonnaient.

Au dernier coup, l'homme sifflota entre ses dents deux ou trois mesures d'un air en vogue.

Le factionnaire, un soldat aux gardes, toussa d'une façon peu naturelle et se rapprocha de la porte devant laquelle il accomplissait son monotone va-et-vient, en frappant du pied pour se réchauffer.

L'homme s'avança alors sans plus d'hésitation,

mit, sans échanger un mot, un louis dans la main du soldat, poussa la porte, qui n'était qu'entre-bâillée, et entra dans l'enceinte royale.

On en avait pendu pour des traits moins téméraires.

Mais il avait choisi l'instant le plus favorable, celui où tous les gens de service avaient assez à faire de dresser le souper et d'achever de disposer les appartements du premier étage; tandis que les valets de chambre, les caméristes, les dames d'atours, mettaient la dernière main aux toilettes de leurs maîtres, dans les chambres particulières.

Et puis, en homme de précaution, il n'eut garde de se risquer dans les cours enveloppé de ce manteau, qui l'eût dénoncé aux gens les moins clairvoyants.

Il le déposa derrière le socle d'une statue, et, par une métamorphose ingénieuse, il se trouva que sous ce manteau, il portait de pied en cap la livrée royale, si bien que dans l'agitation précipitée de la maison il n'y avait pas de motif pour qu'on ne le prît pour un des hommes de service.

Tout en évitant les corridors trop éclairés, il pénétra dans le vestibule au moment où le hallebardier suisse retournait majestueusement à son poste, et pour prévenir quelque rencontre inopportune, il prit un air très-affairé, se chargea d'un coussin enlevé à un fauteuil, et se mit à courir dans la direction même du petit salon où reposait le fameux sac apporté en poste.

Venait-il donc pour en dérober le contenu?... En aucune façon; car, au contraire, ayant débouclé, d'une main encore assez ferme, en dépit des circonstances, l'une des courroies qui le fermaient hermétiquement, il en retira un gros paquet scellé avec soin, et contenant, selon toute apparence, des dépêches. Il détacha avec prestesse l'un des coins de l'enveloppe, et ajouta un feuillet plié en deux à ceux qu'elle renfermait.

Puis il repoussa la corne détachée, la rajusta assez adroitement; approcha le sceau du foyer où se consumaient les restes d'un grand feu, amollit ainsi la cire endommagée, l'étendit adroitement comme si elle eût coulé sous le cachet, renfonça le paquet dans le sac, reboucla celui-ci et le rejeta négligemment sur le guéridon.

Tout ce travail, sous ses doigts diligents, ne dépassa pas la durée d'une demi-minute.

Notons que le petit salon restait dans une obscurité assez profonde, eu égard surtout au reste du château, n'étant éclairé que par les lueurs de la cheminée où le feu brûlait sans flamme, et par la lumière envoyée de la galerie voisine par la porte à moitié ouverte.

Son étrange besogne accomplie, il se retira à reculons, comme s'il lui en coûtait d'abandonner ce sac mystérieux, ou comme s'il songeait au sort réservé à la pièce interlope dont il venait de le grossir.

Son coussin sur le bras, il allait reprendre sa route à travers les salles et l'antichambre, lorsqu'en se retournant sur le seuil, il se trouva en face d'un personnage tout vêtu de noir, poudré avec un soin méticuleux, portant au cou une chaîne et une plaque d'argent, insignes de sa dignité.

C'était un des huissiers du palais, accourant avec précipitation à la recherche du fameux sac, réclamé, paraît-il, sur-le-champ, en haut lieu.

L'huissier et le laquais de contrebande faillirent donner du nez l'un contre l'autre.

— Maraud! s'écria le premier en reconnaissant qu'il avait affaire à une simple livrée, et en saisissant notre officieux par le bras, que fais-tu ici?...

La rencontre était critique, la question menaçante; on comprend qu'en dépit de l'assurance jusqu'ici déployée par lui, l'intrus ne trouvât pas immédiatement sa réponse.

Son hésitation dura cependant si peu que son interlocuteur ne put l'attribuer qu'à la rudesse de son apostrophe.

— Eh bien?... reprit-il.

— Mais, s'il vous plaît, répondit l'homme à la livrée, en affermissant sa voix, c'est un coussin... un coussin que j'apportais...

— Un coussin, grommela l'huissier, le moment est bien choisi; ton service n'est pas ici, maroufle!...

— C'est M. l'intendant de la garde-robe qui...

— Assez, assez! ta place n'est pas là, te dis-je; de quoi se mêle cet intendant, à pareille heure!... Vite, avec tes camarades, là-haut; on manque de monde à l'office...

Ces derniers mots achevèrent de rendre la confiance à l'inconnu; décidément l'huissier donnait dans le piége, et s'en rapportait à son bienheureux habit.

— Voyons, reprit l'huissier, le sac, où est le sac aux dépêches?

L'aventurier le prit sur la table et le lui présenta avec un air de cand.... éprochable.

Le suisse de la g.... e ville vient de l'apporter à l'instant, dit-il.

L'huissier ne se dou.. pas la peine de lui répondre ni de lui dire merci, il se sauva avec le précieux objet en lui criant :

— A l'office, paresseux, vite à l'office!...

— J'y cours.

Mais au lieu d'obéir, il le laissa s'éloigner, ce que le pauvre homme fit à la hâte, appelé sans doute par un ordre pressant.

Puis, mettant la main sur sa poitrine, dont les battements commençaient à s'apaiser :

— Hein? murmura-t-il, je crois que j'ai eu peur!...

Le bruit précurseur du repas retentissait au-dessus de sa tête; les portes s'ouvraient et se refermaient avec un fracas qui attestait le sans-façon de la soirée; des voix éclataient dans les escaliers et dans les galeries; le cliquetis de l'argenterie faisait son train.

Notre homme, attiré involontairement par ces rumeurs, ne se pressait plus. Sa physionomie sardonique s'animait d'un sourire qui n'était pas exempt de malignité.

— Je serais, continua-t-il à part lui, curieux de voir ce qui va se passer... Si je suivais l'ordre de ce brave huissier?... Au milieu de cette légion d'officieux, qui me reconnaîtrait?... N'y entre-t-il pas chaque jour quelque nouveau visage?...

Un bruit soudain fit vibrer le palais tout entier et le rappela au sentiment de la prudence.

C'était le premier coup d'archet d'un orchestre installé dans la galerie voisine de la salle à manger.

— Allons, allons, reprit l'aventurier arraché à ses dangereuses velléités, soyons sage; il ne faut pas tenter le diable!

Sur cette réflexion philosophique, il regagna les jardins, et déjà se croyait-il au bout de ses peines et de ses épreuves, lorsqu'en franchissant la barrière ouverte, entre la cour d'honneur et ces jardins, il tomba dans une autre guêpier.

Aveuglé par la brusque transition de l'éclat du vestibule à l'obscurité extérieure, il donna, mais cette fois littéralement, sur un importun, qui fut aux trois quarts renversé du choc, attendu que lui-même, ne prévoyant pas le coup, ne se méfiait de rien et se tenait courbé en deux au moment de l'abordage, occupé d'un soin très-difficile.

— Cape di dious !... jura en patois méridional le personnage ainsi culbuté.

Emporté par le premier mouvement, le laquais supposé allait répondre sur la même note, par un beau juron :

— Sarpe...

Il retint le surplus à temps, et acheva par des excuses respectueuses, en contrefaisant sa voix.

— Mille pardons, monseigneur le Vidame, je n'avais pas l'honneur de vous apercevoir... je courais...

— Maroufle !... faquin, je le vois bien que tu courais... exclama le personnage, s'échauffant et lâchant les mots et les injures avec un accent très-grotesque assurément, mais dont l'aventurier ne songeait pas à rire pour le quart d'heure.

L'interlocuteur, qu'il venait de qualifier par flagornerie du titre de Monseigneur, et par application de son titre réel de Vidame, était l'homme le plus grand, c'est-à-dire le plus long de la cour. Il avait de grands pieds aboutiss t à deux grandes jambes, dont la maigreur égal : hauteur, supportant un buste plus mince enc un _ cigogne et une toute petite tête, perdu ns les boucles d'une perruque magistrale.

Même ici, dans l'obscurité des bosquets, ses habits ruisselaient, comme s'ils eussent été brodés de pierres fines; de riches échantillons de diamants scintillaient d'ailleurs bel et bien à ses jarretières, à son épée et à ses boucles de toute espèce.

Au moment où la rencontre avait lieu, il s'occupait à débrouiller les laisses de soie de deux levrettes, entre lesquelles il paraissait l'homme le plus embarrassé de la cour.

Elles marchaient assez régulièrement derrière lui, quoiqu'il fût bien obligé de les tirer de-ci de-là, en leur prodiguant les noms les plus tendres, mais le prélude musical qui avait exercé sur l'aventurier un effet si puissant, les avait également affectées, et d'une façon très-désagréable.

C'était à qui se sauverait chacune de son côté.

Pomponnette tirait à droite, Mignonne à gauche, quand, pour mettre le comble à la confusion, l'intrus se jeta contre l'homme échassier, dans les cordons déjà entortillés des deux bêtes.

— Aide-moi, au moins, scélérat !... reprit le vidame exaspéré, aide-moi donc !

— Avec bonheur, monseigneur le vidame, avec bonheur...

Mais le traître songeait bien moins à dénouer les laisses qu'à s'en sortir lui-même.

Sous prétexte de défaire les nœuds, il se baissa, tira de sa poche un joli petit poignard, et, nouvel Alexandre, trancha la difficulté.

Une des levrettes affranchies prit aussitôt son élan à travers la cour, l'autre, continuant son manège, bondit de toute sa vitesse vers le jardin.

— Pomponnette !... Mignonne !... Mignonne !... Pomponnette !... se mit à crier sur tous les tons les plus lamentables le gentilhomme infortuné, ne comprenant pas cette fugue et fouettant l'air de ses cordons brisés.

— Je cours après elles !... dit l'homme à la livrée.

Et, profitant du trouble, il s'enfonça au plus noir des allées.

— Pomponnette !... Mignonne !... Cape di dious ! le maladroit !...

En s'exclamant ainsi, le vidame cherchait à ressaisir Pomponnette, qui se livrait dans la cour à un steeple-chase endiablé, passant malicieusement entre les échasses de son patron, chaque fois que celui-ci croyait la tenir.

Au plus palpitant de cette joute, deux grands laquais, — des vrais, ceux-ci, — apparurent sur le perron, d'où ils aperçurent le long personnage au milieu de cet exercice.

— Monsieur le vidame, lui crièrent-ils, madame la marquise demande ses levrettes, elle ne veut pas se mettre à table sans elles !...

Il s'arrêta un instant dans sa course, et frappa de la main son front en sueur :

— Je suis un homme perdu, s'écria-t-il piteusement. Cape di dious !... Si le misérable me retombe sous la main !...

— Vite, vite donc, monsieur le vidame.

— Eh ! troun de l'air, aidez-moi, fainéants !...

Les trois hommes se mirent alors de concert à traquer mademoiselle Pomponnette; l'un deux allait la saisir dans ses bras, lorsque la maline bestiole prit son élan, bondit par-dessus la palissade à hauteur d'appui du jardin, et disparut en envoyant un jappement moqueur à ses chasseurs désappointés.

Un huissier, un grave huissier, le même qui avait eu affaire avec notre aventurier, se dressa alors sur le perron et cria de sa voix solennelle :

— Madame la marquise attend monsieur le gouverneur de ses levrettes !...

— C'est fini !... me voilà disgrâcié... Pecaïre !... balbutia le vidame suant, soufflant, éploré... Et ce maroufle qui ne revient pas !... ah ! je le ratrapperai !... O ciel !... une inspiration !...

Laissant les deux laquais se perdre dans les jardins et remplir les échos des noms de Mignonne et de Pomponnette, il retourna du côté des chenils.

Le laquais de contrebande abandonna Mignonne à ses ébats, regagna en toute hâte son chemin, ressaisit son manteau, fidèlement gardé par sa divinité de marbre, atteignit la petite porte, et s'esquiva comme il était entré, grâce à la complaisance du soldat aux gardes, qu'il retrouva près de finir sa corvée.

Il traversa en deux enjambées la route tracée le long des murs, et disparut de nouveau sous les massifs coupés par les grandes avenues.

Là, en sûreté, il s'arrêta au pied de l'arbre où il avait fait sa faction et se retourna vers le palais.

Poursuivi par le bruit joyeux des convives qui se mettaient à table, il distinguait les sons de l'orchestre, par-dessus lesquels perçaient de temps en temps les cris des valets appelant les levrettes fugitives, et les jappements obstinés de celles-ci.

Les fenêtres étincelaient. Il apercevait même des lumières se répandant par guirlandes dans les jardins, pour égayer les regards des invités, au cas où ils viendraient à les diriger de ce côté. Ces jardins merveilleux sont, comme beaucoup de nos lecteurs doivent le savoir, plantés en grande partie d'arbres au feuillage persistant, empruntés à toutes les zones du monde, afin de charmer les hôtes princiers de Trianon, en leur donnant l'idée du printemps, même au milieu de l'hiver.

Notre téméraire aventurier ne ressentait plus le moindre émoi; il se prit à rire de ce spectacle et des idées qu'il faisait naître, mais surtout des cris désespérés des laquais, et se décidant à s'éloigner, il en revint à son idée fixe :

— C'est égal, j'aurais bien voulu voir ce qui va se passer là-dedans, tout à l'heure.

IV

LE SAC A LA MALICE.

La marquise avait un caprice pour les petits chiens ; elle en possédait en ce moment une collection qu'elle aimait à voir courir, folâtrer, à entendre japper ; elle en gardait presque constamment quelqu'un auprès d'elle. Les médisants de l'Œil-de-bœuf, raffinés de la galanterie, prétendaient à ce sujet que l'on pouvait juger d'après l'accueil fait aux gens par les chiens du degré où en étaient leurs rapports avec la maîtresse.

On allait jusqu'à raconter que le roi avait conçu de l'ombrage contre un certain abbé, galantin et poëte, en voyant un jour Pomponnette, hargneuse pour tout le monde, accueillir par des caresses l'entrée de ce muguet dans le boudoir de sa maîtresse.

Cette familiarité de la levrette avait valu au pauvre abbé son exil dans un bénéfice assez misérable, au fond de la Bretagne.

C'est alors que, pour rappeler mademoiselle Pomponnette à la circonspection, on l'avait confiée, avec Mignonne et le reste de la meute aristocratique, au vidame Charlemagne d'Estissac, intendant de cet important service.

Le vidame, gentilhomme provençal, possesseur d'une belle fortune, aurait peut-être éprouvé des difficultés, sous le règne précédent, à établir des titres suffisants pour occuper une charge à la cour et obtenir ses entrées, mais le régent avait bien démocratisé les choses, et le règne actuel faisait meilleur marché encore des formules de l'étiquette.

Le vidame avait plu à la favorite, il n'en fallait pas davantage.

Comment lui plaisait-il ?... Oh ! pour cette fois, la chronique scandaleuse n'avait rien à y pêcher ; on peut même ajouter que, par une grâce spéciale, ce cher vidame obtenait le même succès auprès de l'entourage entier de la marquise, et que le roi, loin de se formaliser des amitiés que lui prodiguaient les levrettes et les carlins, daignait fréquemment y joindre son sourire.

Il arrivait même, dans les veines de belle humeur, qu'on l'admettait à la table des soupers de Trianon.

Le matin encore du jour qui devait avoir pour lui une soirée si fiévreuse, madame de Pompadour lui avait dit de sa voix veloutée :

— Vidame, nous avons ce soir quelques soupeurs dans les appartements réservés, amenez-moi Pomponnette et Mignonne, c'est tout à fait intime, une quinzaine de personnes ; nous vous resterez.

Un sourire incendiaire à l'appui de cette invitation avait transpercé le sein de l'heureux Charlemagne. Tant de grâces, tant de faveurs, et surtout ce sourire !...

M. Le gouverneur des levrettes, à l'abri de la perruque majestueuse et de la poudre qui dissimulaient ses tempes, sur lesquelles la cinquantaine commençait à neiger fortement, n'avait pas dit adieu à la galanterie ! Il avait été un Céladon dans ses terres de Provence ; il se piquait de mœurs badines ; d'ailleurs il professait une diplomatie à lui particulière.

Depuis deux à trois ans, date de son admission à la cour, il avait vu les disgrâces s'accumuler sur les disgrâces, et avait fait cette remarque, très-judicieuse pour un homme doué d'aussi grandes jambes et d'une si petite tête, que quand on se préparait à destituer les gens, on commençait par leur témoigner du froid, et que, derrière eux on disait : — Sont-ils ennuyeux ! Ennuyeux !... A cette cour de l'enivrement, de la folie, de la futilité perpétuelle, c'était un crime capital ou un prétexte sans réplique.

Or, admirez sa chance ! le vidame d'Estissac n'avait jamais rencontré le visage de sa protectrice que souriant ! Était-elle préoccupée, assombrie ? s'il se montrait, la gaîté renaissait aussitôt.

C'était à prendre en commisération le roi, qui n'obtenait pas toujours le même accueil.

Nous ne répondrions donc pas que ce cher vidame, à ses heures d'ambition et d'amour-propre, — on n'est pas méridional pour rien, — ne se grattât l'oreille et ne se dît tout bas à lui-même :

— Cape di dious ! qui sait !... les femmes sont si bizarres !...

Il lui était impossible, à la vérité, de se dissimuler que dans les rires et les saillies qui faisaient écho à la bonne humeur de la favorite, il se mêlait une pointe d'exagération sinon d'ironie, mais un homme comme lui ne se démontait pas pour si peu ; les moqueurs ne pouvaient être que des envieux.

Le provoquant sourire du matin lui avait mis du soleil dans l'âme. Il avait passé la journée à s'attifer de ses plus beaux habits, et à bichonner de ses mains les levrettes favorites pour les conduire à leur maîtresse :

Perrette et le Pot au lait !...

Il avait suffi de la rencontre d'un intrus, et les fils de la fortune du vidame d'Estissac s'étaient embrouillés avec ceux qui enchevêtraient ses bêtes entre les jambes de ce maraud !

Le lecteur ne s'étonne certainement pas de l'admission, par la favorite, de ses levrettes à un souper intime. La passion des chiens fut toujours une passion royale ; — l'une des plus innocentes et des moins onéreuses.

On ne les eût probablement pas admises dans un banquet solennel, mais aux réunions de Trianon, Louis XV commençait par déclarer qu'il n'y avait plus de roi ; l'exemple du sans-gêne, de la familiarité venait de lui.

Ce prince, qui eût été un charmant, un excellent gentilhomme, doué de toutes sortes d'aimables qualités, ne se plaisait que dans la vie intime ; il aimait du faste non les splendeurs, comme son aïeul, mais les jouissances, les aises, le bien-vivre.

Bon maître pour son entourage, il ne voulait absolument rien voir au-delà, cela gâtait-sa sérénité ; — en sorte que ce gentilhomme parfait était le plus détestable des rois.

On se mit à table sans rien comprendre au retard du vidame, l'huissier ne pouvant fournir une explication plausible, et les laquais ne reparaissant pas.

— Vous verrez, dit gaiement le roi, qu'il faudra envoyer la maréchaussée après ce diable d'homme.

— En ce cas, lança le duc de Choiseul assis à la droite de la marquise, placée entre le roi et lui, e plains la maréchaussée.

— Et pourquoi cette compassion, duc ? demanda la favorite.

— C'est que madame la marquise n'a pas dans ses levrettes un lévrier mieux découplé que ce brave vidame, et qu'il est vraiment taillé pour la course.

— En attendant, reprit le roi d'un ton de compassion comique, ma chère marquise, Pomponnette et Mignonne, si elles finissent par arriver, se passeront du premier service.

Mais la marquise, fantasque et mutine, avait mis dans sa tête que ses levrettes seraient du souper ; le retard, les explications embrouillées de l'huissier qui avait vu le vidame courir comme un fou au milieu de deux laquais, en proférant des exclamations provençales, accroissaient son impatience.

Elle obtint enfin satisfaction, — il est permis de dire pleine et entière.

Une rumeur bizarre, mêlée de jappements, de jurons, de menaces et de caresses retentit dans le vestibule, et l'on vit apparaître l'intendant des levrettes dans toute sa splendeur.

Que disons-nous là ! il était plus que beau, il était superbe !

De chaque main, il tenait au collier un chien de l'espèce des danois, qu'il lança dans la direction de madame de Pompadour.

Ne pouvant rattraper les levrettes vagabondes, il leur avait substitué deux de leurs camarades, au risque de se voir tancé sur son défaut de mémoire ou d'intelligence : — expédient désespéré d'un gouverneur des chenils, dans la deveine.

— Eh ! là, bon Dieu !... s'écria la marquise, assaillie par les deux pauvres petites bêtes, jadis ses protégées, mais depuis quelque temps délaissées pour les levrettes ; — ce vidame est stupide, il m'amène Frisette et Lolotte !...

Ces paroles arrivèrent comme autant de traits barbelés à l'oreille du malheureux intendant. Il cherchait du regard un trou pour se cacher ; mais un éclat de rire immense, où n'attendit même pas le signal du roi, et auquel celui-ci prit bientôt la meilleure part, opéra une diversion.

La marquise regarda d'où cela pouvait venir ; elle aperçut le vidame, et s'emporta en une quinte plus folle que personne.

L'intendant des levrettes se tâta, ouvrit de grands yeux, et voyant que c'était bien de lui qu'on riait, que sa protectrice riait surtout en le regardant, il se mit à faire chorus, ce qui porta l'hilarité au comble.

Jamais le pauvre homme n'avait été plus grotesque. Sa conrse désordonnée avait apporté le trouble dans ses prétentieux ajustements ; le rouge, le blanc, le noir, dont il s'était dans l'après-midi badigeonné la face, détrempés par la sueur, formaient sur ses traits osseux un amalgame effroyable.

Ses aiguillettes, ses boucles de jarretières s'en allaient à l'envers ; sa perruque elle-même, plusieurs fois déplantée et replantée dans son expédition, se présentait sens devant derrière.

Le sourire fort contraint par lequel il jugea nécessaire de se mêler à l'hilarité générale acheva de donner à sa physionomie l'expression la plus burlesque. Il comprit que sa fortune avait repris son aplomb, lorsque de sa voix espiègle la marquise lui cria entre deux bouffées de son sourire :

— Eh ! vidame !... Cher vidame ! avancez donc qu'on vous voie à son aise.

Sans se le faire répéter, il s'avança gravement, fier, glorieux, vainqueur, jusqu'à la favorite, sur la main de laquelle il s'inclina.

— Sire, messeigneurs et mesdames, reprit alors la marquise, nous avons voulu, en ce jour solennel, vous rendre témoins de l'hommage rendu au mérite du gouverneur de nos levrettes : à dater de ce moment, nous l'élevons au grade d'instituteur de ces adorables créatures.

— Hein ?... Plaît-il ?... Madame la marquise me fait l'honneur de me dire ?...

— Je dis, cher vidame, que vous êtes chargé de l'instruction de mesdemoiselles Pomponnette, Mignonne, Frisette et Lolotte, avec mission de leur apprendre à se tenir sur les pieds de derrière, à danser la gavotte et à donner la patte au commandement.

— Madame la marquise... fit le vidame d'Estissac.

— C'est bien, c'est bien, pas de remerciments ; vous nous donnerez, d'aujourd'hui en un mois, la première séance, nous jugerons du progrès de vos élèves ; je suis autorisée par Sa Majesté à vous promettre l'intendance et l'éducation de ses propres lévriers, si le succès répond à notre attente.

— C'est promis, prononça Louis avec une solennité affectée.

— Certainement, Sire, madame la marquise... J'essayerai... balbutia l'objet de cette mystification.

— Qu'il n'en soit plus question, d'ici un mois, reprit la favorite ; portons un toast au vidame Charlemagne d'Estissac, premier instituteur de chiens de la cour !

— Hourra !... au vidame !... cria-t-on en chœur.

La marquise elle-même lui mit un verre dans la main, le forçant à boire le sarcasme jusqu'à la lie.

— A présent, marquise, dit Louis, quand l'incident fut terminé, n'avez-vous rien à nous offrir pour couronner le second service ?

— C'est l'affaire de monsieur le duc, répondit la favorite, en montrant Choiseul.

Premier ministre des affaires du royaume et des divertissements du roi, favori de la favorite, Choiseul atteignait au comble de la fortune.

Il adressa un signe à l'huissier, notre connaissance ; celui-ci lui apporta immédiatement le fameux sac de cuir.

— Si j'en crois mon pressentiment, dit le ministre, c'est ici le vrai sac à la malice.

— A ce titre, cher duc, remettez-le à la marquise, il lui revient de droit, intervint le roi, d'humeur charmante ce soir-là.

Les laquais, dressés à ce service, mirent le dessert sur la table, et se retirèrent, poussés doucement par l'huissier, qui sortit lui-même et ferma les portes.

C'était encore l'un des goûts de Louis XV de se divertir, de s'épancher en famille, — c'est-à-dire avec ses favoris, sans être entouré de profanes ou d'importuns. Il aimait mieux se servir lui-même que de subir l'entourage curieux de ses valets.

Lorsque ceux-ci s'éloignaient, les fêtes prenaient leur vrai caractère d'abandon, de camaraderie, d'égalité complète.

Le lecteur a deviné le contenu du sac de cuir. Il serait oiseux d'entrer dans des redites sur un détail raconté par tous les chroniqueurs. Ce sac envoyé chaque soir au roi ou à la marquise, par le lieutenant général de la police, était bourré de rapports sur les faits scandaleux de la capitale, et d'extraits des lettres scabreuses, décachetées à la poste, tout exprès pour livrer à la risée de Sa Majesté et de ses affidés, les intrigues galantes, parfois les secrets auxquels tenaient le bonheur, l'honneur des familles.

Ce roi sans dignité, ces courtisans sans foi, ces

femmes sans vergogne, trouvaient cela un régal piquant.

L'huissier avait eu soin de placer devant madame de Pompadour un large plateau d'argent ; Choiseul aida à déboucler les courroies, le sac renversé laissa échapper de ses flancs une avalanche de papiers.

— Quand je le disais, s'écria le ministre, la récolte a été plantureuse !...

Le roi s'enfonça paresseusement au fond d'une bergère pour savourer la lecture en faisant digestion.

Les femmes restèrent à leur place, leurs prunelles curieuses s'attachaient à ces écrits compromettants,

dont quelques-unes avaient plus d'une fois lancé des éclaboussures sur leur propre sang.

Parmi celles qui se trouvaient ce soir-là à la réunion, nous citerons comme les plus célèbres par le nom qu'elles ont laissé : madame de Soubise, madame de Mirepoix, madame du Hausset, les confidentes intimes, les amies de cœur de madame de Pompadour.

Quant aux seigneurs, le débraillé le plus libre étant de mise, chacun s'étendit deçà, delà, qui sur un sofa, qui dans un fauteuil ; qui encore, appuyé au siège des dames dans le rapprochement le plus intime, spécialement Choiseul et le duc de Beauveau.

— Je prends au hasard, dit la favorite.

Pauvre femme ! qu'avez-vous ? (Page 37, col. 2.)

— C'est une loterie, fit observer quelqu'un.

— Voyons si j'ai le gros lot !

De sa main mignonne et blanche, elle tira un papier plié en quatre :

— Lettre de M. le lieutenant général de police, en personne !

Elle parcourut de l'œil les premières lignes et rejetant l'écrit de côté avec une petite moue :

— Il se plaint, dit-elle.

— Ah bah ! murmura le ministre.

— Et de quoi ose-t-il se plaindre ? ajouta Louis.

— Le pauvre homme, il se plaint que ses limiers sont sur les dents.

— Qu'on lui donne ceux du vidame d'Estissac ! intervint une des plus rieuses de la compagnie, madame de Mirepoix.

— Charmant !... Charmant, cape di Dious ! murmura le vidame.

— Et qui sont les drôles qui osent causer tant de soucis à notre cher Berryer ? demanda Louis.

— Toujours les mêmes, cette bande de coquins, ces chevaliers du Passe-partout, l'effroi de tous les richards et de leurs coffres-forts.

— Puisqu'on ne peut pas les arrêter, laissons-les passer partout, prononça philosophiquement le roi.

Le mot obtint trois salves d'applaudissements.

— Partout, hormis à Trianon ! dit Choiseul.

— Vidame, fit la marquise, vous dresserez aussi vos levrettes à mordre les mollets des voleurs.

— J'aurai cet honneur, madame la marquise, répondit l'ambiteux intendant des chenils.

— Je continue, reprit la Pompadour.

Elle ouvrit un second rapport.

— Eh bien ? demanda Louis.

— Tragique ! répondit-elle.

— Oh ! oh ! c'est bien dangereux au moment de la digestion. Qu'en dis-tu, Choiseul ? fit le roi qui tutoyait volontiers ses favoris dans le petit comité, — certains chroniqueurs vont jusqu'à prétendre qu'il s'en laissait tutoyer ; — lisons-nous ?

— Ma foi, Sire, je n'y vois pas d'inconvénient. Les contrastes ne me déplaisent point ; après les distractions que nous a procurées M. d'Estissac, un peu de drame nous changera.

— Accordé ! Voyons, marquise, votre tragédie.

— Ah ! c'est tout un roman : un homme tué... l'amant d'une comédienne...

— Et la comédienne ? demandèrent surtout les femmes avec intérêt.

— La comédienne enlevée par le meurtrier.

— Un trait hardi !

— Attendez, fit la marquise ; les détails sont complets, on donne le nom du héros.

— Un nom connu ?

— Fort connu, prononça lentement la marquise.

— Vous y mettez de la coquetterie, marquise, dit Louis.

— Je crains de déplaire au roi, répondit-elle avec une affectation propre à aviver l'impatience de celui-ci.

— Je vous donne blanc-seing ; parlez.

— Le meurtrier est un prince du sang.

— Charolais ?... exclama le roi en fronçant le sourcil.

— Charolais, répéta la favorite.

Elle appuya sur le mot ; — le comte de Charolais et elle étaient dans les plus mauvais termes.

Personnage des moins intéressants, d'ailleurs, le comte se croyait tout permis, hors le bien ; prince du sang, il était convaincu que son auguste cousin ne lui laisserait jamais arriver d'avanies en justice, et la vie d'un homme ne lui coûtait pas plus que celle d'une pièce de gibier.

Insolent avec tout le monde, il avait blessé la marquise, dont la rancune épiait l'occasion d'une vengeance. La guerre entre ces deux personnages importants, l'un par sa haute origine, l'autre par son influence sur le monarque, menaçait d'aboutir à quelque péripétie bruyante, sinon pis.

Le roi, humain par nature, témoignait à chaque récidive son mécontentement à son cousin, mais celui-ci n'en tenait compte ; il recommençait bientôt de plus belle.

Le froncement de sourcil du roi ne causa donc pas à la marquise une impression désagréable. Elle insista même de sa voix câline sur la lettre qui dénonçait le nouvel homicide commis par M. de Charolais. — Puis, dit-elle en terminant : Par bonheur, l'affaire n'aura pas de suites...

— Pour l'homme qui est mort ? demanda malignement l'amie de cœur de la favorite, madame du Hausset, sa première femme de compagnie, admise à ces réunions, où l'on appréciait la finesse de son esprit et la grâce de sa personne.

— Pour Son Altesse, répondit-elle avec intention.

— Pourquoi cela, marquise, s'il vous plaît ? dit Louis.

— Mais c'est bien simple ; parce que Son Altesse viendra trouver le roi demain matin, et que le roi ne pouvant, sans déshonneur pour lui-même, abandonner son plus proche parent au lieutenant de police, ni même à la chambre criminelle du Parlement, lui accordera sa grâce.

— Marquise !... marquise !...

— Grand Dieu ! le roi songerait-il à agir autrement !... Je déclare ici avec franchise que je m'y opposerais de toutes mes forces.

Mais jugeant le trait assez enfoncé pour cette fois, en voyant son royal adorateur s'agiter dans sa bergère avec certains signes d'impatience :

— A un autre !... s'écria-t-elle, passant du ton amer à l'accent le plus léger.

Un sourire fin et malicieux entr'ouvrit ses lèvres, sourire magnétique, irrésistible, rayon de soleil auquel se dissipèrent par enchantement les souvenirs fâcheux, les traces d'orage.

Puis, avec la même mobilité de physionomie, elle allongea une petite moue, si voluptueuse, si mutine que le roi lui-même fut tenté de la cueillir sous un baiser, et grossissant sa voix d'une façon grondeuse, au fond de laquelle éclatait la gaieté :

— Par la mort-bleu ! jura-t-elle, voilà bien du nouveau !...

— Parlez vite, marquise, intervint le roi avec une terreur également affectée, vous nous donnez la chair de poule !...

— Qu'est-ce que cela !... poursuivit la favorite ; un scandale dans ma maison !...

— Oh ! oh !... se récria le chœur, comprenant qu'il s'agissait de quelque plaisanterie.

— Oui, Sire, oui, messieurs !... Écoutez plutôt ce rapport :

« Le premier de ce mois, un dignitaire de la maison « de madame la marquise fit accepter, à titre d'étrennes, « à mademoiselle Sainte-Foy un écrin qu'il paya douze « mille livres chez le joaillier de la couronne... »

La marquise promena sur les assistants, mis en appétit par ce début, un regard interrogateur qui, s'étant arrêté sur le gouverneur des levrettes, finit par y amener tous les autres.

Devenu le point de mire de ces yeux railleurs et curieux, le gouverneur fit bonne contenance, se redressa dans son fauteuil, sourit avec une certaine fatuité et secoua négligemment quelques grains de tabac tombés sur son jabot.

— Poursuivez, dit Louis, c'est palpitant ; le rapport ne contient-il point le nom de ce mortel audacieux et... fortuné ?

— Il faut l'être, risqua entre haut et bas madame de Hausset, pour se montrer si généreux.

La marquise continua sa lecture :

« Mademoiselle Sainte-Foy mit hier en gage cet « écrin pour la somme de six mille livres... »

Le gouverneur fut saisi en ce moment d'un accès de toux à suffoquer.

— Vous avez pris quelque chose de travers ? lui demanda avec un intérêt hypocrite madame de Hausset.

— Oui... en effet... heu ! heu !...

— Buvez un verre d'eau par là-dessus, cela passera.

— C'est peut-être difficile à avaler... ajouta Choiseul, retournant le dard dans la plaie.

— Il manque toujours les noms ? insista Louis.

— J'aperçois un *post-scriptum*, dit la marquise.

— Ah ! ah ! .. fit le chœur auquel le gouverneur des levrettes ne se mêla que par un nouveau :

— Heu ! heu !... caverneux.

Madame de Pompadour lut, en détachant perfidement les syllabes :

« Le seigneur qui offrit ces bijoux à mademoiselle « Sainte-Foy est M. le vidame Charlemagne d'Es- « tissac... »

Nouvelle exclamation du chœur, à laquelle le vidame répondit fièrement en se redressant :

— Cape di Dious !... Messieurs, vous en offrez bien d'autres à des créatures qui ne valent pas cette comédienne.

Cette sortie obtint des applaudissements mérités.

— Il y a encore deux lignes, reprit ensuite madame de Pompadour.

Et elle lut :

« Le seigneur pour lequel mademoiselle Sainte-Foy « les a engagés paraît être au mieux avec elle, mais « il a été impossible de découvrir son nom. »

— Cape di Dious ! répéta le vidame piqué au jeu, c'est que ce gentilhomme n'existe pas.

— Probablement, dit madame du Hausset avec une conviction pateline.

— Est-ce que la police de M. Berryer ne l'eût pas su du premier coup !

— C'est certain.

— La Sainte-Foy aura eu besoin d'argent pour ses propres affaires... — Elle dépense gros !... ajouta-t-il tout bas.

— Il n'y a rien à y contredire, fit madame de Mirepoix, la petite de Mirepoix, comme l'appelait la favorite, qui l'aimait beaucoup.

— Cape di Dious ! si je tiens jamais l'auteur de cette misérable dénonciation !... gronda crânement le vidame en roulant ses yeux gris.

— Allons, dit le duc de Choiseul à l'oreille de la marquise, décidément, le morceau est avalé.

On riait encore, lorsque la marquise avisa dans les papiers non explorés un feuillet dont le pli, la couleur, l'aspect ne ressemblaient pas aux autres.

Elle le prit avec sa délicatesse habituelle, et suivant son habitude aussi, en parcourut les premières lignes avant d'en donner connaissance à la compagnie.

Ces premières lignes étaient rapprochées des dernières, car ce n'était qu'une note rapide. Cette concision n'était sans doute rien à son intérêt, attendu que la favorite ne s'arrêta qu'à la fin.

— Comme elle se tenait tournée de trois quarts, le roi ne distinguait qu'imparfaitement ses traits ; mais Choiseul, plus rapproché, vit son regard s'animer d'un feu étrange, ses lèvres se contracter d'émotion.

Il connaissait la favorite aussi bien, — les médisants ajoutaient : Mieux que le roi ; cette sensation ne lui échappa point.

Cela dura l'espace de deux secondes.

— Rien d'intéressant dans ce chiffon, dit-elle ; une rixe dans la rue.

Et pour qu'on n'insistât pas, elle se hâta d'en déplier un autre dont elle lut immédiatement le contenu : une histoire scandaleuse assez vulgaire.

Mais Choiseul remarqua qu'elle la lut avec une verve qui doublait la valeur des mots ; elle relevait le front et son visage portait une animation triomphante.

Il s'y méprit d'autant moins, qu'il la vit passer adroitement dans sa poche le billet auquel elle devait cette attitude nouvelle : précisément celui que l'homme à la livrée avait glissé parmi les autres, au risque de sa tête.

Pourquoi tant de peine et de mystère, pour faire parvenir à la favorite une communication dont elle se montrait ravie ?... La suite nous l'expliquera sans doute.

Il ne restait plus rien du nuage de l'incident Charollais, les gais propos, les joyeux commentaires se croisaient d'un bout à l'autre de la galerie ; les gens de service en se retirant avaient laissé la table chargée de pâtisserie, de flacons, de bouteilles.

Le roi quittant sa bergère, faisait sauter lui-même les bouchons du champagne, et par une feinte maladresse, se divertissait, en en offrant aux dames, à les inonder de mousse.

Les fusées du rire se mêlaient à celles du vin.

Un seul invité n'y prenait point part ; madame du Hausset le fit remarquer à la marquise.

Celle-ci marchant alors sur la pointe du pied se dirigea vers le taciturne personnage, et revenant avec la même discrétion, elle prit la main du roi et l'amena avec elle.

Gentilshommes, dames et demoiselles les suivirent, retenant leur souffle.

A l'angle le plus retiré de la salle, aux trois quarts caché sous les vastes rideaux d'une fenêtre, le vidame Charlemagne d'Estissac se livrait, tournant le dos à la société, à une occupation absorbante.

Prenant au sérieux la plaisanterie de madame de Pompadour, il donnait une première leçon de danse à Lolotte et à Frisette.

Le silence soudain qui s'opéra, le tira de sa solitude ; il se retourna et aperçut la compagnie formant cercle autour de lui.

Ce fut le feu d'artifice de la fête.

Toutes les dames, animées par le champagne, prétendirent à l'honneur de les baptiser dans le vin : Premier éducateur des chiens de la cour, et des flots vinrent inonder sa perruque.

On parlait de le porter en triomphe ; — le roi se prononçait dans ce sens : la fête, — ne reculons pas devant le mot, — l'orgie arrivait à son apogée.

La porte principale s'ouvrit à deux battants, et l'huissier, d'une voix mal assurée, lança un nom qu'il semblait que personne ne dût saisir dans ce brouhaha.

Tout le monde l'entendit pourtant ; — ce fut le *Mane Thecel Phares* de cet épanouissement.

Le roi, — le roi lui-même, — se retourna et resta confondu.

La favorite pâlit ; le visage de Choiseul refléta une expression terrible de haine.

Qui donc osait violer la consigne rigoureuse du château, transgresser les ordres donnés par le maître, pénétrer, profane, dans ce foyer interdit ?

Au milieu du bruit de la fête, personne n'avait entendu le roulement d'un carrosse, s'arrêtant dans la cour d'honneur, au pied du perron.

Un homme en était descendu. — Sans répondre aux laquais, aux majordomes, accourus à sa rencontre, il monta le grand escalier, pénétra dans le salon d'attente, précédant la salle du souper, et demanda à l'huissier, resté seul en faction dans cette pièce :

— Le roi est là ?

Il désignait la porte de la salle, à travers laquelle, en dépit des draperies, arrivaient les chœurs d'éclats de rire.

Les laquais, les officiers du château accourus à sa

descente de voiture, le suivaient silencieux, effarés, sans oser renouveler leurs questions ou leurs offres de service.

Leur émoi passa soudain sur le visage de l'huissier ; pris au dépourvu par cette apparition, le pauvre homme balbutia :

— Oui... monseigneur.

— Annoncez-moi.

— Hein !... plaît-il ?... Votre Altesse ?

Ce cri ne sortit pas seulement des lèvres épouvantées de l'huissier, les cinq ou six individus rangés derrière le nouvel arrivant le répétèrent avec le même effroi.

— Annoncez-moi, répéta le visiteur avec autorité.

Il fit un pas vers la porte.

L'huissier se jeta en travers, les bras étendus, appuyé contre les battants, faisant face à l'envahisseur, comme le dernier défenseur des Thermopyles.

Cette attitude laissa le personnage parfaitement froid :

— Alors, dit-il, je m'annoncerai moi-même.

Et il fit encore un pas.

— Quoi !... monseigneur... Votre Altesse... Mais... c'est que... exclama l'huissier les mains jointes.

— Rangez-vous ordonna l'im.... arbable gentil-homme.

— Je suis un homme perdu !... s'écria l'huissier ; — j'obéis !... j'obéis !...

De ses mains tremblantes il ouvrit la porte dans toute sa largeur, et envoya ce nom, qui saisit l'illustre compagnie d'un émoi égal à celui des serviteurs du palais :

— Son Altesse Royale monseigneur le dauphin !

Le Dauphin Louis (1) un peu délicat de complexion et d'aspect, n'en paraissait que plus élégant. Il avait beaucoup des traits du roi, son père ; mais une teinte de mélancolie lui prêtait un caractère différent.

La douceur s'alliait chez lui à la fermeté, et à une dignité imposante dans les occasions solennelles.

Le chapeau à la main, il s'arrêta sur le seuil, dans une attitude austère.

Jamais rien de pareil n'avait eu lieu.

Louis XV abandonnait Versailles à sa famille ; — il s'abstenait de scandaliser cette résidence par le spectacle de ses désordres ; c'était, de sa part, un hommage à la vertu immaculée de la reine, à celle de la dauphine. Mais il résultait de cet arrangement même, qu'on devait le laisser se livrer sans contrôle à ses caprices dans Trianon.

Lui rendre, en cas d'affaires urgentes, une visite de jour, aux heures publiques, passe encore, — mais le relancer, le soir, au milieu d'un festival, — c'était, nous le répétons, un trait d'audace inouïe.

Les courtisans, rangés derrière lui, osaient à peine échanger leurs regards effarés. Ils sentaient gronder la foudre.

Le roi, se trouvant ainsi en première ligne, le dauphin se décida à avancer ; il marcha lentement, mais sans trembler, et le salua avec un respect plein de grandeur.

Louis fronçait les sourcils à faire rentrer sous terre tout autre que son fils. Il lui rendit à peine son salut.

— Prince, dit-il, votre visite arrive sur le tard.

— Votre Majesté m'excusera ; un intérêt d'État puissant m'amène.

— Le dauphin n'a pas besoin d'excuses pour se pré-

(1) Père des rois Louis XVI, Louis XVIII et Charles X.

senter chez le roi, reprit Louis, dont la voix concentrée démentait les paroles. Nous vous écoutons.

— Sire, il s'agit, — j'ose le répéter, — d'un intérêt exceptionnel, et je réclame de Votre Majesté deux minutes d'audience particulière.

Louis rencontra les yeux de madame de Pompadour ; il savait y lire ; ils lui présageaient, s'il condescendait à la requête du Dauphin, une série de ces récriminations, de ces bouderies plus redoutées de lui qu'un malheur public.

Il se tira d'embarras par un moyen terme.

— Mesdames, messieurs, dit-il, les illuminations du parc sont magnifiques...

Cette société comprenait à demi-mot ; elle s'ébranla aussitôt pour s'éloigner.

— Restez, marquise, dit Louis à la favorite.

Il ajouta, pour colorer ce désir, cette exception :

— Prince, puisqu'il s'agit d'une affaire de conséquence, vous n'exigerez pas que je me prive de mon Egérie ?

Le Dauphin s'inclina froidement.

Depuis son entrée, Choiseul, fort perplexe, attachait son regard sur la marquise, cherchant à lire dans ses traits, et s'étonnant de son calme superbe.

Il y avait, à coup sûr, un secret, une intrigue entre eux ce jour-là.

Il sortit le dernier, mais rasséréné par un signe imperceptible de sa complice.

L'huissier referma les portes ; le roi, son fils, la marquise restèrent seuls. Le premier s'assit, et invita de la main les deux autres à l'imiter.

La marquise, par une déférence calculée, ne se posa sur son siége qu'après le prince. Elle prit soin de se placer bien en face du roi, afin de ne rien perdre des mouvements de sa physionomie et de le soutenir en même temps de son regard.

— Prince, dit le roi, maintenant que nous voici seuls, je ne dois pas vous dissimuler ce qu'il y a d'inusité dans votre démarche.

— Sire....

— Oui, sans doute, un intérêt d'Etat !... Je n'en connais point de si pressant...

— Sire, il s'agit de l'honneur de votre règne, de la fortune de la France.

— Prenez garde à vos paroles, monsieur. L'honneur de mon règne, c'est mon honneur... La fortune de la France, c'est ma fortune.

— A Dieu ne plaise que je porte un jugement téméraire sur les actes privés de mon souverain... de mon père !... L'objet qui m'amène offre un caractère général...

— Je veux le croire ainsi ; mais alors hâtez-vous de vous expliquer.

— Sire, je viens ce soir, à cette heure inusitée, parce qu'il eût été trop tard demain, pour éviter une faute à Votre Majesté.

— Oh ! oh ! vous le prenez décidément sur un ton...

— Sire, nierez-vous que, dans quelques heures, lorsque le bruit de cette fête, — si fâcheusement interrompue par moi, — sera éteint, lorsque le palais sera rentré dans le calme... vous attendiez quelqu'un ?

— Après, monsieur ? Ne suis-je plus le maître chez moi ?

— Le maître chez vous ; le maître partout ; oui, Sire, vous l'êtes. Mais j'aurai la franchise, le dévoue-ment de vous le dire, car moi seul vous aime, vous respecte assez pour m'exposer à une disgrâce en vous éclairant : Sire, le roi n'a pas le droit de transiger avec les ennemis de la France.

Louis XV pâlit sous cette audacieuse apostrophe; un coup d'œil de sa maîtresse, étrange, impérieux, traversé d'un éclair ironique, le retint sur son fauteuil et comprima son geste menaçant.

— Personne, prononça de sa voix la plus mélodieuse la favorite, personne n'a le droit de s'entendre avec l'étranger.

Le Dauphin la regarda avec une certaine méfiance. Il pressentait un piège. Mais, décidé à aller jusqu'au bout, sans ménagements pusillanimes, il ne s'arrêta pas à cette interruption.

— Cependant, Sire, continua-t-il, la personne qui viendra est un envoyé de l'Autriche, avec lequel vous signerez un traité impossible.

— Impossible!... se récria Louis.

— Impossible, car il entraîne une rupture avec la Prusse, notre fidèle alliée, et avec l'Angleterre, qui soutient les mêmes intérêts en Allemagne, et nous jetant dans les bras de l'Autriche, notre ennemie séculaire, il nous oblige à envoyer au delà du Rhin, sans raison, sans profit, sans avantage d'aucune sorte, moral ni même matériel, une armée de vingt-quatre mille hommes, — du double peut-être (1), — pour seconder cette astucieuse puissance dans ses entreprises contre le grand Frédéric, qui nous tint constamment, avec fidélité, sa parole.

— Vous êtes bien renseigné, monsieur , se contenta de dire ironiquement le roi.

— Trop bien, Sire, car je ne demanderais qu'à m'être trompé en exagérant les faits.

— Votre conclusion? dit le roi, imperturbable.

— Sire, c'est un prince, c'est un Français, c'est votre fils qui se jette à vos genoux pour vous conjurer de renoncer à ce dessein, pendant qu'il en est temps encore! La France manque de pain, l'agriculture manque de bras, le commerce chôme, les contribuables succombent sous les taxes... Un esprit de désespoir... de révolte... oui, de révolte, Sire, souffle dans l'air. Au nom de votre couronne, de votre gloire, au nom de l'humanité, mon père, n'ajoutez pas à ces malheurs ceux d'une guerre ruineuse et compromettante!.. Que la France ait au moins la paix, si elle n'a pas l'aisance.

— C'est bien, dit Louis, combattu entre ses bons instincts naturels et les regards dominateurs de sa maîtresse. Nous aviserons.

Il se leva, pour signifier que l'audience était finie.

— Mais c'est dans quelques heures, Sire, que cet envoyé va apporter l'acte... Et si vous saviez à quel mobile une adhésion si grave sert de sanction!...

La favorite, frémissante, enfonça la main dans sa poche, où ses petits doigts crispés froissèrent le papier soustrait au reste des rapports de police.

Le roi paraissait ému, indécis.

— C'est bien du tracas pour une seule fois, dit-il dans l'espoir de terminer ces débats.

Mais le dauphin ne traitait pas une démarche aussi délicate sans la résolution d'épuiser tous ses arguments. L'élévation de son caractère, le sentiment de son rang social lui permettaient de braver les basses intrigues, dût-il n'en pas toujours triompher.

(1) Cette armée insuffisante dut en effet bientôt être suivie d'une autre, montant à soixante mille hommes. — Le tout pour satisfaire un caprice de la favorite.

Depuis plusieurs années, c'est-à-dire précisément depuis que la marquise, Choiseul, M. de Machault, M. d'Argenson se partageaient l'influence et régnaient sur le roi, celui-ci témoignait pour son fils une froideur, un éloignement contre nature.

Tout rapport de tendresse, de confiance était rompu de sa part. Il vivait sur le pied de l'étiquette avec le jeune prince, sans que les prévenances, la soumission, les efforts de celui-ci pour fondre cette glace aboutissent à un résultat sensible.

Cette situation ne pouvait échapper aux yeux de lynx des membres de la cour de Trianon, non plus qu'à ceux de la cour de Versailles. Tout naturellement, on en trouvait la cause dans le contraste de l'existence du père et du fils, car la conduite irréprochable de l'un était la condamnation des désordres de l'autre. — C'était là l'explication logique, — peut-être en existait-il une autre!...

Le dauphin, malgré son respect filial, ne parvenait pas toujours à dissimuler les chagrins que lui causaient ces scandales. Il prenait soin de ne s'entourer que d'hommes qui en fussent les ennemis. Lui-même avait eu maintes fois les explications les plus vives avec la favorite et les favoris.

Quoique les esclandres répugnassent à son caractère noble, il sentit qu'il n'obtiendrait rien en cette circonstance s'il ne brisait les vitres.

— Sire, reprit-il, j'avais espéré que Votre Majesté m'accorderait une audience tout à fait privée, qui m'eût permis de lui parler sans être exposé à blesser personne.

Le roi fronça de nouveau le sourcil ; rien ne lui était plus désagréable que ce qu'il pressentait.

— Auriez-vous des griefs contre madame la marquise? demanda-t-il.

— Oh ! monseigneur, intervint celle-ci d'un ton moitié sucre moitié vinaigre, ne vous apercevez pas de ma présence ; faites comme si je n'étais pas là... On vous aura raconté des méchancetés sur mon compte... Je suis habituée aux traits de la calomnie... Ils sont sans effet sur moi; — j'ai ma conscience... et la confiance du seul maître dont je relève après Dieu.

— Vous le voyez, dit le roi, rien ne vous empêche de parler.

— Permettez-moi d'ajouter, reprit la marquise, qu'il est plus digne d'un gentilhomme qui aspire au trône d'attaquer les gens en face.

— Je n'attaque pas, madame, j'accuse.

— Décidément, c'est bien de moi qu'il s'agit, minauda la favorite en dissimulant sous ses longs cils, aux trois quarts abaissés, un éclair sardonique.

— Sire, continua le prince, savez-vous enfin ce qu'on dit?

— Qu'ose-t-on dire?

— Que vous cédez à un fâcheux entraînement ; que cette résolution, loin de venir de vous, vous a été inspirée... excusez-moi, Sire, je ne veux pas dire... imposée...

— Oh ! oh !...

La marquise releva ses cils soyeux, et d'un regard irrésistible, fier et en même temps suppliant, elle empêcha le roi d'éclater. Évidemment, elle avait un but mystérieux pour retenir cette explosion.

— Imposée, répéta le dauphin, et cela... la postérité, l'histoire ne le croiront pas!... cela dans le but unique de satisfaire l'amour-propre d'une personne que vous honorez de votre affection.

— Je ne croyais pas mon amour-propre si vaste, murmura la marquise en riant.

— Mais enfin, monsieur, intervint Louis, vous parlez par énigmes ; expliquez-vous clairement, je l'exige !

— J'espérais me faire comprendre à demi-mot. Vous le voulez, je m'explique, Sire : — Les hommes les plus graves, les plus dévoués à votre personne, savent tous que ce traité est le résultat d'une intrigue de boudoir. La personne qui a eu assez d'influence pour vous y déterminer, a été prise elle-même aux séductions de l'impératrice Marie-Thérèse. Cette princesse, — le plus rusé diplomate de notre siècle, a abdiqué en cette circonstance sa morgue négative ; et madame la marquise n'a pu rien refuser à une souveraine qui lui écrit chaque jour en l'appelant « son amie, bonne cousine, »

— C'est vrai ? demanda le roi en regardant fixement sa maîtresse, l'Impératrice ?...

La marquise haussa les épaules d'une façon mutine, et sans se troubler davantage.

— Je regrette qu'un prince tel que Son Altesse ait pu me croire accessible à des considérations si puériles !... Par bonheur, mon dévouement entier à la gloire du roi est connu ; ce n'est pas moi que l'on accusera jamais, — je le disais tout à l'heure, — d'intrigues secrètes avec l'étranger.

Elle accompagna ces mots d'un regard altier dirigé sur le dauphin.

— Personne ne paraît me comprendre ! dit-elle. Cependant, il me serait aisé peut-être de passer du rôle d'accusé à celui d'accusateur.

Le père et le fils la considéraient avec la même attention, sans deviner ni l'un ni l'autre où elle en voulait venir.

— Mes correspondances avec l'Impératrice sont inoffensives ; le roi sait où elles reposent, il les a toujours eues à sa disposition ; il en a lu ce qu'il en a voulu, — il en a, je crois, daigné sourire.

« Mais, moi, du moins, on ne m'accuse pas d'intelligences intimes au dehors...

— Qu'est-ce à dire ? demanda le roi.

— C'est-à-dire, répondit la marquise en se redressant, que si Son Altesse se montre ce soir si opposée au traité avec l'Autriche, c'est qu'elle a eu ce matin un entretien mystérieux de plus de deux heures avec... avec ?... Les noms m'échappent ; mais voici un aide-mémoire.

Elle atteignit le papier, conservé si soigneusement par elle, et le mit sous les yeux du roi.

C'était une note très-nette, très-précise, d'après laquelle, en effet, le dauphin avait eu une conférence prolongée avec deux diplomates, envoyées vers lui par le roi de Prusse.

— Sire,... voulut dire le dauphin.

Un regard sombre, irrité, un geste impérieux de Louis XV l'arrêtèrent.

S'emparant du papier, il le parcourut et le mit sous les yeux de son fils ; sa main tremblait à ce point que le dauphin put à peine saisir quelques mots, suffisants toutefois pour lui montrer de quelle trahison, de quelle manœuvre il était victime.

Il voulut parler malgré la retenue que lui imposait l'attitude du roi.

— Silence, Monsieur !... s'écria celui-ci. Vous êtes ici pour répondre et non pour questionner, — donc, répondez !...

— Avez-vous reçu, ce matin, en secret M. de Goltz, l'un des secrétaires du roi de Prusse, et M. de Hertz-berg, coadjuteur de son ministre des affaires étrangères (1) ?

— Je les ai reçus.

— Ce sont eux qui vous ont révélé les termes obligeants employés par l'Impératrice à l'égard de madame la marquise ?

— Je les connaissais par d'autres. Madame la marquise, glorieuse de cette obligeance, — le prince appuya sur le mot comme un dard,... — a pris soin de les communiquer elle-même à certain de ses amis.

— Il n'importe. Ces diplomates ont cherché à vous intéresser à l'alliance prussienne, et à vous indisposer contre notre bonne sœur l'Impératrice ?

— J'étais déjà de leur avis, Sire. Ce sont mes propres sentiments que je vous ai exprimés, au début de cet entretien.

— Monseigneur avoue, intervint perfidement la favorite. Sire, vous êtes père... tout ceci ne sortira pas d'entre nous, je vous le jure... Ne gardez pas rancune à Son Altesse.

— Assez, madame, interrompit le dauphin indigné ; je n'ai pas de grâce à demander, ce que j'ai fait, je le ferais encore, — et je vous trouve hardie de m'imposer votre protection !...

— Monsieur !... s'écria le roi ; on me l'a bien dit que mes ennemis étaient dans ma famille !... Vous ferez des excuses à madame la marquise ou vous sortirez...

— Sire, dit le prince avec une salutation profonde, je demande pardon à Votre Majesté d'avoir pu lui déplaire, et je la prie de recevoir mes plus humbles respects.

Il fit quelques pas à reculons, toujours incliné ; et sortit sans tourner les yeux du côté de la favorite.

— Quelle scène !... Quelle existence !... Quelle fatigue !... murmura Louis d'une voix gémissante, en retombant la respiration étouffée sur son fauteuil.

La marquise à ses pieds, affaissée sur elle-même, posa la tête sur son genou, couvrant sa main de larmes et de baisers.

— Sire, mon bien-aimé maître, disait-elle, c'est moi qui suis cause de tout... Ce n'est pas votre fils qu'il faut éloigner ; il vous aime à sa manière, ne fait que céder à des obsessions fâcheuses ; — mais il vous aime, certes !... On lui dit que vous gâtez vos sujets, que vous lui préparez un règne difficile... que voulez-vous, il est jeune, il le croit... il me hait...

« Sire, je vous l'ai déjà dit, j'en mourrai, mais je ne peux supporter l'idée d'être une cause de division entre le père et le fils... Sire... laissez-moi m'en aller... »

Cette dernière tirade fut mêlée de sanglots, de hoquets, de spasmes. Puis, la marquise se releva éplorée, — mais par un miracle, cent fois plus belle dans ce désordre et sous ces perles fines scintillant au bord de ses paupières.

— Adieu, mon âme, dit-elle, adieu, je vais mourir !...

— Mourir !... te perdre !... pour un ingrat, un méchant fils, un ambitieux fanatique !..., allons donc !... J'y sacrifierais ma couronne, plutôt !... Non, viens, tu resteras, je t'aime !

(1) M. de Goltz fut l'un des diplomates que le grand Frédéric envoya, en effet, plusieurs fois en France, à l'occasion d'affaires épineuses. M. de Hertzberg était ministre des affaires étrangères à titre de coadjuteur de M. de Finkenstein, auquel son grand âge rendait le ministère très-lourd.

Ce fut la scène de réconciliation obligée, la comédie qui se joue depuis qu'il y a des hommes amoureux et des femmes ambitieuses.

La démarche du dauphin aboutit à rendre plus étroits les liens qui soumettaient le roi à la favorite, et plus profonde l'antipathie de son père à son égard.

Si peu qu'on ait de notions sur ce temps, on ne nous accusera pas d'exagération dans ce récit des épreuves subies par le dauphin, des humiliations dont les favorites et favoris de son père l'abreuvaient même et surtout en présence de ce roi, qui n'avait pas une parole pour les faire rentrer sous terre.

Le traité fut signé, au gré de la favorite; le lecteur trouvera sans peine dans l'histoire les conséquences déplorables qui en furent la suite.

Frédéric le Grand désespérant d'empêcher cette alliance impolitique de la France avec l'Autriche, en s'adressant directement au roi, et répugnant à entrer en pourparlers avec sa maîtresse, avait envoyé vers le dauphin pour l'éclairer sur la situation, et l'engager à montrer au roi de quel côté se trouvaient ses intérêts et à quels mobiles avilissants il sacrifiait l'honneur et les finances du royaume.

La tentative du jeune prince devait réussir, en raison même de sa forme soudaine et solennelle; le hasard, la fatalité, ou plutôt une combinaison machiavélique se jeta à la traverse, en mettant entre les mains d'une femme aussi habile que la Pompadour le secret d'un entretien qui, cependant, avait pour but de sauvegarder la gloire de Louis XV, la fortune de la France.

Le prince remonta dans sa voiture accablé, car une fois hors de la présence de la créature indigne qui menait les destinées de l'État, il céda à son émotion. Peu s'en fallait que des larmes amères ne vinssent mouiller ses yeux.

A son arrivée à Versailles, il trouva, en mettant le pied à terre, deux personnes empressées; l'une était son vieux et fidèle confident le comte de Muy, l'autre le marquis de Ferrières.

Ils ne purent contenir un cri de surprise et d'inquiétude à la vue de sa pâleur mortelle.

— Mon prince, lui dit le comte, vous êtes malade.

— Altesse, ajouta le marquis, appuyez-vous sur nous... De grâce, qu'avez-vous? vous souffrez?...

— De l'âme seulement, répondit-il avec douceur; merci, messieurs...

— Le roi?... se hasarda à demander le comte, en aidant le prince à franchir le perron.

— Mon Dieu, murmura le prince, éclairez ceux qui gouvernent... Que votre règne tarde à venir!...

Le regard d'aigle de Ferrières s'alluma d'un éclair farouche, une sourde exclamation déchirante.

Il aida le comte à conduire le dauphin jusqu'à ses appartements, puis il se retira en exprimant les sentiments de déférence et de respect qui l'inspiraient.

Une fois au bas de l'escalier, il se dirigea vers les écuries; prit un cheval, piqua des deux pour Paris, et vint, au milieu de la nuit, frapper à la petite porte de l'ancien monastère de la rue Neuve-Saint-Eustache.

Il semblait, à voir sa hâte, qu'il apportait à ses alliés ou à ses complices, comme on voudra les appeler, une révélation attendue avec impatience, comme un mot d'ordre et un signal.

Sa présence était prévue, car à cette heure inusitée, plusieurs de ces personnages énigmatiques se tenaient au tour de la table noire, pareils à un cénacle de fantômes.

— A l'œuvre, mes maîtres, s'écria Ferrières en pénétrant dans la salle voûtée. A l'œuvre!... c'est une bouche prédestinée qui l'a dit; il est temps que le règne de la justice succède à celui de Baal!...

Un des hommes ténébreux se leva de son siège, tira de sa simarre une lame aiguë, dont l'acier étincela sous les rayons des bougies; et se tourna vers l'image du Christ, impassible témoin de cette scène, puis cette lame passa de main en main, au milieu d'un silence plus farouche que n'eussent été tous les serments, et quand elle revint à celui qui l'avait présentée, il prononça avec une froide énergie:

— En vérité, ce règne ne tardera plus!

V

DEUX ENFANTS ET DEUX MÈRES

La rue Saint-Denis fut, de tout temps, l'une des plus remarquables de Paris, par son activité, et l'une des plus importantes par son commerce. On doit aussi la regarder comme l'un des principaux foyers où naquit, grandit, se constitua la vieille bourgeoisie, cette noblesse du travail.

En 1756, les maisons de Paris n'étaient pas encore numérotées, cette mesure ne fut décrétée que cinquante ans plus tard, le 5 février 1805. Ce n'était même que depuis une vingtaine d'années environ, sous la lieutenance de police de M. Hérault, que l'on avait appliqué à l'entrée de chaque rue l'inscription de son nom. Pour la désignation plus précise des maisons on recourait à des indications diverses, à des périphrases. Nous y recourrons nous-même en disant que celle où nous allons conduire le lecteur se trouvait vers le milieu de cette rue.

C'était, au reste, une boutique très-connue et fort achalandée. L'enseigne était un Rouet d'argent, sculpté en bois et peint sur la devanture.

La maison, de construction antique, c'est-à-dire moitié pierre, moitié bois, aurait paru bien noire, bien enfumée dans nos rues modernes, mais alors elle faisait bonne figure parmi ses voisines, dont beaucoup ne la valaient pas.

Elle avait pignon sur rue, ce qui n'était pas donné au premier venu, et même au-dessus de ce pignon s'élevait une girouette comme les gentilshommes ou les dignitaires seuls avaient droit d'en poser. Cette girouette rouillée et criarde, provenait du grand-père du propriétaire actuel, élevé, sous Charles IX, à une fonction civile.

Au milieu de l'accent circonflexe du toit, une petite fenêtre cintrée faisait l'effet d'un œil de cyclope, si ce n'est qu'elle avait quelque chose de riant et de gracieux. Un rideau de serge s'y drapait avec une certaine coquetterie, et une petite caisse de bois, solidement fixée par des crampons en fer, permettait, dans la belle saison, d'obtenir un échantillon de verdure. C'était une chambrette ménagée au-dessous des greniers.

Au-dessous de celle-ci, se trouvaient deux croisées plus hautes, sinon beaucoup plus larges, — en ces temps-là on était économe d'air et de lumière; leurs châssis carrés se partageaient chacun en deux compartiments dont un seul, celui du bas, s'ouvrait. C'était le second étage.

Plus bas encore, se montraient deux autres croisées, un peu plus grandes que les précédentes, mais s'ouvrant de même et se fermant au moyen d'un petit verrou. C'était le premier étage.

Entre ces deux fenêtres apparaissait l'enseigne, et sur une frise disposée avec soin le long d'un surplomb, formant auvent sur la porte d'entrée, on lisait en fort belles lettres capitales : NAVELIER MERCIER.

Vous dire que la devanture fût très-brillante, que l'étalage fût disposé pour éblouir l'œil des passants, que l'on mît tout en montre, quitte à laisser vides les cartons et les boîtes des placets, — non.

La porte, coupée en deux, et dont tout le haut ou le bas se fermait indépendamment l'un de l'autre, ce qui permettait de laisser le premier presque toujours ouvert, était des plus simples ; seulement, elle était placée entre deux croisées occupant à peu près toute la largeur de la façade, et auxquelles apparaissaient des échantillons, indiquant la nature du commerce de maître Navelier.

La mercerie comprend un catalogue immense d'objets d'utilité domestique et de toilette ; à l'époque de Louis XV, n'était pas mercier qui voulait, — car les galons, les garnitures, les broderies d'or et d'argent, les dentelles, exigeaient un roulement de fonds considérable.

Or, maître Navelier possédait l'une des plus fortes et des plus brillantes clientèles de la capitale.

Il employait en ville les plus habiles brodeuses, il prenait ses fournitures aux principales fabriques, il avait des correspondants aux lieux même de production, à Lyon, à Tours, à Alençon, à Valenciennes, à Béthune, partout où l'on travaillait bien.

Et malgré ce mouvement considérable, sa maison, lui compris, se composait uniquement de cinq personnes. L'ordre, l'activité, le zèle surtout, suppléaient au nombre.

Présentons au lecteur ce personnel ; ce sera court : En tête le chef, c'est de droit : maître Philippe Navelier, soixante ans ; ceux qui voulaient le vieillir lui en donnaient cinquante. Rien ne conserve comme le travail et l'honnêteté.

La bonté, la droiture respiraient sur son franc visage. Il n'avait pas adopté les modes nouvelles ; les cheveux qui tombaient sur ses épaules, comme sous le règne précédent, étaient bien à lui, leur teinte grise n'avait jamais connu de la poudre.

Homme entendu aux affaires, veillant à son honneur commercial, sa parole valait un contrat. On le connaissait dans tout Paris, et l'on ne craignait pas de venir des extrémités de la ville, pour se fournir chez lui d'objets même sans importance, qu'on eût trouvés bien plus près.

Il n'avait sans doute pas été exempt de soucis ; c'est l'humaine nécessité, mais il n'avait éprouvé qu'un chagrin, — la perte de sa femme, morte depuis une douzaine d'années.

En s'éteignant, elle lui laissait une fille de cinq ans, très-frêle, très-mignonne ; une de ces fleurettes qu'un souffle suffirait à faucher.

Cette enfant avait été pour maître Navelier une puissante et efficace consolation.

Geneviève était maintenant une jeune fille de dix-sept ans, des plus charmantes, des plus avenantes. Il lui restait de sa fragilité primitive une taille de fée, des traits délicats, une expression de douceur ineffable.

Son père voyait en elle le portrait vivant de sa mère. Illusion touchante ! Dame Navelier avait été jolie, mais sans approcher jamais de ce type.

Geneviève avait des cheveux châtains longs et soyeux, qu'elle conservait à l'exemple de son père, dans leur teinte naturelle ; — ils n'en allaient que mieux à son teint frais, et à ses yeux bleus d'un iris profond. Sa bouche n'était un peu grande que pour rendre son sourire plus aimable, et pour mieux montrer ses dents blanches enchâssées dans le plus vif corail.

La bouche et l'œil sont les reflets de l'âme ; — quelle âme séraphique ils montraient !

Geneviève n'avait pas été élevée sans mère, quoiqu'elle fût orpheline.

Une bonne œuvre porte avec elle sa rémunération, suivant les décrets de la Providence. Maître Navelier et sa femme en possédaient la preuve.

C'était toute une histoire, une de ces histoires qui se résument en deux mots, pour les indifférents, mais au fond desquelles un œil scrutateur lit ensemble une élégie et un drame. Nous demandons la permission de la raconter.

Il y avait de cela comme dix-huit à dix-neuf ans, ce qui nous reporte, si le lecteur veut bien s'en souvenir, à la date de notre prologue. Maître Navelier, qui, à cette époque, allait lui-même faire ses principaux achats en fabrique, faillit périr assassiné dans l'Artois, sous les coups d'un bandit qui ne put être découvert, et qui lui déroba une valise assez bien garnie.

Blessé grièvement, il se trouva recueilli par de braves gens chez lesquels il passa un grand mois, et auxquels il ne se lassait pas de dire avec raison qu'il leur devait la vie. Le plus touchant, c'est qu'ils refusèrent opiniâtrément toute indemnité pour leurs peines, promettant seulement, si jamais ils allaient à Paris, — chose peu probable ! de réclamer à leur tour son hospitalité.

Maître Navelier étant donc de retour, sa femme ne crut pouvoir moins faire que d'aller remercier le ciel, auquel elle avait aussi une autre grâce à demander. Dans ces cas-là, c'est à sainte Geneviève qu'elle avait recours.

La patronne révérée des Parisiens reçoit leurs invocations pour les vœux les plus divers. On lui demande jusqu'à des choses impossibles ; mais on lui en demande souvent aussi de possibles, de probables même.

Quand elles n'arrivent pas, le chrétien fervent s'incline, il attribue à son indignité la rigueur d'en haut ; quand elles se réalisent, il proclame le miracle, et la ferveur pour la sainte s'en accroît.

Ce que demandait Navelier souhaitait, c'était un enfant. Jusqu'ici ses vœux trouvaient la bienheureuse indifférente. Mais loin de se rebuter, elle promettait de redoubler de bonnes œuvres et de ferveur. Son directeur, consulté sur celles qui seraient les plus agréables à la sainte, lui conseillait de fonder des messes et de faire des offrandes à l'église.

Elle y songeait sérieusement, lorsqu'au retour de prier, en ouvrant la porte de la boutique, pour rentrer, elle vit une jeune femme s'approcher de la maison, d'un pas chancelant, et s'asseoir sur une des bornes qui en garnissaient les coins.

À son mouvement, à l'oscillation de son corps, elle devina que sans cette borne opportune, la pauvre créature fût tombée, n'ayant plus la force de se soutenir.

Laissant la clanche qu'elle tenait déjà, dame Navelier s'élança vers l'inconnue.

— Pauvre femme, qu'avez-vous?... lui demandat-elle avec intérêt.

— Oh! madame... madame...

La malheureuse n'en put balbutier davantage.

Elle écarta par un geste faible sa mante de laine grise, et la mercière aperçut entre ses bras un enfant au maillot, assoupi, dont elle s'empara, car l'étrangère n'avait plus la force de le tenir. Sans cette aide généreuse, le pauvre petit aurait roulé à terre.

L'excellente bourgeoise ne perdit pas la présence d'esprit ; tenant toujours le maillot, elle courut jusqu'à la porte et appela. Une servante accourut.

Madame de Pompadour.

— Marianne, lui dit-elle, prenez cet enfant.

L'enfant réveillé par ces secousses, se mit à pleurer et à teter son pouce avec avidité.

— Il a faim, pardine ! s'écria la vieille.

— Eh bien, donnez-lui à manger !

La bonne mercière, tout en parlant, retournait vers la jeune femme, à moitié évanouie.

— Sainte Vierge ! ma mie, qu'avez-vous donc?...

lui disait-elle en cherchant à la ranimer. Allez-vous point vous pâmer, là... en plein air... Voyons, un peu de courage... Appuyez-vous sur mon bras...

Elle parvint ainsi à l'emmener, à l'emporter plutôt, jusque chez elle. Mais à peine entrée, la faible créature tomba pour tout de bon en syncope.

Tout le personnel accourut, y compris le maître. Ce fut à qui s'empresserait, non sans commentaires, autour de l'inconnue. Chacun disait son mot, donnait son conseil. La pauvre femme n'en allait pas mieux ; à peine un vague battement du cœur indiquait-il un reste de vie.

— Mais qu'a-t-elle ?... que peut-elle avoir ?... répétait maître Navelier.

L'un s'évertuait à lui frapper dans les mains, l'autre à lui baigner le front d'eau froide ; rien n'y faisait.

— O mon Dieu ! s'écria la vieille servante, si c'était... oui, l'enfant mourait de faim... c'est la faim !...

A ce trait de lumière, dame Navelier, sans laisser ce soin à une autre, ne fit qu'un saut de la boutique à la cuisine.

La marmite chauffait sur le feu ; elle en tira une grande tasse de bouillon, puis, munie d'une cuiller, elle essaya d'en introduire quelques gorgées dans la bouche de l'inconnue.

Ce fut d'abord assez malaisé, parce qu'il fallut que son mari lui aidât, en entr'ouvrant, non sans violence, les dents contractées.

Cependant, les premières cuillerées passèrent ; la chaleur bienfaisante, les sucs du bouillon ne tardèrent pas à produire leur effet, car c'était, la vieille avait deviné juste, c'était le besoin qui causait tout le mal.

A mesure que le liquide vivifiant se faisait sentir, les pulsations devenaient plus fortes, un peu d'incarnat montait sur les joues de l'étrangère. Elle commença à respirer, mais ses yeux restaient encore fermés.

— C'était la faim !... murmurait dame Navelier à l'oreille de son mari ; — Jésus, c'est donc vrai qu'il y a des malheureux qui en meurent !...

Ce qui avait d'abord empêché de deviner que ce fût là le mal de l'étrangère, c'est qu'elle n'offrait rien de l'apparence d'une mendiante, ni d'une pauvresse, sinon la pâleur, l'air maladif.

Ses vêtements, très-propres dans leur simplicité, étaient ceux d'une paysanne. Ses traits, tirés par la souffrance, loin d'avoir l'expression humiliée que donne l'instinct de l'abaissement social ou l'habitude de solliciter, présentaient quelque chose de fier.

Dès qu'elle ouvrit ses yeux, qu'elle avait grands et expressifs, dès qu'elle put étendre les bras, ce fut pour chercher avec une anxiété pleine d'émoi un objet dont elle sentait l'absence, avant même de recueillir ses esprits :

— Mon enfant ! murmura-t-elle ; mon enfant ?...

Elle l'aperçut, lui souriant, entre les mains de la servante.

Ses yeux eurent un rayonnement ineffable ; et comme la vieille voulait le lui rendre :

— Oh ! non, dit-elle, gardez-le encore !...

Gardez-le encore ! De sa part, c'était la plus grande marque de confiance, le plus tendre remercîment.

Puis, voyant ceux qui l'entouraient, ces regards attendris, ces figures compatissantes :

— Oh ! que je vous remercie !... dit-elle.

— Vous souffriez ?... lui demanda la mercière ; vous aviez besoin... Si vous preniez encore quelque chose ?

Une expression navrante traversa le visage souffreteux de l'inconnue. Il y eut en elle une lutte entre le besoin et la honte.

— Merci, pour moi, dit-elle ; mais pour le petit ; oui...

— Oh ! dit la servante, il ne veut plus rien...

— Mais, pauvre femme, se hasarda à lui dire à son

tour maître Navelier, vous n'aviez donc rien pris depuis longtemps.

— Hélas !... soupira-t-elle.

Puis, elle se leva, s'affermit sur ses jambes, retira l'enfant des bras de la vieille, et se prépara à sortir.

Le digne bourgeois échangea avec sa femme un signe de compassion.

— Vous êtes bien faible encore, poursuit-il. Où allez-vous ?...

— Où je vais ? répéta l'inconnue comme si elle ne comprenait pas le sens de ces mots. — Où je vais ?... Je ne sais pas !...

Elle retomba accablée sur la chaise, couvrant son maillot de baisers et de grosses larmes.

Voyons ! voyons, que diable ! fit maître Navelier, ne vous désespérez pas ainsi... Vous n'avez pas d'argent, peut-être ?

Elle répondit d'un signe de tête que ce n'était que trop vrai.

— Connaissez-vous quelqu'un à Paris ? demanda la mercière.

Elle renouvela sa réponse muette.

— Vous venez de la campagne, de l'Artois, si j'en juge par votre bonnet. C'est un pays hospitalier, braves gens, le cœur sur la main.

— J'en viens.

— Cet enfant est à vous ?

Cela se voyait de reste ; pour toute réponse, elle le serra contre elle avec plus de force.

— Avez-vous un mari ? demanda la mercière.

Elle resta immobile, couvrant le petit d'un long baiser ; on pouvait croire qu'elle n'avait pas saisi.

Cependant le mercier et sa femme échangèrent un nouveau regard, plein de réflexions. Puis, s'étant retirés à l'écart, ils prononcèrent quelques mots à voix basse ; ils se consultaient.

— Elle paraît bien honnête... fut tout ce que les autres témoins de cette scène entendirent.

La maison Navelier était le séjour de l'honneur immaculé. Jamais, on peut le dire, une mauvaise pensée n'en avait même souillé l'atmosphère.

Mais si la vertu sincère est impitoyable pour le vice, elle est indulgente aux faiblesses, elle est surtout compatissante au repentir. — C'est la pure morale de l'Évangile.

Gagnée par l'intérêt qu'on lui témoignait, l'étrangère comprit que ce serait de l'ingratitude de se taire davantage. Le bourgeois et sa femme seuls se trouvaient avec elle. Les commis et la servante s'étaient retirés sur un ordre silencieux qu'elle n'avait pas vu.

— Si vous pouviez, dit-elle, mettre le comble à vos bontés en me procurant de l'ouvrage. J'en cherche depuis huit jours que je suis arrivée dans ce Paris ; mais on ne me connaît pas ; tout le monde me refuse.

— C'est que vous êtes mal tombée, dit la mercière, car la besogne donne assez fort dans ce moment.

Un éclair de reconnaissance s'alluma dans les yeux de l'inconnue et vint remercier l'excellente femme de cette parole d'espoir.

— J'ai cherché à me mettre en place, reprit-elle, mais ç'a été pis encore, — personne ne veut une femme qui a la charge d'un enfant... Cela se conçoit..., Il y en a qui m'ont conseillé de le déposer à l'hôpital...

Cette seule idée la fit frissonner.

— Je vous comprends, dit la mercière avec une certaine tristesse ; on est si heureux d'en avoir... Quand on en a, on ne s'en sépare pas !

— Oh ! madame, s'écria la pauvre femme qui s'empara de sa main qu'elle baisa avec ferveur, voilà une parole qui prouve que vous êtes bonne !... Si vous n'avez pas d'enfant, le ciel vous en doit un, — il vous le donnera !... Et le vôtre du moins...

— Pauvre femme, vous êtes donc bien malheureuse ?

— Bien malheureuse, oui... Mais coupable ?... quoique tout paraisse contre moi, — non, non, je ne le suis pas !

Elle accentua ces mots avec une telle énergie, elle fixa en les prononçant un regard si limpide sur ses auditeurs, que le doute n'était pas permis.

— Que savez-vous faire ? demanda maître Navelier.

— Je file, je couds, je tricote.

Dans ce temps-là, le tricot était un état où l'on gagnait encore sa vie, les métiers mécaniques n'existant pas.

— Vous tricotez ? répéta le mercier qui employait beaucoup d'ouvrières à confectionner à l'aiguille des bas, des camisoles, tous les objets qui se peuvent enfin fabriquer ainsi.

L'étrangère montra la brassière de son enfant ; c'était un chef-d'œuvre du genre.

— Nous vous prenons pour ouvrière dirent ensemble le mari et la femme, et nous vous payerons suivant votre talent ; soyez tranquille, vous ne manquerez plus de rien.

— Comment vous nommez-vous ?

L'étrangère répondit avec une hésitation légère :

— Jeanne Leblond.

— Et votre petit ?

— Louis.

Dès le jour même, Jeanne Leblond fut installée dans une chambre, simplement mais suffisamment garnie, du voisinage ; elle commença à travailler pour la maison du *Rouet d'argent*, qui lui avança une semaine sur ce qu'elle pouvait gagner.

Dame Navelier exagéra volontiers le prix de cet ouvrage en se disant :

— Je ferai dire moins de messes, car voilà ma bonne œuvre trouvée.

Au bout de six mois, la vieille servante n'allant plus qu'à moitié, et les maîtres n'étant pas gens à la mettre sur le pavé, alors qu'elle s'était usée à leur service, on proposa à Jeanne Leblond d'entrer dans la maison, pour tout faire, donner un coup de main à la vieille, travailler dans les intervalles, remplacer dame Navelier au comptoir à l'occasion.

On lui mit pour condition première, sans qu'elle le demandât, que Louis serait du marché, et on lui fixa de forts gages de cinquante écus, avec la nourriture et le logement.

L'enfant était gentil à croquer, il faisait mille mamours à la bourgeoise. Dès qu'il commença à parler, il se mit à l'appeler maman ! tout comme sa vraie mère.

Ce n'est pas tout ; Jeanne était installée depuis peu dans la maison, que le bon Dieu, tenant les promesses du directeur et la prédiction de la pauvre femme, comblait les souhaits des Navelier, — la mercière se trouva enceinte.

L'enfant vint à point, et à merveille ; — on la baptisa Geneviève, du nom de la sainte à l'intercession de laquelle la mercière attribuait sa naissance.

Les bonheurs sont comme les malheurs, ils arrivent rarement seuls.

Madeleine, ou plutôt Jeanne, puisqu'elle ne sera plus désignée que sous ce nom, était arrivée à Paris avec l'espoir d'y trouver de l'occupation. La somme glissée dans les langes de son enfant, au moment du baptême, par le gouverneur du jeune parrain, avait été soustraite par une main criminelle.

Dans le trouble de son esprit malade, de la fièvre qui la dévorait, elle avait bien entendu le nom auquel cet homme compatissant lui avait dit de recourir si elle tombait dans la misère ; mais ce nom, elle ne l'avait pas retenu, et ne l'eût-elle pas oublié, qu'elle était trop fière encore, on le sait, pour se résoudre à aller tendre la main.

L'idée ne lui vint même pas de chercher à se le rappeler. La rencontre des deux étrangers avait été une bonne fortune isolée, un accident heureux, — elle ne soupçonnait pas les revoir jamais.

Il arriva, peu de temps après la naissance de Geneviève, que maître Navelier reçut l'avis d'envoyer, à l'une de ses meilleures pratiques, des échantillons de ses plus belles dentelles et de ses plus riches galons.

Sa femme n'était pas en état de sortir, et, vu l'importance de la personne, il ne voulait pas lui expédier son petit commis, il pria Jeanne de le remplacer, en la prévenant qu'elle trouverait l'un des hommes les plus éminents et les plus affables.

— Vous vous présenterez, ajouta-t-il, à la porte Saint-Germain du Louvre, sous la colonnade, en disant que vous apportez, sur son ordre, une commission pour monseigneur le comte du Muy.

— Le comte du Muy ?... répéta Jeanne.

— Voulez-vous que je vous écrive le nom ?

— Le comte du Muy ?... C'est inutile, maître... Je me le rappellerai... d'autant que ce nom... Bien sûr, je l'ai déjà entendu.... Mais où !... O mon Dieu !... si c'était...

Elle s'arrêta, cherchant dans les recoins obscurs de son cerveau.

— Le connaîtriez-vous ?

— Je ne sais... peut-être... Ah ! si c'était lui, maître, je serais bien heureuse de le revoir !...

C'était lui ! — Ils se reconnurent en même temps.

La bienveillance était incarnée en ce gentilhomme avec l'honneur. Il se montra ravi de rencontrer cette pauvre fille, à laquelle il avait pensé souvent, avec le regret de ne pas connaître son sort. Il la félicita sur son admission dans la famille de l'honnête mercier, le plus loyal marchand de la capitale.

Enfin, il s'informa de l'enfant qui lui devait un parrain.

— Ce n'est pas tout, ajouta-t-il avec un sourire au fond duquel il y avait une énigme, qui devait cacher un nouveau bienfait, — il faut que le filleul et le parrain se connaissent.

— De grand cœur, mais comment aurai-je l'honneur de vous amener mon enfant ?

— J'arrangerai cela. Allons, ma chère demoiselle, retournez tranquillement chez vous, vous recevrez de nos nouvelles, et ne dites rien à vos maîtres ; il faut que tout le monde ait le plaisir de la surprise.

« Mon élève, ajouta-t-il plus gravement, a contracté, en donnant son nom à votre enfant, des obligations formelles ; il est bon qu'il sache qu'un homme de cœur ne s'engage pas à la légère, et que les promesses prises devant l'autel sont sacrées. C'est un enseignement qu'il recevra, d'ailleurs, avec docilité, et dont nous vous serons redevables.

— Monseigneur... balbutia la pauvre Jeanne au comble de la confusion et de la reconnaissance.

— A bientôt, mon enfant... Vous direz à maître

Navelier que j'irai moi-même lui porter ma réponse.

Le lendemain, un carrosse s'arrêta devant la boutique du *Rouet d'argent*.

Grande rumeur dans la rue Saint-Denis; tout le monde était aux portes; on se perdait en conjectures sur la livrée, qui était, à dessein, assez simple dans son élégance.

Maître Navelier, son commis, Jeanne, jusqu'à la vieille Marianne, tout le monde accourut sur le seuil.

Un homme d'un certain âge descendit d'abord.

— Monsieur le comte du Muy!... s'écria le mercier au comble de l'orgueil.

— Je ne suis pas seul, mon cher Navelier, dit le comte.

Et il présenta la main à un jeune homme d'une douzaine d'années, qui s'élança lestement, sans se servir de cet appui, et pénétra le premier dans la boutique, où chacun le suivit.

Il adressa à tous un salut aimable, et regardant Jeanne:

— C'est vous, mademoiselle, c'est bien vous, je vous connais; mais mon filleul?... Où est mon filleul?

On amena Louis, qui, par bonheur ou par hasard, avait une toilette toute fraîche.

— Est-il gentil!... s'écria le jeune parrain.

Et l'attirant à lui, il le couvrit de caresses. L'enfant s'y prêta d'autant mieux, que le parrain lui fourra les mains dans ses poches, bourrées de dragées.

— Je vais l'emmener, dit le parrain d'un petit ton résolu. N'y consentez-vous point, mademoiselle?...

Avant qu'elle pût répondre, maître Navelier, resté à l'écart, et qui se balançait en avant, en arrière, avec une perplexité comique, murmurant:

— Est-ce lui?... C'est lui!... Non, ce ne peut pas être lui...

Maître Navelier finit par dire:

— Mais si, c'est bien lui!...

Et il vint plier le genou devant le jeune visiteur en s'écriant:

— Monseigneur le dauphin, quel honneur!...

Le dauphin!... ce mot passa de bouche en bouche; mais il eut pour conséquence d'arrêter les sourires et d'écarter ceux qui se trouvaient tout près de la jeune Altesse.

L'enfant seul demeura, retenu par ses caresses et par la douce ignorance de son âge.

— Eh quoi!... demanda le dauphin, on me fuit?

— Monseigneur, le respect... dit maître Navelier.

— Du Muy, dit l'aimable prince à son gouverneur, dis-leur donc que je veux d'abord que l'on m'aime, on me respectera ensuite.

La vie du fils de Louis XV fourmille de mots de ce genre.

Jeanne, éblouie, transfigurée, n'avait plus ni souffle, ni parole, — elle admirait son enfant jouant avec le fils du roi! Au fond de sa pensée, elle était convaincue que ce ne pouvait être qu'un rêve; elle retenait sa respiration, de crainte de se réveiller.

Le comte du Muy fit comprendre, non sans quelque peine, à son élève, qu'il fallait laisser son filleul avec sa mère.

Il n'y consentit qu'à la condition qu'on le lui amènerait de temps en temps, le plus souvent possible, quand il serait à Paris. Il lui fit un cadeau princier et se montra surtout ravi de ce que le petit, gagné par ses caresses et sympathisant par l'âge avec lui, plus qu'avec les personnes de la maison, voulait à toute force monter dans le carrosse à son côté.

L'aventure ne manqua pas de se répandre. Les poëtes de la cour la célébrèrent en rimes; le peuple la raconta en termes moins solennels, mais plus cordiaux. La caissière de la boutique du *Rouet d'argent* devint tout à coup l'objet d'une considération singulière.

Ses excellents patrons s'en réjouirent comme d'un bonheur pour eux-mêmes.

Elle en fut heureuse pour son enfant, mais elle n'en devint pas plus fière; puis, d'ailleurs, ce bruit s'apaisa, grâce surtout à sa modestie. Mais il resta la protection généreuse sur laquelle elle pouvait compter, et qui alla croissant d'année en année.

La petite fille du mercier eut sa part de faveurs et de bonbons. Le comte du Muy avait soin de ne pas faire de jaloux.

Ainsi, Louis et Geneviève possédèrent dès lors deux mères chacun; le petit garçon, qui gazouillait déjà à ravir, n'appelait pas Geneviève autrement que sa sœur.

Dès qu'elle bégaya, elle le lui rendit en l'appelant petit frère.

Tout cela venait que c'était une admiration, une bénédiction.

Depuis l'instant où on l'avait recueillie dans cette maison hospitalière, il ne fut jamais adressé à Jeanne un mot capable de l'affliger ni surtout de l'humilier. On ne lui parla plus ni de son origine, ni de sa famille, ni de son malheur.

Mais la première fois que le mercier raconta devant elle son voyage à Béthune, et qu'il prononça le nom de son sauveur, on remarqua en elle une émotion plus vive que ne l'expliquait la reconnaissance dont elle pouvait être animée pour la famille Navelier.

Elle y était installée à poste fixe depuis trois ans et demi, lorsqu'un jour un homme entra, portant des habits artésiens, mais les portant noirs.

Maître Navelier servait une pratique; Jeanne, assise au comptoir, faisait la caisse avec une grande attention.

Elle ne vit pas le paysan.

Celui-ci tira son grand chapeau rond et s'approcha d'elle, si près que le comptoir seul les séparait.

Le mercier le prit pour un commissionnaire, et lui cria sans lever les yeux:

— Tout à l'heure, je suis à vous, l'ami.

Il ne l'entendit pas; il restait debout, absorbé, à regarder Jeanne.

Quand il l'eut bien longtemps considérée, il se décida à parler.

— Madeleine?... dit-il à demi-voix.

Elle tressaillit des pieds à la tête; leva les yeux, devint blanche comme un linge; les pièces d'argent qu'elle enroulait en cartouche s'échappèrent de ses doigts.

Elle restait glacée, dans l'attitude d'une statue.

Le mercier et la personne qu'il servait se retournèrent, et restèrent muets d'épouvante.

Le paysan tira de sa poche un objet soigneusement attaché. Il le développa; c'était un cœur d'or guilloché, surmontant une petite croix de même métal, et passé dans une étroite ganse noire.

Jeanne se secoua, prit le bijou, le baisa et s'écria avec un sanglot:

— Grand'mère est morte!...

Le mercier et la personne qui se trouvait avec lui s'approchèrent avec émotion.

— Grand'mère est morte!... répéta la pauvre fille,

— m'a-t-elle pardonné?

— Elle a su vos malheurs, dit le paysan d'une voix pénétrée ; elle vous a bénie.

A cette nouvelle, le front de Jeanne se rasséréna ; elle baisa encore la petite croix, mais elle ne sanglotait plus.

— C'est à vous que je dois cela !... dit-elle au messager ; André, que vous êtes bon !

Le mercier, cependant, après avoir tourné curieusement autour du voyageur, qui continuait de ne voir que Madeleine, s'écria en se jetant à son cou :

— Jarnidieu !... et moi, l'on ne me reconnaît donc pas !...

Maître Navelier était l'homme sauvé par notre jeune ami, sur la route de Béthune. Madeleine et lui s'étaient vus trop peu, et dans une circonstance trop exceptionnelle, — le soir du crime, — pour qu'il l'eût reconnue. Quant à elle, lorsqu'elle découvrit chez qui elle était, elle en remercia Dieu, mais en enfouissant au plus profond de sa pensée ce secret.

André ne fut pas moins heureux de la savoir chez ces gens de bien, il la leur recommanda, — elle n'en avait plus besoin d'ailleurs, — comme sa compatriote, et comme digne de tout leur intérêt, sans s'expliquer sur ses malheurs.

On en était encore aux moments d'effusion, quand la porte de l'arrière-boutique s'ouvrit ; de petits cris joyeux retentirent ; deux enfants, Louis et Geneviève, se jetèrent à l'étourdie dans les jambes d'André.

Il se recula dans un mouvement involontaire et répulsif.

— C'est... votre... enfant ?... articula difficilement sa voix, en désignant l'innocent garçonnet.

Un regard douloureux de la pauvre mère le rappela à ses bons instincts.

— Pardonnez-moi, dit-il, on n'est pas maître de cela... Mais c'est passé... Tout à fait...

Pour gage de cette assurance, il attira Louis et l'embrassa.

— Retournez-vous au pays ? lui demanda Jeanne.

— Je ne sais encore, répondit-il avec indécision. Si je trouvais à entrer en service dans cette capitale...

— Vous trouverez certainement... Maître Navelier connaît le monde ; il vous aidera ; moi-même j'ai la bienveillance d'un digne gentilhomme qui ne me refusera pas de s'intéresser à vous.

— Cela ne vous déplairait donc pas de me savoir dans la même ville que vous ?...

— André, un ami tel que vous êtes !

— Ah ! c'est vrai que j'ai eu du mal à vous retrouver... Mais je l'avais dans ma tête, je l'avais promis à la pauvre vieille... elle n'est partie en paix que sur cet engagement ; voilà un mois que je vous cherche, et je n'ai pas perdu ma peine, puisque je vous ai trouvée... Ce qui me déroutait, ajouta-t-il en baissant la voix, c'est votre nouveau nom.

— Je l'ai pris, non pour vous éviter, bon André, mais pour échapper aux recherches d'un autre, s'il s'avisait jamais d'en faire.

— Suffit ; je l'ai bien compris... Allons, c'est convenu, je m'incruste à Paris... M'est avis que je pourrai vous y être bon à quelque chose... Qui sait !

Voilà comment André renonça à l'Artois, pour prendre du service dans la grande ville. Nous dirons bientôt chez qui il entra.

La dame Navelier n'eut pas la joie de voir grandir sa chère Geneviève, une fièvre maligne l'enleva, la digne femme, alors que l'enfant n'avait pas cinq ans

révolus ; elle se consola de mourir en léguant son titre de mère à Jeanne, et l'enfant s'aperçut à peine de cette perte.

Les enfants ne sont peut-être pas ingrats, ainsi qu'on le leur reproche, — ils ne savent pas ! voilà tout.

— C'est à vingt ans, lorsqu'on commence à apprendre la vie, que l'on regrette la mère perdue à cinq ; c'est quand les soucis viennent assiéger notre chevet, que l'on se rappelle l'ange qui jadis les écartait de ce berceau, sur lequel on revoit sans cesse son image attentive et penchée.

La dame Navelier mourut donc, laissant sa fille très-petite.

L'an suivant, la vieille servante rejoignit sa maîtresse.

Jeanne se multipliait pour remplacer celles qui partaient, mais elle ne pouvait suffire à tout ; les enfants grandissaient, le commerce se développait ; on reprit une servante, puis un commis.

Ce compte réglé avec les événements rétrospectifs, concernant quelques-uns de nos personnages, nous rentrons dans notre récit à la date où nous l'avons interrompu, c'est-à-dire en janvier 1756.

Louis marchait alors sur ses dix-neuf ans, Geneviève en allait compter seize. C'était le couple le plus charmant qu'on puisse rêver.

Paul et Virginie donneraient à peine l'idée de tant de grâce, de jeunesse, d'affection fraternelle, exempte de toute arrière-pensée, ne se raisonnant pas, ne se définissant pas elle-même.

Maître Navelier semblait à la fleur de l'âge.

Jeanne avait davantage vieilli. Il suffit d'une secousse pour laisser des cicatrices indélébiles sur certaines natures. Une seule personne, avec l'intuition du cœur, eût pu reconnaître l'ancienne fleur du faubourg de Béthune, — c'était le brave André.

Mais son intelligence n'avait fait que s'accroître ; elle était l'âme de la maison Navelier ; après le maître, on n'obéissait qu'à elle, et encore ne faisait-il rien sans la consulter.

Depuis longtemps, il n'était plus question de gages entre eux. L'équitable bourgeois, dissimulé sur ce point seulement, tenait un registre particulier, sur lequel il l'avait prévenue, une fois pour toutes, qu'il consignait leurs comptes mutuels, et sur lequel il en ouvrit un à Louis, du jour où Jeanne lui confia les libéralités du parrain de l'enfant ; compte qui s'accrut surtout quand celui-ci, suffisamment instruit pour l'époque, se rendit utile dans le commerce, carrière qu'il déclara préférer à toute autre.

Geneviève s'en occupait aussi, secondant à merveille sa mère d'adoption et s'entendant au mieux avec son frère Louis.

Elle était si mignonne, si espiègle, si avenante, que les nobles clients de son père venaient souvent eux-mêmes au magasin faire des emplettes, pour le plaisir de la voir, et qu'on la désignait déjà sous le nom de la « jolie mercière. »

Quels défauts pouvait-elle bien avoir ?... Une pointe de coquetterie ? Une pointe de curiosité ? Fille d'Ève, c'étaient des dangers plus encore que des défauts.

Nous ne parlons que pour mémoire d'une servante assez nulle, mais nous mentionnerons un commis destiné surtout aux courses, et pourvu du nom passablement excentrique de Becdassée.

Le type du gamin de Paris est aussi vieux que Paris même. Nous n'avons pas à le décrire, chacun d'ailleurs le connaît. — Becdassée était un gamin de Paris.

Il avait une quinzaine d'années, — plus de malice et d'espièglerie que d'âge. Rien ne lui échappait, — Il riait de tout. Il n'y en avait pas deux de sa force pour les commissions, — à moins qu'il ne rencontrât un bon sujet de flânerie, un bateleur sur la place, une dispute d'ivrognes, une bataille de chiens, une procession, un cortége ou un défilé de soldats; s'il ne rencontrait rien de tout cela, il était aussi vite de retour que parti.

Mais la flânerie était dans son essence, il interpellait le bateleur, prétendait faire aussi fort que lui. On le vit plus d'une fois, mis au défi par ces *artistes*, déposer par terre ses paquets et marcher sur les mains ou faire le saut de carpe.

Il ne pouvait, de même, résister au plaisir d'embrouiller les altercations des buveurs et des dames de la Halle; quand il y mêlait son mot, on était sûr qu'il y aurait des yeux pochés et des bonnets en l'air.

En fait de chiens, il avait le talent de se faire suivre par tous ceux qu'il voyait; la barrière du Combat n'eut jamais des luttes pareilles à celles qu'il excitait, à la grande joie des vauriens de sa sorte, au désespoir des douairières dont les carlins favoris revenaient les oreilles en sang.

Ce garnement était chéri de ses maîtres. On le bougonnait d'abord, quand il rentrait trop tard ou trop en désordre; mais il imaginait des excuses si plaisantes, il faisait des histoires si cocasses qu'il fallait en rire; — quand on a ri on est désarmé.

Rien n'échappait à l'œil rusé de ce comique garçon. Il avait l'esprit extraordinairement ouvert sur une quantité de choses, auxquelles Louis ni Geneviève ne songeaient guère.

Louis surtout était d'une adorable ignorance, la finesse vient plus vite aux jeunes filles sur certains sujets; — nous n'affirmerions pas que Geneviève n'eût déjà pensé à quelqu'un de ceux-ci, elle était d'ailleurs plus en position pour cela.

Les chalands du *Rouet d'argent* lui répétaient si souvent, en dépit des signes et des gros yeux que leur faisait maître Navelier, qu'elle était jolie comme une divinité de l'Olympe, que, ma foi! elle se regardait dans son miroir plus de fois qu'il ne convenait, et son miroir, conseiller dangereux, quoique sincère, confirmait les compliments des pratiques.

On n'est pas parfait : Geneviève, charmante, aimait trop, nous le répétons, à se l'entendre dire, car souvent ceux qui le disaient étaient les plus aimables, les plus séduisants gentilshommes de la cour, ceux qu'on appelait et qui s'appelaient eux-mêmes d'irrésistibles roués !

Louis vivant avec elle, dans une familiarité absolument fraternelle, l'admirait au fond plus que personne, mais sans avoir jamais songé à lui faire un compliment. Il était le seul; peut-être s'en étonnait-elle; et en prêtait-elle une oreille plus complaisante à de certaines flatteries.

En résumé, la maison était heureuse, — de plus elle était gaie. Becdassée aurait suffi pour y semer le rire, mais la bonne humeur ne manquait ni à Louis, ni à Geneviève.

L'occupation ne leur faisait pas défaut non plus, à en juger par le mouvement de la boutique, ou plutôt de la maison entière, au commencement de la dernière semaine de janvier.

LES APPRÊTS DU CARNAVAL

La mercerie comprend une multitude de branches, et, dans ce temps-là surtout, où l'on ne connaissait pas les bazars ni les magasins gigantesques, véritables halles du commerce, un mercier achalandé, comme le patron du *Rouet d'argent* devait satisfaire à tous les besoins de ses pratiques, en ce qui avoisinait sa spécialité.

Maître Navelier, par exemple, vendait des masques : eh bien! ses principaux clients à l'époque des bals le chargeaient de leur fournir leurs travestissements.

On touchait au carnaval, qui prenait alors son essor du mois de février au mardi gras, mais dont la passion des Parisiens pour les plaisirs a trouvé moyen de doubler au moins la durée.

Les bals masqués de l'Opéra, créés en 1715 par une ordonnance royale qui en fixait le nombre à trois par semaine, jouissaient encore, en 1756, de leur pleine vogue.

Ces divertissements n'effrayaient pas trop les ministres de la religion, car ce fut un moine qui inventa le mécanisme destinée à élever, pour les facilités de la danse et de la circulation, le plancher du parterre au niveau de la scène.

L'usage vulgaire du masque n'était pas non plus très-éloigné, et l'on n'y voyait rien de répréhensible, puisqu'il durait encore dans les dernières années du règne de Louis XIV, où beaucoup de femmes de la bourgeoisie, aussi bien que de la noblesse, ne sortaient pour la promenade et les visites que les traits couverts d'un masque de velours noir.

Enfin, les artistes des ballets de l'Opéra et de la cour ne dansaient pas autrement que masqués; mode absurde qui dura jusqu'en 1766. Louis XIV, qui prenait si souvent part aux ballets de Versailles, ne dansait que sous le masque.

En se rappelant ces faits, si proches de nous, on s'étonne de la réprobation, de la proscription religieuse surtout, qui, depuis le commencement de notre siècle seulement, est venue frapper le pauvre masque et les déguisements.

En janvier 1756, les merciers de Paris en confectionnaient donc, sans scrupule et avec profit, de grandes quantités.

Maître Navelier y joignait les costumes de fantaisie, dominos, dentelles, falbalas légers, — la puissante corporation des tailleurs ne lui en eût pas permis d'autres.

Dans ces moments de presse, on réunissait les meilleures ouvrières dans la maison de la rue Saint-Denis, où, sous l'œil vigilant de Jeanne, tout ce monde-là taillait, brodait, cousait. Maître Navelier suffisait à peine à auner les marchandises, Louis à les plier, Geneviève à tenir le comptoir, Becdassée à porter les commandes en ville.

Serait-il indiscret de glisser ici, entre parenthèses, que Geneviève en prenant sa part de ces soins, répétait bien souvent avec une intonation qui avait tout l'air d'un regret ou d'un désir sans espoir :

— Le bal de l'Opéra, que ce doit-être beau!...

Elle subissait le supplice de Tantale.

Au plus fort de ce mouvement, un individu dont la

livrée indiquait un laquais de bonne maison, mais dont les armoiries étaient inconnues à l'œil cependant exercé du patron, entra dans la boutique en demandant à lui dire deux mots en particulier.

Le mercier l'introduisit dans l'arrière-boutique, seule pièce où il ne se trouvât pas de couturières, à cause de son obscurité.

— Maître, lui dit l'inconnu, j'appartiens à un gentilhomme de la cour de Trianon, qui désire vous donner sa pratique.

— Je ferai de mon mieux pour le satisfaire.

— Vous pouvez lui en fournir une preuve immédiate, dont il vous saura gré.

— De quoi s'agit-il ?

— Mon maître, et une quinzaine de ses amis, ont projeté une partie pour le prochain bal. Pouvez-vous leur fournir un déguisement ?

— C'est-à-dire seize costumes ?

— Oui.

— Seize costumes !... Vous voyez combien nous sommes occupés, les ouvrières passent les nuits...

— Oh ! ces costumes seront des plus simples, et s'il faut payer l'extra, vous comprenez que de jeunes seigneurs qui s'amusent ne regardent pas à une centaine de livres près. Seulement, ils tiennent au secret, afin de rendre leur partie complète...

— Je connais cela, dit le mercier en riant, un costumier est muet comme la tombe.

— Alors, c'est entendu.

— Permettez-moi de consulter ma demoiselle de boutique ; elle seule peut nous dire si ce surcroît de besogne est possible, d'ailleurs, c'est à elle qu'il faudra expliquer la forme et les couleurs du déguisement.

— Soit !

Jeanne interrogée, voyant qu'il s'agissait d'une affaire avantageuse pour la maison, promit, moyennant un supplément pour le travail nocturne, de livrer la commande le 31 janvier au matin.

Le costume était simple, comme le disait le commissionnaire : seize dominos de soie noire, très-amples, à capuchons, figurant à peu près des robes de moine, mais égayés par des ceintures en torsade rose et garnis partout de ruches de même nuance, à la mode Pompadour.

— Plus, naturellement, autant de masques de velours noir, mais aussi garnis de rubans roses.

On tomba, sans marchander, d'accord sur le prix, quoiqu'un peu élevé, en raison de la presse.

— Où faudra-t-il envoyer ? demanda le patron.

— Nulle part ; tenez cela prêt à l'heure voulue, je viendrai moi-même chercher le tout.

— Et le payement ?

— Oh ! mon maître à l'habitude de payer ces sortes de colifichets d'avance, répliqua le messager.

Il atteignit une bourse et compta sur la table la somme convenue, sans rabattre un denier.

— Dites à votre maître, fit le mercier ravi, qu'il sera servi comme il paye. Ajoutez que mon regret est de ne pas connaître une si noble pratique.

— Cela viendra, cela viendra, pour peu qu'il soit satisfait. Mais surtout de la discrétion, sans quoi son divertissement manquerait son but.

Navelier et Jeanne répondirent en mettant leur doigt sur la bouche.

Le laquais sortit sur cette réponse.

Pendant que le patron et la demoiselle de boutique se concertaient pour l'exécution de cette importante commande, un autre individu, aposté aux alentours,

épiait la sortie du commissionnaire. L'ayant vu disparaître à l'angle d'une rue, il entra à son tour au *Rouet d'argent*.

Maître Navelier cherchait dans ses rayons l'étoffe nécessaire pour tant de costumes ; Jeanne s'occupait des rubans roses, dont il fallait une quantité énorme.

Le nouvel arrivant marcha directement vers elle.

— André !... fit-elle avec surprise ; pardon, reprit-elle, en souriant, je voulais dire Jasmin, je me trompe toujours.

— Il n'y a pas de mal ; je laisse mes maîtres m'appeler comme ils veulent, mais j'aime à entendre mes amis se souvenir de mon vrai nom.

— Comme vous voilà encapuchonné ! dit Jeanne, remarquant le manteau à coiffe rabattue qui enveloppait Jasmin, à ne pas laisser voir son visage. Est-ce contre le froid que vous vous cachez ainsi ?

— Contre le froid... Oui, contre le froid.

— Et quel bon vent vous amène ?

— Jeanne, un homme sort d'ici ?

— En effet.

— Le connaissez-vous ?

— Le domestique d'un grand seigneur, qui ne veut pas dire son nom jusqu'à la fin du carnaval.

— Qu'est-il venu faire ?

Sans s'attacher à la brusquerie de cette question, façonnée qu'elle était au laconisme et aux formes toujours un peu abruptes de son compagnon d'enfance, Jeanne répondit en souriant finement :

— C'est un secret.

— Ah ! un secret !... répéta Jasmin, d'un ton si étrange que Jeanne se crut obligée d'ajouter :

— Un secret de carnaval.

Mais, loin de dérider le front de Jasmin, cette réponse l'assombrit encore.

— Jeanne, dit-il avec une insistance singulière, — je vous en prie, — il y va d'un intérêt considérable... pour moi... oui, pour moi, — qu'est venu faire cet homme ?

Elle le regarda avec une nouvelle attention :

— Vous me faites peur !...

— Je vous en conjure, Jeanne, répondez !

— Après tout, dit-elle, c'est un enfantillage. Cet homme est venu commander, pour le prochain bal, seize dominos pareils.

— Ah ! seize !... répéta Jasmin, de plus en plus pensif.

— N'en dites rien au moins, vous savez, ces petits mystères font partie de notre métier.

— Il en a commandé seize ?... Eh bien, Madeleine, vous en ferez faire dix-sept.

— Mais...

— Je vous en prie !

— Et pour qui le dix-septième ?

— Pour vous !

VII

AUTRES COSTUMES — MENUS PROPOS

Le lecteur comprend, sans qu'il lui faille d'explications, que suivant un usage encore fréquemment appliqué, André portait le nom qu'il plaisait à son maître de substituer au sien.

M. de Ferrières avait l'habitude d'appeler son valet de chambre Jasmin ; autant Jasmin qu'autrement !

Mais une particularité à noter, c'est que, depuis son installation à Paris, à la suite de sa visite funèbre à la femme de confiance de la maison Navelier, André en était seulement à son deuxième maître.

Il avait quitté le premier sans motif, par caprice, disait-on, ce qui était inexcusable de la part d'un homme posé, froid et peu parleur tel que lui.

Le jour où on lui apprit que le marquis de Ferrières était sans domestique, il mit tout en œuvre pour entrer chez lui, et comme il n'existait sur son compte que de bonnes notes, la chose fut promptement conclue.

Le marquis de Ferrières était lui-même un gentilhomme excentrique. On lui avait plusieurs fois reproché des allures mystérieuses : il tenait un train de maison fort large, sans qu'on sût où il puisait ses ressources.

On interprétait d'ailleurs le côté nébuleux de sa vie, par son ancienne affiliation aux fanatiques du cimetière Saint-Médard.

Les moins bien disposés, si l'on venait à citer quelque fait bizarre qui le concernât, haussaient les épaules et pensaient avoir tout dit en répondant :

— Que voulez-vous attendre d'un ancien illuminé ?...

Il s'accommodait parfaitement de cette opinion, bravant les propos, les faiseurs de chroniques, se glorifiant au besoin de ne pas ressembler à tout le monde.

Une seule fois, il s'était entendu attaquer au vif ; — c'était dans l'entrevue du couvent abandonné de la rue Neuve-Saint-Eustache.

Mais, après avoir frémi, il se prit à rire, — ceux qui auraient pu le perdre ne voulaient que lui demander son alliance !

Au moins, ce personnage énigmatique se laissait-il voir pour ce qu'il était à ses gens ? Jasmin, qu'il appelait avec complaisance son confident, possédait-il la clef de ses secrets ?

De Ferrières ne se fiait à personne. Cet homme représentait une incarnation du Sphinx.

Jasmin passait, comme un personnage de bronze, au milieu de ces arcanes, de ces mystères, qui eussent allumé la curiosité de tout autre.

Il obéissait aux ordres les plus bizarres, sans questionner, ni répliquer ; et, chose qu'on ne pourrait admirer assez, — il s'en acquittait toujours à la satisfaction de son maître.

Celui-ci n'ignorait pas, d'ailleurs, que pour rendre les subalternes intelligents, le moyen par excellence est la libéralité ; — les gages fixes de Jasmin ne dépassaient pas ceux de ses confrères, mais ils étaient triplés en gratifications.

Ces données bien établies sur le valet de chambre de M. de Ferrières, on aura la clef de l'émoi qu'il ressentit quand mademoiselle Sainte-Foy lui parla de la fréquence des visites de son maître autour du comptoir de Geneviève. Il devient certain aussi que son entrée au *Rouet d'argent* après l'homme qui venait de commander seize costumes uniformes, et sa prière à la directrice de la maison, se rattachaient à quelque chose d'extraordinaire.

C'était le premier service qu'il demandât de sa vie à son amie d'enfance.

Il lut sur ses traits son étonnement ; elle ne comprenait pas bien ce qu'il voulait.

— Vous désirez, reprit-elle, pour qu'il s'expliquât plus clairement, vous désirez que l'on fasse un costume de plus ?

— Oui, Madeleine... Jeanne, et que ce costume, dont vous ne parlerez à personne, vous le réserviez pour le mettre vous-même.

— Moi-même !...

— Me refuseriez-vous ?...

— Eh bien, non... Quel que soit votre but, André, disposez de moi.

— Merci ; je m'y attendais. Je vous reverrai prochainement. En temps utile, vous connaîtrez mon projet, — et vous me saurez gré de vous y avoir mise pour une part.

— Je sais, répondit-elle, que vous ne pouvez me demander rien que d'honnête et de bon.

Il la regarda avec attendrissement, et laissa échapper un soupir qui se rattachait sans doute aux jours d'autrefois, à leur bonheur perdu.

Une brusque interpellation changea soudain ses dispositions et son visage.

— Cape di Dious ! je ne me trompe point, c'est la livrée de ce cher marquis de Ferrières !...

Jasmin reconnut l'importun avant même de se retourner ; ce juron méridional, cet accent grêle et criard, appartenaient au gouverneur des chiens de Trianon.

Il salua ce dignitaire ainsi qu'un valet doit saluer un grand seigneur.

Le vidame d'Estissac lui cligna de l'œil pour l'inviter à approcher. Puis, lui saisissant le bout de l'oreille, il lui parla à demi-voix :

— Pecaïre, veux-tu être franc avec moi ?

— Certainement, monseigneur.

— Alors, conviens que tu te trouves ici pour surveiller le costume de ton maître au prochain bal.

— Vous vous trompez, monseigneur.

Le vidame lui lâcha l'oreille, et prit dans la poche de son gilet une piécette d'argent qu'il fit chatoyer.

— Je me trompe ? dit-il d'un air malin.

La pièce était menue comme la générosité du personnage.

— Absolument, monseigneur, dit le valet en affectant de ne pas voir cette mince tentation.

Puis, s'inclinant de nouveau, il se dirigea vers la porte.

— Jasmin ! appela le vidame en lui montrant un écu, un seul mot.

Jasmin, jugeant la pièce bonne à prendre, avança la main ; le vidame, après une certaine hésitation, l'y laissa tomber, et insista :

— Tu sais que ton maître et moi nous sommes deux vrais amis ; indique-moi son costume, pour que je l'intrigue un peu.

— Désolé, monsieur le vidame, répondit Jasmin en tenant l'aubaine ; mon maître n'ira pas à ce bal.

Et il sortit, laissant le ladre pour ses frais.

Maître Navelier s'approcha alors pour accueillir le vidame, une de ses bonnes pratiques.

Becdassée, dont l'apparition de ce personnage grotesque redoublait l'espièglerie, lui apporta le siège le plus haut qu'il trouva, afin, souffla-t-il tout bas à l'oreille de Louis, que le vidame pût s'asseoir sans descendre de ses échasses.

Il s'assit en effet, avec complaisance, près du comptoir où siégeait Geneviève, qui faillit éclater de rire, en voyant l'embarras que lui causaient les basques de son habit : — le vidame n'était pas homme à passer à côté d'un ridicule, il portait des habits à paniers, mode burlesque, un moment adoptée par la jeunesse dorée de ce temps-là.

Lorsque enfin il se trouva, non sans complications, installé, il promena sur le cercle dont il était le centre un regard protecteur.

— Bonjour, bonnes gens, fit-il, bonjour!..: *Cape di Dious!* ajouta-t-il en appuyant un de ses coudes sur le comptoir avec un regard singulièrement enflammé vers Geneviève, maître Navelier, je vous félicite, vous possédez la perle des jolies filles de Paris !

Geneviève était en effet dans l'épanouissement de sa jeunesse.

Le sourire qui se dessinait sur ses lèvres, la gaieté limpide qui nageait dans ses beaux yeux, l'incarnat qui monta sur ses joues à ce brusque compliment, ajoutaient à sa grâce.

— Il ne faut pas dire cela aux jeunes filles, monsieur le vidame, repartit le bourgeois, elles ne sont que trop disposées à le croire, même quand c'est pure courtoisie.

Geneviève baissa les yeux et allongea une petit moue délicieuse.

D'Estissac n'écoutait pas le père; il l'a considérait avec une attention admirative, embarrassante à la longue.

— C'est, palsambleu! une vraie perle!... répéta-t-il, se parlant à lui-même.

— Je ne connais rien d'aussi charmant que vous (Page 48, col. 2.)

Puis, sortant de cette préoccupation :

— Je viens pour bien des choses, reprit-il, mais je n'ai pas besoin de tant d'oreilles pour les expliquer.

Ceci s'adressait à Becdassée, piqué droit devant le vieux gentilhomme, car Louis et sa mère étaient retournés à leurs occupations, au fond de la boutique.

— Dame! dit le gamin, je reste pour faire honneur à M. le gouverneur des levrettes.

— Eh bien! fais-moi plaisir... va-t'en.

Le drôle allait répliquer; un regard sévère du patron y coupa court.

— Je disais donc, reprit le vidame, dont la prunelle revenait sans cesse, sous l'influence d'une idée secrète, vers Geneviève, je disais que nous avons fort affaire ensemble. — Cape di Dious ! la rude chose que d'être bien avec une personne à la mode !...

— Vous parlez de mademoiselle Sainte-Foy? demanda le bourgeois.

— Et de qui parlerais-je !... Ah ! très-cher, que de grâces et quelle sagesse !... Incorruptible !... Elle daigne accepter mes hommages, mes présents... Mais si je lui parlais de m'accorder quelque retour... foi de gentilhomme, elle refuserait tout !

— C'est superbe !... interrompit le bourgeois, désireux de couper court à cet épanchement en présence de sa fille. Alors, c'est pour cette dame que vous venez nous commander quelques objets?

— Pour elle, oui, pour elle d'abord ; mon tour viendra ensuite, car, ajouta-t-il d'un air fin, j'ai mon idée pour le prochain bal.

— Elle doit être excellente, intervint malicieusement Geneviève.

— Je le crois... Mais, avant tout, cette aimable déité m'a prié de vous solder son dernier compte.

Geneviève ouvrit son registre.

— Corpo di Bacco !... se récria le vidame en entendant le total, mais les rubans et les colifichets deviennent inabordables !

Le fait est que le chiffre se montait haut.

— Mon Dieu ! monsieur le vidame sait que mademoiselle Sainte-Foy commande toujours ce qu'il y a de plus beau.

— Et de plus cher...

— Naturellement.

— Elle joue de si beaux rôles !... s'écria Becdassée, qui circulait sournoisement derrière le vidame.

— Ah ! tu es encore là, toi !...

— Et j'étais aussi à la dernière représentation de la *Belle Orgueilleuse*, de M. Destouches ; même que j'ai des ampoules tant j'ai applaudi. Sans compter qu'à chaque scène je me récriais en mêlant le nom de M. le marquis à mes bravos.

— Allons, c'est bon, c'est bon, vaurien ; tu auras encore une place à la prochaine soirée, dit le vidame adouci.

« Voyez-vous, continua-t-il après avoir payé, ces rôles de princesse sont ruineux, je l'engagerai à jouer des bergères... Je suis sûr qu'elle y réussira mieux encore.

— Excellente idée !

— Économique surtout, fit Geneviève avec un sourire.

— Petite espiègle !...

Le vidame allait ajouter autre chose, mais il rencontra le regard du mercier et se retint.

Il était visiblement préoccupé ; Geneviève et son père attribuaient cela à l'ennui du payement qu'il venait de faire ; — était-ce le vrai motif !...

Quoi qu'il en soit, il tira de sa poche une interminable ribambelle, sur laquelle se trouvait une nouvelle commande, capable de vider tous les cartons du mercier.

— En faut-il des affaires pour jouer la comédie !... murmura Becdassée avec admiration.

— Des montagnes, bagasse !... soupira l'intendant des chenils. Et tout cela très-pressé, ajouta-t-il. Cette chère Sainte-Foy se confectionne, en cachette, un costume pour le bal. Elle veut certainement me surprendre, et voir si je la reconnaîtrai. Ces colifichets sont destinés à ce costume ; ainsi, ma belle enfant, veillez à ce qu'il n'y ait pas de retard.

— Tout sera remis dans la soirée, dit Geneviève après un coup d'œil à la liste.

— Maintenant, parlons de moi...

— Ça va être plus drôle... murmura entre haut et bas Becdassée.

— Je l'espère bien, fit le vidame. Je veux un costume mythologique.

— Naturellement, dit Geneviève ; aucun de nos jeunes seigneurs à la mode n'en portera d'autre.

— Est-ce un dieu ou un héros que monsieur le vidame désire représenter ? demanda le bourgeois

avec la gravité imperturbable d'un fournisseur en présence d'un client riche, mais stupide.

— C'est un dieu.

— Ah ! un dieu.

— C'est-à-dire un demi-dieu.

— Un satyre ?... hasarda Becdassée, ce sont les divinités réputées les plus galantes !... ajouta-t-il pour conjurer le regard courroucé du vidame, qui agita sa longue canne à pomme d'or d'une façon inquiétante.

— J'avais songé à me mettre en sylvain, avec des guirlandes de feuilles et une coiffure en écorce.

— Bonne idée !... fit Geneviève.

— La coiffure surtout, dit Becdassée à la cantonade.

— Oui, l'idée me souriait ; mais j'ai des raisons de croire que notre illustre comédienne aura le costume de Flore, et, pour la surprendre et former un couple harmonieux, je veux me mettre en Zéphir.

Ici maître Navelier lui-même faillit céder à l'exemple de sa fille, qui partit d'un éclat de rire.

Becdassée, craignant la canne du vidame, alla s'accroupir dans un coin du comptoir, pour étouffer à son aise.

— Est-elle gaie !... est-elle gaie !... fit le gouverneur des levrettes en riant lui-même, gagné par la folle hilarité de la jeune fille ; — et dire, ajouta-t-il à part lui, que je ne l'avais jamais aussi bien regardée qu'aujourd'hui.

« Allons, follette, reprit-il, je vois que mon idée vous sourit.

— Infiniment, monsieur le vidame, parce que je songe à la surprise de mademoiselle Sainte-Foy.

— Oui, cape di Dious ! ce sera en effet assez folichon ; elle en Flore, pour m'intriguer ; moi arrivant en Zéphir, pour la compléter.

— Quelle couleur adoptera monsieur le vidame ? reprit maître Navelier.

— Belle question !... Zéphir !... Rose, mon cher, rose tendre !

— Et la coiffure ?

— Ah ! la coiffure, quelque chose d'original : un toquet couleur soleil...

— Jaune ?

— Jaune ardent, avec deux plumes de faisan doré, une à droite, l'autre à gauche, représentant...

— Deux cornes... souffla Becdassée.

— Oui, reprit sérieusement le vidame, deux cornes de papillon, deux gracieuses antennes.

Ici Becdassée s'élança de sa cachette, comme lancé par un ressort, et battant des mains :

— Je donnerais un écu pour admirer monsieur le vidame, et voir l'effet qu'il produira !...

— Tu n'es pas dégoûté, mon drôle !... mais si tu es exact à m'apporter ce costume, je te permettrai de me regarder avant mon départ.

— Exact !... J'arriverai la veille !

— Je n'ai qu'un regret, reprit le vidame : c'est que mon cher ami, le marquis de Ferrières, ne m'y voie pas !

— Pourquoi ne vous y verrait-il point, monsieur le gouverneur !

— Bagasse ! parce qu'il ne viendra pas à cette fête, son valet de chambre Jasmin me l'affirmait tout à l'heure.

— Eh bien ! franchement, je le plains, dit Geneviève, il s'y serait amusé.

— Assurément ! mais il ne fait rien comme personne.

Vous devez en savoir quelque chose, car vous avez aussi sa pratique. Ne vient-il pas souvent ici?

— En effet, dit maître Navelier.

Geneviève se tut.

Le vidame, qui avait l'œil bon, au moins pour ces sortes d'affaires, crut remarquer sur son teint blanc un imperceptible incarnat.

— Ce diable de marquis est un homme de goût, fit-il d'un ton plus dégagé que sa pensée, il va partout où il est sûr de rencontrer bonne et agréable figure.

Geneviève devint pourpre.

Le vidame s'adressa en riant à son père:

— Ces petites filles, comme ça rougit au moindre mot!... Cher Navelier, vous possédez là, je le répète, un vrai bijou!...

Le mercier lui adressa un coup d'œil suppliant.

Le vidame se leva; quand il se fut dressé sur ses échasses, Navelier l'attira le plus loin possible du comptoir:

— Monsieur le vidame, lui dit-il, vos paroles sont trop obligeantes; mais, je vous en prie, comme j'en ai prié toutes nos autres pratiques de qualité, ne gâtez pas cette petite. Elle devient grandette, et vous savez, la jeunesse ça prend si vite de la coquetterie!

— Allons! allons! cher Navelier, vous êtes un puritain!... La coquetterie, c'est une qualité et non pas un défaut.

— A la cour peut-être bien, mais pas dans une boutique.

— Partout, très-cher, partout!... Au surplus, il n'en sera que ce que vous voudrez; la seule chose que vous n'empêcherez pas, c'est que la petite soit adorable.

Il se dirigea vers la porte, non sans lancer à Geneviève un regard ravi, accompagné d'un geste protecteur.

Se retournant une dernière fois:

— N'oubliez pas surtout la toque couleur soleil, criait-il.

— Soyez tranquille, mon.... ur le vidame, dit Becdassé, je veillerai moi-m... à vos cornes... de papillon.

— Vaurien!... tu me plais... Si tu viens jamais à Trianon, je te ferai voir...

— Les appartements?

— Les chenils.

Il monta dans sa chaise, portée par deux grands diables de laquais, galonnés des pieds à la tête.

— Rue Mazarine, dit-il.

Les porteurs savaient ce que cela signifiait. La course étant longue, ils ne se pressèrent point; trois quarts d'heure après, ils s'arrêtaient à la porte de la Sainte-Foy.

Le vidame ne s'aperçut pas de la durée du temps. Il se livrait à de riantes pensées, — sa physionomie l'indiquait du moins. Sans doute, il jouissait d'avance de l'effet de son costume rose à toque jaune.

Les costumes mythologiques d'alors étaient comme ceux du théâtre, tout à fait accommodants. Ce qu'on cherchait le moins, c'était une ombre de vraisemblance, — pour ne pas dire de bon sens.

Becdassée suivit d'un œil narquois la chaise élégante; puis, rentré en chantonnant d'une façon à lui particulière, quand il avait une chose en tête, il guetta, pour se rapprocher du comptoir, le moment où, tout le monde se trouvant occupé ailleurs, Geneviève restait seule avec lui dans la boutique.

— Demoiselle, lui dit-il, voilà un gentilhomme qui raffole de vous.

Elle partit d'un nouvel éclat de rire.

— Oh! je sais, reprit-il, celui-là n'est pas dangereux.

— Celui-là?... fit-elle avec un étonnement inquiet.

— S'ils étaient tous aussi maigres, aussi laids, aussi cassés...

— Eh bien?... demanda-t-elle d'un petit ton assez sec.

— Mais il y en a de mieux tournés.

— Qu'est-ce que cela veut dire?

— Demoiselle, fit le jeune garçon d'une voix quasi suppliante, vous êtes belle comme un ange, — il a raison ce magot décrépit.

— Ah çà! maître Becdassée, est-ce une déclaration que vous allez m'adresser aussi?...

— Vous vous moquez de moi?... Bast! ça m'est égal, j'ai le dos bon, et le caractère meilleur encore. Et puis, demoiselle, je vous aime tant, — là, tous tant que vous êtes: vous d'abord, le maître ensuite; mère Jeanne après, et ce brave Louis!...

— Un cœur d'hôpital!...

— Un cœur reconnaissant, demoiselle. Qui aimerais-je, sinon ceux à qui je dois tout?

La façon dont il dit cela contrastait tellement par son effusion touchante avec son humeur habituelle, que Geneviève, chez qui une pointe de coquetterie était loin d'altérer le cœur, ne put s'empêcher de le réprimander avec un léger attendrissement:

— Eh bien! eh bien! Becdassée, qu'est-ce à dire, ne vous ai-je pas défendu de jamais parler de ces choses-là? C'est un plaisir d'obliger un brave garçon. Vous méritez ce qu'on a fait ici pour vous; malgré vos propos insidieux de tout à l'heure... ajouta-t-elle finement.

— Parfait! voilà comme vous croyez me fermer la bouche! Mais je ne mériterais pas votre amitié si je gardais un secret pour vous...

— Un secret?...

— Oui, demoiselle, j'ai quelque chose à vous dire... et je vous le dirai... quand même vous feriez votre petite moue la plus méchante.

— Alors, s'il faut absolument que je vous entende... voyons, parlez...

— Chut!... pas à présent!

Il lui montra Louis qui rentrait.

— Pourquoi donc?

— Pas devant lui!

— Ah!

— Ni devant lui!... ajouta bien plus bas encore, le petit commis, en désignant le marquis de Ferrières, qui arrivait.

La Sainte-Foy était parfaitement renseignée en parlant à Jasmin des fréquentes stations de son maître au *Rouet d'argent*.

Le marquis se trouvait, depuis un certain temps, avoir bien souvent besoin des objets qui se commerçaient dans cette maison, et, par une singularité qu'un œil exercé pouvait constater à la longue, il y venait toujours aux heures où Geneviève, partageant ce soin avec Jeanne, tenait le comptoir.

Il s'asseyait volontiers, prolongeant les détails de ses emplettes jusqu'à ce que l'arrivée ou la quantité d'autres pratiques l'obligeât de quitter la place.

Le marquis avec son élégance exquise, ses façons distinguées, son entre-gent irrésistible, sortait non-seulement de la foule des chalands habituels, mais de la partie aristocratique de la clientèle de maître Navelier.

Il apportait dans ses moindres actions, dans ses discours sur les objets les moins recherchés, cette distinction extraordinaire, cette attraction.

La jeunesse et lui avaient fait un pacte, car on l'avait toujours connu aussi bien tourné, aussi séduisant; — ceux qui se rappelaient ses premiers pas à la cour, son admission parmi l'élite élégante de Versailles, n'auraient pas su fixer son âge; seulement, s'ils opéraient parfois un retour sur eux-mêmes, ils s'étonnaient de se voir si vieillis, lorsqu'il se trouvait encore dans sa fleur.

Possédait-il une de ces panacées dont certains empyriques se targuaient alors? Cagliostro lui avait-il ouvert la fontaine de Jouvence?... Ce qu'il y a de sûr, c'est que pas un pli n'apparaissait aux parties les plus délicates de son visage, et que n'eût-il pas porté de poudre, on n'aurait pas découvert un seul fil blanc dans son épaisse chevelure.

Il avait des dents blanches, un peu aiguës, que laissait volontiers apercevoir son sourire, dont il n'avait jamais pu corriger l'expression sarcastique ou sceptique.

Ses sourcils noirs, nettement arqués, ajoutaient à la lumière de son regard vif, hardi, jamais calme, souvent moqueur, parfois exalté; à l'occasion, s'irradiant en effluves fascinatrices.

Ce regard, s'il venait alors à s'attacher sur quelqu'un, produisait infailliblement un de ces deux effets: ou il effrayait, ou il dominait.

Un tel homme sortait à ce point du vulgaire, — nous n'entendons pas seulement de la foule secondaire de la société, — mais du commun des courtisans, de ces gentilshommes de parades dont la plus grande ambition consistait à se pavaner dans les salons de Trianon et de Versailles, que madame de Pompadour avait commis une faute en s'en faisant un ennemi.

Peut-être le comprit-elle, quand elle le vit accueilli à la cour du dauphin; il était trop tard. Mais sa haine et celle de ses complaisants envers ce prince ne manqua pas de s'en accroître.

La guerre était hautement déclarée entre elle et le fils du roi; il est plus que supposable qu'elle ne manqua pas d'exploiter cette circonstance, en faisant remarquer au faible souverain que le dauphin recueillait tous les mécontents.

Le lecteur aura cependant reconnu dans la livrée d'emprunt de l'homme qui vint glisser parmi les dépêches du lieutenant de police une dénonciation contre le dauphin ce même marquis de Ferrières.

Si le marquis eût remis cette dénonciation à la favorite, venant de lui, elle s'en fût méfiée.

Mais pourquoi cette dénonciation, dévoué comme il déclarait l'être au jeune prince?

Là gisait, sans doute, un des fils ténébreux du complot auquel le rattachaient désormais ses rapports avec les hommes de la rue Neuve-Saint-Eustache.

Que devait-il sortir de ces projets, s'ils venaient à se heurter contre ceux qui se méditaient d'une autre part à la cour de la favorite et des lâches ministres attachés à sa fortune? un coup de tonnerre peut-être.

En attendant, c'était le carnaval, le peuple souffrait, la bourgeoisie se recueillait triste et inquiète, — mais la cour dansait!

Ce fut donc pour parler du carnaval, pour s'enquérir des approches de la prochaine inauguration des bals de l'Opéra, que M. de Ferrières s'arrêta au *Rouet*

d'argent, insistant sur le chapitre de ces splendeurs tentatrices auprès de la curieuse Geneviève.

Il venait commander un costume.

La jeune fille se récria; le vidame d'Estissac ne sortait-il pas d'affirmer que le marquis n'irait pas à ce bal?

— Le vidame vous a dit vrai, chère enfant.

M. de Ferrières, en parlant à la fille de maître Navelier, avait une manière de darder sur elle ses prunelles noires, comme s'il voulait la dévorer à force d'admiration.

Geneviève ne soutenait pas ce regard de feu, mais sous leurs cils baissés, les jeunes filles voient clair.

— Cependant, objecta celle-ci, monsieur le marquis veut un costume?...

— Oui, ma toute belle, et retenez bien ceci: un costume de sénateur vénitien, grave dans son élégance! il n'est pas pour moi... Vous riez, maligne; foi de gentilhomme, je ne vous en impose pas. Si je vais au bal, ajouta-t-il mystérieusement, vous en saurez quelque chose.

— Alors, je vous crois, et je ne ris plus.

En effet, elle ne riait pas, mais elle rougissait.

— De ma taille donc, reprit le marquis, une toge magistrale, un toque avec l'hermine; au surplus, voici une estampe qui vous servira pour l'ensemble. C'est un gentilhomme de mes amis, qui souhaite assister à cette fête sous le masque.

— Monsieur le marquis, on est discret au *Rouet d'argent*, je ne vous demande pas vos secrets.

— Espiègle!... il en est peut-être cependant que j'aimerais à vous dire.

— Oh! interrompit-elle avec une nouvelle rougeur, ceux-là surtout, je vous engage à les taire.

— Écoutez, je vous obéirai tant que je le pourrai, mais si j'éclate à la fin?...

— Où faudra-t-il vous envoyer ce costume? demanda-t-elle en évitant de relever cette riposte.

— A mon hôtel.

— Il s'y trouvera en temps utile. Est-ce tout?

— Non.

— Que souhaite encore monsieur le marquis?...

Il se pencha vers elle, autant qu'il put le faire sans éveiller l'attention de Louis et de Becdassée, occupés au fond du magasin, et baissant la voix:

— Je veux vous dire: Geneviève, je ne connais rien d'aussi charmant que vous, et si je pouvais inventer un plaisir pour vous voir seulement me sourire, je l'inventerais.

Il s'éloigna, la laissant toute confuse, mais non pas courroucée.

Becdassée, quittant alors son rayon, marcha à petits pas vers le comptoir, où il arriva au moment où la coquette, relevant ses beaux yeux, les dirigeait vers la porte de sortie, pour accompagner involontairement le hardi gentilhomme.

Becdassée tendit la main dans sa direction:

— Demoiselle, lui dit-il d'une voix pénétrée, suppliante, voilà celui dont il faut vous défier.

VIII

LE COUSIN DU ROI — LE DRAME COMMENCE

Très-peu de jours après cette visite au *Rouet d'argent*, de Ferrières entrant dans la rue Saint-Honoré, pour regagner son hôtel, rencontra un carrosse, qui s'arrêta soudain.

— Hé! marquis! lui cria une voix par la portière.

Il s'approcha et s'écria à son tour :

— Monseigneur de Charollais!

— Montez donc ici, que l'on vous voie, que l'on vous parle; du diable! vos affaires ne sont pas si pressées!

— A vos ordres, comte.

Un laquais ouvrit la voiture, le marquis s'assit sur le même coussin que le prince du sang.

— Vous me trouvez furieux! dit celui-ci.

— En vérité?

— Furieux! j'avais besoin de rencontrer quelqu'un avec qui m'épancher.

Le marquis s'inclina.

— J'ai eu un malheur cette semaine, reprit le comte.

— Vous avez tué quelqu'un? demanda du ton le plus naturel de Ferrières, présumant que ce ne pouvait être autre chose.

— Du diable, oui!... Un maladroit, cet officier des mousquetaires, le petit d'Ayen.

— Le neveu du capitaine des gardes du roi?...

— Un fat impertinent :
                Vous lui fîtes, seigneur,
        En l'escofiant beaucoup d'honneur.

— Corbleu! je le crois bien. Cependant, tout le monde ne pense pas de même.

— En vérité! dit le marquis de son sourire sardonique.

— Son oncle trouve la chose mauvaise, le voilà qui porte plainte au roi.

— Qui l'envoie... à son régiment?

— Pas du tout, pas du tout.

— Diable!... que prétend-il donc?

— Marquis, je me suis toujours senti de la sympathie pour vous.

— C'est tout comme moi, monseigneur.

— Vous êtes très-mal avec la Pompadour?

— Chut!... fit de Ferrières; avec quelle irrévérence Votre Altesse parle des dieux!... J'ai eu en effet le malheur de déplaire à Sa Majesté... de la main gauche.

— Sympathie, vous dis-je! Moi, je viens de brûler mes vaisseaux; c'est fini, par la mort-diable, je ne remets plus les pieds à leur Trianon!

— Décidément, la chose est donc de conséquence?

— Ridicule.

— Oh! oh! c'est pis encore..

— Ayant tué ce malavisé, je me suis rendu au petit lever de mon cousin, — car il est bien mon cousin, par la mort-diable, c'est ce qui les enrage tous! et lui ayant exposé le fait, je l'ai prié de me donner une lettre de grâce...

— Comme d'ordinaire.

— Naturellement.

— Sa Majesté ne l'a pas refusée à Votre Altesse?

— Quand je suis entré, la marquise était là, — elle m'a accueilli avec des mines si charmantes que je me suis défié; je n'aime pas les chattes qui font patte de velours.

« Pendant que je parlais, elle m'écoutait, minaudait, disait amen de la tête à tout; elle avait l'air d'engager le roi à être aimable.

» Il écoutait aussi, mais il y avait de la grimace dans son sourire.

« Lorsque j'eus fini, il regarda d'un air sournois, et prit sur un guéridon deux papiers tout frais signés et scellés, dont il me tendit l'un ; après quoi, ne souriant plus d'aucune façon :

« — Monsieur, me dit-il, j'attendais votre visite. Vous êtes mon cousin... Je ne peux pas faire trancher la tête à un homme de mon sang... Voici votre grâce... »

« Il me disait cela d'une si désagréable façon, que je prenais la cédule, sans le remercier, lorsqu'il a ajouté, en me montrant celle qui restait sur la table.

— « Et voici la grâce de l'homme qui vous tuera. »

« J'ai eu un mouvement de corps en arrière, suffoqué du compliment; j'allais y répondre, mais il m'a adressé un geste qui n'admettait pas d'objections. Il fallait me retirer et me taire.

« C'est le parti que j'ai pris, — accompagné jusqu'à la porte par la marquise, toujours gracieuse, qui me l'a fermée au nez avec une grande révérence.

« Comment trouvez-vous la chose?

— Dure.

— Si j'allais tuer l'oncle de l'étourneau qui me vaut ce déboire?

— Hum! c'est délicat, monseigneur.

— Délicat! vous me la baillez belle!

— Permettez; les chances ne sont pas égales.

— Pas égales? prétendriez-vous dire que je veuille abuser du peu d'adresse qu'on m'attribue?

— Au contraire; les chances sont pour le capitaine.

— C'est alors que je suis un maladroit!

— Eh non pas! mais calculez donc bien; si vous tuez le capitaine, le roi ne vous pardonnera pas, — c'est sûr.

— Parfaitement sûr.

— Donc, à défaut de jugement, l'exil ou la Bastille.

— Évidemment.

— Mais, si le capitaine vous tue, — ce qui est possible après-tout, — vous venez de me dire vous-même que sa grâce est signée d'avance.

— Corbleu! c'est que c'est vrai! Pourtant, voyons, marquis, il faut que je me venge de quelqu'un?

— Pourquoi serait-ce de ce pauvre capitaine? En bonne conscience, monseigneur, vous lui tuâtes son neveu, il ne pouvait pas venir vous en remercier. Il s'en est plaint à madame de Pompadour, et madame de Pompadour, qui ne professe pas pour Votre Altesse une prédilection très-vive, n'a eu rien de plus pressé que d'en parler au roi.

— Mort-nom-du-diable, c'est alors de la Pompadour et de son amant que je me...

— De grâce, monseigneur!...

— Fi! des craintes!... Je suis prince du sang!

— Oui, monseigneur, mais la Bastille!... Et une fois embastillé, vengez-vous donc!

— Marquis, dit le comte en frappant amicalement sur l'épaule de son compagnon, tu me plais... Je suis sûr que tu rumines quelque chose...

— Foi de gentilhomme!...

— Ne jure pas! J'en suis sûr. A propos, je traite ce soir de joyeux gaillards... Tu en seras... Ou plutôt, de peur que tu ne m'échappes, je t'enlève sans sursis; je te confisque pour le reste de la journée. M'est idée que nos deux rancunes greffées ensemble produiront des fruits qui ne seront pas doux pour tout le monde.

Le marquis ne se défendit que pour la forme. Le cousin du roi n'était pas un ami vulgaire, car du caractère dont il le connaissait, Charollais était capable de tout, hormis du bien.

Le carrosse continua donc de rouler vers la rue des

Francs-Bourgeois, au Marais, où se trouvait son hôtel.

Il se montrait tout à fait consolé de son échec de la matinée, ou plutôt il n'y pensait plus pour l'instant; la société du marquis avait écarté ces nuages; il ne songeait qu'à sa fête.

— — Tu vas voir ! tu vas voir !... répétait-t-il ; c'est un festival à surprises !... Depuis huit jours, l'hôtel est sens dessus dessous ; je me suis moi-même privé d'y rentrer tout ce temps, pour laisser les tapissiers et les maîtres d'hôtel libres !... C'est de là qu'est venu l'accident; désœuvré comme je l'étais, j'ai rencontré ce petit d'Ayen, et voilà !...

« Au moins, tes principes de moralité n'en souffriront-ils point, se reprit-il en goguenardant : Nous aurons, je te le répète, les plus fieffés de nos roués, et les plus provoquantes des déités à la mode.

— Je pense, fit hypocritement Ferrières, que Votre Altesse ne dépasse pas certaines bornes?...

— Les bornes !... mort-diable!... tu ne me connais donc pas, je les dépasse toutes!... On n'est damné qu'une fois !

Bah ! je me risque , un tour en enfer, en si bonne compagnie, n'a rien de trop effrayant.

— Évidemment Ferrières , si réservé en mainte circonstance, surtout depuis son admission à la cour de Versailles, ne passait sur cette considération qu'en vue d'un intérêt plus puissant encore.

Le jour baissait, la rue étroite des Francs-Bourgeois était déjà noire ; mais bientôt le comte et son compagnon furent vivement frappés par l'éclat des lampions rangés sur la corniche de la porte cochère.

— Tu vois, marquis, dit Charollais, rien n'y manquera , nous commençons par l'illumination ; pour finir par un bouquet de feu d'artifice de ma façon.

« Mais hâtons-nous, la fête n'est pas masquée, elle est seulement travestie ; nos convives vont arriver dans leurs costumes, allons mettre les nôtres.

— Sarpejeu ! que veut dire cela ?... s'écria de Ferrières, à la vue du carrosse arrêté au pied du perron, entouré par des espèces de sauvages, vêtus de peaux de tigres , enguirlandés de lianes, et portant des torches.

Le comte, se mit à rire aux éclats.

— Très-bien !... Parfait !... Réussi !... exclamait-il entre les bouffées de son hilarité.

— Corbleu ! reprit le marquis, gagné par cette belle humeur, les drôles de corps !... Eh !... sur ma foi, ils ont des cornes !

— Hirsuti et cornuti (velus et cornus), oui, très-cher.

— Vous aviez raison, comte, c'est une fête à surprises.

— Bagatelle !... Entrons un peu.

Les porte-flambeaux se placèrent en deux rangs sur les degrés, le comte passa familièrement son bras sous celui de son hôte ; le vestibule s'ouvrit, il en jaillit un flot de lumières.

Des trophées de verdure, des fleurs, des guirlandes odorantes couvraient les murs, serpentaient le long des corniches, grimpaient au plafond, retombaient en pendentifs printaniers. — Or, on était en plein hiver, un tel luxe était presque inouï.

Les hommes aux torches restèrent dehors, attendant les invités, pour leur rendre les mêmes honneurs.

Le marquis n'eut pas le loisir d'admirer la décoration du local; il se vit, ainsi que le comte, entouré par un essaim de nymphes, les unes leur offrant des fleurs, les autres leur présentant la coupe de la bien-venue, dans laquelle pétillait un vin généreux, versé par des flacons d'or.

Le comte jouit quelques minutes de l'étonnement de son hôte, puis, lui reprenant le bras, il l'entraîna jusqu'à son appartement par un passage détourné.

— Vite, vite ! marquis, songeons à nous vêtir pour la soirée... Nos compagnons vont arriver !...

— C'est dommage, murmura Ferrières , ce coup d'œil était agréable !

— Bon ! tu ne perdras rien pour attendre ! Fie-toi à moi.

— Me sera-t-il permis de vous demander quel genre de fête vous daignez nous offrir ?

— Demande, très-cher, demande !... Il m'ennuyait d'entendre célébrer sur tous les tons la magnificence, le raffinement, l'originalité des soupers de Trianon... Des malintentionnés prétendent que les miens sont insipides à côté. Mort-diable ! je prouverai le contraire. Mon honoré cousin donne des soupers, — moi je donne une bacchanale !

— Une bacchanale !...

Oui, très cher. Une fête renouvelée des Grecs et des Romains, s'il te plaît !... Aveugle, un homme comme toi, fort érudit, assure-t-on. n'a-t-il pas reconnu dans les grands coquins du perron, des satyres !... Seulement, vu l'heure avancée, on a remplacé les thyrses par des torches...

— Substitution avantageuse sous tous rapports. Mais dans ce cas, les nymphes du vestibule?...

— Sont des prêtresses de Bacchus, des bacchantes, munies de leurs attraits personnels et des insignes de leur patron... le raisin, le vin, les coupes.

— Splendide ! Altesse ! splendide!...

— Morbleu ! tu serais bien dégoûté de penser autrement. Mais ça, dépêchons. Nous trouverons ici un vestiaire, car il faut tout prévoir en pareil cas.

La chambre à coucher du comte offrait l'aspect d'une loge d'acteurs, au moment où ceux-ci vont s'habiller.

Il n'y avait que l'embarras du choix, — seulement, tous les costumes se composaient de toges, de tuniques, de peplums, de cothurnes. Plus une quantité de couronnes de roses et de feuilles de lierre, pour que rien ne manquât à cette imitation des banquets anacréontiques.

Des valets vêtus en esclaves aidèrent à la toilette, qui ne fut pas longue. Déjà, d'ailleurs, le roulement des carrosses, dans la cour de l'hôtel, annonçait l'arrivée des convives.

Ils n'étaient pas nombreux, mais, comme le disait l'amphitryon, choisis avec soin : — une douzaine à peu près, hommes et femmes, chaque invité ayant amené une compagne.

Suivant le programme scrupuleusement observé, c'était à qui serait le plus Romain et le plus court-vêtu.

Les nymphes de l'entrée se retrouvèrent à la salle à manger , pour servir les convives, à la place des laquais, satyres ou faunes, consignés dans les offices.

Chacun des nombreux actes du festin fut entrecoupé par des chants et des morceaux exécutés dans une pièce voisine, dont une tapisserie recouvrait l'entrée, adoucissant les sons, et dérobant l'intérieur de la salle aux exécutants.

Le fond entier de cette salle offrait l'aspect d'un immense panneau aux moulures dorées, mais sans aucun autre ornement. Ce panneau mobile était en réalité un volet immense, masquant un vitrage, qui ouvrait sur un balcon.

A une ou deux reprises, lorsque les conversations, les rires ou les chants des musiciens et ceux des convives eux-mêmes devenaient moins bruyants, on entendit de ce côté comme des bruits sourds, des coups pesamment frappés.

Aucun des invités n'y attacha d'importance; seulement, l'amphitryon se retourna plusieurs fois, comme importuné, et se demandant sans doute d'où cela pouvait venir.

Cependant, le dessert s'avançait, l'entrain, la folie arrivaient à leur apogée; les nymphes elles-mêmes admises à la table des dieux se livraient à mille extravagances plaisantes. Ces demoiselles, empruntées aux chœurs de l'Opéra, possédaient un répertoire d'espiègleries inépuisable.

— Ne trouvez-vous pas, mes très-chers, demanda tout à coup Charollais, que l'on suffoque ici?... La température est douce comme au mois de mai, si nous prenions l'air une seconde?

Comme on ne répondait pas, il ajouta en montrant le panneau composé de volets:

— Vous venez, tous tant que vous êtes, de commettre mille péchés, dont il faut demander l'expiation au ciel. Pour cela rien de mieux que d'assister à une pieuse cérémonie, telle qu'une procession.

Chacun comprit qu'il s'agissait d'une plaisanterie nouvelle; quelques-uns des amis du comte, au courant de ses inventions diaboliques, applaudirent à grands cris, réclamant la procession.

— Attention et silence! reprit-il; le balcon de cette galerie donne sur le cloître d'une sainte maison; je n'aurais qu'à sauter par-dessus la balustrade pour tomber en paradis; quand je voudrai mourir pieusement, je m'y jetterai la tête la première.

« Voici l'heure où les filles de Saint-Anastase se rendent à leur chapelle pour chanter les premières vêpres; nous allons leur montrer que nous aussi, nous nous entendons en matière processionnelle. Que chacun s'apprête à me suivre. »

Alors, ces gentilshommes ivres et débraillés, ces créatures sans pudeur, se disposèrent à faire défiler leur orgie, pour étouffer les cantiques sous leurs refrains à boire, et insulter par leur cynisme les pauvres religieuses, dont le couvent, pour sa désolation, avoisinait l'hôtel de Charollais.

Le comte donna un signal; les volets mécaniques et le vitrail s'ouvrirent; la clarté fulgurante de la salle du festin se projeta au dehors.

Mais était-ce un effet d'éblouissement, d'optique, le comte et ses convives crurent voir cette lumière rejaillir sur eux, renvoyée par un réflecteur?

Non, — ce n'était pas une erreur; — le réflecteur existait, sous la forme d'une grande muraille blanche, partant de la cour du couvent et se dressant bien au-dessus des croisées de l'hôtel.

— Par la morbleu?... voilà de la sorcellerie! s'écria Charollais.

Il rentra dans la salle, suivi de la foule de ses amis, tous fort intrigués.

A son appel furieux, plusieurs satyres, — plusieurs laquais, rompant la consigne, arrivèrent.

L'un d'eux était son intendant; il l'empoigna brusquement par le bras et le mit en face de la muraille blanche.

— Qu'est ceci?...

Le malheureux n'en savait rien.

— Il faut le savoir! lui ordonna le comte.

L'intendant descendit la tête perdue, tellement perdue qu'il alla frapper, dans son costume païen, à la porte du couvent.

La tourière se fût certainement crue en proie à une apparition du mauvais ange, s'il eût fait plus clair, ou si elle eût ouvert la porte, au lieu de se borner à ouvrir un guichet.

— Qui heurte, à pareille heure? fit-elle.

— De la part de monseigneur le comte de Charollais!

— Ah! c'est différent; je sais ce qui vous amène... dit-elle sans en demander davantage: voici la réponse.

Évidemment, elle attendait cette démarche.

Elle glissa un papier roulé, à travers l'étroit grillage, qu'elle referma net sans ajouter un mot.

Le commissionnaire ne fit qu'une enjambée du couvent à la salle où l'attendait son maître.

— Quel est ce chiffon?... demanda celui-ci; tiens, Ferrières, lis-moi cela, j'ai la vue trouble.

Ferrières lut:

« — Ordre du roi: vu les scandales qui se commettent dans l'hôtel de Charollais, dont les croisées donnent sur le couvent de nos révérendes sœurs les filles hospitalières de Saint-Anastase, nous autorisons lesdites religieuses à masquer lesdites fenêtres par un mur d'aussi grande élévation qu'il conviendra... Tel est notre bon plaisir... (1). »

On avait profité de l'absence du comte pour exécuter cet ordre en toute hâte; les bruits entendus dans la soirée venaient de la pose des dernières pierres.

La fête romaine du cousin du roi ne put avoir son bouquet, comme il le promettait à de Ferrières. On doit penser dans quelle exaspération il entra. Après avoir lacéré la cédule royale, il entraîna le marquis dans son appartement, et là d'une voix frémissante:

— Est-ce assez de moquerie et d'outrage! vociféra-t-il.

Le marquis essaya quelques paroles de condoléance cauteleuse qui portèrent sa fureur au comble.

— Tais-toi! Tais-toi!... Tu serais un lâche si tu pensais un mot de ce que tu dis!... Non!... j'ai lu sur tes traits, ce tantôt, tu hais la marquise, tu hais la cour... Tu hais...

Il s'arrêta cependant, et ajouta à l'oreille du marquis:

— Eh bien, tu ne LE hais pas autant que moi!

— Par le ciel!... s'écria Ferrières, dont le regard épouvanté interrogea tous les recoins de la chambre: Taisez-vous!... Taisez-vous!...

— J'en ai assez de ces humiliations, de ces persécutions!... Moi, un prince du sang, servir de jouet à une Jeanne Poisson!... Pouah!

— Altesse, prononça lentement, froidement de Ferrières, dont l'œil noir enfonçait chaque trait dans le cerveau de son hôte; Altesse, vous êtes prince du sang, mais qu'est donc Monseigneur le dauphin?

— Le dauphin?

(1) Dulaure, *Histoire de Paris*, s'exprime ainsi: le cynisme du comte de Charollais égalait son inhumanité. Il logeait en son hôtel, rue des Francs-Bourgeois, 21, au Marais; il se plaisait à se placer aux fenêtres qui avaient vue sur le couvent des hospitalières de Saint-Anastase et à y commettre mille infamies. Ces filles, scandalisées par un pareil spectacle, firent construire, entre leur couvent et l'hôtel, un mur très-élevé. Ce mur existe encore.

— La favorite vous poursuit, mais du moins elle vous témoigne toute sa courtoisie... Or, vous savez mieux que moi comment elle en use avec le fils de son maître ?...

— Attends !... s'écria le comte, chez qui l'ivresse entièrement disparue laissait jour à la réflexion. — Veux-tu dire, reprit-il le front contracté par cette préoccupation, que le dauphin aussi déteste cette femme ?... Que lui aussi déteste...

Un geste impérieux du marquis l'empêcha encore cette fois d'achever.

— Le dauphin, reprit Ferrières de ce ton diabolique qui démentait ses paroles, le dauphin, prince magnanime, se recueille et pardonne. Il attend avec patience l'heure où son tour viendra de régner, afin de châtier les uns, de récompenser les autres.

— Marquis, dit le comte, tu parles en style d'oracles. N'importe, les énigmes ne me déplaisent point, quand j'en dois tirer un avantage certain... Marquis, le jour où l'on aura besoin de moi... Souviens-toi que je suis prêt !...

De Ferrières tint une seconde son regard fixé sur le sien.

Charollais ne broncha pas.

— Vous jureriez cela, Altesse ?...

— Par le salut et par la damnation !...

Le comte, en prononçant ce blasphème, étendit la main vers un tableau de sainteté, suspendu dans sa chambre, probablement tout exprès pour assister à ses sacrilèges.

Ferrières prit deux manteaux, parmi ceux qui gisaient épars au milieu des costumes païens.

Il en posa un sur les épaules de son hôte :

— Que fais-tu ? demanda celui-ci.

Il ne répondit point, s'enveloppa dans le second, enleva les couronnes de fleurs restées sur sa tête et sur celle du comte, les remplaça par des chapeaux tricornes, et dit froidement :

— Allons.

— Où donc ?

— Où vous venez de jurer que vous me suivriez.

Le comte, quoique dégrisé depuis un quart d'heure, oscilla sur lui-même, en proie à une commotion violente, comme un arbre robuste sous le coup d'une bourrasque terrible.

Mais ce n'était pas un homme à reculer dans la voie du mal.

Il promena à son tour un regard sérieux sur le marquis, résolu, impassible, satanique.

— Partons !... prononça-t-il.

IX

OÙ VONT LE COMTE ET LE MARQUIS

La fête continuait dans l'hôtel; demi-dieux, nymphes, bacchantes, moins sensibles que l'amphitryon à son nouveau grief contre la favorite, achevaient la bacchanale, renversant les coupes lorsqu'ils ne pouvaient plus boire, brisant les meubles pour élargir l'espace à leurs sarabandes, luttant de poumons avec les instruments de l'orchestre.

Charollais s'arrêta sur le haut de l'escalier, écoutant ces rumeurs, qui arrivaient à lui à travers les salles et les galeries, comme un croulement volcanique.

— Ils sont tous ivres, murmura-t-il.

Le marquis ne répondit rien; tout en lui indiquait une résolution énergique, supérieure à ces petits incidents. Il commença à descendre les marches de marbre, jonchées de fleurs.

Charollais sentit la supériorité de son silence. Résolu de ne pas lui rester inférieur, il l'imita et descendit côte à côte avec lui.

A l'antichambre, les lustres de cristal étincelaient toujours au milieu des guirlandes; il n'y avait plus de nymphes, elles continuaient leur rôle parmi les principaux convives, mais satyres et faunes gisaient à travers les caisses d'arbustes, les vases de fleurs, les faisceaux verdoyants, ivres-morts, comme des goujats, qu'ils étaient.

Le comte fit une grimace de dégoût. Ses lèvres s'ouvrirent encore pour laisser passer l'expression de sa mauvaise humeur :

— Bélîtres !... gronda-t-il.

— Vous n'êtes pas juste, Altesse, lui dit Ferrières, car, dans un moment, ceux qui dansent là-haut ne vaudront pas mieux que ceux qui ronflent ici.

Le vacarme de l'orgie redoublait sur leur tête. C'était comme un défi jeté aux soucis rongeurs du maître de la maison.

Son front s'assombrit encore, ses sourcils se croisèrent, ses lèvres se relevèrent avec des frémissements sauvages. Tout ce qu'il y avait en lui de féroce, d'indompté, d'inassouvi, éclata sur ses traits et les empourpra.

En ce moment, sa haine ne se bornait plus à ceux qu'il appelait ses tyrans, ses persécuteurs, elle s'étendait au genre humain, sans excepter les plus chers compagnons de ses débauches.

— Si je mettais le feu à l'hôtel ?... dit-il.

— Fi donc ! risposta Ferrières, nous avons mieux que cela à faire !

Charollais le regarda de nouveau avec une attention dont tout autre eût pris peur, connaissant l'homme; Ferrières se borna à répondre par un de ses sourires méphistophéliques.

Le Minotaure se sentit dompté par Thésée.

— Prenons-nous mon carrosse ? demanda-t-il.

— Nous conspirons, monseigneur; — les conspirateurs vont à pied.

— Nous n'avons pas d'armes ?

— Le bon droit nous en servira.

Le suisse de l'hôtel ronflait dans son fauteuil; le marquis se garda bien de le réveiller. Il ouvrit lui-même.

— Il vaut mieux, dit-il, que personne ne vous voie sortir, pour aller où nous allons.

Au moment où ils mirent le pied dans la rue, un homme accroupi en face de l'hôtel, à l'angle d'une borne, dans l'ombre de laquelle il disparaissait, leva la tête, les regarda, puis se dressa et commença à marcher devant eux à une dizaine de pas de distance.

Le comte le montra de la main à son compagnon.

— C'est un homme à moi, répondit celui-ci.

— Comment savait-il votre présence chez moi ?

— Il m'aura suivi.

— Que n'entrait-il alors, il eût pris sa part du festin comme les autres.

— Il se fût grisé comme eux; — mes gens, monseigneur, ne se grisent jamais deux fois; je les chasse à la première.

Chaque mot portait.

Charollais, cynique, brutal, grossier, mettait sa

gloire dans l'emploi ordurier de ses immenses biens, dans l'abus cruel de son rang, de sa force corporelle, de son habileté aux armes. On voyait en lui l'un des derniers, mais des plus vivaces rejetons des gentils-hommes féodaux. La nature s'était trompée en le faisant naître dans le siècle où la philosophie ouvrait la voie à l'émancipation humaine.

Le destin l'avait évidemment oublié pendant plusieurs centaines d'années; il devait être le contemporain des barons du moyen âge, ou tout au moins de la maison de ces terribles ducs qui ne semblèrent naître près du trône que pour chercher à l'escalader à tout prix.

Sans entrailles, sans mœurs, sans religion, il ne vivait que pour ses passions immenses; il mettait son unique point d'honneur à se venger de griefs la plupart du temps provoqués par ses propres excès.

Nous nous trompons en reprochant à la Providence de l'avoir fait naître trop tard, — un monstre de cette sorte était le complément indispensable des désordres d'une telle époque; il fallait que rien ne manquât pour que la leçon fût complète, pour que l'explosion survînt à son heure et dans sa plénitude.

Le ciel n'eût pas été juste, s'il n'eût suscité au voluptueux tyran de Trianon des ennemis au sein de sa famille.

Ils sont tous ivres, murmura-t-il. (Page 52, col. 2.)

Au reste, les griefs du comte de Charollais ne dataient pas d'un jour. Les deux incidents auxquels nous venons d'assister mettaient seulement le comble à son exaspération et en amenaient le débordement.

Pendant le ministère du cardinal Fleury, trop tôt enlevé pour la fortune du royaume, malgré son insuffisance sur certains objets, — le comte de Charollais fut rigoureusement exclu de la cour. « Le cardinal, dit Dulaure, craignait pour son royal pupille la contagion de ses exemples ou de ses conseils féroces. »

Le cardinal étant mort en 1743, le comte manœuvra

de manière à reparaître à Versailles, — tout en gardant à son cousin une rancune ineffaçable de son exclusion.

On céda, quoique avec répugnance, à son titre de prince du sang. Ce fut pour s'en repentir bientôt, et pour entrer dans une série de froissements réciproques, uniquement bons à envenimer les choses.

Le comte, désespérant d'exploiter davantage la faiblesse du roi pour sa parenté et sa noblesse, appartenait déjà depuis longtemps, sans prendre la peine de s'en cacher, au parti des mécontents les plus redoutables, lorsqu'il ouvrit son cœur à Ferrières Le marquis, saisissant la balle au bond, ne lui laissa pas le temps de se reconnaître; il appréciait trop l'importance d'une telle recrue.

Étrange moment, où le Parlement exilé et dissous pour les quatre cinquièmes, le parti clérical attaqué dans la personne des Jésuites menacés d'exil, les princes du sang humiliés par les maîtresses et les favoris du roi, — tout le monde conspirait, — sans que la cour en vît rien, ou en voulût rien voir !

— Nous allons loin? demanda Charollais à son compagnon.

— Nous ne perdrons point nos pas, répondit son guide, — en avant ! en avant !

On devine où il le conduisit.

L'endroit convenait à de tels desseins. On n'y pénétrait que sur bon escient, jamais en nombre, mais seulement par unité, par petits groupes. Il fallait éviter les susceptibilités des agents de M. Berryer, quoique ce fût presque du luxe.

Le digne lieutenant général n'était pas, à coup sûr, sans entendre bourdonner à ses oreilles de vagues bruits de mécontentement, de complots même!

Mais pour lui, un but dominait tout le reste : conserver sa place, et pour cela plaire à la favorite, en lui procurant des distractions, coûte que coûte.

Quant aux conspirations, ni le lieutenant général de la police, ni les ministres, ni la marquise n'imaginaient qu'il pût y avoir autre chose de plus grave que le déplaisir des parlementaires d'une part, et celui des Jésuites de l'autre. Les uns se plaignant qu'on violait tous leurs priviléges; les autres trouvant qu'on ne leur en accordait pas assez.

On avait déjà, — ou du moins l'on croyait avoir eu raison du Parlement en l'envoyant par un exil, pour lui prouver qu'on saurait se passer de lui, et que le bon plaisir entendait ne pas souffrir de contradicteurs.

Quand les Jésuites élevaient trop haut la voix, on se demandait si l'on ne pourrait pas s'en débarrasser par un procédé analogue, et faire place nette. Mais on sentait que les bons pères se rebifferaient.

Restait un troisième mécontent, — car, sauf la cour, — et par ce mot il faut ici entendre le petit groupe des familiers de Trianon, — il y avait peu de gens satisfaits en France. — Ce troisième mal venu c'était le peuple, la bourgeoisie. De celui-ci l'on se moquait.

Le Parlement et les Jésuites, s'arrogeaient la prérogative de lancer *d'humbles* REMONTRANCES au roi; mais la bourgeoisie en était aux *humbles* SUPPLIQUES. Or, si l'on faisait fi des remontrances, comment devait-on recevoir les suppliques?

Le lieutenant général, pour revenir où nous en étions, se préoccupait donc beaucoup plus de la surveillance de certains mauvais lieux, de quelques tripots, et surtout des intrigues de nature galante et scandaleuse, que de la police véritable de la capitale.

Ses agents surveillaient les frasques des comédiennes ou des femmes équivoques, laissant les malfaiteurs parfaitement tranquilles. Ils inondaient les quartiers des théâtres, mais on n'en trouvait pas un dans ceux des filous et des mauvais pauvres.

Pour le quart d'heure, leur principal souci consistait à dépister les intrigues du prochain bal de l'Opéra, en s'informant des costumes commandés par les principaux personnages connus qui devaient y prendre part.

Le marquis et son compagnon, précédés de leur éclaireur, gagnèrent donc sans aucun embarras le quartier Saint-Eustache.

Une recrue telle que celle d'un homme de sang royal ne manqua sans doute pas d'être appréciée par les ténébreux conspirateurs du monastère abandonné. Mais il faut croire qu'eux-mêmes n'étaient pas des personnages vulgaires, car ils s'en montrèrent moins enthousiasmés qu'on eût pu le croire.

Trois d'entre eux, revêtus du même costume austère que le premier entrevu par nous, siégeaient devant la table antique. Leur gravité, l'autorité de leur parole, plus encore que le prestige du lieu, imposaient la réflexion, et laissaient comprendre combien devait être sérieux le but dont ils parlaient, sans jamais l'expliquer nettement.

— Comte, dit l'un d'eux à Charollais, vous êtes un homme de résolution et d'énergie. Il en faut pour marcher dans notre voie. Nous allons, sans regarder derrière nous, ni autour de nous, sans considérations de personnes, de rangs ni de parenté, à une œuvre où nous périrons inévitablement, si nous n'en sortons complétement vainqueurs. Pas de milieu ! Les temps marchent, l'heure se rapproche, et nous serons le lendemain ou des criminels d'État ou des héros.

— Sous vos discours, répondit le comte, j'entrevois la satisfaction que je poursuis.

— Oui, comte, nos ennemis sont communs.

— Eh bien ! que notre vengeance le soit aussi ! Je vous appartiens corps et âme, tête et bras. Agissez, ordonnez, vous avez un allié qui ne vous trahira pas au moment décisif.

Le fait est que la trahison était le seul crime qu'on ne pût lui reprocher. Au milieu de ses forfaits, il avait toujours le visage découvert.

— Maintenant, reprit un des hommes aux noires simarres, préparez adroitement vos amis, vos créatures, ne restez pas démuni d'armes ; mais, par-dessus tout, puisqu'on vous chasse de la cour du présent, faites votre paix, et vivez en bonne harmonie avec la cour de l'avenir... Tout est là !

— Tout est là !... répéta Ferrières en appuyant sur chaque syllabe.

— C'est dit, messieurs, fit le comte, je vais arranger ma conduite comme si l'avenir devait être bientôt le présent !

— Pour signe de ralliement ou d'appel, dit encore l'un des trois personnages, vous obéirez, à l'occasion, à celui que nous avons emprunté aux anciens persécutés de Saint-Médard.

Il lui montra le petit crucifix des convulsionnaires.

— C'est, ajouta-t-il, un signal sûr, dont nul ne pourrait pénétrer le sens, et qu'on trouverait sur nos agents inférieurs sans les compromettre.

Le lecteur ne s'étonnera pas de l'adoption de cet emblème par les conspirateurs de 1756, s'il veut bien se souvenir de ce que nous disions en commençant des anciennes passions réveillées par les prétentions rétrospectives et excessives de l'archevêque de Paris.

— Jusqu'à notre prochaine entrevue, messieurs, dit celui des membres du conseil qui paraissait exercer une certaine prédominance sur les autres, il vous reste à agir sur les masses, — vous surtout, marquis de Ferrières, afin de les avoir sous la main pour un événement qui ne saurait plus tarder.

On se sépara sur cette recommandation.

Charollais, lui-même, pénétré d'une émotion involontaire, avait compris que les intérêts de la monarchie formaient l'enjeu de la partie mystérieuse dont il devenait un des partners.

Lorsqu'il se retrouva seul dans la rue avec le marquis, il lui dit :

— Tu avais raison, Ferrières, c'est de chez Satan que nous sortons.

— Le regretteriez-vous, monseigneur ?

— Non, de par tous les diables ! Le désordre me plaît ; la bataille est mon élément...

— Alors, en effet, vous pouvez vous réjouir ; si je ne me trompe, nous allons en commencer une qui effrayera le monde... Mais, reprit-il, changeant tout à coup de ton, ce qui lui était ordinaire, il y a temps pour tout. Je trouve que voilà bien du soin donné aux affaires sérieuses... Monseigneur, permettez-moi de vous quitter ; si je tardais davantage, il y a, foi de marquis, par delà le Pont-Neuf, une adorable demi-déesse qui en mourrait de chagrin.

— Décidément, tu es mon homme, s'écria Charollais. Mener de front les affaires, les intrigues et les amours, voilà ce que j'appelle la vraie existence. Bonne chance, marquis, va consoler ta belle, moi, je vais réveiller les miennes et purger mon hôtel, dont on a fait les écuries d'Augias... jusqu'à ce que nous recommencions cette fête, en attendant l'autre !

X

LE FAVORI ET LA FAVORITE

On comprend l'embarras du lieutenant général de la police ; le roi devenait de plus en plus difficile à amuser.

Partisan de la quiétude intérieure à tout prix, Louis XV croyait échapper aux tracas en s'isolant des affaires, — les tracas le poursuivaient malgré les factionnaires et les grilles.

La querelle de son fils et de la favorite demandait un pendant. Elle ne tarda pas à l'avoir.

Le dauphin, en dépit de la modération dont il s'imposait la loi, gémissait des actes déplorables qui se succédaient sans relâche, comme si les ennemis du trône se fussent donné le mot pour le saper. N'ayant pas sur les yeux le bandeau qui aveuglait son père, entouré de conseillers sincères et clairvoyants, tels que M. du Muy, il redoutait l'avenir, préparé par de si grandes fautes.

Sans se rebuter par l'insuccès de sa démarche de Trianon, il se présenta un autre jour à Versailles, à la suite d'un conseil, dans le cabinet où son père se trouvait encore avec Choiseul.

On venait de décider, pour faire face au déficit croissant des finances, obérées par les dépenses de la cour et par les frais de la guerre contre la Prusse, une nouvelle taxe sur le blé, à un moment où les classes populaires avaient de la peine à acheter du pain, et où les pauvres n'en achetaient plus.

Le jeune prince, désignant de la main le texte de l'édit, ouvert sur la table, supplia le roi de le détruire, pendant qu'il en était temps encore, et reprocha au ministre de pousser le monarque dans une voie capable de lui aliéner le cœur de ses sujets.

Choiseul, alors, se dressant furieux, osa s'écrier :

— Monsieur, je ne relève ici que du roi ; et quant à vous, je peux avoir un jour le malheur d'être votre sujet, mais je ne serai jamais votre serviteur !

— Sire, dit le dauphin, souffrirez-vous, qu'en votre présence, on parle ainsi à votre fils ?...

Mais Louis XV, véritablement en proie à un délire, à une prévention déplorable, se contenta de balbutier :

— Prince, ne vous offensez point des paroles du duc, il est mon ami.

Le dauphin n'obtint pas d'autre satisfaction.

Il est vrai que, s'il se retira cette fois encore le cœur justement ulcéré, il ne laissa pas son père dans une disposition bien enviable.

Depuis ces deux scènes, Louis XV devint profondément taciturne.

Une pensée opiniâtre tenaillait son esprit. Si les efforts de ses courtisans, les agaceries de ses maîtresses, l'agitation, le bruit entretenu autour de lui pour l'entraîner, le distraire, parvenaient à l'écarter quelques instants, il suffisait d'un rien, de l'objet le plus frivole, le moins prévu, pour effacer son sourire.

Une ride creusée, à angle aigu, au coin de ses tempes, reparaissait aussitôt, en dépit des cosmétiques astringents prodigués par son parfumeur pour la supprimer et la comprimer.

Dans ces circonstances, Choiseul et la marquise l'apercevaient toujours les premiers ; ils se l'indiquaient d'un signe, d'un regard.

Eux seuls et Dieu avaient le secret de ce phénomène.

Ce sillon, reflet d'une obsession tenace, était-il absolument leur œuvre ? Non ; mais s'ils ne l'avaient pas tracé les premiers, ils n'avaient rien épargné du moins pour le creuser davantage. Grâce à eux, le sillon devenait un ravin, un abîme ! — l'abîme des soucis rongeurs.

Leur politique machiavélique, mais d'une logique irréfragable, consistait tout à la fois à retourner le dard au cœur de la plaie, de peur qu'elle ne se refermât, et à se confondre en peines, en inventions pour faire sourire les lèvres de ce visage dont ils martelaient le crâne.

La chose se conçoit facilement, il fallait, coûte que coûte, que les ennuis parussent venir d'ailleurs, et les satisfactions, le dévouement d'eux seuls.

Ils n'inventèrent pas ce système de bascule, mais du moins eurent-ils la gloire de le perfectionner.

Quelle fibre avaient-ils donc trouvé moyen de toucher dans l'âme de ce roi ? Laissons aux événements et à l'histoire à nous l'apprendre.

Ce qu'il y avait d'évident déjà pour tous les yeux, c'est que ce prince, dont les débuts furent brillants, généreux, vaillants sur tous les terrains, énervé par ce fatal entourage, refusait de s'occuper des affaires les plus simples, s'isolait de sa famille, n'osait pas seulement se montrer dans les rues de sa capitale.

Équitable décret de la Providence, les voluptés ne satisfaisaient plus ce tyran voluptueux. Vainement il se barricadait contre sa conscience, contre son peuple, dans sa thébaïde dorée. Un ver rongeur l'y suivait, attaché à son sein, véritable vautour de Prométhée.

Parfois, — et cela devenait de plus en plus fréquent, — la favorite, rose, fraîche, parfumée, dissimulant la teinte naturellement morbide de son teint chlorotique sous les fards italiens ou orientaux, se glissait un matin, par un pertuis connu d'elle seule, dans la chambre de l'auguste hypocondre.

A cette heure du premier réveil, elle devançait les valets de chambre, les officieux, personne n'avait encore fait le visage de son royal amant.

Cette figure créée aimable et belle par la nature se

montrait jaunie, défaite, les yeux boursouflés par les fatigues de l'orgie de la veille ou par l'insomnie de la nuit. La poudre n'avait pas encore donné une teinte uniforme à sa tête, où les cheveux gris commençaient à dominer.

Cet homme de quarante-six ans en paraissait quatre-vingts.

La Pompadour portait le raffinement pour lui jusqu'à empêcher qu'il ne se vît dans cet état. Elle recommandait aux gens du service de la chambre de ne donner un miroir à Sa Majesté qu'après les premiers soins de sa chevelure et de sa barbe.

Ce sybarite prenait l'alarme aisément. Aussi ne l'abordait-elle jamais en lui disant qu'il paraissait souffrant ou changé. Elle tournait autrement la chose :

— Comment le soleil se lève-t-il ce matin ?

Et dans les circonstances dont il s'agit, il répondait :

— Dans les nuages.

— Le souper d'hier soir ne vous parut-il pas agréable ?

— Délicieux ! disait-il ironiquement. Je ne sais quel vin vous me fîtes boire, il m'a agité toute la nuit... J'ai fait des rêves... un rêve...

— Celui que vous ne voulez pas me raconter ?

— Le même !... Toujours le même...

Lorsqu'il disait cela, la ride creusée à ses tempes apparaissait plus anguleuse. Il fermait les yeux, comme pour rechercher cette vision sinistre ; puis, la retrouvant sans doute, il les rouvrait vivement, pour lui échapper.

La marquise l'observait, en silence, jusqu'à ce qu'il l'interrogeât à son tour.

La plupart du temps, il lui demandait, comme si cette question avait une corrélation secrète avec ses pensées :

— Quelles nouvelles de Versailles ?

Elle lui donnait alors celles qu'elle savait de la reine, de madame Victoire, sœur du roi, de la dauphine, des fils de cette princesse ; puis elle s'arrêtait.

Il se faisait un silence :

— Et le dauphin ? demandait le roi, avec un effort sur lui-même.

Un spasme traversait le visage de la marquise, elle portait sur son amant un regard mêlé de tendresse et de compassion, affectait de comprimer un soupir, et répondait quelquefois :

— J'en demande pardon au roi ; j'ai oublié de prendre des nouvelles de Son Altesse.

D'autres fois, pour varier la note, d'un ton railleur :

— Oh ! Son Altesse se porte à merveille.

Un matin, elle dit en pinçant les lèvres :

— Comme Hercule, si on l'en croit ; car Son Altesse aurait répondu, à une personne de sa cour, qui lui adressait cette question, qu'elle se portait à enterrer tout le royaume !

Ce matin-là, le roi ne déjeuna pas.

Le dauphin avait-il dit ce mot ? — Oui, en répondant le matin même où il fut transmis à son père aux compliments de quelques gentilshommes, entre autres, au comte de Muy, au marquis de Ferrières, dont la présence à Versailles devenait plus fréquente, à mesure que le carnaval s'avançait.

Mais le jeune prince, loin de donner à ces paroles une inflexion menaçante ou égoïste, les avait prononcées en riant.

Qui donc les avait recueillies et envoyées à la favorite avec cette rapidité ? Il ne manquait pas de gens de service, ni d'oreilles complaisantes, dans les appartements.

— Je suis ravi, reprit Louis, au bout d'une longue pause, de posséder un héritier si solide.

— Héritier !... répéta entre haut et bas la favorite ; heureusement, l'on connaît les sentiments élevés de Son Altesse, c'est un de ces héritiers qui ne sont pas pressés d'hériter !

Nouvelle pause.

Le roi oubliait d'appeler pour sa toilette, soulevé sur ses oreillers, la tête appuyée sur sa main ; son œil restait fixé, sans regard, vers l'angle le plus obscur de la chambre.

Lorsqu'il le ramena sur la marquise, plongée en face de lui dans une bergère, il s'aperçut qu'elle cachait son visage dans ses mains.

Son sein se soulevait par secousses heurtées, sous les dentelles transparentes.

— Mignonne !... dit-il.

Elle leva sur lui les yeux, ils étaient légèrement rouges.

— Tu pleures ? reprit-il ; quelle folie est-ce là ?

Elle s'élança vers lui, saisit ses deux mains, les réunit dans les siennes, les dévora de baisers.

— Tu avais raison de dire, fit-elle avec passion, que le soleil se levait dans les nuages !...

— Et dans la rosée, ajouta-t-il avec un sourire un peu maladif, en baissant ses paupières, où apparaissaient deux petites larmes.

— Quel roi tu fais, murmura-t-elle en extase, oh ! bien-aimé des bien-aimés !... Tiens, Sire, regarde-moi, le soleil a bu la rosée, la journée sera belle ; allons, dissipe toutes les ombres.

Il se décida à descendre de son lit, — de cette couche d'hermine et de fleurs de lis, si peu favorable au sommeil.

Pendant que les gentilshommes de la chambre étaient au plus fort de la toilette, il les écarta des deux mains, pour faire signe à la marquise d'approcher.

Les nobles officieux se reculèrent jusqu'à la draperie de la porte, car le maître se pencha à l'oreille de la favorite, dans une intention de confidence :

— Ne m'avez-vous pas dit, murmura-t-il, que le dauphin avait tenu ce propos à une personne de sa cour ?

— Quoi ! vous y pensez encore ?... se récria hypocritement la Pompadour. Le prince était en belle humeur, voilà tout.

— Et c'est parce que vous m'en voyez ravi que je désire savoir les détails.

Elle essaya un geste de refus, qui acheva de l'aiguillonner.

— Je le veux ! prononça-t-il.

La comédienne courba la tête :

— Laissez du moins sortir ce monde, répondit-elle.

— Soit !... Allons, messieurs, terminons vite, s'il vous plaît !

Les camériers se remirent à l'œuvre ; la royale personne se trouva vêtue, parée, coiffée, mastiquée en un clin d'œil.

— Le roi ne recevra pas ce matin, dit la marquise au dernier sortant.

Mais quelqu'un se montra en cet instant même, se croisant avec le porteur de l'ordre.

Le roi l'aperçut, et avec la grâce qu'il savait trouver pour ses amis, fût-ce au milieu de ses moments nébuleux :

— La consigne n'est pas pour notre affectionné ministre, dit-il.

Choiseul commença par lui baiser la main.

— Sire !...

— Tu viens à propos, interrompit le roi ; assieds-toi là, plus loin de la marquise, plus près de moi ; je ne veux pas qu'elle te souffle tes réponses.

Il n'en était pas besoin, ils s'étaient déjà compris par un clignement d'yeux, dès le seuil de la chambre.

— Que se passe-t-il donc, Sire ?

— Je ne puis plus me faire obéir ici.

— Ah ! madame !... dit le duc avec un signe de reproche amical.

— Il s'agit d'un objet sérieux, reprit le roi.

— Dieu me garde de plaisanter, alors !

— D'où viens-tu ?

— De Versailles, où j'avais à voir d'Ayen.

— Tu n'as vu que lui ?

— Le roi sait qu'à l'exception de la reine, à laquelle j'obtiens, à de rares intervalles, de présenter mes hommages, les augustes hôtes du château ne m'accueillent guère dans leur intimité.

— C'est juste. Étant de mes amis...

— Je n'ai pas la satisfaction d'être des leurs.

— Tu disais à propos d'Ayen ?

— Que je n'ai vu que lui ; mais j'ai rencontré d'autres visages.

— Ah ! ah ! Par exemple ?...

— M. du Muy, continua Choiseul.

— Comme de raison ; celui-ci ne compte plus.

— Le marquis de Ferrières...

— L'ancien illuminé ?

— Un illuminé ténébreux.

— Un ennemi à vous, marquise ? dit le roi.

— En fait d'ennemis, répliqua la Pompadour, je méprise les miens, je ne crains que les vôtres.

— Qui encore ? demanda Louis à Choiseul.

— Le marquis montait dans un carrosse dont les armoiries m'ont frappé, étant celles du roi, quoique cet équipage appartînt seulement à un comte.

— Vas-tu te mettre aussi à me parler par énigmes ?

— Écoutez donc, Sire, la présence de ce carrosse et de ce comte à la porte du dauphin m'ont paru tellement invraisemblables d'abord, que je m'en frottais les yeux.

— Un comte portant de fleurs de lis... Je ne vois que Charollais ?...

— Si c'était lui ?

— Charollais !... après la scène de l'autre jour ! Après l'avanie de la muraille des filles de Saint-Anastase.

— Peut-être à cause de cette scène, à cause de cette avanie.

Le roi froissa la dentelle de ses manchettes, jusqu'à la réduire en charpie.

— Le dauphin, un prince puritain, dévôt... recevoir ce ferrailleur, cet athée !...

— Je prends la liberté de faire observer au roi que l'athée se trouvant, en cette circonstance, doublé de l'illuminé, fanatique pour deux, il y avait compensation.

— Ah çà ! s'écria Louis, tous les mécontents se donnent donc rendez-vous à Versailles !...

— Je ne saurais répondre sur ce point à Votre Majesté. Mais du moins ceux que j'ai rencontrés paraissaient y avoir trouvé bon accueil ; ils s'en allaient rayonnants.

— Ainsi, marquise, voilà ce que vous ne vouliez pas me dire tout à l'heure !

— A quoi bon !... Chère Majesté, minauda la favorite, n'avez-vous pas assez d'ennuis ?... Je voulais éviter celui-ci à votre cœur de père... Je sais mauvais gré, très-mauvais gré, à monsieur de Choiseul de cette confidence.

— Quoi ! madame... s'écria hypocritement le duc.

— Très-mauvais gré !... le dauphin est un prince magnanime ; vous ne l'aimez pas, monsieur le duc.

— Et vous, madame, qui prétendez aimer le roi... ce que je reconnais ! je vous trouve généreuse de prendre avec cette chaleur la défense d'un prince...

— S'il fut injuste pour moi... je l'ai oublié en songeant que ce fut par dévouement filial.

Il est évident que si ce débat n'eût pas répondu à la pensée secrète et persistante de Louis, son jugement naturel l'eût mis en défiance sur la sincérité des deux traîtres, liguées contre sa gloire et contre son repos.

L'admission de Charollais auprès du dauphin, après son expulsion violente de Trianon, après l'aigreur de sa dernière audience avec le roi, exaspérait surtout celui-ci, à mesure qu'il y réfléchissait davantage.

Il ne laissait pas d'avoir au fond de l'âme une atteinte de superstition, ce qui fit qu'il s'écria :

— Eh ! mordieu ! voilà ce que m'annonçait mon rêve de cette nuit !

— Ce rêve dont vous gardez le secret ? insinua la Pompadour.

Sans relever ce reproche, il continua avec véhémence.

— Voilà comme on me sert !... Comme on m'aime !... Mais que fait donc ce Berryer !... Au lieu de ces fagots qu'il me sert tous les soirs, ne devrait-il pas m'instruire de choses de cette conséquence ! A quoi pense-t-il ! il ne sait donc, il ne voit donc rien !...

« Des histoires graveleuses, la belle affaire ; quand, à ma porte, chez moi... dans mon palais !... enfin, Choiseul, veillez-y, qu'il ait pour signifié que je veux tout, tout connaître, surtout cela ! »

Cela c'était ce qui se faisait à Versailles.

Choiseul le comprit parfaitement. Il s'agissait d'espionner la cour de la reine et du dauphin. Le confident ne se montra ni indigné, ni surpris d'un tel ordre.

A trois jours de là, le roi, dépouillant le sac aux rapports, en compagnie de sa maîtresse en titre, de son ministre et d'un cercle d'intimes, mit la main sur une enveloppe dont la suscription portait : « Réservé. »

Cette communication demandait à n'être lue que secrètement.

Il la mit à part, et attendit que la marquise restât seule avec lui pour l'ouvrir ; mais jusque-là, il ne cessait d'y porter un regard curieux, comme les enfants avides de voir au fond d'un jouet à surprise.

Enfin, la soirée ayant été écourtée, l'heure de la solitude arriva,

— Si je ne me trompe, ma toute belle, dit-il, voici du nouveau.

— Je le crois comme vous, Sire.

Il rompit lui même le cachet.

La marquise suivait d'un œil ardent et venimeux tous ses mouvements.

Il lut à voix haute :

« Les deux personnage envoyés secrètement vers
« S. A. le dauphin, par S. M. Frédéric II, sont de retour
« à Paris, après un voyage rapide à Berlin. Ils ont pris

« des noms d'emprunt et circulent en qualité de sim-
« ples commerçants, sous prétexte d'emplettes à faire
« dans cette capitale.

« Son Altesse a été informée de leur présence, ainsi
« que de leur désir de s'entretenir avec elle. Leur mis-
« sion aurait uniquement pour but de susciter des obs-
« tacles à l'exécution du traité récemment conclu
« avec S. M. l'impératrice. Traité sur lequel Son Al-
« tesse a laissé percer hautement, en diverses circons-
« tances, sa mauvaise humeur.

« Son Altesse ne voulant pas les recevoir à Versailles,
« sans doute pour éviter les désagréments qu'elle en
« a recueillis une première fois, ils se rencontreront
« demain au bal de l'Opéra. Le prince portera un cos-
« tume de patricien de Venise ; les deux étrangers
« seront en Arméniens.

« Ce bal promet d'être très-brillant et très-nom-
« breux. Jamais les années précédentes les costumiers
« n'eurent autant de commandes. Toutes les actrices
« en vogue y seront. Des dispositions sont prises pour
« qu'il n'échappe rien des intrigues piquantes qui ne
« manqueront pas de s'y engager. »

Ce dernier paragraphe était la petite pièce après la
grande, le vaudeville après la tragédie.

Que M. Berryer eût élaboré tout seul ce factum,
ou qu'on l'y eût aidé, — chose probable, — le maître
devait être content.

Il obtint l'honneur d'une double lecture à haute
voix. Puis le roi considéra les traits altérés par la colère et la haine de la favorite, qui gardait un silence
opiniâtre.

— Que me conseillez-vous ? lui demanda-t-il.
— Contre un fils rebelle ?...
— Eh bien, oui !... le nom n'est pas trop dur ?
— Si ce prince ne s'était pas déclaré mon mortel
ennemi, peut-être donnerais-je au roi mon avis... Mais,
ayant encouru son exécration, — le mot n'est pas trop
dur non plus, je craindrais, en parlant, de venger
ma propre injure.

— Marquise, vous ne voyez donc pas, vous ne comprenez donc pas ce que je souffre... par ce fils même !

— Sire, insinua alors la favorite, dont la voix harmonieuse contrastait avec l'accent rauque de son
amant, un prince qui a laissé dans notre siècle un
nom glorieux, le roi Frédéric-Guillaume, lassé de la
conduite de son fils, qui cependant n'avait rien commis de capable d'ébranler son trône à l'intérieur, ni
son influence au dehors, — le roi Frédéric-Guillaume,
n'a pas hésité à consigner son fils, son héritier
présomptif, dans la citadelle de Custrin.

Le roi réfléchit quelques secondes et murmura :
— Nous avons la Bastille.

Un éclair de triomphe jaillit de la prunelle de la favorite, éclair aussitôt dissimulé sous ses paupières.

— Le dauphin est aimé !... murmura encore Louis,
dont la conscience luttait contre une idée monstrueuse.

— Le prince de Prusse ne l'était que trop, fit la
marquise, et ce fut ce qui décida son père. D'ailleurs,
si le lieu que vient de nommer le roi a quelque chose
de trop sombre, nous avons aussi les îles d'Hyères.

— Les îles d'Hyères, répéta Louis ; en effet. Ce ne
serait pas le premier de notre race...

Il s'arrêta effrayé ; sa pensée venait de rencontrer
le nom du Masque de Fer.

Des papiers divers, des feuilles avec tête imprimée
se trouvaient épars sur le guéridon qui séparait la
maîtresse et l'amant, ce guéridon, en incrustations

précieuses, se trouve encore à Trianon aujourd'hui.

La marquise poussa l'une de ces feuilles sous la
main du roi.

Nous ne savons comment cela se fit ; celui-ci tenait
une plume trempée d'encre, il apposa sa signature au
bas de la feuille.

Il ne restait plus qu'à la remplir.

La marquise guettait du coin de l'œil le moment où
il allait la lui passer. Elle n'osait pas la prendre.

— Si les choses arrivent comme l'annonce ce rapport, dit-il avec décision, si la révolte contre nos
ordres est formelle à ce point, que l'on avise ; entendez-vous avec Choiseul, vous avez plein pouvoir.

Il se leva et se tourna vers la porte de sa chambre,
voisine du boudoir où se passait cette scène.

La marquise lui prit le bras ; elle le conduisit avec
mille caresses félines jusqu'au prie-Dieu installé en
permanence près du lit. Aux heures de ses plus
grands désordres, il ne se couchait jamais sans s'être
agenouillé. On sait qu'il exigeait de ses maîtresses
qu'elles fissent leurs prières côte à côte avec lui.

La marquise, le laissant en méditation, revint sur
la pointe du pied dans le boudoir, saisit le blanc-seing
avec l'agilité du tigre qui étreint sa proie, le plia, le
mit dans son corsage.

Elle se retira vers ses appartements, où l'attendait
son complice, introduit par madame du Hausset, cette
confidente des confidentes, dont les révélations post-
humes devaient un jour éclairer la postérité sur les
intrigues de ceux qu'elle servit d'autant mieux qu'elle
n'ignorait rien de ce qui les flattait.

— Victoire !... s'écria la marquise, illuminée par
la joie.

— Le duc s'élança au-devant d'elle.
— Nous le tenons ?...
— C'est tout comme.
— Que je baise les beaux yeux auteurs de ce
succès.
— Duc, vous braconnez...
— Sur les terres du roi ! C'est double plaisir, double
profit.

Un coin du précieux papier passait sous les den-
telles. Il l'enleva prestement ; le considéra, réfléchit.
— A quoi pensez-vous donc ? lui demanda la marquise.
— A ceci, répondit-il, devenu soudain rêveur, qu'il
dépend de nous de transformer ce vélin en un des
actes les plus graves de l'histoire de France.
— Vous hésitez ?
— Non, je songe aux moyens de ne pas laisser
retomber sur nos deux têtes cette responsabilité.
— Le roi a signé ; le roi ordonne, le roit veut, il ne
doit de comptes à personne.
— Sans doute, marquise. Mais nous ?
— Duc, vous baissez, décidément. — Que dites-
vous au dauphin, l'autre jour ?... Que vous ne seriez
jamais son serviteur.
— Certes.
— Vous n'espérez donc pas conserver votre minis-
tère, s'il devient roi.
— Lui roi, notre règne finit.
— Eh bien ! sachons alors le prolonger.
— A tout prix !
— C'est ce que je veux dire.
— Nous n'avons que vingt-quatre heures devant
nous.
— Il n'en faut pas plus. Berryer me fournira des
agents, — d'Ayen des soldats. Tout doit se faire avec

discrétion, avec dignité. Si vous m'en croyez, ce ne seront pas immédiatement nos gens, malgré nos pleins pouvoirs, qui conduiront le conspirateur, — il souligna le mot, — à sa nouvelle résidence.

— Mais le moyen ?

— Une idée me vient; avec vous il en vient à souhait! Il faut que le roi couche demain à Choisy.

— C'est d'autant plus aisé que l'on y a préparé des surprises que nous inaugurerons dans un souper ravissant.

— A merveille. Vous donnerez à Sa Majesté rendez-vous pour dix heures, par exemple. Mes limiers auront pris les devants, et depuis une demi-heure, le prisonnier, enlevé du bal, sera dans ce château, auprès de vous.

— Vous me ménagez là un étrange tête-à-tête !

— Tant mieux ! plus il sera irrité, plus il s'emportéra, plus il avancera nos affaires. Vous ferez venir le roi sur ces entrefaites, au meilleur moment; — le roi que j'aurai accompagné de Trianon à Choisy, et dont je me charge d'entretenir la colère et la méfiance.

« Vous voyez d'ici le choc. Le fils exaspéré, le père furieux, il ne tiendra qu'à vous de jeter, de vos lèvres éthérées, un peu d'huile sur ce brasier, et le mot d'exil sortira tout seul de celles du maître.

« Dès lors, pas de responsabilité odieuse sur nous; le but pacifiquement atteint, l'ennemi terrassé, muselé. »

La marquise lui ouvrit les bras :

— Duc, s'écria-t-elle, embrasse-moi !

— Tu sais bien, fit-il en riant, que nous étions nés pour nous entendre.

Il fallait que ce mot fût bien vrai, car par un phénomène sans analogue dans la chronique scandaleuse des cours, l'attachement de ces deux personnages, l'un pour l'autre, dura autant qu'eux-mêmes, sans que le roi, qui, d'ailleurs, ne comprit bientôt plus que le changement en matière de galanterie, parut jamais se douter de cette infidélité permanente de sa sultane favorite.

Il est permis d'admettre aussi que le duc et la marquise étaient unis par des liens, par des secrets, qui les tenaient irrévocablement enchaînés.

Ce qu'on ne peut nier, c'est que le roi fût, de sa personne, infiniment mieux que son rival. Mais ce n'est pas toujours la beauté qui séduit les femmes, — les femmes d'intelligence surtout.

Choiseul était laid, ne craignons pas de prononcer l'épithète, mais d'une laideur si aimable, qu'il fut par excellence l'un des hommes à bonnes fortunes de son temps.

Son esprit, souple, vif, hardi, tranchant, éblouissait, entraînait. C'était ce qu'on appelait alors un aimable roué. Mais, par-dessus tout, il possédait le grand art, l'art si difficile d'amuser le maître !

Or, le dauphin, antipathique à ces joies de mauvais aloi, à ces déportements scandaleux, moral et religieux de conviction, était la bête noire, l'épouvantail de ces intrigants.

Plus il montrait d'abnégation, de résignation, plus les haines grossissaient contre ce puritain, en qui l'on voyait un ennemi pour l'avenir; les courtisans n'encensent si ardemment le présent que parce qu'ils redoutent davantage ce mot : l'avenir !

On sait quel soutien il trouvait dans son père !

Les mécontents, disait-on, se ralliaient autour de lui. Mais quels mécontents? Ceux qui ne voulaient pas

tremper dans les orgies de Trianon; les parlementaires proscrits pour leurs résistance à des mesures iniques, spoliatrices.

Charollais, de Ferrières reçus à Versailles ! Oui, mais grâce au soin qu'ils prirent de se présenter comme des pécheurs repentis, résolus à ne plus suivre que la voie droite.

Le dauphin, second du royaume, héritier présomptif, avait-il le droit de recevoir les messagers du roi Frédéric ? Dans les circonstances, ce n'était pas seulement un droit, c'était un devoir, car loin de conspirer, il mettait tous ses efforts à détourner le roi d'une voie qui allait achever la ruine du pays.

Mais enveloppé dans un réseau perfide, ses démarches les plus louables étaient dénaturées, et ses actes de dévoûment au trône et à la France prenaient sous la langue venimeuse de ses ennemis le caractère de la trahison.

L'idée de l'éloigner, de le tenir en quarantaine, semblerait inadmissible, si l'on ne savait que Louis XV, toujours sous l'influence de la préoccupation qui troublait jusqu'à ses rêves, ne dissimulait qu'avec peine une manque de sympathie pour le jeune prince, et ne se laissait approcher par lui qu'en comprimant une répulsion singulière.

Lorsqu'ils venaient à s'embrasser; ce qui arrivait forcément au moins deux fois par année, le premier janvier et à la fête du roi, le dauphin sentait les lèvres de son père se poser sur ses joues comme deux glaçons.

Jamais il ne s'était ouvert de cette sensation à qui que ce fût, même à sa mère, même à sa femme. Il dévorait en silence une antipathie dont la cause échappait à sa droiture, mais les ambitieux, les flatteurs ont le flair du lévrier et l'œil du lynx.

Ce que le roi croyait dissimuler, ce que le dauphin tenait caché au fond de son cœur, Choiseul et la Pompadour le savaient depuis longtemps; c'était le fil par lequel ils menaient le père, par lequel ils étaient résolus à perdre le fils.

Il ne s'agissait plus que d'amener une scène violente entre eux. Tout était préparé pour cela.

On arrivait à la veille de ce bal, dont les travestissements et les masques devaient abriter des intrigues si diverses, et en vue duquel le marquis de Ferrières avait tendu à la curiosité et à la coquetterie trop confiante de la jolie mercière du *Rouet d'argent* un piège digne de son imagination diabolique.

XI

LA REVANCHE DE L'AMOUR

Ferrières ne se vantait point, en disant au comte de Charollais qu'on l'attendait chez une déesse du quartier de la Comédie.

Il avait toujours en poche le moyen d'entrer dans ce paradis, autour duquel rôdaient en vain tant de jaloux, et c'est fâcheux à dire, mais le sans-gêne qu'il apportait dans ces sortes de relations, la légèreté avec laquelle il les traitait, le peu de fond qu'il affectait de faire sur le caractère de celles qui en étaient l'objet, constituaient précisément ses moyens de séduction.

Les femmes qui ont abandonné leur existence aux amours faciles et banales sont souvent ainsi punies par où elles ont péché. Après s'être fait un jeu de la passion qu'elles inspirent, avoir desséché, flétri les cœurs assez naïfs pour s'attacher à elles ; il arrive une heure où l'amour prend sa revanche.

Mais alors, comme elles ont usé ce qu'il y avait de plus délicat dans leurs fibres, qu'elles ne sont plus à même d'apprécier les sentiments délicats d'une passion jeune et sincère, qu'elles ont nié l'amour, l'amour se venge. La comédienne était devenue jalouse.

Du jour où cette passion l'avait mordue, elle avait transformé sa vie et sa maison. La foule des adorateurs n'étaient plus devenus que des comparses sans espoir. La plupart, fatigués de ce rôle ridicule, s'étaient retirés.

Le plus fidèle, le plus opiniâtre restait. C'était le vidame Charlemagne d'Estissac.

La charmante folle en avait fait son bouffon, — partageant cette fantaisie avec madame de Pompadour elle-même.

Mais où elle allait plus loin que la marquise, n'étant pas gênée par l'étiquette, c'était dans ses agaceries. Elle permettait, elle exigeait que le vidame lui fît la cour, se déclarât son chevalier servant.

Le vieux fat en tirait vanité, et quoique cette liaison ne lui procurât que des satisfactions platoniques, il dépensait une partie de ses revenus en cadeaux, en surprises, que l'on acceptait souvent d'un air passablement dédaigneux.

Témoin de la déconvenue de tant d'autres soupirants, il s'imagina très-volontiers qu'on les lui sacrifiait. Cela le consolait de ne rien obtenir de plus que le droit de faire sa cour et de se poser en protecteur en titre.

Par la grâce spéciale qui appartient à ce genre de soupirants et aux maris... trop heureux, l'excellent vidame n'avait pas de meilleur ami que Ferrières.

A coup sûr, l'influence féminine de la charmante actrice contribuait puissamment à entretenir cette confiance, mais elle y avait réussi autant qu'elle pouvait le souhaiter.

Le vidame était convaincu que le marquis ne venait chez la Sainte-Foy que pour lui, et cela surtout depuis qu'ils ne se rencontraient plus à Trianon. Car, particularité qui prouve à quel point ce que femme veut, le diable le veut, — ce vieux courtisan, à genoux devant la faveur, devant un sourire de ses maîtres, restait, en cette circonstance, fidèle à un homme en discrédit !

De son côté, la marquise, soit qu'elle s'en souciât peu, soit par l'effet de l'une des combinaisons diplomatiques à elle familières et impénétrables à l'œil le plus fin, — la marquise paraissait ignorer ces détails, ou n'y prêtait qu'une oreille distraite, si quelque courtisan jaloux de la position du vidame, — à la cour, la jalousie n'a ni vergogne ni limites, — y faisait une allusion cauteleuse.

Ferrières pénétra donc à petits pas dans l'élégant logis de la rue Mazarine, à une heure où, sauf les galants et les filous, il ne restait personne dehors.

Cette fois, l'antichambre était gardée, non par Justine, mais par Jasmin. Le valet ayant reçu ordre dans la journée d'aller attendre son maître chez la comédienne, était resté à ce poste, avec l'exactitude d'un soldat.

La soubrette, renonçant à des agaceries perdues en présence de ce roc, — tout bas elle disait : Ce lourdaud, — lui avait abandonné la place.

Quant à Angélique, — ainsi se plaisait-on à appeler la jolie actrice dans l'intimité, du nom d'un personnage de comédie merveilleusement rendu par elle, — la présence du serviteur étant un garant de la visite du maître, elle attendait, en déshabillé élégant, assoupie sur un sofa.

Sa somnolence, contre laquelle elle avait lutté d'abord, n'était pas du sommeil ; elle rêvait à moitié éveillée.

Malgré les précautions de Ferrières, son cœur lui annonça sa venue, dès qu'il tourna la clef dans la serrure de la rue.

Une première passion n'a pas plus de battements, plus d'émotions que ces regains d'amour.

Elle porta un regard rapide sur le cadran. L'aiguille lui arracha un soupir. C'était comme si elle se disait : — Déjà !... ce n'était pas ainsi naguère !...

Ses petits doigts agiles ravivèrent la lampe, enveloppée dans une demi-sphère d'opale. Elle rajusta coquettement sa longue tunique, de façon à paraître avec tous ses avantages.

Puis, elle s'étendit de nouveau, moelleuse, câline, les paupières closes à la manière des chattes.

Le marquis n'échangea qu'un mot avec son serviteur.

— Te voilà ?

— Suivant les ordres de monsieur le marquis.

— Que s'est-il passé ici ?

— On a attendu monsieur le marquis, longtemps, debout.

— Et...

— Et je pense qu'on l'attend à présent endormie.

— Bien. Dors aussi. Ma visite sera courte, il est tard.

Jasmin voulut lui soulever la tenture ; il l'en dispensa d'un geste, prit ce soin lui-même, tourna le bouton du sanctuaire avec une précaution infinie, et referma de même.

— Elle est vraiment jolie !... dit-il en considérant la syrène.

Craignant de troubler un si gracieux sommeil, il restait immobile, debout à quelques pas. Admirateur déclaré de la forme, amateur, artiste, il jouissait de ce spectacle comme d'un tableau ou d'une statue de maître.

La coquette trouvait plaisir à être ainsi contemplée, mais, lorsqu'elle eut savouré suffisamment cette satisfaction, elle céda à une autre fantaisie.

Ses beaux yeux s'entr'ouvrirent langoureusement, elle souleva lentement la tête, poussa un cri qui imitait la surprise à ravir.

— Ah ! vous étiez là ?

— A vous admirer, ma toute belle.

— Depuis longtemps ?

— Je ne saurais dire ; le temps passe si vite auprès de vous, une demi-heure peut-être.

Elle secoua sa tête mutine avec incrédulité ; la demi-heure se composaient de cinq minutes.

— Eh bien ! crains-tu d'approcher ?... reprit-elle.

Le fait est qu'il oubliait d'avancer.

Physiologiste comme il était, et par une aptitude naturelle, et par les études qu'il avait faites autrefois, dans ses notions de magnétisme et d'illuminisme, il entrevoyait sur les traits de sa maîtresse quelque chose d'inusité, qu'il ne pouvait définir.

Il vint près d'elle, se mit à deux genoux sur un coussin placé là tout à point, prit ses mains, et sans cesser de fixer sur son front son œil perçant, les baisa avec autant de tendresse que de galanterie.

— Qu'as-tu donc à me regarder ainsi ? fit-elle.

— Je te trouve trop jolie pour le repos du monde.

— Méchant ! que m'importe le repos du monde !... C'est le tien...

— Que tu voudrais troubler, lutin ! Sous ce rapport, qu'as-tu à désirer ?

Elle soupira, se souleva avec une morbidesse enivrante, prit la tête de son affectionné dans ses deux petites mains, et lui donna un gros baiser.

— Suis-je assez folle de t'aimer à ce point !... lui dit-elle.

— Amour partagé ; si tu es folle, je suis plus fou encore.

Elle secoua sa tête rêveuse :

— Fou !... toi ?.. Oh ! non ! J'en ai connu des fous ; ils étaient à mes pieds aussi... Mais autrement... et je ne leur tendais pas la main pour les relever... Je ne les aimais pas !... Aujourd'hui... c'est bien fait !... Je sais par ce que j'éprouve ce qu'ils enduraient...

— Angélique, quelles extravagances débites-tu là !

— Extravagances raisonnables... Tu le sais bien !

— Tête folle !... Est-ce que vraiment tu me crois capable de te tromper ?...

— Ah ! Frédéric, tu n'es plus le même !...

— Dis, petite ingrate, que tu ne me vois plus du même œil.

Où me conduis-tu ? dit-elle. (Page 63, col. 2.)

— Non ! non ! ce n'est pas là qu'est le changement. Tu m'aimes moins... m'aimes-tu encore seulement... m'as-tu jamais aimée ?

— Pour le coup, s'écria-t-il en souriant et en s'asseyant près d'elle, voilà une élégie ! Où prends-tu ces idées ?

— Ce sont celles qui viennent toutes seules, quand l'attente de ce qu'on aime se prolonge, et depuis quelque temps, conviens-en, elle se prolonge beaucoup pour moi.

— Une scène !...

— Non, une explication.

— Ah ! c'est pis encore !... fit-il en se renfonçant tout renfrogné dans son fauteuil.

— Ne te fâche point, réponds-moi seulement. Vois-tu, mon Frédéric, je t'aime tant ; la pensée de te perdre me rend si malheureuse...

— Eh bien, il ne faut pas l'avoir !

— Comme tu me dis cela !

— Comment veux-tu que je te le dise ?

Elle secoua de nouveau la tête, par un mouvement qui lui était familier dans ses soucis.

— Non ! s'écria-t-elle, ne plus être aimée de toi, je ne m'y résignerai jamais !

— Angélique, mon séraphin, dit Ferrières un peu moqueur, la fatigue de cette veille prolongée vous agite évidemment les nerfs. Çà, mettez-vous au lit, un peu de repos vous fera grand bien ; et, surtout, si nous voulons plaire à notre ami, ne mouillons pas ces beaux yeux qui ne demandent qu'à dormir.

A ce persiflage, la jeune femme essuya du bout de son doigt rosé une perle au coin de sa paupière.

— En effet, dit-elle, je n'ai pas le sens commun... pleurer ! à quoi bon !... Mes larmes toucheraient plutôt le marbre que ton cœur...

— Très-bien ! très-bien !... exclama-t-il. Voilà un mouvement qui te vaudrait un rappel à la comédie. Il faut encourager le talent !...

Et plus railleur à mesure que cette petite altercation excitait son instinct naturellement satirique et sceptique, il s'avança pour la baiser au front.

Elle l'écarta d'un geste assez ferme.

— Non pas ! non pas !... Je t'aime, ingrat, tu le sais trop, et tu en abuses... Tu me traites comme un jouet... Tandis que je te donne toute mon âme, toute ma vie, tu railles, et tu te dis : Bast ! après celle-ci une autre !... Une comédienne, la belle affaire, on n'en manque pas !

« Et, c'est chose honteuse et misérable, je ne comprends pas quel sort tu as jeté sur moi, je sais cela, et je t'aime le sachant ! Oui, tu peux en triompher, j'ai la franchise de mon humiliation, je t'aime ; pour moi, il n'y a de bonheur que dans ton amour ! Ah ! que je voudrais pourtant surmonter cette lâcheté, et te rendre dédain pour dédain.

— Fi ! Angélique, dit Ferrières, une scène ! A quel propos, je vous prie ? Je ne viens plus chez vous que, d'une façon ou d'une autre, vous me lanciez des allusions malignes. Voyons, entre gens comme nous, intelligents, ayant du monde, cela cesse d'être une existence...

— Tu veux me quitter !...

— Sans doute non, mais si cette façon d'agir se continuait... vous m'obligeriez à rendre mes visites moins fréquentes...

La jeune femme joignit ses mains frémissantes, le regarda fixement, il n'avait rien perdu de sa tranquillité ; ni ses larmes, ni sa colère, n'avaient dérangé ses traits, il souriait toujours.

— Pour la première fois que j'aime véritablement, je n'ai pas de bonheur, dit-elle.

— Allons, petite folle, quand on vous dit qu'on vous aime toujours de même, toujours autant ! Sans partage.

— Tu mens !

— Plaît-il ?

— Tu veux me donner une rivale.

— Quelle bouffonnerie !

— Je la connais.

— De mieux en mieux ! Nommez-la donc, que je la connaisse aussi.

— Inutile. C'est une fille de la bourgeoisie, à la fois niaise et coquette... Vous la poursuivez de vos protestations depuis un mois... Son imbécile de famille n'y voit que du feu...

— La bonne histoire !... Qui vous a débité ces fagots, chère belle ?

Le seul effet de ces interjections haletantes, sur le marquis, avait été de rendre son ironie plus aiguë, sa prunelle plus ardente.

— Riez ! riez !... Je ne veux pas être votre dupe

plus longtemps. Nierez-vous d'ailleurs que tout cela soit exact ?

— En aucune façon !

— Vous avez beau rire, vous voyez que je sais tout.

— Tout ?...

— Oui, car je peux vous dire encore qu'en ce moment, c'est-à-dire depuis deux à trois jours, vous poursuivez un but... fort honorable, fort digne... surtout pour un gentilhomme admis à Versailles, dans les salons puritains du dauphin... Vous prétendez emmener cette fille au bal de l'Opéra, et ne comptez guère, je pense, la ramener après cela à son père. Le beau triomphe d'abuser de la curiosité et de la naïveté d'une enfant à ce point crédule !...

Ferrières partit d'un éclat de rire ; rire nerveux comme le reste de son attitude.

— Et croyez-vous qu'elle y viendra ? demanda-t-il railleur.

La Sainte-Foy répondit tranquillement :

— Je ne le crois pas.

— Ah !... fit-il avec un tressaillement qui l'eût trahi, si sa maîtresse n'eût été déjà si bien instruite. Qui l'empêchera ?... Vous, peut-être ?

— Peut-être.

— Laisse-moi t'embrasser ; tu as dit cela d'une façon sublime.

Mais les rôles commençaient à n'être plus aussi inégaux. L'irritant sarcasme de Ferrières avait mordu la jeune femme dans ce qu'il y a de plus sensible chez son sexe, son amour et son amour-propre. Elle repoussa cette caresse moqueuse.

— Tu refuses un baiser, tu ne m'aimes donc plus ?

Au fond de cette question, il y avait quelque chose comme un désir.

La femme qu'on n'aime plus et qui persiste à s'attacher à nous devient un véritable embarras ; et Ferrières, incapable d'un vrai sentiment d'amour, dirigé en cela, comme en tout, par ses instincts violents, soudains, ardeurs aussitôt effacées qu'assouvies, en avait assez de ce hochet.

Un autre objet l'attirait maintenant. Ces hommes à passions violentes ont plus d'un rapport avec les enfants, chez qui les passions existent aussi ; il en était au point où l'on brise un jouet, parce qu'on en convoite un nouveau.

Mais quelquefois l'enfant se blesse, en rencontrant du fer sous le carton, — de Ferrières se sentit piqué de l'attitude inattendue d'Angélique.

Mademoiselle Sainte-Foy levait l'étendard de la révolte avec une énergie qui lui inspirait certaines appréhensions.

A sa dernière demande :

— Tu ne m'aimes donc plus ?...

Elle répondit avec une clairvoyance qui n'avait d'ailleurs rien de très-étonnant chez une femme de son existence :

— Cela te ferait plaisir, peut-être ?... Mais détrompe-toi, si insensé, si lâche que cela soit, je t'aime encore, autant que jamais, — mais autrement.

Du caractère dont nous connaissons le marquis, s'il n'eût compris que sa maîtresse en titre allait mettre des bâtons dans les roues de sa passion nouvelle, cette petite guerre aurait eu son charme. Il se plaisait aux difficultés. Angélique s'était attiré son indifférence par son excès de dévouement.

— C'est, reprit-elle, mon idée fixe, ma marotte ; je t'aime, et je prétends que tu n'en aimes pas d'autre que moi... Pour empêcher cela...

Elle suspendit sa phrase, quitta sa posture horizontale, s'assit sur la chaise longue :

— Pour empêcher cela, Frédéric, je ne reculerais devant rien.

— Que veux-tu dire, ma tigresse ? — Tu préviendras le père Navelier ? Tu jeteras l'alarme dans la mercerie, en criant au loup !... Tu diras à la petite que je suis un monstre !

— J'ai mieux que cela.

— Ah ! à la bonne heure !... fit-il en dissimulant sa surprise et son intérêt.

Il se rapprocha d'elle, aussi près que son fauteuil et la chaise longue le permettaient. Elle le laissa faire, et ne bougea pas.

— Tiens, décidément, tu as tort d'être jalouse, je ne te trouvai jamais plus charmante, plus piquante...

— Oui, j'ai piqué votre curiosité.

— Parlons raison, parlons amour... Tu me menaces, sais-tu ?

— Vous voudriez savoir ?

— Eh ! non, sarpejeu ! Cet air de pythonisse te va trop bien, je serais désolé de te le ravir.

— Alors, cher marquis, je vous rappelle ce que vous me disiez en entrant : Il est tard, très-tard ; des affaires pressantes vous occupent... Vous m'avez déjà donné bien du temps.

— Tu me renvoies ?

— Je vous rends à vous-même.

— Et si je voulais rester ?

— Vous me désobligeriez. Je tombe de lassitude ; il me serait impossible de continuer la conversation ; de plus, je joue ce soir mon rôle le plus difficile.

— C'est dommage, fit-il en souriant moitié de cœur, moitié des lèvres, tu es si bien dans celui-ci !

— Allons, c'est entendu, adieu, très-cher.

— Mais non, je demeure.

— Bonne nuit, alors.

Elle se leva et alluma une bougie à la lampe.

— Que fais-tu ?...

— Je vous cède la place.

Il souffla la bougie, lui ôta le flambeau, la prit par la main, la ramena au sofa.

Elle se laissa faire sans résistance.

— Voyons, dit-il, pas d'enfantillage. — Que veux-tu ? que prétends-tu ?

— Que tu renonces à l'idée absurde de séduire cette petite mercière, et que tu sois comme par le passé.

— Et si je te le promets ?

— Oh ! des promesses ; c'est le fond qui manque le moins, comme dit le fablier.

— Alors, parle.

Elle se redressa, se leva tout de bout, s'appuya au chambranle de la cheminée, en face de lui, et de l'accent qu'elle savait trouver pour remuer des masses entières :

— Tu es un enfant, marquis de Ferrières, dit-elle. Tu ne m'as jamais ni connue ni comprise. Voilà un tort pour un homme de ta force !... Ah ! les femmes sont plus curieuses ! Quand on aime, comme je t'aimais... comme je t'aime ! on veut savoir ce qui intéresse, ce qui concerne cet objet adoré. Et puis, surtout, quand on craint de le perdre, on songe à tous les moyens de le retenir.

« Ah ! Frédéric, il faut, en vérité, que vous m'ayez inspiré une passion bien grande, pour que j'aie tant pris de peine à ces choses !...

« Ne hochez point la tête, ne feignez point l'incré-dulité, car, par mon salut, — j'en sais sur vous autant qu'il m'en fallait savoir !

— Eh bien ! que sais-tu ?... Ma vie est au grand jour ; j'imagine que si tu eusses découvert que j'étais un criminel, un scélérat, un monstre, il y a beau temps que tu m'eusses signé mon passe-port.

— Tiens, l'homme d'esprit, voici tes piques de connaissances transcendantes, je te le répète pour la vingtième fois, tu es encore à l'A B C du cœur des femmes.

— Tu m'aurais aimé scélérat, bandit, conspirateur ?...

— Est-ce que le cœur, le nôtre surtout à nous, femmes en dehors de la société, qui ne vivons que par la passion et pour la passion, dont les émotions forment l'essence, qui nous éteindrions si nous sortions de cette atmosphère tourbillonnante, fascinatrice, — est-ce que le cœur calcule ! On aime et voilà tout !

— Ainsi, criminel, agent de complot ?...

— Tu ne sais donc pas plus l'histoire que le cœur ? Par qui ont été sauvés les criminels, les conspirateurs, quand ils ont pu l'être... sinon par des femmes !

— C'est vrai, prononça lentement Ferrières pensif, je ne te connaissais pas.

— Et tu ne me connais pas encore ; les coupables, les proscrits sauvés par leurs maîtresses, ce n'est qu'une face de la médaille.

— Le revers ?...

— Je vais te le dire : ce sont les proscrits, les coupables, perdus par leurs maîtresses.

Il se leva à son tour, se plaça debout devant elle, comme elle se tenait devant lui. Son sourire étrange déchaussait ses dents blanches et aiguës, il y avait dans son regard quelque chose de la prunelle du loup qui guette une proie.

— Misérable femme, dit-il, tu touches à la hache, tu joues avec le feu : la hache tranche ; le feu brûle. Il y a des secrets pareils au feu et à la hache ; ils tuent.

— Décidément, tu ne me comprends pas ; il faut donc que je précise les choses : Frédéric, vous pouvez conspirer, organiser dans la nuit ces mystérieuses entreprises qui déjouent les yeux les plus habiles, les plus intéressés ; — mais ce que je vous défends, c'est d'aimer cette fille !... Adieu !

Cette fois, sans qu'il tentât de la retenir, elle passa fièrement devant lui, traversa la pièce, et disparut sous la tenture d'une chambre voisine, dont il lui entendit fermer la porte aux verroux.

— Démon !... murmura-t-il, les yeux attachés sur la draperie qui ondulait encore.

Puis, il reprit son épée, son chapeau, son manteau, abandonnés sur un fauteuil.

— Renoncer à Geneviève, reprit-il se parlant toujours à lui-même, allons donc !...

Il réveilla Jasmin, qui ronflait dans l'antichambre, et suivi de lui, il regagna son logis de la rue Saint-Honoré.

XII

L'ENTRÉE DU BAL

Arriva donc ce bal d'inauguration des fêtes du carnaval pour cette année, à l'Opéra.

Qui n'a vu que ceux de l'Opéra actuel ne saurait se faire une idée, même approximative, de ces réunions à cette époque. Tout au plus en aurait-on quelques notions en se représentant, sous le masque, les splendides festivals travestis offerts une ou deux fois chaque saison d'hiver, dans les merveilleuses galeries des Tuileries ou du Louvre, à la cour, par l'Empereur.

Quoique les brillants costumes du règne Pompadour ne craignissent ni les lumières, ni le reflet des décors, qui rendent si mesquins nos habits noirs et nos cravates blanches, on n'entendait alors un bal masqué qu'avec des déguisements et des masques.

Les costumes de fantaisie, proprement nommés, étaient l'exception, on recherchait surtout les costumes de caractère, d'histoire, et particulièrement de mythologie.

On montait, comme cela se pratique toujours pour les grands bals travestis de la cour, des parties, entre un certain nombre de personnes du même cercle, pour représenter soit un cortège, soit un groupe de l'histoire, de la fable ou même de la Bible.

On ne soupçonnait pas l'expédient qui consiste à prodiguer les billets de faveur dans le monde féminin le plus compromis et le plus compromettant, afin d'attirer l'autre sexe. Le buraliste d'entrée ne connaissait que les cartes achetées argent comptant, — ce dont tout le monde se trouvait bien.

Une femme, pour peu qu'elle ait de mérite ou d'agréments, — et il n'en faut pas mener d'autres à un bal masqué, — ne manque jamais d'un cavalier, heureux autant que fier de lui faire accepter son bras.

A travers les mœurs relâchées du dix-huitième siècle, ces fêtes conservaient donc un cachet d'élégance, de distinction, qui les rendait singulièrement aristocratiques, comparées aux nôtres.

L'Opéra lui-même était en pleine vogue. Depuis quatre ans, des chanteurs italiens y travaillaient à la rénovation musicale. Depuis trois ans, on y jouait, sans s'en lasser, le *Devin de village*, de Jean-Jacques.

Après la mort de Molière, arrivée en 1673, la salle de la rue et du palais Richelieu avait été accordée à Lulli, qui exploitait alors le genre lyrique, dans un ancien jeu de paume de la rue de Vaugirard. C'était dans la salle, — Richelieu, — maison de Molière, comme nous dirions à présent, que l'Opéra se trouvait, toujours en 1756, et qu'avaient commencé les bals masqués, bals dont l'Académie royale de musique, nom que l'on attribua dès l'origine à l'Opéra, possédait le privilége exclusif.

Le bal ne commençait pas alors à minuit, mais à huit heures du soir, — et il n'en faut pas mener d'autres en hiver, et qui permettait ou de s'amuser plus longtemps, ou de s'aller coucher avant l'aurore du lendemain.

On sait aussi que les représentations théâtrales commençaient généralement à cinq heures d'après-midi, ce qui donnait la facilité de souper en sortant.

Dès avant l'aurore, une confusion inexprimable de carrosses, de chaises à porteurs, de laquais de pied et de cheval, engorgeaient les abords, piaffant, ruant, piaillant, à la vive satisfaction des badauds et des gamins, mêlés à cette cohue, sans souci de se faire plus ou moins écraser.

Ce bon M. Berryer avait mis beaucoup de ses gens dans la salle pour espionner, — il avait seulement oublié d'en laisser assez dehors pour maintenir l'ordre.

L'administration de l'Opéra avait fait certains frais d'éclairage extérieur. Une rangée de lampions sur l'entablement du balcon, deux ifs à la principale entrée, projetaient leur clartés fumeuses et rougeâtres sur la voie publique devant le théâtre.

Les carrosses et les chaises des principaux personnages arrivaient accompagnés de valets portant des torches, ce qui ne laissait pas d'ajouter à l'air de fête et de réjouissance de tout ce mouvement.

Ces lueurs vacillantes, errantes, courant au-dessus d'un océan de têtes, de panaches, de banderoles, produisaient un effet fantastique, et rendaient surtout plus noires les oppositions d'ombre, projetées par les moindres saillies des maisons, des corniches, et même des voitures.

Le bruit des roues, le piaffement des chevaux, les cris des porteurs, ceux des maîtres, les interjections moqueuses de la foule, les lazzi des gamins, les notes aiguës des trompes de terre cuite, instrument railleur transmis depuis des siècles, de carnaval en carnaval, à ces lutins de la rue, s'harmoniaient à l'ondulation pittoresque, à l'éclairage bizarre, et complétaient la scène.

Lorsqu'on ouvrit les portes, une clameur immense, — celle qu'on entend au bouquet des feux d'artifices, lorsqu'un ou deux millions de curieux s'écrasent de la place de la Concorde à la barrière de l'Étoile et au Champs de Mars, — une clameur vibrante, joyeuse explosion satisfaite des impatiences contenues, des désirs atteints, des espérances touchant au bout, ébranla l'air.

Les bourgeois du quartier sentirent leurs maisons craquer, leurs vitres grelotter dans leur châssis. Il y eut des matrones qui se signèrent en recommandant leur âme à Dieu. Cette saturnale leur révélait l'approche de la fin du monde.

Ce n'était que le commencement du plaisir.

Dans ce culbutis, le cavalier perdait sa dame, la dame son cavalier, le compère sa commère, le dieu sa déesse, le compagnon son ami ; les costumes recevaient des accrocs ; plus d'une élégante coiffure s'en allait, on ne sait comment, jusqu'au ruisseau voisin.

Les maraudeurs trouvaient ce qui n'était pas perdu, les filous s'entretenaient la main ; — il faut que tout le monde vive.

Il ne faudrait pas accuser non plus le chef de la police de plus de négligence qu'il n'en commettait. Il avait donné quelques ordres concernant la circulation des voitures, au petit nombre d'agents éparpillés dans les rues Saint-Honoré, de Richelieu, et autres avoisinant le Palais-Royal et l'Opéra, mais les pauvres diables se trouvaient débordés, submergés.

Ceux qui pestaient maintenant contre la cohue étaient les mêmes qui y avaient le plus contribué. Ce n'était pas une besogne aisée de faire prendre au cocher d'un grand seigneur ou la droite ou la gauche, ou la file. Ces messieurs prétendaient au droit d'insolence, ils mettaient leur point d'honneur à passer précisément où c'était défendu. Leurs maîtres les rossaient quand ils se laissaient devancer par un équipage de moindre qualité que le leur.

Arrangez cela avec les besoins de la circulation et du bon ordre.

Si quelqu'un eût pu distinguer spécialement quelque chose dans ce tohu-bohu, il se fût diverti des espiègleries d'un gamin, qui semblait avoir pris pour tâche d'être partout à la fois.

Ce devait être, à en juger par son costume, un apprenti échappé de quelque boutique. Il portait crânement son bonnet sur l'oreille, marchait sur le pied de l'un, enfonçait les côtes de l'autre, ripostait par un coup de poing à un horion, par une pasquinade à une malédiction. Il ouvrait les portières, interpellait les cavaliers, aidait aux dames à descendre, regardait sous le nez des uns, sous le masque des autres! — un vrai démon.

Au milieu de cette gymnastique et de cette éloquence, il paraissait chercher quelqu'un ou quelque chose.

Il était en train de se prendre de bec avec les porteurs d'une chaise armoriée, dont l'un des brancards l'avait attrapé dans les côtes, quand un remou formidable, occasionné par une panique, en présence d'un équipage dont les chevaux se cabraient, mit le comble à la confusion.

Les cris les plus perçants, — des cris de femme, des jurons de cochers et de porteurs, venaient de l'une de ces petites rues qui débouchaient du quartier du Louvre dans la rue Saint-Honoré, ruelles dont on a maintenant oublié jusqu'au nom.

Évidemment, la place de notre fureteur était là. Ce désordre était son élément. On n'y eût pas jeté dans la mêlée compacte un fétu qui fût tombé à terre; ce qui ne l'empêcha pas de se trouver en un clin d'œil au beau milieu.

L'endroit était aussi des plus mal éclairés.

Notre lutin se serait dirigé dans la nuit la plus noire. Au plus joli moment, — le plus joli pour un drôle de sa sorte, — il avise une chaise des plus simples, de celles qui ne portaient pas d'écusson, que l'on prenait sur les places, comme on prend maintenant un fiacre. Un de ses porteurs renversé avait lâché ses brancards, l'autre trébuchait; — la frêle boîte, cabotée de la sorte, allait verser.

— Une chaise verte!... s'écrie-t-il. C'est elle!...

Sans doute c'était là ce qu'il cherchait depuis une heure, car il ne fit qu'un bond de la borne où il était monté jusqu'au porteur chancelant, qu'il acheva de jeter par terre.

Puis il ouvrit la portière, en dépit de la masse compacte qui gênait ses mouvements.

Une femme se trouvait au fond, demi-pâmée d'effroi; une femme jeune, très-jeune, à en juger par les apparences. Elle portait un mignon costume de Colombine, et tenait son masque collé étroitement sur son visage.

Quand sa chaise s'ouvrit, elle poussa un cri d'épouvante, se croyant perdue.

— Chut!... N'ayez pas peur! dit le gamin.

Sa voix produisit le double résultat de la rassurer et de l'effarer davantage.

C'est-à-dire qu'elle ne renouvela pas son cri, mais s'enfonça plus avant dans son coin.

Mais notre intrépide garçon lui saisit la main et l'attirant quoi qu'elle en eût :

— Reconnaissez-moi, demoiselle, dit-il; je suis Becdassée.

— Becdassée!... O mon Dieu!...

Ici le gamin, l'enfant de la rue, le jeteur de quolibets, le boxeur, se transforma; ses traits fins et malicieux devinrent graves, son regard taquin eut un rayonnement de sollicitude imposante; il parla avec une douceur sérieuse qui n'admettait ni réplique, ni résistance :

— Demoiselle, votre place n'est pas ici. Vite, prenez mon bras, suivez-moi.

La jolie Colombine, vaincue, dominée, ne sut qu'obéir, et tout en obéissant :

— Que veux-tu?... que demandes-tu?... balbutia-t-elle, folle de surprise, d'effroi; elle avait au premier mot reconnu l'apprenti sous son déguisement de jeune ouvrier.

Mais il ne se donnait pas la peine de répondre à ces questions oiseuses; il pressait le bras qu'elle avait passé sous le sien, et de l'autre, le poing fermé, il se frayait à travers chevaux, carrosses, chaises, brancards, laquais et populaire, une issue impétueuse, par laquelle il entraîna sa compagne.

Ils furent bientôt hors de cette émeute, dans les rues avoisinant l'ancien hôtel de Sens, en plein calme et solitude.

Cependant il ne s'arrêta pas, même pour reprendre haleine; la pauvre Colombine se laissait conduire, sans retrouver la conscience d'elle-même ni de la situation.

Aux paroles entrecoupées que lui arrachaient cette course opiniâtre, les rumeurs lointaines du théâtre des désordres, le petit commis répondait invariablement :

— Venez!... venez!... il n'est que temps!...

A la route pourtant, car le trajet s'allongeait sans trêve, le froid de l'atmosphère, — il gelait très-fort, calma la fièvre de son cerveau; elle avait perdu sa mante dans la traversée, elle se sentait glacée, quoique la sueur de son front achevât de coller sur son visage le masque, qui ne l'avait pas quittée.

Elle s'inquiéta de la direction suivie : elle s'arrêta tout à coup, par un temps d'arrêt brusque; elle se reconnut dans la rue Saint-Martin.

— Où me conduis-tu?... dit-elle.

— Venez!... venez!... répéta-t-il.

Il fit un effort pour l'entraîner par la rue de Venise. Mais cette petite rue servait de communication entre celle où ils se trouvaient et la rue Saint-Denis.

— O mon Dieu!... mon Dieu!... s'écria-t-elle; non! non, pas par là!...

— Ayez confiance, répliqua le brave garçon; les minutes sont comptées!...

— Je suis perdue!... perdue!...

Ce cri lui échappa comme un sanglot; mais elle ne résista plus; elle se laissa emmener.

Ils n'allèrent pas jusqu'à la rue Saint-Denis. Une petite porte se trouvait dans une muraille : Becdassée en avait la clef. Il l'ouvrit rapidement; c'était l'entrée de la cour d'une maison dont la façade donnait sur la rue voisine; la maison du Rouet d'or faisait angle sur les rues de Venise et de Saint-Denis.

Il referma la bienheureuse porte au verrou, et poussa un grand soupir de soulagement.

Une échelle se trouvait dressée, jusqu'à une fenêtre du premier étage, restée ouverte.

C'est par là que l'imprudente était descendue, c'est par là qu'il lui fit signe de remonter. Mais, auparavant, il lui prit les mains, et les baisant avec une ferveur attendrissante :

— Merci, merci d'être revenue, lui dit-il.

Elle ne répondit rien, mais cette parole la remua jusqu'aux larmes.

— Vite, ajouta-t-il, vite, montez! couchez-vous; je me charge du reste.

Ce fut l'affaire d'une seconde; l'oiseau regagna sa cage, referma la croisée, se mit au lit.

Becdassée enleva l'échelle, la replaça sous son hangar, qu'elle n'aurait pas dû quitter, puis, opérant une évolution adroite, se retrouva dans la boutique, où maître Navelier et Louis, exténués de lassitude, servaient à la hâte leurs dernières pratiques, afin de clore les volets.

— Ah ! te voilà, vaurien !... exclama le patron, en apercevant le gamin.

— Oui, maître...

— D'où viens-tu, drôle, depuis le temps que tu es parti ?

— De mes commissions, sans vous commander ; j'en avais une charge !

— Polisson ! tu as été vagabonder...

— Dieu, comme il est fait !... s'écria le premier commis, appuyant sur la semonce. Je gage qu'il sera allé jusqu'à l'Opéra...

— Je vais préparer les volets ; dit l'espiègle pour amener une diversion.

— Et moi, mon aune, pour te payer de tes bons services ! gronda le mercier, qui, dans ces circonstances, faisait plus de bruit que de besogne.

Néanmoins, comme il brandissait en roulant ses gros yeux le terrible instrument, Becdassée jugea prudent de se blottir sous un comptoir. Il le fit d'une façon si comique que les chalands et le patron lui-même éclatèrent d'un fou-rire.

Becdassée se sentit maître du terrain ; il allongea le cou hors de son asile, avec une grimace fûtée :

— Tiens ! demanda-t-il, où donc est mère Jeanne ? Serait-elle allée aussi voir l'entrée des masques !

— Drôle !... cria le mercier.

L'espiègle se rencogna dans sa niche ; puis un instant après renouvela son manège.

— Tiens ! fit-il, je ne vois pas non plus demoiselle Geneviève ?

— Elle est couchée, répondit Louis ; une migraine terrible, qui l'a prise comme tu venais de partir. Elle doit s'être enfermée dans sa chambre.

— Pauvre demoiselle !... êtes-vous sûrs au moins qu'elle n'a besoin de rien ?

— La servante est allée deux fois frapper à sa porte ; elle n'a pas répondu.

— Qui sait, c'est qu'elle dormait ; peut-être répondrait-elle à présent...

— C'est bon, c'est bon, bavard, intervint le mercier ! ferme tes volets ; je vais voir cela, tout à l'heure, en montant.

Quand il monta, au bout d'un instant, la porte de Geneviève était débarrée ; il la trouva dans son lit, fort colorée, fort agitée, ce qui lui parut l'effet naturel de son malaise.

Sur ses instances, il remit au lendemain à envoyer chercher le médecin, s'il en était besoin.

Il remarqua qu'elle répondait à son baiser par un embrassement plus tendre que d'habitude.

La chambre était en grand désordre, mais ni ce bouleversement ni les ajustements inusités, jetés deçà delà, ne l'étonnèrent, il en était de même du bas en haut de la maison, depuis les préparatifs du bal.

Ce qui était arrivé n'a pas besoin d'explications : la coquette et inexpérimentée Geneviève, circonvenue par les séductions du marquis, tentée tout à la fois par la vanité, par la curiosité, par une pointe d'un sentiment nouveau, encore en germe chez elle, mais qui ne demandait qu'à se développer, avait perdu la tête, le jugement, la sagesse.

Il n'y avait de sa part ni réflexion, ni parti arrêté, ni passion définie. C'était tout simplement l'histoire vulgaire de la colombe qui se laisse attirer par le serpent.

Si des femmes comme la Sainte-Foy ne résistaient pas à ce magnétiseur, une fillette ayant du penchant à la coquetterie pouvait-elle échapper longtemps à des séductions si charmantes, des paroles si dorées, des promesses si brillantes et l'appât d'assister à ce fameux bal !...

La Sainte-Foy était parfaitement renseignée ; elle avait tant d'intérêt à l'être ! Mais ses menaces n'avaient point détourné son infidèle de son entreprise. Il ne cédait pas ainsi un terrain sur lequel il se sentait en bon pied ; d'ailleurs, depuis surtout qu'elle offrait des périls, la conquête de cette petite bourgeoise lui tenait au cœur.

Pour la décider, il n'y avait pas de promesses qu'il ne lui eût faites, y compris celle de la ramener au logis dès qu'elle aurait donné un coup d'œil, un seul, à la fête.

Il avait pris les mesures les plus propres à assurer son succès ; il touchait au but ; il allait pénétrer dans le bal, dont l'air prestigieux, l'éclat, l'étourdissement devaient lui livrer sa conquête, incapable désormais de résistance, soumise, subjuguée, enivrée.

Tout le secondait : Geneviève s'était confectionné un déguisement sans éveiller le moindre soupçon. Sa fuite, que l'œil de Jeanne aurait pu entraver, avait été favorisée par une absence de cette tendre gardienne : absence sans exemple, surtout un jour d'aussi grande occupation.

Elle avait obtenu du patron congé depuis midi jusqu'au lendemain.

On était trop occupé dans la maison du *Rouet d'or* pour s'amuser à regarder ce qui se passait dans la rue. Une chaise à porteurs, commandée par le marquis, avait reçu la fausse malade, la piquante Colombine, à la petite entrée de la rue de Venise. Le marquis s'était trouvé à l'autre bout, pour l'accompagner, veiller sur elle, lui donner le bras à son débarquement. Rien ne pouvait aller plus à son gré ; il apercevait les lampions de l'Opéra : encore deux enjambées, il arrivait.

Bast ! châteaux de cartes !... Un remou tumultueux était survenu ; les porteurs, cahotés, avaient dû reculer, il s'était trouvé séparé d'eux ; plusieurs fallots s'étaient éteints ; et tandis qu'il luttait contre la cohue, cherchant à droite ce qui se passait à gauche, — le seul individu dont il ne se fût pas défié, dont il eût dédaigné de s'occuper, prenait sa place, joignait le véhicule ballotté, et défaisait une œuvre si péniblement, si habilement conduite.

Voilà comme il ne faut compter sur rien dans ce monde, — ni à l'Opéra.

Inutile de dire que le lendemain, Geneviève, quoique bien fatiguée de visage, n'avait pas besoin du médecin. Était-elle guérie de son imprudent caprice ? La nuit lui avait-elle suffisamment porté conseil ? Nous finirons bien par le savoir.

Ce qu'il y a de sûr, c'est que, dès son lever, ayant rencontré Becdassée seul dans l'arrière-boutique, elle n'attendit pas qu'il vînt à elle, elle alla vivement à lui, et l'embrassant avec effusion, sans qu'il sût d'où lui venait cette bonne fortune.

— Merci, lui dit-elle, oh ! merci !...

— Allons donc, — demoiselle, répliqua-t-il avec une bonhomie charmante, il n'y a pas de quoi ; quand on aime les gens, on en ferait bien d'autres !

— Oui, tu es mon ami... mon meilleur ami...

— Motus !... Voici mère Jeanne !... Dieu ! est-elle défaite ; est-ce que sérieusement elle serait aussi allée voir l'entrée des masques ?

XIII

LES INTRIGUES AU BAL

Comme il y a toujours des privilégiés, tandis que le gros des amateurs prenait d'assaut le péristyle du théâtre, un certain nombre de personnes, dont les cartes d'entrée portaient une estampille particulière, pénétraient sans obstacle dans la salle, par une porte donnant sur le Palais-Cardinal.

Les autres finirent aussi par arriver, quelques-uns passablement froissés, certains ayant pris le sage parti de mettre pied à terre, sans attendre que leur voiture parvînt devant le théâtre, et tandis que cochers, laquais, porteurs essayaient de se reconnaître dans la bagarre, la salle s'emplissait.

Un masque qui, d'après l'état fâcheux de son costume oriental, de satin vert et or, n'avait dû s'avancer qu'après un violent débat dans la foule, s'élança à travers l'escalier, les galeries et la salle, en proie à une agitation qui lui attira de nombreux quolibets.

Il n'y prenait pas garde, continuait sa ronde, fouillait les coins, pénétrait dans les groupes, ouvrait les loges, et quand il avait fini, recommençait.

Il allait de temps à autre parler aux ouvreuses, aux contrôleurs, et leurs réponses ne le satisfaisant point, il reprenait sa ronde, non sans laisser échapper d'involontaires grondements de dépit.

L'orchestre exécutait les airs en vogue, les danses allaient leur train, déjà resserrées par l'affluence qui, pareille à la marée montante, augmentait toujours.

Un plaisir puise parfois son plus grand charme dans la peine qu'il coûte ; les gens venus là par droit de conquête tenaient à en prendre pour leur argent et pour leur peine. La gaieté éclatait dans cette splendide enceinte, comme le feu d'artifice d'une illumination.

Les costumes eussent offert un mirage monotone, si au milieu de leurs splendeurs on n'eût rencontré épars çà et là, pour leur faire contraste, des derviches tout blancs, drapés dans leurs soyeux sarreaux, des Arabes couverts de burnous de satin, des dominos noirs, dont les masques garnis de dentelles imitaient des cagoules.

Il était entré successivement plusieurs groupes de ces derniers ; cela venait peut-être simplement de l'effet de leurs costumes, mais ces groupes, dont les membres s'éparpillaient peu et revenaient toujours ensemble, avaient, malgré leurs mouvements exagérés, leurs ondulations, un caractère de gravité froide, incommode.

Quelqu'un eut l'idée de les appeler les Frères de la Mort, et ce lazzi sinistre les rendit l'objet d'une attention importune, à laquelle ils essayèrent d'échapper en s'isolant enfin. Ils se répandirent par un ou par deux au plus dans les loges, dans les couloirs, ou dans les cercles qui entouraient les danseurs.

Les danses de ce temps ne permettaient pas de se placer, comme pour le quadrille actuel, sur deux longues lignes, allant du haut de la scène jusqu'aux galeries du balcon.

On dansait fort élégamment, par groupes réguliers, même dans ce qu'on appelait le débraillé.

Deux de ces groupes obtenaient la vogue, par des raisons tout à fait opposées.

Dans l'un, le plus au fond, sur la scène, le succès venait d'un masque en costume mythologique ; c'était Zéphir dans tout son éclat, dans toute sa légèreté. Il ne posait pas sur le sol, il voltigeait. Les danseuses briguaient le bonheur d'être invitées par lui ; il y avait dans ses manières tant de jeunesse, de grâce, de distinction, savait leur dire des compliments si bien tournés, il lançait des mots si piquants, que c'était une furie autour de lui.

Le second se distinguait autrement, sans être moins digne de son succès.

C'était une façon de patricien de Venise, avec la toge et l'hermine. Ce costume autrement porté n'eût pas manqué de caractère ; mais le masque en question était trop grand pour la robe ; elle ne lui venait qu'aux mollets, et les manches, trop courtes pour ses bras, ne lui arrivaient guère qu'au coude.

Là-dessous, il se donnait des airs de roué, dessinait avec ses tibias grêles des ronds de jambes, faisait des grâces avec ses bras d'orang-outang, et dandinait, sous un chaperon monstrueux, une tête de poupée. On s'en amusait d'autant mieux, qu'un plaisant faisait courir le bruit que ce danseur dégingandé n'était autre qu'un acteur de la Comédie italienne, engagé pour jouer les baillis.

La gaieté, les joyeux propos, les intrigues, la danse, la musique, tout marchait du même train. La folie avait jeté son bonnet au milieu de cette foule charmante.

Cependant, il restait quelques exceptions ; mais ceux qui s'amusaient se faisaient un surcroît de divertissement d'apostropher ceux qui ne se montraient pas à leur diapason.

De ces derniers était le prince oriental, qui continuait ses tournées spasmodiques à travers la salle, du paradis au parterre.

Fatigué de circuler sans profit dans cette cage, comme un écureuil entre ses grilles, il descendit le grand escalier, afin de poursuivre ses évolutions dans la rue.

Au moment de franchir la balustrade, il se croisa avec un petit masque qui lui, au contraire, prétendait entrer, et qui, l'apercevant, passa vivement sa main gantée sous son bras et lui dit :

— Beau masque, j'ai à te parler.

— Et moi, répliqua-t-il, je n'ai rien à te dire !

Il voulut se débarrasser de cette rencontre, mais la petite main tenait bien ce qu'elle tenait.

— Me serais-je trompée, reprit la voix, qui se déguisait sans cesser d'être fort douce, je croyais te reconnaître pour un gentilhomme galant ?

— Je ne suis point galant, je suis pressé.

— De me quitter, cela se voit !

— Si cela se voit, que prétends-tu ?

— Te retenir.

— Écoute, mignonne, tu me parais gentille à croquer, tu as une taille, un pied, une tournure à faire damner un saint ; mais je ne suis pas saint ; je me crois damné depuis beau temps ; il n'y a rien à faire avec moi. Tu trouveras là-dedans cent fois plus d'adorateurs que tu n'en pourrais souhaiter, fusses-tu madame Putiphar : — bonsoir.

— Eh non !... insista la voix, je me soucie comme de ça de ceux qui me recherchent, je n'aime que celui que je choisis, et c'est toi...

— À ce compte-là, tu m'aimes déjà !... peste ! la belle, tu ne perds pas ton temps, mais tu abuses singulièrement du mien.

— Fils des croyants, tes métaphores n'ont pas la grâce du costume que tu portes.

— Tu as raison, je ne suis qu'un faux sultan, je n'ai ni mouchoir, ni bijoux à jeter par les fenêtres. Séparons-nous, ma toute belle, je ne peux rien pour toi.

— Fi donc ! fi donc ! Ne serais-tu pas plus gentil-homme que tu n'es sultan ! Tu parles à une femme qui t'adresse des compliments, comme un manant à une aventurière ! Ah ! fi !

Le masque errant se sentit piqué de l'apostrophe. Il la reconnut sans doute méritée, car il se laissa con-duire machinalement à remonter l'étage des premières.

— Ton petit bec est rose, ma colombe, répliqua-t-il tout en cédant à cette pression, mais il mord.

— Sais-tu que tu ne ferais pas un cavalier désa-gréable, si tu n'étais pas si maussade ? lui dit à son tour l'inconnue; en l'entraînant peu à peu au milieu de la galerie.

— Par la morbleu ! je te retourne le compliment, car je ne comprends pas qu'une créature charmante et méchante comme tu le parais, n'ait pas seulement un cavalier à son service.

— Ah ! ah ! ah ! fit-elle en riant, tu t'étonnes de peu. Est-ce que toi, avec tes jolies façons, ta tournure de pacha, tes airs impertinents, tu avais seulement une margot au bras, quand je t'ai rencontré ?

Ce sarcasme rappela à l'Oriental quelque chose de désagréable, ainsi que lui prouva un mouvement d'im-patience, que le lutin attaché à sa personne remarqua très-bien.

Ils se trouvaient à la plus belle place du balcon, au haut de l'escalier établi pour le bal à l'endroit des loges de face, et par lequel on descend sur le parquet.

Le coup d'œil magique dont on jouissait de là, cette foule étrange, bigarrée, mêlée, frénétique, s'agitant au-dessous d'eux, et comme pour eux, aux sons éclatants de l'orchestre, fascinait tous leurs voisins.

Eux seuls obéissaient à une autre pensée.

Le cavalier se montrait de plus en plus pressé d'en finir avec cette aventure ; et sa compagne, égayée par l'ennui qu'elle lui causait, plongeait au hasard son œil animé par le plaisir sur cette sarabande joyeuse.

— Mon adorée, dit l'Oriental d'un ton railleur, j'ai fait tout ce qu'il vous a plu ; vous voici au plus beau de la fête, me permettez-vous de prendre congé de vos grâces ?

— J'allais vous en prier, répondit-elle en jouant de l'éventail, et lui rendant impertinence pour imperti-nence.

— Charmé que vous n'ayez plus besoin de moi.

Elle le laissa se dégager de son petit bras arrondi sur le sien, et dont ses manches de dentelles et de nœuds rococo faisaient ressortir la blancheur et les contours adorables, sans que l'indifférent leur accor-dât seulement un regard.

Il la salua, toujours un peu moqueur.

— Ah ! s'écria-t-elle, j'oubliais !...

Il craignit de se laisser ressaisir et eut un mouve-ment pour s'échapper. Mais on n'était pas libre de ses allures dans cette masse compacte.

Elle saisit le bord de son burnous, lui fit signe de se pencher jusqu'à elle.

— J'oubliais de vous remercier, dit-elle.

— Je t'en dispense.

— Non pas ! Toute peine mérite salaire. Vous m'avez remorquée jusqu'ici, tant bien que mal, enfin j'y suis, cela mérite récompense.

Il la considéra mieux qu'il n'avait fait jusqu'alors ; il commençait à se sentir intrigué pour tout de bon.

Elle étendit son éventail vers le parquet :

— Elle n'est pas là, dit-elle.

— Elle ?... qui ?...

Le petit masque montra de même les loges, les galeries :

— Elle n'est pas là non plus.

— Ah çà ! que veux-tu dire ?

— Elle n'est nulle part.

— Lutin, t'expliqueras-tu ?

— Quand je vous ai rencontré, vous alliez la cher-cher dans la rue ? Je vous ai évité une peine inutile, — un rhume, peut-être, par le froid qui siffle. Parole d'honneur, elle n'est pas plus dans la rue que dans le théâtre.

— Voyons !... voyons, parle clairement...

— Là ! la ! du calme, mon beau sultan !... Tiens, vous vous rapprochez ; vous n'êtes donc plus aussi pressé ?... Si vous eussiez tantôt, dans la rue, serré d'aussi près votre Colombine, il est probable qu'Arle-quin ne vous l'eût pas enlevée.

— Colombine !... s'écria l'Oriental, décidément, tu sais donc... tu connais... Ah ! j'en aurai le cœur net !...

Il étendit le bras pour la saisir, mais elle se lança au plus épais des curieux, s'y faufila comme une an-guille, grâce à sa petite taille ; si bien qu'elle y dis-parut.

Maudissant l'impatience qui la lui avait fait traiter si cavalièrement, il jura de ne pas quitter le bal sans l'avoir retrouvée.

Cela pouvait être long et le mener loin.

D'autres incidents se produisaient de toutes les façons au milieu de cette réunion, à laquelle la folie du carnaval paraissait devoir présider en souveraine.

Les dominos noirs aux ruches roses étant parvenus, grâce à leur éparpillement momentané, à se faire oublier, recommencèrent leurs promenades circulaires, échangeant au passage des mots rapides.

De temps en temps, l'un d'eux s'absentait. Si on l'eût suivi, on se fût aperçu qu'il descendait jusqu'à la porte d'entrée, où il transmettait des ordres brefs à une espèce de commissionnaire.

Puis, ces dominos se mêlaient insensiblement au cercle formé autour des danseurs, parmi lesquels se trouvait le Vénitien à la toge : ce personnage, qui obtenait un triomphe grotesque, paraissait le but de leur extrême attention.

D'une autre part, certains masques, d'allure non moins singulière, se joignaient à ce cercle, qui allait ainsi en grossissant, et ces masques portaient, comme les dominos noirs, un signe particulier de reconnais-sance.

Leur costume n'avait pas la même uniformité. Ils représentaient particulièrement des seigneurs du moyen âge, vêtus de robes de gala. Quelques per-sonnes s'étant trouvées refoulées contre eux, sentirent quelque chose de dur, d'anguleux, comme si ces gentilshommes des siècles passés conservaient leurs armes sous ces habits de plaisir.

La danse allait son train ; le repos au milieu du bal ne devait pas arriver avant une demi-heure ; les inter-valles entre les danses étaient aussi courts que pos-sible. Cette foule était infatigable.

Cependant, un domino noir aux ruches roses, tout pareil à ceux qui se concentraient de plus en plus au-tour du groupe dont nous venons de parler, se fau-fila dans celui qui occupait le haut de la scène.

Il saisit un de ces rapides intervalles, joignit

l'élégant danseur au costume de feu, aux ailes de papillon, et lui dit en lui touchant le bras :

— Un mot, de grâce.

Le danseur, qui peut-être bien n'était pas là uniquement pour se distraire, tendit l'oreille.

— Monseigneur, lui dit le domino de manière à n'être entendu que de lui seul, le roi est malade... profitez de ce qu'on ne danse pas, regagnez votre carrosse, courez à Trianon.

— Mais, objecta le beau cavalier tout en se laissant conduire vers la sortie réservée aux personnes les plus considérables, qui t'envoie ?

— Mon dévouement.

— Sais-tu ?

— Je sais que vous attendez ici deux personnes étrangères... Je les informerai de votre départ... Si vous restez, vous êtes perdu.

— Perdu !... Qui donc êtes-vous ?

— C'est moi qui vous ai engagé à changer de costume.

— Vous êtes...

— Une pauvre femme, qui vous paye en reconnaissance vos bienfaits.

— Merci... nous nous reverrons.

— Dieu vous garde !

Il sortit sans perdre un instant.

Elle lui tendit la main, qu'il baisa.

Le domino revint sur ses pas, traversa de nouveau les groupes et les cercles, gagna le corridor des premières, se fit ouvrir une loge, dans laquelle se tenaient deux hommes sous un déguisement assez insignifiant pour ne pas attirer l'attention.

— Messieurs, leur dit-il, n'attendez plus le prince, il ne viendra pas.

Sans autre explication, le domino disparut pour se perdre dans la foule, où il avait tant de similaires que l'œil de tous les diplomates de la Prusse n'aurait pu le distinguer.

La danse recommençait déjà.

Les curieux du premier cercle se montrèrent fort désappointés de la disparition de leur héros ; tout fut désorganisé par là.

En revanche, les rangs se resserrèrent autour du second, où le fameux Vénitien poursuivait ses évolutions.

— Mais plus, dans l'enivrement de sa gloire, il exagérait ses ridicules, plus un vague émoi se répandait parmi les mystérieux masques noirs. Ils échangeaient des paroles telles que celles-ci :

— Est-ce lui ?... Ce n'est pas lui !... Ils est moins grand ?... C'est pourtant bien son costume ?... Il ne donnerait pas cette parade aux gens ?... Est-ce pour mieux dissimuler ?... Que faire ?...

Alors, au plus fort de cet embarras, le même domino se mit à parcourir le cercle, en disant à l'oreille de chacun de ses confrères :

— Ce n'est pas lui, un inconnu a pris son costume... Il n'est pas au bal... Rien à faire.

Avant la fin de la figure engagée, il ne restait plus un seul des dix-sept dominos dans la salle, car le donneur d'avis avait disparu comme les autres.

Mais il restait toujours les mystérieux seigneurs moyen âge, fort guindés, fort roides sous leurs somptueux accoutrements, fort attentifs surtout au moindres geste du grand patricien.

Cet heureux mortel avait, depuis longtemps, une danseuse accomplie, un bijou, une miniature, dont les espiègleries enchérissaient spirituellement sur ses burlesques manières.

A en juger par leur familiarité, par les propos qu'ils échangeaient, ils se connaissaient d'ancienne date. A coup sûr, s'ils n'étaient pas venus ensemble, ils savaient du moins se retrouver là.

A un certain moment, elle lui indiqua du bout de son éventail un masque morose qui passait à travers la foule, cherchant évidemment quelqu'un, et cherchant avec une telle fougue impatiente qu'il avait beaucoup de chance pour ne pas trouver, car sa prunelle inquiète regardait tout sans rien distinguer.

— Voyez-vous ce cavalier? dit-elle à son Vénitien.

— Cette espèce de Turc, d'Arabe, de pacha?

C'était en effet l'Oriental que nous connaissons : le malheureux continuait ses recherches.

— Oui, ce pacha.

— Fort belle tournure.

— C'est un de vos amis.

— Pas possible !

Elle lui dit un nom tout bas; il poussa un éclat de rire.

— Ah ! le traître ! Il avait juré qu'il ne viendrait pas !

— Oui, mais il est venu.

— Je vais l'intriguer !

— Plus tard.

— Savez-vous ce qu'il cherche ainsi ?

— Peuh ! cela se devine; le Turc cherche une odalisque. Mais ne le dérangeons pas en ce moment, nous le retrouverons... Fiez-vous à moi.

— N'ai-je pas, minauda le disgracieux personnage, l'habitude de m'y fier toujours ?

Sur ce madrigal, le long, sec et roide cavalier se remit à la danse; puis la figure finie, il conduisit sa danseuse vers le foyer, où il lui offrit des rafraîchissements.

Tandis qu'il se débattait avec les garçons, ahuris par les cris des consommateurs, demandant tous à être servis à la fois, un des seigneurs moyen âge, attaché à sa piste avec une persistance singulière, mais inaperçu dans ce pêle-mêle, s'approcha et lui dit à l'oreille :

— Monseigneur, n'attendez-vous personne ?

— Hein?... Plaît-il?... demanda-t-il en examinant avec une certaine avidité l'homme qui lui tenait ce langage.

— Vous savez que quelqu'un aura à vous parler dans ce bal?... Inutile de dissimuler, je sais qui vous êtes, je vous suis envoyé pour vous dire : « On craint de se compromettre en venant ici; on vous attend, tout près du théâtre, dans un carrosse. »

— Je vois que vous savez tout en effet, répondit le Vénitien. Mais comment faire ?...

Il jeta un regard perplexe vers le petit masque laissé par lui à une table, où il devait faire apporter la consommation.

— Quel soin vous arrête ?...

— Eh ! c'est ma danseuse... Ah ! fit-il en se frappant le front, je tiens mon affaire !

Il venait de voir s'avancer vers le buffet le pacha, dont sa danseuse lui avait révélé le nom.

Écartant les personnes qui se trouvaient entre eux, il lui frappa familièrement sur l'épaule.

L'élégant Oriental se retourna vivement ; s'apercevant d'abord que la robe vénitienne, sans distinguer la façon dont elle était portée, il s'inclina avec déférence, ses lèvres s'ouvrirent pour formuler un compliment.

On ne lui en laissa pas le loisir.

— Cher marquis, lui dit le Vénitien à l'oreille, un service.

— Tout ce qu'il vous plaira, répondit-il.

— J'ai deux aventures à la fois.

— C'est une de trop.

— Aussi je vous trouve à point, pour prendre l'autre.

— A vos ordres.

— Il faut que je joigne quelqu'un dont je suis attendu ici près...

— Pour raisons diplomatiques ?...

— Oui, répondit le Vénitien en riant, très-diplomatiques. Mais j'ai là, à une table, une divinité païenne qui attend et des glaces et ma présence. Les glaces sont commandées et payées, faites-moi le plaisir de les consommer avec elle.

— Très-volontiers.

— Alors, de suite.

Le Vénitien lui saisit le bras, et l'emmena vers sa danseuse.

Elle les vit venir sans bouger; mais ses lèvres roses eurent un sourire railleur inimitable.

Quant au pacha, en l'apercevant, il ne fut pas maître d'un cri de surprise.

— Quoi !... fit-il, c'est ?...

— Eh bien, oui, c'est ma danseuse, ma divinité. Vous la reconnaissez, n'est-ce pas?

— Certainement... c'est-à-dire... je la reconnais... oui... mais je ne la connais pas !

— Alors, mauvais plaisant, vous allez faire connaissance. Cela vous apprendra à venir ici à la sourdine.

Et continuant, sans laisser le pacha placer un mot, il dit à la danseuse olympienne :

— Chère belle, une affaire urgente me réclame quelques instants, daignerez-vous accepter pour me remplacer jusqu'à mon retour mon meilleur ami ?

— Du moment que cela vous est agréable, monsieur le marquis sera le bienvenu.

— Il est probable que j'achèverai la nuit ailleurs, dit le Vénitien à l'oreille de celui qu'on venait d'appeler le marquis, veillez sur la petite, je vous la confie; ne la quittez qu'après l'avoir remise chez elle.

Il s'éclipsa à ces mots, pour rejoindre le masque moyen âge, qui se tenait à quelques pas de là, observant tout.

L'Oriental s'assit en face du lutin ; la petite table qui les séparait n'était pas un obstacle à une conversation intime.

— Enfin !... dit-il, je te retrouve.

— Bah ! vous me cherchiez donc ?

— Démon ! tu le sais bien.

— Sur ma foi, je ne m'en doutais seulement pas.

— Ah ! je te tiens, cette fois ; je ne te lâche plus.

— Façon de parler, très-cher, vous vous vantez ; ce que vous tenez ce soir, vous me faites l'effet de le tenir très-mal.

— Tu vas m'expliquer tout ce qui m'arrive.

— Oh ! oh ! ce serait bien long. Cependant, pour vous plaire...

— D'abord, pourquoi m'as-tu appelé marquis ?

— Ne le seriez-vous plus ?

— Alors tu me connais ?

— Vous commencez seulement à vous en apercevoir !

— Au diable !... il y aurait de quoi perdre la tête ! Comment te trouves-tu avec ce seigneur qui te confie à moi ?

— Ce seigneur ?

— Oui, Son Altesse !...

— Son Altesse !...

Elle partit d'un immense éclat de rire.

— Son Altesse le gouverneur des levrettes de madame de Pompadour, dit-elle.

— Quoi !... ce gentilhomme en costume vénitien ?

— Ah bah ! vous ne l'aviez pas reconnu !

— Le vidame !... c'était le vidame !... Mais toi... toi, qui donc es-tu ?

— Ingrat !... dit-elle en soulevant une seconde son loup.

— Angélique !... la Sainte-Foy !...

Tandis qu'elle continuait de rire à gorge déployée de son attitude éperdue, il murmurait avec une espèce de délire :

— Bonté du ciel, que signifie cet imbroglio ?... que va-t-il en sortir !...

XIV

LES SUITES D'UN CHANGEMENT DE COSTUME

Tout fier du stratagème par lequel il se faisait remplacer auprès de sa danseuse, non moins fier de se voir le héros d'une aventure qui débutait si bien, le patricien à la robe trop courte et aux bras trop longs revint à l'homme au costume moyen âge, et lui dit d'un air conquérant, qui plongea celui-ci dans l'attitude la plus respectueuse :

— Me voici libre, où allons-nous ?

— La voiture attend Votre Grâce à deux pas.

— Seule ?

— Monseigneur y trouvera une personne qui lui donnera les explications...

— C'est bien ; et ils partirent.

A mesure qu'ils descendaient l'escalier du vestibule les masques, portant le même signe de reconnaissance, au nombre d'une demi-douzaine, se ralliaient peu à peu, et descendaient aussi sans affectation sur leurs traces.

On se dirigea vers un carrosse sans armoiries, dont les quatre chevaux fougueux piaffaient et battaient le pavé de leurs sabots, malgré les efforts de leur cocher pour modérer leur impatience.

Les estafiers en robe de drap d'or et de velours resserraient leur cercle, comme si, étonnés de la facilité de leur réussite, ils craignaient un échec au dernier moment.

Mais le héros de la danse grotesque y allait beau jeu bel argent, en plein abandon.

Son guide ouvrit la portière.

— Le voici... dit-il rapidement à voix basse à la personne qui se trouvait dans la voiture ; il est très-rassuré.

Puis, s'adressant au Vénitien avec une déférence plus marquée :

— Je vous remercie, monseigneur, d'être venu sans difficulté.

— Pourquoi cela ?

— Ah ! parce que, si vous eussiez fait de la résistance, ces messieurs et moi, aurions été dans l'obligation désagréable d'user de force pour vous enlever...

Le Vénitien aperçut alors les gaillards, taillés en Hercules, dont il était escorté.

Il n'en manifesta aucun déplaisir, son accent n'était même pas exempt d'une certaine satisfaction ; quand il répéta :

— M'enlever !...

— C'était l'ordre : de bonne volonté ou de vive force ! à quoi bon vous le taire ?

— De vive force... murmura à part lui le héros de ce coup de main ? de vive force !... cela eût fait bien plus d'éclat !

Il y avait certainement du regret dans ce monologue.

— Par le lion de Saint-Marc ! reprit-il en élevant la voix, ma longanimité n'est pas de la faiblesse !...

Ses estafiers, pressentant une résistance tardive, se trouvaient sur ses talons, si bien qu'au premier éclat, ils le poussèrent, le hissèrent dans la voiture, sans s'écarter des égards dus à quelqu'un de conséquence, mais avec une vigueur qui n'admettait pas d'autre protestation.

— Maroufles !... Un homme comme moi !... M'enlever comme un Lauzun, ou comme un Richelieu !... Je m'en plaindrai au roi !... Certes... toute la ville le saura !...

Si notre homme désirait, en effet, qu'il y eût comme une façon de contrainte dans son affaire, il y en avait assez là pour le satisfaire.

Une main solide refermait la portière, tandis qu'il se jetait, en maugréant, au fond du carrosse.

La personne qui l'y attendait s'était placée sur le siège de devant et lui faisait face.

A la lueur des lampions du voisinage, il s'aperçut que ce compagnon était lui-même déguisé et masqué. En conséquence, il garda son loup.

— Vous êtes chargé de me conduire ?... demanda-t-il à cet inconnu, d'un ton de hauteur superbe ?

— Oui, monseigneur, et de vous prier d'excuser si la personne qui souhaite vivement avoir avec vous la conférence qui vous a été demandée n'a pu venir elle-même.

— C'eût été plus simple, cependant, quand on tient à jouir de l'entretien d'un homme de ma sorte, il me semble...

— Des raisons de haute prudence... On attend monseigneur dans un endroit sûr...

— Ah ! du moment qu'on ne pouvait venir sans se compromettre... Et allons-nous loin ?

— Le cocher a l'ordre de brûler le terrain ; l'affaire d'une petite heure.

Notre Vénitien, ou plutôt, — puisque le lecteur a appris sa véritable qualité dans les paroles échangées au foyer de l'Opéra entre le marquis de Ferrières et mademoiselle Sainte-Foy, — notre vidame d'Estissac, majestueux gonflé, comme un paon, se plongea dans un coin et se tut quelques minutes, savourant sans y mettre la moindre modestie cette mirifique aventure.

Il faut qu'on sache, pour jeter quelque clarté au milieu de cet imbroglio amené par la cause la plus simple, que, dans la matinée de cette journée de bal, le gouverneur des levrettes avait reçu par un commissionnaire un paquet et un billet.

Le paquet renfermait un costume de patricien de Venise ; le billet disait ceci :

« Monsieur le vidame, le secret de votre costume se « trouve divulgué, d'après la confidence que vous en « aurez sans doute faite à quelques gentilshommes de « Trianon. Il faut que vous en preniez un autre, pour « n'être pas reconnu. Celui que vous trouverez dans « l'enveloppe jointe à cette lettre, vous est recom- « mandé par une personne qui, depuis longtemps, à « votre insu, désire ardemment se rapprocher de vous.

« Le bal, l'époque du plaisir, le masque, lui per- « mettront de surmonter sa timidité. Vous possédez « une si grande expérience du cœur féminin et de « ses faiblesses, cher gentilhomme, vous ne vous « montrerez pas plus rigoureux que ne le furent Lau- « zun et Richelieu en pareille circonstance. Mais on « espère que vous serez plus discret, car on est jeune, « on nous dit passable, et nous ne sommes pas libre.

« On vous dira le reste ce soir. »

La personne qui traça ce billet était bien modeste de ne citer que deux seigneurs enlevés par des rai- sons pareilles, ces aventures-là couraient le monde ; si même on eût voulu en croire les aimables roués de Trianon, il n'était pas un d'eux à qui cela ne fût ar- rivé une demi-douzaine de fois.

— Pour le vrai, cette fortune manquait encore au vidame, et du tempérament dont il était, il s'y lança avec une joie fort vive, mais sans être trop sur- pris, grâce à l'excellente opinion qu'il possédait de lui-même.

Or, comme il existait des degrés dans la qualité de ces enlèvements, il n'était pas fâché qu'on pût ré- pandre que le sien s'était opéré malgré lui, qu'il avait résisté, mais en vain !

On ne sait pas ce qu'une si petite tête, sur un si grand corps, est capable de contenir de vanité et de sottise.

Les réflexions couleur de rose, l'attente, la curio- sité, l'impatience, — il eût déjà voulu se trouver au lendemain, pour raconter sa gloire à tous les échos, — abrégeaient néanmoins le temps ; la voiture, em- portée par quatre chevaux fougueux, dévorait l'es- pace, à travers la campagne.

— Monseigneur, dit le compagnon respectueux et masqué, après un regard jeté par la portière, nous ap- prochons.

— Mordious ! je suis rompu.

— Monseigneur aura-t-il la bonté de dire à la per- sonne qu'il va voir, que j'ai eu pour lui les respects...

— Vous, je le reconnais... Mais les grands vauriens qui m'ont introduit dans ce carrosse malgré moi !... Ah ! il faudra bien qu'on le sache... c'était malgré moi...

— Ils avaient des instructions...

— C'est vrai, c'est vrai... mais il faudra qu'on le sache.

Ici, le carrosse éprouva une oscillation brusque, le cocher venait de tourner trop court ; heureusement, il n'en résulta pas de mal. On roula deux ou trois mi- nutes sur du pavé, puis il y eut une pause ; on enten- dit grincer une grille, l'équipage passa, la grille re- tomba avec le même bruit.

— Cape di Dious !... grommela le vidame dans son coin, que de précautions !

On s'était arrêté.

— Un homme en livrée ouvrit la portière.

— Monseigneur ?... dit-il.

— Le vidame sauta à terre, suivi aussitôt de son compagnon. Tous deux conservaient leurs masques ; — c'était à qui ne l'ôterait pas.

La nuit était noire, il faisait du brouillard, les lan- ternes de la voiture ne donnaient qu'une clarté insuf- fisante.

Le vidame sentit sous ses pieds le pavé d'une cour, il entrevit des formes de serviteurs circulant comme des fantômes autour de lui ; il aperçut vaguement un perron et plus vaguement encore il devina, plutôt qu'il ne vit, la façade d'un château.

— Il fait un froid et une nuit d'enfer ici !... mur- mura-t-il. On n'y voit pas à mettre un pied devant l'autre.

— Si monseigneur voulait s'appuyer sur mon bras... lui dit son garde du corps.

— Ce n'est, mordious ! pas de refus !

À l'aide de ce conducteur, il gravit le perron.

L'antichambre, peu éclairée, sans doute pour don- ner plus de mystère à l'aventure, avait une atmosphère tiède, pleine de parfums, qui vous enveloppait, dès les premiers pas, d'une douce sensation.

Malgré cette obscurité relative, certains objets frap- pèrent les yeux du vidame, sans qu'il s'en rendît encore un compte précis, il lui sembla que tout cela ne lui était pas inconnu.

Une porte à deux battants s'ouvrit ; son guide l'in- vita à entrer, c'était un salon en miniature, un bou- doir plutôt, une merveille d'élégance raffinée. Ici, la lumière éclatait, par un contraste avec la cour et le vestibule.

M. d'Estissac regarda autour de lui, cette fois il se reconnut très-bien.

— Mordious ! dit-il, nous sommes à Choisy !

— Chut !... lui répondit son conducteur.

— Que signifie ?...

— De grâce, monseigneur, du calme ; la personne qui désire vous voir va venir... du calme, de la mo- dération !

Et le discret cicerone sortit à reculons, avec des gestes suppliants.

— Du calme, de la modération ?... répéta le vidame, drapé dans sa toge et assujettissant son masque avec une espèce de fièvre ; que veut dire tout cela ?...

Il s'assit dans un fauteuil ; n'y resta pas une se- conde ; se leva ; arpenta le boudoir en quatre de ses longues enjambées :

— Voyons !... voyons !... rêvé-je, ou ne rêvé-je pas !... Suis-je à Choisy, où n'y suis-je pas ?... Ai-je l'honneur de m'intituler vidame Charlemagne d'Es- tissac, ou ne l'ai-je pas ?...

Il se tâtait, se pinçait, se remuait, reprenait de plus belle.

— Que diable ! c'est moi, j'en suis bien sûr... c'est moi très-éveillé, en chair et en os...

Il eût pu ajouter : en os surtout !

Malgré tout ce raisonnement, ces preuves, ces sen- sations ne le convainquant pas, il s'approcha de la cheminée, souleva son masque et se regarda :

— Cape di Dious ! mordious !... Diavolo ! c'est incontestablement moi-même ; je me reconnais bien, bagasse !...

Il rajusta le masque, afin de se ménager l'effet de

son costume dans tout son caractère, lorsqu'on allait venir, et se plongea dans un grand fauteuil, au coin du feu, croisant sa jambe droite sur sa jambe gauche, et sa jambe gauche sur sa jambe droite, comme deux aiguilles agitées dans un tricot, sans trouver une position paisible.

— Ah! se disait-il dans un à-parté moitié parlé, moitié mental, accompagné d'une pantomime vraiment méridionale par son exubérance, c'est qu'il n'y a que moi pour des péripéties de cette espèce!...

« C'est parfaitement ici le petit salon de conversation de Choisy... Je le connais bien, bagasse!... Voilà le sofa sur lequel j'ai déposé, il n'y a pas quinze jours, Mignonne et Pomponnette, à côté de leur maîtresse...

« Leur maîtresse... elle vient bien souvent dans ce château depuis un certain temps; elle y fait faire, dit-on, des préparatifs, destinés à surprendre le roi!... »

Un sourire splendide illumina les traits du gouverneur des levrettes, heureusement son masque seul en fut témoin. Il se caressa avec complaisance le menton, passa négligemment les doigts dans son jabot :

— Eh! eh!... eh!... ricana-t-il, pourquoi pas!

Son regard singulièrement animé caressait le pastel d'un trumeau, représentant en costume de bergère la maîtresse de céans, ni plus ni moins. Le portrait d'un coloris délicieux, placé juste en face de lui, semblait avoir réservé à son intention le sourire dessiné par le peintre sur ses lèvres espiègles.

Les bouffées de la plus folle ivresse arrivaient au cerveau du vidame, et l'on en conviendra, pénétré comme lui de son mérite, ses suppositions vaniteuses n'étaient pas trop invraisemblables. Sa petite tête, sur son grand corps, se montait, se montait, que c'était plaisir à voir.

— Quand je suis parti ce matin, se disait-il, le roi était à Trianon, avec sa migraine, ses lassitudes d'estomac... Le souper d'hier fut très-long, très-agité. Sa Majesté doit dormir, à cette heure, sous la garde de son médecin.

« Une main inconnue m'écrit en m'envoyant ce costume et en me prévenant d'une aventure, qui s'est jusqu'ici réalisée point pour point. Je suis au château de Choisy, — dont la marquise a seule la disposition... Ce carrosse... ces précautions... ces marques de respect... La marquise me parle toujours avec une grâce... vis-à-vis de moi, jamais de mauvaise humeur... Je parais, elle sourit, elle rit même de très-bon cœur... Cape di Dious!... ajoute-t-il, tout à fait convaincu par ces raisons, ou vous n'êtes qu'un imbécile, ou bien, vidame d'Estissac, mon petit ami, le roi est fort près de devenir votre cousin ! »

Là-dessus de se frotter les mains, de secouer ses manchettes de dentelle de Venise, en rapport avec son costume, et de s'enfoncer avec volupté dans son fauteuil.

Un léger froissement arrêta l'expansion de sa joie, ou lui donna une autre direction.

Les draperies soyeuses qui recouvraient la porte, faisant face à celle par laquelle il était entré, s'agitèrent; une petite main les écarta, un bras délicieux parut, puis... madame de Pompadour en personne.

Quoique préparé à cette vision, le vidame éprouva un éblouissement, comme si le soleil, sortant tout à coup d'un nuage lui frappait en plein la vue. Cet éblouissement n'était pas exempt d'un certain émoi, assez pareil à de la crainte.

Bref, le vidame d'Estissac, au moment décisif, se

sentait mal à son aise. Sa vaillantise lui faisait-elle défaut? l'excès de sa fortune l'effrayait-il? — Problème difficile!

Le premier détail qui le frappa, c'est que le sourire de la marquise n'offrait plus la même expression que celui de son portrait. Il était formulé par des lèvres plus pâles; il semblait contraint, ironique... méchant!

Toutes ces circonstances firent que notre héros, au lieu de s'aller saisir de la main de la favorite et de tomber à ses pieds, ainsi qu'il en avait formé le plan, trouva tout juste la présence d'esprit de se lever pour répondre à son salut, et de se tenir debout, en s'aidant de son fauteuil.

Pour un vainqueur, c'était modestement triompher. Dans cette posture, sa haute taille perdait beaucoup.

La marquise le pria par un signe respectueux de se rasseoir; elle ne s'assit elle-même qu'après lui dans le fauteuil faisant vis-à-vis au sien, de l'autre côté de la cheminée.

— Ma présence vous étonne, monseigneur? dit-elle.

Monseigneur?... elle disait monseigneur au gouverneur des levrettes!

Le peu de lucidité qui restait encore au vidame en ressentit un fort ébranlement.

— Madame... balbutia-t-il.

— Oui, ce n'est pas moi que vous attendiez.

— Mais si fait; trouva-t-il la force d'articuler.

Il eût mieux valu qu'il ne la trouvât pas, car à ces mots les traits de la marquise se contractèrent imperceptiblement; son œil se porta avec plus d'attention sur le patricien de Venise; elle distingua ses jambes dépassant le bas de sa toge, ses longs poignets sortant de ses manches.

A mesure que cet examen devenait plus minutieux, le vidame, sans savoir pourquoi, se sentait plus mal à son aise. Il se retournait sur son siège doré, comme saint Laurent sur un gril.

— Vous saviez que l'on vous amenait vers moi, reprit la marquise, scandant chaque parole, et vous êtes venu?

Ici, le masque du vidame eut grand tort de dissimuler le sourire qu'il parvint à former, car jamais visage humain ne fit une grimace plus comique.

— Permettez, madame, je savais... sans savoir; c'est-à-dire que je savais qu'on m'enlevait... mais je ne savais pas... enfin... voilà ce que je sais.

La marquise le laissait aller, étudiant chaque son de cet organe, comme elle étudiait chaque particularité de cette tournure.

— Ce n'est pas la voix du prince! s'écria-t-elle, en se levant avec impétuosité.

— Quel prince?... demanda le vidame, l'imitant et cette fois se dressant sans perdre un pouce de sa taille.

— Qui donc êtes-vous?... demanda-t-elle de plus en plus animée.

— Mais le très-humble serviteur de madame la marquise, dit le gouverneur des levrettes en se démasquant.

Madame de Pompadour resta d'abord muette de surprise et de colère; puis elle éclata avec la violence de la foudre :

— Le vidame d'Estissac!...

— Mais, madame... bégaya le pauvre homme.

— Le vidame, vous... sous ce costume, ici!...

— Je vous supplie, de remarquer...

Elle l'écoutait bien! Emportée par le dépit, par la fureur :

— Vous ici !... comment se fait-il ! Comment êtes-vous venu !... Ah ! par mon salut ! c'est trop fort !... Ah ça ! qu'espériez-vous donc ? Que prétendiez-vous donc ?... Qui vous a dit de venir !... Qui a conduit tout cela !... Ah ! sur Dieu, je vous le dis, il en coûtera cher à vous et à vos complices !...

— Je vous conjure, je vous abjure, madame... brâmait le vidame, étendu plutôt qu'agenouillé sur le tapis.

— Ah ! vous vous liguez avec mes ennemis, j'aurais dû m'en douter ! Vous vous entendez pour faire avorter un plan si bien dressé... Il vous en coûtera gros... Mais vos complices ? nommez vos complices... je le veux... je le veux !...

— Mes complices ?... je vous jure... je n'en ai pas... Je ne comprends rien... Ah ! cette lettre !

Il tira d'une poche le billet de la matinée. Elle le lut jusqu'à la dernière virgule ; puis, avec la soudaineté d'humeur de toutes les courtisanes, illustres ou obscures, elle se mit à rire aux éclats.

Le vidame se demanda à son tour si ce n'était pas elle qui perdait la tête, et il se releva à moitié.

— Sur ma foi ! s'écria-t-elle, le vieux sapajou se croyait en bonne fortune !... Ah ! l'affaire est impayable... J'en rirai longtemps... Mais d'abord, il me faut le fil de cette trame, car il y a une trame, c'est évident, reprit-elle revenue à la colère, — Et vous, vieux fat ! vieux sot, qui vous laissez berner comme un niais, vous m'aiderez, ou malheur à vous ! je le répète...

« Mais le roi... Que va dire le roi, auquel on avait annoncé ?... lui aussi va se croire l'objet d'une mystification... Comment détourner son attention... Le distraire ?...

— Le distraire ? interrompit le vidame saisissant la balle au bond, j'en ai le moyen.

— Vous ? dit-elle en haussant les épaules.

— Par suite de mes efforts pour plaire à madame la marquise, pour lui prouver mon dévouement, j'ai avancé l'éducation de Pomponnette et de Mignonne, elles peuvent dès à présent paraître avec avantage devant Sa Majesté ; j'ose dire qu'elle sera ravie de leurs exercices.

— Ah ! décidément, vous êtes obtus ! Il s'agit bien de vous et de vos chiens ! Si vous ne trouvez pas mieux, je vous plains, vidame !

— Mieux !... fit-il en se frappant le front, eh bien ! oui, oui, madame, j'ai une idée !... oh ! une idée !... Si Sa Majesté n'est pas contente, il faut y renoncer ; j'accepte alors tout ce qu'il vous plaira de m'infliger.

Il se remit sur ses pieds ; le courtisan vicié à cette cour de la corruption venait de retrouver son assurance, dans une idée digne de ce monde et de la femme avec laquelle il se trouvait.

— Le hasard, reprit-il, m'a fait découvrir les plus beaux yeux de Paris... après ceux de madame la marquise.

— Ah ! ah ! fit-elle, ouvrant l'oreille.

— Sa Majesté aime les beaux yeux ; — une mignonnette accomplie ; une perle, une perfection.

— Et ce trésor se cache...

— Peuh ! c'est grand dommage ; derrière un ignoble comptoir.

— Où personne ne l'a encore aperçue que vous ?

— Si fait... Je mentirais ; nous sommes deux.

— L'autre ?...

— L'autre, si j'ai de bons renseignements, la courtise

de près. Ce serait double plaisir pour madame la marquise de la lui souffler, car c'est...

— C'est ?

— Ce roué de marquis de Ferrières.

Les prunelles de la favorite étincelèrent.

— Vidame, dit-elle, si vous n'en imposez point, que cette petite soit aussi jolie, que l'entreprise réussisse, vous serez non-seulement pardonné, mais récompensé.

En guise d'arrhes elle lui tendit sa main qu'il baisa.

Un claquement de fouet, un bruit de chevaux retentirent en ce moment dans la cour d'honneur, sur laquelle donnait le petit salon.

La porte du vestibule battit violemment, des bottes éperonnées résonnèrent dans le vestibule, le salon lui-même s'ouvrit : un cavalier, la cravache à la main, s'y précipita.

— M. de Choiseul !... s'écria la favorite.

— Marquise !... dit le courtisan, j'arrive de Trianon, tout est perdu !

— Peut-être, fit-elle avec un sourire de sphynx, dans lequel Choiseul entrevit l'assurance d'une ressource suprême.

XV

LES HONNÊTES GENS S'ENTENDENT

Le duc était dans un état à faire peur, il avait évidemment dévoré dans un galop à outrance un long espace. Il tenait encore sa cravache ; sa coiffure dépoudrée, défrisée, pendait sur ses épaules ; la polonaise dont il était couvert n'offrait à l'œil qu'un fond de poussière tacheté de larges plaques de boue, suivant qu'il avait traversé des chemins secs ou des bas-fonds. Le brouillard avait déposé sur ses bords en fourrure une couche de givre, qui se fondait à la chaleur du salon.

Il ne vit d'abord que madame de Pompadour ; mais presque aussitôt, apercevant le personnage costumé en Vénitien, il fit un bond sur lui-même et s'écria avec stupeur :

— Par la sambleu !...

Le porteur de la toge, retiré au moment de son entrée dans un coin, le salua en se voyant l'objet de son attention ; et alors son regard, d'abord gêné par la vive lumière du petit salon, reconnut le vidame. Son ébahissement ne fit que grossir :

— Corbleu !... Ventrebleu !... jura-t-il.

— Monseigneur... dit le vidame de son organe le plus papelard.

— Qu'est-ce ?... Que signifie cette mascarade ?...

Le vidame entrevit avec angoisses une répétition de la scène de reconnaissance de la marquise ; mais celle-ci, jugeant les minutes trop précieuses, lui commanda d'aller quitter ce travestissement, et d'attendre ses ordres.

Il ne fallut pas le lui dire deux fois.

Choiseul exténué se laissa choir sur un sofa, son chapeau d'un côté, sa cravache de l'autre, déchirant le tapis de ses éperons.

— Ce n'est plus tenable !... murmura-t-il ; j'arrive de Trianon à franc étrier, par quels chemins, grand Dieu ! Et je trouve ici...

— Le vidame d'Estissac.

— Sous le déguisement que devait porter le dauphin ; que signifie cela ? Vous allez me l'expliquer, marquise !

— Il faudrait d'abord que j'y connusse moi-même quelque chose.

— Quoi ?... Vous ignorez... mais le vidame ?

— Le vidame n'en sait pas plus que vous et moi.

— Ah ! malepeste ! vous riez, mais, en vérité, vous prenez mal votre temps, après ce que qui se passe à Trianon.

— Que s'y passe-t-il donc ?

— Morbleu ! nos affaires vont au pire ; notre plan tourne contre nous... Si vos beaux yeux ne se mettent au plus vite de la partie, je ne saurais pas dire où nous allons.

— Tout cela, parce que cet imbécile de vidame s'est avisé d'aller au bal avec un costume vénitien ?

— Uniquement pour cela.

— Enfin qu'avez-vous vu de si inquiétant à Trianon ?

— Oh ! presque rien ! répondit-il ironiquement. J'étais auprès du roi, dont le malaise avait à peu près disparu. Les voitures étaient prêtes dans la cour d'honneur, l'escorte attendait ; je causais tranquillement, intimement avec le maître, auquel j'exposais la gravité des choses qui se passaient en ce moment même à l'Opéra : le premier prince du sang déguisé, et en colloque avec les agents d'un souverain contre qui nous sommes en guerre, c'est-à-dire la révolte sur les marches du trône, une ambition impatiente d'exercer son influence dans les destinées du royaume, de l'Europe ; les tiraillements, les dangers de toute nature, — de toute nature ! Ce mot frappe juste à l'oreille du maître.

« Il le comprenait mieux que jamais ; déjà il commençait à se fâcher contre vous et contre moi, qui, investis par lui des droits et des moyens de parer au mal, le laissions impunément s'accomplir. Il voyait les agents prussiens s'en retournant avec des accointances régulières à Versailles.

— C'était bien, très-bien !

— Oui, pas mal. Je calculais, comme dans les histoires de fées, sans le mauvais génie de la fin.

— Le mauvais génie !... Ah ! je devine.

— Il est arrivé comme un tourbillon.

— Le dauphin !

— En personne. Empressé, haletant : « Sire, mon père, qu'y a-t-il, grand Dieu !... J'apprends tout à l'heure seulement que vous êtes malade ! » et cætera, et cætera !

— Et le roi ? demanda la marquise, à laquelle ce récit rendait toute sa fureur, un instant calmée.

— Le roi ! Vous le connaissez... la girouette a changé tout d'un coup : — « Je vous croyais au bal ; a-t-il dit. — Moi, Sire, a riposté le fils charmant, quand vous souffrez ! — Que me racontait-on donc ? a repris le père, dont le regard s'est porté sur moi. — Ah ! s'est écrié le fils, saisissant ce regard, c'est monsieur qui vous parlait de moi ! »

Ici le duc éprouva le besoin de reprendre haleine. La marquise, bouillante, agitée, ne l'interrompit pas cette fois, sa prunelle en feu saisissait les paroles sur ses lèvres avant qu'il les articulât.

— Jamais, reprit Choiseul, je ne lui avais vu ce coup d'œil, ni cette expression. Il a fallu toute ma haine contre lui pour ne pas en pâlir.

— Quand le vieux loup sera mort, prononça lentement la favorite, l'œil fixe, le front contracté sous une contention d'esprit sinistre, — le louveteau nous dévorera.

Un silence assez long suivit.

La favorite et le courtisan se livraient chacun de leur côté à leurs méditations. Quelle en était la nature ? Ils évitaient de se regarder ; chaque complice craignait de laisser soupçonner à l'autre l'horrible pensée qui s'agitait en lui.

Nous avons vu avec quelle persévérante malveillance ils se consumaient en efforts pour entretenir, pour envenimer la pensée mystérieuse et sombre qui poursuivait Louis XV. Ils possédaient le secret de toutes ses faiblesses, et c'était en les exploitant avec leur diabolique habileté qu'ils conservaient leur influence sur cet esprit corrompu. Tranchons le mot, ils dominaient le roi, entretenant chez lui l'horrible supposition d'un fils impatient de ceindre la couronne paternelle. — Et cette idée pourtant n'était pas venue d'eux, mais du roi lui-même !

Lorsque enfin, après de longs circuits, leurs yeux se croisèrent, ils sentirent qu'ils se comprenaient.

La marquise tendit sa main au duc, — il y mit la sienne, et ces deux mains s'étreignirent, toutes les deux froides, frémissantes ; c'était un arrêt qui se signait.

— Nous étions décidément créés l'un pour l'autre, dit la favorite, après un nouvel intervalle.

— Et nous sommes unis à la vie, à la mort.

— A la mort ! répéta la marquise.

Le ministre favori reprit soudain alors sa liberté d'esprit, son ton badin ordinaire :

— Rien ne dégage l'esprit, fit-il, comme l'adoption d'un grand parti. Les demi-moyens, les tâtonnements gâtent tout. Étant d'accord sur le but, il ne nous reste plus qu'à pourvoir aux embarras du moment :

— Nous avons toujours la lettre de cachet ?

— Détestable ! Nous osions à peine nous en servir quand le maître était avec nous... Nous gâterions tout maintenant. Laissons au moins se dissiper l'impression actuelle.

— D'autant mieux que l'auguste maniaque en change comme d'habits.

— Il faudrait lui trouver du nouveau... une distraction.

— Bon ! vous me rappelez ce que me promettait tout à l'heure cet imbécile de vidame. Si ce qu'il dit est exact, et le vieux fou se connaît encore en ces matières, la distraction se trouvera.

— A merveille. Maintenant, puisque le roi ne va pas venir à Choisy, retournons à Trianon. Nous arriverons pour son réveil.

Tandis que le duc, réconforté au moral par cet entretien, se réconfortait aussi au physique, à l'aide d'un consommé et de cordiaux destinés à l'illustre visiteur qui n'était pas venu, on disposait le carrosse de la marquise, et l'on sellait un cheval pour le gouverneur des levrettes, puis l'on partait.

Le lieutenant général de police mandé à Trianon, dans la journée, se trouva pris entre la marquise et le ministre, à la façon du fer entre l'enclume et le marteau. On exigeait de lui des renseignements sur le travestissement du vidame d'Estissac, ou voulait qu'il trouvât l'auteur de la lettre insidieuse adressée à celui-ci. On lui demandait des détails sur les deux agents diplomatiques prussiens.

Le pauvre homme y perdit ses peines et presque sa raison.

Tout ce qu'il put dire de précis, c'est que les diplomates, surveillés tout particulièrement par ses mouchards, avaient fait une apparition dans une loge, qu'ils avaient assez brusquement quittée, sans qu'on les eût vus s'entretenir ni s'éloigner avec personne.

On les fit rechercher dans tout Paris; mais soit que l'on cherchât mal, soit qu'en effet ils fussent partis, on ne les retrouva pas.

Le résultat le plus positif de cette tentative de conciliation politique avortée, non moins malheureusement que la précédente, c'est qu'une guerre absurde au profit de l'Autriche s'envenima, et que la France, déjà aux abois et plus d'aux trois-quarts ruinée, en paya les frais.

XVI

LE CONSEIL DES SEIZE

Plus heureux que M. Berryer, nous allons tâcher de démêler les événements de cette nuit, agitée par des péripéties dont les héros eux-mêmes ne se rendirent pas clairement compte.

Jasmin ,le valet de chambre du marquis de Ferrières, cet homme tour à tour si impassible et si impressionnable, avait tout dirigé. Son but, connu de lui seul, restait impénétrable. Sa conduite complexe n'offrait à l'œil sagace de son maître qu'une face unie, dont le calme ne laissait pas soupçonner la possibilité d'un nuage ni d'un détour.

La force de Jasmin reposait là.

Serviteur taciturne, indifférent, muet, il servait avec une intelligence rare; il ne voyait que ce qu'on lui laissait voir; il n'entendait que ce qu'on lui adressait directement; il ne questionnait pas, ne fréquentait aucun de ses semblables, on se le rappelle, ou lorsque les circonstances le rapprochaient d'eux dans une même antichambre, il évitait de mêler son mot à leurs médisances sur leurs maîtres.

Il ne s'étonnait de rien, surtout de ce qui concernait l'existence multiple de Ferrières.

Il est vrai que celui-ci avait également deux faces; il ne montrait à Jasmin, son serviteur intime, que le gentilhomme, se livrant, par un reste d'habitude, à certaines frasques galantes, ou à des séances orageuses dans les maisons de jeu; mais il lui laissait ignorer les relations qui l'avaient fait choisir comme un agent précieux par les personnages de la rue Neuve-Saint-Eustache.

Il s'arrangeait même de manière à laisser en dehors, le réservant pour cette partie de son existence qui nous est encore imparfaitement connue, quoiqu'elle doive en être, selon les apparences, la plus importante, le second de ses serviteurs, celui qu'il tenait des noirs personnages en question.

Pour mieux spécifier encore, nous dirons que Gauthier savait très-bien en quoi consistait le service de Jasmin; tandis que Jasmin devait ignorer l'emploi de Gauthier, qui se donnait à lui, quand il venait à l'hôtel de la rue Saint-Honoré, pour un simple commissionnaire ou pour un homme de corvée.

Il n'y a rien de tel pour apprendre les secrets, que de ne pas chercher à les savoir. Dans certaines positions, ils viennent vous trouver seuls.

N'est-ce pas ainsi que Jasmin, qui était à cent lieues d'y songer, avait appris tout d'un coup par mademoiselle Sainte-Foy les allures de son maître autour du comptoir du *Rouet d'argent?*

Ajoutons, toutefois, que son attention, attirée en ce moment sur d'autres objets, se trouva prise au dépourvu de ce côté. Il ne sut rien du progrès rapide du roué aux belles manières auprès de la fillette chez qui l'innocence et la curiosité marchaient de pair.

Pendant qu'il s'occupait d'une contre-mine, dans une sphère autrement élevée, un autre que lui, guidé par la malicieuse et précoce intuition des enfants de Paris, sauvait Geneviève du péril où elle s'était jetée la tête la première.

Jasmin avait dit à Jeanne de confectionner un domino en plus des seize commandés. Il avait ajouté, quand elle lui demanda pour qui ce costume :

— Pour vous !

Jeanne s'était inclinée. Son ancien fiancé n'était pas à ses yeux un homme, mais un sauveur, un souverain. Elle éprouvait, à travers son anxiété, une joie réelle de pouvoir enfin lui prouver sa reconnaissance, sa confiance absolue.

Le domino se trouva prêt en même temps que les autres, mais elle le mit à part et attendit les instructions de Jasmin.

Les instructions arrivèrent, elle s'y soumit comme au reste, aveuglément.

Jasmin la vint trouver la veille du bal. Il lui dit :

— Madeleine, — car il oubliait volontiers son nouveau nom de Jeanne, — nous sommes de pauvres gens, que les affaires des grands de ce monde ne devraient point regarder. Cependant, la reconnaissance est un devoir comme la vengeance... Nous parlerons de celle-ci plus tard, parlons de l'autre aujourd'hui.

« N'y a-t-il pas quelqu'un à qui vous seriez heureuse de rendre un service ?

— Oui, dit-elle, vous et le prince qui prit pitié de la pauvre abandonnée, qui se déclara le protecteur de l'orphelin, qui, depuis, les comble de bienfaits.

— C'est de lui qu'il s'agit.

— Je peux faire quelque chose pour le dauphin ?

— Vous pouvez le sauver du plus grand péril qu'il courra peut-être de sa vie.

— Parlez, fallût-il mon sang, je le donne. L'avenir de mon enfant est maintenant assuré, grâce à sa bienveillance; je peux sans inconvénient acquitter cette dette.

— C'est aussi ma reconnaissance pour le bien qu'il vous fit qui me guide en cette entreprise, — périlleuse peut-être pour nous deux ; mais où serait le mérite, sans cela !... Et puis, au bout de mes desseins j'entrevois une autre satisfaction, car je n'ai pas voué mon existence seulement à défendre, mais surtout à punir !

— Vous voulez parler de... de Robert ? dit-elle avec un effort.

— Robert le Diable !... Robert le Maudit !...

— Savez-vous donc quelque chose sur son existence ?

— Aujourd'hui, parlons du bienfaiteur, interrompit-il, plus tard, nous nous occuperons de l'autre.

Pour la première fois depuis plus de dix-huit ans, le nom de l'empoisonneur se trouvait prononcé entre eux. La pauvre femme en ressentit un trouble cruel, — ce nom lui rappelait tous ses malheurs ! Elle comprenait qu'une âme délicate comme André ne l'évoquait pas sans un motif impérieux.

— Le dauphin, reprit-il, est trop sage et trop grand pour n'avoir pas des ennemis. Il en a de terribles, mais il a des amis plus dangereux encore.

« Laissons les profondeurs de la politique à ceux

dont c'est le métier. En deux mots, il s'agit de sauver notre cher prince, le parrain de votre enfant, des entreprises de ceux qui veulent le perdre pour assurer leur position acquise, et de ceux qui veulent le compromettre pour gagner une position ambitionnée.

« Sur les projets de ces derniers, je ne sais que peu de chose encore, c'est vous qui apprendrez le reste, à l'abri du déguisement que je vous ai fait faire.

« Pour commencer, vous allez, par une feinte erreur, dont une confusion comme celle de ce carnaval, de reconnaître l'auteur, envoyer au vidame d'Estissac le costume vénitien commandé par le marquis de Ferrières pour le dau-phin, et au dauphin le costume élégant commandé par le vidame. D'abord, chacun aura celui qui convient en réalité à son âge et à sa tournure; ensuite, il en résultera une confusion qui profitera à notre plan.

« Vous joindrez à chacun de ces costumes un billet, pour en motiver l'envoi. Vous vous adresserez à la vanité du vidame et à la générosité du prince : vous êtes sûre de frapper juste.

« Vous enverrez ces objets par des commissionnaires étrangers au quartier, de sorte que l'on ne puisse les retrouver. Le costume du prince doit être déposé chez mon maître; je m'en chargerai.

« Cela fait, vous demanderez, demain, pour l'après-

LESESTRE PÈRE.

Maintenant, dit-il, bois..., mais surtout parle. (Page 82, col. 1ʳᵉ.)

midi et la soirée, un congé à maître Navelier. Si inopportun que soit le jour, il faut qu'il vous laisse aller, tout est là. Je vous indiquerai alors le surplus. »

Ce Jasmin, aveugle, sourd et muet, quand on ne mettait pas en jeu ses affections, acquérait soudain toutes les qualités contraires; il voyait ce qu'on lui croyait cacher, il avait la clef des discours les plus mystérieux; il savait, en peu de paroles, inspirer la confiance, le courage, et faire comprendre ses projets les plus difficiles.

Comme à tous les hommes de valeur, sa vie avait un but, et l'on ne se doute pas ce que cela donne de puissance, quand on abandonne la sienne au jour le jour, au caprice des événements, au hasard des circonstances, et combien aussi cela relève la dignité, dans quelque condition qu'on soit mis par le sort.

Jasmin conduisit Jeanne, abritée sous le costume uniforme des personnages de l'ancienne abbaye, à la petite porte de la rue Neuve-Saint-Eustache.

On connaît le quartier, les ressources qu'il offrait pour se dérober aux indiscrets. Abrités dans une de ses cachettes, Jasmin et sa compagne virent la petite porte s'ouvrir pour une dizaine des personnages noirs, arrivant successivement par un, par deux au plus.

Jasmin jugea le moment venu pour Jeanne d'entrer à son tour; — il lui donna, — d'où pouvait-il le tenir?... — le mot de passe, et la suivit de l'œil.

Il savait qu'il s'adressait à une nature généreuse, fortifiée par les épreuves, animée par le sentiment de la reconnaissance. Il s'en remettait à elle avec autant de sécurité qu'à lui-même.

Elle n'éprouvait ni émotion, ni inquiétude. Sa main heurta nettement, suivant le mode indiqué; sa voix articula le mot d'ordre avec une parfaite assurance.

De même elle pénétra d'un pas ferme dans la salle des délibérations.

Tout la favorisait; rien de changé dans cette enceinte. La table, les rares sièges placés auprès, la lumière, faible et maigre, éclairant à peine cette espèce de bureau, tout cela, sinistre pour une autre, concourait à maintenir son assurance.

D'instant en instant, arrivaient les associés en retard. Ceux qui étaient venus par deux restaient ensemble, les autres continuaient de se tenir isolés. Les uns se promenaient de long en large, les autres s'allaient appuyer aux anciennes stalles monacales, dont la double ligne adhérait aux parois.

Tous gardaient le silence; on eût cru voir, sous le crépuscule mobile des bougies, la réunion des spectres de ces ruines.

La porte, quand elle s'ouvrait, n'occasionnait aucun bruit, le seul qu'on entendît était celui des pas étouffés des promeneurs et le craquement des boiseries travaillées par les vers.

Un des dominos se tenait assis à la table noire. Les bras gravement croisés, immobile, il donnait l'exemple du silence. Ses yeux interrogeaient un grand sablier dont les derniers grains descendaient rapidement.

Il n'y avait pas de sonnette sur ce bureau, mais un bâtonnet d'ébène et d'ivoire, tel qu'en portaient les seigneurs de la maréchaussée. Évidemment, on éloignait d'ici tout ce qui était sonore et bruyant.

Le sablier fini, le président frappa un léger coup de ce bâtonnet, et, soudain, ceux des dominos qui circulaient encore, s'adossèrent avec les autres aux antiques stalles.

Jeanne était en présence de la réunion complète de ces hommes redoutables, qui avaient choisi Ferrières pour leur principal instrument, et qui cependant ne s'étaient jamais montrés à lui tous à la fois, sans que, suivant leur parole, il eût encore vu deux fois de suite le même.

La profane introduite dans ce cénacle redoutable eut la pensée de les compter; à travers la pénombre, elle en trouva seize, ils y étaient tous, elle était dix-septième parmi eux.

Une idée traversa alors son esprit, comme un frisson, — s'ils allaient procéder à un appel, se compter aussi!

Mais ils étaient si sûrs de leurs précautions, si préoccupés d'ailleurs de prendre des résolutions urgentes, que le soupçon d'une intrusion si hardie ne pouvait leur venir. L'uniformité des costumes suffisait à l'écarter.

Jeanne avait compris, du premier moment, qu'il s'agissait d'un complot; mais ce qui la frappa, ce fut surtout l'attitude austère, la gravité de ces personnages. Des conspirateurs vulgaires, des fanatiques n'ont pas cette solennité, cette tenue.

A quelle classe de la société appartenaient-ils? Des gentilshommes eussent été plus cérémonieux, des

militaires plus fougueux, des religieux plus fanatiques.

Le premier mot prononcé par le président confirma cette observation, il ne dit: ni frères, ni camarades, ni amis, ni messeigneurs; il dit:

— Messieurs...

Sa voix était grave comme son attitude; c'était celle d'un homme accoutumé à être entendu avec respect. Il continua.

— Le temps des hésitations est passé, celui d'agir est venu. La fortune de la France et son honneur ne peuvent plus attendre; le peuple a faim; tous les droits, tous les serments sont foulés aux pieds; et pour peu que nous tardions, nous, leurs défenseurs légitimes, on nous dispersera et l'on nous brisera, afin qu'il ne reste plus une voix, plus une poitrine pour protester.

« Nous sommes sûrs d'avoir avec nous tout ce qui ne vit pas des abus et de la corruption; c'est le royaume entier, sauf un coin infime, gangrené et méprisé. Mais faisant ce que nous faisons, nous avons le droit de savoir pour qui nous travaillons. Les ennemis du royaume ont tout mis en œuvre pour éloigner le père du fils, pour amener le premier à haïr le second. Ils ont abreuvé d'injustice et d'outrage celui qui doit être appelé à les punir.

« L'amertume dont ils sèment son existence se révèle par les plaintes involontaires, par les aspirations douloureuses que vous connaissez. Il ne s'agit plus aujourd'hui que de l'entourer et de lui dire: — Prince, soyez avec nous, nous sommes pour vous.

« Et s'il nous adresse alors un mot, un seul: — Allez! — Messieurs, avec moi jurez-le, nous irons jusqu'où il faudra! »

Il étendit la main, toutes s'étendirent de même.

— Voici l'heure de partir. Les dispositions sont prises. Nous veillerons sur les mouvements du prince, et lorsqu'il se retirera, ce qui arrive d'ordinaire après la première partie du bal, nous faisons conduire ici sa voiture.

« Si un événement imprévu se jette à la traverse de nos desseins, nos agents m'en informent, et, aussitôt, un mot, transmis par moi à l'un de vous et par celui-ci aux autres, vous donne le signal de la retraite et d'un ajournement.

« Maintenant, retirons-nous, comme nous sommes venus, isolément, pour nous rendre à cette fête. »

Ainsi, il n'était question de rien moins que de circonvenir le dauphin, pour obtenir son adhésion formelle à un complot contre son père!

Tandis que Choiseul et la favorite, toujours absorbés par l'unique soin de ce qui concernait leur personne et leur orgueil, faisaient au prince un crime capital de son opposition à une guerre déplorable, et de ses relations avec un souverain qui ne demandait qu'à devenir l'ami de la France, il se tramait au cœur de la capitale une conspiration qui menaçait le roi, et qui tendait à compromettre l'héritier présomptif de la couronne!

Le désarroi des esprits et des choses était vraiment au comble.

L'intervention de deux pauvres gens, auxquels nul ne se fût avisé de songer, préservera du moins le prince d'une tentative insensée autant qu'audacieuse. Mais cette nuit n'amena pas moins des événements terribles, car il est des situations qui aboutissent forcément à une catastrophe, et celle-là en était une.

Lorsque Ferrières rentra chez lui, rue Saint-Honoré,

dans la matinée, après avoir, suivant les recommandations de son ami le vidame, remis mademoiselle Sainte-Foy jusqu'en ses appartements, il trouva Gauthier dans son antichambre.

Le messager des seize lui apportait l'ordre pressant de se rendre le soir même rue Neuve-Saint-Eustache.

XVII

LE VIEUX PAUVRE DE M. LE MARQUIS

Le marquis se trouvait plus d'une affaire sur les bras, mais il ne se sentait à l'aise que dans les complications; le reste, les choses allant d'elles-mêmes, lui paraissait au-dessous de lui.

L'aventure avec l'actrice de la Comédie-Française, loin de le désarçonner, le piqua au jeu; les orageuses explications qui suivirent le départ du vidame et la rentrée au logis de la rue Mazarine, explosions de tendresse et de menace, ne firent que le stimuler, en aiguillonnant son amour-propre d'abord, son caprice pour la fille du mercier, ensuite.

S'il éprouvait une inquiétude, c'était du côté de celle-ci, en songeant à sa brusque disparition, au milieu d'un désordre pareil à une émeute.

Il ne pouvait sans inconvénient se montrer si matin au *Rouet d'argent*. La présence de Gauthier lui suggéra une idée très-simple. Il chargea l'adroit entremetteur d'une emplette insignifiante, au moyen de laquelle il pût pénétrer près de Geneviève et lui glisser un billet.

Le hasard sourit d'abord au drôle. Il n'y avait à la boutique que deux personnes, Becdassée et la jeune fille.

Pendant que le petit commis mesurait la marchandise demandée, Gauthier s'approchait du comptoir, et, en même temps que son argent, présentait le billet.

Geneviève, fort pâle déjà, comprit de suite ce que cela pouvait être, car elle devint blême.

— Prenez... lui dit tout bas le messager.

Elle hésitait ou tremblait trop.

— Prenez, répéta Gauthier, de la part de M. de Ferrières.

Ce nom causa une secousse violente à l'imprudente, en lui rappelant avec plus d'acuité sa faute et les dangers qui ont suivis.

Becdassée, auquel Gauthier tournait le dos, suivait cette scène, il mesurait à contre-sens sa marchandise, et chantonnait un refrain entre ses dents.

Geneviève rencontra ses yeux fixés sur elle, avec une expression suppliante. Elle rougit de son indécision, repoussa l'écrit avec dignité et répondit :

— Je ne sais ce que vous voulez dire; c'est mon père ici qui reçoit les lettres .. Justement le voici.

Mais Gauthier, peu désireux de lui laisser lire celle-là, la rattrapa lestement, régla son compte et s'esquiva.

— Es-tu content? demanda Geneviève à Becdassée, quand ils se trouvèrent seuls.

— C'est déjà mieux, dit-il, mais content, je ne le serai que quand vous ne penserez plus à cet homme.

— Je n'y veux plus penser que pour le fuir... pour le mépriser.

Le cœur de Geneviève était sauvé d'un grand danger. L'évènement de la nuit, avec ses perplexités, ses remords, ses angoisses, ses craintes terribles, avait été pour elle le coup de tonnerre qui arrache l'imagination abusée à un mauvais rêve.

Ce qui lui restait de cette crise, c'était le souvenir palpitant de ses transes, de son effroi; c'était un plus étroit attachement pour son père, pour les amis dont elle avait failli détruire le bonheur.

A quelque chose malheur est bon; il en eût été, hélas! tout autrement, si rien n'eût entravé sa résolution, si au lieu du désordre de la rue, de sa chaise culbutée, de son séducteur entraîné par la foule en tumulte, on l'eût tranquillement descendue sous le péristyle, si elle eût trouvé le bras du marquis, pour l'introduire dans la salle.

Si elle avait quelque penchant à écouter les séducteurs, la manière dont la séduction s'était offerte à elle, suffisait à l'en corriger.

En toute autre circonstance, la sollicitude maternelle et féminine de Jeanne se fût aperçue et inquiétée des traces de malaise empreintes sur les traits de sa fille d'adoption, de la rougeur de ses yeux, de la morbidesse de son attitude.

Mais la brave Jeanne avait bien des soucis sur l'esprit. Les événements où elle venait de jouer un rôle si délicat et si actif, l'avaient brisée à son tour. Elle accepta sans difficulté la défense de Geneviève, qui mit son état de malaise sur le compte de son indisposition de la veille.

Chose singulière, ce fut Louis, malgré son indifférence relative, qui se montra le plus frappé de ces symptômes.

Il attendit de se trouver seul avec elle, ce qui n'arriva qu'après la sortie de Gauthier, et s'accoudant alors sur le comptoir, en face et tout près d'elle, il lui dit de cet accent fraternel qui attire les confidences les plus délicates :

— Sœur, tu as menti à notre mère...

De pâle, elle devint rouge comme une cerise. Elle crut que lui aussi savait tout; elle accusa un instant, dans sa pensée, le fidèle Becdassée, son sauveur.

— Moi ?... balbutia-t-elle en cherchant à échapper à ces yeux doux et sincères qui tenaient les siens prisonniers.

— Tu as menti, sœur. Ce n'est pas une migraine, une indisposition qui te rendent ce matin si pâle.

— Qu'est-ce donc à ton avis?

— Un chagrin.

— Ah!... s'écria-t-elle, touchée au vif par ce trait. Elle se reprit aussitôt : Où vois-tu cela? demanda-t-elle avec un sourire plein de contrainte.

— A tes yeux qui ont pleuré.

— Mes yeux n'ont pas dormi, voilà tout.

— Ils ont pleuré. Depuis seize ans que je les vois tous les jours, je les connais bien peut-être!

— Ah! fit-elle avec un certain retour de coquetterie, et c'est là tout ce que tu trouves à en dire?

— Bah! répondit-il en souriant de son plus loyal sourire, tu ne manqueras jamais de flatteurs, qui te feront sur tes prunelles d'azur, sur tes cils d'ébène, sur ta grâce, sur ta fraîche beauté des compliments à la journée; moi je ne suis qu'un frère, mon bonheur est de t'aimer comme une sœur; je ne veux pas que tu aies des chagrins qui les rougissent ces beaux yeux.

— Eh bien! je te répète que ce ne sont pas des chagrins.

— Tu ne me convaincras pas, ainsi sois sincère; avec qui le serais-tu, sinon avec moi?

Elle lui adressa un radieux sourire, cette effusion touchante, désintéressée lui gagnait l'âme.

— Cher Louis !...

— Là, tu souris, j'aime mieux cela. Eh bien, voyons, je vais te mettre à ton aise. — Désires-tu quelque chose ? — Ton père t'a-t-il grondée en te refusant un ajustement, un bijou ?... Il est bon, mais sévère quelquefois... Que diable ! je suis ton frère, tu peux bien t'adresser à moi aussi ! Grâce aux libéralités de mon parrain, confiées à sa probité, ne me disait-il pas l'autre jour que, d'après son inventaire, la moitié de la maison serait à moi quand j'aurai vingt ans ?... Ainsi je suis riche, c'est à toi, aux liens que je le dois, car sans vous je n'eusse pas retrouvé mon généreux parrain ; et je te laisserais pleurer pour des désirs que je peux contenter !... Que non pas !... Petite sœur, vous allez me dire ce que vous souhaitiez, ce qu'on vous a refusé, ce qui cause votre peine.

— Cher Louis !... répéta-t-elle avec une plus touchante expression.

Elle ne l'avait jamais regardé avec autant de tendresse, car jamais elle n'avait mieux senti le prix de cette amitié naïve.

De même, il n'avait jamais vu ses yeux si profonds, si prodigues de magnétiques irradiations.

— Mais c'est qu'ils sont vraiment très-beaux, fit-il, répondant à cette constatation muette, et ces gentilshommes qui te le disent ont certes raison... Çà, voilà que tu en rougis maintenant.

— Je te trouve si galant ce matin...

— Galant !... Tu te moques ; non, j'ignore ce que c'est ; mais je suis aimant, reconnaissant, et je veux que tu parles.

— Eh bien, dit-elle pour échapper à cet interrogatoire à la fois pénible et doux, j'ai pleuré, comme une sotte, parce que mon père continue de me refuser ces boucles d'oreilles que je lui ai déjà demandées en voyant à la vitrine de l'orfèvre de la rue Saint-Martin.

— C'était pour cela !... Et tu n'as pas eu l'idée de me les demander à moi !... Eh bien, tu ne les verras plus à la montre de l'orfèvre... car les voici. C'est moi qui avais prié ton père de me laisser le plaisir de te les donner.

Il tira de sa poche un petit écrin, et le lui présenta ouvert. Il contenait, non-seulement les boucles, mais un collier avec un bijou en pendeloque.

Cette attention porta le dernier coup à l'âme combattue de la pauvre fillette ; se sentir l'objet d'une si délicate amitié, et la mériter si peu !...

Elle porta l'écrin à ses lèvres.

— Eh bien ! eh bien !... se récria Louis, se méprenant sur ce baiser, il me semble que s'il y a quelque chose à embrasser ici, c'est plutôt moi, coquette !...

Il s'avança par-dessus le comptoir, elle s'approcha de son côté, les lèvres de Louis rencontrèrent, non pas le front qu'elles cherchaient, mais les lèvres de Geneviève.

Le haut de la porte de la boutique s'ouvrit ; un rire sardonique accueillit cette innocente caresse.

— Sarpejeu ! bravo !... bis !...

C'était Ferrières ; mais cette explosion moqueuse manquait de sincérité. Il cachait un dépit violent sous beaucoup de bruit et de démonstrations.

Geneviève se remit avec assurance sur son siège, et Louis, s'adressant à l'importun, lui dit d'un accent parfaitement calme :

— Entrez, monsieur le marquis ; ne vîtes-vous jamais un frère embrasser sa sœur ?...

Le marquis savait fort bien que Louis n'était que de nom le frère de Geneviève, cependant il ne trouva rien à répondre à une parole ainsi accentuée. Seulement, il aiguisa son sourire le plus méphistophélique pour dire à la jeune fille, qu'il salua d'aussi près que possible :

— Je suis ravi de voir mademoiselle en ces bonnes dispositions.

— Saviez-vous donc qu'elle fût souffrante ? demanda Louis.

— Je le savais, répondit-il, on sait toujours ce qui intéresse les personnes de mérite... Vous apprendrez cela, mon jeune ami, avec le temps...

Ce ton de protection, de persiflage, causait au jeune commis une impression désagréable ; depuis quelques instants, d'ailleurs, il sentait courir dans ses veines, monter à son cerveau des ardeurs inconnues ; l'attitude cavalière de ce roué devant Geneviève l'agaçait.

Il se rappelait tout à coup que le marquis était très-assidu depuis un mois au *Rouet d'argent*.

— Que voulez-vous, monsieur le marquis ? répondit-il ; nous autres gens de boutique, nous sommes faits pour servir les gentilshommes comme vous ; non pour acquérir leurs belles façons et leur beau langage.

Tout en lâchant cette sortie, il passait de l'autre côté du comptoir. Il s'y trouvait toujours deux tabourets ; Geneviève en occupait un, il s'assit auprès d'elle sur le second.

C'était assez crâne pour un jouvenceau si peu avancé.

— On jurerait Daphnis et Chloé !... ricana Ferrières ; désolé d'interrompre ce joli tête-à-tête, mes amis, mais je désirerais quelques menus objets de toilette.

— Nous sommes ici aux ordres de monsieur le marquis, dit le jeune homme.

— Tout à ses ordres pour ce qui concerne notre commerce, ajouta Geneviève, de manière à n'être entendue que de lui, pendant que Louis se disposait à atteindre des cartons, sans le perdre une minute de vue.

— Il me faut, disait Ferrières, six paires de boucles ordinaires pour souliers, autant pour jarretières, deux paires plus fines pour m'habiller ; je veux choisir aussi une garniture de boutons ciselés pour habit de velours, une garniture de plus petits du même modèle pour gilet... Vous y joindrez des aiguillettes avec crépines d'or ou fin, tout ce qui se fait de plus nouveau...

Lorsqu'il crut le jeune homme absorbé par cette commande, il se pencha vers Geneviève :

— Ainsi, vous ne vous ressentez plus des accidents de cette nuit ?

— Ils n'ont laissé aucune trace, répondit-elle froidement.

— C'est que je craignais... mon commissionnaire...

— Aucune trace, répéta Geneviève.

Il n'y a rien comme les femmes, même inexpérimentées, pour puiser la résolution et l'énergie dans les circonstances difficiles. Le marquis, l'homme à bonnes fortunes, n'était pas sans avoir eu occasion de faire cette remarque. Mais, cette fois, il s'y attendait si peu, qu'il faillit en perdre la réplique.

— Décidément, pensa-t-il, la femme est un sphinx ; mais j'aurai le mot de celle-ci, ou j'y perdrai ma gloire !

Louis l'appela pour qu'il choisît lui-même ses boucles et ses boutons.

Il lança à Geneviève, qui le repoussa par un sourire dédaigneux, un regard interrogateur. Il se sentit piqué au vif, et, changeant de tactique, affecta de ne plus prendre garde à elle.

Quant à ses emplettes, il fit tout empaqueter tel quel, pêle-mêle, il jeta de l'or sur le comptoir. En réalité, il n'avait aucun besoin de ces coûteux colifichets. Il salua la marchande d'un coup de tête protecteur, en sortant.

Cela réussit très-souvent. Le tout dépend des femmes auxquelles on a affaire.

Depuis sa rentrée providentielle au logis, ce qui avait le plus tourmenté Geneviève c'était la pensée de cette visite. Elle éprouva un si grand soulagement de sortir victorieuse de l'épreuve, qu'elle éprouva le besoin d'épancher sa joie, et comme Louis se trouvait encore près d'elle, à portée de ses lèvres, elle s'avança de nouveau et le pressant avec émotion :

— Frère, lui dit-elle, frère, il faut que je t'embrasse encore !

Le chaste baiser ne porta que sur ses deux joues, mais ses lèvres adolescentes brûlaient encore de celui qui avait rencontré les lèvres de sa sœur de lait.

Elle ajouta en désignant la direction prise par Ferrières :

— Tu voulais savoir mon secret, eh bien ! préserve-moi de cet homme !

— Il t'aime ?...

Elle ne répondit rien. Quant à lui, il n'insista pas, ne répéta pas sa question. Le reste de la journée, il parut tellement absorbé par ce mot, qu'il n'en prononça quasi pas un seul.

Ferrières, par une dérogation à l'usage, qui ne permettait pas à un seigneur de sortir seul par les rues, évitait de se faire suivre par aucun de ses gens, même par le discret Jasmin, lorsqu'il allait au *Rouet d'argent*.

Il prétendait traiter cette intrigue autrement que quand il s'agissait d'une grande dame ou d'une femme affichée, et ne pas effaroucher un gibier aussi timide.

Il rentra donc comme il était sorti, sans valet, c'est-à-dire sans espion.

Jasmin vint lui ouvrir, il fut frappé de l'expression sardonique de sa physionomie.

— Qu'y a-t-il céans ? demanda le marquis d'un ton brusque :

— Il y a là, dans l'antichambre, cet homme que monsieur le marquis appelle son vieux pauvre.

— Sarpejeu ! murmura Ferrières en homme qui ne cherche qu'un prétexte pour décharger une colère contenue, il arrive bien !

Jasmin poussa la porte de l'antichambre, et dit au bonhomme assis sur le bord d'une banquette, dont il craignait que ses guenilles ne salissent le velours :

— Debout ! voici monseigneur !

Le vieux ne se le fit pas répéter ; prenant à deux mains son grand feutre défoncé, il s'inclina humblement, en marmottant d'une voix cassée des bénédictions.

Ferrières lui jeta un regard courroucé, qu'il ne parut pas voir.

— Je t'avais dit de ne pas revenir si tôt ! gronda le marquis.

— Mon cher seigneur, la misère, les temps si durs, la faim, pas d'ouvrage.

— Oh ! tas de fainéants ! ce n'est pas l'ouvrage que vous cherchez !

— Quelquefois, mon doux bienfaiteur, car, comme dit la sagesse, cherchez, vous trouverez.

Il ponctua cette sentence d'un regard oblique, qui diminua l'emportement du marquis.

— Vous êtes des sangsues, vous usez la charité ! bougonna-t-il encore.

Mais il tendait une assez riche aumône au mendiant.

— Que le bon Dieu, que le grand saint Martin, protecteur, et le grand saint Alexis, patron des pauvres, vous le rendent, dit-il en empochant l'aubaine. Mais si Votre Seigneurie n'était pas trop pressée, je la supplierais de me donner deux minutes d'audience, car j'ai une famille entière à soutenir, et sa puissante protection pourrait m'y aider.

La prunelle mobile du mendiant désignait Jasmin, planté sur ses talons.

— Qu'attends-tu là ? fit le maître.

— Que monsieur le marquis m'ordonne de mettre ce vieux à la porte.

Le vieux fit un soubresaut de déplaisir. Le maître s'écria :

— Sarpejeu, il ne sera pas dit que le marquis de Ferrières entend la bienfaisance à demi ! Allons, vieil entêté, suis-moi, je t'accorde l'audience !

— Je baiserai les pas de monsieur le marquis... Charité même au ciel !

— Jasmin, reprit Ferrières, je n'y suis pour personne... Je ne me soucie pas, ajouta-t-il sur un ton badin, que quelqu'un de la cour me trouve en tête-à-tête avec monsieur.

— Trop bon, mille fois trop bon, psalmodia le vieux, la grâce assaisonne toutes vos paroles.

Jasmin demeura à l'antichambre ; son maître emmena son pauvre à travers ses appartements jusqu'à un cabinet où il avait ses livres et ses papiers.

— Par la mort nom du diable ! jura-t-il pour débuter, tu vas me dire, vieux coquin, ce qui motive ta visite !

Le mendiant se laissa, sans façon, tomber sur le siège le plus élégant, son bienfaiteur ne se formalisa pas de cette familiarité.

— Pardieu ! je ne demande que cela. Les bonnes explications simplifient les choses. Depuis tantôt un mois, maître, vous nous laissez sans ouvrage.

— Je t'ai envoyé de quoi attendre.

— Des bribes ! j'ai toute la tribu sur les bras ; ce sont des criailleries continuelles ! Il fait beau les entendre !...

— Drôles, je vous ferai taire !

— Occupez-nous : l'oisiveté est mère de tous les vices.

— J'ai besoin que vous fassiez les morts, quelque temps.

— Bon ! si nous étions morts tout à fait, mais les vivants ça mange et ça boit... Ça boit même beaucoup.

Le pauvre de M. le marquis faisait le recensement circulaire du mobilier. Il arrêta son regard sur un porte-liqueur en vermeil, oublié sur une crédence.

— Avale, vieux tonneau ! lui dit le maître.

Peu chatouilleux, en fait d'apostrophes, le mendiant apporta le petit meuble sur la table, se rassit, et commença à se verser avec une lenteur raffinée un verre de chaque liqueur.

Ayant dégusté chaque sorte :

— C'est décidément le kirsch que je préfère, dit-il.

Il ne quitta plus le flacon, séparant chaque phrase par une rasade.

— Bois-en, crèves-en, mais aboutis.

— Patience et longueur de temps, font plus que

force ni que rage. Je vous disais que la tribu murmure. Ça tient des propos, ça s'informe de vous, ceux qui ne savent pas veulent savoir, ceux qui savent disent : C'est bel et bon, le grand Ragot, c'est le nom dont la tribu vous honore en souvenir des chefs de la grande époque, dont nous ne sommes que les débris ; le grand Ragot trône dans les gentilhommières, se prélasse dans les palais, s'étend dans le velours ; — elles sont très-douces ces chaises, s'interrompit le mendiant en se frottant avec complaisance au fond de sa bergère ; enfin, tout ça gronde, tout ça grogne.

— Et tout ça vole !

— Ah ! si peu ! abandonné à soi-même ça fait à peine de quoi s'entretenir la main... Décidément, je calomniais votre rhum, maître, il est préférable au kirsch.

— Surtout maintenant que le kirsch est bu. Après...

— Après, puisque vous êtes si aimable, je reviendrai, s'il vous plait, à cette eau-de-vie, par quoi j'aurais dû commencer.

— Eh ! sac à vin ! avale, mais parle de choses sérieuses ! Est-ce là tout ce qu'ils disent, ces marauds !

— A peu près.

— Alors, réponds-leur que je suis le maître, et que ce n'est pas pour faire leurs volontés mais les miennes. Enfin, que je prépare une affaire.

— Et moi, je vous en rapporte deux.

— Le moment est mauvais: Si nous éveillons les gens de justice, ils ne nous laisseront pas réaliser ce que je médite.

— Ce que vous méditez vaut-il deux fortunes... J'entends des fortunes... comme celle du roi, par exemple.

— Tu dis ?...

— Je dis, maître, que les chevaliers du Passe-Partout seront des maladroits, si, avant la fin du mois, ils ne sont pas les égaux d'un fermier général, et cela en faisant crever de rage la marquise du roi et en plongeant dans la désolation les bons pères qui excommunièrent jadis et votre frère et vous !

— Attends, dit Ferrières.

Il alla ouvrir la porte, s'assura que personne n'était aux écoutes, s'enferma au verrou avec son pauvre, lui servit une bouteille intacte de ce kirsch objet de sa prédilection, poussa la prévenance jusqu'à la lui déboucher.

— Maintenant, dit-il, bois, mais surtout parle.

XVIII

LA JOURNÉE DE M. DE FERRIÈRES

Le marquis resta plus d'une heure enfermé avec son vieux pauvre. Il lui faisait l'aumône d'une longue audience, arrosée d'une bouteille de son meilleur kirsch.

L'audience finit en même temps que la bouteille, la démarche ni la langue du mendiant n'en souffraient nullement. L'une et l'autre étaient aussi assurées qu'avant le colloque et la libation.

Ferrières le laissa aller sans le reconduire, bien entendu, et, chose honorable ! ses yeux gris allumés par les bijoux étalés dans les pièces qu'il traversa les admirèrent, sans que ses doigts crochus en grapillassent aucun.

Ce vieux coquin avait une probité à lui.

Fort content de Ferrières, il laissa Ferrières assez content de lui. Du moins, les traits fins et mobiles de celui-ci exprimaient-ils une préoccupation mêlée d'une vive jouissance. Sans doute, l'élaboration d'un plan, dont les difficultés lui souriaient, non moins que l'espoir de causer un extrême déplaisir à la favorite et au ministre, dont les noms s'étaient mêlés plusieurs fois à la conversation.

Lorsqu'il eut suffisamment savouré ses joies intimes, il écrivit un billet qu'il cacheta d'une devise galante, puis il avança nonchalamment la main jusqu'à un gland d'or et sonna.

Jasmin parut.

— Jasmin, lui dit-il, que penses-tu de Gauthier ?

— Moi ?... Rien, monsieur le marquis.

— Voyons, de ses talents, de son adresse ?

— Je le crois très-actif, très-habile.

— Sarpejeu ! tu te trompes.

— Après cela, c'est possible.. pourtant...

— Tu te trompes ! C'est un sot, un maladroit. Croirais-tu que ce matin, l'ayant chargé d'une lettre pour une fillette à qui je veux du bien, le bélître s'est fait rabrouer comme un novice. Bref, il est revenu avec le papier et sa courte honte.

— J'en suis surpris.

— Écoute-moi, toi qui ne vas pas comme une corneille qui abat des noix, je te charge de cette affaire.

— Une affaire manquée ?

— Une affaire compromise, tout au plus. Tu connais déjà la maison : c'est toi que j'aurais dû envoyer d'abord. Tiens, voici le billet... sans adresse...

— Bien entendu.

— Tu vas le porter de ce pas à la petite Navelier.

— Ah !...

— Eh oui !... ne te doutais-tu pas que mes fréquentes visites de ce côté avaient un autre but que d'acheter ces quantités invraisemblables de mercerie, qui encombrent ici tous les coins.

— Peut-être bien... dit Jasmin, avec une façon de sourire.

— Ne reviens pas que tu n'aies fait prendre le billet à la petite.

— J'y vais tâcher, monsieur le marquis. J'en ai remis tant d'autres.

— Tâche aussi d'obtenir une réponse.

— Ah !... monsieur le marquis en serait déjà à espérer que cette jeune fille, qui paraît si candide...

— Va ! va ! les plus candides, mon pauvre Jasmin, sont quelquefois les plus rusées.

— Voilà qui s'appelle une surprise...

Jasmin se mit à rire de nouveau ; son rire ne ressemblait pas mal au hoquet d'un dogue qui a avalé un os.

— Ah ! reprit-il, la petite Geneviève...

— Pourquoi pas elle comme un autre ?

Jasmin eut étranglé de bon cœur le fat. Mais à quoi cela eût-il servi ?

— Étais-je bête de ne pas voir que monsieur le marquis était du dernier mieux avec cette mijaurée !... Grosse bête, va !

Il s'appliqua à lui-même de braves coups de poing, qui avaient, dans sa pensée, leur raison d'être.

— Du dernier mieux ? répéta le roué, il ne faut pas exagérer.

— Ah ! ah ! soupira Jasmin avec une lueur d'espoir.

— Oui, mes petites affaires allaient aussi bien que possible, mais j'ai eu le tort de ne t'en rien dire... à toi qui m'as donné tant de bons coups de main...

Ah! j'aurais eu besoin de ta poigne de fer, cette dernière nuit... Bast! tout cela se raccommodera. C'est pour te prévenir seulement qu'il y a un nuage entre cette fillette et moi.

— Et ce billet a pour but de le dissiper?

— Voilà tout.

— Surtout si j'apporte la réponse?

— Surtout si tu l'apportes.

— Je vais faire pour le mieux.

— Sarpejeu! j'y compte. Surtout, pas un mot à Angélique!

— Quelque sot!... Monsieur le marquis ne me connaît-il pas?

Jasmin prit sa course.

Le charger, lui! d'une entremise galante pour mener à mal la fille adoptive de Jeanne!... Était-ce une moquerie du sort?... Non, c'était un coup du ciel.

Mais sa tête en feu battait la campagne. Les demi-confidences, les réticences vaniteuses de son maître le plongeaient dans une cuisante incertitude : — Geneviève était-elle seulement légère ou coupable?

Sa course se ralentit; la réflexion succéda au désordre. Si l'hôtel de son maître eût été plus proche de la boutique du *Rouet d'argent*, il eût, emporté par le premier transport, commis une faute, peut-être un esclandre.

Grâce à la distance, la raison eut le temps de parler à son tour. Il résolut de n'avoir affaire qu'à Geneviève, quitte à aviser ensuite.

Aussitôt qu'il put lui parler sans oreilles importunes, ce qui exigea un certain temps, dans cette boutique toujours fréquentée, il saisit l'occasion :

— Ma chère Geneviève, lui dit-il, je suis chargé pour vous d'une commission.

Elle traversait depuis vingt-quatre heures tant de crises, que ce dernier mot lui causa un trouble dont son visage trahit la vivacité. Elle porta un regard anxieux sur Jasmin, et parut à peine rassurée par la bienveillance du sien.

Quant à lui, il observait, se contenant pour mieux s'instruire.

— Une commission, pour moi?... dit Geneviève.

Il baissa la voix :

— De mon maître.

— Ah!...

C'était un cri d'effroi, de répulsion; elle se renfonça jusqu'à la muraille dans le comptoir.

— Le craignez-vous donc?

— Je le...

Elle n'acheva pas, s'efforça de dominer son émotion, et dit au messager, en résumant dans quelques mots d'apparence froide ses plus poignantes appréhensions :

— Que vous a dit M. de Ferrières, que peut-il me vouloir?

— Calmez-vous, chère enfant, ne craignez rien... je suis là!

— Répondez, que vous a-t-il dit?

— Rien, sinon qu'il se croyait autorisé à vous écrire.

Elle respira; il lui semblait que tout le monde devait connaître la catastrophe de la soirée.

— Et vous, Jasmin, que pensez-vous?

— Que vous êtes une bonne et sage enfant; que mon maître se vante, ou s'abuse.

— Jasmin, c'est bien là votre pensée... tout entière?

— Puis-je en concevoir une autre?

— Non! mon vieil ami, non! Je mérite votre estime; si votre maître a dit le contraire, il a menti!

— Merci! ah! merci; vous versez du baume dans mon âme.

— Vous doutiez de moi?... reprit-elle avec amertume; hélas! je ne vous en veux pas... j'en ai douté moi-même!... C'est là ce que je ne me pardonnerai jamais!...

— Vous avouez?...

— Une heure d'éblouissement, de vertige... Oui, une épreuve; grâce à Dieu, j'en suis sortie fortifiée. — Cette lettre?...

Il la lui présenta.

Elle la lut avec un sourire de dédain; la déchira et lui en remit les fragments.

— S'il vous demande ma réponse, la voici; j'ai lu, afin qu'il sût bien que je refusais son insolente épître en connaissance de cause... Chut!... du monde!... Adieu...

Jasmin faillit se croiser, en effet, sur le pas de la porte, avec deux seigneurs descendus d'une de ces voitures bizarrement nommées des *Désobligeantes*.

Il se rangea avec empressement pour leur faire place, car il était particulièrement connu de l'un d'eux, qui lui adressa un petit signe amical de la main, et lui dit :

— Jasmin, le bonjour à ton maître.

Et se penchant à l'oreille de son compagnon, ce seigneur ajouta :

— Quand je vous le disais!... Son maître, c'est le marquis de Ferrières.

Le compagnon, dont les yeux s'étaient uniquement portés vers le comptoir, ou plutôt vers Geneviève, se retourna à ce nom. Il regarda le valet du marquis avec une certaine curiosité narquoise.

Celui-ci avait déjà fait deux pas dans la rue; tout à coup, il s'arrêta, se balança sur lui-même avec une évidente hésitation, puis, feignant un oubli, il rentra vivement, s'en alla vers Jeanne, occupée à ranger au fond de la boutique, et lui dit, en lui désignant d'un clignement d'yeux les nouveaux venus :

— Veillez sur Geneviève.

Il mit un doigt sur sa bouche, pour prévenir toute question, adressa un adieu bruyant à la dame de magasin, salua de nouveau jusqu'à terre les deux chalands, et reprit sa course pour tout de bon.

Il avait serré dans une poche secrète les débris du malencontreux billet de son maître.

La journée s'avançait, il retrouva celui-ci s'impatientant fort de la durée de son absence.

— Enfin! s'écria-t-il, te voilà! Ce n'est pas malheureux! Apportes-tu des nouvelles, au moins?

Le valet répondit par un signe de tête réitéré.

— Sarpejeu! à la bonne heure; si elles sont bonnes!

Jasmin fit une grimace accompagnée d'un soupir.

— Mort-diable! qu'est-ce?...

— Elles sont importantes.

— T'aurait-on éconduit comme ce pleutre de Gauthier?

— Elle a accepté le billet.

— Ah! ah! c'est déjà mieux. — Elle l'a lu?

— Elle l'a lu.

— Elle a donné une réponse?

— C'est là le hic... Elle n'a pas fait deux morceaux du poulet, elle en a fait dix.

— De la colère, du dépit!... Parfait, je connais cela; tout n'est pas perdu.

— Monsieur le marquis tient donc beaucoup à cette petite?

— Si j'y tiens, sarpejeu ! D'autant que j'ai plus de peine à courir après elle !

— Heuh !...

— Qu'est-ce encore ?

— Une double rencontre que j'ai faite dans cette boutique.

— Qui cela ?

— Deux amis de monsieur le marquis, ou à peu près.

— Leur nom ?

— M. le vidame d'Estissac, qui m'a chargé de ses compliments.

— Ce pauvre vidame, il venait en commission pour quelque commande de fanfreluches destinées à Angélique.

— Peut-être bien.

— L'autre ?

— L'autre, monsieur le marquis, était amené par M. le vidame ; je ne sais s'il venait aussi pour la marchandise, mais, à coup sûr, il ne regardait que la marchande.

— C'est un homme de goût.

— De beaucoup de goût ; il en a la réputation, du moins, car j'ai parfaitement reconnu en lui l'intendant des menus plaisirs de Trianon et autres lieux...

— Lebel !...

— M. Lebel, comme vous dites.

— Il regardait Geneviève ?

— Je vous dis qu'il ne voyait qu'elle.

Ferrières, violemment troublé, frappa sur son guéridon un coup de poing qui faillit renverser les flacons et la bouteille abandonnés par son visiteur du matin.

Par la mort nom du... s'écria-t-il ; il s'arrêta au milieu de son juron ; le cas est grave... reprit-il ; quand ce serpent regarde une colombe, malheur à celle-ci !... N'importe, nous serons à deux de jeu... Jasmin, j'ai des idées... si tu me secondes, si je réussis, tu ne craches pas sur les écus, eh bien, l'on t'en couvrira.

— Je seconderai monsieur le marquis dans toute la mesure de mes moyens et de ma loyauté.

— L'affaire de ce matin, d'une part, murmura Ferrières en façon de monologue, celle-ci de l'autre, deux victoires à la fois... Ah ! madame de Pompadour, je serai trop vengé de vos dédains !...

Il termina par une franche explosion de rire, comme s'il tenait déjà le succès, après quoi, il se disposa pour le rendez-vous de la soirée, suivant l'avis de Gauthier.

On voit que M. de Ferrières n'était pas un de ces gentilshommes inoccupés, qui ne savaient qu'imaginer pour tuer le temps.

XIX

ESTOC ET LARAISON

Le marquis de Ferrières s'étant fait ajuster pour sortir à pied, en dépit de l'âpreté du froid, donna ordre à Jasmin de l'attendre à l'hôtel. Il s'en alla accompagné de Gauthier, son seul estafier dans ses excursions au quartier Montorgueil.

Ils n'eurent pas fait vingt pas dans la rue Saint-Honoré, que le laquais, se rapprochant de son maître, dont il se tenait à une distance respectueuse, lui dit vivement à voix basse :

— On nous suit.

— Bien, répondit de même le marquis ; marche et observe.

Cette fouine de Gauthier avait une prunelle et un flair auxquels rien n'échappait.

Quoiqu'il fît très-noir et que l'éclairage officiel se réduisît à des lueurs tout à fait dérisoires, en mettant le pied dehors, il avait vu une forme, accroupie jusque-là au coin d'une grosse borne, se remuer, se redresser discrètement, puis emboîter le pas derrière son maître et lui.

Ce pouvait être le hasard, d'abord. Mais la poursuite continua. Cette ombre s'attacha à la leur ; elle profitait des moindres sinuosités de la voie pour se dissimuler ; elle se tenait opiniâtrement du côté le plus obscur.

De Ferrières n'apporta aucune modification à son allure. Il ne fit pas même le mouvement d'un homme qui cherche un instrument de défense quelconque, bien que, certainement, il ne se hasardât pas dans ses équipées nocturnes sans armes secrètes.

Il continua d'avancer dans la direction de la rue Montmartre ou de la rue Montorgueil, parallèles comme on sait, à travers les labyrinthes des environs des halles.

Gauthier, qui le suivait avec pleine confiance, tout en constatant la persistance de l'individu attaché à leur piste, remarqua que, sans s'éloigner beaucoup de la route la plus directe, son maître prenait certaines ruelles très-mal famées, même en plein jour, du côté du charnier des Innocents.

Le sol gelé était fort retentissant. En dépit de ses précautions, l'observateur obstiné occasionnait de temps en temps un bruit d'après lequel on pouvait juger de son éloignement relatif.

Les passants, très clair-semés dans ces parages, avaient pour la plupart des aspects rien moins que flatteurs. Mais jusque-là, c'est-à-dire jusqu'au milieu de la ruelle la plus longue et la moins mal percée, aucun n'avait accosté nos deux promeneurs, non plus que leur espion.

Les manières de ce dernier lui donnaient assez de ressemblance avec les honnêtes habitués du quartier, pour expliquer cette réserve réservée à son égard. Les loups ne se mangent pas entre eux.

Pour ce qui est des deux premiers, on peut supposer que la providence nocturne, naguère si propice à Jasmin et à son maître, les protégeait encore.

Mais, disons-nous, vers le milieu de cette ruelle, appelée, si nous ne nous trompons, rue de la Petite-Friperie, ils se croisèrent avec un chiffonnier.

Cet industriel, depuis une certaine distance, depuis qu'il les voyait venir sans doute, affectait de marcher en zigzags, si bien qu'il se trouva à point nommé en face de Ferrières.

Celui-ci s'arrêta ; l'homme qui le suivait s'arrêta de même, blotti sous une porte, l'œil au guet.

Le chiffonnier, dont la main droite serrait un crochet singulièrement solide, éleva, de la gauche, sa lanterne à la hauteur du visage du marquis, impassible et moqueur.

Leurs regards se rencontrèrent ; le mendiant éprouva un frisson.

— Excusez, mon bon seigneur, psalmodia-t-il, je vous prenais pour un autre ; erreur n'est pas compte.

C'était la voix de Laraison, cette sentence eût suffi à le faire reconnaître.

— Il n'y a pas de mal, brave homme, repartit Ferrières à haute voix.

Et il ajouta plus bas:
— Es-tu seul ?
— Estoc m'attend au bas bout de la rue.
— Ramassez-moi un drôle qui se cache là tout près.
— Je vois le bout de son nez.
— Pas de bruit ! Emmenez-le à la cave, j'irai. — Bonsoir, bonsoir, mon brave ! dit-il en reprenant sa voix naturelle. Allons, Gauthier, allons, paresseux !

Gauthier avait grande envie de voir ce qui allait se passer, d'ailleurs, il aimait aussi les aventures.
— Si ces bonnes gens avaient besoin d'un aide ? dit-il.

— Eux !... ils en escofieraient dix comme ce pleutre qui ne cherche que les cachettes.

Il poursuivit son chemin sans seulement retourner la tête.

Ses affidés remplissaient ses ordres de manière à justifier sa confiance.

Laraison, entre les mains duquel son crochet de fer aiguisé, fixé à une tige solide et flexible, était un instrument redoutable, poussa un petit sifflottement cadencé, qui n'avait rien d'inquiétant.

Un grincement de ferraille retentit au bout opposé de la rue.

L'individu blotti sous une porte entendit l'un et

Le bras suspendu s'abattit... (Page 90, col. 1re.)

l'autre bruit, mais n'y trouvant aucun motif de crainte, il reprit sa marche, se hâtant afin de ne pas perdre la piste.

Le chiffonnier renouvela sa tactique en titubant, et lui barra le passage. Son œil exercé observait tous ses gestes.
— Où vas-tu, l'ami ? lui demanda-t-il d'une voix avinée.

L'inconnu, couvert d'un grand manteau troué, porta la main à sa ceinture, où il saisit évidemment la poignée d'un couteau.
— Qu'est-ce que cela te fait ? répondit-il.

— J'aime à savoir.
— Laisse-moi ; place !... je suis pressé.
— Non pas ! non pas ! mon cœur ; il faut payer le passage.
— Me prends-tu pour un seigneur ?

A chaque mouvement de l'inconnu pour aller en avant, le faux ivrogne se trouvait, par une évolution, en face de lui. Cette manœuvre l'impatientait, il entendait les pas de Ferrières s'éloigner. Encore un peu la main à sa ceinture, où il saisit évidemment il ne les entendrait plus. Comment le rejoindre, alors ?
— J'ai soif !...

— Les cabarets sont clos.

— J'en sais un qui ne clôt jamais, à preuve qu'on vient de me jeter à la porte, n'ayant plus le sou.

— Au diable! Place, ivrogne maudit! place, ou je...

Écartant son manteau, il étendit son bras armé d'une lame luisante.

Mais Laraison se campa devant lui, dans une posture non moins hardie, le crochet en l'air.

— Tu veux en découdre, mon fils; décousons-en! Un prêté vaut un rendu.

— La! la!... tout doux!... fit une troisième voix.

L'espion se retourna, car cette voix parlait à son oreille. Mais il n'eut pas même la satisfaction de distinguer son nouvel ennemi, un sac de cuir s'abattit comme un éteignoir sur sa tête et l'absorba jusqu'aux épaules.

— Si tu te débats, si tu cries, je t'étouffe.

Ce furent les derniers mots qu'il entendit; à peine un filet d'air pénétrait-il par en bas jusqu'à ses lèvres et à ses narines. Il s'abandonna aux deux rôdeurs de nuit.

Ils le prirent chacun par un bras; Laraison éteignit sa lanterne, devenue inutile pour ce qu'il leur restait à faire. Elle n'eût pu qu'attirer l'attention d'une ronde si le hasard en eût amené de leur côté.

Le misérable avait à peine la force de mettre ses pieds l'un devant l'autre. Tout bourdonnait autour de lui.

Ferrières continuait son chemin aussi indifférent que si rien ne l'eût ralenti ces quelques secondes. Gauthier se conformait à son pas, non sans une pointe de regret peut-être, car il tourna à deux ou trois reprises la tête, ouvrant l'œil et l'oreille pour deviner ce qui se passait.

C'est à peine s'il distingua quelque chose du bruit étouffé de la rapide altercation. Il ne put s'empêcher de témoigner son admiration à son maître.

— O monsieur! s'écria-t-il, vous êtes un grand homme!

A quoi, flatté par ce cri du cœur d'un fripon qui s'y connaissait, il répondit:

— Patience, si nous faisons plus longue campagne ensemble, tu en verras bien d'autres.

— C'est ce que m'ont laissé espérer ces messieurs qui m'ont donné à vous.

— En vérité, ces messieurs?...

— Oui, monsieur, et je crois m'être aperçu qu'ils vous connaissent bien.

— Mais oui, assez bien.

— Ce qui m'étonne, monsieur, voulez-vous que je vous le dise?

— Dis, mon garçon, dis.

— Vous les connaissez donc aussi, vous, ces messieurs, que vous ne m'ayez jamais adressé une question à leur sujet?

— Si je les connais!... Le lendemain matin de ma première visite à l'endroit où nous allons, je savais qu'ils étaient seize; le soir, je les eusse tous appelés par leurs noms.

— Jarnigué! je ne crois pas à grand' chose, mes parents ont oublié de me faire instruire, mais je suis souvent tenté de croire que c'est vrai, que dans votre jeunesse vous avez été sorcier.

— Les sorciers, mon garçon, je te dis ça pour toi seul, parce que tu es un gaillard qui a de l'avenir, ce sont les gens adroits.

— Merci, mon maître. Mais il y a encore une chose qui me surprend.

— Ah! en vérité?

— Oui, vous ne m'avez jamais questionné sur moi-même?

— Fripon, tu te fais plus sot que tu n'es. Te questionner sur toi-même, n'est-ce pas pour que tu me débites des mensonges!

— Ah bah! s'écria maître Gauthier abasourdi de cette logique. Il reprit avec une componction sincère: Eh bien! dans le commencement, c'est vrai, j'aurais menti. Mais à présent, après avoir vu ce que j'ai vu, après avoir admiré ce que j'admire tous les jours, foi de mécréant, je me couperais la langue plutôt que de mentir à un maître tel que vous!

— Nous jugerons de ces beaux discours à l'épreuve.

— Dès qu'il vous plaira. Pour commencer, souhaitez-vous recevoir ma confession?

— Fi! me prends-tu pour un capucin! Je sais de toi tout ce qu'il m'en faut savoir. Après une suite de mauvais tours qui formeraient un volume, mais qui ne t'enrichirent point, tu t'avisas de fabriquer une monnaie qui ne sortait pas des hôtels du roi.

— Chut!...

— As-tu peur que les murs nous entendent! Tu devais être condamné à la potence, je ne sais pas par quelle indulgence inouïe on ne prononça que les galères. Mais je sais que la nuit du jour fixé pour ton départ, un homme auquel l'accès des cachots était possible à toute heure, descendit dans le tien. Cet homme avait besoin d'une âme damnée, d'un misérable de sac et de corde, vous vous entendîtes ensemble. Tu devinas son éclaireur, jusqu'au moment où il te fit le mien.

— Tenez, vous avez beau vous en défendre, vous êtes sorcier.

— Maintenant, si ton ancien maître, auquel tu dois de la reconnaissance, et ses quinze collègues, t'interrogent à mon égard, ne te gêne pas; tu peux leur répéter tout cela.

— Grand homme! grand homme! grand homme! si je suis pendu, je veux que ce soit à votre service.

— Sarpejeu! tu n'es pas dégoûté; ne désespère pas, cela pourra venir.

Ce dialogue ayant abrégé le chemin, ils se trouvaient alors à la porte du vieux couvent.

Les choses se passèrent suivant l'habitude. Gauthier resta dans une pièce obscure, de manière à écouter les bruits du dehors, au cas où il s'en produirait; son maître entra dans la salle voisine.

L'un des Seize l'attendait.

— Vous venez en retard, lui dit-il.

— C'est qu'il faut redoubler de précautions. On nous a suivis jusqu'à une ruelle du quartier des Innocents, où je me suis heureusement débarrassé de l'importun.

L'homme noir réfléchit assez longtemps.

— Oui, reprit-il, des précautions; c'est nécessaire... Mais ceci et maint autre indice prouvent que l'ennemi serait capable de se réveiller avant le toscin qui lui annoncera l'incendie. L'affaire du bal a manqué, malgré nos mesures.

— Ce qui m'étonne, interrompit Ferrières, c'est que quelqu'un puisse douter encore de l'horreur du prince pour les gens qui mènent sa future couronne aux gémonies et le royaume à l'abîme.

— Monsieur de Ferrières, reprit son interlocuteur avec une sorte de solennité, il est un autre point délicat par lequel ceux qui veulent la fin de ces choses sont encore arrêtés. Admis à Versailles, fréquentant le confident intime du prince, vous devez, et cela le plus rapidement possible, puisque le terrain brûle, y porter toute votre attention.

— Si je comprends bien, vous craignez certaine organisation religieuse, pour laquelle le prince montra toujours de la déférence.

— C'est cela, en effet.

— Que rien ne vous arrête, alors. Dans l'enivrement de leur orgueil et dans leur soif de jouissances, nos ennemis ont amené ce résultat sans exemple dans les annales des peuples et des révolutions, qu'isolés avec eux seuls, ils ont soulevé contre eux et le peuple, et le parlement, et le clergé; si bien que ces trois classes divisées sur tant de points, par tant d'intérêts, se rattachent aujourd'hui, à leur insu, entre elles, par un lien : la haine de l'ennemi commun.

— Ainsi les Jésuites?

— Les Jésuites savent qu'un édit est rédigé, près d'être signé, qui non-seulement les bannit du royaume, mais ordonne la confiscation de leurs immenses richesses.

— Et, sous le coup imminent, que font-ils?

— Ils se recueillent... prononça Ferrières avec une intonation pleine de réticences.

— Et le prince?

— Le prince ne croit pas qu'un pareil éclat, dans les temps difficiles que nous traversons, soit un acte de sagesse, ni de bonne politique. Il a osé faire entendre des remontrances. C'en a été assez pour rendre irrévocable la décision encore en suspens. Il s'est attiré, sans l'avoir recherchée, la reconnaissance d'une corporation redoutable : — quant à la rage de l'ennemi commun, elle lui était déjà acquise.

— Votre avis, dans ces conjonctures?...

— Mon avis?... C'est qu'en politique il faut saisir l'occasion aux cheveux; c'est qu'il n'y a pas de petit ennemi, ni d'allié à dédaigner. Acceptons tous les concours; triomphons, nous aviserons après.

L'homme noir évita de donner son opinion sur cette théorie; changeant de ton, il demanda :

— Monsieur de Ferrières, le conseil auquel j'appartiens a-t-il tenu vis-à-vis de vous ses engagements?

— Royalement. Ma cassette a été, depuis mon entrée à votre service, remplie sans discontinuité.

— Avez-vous de même tenu vos promesses?

— J'ose m'en flatter.

— Vos relations avec certains individus?...

— N'ont eu rien d'actif?... Je ne les ai vus que pour paralyser, ajourner leurs entreprises...

— Je le reconnais, il n'a été commis aucun de ces coups d'éclat, qui ont le mérite et le tort de mettre la ville sur ses gardes, et la police en émoi. Cependant, les larcins furtifs, les arrestations nocturnes n'ont pas cessé.

— Je n'ai pas dans ma poche tous les filous de Paris, répondit Ferrières d'un ton dégagé, et si je les avais je leur donnerais de l'air de temps en temps, il faut que tout le monde vive.

— Mais, ceux que vous tenez, comme vous dites, dans votre poche, c'est-à-dire sous votre main?...

— Ah! j'en conviens, si la bride reste encore serrée de cette façon, ils prendront le mors aux dents.

— Eh bien, comme vous le pensez, il faut que tout le monde vive. Il n'y a pas de mal, alors que nos projets avancent, à attirer l'attention ailleurs... Lâchez un peu la main...

— D'ici peu, vous serez content. Mes chevaliers, j'ose le dire, étonneront cet excellent M. Berryer.

— Tenez-vous bien, en ce qui vous concerne personnellement.

— Merci du conseil; la corde dont on me pendra n'est pas encore tressée.

— Il me reste deux choses à vous demander.

— Moi je ne vous en demanderai qu'une.

— Commencez alors.

— Si, pour ce que vous me faites faire, ou, pour ce que je fais pour mon compte privé, il m'arrivait de comparaître en justice et que vous eussiez quelque peu d'influence sur mes juges, vous tâcheriez qu'ils ne me fussent pas plus impitoyables qu'ils ne le furent naguère à ce bélître de Gauthier, qui, foi de gentilhomme! ne me vaut pas!

— Pourquoi me demander cela, à moi, quel rapport?...

— J'ai mes raisons. — Est-ce promis?

L'austère conspirateur se leva. Il étendit la main vers le christ mutilé, appendu à la muraille :

— La fin justifie les moyens, dit-il en pesant chaque syllabe; — en raison du concours fourni par vous à une entreprise généreuse, — marquis de Ferrières, si l'un des Seize fait jamais partie d'un tribunal appelé à vous juger, celui-là vous sauvera.

— Merci. A vous de poser vos conditions.

— Vous avez les éléments pour remuer la populace, mais il faut un instrument pour agir sur la bourgeoisie.

— Laissez-moi réfléchir et chercher; car s'il existe une difficulté elle est là. Nous ne sommes plus au temps de Charles VI et de Perrinet Leclerc... N'importe, je chercherai... Que vous faut-il ensuite?

— Si la pression exercée par les masses, si le cri populaire, si l'évidence de la situation n'amènent aucun changement dans les sphères d'en haut... Il faudra un homme.

Ce dernier mot sortit en frémissant des lèvres rigides du conspirateur, dont la prunelle ardente se fixa sur celle de Ferrières, lequel répondit sans partager, extérieurement du moins, cet émotion :

— J'y songeais.

— Un homme intrépide, discret, qui aille où vous lui direz : va!... Non pas un scélérat vulgaire; mais une nature à l'épreuve, qui, la résolution prise, ne recule devant rien, ne se laisse éblouir, étourdir par rien... qui ne vise que le but, et, le but atteint, se laisse, suivant le souffle du hasard, emporter en triomphe ou conduire au supplice.

Ferrières passa la main sur son front par un geste qui indiquait la réflexion.

— Il y a, dit-il, quelque part, un homme comme celui-là. Il m'appartient comme le damné à Satan. Depuis dix-huit ans passés il attend mon signal. Ce que je lui voudrai qu'il fasse, il le fera. On pourra passer sur son corps une herse, elle emportera ses lambeaux, et si je lui ai enjoint de se taire, il se laissera déchirer sans articuler une syllabe.

— Il nous faut cet homme.

— Certes, car je n'entrevois pas qu'aucun autre soit au même degré disposé pour votre dessein. Mais, pour le moment, j'ai perdu sa trace...

— Il importe de la retrouver; lâchez Gauthier à sa recherche.

— Non-seulement Gauthier, mais tous mes argus. C'est bien le moins que ces démons retrouvent Robert le Diable!

LA CAVE AUX RATS.

Lorsqu'il y a peu d'années, les grands travaux d'assainissement et d'embellissement de la capitale se portèrent sur le quartier des halles, ce fut, pendant dix mois, une promenade de curiosité pour les Parisiens d'aller visiter les terrassements exécutés sur la place de l'ancien marché des Innocents.

Ce quartier que notre génération n'a connu qu'avec les améliorations opérées depuis 1810 et qui le transformèrent une première fois, était en 1756 l'un des plus fangeux de Paris.

L'église et le cimetière des Innocents avoisinaient les halles et le pilori, qui subsista jusqu'au règne de Louis XVI. Dans l'origine, ils se trouvaient en dehors de l'enceinte de Paris, mais ils devinrent peu à peu le centre de l'agglomération septentrionale, et sous Louis XV, le cimetière recevait les cadavres de la population de vingt-deux paroisses.

Il se ressentait en outre de la proximité du marché, auquel il servait en quelque sorte de succursale. Il était bordé des quatre côtés par une galerie couverte, sombre, humide, peuplée d'écrivains publics, de marchands d'objets divers, et de fabricants de tombeaux.

L'air méphitique qu'on y respirait n'avait d'égal pour ses miasmes que celui des halles elles-mêmes. Ces halles n'étaient de leur côté que de grands, d'horribles charniers. On y marchait, dit un historien, sur des couches accumulées d'immondices et de détritus en putréfaction.

Les épidémies qui ravagèrent Paris à plusieurs époques, furent en grande partie attribuées à ce foyer pestilentiel. Les malheureux habitants ne cessaient d'en solliciter la purification, on n'avait pas alors d'oreilles pour ses plaintes. Les sybarites de Trianon se souciaient bien que l'on mourût empesté au milieu de la capitale, pour peu qu'il ne manquât ni de parfums dans leurs boudoirs, ni de fleurs dans leurs jardins.

On rapporte que, vers ce temps-là, un habitant de la rue de la Lingerie, dont la maison était contiguë à ce charnier, fut frappé, en descendant dans sa cave, d'une odeur si insupportable qu'il ne put y pénétrer. Des personnes résolues, après avoir pris des précautions, y entrèrent, et reconnurent que les murailles ayant cédé à l'effort des terres en contre-bas, des cadavres corrompus s'étaient éboulés dans cette cave. On envoya des physiciens pour purifier l'air, et la police, par l'entremise de la censure, fit défendre aux gazettes de rien dire de cet incident.

Ce sont les traces de ces caves, des galeries souterraines de l'ancienne église, les pierres gigantesques qui les soutenaient, que nous avons vu remettre au grand jour, puis combler définitivement en 1856, juste à un siècle de distance de notre récit.

Ferrières, sorti de son important colloque, se dirigea escorté de son éclaireur Gauthier vers cette rue de la Lingerie, dont il vient d'être question.

Depuis huit cents ans ce quartier était le plus mal hanté de toute la ville. La proximité du pilori, la vue du logis du bourreau, l'aspect sinistre du charnier, la fétidité des marchés accumulés les uns sur les autres, cette vieille église, dominant tout cela de ses murailles noires, comme un oiseau de deuil veillant sur les cadavres, — ces circonstances propres à éloigner les gens honnêtes et timides, offraient un invincible attrait aux autres.

Et puis, une localité de ce genre avait tant de ressources ! Le guet, la police, la maréchaussée le savaient si bien, qu'ils ne s'y montraient que pour la forme, afin de faire acte d'existence. S'ils y prenaient quelque chose, c'était de la racaille, des ivrognes, des gens qui se battaient, des voleurs novices, jamais rien qui valût leur peine.

Parmi les maisons très-hospitalières du quartier, il en était une, à l'angle de la rue de la Lingerie le plus rapproché des halles, qui ne fermait ni le jour ni la nuit. C'était un cabaret du dernier ordre, à l'enseigne du *Petit-Bacchus*.

Un ornemaniste avait décoré le linteau de la porte d'une façon de bas-relief représentant un homme obèse à califourchon sur une barrique, un gobelet d'une main, une grappe de l'autre.

Cette enseigne était un appât trompeur. On ne débitait pas du vin dans ce trou, mais un liquide abominable, corrosif, âpre au goût et aux entrailles, une sophistication qui rendait peu à peu les habitués imbéciles et paralysés.

Le *Petit-Bacchus* était tenu par un couple des mieux assortis, un ours et une louve. L'un valait l'autre. L'homme était plus fort, mais la femme était plus traîtresse ; l'un prenait par les épaules les gens qu'il fallait mettre dehors, l'autre les empoignait à la gorge. Quand il s'agissait d'une rixe dans la caverne, d'un ivrogne qui refusait de payer, l'homme allongeait un coup de poing qui écrasait le nez du récalcitrant ou lui enfonçait une côte ; la femme lui arrachait la figure en lui accrochant ses ongles dans les yeux.

L'installation de ce débit de poison, de mauvais propos et de coups traîtreux, était aussi sordide que primitive. La pièce du rez-de-chaussée, percée d'une porte basse et d'une fenêtre étroite garnie de barres de fer, avait tout à la fois l'aspect d'un chaix et d'un cabaret.

Le comptoir était en face de la porte ; des tables longues, avec des bancs de bois fixés comme elles au sol, pour plus de solidité, occupaient le centre du vaste carré ; des chantiers de barriques se dressaient le long des murs. Où fabriquait-on leur contenu ? L'ours et la louve gardaient là-dessus un inviolable secret. Le pressoir n'était probablement pas loin de la fontaine, ni la vigne loin du droguiste.

Le haut, un étage et un grenier, abondamment pourvus de litière, servait de chambre à des malheureux qui s'y enfournaient pêle-mêle, quand l'heure de dormir ou de cuver la boisson venait pour eux.

Il existait, indépendamment des chantiers du rez-de-chaussée, une cave, dont la trappe ostensible s'ouvrait en avant du comptoir.

La police, d'après de méchants bruits, des propos d'ivrognes, avait voulu plusieurs fois y opérer des descentes ; elle n'avait trouvé qu'un cellier en mauvais état, n'offrant d'ailleurs de suspect que de grandes cuves, destinées, disait le cabaretier, à la lessive, mais plus vraisemblablement à ses mixtions illicites.

C'était ce qu'on appelait dans l'endroit la cave au vin ; mais tout à côté, il y avait la cave aux rats, où le guet n'avait jamais mis le pied, grâce à sa porte d'entrée dissimulée avec une habileté rare.

Au fond du rez-de-chaussée, caché par les barriques amoncelées les unes sur les autres, un escalier noir, conduisait à l'étage supérieur. Or, les trois premières marches de cet escalier, unies entre elles comme un bloc et dépendantes des autres, tournaient sur un pivot et servaient d'entrée à un vaste caveau.

C'était fétide, sinistre, mais sûr comme pas un lieu d'asile. On y déposait les cadavres qu'il fallait cacher jusqu'au moment favorable pour les jeter par-dessus le mur du cimetière voisin; on y gardait les prisonniers, les cautions, on y tenait conseil.

Le cabaretier et sa femme n'étaient en réalité que les concierges de cet antre, et certes, les clefs ne pouvaient être en meilleures mains.

C'était entre ces murs suintants, sous cette voûte noire, à la lueur de cette lampe crépusculaire, sur ces bancs de pierre ou de bois, autour de ces billots, disposés à usage de table, que s'étaient depuis des années élaborés les attentats éclatants contre les personnes et contre les fortunes, dont le public s'effrayait d'autant plus qu'ils restaient impunis.

Lorsque Ferrières se retrouva avec Gauthier dans la rue Montorgueil :

— Eh bien, lui dit-il, es-tu toujours dans les mêmes dispositions ?

— Lesquelles, maître ?

— Celles de te faire pendre à mon service ?

— Plus que jamais !

— Je vais alors te montrer comment je récompense, comment je punis. Tu te régleras là-dessus.

Il l'amena au cabaret de la rue de la Lingerie.

Des éclaireurs jalonnés aux alentours, sous l'apparence de chiffonniers, de porteurs à la halle, de charretiers attardés, se repliaient à leur approche, échangeant au passage, les uns avec les autres, un mot de passe rapide.

— Tout va bien, dit Ferrières à son compagnon; s'il y avait apparence d'inquiétude, ces gens-là au lieu de descendre la rue la remonteraient.

L'entrée du maître et du serviteur ne causa aucun mouvement parmi les buveurs nombreux attablés dans la grande salle. On les laissa passer sans leur adresser un mot, en évitant même de les regarder, comme de simples vagabonds venus là chercher un gîte.

Un moins expert que Gauthier se serait demandé si son maître n'était réellement connu d'aucun de ces bohèmes.

Ferrières ne se donna pas non plus la peine d'adresser la parole au cabaretier. Celui-ci le suivit avec déférence, son bonnet de laine à la main, jusqu'au renfoncement obscur de l'escalier, dont il manœuvra le pivot.

Peu à peu, sans bruit, sans confusion, les trois quarts des buveurs descendirent sur les traces du maître.

Le surplus demeura en haut, comme un poste avancé.

Cette bande s'assit avec le même ordre sur les bancs. Il ne resta debout, au milieu du caveau, que Ferrières, Gauthier et les deux capitaines : Laraison et Estoc.

Tous les yeux se fixaient sur Gauthier, qui soutenait cyniquement cet examen.

— J'amène une recrue, dit Ferrières, ce coquin ne déshonorera pas l'association, j'en ai l'assurance, par les gages qu'il m'a déjà fournis. — Laraison, tu achèveras de le former; il est en état de recevoir les mots d'ordre. Le drôle ira loin, si M. de Paris lui en laisse le temps. — Va t'asseoir avec les camarades.

Gauthier obéit.

Ferrières se débarrassa des armes de sa ceinture; il les posa sur la table, et mit à côté un sac d'or, qu'il venait de recevoir de ses autres associés, tout cela avec la même simplicité que s'il se fût trouvé dans son hôtel, et que le guéridon de son cabinet eût été là à la place des billots de charpente.

L'honnête entourage conserva, de son côté, la tranquillité la plus parfaite, — la tranquillité du chat qui voit son maître assis à une table chargée de rôti : — Si le maître tourne les talons, gare le gigot !

— Nous avons bien des affaires, commença le chef. Ce vieux loup-cervier de Laraison m'est venu dire que vous aviez des vues sur certaine épargne, qui doit suivre la petite cour de Trianon, dans son prochain séjour à Choisy-le-Roi. Vous n'êtes pas dégoûtés, mes drôles ! J'avais conçu à la première vue des scrupules, mais j'ai réfléchi que vous creviez de faim la moitié du temps, que cet argent est précisément celui que les accaparements de grains procurent à Sa Majesté, et qu'en y tâtant vous ne feriez que rentrer dans votre bien. — Ainsi, accordé.

Une acclamation accueillit ce discours.

— Laraison, Estoc et moi organiserons la chose; si vous êtes sages, il y a de grandes chances de réussite; j'ai mon plan. Mais la seconde affaire est autrement sérieuse; j'y vois de bien plus grands scrupules.

« Comment, sacripants maudits, vous osez jeter un regard de convoitise du côté d'un couvent !... Fi, bélîtres ! C'est ce païen d'Estoc qui s'est imaginé de voler le bon Dieu des révérends pères Jésuites !... Ah ! j'en rougis.

« Cependant, eu égard à ce que ledit bon Dieu est d'or massif, incrusté de pas mal de rubis pour imiter le sang, d'émeraudes fines pour la couronne, et d'opales de première eau pour les larmes; — considérant en outre que les bons pères sont menacés d'exil et de confiscation, ce qui ne leur permettrait pas de conserver ces pieuses richesses; que d'un autre côté vous avez dépensé, gaspillé, prodigué, comme des brutes et des débauchés que vous êtes, le produit de nos précédentes opérations : — allons, accordé.

Nouvelle salve, si bruyante que les chaix placés au-dessus de la voûte en tremblèrent.

— Je dois vous dire toutefois, mes agneaux, que vous vous réjouissez bien vite ! L'affaire n'est pas faite. Les bons pères sont si dévots qu'ils ne laissent pas traîner les clefs de leur trésor. J'ai mûrement examiné la situation; à moins d'avoir des intelligences dans la place, rien de possible. Enfin, le diable est bien malin; recommandez-vous à Satan.

« Passons à autre chose. Où est le prisonnier ? »

Estoc ouvrit une cellule, une façon de trou dans lequel on déposait tour à tour les vivants et les cadavres. Il le souleva, par les cordes dont il était garrotté, le misérable ramassé dans la rue de la Friperie, le remit sur ses jambes, et le poussa vers la table, où il vint s'abattre.

Il était pâle, décomposé, à moitié mort; sa déplorable mine fut accueillie par un fou rire des bandits.

Il promena autour de lui un œil hagard, effaré, qui s'arrêta sur le chef.

— Sarpejeu ! s'écria celui-ci, c'est Dubois, le valet de pied de monseigneur de Choiseul !

— Grâce !... fut tout ce que put articuler le misérable.

— Tiens ! tiens ! tiens ! dit Ferrières de ce ricanement du tigre qui joue avec sa proie; je te soupçonnais fripon, mais pas encore mouchard !

— A mort! le mouchard!... vociféra la horde.

Ferrières leur fit signe de se taire.

— Pourquoi diable me suivais-tu, ce tantôt?

— Pour... pour savoir... balbutia Dubois.

— Pour savoir où j'allais, c'est clair; mais, dans quel but?... par quel ordre?... Je te préviens qu'il ne te servira à rien de mentir; ainsi, ne prends pas cette peine.

Le prisonnier regarda de nouveau les figures sinistres qui l'entouraient, l'horreur du lieu, l'impossibilité de fuir; il comprit sa situation.

— Je ne mentirai pas, dit-il. On soupçonne monsieur le marquis de conspiration avec Mgr le dauphin. On ne cherche qu'un prétexte pour l'arrêter et l'envoyer à Cayenne. Le blanc-seing est déjà aux mains de M. le duc. J'étais chargé de le suivre et de voir l'endroit où il se rend souvent la nuit, afin qu'on puisse l'y saisir avec les complices qu'il doit avoir.

— Pas mal!... Et, dis-moi, traître, tu n'es pas le seul chargé de cette honnête surveillance?...

— Oh! après moi, ce sera un autre, et ainsi de suite...

— Je ne crois pas.

— Vous ne croyez pas?...

— Non. Attendu que la façon dont ces messieurs, que tu vois là, vont t'accommoder, n'encouragera pas les faquins, tes amis, à accepter ton héritage.

L'espion, qui commençait à reprendre espoir, en raison de la tranquillité de son interrogateur, et de la sincérité de ses propres réponses, redevint livide.

— Je n'ai dit que la vérité, bégaya-t-il; je comptais... j'espérais... Miséricorde.

— Crois-tu à Dieu? fit le marquis.

— Certainement!...

— Eh bien, c'est à lui qu'il faut t'adresser... Moi, je ne puis rien.

— Quoi!... perdu!...

— Allons, qu'on m'en débarrasse.

Estoc se leva silencieusement. Il fit un pas vers le prisonnier, sur lequel il étendit ce biceps formidable auquel il devait son surnom.

C'était sinistre surtout à force de calme et de naturel. On sentait que tout ce monde n'éprouvait aucune agitation, étant dans son élément.

A la vue de ce bras velu, féroce, implacable comme celui d'une bête fauve, l'espion se rapetissa, s'affaissant peu à peu. Il ramena dans un effort désespéré quelque salive dans son gosier rigide, desséché; ainsi qu'il arrive aux quatre cinquièmes des condamnés en abordant l'échafaud.

— Grâce... pitié... je suis sincère... Ne me tuez pas... Non!... non... ne me...

— Faites-le donc taire, dit le chef, sans se départir du flegme qui ajoutait à la férocité de ses ordres.

Le bras suspendu s'abattit. La poigne de fer saisit la victime à la gorge. Un râlement succéda aux sanglots. Ce fut l'affaire de deux secondes.

Le bohème portant la victime à bout de bras, la rejeta dans la niche qui lui avait servi de cachot.

On entendit encore un bruit sourd, deux talons ferrés battant les dalles dans une convulsion décisive; un corps tombant sous le genou du bourreau; un cri rauque étouffé par la voûte.

Puis rien.

Estoc repoussa du pied la porte du réduit:

— Sacredieu! jura-t-il, je crois que le mauvais gars m'a mordu.

Il secoua sa main, l'essuya à sa souquenille, reprit sa place près de la table, à côté du maître.

Celui-ci se tourna vers Gauthier, qui, moins blasé mais non moins scélérat, avait goûté un plaisir de cannibale à ce spectacle:

— Voilà, lui dit-il, comme on en agit vis-à-vis des faux-frères et des espions.

— Il n'y a rien à dire à cela, répondit le nouvel initié, c'est de la bonne justice.

Les malfaiteurs ont généralement des correspondances actives. On trouva dans cet antre tout ce qu'il fallait pour écrire.

Ferrières choisit la plus large feuille de papier, pour y tracer quelques mots en gros caractères.

Il la tendit ensuite à Laraison, le docteur de la bande, qui lut à haute voix.

DUBOIS,

VALET DE CHAMBRE DE MONSEIGNEUR LE DUC

DE CHOISEUL,

PUNI POUR ESPIONNAGE.

Ferrières ajouta:

— Cette charogne sera déposée aussi en évidence que possible au pied de la grande croix du cimetière. On lui fixera au moyen d'un couteau cet écriteau sur la poitrine. Il faut que ce bon M. Berryer ne puisse pas se méprendre sur la cause de son trépas.

— Cela sera fait, répondit Laraison; l'audace est le plus sûr moyen d'obtenir l'impunité: *Audaces fortuna juvat*; la chance est le Dieu des gens hardis.

Ferrières attira à lui le sac plein d'or. A mesure qu'il en dénouait les cordons, les yeux des bêtes fauves qui l'entouraient s'allumaient dans la pénombre. Le cou tendu, les mains agitées, ils semblaient prêts à s'élancer sur ce trésor.

Il n'en alla pas plus vite.

— Voici d'abord, dit-il en comptant deux petites piles, la part des capitaines.

Laraison et Estoc s'en saisirent avec un grognement sourd, — celui du tigre auquel on jette sa pâture.

Ferrières fit une autre pile beaucoup plus forte, qu'il isola au milieu de la table; de manière que tout le monde la vit bien. Puis, il dit:

— Allons, à présent, aux plus pressés.

Tous se dressèrent, mais ils connaissaient leur homme; loin de s'élancer à la curée, ils défilèrent dans un ordre irréprochable, recevant chacun leur contingent.

Gauthier eut le sien comme les autres.

— Le sac est vide, dit le chef; il ne reste plus que ceci, le gros lot, mes forbans; le voici en place.

Il reprit la pile, la fit ruisseler, miroiter, tinter, pour exciter les convoitises, avant de la remettre dans le sac.

— Ce sera, ajouta-t-il, la récompense du limier qui découvrira à Paris ou ailleurs un coquin qui portait naguères, — car il n'est pas probable qu'il l'ait conservé, — le joli nom de *Robert le Diable*, et qui, en fait de scélératesse, serait votre maître à tous!

FIN DE LA PREMIÈRE PARTIE

DEUXIÈME PARTIE

I

A LA RECHERCHE D'UN PERRINET-LECLERC

Le marquis de Ferrières n'était pas homme à se tenir pour battu auprès de la fille du mercier, par la moue qu'elle lui avait faite et aussi par l'insuccès de ses deux messagers.

Il attribuait ces échecs à un dépit aisé à comprendre, tout en restant fort intrigué sur la manière dont la pauvre petite s'était tirée de la bagarre.

Il prétendait avoir le cœur net de cette affaire déplorable ; mais pour cela il fallait absolument voir Geneviève, l'entretenir le temps nécessaire et assez tranquillement pour lui donner des explications, lui faire accepter des excuses, et l'apaiser ; — c'était une séduction à reprendre en sous-œuvre.

Or une telle entrevue n'était pas facile. S'il se fût agi d'une grande dame, rien n'eût été plus aisé que d'acheter ses valets ou sa camériste. Mais chez ces stupides bourgeois, comme notre roué les appelait avec plus de rage que de dédain sincère, on ne trouvait qu'un entourage incorruptible.

Allez donc faire une ouverture de ce genre à mère Jeanne !

Le jeune Louis était de son côté un puritain trop réservé, trop froid, — suspect d'ailleurs, comme tous les premiers commis, de visées sur la fille de son patron, — du moins, le marquis raisonnait ainsi, d'après le vulgaire usage, ignorant que Louis n'avait jamais vu qu'une sœur dans Geneviève.

Se confier à la vieille servante, autant se jeter dans la gueule du loup. La brave femme était tellement étrangère à cette sorte de services, qu'elle commencerait par appeler son maître.

Qui restait-il ? Becdassée ? Un gamin, un espiègle, un bavard.

Dans son embarras, le marquis résolut de tenter l'aventure de ce côté, si imprudent que cela parût. Il n'avait pas le choix. Sa déconvenue, pareille à une mystification, irritait son caprice. Les sarcasmes de la triomphante Sainte-Foy achevaient de le dépiter.

Et puis, il trouvait un plaisir piquant à mener cette intrigue galante de pair avec les opérations capitales engagées par lui sur d'autres points. Son amour-propre se complaisait dans ces complications, dans ces contrastes. Tous les ressorts de son imagination une fois en jeu, loin de se contrarier s'excitaient l'un l'autre, et n'en fonctionnaient que mieux.

En désespoir de cause, il se rejeta donc sur Becdassée.

— Ce sera bien le diable, pensa-t-il, si moyennant un écu, je ne délie pas la langue de ce drôle qui ne demande qu'à jaser à tort et à travers. Je veux m'en faire un allié ; le moins que j'en puisse tirer ce serait des renseignements sur la belle irritée.

Partant de là, en homme expert, il ne songea pas à affronter de nouveau à la légère le courroux encore vivace de sa conquête en perspective. Pour voir un personnage d'aussi mince importance que le saute-ruisseau du *Rouet d'argent*, il ne fallait pas de grands frais d'imagination.

Il envoya simplement Jasmin porter la commande de divers menus objets, en demandant qu'on les fît porter à son hôtel, par le petit coureur de la maison.

Jasmin ne demandait pas mieux que d'aller chez les Navelier, c'était la course pour laquelle il montrait le plus d'agilité. Son maître, après lui avoir, comme on se le rappelle, exprimé le regret de ne s'être pas ouvert plus tôt à lui de ses desseins sur la jolie mercière, ne lui cacha pas cette fois le motif de cette commission.

L'impassible valet approuva l'idée, avec le flegme qui constituait sa force. Il s'acquitta de la commission.

Mais, lorsqu'arriva la réponse, il entra chez son maître avec une surprise parfaite pour lui annoncer que, malgré ses instructions, ce n'était pas le dernier, mais le premier apprenti qui apportait ses colifichets.

Ferrières ne dissimula pas un geste d'impatience. Il avait déjà sur les lèvres l'ordre de renvoyer Louis, sans le faire entrer.

Il se ravisa aussi vite. En vrai général d'armée, il savait profiter de tout, même de ce qui contrariait ses plans.

— Bonjour, mon cher Louis, dit-il ; bonjour.

— Je suis venu, moi-même, dit le jeune homme, prévenant les questions, parce que maître Navelier a pensé que je recevrais mieux vos observations, si vous en faisiez, que cet étourdi de Becdassée. Vous savez, monsieur le marquis, combien le maître tient à vous satisfaire...

— C'est pour m'être agréable qu'il vous envoie ?.. vous lui direz que je l'en remercie ; en effet, cela me fait grand plaisir.

— Monsieur le marquis est vraiment d'une obligeance... dit le jeune homme avec un naturel d'autant plus parfait qu'il ne soupçonnait pas que Jeanne, à l'instigation de Jasmin, l'eût envoyé pour autre chose.

Ce dernier se tenait debout, près de la porte. Son maître lui fit signe de sortir. Il hésita, et répondit par un autre signe indiquant le désir de dire un mot au marquis.

Celui-ci comprit.

— Que veux-tu ? lui demanda-t-il en se rapprochant de lui et en le poussant vers la pièce voisine.

— Ce garçon ne sait rien, monsieur le marquis. N'allez pas lui confier...

— Pauvre sot ! Il ne s'agit pas de cela, sois tranquille. Et il revint alors, s'assit nonchalamment près de la table sur laquelle le jeune homme développait les aiguillettes, les gants, les ferrets dont il était porteur.

— Parfait... Très-bien... C'est cela même, répondait M. de Ferrières à chaque explication de Louis.

Mais il ne regardait pas un seul des objets ; son attention se concentrait sur le commis, et non sur la marchandise.

Une pensée, un dessein profond, tels que lui en suggéraient les circonstances difficiles, se développaient en lui, et prenaient ce jeune homme pour sujet.

Celui-ci continuait avec une rare conscience sa nomenclature, sans voir l'intérêt dont son client l'honorait.

— Ainsi, dit-il en finissant, monsieur le marquis trouve tout cela de son goût.

— C'est irréprochable, mon ami.

— Je pense aussi qu'il ne se plaindra pas du prix.

— Fi ! répliqua Ferrières, en jetant son regard distrait sur le total de la note, ai-je donc l'habitude de marchander !... Payez-vous, mon cher Louis.

Il souleva le couvercle d'un coffret en bois de rose, à demi plein de pièces d'or et d'argent.

Louis en tira du bout des doigts la somme due, fit à même sa poche l'appoint de la dernière pièce, le mit dans le coffret, laissa la somme étalée sur le guéridon avant de la serrer et dit :

— N'est-ce pas bien cela ?

— Sarpejeu ! répondit Ferrières en détournant la tête, croyez-vous que je vais compter après vous !

— Monsieur le marquis n'a plus besoin de moi ?

— La ! la ! mon jeune ami, êtes-vous donc pressé ! Je n'ai plus besoin du marchand, mais ce n'est pas une raison pour le visiteur de se sauver si vite ! — Eh ! voyons, asseyez-vous un instant, que diable !

Louis, bien qu'un peu surpris, se rendit à ce désir, sans gaucherie ni timidité.

— Que dit-on des affaires ?— commença le marquis.

— Pas grand'chose. Le carnaval, les bals ont un peu ranimé les nôtres, — je parle de celles du commerce de la toilette de luxe, — mais le surplus souffre.

— Tous ceux que j'interroge en disent autant, mais ils vont plus loin que vous, ils se plaignent des auteurs de ce malaise, de cette ruine. Et savez-vous, mon jeune ami, qui ils accusent !...

— Monsieur le marquis étant de la cour, doit connaître cela mieux que moi.

— Oh ! ce n'est pas une raison !... D'abord, je ne vais plus, depuis longtemps, qu'à Versailles, et le prince que j'ai l'honneur d'y voir n'est pas de ceux que le peuple méconnaît.

— Monseigneur le dauphin ! s'écria vivement le jeune homme ; je le crois bien !... Voilà un prince éclairé, généreux, moral !

— Vous me ravissez, jeune homme ! Vous estimez ce qui est vraiment estimable.

— Le prince est mon parrain, monsieur le marquis, répliqua Louis avec une certaine fierté.

— Oh ! de mieux en mieux ! s'écria Ferrières à l'unisson, le regard animé. Vous le connaissez alors aussi ?

— Lui et monseigneur le comte de Muy sont mes deux protecteurs, mes bienfaiteurs.

Cette découverte inattendue causa à M. de Ferrières une joie qu'il exprima hautement, car elle semblait venir en aide à ses desseins.

— Nous sommes alors alliés, mon cher Louis ; je professe pour Son Altesse et pour son éminent conseiller un dévouement que j'ose dire sans bornes, quoiqu'il m'expose chaque jour à des persécutions dont vous n'avez pas l'idée, vous qui vivez en dehors des cours. — Vous me disiez donc que les Parisiens souffrent, murmurent, aspirent à la fin de leurs misères, dont ils connaissent et maudissent les fauteurs ?

— Oh ! pardon, monsieur le marquis, c'est vous qui disiez tout cela, interrompit avec simplicité le jeune homme. Moi, je n'entends rien à la politique, mais absolument rien ; je suis trop jeune ; d'ailleurs ce n'est pas dans mes goûts.

— Trop jeune ?... reprit avec une inflexion de reproche amical le tentateur, n'avancez-vous pas vers la vingtaine, l'âge des généreux élans, des chaudes aspirations ! Pas de goût ?... mais quand vous plaignez le sort des innombrables ouvriers sans travail, de la multitude sans pain, vous vous associez, sans y songer, par un élan naturel, à leurs doléances, à leurs légitimes récriminations.... à leurs malédictions !

— Que dites-vous là, monsieur ! se récria le jeune homme effrayé de la violence d'un tel langage.

— Ce que vous entendez tous les jours, sans vous en rendre compte, parce qu'on le murmure sous une autre forme, à laquelle vos oreilles sont faites. — Vous êtes actif, capable d'énergie, si j'en juge d'après votre physionomie, moi qui m'y connais. Une preuve, d'ailleurs, c'est l'influence que vous accordent vos collègues, vos amis, les apprentis passementiers, les aspirants à la maîtrise, dans vos réunions ; ils vous consultent, ils vous écoutent... N'est-ce pas vrai ?

— C'est vrai, répondit Louis avec simplicité.

— Eh bien ! moi aussi je vous consulte, moi aussi je veux vous écouter...

— Vous, monsieur le marquis ?... Moi, un humble commis ?...

— Vous devez connaître assez l'histoire de Paris, pour vous rappeler les grandes époques où la jeunesse des écoles et des métiers amena, par ses démonstrations, des réformes utiles, fécondes dans l'administration du royaume.

— C'est toujours de la politique cela, — la chose dont je me mêle le moins ; et je ne vois pas où vous voulez en venir.

— De la politique !... Mais tout en est, mon jeune ami ! Quand vous parlez des gaspillages de Trianon, qui grugent les impôsés ; des accaparements de blés, qui affament le peuple ; des mœurs dissolues de la cour, qui désolent les familles, c'est de la politique. Vous flétrissez les abus, — mais ce n'est qu'une moitié de votre tâche.

— Et l'autre ?...

— L'autre est de les renverser.

A ce mot, le marquis et le jeune homme se levèrent par une impulsion spontanée, tant Ferrières mettait d'énergie dans sa voix et dans son accent.

Mais chez lui c'était enthousiasme, sincère ou fictif ; chez son auditeur, c'était inquiétude.

— Me proposez-vous donc de conspirer !... s'écria-t-il.

— Conspirer ?... c'est un mot cela ; un mot bien

gros, dont on effraye les enfants et les femmes, mais dont la jeunesse de Paris n'a jamais eu peur !

— Excusez-moi, monsieur le marquis, je ne suis pas à la hauteur de ces grandes idées ; je compte encore parmi les enfants ; elles m'épouvantent.

Le marquis le regarda de son air méphistophélique :

— Vous ne m'étonnez pas, vous m'affligez, Louis... Ah ! c'est, à votre insu, l'égoïsme qui domine en vous.

— L'égoïsme !

— Eh oui ! vous voilà tous, gens du commerce ; on vous parle des souffrances générales, — que vous importe ! la mercerie de luxe ne va-t-elle pas bien ! — Du peuple affamé, bast ! il y a toujours de quoi acheter du pain dans vos comptoirs ! — des familles déshonorées, désolées par de royales débauches ; bagatelles, si votre foyer est resté pur et intact !

Louis, pensif, inquiet, reprit son chapeau sur la table. Il se disposa à se retirer, sans relever cette fougueuse apostrophe.

— Adieu, mon jeune ami, lui dit Ferrières ; je ne vous en veux pas, ce n'est pas la sagacité qui vous manque, c'est l'expérience. — Priez Dieu qu'elle n'ar-

LESÊTRE PÈRE.

L'apprenti ouvrit enfin les yeux. (Page 98, col. 2.)

rive pas ; car le jour où ces désordres, ces abus, ces crimes vous atteindraient à votre tour, peut-être bien vous étonneriez-vous alors, en vous rappelant cet entretien, non de ce que vous appelez ma violence, mais de ma modération. — Oui, plaise à Dieu que cela n'arrive pas ! — mais si, — car en des temps comme les nôtres, il faut tout prévoir, — si cela arrivait, revenez, je pourrais vous être bon à quelque chose ; — pourvu que vous n'attendiez pas trop tard !

Louis voulut balbutier quelques mots, le marquis ne lui en laissa pas la peine, il lui serra chaudement la main, en le reconduisant, par une attention particulière, jusqu'à l'antichambre.

Louis sorti, le marquis resta un moment l'œil attaché sur la porte, comme s'il le suivait à travers les panneaux de chêne. Ses lèvres murmuraient quelque chose comme ceci :

— Sarpejeu ! tout est possible dans ce temps !... Qui sait, j'ai peut-être mis la main sur mon Perrinet-Leclerc ! Non !... non, je n'ai pas perdu ma journée.

Cette idée lui fit oublier un moment que c'était un autre qu'il avait compté voir, et une autre espèce de corruption qu'il avait voulu opérer.

I

LE VIDAME ACCOMMODE SES AFFAIRES

Un jour que Jasmin allait de la part de son maître chez mademoiselle de Sainte-Foy, il se croisa sur le pas de la porte avec M. d'Estissac, qui sortait d'une allure dégagée, et avec un certain sourire de fatuité sur les lèvres.

L'air dont il salua de la main le valet de son cher ami, le marquis de Ferrières, ne pouvait appartenir qu'à un homme très-heureux.

Jasmin, qui n'était pas un sot, en demeura frappé. Comme un philosophe, il se demanda, avec plus de curiosité que d'inquiétude, il faut le dire, s'il ne fallait pas voir dans cette satisfaction l'indice d'un grand progrès du vidame auprès de la comédienne.

Il n'aurait pas été fâché de savoir jusqu'où cela s'étendait.

Avec le vidame on se permettait bien des choses qu'on n'eût pas osées avec un autre ; le vieux roué, corrompu jusqu'à la moelle, souple jusqu'au servilisme, était l'homme le plus loquace et le plus expansif quand son amour-propre y trouvait profit, ou quand il ne s'agissait pas des trames de sa basse ambition.

Pour l'heure, il ne demandait qu'à parler.

— Bonjour, mon garçon, dit-il à Jasmin. — Ce cher marquis va bien ?...

— C'est une question qu'on n'a pas besoin d'adresser à monsieur le vidame, la fraîcheur et la jeunesse resplendissent sur son visage.

— Flatteur !...

— Monsieur le vidame sait bien que je suis incapable de mensonge.

— Vraiment, tu me trouves ?...

— Il n'y a pas un de nos roués les plus sémillants auquel monsieur le vidame me rendit des points ce matin.

— Ce bon Jasmin !... fit le gouverneur des levrettes, pris ainsi par son endroit sensible. J'ai toujours du plaisir à te rencontrer.

— Moi de même, monsieur le vidame, plaisir et honneur, et mon maître donc !... Je ne venais dans le logis de mademoiselle Sainte-Foy que tout exprès pour savoir de vos nouvelles, M. le marquis se plaignant de ne pas vous voir depuis des siècles.

— Je le reconnais à une telle attention ! Tu lui diras que le temps me tarde non moins qu'à lui ; Angélique se plaint fort de la rareté actuelle de ses visites. Quant à moi, les affaires... j'en suis écrasé ! Ah ! mon pauvre Jasmin, qu'un gentilhomme bien en cour a de mal !

— Pour un grand seigneur comme monsieur le vidame, il n'en saurait être autrement.

— Tiens, fripon, mets cela dans ton gousset.

Largesse inouïe, témoignage d'une préoccupation ou d'une satisfaction sans exemple, — le vidame glissa un demi-louis dans la main du valet.

— Généreux comme nos jeunes seigneurs ! murmura Jasmin, assez haut pour que le vidame n'en perdît rien.

Celui-ci, dans un moment d'hésitation oscilla, de toute sa haute taille, entre la sortie et l'antichambre, puis il se décida pour la dernière.

Repoussant du bout de sa canne la porte entr'ouverte, il prit amicalement Jasmin par le petit bout de l'oreille, le ramenant au milieu de la pièce.

— On te cite comme le modèle des serviteurs, lui dit-il, je t'en loue ; la discrétion est une vertu méritoire, car elle devient fort rare, aussi ne te demandé-je pas les secrets mignons de ton maître. Mes propres affaires céans vont d'ailleurs à souhait.

— Cela n'étonnera personne.

— Cape di Dious ! je voudrais voir que l'on s'en étonnât !... La place capitule peu à peu...

— Ah ! en vérité, l'on en est aux capitulations, fit Jasmin, auquel le ravissement du vieux roué avait d'abord inspiré une idée plus avancée.

— On capitule ! répéta avec une fatuité majestueuse le gouverneur des levrettes. Mais il y a eu des orages.

— Les forteresses ne se rendent pas sans tirer le canon.

— Tiens ! le mot est joli... joli ! Je te l'emprunterai.

— C'est-à-dire que vous me le reprendrez, car il vient de monsieur le vidame.

— De moi ?

— Vous le fîtes tout à l'heure ; c'est certain.

— Au fait, je crois me le rappeler ; eh bien, je le répéterai ce soir à Trianon. Revenons à nos moutons. Croirais-tu que certains roués, jaloux de la façon dont on m'accueille ici, m'avaient mis martel en tête ?

— Comment cela ?

— Ils prétendaient que ton maître et Angélique... et patati... et patata... Ah ! mais, j'ai voulu en avoir le cœur net ! Si bien...

— Si bien ?

— Que j'ai exigé des explications de ma divinité.

— D'elle-même ?

— Voilà comme je suis, bagasse ! D'autres auraient tergiversé, cherché querelle aux impertinents... moyen détestable, je vais droit au fond... — J'ai interpellé Angélique.

— Qui s'est défendue ?

— Qui s'est justifiée ; blanche comme neige ! tendre brebis ! Ce n'était pas difficile, puisque cet excellent ami a le cœur complétement pris ailleurs.

— Ah ! vous savez...

— Je sais tout, mon drôle. Le marquis ne peut pas courtiser la Sainte-Foy, attendu qu'il perd l'esprit pour une autre. Ah ! ah ! ah ! je puis dire que j'ai joyeusement ri ce matin !... Eh bien, cape di Dious ! tu ne fais pas chorus !... Ah ! tu ne t'attendais pas, mon sournois, à me voir si bien instruit.

— J'avoue... balbutia Jasmin.

— Certes, la petite passementière est un morceau friand...

— J'atteste... monsieur le vidame...

— Tu avoues, tu attestes... On sait ce qu'on sait. Ah ! par le sambleu ! Ce coquin de marquis !... C'est égal, s'il a du goût, il n'a pas de chance.

— Comment, pas de chance ?...

— Non, non, je veux dire, reprit M. d'Estissac, auquel il venait d'échapper un mot de trop, je veux dire que la petite paraît sage, et qu'il n'a pas de chance de réussir... — Bonjour, mon garçon, au revoir. Et le vidame s'esquiva.

Jasmin réfléchit sur ses dernières explications. Elles lui causaient une vague inquiétude.

Il monta à l'appartement de la comédienne, résolu à tenter un coup, pour en savoir davantage.

En bon diplomate, il s'amusa d'abord à conter fleurette à la camériste. Mais elle ne lui apprit rien de plus que les détails de la querelle du vidame et de sa maîtresse, querelle glorieusement terminée par le triomphe de la comédienne, l'aplatissement radical du roué cacochyme et platonique.

Admis auprès de la comédienne, Jasmin entra brusquement en matière :

— Mademoiselle, je viens vous réclamer vingt louis.

— Plaît-il ?

— Mademoiselle n'a pas oublié ce qu'elle me dit, certain soir, à cette même place... que je pouvais gagner cette somme...

— Ah oui ! oui ! oui !·fit la jeune femme en riant d'un air fin ; je me rappelle...

— Alors, mademoiselle...

— Tu t'es donc décidé, mon garçon...

— Le désir d'être agréable à une personne...

— Ce brave Jasmin !... — Décidément, elle raillait.

Il le sentait bien, mais il importait, pour arriver à son but principal, qui n'était pas l'argent, de ne pas paraître s'en apercevoir. ·

— Certainement, j'aime M. le marquis ; mais dans son propre intérêt...

— Tu ne serais pas fâché de toucher la prime...

— L'un pouvant se concilier avec l'autre. ,

— Quel malheur !

— Mademoiselle dit ?...

— Que ta conscience s'est décidée trop tard.

— Vertu de ma vie !

— C'est ainsi. — Que t'avais-je promis ? de te donner vingt louis si j'apprenais par toi que Frédéric me fût infidèle avec cette petite bourgeoise ?

— Eh bien ?...

— Eh bien, tu vois que je le sais, — conséquemment, je le tiens d'un autre.

Jasmin se gratta l'oreille, de l'air d'un homme fort contrarié.

— Diable ! diable ! murmura-t-il. ·

— Cependant, reprit la Sainte-Foy, je ne suis pas injuste, si tu m'apportais quelques détails sérieux...

— Mademoiselle, c'est dans l'intérêt de mon maître, au moins !

— Parbleu ! riposta la Sainte-Foy.

— Oui, continua Jasmin, j'entrevois pour lui, dans cette liaison indigne d'un gentilhomme, des ennuis, des dangers peut-être. Je voudrais que vous m'aidassiez à l'en détourner.

— Tu sais donc quelque chose ?

— Et vous, mademoiselle ?

— Oh ! moi, rien.

La comédienne prit négligemment sur la cheminée une bourse en filet de soie, brodée de paillettes d'or à son chiffre.

— Tiens ! fit-elle se parlant à elle-même, le vidame a oublié là sa bourse... Très-bien garnie, ma foi ! — Vois donc, c'est de l'or, tout battant neuf.

Elle en fit, du bout de ses doigts effilés, tomber plusieurs échantillons que le valet ramassa sur le tapis, et qu'elle lui fit signe de garder.

Jasmin était, au milieu de ce monde corrompu, dans cette situation étrange que l'on n'aurait pas cru de sa part à une manœuvre loyale, désintéressée, — mais qu'on trouvait tout naturel qu'il agît par cupidité.

Il parut donc céder à ce sentiment, si éloigné de la noblesse de son âme, et dissimulant avec des êtres dissimulés :

— J'ai confiance en mademoiselle, dit-il, mais je voudrais qu'elle me jurât de ne pas dire, si elle en fait usage, de qui lui vient ce que je veux lui remettre.

— Quel amphigouri est-ce là !... Pour qui me prends-tu ?

— Mademoiselle consent-elle à jurer ?

— Je jure ! fit-elle d'un ton emphatique un peu goguenard, avec geste tragique à l'appui.

— C'est une pièce à conviction.

Il déposa devant elle, sur un guéridon, les morceaux de la lettre déchirée par Geneviève.

Ce fut l'étincelle qui ranime un incendie·assoupi. Elle se saisit de cette proie, étala chaque fragment, et, dirigée par sa jalousie, les réunit prestement, de manière à les lire.

— Le traître !... s'écria-t-elle ; puis, elle s'emporta en un éclat de rire exaspéré.

Le valet de son infidèle la considérait attentivement, dans l'espoir qu'il sortirait quelque chose de cette crise.

— Jasmin, dit-elle, si ton maître te chasse, je te marie à Justine, tu entreras à mon service.

Il s'inclina avec reconnaissance.

— N'est-ce pas, mademoiselle, reprit-il, que cette passion absurde peut entraîner M. le marquis dans de méchantes affaires ?

— De ce côté-là, répondit-elle frémissante de colère, sois tranquille, il ne la tient pas encore, sa mijaurée.

— Ah ! tant mieux. Mais s'il persiste à courir après ?

— Oh ! oh ! je lui prédis qu'il pourra courir loin et longtemps.

— En vérité ?

— N'as-tu point rencontré le vidame en venant ici ?

— En effet.

— Eh bien, pour la première fois, ce sot personnage a eu une bonne idée...

— Puis-je savoir ?... demanda Jasmin légèrement inquiet.

— Plus tard. Mais sois certain que si la belle mercière appartient d'ici peu à quelqu'un, ce ne sera·pas à M. de Ferrières.

III

ANGOISSES DE L'ABSENCE

Les dernières paroles de mademoiselle Sainte-Foy excitèrent les appréhensions de Jasmin. Connaissant la corruption raffinée de la société au milieu de laquelle il luttait, l'honnête garçon entrevit pour la maison dont il s'était institué le protecteur des périls, des épreuves, des chagrins autrement graves que ceux auxquels elle avait déjà échappé.

Le pire de tous, c'était le mystère dont la trame restait enveloppée.

La comédienne avait raison, le vidame s'était racheté d'une disgrâce imminente, par un trait d'intelligence, — mais d'une intelligence corrompue jusqu'à la putréfaction.

Jasmin avait beau se multiplier, il se sentait dans la position la plus difficile. Il n'était pas libre de son temps, ni de sa personne ; il lui fallait observer de tous les côtés à la fois, voir, entendre, deviner et surtout conserver les avantages de sa réputation de réserve et d'indifférence.

Dans la maison Xavelier, c'était autre chose. Sauf Jeanne, à qui se confier ? Et encore, jusqu'à quel point s'ouvrir à elle de ses appréhensions ? — Il devait un secret inviolable au repentir de Geneviève, et tout convaincu qu'il fût de l'imminence du danger, il ne pouvait le définir ou du moins prévoir sous quelle forme il se présenterait.

Qu'on veuille bien remarquer encore, à l'honneur de sa droiture, qu'il n'avait dévoilé à mademoiselle Sainte-Foy les intrigues de son maître qu'après avoir acquis la certitude, par M. d'Estissac, qu'elle les connaissait déjà.

Ce n'est pas qu'il eût hésité, si le repos de ses amis eût dépendu de cette confidence. Mais, en philosophe qu'il était, il ne hasardait jamais rien, et tant que la chose lui paraissait conciliable avec sa conscience et surtout avec ses plans intimes, il montrait un dévouement aveugle à l'homme qui payait ses services.

Sa vie ayant un but, sa présence auprès du marquis de Ferrières était un des sentiers qui y conduisaient.

Aussitôt qu'il se trouva libre, il courut rue Saint-Denis.

L'activité régnait comme d'habitude au Rouet-d'Argent. Maître Navelier et Louis suffisaient à peine à servir les chalands. Jeanne siégeait au comptoir.

Paris a toujours été le même, le monde suit le monde, où est le vogue on se précipite. Cette fois, l'aveugle divinité favorisait des gens qui méritaient ses faveurs; exception assez rare.

Jasmin ne fut pas fâché de pouvoir parler, sans témoins, à la caissière.

— Où est Geneviève? lui demanda-t-il.

— Sortie.

— Seule?

— Non pas, avec Becdassée. Une affaire pressée et importante.

— Affaire de commerce? répliqua vivement Jasmin.

— Une commande magnifique, car vous savez qu'elle ne sort jamais pour ces sortes de choses. Mais vous semblez tourmenté, contrarié?

— Dites inquiet?

— O mon Dieu! vous arriverait-il un malheur?

— Je crains que mes amis n'en soient menacés, et c'est tout un.

— Savez-vous que je vis dans les transes, depuis que vous m'avez recommandé cette surveillance?... Au moins, pouvez-vous me fournir des renseignements qui me guident?

— Eh! c'est là le mal, je ne peux que vous dire une chose : méfiez-vous de tout, Jeanne.

— C'est à faire trembler... Tenez... vous me donnez peur... je regrette d'avoir laissé aller cette enfant.

— Est-elle donc partie si loin? Il ne faut pas non plus s'exagérer les choses.

Jeanne lui expliqua alors que, dans la matinée, une chaise élégante, portée par des laquais galonnés, accompagnée par un vieux seigneur, de tournure distinguée, d'une tenue respectable, s'était arrêtée à la porte.

Ce que Jeanne savait, on le lui avait expliqué, car elle ne se trouverait pas à la boutique en ce moment.

Une dame de la meilleure façon, élégante avec goût, charmante, souriante, était descendue de la chaise. Appuyée légèrement sur le vieux seigneur, qui lui témoignait un respect profond, elle était entrée.

Répondant avec la grâce d'une vraie grande dame à l'empressement du mercier et des commis, elle s'était assise non loin du comptoir, en adressant à Geneviève, qui s'y tenait alors, un sourire aimable.

Puis, elle avait demandé des dentelles, des rubans, divers menus objets de toilette féminine, choisissant avec tact ce qu'il y avait de mieux et consultant volontiers la jeune fille sur ses choix.

La séance dura longtemps; cette dame allait, dit-elle, être marraine, il lui fallait de quoi se faire une toilette pour elle-même, des cadeaux à offrir à l'accouchée et les accessoires d'une layette princière.

On avait tout remué dans les rayons. Elle se montrait ravie, et complimentait son compagnon de l'avoir conduite dans un endroit aussi bien assorti. Ses choix terminés, elle insista pour payer de suite, quoiqu'elle n'emportât pas ses acquisitions.

Après avoir discrètement, par quelques mots obligeants, félicité le maître de la maison sur la grâce de sa fille, elle exprima le désir que celle-ci accompagnât le commis qui lui apporterait ses achats. Elle voulait se faire essayer par elle-même les plus délicats, et la consulter sur l'emploi à donner à d'autre colifichets.

Un refus était impossible, de pareils petits services étaient journellement réclamés par les clientes du Rouet-d'Argent, et c'était tantôt Jeanne, tantôt Geneviève qui se rendait auprès de ces dames.

Celle-ci regrettait beaucoup de n'avoir pas pris son carrosse au lieu de sa chaise, elle eût évité à l'aimable marchande une course assez longue, car l'hôtel dont elle donna l'adresse se trouvait au faubourg Saint-Germain, dans la rue Saint-Dominique. — Son nom, la comtesse de Valbreuse.

Quand Jeanne, elle-même absente, nous l'avons dit, pour une autre affaire, rentra, on achevait l'empaquetage de l'importante commande, Becdassée se chargea des cartons, Geneviève, un gracieux bonnet sur le chignon, un mantelet sur les épaules, se disposait à sortir.

Tout cela était si simple, si ordinaire, si insignifiant que sans les recommandations de Jasmin et son air soucieux, Jeanne ne lui en aurait pas dit un mot.

Ce fut son propre avis; Geneviève était partie depuis deux bonnes heures, mais le trajet était long, il fallait bien cinq quarts d'heure seulement pour l'aller et le retour; pour peu même que les causeries sur les chiffons, les essayages des colifichets se prolongeassent, on ne devait pas l'attendre encore de si tôt.

Personne ne pouvait concevoir d'inquiétude; d'ailleurs, elle avait un excellent compagnon.

Le coup de feu de la vente fini, maître Navelier vint se joindre à la conversation, qui roula alors sur toute espèce de sujets, hormis sur celui-là.

Le temps se passait sans qu'on s'en aperçût, lorsque le timbre de l'horloge de l'arrière-boutique vint à sonner.

— Quatre heures! compta le mercier; il va bientôt faire nuit, et Geneviève ne revient pas!

On eût dit un signal.

Louis se rapprocha, Jeanne et Jasmin échangèrent un regard empreint d'anxiété.

— Voilà près de trois heures qu'ils sont partis, fit observer Louis.

— Je gagerais que cet étourneau de Becdassée aura fait des siennes. Il aura pris des chemins à lui... des chemins qui n'aboutissent pas.

— On les aura peut-être fait attendre, dit Louis.

— Cette dame voulait essayer une quantité de choses, ajouta Jeanne, qui ne cherchait elle-même qu'à se rassurer, je connais ces caprices de duchesses, elles vous retiendraient une journée pour un nœud de rubans qui ne va pas à leur guise.

Le mercier alla sur le pas de la porte, jeta un coup d'œil vers le bas de la rue, par où ils devaient revenir, et prononça en grondant quelques mots d'impatience.

Jasmin le joignit, imita ses mouvements, ne dit rien, mais tourna la tête vers Jeanne d'un air soucieux.

Le jour baissait rapidement dans cette rue étroite et par cette saison.

Maître Navelier commençait à perdre patience ; il se promenait, d'un petit pas nerveux, du seuil au fond de la boutique ; plongeant à chaque tour son regard plus tourmenté dans la rue bientôt noire.

— Maître, dit Louis, si j'allais au-devant d'eux jusqu'au Pont-Neuf ?

— C'est cela, fit le mercier, va d'un côté, tu es sûr qu'ils arriveront de l'autre !... Ah ! monsieur Becdassée, si je tenais vos oreilles !...

La boutique devint tout à fait obscure, la vieille servante apporta une chandelle sur le comptoir.

— Vous avez beau dire, maître, insista le jeune commis, il vaut mieux en courir les risques. Je pars, j'irai par le plus direct jusqu'au Pont-Neuf.

— Va jusqu'au diable, si tu veux !... grommela Navelier, sortant de son humeur ordinaire... Ah ! maître Becdassée, maître Becdassée, tu me le payeras !...

— Louis a raison, intervint Jasmin, il faut voir ce que cela signifie. Pour ne pas les manquer, nous allons partir ensemble, lui du côté de l'église des Saints-Innocents, moi par la rue des Bourdonnais. Nous nous joindrons à la Samaritaine, le premier arrivé attendra l'autre.

— Il fait décidément nuit ! gronda le bourgeois, dont le pied frappa avec violence le seuil de la boutique.

— Si c'est, comme il faut le supposer, madame de Valbreuse qui les a retenus, dit Jeanne, elle aura peut-être l'attention de les faire reconduire... Tout le monde sait que le passage du Pont-Neuf n'est pas sûr, le soir.

— Eh bien ! maître, recommença Louis, nous laissez-vous partir, ce brave Jasmin et moi ?

— Sacrebleu ! exclama le bourgeois, dans la bouche honnête duquel ce gros juron indiquait le plus haut point de l'anxiété et de la colère, vous devriez déjà être revenus.

— En route ! en route !... dit Jasmin, avant peu vous aurez des nouvelles ; je vous ramène ces étourneaux... car, véritablement, cela passe la permission.

— Allez vite ! leur cria Jeanne.

— Revenez vite !... ajouta maître Navelier.

Ils descendaient la rue à grandes enjambées.

Jeanne, trop tourmentée pour tenir en place à son comptoir, avait joint le patron à la porte ; ils guettaient à l'envi, le cou tendu, l'œil enfoncé dans la pénombre. A chaque forme qui se montrait, aussi loin qu'ils pouvaient atteindre, ils faisaient un mouvement ; mais le passant s'éloignait par une ruelle transversale, ou s'il se rapprochait, leur ôtait cette fugitive espérance.

De temps en temps, Jeanne allait jusqu'au milieu de la chaussée, la main en abat-jour ; d'autres fois, elle opérait un mouvement d'oscillation, s'avançant dans la rue, puis revenant, s'avançant de nouveau, revenant encore ; chaque fois allant plus loin de huit ou dix pas, et chaque fois elle rejoignait le mercier avec ce mot :

— Rien... Rien !

Le fait est que cette absence devenait inquiétante.

Le patron trépignait et répétait :

— Maître Becdassée, maître Becdassée, si je tenais tes oreilles...

L'horloge sonna cinq heures et demie.

— Si je tenais tes oreilles, exclama maître Navelier, je te tordrais le cou !...

— Un peu de patience... Mon Dieu, ce n'est évidemment qu'un retard... balbutiait Jeanne, — dont les alarmes se trahissaient dans ses efforts pour dissimuler, — ces grandes dames sont si longues, si coquettes, si difficiles...

— Je leur tordrais le cou... à toutes... à toutes... et à lui d'abord !... ce coquin !... ce drôle !... ce maraud !...

Le mercier était très-aimé dans ses connaissances. Des voisins, l'apercevant se démener sur sa porte, s'enquirent de l'objet de son impatience.

D'abord, on lui représenta qu'un pareil retard n'offrait rien d'alarmant. Cela arrivait à toute minute. Il n'y avait pas un des assistants qui n'eût à en citer des exemples personnels.

Puis, le groupe alla en grossissant. Alors vinrent les commentaires moins anodins. Ce qui maintenant augmentait les appréhensions, c'est que ni Louis ni Jasmin ne reparaissaient non plus, quoiqu'ils eussent eu quatre fois le temps d'aller jusqu'à la Samaritaine.

Jeanne en conclut, ne les voyant pas revenir les deux jeunes gens, ils avaient pris le parti de pousser jusqu'à la rue Saint-Dominique. — C'était encore vraisemblable ; mais le temps fuyait, sans rien amener de nouveau. Des commis du voisinage, très-alertes, coururent jusqu'au Pont-Neuf, le traversèrent et revinrent sans résultat.

Il s'en allait bientôt sept heures ; maître Navelier n'y tenant plus, demanda son chapeau pour partir à son tour.

On n'osa pas le retenir, un ami s'offrit à l'accompagner.

Ils commençaient à descendre la rue, lorsque des voix crièrent :

— Les voilà ! les voilà !...

Ces voix partaient d'un groupe de curieux, en observation au plus proche détour de la rue.

Le groupe revenait vers le *Rouet-d'Argent*.

Le mercier courut à la rencontre, plein d'espoir, oubliant ses ennuis, sa colère, ses menaces.

— Geneviève !... ma fille !... s'écria-t-il.

Le groupe avançait ; dans l'obscurité on ne distinguait que la masse. Ils se joignirent.

— Ma fille !... Geneviève, où es-tu ?... disait le mercier en écartant les avant-coureurs.

Il arriva au dernier rang. On entendit à l'autre bout de la rue un cri :

— Ma fille !... Où est ma fille ?...

Les voisins en demeurèrent glacés. Ce cri annonçait une catastrophe. Le silence succéda aux conversations. On n'attendit plus que le groupe atteignit la maison du *Rouet-d'Argent*, on se précipita, Jeanne la première, au-devant de lui.

— Sainte Vierge ! qu'arrive-t-il ?... demanda la pauvre femme, dont les angoisses éclatèrent à la fin.

On se taisait.

Le mercier seul continuait ses exclamations ; il appelait :

— Ma fille !... Ma Geneviève !... Où est Geneviève ?...

Derrière le groupe, venaient Jasmin et Louis, portant, avec l'aide de voisins rencontrés au bas de la rue, Becdassée évanoui, sinon mort, car il ne donnait aucun signe de vie.

Après s'être rejoints, suivant leurs conventions, près de la Samaritaine du Pont-Neuf, sans avoir rencontré les retardataires, ils prirent le parti, ainsi que l'avait bien conjecturé Jeanne, d'aller jusqu'à l'hôtel de la comtesse de Valbreuse, dont ils avaient l'adresse.

La rue Saint-Dominique était alors entièrement occupée par de grands hôtels, isolés les uns des autres par des jardins et par des terrains qui attendaient des constructions.

L'adresse désignée était celle d'un de ces hôtels, situé à droite, vers la rue du Bac, ou, pour mieux préciser, séparé de cette rue par un large espace vague, et attenant sur la gauche à un autre espace, en nature de parc ou de jardin, propriété d'un couvent.

Quand ils arrivèrent, il faisait tout à fait nuit; la rue était absolument déserte; les bruits les plus voisins venaient de la rue du Bac, toujours passagère, même à cette heure.

Ils trouvèrent sans peine la porte monumentale de l'hôtel de Valbreuse, saisirent le marteau, frappèrent.

On eût dit que le bruit résonnait dans le vide; il n'éveilla aucun écho, aucune voix.

La muraille dans laquelle se trouvait encastrée la porte cochère était haute; ils se reculèrent jusqu'à celle d'en face, et aperçurent les fenêtres du second étage de l'habitation, située entre cour et jardin.

Ces fenêtres étaient noires.

Ils se rapprochèrent de la porte, mirent l'œil à la serrure; le trou, fort large, leur permit de distinguer, à travers l'obscurité, le rez-de-chaussée et le premier; — ils étaient aussi noirs que le haut.

Saisi d'une terreur folle, Louis alla frapper à la maison la plus proche, sur le côté gauche de la rue, — celle-ci s'ouvrit aussitôt, et il apprit, avec une mortelle appréhension, que l'habitation d'en face était vacante, qu'on n'y avait jamais connu personne du nom qu'il indiquait, mais que, dans la journée, il y était venu des gens en voiture, probablement la visiter dans l'intention de la louer ou de l'acheter.

Le domestique qui leur donnait ces renseignements tenait à la main un bougeoir, dont la lumière portait à travers la rue jusqu'au mur blanc de cette maison suspecte.

De chaque côté de la grande porte se trouvaient de longs bancs de pierre, incrustés dans la maçonnerie et amortis par d'énormes bornes.

Les regards de Jasmin se fixèrent de ce côté, tout en prêtant attention au complaisant valet.

Soudain, il lui coupa la parole pour lui montrer du doigt l'une de ces bornes :

— Là !... dit-il d'une voix agitée, là; ne voyez-vous rien?

On s'approcha avec la lumière; sous le banc se trouvait une forme humaine, ou plutôt une masse inerte.

C'était le petit commis !

Son état faisait peur. Une large plaie au-dessus du sourcil, arrêtée aux cheveux, avait inondé son visage de sang.

Ses vêtements en lambeaux attestaient une lutte acharnée; on en voyait d'autres preuves sur ses mains et sur ses poignets, criblés d'ecchymoses.

Vainement on essaya de le faire revenir à lui, dans la loge du suisse de l'hôtel hospitalier où on les avait accueillis. Après une demi-heure d'efforts inutiles, songeant à la situation des amis qui les attendaient, Louis et Jasmin se décidèrent à emporter le pauvre enfant, plus embarrassant que lourd.

De retour au *Rouet-d'Argent*, on l'installa douce-

ment dans l'arrière-boutique, et les soins recommencèrent.

Maître Navelier, dans un état digne aussi de pitié, pâle, frémissant, silencieux, arpentait l'espace dans tous les sens, incapable d'entendre ni de répondre. Son attention s'absorbait sur Becdassée, dont il attendait une parole.

L'apprenti rouvrit enfin les yeux, les promena avec stupeur autour de lui. La mémoire lui revint avec la connaissance. Son énergie morale dompta pour un instant l'épuisement de ses veines, — il était presque à bout de sang.

Il se dressa sur son séant, effrayant comme un mort venant à résurrection. Mais son patron saisit cette lueur.

— Geneviève ?... demanda le malheureux père.

— Volée !... Ils l'ont volée !... articula le pauvre enfant.

Ce fut tout. Il retomba épuisé.

                          IV

        L'ÉPISODE DE L'HOTEL DE VALBREUSE

Il y a des organisations que la douleur exalte, d'autres qu'elle anéantit.

Maître Navelier resta écrasé sous l'exclamation déchirante du petit commis:

— Geneviève... Enlevée !...

— Enlevée !... répétèrent comme autant d'échos épouvantés les assistants.

Le mercier ne le répéta pas, il n'avait plus de voix. Immobile, debout, les pieds adhérents au sol, les bras pendants, la tête penchée sur la poitrine, — c'était moins un homme qu'un spectre. Il respirait, mais il ne pensait plus.

Jeanne étanchait les blessures de Becdassée; Louis et Jasmin le soutenaient, épiant l'occasion de le questionner.

Le visage de Jasmin était sombre, celui du jeune homme ardent et fébrile.

Leur idée était cependant la même, connaître les auteurs de ce rapt audacieux autant qu'abominable.

Les voisins, accourus par sollicitude au premier moment, se retirèrent peu à peu par discrétion, non sans avoir serré la main froide du malheureux père. Mais comme il était hors d'état de les entendre, tous, sans en excepter un seul, adressèrent à Louis les mêmes paroles :

— Si vous avez besoin de nous, nous sommes à vous.

— Merci, leur répondit-il avec une énergie pleine de frémissements : merci, cela pourra venir !

Les événements de ce genre n'étaient pas rares. On ne le suit que trop. Mais aussi l'irritation causée par eux allait croissant avec leur nombre.

Les bourgeois de la rue Saint-Denis, en quittant leur confrère, échangeaient à voix couverte des propos graves, comme des menaces. Ces crimes contre la famille les touchaient plus vivement même que les tentatives contre leurs privilèges, ou les exactions du trésor.

— C'est encore là, disaient-ils, un fruit de l'exemple; le fait de quelque seigneur désireux de marcher à l'unisson de son maître.

— Il n'y a plus de justice ici-bas, murmura quelqu'un, elle leur faisait peur, ils ont dissous le Parlement.

— Espérons qu'il en reste une là-haut ; on ne dissout pas Dieu.

— Oui, mais Dieu est patient, et en attendant son heure, les attentats s'accumulent.

Ces commentaires portaient leurs fruits, l'animadversion allait grandissant, se propageant, s'envenimant.

Avant le lever du soleil, toute la rue Saint-Denis connaissait l'événement ; le soir, c'était le bruit du quartier ; le lendemain celui de la ville.

La fille d'un homme comme maître Navelier, impudemment enlevée, il y avait là l'indice d'une audace si grande que la consternation s'ensuivait dans le camp tout entier de la bourgeoisie parisienne. On pouvait prévoir que, quels que fussent les coupables, ils feraient bien de se cacher, car l'indignation n'attendait pour agir que de les connaître.

Ainsi, tout concourait au but poursuivi par les austères conspirateurs connus de nous. L'ennemi prenait à tâche de leur envoyer des auxiliaires. C'était le cas, ou jamais, de répéter avec le poëte inspiré : « Jupiter affole ceux qu'il veut perdre. »

Le récit de Becdassée n'apporta aucune lumière dans cette affaire ténébreuse.

Les blessures du pauvre enfant n'étaient que la cause secondaire de son évanouissement. La suffocation, les efforts désespérés, une lutte inégale l'avaient anéanti, autant que le sang perdu. Il n'y avait pas d'autre gravité à son état.

Revenu complétement à lui, il aperçut d'abord son maître dans son attitude immobile et désolée.

Par un élan touchant, délicat, il se précipita à ses genoux, fondant en larmes, les sanglots couvraient sa voix.

— Pardon, pardon, maître !... s'écriait-il, je ne suis pas coupable !... Je l'ai défendue... défendue... Ils me l'ont arrachée... Ah ! je voulais mourir pour vous la rendre !

— Le malheureux père se ranima à cette voix qui lui parlait d'elle. Il ouvrit les bras, releva le jeune garçon, l'attira à lui, l'embrassa.

— Tu m'aideras à la retrouver, dit-il.

— Nous vous aiderons tous ! répondit Jasmin.

Louis retira Becdassée des bras du patron ; il le ramena à sa chaise, l'y rassit avec sollicitude, avec une sorte d'autorité ; puis, sans se préoccuper de ce qui se passait autour d'eux, il approcha un autre siège pour lui-même, prit les mains du blessé dans les siennes, pour le ranimer, le soutenir, l'observer de plus près.

On le regardait faire, — sa mère elle-même ne reconnaissait plus dans ce jeune homme au maintien décidé, au regard ardent, aux traits exaltés, résolus, l'adolescent timide et pudibond qu'elle avait eu jusque-là sous les yeux.

La foudre venait d'allumer le brasier en germe ; l'adolescent était devenu un homme.

Il ne se lamentait point, ne se répandait point en vaines paroles, n'usait pas sa force en pleurs inutiles. Dominant ses angoisses, refoulant son émotion, il songeait seulement qu'il y avait un malheur et qu'il fallait le réparer.

— Voyons, mon enfant, dit-il à Becdassée, je suis là pour t'entendre, nous nous comprendrons toi et moi, parle, raconte-moi ce qui s'est passé, n'oublie rien, la lumière viendra peut-être du plus petit détail.

— Oui, répondit le jeune garçon, vous l'aimez aussi, nous la chercherons ensemble... Ah ! les coquins !... s'interrompit-il en agitant son poing fermé pour menacer des adversaires invisibles, si je reviens en face d'eux !... Vous l'auriez peut-être sauvée, vous ; vous êtes plus fort... Mais moi, un enfant !...

Il regarda avec mépris ses petits bras maigres, marbrés de contusions, fendillés par des déchirures d'où sortaient des gouttelettes rougeâtres.

— Ah ! je ne vaux pas l'argent que je gagne ! ajouta-t-il amèrement.

Dans ce circonstance, la moindre exaltation pouvait amener la fièvre. Louis, doué d'une clairvoyance soudaine, mit ses soins à le faire parler sans l'émotionner.

— Tes bras valent les miens, lui dit-il, puisqu'ils ont fait leur devoir. Tu avais affaire à plus d'un ennemi, je fusse comme toi tombé sous le nombre. Ainsi, ne regrette rien, mais rappelle bien tes souvenirs.

Pour ne pas le troubler, sur l'invitation muette de Jasmin, le mercier, Jeanne et la vieille servante, se tenaient derrière lui, groupés en silence.

— Oh ! je me souviens, je me souviens de tout !...

— Parle, parle !

— Nous prenons nos paquets, moi les plus gros, elle un carton de dentelles, — je voulais tout porter, mais elle est si bonne, elle n'y a jamais consenti ! — Nous voilà partis gaiement, — gaiement ! et dire que je suis revenu tout seul !...

— Vous voilà partis, arrivés, dit Louis, pour couper court.

— Oui, arrivés à ce fameux hôtel, à cet hôtel damné !... Nous frappons ; un grand fripon de laquais vient nous ouvrir... il avait dans sa figure quelque chose de goguenard... J'aurais dû me méfier... Mais bah ! quand on ne pense pas au mal, on est si bête !...

« Madame la comtesse de Valbreuse ? demandons-nous.

— Elle attend mademoiselle, répond l'escogriffe.

— Conduisez-nous, que fait la pauvre demoiselle.

— Donne-moi tout ça, refait le gueux, en me montrant mes paquets... dont j'avais ma charge, c'est vrai.

— Bien obligé, lui répliquai-je, je les porterai jusqu'au bout.

— A ton aise, dit-il.

« Il continuait de ricaner en me regardant, je sentais l'impatience me monter ; si c'eût été un simple passant et que nous nous fussions trouvés dans la rue, je lui aurais joué quelque tour de ma façon ; mais nous étions dans cet hôtel... hélas ! nous n'y étions que trop !

« Il nous fait donc traverser la cour, où je remarque un carrosse, dont les chevaux fringants hennissaient en battant le pavé, attelés à coup sûr qu'ils étaient depuis longtemps. Leur cocher avait de la peine à les tenir, et je me rappelle, — mais quand on ne sait pas qu'on a affaire à des scélérats, on ne prend garde à rien ! — je me rappelle qu'il sifflota un air vainqueur, en nous voyant passer. — En voilà encore un à qui je mettrai des bâtons dans ses roues si je le croise au coin d'une rue malaisée !... »

Louis écoutait ce récit, évitant d'interrompre, même pour engager Becdassée à passer les détails oiseux, ou à supprimer ses parenthèses. Tout pouvait avoir son utilité, et l'on comprenait que le pauvre garçon eût besoin d'exhaler son désespoir et son indignation.

Il ne s'arrêtait que pour respirer ou plutôt pour soupirer.

— Nous arrivons au vestibule. Là, notre escogriffe me prend décidément, sans façon, mes bagages des bras :.

— Tu vas attendre ici mademoiselle, me dit-il. Tu as le droit de t'asseoir.

« Il me montrait les banquettes qui garnissaient cette antichambre de l'enfer.

« Comme il n'y avait rien à objecter à cela, je dis simplement à la chère demoiselle.

— Vous savez, demoiselle Geneviève, que le patron nous a bien recommandé d'être le moins longtemps possible.

— Vas-tu point donner des ordres à tes maîtres !... grogna le bandoulier. Venez, mademoiselle, madame la comtesse vous attend dans son boudoir.

— Sois tranquille, qu'elle me dit en se retournant vers moi, avant de passer par la porte qu'il lui tenait ouverte avec un air de respect trop grand pour être naturel.

« J'aurais dû ne pas la quitter !... certainement !... Ça aurait peut-être empêché... Enfin, mon Dieu, mon cher Louis, vous me ferez tout ce que vous voudrez, j'ai tout mérité, je ne me suis méfié de rien, j'étais aveugle, j'ai regardé stupidement retomber cette porte, je me suis assis sur la banquette.

« Au bout d'un moment, voilà un autre aigrefin en livrée, oh ! l'on n'en manque pas de bandits galonnés chez cette comtesse-là, — qui arrive, faisant mine de traverser le vestibule, par hasard, — car maintenant je vois bien que c'était une comédie. Il portait un plateau avec des bouteilles et des verres.

— Tiens, dit-il, comme s'il était étonné de m'apercevoir, qu'est-ce que tu fais là, mon garçon ?

— J'attends, que je lui réponds. Je n'étais pas disposé à entrer en conversation ; ces estafiers avaient des mines gouailleuses qui m'échauffaient de plus en plus les oreilles.

« Celui-ci se donnait par-dessus le marché l'air d'un bon apôtre. Il s'en va déposer son plateau sur une crédence, se campe à côté, en face de moi, et reprend :

— Y a-t-il longtemps que tu es là ?

— Trop.

— Ah ! dame, tu sais, quand madame la comtesse est à sa toilette, ça n'est pas fini.

— Ça se voit.

— Hum ! qu'il reprend, tu as l'air de t'impatienter.

— Qu'est-ce que ça vous fait ?

— Allons, allons, garçonnet, ne nous colérons pas !... Tiens, voilà justement de quoi nous remonter le moral en passant le temps.

« Là-dessus, il remplit deux verres jusqu'au bord et m'en offre un. J'avais chaud, j'étais fatigué, j'accepte en me disant :

— C'est autant de pris sur l'ennemi.

« Nous trinquons ; son vin était doux comme du cassis.

— Hein ? comment le trouves-tu ? me demanda-t-il.

— Très-bon.

— Eh bien, quand il n'y en a plus il y en a encore, recommençons.

« Et il remplit une seconde fois nos verres ; mais tout ça me semblait louche, je commençais à m'ennuyer, je me dis à moi-même :

« Est-ce que ce débauché-là voudrait me griser ?

« Bref je refuse si net, qu'il avale à lui seul les

deux verres. Un gaillard de sa taille, habitué à la chose, ça n'avait pas d'inconvénient, — moi, ça m'eût certainement jeté bas. A présent, il est clair qu'il ne voulait pas autre chose.

— A ton aise, dit-il en ricanant, tu t'en iras sur une seule jambe.

— Sur une seule ou sur deux, je voudrais déjà être parti.

— Tu ne te plais donc pas en ma société ?

— Tenez, lui dis-je, voilà assez longtemps que vous vous moquez de moi, je ne suis pas plus bête que vous. Faites-moi un plaisir.

— Lequel ?

« Tout en causant, il continuait de remplir les deux verres, et de les vider tout seul, je voyais son teint s'allumer, s'allumer.

— Le jour baisse, je suis sûr qu'on s'ennuie à la boutique, lui dis-je, je vais être semoncé si je tarde encore, tâchez de voir si ma petite maîtresse en a bientôt fini auprès de madame de Valbreuse.

— Au fait, tu m'as l'air d'un bon drille, je ne veux pas te refuser ça ; mais entre nous je crains que tu n'attendes encore longtemps, parce que madame la comtesse... vois-tu, petit...

« Ce coquin-là doit avoir le vin causeur, il était en bonnes dispositions, j'allais en savoir beaucoup sur le compte de sa maîtresse ; mais il y a une fatalité. Elle est venue nous interrompre sous la figure patibulaire du camarade de mon ivrogne.

— Gamin, m'a-t-il dit de son ton insolent, ce n'est pas la peine que tu attendes davantage.

— Ah bah !...

— Voici la nuit ; ta maîtresse m'envoie te dire que tu peux t'en aller.

— Eh bien, et elle ?

— Tu vas dire à son père que madame la comtesse va la lui ramener en voiture dans une heure ou deux.

— Une heure ou deux !...

« Quand on est ahuri, on n'a pas sa réflexion, et ce grand filou m'ahurissait avec son ton et ses ordres.

« Il ouvrit la porte du vestibule et cria au cocher dont l'attelage hennissait de plus belle :

— Sur le siège !...

« Puis revenant à moi :

— Allons, détale.

« La présence d'esprit me revenait ; je me demandais, puisque la comtesse ne devait pas sortir avant deux ou trois heures, pourquoi disait-il au cocher de monter sur le siège ? Mais enfin, on ne devine pas du premier coup des scélératesses aussi abominables.

« Voyant que je restais à me gratter l'oreille dans mes réflexions.

— Es-tu sourd, a-t-il repris, je te donne campo.

— C'est bon, j'entends. Mais...

— Mais !...

— Mais je veux attendre ma maîtresse.

— Hein ! Tu veux ?... C'est donc toi qui es le maître alors ?

— Tenez, vous me rompez les oreilles. Je n'ai qu'un mot, je suis venu avec la fille de mon bourgeois, je ne m'en irai qu'avec elle, ou quand elle me dira elle-même de m'en aller.

« Je voyais que l'impatience le gagnait, il piétinait, piétinait, piétinait.

« Son camarade que le vin adoucissait lui dit alors :

— Voyons, ne le tracasse pas ce garçonnet. Il est gentil. Nous avons trinqué ensemble. Il va s'en aller tranquillement.

— Vous avez trinqué, a riposté le plus coquin des deux, ça se voit ; tu es gris... Tais-toi ; il ne sera pas dit qu'un morveux de cette taille-là m'aura nargué !...

— Gris !... Tu oses dire que je suis gris !... Au fait, tu as peut-être raison...

« Et mon ivrogne s'est étendu abruti à la place que je venais de quitter.

— Jarnidieu ! es-tu parti ! a vociféré l'autre.

« Et il a commencé à me prendre par les épaules pour me pousser dehors.

« Les chevaux piaffaient toujours, le cocher était sur son siége, mais les lanternes de la voiture n'étaient pas allumées. L'homme sifflotait son air diabolique.

« J'étais à moitié dehors, quand tout à coup la force me revient. Il y avait bien de quoi !...

« Un cri retentissait au fond des appartements du rez-de-chaussée ; un cri... je l'entends encore !...

« C'était la voix de notre demoiselle ; elle m'appelait !

« Mon grand vaurien m'avait déjà poussé jusqu'au perron, mais j'étais encore sur le seuil, je fais un soubresaut, je me crampone des mains, je m'arc-boute des pieds à la porte. Il s'obstine, je saisis le moment où il y met toute sa force, je me baisse, il trébuche, et passant sous ses bras, je saute d'un bond à l'autre bout de l'antichambre.

Le courtisan tomba à genoux. (Page 118, col. 2.)

« Je passe la porte ; je veux m'élancer ; la voix m'appelait une seconde fois, d'une façon si déchirante, que cela triplait mon courage.

« Malheur ! Je me trouve pris entre deux feux, ou plutôt entre deux brigands. L'un par devant, l'autre par derrière, ils me saisissent.

« Je me débats, je rue, je mords, j'égratigne.

« Ils me frappent... ils m'assomment.

— Tiens bon ! dit l'un, nous l'achèverons tout à l'heure.

« Celui qui reçut cet ordre me renverse dans un coin, me met son genou sur la poitrine, sa main sur la bouche.

« Et je vois alors, fou de désespoir, de rage inutile, passer deux autres scélérats emportant notre pauvre demoiselle, ni plus ni moins que morte !... »

A ce souvenir, Becdassée s'interrompit ; il étouffait, comme si le bandit le bâillonnait encore.

Il fallut un moment pour apaiser cette suffocation.

Derrière lui, entouré de Jeanne, de Jasmin, de la servante, le père de Geneviève, jusqu'alors immobile, accablé, exhala un sanglot à déchirer l'âme :

— Ma fille !... ma fille, morte !...

Ce cri ranima le narrateur :

— Ai-je donc dit qu'elle fût réellement morte ?... Rassurez-vous, elle respirait, j'ai entendu son souffle quand elle a passé près de moi... Mais elle était comme moi-même, sans force et sans voix.

« Les bandits parlaient bas, craignant que je ne surprisse leurs desseins. J'ai encore entendu ouvrir la grand'porte, claquer un fouet, rouler la voiture.

« Ç'a été ma dernière sensation. Ce roulement a grossi, grossi, rempli ma tête, comme si j'avais le bourdon de Notre-Dame dans les oreilles. Ce doit être la même chose quand on se voit mourir.

« Je ne sais plus ce qu'on a dit ni ce qu'on a fait. Je ne me suis senti revivre qu'ici... Sainte Vierge ! j'aurais peut-être aussi bien fait de rester mort, puisque je ne suis bon à rien !...

— Qui sait ?... murmura Louis ; tu as du moins vu ces laquais, ces ravisseurs...

— Et je les reconnaîtrais au fond des enfers.

— Il faut que nous retrouvions ma sœur, il le faut !... tu nous aideras.

— Et le plus tôt sera le mieux, murmura Jasmin d'un ton sombre.

Une pensée épouvantable se présenta à tous les esprits.

— J'irai jusqu'au roi ! dit maître Navelier.

Jasmin secoua la tête d'un air qui n'indiquait pas sa confiance en ce moyen.

— Moi, j'irai à mon parrain !... s'écria Louis.

— C'est peut-être mieux, articula Jasmin pensif ; et encore... Écoutez-moi, ce coup m'atteint aussi cruellement que vous-mêmes... Avez-vous confiance en moi ?

Tous se rapprochèrent avec effusion.

— Eh bien, avant de recourir à ces grandes ressources, laissez-moi m'adresser à d'autres.

— Cependant le roi ?... objecta le bourgeois.

— Le roi ?... maître, croyez-vous qu'il puisse déployer une grande rigueur contre un acte dont on lui reproche de s'être plus d'une fois rendu coupable ?...

Le malheureux père courba la tête sous cette écrasante réplique.

— Et le dauphin !... exclama Louis.

— Le dauphin ?... oui, celui-là est intègre. Mais si les coupables sont à la cour de son père, — ce qu'il est trop permis de supposer, pensez-vous que son intervention y soit bien efficace ?...

— Pays maudit ! soupira le bourgeois, ceux qui doivent l'exemple le donnent mauvais, ceux qui doivent la justice commettent les crimes ; et l'on persécute et repousse les cœurs droits pour les rendre impuissants. Pays maudit !...

— Cependant, je veux la retrouver, la sauver !... reprit le jeune homme avec exaltation.

— Moi aussi, dit Jasmin. Laissez-moi agir... je vous demande vingt-quatre heures. Quand j'aurai frappé à toutes les portes où je puis avoir accès, si je reviens sans résultat, alors, à votre tour, mettez-vous en campagne.

— Vingt-quatre heures !... soupira maître Navelier.

— Le temps de mourir vingt-quatre fois de désespoir et de rage ! exclama Louis.

— Non, pas de rage, pas de désespoir... du sang-froid, de la présence d'esprit, de l'énergie !... Ne pas parler, agir. Ne pas récriminer, poursuivre son but !... On met à la Bastille les récalcitrants. Une fois sous les verrous, on est impuissant. Dévorons notre outrage, maître, conclut Jasmin, afin de mieux le venger.

— Mais, intervint Louis, songez donc qu'elle est aux mains de ces misérables, que l'objet d'un tel rapt

est le plus odieux des attentats !... Elle ! Geneviève, ma sœur, mon amie !...

— Accordez-moi le délai que je vous demande, pour votre propre sécurité ; si au bout de ce temps vous ne me revoyez pas, si vous ne recevez de moi aucune nouvelle, aucun indice, alors, je le répète, courez... non pas au roi... mais au dauphin.

Il échangea avec eux une poignée de main énergique, et les quitta.

Ce fut vers la rue Mazarine, vers la demeure de mademoiselle Sainte-Foy, qu'il se dirigea d'une allure résolue.

V

LE COMTE DE LINANGES

Les vingt-quatre heures réclamées par Jasmin s'écoulèrent avec une lenteur mortelle.

Maître Navelier abattu par le désespoir, Louis transporté d'une énergie fébrile, Jeanne dévorée de funestes pressentiments, trouvèrent dans leur tendresse pour la victime la force de tenir leur promesse.

Quant à Beudassé, il disparut pendant la nuit. Ne se jugeant pas lié par l'engagement des autres, il se reprochait, le généreux enfant, de n'avoir pas assez fait pour sa jeune maîtresse, de l'avoir laissée pénétrer seule dans cet hôtel maudit.

En ne le voyant pas paraître à la boutique le lendemain matin, chacun comprit la cause de son absence. Au fond du cœur, Louis en fut jaloux. Il se reprocha d'avoir trop aisément cédé aux instances de Jasmin. Il lui semblait que mieux que personne il retrouverait les traces de sa sœur.

Était-ce bien sa sœur qu'il disait !... Le feu qui le brûlait, les angoisses qui lui étreignaient le cœur, les spasmes sous l'aiguillon desquels il tressaillait, en exhalant des sons inarticulés, étaient-ils le résultat d'un simple attachement fraternel ?

Il n'aurait pas su le dire lui-même, tant le trouble de son âme était profond. Mais il est certain que depuis la scène touchante et naïve avec laquelle il s'était épanché avec Geneviève, depuis ce baiser où le hasard avait malicieusement rapproché leurs lèvres si pures, une confusion bien grande régnait en lui.

Depuis un mois, son être s'était transformé, un voile était tombé de ses yeux et de son esprit. Il y avait dans ce phénomène quelque chose d'une révélation, d'une transfiguration.

Cette jeune fille avec laquelle il avait grandi, passé chaque jour de sa vie, sans remarquer en elle aucun changement, parce que la transition de l'enfance à l'adolescence s'était opérée progressivement, — Geneviève enfin lui était apparue telle qu'elle était, sous l'aspect d'une adorable fille.

Un baiser avait produit tout cela.

Il n'y comprenait rien. Il éprouvait des vertiges. Il se disait qu'évidemment elle n'était pas ainsi charmante depuis ce jour. Il ne savait pas s'expliquer pourquoi il s'en apercevait si tard. Il s'en voulait de cet aveuglement.

Parfois, il lui passait à travers la poitrine comme des bouffées ardentes, dans lesquelles tout son être, âme et corps, frissonnait.

Lorsqu'il rencontrait son regard, ses beaux yeux limpides laissaient émaner des effluves qui lui gagnaient le cœur.

Il ressentait des moments d'extase, où s'absorbant dans une pensée rayonnante, il n'appartenait plus au monde matériel. Les baisers fraternels de Geneviève, pour lesquels il était resté si longtemps froid, il les recherchait maintenant, et il n'osait les prendre.

Sa main qu'il avait tenue tant de fois dans leurs jeux, il osait à peine la toucher, et quand il la tenait, il craignait à la fois de la presser et de la quitter.

Une fois il lui arriva de la porter à ses lèvres ; Geneviève en rit comme une folle, et lui donna un gros baiser sur le front.

Mais peu à peu ce mal charmant l'avait gagnée aussi. Et tous deux se recherchant, et n'osant se dire ce qui les attirait l'un vers l'autre, ils étaient adorables.

Il le sut quand il se vit séparé d'elle par un rapt odieux.

La nuit s'acheva pour lui en des tortures morales inexprimables. Il ne craignit plus de s'avouer qu'il l'aimait, — mais hélas ! à l'heure où ces trésors de grâce, de pureté devenaient peut-être la proie d'un monstrueux attentat.

Il se meurtrit les membres, il se roula en des attaques convulsives sur le carreau de sa chambre, il toucha dix fois la clef pour s'élancer au dehors ; il se retint par respect pour sa parole, peut-être aussi parce qu'au moment de partir il se demandait où aller?

Si cette nuit se fût prolongée, on l'eût trouvé fou.

Au jour, sa mère fut effrayée des ravages de ses traits. Son instinct maternel, l'expérience durement acquise par le malheur, lui apprirent, par intuition, le développement, la portée de son mal.

Depuis longtemps elle épiait son fils, dans la prévision, dans la crainte d'une crise ; cette crise se déclarait, aggravée par une complication fatale.

Dans sa délicatesse exquise, dans la profondeur de sa reconnaissance pour la famille Navelier, Jeanne se considérait comme d'un ordre bien inférieur, elle n'osait pas songer pour son enfant à une alliance avec la fille de leur bienfaiteur.

Ce n'était sans doute plus alors, comme aux temps austères, une tache irréparable d'être bâtard, les faveurs, les distinctions accordées depuis deux règnes aux enfants illégitimes, dans les hautes régions, effaçaient d'anciens préjugés entachés de barbarie. Mais cette tolérance ne s'acclimatait pas aussi vite dans la bourgeoisie, attachée à la pureté des mœurs, habituée à respecter les liens sacrés de la famille.

Maître Navelier avait-il jamais arrêté sa pensée sur cette grave question d'un penchant de sa fille vers le jeune commis ? Nul n'aurait pu le dire. Le père de Geneviève était un homme d'une grande sagesse, d'un discernement éprouvé.

Dans ses connaissances on recherchait ses conseils ; il ne pouvait apporter moins de sagacité dans ses affaires que dans celles des autres. Mais il savait allier la discrétion à la droiture ; quand il le jugeait nécessaire, il devenait impénétrable.

Lorsque Louis s'approcha le matin pour l'embrasser, suivant leur usage patriarchal, et qu'il lui dit :

— Bonjour, mon père.

Le pauvre homme le pressa silencieusement dans ses bras, puis au bout de cette longue accolade :

— Oui, ton père, dit-il, ton père qui n'a plus que toi d'enfant.

Il se mit à fondre en larmes. Mais Louis ne pleurait pas. Sa douleur offrait un caractère de résolution intrépide :

— Je vous la rendrai ! Je vous la rendrai ! s'écria-t-il, ou vous nous perdrez tous les deux !

Maître Navelier remarqua alors à son tour, lui dont le chagrin avait aussi cruellement sillonné les traits, l'altération de ceux de son fils adoptif. Cette communauté de sentiment est surtout sensible dans l'affliction ; il ouvrit les lèvres pour faire à Louis une communication, une confidence... Mais il en revint aussitôt à sa réserve accoutumée.

Il se borna à répondre d'une voix comprimée :

— Oui, ramène-la, ramène-la, pour son bonheur, pour le nôtre à tous... à tous !

Bientôt après, Jeanne attira son fils à part avec une solennité dont il éprouva une espèce d'appréhension.

— Louis, lui demanda-t-elle, les circonstances sont décisives. Nous nous devons tout entiers, corps et âme, à nos bienfaiteurs.

— Je le sais.

— Ma confiance en l'ami qui recherche les traces de Geneviève est sans bornes. Je compte qu'il la retrouvera.

— Oh ! puisses-tu ne pas t'abuser, ma mère. Mais, d'ailleurs, si ce n'est lui, ce sera moi !

— C'est un de tes devoirs.

— Et je le remplirai.

— Mais ce n'est pas le seul.

— Quel est l'autre ?

— Je crains qu'il ne te coûte davantage.

— S'agit-il de Geneviève et de son père ?

Jeanne courba la tête ; elle répondit d'un accent à peine perceptible :

— Oui.

— Alors, je le remplirai comme le premier.

— Mon pauvre enfant, murmura Jeanne, tu en souffriras peut-être bien.

— Qu'importe !

— C'est vrai, car il le faut... il le faut absolument... Ah ! nos meilleurs jours sont passés...

— De quel ton tu me dis cela ! Quelle épreuve peut nous abattre après celle d'aujourd'hui ?

— Louis, as-tu quelquefois approfondi tes sentiments à l'égard de Geneviève ?

Elle releva ses yeux et les fixa sur son fils avec un touchant intérêt, qui n'était pas exempt de compassion.

Il baissa les siens à son tour, et répondit tout ému :

— Oui, ma mère.

— Et ces sentiments ?... demanda-t-elle, plus troublée que lui.

— Ma mère, répondit-il simplement, je l'aime.

Jeanne cacha son visage dans ses mains.

— Mon pauvre enfant, reprit-elle, ce que je veux exiger de toi va te sembler cruel, cependant il faut que tu me jures de m'obéir.

— C'est juré, ma mère, juré d'avance, aveuglément, quoi que ce puisse être, quoi qu'il m'en puisse coûter.

— Geneviève retrouvée par notre ami ou par toi, car l'un ou l'autre il le faut que vous la rendiez à son père, — tu ôteras cet amour de ton cœur...

— Ma mère !... s'écria le jeune homme éperdu.

Elle reprit avec une douce autorité :

— Tu ôteras cet amour... ou tu t'éloigneras.

— Je m'éloignerai... articula-t-il accablé, mais soumis.

Elle lui serra la main avec effusion.

— Merci.

— Ma pauvre mère !...

— Nous nous en irons ensemble... assez loin pour nous faire oublier.

Il ne répondit cette fois que par un soupir.

— N'accuse pas ta mère, mon enfant...

— L'ai-je accusée !... s'écria-t-il en pliant le genou devant la pauvre femme.

— Il faut que je te dise... reprit-elle, après l'avoir tendrement relevé.

— Rien, je ne veux rien savoir... Nous rendrons Geneviève à son père... et nous partirons.

— Tu ne m'accuseras ni d'égoïsme, ni d'injustice ?

— Toi, ma mère !...

— Ah ! s'écria-t-elle, je méritais, Dieu en est témoin, un fils tel que toi, mais il te devait une autre mère, ou du moins une mère moins malheureuse !

— Eût-il donc pu m'en donner une meilleure !... Assez, assez sur tout cela, je t'en supplie. Cet amour date d'hier, je te l'abandonne ; ma tendresse pour toi remonte à mon berceau, à elle tous les droits... Oui... oui... j'y renonce... j'y renonce ! répéta-t-il pour s'aguerrir contre ce sacrifice.

L'exquise délicatesse de l'infortunée mère se comprend sans peine. Elle ne voyait dans l'attachement de son fils pour la fille de leur bienfaiteur qu'une cause de déceptions, d'humiliations possibles, car un mariage entre cette enfant d'une irréprochable famille, avec le fruit de son malheur, ne s'offrait pas à elle comme une chose à laquelle il fallût même songer.

Assurément, le moraliste le plus rigoureux n'aurait pu lui reprocher à elle, infortunée victime d'un monstrueux attentat ; mais aux yeux du monde la naissance de Louis n'était pas moins irrégulière, et il était le fils du misérable qui avait commis ce crime !

C'étaient là, sans doute, des appréciations exagérées, mais la crainte de préparer à son cher enfant une déception humiliante grossissait aux yeux de Jeanne les douleurs de leur situation.

Disons toutefois qu'au milieu de l'idée fixe de la disparition de Geneviève, cet entretien causa à Louis beaucoup moins d'émotion qu'en tout autre moment. Il s'absorbait dans les moyens de retrouver sa sœur adoptive, considérant le reste comme secondaire, tant que ce devoir ne serait pas rempli.

L'événement causait du bruit dans le populeux quartier Saint-Denis, où les gros commerçants formaient non-seulement une corporation, mais une véritable famille.

Les maîtres en causaient gravement, avec des commentaires sombres. Leurs fils, leurs apprentis, tous liés par une vive estime avec Louis, qu'ils prenaient, comme on sait, pour chef dans toutes leurs affaires d'intérêt ou de plaisir, s'agitaient vivement.

Avant la nuit, l'enlèvement de la belle mercière défrayait tout Paris.

De l'autorité, pas signe de vie.

Certains agents de M. Berryer se glissaient sournoisement dans les rues Saint-Martin, Saint-Denis, Montorgueil, épiant de l'œil et de l'oreille. Les plus adroits entraient, pour de minces achats, dans les boutiques.

Ils purent redire à leur chef que partout l'impression était la même, que pas un bourgeois ne prenait la peine de cacher son indignation, que l'on accusait les plus hauts personnages.

Le lieutenant général était-il dans le secret ? — Ce qu'il y a de sûr, c'est qu'il ne tenta pas la moindre enquête, la plus légère démarche. Il fit le mort vis-à-vis de la maison Navelier, et son rapport particulier sur les nouvelles de la ville constata que « l'on avait « beaucoup ri de l'émoi d'un brave boutiquier, dont

« la fillette avait pris la clef des Champs...-Elysées. »

Ce lazzi de M. le lieutenant général signifiait-il, par hasard, que la jeune fille enlevée avait été emmenée de ce côté ? Ceux qui lisaient le rapport, et M. Berryer lui-même, eurent le mot de cette aimable énigme policière.

Quoi qu'il en fût, la journée s'acheva comme elle avait commencé, dans les plus pénibles alternatives de désespoir, d'impatience, de rage inutile.

La nuit vint à son tour, — l'heure fixée par Jasmin sonna, pareille à un glas funèbre, à l'horloge de l'arrière-boutique du *Rouet d'argent*, ni Jasmin, ni même Becdassée ne parurent.

Louis compta chaque coup.

— Que de temps perdu !... prononça-t-il au dernier.

Son manteau et son chapeau étaient près de l'horloge, suspendus à un clou. Il les prit, s'en couvrit, chercha dans un coin un bâton noueux et ferré qu'il saisit par un geste saccadé.

Ainsi équipé, il se dirigea silencieusement vers la porte.

— Où vas-tu ?... lui demandèrent ensemble le mercier et sa mère.

— A Versailles.

— En pleine nuit ; seul ?...

— Je me sens de la force pour dix !... s'écria-t-il en brandissant son bâton.

— C'est insensé, objecta Jeanne ; songe à l'heure où tu arriveras. On ne te recevra pas au château. Il te faudra achever la nuit dehors. Tu épuiseras ainsi ton courage. Attends le point du jour, prends alors un cheval quelque part, et arrive à l'ouverture des grilles.

— Attendre !... Toujours attendre !...

— Il n'y a que cela de sage pour l'heure... soupira maître Navelier ; ta mère dit vrai ; mais, au matin, tu ne partiras pas seul, je t'accompagnerai ; moi aussi, j'irai me jeter aux genoux de notre cher prince.

— Non ! c'est impossible ! je n'attendrai jamais si longtemps, cette incertitude me brise...

— Et moi, lui dit maître Navelier, crois-tu que je souffre moins !

— Pauvre père !... murmura le jeune homme.

Jeanne songeait surtout à l'absence de Jasmin ; elle évitait de laisser voir ses inquiétudes, mais elle se disait que cette absence devait avoir un grave motif.

Louis s'obstinait à partir contre toute représentation. Il lui semblait qu'il trouverait un soulagement à sa dévorante anxiété, rien qu'en s'occupant de rechercher Geneviève, fût-ce au hasard.

Des coups frappés aux volets de la boutique, clos depuis un moment par la servante, attirèrent soudain l'attention. On avait dans la maison une manière particulière de frapper, pour se faire reconnaître, et c'était ainsi qu'on venait de heurter.

Ce signal fit tressaillir tout le monde, quoique nul n'osât se flatter qu'il vînt de la personne à laquelle on pensait le plus. Mais Louis s'écria :

— Ce doit être Becdassée !

Et il courut ouvrir.

Il ne se trompait pas ; c'était le petit commis, l'échappé de la nuit précédente. Il rentrait au gîte, dans un état pire que celui de la veille. Son accoutrement n'était pas moins pitoyable que son physique. Mais il ne s'agissait guère de cela.

— D'où viens-tu ?... lui demanda-t-on en chœur.

— De partout, répondit-il.

— Qu'as-tu découvert.

Il secoua la tête de gauche à droite avec découragement.

— Quoi, rien ?...

— Du moins si peu de chose !...

— Mais encore ?...

— J'ai battu tout Paris, je me suis adressé à Dieu et aux saints, j'ai frappé à toutes les portes connues et inconnues ; aux unes on m'a ri au nez ; aux autres on m'a traité de fou ; à une seule on m'a accueilli ; — la dernière, celle où il me répugnait le plus d'aller.

— Chez qui enfin ?...

— Chez M. de Ferrières. Il ignorait la cause de l'absence de Jasmin, il était furieux contre lui ; quand je lui ai dit l'événement, — le crime ! et que je supposais ce brave Jasmin à la poursuite de cette intrigue, il s'est soudain calmé.

— Je l'en remercierai... interrompit maître Navelier, dont la droiture ne soupçonnait pas les menées intéressées du marquis.

Becdassée, emporté par sa secrète indignation et par sa légitime rancune, ouvrit la bouche pour arrêter cette reconnaissance imméritée ; cependant, en garçon subtil, il se retint à temps. Au fond du cœur, il lui vint cette réflexion que, quel que fût le motif qui dictait l'intérêt de M. de Ferrières, il ne fallait pas faire fi d'un auxiliaire aussi puissant, et que son concours était une compensation bien acquise, — quitte, bien entendu, à le laisser tirer les marrons du feu.

Ces enfants de Paris ont l'imagination précoce, et le jugement sain quand ils s'en mêlent.

Notre jeune espiègle, grandi par les circonstances, laissa donc son patron exhaler sa gratitude, sans lui inspirer la moindre défiance. Il n'envisageait que le résultat.

Il se montra très-réservé dans les détails de son entrevue avec M. de Ferrières. Il évita de raconter l'exaspération où l'avait mis l'annonce d'un attentat, qu'il regrettait probablement de n'avoir pas devancé pour son propre compte. Dans sa colère, le marquis avait accusé le directeur des menus plaisirs, le lieutenant de police, le ministre intime, la favorite, jusqu'au roi ! Mais enfin ce n'étaient là que des mots en l'air. Rien ne prouvait que ces hauts personnages eussent trempé dans l'affaire, directement ni même indirectement.

Un peu apaisé, le marquis envoya chercher Gauthier, qu'il chargea de lui trouver et de lui amener sous le délai le plus bref, son vieux pauvre. — Nous savons que cet intéressant doyen de la mendicité parisienne s'appelait, parmi les bandits de la capitale, le vénérable Laraison.

Laraison passait pour n'ignorer rien de ce qui se faisait de mal dans la ville. A lui seul, il en savait dix fois plus que les limiers de M. Berryer réunis.

Introduit dans le cabinet de son chef, où Becdassée était resté de planton, il se présenta avec les formes respectueuses qu'il prenait devant tout étranger, fût-ce un enfant comme le petit commis.

— Monsieur le marquis a quelque chose à demander à son très-humble serviteur ? psalmodia-t-il.

— Sais-tu ce qui s'est passé cette nuit, rue Saint-Dominique au faubourg Saint-Germain ?

— Des camarades... de pauvres mendiants comme moi, rentrés sur le matin, au misérable gîte où je couche à côté des Halles, m'en ont touché quelques mots. Une aventure obscure ; un enlèvement, suivant toute apparence.

— Oui, un enlèvement ; mais par qui, pour le compte de qui ?...

— Ah ! voilà le plus ténébreux... Cependant, un ami à moi, un bien bon pauvre que je recommande à la charité de M. le marquis, le père Estoc, qui a vu passer l'équipage, a reconnu le cocher, pour l'avoir aperçu au service de M. le comte de Linanges.

— Le comte de Linanges !... répéta Ferrières bondissant à ce nom.

— Un très-grand seigneur !... fit le mendiant, car sagesse et grandeur ne vont pas toujours de pair.

Le marquis et Laraison échangèrent un coup d'œil bizarre. Puis, le premier s'adressant à Becdassée, qui ne perdait ni un mot, ni un geste, lui dit pour le congédier :

— Tu as entendu, mon garçon. Te voilà aussi savant que moi. Retourne chez tes maîtres, dis-leur la part que je prends à leur peine, assure-les de mon intention de les servir, et, si cela peut leur être utile, fais-leur connaître le nom du coupable. Va ! je m'occupe de vous tous, comptez sur moi.

— Nous y comptons, monsieur le marquis, nous y comptons...

Le petit commis s'en alla sur cet adieu, pour apporter à ses maîtres ce nom de Linanges, qui avait produit sur M. de Ferrières une si puissante impression.

— Le comte de Linanges ?... répétait à son tour maître Navelier, cherchant dans sa mémoire, ce n'est pas la première fois que j'entends ce nom ; si mes souvenirs ne me trompent pas, c'est déjà à l'occasion d'affaires scandaleuses qu'il a été signalé ?... Il faut absolument savoir...

— Je vous jure que nous saurons qui il est, et que nous le trouverons, maître, prononça Louis, décidé à dénoncer le ravisseur à l'univers entier, en m'adressant avant tout à notre protecteur, monseigneur le dauphin.

— Le dauphin ! s'écria maître Navelier, oui, oui, c'est à ses pieds qu'il faut nous jeter. Ah ! celui-là comprendra notre misère, l'horreur d'un tel crime !... Tout l'honneur de sa race est concentré en lui : mon Dieu, faites donc que son règne arrive !...

Le dignitaire de la bourgeoisie parisienne exprimait là, sans y songer autrement, le vœu de la nation tout entière, le seul vœu qui pût conjurer les tempêtes.

— Nous irons ensemble, reprit-il, car tu ne penses pas que je reste en arrière lorsqu'il s'agit du salut de ma fille !

— Ensemble ! oui, ensemble, cher maître, cher père ! Et puissions-nous arriver assez vite !

Ces mots répondaient à une si cruelle idée, que le malheureux père couvrit son visage de ses mains en exhalant un sanglot.

— Si Jasmin était revenu, du moins !... dit Jeanne, très-préoccupée de cette longue absence.

— Eh bien, intervint Becdassée avec sa merveilleuse perspicacité, je crois, moi, qu'il vaut mieux qu'il ne soit pas revenu, au contraire. Cela me rassure ; car, sauf le cas d'un accident, d'une surprise, ce qui est peu probable vu la prudence de notre ami, s'il tarde, c'est qu'il a découvert quelque chose ; s'il n'est pas ici, c'est que sa présence est plus utile ailleurs...

— M'aide Dieu ! s'écria le mercier en embrassant son jeune employé, tu parles d'or ; brave enfant, tu me tranquillises.

— Oui, murmura Louis dont certaines angoisses dépassaient celles mêmes du père de Geneviève, oui, il en doit être ainsi... mais si le malheur avait eu lieu... Si ?...

Sa mère le conjura par un geste de s'arrêter. Ses conjectures funestes ne pouvaient qu'accroître inutilement le désespoir de maître Navelier. Sa confiance dans Jasmin lui rendait d'ailleurs quelque courage.

Son fils et son patron, gagnés par cette confiance, se mirent de conserve en route pour Versailles, dès le petit jour. Quoique connus des gens de Son Altesse, ils frappèrent d'abord, vu l'heure matinale où ils réclamaient audience, à la porte de monseigneur du Muy.

Sur la seule nouvelle qu'ils étaient atteints d'un malheur auquel l'intervention du prince pouvait apporter remède, il se dirigea avec eux vers l'appartement de son illustre élève, à travers les galeries du palais.

Dans leur trouble, ils ne songèrent pas d'abord à lui dire de quoi il s'agissait, et lui, dans sa discrétion compatissante, les voyant atterrés, il évita de les questionner. Mais chemin faisant, maître Navelier, s'arrachant à sa prostration, lui dit :

— Monseigneur, croyez-vous que Son Altesse nous la rende ?... oui, il nous la rendra, n'est-ce pas ?

— Il nous la rendra ! répéta Louis.

Ils ne s'étaient pas aperçus ni l'un ni l'autre, en conjurant le comte de venir en aide à leur malheur, qu'ils ne lui avaient pas dit quel était ce malheur. Il s'arrêta et les interrogeant à la fois de l'œil et de la parole :

— Vous la rendre ?... demanda-t-il. Qui, elle ?...

— Geneviève, ma fille !

— Geneviève, ma sœur ! Ah ! vous ne savez pas !...

Le vieux gentilhomme éprouva un frisson :

— Geneviève ?... dit-il.

— Enlevée, disparue, entraînée par surprise, par violence ! Un guet-apens !...

— O mon Dieu ! s'écria le comte, que m'apprenez-vous ; oui, venez, venez, et si monseigneur peut vous servir, il est comme moi prêt à le faire.

Hâtant sa marche, il les entraîna à sa suite dans l'antichambre du prince, pénétra, sans se faire annoncer, dans sa chambre, où déjà il travaillait, et lui demanda de recevoir ses deux protégés, frappés d'un coup auquel son autorité seule pourrait remédier.

— Qu'ils entrent ! répondit le prince, toujours disponible quand il y avait du bien à faire ou du mal à redresser.

Le comte revint à l'antichambre, au milieu des huissiers, des laquais stupéfiés de ce mouvement inusité ; il prit le bourgeois et le jeune homme par la main et les poussa vers le prince, aux genoux duquel ils tombèrent.

Il les releva lui-même avec une bienveillance attendrie, les engagea à s'asseoir, à parler en toute sécurité.

Mais ils restèrent debout. Les larmes étouffaient la voix de maître Navelier, ce fut Louis, toujours soutenu par l'ardeur cuisante qui lui brûlait le cœur, qui, en peu de mots, mit le prince au courant de la catastrophe.

Geneviève, on s'en souvient, était sa protégée aussi, il ne l'oubliait pas dans ses marques de générosité envers son filleul. Il eut à son tour un accès d'indignation et de fureur. Il frappa du pied sur le tapis.

— Vous avez bien fait de venir, dit-il au père et au frère adoptif, oui, oui, justice vous sera faite !... C'est un gentilhomme, dites-vous, qui a commis ce forfait...

Nous le trouverons, nous lui arracherons sa victime, et, quel que soit son rang, il sera châtié comme un infâme, je vous en donne ma parole !

— O monseigneur, que de reconnaissance !...

— Mais vous savez son nom ?... le nom du misérable ?

— Le comte de Linanges.

— Le comte de Linanges ? répéta-t-il en cherchant dans son esprit. Le comte de Linanges ?... Nous n'avons pas cela à Versailles. Serait-ce quelque gentilhomme nouvellement admis à Trianon ?... N'importe, fût-il sous l'aile du roi ; je verrai mon père ; je lui découvrirai le crime ; je lui montrerai le coupable... Je lui demanderai justice... et je l'aurai...

Il porta alors les yeux sur le comte du Muy.

Le vieux gentilhomme, diplomate éprouvé, esprit ferme, guerrier intrépide, s'était montré à son élève souriant, tranquille sous le feu du canon, ferme, rassuré au milieu des crises de palais les plus critiques. Sa sérénité était le phare sur lequel le prince guidait sa conduite. Jamais son conseil ne l'avait égaré.

Pour la première fois, dans une occasion où il lui demandait son avis, son concours, il vit ses traits envahis par la pâleur ; ses lèvres elles-mêmes livides, frémissantes, trahissaient un insurmontable effroi.

— Du Muy, s'écria le prince, qu'as-tu ?... Que crains-tu ?...

Le sage conseiller secoua lentement sa tête attristée.

— Réponds, insista le dauphin, connais-tu ce comte de Linanges ?... Son nom t'effraie-t-il ?... J'irai seul !

— Non, prince, murmura M. du Muy, en attirant son élève hors de l'oreille des deux témoins de ce débat, — non, vous n'irez pas dénoncer le comte de Linanges au roi...

— Pourquoi cela ?

— Ah !... parce que... parce que... le comte de Linanges...

— N'achève pas !... interrompit le dauphin, plus pâle alors que son conseiller, n'achève pas... j'ai compris !...

VI

LE DAUPHIN-LOUIS.

Maître Navelier et son fils adoptif ne distinguèrent pas les dernières phrases échangées d'un ton concentré entre le comte et le dauphin. Mais ils comprirent à l'énergie de leur geste, au frémissement sombre de leurs traits, que leur bonne volonté venait de se heurter contre un écueil.

Un frisson glacé passa à son tour dans leurs veines, à cette pensée que si Geneviève était au pouvoir d'un homme assez puissant ou assez protégé pour paralyser les efforts du dauphin, les leurs devaient être bien plus vains encore.

Le prince se rapprocha d'eux. L'affabilité régnait encore sur ses traits en leur parlant, mais un nuage obscurcissait son front.

— Mes amis, leur dit-il, je vous remercie de votre confiance en moi, pour redresser un tort ; hélas ! je ne peux pas tout ce que je veux ; mais du moins tout ce qu'il sera humainement possible de faire, je le ferai.

— O Monseigneur !... s'écrièrent ensemble Louis et son patron, pénétrés de reconnaissance.

Le prince ajouta avec un soupir :

— Vous allez retourner à Paris, j'y serai moi-même ce soir. La grandeur a ses inconvénients. Quels que soient leurs soucis, les princes se doivent à tous. J'avais promis d'assister aujourd'hui au *Devin de village*, à l'Opéra, avec madame la dauphine. Les chanteurs attendent notre présence comme un indigent attend le Pactole. Nous irons à ce spectacle. Que l'un de vous passe au Louvre vers l'heure de notre arrivée, il verra M. du Muy.

A peine le jeune prince se trouva-t-il seul avec son conseiller, qu'il tomba dans un grand abattement. Le comte le considérait avec compassion, sans chercher à le réconforter, ou à le distraire, tant la cause de sa tristesse lui paraissait légitime.

— Du Muy, dit enfin le prince, il faut que je voie le roi, que je lui parle... que je parle à son cœur, que je fasse appel à sa chevalerie en faveur de ces braves gens, de cette pauvre enfant.

— C'est votre devoir, monseigneur, répondit le digne conseiller. Dût cette démarche échouer, vous aurez le mérite de l'avoir entreprise. Auprès du roi d'ailleurs, il y a chance pour de telles requêtes, lorsque Sa Majesté est libre d'elle-même, hors des obsessions de ses flatteurs.

— Sache où est le roi aujourd'hui, je vais me préparer.

Le comte sortit pour prendre des informations, mais tout devait ce jour-là tourner contre nos amis ; le roi et la cour de Trianon étaient partis pour chasser deux jours à Fontainebleau. Rien ne pouvait être plus contraire à la tentative projetée par le prince, qui se vit obligé de l'ajourner jusqu'au retour de son père.

Non-seulement ce n'était pas une circonstance propice pour le tête-à-tête qu'il lui fallait, mais depuis quelques années, le fils de Louis XV avait renoncé à la chasse, avec une fermeté de résolution sur laquelle il ne revint pas, et à la suite d'une circonstance douloureuse : il avait eu le malheur, dans une partie de ce genre, de tirer un coup de fusil trop précipité, qui atteignit mortellement M. de Chambord, un écuyer auquel il portait une amitié très-vive.

Cet accident lui causa un désespoir dont il ne se consola jamais. Longtemps après, il disait encore :

— J'ai toujours devant les yeux le corps sanglant de ce pauvre Chambord ! — Vous avez beau dire, ajoutait-il quand on cherchait à l'arracher à ce souvenir, ce pauvre homme est toujours mort, et mort de ma main, et mort d'un coup qui est parti de ma main. Non, je ne me le pardonnerai jamais. Je vois encore l'endroit où s'est passée cette scène affreuse. J'entends encore les cris de cet infortuné. Il me semble, à chaque instant, le voir me tendre les bras ensanglantés, et me dire : « Quel mal vous ai-je fait pour m'ôter la vie ? » Il me semble voir sa femme éplorée, qui me demande : « Pourquoi me faites-vous veuve ? » Et ses enfants qui crient : « Pourquoi nous faites-vous orphelins ? »

Le dauphin prit cette famille sous sa protection spéciale, la combla de biens, la recommanda en termes touchants au roi, dans son testament. Enfin, ce malheur devint l'origine de la fortune des Chambord, sans qu'il crût avoir assez fait.

Quelque temps auparavant, dans une autre partie de chasse, où il se trouvait en retard, il refusa obstinément de traverser une pièce de blé pour arriver plus tôt au rendez-vous. La population des environs, accourue pour le saluer au passage, fut témoin de ses précautions pour n'occasionner aucun dommage autour de lui. Un des paysans s'écria avec attendrissement :

— Ah ! voyez notre bon dauphin, quel soin il prend pour ne pas fouler nos semences !

Le prince saisit ces paroles et dit à ceux qui l'accompagnaient :

— Vous l'entendez, messieurs, ils nous savent gré de tout le mal que nous ne leur faisons pas !

Ce prince, comme il y en a trop peu, renonça donc à la chasse parce qu'elle avait ses revers ; il continua de se montrer au théâtre, parce que sa présence y profitait à l'art, dont il était appréciateur, et aux artistes, auxquels il voulait du bien.

Cent traits analogues à ceux qui précèdent étaient connus du peuple, on citait partout ses paroles généreuses, ses actes de bienfaisance, de grandeur et de sagesse. Ainsi, lorsqu'on suppléa à ses fils, alors en âge de raison, les cérémonies du baptême, il fit ouvrir sous leurs yeux les registres de l'église.

— Voyez, leur dit-il, votre nom placé à la suite de celui du pauvre et de l'indigent. La religion et la nature mettent tous les hommes de niveau... Peut-être que celui qui vous précède sur ce livre sera plus grand aux yeux de Dieu que vous ne le serez jamais aux yeux du peuple.

Il prenait de l'éducation de ses enfants un soin personnel, surveillant de près leurs gouverneurs, auxquels il répétait :

— Conduisez mes fils dans la chaumière du pauvre ; ne leur épargnez pas ce qui peut les attendrir ; qu'ils voient le pain noir dont se nourrit l'indigent ; qu'ils touchent de leurs mains la paille qui lui sert de lit. Je veux qu'ils apprennent à pleurer. Un prince qui n'a pas versé de larmes ne peut être bon.

Un jour, se mettant à table à un banquet avec l'ambassadeur d'Espagne, il lui dit en montrant la table surchargée :

— Voici un festin splendide, monsieur ; quel malheur de ne pouvoir y convier toute la nation. Je voudrais qu'un prince ne fût jamais exposé à se mettre à table sans se dire : Aucun de mes sujets n'ira se coucher aujourd'hui sans souper.

Le roi lui ayant envoyé une somme considérable à titre de cadeau, lors de la naissance du duc de Bourgogne, il contremanda les fêtes que l'on préparait, et partagea cet argent en deux lots : un pour des aumônes, l'autre pour doter six cents jeunes filles.

Et comme le roi voulait, à cette même occasion, augmenter sa pension, il refusa en exprimant ce vœu :

— J'aimerais mieux que cette somme fût diminuée sur les tailles (1).

Résigné à l'éloignement des affaires où son père le tenait impérieusement, par un mauvais sentiment personnel et par condescendance pour les intrigants qui gouvernaient en son nom, il ne perdait pas de vue cependant le rôle qui lui semblait réservé. Ne pouvant agir, il méditait, et le fruit de ses études se révélait de temps en temps par des paroles telles que celles-ci :

— Ce qui rend la réforme d'un État si difficile, c'est qu'il faudrait deux bons règnes de suite ; l'un pour extirper les abus, l'autre pour les empêcher de renaître.

Il se livrait à de profondes études historiques, et disait à ce sujet :

— L'histoire est la ressource des peuples contre les

(1) Consultez *la Vie du dauphin*, par Villiers et Proyart, et les *Mémoires* du P. Griffet.

erreurs des princes. Elle donne aux enfants les leçons qu'on n'osait faire aux pères.

Quelques années avant l'époque où se passe notre récit, il avait conçu le dessein de connaître la vérité sur l'état de la France, sur ses maux et sur les remèdes qu'on y pourrait apporter ; mais une telle étude lui étant interdite, il recourut à son fidèle du Muy, convaincu qu'il verrait par les yeux de ce judicieux et sincère ami aussi bien que par les siens.

Il l'envoya dans les provinces et obtint de la sorte un exposé exact, sur lequel il se livra à d'intéressants travaux.

Mais chaque parole, chaque acte de cette nature étaient aussitôt dénaturés, commentés par plusieurs courants. D'une part la méfiance s'accumulait, de l'autre l'espoir secret de certaines factions exploitait ces élans du cœur ; enfin, le peuple, qui n'écoutait que son instinct, redoublait d'admiration, d'amour pour le rédempteur qu'il entrevoyait.

Cette sympathie grandissait surtout à mesure que Louis XV se plongeait plus avant dans la voie du désordre des mœurs et des exactions financières. Elle était en outre stimulée, depuis un certain temps, par une influence mystérieuse, celle des conspirateurs attachés à la ruine du règne présent.

Ces explications étaient utiles pour faire comprendre les causes de l'ovation que reçurent à l'Opéra le dauphin et la dauphine, pendant que le roi chassait à Fontainebleau. Ce furent des acclamations, des transports si enthousiastes, que la jeune princesse en fut presque effrayée.

A la sortie du théâtre, ils trouvèrent leur carrosse dételé ; le peuple s'était emparé du timon, des fallots formaient une illumination mouvante, on les conduisit ainsi jusqu'aux Tuileries, où ils couchèrent.

Le lendemain, ils partirent incognito, pour prévenir le renouvellement de cette scène touchante, dont le prince appréhendait l'effet à Trianon.

C'était déjà trop de celle de la vieille, ainsi qu'il ne tarda pas à en avoir la preuve.

De retour à Versailles, il apprit que le roi, charmé des fêtes organisées à Fontainebleau, comptait y finir la semaine. Regardant comme impossible de s'y rendre, en présence de l'oubli où son père l'avait tenu à son départ, il se décida à charger M. du Muy d'une lettre, ou plutôt d'une supplique, où il exposa avec une éloquence filiale l'affliction de ses protégés.

Il évita toute allusion au nom même authentique ou apocryphe du comte de Linanges, s'attachant surtout à émouvoir la sensibilité et l'équité du souverain en faveur d'une infortune si intéressante.

Le comte apporta dans l'accomplissement de sa délicate mission la prudence qui le distinguait, mais comme il était difficile de prendre Choiseul et sa complice en défaut de vigilance et de noirceur, il vint échouer contre une des manœuvres qu'ils avaient constamment en poche.

C'est une partie de l'histoire de ce temps méprisable que nous écrivons. L'almanach royal, publié avec privilége, avait contracté l'habitude d'ajouter au nom de Louis XV l'épithète de Bien-Aimé, que la nation lui avait retirée depuis longtemps. Il courait sur cette flatterie typographique des épigrammes sanglantes. L'une d'elles surtout obtenait la vogue ; on la trouvait dans toutes les bouches, on la lisait crayonnée sur tous les murs. C'est ce couplet :

Le Bien-Aimé de l'almanach
N'est pas le Bien-Aimé de France ;
Il fait tout *ab hoc* et *ab hac*.
Le Bien-Aimé de l'almanach
Il vous met tout le monde au sac,
Et la Justice et la Finance !
Le Bien-Aimé de l'almanach
N'est pas le Bien-Aimé de France.

Les deux intrigants qui circonvenaient le roi eurent l'inspiration diabolique de faire copier ces vers par un homme habile, qui imita à s'y méprendre l'écriture du dauphin. Ils attendaient l'occasion de se servir de ce faux ; la démarche du comte du Muy la leur fournit tout à point.

Choiseul, présent à l'audience, poussa un cri d'étonnement très-bien joué en apercevant la lettre. Invité à s'en expliquer, il balbutia, éluda avec des réticences qui finirent par motiver un ordre formel.

— Que Votre Majesté m'excuse, dit-il hypocritement, mais en apercevant l'écriture de cette lettre qui émane de Son Altesse, je n'ai pu me défendre d'une vive surprise... tant elle ressemble à un billet d'un autre genre, qui m'a été transmis par M. Berryer, mais qui, je le jurerais, en dépit des affirmations de ce fonctionnaire, n'émane pas de la même source.

— Voyons ce billet ? dit le roi d'un ton impérial.

— Sire, vous m'excuserez, mais, en vérité, sur l'honneur...

— Ce billet ? demanda Louis XV pour la seconde fois.

Le courtisan tomba à genoux.

— Faites de moi ce qu'il vous plaira, Sire, je ne puis...

— Votre épée, alors, monsieur ; déposez votre épée ; et puisque ce ne peut être de bonne volonté, j'aurai ce papier de force. Holà ! quelqu'un...

Un huissier parut.

— Arrêtez, sire, ne m'accablez pas ! implora l'hypocrite. Voici l'écrit tel que je l'ai reçu.

Le roi lut l'épigramme ; ses traits se contractèrent comme s'il ressentait une blessure dont il voulût dissimuler l'acuité. Son royal fauteuil était une herse sur laquelle il se tourna et retourna. Il sentait des aiguillons s'enfoncer dans sa chair de tous les côtés. Il y avait de la foudre dans son regard.

M. du Muy restait à quelques pas, dans une attitude respectueuse, les traits immobiles. Mais il comprenait que le ministre favori jouait là une nouvelle comédie dirigée contre le dauphin.

Il tenait la lettre du prince ; le roi, dans sa précipitation pour saisir le couplet satirique, l'avait lâchée avant de la lire.

— Rapportez-moi cette lettre, dit-il sèchement.

Le comte la lui tendit.

Il eut de la difficulté à la prendre, tant ses mains tremblaient. Il la rapprocha du petit carré de papier, et poussa un éclat de rire terrifiant.

— Mort de ma vie ! jura-t-il, lui qui jurait peu, je savais bien, monsieur, que vous favorisiez dans votre élève le goût, de la poésie, mais j'ignorais encore ses progrès, en voici, grâce à Dieu, un échantillon qui éclaircira bien des doutes.

— Sire, daignez m'excuser, dit le comte, je ne saisis pas...

— Comparez alors ces deux écrits, l'un une supplique, si je ne me trompe, l'autre une insulte... Prenez, monsieur... prenez donc !

M. du Muy reçut des mains tremblantes du maître les deux papiers. Il ne se défendit point d'un mouvement de surprise à la vue de l'écriture de l'épigramme. Mais l'ayant parcourue, un dédain suprême remplaça l'étonnement sur son visage. Il se rapprocha du duc de Choiseul, qu'il força en quelque sorte à la prendre à son tour, la lui remettant du bout des doigts, pour y toucher le moins possible.

— Reprenez ce billet, monsieur le duc, lui dit-il, il est à vous, si je ne me trompe.

Choiseul sentit le trait. Il fut prêt de le relever; le roi vit son mouvement, et d'un geste lui enjoignit le silence.

— Vous reconnaissez l'écriture? dit-il à M. du Muy.

— Sire, je reconnais l'imitation d'un impudent faussaire. Je regrette le zèle de M. le duc à communiquer à un père, à un roi, un écrit infâme sous tous les rapports, et qui ne pouvait que jeter une ombre entre Votre Majesté et son fils respectueux.

— C'est une protestation, interrompit le duc avec une pointe de sarcasme.

— Non, monsieur, répondit froidement le comte, on ne proteste pas contre de telles infamies, on les renvoie à leur auteur et on les méprise.

Il fallut un signe plus impérieux du roi pour contenir le ministre ainsi flagellé.

Venez m'embrasser! s'écria le Vidame.

— Ce sont là de beaux sentiments, monsieur, dit-il à l'envoyé de son fils. Je ne demande pas mieux que de les croire partagés par tous ceux qui tiennent à moi par le sang.

Et, de la main, il lui fit un signe que l'audience était finie.

— Sire?... insista le comte, en lui présentant pour la seconde fois la lettre du dauphin.

— Ah! cette requête!... bien; donnez-là à M. le premier ministre.

Choiseul tendit la main; mais le comte, au lieu de la lui remettre, repartit:

— Sire, cette supplique est pour vous seul.

— Je suis très-fatigué, monsieur, très-fatigué.

— Sire...

— Encore!

— Il s'agit d'une affaire qui n'admet pas de délai; qui cause rumeur dans Paris; où l'on met en jeu des noms...

— Le nôtre peut-être!... gronda le roi. Cela n'a pas lieu de nous étonner; mais nous savons où sont nos ennemis...

— Sire, au nom du ciel!...

— Puisque vous refusez de confier cette lettre à

notre ami, déposez-la sur ce meuble. Nous aviserons.

M. du Muy se retira ; demeurer davantage eût frisé le crime de rébellion.

Le roi se leva de son fauteuil dans une irritation terrible ; il arpenta à plusieurs reprises son cabinet, murmurant des phrases entrecoupées, se plaignant du ciel, de la terre, de l'univers, de tout, excepté de lui-même.

Le ministre saisit l'instant favorable ; il fit disparaître la lettre du dauphin, dont il ne fut plus question.

Une joyeuse fanfare opéra à propos une diversion. C'était le signal de la chasse. Madame de Pompadour entra comme un tourbillon, cravache à la main, costume d'amazone complet. Elle tança son auguste amant sur sa négligence, voulut qu'on l'accommodât séance tenante dans son cabinet, et mit la main à son ajustement. Elle l'étourdit d'un babil si malicieux qu'elle le transfigura.

— Ainsi, nous allons à la chasse aujourd'hui ? dit-il.

— Oui, sire, et, pour varier nos divertissements, demain à l'Opéra. Nous achèverons la semaine à Choisy-le-Roi.

— Va pour l'Opéra et pour Choisy ; courte et bonne !

— Non pas, mon bien-aimé souverain, bonne et durable ! Rien ne fait vivre et ne rajeunit comme le plaisir.

VII

L'OPÉRA ET L'ÉMEUTE

Ainsi qu'on s'en souvient, à la suite de l'échec essuyé par les ennemis du dauphin lors du bal de l'Opéra, le projet d'éloigner ce prince fit place à quelque chose de plus ténébreux. L'affaire de l'épigramme n'était évidemment qu'une escarmouche destinée à maintenir la méfiance du père envers le fils.

L'idée d'aller à l'Opéra émanait encore de cette haine, mais dans une autre direction, car l'imagination de Choiseul et de sa complice embrassait tous les points de vue à la fois.

Certes, la marquise détestait les Parisiens et contribuait à attiser ce mauvais sentiment dans le cœur du roi. Mais, tenue au courant des actes du dauphin par la complaisance servile du lieutenant général de police, elle venait d'apprendre avec dépit l'ovation récente décernée à ce prince et à la dauphine.

Aveuglée par l'envie, elle ne rechercha pas les causes de l'enthousiasme populaire ; tout ce qui pouvait survenir d'heureux à l'héritier présomptif du trône lui semblait dérobé à elle-même ; elle n'eut donc qu'une pensée, celle d'obtenir que le roi et pour elle une contre-manifestation, une ovation plus éclatante.

Les voitures de gala, mises en réquisition, transportèrent, dès le matin qui suivit, le monarque et l'élite des invités de Fontainebleau au palais de l'Élysée, propriété de la marquise, et sa résidence officielle, mais très-délaissée, à Paris.

Un dîner d'intimes, tel qu'on l'eût réuni à Trianon ou à Choisy, occupa l'après-dînée jusqu'à l'heure du spectacle.

On avait pris soin de répandre l'annonce de l'arrivée du roi, et de sa présence pour le soir à la représentation de l'Opéra. C'était un appel à la curiosité et à l'enthousiasme. Mais il ne réussit que pour moitié.

Si le théâtre se trouva plein, par contre, l'équipage royal ne recueillit dans son trajet que les vivat des agents de M. Berryer. Leur joie de commande, loin d'être partagée par les mornes passants, souleva à plusieurs reprises des murmures peu dissimulés. A peine se découvrait-on de mauvaise grâce sous l'œil courroucé des gens de police.

On réservait alors au souverain, non pas une loge d'avant-scène, mais celle qui occupait le milieu des premières, depuis le fond jusqu'au balcon. Un cérémonial solennel présidait à son entrée ; il était reçu par les chefs de la troupe, tenant chacun un flambeau à trois branches, des pages formaient la haie, l'élite de la garde occupait les abords du théâtre, les moindres employés, jusqu'au moucheur, revêtaient une grande livrée.

Tous les assistants se levaient à l'entrée du roi, les hommes saluaient, ou l'acclamaient à plusieurs reprises, on ne s'asseyait qu'après lui, il avait seul le privilège, dont il usait généralement peu, de mettre son chapeau.

Il donnait le signal de la levée du rideau, celui des applaudissements. Chaque acteur débutait en entrant en scène par une révérence profonde à Sa Majesté.

On observait à la lettre cette maxime : Où le roi est, il est chez lui. — Du reste, de nos jours même, les employés inférieurs de l'Opéra portent la livrée impériale.

Les choses marchèrent avec cet ordre méticuleux. Le public s'abstint d'un vif entraînement, mais il cria sans se faire tirer l'oreille : « Vive le roi ! »

Madame de Pompadour, d'abord contrariée de l'attitude des gens du dehors, respira plus librement. Elle prit place, au premier rang, à gauche de son auguste esclave.

Le programme se composait de chant et de danse. L'Opéra de Jean Jacques, le Devin, formait le fond de la première partie ; le ballet de Psyché, dansé par Gardel aîné, occupait la seconde.

Le roi, qui n'avait pas mis les pieds à ce théâtre depuis plusieurs années, se montrait fort content. Il applaudissait la musique et les chanteurs, il témoignait de la main son approbation aux danseurs et surtout aux danseuses. Il se penchait fréquemment, le sourire aux lèvres, à l'oreille de la marquise rayonnante.

Mais la tempête n'était pas loin ! Au moment le plus beau, la porte de la loge royale s'ouvre brusquement, un murmure confus circule à travers les couloirs, un murmure plus étrange encore arrive de la rue.

Le roi et sa maîtresse ont à peine le temps de tourner la tête pour regarder derrière eux ; un jeune homme s'élance, hagard, menaçant, échevelé, jusqu'au monarque.

— Sire, s'écrie-t-il d'une voix qui domine l'orchestre, et pénètre les spectateurs d'un émoi général, sire, Geneviève !... Rendez-moi Geneviève.

La favorite bleut et se retira jusqu'à la cloison ; le roi se leva, sinon effrayé, du moins surpris. Il chercha de l'œil ses pages et ses gardes ; un bruit de lutte lui arriva plus distinct des couloirs.

— Cet homme est fou, dit-il, qu'on le chasse.

— Non ! je ne suis pas fou, sire !... Je réclame ma sœur, ma sœur enlevée par vos ordres ! Ma sœur, déshonorée, peut-être, par une fantaisie royale !... Ma sœur, je veux ma sœur !

Le roi décidément inquiet, commença à reculer vers le fond de la loge; l'audacieux auteur de l'esclandre se tenait vers le bord et son accent énergique et mordicant, portait avec lui une vibration irrésistible.

On vit, chose inouïe, la salle entière se lever; ce nom de Geneviève, cette histoire d'enlèvement n'étaient ignorés d'aucun des assistants. Le roi et la favorite, épouvantés, entendirent l'appel du jeune homme répété par toutes les bouches.

— Justice!... Réparation!... Geneviève Navelier, nous voulons Geneviève!...

En réalité, le roi ne comprenait pas ce que cela voulait dire; mais la marquise épouvantée paraissait le savoir.

Venez, sire, dit-elle, redoutant une explosion plus violente de l'indignation populaire, venez... Nous les châtierons!...

Quelques gardes très-émus, à moitié désarmés, échappés évidemment à une lutte, à une surprise, apparurent à l'entrée de la loge.

— Messieurs, leur cria la marquise, protégez le roi.

— Messieurs, dit Louis, retrouvant sa dignité, le roi se protège lui-même, veillez sur madame la marquise.

La confusion devint inexprimable, le parterre envahit la scène, envahit les galeries, envahit le foyer. L'illustre couple gagna avec peine le péristyle, où cependant un peloton de mousquetaires, accouru du Louvre, réussit à protéger leur rentrée en voiture.

Mais que peuvent quelques hommes contre une population?!

L'émeute de la salle n'était rien auprès de celle du dehors. Ce n'était plus seulement le cri : « Geneviève!... Geneviève!... la belle mercière!... » qui éclatait.

C'était le cri le plus sinistre, le plus menaçant que puisse proférer le peuple :

— Du pain!... du pain!...

Les mousquetaires voulurent charger la foule, elle s'écarta, pour s'agglomérer plus compacte à quelques pas, pour crier plus fort :

— Mort aux accapareurs!... A bas les tailles!... Du pain!... du pain!... A bas le monopole!...

D'autres cris trop énergiques pour être reproduits par la plume s'attaquaient à la favorite.

Les mousquetaires poussèrent leurs chevaux et brandirent leurs épées; on leur répondit par des pierres.

Le carrosse royal avança cependant de quelques pas; mais il fut couvert de boue, au milieu de vociférations et de huées furibondes.

Louis se tenait immobile et muet au fond de la voiture. La marquise, blottie dans un des coins, cachait son visage, où la rage faisait couler des larmes.

Les mousquetaires continuaient de frayer la route pas à pas, dans la direction des Champs-Élysées, pour gagner Versailles. Lorsqu'ils y furent parvenus, protégés par l'espace, par la nuit, le carrosse royal lancé à toutes guides échappa enfin aux poursuites audacieuses de la populace.

Les clameurs se perdirent peu à peu dans le lointain; les deux voyageurs emportés en grande vitesse n'entendirent plus que le galop de leur escorte et le bruit des roues. Ils purent respirer. Mais ils gardaient encore le silence, on eût dit que c'était entre eux à qui ne le romprait pas le premier.

Un sentiment venimeux arracha à la marquise une exclamation sinistre, par l'idée à laquelle elle correspondait :

— Le jeune homme... a-t-on du moins arrêté le jeune homme!...

Elle ignorait encore que ce n'était pas un coupable, mais cent, mais mille, qu'il eût fallu emprisonner; car si le lecteur a reconnu le frère de lait de Geneviève dans le téméraire envahisseur de la loge royale, ni le roi, ni la marquise ne le connaissaient, et dans la confusion de cette scène, transfiguré par le désespoir, par l'exacerbation, Louis, l'agitateur héroïque, l'émeutier sublime, n'avait plus ni les traits, ni la démarche, ni l'organe, du timide apprenti mercier de la rue Saint-Denis.

L'enfant s'était fait homme, la chrysalide inerte avait rompu ses liens, elle volait haut maintenant. Le papillon était un aigle!

Depuis son retour de Versailles, tantôt seul, tantôt réuni à Becdassée, qui n'arrivait pas plus que lui, il avait certainement fouillé en vain tout Paris. Décidé à recourir à tous les moyens, à tous les auxiliaires, il avait surmonté sa répulsion pour le marquis de Ferrières, au point de venir frapper à sa porte.

La fatalité s'en mêlait. Le marquis entraîné par des affaires compliquées, mystérieuses, n'arrêtait pas chez lui depuis huit jours.

Gauthier, vigie subtile, laissé par le maître pour tout voir, remarqua l'insistance de Louis, et flairant là quelque chose d'important ou d'avantageux, lui vint en aide. Il lui ménagea une entrevue avec le marquis, dans un des rapides passages de celui-ci à son hôtel.

Ferrières, la compassion dans le regard, la pitié à la bouche embrassa le jeune homme, et sans lui laisser la peine d'entamer le sujet de sa démarche :

— Eh bien, mon cher enfant, lui dit-il, mes tristes prédictions se sont donc réalisées?

— Monsieur le marquis, vous savez ce qui m'amène!

— Vous le voyez. Ah! Louis, les temps sont mauvais, et cependant il a fallu un coup de tonnerre pour vous réveiller! Vous rappelez-vous mes paroles?

— Je me les rappelle, puisque me voici.

Ferrières le considéra alors avec plus d'attention. La métamorphose le saisit.

— Bien! dit-il, bien!

— Monsieur le marquis, vous promîtes de me venir en aide, si je frappais à votre porte.

— C'est une promesse que je suis prêt à tenir. Que voulez-vous?

— Ils ont enlevé Geneviève, la fille de mon bienfaiteur, ma sœur adorée...

— Adorée?... sourit Ferrières de son sourire ambigu.

— Respectée, monsieur, car l'amitié seule, je vous le jure, est permise entre elle et moi... Ils l'ont enlevée, maltraitée, cachée je ne sais, je ne peux savoir où! dans quelque repaire infâme... Je veux la rendre à son père... Mais pour cela, il me faut trouver le ravisseur, dont je connais à peine le nom; ce nom prononcé ici même, suivant ce que m'a rapporté notre jeune apprenti.

— C'est vrai, dit Ferrières, on a nommé un certain comte de Linanges.

— Vous devez connaître ce personnage, vous, monsieur le marquis, si répandu dans le monde.

Un éclair traversa les traits méphistophéliques de l'ancien illuminé. Il répéta avec son rire infernal :

— Le comte de Linanges!... Puis prenant tout à coup un ton grave : Mon cher Louis, dit-il, vous me faites l'effet d'un garçon de cœur.

— J'en aurai du moins pour la venger, quel que soit le coupable, dussé-je appeler à moi tous mes amis, et les amis de mes amis !

— Mon cher Louis, dit le marquis dont la satisfaction secrète s'épanouissait à ces généreux élans, le roi assiste ce soir à l'Opéra.

— Que m'importe ?

— Il est cinq heures, l'Opéra est annoncé pour cinq heures et demie ; Sa Majesté entrera dans sa loge dans trois quarts d'heure.

— Quel rapport ?

Le marquis se plaça en face de lui, le brûlant de son regard illuminé, les deux mains appuyées sur ses épaules :

— Quel rapport, enfant ! Mais le comte de Linanges...

— Eh bien ?

— C'est... le... roi.

— Ah !.. s'écria Louis avec un rugissement qui retentit dans l'hôtel entier. Ah ! je le tiens !... merci !... merci !...

M. de Ferrières s'exclama à son tour, voulant le retenir encore pour lui parler, pour lui expliquer... Il s'échappa de ses mains, tête nue, impétueux, indomptable.

— Voilà mon agneau transformé en lion, murmura le marquis. Je tiens décidément mon Perrinet Leclerc!... Oui, ajouta-t-il avec réflexion, mais il est encore trop tôt... Sarpejeu ! si l'imprudent allait gâter nos affaires au lieu de les servir!... Allons, à tout hasard, s'il met le feu aux poudres, envoyons-lui des munitions !

Il sonna, Gauthier parut.

— Sur l'heure aux Halles; au cabaret du *Petit-Bacchus*. Ramène Laraison, Estoc, tout ce que tu rencontreras de la bande.

« Qu'ils secouent leur monde... Tous sur le pavé, pas une minute à perdre... Tous rue Saint-Honoré; rue Richelieu; dans les abords du Palais-Royal... Dis-leur : « Le roi est à l'Opéra, il faut l'acclamer... » Ils comprendront. Va! va!... Je cours moi aussi ! »

Dans une fièvre indescriptible, il mit des armes à sa ceinture, se couvrit d'un déguisement, d'habits d'ouvrier, presque de mendiant, et descendit à son tour vers le quartier général de ses affidés.

— C'est trop tôt, murmurait-il d'un ton saccadé, trop tôt... il restait des mesures à prendre... ce fou va tout gâter... Quel malheur !...

Tandis que la populace recevait le signal, Louis se précipitait dans la rue Saint-Denis, dans les rues avoisinantes, ameutait ses amis. Un cri de révolte éclatait dans ce quartier populeux, foyer de la richesse et du commerce de Paris. La jeunesse des comptoirs et des ateliers se levait comme un seul bras, appelait d'une seule voix la vengeance et le châtiment.

Ce flot vint battre les rives du Palais-Royal, s'engouffra par tous les pertuis, jusqu'au théâtre, emporta, dispersa comme des brins de paille, les faibles postes des environs, enleva et rejeta par derrière elle les factionnaires insuffisants du péristyle, pénétra dans les galeries, dans les couloirs, enveloppa les gardes royaux, venus là pour la parade, avec des armes de luxe, occupés la plupart à regarder, par les vasistas, ce qui se passait sur la scène pendant que la tempête se déchaînait derrière eux.

Quelques hommes contre une légion !... Ils n'eurent pas même le temps de dégainer.

Si les masses à la discrétion des conspirateurs eussent été prévenues plus tôt, de manière à agir, alors, on ne saurait dire ce qui fût arrivé, car l'émeute aurait été absolument maîtresse du théâtre et de la personne du roi.

Mais, quelle que fût l'activité des chefs, appelés à l'improviste, les mousquetaires eurent le temps d'arriver et de prendre position autour de l'équipage royal, pendant que la jeunesse du commerce se trouvait engouffrée dans la salle.

Les bohèmes, les mendiants, les bandits, la population des faubourgs soulevés rapidement, n'arrivèrent néanmoins que pour la rixe stérile, qui se borna à des coups de sabres, à des coups de pierres, à des vociférations et à de la boue (1).

Le carrosse royal échappé à la fureur populaire galopait toujours.

Le roi ne releva pas l'interjection de la marquise. A la lueur mobile des lanternes de la voiture et des fallots allumés depuis un instant par des cavaliers de l'escorte, il apparaissait soucieux, hâve, anéanti au milieu de ses coussins de velours. Il respirait bruyamment, par saccades; ses lèvres blêmies ne cessaient pas de frémir.

Le rauquement de l'émeute continuait de remplir ses oreilles. Il n'avait distingué qu'un cri, — la marquise aussi; — mais ce n'était pas le même, chacun avait été frappé suivant son tempérament.

Impatiente de ce mutisme, de cette absorption dont elle redoutait les suites, madame de Pompadour se décida, par un calcul d'ordinaire heureux, à rompre la monotonie menaçante du tête-à-tête par quelques notes de son organe le plus pénétrant.

Elle se rapprocha, dans une câlinerie de chatte, de son amant, dont elle prit la main, pour la baiser et y faire tomber une larme.

La main du roi était froide et moite comme celle d'un cadavre.

— Cher bien-aimé, gazouilla la sirène, quel mal ils vous ont fait !

Le roi lui abandonna sa main, que la fièvre des siennes ne parvint pas à réchauffer, mais il ne répondit pas.

— Hélas ! reprit-elle avec une sensibilité larmoyante, c'est votre amour pour moi qui a tout causé; ah ! je le vois bien, je vous suis fatale; ils n'ont rien dit contre vous, mais quelles injures ils vomissaient contre moi !

C'était là son idée fixe; en dépit de son talent de comédienne et de courtisane, la colère agitait sa voix en achevant sa phrase. Le roi restait silencieux.

— Oui, je suis la vraie coupable... dit-elle. J'aurais dû respecter votre résolution de ne plus mettre les pieds dans cette Babylone, digne du feu du ciel! Elle a des vivat pour vos ennemis, des paroles de haine pour vous, son père!

Le roi fit un mouvement. Elle attendit haletante sa première parole. Il porta la main à son front, pour en extirper une pensée importune, opiniâtre, et murmura, traduisant cette idée :

— Ils ont demandé du pain !... Ils n'en ont donc pas?...

Le pauvre misérable homme, s'il eût pris une seule fois la peine de réfléchir, se serait-il imaginé qu'il

---

(1) Voyez sur cette émeute les *Anecdotes de la cour de France*, p. 260 ; 261; 342. Les *Mémoires du temps*, et Dulaure, *Histoire de Paris*.

pouvait impunément livrer les grains aux accapareurs, en confisquer le trafic, afin de gorger les sangsues qui le circonvenaient, lancer en Allemagne une centaine de mille hommes, engloutir des sommes immenses en entreprises insensées, et que tout cela donnerait à manger à ses sujets!

— Ni le pain, ni le travail ne manquent, répondit la favorite, comme si ces mots se fussent adressés à elle. Mais ce qui abonde plus encore ce sont les perturbateurs, les ennemis du trône et de Dieu. Oh! nous les broierons!

— Si pourtant, insista Louis, si c'était vrai... s'ils avaient faim?...

— Ils ont faim de désordre, les insolents!... Ce qu'il leur faut, ce n'est pas du pain, c'est un bras de fer pour les dompter, pour les écraser...

— Punir!... oui, ces Parisiens le méritent véritablement... Troubler ainsi, sans respect, nos plaisirs!... Braver la majesté du trône! Menacer leur roi!...

— La Bastille!...

— Oh! la Bastille serait insuffisante pour tous les coupables... marquise, il faut un châtiment plus efficace, plus large, — vous verrez avec Choiseul quelle taxe nouvelle on pourrait bien leur appliquer.

Le carrosse arrivait aux portes du palais de Versailles; ce retour inattendu occasionna un émoi qui s'accrut encore des détails fournis discrètement par l'escorte.

Les favoris se multiplièrent pour effacer de l'esprit du maître toute trace de cette méchante aventure. Ils y réussirent jusqu'à un certain point, mais ils ne firent rien pour diminuer son ressentiment contre les Parisiens, qui devint implacable.

Le lendemain on l'emmena à Choisy, et l'historien Dulaure, digne de croyance, rapporte que pour empêcher tout retour de la pensée du roi vers les cris du peuple affamé, on poussa le raffinement jusqu'à faire disparaître d'un salon un tableau représentant un empereur romain distribuant du pain aux pauvres.

Ce fut le premier soin de la marquise; le second consista en un ordre envoyé à M. Berryer d'arrêter les chefs de l'échauffourée, en commençant par le téméraire qui avait envahi la loge du roi.

VIII

L'HOMME QUI SAIT TOUT

Le lieutenant général de police, par la grâce de madame de Pompadour et l'assentiment de M. de Choiseul, possédait toutes les qualités contraires à une initiative quelconque, commença par perdre la tramontane, par donner des ordres qui se neutralisaient l'un l'autre; bref, il se remua beaucoup sans avancer à rien.

Les émeutiers rentrèrent dans leurs trous, la jeunesse dans les comptoirs et dans les ateliers. En quelques heures, la ville redevint plus calme, plus morne qu'elle n'avait été troublée.

Quand arriva l'injonction de saisir les meneurs, il ne se trouvait plus personne. L'embarras devint d'autant plus grand, que cette échauffourée, ayant pris la police au dépourvu, aucun signalement, aucun conciliabule, aucun mot d'ordre ne lui avait été livré.

N'exagérons pas. Un des coupables était connu. Comment ne l'eût-il pas été! A la tête de l'émeute, il avait violé l'asile du roi, il s'était montré au balcon de la loge du maître, adressant à toute la salle son cri de révolte, réclamant justice!

Le chef de la police comprit que c'était celui-là surtout qu'il fallait arrêter; le surplus ne signifiait rien; la preuve c'est qu'il opéra dans les bas quartiers une razzia d'ivrognes et de vagabonds, que l'on plongea dans une des basses-fosses du Châtelet, où on les retint sans autre forme de procès, jusqu'à ce qu'on daignât se rappeler, un jour ou l'autre, qu'ils étaient là, à tort ou à raison, et qu'on les rejetât dans l'égout où on les avait pêchés.

Mais il fallait découvrir Louis, c'est à quoi la police entière s'occupa.

Quant à inquiéter M. de Ferrières nul n'y songea; mais cette sécurité ne suffisait pas à ses désirs, si l'on en juge par l'impatience avec laquelle il arpentait, dès le point du jour, son cabinet de travail. Il trépignait, se meurtrissait le front, parlait seul en termes heurtés, décousus:

— Manquée!... Une affaire si belle!... Avortée, avortée bêtement, par l'impatience d'un jeune fou, auquel je prête les mains!... Une demi-heure de plus, le succès était complet, ces sacripants de mousquetaires venaient trop tard, ne venaient pas, on les eût écharpés!... Tant d'habileté, de peine, d'argent perdus!... A quoi tient la réussite!... »

« L'amant, la maîtresse, nous les avions entre les mains... Tous les deux... Tous les deux!... Rage! Que faire à présent!... Mon étoile pâlirait-elle?... Vieillirais-je?... »

Il s'arrêta sur ce mot; se redressa; se plaça devant la glace d'une psyché; s'y mira longtemps avec une minutieuse attention.

Il alla pousser le verrou du cabinet, revint au meuble élégant, toucha un ressort. Un tiroir secret jaillit du meuble et montra tout un laboratoire de chimie parfumée. L'ancien illuminé possédait, sur la composition et la décomposition des substances, des recettes dignes de ces alchimistes du seizième siècle que les grands personnages, leurs clients, appelaient par euphémisme: des *parfumeurs*.

Le marquis de Ferrières était un parfumeur de cette école, tirant d'une capsule des onguents régénérateurs, — de l'autre, des mixtures sinistres. — Quelqu'un, à la cour, avait une vague connaissance de ses talents, et sous leur double rapport peut-être, cette personne avait surtout regretté de l'en avoir éloigné par ses dédains, pour le pousser dans un autre camp. — Cette personne, c'était la Pompadour, et peut-être aussi avait-elle songé plus d'une fois à amener, — fût-ce par l'entremise du vidame d'Estissac, — une réconciliation, que Ferrières, résolûment lancé parmi ses adversaires, ne recherchait pas.

Ayant donc ouvert son arsenal de chimie, le marquis se considéra de nouveau dans la glace:

— Cette nuit stupide a vraiment fatigué mon teint, dit-il.

Alors, avec un raffinement merveilleux, il prit les fioles, les capsules de biscuit, composa une pâte liquide, y trempa une éponge; se frotta le visage jusqu'au col, les mains, les bras.

Tandis que la partie subtile et aqueuse s'infiltrait dans ses pores, rendait l'élasticité à la peau, du moelleux aux tissus, et par une tension naturelle effaçait tout symptôme de linéament sénile, la couche sélénitteuse restée à la surface apparaissait comme une mousse de savon séchée, ou comme un duvet impalpable.

Une mixture d'un genre différent donna aux cils, sans attaquer l'iris ni le bord des paupières, aux sourcils, sans laisser aucune trace rougeâtre ou bistrée sur le fond de la peau, une nuance brune, franche, luisante et soyeuse.

La poudre rendait inutile une pareille opération pour la chevelure. Le marquis essuya avec un linge ouvré, délicat, la poussière odorante de son visage ; puis il revint à la glace, s'y considéra avec une attention complaisante, et finit par se sourire à lui-même :

— Étais-je fou ! dit-il, plus jeune que jamais ; jeune éternellement ! Je le sens là, d'ailleurs ! ajouta-t-il en se touchant le front de l'index, et là, dit-il encore, en constatant les pulsations de sa poitrine. — Ah ! la chimie et l'alchimie, grandes sciences ; premières sciences du monde !

Avant de refermer le précieux et discret compartiment, il arrêta un regard de béatitude quelque peu ironique sur cet appareil de Jouvence :

— Voilà donc de quoi plaire !... dit-il.

Puis, sa prunelle s'arrêta, dans cette revue, sur un flacon de cristal bouché à l'émeri, et contenant une substance blanchâtre.

— Et voilà, continua-t-il, de quoi vaincre.

Mais une contraction passa sur ses traits, son œil darda un éclair, il saisit le flacon, le remua, le plaça entre son regard et la lumière.

La poudre blanche fluctua suivant son impulsion, par suite d'un vide d'une ligne à peu près, entre elle et le bouchon.

— C'est étrange, murmura-t-il, étrange. Il y a décidément une lacune... Je suis bien sûr pourtant de n'en avoir pas laissé. Mon creuset m'avait fourni au delà du nécessaire, et ce flacon rempli et pressé jusqu'au comble, j'ai jeté le surplus au vent... C'est étrange !

Il recommença son examen, la lacune existait, c'était évident.

— Il n'y a pas eu évaporation, reprit-il, le bouchon est hermétique, la lumière n'a pas d'action sur ce sulfate ; d'ailleurs cette cachette ne s'ouvre pas assez souvent... Mon opération a été minutieuse, régulière, le produit est parfait, il n'y a pas, il ne peut pas y avoir décomposition. Sarpejeu ! c'est étrange, étrange, étrange !

Il ouvrit le réceptacle, versa une pincée de la poudre sur un papier, elle était grenue, sèche, micacée. Il la remit avec grand soin, replaça le flacon, et examina de l'air d'un expert, d'un juge au criminel le ressort du tiroir, le bouton du meuble, les rainures du meuble. Tout était intact, tout fonctionnait sans le plus petit arrêt.

— Je me serai trompé ! dit-il d'un ton peu convaincu, néanmoins, en refermant définitivement.

Il alla retirer le verrou de sa porte et s'assit près du feu, en proie à des réflexions absorbantes.

On ne tarda pas à frapper quelques petits coups.

— Entrez ! cria-t-il en sursaut.

C'était Jasmin. Cette apparition dissipa ses préoccupations.

— Toi !... fit-il. D'où viens-tu ?...

Le serviteur referma soigneusement, et s'approcha à la manière d'un homme qui possède des secrets importants.

— Je viens de loin, dit-il.

— Tu as couru après cette petite ?

Jasmin répondit d'un signe de tête affirmatif.

— Tu l'as découverte ?

Même signe, même réponse.

De Ferrières bondit sur son fauteuil.

— Bravo ! honneur à toi modèle des serviteurs et des limiers ! As-tu prévenu sa famille ?

— Pas encore, monsieur le marquis ; j'arrive, et naturellement je commence par vous.

— A merveille. L'as-tu enlevée à ses enleveurs ?

Cette fois le geste de Jasmin indiqua la négative, compliquée de gros embarras.

— C'est bien ce misérable Lebel, cette damnée marquise, qui ont mené tout cela ?

— Ce sont eux, mais avec l'aide et la connivence de votre excellent ami...

— Le vidame !...

— Vous l'avez nommé.

— Le vidame, stimulé par ce démon de Sainte-Foy ! Je saisis.

— Vous y êtes tout à fait.

— Ah ! ah ! ah ! dit-il en éclatant de rire, et toi, tu as dépisté la trame, déniché l'oiseau ?

— Ah ! déniché !... pas encore.

— Où est cette cage, enfin ; je jure Dieu et Satan que je saurai bien l'ouvrir ! Si quelqu'un doit être mystifié, ce ne sera pas le marquis de Ferrières. Parle, voyons, parle ! Où faut-il aller ? à Trianon, à Choisy, à Marly, à Fontainebleau ?...

— A Versailles !

— Bien, je commence à m'orienter ; c'est l'habituel chemin des caprices royaux.

— Oui, mais celui-ci n'aura pas, je le jure, l'habituelle issue !

— Jasmin, je double tes gages ; explique-moi comment tu entends cela.

— Plus tard ; pour l'instant, allons au plus pressé.

— J'écoute... le plus pressé, c'est moi.

— D'abord, mademoiselle Sainte-Foy est exaspérée contre monsieur le marquis.

— Bagatelle.

— Bagatelle sérieuse, alors, puisqu'elle a déjà amené deux circonstances désagréables pour monsieur le marquis.

— Deux ?...

— La première, cet enlèvement.

— Eh bien ! et la seconde je ne la soupçonne pas ?

— La seconde, je tiens cela de cette petite Justine, l'aveu de vos rapports intimes avec mademoiselle Sainte-Foy, fait par mademoiselle Sainte-Foy au vidame d'Estissac.

Le marquis se livra à un nouvel accès d'hilarité :

— Quoi ! la coquette a poussé le dépit... Sarpejeu ! j'aurais payé cher le plaisir de voir la mine du gouverneur des levrettes pendant cette aimable confidence.

— Il a pardonné à la belle éplorée...

— Naturellement.

— Mais pour couper court à votre rivalité, il a juré...

— De me faire mordre ?

— De tuer monsieur le marquis.

— Parfait ! Si je ne dois mourir que de sa main, j'ai le temps de faire mon testament. Revenons aux choses sérieuses. Tu vas me conduire à Versailles, nous conviendrons en chemin de nos voies et moyens. — Allons, allons, en route !

— C'est que, auparavant, je désirerais avoir avec monsieur le marquis encore un moment d'entretien.

— Voilà deux heures que nous perdons à parler, dit Ferrières, remarquant le maintien embarrassé de son serviteur.

— Ce qui me reste à dire est entièrement sérieux et digne, j'ose l'affirmer, de l'attention de monsieur le marquis.

— Diable! quel air tu prends!... Explique-toi, dans ce cas.

— Monsieur le marquis connaît mon dévouement...

— Pas de préambule, au fait.

— Au fait, c'est un arrangement que je propose.

— Eh! corbleu, c'est vrai, je ne t'ai encore rien donné... Si fait, j'ai doublé tes gages... Faudrait-il les tripler?

— Il ne s'agit pas d'argent.

— As-tu juré de me faire damner?

— Que monsieur le marquis m'engage sa foi, par quelque chose à quoi il croie...

— Ah! diable, par quoi m'engagerai-je bien?... Tiens, par les cendres du diacre Pâris!... Voilà, ce me semble, un serment!

— Après cela, répondit tranquillement Jasmin, si monsieur le marquis l'oubliait, je serais toujours en mesure de le lui rappeler.

— Hein? Comment as-tu dit cela?

— Mais, tout naturellement! Avec le respect que je dois à monsieur le marquis.

Ferrières regarda son serviteur dans le blanc des yeux; mais Jasmin soutint cet examen sans broncher. À son tour, une vague nuance de sarcasme, de supériorité morale, perçait sous la placidité de sa physionomie.

— C'est une histoire qui remonte loin, dit-il, si monsieur le marquis le permet, je prendrai un siège, car véritablement, depuis ma disparition je n'ai pas reposé une heure; je suis épuisé.

— Assieds-toi, fit le marquis, gagné par un vague intérêt et fort intrigué d'entendre ce valet taciturne parler de lui faire un long récit. — Tu disais donc, que c'est une histoire?

— Qui se rattache à un homme que monsieur le marquis n'a pas revu depuis tantôt dix-neuf à vingt ans, et dont il serait bien aise peut-être d'avoir des nouvelles.

— Robert!... François-Robert!... s'écria Ferrières en se dressant par un élan impétueux vers Jasmin; toi, toi!... tu connais Robert le Diable!... Tu sais où le trouver?

Jasmin répondit, comme au début de l'entretien, par un mouvement de tête affirmatif, et murmura avec un sourire légèrement sardonique:

— Robert le Diable, pour l'instant, est enfermé dans un paradis, connu de vous, monsieur le marquis, et qui s'appelle le collège de la rue Saint-Jacques.

— Ah! exclama de Ferrières à cette révélation inespérée; je tiens enfin mon homme!...

IX

UNE VIEILLE HISTOIRE

Le calme, l'assurance de Jasmin dominèrent peu à peu l'impétuosité toujours sardonique de son maître. Expert en matière de physionomies, il devina dans celle de son serviteur une révolution, un événement qui devaient exercer sur lui-même d'inévitables conséquences. Ce n'était pas le maintien d'un homme qui se donne ou se croit de l'importance, mais celui d'un homme véritablement fort.

Le marquis de Ferrières, courtisan à Versailles, souverain dans les repaires du quartier des Innocents, avait, depuis longtemps, abjuré tout vain scrupule de rang ou d'étiquette. Dans son existence d'aventurier émérite, il estimait les gens en raison de leur hardiesse et de leur habileté.

Jasmin venait d'un seul coup de s'élever très-haut dans cette estime, — que certes il ne recherchait pas. Qu'il y tînt ou non, on conviendra que, se présentant à Ferrières les mains pleines des secrets que celui-ci poursuivait en vain avec tant d'âpreté, il y avait des droits.

Mais pourquoi, alors qu'il s'agissait du sort de Geneviève, commençait-il par rappeler cet affreux Robert?...

Ici encore, Ferrières fit preuve de pénétration. Il s'abstint de le demander, convaincu que chez un auxiliaire aussi profond, il existait un enchaînement entre les objets les plus divers en apparence.

— Ainsi, dit-il, c'est du forgeron de Béthune que tu veux me parler.

— De lui, monsieur le marquis, et, si vous le permettez, de l'un des premiers maîtres chez lesquels, ayant abandonné l'enclume, il entra en service.

— Ah! ah! fit le marquis ouvrant l'oreille.

Jasmin porta sur son auditeur son œil calme et sagace.

— Ce maître s'intitulait le chevalier de Fervac.

Ferrières tressaillit; à chaque mot, l'ascendant de ce serviteur étrange, dont il n'avait jusque-là jamais soupçonné la pénétration, gagnait du terrain.

Une légère rougeur lui monta au visage en entendant ce nom sortir des lèvres de Jasmin. C'était du reste surprise, et non scrupule ni anxiété, choses avec lesquelles il avait rompu.

— Sarpejeu! fit-il, n'aurais-tu point aussi des données sur ce chevalier de... Fervac?

— Si monsieur le marquis le désire?...

— Va, mon garçon, va; tu piques ma curiosité.

— M. le chevalier de Fervac débarqua à Béthune, un beau jour de l'an 1738, et s'installa dans un logis vacant tout à point, dont il loua les appartements et le mobilier.

— Mais, à ton avis, quel était ce personnage?

— Suivant lui, un héritier venant recueillir une succession.

— Et suivant toi?

— Un gentilhomme... gêné dans ses affaires... un peu traqué par les gens de police, trop susceptibles en matière de bénéfice au jeu... un peu suspect aux gens du Parlement, chargés de l'exécution des édits contre l'affiliation des convulsionnaires... un peu compromis dans une affaire de duel... qualifiée, par le procureur au Châtelet, de guet-apens... Un peu...

— Passons, je vois que tu connais ton chevalier de Fervac sur le bout du doigt; ce sont autant de méchancetés, à quoi bon les relever? Passons.

— Le chevalier ayant besoin d'un serviteur, en trouva un... il n'avait pas de chance; il mit la main sur le pire qui se pût rencontrer.

— Ceci ne m'apprendrait encore rien; passons sur ses mauvaises qualités. Que devint ce mécréant?

— Lorsqu'il eut été congédié par monsieur le marq...

je veux dire par son maître, le chevalier de Fervac, il changea de nom, suivant le conseil du chevalier, et prit celui de Lefebvre, sous lequel il entra chez un officier suisse, qu'il accompagna, ma foi, dans plusieurs campagnes, et qu'il abandonna au moment d'une bataille, pendant laquelle il lui enleva ses bijoux. — Et d'une.

Ce nom de Lefebvre, ne pouvant plus lui servir, il se fit attacher au service de M. le comte de Raymond, un gentilhomme sérieusement riche, qu'il suivit dans plusieurs voyages en Allemagne, sous le nom de Flamant. Si riche qu'on soit, on compte quelquefois son épargne. Chaque fois que M. de Raymond comptait la sienne, il y trouvait un déficit. Il eut la mauvaise idée de chasser mon Flamant.

Mais celui-ci ne resta pas longtemps sur le pavé ; un sien parent, maître d'hôtel dans un collège, l'admit... le titre n'a rien de bien glorieux, en qualité de *cuistre*, à l'office et au réfectoire. Il advint, par la même fatalité attachée aux pas de ce pauvre Robert, que l'argenterie du collège prenait la route des épargnes du comte de Raymond. — Voilà, derechef, notre homme en disponibilité.

En garçon intelligent, exempt de préjugés, il se préoccupait médiocrement des idées, des opinions de ses maîtres. Il changea de condition une dizaine de fois en deux années, poursuivi toujours par sa mauvaise chance, et par l'injustice de maîtres qui, ayant égaré leurs bourses ou leurs diamants, trouvaient commode de lui en attribuer la faute. C'est ainsi qu'il passa alternativement chez des molinistes, des jansénistes, des parlementaires.

Il eut encore la bonne fortune d'entrer chez une très-grande dame, madame la comtesse de Crussol ; mais ayant l'humeur vive, et s'étant pris de querelle avec l'intendant, auquel il porta des coups dangereux, il lui fallut vider la place.

Vous avez ouï parler de M. de la Bourdonnaye ; il se fit admettre auprès de lui, comme valet de chambre. Mais ce seigneur le congédia, sous le frivole prétexte qu'il lui avait volé cinquante louis.

Reçu chez M. Bèze de Lys, conseiller au Parlement, il éprouva de nouveaux ennuis ; au bout de deux ans, suspect de détournements, d'abord imputés à ses camarades, avec lesquels il était en guerre constante, il dut se pourvoir ailleurs.

Je ne m'occupe pas de plusieurs conditions, rapides et médiocres, qui précédèrent son entrée chez une dame fort réputée dans ce monde, madame de Sainte-Rheuse. J'omets également la plupart de ses noms de fantaisie. Il s'appelait Guillemant, à son admission chez cette dame. Elle le congédia, après lui avoir prédit qu'il finirait par être rompu vif en place de Grève... Une femme de sens, cette dame de Sainte-Rheuse, n'est-il pas vrai, monsieur le marquis ?

— De très-grand sens. Mais après ?

— Ah ! c'est ici l'important, et ce qui prouve que ce forgeron n'était pas un sot. Comme il lui devenait assez difficile de trouver une condition chez les gens du monde, il se rappela la première qu'il avait remplie chez les moines de Saint-Wast.

— Il y retourna ?... s'écria Ferrières.

— Pas précisément, mais il invoqua adroitement ce précédent pieux pour entrer dans un autre couvent.

— Et ce couvent ?...

— Ce couvent où il vit, où il prospère, où il se sait à l'abri des curieux... c'est, j'ai eu l'honneur de vous le dire, celui des Jésuites de la rue Saint-Jacques.

— Tu l'affirmes ?...

— Oui, monsieur le marquis, votre homme est pour le présent cuisinier chez les bons pères de la société de Jésus, qui se flattent, tant le loup s'est fait douce brebis, de posséder la fleur des pois des domestiques, sous le vocable édifiant de saint Jean-Baptiste.

Ferrières se leva, ouvrit son secrétaire, et y prit un rouleau d'or qu'il déposa sur le marbre de la cheminée.

— Tu viens, dit-il à Jasmin, de gagner la prime, ceci t'appartient.

— Mais c'est de l'or.

— Il est à toi, prends-le sans scrupule.

— Je le prends, pour vous obéir, les yeux fermés.

— Ah ! exclama encore Ferrières, exhalant une joie exubérante : ah ! Robert est chez les Jésuites !... Eh bien, ils ont raison de se vanter d'un tel serviteur !.. Tu viens, ami Jasmin, de lever, à ton insu, un fier obstacle à mes plus chers projets !... Cela s'appelle faire d'une pierre deux coups.

— Monsieur le marquis est satisfait ?

— Au delà de mon espoir.

— Alors je compte sur sa promesse ?

— Ma promesse ?... Ah ! oui ; la faveur que tu te réserves le droit de réclamer ? Ce que les Anglais appelleraient une *discrétion ?...* Eh bien, sarpejeu ! je te la renouvelle.

— C'est tout ce que je souhaitais.

— Un mot encore. Tout homme sensé, — et tu ne me fais pas l'effet d'un niais, — se dirige en ce monde en vertu d'une idée, d'un principe, d'un but quelconque. Or, pour que tu sois si exactement au fait de ce qui concerne ce coquin, pour que tu l'aies suivi avec cette persévérance pas à pas, durant dix-huit à vingt ans, il faut, ou que tu l'aimes beaucoup, ou que tu le haïsses terriblement ? Sois franc, est-ce de l'affection ? — j'en serais surpris. Est-ce de la haine ?

— C'est de la haine, répondit Jasmin d'une voix concentrée.

— Tu comprends que peu m'importe, eu égard surtout à l'estime où je tiens le personnage. Il a voulu m'empoisonner... c'est un détail ; mais, à toi, que t-a-t-il pu faire ; raisonneur et taciturne comme je le connais, cela doit être une offense singulièrement sensible ?

— C'est une histoire qui n'intéresserait nullement monsieur le marquis.

— Mais si tu nourris contre lui un ressentiment de cette nature, assez vivace pour subsister dans toute sa verdeur au bout de vingt ans, comment, connaissant si bien l'homme, ne t'es-tu pas satisfait encore à ses dépens ?

— Oh ! ceci est insignifiant. Il faut que monsieur le marquis sache que, moi aussi, j'ai adressé à notre scélérat une prédiction toute pareille à celle de madame de Sainte-Rheuse. Or, je tiens à ce qu'un but bélître n'ait pas le droit de me traiter de faux prophète. J'ai été patient, parce que je me sentais fort.

— Et tu me le livres aujourd'hui ?...

— Parce que j'ai idée que si monsieur le marquis paye si libéralement la trouvaille d'un pareil instrument, c'est qu'il attend de lui quelqu'un de ces coups de main et d'audace, qui vous mènent un homme plus loin que la potence.

Ferrières considéra son interlocuteur avec une attention réfléchie, sans le voir s'agiter, ni broncher sous sa prunelle étincelante.

— Sais-tu, lui dit-il, qu'un maître moins sûr de lui

que je ne le suis de moi, pourrait avoir peur d'un serviteur aussi énergique, aussi froid, aussi profond que tu viens de te révéler ?

— Peur, comment, pourquoi, monsieur le marquis ?... Toute ma vie a été droite comme une ligne de fer. Je n'ai jamais menti, jamais commis un acte contraire à la probité, à la loyauté. Mais je n'ai rien négligé non plus pour assurer le bien de mes amis, le châtiment du coupable.

— Et c'est ici que j'admire ton sang-froid, ta sûreté de coup d'œil, ta patience.

— Dieu en met bien plus ; et puis, n'est-ce rien de

se dire : J'ai là, à ma discrétion, ma vengeance ! De suivre le misérable pas à pas, de le voir se précipiter d'abîme en abîme, de pouvoir l'arrêter ou le terrasser quand on juge la mesure pleine ?

— Si j'approfondis tes paroles, ta présence chez moi...

— Servait mes desseins ; c'est vrai. Connaissant l'autorité de monsieur le marquis sur Robert, je voulais être auprès de vous pour savoir ce que vous feriez de lui, à quelle œuvre vous le réserveriez.

— Le sais-tu donc ?

— Non ; mais j'ai le pressentiment que ce doit être

LESESTRE.PÈRE.

Ne me touchez pas, votre visage est hypocrite.

une de ces tentatives qui, je le disais tout à l'heure, amènent l'écrasement de celui qui les ose.

— Jasmin, reprit Ferrières de plus en plus grave et songeur, tant de pénétration de ta part dépasse les facultés d'un observateur ordinaire. Tu ne connais pas seulement les affaires de ton ennemi ; tu connais les miennes ?

— J'en connais ce qu'un séjour de quinze ans auprès d'un maître apprend forcément à un domestique.

— C'est-à-dire les moindres particularités ?...

L'œil fulgurant du marquis se dirigea vers le tiroir secret de la psyché. Celui de Jasmin le suivit sans que sa tranquillité en fût altérée.

— Tu as ouvert ce meuble ? dit Ferrières.

— Le croyez-vous, monsieur ?

— Tu as visité les objets qu'il contient, et parmi ces objets tu as puisé à même un flacon, qui est là, au bout à gauche ?

— C'est vrai.

— Ah ! tu avoues ! Tu connaissais la nature de cette substance ?

Jasmin répondit, sans émotion, par un signe de tête. Ce sang-froid tourmenta le marquis, mais il sentit qu'il se perdrait en se montrant moins tranquille.

— Qu'en voulais-tu faire ?... À qui le destinais-tu ?...

Un sourire plein d'amertume effleura les lèvres de Jasmin :

— Monsieur le marquis ne me confond pas sans doute avec un Robert ?... Depuis vingt ans, je suis attaché à la punition d'un empoisonneur, ce n'est pas pour l'imiter.

— Enfin, cette poudre ?... Est-ce encore un secret que tu ne puisses me dire ?

— Oh non ! celui-ci, monsieur le marquis le saura, et il m'en félicitera.

— Mais, qui t'a appris à faire mouvoir le ressort de ce meuble ?

— Rien de plus simple ; il n'est pas besoin, pour cela, d'être affilié à la compagnie des Chevaliers du Passe-partout.

Le marquis ne releva pas ce trait, après la découverte qu'il venait de faire de l'omniscience de son valet de chambre, il n'y attachait plus d'importance. D'ailleurs, il était clair que si Jasmin eût été un traître, il eût depuis longtemps agi comme tel. La seule conduite sage était de prendre cet être bizarre et énigmatique pour ce qu'il se donnait lui-même, un auxiliaire désintéressé, ou du moins poursuivant un intérêt qui ne pouvait nuire à celui de son maître, au contraire.

— Ainsi, tu as ouvert ce meuble, sans efforts, sans traces d'outils, ni de pesée... Tu es le premier.

— Bagatelle ! Robert n'était pas seul de son état au faubourg de Béthune. Moi aussi je travaillais le fer. On me reconnaissait même quelque habileté.

— Serrurier !... Et je ne m'en suis pas douté plus tôt ! Ah ! tu aurais fait un bien joli voleur, si tu n'avais pas été si honnête ! Mais, enfin, pour mon compte, et puisque tu t'es attaché à mon service avec un zèle que je qualifierais d'irréprochable... sans ce diable de tiroir... avec son flacon de cristal... je tiens à ce que nous continuions d'être contents l'un de l'autre.

— Rien n'est plus aisé : que monsieur le marquis use de moi suivant ses besoins et me laisse diriger mes projets personnels à ma guise, comme par le passé. S'il lui fallait une garantie, il y a le service que je me réserve la faculté de réclamer de lui à un moment donné.

— Rien de plus juste. Il te reste pour l'heure deux choses à faire : te mettre avec moi à la recherche et à la délivrance de la belle mercière, et m'amener Robert, à moins que cette commission ne te répugne, auquel cas j'enverrais un autre.

— C'est inutile, j'irai, et des deux missions, si vous n'y voyez pas d'inconvénient, je commencerai par celle-ci.

— Comme tu jugeras utile... Chut !...

La porte s'entre-bâilla pour laisser passer la tête de fouine de Gauthier.

— Qu'est-ce ? demanda Ferrières.

— Le vieux pauvre de monsieur le marquis.

— Il m'apporte des nouvelles de la ville ?

— Ces mendiants, ça sait tant de choses, c'est probable.

— Qu'il vienne. Va, Jasmin, va.

En traversant l'antichambre, Jasmin aperçut le mendiant, qui se leva pour le saluer humblement.

— Bonjour, père Laraison, lui dit-il. La nuit a été chaude dans Paris ?

— Mauvaise, mauvaise, mon cher Jasmin, et comme les mauvaises nuits font les mauvais jours, on parle de grandes rigueurs ce matin ; bon ! ce sont toujours les petits qui pâtissent. Les gens de la lieutenance générale se sont donné en masse rendez-vous dans les quartiers hantés par les pauvres gens comme moi.

— On fait des arrestations ?

— Tous dignes mendiants, dont le plus coupable ne l'est pas plus que moi, je m'en porterais garant.

— Moi aussi, quant à cela !

— Vous dites !...

— Je demande si l'on parle d'autres arrestations ?

— Las ! Seigneur Dieu, on assure que l'on recherche par la ville un brave jeune homme...

— Le commis du *Rouet d'argent* ?

— Du *Rouet d'argent* ? c'est cela ; vous le connaissez ?

— Un brave jeune homme, comme vous dites, père Laraison.

— Las ! Seigneur Dieu, la justice est aveugle, mais c'est la justice.

— Il est menacé ?... poursuivi ?

— Du moins l'ai-je ouï dire.

— Père Laraison, mon maître va vous recevoir ; j'entends Gauthier qui vient vous chercher, touchez un mot de ceci à M. le marquis. Je crois que ce jeune homme l'intéresse, et que s'il lui arrivait malheur, il en serait fort marri... Moi, je cours où ses ordres m'envoient.

Le vieux mendiant le suivit d'un regard un peu moqueur.

— Par la potence ! fit-il entre ses dents, je le sais mieux que toi, que la capture de ce jouvenceau contrarierait le maître !... Il n'aurait qu'à parler...

La voix de Gauthier, qui l'appelait de la pièce voisine, coupa court à son monologue, il se dirigea avec ce guide vers le cabinet de leur chef commun.

L'entretien fut sérieux comme les circonstances. On n'eut garde d'omettre la question des poursuites dirigées contre Louis. Une perquisition s'était opérée déjà au logis de maître Navelier, sans résultat, heureusement. Le jeune commis ne manquait pas d'alliés, de compagnons, ardents comme lui, dévoués, prêts à le cacher, à le défendre.

Le marquis, cependant, comprit qu'il ne serait lui-même tranquille que quand il connaîtrait le sort, ou plutôt le salut de ce jeune homme dont il avait fait un porte-drapeau, et dont un mot imprudent le compromettrait à son tour.

— Il faut, dit-il à son vieil affidé, retrouver ce garçon et lui assurer un asile.

Mais déjà Jasmin avec la même idée travaillait dans ce but.

X

OÙ L'ON RETROUVE ROBERT LE DIABLE,
DEVENU ERMITE

Les Jésuites possédaient à cette époque deux vastes et puissantes maisons dans Paris. L'une dans le quartier Saint-Antoine, communiquant à la rue de ce nom et à la rue Saint-Paul. On l'appelait « la Maison des Prêtres de Saint-Louis. » Ils bâtirent sur un terrain voisin, à eux concédé par Louis XIII, l'église de Saint-Louis.

Mais cet établissement n'était qu'une succursale de celui qu'ils occupaient rue Saint-Jacques ; une partie formait le collège, primitivement appelé collège de Clermont, et depuis, par une flatterie à l'adresse de Louis XIV, collége Louis le Grand.

La portion consacrée à ce collége, fort considérable, était cependant moins vaste que le reste occupé par les pères, et réservé à leur communauté proprement dite. Ils avaient presque annexé les terrains d'un quartier voisin, lequel comprenait notamment les deux colléges de Marmoutiers et du Mans, qui vinrent se fondre dans le leur.

C'était une petite ville dans la grande.

On y occupait un monde de domestiques et même d'artisans, tels que menuisiers, cordonniers, tailleurs, jardiniers. La chapelle et le trésor dépassaient en richesses ceux des communautés les plus en renom, ainsi que le prouva plus tard amplement le célèbre rapport de M. de Monclar.

Il n'a pas fallu moins que la rénovation complète de Paris pour jeter un peu d'air et d'espace dans le quartier populeux, tortueux et infect au milieu duquel s'élevait cette vaste agglomération de bâtiments, occupés par les révérends pères. A l'intérieur, tout était aussi, bien que possible, conforme aux progrès de la vie; mais sitôt que le pied franchissait leur enceinte, il plongeait dans les cloaques de ruelles noires, dont les maisons misérables abritaient une population plus misérable encore.

Le marteau des démolisseurs modernes n'a pas tout renversé; en se pressant un peu, on jugera par les débris subsistants de ce que pouvait être l'ensemble, surtout en un temps où les règlements d'édilité et de sécurité étaient si loin d'atteindre au degré et aux moyens d'exécution qu'ils ont aujourd'hui.

L'établissement possédait des portes plus ou moins apparentes sur toutes ces rues et ruelles avoisinantes, portes percées dans les hautes murailles qui opposaient leurs parois aux fenêtres du voisinage, et déroutaient tout œil indiscret. Quant aux constructions dont la façade donnait elle-même sur les voies extérieures, les fenêtres du rez-de-chaussée étaient bouchées de ce côté, et d'épais grillages défendaient celles des étages supérieurs, dont les battants étaient scellés à demeure. On ne respirait dans le couvent que l'air du couvent.

Inutile d'ajouter que la multiplicité des portes ne rendait pas l'entrée ni la sortie plus facile. Chacune était munie de serrures énormes, dont le père gardien, cerbère incorruptible, traînait nuit et jour à son côté les clefs compliquées et cyclopéennes. Le supérieur seul en possédait un double dans sa cellule, où nul n'eût été assez téméraire pour les lui emprunter.

Cependant, comme les révérends pères ont toujours professé des doctrines opposées à celles des trappistes, qui se barricadent contre la fréquentation du monde, et qu'au contraire leur maxime est surtout : « Laissez venir à moi, » ils recevaient beaucoup de monde, non-seulement dans leur chapelle, mais dans leurs vastes parloirs, et pour peu qu'on fût familier avec eux, dans leurs jardins, et même dans leurs cellules.

A cet effet, leur grande porte, sur la rue Saint-Jacques, s'ouvrait aux ouailles avec le premier Angelus, pour ne se fermer qu'après celui du soir.

Un concierge moitié clerc, moitié laïque, occupait, en argus vigilant, une logette sous la voûte de cette porte.

Jasmin savait qu'il n'est point de petit détail quand il s'agit de réussir. Il se présenta au gardien en question, entre le déjeuner et le dîner des père et des élèves, de manière, à ne pas s'entendre dire que son homme était occupé à la cuisine ou au réfectoire.

C'était l'heure des classes dans le collége, l'heure de la méditation dans le couvent, il arrivait à propos pour trouver les domestiques libres.

Quand il s'agissait de visiteurs importants demandant à voir les pères, on les introduisait dans l'un des grands parloirs, mais un particulier en livrée réclamant un mot d'entretien avec un domestique n'avait pas droit à tant d'égards.

Il y avait, précisément en face de la loge du concierge, également sous la voûte, une façon de petite salle obscure et basse, réservée à cet effet.

Le bouledogue y poussa Jasmin, en l'invitant à y attendre Saint-Jean, qui ne tarderait pas; et pour faire venir celui-ci, il frappa plusieurs fois sur un timbre d'horloge, donnant sur la cour d'entrée. Chaque domestique avait son nombre de coups.

Jasmin entendit peu après, par la porte demeurée entr'ouverte, une voix qui demandait :

— Que me veut-on ?

Cette voix lui causa une sensation si violente qu'il en devint livide. Mais il triompha héroïquement de ce spasme, pour retrouver la plénitude de son assurance.

Il entendit encore le concierge répondre :

— Il y a là dedans un homme qui veut vous parler.

Des pas traversèrent la largeur de la voûte, une main acheva de pousser la porte.

La pièce, avons-nous dit, était peu spacieuse. Elle avait eu à l'origine une croisée, bouchée depuis dans la proscription générale, sur la rue. La lumière ne lui arrivait plus que par un œil-de-bœuf, percé sur la cour.

Au moment où l'on entra, Jasmin affectait de se tenir devant cet œil-de-bœuf, interceptant ainsi, en grande partie, le peu de jour qu'il donnait.

L'homme qui survint, personnage évidemment précautionneux, commença par refermer entièrement la porte. Puis, de cette voix dont l'accent, malgré sa lenteur papelarde, avait si rudement remué le visiteur, il dit :

— C'est monsieur qui a fait demander Saint-Jean ?

Jasmin s'écarta un peu sur la gauche, puis se retourna à une pièce, en sorte que toute la clarté de la lucarne portât sur lui.

— C'est moi, répondit-il.

La souquenille noire, parodie ou diminutif du costume des pères, avait pu métamorphoser l'extérieur du personnage, une étude persistante avait pu modifier la brusquerie sauvage de son maintien, mais ce que rien n'avait changé, c'était l'âme, la nature, le tempérament.

Il se connaissait si bien, que pour prévenir ses emportements furibonds, ses colères aveugles, sauvages jusqu'à la frénésie, depuis son retour dans la maison de la rue Saint-Jacques, il avait contracté l'habitude de se faire fréquemment tirer du sang.

A la fois fanatique et féroce, incrédule jusqu'à l'athéisme et dévot jusqu'à la superstition, dans ses moments de réflexion, — on n'ose dire de regret, et encore moins de remords, — il n'était susceptible de rien de si louable; mais dans les heures d'effroi, de peur couarde, que lui causaient certains sermons sur l'enfer, ce monstre à visage d'homme se cherchait des excuses, et c'était sur sa constitution, sur la violence de son sang, qu'il rejetait tous les torts.

Il est donc vrai de constater enfin qu'il se tenait en méfiance contre lui-même; cette précaution de reconrir à de fréquentes saignées l'indiquerait ; mais, de plus, il continuait de porter sur lui du poison. Il déclara plus tard devant le Parlement, où l'amenèrent les faits qu'il nous reste à raconter, qu'il prenait cette attention sinistre, pour se détruire lui-même, si l'on venait à l'emprisonner et à le condamner pour ses crimes ; mais, chose certaine, s'il s'en servit, ce fut toujours contre les autres.

Comme toutes les natures féroces, à moins d'être excité par une impulsion fiévreuse, par une passion furibonde, aveuglante et dominante, il était susceptible de défaillance et de lâcheté, devant un obstacle soudain, devant une volonté supérieure. Il l'avait prouvé par sa conduite vis-à-vis de son maître à Béthune.

Son premier cri fut un cri d'épouvante.

— André !...

Et peu s'en fallut que, courbé sous l'attitude froide et résolue de son visiteur, il ne reculât, à la manière des hyènes sous l'œil du dompteur, jusqu'à l'angle le moins éclairé de la salle basse.

André, rendons-lui son nom pour cette circonstance, continuait de le tenir sous le poids de son regard écrasant, non qu'il songeât à jouir du vain triomphe de cet abaissement, mais parce que l'aspect de cet être si fatal à son existence, si opiniâtrément suivi depuis vingt ans, évoquait en lui un monde de douleurs, de regrets... de tempêtes !

— André !... répéta Robert.

— Ne savais-tu pas que nous devions nous revoir ?

— Au fond de cette pieuse maison !...

— Ici ou ailleurs, qu'importe, puisqu'il fallait que cela arrivât.

— Que me veux-tu ?

André se croisa les bras et prononça avec une amertume sarcastique :

— Il demande ce que je lui veux !...

— Pourquoi troubler la retraite où j'abrite mon repentir ?

— Hypocrite !

— Si j'eus des torts, ne les ai-je pas suffisamment expiés en me vouant au service le plus humble, le plus pénible ?

— Oui, après avoir volé le comte Raymond ; volé l'officier du régiment des Suisses ; failli assassiner ton supérieur, dévalisé, trahi, espionné dix maîtres l'un après l'autre ; tenté d'égorger l'intendant de madame de Crussol ; soustrait la caisse de M. de la Bourdonnaye ; dilapidé, pendant deux ans, celle de M. Bèze du Lys ; tenté d'empoisonner, pour mieux la dépouiller, madame de Sainte-Rheuze !... Tudieu ! l'homme repentant, quelle manière d'exercer ta contrition !...

— Tais-toi !... tais-toi !... exclama Robert tremblant qu'on n'entendît au dehors la voix mordicante de son ennemi.

— Ah ! c'est juste... Parlons moins haut, puisque tu le désires.

— Tu ne crois donc à rien, essaya encore de dire le misérable, avec sa fausse humilité.

— Si fait, je crois à tes scélératesses et à la prédiction de madame de Sainte-Rheuze.

Robert vit bien que les façons doucereuses par lesquelles il captait la confiance des révérends pères, ne pouvaient rien contre un homme aussi instruit et aussi décidé. Renonçant à cette comédie, il appela à lui son sang d'abord figé par cette apparition stupéfiante, et renouvela sa question :

— Enfin, que me veux-tu ? Pourquoi viens-tu aujourd'hui seulement ? Pourquoi pas plus tôt ou pas plus tard ?

— Parce que j'attendais l'heure propice. — Ce que je veux ? Te rappeler que moi aussi, comme madame de Sainte-Rheuze, je te fis une prédiction.

— Une menace.

— Une prédiction !... Tu mourras de ma main !... L'ai-je dit ?

— C'est vrai, tu l'as dit ; parole de colère.

— Irrévocable.

— Et tu viens... me tuer ?

L'œil injecté de sang de l'ancien empoisonneur chercha hagard autour de lui un instrument, une défense.

— Pas encore, répondit André plus imposant et plus froid, à mesure que son ennemi s'échauffait sous l'aiguillon de la crainte et l'instinct de la conservation.

— Tu te crois ainsi maître, arbitre de ma vie ?...

— Absolument. Ne voilà-t-il pas vingt ans tout à l'heure que je te tiens au bout d'un fil que tu n'as ni soupçonné, ni rompu, malgré tes métamorphoses, malgré tes conversions.

— Finissons, ce sont là vantardises, fanfaronnades. Au fait, tu n'es pas venu, je suppose, pour le seul plaisir de me tenir ces discours.

— Non ; je ne viens pas en mon nom aujourd'hui.

— Qui t'envoie ?

— Un homme qui m'a chargé de te dire : « Robert, le maître t'attend. »

— Hein !... Tu dis... Répète ces mots-là.

— Robert, le maître t'attend.

— Ah ! ces mots !... ces mots !...

Ils lui causaient un trouble non moins grand que la présence de celui qui les prononçait, car ils lui ôtèrent un instant la respiration. Il étreignit son front entre ses mains ; on entendit sa poitrine souffler, haletante, comme s'il s'en exhalait des bouffées de tempête.

Il articula à son tour, en détachant chaque syllabe, pour mieux la comprendre ou s'en pénétrer :

— Robert, — le — maître — t'attend !

— Il paraît, décidément, reprit son implacable adversaire, que ta mémoire est mauvaise. Tout te surprend et tu ne te souviens de rien.

— Si fait, je me souviens, dit-il. Mais comment ces paroles, qui n'étaient connues que de celui qui les prononça et de moi, comment les sais-tu, toi ?...

— C'est que je viens au nom de celui qui les adressa.

— Comme il a tardé !

— Il a fait comme moi ; il a pris son heure.

— Comme toi ?

— Oui, seulement la mienne n'est pas sonnée.

Une espèce de sourire fauve passa sur les lèvres renfoncées de Robert.

— J'admire, fit-il, que ce soit toi qui te trouves chargé de cette mission. Le hasard me devait cette surprise.

— Tu oublies où tu es et le rôle que tu joues : il n'y a pas de hasard, — il y a une Providence.

— C'est toi qu'elle choisit pour instrument ?

— Tu le vois... Que dirai-je au maître ?

— Que j'ai aussi ma droiture, ma parole, la fidélité au serment : qu'il compte sur moi.

— Démon, tu sais bien qu'il ne peut être question entre vous que de quelque œuvre de ténèbres !

— Es-tu venu pour contrôler les ordres que tu m'apportes ?

— Non ; loin de là. Écoute-moi donc : Tu connais cette maison tout entière ?

— Tout entière.

— Je m'en rapporte à toi pour cela. C'est un asile sacré...

— Inviolable.

— Eh bien, un jeune homme recherché pour une affaire où le maître l'a lancé, a besoin d'une retraite où il échappe à tous les yeux, pendant quelque temps. Tu l'y introduiras, tu l'y cacheras.

— Si la chose est possible, ce n'est pas du moins par cette porte banale, ni pendant le jour.

— Que ce soit alors par la porte détournée qu'il te conviendra et pendant la nuit.

— C'est que le père gardien possède toutes les clefs.

— Je t'ai connu serrurier.

— Dis au maître de me laisser deux jours, et dans la nuit qui suivra, amène son protégé au fond du cul-de-sac qui remplace l'ancienne ruelle de Marmoutiers. Il y a là une petite porte, dont les abords sont obstrués par des débris expulsés du jardin sur lequel elle ouvre. Je travaille par moments à ce jardin. Tu frapperas quatre coups.

— Nous y serons. Mais ce n'est qu'une partie de ma mission, l'autre consiste à te rappeler que le maître t'attend. Viens à la première heure que tu auras de libre.

— Ce soir, entre le souper et l'*Angelus*.

André lui détailla l'adresse de M. de Ferrières, et ces deux hommes, possédés l'un pour l'autre d'un ressentiment implacable, se séparèrent sans nouvelles menaces, sans provocation, travaillant à un but commun, ainsi que des belligérants observateurs scrupuleux d'une trêve tacite, nécessitée par un intérêt réciproque.

Le marquis applaudit au stratagème imaginé par Jasmin pour dérober Louis aux investigations de la police ; il n'y voyait qu'un inconvénient, dit-il, c'est que pour abriter l'audacieux jeune homme, il fallait d'abord le retrouver.

Mais Jasmin, qui avait su éventer la piste de Geneviève, déclara qu'il faisait de cette nouvelle découverte son affaire. Ferrières avait tant de motifs de s'en rapporter à lui, qu'il la lui abandonna aisément. Et puis, l'idée de cet accès possible dans les domaines des révérends pères, lui en inspira une autre, à laquelle il s'attacha vivement, mais qu'il se garda de communiquer à son serviteur, dont il redoutait secrètement la scrupuleuse et ridicule probité.

Il le laissa employer le reste de la journée à ses recherches, et reçut, à l'heure dite, l'ancien valet du chevalier de Fervac.

Cette entrevue ne ressembla en rien à celle de la matinée. Du vaillant et loyal André au chef des Chevaliers du Passe-partout, à l'ancien aventurier illuminé, alchimiste, ou fabricant de drogues suspectes, l'espace était grand. Il méprisait Robert, mais Robert se souciait peu de son estime, et se trouvait fort à son aise en sa présence.

Ferrières acheva de l'y mettre, car il commença par lui annoncer qu'ils allaient accomplir de concert une campagne semée de périls à coup sûr, mais aussi de profits, à la suite de laquelle, l'un et l'autre, quittes de tout engagement mutuel et suffisamment pourvus, pourraient aller dépenser à l'étranger leur honnête fortune.

Cette perspective, dans laquelle il entrevoyait le moyen d'échapper enfin à la rancune vivace de son ancien rival, disposa Robert à se remettre corps et âme à la merci d'un si digne chef.

L'habile psychologue exalta si puissamment cette nature ardente, instinctivement dirigée vers le mal, qu'il en vint à la pétrir comme de l'argile et à l'enflammer comme de la poudre, à son moindre caprice.

Robert l'avait d'ailleurs annoncé : dans son admiration pour cette supériorité du mal, il voulait se donner le luxe d'être une fois fidèle et dévoué dans sa vie. — Il est vrai qu'on ne lui demandait rien qui ne flattât ses passions.

L'entretien dura tout le temps qu'ils y purent donner, car il fut convenu que Robert n'abandonnerait pas encore son emploi, au contraire, mais que de là il se tiendrait à la disposition constante de Ferrières.

Ils allaient se séparer, le visage de Ferrières rayonnait, le sang empourprait celui de Robert.

On frappa ; c'était Jasmin qui rentrait de ses explorations.

— Eh bien ? lui demanda son maître.

— Notre criminel est retrouvé.

— A merveille.

— Non, car il lui est entré, depuis cet enlèvement, du diable dans les veines.

— Que prétend-il donc ?

— Il ne veut entendre parler ni d'asile ni de cachette.

— Il se fera hacher, et cela... en compagnie peut-être. Il faut le raisonner.

— Ai-je fait autre chose, bon Dieu ! De guerre lasse, nous avons passé un arrangement.

— Sarpejeu ! c'est donc un fou !

— Sachant que nous devions nous occuper dès ce soir du sort de sa sœur adoptive, il m'a déclaré qu'il serait de l'entreprise, ou qu'il se livrerait aux gens du Châtelet.

— Archifou !

— Mais, a-t-il ajouté, sa sœur retrouvée, il se laissera, s'il le faut, mettre dans un cul de basse fosse.

— Peste ! voilà un bien vif amour fraternel.

— Un amour bien pur et bien désintéressé, monsieur le marquis, j'en fais serment !

— Je ne demande pas mieux, ricana Ferrières. Mais tu as une inclinaison déplorable à croire les gens honnêtes.

— Ah ! monsieur le marquis est injuste, lui ai-je jamais rien dit de pareil sur le sieur Robert ?

Cette saillie provoqua un murmure rauque, accompagné d'un geste irrité du quidam.

— Tout doux ! mes agneaux, intervint le chef. Vous m'êtes nécessaires l'un et l'autre ; terminons avant tout nos affaires communes ; vous vous entre-mangerez ensuite à votre aise, si le cœur vous en dit. Jusque-là, armistice complet... Je le veux.

« Toi, Robert, dit Saint-Jean, retourne à tes moines. Je te tiendrai au courant de nos faits et gestes ; — toi, mons Jasmin, préviens ton protégé. Puisqu'il l'exige, nous voyagerons avec lui pour Versailles. Après tout, en pareille aventure, trois épées valent mieux que deux.

— Quand la mienne pourra vous être utile, murmura Robert de sa voix sombre, vous m'appellerez.

— La tienne !... fit Jasmin moqueur, je croyais que c'était un couteau.

— Un couteau du moins, repartit le farouche bandit, en dirigeant son regard sournois vers son ancien rival, un couteau qui sait tailler une gaine en allant droit au cœur.

— Crois-moi, répliqua Jasmin imperturbable, fais-en une aussi pour y mettre tes airs farouches en réserve. C'est de l'éloquence perdue ici; ils n'effrayent personne.

— Holà! malemort! tonna le maître, allons-nous recommencer! Tais-toi, Jasmin; — Robert, va-t'en!

Celui-ci tenait la main sous sa souquenille noire; il y étreignait déjà le manche de ce couteau, dont parlait son adversaire, car deux objets ne le quittaient pas, — le réservoir au poison et cette arme tranchante; deux objets dont il ne se servait pas de ce jour seulement, si l'on se reporte au double drame du faubourg de Béthune, en 1738.

Après une si longue pratique, on doit conjecturer qu'il ne se vantait pas en parlant de son adresse.

Cependant, le nouveau coup d'œil venimeux par lequel il fit ses adieux à Jasmin ne causa à celui-ci aucune émotion. Il se contenta de dire en refermant la porte après lui :

— Serpent !...

Mais ce n'étaient là que des détails sans importance pour Ferrières. Il en voyait bien d'autres au milieu des audacieux bandits dont il maintenait l'association, à la façon des dompteurs qui enferment dans une même cage les bêtes féroces les plus antipathiques les unes aux autres, et qui règnent sur elles et les dominent rien qu'en du regard.

— Camarade, dit-il à Jasmin avec cette familiarité de grand seigneur qui maintient toujours sa supériorité, tu as tort de te jouer avec ce coquin. Il est capable de tous les coups de Jarnac.

— Rassurez-vous, monsieur le marquis, répondit le serviteur, je connais mon homme. C'est surtout si je le craignais qu'il serait dangereux. Mais le bravant et le méprisant, il me lance des regards sournois, il n'oserait pas m'aborder en face.

— Le poison ?

— Si je me trouvais par hasard à sa table, ou qu'il passât par mon office, je le forcerais à goûter de tout avant moi... Il le sait bien.

— Ce que j'en dis, c'est pour toi. A présent, parlons d'affaires. J'attends quelqu'un, une nouvelle de conséquence... Aussitôt après nous partirons. As-tu songé aux chevaux ?

— Nous les retrouverons à la porte de Chaillot, sous la garde de notre jeune homme.

— Louis !...

— En personne.

— J'aimerais mieux le savoir au couvent de la rue Saint-Jacques ! Enfin, c'est la grâce de Satan !

— Disons à celle de Dieu, monsieur le marquis, car c'est Satan que nous allons braver dans son antre,.. Mais on frappe... C'est sans doute la personne que vous attendez.

Gauthier se précipita comme un ouragan dans le cabinet.

— Sarpejeu, qu'y a-t-il donc ? demanda Ferrières.

— Monsieur le marquis, Estoc est en bas.

— Qu'il monte.

— Il apporte des nouvelles.

— Dis-les.

— Ah ! tout est peut-être perdu.

— Parle vite alors.

— Le commis du *Rouet d'argent* est arrêté.

Le regard de Ferrières et celui de Jasmin se rencontrèrent ; ces deux hommes si énergiques, chacun à leur manière, avaient éprouvé la même secousse.

Jasmin se raffermit le premier, étant le plus au fait de la cachette et des précautions de son jeune ami.

— C'est impossible, dit-il.

— Cela est, intervint un quatrième interlocuteur, le capitaine Estoc, j'ai vu la voiture qui l'emportait.

Jasmin réfléchissait, mais restait incrédule.

— Il té dit qu'il a vu la voiture, répéta le marquis. Si ce garçon est arrêté, mis au secret, à la question ?... Allons, il n'est que temps de faire notre grande opération, maître Estoc, et de mettre du foin dans nos bottes, car il y a gros à parier que nous voyagerons d'ici peu.

Proclamons que l'émoi de Ferrières ne dura pas deux secondes. Cet esprit net, limpide, tenace, calculait les chances du péril avec assez de sang-froid pour trouver toujours les expédients qui devaient les écarter.

— Je ne crois pas encore à cette nouvelle, dit Jasmin ; mais si elle est vraie, je réponds de la discrétion de ce brave enfant comme de la mienne.

— Tiens, marmotta Estoc à l'oreille du chef, en désignant du clin de l'œil le valet de chambre, est-ce qu'il *en est* ?...

Un autre signe imperceptible répondit au bandit d'une façon négative.

— Où avez-vous vu cette voiture? demanda Jasmin en proie, malgré lui, à une anxiété sérieuse.

— Dans la rue Saint-Denis, elle descendait vers la Conciergerie.

— Vous ne l'avez pas suivie davantage?

— Par la hart! A quoi bon? J'ai pensé plus utile de prévenir monsieur le marquis. Mais quant à l'arrestation, elle est parfaitement exacte. — On me disait que cela dans les groupes, et Dieu sait s'ils étaient épais : « C'est le commis de maître Navelier. » J'ouvrais l'oreille, je vous prie de le croire. « Le pauvre garçon est pris,.. c'est grand dommage!... Ne ferons-nous rien pour le délivrer ?... »

« Un moment j'ai vu le flot s'agiter, mugir... Par la potence ! j'ai cru qu'ils allaient renouveler le branle-bas de l'autre soir. Mais cette fois, M. Berryer a pris de solides précautions. Les mousquets ruisselaient au soleil dans toutes les directions.

— Eh bien, Jasmin, dit Ferrières, à quoi songes-tu? Comment expliques-tu ce contre-temps?

— D'une façon déplorable, mais très-simple. En dépit de ses promesses, de mes exhortations, l'imprudent aura quitté sa retraite pour revoir sa mère ou son patron ; il sera venu donner tête baissée dans la souricière.

Ça doit être ça, poursuivit le vieux bohème, car à ce que j'ai compris, c'est au gîte que le gibier s'est laissé prendre, sans essayer de faire résistance...

— Le pauvre enfant, quelle résistance pouvait-il faire?

— Toujours est-il que ces estafiers avaient tout prévu, jusqu'au cas où il faudrait le casemater dans un coffre roulant, de peur qu'à sa vue ou à son appel, la jeunesse du quartier ne vînt à son aide. Les sacripants lui faisaient cortége, le pistolet au poing, d'un air vainqueur et narquois à donner envie de les écharper.

— Par Saint André !... la vertu ne porte pas de chance !... exclama Jasmin, cruellement tourmenté par l'idée de savoir son protégé entre les mains d'instructeurs implacables... Cette malheureuse Jeanne, que va-t-elle devenir!... Jeanne, Geneviève, Louis... auquel courir !...

— Au plus pressé, répondit froidement le marquis, dont l'intérêt était en jeu dans cette complication, mais auquel son cœur, peu vulnérable, — à lui en supposer un, — y restait complètement étranger. Si ce jeune homme est prudent, s'il est brave, discret surtout, comme tu le prétends, foi de marquis de Ferrières, je le servirai... et j'ai de bons amis qui ne l'abandonneront pas non plus... n'est-ce pas, Estoc?

— Servir ceux qui nous servent; c'est sacré.

— Oui, oui, nous le servirons tous, n'est-ce pas? un si loyal, si généreux enfant!... Mais en ce moment, par quoi commencer?

— Par reprendre du calme, répondit Ferrières, qui prêchait d'exemple, par te fier à moi. Mon programme est tracé... la nuit sera rude, mais elle sera bonne... Descends en faction à l'antichambre. Que personne n'entre plus, je n'y suis pas; je suis aux champs. Mords ceux qui insisteraient. Tiens-toi prêt à me suivre où nous devions aller...

— Nous y allons de même?...

— Plus que jamais!

— Au fait, à Versailles, je parviendrai peut-être à voir le dauphin ou au moins M. du Muy.

— Laisse-moi dix minutes avec ce vieux coquin d'Estoc, je suis à toi ensuite... Toi, Gauthier, en vigie aux environs. Pendant que Jasmin veille à l'intérieur, veille au dehors.

— Par la hart!... Prudence est mère de sûreté, conclut le vieux capitaine des bandits, qui avait gagné ce proverbe dans la fréquentation de son camarade Laraison.

Les deux serviteurs partis, il fureta de l'œil sur les meubles et dans les encoignures.

— Concluons, dit Ferrières.

— Oui, concluons, appuya-t-il, mais par feu Ragot Ragotin, notre patron, j'ai une soif!...

Ferrières lui montra du doigt une clef restée à un placard.

Il y courut, et poussa un cri d'admiration. Un des placets était garni de bouteilles, de formes diverses, mais toutes ventrues ou allongées, pleines jusqu'au bouchon.

— Laquelle prendrai-je? demanda-t-il.

— Choisis.

— Ah! l'embarras du choix!... Kirsch, rhum, genièvre, ratafia des Iles!... Ratafia des Iles!... du feu en bouteilles!... Va pour toi, mon limpide et brûlant ami Je ne te connaissais que de nom... Embrassons-nous...

« Vous en offrirai-je?

— Merci, dit le marquis; jamais entre mes repas.

— J'aurai donc le regret de boire seul.

Il s'assit non loin de son amphitryon, et colla ses lèvres au goulot, entrecoupant chaque parole d'une accolade et d'une exclamation.

— Le Bien-Aimé est à Versailles, depuis hier... Je doute qu'il y déguste rien d'aussi délicat... La marquise, le duc son mignon, y sont avec lui... Ah! que tu me plais, que tu me plais!... Toute la haute compagnie de Trianon y sera réunie demain.

Il fredonna d'après une comédie :

Bouteille,
Vermeille...

Le marquis évitait de l'interrompre, afin d'en finir plus vite. Il reprit :

— Ce soir, entre onze heures et minuit, une petite voiture aimable, discrète, solide surtout, dans le genre de celle qui a emmené tantôt le jeune homme à la Conciergerie, partira de Versailles, escortée assez pour ne pas être sans défense, assez peu pour ne pas donner l'éveil...

« Eh quoi! friponne, nous nous évaporons! fit-il en lorgnant la fiole à peu près vide.

— Cette voiture?...

— Quatre chevaux, un cocher, deux escogriffes armés derrière.

— Deçà, delà, en avant, en arrière, des cavaliers d'apparence inoffensive, honnêtes voyageurs... Tous soldats aux gardes, armés jusqu'aux dents sous leurs manteaux... L'un d'eux est à nous, c'est par lui que j'ai tout appris...

— Ricard?...

— En personne.

— Parfait; celui-ci du moins tirera sur nous avec des balles de liège. Et le contenu de la voiture?...

La prunelle du buveur, restée froide sous le feu de la liqueur diabolique qu'il achevait de boire, s'illumina à cette question.

— Le quartier complet du dernier affermage des grains...

— Sarpejeu! murmura Ferrières, si l'on nous tracasse, nous ne partirons du moins pas les mains vides. L'affaire est sérieuse; vous vous partagerez notre monde, Laraison et toi, l'un au milieu, l'autre au bas du bois de Châtenay, où l'escorte et le convoi passeront, suivant toute apparence, de minuit à une heure.

— Nous les prendrons entre deux feux, c'est entendu. En serez-vous?

— Non; j'irai d'abord à Versailles, mes affaires m'y réclament; puis à la Cave-aux-Rats, au rendez-vous général.

— C'est dit.

— Va! et de la discipline; pas de bavards, pas de querelleurs, pas d'ivrognes surtout.

— Par la potence, rien que la fleur des chevaliers, on sait son affaire... répondit fièrement le bandit émérité, avec un soupir et un tendre regard du côté de la bibliothèque aux liqueurs.

Ferrières descendit avec lui vers le vestibule, non pour lui faire cortége, mais pour s'assurer auprès de Jasmin et de Gauthier de l'état des choses et procéder au départ. La confiance de son valet de chambre dans le commis du *Rouet d'argent* le rassurait sans doute; mais, en tacticien expérimenté, il ne s'endormait pas sur cette garantie, d'autant plus qu'il y allait pour lui d'une sorte de va-tout, suivant que le prisonnier parlerait ou se tairait.

Tout en accompagnant son affidé Estoc, il lui glissait certaines recommandations, telles que celle d'entretenir des vigies aux alentours de la Conciergerie, afin de savoir exactement ce qui s'y passait. En faisant boire et jaser les guichetiers ou les soldats du guet, c'était facile.

Un coup de heurtoir, vigoureusement appliqué, suspendit ses instructions, et le retint, avec son compagnon, derrière la porte entre-baillée de la salle qui ouvrait sur le vestibule.

— Qui peut frapper ainsi? murmura-t-il tout bas.

La réponse se produisit aussitôt, car Jasmin ayant ouvert et se disposant à éloigner l'importun, une voix jeune, animée, haletante, s'écria :

— Eh bien! Jasmin, eh bien!... Que faisons-nous donc!... Faut-il que je vous relance ici?...

— Vous!... vous, bonté du ciel!... exclama le brave Jasmin stupéfait.

— Louis!... c'est Louis!... dit à son tour Ferrières, qui n'hésita plus à se montrer dès qu'il reconnut cet organe.

— D'où venez-vous, mon Dieu!... reprit Jasmin.

— Morbleu! de la barrière des Bons-Hommes, où je me suis morfondu deux heures à vous attendre.

— Ah çà! vous n'êtes donc pas à la Conciergerie?

— A la Conciergerie?... Il paraît, puisque me voici.

— Vous en êtes donc sorti?... intervint Estoc.

— Sorti?... Mais, que je sache, je n'y suis jamais entré...

— Par la potence!... je vous y ai vu mener!...

— Moi!... Vous perdez la tête, mon brave homme. J'étais à Chaillot, où Jasmin sait, et j'ai attendu depuis la tombée du jour qu'il vînt m'y joindre seul ou en compagnie.

— Sarpejeu! fit le marquis au bohème, y vois-tu double, maître Estoc?... Cela deviendrait inquiétant.

— Par le grand Ragot d'enfer, je sais ce que je dis... J'ai vu ce tantôt, comme je vous vois tous les trois, la voiture casematée, escortée de sergents du guet le pistolet au poing, descendant la rue Saint-Denis, vers le Châtelet, et les témoins oculaires du fait m'ont tous répété : — C'est l'apprenti de maître Navelier qu'on emmène.

— Pourtant me voilà, et vous me permettrez, brave homme, de croire, jusqu'à plus ample informé, que l'on s'est moqué de vous.

— On ne se moque pas d'Estoc, mon beau muguet...

— Alors, vous soutenez...

— Certes, je soutiens ce que j'ai vu et entendu... Mais j'avoue que je ne comprends pas nettement la chose... Enfin, c'est bien vous qui êtes l'apprenti de ce digne mercier?...

— Ah! mon Dieu! s'écria Louis, frappé d'une idée subite, si c'était... Oui, oui, c'est cela!... Je suis l'apprenti, le commis de maître Navelier; mais il y en a un autre... Le généreux enfant se sera fait arrêter à ma place!...

— Hum! je préfère cela, murmura le marquis en aparté.

— Becdassée, c'est encore un trait de ce garnement, enragé jusqu'à l'héroïsme!... fit Jasmin, auquel la vérité apparut comme à Louis.

— Ah! oui, mais je n'accepte pas un tel dévouement!... Non, non, et je cours...

— Où courez-vous? demanda Ferrières.

— Prendre la place qu'il occupe pour moi.

— Etes-vous fou?

— Fou! Vous appelez cela de la folie?

— Quel autre nom, pour cette générosité absurde et inutile?

— Inutile!... absurde!... Vous voulez que je laisse les rigueurs de la prévôté s'exercer contre un innocent; tandis que moi, à l'abri de son martyre, je resterai libre, tranquille?

— Phrases, tout cela, conclut le sceptique Ferrières.

— Ah! vous m'exaspérez... mais vous ne me retiendrez pas!

— Non, vous resterez de bonne volonté et par sagesse.

— Encore un coup, je veux sortir!

— Plus qu'un mot, il me paraît évident, ainsi qu'à vous, que ce drôle, — dont j'estime le procédé, — se sera trouvé à la boutique du *Rouet d'argent* lors d'une perquisition des agents de cet excellent M. Berryer. Aussi intelligents que leur chef, ils auront demandé l'apprenti de maître Navelier, le brave garçon aura

répondu : Présent! et ces fonctionnaires, pleins de sagacité, l'ont pris au mot en croyant tenir le héros de l'échauffourée!

— Et vous prétendez que je profite de ce quiproquo?

— Je prétends que nous en profitions tous, attendu que votre jeune menechme ne subira pas une égratignure.

— Comment cela?

— Sarpejeu! croyez-vous donc qu'on va lui mettre les brodequins et lui faire avaler six pintes d'eau avant de le présenter aux magistrats, qui ont intérêt à l'entendre et à le voir; qui sait... à d'autres peut-être, désireux de s'assurer eux-mêmes de son identité, et de le questionner en personne!...

— Au fait, c'est vrai! dit Jasmin.

— Que votre Pylade passe une nuit, deux nuits, trois nuits désagréables à la Conciergerie, c'est possible, mais...

— Une mauvaise nuit est bientôt passée... ne put s'empêcher d'insinuer Estoc, sur lequel finissaient par déteindre les sentences de son allié, le sage Laraison.

— Pendant cela, nous agissons, vous prenez du champ; quand on reconnaît l'erreur, on administre à ce cher M. Berryer, qui doit y être fait, une semonce épicée, on relâche la victime de sa méprise, et l'on vous cherche où vous n'êtes plus.

— De cette façon, le dévouement de ce brave garçon servira à quelque chose; et vous nous aiderez dans une recherche qui, pour vous, est un devoir, ajouta Jasmin.

— Geneviève!... prononça Louis, c'est vrai! Vos arguments l'emportent, monsieur le marquis. Les chevaux sont prêts depuis plusieurs heures.

— Partons!...

Une demi-heure après, trois cavaliers de l'aspect le plus inoffensif galopaient sur la route de Versailles.

D'un autre côté, plusieurs groupes de deux ou trois individus, d'apparence beaucoup moins rassurante, sortaient des caves ténébreuses du *Petit-Bacchus* pour se diriger vers le bois de Châtenay, traversé par le chemin de Versailles à Choisy-le-Roy.

XI

TRIOMPHE DU VIDAME D'ESTISSAC

Nos trois cavaliers, du train dont ils allaient, eurent bientôt franchi la distance de Paris à Versailles. Aux portes de cette ville, une auberge se trouvait par hasard encore ouverte, à l'heure un peu tardive, pour cette cité paisible, où ils arrivèrent.

Ils y laissèrent leurs montures, non sans les recommander à l'aubergiste, auquel ils crurent devoir dire qu'ils venaient pour une affaire qui serait plus ou moins longue, peut-être terminée dans la soirée, peut-être remise au matin. Dans tous les cas, ils souhaitaient qu'on se tînt à leur disposition.

Quand des gens ont le ton haut, la mine impertinente, comme le marquis de Ferrières, ils sont généralement sûrs d'être bien servis. Imposer aux intrigants et à la gent servile, c'est le premier échelon de l'art d'arriver.

On ne s'étonna pas, du reste, dans cette hôtellerie borgne de ce mince incident; Versailles, résidence de la cour, était nécessairement le rendez-vous des solliciteurs et des affaires. Il y régnait un va-et-vient perpétuel de personnages de toute catégorie.

Nos voyageurs, sans s'arrêter une minute de plus, se dirigèrent vers le quartier neuf, dont les rues, soigneusement alignées sous l'œil de Louis XIV, étaient loin d'offrir dans la réalité, comme sur les plans des ingénieurs, des files serrées d'hôtels et de maisons.

Il s'en allait près de dix heures et demie, la solitude était complète dans cette partie isolée et insuffisamment peuplée de la ville.

Pour mieux préciser, l'endroit vers lequel se rendait

notre monde, est celui qui occupe l'espace compris entre le potager actuel et la butte des étangs Gobert.

On y remarquait alors, au milieu de terrains encore vagues ou de constructions ébauchées, une villa, ou plutôt un pavillon de plaisance, entouré de jardins touffus, où l'art, si fort estimé dans ce temps-là, des architectes-jardiniers, s'était signalé par des merveilles.

La grille principale donnait sur la rue Saint-Médéric. Il y avait deux autres entrées moins ostensibles, une sur la droite, et l'autre au fond.

Le moine s'écria d'une voix austère...

Ce fut vers cette dernière que se dirigèrent nos trois chevaliers errants, qui contournèrent avec prudence les murs d'enceinte, dont la hauteur défiait l'escalade.

La rue Saint-Médéric était très-déserte et très-noire, mais, s'il se peut, les ruelles qui serpentaient autour de la coquette et silencieuse villa l'étaient encore plus.

Rien ne pouvait être plus agréable à nos gens qui, d'ailleurs, avaient certainement fait entrer ces circonstances dans leur plan.

Ils s'arrêtaient néanmoins de temps en temps pour

mieux regarder et surtout pour mieux écouter. Mais le seul bruit sensible était celui des cimes des grands arbres qui dominaient les murailles, agitées par un vent assez violent.

Derrière les dômes de ces vétérans des anciens parcs royaux, parcs qui occupaient jadis cet emplacement, le toit plat du pavillon carré disparaissait aux regards : c'était une vraie thébaïde de branches et de verdure, car déjà l'influence du printemps se manifestait.

— Tout dort, jusqu'aux étoiles, dit Ferrières, sarpejeu ! la nuit est propice.

— D'autant plus propice, ajouta Jasmin, que le roi est à Choisy avec son entourage et que, suivant un mot que j'ai saisi au vol, tout à l'heure, dans cette auberge, Sa Majesté serait souffrante.

— Bravo! les argus alors sont, suivant toute apparence, occupés auprès du maître. N'est-ce pas votre avis, notre jeune ami?... Mais on jurerait que rien ne vous contente, vous n'avez pas encore desserré les dents!... Ce n'est pas tout de soupirer, il faut agir.

— Je ne suis pas ici pour autre chose, répondit bravement l'interpellé.

— Allons, allons, lui dit à son tour Jasmin, dont la main pressa la sienne, tout va bien, espoir, courage!...

— Arriverons-nous assez tôt!... prononça Louis, en proie à une exaltation sombre.

— Je vous comprends, répondit Jasmin, et, sans hésiter, je vous dis: Oui! oui, nous arriverons, quoi qu'il puisse être advenu, assez tôt pour l'honneur de notre protégée.

— Sarpejeu! intervint Ferrières, tu en parles avec une conviction!...

— A laquelle vous pouvez vous fier...

— Nous trouverons Geneviève?...

— Morte peut-être, mais pure!...

Sur cette déclaration, que le fidèle ami de la famille Navelier avait réservée jusqu'à cet instant décisif, il y eut un instant de silence, durant lequel on avança à pas lents.

— L'honneur de Geneviève sauf, articula enfin Louis, dont la poitrine paraissait moins serrée, — c'est mon premier vœu!

Ferrières se bornait à exhaler entre ses dents un susurrement sardonique.

On arrivait alors à la partie de l'enceinte la plus reculée de l'habitation et la plus opposée à la grille de la rue Saint-Médéric.

— Attention, dit Jasmin, plus un mot; suivez-moi pas pour pas.

Ils défilèrent ainsi sur trois rangs, perdus dans l'ombre de la muraille, complice de leur audacieux projet.

Le chef de ligne s'arrêta devant une baie étroite ménagée dans l'épaisseur de la maçonnerie, — cette porte de derrière dont nous avons parlé.

C'était une grille de fer, masquée à l'intérieur par un solide volet de cœur de chêne. Pour plus de sécurité encore, un treillis épais de gros fil d'archal se croisait par-dessus ce volet, entre les barreaux.

— Voici l'entrée de l'enfer, dit Jasmin à voix basse.

— Je la vois, répondit Ferrières, ce n'est qu'il s'agit plus que de l'ouvrir; ce qui me paraît aussi malaisé que de forcer celle du paradis.

Jasmin saisit de sa poigne d'ancien forgeron un des barreaux. Il le tâta, le secoua; la grille grinça dans son alvéole, avec un bruit pareil à un défi.

— Elle est solide, conclut Jasmin.

— Escaladons les murs, dit Louis bouillant d'impatience.

— Un peu de sang-froid, répliqua Jasmin.

De ses deux puissantes mains à la fois, il reprit l'examen de l'obstacle.

— C'est parfaitement clos, dit-il sans manifester aucun découragement; une serrure à secret au milieu, un verrou en haut, un verrou en bas; une vraie Bastille!

— Que résous-tu? demanda Ferrières.

— Qu'il faut crocheter la serrure et faire glisser les verroux, répondit-il avec la même assurance. Tenez-vous aux écoutes, moi, je travaille.

Il se courba vers le bas d'abord, s'assura de la place où donnait le verrou, mit un genou en terre, appuya l'autre contre un des barreaux, et fouilla dans un sac de cuir, passé en bandoulière sous sa veste.

C'était un diminutif de son ancienne trousse de forgeron, un spécimen de son arsenal de jeunesse.

Il y prit des cisailles, au moyen desquelles il coupa le réseau de fil d'archal. Puis, s'aidant d'une tarière, il pratiqua dans le volet un trou assez large pour passer le doigt. Il trouva justement à sa portée, ainsi qu'il l'avait calculé, le bouton du verrou, et n'eut aucune difficulté à le pousser.

L'opération, renouvelée au haut de la grille, donna le même résultat.

Il ne restait plus que la serrure.

Il l'avait réservée comme un jeu, pour la fin. En effet, pêne et secret obéirent à son crochet intelligent. Et, s'adressant toujours avec prudence à ses compagnons :

— Donnez-vous la peine d'entrer, dit-il.

Tout ce travail avait au plus demandé un quart d'heure.

Ferrières, en franchissant le seuil, ne put s'empêcher de faire in petto cette réflexion digne d'un philosophe tel que lui :

— Quel dommage que de pareils gaillards soient si aisément au courant des secrets de leurs maîtres... J'aurais toujours un de ces travailleurs de serrures dans mon service... pour ouvrir celles des autres !

Jasmin tenait la grille entre-bâillée, il entra le dernier, la repoussa et l'assujettit au moyen d'une pierre.

Il fallait maintenant s'orienter, ce que l'épaisseur des bosquets rendait assez difficile.

Mais le marquis connaissait les êtres. Du temps de sa faveur, il était venu plusieurs fois dans ce petit domaine, propriété de madame de Pompadour. Il en avait foulé les gazons, pratiqué les allées, à la lueur des feux de bengale, dans les nuits de fêtes.

A son tour, il prit les devants, sans avoir besoin de recommander à ses compagnons de le suivre avec précaution. Quelques grains de sable seulement craquaient çà et là sous leurs pieds, mais c'était l'unique bruit qu'on entendit dans toute l'enceinte.

L'art du dessinateur s'était principalement attaché à dissimuler aux regards le pavillon et les bâtiments de service.

On n'apercevait l'un qu'en arrivant au pied; on ne voyait pas les autres même quand on les côtoyait. Ils étaient tapissés de lierre et de plantes grimpant jusqu'au toit, lequel disparaissait entièrement au milieu d'une haute futaie. Une trentaine de pas et une allée sablée les séparaient du pavillon.

Plus les trois compagnons avançaient, plus le silence devenait profond. Ils pouvaient se croire les seuls êtres animés de cette mystérieuse retraite ; mais, pour cela, ils n'en marchaient qu'avec plus de circonspection.

En de telles aventures, les objets étrangers, indifférents même, ont leur importance, ou du moins s'affirment par certaines émotions. Ferrières s'arrêta court à un moment; Louis et Jasmin l'imitèrent d'instinct, retenant leur souffle : onze heures sonnaient à Notre-Dame. Ils comptèrent mentalement tous les trois jusqu'au dernier coup, et ne reprirent leur marche que quand le tintement se fut éteint dans l'espace.

Bientôt, le chef de file s'arrêta de nouveau, cette

fois, pour une cause plus décisive. Il arrivait aux limites des bosquets ; un dernier rideau de lilas et d'ébéniers le séparait de la terrasse sablée, au centre de laquelle se dressait l'élégant petit palais.

À travers les branches, il le montra à ses compagnons, serrés près de lui.

C'était un pavillon carré, auquel on accédait par un perron de sept à huit marches. Le rez-de-chaussée donnait sur un sous-sol dont les ouvertures, soupiraux et fenêtres, de forme cintrée, étaient garnis de grilles de fer d'une solidité respectable, sans offrir rien de menaçant ni de désagréable à l'œil.

Au-dessus du rez-de-chaussée régnait un premier étage, surmonté d'une terrasse à l'italienne, garnie d'une élégante balustrade. De chaque côté de la porte, on comptait trois fenêtres, c'est-à-dire six à chaque étage ; le pavillon étant exactement carré, c'était donc un total de quarante-huit, ce qui laissait supposer une disposition intérieure large et commode.

Au rez-de-chaussée les fenêtres étaient fermées par des volets, à l'étage supérieur par des jalousies. Mais jalousies ni volets ne laissaient filtrer aucun rayon de lumière.

Ferrières fit signe à Louis et à Jasmin de rester en observation derrière les lilas, tandis qu'il poussait une reconnaissance du côté des bâtiments de service, bâtiments peu considérables, composés d'une écurie, d'une remise, de celliers pour débarras, le tout surmonté d'un grenier mansardé, pour loger à l'occasion des palefreniers ou des domestiques.

Il en fit le tour, écouta aux portes, mit l'œil aux judas de l'écurie et de la remise, enfin rejoignit ses compagnons et ne trouva que ceci à leur dire :

— C'est le château de la Belle au Bois-Dormant.

— Rien ? demanda Jasmin.

— Je gagerais qu'il n'y a pas même un cheval dans l'écurie.

— Étrange !

— Fouillons partout !... dit Louis.

— Pas d'imprudence ! répliqua Ferrières. Il se peut que cette solitude provienne de la maladie du roi à Choisy ; mais il se peut aussi qu'elle cache quelque gros dessein. Quand on met le pied ici, on doit se méfier de tout, et encore, je ne crois pas que ce soit assez !

— C'est là qu'il faut voir ! reprit Louis, dont la main crispée désignait le pavillon. C'est là qu'est ma sœur... pauvre sœur !

— Je le suppose aussi, dit Ferrières.

— Moi, j'en suis sûr, affirma Jasmin.

— Il s'agit d'y pénétrer, de l'y chercher, de l'y trouver, répondit le marquis ; cela me regarde. La maison a des cloisons où vous vous perdriez dès le premier pas. Seul de nous trois, j'y suis venu, je l'ai un peu pratiquée... et je ne réponds pas de m'en tirer content.

« Assurez vos armes sous votre main. Tenez-vous aux écoutes du dehors et du dedans, s'il y a danger, on ne sait pas d'où il pourra venir. Cachez-vous dans le cellier, là-bas, la porte en est battante. Vous avez l'œil à la fois sur trois des quatre faces de la maison, c'est bien le diable si cela ne suffit pas.

« Mais, par-dessus tout, quoi qu'il survienne, ne vous montrez pas, ne cherchez pas à entrer après moi, à moins que je n'appelle !...

« Allons, maître serrurier, ouvre-moi encore cette porte, et attention ! »

Jasmin franchit avec lui le petit perron, passa son crochet dans la serrure, dont il eut bon marché, et laissa son maître s'aventurer seul dans le pavillon, à la découverte.

Suivant son ordre, il alla avec Louis se poster dans le cellier voisin à l'abri de la porte entr'ouverte. Ils avaient certainement beaucoup plus les allures de malfaiteurs en quête d'un mauvais coup que d'honnêtes gens travaillant à une action généreuse.

De leur cachette, disons-nous, ils voyaient à la fois trois des quatre faces du pavillon, c'est-à-dire celle du jardin, par laquelle s'était introduit Ferrières, celle du côté de l'est, et celle du côté de la rue Saint-Médéric, dont le perron, répétition de l'autre façade, donnait vis-à-vis de la grande grille. Entre parenthèses, cette grille était à l'instar de la petite porte du fond du jardin, munie de volets hermétiquement clos. Un espace sablé assez large s'étendait en manière de cour d'honneur de ce côté-ci du pavillon.

Sur les trois faces, les deux vigies constatèrent l'obscurité complète déjà remarquée par eux ; il restait la quatrième, celle du couchant, qu'ils ne pouvaient distinguer. Jasmin voulut s'assurer si elle était dans le même cas. Il fit le tour complet de l'habitation : tout était noir et immobile.

Il revint alors près de Louis, et en lui annonçant ce fait, il se garda de lui communiquer une crainte qui le tourmentait : c'est que, depuis le matin, date où il avait acquis la certitude de la présence de Geneviève dans cette demeure énigmatique, la pauvre enfant n'en eût été retirée. Dans ce cas, que de peines perdues, que d'épreuves nouvelles à courir !

Il préféra venir voir les choses ; un tel doute eût mis aux champs la cervelle déjà trop exaltée du jeune commis.

— Eh bien ? lui demanda celui-ci.

— Rien, répondit-il. Pas une lueur, pas un souffle, pas un volet entr'ouvert.

— C'est une prison !

— Pis que cela ; une tombe !

De la position qu'ils occupaient, ils observaient sans danger le dehors, car il devenait de plus en plus évident qu'ils étaient les seuls êtres vivants de ce corps de constructions isolées ; et la ressource leur restait, à la première alerte, de se blottir derrière la porte complaisante, où, pour sûr, on ne soupçonnerait pas leur présence.

Un incident bizarre, inexplicable, et à cause de cela inquiétant, les mit dans l'obligation de s'y réfugier bientôt.

— C'était comme un choc, un bruit ou un grincement de fer. Cela venait du pavillon; dans le silence et le calme qui les entouraient, il leur sembla que le sol en avait tressailli jusque sous eux.

Attentifs, haletants, sans oser échanger une syllabe, ils prêtaient l'oreille, la main sur leurs armes, épiant s'ils entendaient un nouveau bruit ou la voix de Ferrières.

Rien ne bougea plus, rien n'appela ; aucune clarté ne rompit la sinistre monotonie de ces volets impénétrables.

Ils restèrent ainsi en suspens pendant cinq minutes, puis, ils se risquèrent à regarder par l'entre-bâillement de la porte : rien, toujours rien !

— Cette maison m'effraye, dit enfin Louis.

Jasmin s'aperçut qu'il commençait à s'agiter, et redoutant une imprudence :

— Que voulez-vous faire ? lui demanda-t-il ?

— Ce doute m'oppresse ; le marquis ne donne pas signe d'existence, je saurai ce qui se passe là dedans.

Suis-moi ou ne me suis pas, j'en aurai le cœur net.

— Je m'y oppose !... Attendez encore !...

Il fallut toute la force musculaire du brave Jasmin pour le maintenir en place, et même il cherchait à lui échapper par surprise, quand un nouveau bruit leur parvint.

Celui-ci arrivait de la rue ; c'était le roulement d'une voiture, accompagné du pas de plusieurs chevaux.

Elle avançait sans hâte, peut-être par précaution, quoique le quartier fût bien parfaitement désert, et comme, grâce à la nuit, ils l'entendirent de loin, ils ne constatèrent pas de suite qu'elle venait vers le pavillon.

Elle s'approcha néanmoins peu à peu, puis plus vite, pour s'arrêter juste à la grille de la rue Saint-Médéric.

— C'est une voiture accompagnée de cavaliers, murmura Jasmin à l'oreille de Louis, tenons-nous bien.

— Mais M. de Ferrières, qui est dans la maison ?...

— S'il y reste, c'est qu'il y a intérêt, la porte du perron étant encore libre. Suivons donc ses instructions, il est plus fort que nous pour ces sortes d'affaires... chut !...

La grille roula sans bruit sur ses gonds soigneusement graissés ; on l'avait ouverte de dehors.

Nos deux amis entendirent des voix rapides, échanger des observations trop bas pour en saisir le sens.

Louis trépignait ; seul il se fût jeté dans la gueule du loup, l'ascendant moral et à l'occasion la main de fer de Jasmin le contenaient ; il rongeait son mors. Mais il fut impossible de l'empêcher de risquer un œil au coin de la porte ; Jasmin lui-même trouva moyen de regarder, par la rainure, entre le panneau et la muraille.

Ce qu'ils virent à travers l'opacité des ténèbres était très-vague et pour cela peut-être très-suspect.

On n'ouvrit la grille qu'à moitié ; la voiture et les cavaliers restèrent dans la rue. On distinguait les efforts de ceux-ci pour contenir leurs chevaux, dont le sabot impatient creusait la terre. De temps en temps aussi, un sifflottement, un coup de fouet, une vive interjection indiquaient la peine qu'avait le cocher à maintenir les siens.

Un homme de très-haute taille entra, suivi de deux autres plus petits ; tous trois portaient un accoutrement semblable, du moins pour l'heure qu'il était.

Les deux derniers suivaient l'autre comme des laquais suivent leur maître. Ils étaient coiffés de larges feutres, et leur personne disparaissait sous de vastes manteaux.

Ce costume nocturne était absolument pareil à celui de Louis et de Jasmin, et, pour achever la similitude, les deux valets, — c'étaient décidément des valets, — étaient descendus de cheval, pour entrer dans le jardin. Des camarades tenaient leurs montures dans la rue.

Le seigneur qui les dirigeait s'arrêta une seconde à considérer le pavillon. Son aspect tranquille et endormi le contenta, car il dit sans prendre la peine de parler bas :

— C'est bien !

Jasmin et Louis tressaillirent, ils connaissaient cette voix.

— Allons, ajouta-t-il en gravissant le perron, voici où il faut montrer votre adresse, mordious !

Louis faillit trahir sa présence, car il murmura presque haut, cloué d'ailleurs sur place par l'étonnement et par l'envie de voir ce qui allait se passer :

— Le vidame d'Estissac !...

Le vidame, qu'avec un peu plus de clarté on eût reconnu dès la première minute, ouvrit le pavillon, dont il possédait la clef ; ses estafiers entrèrent sur ses pas, ils prirent à peine soin de repousser à moitié la porte.

Au même instant, comme si leur arrivée eût donné un signal, nos observateurs cachés virent s'agiter des flambeaux derrière les persiennes qui leur faisaient face.

La maison endormie se réveillait, la maison morte ressuscitait.

Dans la rue, les chevaux piaffaient avec une irritation croissante ; le cocher finissait par jurer ; les cavaliers, ayant à maintenir leurs bêtes et celles de leurs camarades, poussaient de sourds grognements.

Jasmin et Louis crurent distinguer de l'intérieur des voix de femmes.

— Qu'est-ce que tout cela, mon Dieu !... s'écria le jeune homme au comble de la perplexité.

— Je crois m'en douter, répondit son mentor ; mais patience, observons jusqu'au bout.

Le vidame reparut sur le perron, accompagné cette fois d'une femme d'un certain âge, dont la voix aigre perçait, malgré ses efforts pour y mettre une sourdine.

— Grand bien lui fasse ! disait-elle ; c'est un fameux débarras !

— Assez de réflexions, ma chère, intervint le vidame ; venez vous placer dans la voiture, et montrez-vous complaisante, attentionnée, — vous n'avez plus longtemps à posséder ce précieux dépôt.

Ils traversèrent l'espace, disparurent dans la rue ; le vidame revint seul au bout d'une minute.

— C'est Geneviève qu'ils vont emmener !... exclama Louis, sur la bouche duquel la main de son compagnon se posa à temps.

— Silence, ou c'en est fait d'elle et de nous !

— Où vont-ils encore la conduire, mon Dieu ?...

— C'est ce qu'il faut savoir, pour la sauver.

— Oui, je vais la sauver, la leur arracher...

— Vous allez la perdre !... Obéissez-moi, je le veux !

La porte du perron s'ouvrit de nouveau.

Tout le sang du pauvre Louis reflua vers son cœur ; moins occupé de sa tâche, le vidame en eût entendu les battements ; néanmoins, il se résigna au rôle d'observateur, la volonté énergique de son vieil ami l'avait vaincu.

Le gouverneur des leyrettes, promu en cette circonstance à un autre emploi, par délégation de son ami Lebel, qui restait à Choisy auprès du roi, d'Estissac sortit cette fois à reculons, parlant avec un ton paterne :

— Quand je vous le promets, disait-il, sur ma foi de gentilhomme, c'est pour votre bien... Venez sans difficulté, chère enfant... Ne croyez-vous capable de vous vouloir du mal, moi, l'ami de votre digne et honoré père !...

— Infâme !... murmura Louis, dont les doigts cherchaient la gâchette d'un pistolet pour ajuster l'hypocrite.

Jasmin passa derrière lui, et d'une seule de ses puissantes mains lui étreignit les deux bras.

Il courba la tête comme un taureau dompté.

Une forme blanche, vaporeuse apparut sur le perron.

— Donnez-moi votre bras, chère enfant, dit le vidame.

— Oh! monseigneur, prononça une voix suppliante, qui amena des larmes dans les yeux du jeune homme, si vous tenez votre promesse, si vous me rendez à mon père... ma vie ne suffira-pas à vous bénir!...

— Oui, oui, chère demoiselle, oui, adorable fille, je veux que vous me bénissiez... maintenant... toujours... Voilà pourquoi, au risque de me perdre, je viens vous arracher d'ici!...

— O mon sauveur!... dit-elle en descendant le perron.

— Hâtons-nous... Ma voiture est là, quelqu'un... une dame vous y attend... Mes domestiques sont auprès pour veiller sur vous jusqu'à la porte de votre père... Venez, venez!...

Elle traversa et disparut.

— Tu ne me retiendras plus!... s'écria Louis.

Par une secousse inattendue, il s'échappa de son étau, et se précipita vers la grille.

Jasmin courut sur ses pas.

Tout contribuait à rendre cette scène plus sinistre. Le ciel refusait toute clarté. La voiture, l'attelage, les cavaliers, les chevaux apparaissaient sur cette nappe noire comme une silhouettes fantastiques.

Le frère de lait de la victime allait s'élancer sur le vidame, qui, lui tournant le dos, installait, avec des soins et des paroles pharisaïques, Geneviève dans la voiture.

Mais d'Estissac, entendant ses pas et ceux de Jasmin, leur dit rapidement:

— Eh bien! vous autres, à cheval donc, qu'attendez-vous?

Les grandes occasions donnent les grandes inspirations.

Le vidame prenait nos deux amis pour les estafiers qui l'avaient suivi dans le pavillon.

Ils saisirent la balle au bond, sautèrent sur les chevaux, tenus en laisse par deux autres serviteurs de même acabit.

— Adieu, chère belle enfant, dit encore d'Estissac à Geneviève, ne tremblez plus; vous êtes sauvée!...

Il referma la portière.

Au bruit du pêne, l'oreille exercée de Jasmin reconnut qu'elle se fermait par un secret.

Le vidame se haussa sur la pointe des pieds, précaution quasi inutile, vu sa taille, pour atteindre à l'oreille du cocher, auquel il dit:

— Ventre à terre, à Choisy!

Puis, se tournant vers les quatre cavaliers:

— Vous autres, une fortune pour arriver à bon port; la potence, si vous manquez l'affaire!

Le cocher fouetta ses chevaux à tour de bras, les cavaliers jouèrent de la cravache et de l'éperon.

Le vidame regarda la cavalcade fuir comme un tourbillon. Quand il ne la vit plus, il suivit encore de l'oreille le bruit du galop infernal, et lorsque celui-ci s'effaça à son tour dans le lointain, il rentra dans le jardin, referma la grille, poussa un rire sec, suivi d'une quinte de toux, et remonta, en se frottant les mains, les marches du perron.

La joie s'épanouissait dans toute sa personne; il se félicitait lui-même sans y mettre une modestie puérile.

— Bien joué, vidame, bien joué!... Oui, ma mignonne; pécaïre! c'est votre bien que je veux... et le mien aussi!... Ah! le roi est souffrant... Je lui expédie le remède!... Ah ah! ah! pauvre petite! L'ai-je assez subtilement enjôlée!... Ah! vidame, vidame, mon très-cher, vous étiez né diplomate!... Allons, j'espère que

tout le monde sera content!... Brrou!... cape di dious! il fait réellement froid.

Il ferma la porte du vestibule, et se disposa à pénétrer plus loin; sans doute une chambre l'attendait céans.

XI

LE VIDAME TRIOMPHE ENCORE

Vous est-il arrivé, au plus beau moment d'un rêve paradisien, de vous réveiller en bas de votre lit? — Avez-vous quelquefois, par exemple dans les monts d'Auvergne, senti se crisper sous votre pied la queue d'un de ces petits serpents, qui se dressent, sifflent, vous menacent de leur gueule effroyablement dilatée, et vous montrent leurs crochets?

Si vous n'avez éprouvé aucune de ces émotions désagréables, il faut renoncer à concevoir la moindre idée de celle que ressentit, la nuit en question, dans la villa de la rue Saint-Médéric, le vidame Charlemagne d'Estissac, gouverneur des levrettes de Sa Majesté Pompadour Ire.

Voici de quelle façon la chose advint.

Le vestibule que le vidame referma en chantonnant un fredon gaillard accédait à un salon d'attente, formant une rotonde octogone au milieu des appartements du rez-de-chaussée.

Le vestibule ne recevait en ce moment de clarté que par la porte entr'ouverte du salon, doucement éclairé lui-même par des lampes enveloppées de globes d'opale.

Le vidame poussa la porte et entra; mais soudain le fredon expira sur ses lèvres. Il ressentit une si violente secousse qu'il ne put même pas crier.

Au bruit de ses pas, deux formes sinistres se dressèrent au fond du salon.

C'étaient deux hommes revêtus de longs manteaux bruns qui leur descendaient des épaules aux talons. Leur attitude n'avait, d'ailleurs, rien de menaçant, car ils se tenaient immobiles, droits, roides comme deux factionnaires, chacun un grand feutre à la main.

Aussi l'extinction de voix du vidame dura-t-elle peu; mais elle fut remplacée par un flux d'exclamations, où les jurons de la Provence et de la Gascogne éclatèrent avec ceux de l'univers entier.

Le vidame, d'abord épouvanté de cette rencontre, avait au second coup d'œil reconnu ses gens. C'étaient ceux qu'il avait amenés avec lui, probablement pour lui donner un coup de main en cas de résistance, et dont Jasmin et Louis avaient pris audacieusement les chevaux.

Mais s'il n'était plus effrayé, il restait atterré, confondu. Une avalanche s'abattait sur son crâne! Sans s'expliquer encore clairement la situation, il comprenait qu'elle devait être effroyable.

Les deux estafiers laissaient crouler l'orage, éclater la tempête avec un sang-froid imperturbable. Ils échangeaient seulement de temps en temps un regard, par lequel ils semblaient se demander si leur patron avait perdu le sens.

— Cape di dious! Bagasse! Troun de l'air!... s'écria-t-il, exaspéré davantage par cette attitude de statues, parlé-je donc chinois, ne m'entendez-vous pas, bélîtres, c'est à vous que j'en ai!...

— Quoi? voulut répondre l'un deux, monsieur le vidame...

— Tais-toi, coquin, sacripant !... Non, ne te tais pas, réponds... Répondez tous les deux, que faites-vous ici, plantés comme deux échalas !...

— Monsieur le vidame... commencèrent-ils à l'unisson, d'une voix de basse taille.

— Assez !... Troun de l'air, vous me rompez le tympan !... Mais répondez, répondez donc, mordious !

Taisez-vous, répondez, ne répondez pas !... Le doute n'était pas possible, le gouverneur des levrettes perdait le peu de cervelle qu'il eût jamais possédé.

Aussi, il y avait de quoi, l'on en conviendra : investi d'une mission des plus délicates, par M. Lebel, premier valet de chambre de Sa Majesté, retenu auprès du maître souffrant, M. d'Estissac avait mené la chose avec une dextérité merveilleuse.

La maladie du roi n'était pas jugée grave. Elle l'avait pris dans ce même pavillon de la rue Saint-Médéric, deux jours auparavant. C'étaient quelques tiraillements d'estomac. Comme il arrivait de temps en temps à Sa Majesté, ainsi que l'a raconté madame du Hausset, dans ses Mémoires, de souper trop abondamment, ce qui amenait des indigestions quelquefois assez violentes, son médecin, Quesnay, jugea qu'il s'agissait encore d'un malaise de ce genre ; il s'appliqua à nettoyer et à lénifier les entrailles de son auguste client.

Cette indisposition n'avait pas empêché le roi de se rendre à Choisy, et c'était là qu'on voulait lui procurer les distractions et les surprises qui lui fussent le plus agréables, notamment celles de jolis visages.

A en juger par les paroles échappées à la vieille femme, choisie par M. d'Estissac pour escorter Geneviève, la prisonnière subissait avec résistance sa captivité. Certes, on pouvait la transférer de force de Versailles à Choisy, comme on avait fait de Paris à Versailles, mais ce moyen n'était propre qu'à exciter son désespoir et son irritation.

Le vieux courtisan, sans négliger les précautions dont les deux acolytes en manteau avaient été les agents, jugea plus adroit, plus avantageux de recourir à un stratagème digne de la corruption au milieu de laquelle il vivait.

Il se présenta à la victime comme un sauveur touché de son misérable sort, résolu à l'arracher à tout prix à ses geôliers pour la rendre à son père, envers lequel il avait toujours professé une grande et affectueuse estime.

A l'entendre, il s'était glissé subrepticement, non sans péril, dans le pavillon, dont il avait gagné le principal gardien. Il n'y avait pas une minute à perdre; car, si on le découvrait, c'en était fait de lui.

Geneviève n'avait aucune raison de se méfier de ce personnage. Son accent était sincère, attendri; — il n'était pas de ceux qui, jadis, lui adressaient de fades déclarations; il était d'un âge respectable. Rien n'indiquait un mensonge, ni un piège.

Ce que le prisonnier appelle sans cesse, opiniâtrément, c'est la délivrance. Si quelque chose tourmentait la pauvre enfant, c'était de ne pas voir un ami pénétrer jusqu'à elle. Cet ami s'offrait enfin, ce n'est pas celui qu'elle rêvait sans doute, mais son zèle n'en était que plus touchant. La trame était si noire que le cœur candide ne la soupçonna pas.

Émue de tant de générosité, elle n'éprouva aucune hésitation. Depuis sa captivité dans cette prison de velours et d'or, elle ne s'était pas une seule fois déshabillée pour se coucher. Soit qu'elle dormît, — et de

quel sommeil, hélas ! — sur un fauteuil ou sur son lit, elle gardait ses vêtements.

Un instinct touchant de pudeur la faisait rougir, à la seule idée de se mettre en costume de nuit; au milieu de cette chambre inconnue, de ces glaces qui, de tous côtés, lui renvoyaient son image. Elle se pelotonnait sur elle-même à cette seule pensée.

Cependant, autour d'elle, des déshabillés charmants, des peignoirs de batiste de Hollande, des monceaux de dentelles faisaient un appel à ses instincts de coquetterie et d'élégance. — Elle ne les regardait que pour croiser plus étroitement sa mante sur sa poitrine.

Aussi, lorsque M. d'Estissac la sollicita de partir, elle se trouva sur pied, toute vêtue.

Un si rapide et si complet succès justifiait, certes, la satisfaction brutalement interrompue par la rencontre des deux sacripants du petit salon. Il était bien sûr d'avoir vu, de ses yeux vu, ce qu'on appelle vu, deux individus affublés de la même sorte, enfourcher les chevaux tenus en laisse dans la rue, s'aligner avec les deux autres cavaliers, au coin du carrosse, et détaler en leur compagnie.

Mais, si l'escouade était au complet, comment ceux-ci se trouvaient-ils là ! — Quel problème !...

La petite tête de l'homme grand devenait incandescente, elle menaçait d'éclater comme une grenade.

— Voyons, Troun de l'air, brutes, idiots, scélérats, traîtres, que faites-vous ici !...

Cette fois, suffoqué, il s'arrêta; ce qui leur permit d'articuler quelques mots :

— Nous attendons les ordres de monsieur le vidame. Ah! ce fut une bien autre bourrasque!

— Mes ordres, flibustiers, drôles, misérables, brutes, mes ordres. Ah! vous attendez mes ordres; mordious ! mes ordres sont que vous alliez vous faire pendre !

— Monsieur le vidame oublie...

— J'oublie !... Qu'est-ce que j'oublie, démonio ! faquins, marouflos, coupeurs de bourses!... Non, non, non, cape di dious, je n'oublie rien... pas même de vous récompenser comme vous le méritez! Ah! pendards... une affaire si belle, une opération si bien réussie!... Qu'est-ce que cela veut dire... Voyons, répondrez-vous, qu'est-ce que cela veut dire?

Il se prit la tête à deux mains, tirant si outrageusement les ailes de pigeon de sa perruque, qu'elles lui restèrent dans les doigts. Il les lança à la figure des deux serviteurs, ahuris d'une telle esclandre.

C'était pourtant des vauriens déterminés, ne reculant ni devant un rapt, ni devant un coup de couteau. Mais ils se trouvaient jetés hors de leur élément et s'obstinaient à juger de plus en plus leur patron frappé de démence.

— Monsieur le vidame, dit l'un d'eux avec la douceur qu'on témoigne pour un cerveau fêlé, dans lequel on essaye de faire pénétrer un mot raisonnable, — monsieur le vidame, en nous introduisant, ne nous a-t-il pas posé de faction ici, avec injonction de ne pas bouger qu'il ne nous l'ordonnât?

La mémoire revint alors à M. d'Estissac; seulement elle ne servit qu'à augmenter la confusion dans laquelle il se débattait.

— Bagasse! je vous ai mis de faction, c'est vrai; défendu de bouger sans mon ordre, j'en conviens; mais, nonobstant, quand je suis sorti avec la petite, vous êtes venus sur mes talons, vous êtes remontés à cheval, vous êtes partis au galop avec les autres... Corpo di bacco! puisque je vous ai vus!

Les deux compagnons échangèrent un regard et un geste éplorés, le vidame était indubitablement fou, fou à lier.

Néanmoins, celui qui avait réussi à rappeler un peu ses souvenirs fit une nouvelle tentative, avec sa voix adoucie :

— Je me permettrai de faire observer à monsieur le gouverneur que, puisqu'il nous retrouve à notre poste, il ne peut pas nous avoir vus partir.

— Je vous dis que je vous ai vus! interrompit péremptoirement le vidame.

— A moins, insista l'homme, que ce ne fussent d'autres que nous.

— D'autres que vous, que toi, que lui!... exclama M. d'Estissac... Non!... non!... c'est impossible... qui serait-ce alors?... Je n'ai amené que vous... Il n'y avait que des femmes dans la maison... il faut que cela s'éclaircisse!... D'autres que vous, mais qui donc! Voyons, qui donc! cape di dious! j'en veux avoir le cœur net!... Il fera jour demain...

— C'est cela, quand monsieur le vidame aura pris un peu de repos...

— Hein!... plaît-il?... — Soit! nous allons nous reposer... en continuant votre faction... Là, entrez-là.

Il poussa un bouton, un panneau se déplaça; les lampes laissèrent voir l'entrée d'un cabinet fort élégant.

Les deux compagnons se consultèrent de l'œil, mais ne voyant rien d'effrayant dans le gîte qu'on leur offrait, malgré la singulière façon de l'ouvrir, ils y entrèrent, convaincus que le jour amènerait des lumières de plus d'un genre.

Le panneau se referma sur eux; un quart d'heure après, on les eût entendus ronfler comme des bienheureux.

— Je veux être pendu si vous ne l'êtes pas! exclama après eux le gouverneur des levrettes.

Il arpenta plusieurs fois de ses longues jambes le petit salon, sans parvenir à rassembler ses esprits. Au fond, il sentait bien que ses deux estafiers étant là, ce n'étaient pas eux qui galopaient sur la route de Choisy, mais cette vérité lui causait de telles douleurs qu'il ne voulait pas s'y arrêter.

Quoique le sommeil ne le tînt guère, il se décida à reprendre la direction de la chambre qui l'attendait à l'étage supérieur.

A cet étage reposaient aussi les femmes de service de cette mystérieuse demeure, sans doute fidèles, comme les deux estafiers, à la consigne de ne pas bouger, quoi qu'elles pussent entendre.

Il lui fallait, pour gagner l'escalier, traverser une galerie dans laquelle on entrait aussi par le perron du jardin.

Cette galerie conservait l'éclairage dont elle s'était trouvée pourvue par magie, en même temps que le reste de l'habitation, lorsque le vidame y avait pénétré.

Dans sa préoccupation, il ne songea pas à s'assurer si la porte du perron était bien fermée. Il marcha droit jusqu'à l'escalier.

Mais ses épreuves ne touchaient pas à leur terme.

Comme il posait le pied sur les premières marches, il entendit un — pstt! pstt!... qui lui ramena la chair de poule.

Ce n'était pas une voix féminine, et il ne se rendait pas compte d'où cela partait.

L'épée à la main, — épée dont il se fût malaisé-

ment servi en cette rencontre! — il redescendit pour mieux prêter l'oreille.

— Pstt! pstt!... fit-on pour la seconde fois.

Cela venait de dessous l'escalier.

— Holà! vidame! appela-t-on, pendant qu'il délibérait.

Quoique cette voix fût sombrée, elle ne lui sembla pas inconnue, ce qui le remit un peu; et puis elle n'offrait rien de menaçant : au contraire.

Il allongea le cou dans cette direction, écarquilla les yeux, se retint à la pomme de cristal de la rampe, et exhala du fond de sa poitrine un bruyant :

— Cape di dious!...

Il y avait dans ce juron provençal, ou du moins dans l'intonation du vidame, l'expression de la surprise la plus prodigieuse, mêlée à la plus âpre satisfaction.

Aux notions que le lecteur a déjà recueillies, chemin faisant, sur l'installation exceptionnelle du pavillon de la rue Saint-Médéric, il a pu juger qu'on y avait réuni les ingénieux stratagèmes recherchés alors par les roués du grand monde, pour ce qu'ils appelaient leurs petites maisons (1).

Nous ajouterons que celle-ci offrait un modèle du genre. L'Opéra, dans ses féeries, ne fut jamais machiné avec plus d'art ; le château de Choisy-le-Roi pouvait seul rivaliser sous ce rapport avec elle, car elle le distançait, en fait de trappes, de planchers à bascules, de portes à coulisses, de galeries dissimulées dans les murailles, le palais même de Trianon.

Le salon octogone comptait autant de portes secrètes que de panneaux, il formait le centre d'une étoile rayonnant sur des cellules que leur élégance n'empêchait pas de se transformer au besoin en prisons très-solides. Le vidame, en y confinant ses deux acolytes, savait qu'ils n'en sortiraient qu'avec sa permission.

Pour l'instant, il s'agissait d'un autre genre de réclusion.

L'escalier, d'un style gracieux, — tout était coquet dans cette bonbonnière, — s'élevait jusqu'au premier étage, au-dessus d'une voûte, dont l'enfoncement, garni de caisses de fleurs, formait une espèce de serre.

Rien de plus séduisant, — mais rien de plus traître.

La voix qui venait d'appeler M. d'Estissac, la personne qui venait de lui apparaître dans ce bosquet artificiel... — celles de son excellent ami le marquis Frédéric de Ferrières...

Comment le marquis s'y trouvait-il, comment n'en sortait-il pas? — Double problème d'une solution palpable.

La bonne chance avait voulu qu'il passât, sans y tomber, entre les chausse-trappes placées chaque nuit dans les jardins; — mais la chance a ses perfidies, il ne faut jamais se fier à elle qu'à demi. Elle le protégeait pour mieux le perdre.

Une fois dans la galerie, il avait eu l'idée de se cacher un moment au milieu des caisses d'arbustes, afin d'écouter, d'observer, de se recueillir avant de pousser plus loin ses investigations.

Il connaissait la serre, sans en connaître les dangers; en s'y glissant, il heurta avec une certaine force la carre d'une grosse caisse. On sait la fable des

(1) Ce pavillon, trop historique, comme on sait, a disparu depuis le commencement du siècle actuel ; il est remplacé par un grand et bel hôtel bâti sur le même terrain, et bien connu de tous les habitants de Versailles.

filets de Vulcain ; — la fable se transforma pour lui en réalité.

Le bruit d'un déclin retentit, et tout aussitôt, un grillage en fer, descendant du plafond, où il était maintenu par un contre-poids dans l'épaisseur de la muraille, s'abattit à la façon d'une herse de pont-levis.

Le marquis était pris au piége.

Cette herse avait causé un bruit sourd qu'entendirent, dans leur cachette, Jasmin et Louis, sans pouvoir l'expliquer. Peut-être l'entendit-on aussi dans le reste de la demeure, mais une consigne stricte enjoignait de ne se préoccuper de rien, et de faire les morts cette nuit-là. Par ordre supérieur, tout le monde devait dormir, — donc, tout le monde dormait, ou s'en donnait l'air.

L'aventurier, trop habile pour se livrer de gaieté de cœur, s'était tenu coi dans sa prison, sans négliger pour cela d'en interroger les barreaux ; hélas ! il constata vite qu'ils étaient inattaquables.

Ses réflexions tournaient au noir, lorsqu'il reconnut dans la maison la voix de son cher et fidèle vidame. Mais le vidame était en compagnie.

Ferrière le laissa aller, venir, vaquer à sa loyale opération, sans souffler, comptant sur sa bonne étoile, sur une embellie, comme disent les marins.

La galerie s'éclaira ; la serre reçut le reflet de la lumière ; mais cela ne pouvait qu'empirer la situation du prisonnier en mettant sa personne en évidence ; il se blottit au milieu des caisses. Personne d'ailleurs ne songeait à aller voir de ce côté.

Les choses tournèrent suivant son espoir. Il saisit le moment où le vidame revenait seul et l'appela.

Sarpejeu ! dit-il, comprenant trop bien au fond son ébahissement, cher vidame, ne me remettez-vous pas ?

— Si fait, répondit le gouverneur des levrettes, je vous remets parfaitement, monsieur le marquis.

— Monsieur le marquis !... Riez-vous, cher, — quelles sont ces façons entre nous ?

— Vous devez en savoir autant que moi là-dessus, monsieur, ainsi donc, bonne nuit.

Le vidame fit un pas en arrière.

— Hein !... Plaît-il, j'ai mal entendu, vidame, quelle est cette plaisanterie ?

— Ai-je l'air de plaisanter, monsieur ?

— Pas trop, j'en conviens. Mais expliquez-moi votre ton cérémonieux. Est-ce parce que je suis tombé dans ce traquenard fleuri, d'où vous allez me tirer, n'est-ce pas, cher vidame ?

— Je ne crois pas, répondit superbement M. d'Estissac.

Il accompagna cette laconique réponse d'un petit rire sec, passablement moqueur, et fit, en se frottant les mains, un second pas vers l'escalier.

La mésaventure de son excellent ami lui faisait oublier ses propres tribulations. Tout rayonnait en sa longue personne.

XIII

LE VIDAME TRIOMPHE TOUJOURS

Au second mouvement du gouverneur des levrettes vers l'escalier, le captif s'attacha des deux mains aux inflexibles barreaux de sa cage, non pour les ébranler, il en avait reconnu l'impossibilité, mais pour exercer contre quelque chose sa rage désespérée.

— Vidame, mon affectueux ami, s'écria-t-il, non sans un certain frémissement de la voix, je comprends que ma présence dans ce... réduit vous étonne. Permettez que je vous explique...

— D'amitié, monsieur, interrompt M. d'Estissac d'un ton qui prétendait être solennel, mais que la circonstance ne permit pas à Ferrières de trouver burlesque, — d'amitié, il n'y en a plus entre nous... d'explications, je n'en ai que faire.

— Sarpejeu ! exclama le marquis, recourant à un autre stratagème, voilà des paroles blessantes ; vous avez votre épée, moi la mienne... Vous m'en allez, sur l'heure, rendre raison !

— Sur l'heure, je n'y suis pas disposé ; quand M. de Choiseul, que je vais instruire de votre séjour ici, vous aura ouvert la grille, je ne dis pas !

— M. de Choiseul !... Vidame, vous savez bien que, s'il m'ouvre cette porte, ce sera pour me faire passer par celle de la Bastille. Ce cher duc ne fait rien à demi.

— Et bien, quand vous sortirez de la Bastille... Je ne suis pas pressé.

— Mais je le suis, moi !... Voyons, vidame, c'est trop prolonger cette méchante plaisanterie... Ouvrez-moi. Vous savez bien que je ne suis pas un voleur, que diable !

— Vous direz tout cela à M. de Choiseul.

— Ah ! comptez donc sur l'amitié des hommes !... Vous, Charlemagne, à qui j'aurais confié ma tête !... A peine suis-je dans l'embarras, vous me reniez !...

Le marquis cacha son visage dans ses mains avec une componction parfaitement mimée.

Cette apostrophe eut pour conséquence une explosion du vidame :

— Oui, s'écria-t-il à son tour, l'amitié !... Parlez de l'amitié, cela vous sied bien, triple traître !

— Moi, traître envers vous !... Ah ! Charlemagne !...

Le vidame, soutenu jusqu'alors par la supériorité de sa position, émoustillé par un sentiment que Ferrières ne pénétrait pas, avait vraiment eu d'assez mordantes ripostes. Mais, poussé sur ce terrain, il voulut devenir imposant, et Ferrières l'y aida, avec l'intuition qu'il allait se fourvoyer.

— Traître, architraître !... glapit le gouverneur des levrettes, avec des gestes tragiques. Architraître... que je ferais rentrer d'un mot sous terre.

— Ce mot, vidame d'Estissac, dites-le ; je vous en défie.

— Tu m'en défies !... parjure, hypocrite .. Tu m'en défies !

— Pour la seconde fois.

— Songe à Angélique !...

Le vidame, tenant toujours son épée, se croisa néanmoins les bras. Son regard superbe contempla l'ennemi qu'il croyait foudroyé.

Une clarté rapide traversa le cerveau de Ferrières. Il se souvint que Jasmin lui avait parlé d'une façon de confidence, d'aveu concernant leurs rapports très-affectueux, passé par la comédienne jalouse entre les mains de son vieux soupirant.

La situation s'éclaira. Le vidame voyait en lui un rival !

Pour un esprit délié comme le sien, il n'y a rien de tel que de savoir sur quel terrain l'on marche, ce terrain fût-il miné.

Restait toutefois à pénétrer jusqu'à quel point la

comédienne s'était livrée; dans sa colère, avait-elle avoué tout, ou seulement une partie? Cette hypothèse était la moins admissible, et d'ailleurs le génie fertile du marquis y voyait déjà un joint.

— Vous voulez parler de mademoiselle de Sainte-Foy? dit-il en prononçant ce nom avec un certain respect.

— D'une pauvre enfant chez laquelle vous vous êtes introduit sous le couvert de notre amitié... dont je vous défends de parler désormais. Que vous avez circonvenue... subornée... séduite!...

— Diable! pensa Ferrières, décidément la pécheresse irritée a fait une confession générale.

— N'en rougissez-vous point?... demanda le vidame.

— Monsieur, répondit le prisonnier dans une attitude théâtrale, après ce que vous venez de dire, je ne vous demande plus de m'ouvrir cette grille. Je comprends votre indignation. Si je l'eusse méritée, je serais le dernier des gentilshommes.

— Et ne la méritez-vous point?...

— On vous a abusé.

— Abusé!... Mais c'est de la bouche de votre victime que je tiens tout.

— Mademoiselle Sainte-Foy, que j'estime trop pour mettre en doute ses paroles, est digne de vous

« Détachez les liens de M. de Ferrières, il est libre. »

— Comment, après?...

— Elle s'est mal expliquée sans doute, ou vous avez mal compris.

— Ah!... cependant... murmura le vidame un peu ébranlé.

— Un aveu sincère, désintéressé, — puisque je suis en votre pouvoir, — vous mettra à même d'apprécier mes torts, — il est trop vrai que j'en eus, — et le mérite de cette dame! Ne la calomniez pas, monsieur, car, vous l'avez dit, ma prison ne sera pas éternelle, et je la défendrais contre vos odieuses suppositions.

— Mais voulez-vous savoir ce qu'elle m'a confié, enfin, en propres termes?

— C'est inutile; je l'estime; je saurai la venger.

— Elle m'a dit : Le marquis de Ferrières, que vous croyez votre dévoué, eh bien, c'est mon amant!

— Et elle ne vous a dit que cela?

— N'est-ce pas assez!

— Son amant!... O candeur!... Et bien, oui, oui, monsieur, je l'aime!... Je l'aime, parce qu'elle m'a résisté; parce qu'elle m'a repoussé... pour qui?... Pour un ingrat qui l'accuse, qui ne croit pas en elle, en son innocence !... Pour un courtisan qui, vivant au milieu de la corruption, nie la vertu !...

« Oui, monsieur, il est arrivé un jour que séduit par tant de grâce, tant de mérite, tant d'innocence, — je répète le mot ! — le vertige m'a pris !... Eh, qui ne l'eût pas aimée, adorée !...

— Ah ! vous avouez donc ?

— Oui, monsieur, et je n'y vois nulle honte, j'avoue que je me suis passionné pour la beauté incarnée dans la grâce, pour la malice et l'esprit incarnés dans la sagesse. Sarpejeu ! si c'est là un crime, qui n'y a pas succombé une fois au moins en sa vie ?... Vous, monsieur, si connu pour vos audacieuses bonnes fortunes, vous vous y êtes bien laissé aller !

— Moi, moi, je n'abusais de la confiance de personne.

— Sur ce chapitre, j'ai humblement confessé mes torts, j'avais le droit de vous exposer mes excuses. Eh bien, à quoi tout cela a-t-il abouti ? Je me suis consumé, jeté à ses pieds, je lui ai dit que je me déclarais son amant. Dans sa colère, elle a pris cette menace au mot, et, — je ne veux rien vous cacher, au point où en sont les choses, — tout en me laissant entendre qu'en d'autres temps j'eusse peut-être eu la chance de lui agréer, elle m'a signifié nettement qu'ayant certains engagements d'honneur avec un gentilhomme de mérite, elle ne m'écouterait plus.

« J'ai persisté, insisté ; elle n'a trouvé rien de mieux pour se délivrer de mes obsessions que de vous instruire de tout . Mais grâce à la façon dont vous avez interprété les choses, vous m'en voyez ravi, puisque vous me laissez le champ libre.

— Comment, comment le champ libre ? exclama le vidame, étourdi de ce flot d'éloquence.

— Sarpejeu ! Que venez-vous de me dire, ou du moins de me faire comprendre ! Vous ne croyez plus à la sagesse d'Angélique ?...

— Un moment ! un moment !...

Le gouverneur des levrettes passait par les plus déplorables perplexités. Il arrive presque toujours une heure où ces vieux roués, qui ont joué avec les passions toute leur vie, et qui prétendent continuer ce jeu, en dépit des ans, tombent dans les filets les plus grossiers.

Si notre époque est féconde en extravagances de ce genre, il ne faut pas croire pourtant qu'elle en ait le monopole. Les faiblesses humaines sont aussi anciennes que l'homme, et tous les temps ont assisté au spectacle instructif de ces barbons qui ne croient pas même à la sainteté de la famille, s'affolant en l'honneur des femmes les plus compromises.

— Quoi ! insinua perfidement le marquis, après tout cela, vous ne vous prononcez pas plus nettement ! Mais j'aime cette femme, monsieur !

— Vous l'aimez... vous l'aimez... Rien ne me prouve qu'elle vous rende...

La girouette tournait de plus en plus.

— Il est vrai que j'ai dû chercher ailleurs les consolations de son dédain... Et c'est ce qui m'a amené ici, à la poursuite d'un autre objet...

— La petite Geneviève !... Cape de Dious !... ah ! ah ! ah !...

— Votre rire manque de générosité, monsieur ! Vous abusez de ma position et de vos avantages. Car enfin, c'est vous encore qui vous placez en travers de mes desseins... Mais je me vengerai.

— Vous vous vengerez ?

— Tenez, j'y mets de la franchise, ne m'ouvrez pas

cette grille, ne me l'ouvrez pas ! car le premier usage que je compte faire de ma liberté, c'est d'aller me jeter aux pieds de mademoiselle de Sainte-Foy, de lui tout raconter, de lui rappeler ce qu'elle me laissa entrevoir naguère si l'ingrat sur qui elle se fiait venait à l'abandonner... Fermez bien vos verrous, vidame, ou je vous souffle votre divinité !

C'était vraiment pour le coup que le vidame perdait la tête.

— Mais enfin, dit-il, si je voulais me montrer généreux envers un ancien ami... Si je songeais à vous délivrer, au risque de me compromettre.

— Vous auriez tort, répondit froidement Ferrières.

— Quoi ! la liberté que je vous aurais rendue, que vous me devriez, vous vous en serviriez ?...

— Vous m'avez poussé à bout, mis au défi. Vidame, je vous le conseille, gardez-moi ici tant que vous pourrez !

— Voyons, marquis, j'ai peut-être été vif, nous autres gens du Midi, nous avons du salpêtre dans les veines. Pecaïre !... renoncez à ce dessein, ne me desservez pas auprès de cette adorable femme... Je fais appel à notre ancienne amitié !

Ferrières saisit ce joint pour se laisser fléchir. Sa physionomie mobile exprima une poignante douleur :

— Notre amitié !... dit-il ; non, vidame, ne faites pas appel à ce sentiment... je me connais...

— Allons, oui, par cette amitié si sincère, qui a résisté à tant d'orages, je le vois, pecaïre !... Vous consentez, vous vous engagez !...

— Ah ! que vous me prenez par mon faible !

— Attendez, rien qu'une minute ; je reviens, je reviens !

Le vidame s'élança vers le salon octogone.

— Où diable court-il ?... se demanda le prisonnier, qui appréhenda quelque nouvelle malencontre.

M. d'Estissac reparut ; il tenait tout ce qu'il faut pour écrire : un sous-main de maroquin aux armes de France, un encrier, une plume neuve ; — une feuille de papier blanc s'étalait au milieu du sous-main.

— Prenez, dit-il en passant les objets au prisonnier. Ferrières obéit.

— Appuyez-vous là, sur la grande caisse ; bien ; vous serez commodément pour écrire.

— Ah ! il s'agit d'écrire ?

— Oui, mon bien bon, mon excellent ami. N'attribuez pas au moins ceci à de la méfiance ! bagasse ! Moi me défier de vous !... Mais il est bon que je ne me présente pas chez Angélique de piano, comme disent les procureurs. Je désire lui présenter un gage, un titre... Là, tenez, moins que rien. Écrivez, je vais vous dicter.

— Ah ! vidame, vidame ! à quelles épreuves vous soumettez cette amitié !... Voilà ce qu'Oreste n'eût jamais exigé de Pylade !...

— Deux lignes seulement.

— Dictez donc, bourreau !

Le vidame dicta :

« Cejourd'hui, moi, Frédéric, marquis de Ferrières, « jouissant de mon libre arbitre... »

— Vidame, vidame !... soupira le prisonnier.

— Au nom de nos anciens sentiments !... écrivez.

— De mon libre arbitre, répéta Ferrières.

Le vidame poursuivit :

« Et de mon entière liberté de corps et d'esprit, je « déclare renoncer à toute prétention au cœur, à la

« main, à la personne de mademoiselle Sainte-Foy... »

— Non !... je n'écrirai jamais cela !... laissez-moi pourrir ici ou à la Bastille ; je ne l'écrirai pas !...

Sur de nouvelles cajoleries de son geôlier, il se décida, et le vidame arriva à la conclusion :

« De mademoiselle Sainte-Foy, dont je remets le « bonheur et la fortune aux soins de mon meilleur « ami... »

— Traître, tortionnaire, tyran ! un ami qui abuse à ce point de son ascendant sur son fidèle !... Euryale pressurant le cœur de Nisus !...

— Marquis, mon bien bon camarade !... écrivez, c'est fini.

« De mon meilleur ami, le vidame d'Estissac. »

— D'Estissac !

— Là, parfait, signez.

— Signer mon malheur, ma sentence, l'abandon de tout ce que j'espérais d'heureux !... Allons, cruel, c'est signé.

Il tendit le papier par la grille. Le vidame le lut avec soin, le serra dans son gilet, puis, tirant de la poche de son habit une clef d'une forme bizarre.

— Venez m'embrasser ! s'écria-t-il.

Il ouvrit la prison, et força le marquis de lui donner l'accolade. Celui-ci joua son rôle jusqu'au bout ; tant qu'il sentait cette mystérieuse villa lui peser sur les épaules, il craignait qu'il n'y eût rien de fait.

M. d'Estissac le conduisit jusqu'à la grille de la rue Saint-Médéric ; il prétendit lui donner encore, avant de se séparer, le baiser d'adieu.

— Bonsoir, bon voyage, bonne chance, modèle des amis !... lui dit-il.

— Au revoir, vidame ; soyez plus heureux que moi !

Il était dehors !... La serrure se referma en grinçant après lui. Il entendit le vidame qui regagnait le perron. Alors, il aspira une copieuse bouffée d'air.

— Sarpejeu !... s'écria-t-il ; l'assaut a été rude !

Au bout d'une dizaine de pas, il s'arrêta pour réfléchir. Sa mise en liberté ne tranchait pas tous ses embarras. Qu'était devenu Jasmin ? Qu'était devenu Louis ?

— Comment allait l'affaire du bois de Châtenay ? Et Geneviève, en l'honneur de laquelle il avait tenté cette équipée, pour la voir enlever à sa barbe et emmener juste chez celui auquel il la disputait !

Heureusement, il n'était jamais long à prendre un parti.

— Allons au plus important, dit-il ; voyons où l'on en est rue de la Lingerie, et si mes drôles ont fait une bonne campagne.

Tout en s'adressant ces mots, il se dirigeait vers l'auberge isolée, où il trouva les trois chevaux refaits et équipés, suivant ses instructions. Il choisit le meilleur et le lança sur la route de Paris.

XIV

LA CAPTIVITÉ DE GENEVIÈVE.

Revenons à Geneviève et aux amis transformés, par un caprice du sort et par une méprise de M. d'Estissac, en gendarmes de celle qu'ils voulaient délivrer.

La recommandation principale du vidame, c'était d'aller au galop, de brûler l'espace, dussent les chevaux en crever. Les bêtes impatientes ne demandaient qu'à courir. Le cocher n'eut pas besoin de fouetter les siennes ; quant à celles des quatre hommes de l'escorte, il fallut plutôt les retenir, disposées qu'elles étaient à s'emporter.

On aurait cru voir passer un tourbillon, ce bruit de roues, ce choc des fers sur le pavé de la grande avenue et de la route, les étincelles jaillissant en traînées de feu, le mutisme de ces noirs cavaliers, couverts de longs manteaux, — tout cela ressemblait à l'une de ces cavalcades infernales dont parlent les anciennes légendes.

Les carrosses d'alors étaient montés sur des roues très-hautes et très-larges. Les glaces des portières étaient percées dans le panneau supérieur avec la même parcimonie que les fenêtres dans les maisons. Mais celles de la voiture qui emportait Geneviève avaient à peine la largeur de deux mains. Juste ce qu'il fallait pour ne pas étouffer et pour savoir s'il faisait jour ou nuit.

Pour le moment, c'était toujours la nuit profonde. Le vidame se fiant sur l'adresse du cocher, qui connaissait de longue date la route, avait supprimé les lanternes. Les traînées d'étincelles offraient la seule lueur qui traversât cette obscurité.

M. d'Estissac, accueilli comme un ange sauveur par la prisonnière, lui avait dit qu'elle trouverait dans la voiture une dame pour l'accompagner et prendre soin d'elle.

En effet, en y montant, elle entrevit une femme, qui s'empressa de lui tendre les mains, de l'accueillir, de la faire asseoir à la meilleure place, et qui, parlant bas, lui dit avec une sollicitude extrême :

— Mettez-vous là, chère demoiselle ; maintenant ne craignez plus rien.

La timide enfant se laissa faire, s'assit et ne répondit pas, l'émotion lui ôtait toute présence d'esprit. Elle ne savait plus, depuis le guet-apens où elle était tombée, si elle existait, si elle veillait, ou si elle rêvait.

Ce qui lui arrivait n'était pas fait pour la tirer de ce trouble. Passer ainsi, sans transition, d'un immense désespoir à la consolation ; s'assoupir perdue, se réveiller sauvée ! — c'était à ne pas y croire, à n'oser s'y abandonner.

Quelle semaine elle venait de passer, quelles secousses, quel drame dans cette existence, jusqu'ici si limpide ! Qu'était à côté de cela l'imprudente équipée de la nuit du bal ? Si elle ne se la rappelait qu'avec un frisson, en maudissant sa coupable curiosité, sa légèreté coquette, — combien plus terribles étaient les péripéties de cette autre aventure qu'elle n'avait ni prévue, ni recherchée !

Tombée, on ne l'a pas oublié, au pouvoir des auteurs du lâche guet-apens de l'hôtel de Valbreuse, elle s'était laissé emporter, à bout de forces, après avoir résisté fièrement aux tentations verbales, énergiquement aux violences physiques.

L'hypocrite grande dame, désespérant de vaincre par les séductions de ses paroles captieuses cette honnêteté naïve, avait appelé ses sauvages acolytes à la rescousse. Ou sait en quel état Becdassée, terrassé lui-même par ces coupe-jarrets officiels, l'avait vue enlever sous ses yeux.

Jetée dans un carrosse, entre ses deux bourreaux, elle n'avait perçu durant le trajet qu'une seule sensation, celle d'un bourdonnement sourd, celui des roues et celui de son sang battant ses tempes.

Le carrosse suspect n'avait pas pris la direction naturelle de Paris à Versailles. Son conducteur et ses gardiens possédaient trop les ruses de leur odieux métier. C'était par des circuits, par des étapes, qu'ils avaient gagné le pavillon du quartier Saint-Louis.

La fortune, le peu de chance qui restait encore à la victime, voulut que ces lenteurs calculées contre elle la servissent, au moins sous un certain rapport. Elles permirent à Jasmin, éclairé par quelques mots, chez mademoiselle Sainte-Foy, où il se rendit en quittant la maison Navelier, d'acquérir la conviction que ce rapt commis avec l'inspiration du vidame d'Estissac, et du valet de chambre du roi, tendait où visaient tous ceux du même genre.

Nous avons remarqué, en lui, chemin faisant, une certaine âpreté au gain. Jasmin ne refusait jamais les largesses de ses maîtres ni de leurs amis. — Une si droite nature ne pouvait être entachée du vice de cupidité. Un plus noble instinct le poussait à recueillir ces épaves du gouffre de la prodigalité.

Ses épargnes étaient comme son existence, elles avaient un but : le triomphe de la justice, le bonheur de ses amis. Tout se paye en ce monde; les bonnes intentions ne suffisent pas. Ce n'eût pas été avec elles qu'il eût, cette nuit-là, obtenu le meilleur cheval de Paris pour le lancer sur la route de Versailles. Il fallait de l'or, il en possédait heureusement.

Ce fut seulement à quelques portées de fusil de la ville royale qu'il vit déboucher par un chemin de traverse, au-dessous de Viroflay, un carrosse dont l'apparence énigmatique éveilla ses soupçons. Il avait sur cet équipage deux cents pas d'avance.

Il n'y avait pas d'escorte. Un seul serviteur, le cocher se trouvait sur le siége; personne derrière.

La nuit, sans être aussi épaisse qu'au départ, favorisait notre ami. Il n'hésita pas. Le carrosse venait vers lui. Il sauta de son cheval, l'attacha à un arbre, dans l'ombre duquel il se blottit, à l'affût.

La voiture noire n'avançait pas très-vite, sans doute son conducteur n'éprouvait plus aucune appréhension, il touchait au port.

Jasmin prit son temps, il s'élança d'un bras vigoureux, saisit une des courroies du strapontin de derrière, et grâce à sa force et à sa dextérité, s'installa en un instant sur ce siége.

A la rigueur, les estafiers mêmes qui se tenaient dans le carrosse pouvaient le prendre pour un des leurs. Il portait le même costume, une grande livrée, dont la nuit ne permettait pas de distinguer les armes.

Ce stratagème réussit autant qu'il était possible. La voiture s'arrêta à la grille de la rue Saint-Médéric, et pendant que les deux coquins, chargés de veiller sur la victime et de la maintenir, descendaient pour ouvrir, il sauta lui-même à terre, et se penchant jusqu'à la portière laissée ouverte, car l'état d'épuisement de la prisonnière tranquillisait assez ses ravisseurs, il lui glissa un petit paquet dans la main.

La fraîcheur subite de l'air avait ramené quelque sentiment chez la jeune fille. Elle entrevit cette silhouette rapide, et sentit le froissement de cet objet; elle crut même reconnaître un accent ami dans la voix qui lui dit, bien bas cependant :

— Prenez!... Courage, et espoir!...

Jasmin risquait sa tête à ce jeu-là. Il s'en fallut d'un quart de seconde que l'un des bravi l'aperçut en se retournant. Mais il eut juste le temps nécessaire pour disparaître derrière la voiture.

S'il ne reparut pas, suivant sa promesse, dans les vingt-quatre heures, à Paris, c'est que certain de l'asile dangereux occupé par sa protégée, il craignait

qu'elle n'en fût retirée pendant son absence pour une autre destination, qu'il n'eût pu découvrir ; puis aussi, parce qu'il s'évertuait autour des jardins, dans une surveillance incessante, et dans la recherche d'un moyen d'y pénétrer avec profit.

Il ne se résigna à faire appel à des auxiliaires que devant l'impossibilité évidente de réussir seul.

Geneviève fut accueillie non par la comtesse de Valbreuse, la grande dame, mais par des femmes que leur empressement servile lui rendit plus suspectes encore.

Elle ne tenta pas une nouvelle lutte. Elle se laissa conduire où l'on voulut; le papier qu'elle cachait dans son sein exerçait l'influence d'un talisman ; elle éprouvait pour lui une certaine confiance, elle avait l'intuition d'y trouver de l'espoir ou de l'aide.

Sa docilité passive lui fut inutile ; on avait d'ailleurs l'ordre d'agir avec elle par caresses, par prévenances, de tout lui accorder, hormis la liberté.

On l'installa dans une chambre délicieuse, boudoir parfumé, dont les raffinements somptueux eussent étourdi une âme moins pure, une nature moins innocente. On lui dit qu'elle était maîtresse, souveraine, qu'elle n'avait qu'à commander. Mais on ajouta que jusqu'à ce qu'elle se fût en revanche montrée raffermie, consolée, on l'engageait à ne faire aucune tentative de fuite, attendu que les jalousies des fenêtres étaient doublées de fer, et que les abords du pavillon étaient semés de piéges.

La griffe des tigres perçait sous le duvet des agneaux.

On insista sur ce point, qu'il ne dépendait que d'elle de changer ces verroux en pierreries, ces piéges en plaisirs princiers. On étala sous ses yeux l'arsenal complet des tentations éblouissantes. On lui parla même d'honneurs, de titres.

— Je ne veux que mon père et mon comptoir, répondit-elle.

Lorsqu'enfin, pour la première fois, quelques minutes, cédant à ses instances, on la laissa seule, dans l'espoir odieux, peut-être, que la réflexion et la solitude fléchiraient sa résistance, elle se hâta de retirer le petit paquet déposé dans son corsage.

Il se composait de deux parties. D'abord une enveloppe sur laquelle elle lut ces mots :

« La mort ou le déshonneur, choisissez. »

Le papier faillit s'échapper de ses doigts. Une sueur glacée inonda son front. Elle se remit enfin, et ouvrit le second : il contenait une pincée d'une poudre blanche.

Elle comprit.

L'enfant, si faible naguère, grandit tout à coup en présence des devoirs de la jeune fille.

— Oui, dit-elle, ceci me vient d'un ami... Arrive l'heure de l'épreuve, je saurai mourir.

Ces natures poétiques sont toute tendresse et toute énergie.

Le lendemain, la fille du mercier se montra à ses geôlières sous un aspect différent de la veille. Elles constatèrent bien qu'elle avait passé la nuit dans une bergère, mais elle ne pleurait ni ne suppliait plus. Son œil avait des lueurs imposantes.

On la crut sur la pente de l'orgueil et de l'ambition :

— elle était sur le chemin de l'héroïsme et du martyre.

Bientôt, pour porter le dernier coup à ses scrupules, on lui annonça la visite d'un grand, d'un très-grand seigneur, le comte de Linanges, tout-puissant sur sa

destinée, avec lequel elle avait, par conséquent, intérêt à se montrer résignée, mieux que cela, soumise.

Mon Dieu, nous abrégeons ces tristes détails, c'était
l'histoire de tous les jours à cette époque-là. — Une
jeune fille enlevée, pour le caprice d'un grand personnage, souvent d'un simple gentilhomme ou d'un
riche financier.

Les petites maisons n'existaient pas pour autre chose.
La scène débutait invariablement sur le même ton ;
mais parfois le dénoûment différait. A quoi bon évoquer ces hontes ?

Geneviève entendit un soir entrer un carrosse dans
la cour ; — elle comprit.

Une des femmes, la plus empressée à son service,
se montra aussitôt avec un air radieux :

— Mademoiselle, c'est le visiteur dont je vous ai
parlé, M. le comte de Linanges... Recevez-le avec les
égards dus à son mérite.

— Allez ! répondit froidement la prisonnière.

Aussitôt, tirant de sa chaste cachette son talisman,
elle courut à une crédence garnie d'orangeade, de
sucre et de verres. Dans le cristal de l'un de ceux-ci,
elle versa de l'eau, et sa main y ajoutait la poudre
blanche, quand on tourna le bouton de la porte.

Elle n'eut que le temps de froisser le papier et de le
glisser avec le reste de son contenu dans sa poche.

Le comte entra, gentilhomme accompli, le tricorne
à la main, gracieux, souriant.

— Mademoiselle... dit-il.

Puis il s'arrêta, et au milieu de la salutation qu'il
avait sur la bouche :

— Dieu ! qu'elle est belle !... s'écria-t-il.

Elle s'inclina avec émotion ; ce moment allait décider de son existence.

Il se rapprocha, lui prit la main et la porta à ses
lèvres ; les lèvres brûlaient, mais la main était glacée.

Elle voulut la retirer ; il prévoyait ce mouvement,
la retint et l'amena ainsi jusqu'à un fauteuil, où elle
tomba, tandis qu'il s'asseyait auprès d'elle sur un
simple carreau.

— Vous tremblez, mon enfant ? dit-il.

Elle se laissa glisser sur le tapis, à genoux devant
lui :

— Monseigneur, s'écria-t-elle, grâce !...

Il la considéra dans cette posture qui la rendait
plus séduisante encore.

— Grâce, mon enfant, lui dit-il d'une voix passionnée, grâce ? Qui donc vous veut du mal ici ?...

Il tendit les mains pour la relever, tout en se penchant vers elle afin de la baiser au front ; mais, par
un élan soudain, comme un arc qui se détend, elle se
trouva debout, cambrée en arrière, fière, superbe.

— Ne me touchez pas !... Votre visage est menteur,
votre voix hypocrite !... Ne me touchez pas !...

— La ! la ! ma lionne aux blondes tresses, suis-je
donc si méchant ?

Il vit son œil inquiet se porter autour d'elle, comme
pour chercher de l'aide ; il ne remarqua pas que cet
œil s'arrêtait sur la crédence.

Un sourire nouveau se dessina sur ses traits, mais
lui-même se sentait gagné par un trouble involontaire, inaccoutumé. Cette jeune fille ne ressemblait
pas à tant d'autres. Cette fierté, cette énergie sortaient
du cadre banal des héroïnes ordinaires de ces aventures ; mais elles irritaient sa passion.

— Parlementons, lui dit-il.

Elle se rapprocha de la crédence, s'adossa à un
meuble, les bras croisés et écouta :

— On a dû te dire que tu tenais ta fortune entre tes
mains ?

Un sourire aussi, mais un sourire de mépris suprême, passa sur les lèvres de la prisonnière.

— Ne te fais pas illusion, tu es ici en mon pouvoir
absolu... entier... Rien... le ciel même ne t'y sous-
trairait pas !

Un mouvement résolu de sa belle tête ardente
donna un démenti à ces paroles.

Le séducteur n'y vit qu'une vaine bravade. Il se
leva de son siége, et fit un pas vers elle. Elle lui
adressa un geste si impérieux, qu'il s'arrêta avant d'en
faire un second.

— Tu ne me crois pas, reprit-il, parce que tu ne
sais ni combien je t'admire, ni qui je suis.

— Fussiez-vous le roi, dit-elle, vous ne m'auriez
pas vivante.

— Voilà une fière réponse, ma toute belle, et tu
aurais au cœur un amour romanesque que tu ne parlerais pas autrement.

— Eh bien, monseigneur, reprit-elle entrevoyant
une issue, si cela était, si j'aimais...

— Ah ! ah ! fit-il non sans un instinct de curiosité
jalouse, si tu aimais, ce serait bien différent...

— En vérité !...

— Tu aimes ! dit-il saisissant ce cri au vol ; et qui
aimes-tu ainsi ?

Cette question, posée d'une voix qui s'efforçait
d'être douce, pour mieux capter sa confiance, lui
causa une émotion profonde, car jamais elle n'avait
osé s'appesantir, ni se questionner elle-même sur ce
point.

Cette hésitation confirma les doutes de son interlocuteur, peu habitué à de si longues résistances et à
de tels aveux. Mais la pauvrette, en sa naïveté, s'imagina qu'il suffirait de s'accuser ainsi elle-même pour
détourner ces attaques, et que sachant qu'elle aimait
ailleurs, que, par conséquent, il ne lui restait à lui
aucune chance, il renoncerait à l'assaut d'un cœur
ainsi engagé.

Elle ne faisait, hélas ! qu'aviver cette passion gros-
sière et cette jalousie haineuse.

— Palsambleu ! rien de plus naturel, mignonne,
continua-t-il. Ne crois pas me déplaire par tes petites
confidences. Ne t'ai-je pas dit que je t'aimais pour
toi-même et pour faire ton bien ?

Il se rapprocha de nouveau, d'un air si bienveillant cette fois qu'elle ne se recula plus. Lorsqu'il était
entré, il avait déjà très-chaud, l'air tiède de la chambre et surtout ses efforts pour se contenir achevaient
de lui appeler le sang au visage. Des gouttes de sueur
perlaient sur son front et détrempaient sa poudre.

Mais préoccupé surtout de l'aveu qu'il venait d'arracher à la captive, une clarté fatale pour nos amis
traversa son esprit. Depuis la scène de l'Opéra, il
avait obtenu des détails, il savait quel était ce nom de
Geneviève, lancé à son oreille comme un anathème,
par le chef de l'émeute.

— Gageons, reprit-il plus insinuant s'il est possible, que je connais ce fortuné mortel ?

— Vous, monseigneur ?...

— Pourquoi pas ! Ce doit être quelque gentil garçon,
un voisin ?... un parent ?... un apprenti de ton père ?...
Ah ! tu baisses les yeux ?... J'ai deviné ! Avoue.

— Eh bien, oui, monseigneur, oui ; répondit-elle
confiant à ce lâche suborneur le secret virginal qu'elle
n'aurait pas osé dire à son père, et moins encore à
celui qui en fût mort de joie, — oui, j'aime Louis !

— Louis !... répéta-t-il avec un rire sardonique, ah ! il s'appelle Louis !... C'est parfaitement cela !

Son œil la couvrait de tels éclairs, qu'elle se sentit chanceler. Elle devint plus décolorée que sa blanche tunique.

— O mon Dieu ! comme vous me regardez !...

— Ah ! il s'appelle Louis, et c'est l'apprenti de ton père !... Eh bien, sais-tu ce qu'il a fait ?... Sais-tu où il est à l'heure que voici !... Sais-tu où il sera demain ?...

— Grâce !...

Elle tomba à deux genoux. Il la dominait de toute sa hauteur et riait toujours de son rire effrayant.

— Ce beau fils pour qui tu t'es affolée, il a outragé le roi en face.

— Le roi !...

— Oui, audacieusement, publiquement ; il a ameuté la populace contre son souverain !...

— Je rêve !...

— Tu ne rêves pas !... Cet audacieux que tu défends, une accusation de lèse-majesté pèse en ce moment sur lui... On le détient à la Conciergerie, — on va lui donner la question ; demain la roue !

Un râle déchirant s'exhala des entrailles de la pauvre enfant ; elle s'affaissa, le visage caché dans ses mains.

Son bourreau attendit en silence que le fer fût bien enfoncé dans la plaie. Elle se souleva enfin et sans oser affronter ce regard qui la brûlait, elle murmura :

— Louis ! un pareil crime, un tel supplice... Oh ! non, je ne vous crois pas.

— C'est vrai, pourtant.

— Le jureriez-vous ? demanda Geneviève, et elle s'enhardit à le regarder en face.

— Je le jure.

Elle se releva à moitié en s'aidant de ses mains sur le tapis.

— Alors, je vais mourir, dit-elle.

— Tu as mieux à faire.

— Vous dites ?

— Tu peux le sauver.

— Le sauver, moi ?... Oh ! parlez !... Non !... non !... Taisez-vous !... Ne m'approchez pas !...

Elle avait compris l'infamie de son sourire. Galvanisée par l'indignation, elle se redressa d'un bond, pour s'enfuir à l'autre bout de la chambre.

— Morbleu ! dit le comte, impatient, essoufflé, tout en nage, il paraît que nous jouons à cache-cache... J'étouffe ! attends un peu, ma belle mutine, et je te ferai bien voir qu'une fois ici, on n'en sort que quand je veux et comme je veux !

Il se trouvait près de la crédence. Sans quitter de l'œil la prisonnière, tapie dans une encoignure en face de lui, il prit la carafe d'orangeade et en versa dans le verre, qui contenait déjà une gorgée d'eau dans laquelle la poudre mystérieuse s'était dissoute.

Il masquait en partie la crédence, elle ne s'aperçut pas de son erreur. Il suffoquait, et avala d'un seul trait le verre presque ras.

— Maintenant, dit-il avec résolution, à nous deux !

— Ah ! j'étouffe aussi, s'écria-t-elle, laissez-moi boire !

— Permettez-moi de vous servir, ma toute belle, fit-il.

Et il se mit à remplir un second verre. Elle s'avança vers le plateau d'un pas sépulcral, et, dès qu'elle y jeta les yeux, elle reconnut avec terreur la méprise.

Alors le verre qu'il lui tendait échappa à ses doigts figés par l'épouvante, il roula sur le tapis, mais sans s'y briser.

— Ce n'est rien, dit-il, se méprenant sur ce trouble.

Il releva le cristal pour le remplir de nouveau, car, au sein même de ses entreprises les plus odieuses, on retrouvait en lui les délicates attentions de la galanterie. Mais en lui tendant la seconde rasade, il suspendit son mouvement.

Ce n'était pas une créature vivante, c'était un spectre qui se tenait devant lui.

— Eh bien, lui demanda-t-il, qu'éprouves-tu donc ?

— Regardez-vous vous-même, dit-elle.

Sa main lui indiqua le miroir qui surmontait la crédence. Il était effrayant. Puis, il sentit comme une lame de glace lui traverser l'estomac. Une épreinte poignante contracta ses entrailles.

Il tomba sur la bergère.

— C'est cette limonade glacée, dit-il ; Quesnel me la défend toujours !... Ah ! je souffre !...

Geneviève alla au gland de la sonnette, mais, — lorsque le comte de Linanges était en pareille aventure, — les sonnettes ne marchaient pas. Elle eut beau agiter le cordon, il ne vint personne.

Cependant le comte, — pour elle ce visiteur était toujours le comte de Linanges, — se tordait en des crampes violentes. Et elle se trouvait seule, enfermée avec cet homme, — dont elle ne connaissait que trop le vrai mal !

Il lui semblait à chaque crise qu'il allait expirer là, sous ses yeux, dans cet horrible tête-à-tête dont rien ne pouvait l'affranchir. Elle avait envisagé sa propre mort avec moins d'effroi.

Il existait cependant un moyen d'attirer du monde. Mais seul il en possédait le secret, et dans ses souffrances il l'oubliait.

Enfin, il se le rappela.

— Aide-moi, dit-il, aide-moi à me soulever... à marcher, là, jusque-là, à ce cadre.

C'était celui d'une glace, entre les deux fenêtres. il s'y traîna ployé en deux, encore faillit-il s'abattre en chemin.

Un bouton, dissimulé parmi les ornements dorés du cadre, se trouva sous son doigt. Il le pressa si violemment, qu'on entendit un véritable tocsin par tous les couloirs.

Soudain, la chambre s'ouvrit. Une des femmes de la villa et le sieur Lebel parurent. A la vue du comte, décomposé, haletant, ils poussèrent un cri d'épouvante :

— O mon Dieu ! qu'y a-t-il, monseigneur ?

Leurs regards, empreints de méfiance et de colère, se portèrent de leur maître sur Geneviève. Mais l'état de la pauvre fille n'était pas celui d'une criminelle.

— Ce n'est rien... je le pense du moins... répondit le comte ; cette limonade glacée que j'ai bue étant en sueur et sortant de souper.

— Une fausse digestion, dit Lebel respirant, habitué qu'il était à ces petits accidents des soupers fins.

La dose de la poudre micacée était très-faible, heureusement pour les entrailles royales. Les grandes épreintes s'adoucissaient peu à peu. On emmena le malade, duquel le fameux et sceptique Quesnel arriva bientôt.

Il prescrivit des remèdes lénitifs, et le hasard, ce grand médecin, voulut qu'ils se trouvassent efficaces.

Quant à Lebel, avant de quitter la chambre témoin de cet incident, il porta sur tous les points sa prunelle inquisitoriale, et, fermant la porte sur la prisonnière, il murmura à l'oreille de la femme qui l'accompagnait :

— C'est à recommencer.

Le jour suivant, on emmena le roi à Choisy, dans l'espoir de le distraire et d'achever de la guérir de cette indisposition. Mais il se montrait préoccupé, poursuivi opiniâtrément par le souvenir de cette jeune fille dont il s'était flatté de vaincre la résistance. On se décida à la changer de résidence ou de prison.

L'infortunée ne vivait plus, ou du moins sa vie se consumait en des angoisses, sans qu'elle osât s'en ouvrir, par un seul mot, aux créatures perfides et abjectes qui l'obsédaient de leurs hypocrites prévenances.

Elle avait appris incidemment par l'une d'elles que le comte de Linanges se ressentait à peine de sa crise subite. On lui avait dit cela en changeant les carafes de la crédence, où, par ordonnance de Quesnel, on substitua à l'orangeade un flacon d'une liqueur cordiale et un autre de fleur d'oranger.

Ce n'était pas le sort du suborneur qui intéressait Geneviève, qui l'empêchait maintenant de prendre même quelques instants de sommeil. Non, — un souci plus grave la tourmentait. Les menaces suspendues sur la tête de son ami d'enfance, de son frère de lait, la poignaient jusqu'au cœur.

Cette captivité, ces tortures, rapprochées de ses propres malheurs, la manière dont elle les avait apprises, la proposition monstrueuse qui s'en était suivie, et dont à la pensée seulement elle eût voulu se cacher dans les entrailles de la terre, — tant de circonstances réunies lui apportaient une lumière à laquelle elle se rendait en frémissant : — c'était pour elle que Louis s'était compromis !

Et, chose merveilleuse, touchante : de même que le vaillant jeune homme ne s'était aperçu de son amour pour elle qu'en la sachant malheureuse, — de même elle ne s'avoua qu'elle l'aimait qu'en acquérant la conviction de sa détresse.

Elle comprit bien, d'ailleurs, que ses épreuves ne touchaient pas à leur terme. Elle ne regretta pas que la potion préparée contre elle-même n'eût pas amené un résultat homicide, — mais elle n'en conserva que plus précieusement la portion restante de la poudre discrète et libératrice.

Telles étaient ses méditations, lorsque le vidame d'Estissac lui apparut en sauveur et la conduisit à la voiture dans laquelle nous l'avons vue monter, et s'éloigner de Versailles.

Ce fut d'abord une joie voisine de l'ivresse. Elle n'entendit, ne comprit bien que ce mot : — Revoir mon père !... Elle resta plongée dans une prostration morale, et comme épuisée.

Sa gardienne la crut endormie ; elle était plutôt évanouie. Son état formait un milieu entre l'assoupissement et la mort. Elle en sortit peu à peu, ainsi qu'on sort d'une pâmoison prolongée, ou d'un accès de délire causé par la fièvre.

Sa première sensation fut celle du roulement sourd de la voiture, du bruit sec du galop des cavaliers. Puis elle s'étonna des secousses imprimées au véhicule par cet entraînement fougueux. Puis encore de cette nuit profonde.

Elle s'agita tout à coup et poussa un petit cri.

— Qu'avez-vous, mademoiselle ? lui demanda sa compagne.

— J'ai peur !

— Oh ! rassurez-vous !... Nous avançons.

— J'ai peur !... répéta-t-elle avec un frisson.

— Vous avez froid, peut-être, enveloppez-vous dans cette mante.

— Non, non !... fit-elle impatiente. Où sommes-nous ?

— Sur la route de Paris.

— Comme il fait noir... Quels sont ces chevaux qui galopent autour de nous ?

— Des gardiens, des défenseurs choisis par M. le vidame d'Estissac.

Elle se releva pour regarder par les étroits vasistas, et s'écria :

— Ce n'est pas ici la route de Paris !... Nous sommes dans une forêt !...

— Un chemin détourné, pour dépister vos ennemis, s'ils s'apercevaient de votre fuite.

Cette explication mensongère ne la rassura point. Elle se signa en répétant :

— Mon Dieu, j'ai peur !...

Elle se haussa de nouveau jusqu'au vasistas. Tout ce qu'elle vit lui parut sinistre ; le ciel ne laissait descendre une lueur vague que pour rendre la situation plus terrible.

La voiture roulait au fond d'un chemin encaissé entre une double rangée d'arbres touffus, impénétrables aux regards, repaires de fantastiques épouvantes. En avant et en arrière, les cavaliers taciturnes, enveloppés dans les manteaux qui recouvraient les flancs de leurs montures, coiffés de ces grands feutres, sous les rebords desquels disparaissaient leurs visages, galopaient, silhouettes infernales, au milieu des étincelles.

— Asseyez-vous, calmez-vous... disait la femme inconnue ; la route est sûre ; nos gardiens sont bien armés.

Plus elle prodiguait ces paroles rassurantes, plus les doigts de Geneviève se cramponnaient aux lanières de la voiture ; plus son œil, dilaté par la terreur autant que par la nuit, s'obstinait à scruter les méandres de cet Érèbe.

Tout à coup, elle se rejeta sur les coussins, avec un cri déchirant.

Sa compagne n'eut pas le loisir de lui demander d'où venait cet effroi. Le carrosse éprouva une secousse furieuse, les ressorts craquèrent à se briser. Deux éclairs, autrement vifs que les étincelles des cailloux, sillonnèrent l'espace, une double détonation éclata, grossie, prolongée dans les profondeurs du bois.

XV

L'ATTAQUE DU CONVOI.

Ce qui motiva l'effroi de Geneviève, lorsqu'elle eut l'idée de glisser un regard à travers le vasistas de la portière, ce fut l'apparition subite de deux canons de fusil, braqués sur la route, à travers les branches. La détonation n'éclata qu'une seconde après.

Ce bois d'apparence inoffensive, au milieu duquel le convoi s'était engagé en pleine sécurité, se trouvait cette nuit-là le rendez-vous d'une horde d'individus sinistres.

Depuis une heure ou deux, ils arrivaient l'un après l'autre, sous des guenilles de mendiants, sous les sarraux dépenaillés d'ouvriers du dernier degré. Les uns portaient ostensiblement des outils, tels que fléaux, pics, pinces de fer ; les autres cachaient sous leurs manteaux ou sous leurs vestes des objets probablement moins avouables.

Mais quels que fussent les engins, la mine de leurs détenteurs était la même, — détestable. Personne ne se serait soucié de se trouver en tête-à-tête avec eux, par exemple, au fond de ce chemin creux où arriva le carrosse qui emportait la pauvre Geneviève.

Ce chemin désert traversait les bois de Châtenay, si pittoresques encore de nos jours, qu'il est possible, par ce qu'il en reste, de se former une idée de ce qu'ils étaient alors.

Les étymologistes et les historiographes ont pris la peine de nous expliquer, dans leurs gros volumes, que Châtenay (en latin *Castanetum*) tire son nom des bois de châtaigniers qui croissent sur son territoire.

Le village occupe le penchant oriental d'un coteau couronné lui-même par ces bois, qui descendent de toutes parts, en nappe épaisse, à travers côtes, plaines, ravins et vallées.

Au plus creux de l'une de celles-ci, connue depuis des siècles sous le nom de Vallée-des-Loups, se trouvait un des vétérans du bois, un châtaignier si gigantesque et si ancien, qu'on le donnait comme ayant été témoin des excursions chevaleresques de la reine Blanche, mère de Louis IX, dans ces cantons (1). Plusieurs de ces grands arbres subsistent encore ; leur envergure est si puissante que l'industrie moderne a construit des châlets sur leurs rameaux.

Toute la bande des bohèmes n'eut pas de mal à s'abriter autour de celui qui paraissait choisi pour son point de ralliement.

Un peu à l'écart, deux vieux malandrins, étendus sur la mousse, fumaient un tabac dont l'arome n'avait de remarquable que son âcreté. C'étaient les dignitaires de la troupe ; ils étaient du petit nombre de ceux qui avaient des fusils. Il faut ajouter que tous les autres avaient des pistolets de formes et de calibres de toute espèce, chargés jusqu'à la gueule.

Il sortait du groupe central un murmure de voix contenues, au milieu duquel il était impossible de rien saisir, sinon quelques éclats de rire grossiers et quelques interjections ou jurons cyniques.

On était plus discret dans le tête-à-tête des deux capitaines. Les paroles tombaient par intervalles, en quelque sorte mesurées, ce qui n'était rien à leur caractère pittoresque ou philosophique.

— La hart m'étrangle ! dit l'un d'eux, compère Laraison, passe-moi ta gourde.

— D'autant plus volontiers, fit l'autre en riant, que tu ne lui causeras pas grand dommage.

— Chien ! elle est plus sèche encore que la mienne.

— Que veux-tu, mon vieux ; tant va la gourde aux lèvres qu'à la fin elle s'épuise.

— Et pas un bouchon, une guinguette jusqu'à ce bêta de village là-haut ; par la mort et la potence !...

— Ne brusquons rien, mon cher Estoc, patience et longueur de temps...

— Longueur de temps dessèche un gosier altéré ;

(1) Les paysans de Châtenay n'ayant pu, en 1245, satisfaire aux tailles exorbitantes exigées par les chanoines dont ils relevaient, furent arrêtés en masse et entassés dans des cachots infects du chapitre, où un certain nombre périrent suffoqués. Les bourreaux n'ayant pas voulu se rendre même aux réclamations de la reine, en faveur des victimes, cette princesse se présenta en personne à la porte de l'abbaye, la frappa avec un bâton et la fit rompre à coups de hache. Puis elle mit les prisonniers en liberté et confisqua le temporel de l'Église, jusqu'à ce que les chanoines eussent indemnisé les habitants de Châtenay de leurs vexations.

voilà ce que je sais ; mais ce que j'ignore c'est l'espace que nous allons encore rester là, en attendant ce bienheureux convoi.

— Qui nous procurera de l'or en bouteille. Je trouve que nos limiers ne se pressent guère.

— Chut !...

Cet ordre n'était pas nécessaire ; un signal connu de chacun de ces honnêtes aventuriers traversa le bois, et soudain tous retinrent jusqu'à leur respiration.

Un nouveau venu, hors d'haleine, se faufila jusqu'au vieux châtaignier, avec l'adresse d'un chat sauvage qui rampe à travers les broussailles et l'obscurité.

— Où sont les chefs ? demanda-t-il.

Quelqu'un lui montra la petite lueur des pipes et lui dit :

— Là.

Estoc et Laraison étaient sur pied, le fusil à la main.

— Eh bien ? demandèrent-ils.

— Chacun à son poste, répondit l'émissaire. Avant un quart d'heure, le convoi s'engagera dans le bois. Vous connaissez les instructions du chevalier des chevaliers.

— On s'y conformera. Mais toi, tu es bien sûr, car il ne faut pas faire un coup fourré.

— Très-sûr.

— Alors répète tout haut, que tous entendent le signalement.

Le groupe des bandits entoura avec une attention respectueuse les capitaines et l'éclaireur.

— Une voiture est sortie mystérieusement de l'avenue de Versailles ; — une voiture à quatre roues, grandeur moyenne, aux panneaux de couleur sombre, à peine percée d'étroites portières. Le bruit qu'elle occasionne sur le pavé fait comprendre qu'elle est doublée de fer.

— C'est bien cela, murmura Estoc.

— Les chevaux sont vigoureux, le cocher adroit. Aux quatre coins se tiennent des cavaliers de mine rébarbative. Un cliquetis d'armes s'échappe à travers leurs manteaux.

— Signalement exact. Pas de temps à perdre, compère Laraison, prends ton monde, moi le mien... Allons, propres à rien, chacun auprès de son chef.

Les deux bandes se formèrent dans un ordre parfait.

— A présent, vous par ici, nous par là... que l'ennemi se trouve entre deux feux, au plus profond du chemin.

— Tout est prêt, dit un bandit armé d'une pioche ; si l'essieu de la carriole ne se rompt pas dans le sillon qui traverse la chaussée, c'est qu'il est trempé par Satan.

— Un dernier mot, un des cavaliers est un homme à nous, il ne faut jamais tirer sur les siens ; — vous attendrez pour vous battre qu'on vous résiste, et vous n'attaquerez que ceux qui vous montreront les dents... Ah ! mes fripons, ajouta Estoc avec une satisfaction qui électrisa la bande, vous ferez bombance demain !

Pendant que leurs surbordonnés défilaient, Laraison dit à Estoc :

— Quatre cavaliers ?... Ne trouves-tu pas, compère, que c'est peu pour escorter un si important convoi ?

— Nous en aurons meilleur marché ! riposta l'impétueux coquin.

— Mais quatre seulement ! Comprends-tu ?

— Par la hart! voudrais-tu point qu'ils fussent un régiment entier! Sois tranquille, compère, s'ils s'étaient doutés que nous les saluerions au passage, ils eussent pris avec eux la maréchaussée complète.

— Qui vivra verra... fit à part lui le philosophe avec un reste d'inquiétude.

Bientôt, il régna dans le bois et le ravin une tranquillité si parfaite, qu'on eût entendu tomber une feuille; aussi fut-on prévenu d'avance de l'approche du petit convoi, par le bruit des roues et des chevaux.

Il se produisit alors une complication aussi piquante qu'originale.

Parmi les quatre cavaliers, les bandits se vantaient d'avoir un affidé; — c'est-à-dire un certain Ricard, soldat aux gardes, vendu à leur chef, ce qui les portait à ne pas brusquer l'attaque. Ils s'abusaient évidemment, car les deux estafiers placés en avant n'appartenaient à aucune troupe régulière. C'étaient des coupe-jarrets, du genre de ceux que le vidame tenait en ce moment sous clef dans la rue Saint-Médéric.

Quant aux deux autres, postés à l'arrière de l'équi-

Lestocq et de Ferrières.

page, nos lecteurs les connaissent; ils n'avaient rien de commun ni avec les premiers ni avec les deux chevaliers du Passe-partout.

Fidèles à la consigne, les deux sacripants galopaient l'un à droite, l'autre à gauche de l'attelage, sans échanger un mot. Leurs seules interpellations se bornaient à des apostrophes pour soutenir l'élan de leurs montures.

Le cocher, de son côté, assis sur son siége, enfoui sous un tricorne démesurément large, poussait les siennes avec une ardeur qui absorbait ses facultés. Les ténèbres et les difficultés de certaines routes exigeaient toute son attention.

Mais les cavaliers de l'arrière-garde, protégés par ces ténèbres qui désespéraient l'automédon, avaient trouvé moyen de se rapprocher à plusieurs reprises pour échanger des phrases rapides.

Leur satisfaction ne fut pas médiocre en constatant, dès le départ, le petit nombre de leurs compagnons. Car on pense que leur intention n'était pas d'escorter pacifiquement le vieux carrosse jusqu'au but de son voyage, but qu'ils ne commencèrent à connaître qu'en le voyant prendre la direction de Châtenay.

Jusqu'alors, ils restaient indécis sur ce point, mais fixés sur le principal, c'est qu'en admettant une résistance, probable d'ailleurs, de la part du cocher, ils se trouvaient deux contre trois, perspective qui ne les effrayait guère.

Où ils cessèrent d'être d'accord, c'est que Louis voulait commencer l'attaque à peine au bout des dernières maisons qui jalonnaient le chemin dans la banlieue de Versailles. Tandis que Jasmin, plus froid, plus sage, prétendait qu'il fallait attendre de se trouver en pleine solitude, dans un endroit plus propice tout ensemble pour l'attaque et pour la fuite, une fois en possession de la voiture et de la captive.

Il eut grand'peine à imposer ce parti à son fougueux compagnon, dont cette prison roulante emportait l'âme et la vie. Plus d'une fois, il s'avança témérairement jusqu'à la portière, pour frapper au vasistas, pour lui crier :

— Ne crains rien !... Je suis là !...

Ce qu'il eut de peine à se retenir, on ne l'imaginerait jamais. Il lui semblait qu'elle devait tant souffrir dans cette migration sinistre !... S'il eût été seul, il se fût élancé, sans marchander sa vie, au-devant des deux estafiers et de l'attelage, un pistolet dans chaque main, les sommant de lui rendre celle qu'il ne pouvait pas appeler sa fiancée, et qu'un sentiment nouveau lui défendait d'appeler sa sœur.

Jasmin était imperturbable, il fallait se conformer à sa volonté, d'autant que jusqu'ici les événements donnaient raison à toute sa conduite.

Mais lorsque l'équipage s'engagea dans la solitude terrifiante des bois, le fidèle mentor se rapprocha de son protégé et lui dit à l'oreille.

— Nous sommes dans la forêt de Châtenay. Attention !... Nous allons arriver au fond d'un chemin creux favorable... Quand je ferai un mouvement, en parlant à mon cheval, élancez-vous avec le vôtre ; joignez l'homme qui vous précède, et brûlez-lui la cervelle.

On voit que pour un homme froid, Jasmin n'y allait pas par quatre chemins, quand il fallait sauver ses amis. S'il se fût agi, d'ailleurs, d'une rencontre avec d'honnêtes gens, avec des soldats chargés d'une corvée par exemple, certainement il eût cherché un expédient moins vif, mais avec des sacripants faisant métier de trahison et de rapt, son avis était qu'il ne fallait pas de scrupules. Entrer avec eux en pourparlers, leur donner le moyen de se reconnaître, de se défendre, c'était exposer non pas sa vie, à laquelle il ne tenait guère, mais celle de ce brave garçon qu'il avait amené dans cette aventure, c'était mettre en suspens la délivrance, l'honneur de l'intéressante prisonnière.

Brûler la cervelle était à tous les points de vue une bonne tactique et un acte méritoire.

Quant à Louis, uniquement préoccupé du salut de Geneviève, exalté par la fièvre qui ne le quittait plus, il se prépara à obéir, sans songer à répliquer. — L'agneau était devenu un lion.

Il tira un des pistolets d'arçon déposés dans les fontes de la selle, et attendit le signal, pour gagner de vitesse son devancier.

Comme Jasmin avait fait ses calculs de manière à opérer ce coup de main au point le plus creux de la vallée, il arriva que son signal coïncida avec le choc épouvantable de la voiture, dont les deux roues de devant rencontrèrent l'ornière profonde creusée en travers de la route.

Mais cet accident se compliqua encore de deux coups de feu, tirés par les fusils qui venaient de causer à Geneviève une si grande frayeur.

Ces détonations ne produisirent que du bruit. C'était une tactique du vieil Estoc pour donner l'alarme à l'escorte, sans risquer d'atteindre celui des estafiers qui devait être son allié.

Cette diversion épouvanta le cocher et les deux bravi, mais elle plongea en même temps nos amis dans une cruelle perplexité. Ils se demandèrent où était le péril le plus pressant, et lequel de l'ennemi du cortége, ou de celui du bois, il fallait redouter.

Mais leur incertitude dura peu.

Les chevaux du carrosse effrayés par la détonation faisaient des efforts furieux pour échapper à leurs liens, et partir en avant, avec ou sans le véhicule dont la résistance les irritait.

Le cocher les fouaillait avec une frénésie qui augmentait le mal ; et les deux estafiers appelaient à grands cris leur arrière-garde, pour former un rempart à la voiture, menacée par d'invisibles ennemis.

Une voix partit du fourré :

— Que ceux qui ne veulent pas être mitraillés détalent !... le cocher face contre terre, ou pas de quartier !...

Jasmin se rapprocha de Louis, et lui dit à l'oreille :

— Armons nos pistolets et ferme, si l'on nous attaque.

Le cocher avait aussi des pistolets à sa ceinture, mais il ne jugea pas à propos de s'en servir. Il les jeta sur le chemin, descendit de son siége et se coucha le visage sur la terre comme on le lui enjoignait.

Les deux bravi tournèrent la tête vers l'arrière-garde, mais jugeant, avec l'expérience à eux propre, que la voiture à moitié versée ne pouvait être utilement défendue, et qu'elle devait finir par rester au pouvoir des brigands qui paraissaient en nombre, d'après le mouvement qui se produisait dans le fourré, ils crièrent à Jasmin et à Louis.

— Sauve qui peut !... et partirent à bride abattue, comme de vils coquins qu'ils étaient,

Restaient nos deux amis.

Or, les bandits comptaient sur un et non sur deux affidés dans le cortége, ce qui leur causa un instant d'embarras. Cependant en les voyant dans une attitude si calme, et de si bon accord, ils supposèrent que Ricard avait eu le talent de gagner à sa cause un de ses camarades, et comme après tout ils se sentaient en mesure d'échapper, tout mutin, à l'appel d'Estoc, d'un côté, de Laraison, de l'autre, ils sortirent de leur repaire.

— Par la hart ! s'écria Estoc, en s'avançant droit vers les deux cavaliers, que faites-vous là vous autres?

— Part la hart ! répéta Jasmin, auquel ce juron rappelait l'un des individus reçus par son maître, sous prétexte de bienfaisance.

— Répondez !...

— Holà ! fit notre brave ami, toi, l'ancien qui jures par la hart ! ne pourrait-on te dire un mot à l'oreille?

— Ce n'est pas la voix de Ricard ! s'écria le vieux bandit.

Ses camarades poussèrent un grognement, accompagné d'un mouvement plein de menaces. Mais si Estoc n'avait pas reconnu l'accent d'un complice, Jasmin reconnaissait maintenant, à n'en plus douter, celle du faux mendiant.

— Nous sommes sauvés, dit-il à Louis, dont le doigt pressait le déclin du son arme, pour le cas où cette meute essayerait de mordre. — Holà ! compère Estoc, reprit Jasmin, tu ne vois donc pas que tu es en pays de connaissance !

— Estoc !... tu sais mon nom ?...

— Je sais bien autre chose.

— Qui est-tu ?...

— Par-saint André, l'homme à qui toi, et ce brave que j'aperçois là, rendîtes son manteau naguères sur le Pont-Neuf, une nuit qu'il gelait !...

— Jasmin !... s'écrièrent ensemble les deux coquins.

— Eh bien oui, Jasmin !...

— Et le camarade, là ?...

— Un ami qui a les mêmes intérêts que moi et notre maître à tous.

— Alors c'est le chevalier des chevaliers ?...

— Qui nous a donné cette mission.

— Parfait. Vous étiez chargés d'escorter l'escorte, pour mieux nous la livrer.

Jasmin ne se rendait pas trop bien compte de ces propos ni de cette rencontre. Le moment n'était pas, d'ailleurs, fait pour réfléchir. L'idée confuse lui vint que Ferrières avait détaché ces gens sur la route de Choisy, en prévision précisément du passage de la prisonnière. Cette interprétation expliquait, jusqu'à un certain point, l'éclipse totale du marquis, depuis son entrée dans le pavillon.

— Eh bien ! dit Laraison, parler n'est pas agir. Il ne faut pas perdre les plus belles heures de la nuit dans ce coupe-gorge.

— C'est juste, répliqua Estoc. Ça, qu'on retire la désobligeante de sa fausse position. Si les ressorts et les essieux n'ont pas trop de mal, nous n'aurons pas la peine de décharger la cargaison, nous l'emmènerons tout arrimée au port.

Tout le monde se mit à l'œuvre, — on contraignit même le cocher, transi d'effroi, à donner un coup de main.

L'avant-train retiré de l'ornière pouvait encore marcher quelque temps, moyennant certaines ligatures exécutées par Jasmin, redevenu charron pour la circonstance, à l'admiration unanime de la bande.

Il avait, bien entendu, mis pied à terre pour opérer cette besogne, et remarquant certaines mains crochues, qui s'évertuaient à ouvrir les portières.

— À bas les pattes ! cria-t-il. Ne vous arrachez pas les ongles inutilement, mes camarades ; la carriole est fermée à secret ; il n'y a que moi ici qui sache l'ouvrir.

Cette apostrophe le grandit énormément dans l'estime de ces coquins.

— Voilà l'équipage en bon état, reprit Estoc, il n'y a que trois lieues d'ici Paris, il s'agit de les dévorer. Où est le cocher ?

— Présent !... murmura l'automédon d'une voix plaintive.

— Non pas, intervint encore notre ami, le cocher, c'est moi. Je monte sur le siège ; vous, Estoc et Laraison, grimpez tous les deux sur mon cheval, vous me ferez escorte avec mon jeune camarade.

— Par la hart ! cela me va à merveille. Mais que ferons-nous de ce drôle ? demanda Estoc en désignant le cocher tremblant, auquel il paraissait en vouloir.

— Si vous m'en croyez, quelques-uns des amis que voilà l'emmèneront quelques jours en otage. Tant que vous le tiendrez entre vos mains, il ne jasera pas.

— Potence et gibet ! exclama le bandit philosophe, c'est toi, compère, et non pas moi, qu'on eût dû appeler Laraison.

Jasmin s'empara du fouet, tombé sur la route, s'installa sur le siège et se disposa à lancer l'attelage.

— Qu'attends-tu ? demanda Estoc, hissé en croupe derrière son collègue.

— Allons-nous point garder ce cortège, pour entrer dans Paris ? demanda Jasmin, dont le bout du fouet désigna la tribu penailleuse amoncelée autour de la voiture.

— Malandrins, leur cria Estoc, le diable vous réclame, que l'on décampe. Chacun sait où est le rendez-vous. On y amènera cet amour de cocher ; un petit séjour dans certain trou ne peut que lui être avantageux. Allez !

— Approuvé, prononça Laraison, la compagnie de ces chers camarades n'a rien de flatteur, ils ne payent pas de mine : ce n'est pas tout d'être, il faut paraître.

Les bandits rentrèrent sous le bois. Il ne resta sur la route que le carrosse, avec son attelage fringant, et les deux chevaux montés par trois cavaliers.

Jasmin fouetta ses bêtes dans la direction de Paris, vers lequel on roula de manière à y arriver longtemps avant le jour.

Louis avait assisté en personnage muet à cette épopée. Son regard ne quittait pas la voiture ; il eut voulu s'assurer de l'état de Geneviève, lui parler, la tranquilliser, mais l'instinct de la prudence le retenait, devant ce ramassis de coquins cyniques.

Pas un cri n'était parti de cette voiture, depuis celui qu'un premier mouvement d'effroi avait arraché à la captive. La femme placée près d'elle s'était évanouie au bruit des coups de feu accompagnés de la chute des roues dans l'ornière.

Geneviève, conservant sa présence d'esprit, se tenait immobile, dans son coin, cherchant en vain à saisir quelques-unes des paroles qui bourdonnaient au dehors.

Elle n'osait songer à une tentative de délivrance, mais à tout prendre, s'il s'agissait d'une attaque de brigands, elle éprouvait moins d'appréhension à tomber en leur pouvoir qu'à rester en celui des misérables qui l'avaient enlevée à son père.

Sa perplexité ne laissait pourtant pas d'être poignante, lorsque, au moment du départ, Louis s'approchant enfin du vasistas, y frappa plusieurs légers coups.

Le cœur de la pauvre enfant fit un bond dans sa poitrine. Un malintentionné n'eût pas frappé avec cette discrétion. Elle trouva sous ses doigts frémissants le bouton de la petite glace, et la souleva.

— C'est moi, sœur !... lui dit vivement le jeune homme.

Cette fois elle retomba encore sur son siège avec un cri ; mais un cri de soulagement et de joie.

Pendant que la voiture qui emportait Geneviève vers Paris gagnait de l'espace, un autre équipage, absolument pareil, car il sortait de la même remise et servait aussi à de mystérieux transports, caisse de couleur brune, panneaux fermés à secret, cocher silencieux, quittait Versailles pour s'acheminer vers Choisy.

L'escorte se composait d'une dizaine d'hommes, d'aspect sévère, sous leurs longs manteaux, dont les plis laissaient deviner des armes.

Au fond du chemin creux du bois de Châtenay, la voiture éprouva une violente secousse. La caisse était si lourdement chargée qu'il fut très-difficile de la remettre. On reconnut qu'une ornière profonde traversait la voie de part en part et formait un écueil, dont on ne s'expliquait pas le but.

L'aube commençait à paraître quand le convoi put reprendre sa marche. Cette lueur matinale permettait de reconnaître, à l'équipement des chevaux et des hommes, une escouade de la garde royale. Un de ces derniers ne cessa de manifester une agitation très-singulière tant que dura l'incident. Il plongeait dans le bois des regards inquiets, il sifflotait entre ses dents, avec impatience, des notes aiguës qu'en une autre circonstance on aurait prises pour des signaux.

Cela devint si fort que le brigadier, chef de l'escorte, fatigué de ces façons, lui cria brutalement :

— Par la mordieu ! cavalier Ricard, retiens ta bête en place, ou je te consigne pour huit jours.

Ricard se le tint pour signifié. Il rongea son frein, tout en écoutant s'il n'entendait rien venir du fond des fourrés. L'écueil creusé au milieu du chemin lui avait d'abord donné de l'espoir. Il en fut pour sa peine et pour sa trahison. Quand on se remit en route, il tourna en arrière un dernier regard de dépit :

— Les malavisés, murmura-t-il, où peuvent-ils être ? Quelle belle affaire manquée !...

Ceux dont il parlait emmenaient alors l'autre voiture sur la route de Paris.

XVI

SURPRISE DÉSAGRÉABLE DES DEUX CAPITAINES.

— Sœur, je suis là !...

Ces quatre mots avaient suffi pour tout transformer autour de Geneviève. La route sinistre au fond des bois, les cavaliers aux farouches silhouettes, la voiture aux panneaux doublés de fer, l'écho de la mousqueterie, la commotion où l'équipage avait paru s'abîmer, rien n'offrait plus d'alarme. Un prisme enchanteur s'étendait sur cet entourage, une harmonie charmante couvrait ces bruits.

« Il est là !... il est là !... »

L'affectueuse fille se répétait à elle-même ces paroles ; elle s'en enivrait.

Pelotonnée dans l'angle de la voiture, elle se laissait bercer par les plus violentes secousses sans éprouver d'inquiétude. Il lui semblait que les regards qu'elle sentait attachés sur elle, à travers cette carapace jalouse, la protégeaient à présent contre tout ennemi.

Ainsi, il chevauchait près d'elle, à portée de sa main ; il avait su la retrouver, la joindre, l'affranchir évidemment, cet ami cher, dont la pensée désormais formait toute sa vie ! Oh ! comme elle se sentait l'aimer !...

Puis, à cette idée, — charmants scrupules d'un cœur vierge, — elle se prenait à rougir, là, tout isolée qu'elle était, comme si un œil indiscret eût pu lire ce tendre secret au fond de sa pensée. — Elle se rappelait avec un effroi adorable que cet aveu elle l'avait fait à un autre avant de se le faire à elle-même. L'obsession du comte de Linanges le lui avait extorqué, et elle éprouvait une sorte de crainte que ce suborneur ne l'ébruitât.

L'idée de ce personnage, jeté en mauvais génie à travers son existence, lui en amena soudain une autre, qui lui causa un spasme aussitôt dissipé,

Au milieu de ses odieux propos, n'avait-il pas essayé de l'alarmer sur le sort de Louis ? A l'entendre, il était sous la main de la justice, menacé des derniers traitements, de la mort !...

Ah ! ce comte mentait impudemment, puisque Louis chevauchait là, côte à côte avec elle !

Pour mieux s'en assurer, pour dissiper l'ombre d'un doute, elle se haussa jusqu'au vasistas, à travers lequel elle distingua de nouveau son frère de lait, — elle le reconnut bien ; malgré la nuit, malgré le costume anormal sous lequel il cheminait : — le visage tourné vers la voiture !

A son tour, elle ne résista pas au besoin de lui dire qu'elle le savait là. Elle entr'ouvrit le carreau et lui cria, mais de sorte que sa voix n'arrivât qu'à lui :

— C'est moi ! frère, c'est moi !

Si bas qu'elle eût parlé, si bruyant que fût le roulement de la voiture, il saisit ce mouvement, il distingua cet appel.

— Prudence, espoir !... répondit-il.

Elle passa sa petite main à travers l'étroite ouverture main délicate dont la blancheur se détacha sur l'obscurité de la nature entière. Les doigts de Louis la saisirent et la pressèrent une seconde, dans une étreinte qui valait un baiser.

Geneviève retomba enivrée à sa place.

La vie des sensations ne se mesure pas, comme la vie matérielle, sur la marche d'une aiguille. Tout ce que nous venons d'indiquer, n'avait pas duré un quart d'heure.

Geneviève avait complétement oublié que quelqu'un se trouvait avec elle dans la voiture. En se rasseyant, un soupir, un gémissement le lui rappelèrent.

Sa compagne, sa geôlière sortait de sa pâmoison.

— Où suis-je !... où sommes-nous, grand Dieu !... Qu'est-il arrivé...

Et devenant plus agitée et plus criarde à mesure qu'elle retrouvait la mémoire :

— Les brigands !... Au meurtre !... Miséricorde !...

— De grâce, lui dit Geneviève, taisez-vous, apaisez-vous !

— Ah ! cette voix... C'est vous, mademoiselle !... Le ciel soit loué !... Mais alors, je rêvais donc ?... Dites-moi, je vous supplie... Comment ne sommes-nous pas encore arrivées ?... Il me semble qu'il y a deux heures que nous voyageons... Choisy-le-Roi n'est pourtant pas si loin !...

— Choisy-le-Roi ! répéta Geneviève, frappée de ce mot échappé au trouble de sa compagne.

Cette exclamation exprimait une telle anxiété, qu'elle lui rappela son rôle, qui consistait à dire constamment comme sa prisonnière, à ne la contrarier sur rien, à lui faire prendre le voyage en patience, et surtout en confiance.

— A-je dit Choisy-le-Roi ? se reprit-elle. Il se peut ; je n'en sais rien... Jésus ! après une telle alerte !... Vous êtes heureuse de posséder tant de présence d'esprit... Il me semble à moi que je me réveille d'un évanouissement.

Ce flux de paroles incohérentes, débitées d'un ton patelin, ne calmèrent point la suspicion de la jeune fille. Elle répondit très-froidement :

— Vous vous êtes évanouie, en effet.

— Sainte Vierge ! c'est donc cela... Mais, je vous prie, excellente demoiselle, que s'est-il donc passé ?

— Je l'ignore comme vous.

— Quoi !... Ce bruit, cette secousse, ces voix menaçantes ?... Vous ignorez ?... Enfin, n'est-pas, notre escorte nous a défendues ; on a écarté ces bandits ; on nous a remises dans notre direction, autrement nous ne serions plus dans cette voiture ?

— Je vous assure que tout s'est passé sans que je pusse rien en saisir. Mais c'est donc à Choisy et non à Paris que vous avez voulu m'emmener ?

En revenant à cette question, elle ne dissimula pas si bien son anxiété, que sa compagne n'en saisît l'indice.

— A Choisy, à Paris... sur mon honneur je ne sais. M. le vidame, votre protecteur dévoué, chère et douce demoiselle, a seul donné ses instructions au cocher. Vous savez que, sous la tutelle d'un seigneur si bienveillant, vous ne devez rien craindre. Ayez donc quelque patience... Certainement, nous approchons de notre destination.

Geneviève prenait, en effet, patience et confiance, mais par une raison que cette bonne conseillère n'avait garde de soupçonner.

Le nom du vidame, ramené si souvent avec cette affectation mielleuse, n'aurait certes pas suffi pour produire ce résultat. Au contraire, il commençait à lui devenir passablement suspect.

— C'est évident, nous devons approcher... répéta la geôlière.

Pour s'en assurer, elle mit l'œil au vasistas placé de son côté. L'exploration lui causa une telle surprise, un tel mécompte, qu'elle se récria :

— Mais Jésus !... En effet, ce n'est pas la route de Choisy... Nous allons à Paris... Je reconnais le chemin !...

L'obscurité, quoique très-grande encore, s'était cependant assez dissipée pour permettre d'entrevoir de chaque côté de la route, non les campagnes désertes et les bois des environs de la résidence royale, mais les avenues, les maisons écartées qui annonçaient l'approche de la capitale.

Elle restait cramponnée à la vitre, étonnée, confondue. Ne comprenant plus rien à rien, car les instructions méticuleuses du vidame allaient jusqu'à prévoir ce qu'elle devait faire en descendant à Choisy.

Le hasard, qui avait placé Louis du côté où se trouvait Geneviève, avait, par conséquent, assigné aux deux bandits côté de la matrone. Elle les aperçut chevauchant sur la même bête, de cet air de sacripants fieffés que leur donnaient leur physique et leur accoutrement.

— Sainte Vierge ! s'écria-t-elle éplorée, où sommes-nous, où allons-nous ?... Ce n'est pas cela du tout, mais pas du tout !...

— Quelle crainte vous prend ? lui demanda la jeune fille, qui trouvait ces exclamations de plus en plus suspectes.

— Quelle crainte, ma chère et tendre demoiselle... Quelle crainte ! Mais je ne vois plus près de nous les serviteurs de M. le vidame... Au contraire... Nous sommes, je le jurerais, tombées aux mains des brigands ! Et pas moyen de sortir de ce coffre ! M. Lebel seul en a le secret... et il est à Choisy ! Et bien ! oui, je l'ai dit, à Choisy ! C'est là que nous allions !

— Et nous arrivons à Paris ! Et c'est ce qui vous tourmente ? lui dit Geneviève, comprenant peu à peu que Louis se trouvait là comme un libérateur, que le vidame l'avait abominablement trahie, que cette protectrice prétendue était sa misérable complice.

— Nous arrivons en enfer ! exclama la matrone, et c'est Satan qui nous mène !

Le fait est que Jasmin ne ménageait pas les chevaux. Au haut des Champs-Élysées, vers l'avenue de Passy, les deux bandits se rapprochèrent de lui.

— Tu sais où nous allons ? lui demandèrent-ils.

— Rue Saint-Denis, répondit-il.

— Non, pas tout à fait, un peu moins loin, rue de la Lingerie.

— Même quartier.

Instruit comme nous le savons de ce qui concernait son maître, il n'ignorait certes pas ce que signifiait cette adresse : rue de la Lingerie, ni à quel établissement suspect elle s'appliquait en particulier.

Agissant toujours dans la pensée que les bandits étaient des auxiliaires envoyés par son maître pour enlever la voiture aux agents du Vidame, il ne comprit pas cet ordre de la conduire vers leur repaire.

— Que vous a dit le maître ? demanda-t-il.

— Qu'il nous attendrait à la Cave-aux-Rats, pour inventorier lui-même la prise et procéder au partage.

— Par saint André ! reprit Jasmin, il y a donc de l'argent là-dedans ?

Estoc et son compère partirent d'un éclat de rire fou.

— Potence et gibet ! Que crois-tu donc conduire, mon garçon ? Une princesse aux beaux yeux, peut-être ?...

— Les beaux yeux de la cassette !... prononça le lettré Laraison.

— Ah çà ! mes camarades, riposta le cocher improvisé, nous jouons aux propos interrompus. Il se trouve peut-être de l'argent et des valeurs dans cette carriole...

— S'il s'en trouve ! s'écrièrent ironiquement les bandits.

— Je ne vous contredis pas, mais, à coup sûr, il s'y trouve aussi deux personnes.

L'équipage ne s'arrêtait pas pour cela ; Jasmin, jugeant inutile de descendre vers les Tuileries, avait obliqué sur la gauche, de façon à gagner en biais la rue Saint-Honoré, qui le rapprocherait également de la rue Saint-Denis et du quartier des Innocents.

— Perds-tu la boule, compère ?... fit Estoc. Deux personnes, deux magots, à la bonne heure. Le maître ne t'a donc rien dit ?

— Par saint André, je ne sais pas ce qu'il vous a dit, à vous, mais je sais que j'ai vu, de mes yeux vu, monter deux femmes dans cette voiture !

— Par la hart !...

— Le vrai peut quelquefois n'être pas vraisemblable ! déclama Laraison.

— Nous en aurons le cœur net ! reprit Estoc, je vais mettre le carreau en pièces.

— Frappes-y seulement, s'il s'ouvre tu verras bien.

— A quoi bon ? intervint Louis, poussant son cheval du côté des deux compagnons : ce qu'on vous dit est vrai, il y a là deux dames... — Que croyez vous donc enlever enfin ?...

— Ce que nous croyons enlever ?... Il est superbe le hardeau ! Et mordieu, la propre caisse des blés du roi !

— La caisse des blés ! l'argent du roi !... répétèrent ensemble Louis et Jasmin.

— Ah çà, d'où sortez-vous ! reprit l'un des coquins.

— Un vol, un vol à main armée !... exclama le jeune homme, entièrement dévoyé.

— Potence et gibet ! glapit Laraison, il faut éclaircir ce gâchis. Halte, camarade !

L'endroit était propice, c'était le plus isolé des Champs-Élysées, absolument déserts à pareille heure.

Les bandits rapprochèrent leur cheval, Louis crut devoir mettre pied à terre, dans la prévision que Geneviève aurait besoin de lui.

Estoc frappa au vasistas.

— Jésus ! je me meurs, ce sont ces brigands ! soupira la matrone.

Et au lieu d'ouvrir, elle se rencogna au fond de la voiture.

Le bandit allait enfoncer la vitre, si Jasmin ne se fût décidé à descendre de son siège.

— Un moment, un moment, tu cognes à une glace de dames, comme à une porte de prison.

— Qu'elles ouvrent alors !

— Patience et longueur de temps... murmura le philosophe déguenillé.

— Elles en seraient bien empêchées, mais avec un peu d'adresse, je leur épargnerai cette peine.

Les deux bandits, même Laraison, en dépit de ses grands principes, ne se tenaient pas d'impatience.

Jasmin possédait encore le crochet qui lui avait été donné dans la villa de la rue Saint-Médéric ; il ausculta la serrure de la portière, et tout en fourrageant :

— C'est une œuvre d'art, disait-il, un travail réussi...

La matrone se mourait de peur, Geneviève, au contraire, sentait venir sa délivrance.

Enfin, les ressorts cédèrent, ou tordus ou brisés. Laraison et Estoc se précipitèrent pour regarder.

— Des femmes !... c'était vrai, enfer et carcan !... Mais nous sommes volés ! dépouillés, égorgés comme dans un bois !... — Que signifie cela ?... Le sais-tu, toi, Laraison ?

— Sur ma parole, je n'y comprends plus rien...

— Voyons, on nous a prévenus que l'épargne du roi traverserait dans cette voiture...

— Dame ! fouillez la voiture, dit Jasmin.

— C'est juste !... Çà, çà, qu'on descende, mes belles !..

La matrone se trouvant de leur côté, ils la tirèrent à eux deux, sans égard pour ses lamentations.

Pendant qu'ils la mettaient par terre, Louis tendait ses bras à Geneviève, qui s'y élançait, et, non sans l'y avoir retenue peut-être une seconde de plus que le temps rigoureusement nécessaire, il la déposait, mais pour la presser encore.

— Geneviève !...

— Louis !...

Ils ne se dirent que cela ; deux noms échangés dans un baiser. Quelles paroles eussent été plus éloquentes.

La matrone, à laquelle personne ne pensait, continuait de se pâmer par terre.

— Voyons !... Fouillons partout !... disait Estoc, à moitié entré dans le véhicule.

— Compère, lui dit Jasmin en lui frappant sur l'épaule, le maître aimerait peut-être autant prendre ce soin lui-même.

Le bandit se gratta l'oreille ; il savait que Ferrière ne badinait pas avec certains égarements d'espèces.

— Tu as raison, fit-il. Eh bien, remettons les demoiselles en carrosse, remonte sur le siège, et en route pour la rue de la Lingerie. Il n'est que temps.

— Un moment ! répliqua Jasmin. Je sais où je dois conduire celle-ci ; il désignait Geneviève ; — le maître ne nous pardonnerait jamais de lui avoir déplu.

Les bandits, auxquels la pénombre laissait deviner la grâce de la jeune fille, échangèrent un regard d'intelligence :

— C'est possible, firent-ils et nous t'en laissons la responsabilité. Mais l'autre ?...

Jasmin se pencha à l'oreille d'Estoc :

— Celle-ci, tiens-la bien, c'est une chambrière de la Pompadour, elle payera rançon.

— Par la hart ! s'écria le vieux coquin, je ne la lâche qu'à bon escient ! Çà, ma mie, fit-il en la secouant, en carrosse !

Elle voulut se débattre, crier :

— Pas de giries ! lui dit Laraison, la prenant par l'autre bras ; soyons convenable !

— O ciel !... où me menez-vous ? Lâchez-moi !... à l'aide !

— De force ou de gré ! reprit le bandit, et pas un cri de plus, ou, foi de philosophe, je vous bâillonne !

Elle se trouva dans la voiture, à peu près comme un ballot qu'on y aurait introduit de force.

— Allons ! remonte sur ton siège, dit Estoc à Jasmin, et vite au Petit-Bacchus !

— Ce n'est plus cela, reprit le valet ; il faut avant tout que j'accompagne cette jeune fille où le maître veut qu'elle aille. Toi, Laraison, monte en carrosse à côté de la gaillarde, elle serait capable de s'échapper en route, maintenant que le secret de la portière est brisé.

— Fort juste ! fort sensé !... prononça Laraison.

— Toi, compère Estoc, poursuivit Jasmin, tu en sais assez long pour mener la carriole jusqu'à la rue de la Lingerie.

— Eh bien, et toi-même ? demanda Estoc.

— Moi ? Je viens de te le dire, j'accompagne cette petite. Tu vas voir le maître, informe-le de tout cela, et dis-lui qu'il sera content de moi et de mon jeune camarade.

Les deux bandits, comprenant à demi-mot qu'il s'agissait d'une galanterie du chef, pleins de confiance dans son valet de chambre, et pressés d'autre part d'en finir avec la vérification des coffres, n'opposèrent aucune objection. Ils attachèrent les deux chevaux de selle derrière la voiture, comme une aubaine qu'il ne fallait pas dédaigner, et réussirent à enfiler les ruelles qui conduisaient par des raccourcis tranquilles à leur quartier général.

Jasmin n'ignorait pas qu'en assumant sur lui la délivrance de Geneviève, il jouait gros jeu, mais il se préoccupait d'une chose avant tout, c'était de la sauver et de remettre après cela son autre protégé en lieu sûr.

Geneviève si courageuse jusque-là faillit succomber à son émotion, quand elle vit l'équipage s'éloigner, et qu'elle se trouva seule avec ses deux amis. Elle ne trouvait plus de force, plus de voix pour les remercier. Il fallut qu'elle se retînt à chacun de leurs bras.

— Sauvée !... s'écria Louis avec exaltation.

— Sauvée... par vous... balbutia-t-elle.

— Allons, mes enfants, dit Jasmin, en route, bon train, pour la rue Saint-Denis. Voilà que le jour s'approche ; ce n'est pas l'heure de nous montrer aux indiscrets... Qu'en pense Louis ?

— Oh ! moi, tout me devient égal, à présent ; ma tâche est remplie !

Le bras de Geneviève opéra sur le sien une douce pression ; elle ne comprenait pas l'amertume de ce cri, elle n'y voyait qu'un écho de sa propre joie.

— Merci, frère, murmura-t-elle, merci.

La joie, plus que la prudence, leur donna des ailes ; au bout d'une heure d'heure, ils arrivaient dans la rue Saint-Denis, où la maison du *Rouet d'argent* leur apparut de loin, comme le phare qui annonce le port au naufragé.

Cependant tout n'était pas fini. L'arrivée du jour, dans ce quartier populeux, à la porte des Halles, commençait à amener du monde ; déjà plusieurs passants avaient jeté des regards surpris sur ces hommes en grands manteaux, conduisant au milieu d'eux une jeune fille, qui frissonnait et pâlissait sous le souffle frais du matin.

Il fallait se faire ouvrir, il fallait entrer, mais sans qu'un œil étranger s'aperçût de la présence de Louis, sur lequel planait plus que jamais une accusation capitale !

On dormait si peu dans ce logis désolé, que le moindre coup appliqué à la porte y donna l'éveil à tout le monde. De même que Geneviève dans sa prison n'avait qu'une seule idée, celle de voir apparaître un libérateur, de même, au *Rouet d'argent*, on songeait uniquement au retour, sinon de la victime. — on n'osait pas aller jusque-là, — du moins à celui de Jasmin, que Jeanne surtout ne se lassait pas d'attendre.

La première sur pied, elle devança chacun jusqu'à la porte de la boutique, à travers laquelle elle demanda :

— Qui frappe?

Si la réponse se fût fait attendre, elle serait morte d'émoi, et peu s'en fallut même qu'elle n'y succombât, quand une voix discrète répondit :

— Ouvrez !...

Jasmin et Louis, pour rendre la joie et la surprise plus vives, avaient voulu que ce fût la voix de Geneviève.

Rien, de part ni d'autre, ne manqua à cette joie, car la maison, la famille se trouvait au complet; Becdassée lui-même était là.

Suivant les prévisions de Jasmin, après deux jours de secret, on l'avait tiré de sa cellule pour l'interroger, et dès le premier mot, on avait reconnu l'erreur des agents de M. Berryer, décidément battus avec récidive sur toute la ligne dans cette affaire de l'émeute.

Becdassée était de retour chez son patron depuis l'après-midi; il ne s'attendait guère à un si heureux matin.

Mais sa libération pouvait avoir aussi un contre-coup fâcheux. Le quiproquo éventé, on devait déjà se livrer à des recherches nouvelles pour trouver le vrai coupable. Ce fut à quoi Jasmin songea le premier.

Geneviève réintégrée au logis paternel ne courait plus de danger. Les auteurs du rapt ne seraient certainement pas tentés de le renouveler, pour ramener aussi une explosion de la fureur populaire. Il leur importait que cette affaire s'oubliât et qu'on prît, s'il y avait moyen, le change sur ses vrais auteurs.

Mais Louis! chef de l'émeute, coupable de violence envers le souverain!... On voudrait se venger sur lui. Rien ne coûterait à la police pour réparer à ses dépens son ridicule échec.

— Écoutez-moi, mes bons amis, dit Jasmin, j'ai trouvé un asile sûr, jusqu'à ce que notre ami, notre enfant, obtienne sa grâce, ou puisse gagner la frontière...

Louis, qui se tenait près de sa mère, se rappela son serment vis-à-vis d'elle; il lui pressa la main d'une manière significative, et dit :

— Oui, la frontière... je partirai !

Geneviève tressaillit; son œil anxieux dirigea vers lui un long regard qui le pénétra jusqu'à l'âme, et que, cependant, il feignit de ne pas voir.

Jasmin, initié aux résolutions de Jeanne, comprit ce drame muet. Il demeura impassible et reprit :

— Cet asile, il serait téméraire d'y songer à l'heure qu'il est; nous pourrions être vus, rencontrés par les agents de la lieutenance de police. Peut-être n'est-il pas sans inconvénients de cacher ici notre enfant jusqu'à la nuit prochaine, mais, dans tous les cas, je ne connais pas d'autre ressource.

Geneviève et son père n'attendirent pas la fin, pour s'emparer de la personne de Louis, et arrêter sur sa bouche le refus qui s'y montrait déjà.

— Tu viens de me sauver! s'écria Geneviève, et je laisserais courir au-devant d'un danger !...

— Tu m'appartiens, disait en même temps maître Navelier, je te garde!

— Oui, oui ! sécria Becdassée, et que l'on vienne vous attaquer, l'on verra beau jeu; c'est pour le coup que le feu prendra à la ville !

— Allons, dit le jeune homme vaincu, je me rends; je reste jusqu'à ce soir, puisse ma présence ne pas vous porter malheur !

— Jusqu'à demain, au moins, dit Jasmin, que l'on ignore aussi le retour de Geneviève.

— Nous serons prisonniers ensemble, frère, dit-elle avec un sourire adorable, qui ne servit qu'à accroître le mal du pauvre jeune homme.

— A la nuit prochaine, dit Jasmin, je vous quitte. Mon maître doit m'attendre, et non sans impatience.

Pendant que maître Navelier conduisait « ses enfants, » — il ne leur donnait pas d'autre nom, — dans l'endroit le plus retiré de la maison, Jasmin entraînait Jeanne à l'écart.

— Ces enfants s'aiment, lui dit-il.

— Mes derniers doutes à ce sujet n'existent plus.

— Louis a véritablement sauvé Geneviève.

— N'était-ce pas son devoir?

— Un tel dévouement efface bien des distances.

— Il en est que rien ne saurait franchir. Nous sommes venus sous ce toit pour le bénir et non pour le déshonorer... Louis est le fils de cet homme!...

— Mais il est le vôtre aussi !

— Nous ne méritons pas d'entrer dans cette famille, à l'honneur immaculé... Le bâtard de François-Robert ne doit pas lever les yeux jusqu'à la fille du bienfaiteur qui donne du pain à sa mère. — Quelle honte, mon Dieu ! si jamais cette révélation éclatait au sein de cette maison. Que ce misérable me rencontre, me reconnaisse, cela suffirait pourtant ! Ah ! que de fois cette terreur est venue me glacer ! Que serait-ce alors !...

Jasmin courba la tête tout songeur; son horreur pour François-Robert, la connaissance qu'il possédait de ses forfaits, lui fermait la bouche. Mais peut-être, pensait-il :

— Si j'avais purgé la terre de ce monstre, cette terreur n'existerait plus !...

— Nous tâcherons, ainsi que vous l'avez dit, ami, reprit Jeanne, de gagner la frontière, de nous faire oublier par tous, et partout... excepté par vous seul, reprit-elle. — Allez, je connais mon fils, il fera son devoir... Et moi, vous savez, si je suis femme à manquer au mien !...

— Ainsi, murmura Jasmin à demi-voix, le sacrifice, l'exil pour les bons, — l'impunité pour le coupable !...

— Non, il doit y avoir quelque chose de mieux que cela ; la Providence aura son heure... et je saurai l'aider au besoin !...

Il s'arrêta, considéra Jeanne penchée sur son fils, le regard au ciel. Et la voyant si pâle, si affaiblie :

— Oui, ajouta-t-il dans son douloureux monologue, oui, l'heure de la Providence !... pourvu qu'elle n'arrive pas trop tard !...

XVII

ÉCHEC AU VIDAME.

Les honnêtes habitués du *Petit-Bacchus* eurent beau fouiller et refouiller la voiture, trophée de leur expédition, — le trophée se trouva de fer et de bois, — l'or y manquait complétement. Ils la mirent en charpie sans plus de résultat.

Restaient les chevaux, aux deux tiers fourbus; plus les otages, le cocher et la chambrière. Que pouvait-on bien en tirer?... L'équivalent du moindre vol de grand chemin, une misère, à côté du trésor convoité.

On juge de quelle façon Ferrières traita ses malencontreux agents, plus honteux eux-mêmes qu'on ne saurait dire, mais dont la confusion se changea en rage, lorsqu'ils reconnurent, un jour ou deux après cette campagne, leur pitoyable quiproquo : ce fut Ricard qui les éclaira en leur adressant d'amers reproches sur leur manque de parole.

Ils s'aperçurent alors de la méprise. Leur mauvaise chance avait voulu que deux convois, de nature très-différente, fussent dirigés cette même nuit de Versailles à Choisy-le-Roi. L'un, des plus insignifiants pour eux, emmenait une jeune fille; — l'autre transportait l'épargne royale. — Ils s'étaient évertués à la conquête du premier.

Jamais renard pris au piége ne porta plus bas l'oreille. Les deux capitaines furent aussi les plus malmenés, encore heureux que il chef ne s'appesantit pas sur leur facilité à abandonner à Jasmin l'héroïne de l'aventure.

L'indulgence de Ferrières sur ce point s'explique. Il pensa que l'intelligent serviteur n'avait pas voulu lui amener la jeune fille dans le repaire de la Cave-aux-Rats, mais qu'il l'aurait sans doute conduite à son hôtel.

Cette perspective le consola un peu de l'échec de ses gens, auxquels il recommanda avec une ironie menaçante de mieux se tirer de la prochaine affaire. — Il entendait à coup sûr le complot contre certaine chapelle de la rue Saint-Jacques.

Il se croyait si certain de son fait et de la complaisance de Jasmin, qu'il éprouva un vif mécompte de ne pas le trouver déjà chez lui. Mais en homme habitué à utiliser les instants, il employa ceux de l'attente à écrire le billet que voici :

« Chère belle, on ne saurait entretenir de rancune « contre une déité telle que vous, lorsqu'une fois on « en a obtenu un sourire. Vous commîtes une grande « légèreté en tenant à cet excellent vidame des devis « qui pouvaient jeter un nuage entre lui et moi, ce dont « j'eusse pris mon parti, mais surtout vous nuire dans « son estime, ce qui m'eût désolé.

« Heureusement, ma toute charmante, j'ai vu ce di- « gne vidame, et je n'ai pas eu de peine à lui tout ex- « pliquer de la manière la plus satisfaisante. Ingrate! « voyez jusqu'où va mon dévouement pour vous : le « vidame a exigé une renonciation écrite, de ma main, « à toute prétention sur votre personne adorable, et « pour ne point porter dommage au bonheur dont je « vous sais digne, j'ai écrit!

« Vous ferez honneur à ma signature, Angélique de « mes rêves, et quand vous aurez un rang, un titre, « une fortune, vous penserez, si vous en avez quelque- « fois le temps, au plus dévoué de vos amis :

FRÉDÉRIC. »

Ferrières ayant relu cette épître sentimentale et familière en fut assez content. Il l'expédia aussitôt, pressentant que le vidame qu'il voulait devancer, ne mettrait pas de retard à présenter sa fameuse cédule.

Mademoiselle de Sainte-Foy sommeillait encore, lorsque Justine, entrant vivement dans sa chambre, écarta les rideaux.

— Eh bien ! s'écria-t-elle, en s'étirant avec sa grâce mutine, qu'arrive-t-il ? la maison brûle-t-elle ?

— Mieux que cela, mademoiselle, un billet de M. le marquis !

La comédienne se dressa sur son séant, tout à fait réveillée.

— Un billet de lui!... Oui vraiment!... C'est son écriture!... Que peut-il me vouloir?... Une scène?... Des reproches?... Ah ! j'ai été un peu vive... Aller tout dire à cet imbécile de vidame!...

— Le fait est que mademoiselle me rendra cette justice, je ne lui ai pas caché mon opinion. Se compromettre ainsi, pour le plaisir de chagriner un adorateur...

— Un infidèle !

— Que veux-tu, ma pauvre fille, le mal est fait, et il ne l'a pas été plutôt, je te l'avoue à toi seule, que j'en ai eu regret.

— Ce cher M. le marquis a tant aimé mademoiselle!... dame, il ne faut pas non plus être trop exigeante... L'amour, ça n'a qu'un temps, comme dit la chanson.

La comédienne tournait et retournait le poulet entre ses doigts :

— Suis-je enfant, dit-elle, je n'ose pas décacheter ce papier... Il doit contenir des choses... terribles !

— Si mademoiselle veut, je lui aiderai...

— Bah ! après tout, j'ai commis la sottise, subissons la peine.

Elle rompit l'enveloppe.

Justine suivait d'un œil curieux sa physionomie pendant cette lecture, qui dura plus que de raison, car Angélique la recommença deux fois.

— Ah ! s'écria-t-elle, que c'est bien de lui !

— Mademoiselle est contente ?

— Ravie, Justine, ravie... Tiens, tu désirais cette jupe en broché de Lyon, qui me servit dans les Fausses-Infidélités ; je te la donne, ma fille, tu en feras tes dimanches.

— Oh! quel bonheur!... que je suis contente que mademoiselle le soit !

La comédienne relisait en troisième reprise le billet; elle finit par le soupir.

— Quel dommage qu'il soit un monstre!...

— Croyez-moi, mademoiselle, sans cela il serait moins aimable. Il n'y a vraiment que ces monstres-là pour se faire adorer, les autres, voyez-vous, c'est fade comme de l'eau de roses.

— Imagine-toi, ma fille, qu'il a trouvé moyen de tout réparer.

— Ça ne m'étonne pas de lui! Quel malheur que ce Jasmin soit si insensible!... un roc, mademoiselle, un caillou!... le valet d'un tel maître!... ah ! si vous avez de la chance, vous pouvez bien dire que tout le monde n'est pas de même !

— Allons, console-toi, j'arrangerai cela !

— Oh! non, c'est tout arrangé, il ne veut pas de moi; il me l'a parfaitement dit.

— Il est difficile, mons Jasmin..

— Il prétend que je suis trop gentille pour lui, et que j'ai de si jolis yeux qu'il craindrait de ne plus voir que par eux..

— Pour un rustre ce n'est pas mal tourné. Mais il est à si bonne école! Sache donc que le vidame va revenir, qu'il n'a jamais eu plus de confiance en ma... candeur, enfin...

— On sonne, mademoiselle.

Justine revint une minute après. C'était M. d'Estissac. Il attendait dans le salon voisin, que mademoiselle Sainte-Foy voulût le recevoir. Il ressemblait à un soleil, tant il était chamarré sur toutes les coutures.

La comédienne passa, sans se presser, un déshabillé du matin, le plus galant qu'il se put, s'ajusta deux mouches, se lissa les sourcils avec un cosmétique onctueux, passa à travers ses longs cils un atome de sublimé du harem, qui donna à son regard l'éclat et la langueur réunis. Elle se posa sur la chaise longue, comme elle eût fait au théâtre pour un lever de rideau.

Justine ouvrit la porte à deux battants, souleva la portière et annonça d'une voix importante :

— Monseigneur le vidame d'Estissac !

Mademoiselle Sainte-Foy tenait un mouchoir de dentelle, dont elle se masquait aux trois quarts le visage, et dont il semblait qu'elle s'essuyât les yeux.

Le vidame, en proie à une émotion dramatique, s'arrêta, une jambe en l'air. Justine le poussa en avant en lui soufflant à l'oreille :

— Votre nom seul la fait pleurer, monseigneur ! Tâchez de la consoler !

— Je la consolerai ! répondit-il majestueusement.

À son extrême regret, la soubrette dut sortir, pour se

Tu as ouvert ce meuble ? dit Ferrières. (Page 127.)

contenter d'écouter à la porte la conversation palpitante qui allait suivre cette mise en scène.

XVIII

LE COUVENT DE LA RUE SAINT-JACQUES

Sur ces entrefaites, Jasmin rentra près de son maître. Le premier mot de celui-ci fut clair autant que bref :

— Où as-tu mené la petite ?

— Geneviève ? reprit le serviteur sans le moindre embarras, chez son père.

Les sourcils de Ferrières commencèrent à se croiser. Un frisson désagréablement nerveux agita ses lèvres. Il s'efforça d'avoir mal entendu :

— Tu dis ?...

— Que j'ai remis cette jeune fille à ses parents.

— C'est impossible !

— Que devais-je donc en faire ?

— Sarpejeu ! ne prends pas des airs niais qui ne sont plus de mise entre nous. Pourquoi cette trahison ?

— Trahison, monsieur le marquis?... Je proteste.

— Ne proteste pas, explique-toi.

— J'aime cette enfant.

— Toi !...

— Oh ! ne me comprenez pas mal ! Je l'aime, comme j'aimerais ma fille, car je suis presque son père d'adoption, je suis son plus ancien ami.

— Qu'est-ce que cela me fait !

— Permettez, monsieur le marquis, si mon affection pour cette jeune fille ne vous touche en rien, elle m'impose des devoirs à moi.

— Des devoirs !... Les devoirs de monsieur Jasmin, vis-à-vis de mademoiselle Navelier !...

— C'est peut-être très-risible... pour monsieur le marquis ; — pour moi, c'est grave.

— Insolent !

— Je suplie monsieur le marquis de m'entendre jusqu'au bout, certain que nous tomberons d'accord.

— As-tu juré de te jouer de ma patience, ou bien, parce que tu te crois en possession de certains secrets ?...

Jasmin repoussa ces deux suppositions par un geste énergique.

— Alors, qu'est-ce, voyons, parle !

— Je ne demande que cela, mais monsieur le marquis m'interrompt à chaque mot.

— Oh ! gronda Ferrières, n'abuse pas ! Puisque tu m'as espionné, tu sais ce que je puis.

— J'ai observé monsieur le marquis, j'en conviens. Mais si j'eusse été un espion, un traître, aurais-je attendu jusqu'ici pour abuser de mes découvertes? Quoi qu'il arrive, quoi que j'aie pu savoir, la tombe n'est pas plus muette que je ne le serai. Je prends cet engagement avec assez de liberté pour qu'on y croie.

— Tu m'as trahi cependant, en cette circonstance, en m'enlevant cette jeune fille.

— Avais-je pris l'obligation de vous la livrer?

— Mais c'était bien une obligation tacite, du moment que je t'associais à mes efforts.

— Permettez ! C'est moi qui suis venu vous chercher, vous révéler sa retraite; moi qui vous ai conduit.

— Très-bien! monsieur Jasmin prenait le marquis de Ferrières pour son instrument !

— Ne vous emportez pas, monsieur, nous ne nous entendrions plus, et je tiens à ce que nous nous quittions en bon accord.

— Nous quitter?

Ferrières était excellent appréciateur des hommes et de leurs services. Il mit dans cette exclamation plus de regret encore que d'étonnement. La tournure, la cause même de cette explication assez vive entre lui et son valet de chambre, ne diminuait pas à ses yeux l'importance, la réalité de ses services. Depuis environ quinze ans, il n'avait eu qu'à s'en louer. Il sentait qu'il ne le remplacerait jamais.

— Sur ma foi de chrétien, répondit le serviteur, j'en éprouve un déplaisir sincère. Il y a dans le caractère hardi, dans l'humeur insouciante, mais profonde, de monsieur le marquis, un attrait qui m'attachait à lui. Aussi, quant à ses relations, ses actes, en dehors de ce qui concernait son existence de gentilhomme, me suis-je toujours appliqué à les regarder comme non avenus pour moi.

— D'où vient alors ta détermination subite?

— Subite n'est pas le mot; en entrant chez monsieur le marquis, elle existait. Seulement, votre personne et les circonstances m'ont attaché. Je savais que vous aviez la main sur un misérable, auquel ma haine, la seule que j'aie ressentie de ma vie, était implacablement liée. En me maintenant auprès de vous, j'étais sûr de voir arriver l'heure où vous emploieriez ce scélérat à quelque œuvre qui amènerait sa perte, et je souhaitais vous y aider.

— Ah oui, cette rancune contre Robert!

— Eh bien, monsieur, mes prévisions se réalisent de tout point. Vous allez lancer ce Robert dans une entreprise que je ne connais ni ne veux connaître, mais qui me cause d'insurmontables terreurs, à cause même du mystère qui l'enveloppe, des personnages qui vous y poussent et de l'instrument auquel vous vous adressez : je souhaite n'y figurer en rien, ni de près ni de loin.

— Et pour cela tu veux être en dehors même de ma maison ?... je te comprends... je n'insiste pas pour te retenir au moment du danger... *La cause* triomphera; et alors, souviens-toi que tu peux rentrer chez moi, ici ou ailleurs, plus haut, je l'espère bien !... Toutefois, une explication encore ; tu me la dois.

— Sur mademoiselle Navelier?...

— Oui.

— Vous souvient-il, monsieur le marquis, de notre convention, de votre promesse solennelle, si je vous ramenais l'homme que vous cherchiez en vain?...

— Je me les rappelle.

— Ce que je réclame pour acquit de cette promesse discrétionnaire, c'est l'abandon de toute prétention de votre part sur mademoiselle Navelier.

— Aïe!... exclama Ferrières comme piqué par un dard aigu.

— J'ai tenu mes engagements, monsieur le marquis.

— Sarpejeu ! tu exiges là un fier sacrifice !... allons, il ne sera pas dit que le maître se laissera distancer par le serviteur : je tiendrai les miens. Je t'absous de la conduite, je renonce à m'occuper de ta protégée, — ou plutôt, en vrai gentilhomme, si elle a besoin de moi encore, je la servirai sans arrière-pensée.

— Merci, mon cher maître !... s'écria Jasmin avec effusion, puis, il ajouta tout bas avec amertume: — Quel dommage !...

— Plaît-il, tu dis ?...

— Je dis quel dommage qu'un homme tel que vous, capable de si grandes choses...

— Ami Jasmin, prononça avec une dignité vraiment patricienne le marquis, la grandeur du but justifie les moyens douteux. Une intrigue de boudoir m'a éloigné de la cour, — un coup de tonnerre m'y ramènera. — Je te rends la liberté.

— Et moi, je me tiens à la discrétion de monsieur le marquis, pour tous les services qu'il voudra me demander en dehors de l'objet qu'il connaît mieux que moi. Je m'installe pour un temps encore à Paris, il saura mon adresse et disposera de moi.

— Sarpejeu ! s'écria Ferrières, tu es un brave garçon; quelque chose me dit que nous n'avons pas fini à tout jamais ensemble. En attendant, il me faudra me contenter de ce fripon de Gauthier.

— Je vous servirai jusqu'à son installation... Et... tenez, on frappe, je vais ouvrir.

Il reparut bientôt :

— C'est, dit-il, M. d'Estissac, en grand apparat ; il veut absolument parler à monsieur le marquis.

— Peste de l'importun !... Enfin, qu'il vienne.

Le vidame entra, les bras ouverts pour le serrer plus vite sur son cœur :

— Ce cher ami ! s'écria-t-il, cape di Dious! qu'il me tardait de l'embrasser !

— Vidame, vous me comblez...

— Jamais, jamais assez!... ah! mon très-excellent! quel bonheur je vous dois!...

— En vérité...

— Je sors de chez Angélique.

— Ah! ah!...

— Elle a tout pardonné, tout oublié; tout!

— Vous m'en voyez ravi.

— Quel cœur!... quelle âme!... quelle sensibilité!... comme elle est belle quand elle pleure!...

— Ah! elle a pleuré?

— Des perles!... enfin nous nous sommes expliqués... tout s'est éclairci de la manière la plus limpide... vous aviez raison... j'étais un sot!

— Je vous le disais et vous ne vouliez pas me croire.

— Je le crois à présent... ah! mon fidèle Frédéric, que je suis heureux!

— Je comprends, reconnaître l'innocence d'une personne qu'on aime...

— Bagasse! mieux que cela! mieux que cela!...

— Hum! fit le marquis ouvrant l'oreille; douces paroles sorties d'une bouche si pure...

— Mieux que cela, per Bacco! mieux que cela.

— Diable! murmura en a parté Ferrières, et plus haut il reprit:

— Une charmante qui se laisse presser, qui répond à une tendre étreinte?...

— Démonio, mieux que cela!

— Sarpejeu! quoi donc?

— Elle m'épouse!

— Par la morbleu, je ne m'attendais pas à celle-là!

— Elle m'épouse, je l'épouse, nous nous épousons!

— Vous vous éposez!...

— Nous avons signé un engagement, un projet de contrat, avec donation mutuelle, nous mettons tout, tout en commun!...

— Vous m'attendrissez!

— Séance tenante, j'ai envoyé l'écrit chez mon notaire, pour qu'elle n'ait pas à s'en dédire.

— Voilà ce qui s'appelle mettre hache en bois.

— Quand il s'agit d'être heureux, mon bien excellent ami!

— C'est juste, vous le serez, vous le serez!

— Et c'est à vous que je le devrai. Aussi ai-je voulu vous en instruire le premier.

— Vous m'en voyez profondément ému.

— Et puis, j'ai un service à vous demander.

— Demandez, vidame.

— C'est Angélique qui m'envoie.

— Je n'ai rien à refuser ni à elle ni à vous.

— Elle exige que vous soyez mon garçon d'honneur.

— Assurez-la que c'en est un que j'accepte avec plaisir et reconnaissance.

Disons de suite, pour n'y plus revenir, que ce mariage, parfaitement accueilli par la souveraine de la cour de Trianon, se célébra avec toute la pompe imaginable, car il était trop dans les goûts et les usages du jour pour qu'il en fût autrement.

Quant au sort de ce digne vidame, il devint ce qu'il devait devenir. Ce n'est pas nous qui le plaindrons.

Le valet de chambre démissionnaire ayant rencontré Gauthier l'installa en son lieu et place, et signala son affranchissement en laissant à son successeur ce nom usuel de Jasmin, pour reprendre afin de ne plus le quitter celui d'André.

Le soir, suivant les conventions arrêtées, il se présenta au *Rouet d'argent*, pour emmener Louis, auquel il avait préparé une cachette sûre, en usant de son ascendant sur le jardinier-cuisinier du collège de la rue Saint-Jacques.

Le retour des deux jeunes gens au logis paternel était toujours un secret. Les agents de M. Berryer, si singulièrement mystifiés une première fois, laissaient le quartier tranquille, de peur de tomber dans une nouvelle méprise. Quelle vraisemblance, d'ailleurs, que l'objet de leurs recherches oserait précisément s'y réfugier? — En ce monde, rien ne sert comme l'audace. On chercha le fugitif partout, excepté où il était.

La confiance de nos amis envers André, — il est convenu qu'il ne s'appellait plus Jasmin, — leur permit de voir Louis s'éloigner sans inquiétude, quoiqu'ils ignorassent où il se rendait.

Le jeune homme, non plus, n'était pas inquiet, et cependant il se sentait le cœur gros; sa mère, dans le peu d'instants qu'elle avait pu rester seule avec lui, lui avait rappelé les obligations prises. Il s'éloignait avec la résolution de ne plus entrer sous ce toit béni, où restait après lui tout le bonheur de sa vie.

Mais il sut se contenir; lorsque maître Navelier, lorsque Geneviève, Bucdussée, jusqu'à la vieille servante, lui firent leurs adieux, en lui disant:

— A bientôt!... Au revoir!

Il trouva la force de sourire pour répéter:

— Au revoir! A bientôt!...

Le dernier baiser fut celui de Geneviève. Elle colla ses lèvres à son oreille et lui dit:

— Tu m'as sauvée, je te sauverai!

Il lui sembla même qu'elle ajoutait quelque chose, deux syllabes:

— Je t'ai...

Mais elle les prononça si bas, elle eut si grand'peur d'achever, elle se retira si vite, pour cacher son visage purpurin, qu'il ne sut point si elle avait réellement commencé ce mot interrompu.

Quand André l'entraîna, que la porte se fut refermée, il s'arrêta dans la rue déserte pour regarder en arrière.

— Adieu, chère et sainte maison, dit-il; adieu, toi, qui abritas mes deux mères... garde ce que j'ai de plus précieux... Nous ne nous verrons plus... Ah! pourquoi les balles de ces bandits m'ont-elles épargné hier dans la forêt!...

— Mon enfant, dit André, qui réussit à le détacher de cette place, si vous fussiez mort, que serait devenue votre mère?

Il ne répondit pas, courba la tête, et se laissa conduire sans plus prononcer un mot. Maintenant que Geneviève ne courait plus de danger, le courage surhumain qui l'avait soutenu pendant l'épreuve cédait à l'anéantissement. Mais dans cette douleur, il n'y eut pas, disons-le, l'ombre d'un reproche, ni d'une révolte contre les volontés inexorables de sa mère.

On sait où André conduisait le proscrit. Robert, prévenu dans la journée, se tenait derrière la petite porte du jardin pour le recevoir. Ce qui manquait le moins dans cet immense établissement, c'étaient les lieux secrets et mystérieux, dont les familiers seuls connaissaient les détours.

Avec son esprit inquiet, aventureux, hardi jusqu'à l'exaspération, expert, comme André, par suite de son premier métier, dans l'art de manœuvrer les serrures et les verrous, Robert ne devait rien ignorer de ces arcanes sinistres.

— Voici celui qu'il faut sauver, lui dit André; le

maître l'ordonne, et ton propre intérêt doit t'y pousser aussi, à toi qui te vantes d'opinions hardies.

— Qu'a donc fait ce jeune homme ? demanda Robert.

— Il a bravé en face les puissants de ce monde... L'émotion populaire de l'Opéra, c'est lui qui l'a dirigée... Les reproches sanglants qui ont souffleté le monarque débauché, c'est lui qui les a lancés.

Le visage de Robert s'empourpra.

— Jurez-moi que vous avez fait cela, jeune homme, dit-il.

— Oui, répondit Louis en se redressant avec fierté, je l'ai fait... Je le ferais encore!...

— S'il en est ainsi, à quoi bon tant de discrétion pour réclamer un asile ici? — Vous êtes sur un terrain où l'on a aussi en haine les impies et les tyrans... où l'on protége les persécutés, où l'on recueille les victimes... Ce n'est pas moi qui vais vous donner abri, — c'est plus grand, plus puissant que moi. — Ah! continua-t-il, se parlant à lui seul, la terre verra avant peu des choses qui l'épouvanteront !...

André écoutait avec un frémissement. Il entrevoyait dans ces propos une aggravation des perspectives tragiques qui l'avaient décidé à quitter le marquis de Ferrières.

— Laisse-moi ce jeune homme, dit-il, ce sera la première fois qu'il y aura eu une œuvre commune entre nous.

— Et la dernière... murmura André.

Il échangea une accolade avec le proscrit et s'éloigna.

— Ah! vous avez fait cela, vous, un enfant !... reprit Robert avec une admiration où l'on eût dit que perçait une pointe de jalousie. Non! non! l'on ne vous abandonnera pas !... Il ne faut point abandonner ceux qui poursuivent l'œuvre réparatrice. Venez, jeune homme, venez hardiment.

Il l'entraîna d'un pas rapide à travers les jardins, les cours, les constructions, jusqu'à une galerie du bâtiment réservé aux religieux.

Tout, sous le cloître, prenait à cette heure surtout de lugubres aspects. Cette galerie immense ne recevait de lumière que par une petite lampe allumée, jour et nuit, à l'une des extrémités, devant une niche renfermant une image de la Vierge.

Des portes de cellules, toutes surmontées d'une simple croix de bois noirci, se montraient à droite et à gauche. Sur quelques-unes on lisait des sentences ascétiques, empruntées aux plus sombres pages de l'*Imitation de Jésus-Christ*.

Au-dessus de l'une d'elles, on remarquait un écusson, en forme de pierre tombale. On lisait en caractères rouges, au milieu de trophées figurant des ornements et une tête de mort, blancs sur fond noir :

« L'essentiel est d'embrasser la croix; tout dépend d'en mourir. » (*Imit.*, liv. II, chap. XII.)

Robert frappa à cette porte; c'était la seule sous laquelle filtrait de la lumière.

Cependant, comme on ne répondait pas, il frappa de nouveau.

Enfin, il se décida à tourner la clef et à ouvrir.

Cette cellule avait le double des autres en grandeur. Elle était entièrement tapissée de rayons remplis de cartons et de livres. Dans un angle se trouvait un lit de trappiste, un matelas sur des planches.

Un homme, noir de la tête aux pieds, car la capuce de son froc était rabattue, écrivait assis devant une table. Il avait à sa droite une montagne de lettres ouvertes, et à sa gauche les réponses qu'il y faisait. Leurs formes, leur couleur, leurs cachets indiquaient qu'elles venaient de tous les coins du monde.

Dans l'ardeur de son occupation, il n'avait pas entendu frapper ni ouvrir, mais le vent introduit par la porte ayant agité sa bougie, il leva la tête.

Louis et son guide se tenaient debout sur le seuil. On ne voyait du visage de ce religieux que l'extrémité de sa barbe grisonnante, et sa prunelle luisant au fond de sa capuce comme deux charbons ardents.

Il n'avait pas l'habitude de s'étonner, et les fixa plusieurs secondes sur ces visiteurs tardifs avant de leur adresser la parole.

— Que voulez-vous? dit-il enfin.

— Asile pour ce jeune homme, répondit Robert.

— Asile?... Quels sont ses droits?

— Il est persécuté par les Philistins.

— Que veulent-ils?

— Sa vie.

— Qu'a-t-il fait?

— Acte d'héroïsme.

Les deux charbons lancèrent deux éclairs.

— Parlez, monsieur, vous êtes devant un confesseur.

— Je n'ai rien à cacher, mon Révérend, repartit Louis, avec feu; — ce que j'ai fait, je l'ai fait à la face de tous!

— C'est peut-être là votre tort... prononça lentement le moine.

Robert crut devoir intervenir pour abréger :

— Mon Révérend, ce jeune homme s'appelle Louis, — c'est le chef de la dernière émeute.

Le moine eut comme un tressaillement.

— Avancez, dit-il au jeune homme, prenez ce siège.

Puis, il adressa un geste à Robert, qui se retira en fermant la porte, et il darda sur notre héros un regard qui devait le pénétrer jusqu'au fond de l'âme, mais celui-ci soutint sans changer son attitude modeste et digne.

Entre chaque regard et chaque phrase se succédait une pause qui rendait cette entrevue plus solennelle.

— Est-ce que vous aviez résolu de tuer Holopherne? demanda le moine, dont l'accent ne trahissait aucun trouble.

Cette placidité morne, empêcha tout d'abord Louis de comprendre. Lorsqu'il comprit, il sentit quelque chose de glacé lui passer par les veines.

— Mon père, répondit-il avec un certain frisson, savez-vous ce que cet homme et cette femme avaient fait !...

— Je le sais, dit le moine, auquel cette manière évasive de répondre ne parut pas déplaire.

— Croyez-vous, poursuivit impétueusement le jeune homme, que la révolte soit permise quand la provocation, à ce point infâme et cruelle, vient de ceux-là auxquels le ciel ordonne de protéger les faibles !

A son tour, le religieux répondit par une autre question; car il était singulièrement instruit des détails de l'affaire.

— Vous aimez beaucoup cette jeune Geneviève?

Un spasme, qu'il ne prit pas cette fois la peine de dissimuler, traversa les traits de notre jeune ami.

— Je l'aime comme un frère, répondit-il; sur mon honneur, j'ai fait serment de ne pas la re ...

— Mon fils, si votre douleur devient trop cuisante, la consolation émane de Dieu... Vous réfl rez là-dessus. — Avez-vous, dans le monde, un soutien, un protecteur?...

— Je suis le filleul de monseigneur le dauphin.

A ce mot, le religieux écarta sa capuce et considéra son interlocuteur avec une bienveillance croissante.

— Son Altesse vous connaît?...

— Je lui dois tout, car, mettant le comble à sa magnanimité, elle n'a pas craint, pour me faire rendre justice, à moi, pauvre vermisseau, d'affronter la colère de son père.

— Je sais... le dernier échec de notre généreux prince auprès du roi... Ah! c'était sur vos instances!... Mon fils, la main d'en haut conduit toutes choses... C'est elle qui vous a porté à me demander refuge... Vous êtes le filleul protégé de Son Altesse, moi, je suis son directeur.

« Mais il importe de vous soustraire, pour un temps du moins, à la vigilance haineuse de l'ennemi commun. Cette pieuse maison, consacrée à la prière, n'est pas à l'abri de leur rage ni de leur méfiance. Nous possédons heureusement des retraites qui les défient. Je vais vous les ouvrir.

« Vous promettez de n'en jamais révéler le secret? »

Louis étendit la main sur un crucifix appendu en face de lui, à la muraille.

— Mon père, dit-il, le Christ sait que je ne suis ni lâche, ni ingrat.

— Prenez ce flambeau, et quelque terrifiant que vous paraisse ce que vous allez voir, soyez sans crainte, à votre tour, — ces mystères n'en assureront que mieux votre salut.

Il sortit avec lui de la cellule et lui fit traverser de nouveau la longue galerie.

Ici, nous ouvrons une courte parenthèse pour inviter le lecteur à ajouter une foi entière dans la description qui va suivre, car nous l'empruntons, presque dans son texte, à l'un des plus populaires historiens de la ville de Paris.

Le moine, ayant rabattu sa capuce, emmena d'un pas grave, et sans lui adresser d'autres mots que les indications indispensables, le filleul du dauphin à travers une longue suite de bâtiments, jusqu'à celui de l'infirmerie.

Un escalier s'offrait à eux, mais au lieu de le gravir, ils le tournèrent, franchirent une porte surbaissée, percée au-dessous, et entrèrent dans une salle ou plutôt dans un caveau voûté, en contre-bas du sol extérieur, recevant de l'air et de la lumière, — en ce moment celle de la lune, — par d'étroites meurtrières, percées dans le haut, au ras de la voûte.

L'aire en terre battue, couverte de sable, sembla à une certaine place résonner sous le pied des deux explorateurs.

— Je vous rappelle votre parole, dit le religieux; ce que je fais pour vous, nul de mes prédécesseurs ne l'a fait pour personne.

— Si vous doutez de moi, mon révérend, répondit Louis, abandonnez-moi.

— Le filleul protégé du dauphin, le brave cœur qui a su affronter publiquement le philistin et l'impie, a droit à un privilège inusité.

Le moine se baissa à ces mots, il écarta de la main un peu de sable et rencontra un anneau dans lequel il passa le doigt; — c'était l'ouverture d'une trappe en bois.

Un escalier large, facile, était devant eux, les invitant à descendre. Dans la situation élevée du couvent, le sol n'était ni humide, ni spongieux, aussi les marches et les parois n'offraient-elles pas ces moisissures, ces filtrations qui prêtent d'ordinaire aux endroits souterrains une apparence répulsive. Et cependant, malgré cet aspect décent, salubre, le filleul du dauphin éprouva un serrement de cœur, comme s'il descendait dans un sépulcre.

A cette époque de révolte contre les anciens abus, contre la barbarie du fanatisme, on commençait à mettre à nu les farouches pratiques des cloîtres. Les Parlements, trop souvent complices des réquisitions de l'Inquisition, dans les temps barbares, entraient résolûment dans la voie de l'émancipation des consciences. Après avoir trop bien servi la superstition, ils portaient la lumière au fond de ses abus.

Louis avait, comme tout le monde alors, le monde des grandes villes au moins, entendu parler des rigueurs claustrales, des cachots, des prisons illégales, où les ordres religieux, persistant à se soustraire au droit commun, plongeaient leurs membres coupables ou révoltés. Il ne lui fallut pas beaucoup de réflexion pour comprendre que, par une bizarrerie du hasard, ces lieux de supplice et d'exécration allaient lui servir d'abri.

L'escalier aboutissait à une vaste salle voûtée, à l'entrée de laquelle une lampe d'église descendait, suspendue à une chaîne de fer. Jamais l'air extérieur n'avait pénétré jusque-là. Celui qu'on y respirait, chargé des émanations de cette lampe, vous causait une oppression voisine du cauchemar.

L'endroit était lugubre; tout bruit y était étouffé; les pas ne rendaient aucun son contre les dalles qui le carrelaient. Elles offraient un damier ou une mosaïque de pierres blanches formant une croix de Saint-André sur un fond de pierres noires.

La fumée assidue de la lampe avait fini par déposer sur la voûte une couche pareille à un drap mortuaire étendu sur ce redoutable gouffre.

Il était bordé de dix portes de chêne et de fer, ouvrant sur autant de caveaux voûtés, alors rigoureusement clos, et dans lesquels l'œil de cet hôte profane ne devait pas plonger. Ces caveaux, d'une longueur de sept à huit pieds, avaient pour principal ustensile un fort anneau de fer scellé dans le mur. Les accessoires se composaient de paille, — et pas toujours encore! — d'une cruche d'eau et d'un crucifix.

Un pilier carré, massif, grossier, dressé du sol à la clef de voûte, soutenait celle-ci. Ses quatre faces présentaient autant d'anneaux de fer. Sur chacune d'elles on avait peint une croix rouge. La base de ce pilier formait un degré ou un banc, sur lequel la victime attachée aux anneaux pouvait s'asseoir. Cette salle, qui laissait deviner tout un monde de tortures, était alors déserte.

A la lueur de son flambeau, plus qu'à celle de la lampe, qui, à cause du pilier, n'éclairait que la partie antérieure, celle qui faisait face à l'escalier, Louis distingua sur chaque porte de cellule un trophée mortuaire, des os en sautoir, sous une tête de mort, comme on a coutume d'en graver sur les tombeaux.

— Mon fils, lui dit son guide, je pourrais vous offrir un séjour plus agréable, mais non plus sûr. Prenez courage, patience, je parlerai de vous à votre glorieux parrain; je réponds de votre personne, et je suis certain que de son côté il cherchera à vous prouver de nouveau sa protection. S'il n'obtient pas votre grâce, si quelque événement providentiel ne change pas le cours fragile des destinées humaines, nous aviserons à vous faire gagner sans danger la frontière.

- Dans ce lieu redoutable, la voix, comme tout autre bruit, n'avait ni écho, ni retentissement.

— Mon père, je ne sais comment vous remercier...

— Vous ne me devez aucun remerciment; quiconque sert la bonne cause a droit à l'aide des serviteurs du Très-Haut.

« Je vais vous laisser, mais auparavant écoutez-moi : il ne serait ni prudent ni possible que je vinsse vous rendre de fréquentes visites, et cette retraite n'est connue dans le monastère même que de moi et des membres du chapitre. Regardez là. »

Son doigt lui désignait à la voûte, dans la partie obscurcie par le pilier, une ouverture étroite, fermée par un grillage de fer.

— C'est par là qu'on vous descendra dans une corbeille ce dont vous aurez besoin. Fiez-vous à ma sollicitude, vous ne manquerez ni de lumière, ni de livres, ni de nourriture.

« Un dernier mot : Si des rumeurs vagues, des voix ténébreuses arrivaient jusqu'à vous à travers le silence de la solitude, n'en concevez ni crainte, ni souci. Il arrive à certains de nos frères de passer leurs nuits dans la pénitence, dans les épreuves qui mortifient le corps afin d'épurer l'âme. Ce que votre oreille abusée par l'acoustique prendrait pour des sanglots, ne serait que le cri de la ferveur, l'aspiration vers une vie moins dure.

« Demeurez donc, mon fils; méditez sur les vanités humaines, peut-être vous sera-t-il donné de vous élever jusqu'à la renonciation qui fait le vrai chrétien... *Fiat lumen !* »

Il étendit les mains sur le proscrit incliné, puis remonta lentement l'escalier, du haut duquel il lui cria de sa voix austère :

— *Vade in pace.*

C'était la sentence sacramentelle qu'on adressait à tous ceux qu'on enfermait dans ce sépulcre !... *Allez en paix !...* Pour la première fois, ces trois mots retentissaient ici prononcés dans un sens évangélique et charitable.

Le filleul du dauphin était enfermé dans l'*in pace* du couvent!

XIX

L'OBSTACLE

Si la joie causée par le retour miraculeux de Geneviève fut vive non-seulement dans sa famille, mais parmi les amis de maître Navelier, dans le quartier Saint-Denis et jusque dans la partie considérable de la ville qui s'était émue de son enlèvement, on devine par quel accès de dépit, de rage venimeuse, on l'accueillit à Choisy-le-Roi.

Pour le coup, la destitution du lieutenant général de police fut résolue; on ne le maintint en fonctions que pour prendre le temps de lui trouver un successeur.

Ainsi qu'il arrive à la suite de toute explosion violente, le calme succéda à ce coup hardi, si promptement exécuté, au lendemain d'une révolte où l'on avait pu trembler un moment pour la sûreté du monarque, qui y avait perdu, sinon la vie, du moins les derniers débris de son prestige.

On lui laissa ignorer le côté vraiment politique et sérieux des événements, on en étouffa tout écho sous le bruit croissant des fêtes. On accumula les plaisirs.

Choisy devint un palais enchanté, où l'on inaugura ces fameuses *tables volantes*, inventées pour répondre à la répugnance qu'avait toujours éprouvée le roi, par un reste de dignité, héritage de son aïeul, à se montrer en débraillé à la domesticité.

Les machines du pavillon de la rue Saint-Médéric n'étaient que l'enfance de l'art, auprès de celle de Choisy. Les plafonds pratiqués à jour s'ouvraient sous les yeux des convives, vers lesquels montaient les tables toutes dressées. Le service fini, il suffisait de presser un bouton, la table rentrait dans le plancher pour faire place à un autre apportant le service suivant.

L'image de Geneviève n'avait pas laissé dans l'esprit du voluptueux souverain une impression assez vivace pour que d'autres plus complaisantes ne lui permissent pas de l'oublier. Pour le reste, il s'efforçait de l'effacer également de sa mémoire, autant pour s'épargner des réflexions déplaisantes, que pour éviter de songer au châtiment capital encouru par les coupables. Il était ennemi du sang.

Un des actes les plus graves de cette période d'assoupissement fut l'envoi à la Bastille du comte de Charollais, rigueur parfaitement justifiée, qui n'affligea personne.

L'humeur tracassière, indocile, de ce seigneur refusait de s'accommoder du temps d'arrêt imposé par les circonstances au complot auquel il s'était rallié si hardiment. Il se répandit en de tels excès de paroles, en de si graves provocations contre les agents les plus élevés du pouvoir, il se plaignit avec tant de violence dans les lieux publics de l'insuccès de la dernière échauffourée, qu'un beau soir, au retour d'une orgie, il fut empoigné à l'entrée de la rue des Francs-Bourgeois, par une escouade du guet, apostée là à son intention.

Sa détention devint pour lui un bonheur, car elle l'empêcha de se mêler aux nouveaux plans des conspirateurs de la rue Neuve-Saint-Eustache, dans les derniers mois de l'année.

Lorsque Choiseul annonça cette mesure au roi.

— Sire, lui dit-il, nous avons agi dans l'intérêt de votre royale personne, menacée par un membre même de sa famille.

— Plût à Dieu, répondit Louis, sur les traits duquel reparurent à ce mot les rides funestes creusées par un soupçon rougeur ; plût à Dieu QUE CE FUT LE SEUL !...

Le mot était si terrible que le favori n'osa pas le relever, mais il le recueillit et se le rappela trop bien plus tard.

La saison s'avançait, l'usage plus encore que les devoirs, au dessus desquels ce prince se mettait aisément, exigeait le retour à Versailles ou à Trianon; quant à Paris il était irrévocablement rayé de l'itinéraire royal.

André vint un jour annoncer à Jeanne que le roi quittait Choisy le lendemain. On le disait revenu à sa liberté d'esprit. Aucun rapport désagréable ne le troublait depuis un certain temps son repos. Il avait informé la reine, madame Victoire, le dauphin et la dauphine qu'il dînerait avec eux à Versailles. La circonstance paraissait opportune pour solliciter la grâce de Louis, auquel sa réclusion monacale pesait singulièrement.

Le directeur du dauphin, exact à sa promesse, et se croyant engagé par un devoir de conscience, dont les actes de l'époque donneront mieux que nous l'explication, à s'employer en faveur du jeune homme, qui, suivant son expression, avait osé braver Goliath ou Holopherne, avait parlé en sa faveur au prince.

Celui-ci, disposé déjà par sa nature généreuse autant que par son estime pour son filleul, n'attendait que l'occasion d'agir avec chance de succès.

Peu de jours après le dîner de Versailles, qui fut exceptionnellement cordial, il vit arriver chez lui Jeanne accompagnée d'une jeune fille qu'il reconnut sans qu'elle levât le voile dont elle se couvrait la tête.

Avec cette grâce qu'il possédait à un si haut point et qui double le mérite d'un bon accueil, il n'attendit pas qu'elles s'expliquassent.

— Je sais ce qui vous amène, pauvres femmes, dit-il.

L'émotion leur ôta la faculté de répondre, cette démarche allait être décisive ; elles ne purent que pleurer et balbutier :

— Monseigneur, rendez-nous-le !...

— J'y vais travailler, répondit-il.

Il fit venir le comte du Muy.

— Tu vas, lui dit-il, te rendre sur l'heure à Trianon ; la marquise et M. de Choiseul sont absents jusqu'à ce soir, ils ne nous gêneront pas. Vois le roi, et annonce-lui que je suis en route, pour venir solliciter de lui une faveur, qui ne touche en rien aux affaires de l'État, et dont je lui garderai une reconnaissance extrême.

« Ajoute, que je mène avec moi une cliente, dont la grâce, je l'espère, ne le laissera pas insensible.

M. du Muy ne reculait jamais devant une mission de cette nature. Il prit l'avance nécessaire et fut assez heureux pour rencontrer le roi dans le parc de Trianon, où il se promenait de fort belle humeur, en compagnie de M. de Machault, du duc d'Ayen, de M. d'Argenson et de quelques aimables femmes, telles que mesdames de Mirepoix et de Soubise, auxquelles madame de Pompadour, en s'absentant pour une demi-journée, avait confié le soin de distraire son royal esclave.

Ce petit cercle ne vit peut-être pas de très-bon œil arriver le confident du dauphin ; mais le roi qui méditait déjà de l'envoyer à la tête de nos armées d'Allemagne, qui réclamaient un lieutenant général plus fort que le maréchal d'Estrées, — le roi lui montra un visage si favorable, que les courtisans s'empressèrent de se modeler sur lui.

— Vous avez quelque chose à me dire, comte ? lui demanda Louis.

— Deux mots à Votre Majesté seule.

Le roi éloigna d'un petit geste gracieux son entourage.

— Une requête du dauphin, une jeune et jolie cliente ?... dit-il après avoir écouté le messager, — et pas de politique surtout !... Je suis prêt à recevoir votre maître, ici même, s'il n'y voit pas d'inconvénient.

Un quart d'heure après, le dauphin conduisant Geneviève, qu'il avait obligée de poser sa petite main tremblante sur son bras, pénétrait à son tour dans le parc ; Jeanne agenouillée dans la chapelle de Versailles, attendait en priant le résultat de l'entreprise.

Le prince laissa sa jeune compagne cachée derrière un massif de verdure, et joignit son père, à dix pas de là, sur le bord du petit lac, où il s'égayait aux ébats des cygnes.

Pour la seconde fois, dames et gentilshommes s'écartèrent discrètement, fort tourmentés par ces apparitions, en l'absence de la favorite.

Le roi tendit la main à son fils ; mais en dépit de ses dispositions particulièrement affables ce jour-là, il n'alla pas jusqu'à l'embrasser.

— Prince, lui dit-il, soyez le bienvenu. Mais, d'après votre ambassadeur, vous deviez nous arriver en compagnie ?

— C'est vrai, sire ; une pauvre enfant qui n'ose se présenter devant un roi !

— Eh bien, allons au-devant d'elle.

Quand la royauté n'était pas en jeu, c'était toujours la grâce bienveillante de l'homme qui reparaissait.

Il fit deux pas vers le massif, mais le dauphin, pour lui épargner le reste, s'élança vers Geneviève et l'amena vivement.

— Voici le roi, lui dit-il.

Elle tomba à genoux, toujours voilée, sans oser lever les yeux jusqu'à lui.

— Grâce, sire, s'écria-t-elle éperdue, grâce pour le coupable !...

— Oh ! cette voix !... murmura Louis XV, et il ajouta plus haut : Rassurez-vous, mademoiselle.

— Grâce pour lui, car c'est pour moi qu'il s'est perdu !...

— Mais oui, s'écria le roi à son tour, dans une émotion qui effraya le dauphin, je reconnais cet accent... c'est elle !...

Sa main, agitée par un sentiment indéfinissable, écarta le voile qui lui dérobait les traits de la suppliante.

A ce geste, elle-même leva son regard sur lui, et cette double exclamation se croisa :

— Mademoiselle Navelier !...

— Le comte de Linanges !...

Rappelée à toutes ses épouvantes, elle se jeta en arrière, cherchant un appui auprès du dauphin.

Un sourire légèrement empreint d'amertume effleura les lèvres du roi ! Il aperçut cette enfant à laquelle sa seule vue causait un effroi mortel ; il rencontra le visage triste et inquiet de son fils, devant lequel il se sentit sur le point de rougir. Un effort de dignité le sauva :

— Non, mademoiselle, dit-il, vous vous abusez ; il n'y a ici personne du nom que vous prononcez ; il n'y a que le roi, qui vous écoute.

— Ah ! nous sommes perdus !... dit-elle en cachant son visage inondé et ses traits épouvantés.

— Sire, intervint le dauphin, d'un mot vous pouvez sécher ses larmes et faire bien des heureux.

— Eh quoi ! repartit Louis, ce mot, ne l'ai-je pas encore dit ?... Disons-le vite, alors.

Il attira Geneviève et lui murmura à l'oreille :

— Le comte de Linanges n'existe plus, mais le roi se souvient d'une jeune fille qui lui confia le secret de son cœur... Vous l'aimez toujours cet audacieux... non, reprit-il en la voyant trembler, ce brave garçon !

— Je mourrai s'il meurt !

Louis la considéra avec une admiration mêlée de regret, puis secouant la tête, pour chasser une mauvaise pensée, il répondit avec une certaine force :

— Morbleu ! je ne l'entends pas ainsi !... — Prince, ajouta-t-il en s'adressant au dauphin, j'ai pardonné...

— O mon père !...

— Mais si mon rôle est fini, le vôtre ne l'est pas ; vous ferez rechercher certain fugitif. Dès que vous l'aurez trouvé, vous l'obligerez à se marier avec... mademoiselle ! Ce sera son châtiment.

— O sire, que de bonté !

— Êtes-vous contents tous deux ?

Le dauphin saisit sa main et la baisa.

Geneviève voulut l'imiter, mais Louis l'attira doucement à lui, et l'embrassant au front :

— C'est le droit du seigneur, lui dit-il tout bas, si quelqu'un est jaloux, ce ne sera pas votre fiancé.

Jeanne priait toujours dans la chapelle, lorsque le dauphin, le comte du Muy et Geneviève, vinrent la rejoindre.

La jeune fille courut à elle, lui sauta au cou, et n'eut pas la force de parler. Mais le prince lui dit :

— Consolez-vous, digne femme, vous êtes exaucée.

— Sauvé !... gracié !... mon fils, mon Louis ! ô bonheur ! ô reconnaissance !

— Vous devez tout cela, non à moi, mais à mademoiselle, dont les larmes ont attendri le roi.

— Je vais donc le revoir !...

— Dès ce soir, le vénérable religieux qui vous l'a conservé vous le rendra. Il ne restera plus qu'à remplir une condition, que mademoiselle vous fera connaître... ajouta le prince avec un sourire fin et malicieux.

— Une condition ? oh ! de grâce, dites-la de suite, que je sache si je suis encore menacée de quelque épreuve !

— Rassurez-vous, cette fois il ne s'agit, à mon sens du moins, de rien de fâcheux. Allons, mon enfant, parlez.

Mais Geneviève, rouge comme une fraise, n'osait même plus regarder personne.

— Il faut donc absolument vous aider ? reprit le prince ; eh bien, il s'agit d'un contrat...

Jeanne mit sa main sur sa poitrine pour en modérer les secousses ; pâle, livide, elle s'appuya à un pilier.

— Ma mère !... s'écria Geneviève, qu'avez-vous ?

— J'ai... j'ai que ce mariage entre vous, Geneviève, la fille de maître Navelier, et mon fils, qui n'a pas de nom, qui n'aura jamais de père... ce mariage est impossible !

— A-t-il calculé cela, lui, quand il a risqué sa vie pour me racheter ?...

— Du Muy, dit le prince à son confident, il y a là un conflit de délicatesse ; je te charge d'arranger cette affaire, à la satisfaction de nos deux protégés.

— Je demande, repartit Jeanne, le temps de consulter un ami qui a connu mes malheurs et mon innocence.

— Accordé !... Cher comte, tu restes mon représentant, sauf pour ce fameux contrat auquel je prétends mettre ma propre signature. Je suis parrain, je connais mes devoirs.

Puis s'approchant de Geneviève restée pensive :

— S'il vous survient des ennuis, mon enfant, venez me trouver ; je n'aime pas à laisser les choses incomplètes.

Lorsque les deux femmes se trouvèrent seules, Jeanne remarqua à son tour le nuage répandu sur les traits de sa fille adoptive.

— Geneviève, lui dit-elle, ne m'accusez pas, ne m'en veuillez pas... C'est le soin de votre bonheur qui me dirige ; je voudrais qu'aucun souci ne le menaçât. Ne voulez-vous point m'embrasser ?

Geneviève lui tendit son front, mais on voyait aisément que la mutine enfant ne se rendait pas de bonne grâce à des exigences, dont son jeune esprit cherchait les raisons sans parvenir à les saisir.

Ce point nébuleux continua donc à planer sur la maison entière de maître Navelier, même lorsque le supérieur du couvent de la rue Saint-Jacques ramena son protégé sous ce toit, où celui-ci ne croyait plus rentrer jamais.

Le révérend père était alors sous le coup d'un événement capital. La semaine précédente, des malfaiteurs s'étaient introduits avec une audace et un bonheur sans exemple dans la partie la plus retirée, la plus sûre du cloître. Et sans laisser de traces, sans que les serrures fussent dérangées, sans que les portes ni les croisées portassent signe d'escalade ni d'effraction, ils avaient pénétré jusqu'au trésor de la chapelle, qu'ils avaient dépouillé avec un flair de connaisseurs.

Les objets en métaux précieux, les reliquaires ornés de pierres fines avaient seuls été enlevés. Les vases en simple dorure, les ornements de clinquant et de verroterie étaient restés intacts.

L'importance de ce vol atteignait un chiffre énorme, et les bons pères n'osaient la déclarer tout entière, car c'eût été prêter des armes aux ennemis nombreux déjà déchaînés contre leur ordre. — Que de quêtes il faudrait, que d'appels à la dévotion des fidèles pour réparer une telle brèche !

Maître Navelier, dans sa gratitude, s'inscrivit pour une somme très-ronde. — Ce dont le révérend supérieur tira cette conclusion : qu'un bienfait n'est jamais perdu.

Le lecteur n'a pas besoin que nous lui fournissions des éclaircissements sur ce vol hardi et sacrilège. Il en connaît les auteurs et le principal complice, plus favorisés cette fois que nous dans l'aventure du bois de Châtenay.

Revenons à des personnes plus sympathiques. Lorsque Jeanne consulta André sur la situation que lui imposaient ses scrupules et le désir formulé par le roi et par le dauphin, le fidèle conseiller montra un front assombri. Dans son horreur pour Robert, il comprenait, il partageait ces scrupules.

— Non jamais, s'écria Jeanne affermie dans sa résolution par son attitude, jamais je n'exposerai la fille de mes sauveurs à la honte de voir ce misérable revendiquer pour son fils le mari qu'elle tiendrait de moi !... Et que faudrait-il pour cela ?... Un de ces mille malheurs dont fourmille l'existence !... Robert vivant, Louis n'épousera pas Geneviève !

— Robert vivant, répéta lentement André, est un invincible obstacle à votre bonheur à tous... Eh bien, Madeleine, laissez passer encore un peu de temps... Ou je m'abuse fort, ou l'obstacle aura disparu...

XX

L'ATTENTAT

L'année 1756 se termina comme elle avait commencé, fort péniblement pour le pauvre monde, et surtout pour les contribuables, écrasés par les surtaxes nécessitées par la guerre d'Allemagne. Mais la dureté des temps, si elle aggravait la misère, le mécontentement des bourgeois et du peuple, n'enlevait pas une fleur aux sybarites de Trianon.

Le trafic sur les blés allait son train, et quand leur produit ne suffisait pas au gouffre sans fond des débordements du maître et des favoris, on recourait à une façon d'assignats, nommés *acquits-au-comptant*, qui grevaient déjà le trésor pour des sommes immenses.

L'hiver s'avançait non moins rigoureux que le précédent, avec une plus grande détresse des classes inférieure. La capitale était plus que jamais exploitée par des associations d'audacieux chevaliers d'industrie. Quand leurs tours étaient bons, on en riait volontiers à la cour. La mésaventure des jésuites, dévalisés de leurs joyaux précieux, avait été chantée en rimes burlesques dans les petits soupers de Choisy et de Trianon.

La police, encouragée dans son inertie, ne se donnait plus la peine de chercher d'introuvables malfaiteurs. Les chevaliers du Passepartout devenaient les héros de cent anecdotes.

Quelques temps après le vol de la rue Saint-Jacques, François-Robert, dit Saint-Jean, quitta les bons pères.

Il fut regretté par eux. On prétendit plus tard qu'ils voyaient en lui un adepte sur lequel on pouvait compter en des circonstances décisives, et la protection qu'ils lui avaient donnée devint un des principaux griefs qui servirent à leur perte.

Il ne rentra pas pour cela chez le marquis de Ferrières, trop adroit pour s'attacher un personnage compromis dans tant de méchantes affaires. Mais la main du marquis resta sur lui, partout où il se trouva ; en dernier lieu, ce fut au service d'un riche négociant de Saint-Pétersbourg, que ses opérations amenaient pour quelques mois à Paris.

Le comte de Charollais, embastillé, faisait sans ré-

Le cabaret du Petit-Bacchus.

sultat des pieds et des mains pour échapper à sa consigne, sa rage du mal s'accroissait de son impuissance. Rien ne lui coûtait pour corrompre ses geôliers. Mais si les subalternes lui accordaient une oreille complaisante, les chefs incorruptibles décourageaient toute tentative de fuite. Il fallait se borner à quelques mots de ralliement, à de mystérieuses correspondances en caractères hiéroglyphiques.

A mesure que le temps marchait, les lettres adressées à ce prisonnier devenaient plus significatives. Les redoutables personnages auxquels Ferrières l'avait affilié lui donnaient l'assurance qu'un événement considérable se préparait. Il pouvait prendre espoir, les choses ne souffriraient pas de son absence, et l'avenir ne tarderait pas à ouvrir sa prison.

Charollais répondait en mettant, sans compter, sa fortune à la disposition de ses complices.

Au milieu du mois de décembre, alors que les jours sont le moins clairs, les nuits le plus longues, de ténébreux conciliabules reprirent dans l'ancien monastère de la rue Neuve-Saint-Eustache. La salle aux murailles noires vit reparaître les hôtes taciturnes qui s'étaient prudemment abstenus, tant qu'on devait supposer la police sur ses gardes.

Au surplus, rien d'apparent, rien de saisissable. Mêmes allures de la part des mauvais pauvres, mêmes visites d'un ou deux vieux mendiants, accoutumés aux charités de M. de Ferrières. Les mœurs de celui-ci s'épuraient ostensiblement. Il prétendait se mettre au diapason complet de la cour de Versailles. Il s'abstenait de fréquenter les tipots; on ne le voyait plus s'afficher avec des femmes compromises.

L'une des maisons qu'il hantait de préférence, était celle que M. le gouverneur des levrettes avait montée au faubourg Saint-Germain, le plus loin possible de la Comédie française, pour sa charmante et légitime épouse. Encore le vidame était-il obligé de le stimuler pour rapprocher ses apparitions.

Mais, chose des plus invraisemblables, quoique des plus exactes, la marquise de Pompadour n'était pas étrangère à ce redoublement d'attentions du vidame. Elle lui avait dit un jour :

— D'après ce que je peux comprendre, vidame, M. de Ferrières est pour quelque chose dans votre bonheur conjugal; je trouve juste que vous vous montriez reconnaissant. Ne craignez pas de m'offenser par sa fréquentation. Ce marquis a pu me déplaire, mais je ne suis pas aveugle, il a du bon.

— Que de grâces, madame la marquise ! avait répondu le vidame au comble de la satisfaction et de la faveur; la vérité est que ce pauvre Ferrières a été bien calomnié !...

— J'aime à le supposer, aussi je ne vous défends pas de lui laisser entendre, avec la finesse qui vous distingue, que je suis beaucoup moins son ennemie qu'il ne le suppose.

Pas n'est besoin de dire si le vidame s'acquitta de la commission. Et le marquis, jeté d'abord dans l'étonnement par cette confidence, se prit bientôt à réfléchir et à se demander :

— Des avances?... des avances de Jeanne Poisson !... Quel piège peut-elle me tendre, ou quel service attend-elle de moi ?...

Ce fut pour lui une raison capitale de redoubler de prudence, à cause même de la marche décisive des plans dont il se trouvait le pivot.

Fidèle à son traité avec son ancien valet de chambre, ramené d'ailleurs auprès d'Angélique par un attrait plus piquant, depuis son changement de nom et d'état, on ne le voyait plus au comptoir du Rouet-d'Argent.

La maison n'en était pas plus gaie. La délivrance de Louis n'avait pas eu le pouvoir de rendre son ancienne physionomie à cette tranquille demeure. Une préoccupation pénible pesait sur chacun de ses hôtes. Les éclairs, les saillies de Becdassée ne l'écartaient pas.

Maître Navelier avait appris de la bouche du comte du Muy les intentions du roi et du dauphin.

Il se trouva, ainsi qu'il en convint franchement avec ce seigneur, qu'elles répondaient à des idées sagement dissimulées par lui jusqu'alors, désireux qu'il était de voir venir les choses, et de ne mettre la main de sa fille dans celle de son fils adoptif, que le jour où il posséderait l'assurance d'une inclination sérieuse des deux jeunes gens.

Mais lorsque M. du Muy, heureux de ce résultat, vint l'annoncer à Jeanne, celle-ci, au lieu de l'accueillir avec transport, lui répondit au milieu d'expressions de reconnaissance :

— Monseigneur, Louis est encore trop jeune pour s'établir. Permettez qu'il soit plus à portée de me-surer l'étendue de votre bienveillance. Il va partir pour une tournée d'affaires dans les provinces de l'Est, il ira même un peu au delà des frontières ; les intérêts du commerce de maître Navelier s'en trouveront bien ; et cet enfant reviendra avec une expérience que sa vie concentrée dans ce comptoir ne lui a pas donnée.

Maître Navelier ne pouvait pas jeter sa fille à la tête des gens; le comte du Muy ne se jugeait pas assez autorisé pour passer outre à cette résolution maternelle, à laquelle le principal intéressé se résignait avec un peu de tristesse, mais sans murmurer.

Louis avait enduré avec la même patience sa captivité salutaire dans le caveau de la rue Saint-Jacques. La vie n'attendait pas les années pour accumuler sur lui les épreuves. Mais il avait appris, dans les nuits funèbres de l'in-pace, que d'autres créatures subissaient des atteintes, des séparations autrement cuisantes. Les sanglots qui traversaient, malgré les portes épaisses fermées à triples verrous, cette solitude sinistre, l'avaient préparé à tout souffrir.

Ses adieux à Geneviève furent touchants, car il n'osait songer s'il la reverrait jamais !... Sa mère ne s'expliquait pas là-dessus, et la pauvre femme paraissait si malheureuse, qu'il ne la questionnait pas.

En partant, Louis emporta tout le soleil de la maison.

Jeanne prodigua les attentions, la tendresse autour de Geneviève, sans faire mouvoir en elle la fibre de son ancienne amitié. Elle ne voyait en cette mère jalouse qu'une ennemie de son bonheur. Ce n'était pas par l'aigreur qu'elle le lui témoignait, mais par une froideur qui navrait la pauvre éprouvée. La conscience d'un devoir rigoureux accompli pouvait seule la soutenir dans sa voie.

Un jour, on touchait à la fin de l'année, André vint la trouver.

— Vous avez, lui dit-il, encore une tâche à accomplir; vous pouvez prévenir l'accomplissement d'un forfait exécrable; prenez ce papier et écrivez :

« Monseigneur, une circonstance fortuite a mis à « ma connaissance un complot qui menace la per-« sonne la plus élevée. Si bonne garde n'est pas faite « autour de cette personne auguste, il arrivera certai-« nement un malheur, avant qu'il soit longtemps. »

Jeanne écrivit sans objections, mais non sans adresser à André des regards interrogateurs.

— Maintenant, ajouta-t-il, signez.

Elle signa de son nom actuel : JEANNE LEBLOND.

— Mettez l'adresse, ajouta André.

Il dicta et elle écrivit :

« A monseigneur le comte d'Argenson, ministre d'État. »

— Voilà qui est bien, dit-il.

Il prit la lettre et la serra dans sa poche.

— André, lui dit alors Jeanne, je vous ai obéi, car ma confiance en vous est entière. Mais ne puis-je savoir pourquoi c'est moi que vous choisissez dans une circonstance qui me paraît si grave?

— C'est vous que je choisis, pauvre mère de douleurs, parce que c'est à vous qu'il appartient, pour l'honneur et le salut de votre enfant, de combattre les plans criminels de son père. Cette lettre a pour but de mettre le ministre en garde contre un complot épouvantable. Quoi qu'il arrive maintenant, personne n'aura le droit de méconnaître que Louis soit le fils de la femme qui aura voulu sauver le roi.

— Le roi !... O mon Dieu, que dites-vous !... C'est du roi qu'il s'agit !...

— Silence ! Pas un mot sur ces secrets qui tuent !... Laissez faire la Providence, elle a toujours son heure !

— Pour peu que cette heure tarde encore, André, mon fidèle ami, je le dis à vous seul, je le sens ici, aux battements de ce cœur épuisé, je ne la verrai pas !...

— Du courage ! du courage !...

— Hélas ! c'est la force qui me manque.

— Pauvre Madeleine, si vertueuse... si éprouvée !...

— André, Louis est bien loin en ce moment, n'est-ce pas ?

— A Manheim ; oui, c'est loin.

— Si ce que je prévois arrive... avant qu'il soit de retour...

— Madeleine !... Madeleine !...

— O mon ami, je sens le ver rongeur... Vous resterez son ami, à lui aussi, n'est-ce pas ? Vous lui direz que sa mère eut des raisons pour retarder son bonheur... des raisons dont elle est morte !... Il vous croira, car il vous estime, et il fera ensuite tout ce que vous déciderez. Je vous en laisse l'arbitre.

Le jour de cette pénible confidence, François-Robert disparaissait de Paris, emportant la caisse de son nouveau maître, le négociant russe.

Le marquis de Ferrières ne s'en montra nullement ému, car, le surlendemain, son valet de chambre Gauthier se dirigeait, non par le coche, ni par les fourgons qui n'avançaient pas, mais sur un excellent cheval, vers Arras.

Lorsqu'il arriva, il se rendit à une auberge où il demanda un voyageur du nom de Guillemant. — A partir de cette minute, nous n'avons plus qu'à suivre pas à pas l'histoire, pour lui demander le dénoûment de ce drame. Il a même été raconté tant de fois dans ses moindres détails, que notre tâche se bornera à les abréger.

Lorsque Gauthier frappa à la chambre du prétendu Guillemant, on ne lui répondit pas. Certain cependant de sa présence, et pressé de le voir, il redoubla sans plus de succès. Alors, il se décida à parler :

— C'est un ami, dit-il ; moi Gauthier, de la part du maître.

A ces mots, il se fit un léger bruit, on enleva de l'intérieur un papier destiné à boucher le trou de la serrure, et, par ce trou, un œil inquiet s'assura si le visiteur disait vrai. La porte s'ouvrit enfin.

— Que de façons !... s'écria le messager en pénétrant dans cette chambre.

Mais Guillemant, ou plutôt Robert, referma vivement la porte derrière lui.

— Que veux-tu ? demanda-t-il.

— Pardieu ! la belle question, du moment que le maître t'envoie chercher, c'est qu'il a besoin de toi... Mais quelle figure ! Te voilà tout décomposé... Qu'as-tu donc ?

— J'ai, répondit Robert d'une voix saccadée, j'ai que la gendarmerie est sur ma piste. Elle me traque d'étape en étape ; j'ai failli être pris à Saint-Omer et à Dunkerque ; on m'a poursuivi jusqu'au delà des frontières, à Bruxelles, à Poperingue, à Ypres. J'ai des raisons sérieuses de croire qu'on me surveille ici, et, ma foi, cela me fatigue ! Il était temps que tu vinsses, tiens...

Il montra sur une table une petite fiole, un verre à demi plein et un pot d'eau.

— Qu'est-ce que tout cela ?

— C'est du poison, dit tranquillement le misérable. J'en veux finir d'une manière ou de l'autre ; si, au lieu de toi, c'eût été la maréchaussée, j'avalais cette potion.

— Diable ! Il paraît que tu ne tiens pas plus à ta vie qu'à celle des autres !

— Pour ce que j'en fais ! Si encore je pouvais mourir par un coup d'éclat !

— Hum !... Mon avis est que si tu me suis docilement, tu pourras bien jouir de cette satisfaction... Crois-moi, laisse là cette drogue abominable, si messieurs les gendarmes arrivent, et que le cœur leur en dise, qu'ils s'en régalent ; le maître ne t'envoie pas chercher pour rien.

— En ce cas, vite, partons ! Car je te le répète, bientôt il serait trop tard !

Ceci se passait le 21 décembre 1756, la date est précise.

Robert, dans sa précipitation, abandonna, pour la première fois, le poison qui ne le quittait jamais, ainsi qu'on sait, et qui plus tard lui fit singulièrement faute, mais il s'assura qu'un couteau à deux lames, l'une grande, l'autre plus petite, toutes les deux tranchantes, aiguës comme des poignards et du plus fin acier, se trouvait dans sa poche.

Il prit encore un livre de prières, souvenir de son séjour successif dans plusieurs couvents, et dont les feuillets, usés à certaines places, indiquaient un fréquent usage.

— Vous partez, monsieur Guillemant? lui dit le maître de l'auberge en réglant son compte ; retournez-vous à Paris?

A cette question, le visage du voyageur s'empourpra par un jet soudain ; ses yeux même, l'injectèrent de sang, ce qui lui arrivait à chaque émotion violente ; il prit une pose déclamatoire :

— Oui, dit-il, je pars ; oui, je retourne à Paris... Vous entendrez parler de moi... Malheur aux plus grands de la terre !...

L'aubergiste et les personnes présentes pensèrent que cet individu était ivre ou fou ; supposition justifiée par l'ardeur de ses traits. Mais Gauthier, plus au fait des emportements de cette nature indomptée et furibonde, se hâta de l'entraîner.

Les deux compagnons ne voulurent pas du coche ; Gauthier, inquiet de l'état d'exaltation de son camarade, qui paraissait menacé d'un coup de sang, ne jugea pas non plus prudent de voyager à cheval ; il avait carte blanche, sa bourse était copieusement garnie ; de son côté, Robert possédait encore une grande partie de l'or volé à son maître russe, et montant à deux cent quarante louis. Ils prirent la poste.

Cependant, le sang tourmentait Robert à un tel point que son camarade inquiet se rendit à ses désirs, on s'arrêta dans une bourgade, on appela le chirurgien de l'endroit, et une saignée abondante rétablit l'équilibre dans ce tempérament exalté, jusqu'à donner des inquiétudes à Gauthier même.

Le nom de Guillemant étant signalé à la gendarmerie, Robert prit celui de *Bréval* à son arrivée à Paris.

Le marquis de Ferrières savait pourvoir aux moindres circonstances. Les instructions détaillées de son envoyé s'étendaient à tout. Il avait ordre de mener Robert à une auberge obscure, et de lui défendre de se montrer chez lui.

Leurs entrevues n'en furent que plus importantes, et personne ne les remarqua. À la suite de chacune, le marquis se rendait à la rue Neuve-Saint-Eustache, où se tenaient des séances de la dernière gravité, à en juger par leur durée, qui se prolongeait souvent jusqu'au point du jour.

M. de Ferrières en revenait, chaque fois, chargé d'or, que dès le jour même, il remettait au représentant d'une grande banque étrangère, contre des *acquits* en bonne forme.

Cependant des bruits alarmants circulaient de la capitale à Versailles; l'aigreur des esprits atteignait son plus haut période; l'audace des malfaiteurs ne respectait plus rien; il se tenait des propos étranges dans les bouges des mauvais quartiers. Le ministre d'Etat avait reçu la lettre de Jeanne Leblond, il n'avait pas même daigné s'informer quelle était cette femme; il avait jeté son avis au rebut.

L'anxiété tourmentait l'opinion publique; il n'y avait qu'un endroit où l'on fût gai et tranquille, c'était à la cour.

Les fêtes du jour de l'an furent célébrées à Trianon et à Versailles avec un redou blement de bruit, d'éclat, de prodigalités. Le dauphin se vit obligé de se mettre au diapason, pour éviter de froisser son père et de fournir de nouveaux prétextes aux insinuations incessantes de ses ennemis. — Par contre, Paris se montra rarement plus morne. — On prit cela pour de l'apaisement.

Le 4 janvier, le comte de Charollais reçut, dans sa chambre de la Bastille, un billet en chiffres, où il lut ces quelques mots:

« Demain vous serez libre, ou tout sera perdu. »

Ce même jour, M. de Ferrières vint à Versailles, où il se montra chez le dauphin, chez M. du Muy, animé d'un entrain qui égaya la compagnie réunie autour de ces deux personnages.

Dès la veille, Robert, à la suite d'un entretien rapide, mais évidemment décisif, avait pris, sous son nouveau nom de Bréval, une chaise au bureau des voitures de la cour, et s'était fait conduire à Versailles. Parti de Paris à onze heures du soir, après sa conversation avec Ferrières, il arriva à destination à trois heures du matin : — quatre heures, en ce temps-là, pour faire ce trajet par les meilleures voitures !

Le voyageur prit une chambre dans une auberge, et comme il avait pour instruction de se montrer le moins possible, et de se trouver seulement, à une certaine heure de l'après-dînée. sous la voûte du château voisine de la chapelle et accédant au parc, il resta au lit jusqu'à deux heures après midi.

Une fois sorti, il ne rentra qu'à onze heures!

Le 5 au matin, on s'étonnait de ne pas le voir descendre; une fille de l'auberge étant montée à sa chambre, le trouva au lit; il faisait un froid excessif, et cependant il avait le visage en feu. L'effet produit par sa récente tenue avait peu duré.

— Par grâce, dit-il à cette fille, faites-venir un chirurgien, j'ai besoin qu'on me tire du sang.

On prit cette demande pour une plaisanterie; et, quand il descendit, sur les deux heures, on en voulut rire avec lui, mais il répondit par des paroles brutales, qui coupèrent court à ces propos.

Il sortit à la même heure que la veille, et se rendit au même endroit.

Un homme, couvert d'un ample manteau, le tricorne rabattu sur le visage, le joignit sous la voûte de la chapelle; ils échangèrent quelques paroles rapides, dont un garde de la porte saisit une partie au vol sans y attacher d'importance.

— Eh bien? demanda l'homme au manteau.

— J'attends; je suis prêt; répondit Robert.

Ils se séparèrent; l'homme au manteau joignit près de la terrasse un soldat aux gardes, qui fut plus tard reconnu pour le fameux Ricard. déjà cité plusieurs fois dans le courant de notre récit.

— Tout est prêt, dit le mystérieux personnage au soldat, auquel il glissa une bourse.

— Je serai à mon poste; répondit Ricard.

Et il se séparèrent aussitôt; l'homme au manteau disparut complètement. Un quart d'heure après, on ne l'eût pas trouvé dans Versailles.

Le soldat rentra au corps de garde, il était de service et devait prendre sa faction à cinq heures, au bas de l'escalier des appartements de la famille royale.

Quant à Robert, on le vit circuler, comme un homme qui attend quelqu'un, dans les cours et sur la terrasse, en dépit du froid.

Madame Victoire était malade, et l'on attendait le roi, qui avait fait annoncer sa visite. Il arriva en effet sur les cinq heures, venant de Trianon.

Ricard se trouva être l'un des factionnaires placés peu après, à la porte par laquelle il devait sortir. Il faisait alors nuit close; un homme se glissa, dans un petit enfoncement, sous l'escalier, sans que le factionnaire qui veillait de ce côté fît mine de l'apercevoir.

Le roi quitta sa sœur sur les cinq heures et demie, elle allait beaucoup mieux; il se montrait lui-même fort dispos, et avait hâte de retourner à Trianon, où l'attendait une partie fine.

Dans ces idées, il descendait gaiement l'escalier, au milieu du dauphin, du duc d'Ayen, de M. de Machault et de divers autres dignitaires. Le tambour battait aux champs, les gardes du corps, les Suisses formaient la haie, du bas de l'escalier. au carosse qui attendait le monarque.

Des torches éclairaient le passage; les alentours n'en étaient que plus noirs.

Tout à coup, un homme s'élance d'un coin obscur, heurte brutalement le dauphin et le duc d'Ayen, et frappe le roi d'un couteau qu'il tenait tout ouvert depuis un moment.

L'émoi fut tel, que l'assassin aurait pu fuir; mais, soit bravade, soit stupeur, il resta debout, immobile, le chapeau sur la tête, à quelques pas de la place où il avait porté le coup; l'obscurité n'eût pas tardé à couvrir sa fuite.

D'abord, Louis XV ne sentit pas la blessure.

— Quelqu'un m'a donné un coup de coude, dit-il.

Puis, passant la main sous sa veste, il la retira ensanglantée, et s'écria:

— Je suis blessé!

Il se retourna alors, et apercevant l'assassin, qui gardait son chapeau au milieu des assistants découverts:

— C'est cet homme-là, ajouta-t-il; qu'on l'arrête; mais qu'on ne lui fasse point de mal.

Un valet de pied saisit le misérable au collet; mais il ne rencontra pas de résistance; Robert se laissa prendre; on en conjectura depuis qu'il attendait son sort, et qu'il n'avait renoncé à s'empoisonner que pour périr d'une manière plus éclatante. Opinion confirmée par ses propos et par son attitude jusqu'au dernier moment.

Conduit à la salle des gardes, on le fouilla: il avait sur lui son inséparable livre de dévotion, intitulé *Instructions et Prières chrétiennes*, et une grande bourse contenant une somme d'or considérable.

Quant à l'instrument du crime, un hasard providentiel avait empêché qu'il portât un coup mortel. On sait qu'il se composait de deux lames ; dans l'obscurité de sa cachette, dans le trouble inévitable de son esprit, l'assassin s'était trompé, il avait ouvert la petite au lieu de la grande. La blessure du roi était peu profonde ; une circonstance si futile empêcha l'accomplissement d'une œuvre longuement élaborée, et dont la réussite paraissait infaillible avec un scélérat aussi résolu que celui-ci.

Au milieu de la stupeur générale, Robert, garrotté dans la salle des gardes, conservait seul son sang-froid. Pressé de questions, il répondait par des monosyllabes dédaigneux, ou ne répondait pas. Cependant, à un certain moment, il proféra ces mots, qui durent plus tard devenir l'objet d'interprétations venimeuses :

— Qu'on veille sur le dauphin !...

Il suivait d'un œil attentif les mouvements du garde des sceaux, M. de Machault, lequel, laissant tout le monde s'agiter et parler à la fois, avait pris les pincettes et les tenait au milieu du feu de la cheminée.

Les pincettes étant rougies à blanc, le premier magistrat du royaume, usurpant de gaieté de cœur le rôle de bourreau, ordonna que l'on déchaussât le prisonnier, puis il le tenailla aux jarrets, pour lui faire nommer ses complices.

— Ils sont bien loin, répondit le supplicié sans perdre son sang-froid, et si je les désignais tout serait fini.

M. de Machault le menaça de faire apporter des fagots et de le plonger au milieu des flammes ; mais il n'en obtint rien de plus.

On lui offrit sa grâce ; il persista dans son silence.

— Je n'ai point de complices, dit-il ; quant à vos promesses de grâce, je sais bien que ce sont autant de mensonges sur lesquels je ne peux pas compter ; je dois mourir ; j'en ai pris mon parti ; je mourrai, comme Jésus-Christ, dans les douleurs et dans les tourments.

La nouvelle du crime circula à Paris avec la rapidité de la foudre. Ce fut André qui l'annonça à la maison du *Rouet-d'Argent*. Il craignait qu'elle n'arrivât par une autre voie, plus brutale, et qu'elle n'atteignît la pauvre Jeanne, dont la santé s'en allait à vue d'œil.

Mais il eut beau user de ménagements, rappeler à la malheureuse qu'elle avait fait le possible pour mettre l'entourage du roi sur ses gardes, ce fut pour elle un nouveau coup. Au même moment, Bredassée, à la piste de tous les événements, arriva comme un fou à la boutique, en criant :

— L'assassin est connu, il se nomme François-Robert Damiens !...

Oui, DAMIENS ! — François-Robert étaient des prénoms ; Robert-le-Diable un surnom ; — Damiens le nom de famille du régicide.

— Il devait finir ainsi, murmura André à l'oreille de l'infortunée Madeleine ; mais sachez vous contenir ; son sang expiera ses crimes.

XXI.

LE SUPPLICE.

L'instruction dirigée contre Damiens dura trois mois, car on sentait, malgré son mutisme opiniâtre, que l'attentat se rattachait à quelque trame considérable, qui devait englober de nombreux complices ou instigateurs. Aussi prit-on pour la conservation de ce misérable des précautions inouïes.

Il y eut défense de se mettre aux fenêtres sur le passage du convoi qui le transféra de Versailles à la Conciergerie. Il était dans un carrosse à quatre chevaux, accompagné d'un chirurgien du roi et de deux gardes de la prévôté ; l'escorte des gardes était énorme ; des patrouilles battaient les avenues sur tous les parcours ; on se rappelait l'émeute de l'Opéra, on craignait que les mêmes individus ne tentassent un coup de main.

A la porte de la prison, Damiens fut placé dans une espèce de hamac capitonné, pour qu'il n'essayât pas de se briser la tête contre les pierres ou les poutres, pendant qu'on le montait à la tour de Montgommery, dans la chambre occupée naguère par Ravaillac.

On le gardait sur un lit, auquel des courroies attachaient chacun de ses membres, et qu'entouraient des panneaux matelassés. Les plaies des brûlures faites à Versailles ne permirent pas, pendant plus de deux mois, de le mettre sur ses jambes.

Un officier de la bouche, chargé de sa nourriture, observait un régime prescrit par les médecins, et un chirurgien couchait près de lui et essayait tous ses aliments. Les frais occasionnés par cette détention n'allaient pas à moins de six cents livres par jour !

L'instruction fut confiée à la grand'chambre du Parlement, seule partie de ce corps qui ne fût pas dissoute. L'audience de jugement arriva enfin le 26 mars.

Conservant son cynisme, sa présence d'esprit, sa bravade, le prévenu regarda ses juges avec fermeté, et, parmi eux, reconnut un certain nombre de personnages, pour avoir, dit-il, eu l'honneur de les servir à table dans ses diverses conditions.

Lorsqu'on lui parla des vols qu'il avait commis :

— J'étais, dit-il en riant au lieu de s'en montrer confus, un maladroit voleur.

Le maréchal de Biron, l'ayant pressé de nommer ses complices :

— Vous seriez bien embarrassé, lui dit-il impudemment, si je déclarais que vous en êtes un !

Il poussa l'audace jusqu'à exprimer de l'admiration pour le rapporteur Pasquier :

— Le roi, lui dit-il, devrait vous faire son chancelier.

Lorsqu'on lui lut son arrêt, qui le condamnait aux supplices atroces subis par Ravaillac, il l'écouta tranquillement, à genoux, et se contenta d'ajouter :

— La journée sera rude.

Il soutint, sans démentir cette énergie digne d'une meilleure cause, la question des *brodequins*, où ses pieds furent broyés entre des planches de cœur de chêne.

Cependant il poussa des cris et demanda à boire, et comme on lui donnait de l'eau :

— Mettez-y du vin, dit-il ; il faut ici de la force.

Le premier président renouvelait ses interrogatoires, le sommant de nommer ses complices. La torture l'emporta alors :

— C'est Gauthier !.. râla-t-il.

— Et avec Gauthier ? insista le magistrat.

Le bourreau leva son terrible maillet pour enfoncer un nouveau coin, qui allait lui réduire les chevilles en bouillie. Il frissonna.

— Arrêtez !... dit-il.

— Parle, alors ! dit le juge.

— Eh bien !... le marquis de Ferrières (1) !

Ordre fut aussitôt donné de s'emparer du marquis et de son serviteur, et de les amener, séance tenante, à la Conciergerie. Nous reviendrons tout à l'heure sur ce qui les concerne, hâtons-nous d'abord d'en finir avec leur instrument.

Malgré ces deux dénonciations, on allait poursuivre le supplice, si les médecins n'eussent déclaré que le patient n'était pas en état de le soutenir davantage.

On lui amena alors deux confesseurs, et dans ce détail nous retrouvons l'esprit du temps : l'un était janséniste, l'autre moliniste, afin qu'il reçût au moins de l'un deux une absolution valable.

Aucun raffinement de torture ne lui fut d'ailleurs épargné. Comme il aurait été au-dessus des forces d'un homme de lui faire subir toutes les parties de sa sentence, le bourreau avait dû s'assurer des aides. Cet exécuteur, nommé Charlot, était un individu habile et avide, qui avait surtout songé à tirer parti d'une si belle affaire.

Les chroniques rapportent que jamais exécution n'occasionna en France un si grand concours de monde. De plus de cent lieues, tous les bourreaux et leurs aides se firent un devoir de venir y assister, « dans l'intérêt de leur instruction et pour voir tra- « vailler monsieur de Paris. Ils eurent, naturellement, « ajoute le chroniqueur, les places d'honneur, et « furent admis à faire cercle autour de l'échafaud. »

C'était logique de la part de ces *messieurs*, mais ce qui le paraît moins, c'est que Charlot reçut des sommes considérables de gens très comme il faut, — pour leur ménager des places au milieu de ce cortége de bour-reaux. Pour n'en citer qu'un, le célèbre académicien La Condamine fut admis à cet honneur. Forcé cependant de jouer du coude dans la foule, il allait être repoussé par les exécuteurs comme un intrus, quand Charlot, voyant ce qui se passait, cria à ses collègues ces mots restés historiques :

— Messieurs, place à M. de La Condamine, c'est un amateur !

Avant donc de sortir de la Conciergerie, on fit pas-ser devant le condamné le cortége du bourreau. Il regarda chaque aide avec une audacieuse insolence, mais non sans une pointe d'inquiétude; comme s'il cherchait à reconnaître leurs traits.

Ils étaient en grand costume de circonstance, c'est-à-dire en casaqués rouges, avec coqueluchon de même étoffe et de même couleur; tous portaient ce coqueluchon rabattu sur les épaules; tous, sauf le dernier de cette sinistre procession.

Celui-ci, au contraire, en avait la tête couverte, son visage y disparaissait, mais deux flammes sortaient de cette profondeur, — deux regards ardents, qui vinrent brûler comme des charbons le régicide. Son expression de dédain se changea en amertume, et ses membres, étroitement retenus par des lanières de cuir, se con-tractèrent et faillirent les rompre dans un suprême effort.

L'homme au coqueluchon s'arrêta une seconde, dardant plus au vif encore son terrible regard.

François-Robert grinça des dents; une écume rou-geâtre parut aux angles de ses lèvres.

— C'est moi, dit l'homme.

(1) On peut consulter, pour ces détails et ces noms authen-tiques, la *Vie de Damiens*, par Le Breton, greffier criminel. Paris, 1757, volume in-4°, et le recueil des pièces publiées par le même.

— André !... je t'attendais !... rugit Damiens.

Mais l'homme passa, et le régicide, revenu à ses idées de forfanterie, s'efforça de rappeler le rire farou-che par lequel il insultait à ses juges et à son sup-plice.

On partit enfin, et avant de se rendre à la place de Grève, on fit une station devant le portail de Notre-Dame, pour l'amende honorable que le condamné, exécuta de bonne grâce; en protestant qu'il n'y avait eu ni complot ni complices. Protestation tardive, car de nombreux individus se trouvaient sous les verrous ou en suspicion, notamment le marquis de Ferrières, Gauthier et le soldat aux gardes Ricard.

On le conduisit sur l'échafaud, assez élevé pour que son supplice pût être aperçu de tous les points de la place; il y avait des curieux jusque sur les toits.

Sur cette plate-forme se trouvaient des fourneaux pleins de charbons ardents, entretenus par les aides; des cordes d'une grosseur énorme; des vases d'airain; des creusets contenant de l'huile, du soufre, du plomb, de la résine et de la cire jaune. Ces substances en ébullition remplissaient l'air d'émanations âcres et suffocantes.

Il y avait encore des billots, des haches, de larges couteaux en forme de glaives. Dans les fourneaux chauffaient des tenailles. Sous l'échafaud retentissait un singulier bruit, mêlé des piétinements et des hen-nissements de quatre chevaux fougueux, tenus là en réserve pour le couronnement de cette expiation, dont la barbarie eût donné à des esprits civilisés l'idée de plaindre le patient et de mépriser les juges capables de telles imaginations.

Damiens se laissa déshabiller sans résistance, et quand il se vit nu, il examina lentement ses membres l'un après l'autre avec une étrange attention, prome-nant son regard de sa personne aux instruments du supplice.

On l'assujettit à l'un des billots. Sur un signe de Char-lot, des aides apportèrent une des capsules pleines de soufre incandescent, et l'exécuteur lui plongea jus-qu'au poignet, dans la matière liquéfiée et dévorante, la main qui avait tenu le couteau homicide.

La douleur arracha au misérable un cri si terrible, que les assistants en pâlirent. Mais ce cri exhalé, il se tut, et se mit à examiner avec curiosité sa main brûlée et mutilée.

Charlot s'empara des tenailles rougies et lui arracha des lambeaux de chair aux bras, aux jambes, aux cuisses et aux seins. Ce contact du fer ardent contre la chair vive occasionnait à chaque opération un petit nuage ayant l'odeur de cuir brûlé.

Ce n'est pas tout, — et nous éprouvons en présence de ces épouvantables détails le besoin de rappeler au lecteur que nous n'inventons rien, — dans les plaies vives on versa le contenu des vases et des capsules, c'est-à-dire le plomb fondu, l'huile bouillante, la résine, la cire et le soufre liquéfiés.

Les cris du supplicié ne sauraient se comparer qu'aux plus terribles rauquements du tigre blessé par la mi-traille.

Un des commissaires s'approcha et lui demanda :

— N'as-tu rien à avouer ?

— J'ai à faire, répondit-il, que si l'on m'eût saigné comme je le voulais le jour du crime, je ne l'eusse pas commis.

On se prépara au dernier acte du drame.

Les quatre chevaux furent tirés de leur retraite, on les avait revêtus d'un harnachement spécial, terminé par un crochet destiné à s'adapter, non pas à un timon, mais à une corde. Il y en avait quatre; chacune correspondait à l'un des membres du patient.

Ces chevaux vigoureux, ardents, fouaillés et dirigés chacun dans un sens opposé, opérèrent une épouvantable traction ; l'extension des membres devint incroyable, et cependant au bout d'une demi-heure, aucun n'avait encore cédé, tout disloqués qu'ils étaient.

Les commissaires ordonnèrent au bourreau de trancher les muscles principaux ; le jour était à son déclin et l'on voulait que l'exécution se terminât avant la nuit.

Damiens avait perdu un bras et deux cuisses, il respirait encore ! Ce ne fut qu'au démembrement de son second bras qu'il expira.

Le tronc et les membres épars furent aussitôt jetés et consumés dans un bûcher allumé près de l'échafaud.

La foule venue bruyante, animée, passionnée, s'écoula morne, silencieuse, en proie à l'horreur et à l'épouvante.

. . . .

Le soir, à la nuit close, on frappa à la porte de maître Navelier.

Elle s'ouvrit ; ce fut un prêtre qui se montra ; près de lui étaient deux enfants de chœur, portant de grandes lanternes surmontées d'une croix.

L'homme qui avait frappé c'était André ; il tomba à genoux et laissa sortir le prêtre et ses acolytes, qui descendirent, accompagnés d'un lugubre tintement de clochette, vers l'église des Saints-Innocents.

André ne songeait pas à se relever ; Becdassée l'aperçut et le reconnut.

— Venez, dit-il, cher monsieur Jasmin.

Il se redressa et le suivit, sans avoir le courage de lui adresser un mot d'interrogation. Il en devinait, hélas ! plus qu'il n'eût voulu en savoir.

L'apprenti le mena ainsi à la chambre de Jeanne, transformée en chapelle ardente : — on venait de l'administrer ; des cierges brûlaient mélancoliquement sur une table couverte d'une nappe, de chaque côté d'un crucifix.

Maître Navelier se tenait anéanti dans un fauteuil au pied du lit de l'agonisante ; Geneviève, debout à son chevet, lui soutenait la tête, épiant ses mouvements suprêmes, guettant ses dernières paroles :

— André ?... Ne verrai-je plus André ?... balbutia-t-elle.

— Le voici, ma mère !... s'écria la jeune fille, heureuse en cet instant fatal de cette dernière consolation.

A ces mots l'agonisante se ranima ; son regard retrouva des rayons ; elle eut la force de sourire pour accueillir son fidèle ami.

— Madeleine !... ma chère Madeleine !... dit-il, suffoqué par la douleur.

— Que Dieu soit loué puisqu'il m'accorde de recevoir vos adieux. Cher André, je ne regrette pas l'absence de notre enfant... non, il serait trop malheureux de me voir mourir !... Non, il vaut mieux qu'il soit loin... Ah! cependant, j'aurais été bien heureuse de l'embrasser !... Le voilà orphelin... vous l'aimerez et le protégerez toujours, n'est-ce pas ?... Ah! la vie est une épreuve !...

— Celui qui brisa la vôtre, Madeleine, celui-là du moins a reçu son châtiment !

— Que le ciel lui pardonne !... J'ai laissé là mes adieux à mon fils dans un billet... Je lui rappelle tous ceux qui furent bons pour nous; tous ceux qu'il doit respecter... et aimer...

Elle prononça ce mot en regardant Geneviève.

— Ma mère !... s'écria la jeune fille.

— J'ai retardé votre bonheur, je me suis opposée à vos désirs, mes pauvres enfants, poursuivit la moribonde, — hélas ! j'en souffrais plus que vous ; André vous attestera que j'avais des motifs légitimes, sérieux, — qui vont descendre avec moi dans la tombe... Mon dernier vœu, c'est votre union... Ah ! oui, j'ai cruellement souffert, jusqu'à en mourir !

Un spasme la prit ; on crut que c'était fini. Cependant, elle revint encore à elle ; elle adressa de nouveaux remerciements à ses amis; elle voulut les embrasser tous, Becdassée plus longuement encore que les autres :

— Tu seras son frère... lui dit-elle.

Ce fut, cette fois, sa dernière parole. La pauvre tendre mère disait vrai ; elle mourait d'avoir vu son fils et sa fille adoptive souffrir à cause d'elle.

Sa lettre, ses adieux à Louis, contenaient de maternelles exhortations et l'autorisation de contracter une alliance, à laquelle aucun scrupule ne pouvait plus s'opposer.

XXII

DERNIERS ÉVÉNEMENTS

On pense bien que l'horrible supplice du régicide ne fut pas la seule conséquence de l'attentat du 5 janvier 1757.

Le Parlement continuait d'informer. Le comte d'Argenson, convaincu d'avoir reçu un avis qui le prévenait d'un complot, et de n'en avoir pas tenu compte, fut disgracié et renvoyé de son ministère.

Ricard, le soldat aux gardes, fut condamné à subir un supplice presque aussi cruel que celui du régicide lui-même; on le rompit vif, en place de Grève, comme agent et complice de la trame à laquelle Robert Damiens avait servi de principal instrument.

Un garde du corps et un huissier aux requêtes furent pendus pour avoir tenu des propos séditieux.

Seize membres du Parlement; — que l'on veuille bien remarquer ce nombre : SEIZE ! — furent envoyés en exil.

Restaient les deux prisonniers, dont le criminel avait livré le nom dans la torture: Gauthier et Ferrières. On les avait arrêtés le jour même de la dénonciation. Ils avaient été confrontés avec l'accusé, qui, en leur présence, et malgré leurs dénégations, persista dans sa déclaration.

On les enferma à la Conciergerie, dans des cachots séparés pour statuer à loisir ; — l'affaire du principal accusé absorbait la cour de justice.

Une nuit, la porte du marquis de Ferrières s'ouvrit. Un guichetier, muni d'une lanterne, se présenta et lui dit :

— Une personne est là, qui veut vous parler pour votre bien.

— Qu'elle entre ! répondit Ferrières, dont le sang-froid ne s'était pas démenti une minute.

— Entrez, madame, dit le porte-clefs, en s'écartant avec une politesse peu habituelle.

Quelqu'un entra, c'était une femme, entièrement couverte d'une mante, dont le capuchon cachait les traits. Elle se retourna vers son introducteur qui attendait ses ordres, nu-tête sur le seuil :

— Laissez-nous cette lumière, lui dit-elle, et allez; je vous appellerai quand il sera temps.

Au son de cette voix, la physionomie de Ferrières s'éclaira d'un sourire diabolique; il s'assit, les bras croisés, sur un billot, près duquel il était attaché au mur, et attendit.

Lorsqu'elle eût vu la porte retomber derrière le guichetier, la femme à la mante fit un pas pour se rapprocher et lui dit:

— Marquis de Ferrières, me reconnaissez-vous?

Quoiqu'elle continuât de se cacher sous la coiffe de sa mante, il répondit par un signe de tête affirmatif.

— Alors, reprit-elle, ma visite vous surprend?

Par un autre signe muet, il répondit que non.

— Si elle ne vous étonne pas, continua la voix, elle vous effraye sans doute.

Même réponse muette et négative.

— Ah!... fit-on avec quelque ébahissement; vous ne croyez donc pas que je vienne pour vous reprocher la noirceur de votre conduite; votre participation à un crime qui mènera vos complices et vous en place de Grève.

— Madame, répondit le prisonnier, je tiens votre intelligence en trop haute estime, pour vous faire l'injure de supposer qu'une si misérable satisfaction vous amène.

— C'est vrai, dit-elle.

— Vous avez à me proposer quelque accommodement.

— Que vous accepterez?

— Mon Dieu, fit-il avec un cynisme imperturbable, je ne suis pas en position de refuser la liberté, quel qu'en soit le prix.

— Je vois que nous pourrons nous entendre.

— Mes talents sont à votre service.

— C'est de l'un d'eux que j'ai besoin... Elle s'arrêta en présence de la gravité de ce qu'elle allait dire, mais cette hésitation qui dura peu, ne servit qu'à affirmer sa voix: — Vous possédez la recette d'une préparation...

Il ne la laissa pas achever:

— Une préparation qui donne, au gré de celui qui s'en sert, et suivant l'emploi qu'il en fait, une mort aussi rapide ou aussi lente qu'on peut le souhaiter à un ennemi.

— C'est là ce que je veux... Où déteniez-vous ce précieux talisman?

— C'est mon secret... Dans une heure, si vous le souhaitez, ce sera le vôtre.

Elle ne répondit pas, mais elle alla à la porte restée entrebâillée, l'ouvrit et l'appela:

— Monsieur le guichetier!...

Le guichetier, en faction au bout de la galerie voisine, arriva.

— Voici, lui dit-elle, un ordre signé du roi. Détachez les liens de M. de Ferrières, il est libre.

L'homme examina la cédule à la clarté de la lanterne; c'était évidemment un blanc-seing rempli après coup. Mais il ne vit et n'avait à voir que la marque royale. Il la rendit en s'inclinant à la visiteuse, et ne songea qu'à obéir.

— Madame, dit alors Ferrières avec la même assurance, mon innocence étant reconnue, il me semble qu'il ne doit plus rester de doutes non plus sur celle d'un pauvre diable, mon valet de chambre, arrêté en même temps que moi et sur la même dénonciation calomnieuse?

— Gauthier sera libre demain; fut-il répondu.

En ce moment, les chaînes du marquis tombaient, il s'approcha de l'oreille de la visiteuse:

— Et vous, lui dit-il, vous le serez quand il vous plaira!

Il lui offrit son bras, qu'elle ne refusa point, et précédés du guichetier éclairant le chemin, ils gagnèrent un carrosse arrêté sur le quai.

— Rue Saint-Honoré! dit Ferrières.

On les conduisit à son hôtel. Tout y avait été fouillé sans livrer le secret de la cachette alchimique; l'eût-on trouvé d'ailleurs, que rien n'eût révélé la nature ni les propriétés de la poudre blanche contenue dans le fameux flacon de cristal.

— Madame, dit Ferrières, il y a là de quoi donner la mort à vingt dynasties... Je vous livre le tout; demain, au retour de mon domestique, je m'exile... Mais auparavant, je veux vous octroyer un conseil:

— Ne vous dessaisissez jamais de ce trésor... Faites-en usage par vous-même; et quelque soit votre confiance en vos meilleurs amis, ne le leur remettez pas. Les affections, les alliances de ce monde sont fragiles... Puissiez-vous ne pas vous rappeler trop tard ces paroles d'un homme qui vous veut sincèrement du bien.

— Je n'oublierai pas l'avis, dit-elle; et je vous en donne un en retour: ne vous attardez pas à Paris.

La femme mystérieuse remonta dans sa voiture, qui la conduisit au palais de l'Élysée, où quelqu'un l'attendait.

— J'ai réussi!... dit-elle, à ce personnage, en lui montrant le précieux flacon.

— Ah! par satan, répondit-il, nous allons donc devenir les seuls maîtres!...

Maintenant, comment cela se fit-il? Cet homme acheva la nuit, en compagnie de cette femme, et quand le jour parut, — elle avait, dans l'enivrement de la passion, oublié le conseil de Ferrières; — le flacon n'était plus dans ses mains à elle, il était dans celle de son amant!...

Mais que se passa-t-il à la cour, après l'attentat de Damiens?

Le roi, forcé de garder la chambre, dut laisser quelques jours l'administration du royaume à son fils. Tous les historiens constatent que le jeune prince déploya dans ce rapide pouvoir une rare sagesse. C'est précisément ce qui fit que Louis XV opéra un effort sur lui-même pour le lui reprendre le plus vite possible.

Entouré, obsédé de suggestions infâmes, le triste roi laissa percer plus hautement qu'il ne l'avait encore fait, le Soupçon qui le dévorait, qui minait son existence!

Louis XV haïssait son fils, dans la persuasion que, pressé de régner, il était capable de recourir à un crime, pour hâter ce moment!

Ce serait trop peu d'une simple énonciation; pour une accusation si grave, nous devons ici nous appuyer de citations authentiques.

Ce sentiment odieux remontait à la première jeunesse de son fils. M. Lacretelle, jeune, rapporte dans une longue biographie de Louis XV, que, en 1744, lors de la maladie qu'il fit à Metz: « La reine, le « dauphin et ses sœurs s'étant rendus auprès de lui, « la vue du jeune prince produisit sur le cœur du « monarque une impression aussi fâcheuse qu'inat- « tendue: dans les sollicitudes de la piété filiale, il « crut voir l'empressement d'un successeur... »

À peine guéri, son premier soin fut d'exiler le duc de Châtillon, gouverneur du dauphin.

« Choiseul, dit l'historien déjà cité, avait conçu une « profonde inimitié contre le dauphin, prince dont « les lumières égalaient les vertus. Louis XV, depuis « plusieurs années, éprouvait un secret déplaisir en « écoutant les éloges qu'on donnait à son fils. »

« Le dauphin, dit Michaud jeune, fut entièrement « éloigné des affaires, où il ne rentra un moment « qu'après l'assassinat de Damiens; mais le roi, dès « qu'il fut revenu de ses terreurs, voulut reprendre « toute son autorité. Madame de Pompadour et M. de « Choiseul abreuvèrent le dauphin d'amertume... Le « jeune prince se soumit sans murmurer à l'inaction « que son père lui imposa... »

Anquetil consigne les mêmes faits : « Dans le pre- « mier moment de la catastrophe du 5 janvier, dit-il, « dans celui où l'on avait cru devoir trembler pour la « vie du monarque, la favorite avait été écartée, et le « dauphin qui, avec les qualités de son aïeul, le duc « de Bourgogne, était retenu, comme lui, par la dé- « fiance, dans la contrainte et l'inutilité, avait été « rappelé au Conseil... »

M. Dufey (de l'Yonne) rapporte l'anecdote suivante

Il étendit les mains sur le proscrit incliné. (Page 164, col. 1re.)

dans une notice sur Choiseul, à propos de l'un de ses différends avec le dauphin, où l'on reprochait au jeune prince son estime pour les Pères de la rue Saint-Jacques : « Le dauphin répondit au roi que rien « ne pourrait le séparer des révérends pères, et que « s'ils lui ordonnaient un jour de renoncer au trône, il « n'hésiterait pas à en descendre. — Et s'ils vous ordon- « naient aujourd'hui d'y monter? demanda Louis XV » toujours obsédé par sa fatale idée fixe. Le dau- phin baissa la tête avec désolation; mais « le roi, « ajoute M. Dufey, garda de cet entretien une impres- sion profonde. »

Enfin, pour abréger ces citations qu'il serait facile de multiplier, Dulaure constate l'existence d'un im- primé dans lequel on osait accuser le dauphin de s'être laissé engager par les jésuites dans le complot qui aboutit au crime de Damiens.

Sous quelle influence cet abominable pamphlet fut- il répandu? Les citations précédentes répondent à cette demande.

Que restait-il à faire à ses ennemis?... La méfiance où le roi le tenait, la haine qu'ils professaient pour lui, et qui allait jusqu'à l'outrager en face et en pré- sence du monarque, leur traçait la route.

Nous rappellerons que le dauphin, la dauphine et la reine vivaient mélancoliquement en petit comité à Versailles, mangeant ensemble la plupart du temps, circonstance qui devait, hélas! favoriser un triple crime.

Ils furent pris à peu près ensemble aussi d'une étrange maladie, offrant des symptômes analogues, mais qui sévit plus profondément d'abord sur le dauphin. Il semblait que, dans la jeunesse ou la force de l'âge comme ils étaient, leur vitalité s'étiolât peu à peu. On les voyait décliner, dépérir, s'éteindre, sans que les médecins y comprissent rien, ou y trouvassent un remède. Le dauphin mourut le premier; la dauphine le suivit de près; puis enfin la reine ! ! !

L'opinion publique ne fut pas seulement effrayée de cette triple hécatombe; elle sénit. Qu'on lui enlevait ses plus chers appuis, ses dernières espérances! Le roi porta sa douleur avec un stoïcisme étrange. Les favoris ne se donnèrent pas même la peine d'affecter un peu de tristesse. La France seule frémit et pleura.

Mais attendez l'heure de la justice! — Le sépulcre ne se ferma pas sur cette seule immolation; le même mal, — mystère insondable! — atteignit à son tour la favorite!... Madame de Pompadour s'éteignit à la suite des mêmes phénomènes qui signalèrent la fin des autres illustres victimes!

En mourant, se rappela-t-elle le conseil du marquis de Ferrières? — C'est le secret de sa tombe!

Quoi qu'il en soit, Choiseul régnait seul... A quel prix?... Écoutez encore l'histoire; ouvrez les mémoires, les chroniques, et vous verrez que tous ceux qui ont abordé la biographie de ce personnage, même son chaleureux apologiste du volumineux ouvrage des frères Michaud, sont obligés de mentionner que la voix publique et de hardies brochures l'accusèrent d'avoir versé le poison aux princes, et quand les princes ne furent plus à redouter, à sa maîtresse elle-même.

Quant à Louis XV, pour se consoler de tant de deuils, il ne trouva rien de mieux que de se jeter dans les bras de la Du Barry.

ÉPILOGUE

Tout, dans cette histoire, ne devait pas se terminer d'une manière aussi sombre. Avant sa mort, le parrain de notre jeune héros avait pu, suivant son désir, apposer son auguste signature au bas du contrat qui l'unissait à Geneviève. C'était un an après la mort de la pauvre Madeleine. Son âme dut en tressaillir de joie dans le ciel, où elle avait si chèrement acheté sa place.

La famille s'était reconstituée dans la maison du *Rouet d'argent;* André en faisait partie; Beaudassée, suivant le vœu de la morte, était devenu le frère des deux jeunes époux; et bientôt maître Navelier, grand-père, se retrouva le plus heureux, comme il était le plus honorable des hommes.

Mais le marquis de Ferrières?... — Oh! ce fut une histoire bizarre. Le jour même où il quitta Paris, il advint que la piquante et très-admirée épouse du vidame d'Estissac disparut aussi de son hôtel avec tous ses bijoux.

On fut longtemps avant d'en entendre parler. Le vidame prit le deuil; et il le portait encore lorsqu'une façon d'aventurier de la plus pitoyable mine lui remit un jour la lettre suivante :

« Cher époux,

« Je vous écris du fond du tombeau... sinon pis, pour vous éclairer sur ma fâcheuse destinée, et vous dire que je suis toujours aussi digne de vous. Connaissant votre estime pour votre excellent ami le

marquis de Ferrières, et convaincue de votre désir de lui être en tout agréable, je fus prise d'une vive pitié en voyant ce gentilhomme réduit à partir seul pour l'exil. Mon cœur l'emporta, et pour lui procurer des consolations, je me décidai à le suivre.

« Nous quittâmes Paris au mois de février 1757 ayant pour unique serviteur le nommé Gauthier, valet de chambre de ce pauvre marquis. Après avoir fait route vers Amsterdam, où M. de Ferrières toucha à la Banque des sommes indispensables à son entreprise, nous traversâmes l'Europe pour gagner Constantinople. Ce cœur généreux se proposait, à l'exemple de divers illustres hommes de notre siècle, d'offrir ses services au Grand Seigneur.

« Notre voyage promettait d'aller à bien, malgré de nombreuses fatigues, bravement supportées de part et d'autre, j'ose le dire, et vous connaissez assez le marquis et moi-même pour le croire. Pour notre malheur, nous nous embarquâmes à Odessa sur une felouque qui devait nous transporter corps et biens à Constantinople. Hélas! cher époux bien-aimé, ces Turcs, en qui nous avions confiance, sont de bien abominables gens! La nuit qui suivit notre embarquement, le capitaine, à la tête d'une douzaine de ses hommes, envahit notre cabine et nous déclara que nous étions ses esclaves!

« M. de Ferrières sauta sur ses armes; d'un coup de pistolet, il cassa la tête du second de la felouque; mais, en dépit d'une héroïque résistance, il fut blessé, saisi et garrotté, à bout de sang et de forces, et il me vit entraînée sous ses yeux par ces misérables. Gauthier était déjà en leur pouvoir, mais résigné ou plutôt feignant la résignation : il n'avait aucun mal. Quant à notre pauvre ami, il expira le lendemain, et j'eus la douleur de voir lancer son corps à la mer, qui lui a servi de tombe... Que ne l'y ai-je suivi !

« Après une traversée d'une huitaine de jours, nous débarquâmes enfin à Constantinople, mais j'étais esclave ainsi que le fidèle Gauthier ; et nous fûmes vendus ensemble, — faible consolation ! — au Begler-Bey ou vice-roi de l'île de Chio, qui nous fit sur-le-champ rembarquer pour cette destination. Voilà six mois que nous y sommes. Nous n'avons pas à nous plaindre des traitements de ce seigneur ; je dois même lui rendre cette justice, qu'il m'a accordé dans sa maison une position d'honneur. Mais ce n'est pas le ciel de la France, ce n'est pas vous, cher époux bien-aimé.

« Gauthier, garçon de ressources, a préparé pour lui un plan d'évasion qui paraît infaillible. Je le charge de cette missive. Le pacha Begler-Bey, mon maître, consentirait à me relâcher moyennant une rançon, forte sans doute, mais moins forte que ma tendresse pour vous, ô Charlemagne. Entendez-vous donc à ce sujet avec mon émissaire; mais, si vous voulez me reconquérir toujours digne de vous, je vous en conjure, ne perdez point de temps. Ce seigneur turc est bien magnanime, mais il devient si pressant aussi !...

« Faites ce que je vous demande, au nom de votre ami, mort en me défendant, et en souvenir de votre affectionnée et légitime épouse...

« ANGÉLIQUE. »

Cette lettre avait déjà dix-huit mois de date. C'était beaucoup. Le vidame y fit-il une réponse et quelle réponse?... Voilà sur quoi les *Mémoires* du temps sont absolument muets. Tout ce que nous pouvons dire, c'est qu'il consentit à prendre Gauthier dans sa maison, et qu'il déclarait volontiers, en toute occasion, n'avoir jamais été mieux servi que par ce fidèle confident des deux êtres qu'il avait le plus aimés.

Octave FÉRÉ.

FIN

L'ORPHELINE DE BOMARSUND

I

Si je commençais par avouer que ce récit est emprunté, dans ses détails les plus intéressants, au grave *Moniteur*, mes lectrices, si indulgentes qu'elles soient, se récrieraient, convaincues que je veux traîtreusement les engager dans une dissertation politique. A Dieu ne plaise que je leur laisse porter sur mes intentions cet énorme jugement téméraire ! Et cependant il est utile qu'elles sachent qu'il s'agit ici, non pas d'une historiette inventée à plaisir, mais d'un épisode d'autant plus digne de leur intérêt, qu'il est authentique et tout actuel.

L'archipel désigné sous le nom général d'îles d'Aland forme une agglomération d'environ trois cents îlots, situés au nord de la mer Baltique, à l'embouchure de la petite mer de Bothnie. On aura une idée de leur état microscopique, par ce fait qu'un tiers est désert, et que les habitants des deux cents autres ne s'élèvent pas en tout à quatorze mille. Il n'y a pas de ville proprement dite, mais seulement quelques pauvres villages, dont les principaux se trouvent dans l'île d'Aland, à laquelle l'archipel entier doit son nom. Cependant, comme c'est une situation importante sous le point de vue militaire, la Russie s'en est emparée en 1809, au détriment de la Suède, et y a élevé, ou du moins puissamment agrandi et fortifié, une citadelle de granit, Bomarsund, qui se dressait naguère menaçante et sinistre : trop fidèle image de l'autorité moscovite.

Le climat de ces contrées ne procède pas comme le nôtre par des transitions, il varie brusquement d'une extrême rigueur à une chaleur excessive. Mais cette dernière passe rapidement, tandis que l'hiver règne huit mois de l'année, avec des fureurs que la France ne connaît pas.

A peine octobre arrive-t-il à sa fin, qu'un vent du nord-ouest amoncelle la neige et les frimas sur tous les points de l'archipel ; les rivières, les lacs se changent en nappes glacées ; la mer elle-même se soude sur tous les points, ne formant plus qu'un continent avec la terre. Alors, on trace sur la glace de véritables chemins, les traîneaux s'organisent par caravanes, et cette voie, rapide comme nos chemins de fer, permet de franchir en quelques jours la distance de Bomarsund à Saint-Pétersbourg. Si le service n'est pas suffisamment réglé pour s'opérer sans interruption, on fait halte sur la glace, on y dresse des tentes, on y

campe, en un mot, comme font les Arabes dans le désert. Là-bas, c'est le simoun avec ses nuages de sable ardent qui menace le voyageur, ici le simoun est le tourbillon neigeux qui parfois enveloppe le camp sous son linceul.

Mais voici le mois de mai, la neige a disparu en une nuit, la croûte de l'Océan a été balayée par le souffle du sud. A la température qui maintenait hier le thermomètre au-dessous de 25 degrés, a succédé une brûlante haleine qui l'a porté à 50 degrés de là, à plus de 25 au-dessus de la glace ! La durée des jours, descendue au mois de décembre à cinq heures, va se prolonger maintenant seize heures et plus.

Les plantes se hâtent de pousser, comme si elles avaient le pressentiment de la brièveté des jours qui leur sont accordés. Elles grimpent le long des sapins noirs qui, seuls, se détachaient en massifs épais, au milieu des campagnes ; elles leur prêtent leurs lianes gracieuses, égayent leurs funèbres feuillages, et prodiguent à l'envi les trésors de leurs parfums et de leurs corolles.

Les habitants ne sont pas en reste avec la nature, ils renaissent aussi, à l'exemple de la végétation, ils se hâtent de mettre à profit la belle saison. Ils pêchent, ils chassent, ils trafiquent. Leurs régions ne produisent pas par elles-mêmes les objets nécessaires à l'alimentation, mais elles servent de transit au commerce de l'Occident et du Nord. Cette position a été mise à profit par quelques hommes intelligents, doués d'énergie et de persévérance. Des comptoirs importants s'y sont fondés.

Monsieur Daniel Warton, chef de l'un de ces établissements, était un homme d'une grande autorité financière et commerciale. Sa signature avait cours sur les places les plus éloignées, sa fortune dépassait celle de bien des banquiers de Stockholm, de Paris et de Londres.

Cependant, un très-petit nombre de ses meilleurs correspondants eux-mêmes le connaissaient personnellement, et dans l'île d'Aland il s'était fait une solitude dont aucun étranger n'était admis à forcer l'enceinte. Il possédait, dans le port situé sous la citadelle, un comptoir auquel il se consacrait plusieurs heures, chaque jour, pendant la saison des affaires ; le surplus du temps, il était invisible ; il s'enfermait dans son habitation, à quelques werstes de là.

Propriétaire d'une des petites forêts de l'île, il y avait fait élever une sorte de Thébaïde. C'était une villa, aux épaisses murailles, défiant l'hiver derrière ses triples portes et ses doubles fenêtres, et souriant au soleil par sa large façade dressée en plein midi.

Un des luxes, ou plutôt une des nécessités de ces climats déshérités, consiste à tromper la nature, en la forçant à laisser croître les plantes les plus frileuses. Le rez-de-chaussée, devant lequel s'étendait une vaste terrasse, formait une serre, dans laquelle l'Afrique, mais surtout l'Amérique et l'Asie avaient apporté leur tribut. Il n'y avait pas là un brin d'herbe qui n'eût coûté dix fois son pesant d'or. Mais qu'importait à son possesseur, puisqu'il pouvait ainsi prendre l'hiver en patience !

Séparés de l'habitation par un rideau de pins, les bâtiments d'exploitation formaient un corps de ferme, réservé à un nombreux domestique. Une enceinte, percée d'une seule porte, entourait le domaine, et avait elle-même pour ceinture la forêt.

Dès qu'arrivait la belle saison, la terrasse transformée en parterre devenait la rivale et la succursale de la serre ; elle recevait les premiers rayons du soleil et ses premières fleurs. Un monde de jardiniers cultivait ses gazons, préparait ses treillis, faisait courir les volubilis et les gobéas le long de ses tonnelles ; des plantes factices, telles que le chèvrefeuille, la clématite, et même quelques réseaux de vignes sauvages, enfouis dans leurs caisses, auraient fait illusion à un œil peu exercé : on se serait cru sous le ciel le plus tempéré, tant la mise en scène de ce décor était ingénieuse.

Par une de ces ardentes journées de juin, qui indemnisent en quelques heures ces régions d'une demi-année de froidure et de neige, un jeune homme d'une vingtaine d'années, débarqué la veille d'un navire de commerce, se frayait de son mieux un chemin dans la forêt. Il avait le costume simple et commode des marins, mais sa tournure élégante, la blancheur délicate de ses mains, la fraîcheur de son visage, où commençait à peine à se montrer le duvet de l'adolescence, ne permettaient pas d'admettre qu'il appartint au rude métier de la mer.

Il semblait désespérer de trouver sa route, la sueur perlait en larges gouttes sur son front. Il marchait avec opiniâtreté à travers les arbres, les fourrés, les broussailles, plongeant un regard impatient dans leurs inextricables massifs, lorsqu'il s'arrêta, avec un cri de joie ; il venait d'apercevoir, par une éclaircie, une muraille de granit. Or, il n'en existait qu'une seule dans le bois : il atteignait donc le but de ses recherches.

Mais, à ce premier élan de satisfaction, succéda aussi vite une impression toute différente, car il resta ému, la poitrine agitée, l'œil fixé sur ces pierres, comme si elles eussent été pour lui un obstacle insurmontable à une résolution suprême.

Une brise délicieuse vint rafraîchir ses tempes embrasées, et le rappeler à lui. Il fit le geste d'un homme qui prend un grand parti, et se dirigea vers le château. Une sensation plus soudaine, plus imprévue que la première, suspendit une seconde fois sa marche. Le sifflement du vent à travers le bois ne passait plus seul autour de lui, son harmonie sauvage servait d'accompagnement à une voix d'une douceur extrême, quoiqu'il n'en saisît encore que l'écho lointain.

Puis, bientôt, comme si cet accent l'eût attiré invinciblement, il reprit sa route, prêtant l'oreille, car les sons devenaient plus distincts à mesure qu'il avançait. La voix chantait une des vieilles sagas scandinaves, qui se sont transmises d'âge en âge dans les pays du Nord ; chansons, fabliaux, légendes, où l'on retrouve l'histoire des premiers temps, et qui ont servi de berceau à nos trouvères et à nos poètes.

L'étranger eût écouté toujours ce concert naïf, si le bruit de ses pas n'eût attiré l'attention de la chanteuse. Il était arrivé au-dessus de la terrasse que nous avons décrite.

La chanson s'interrompit brusquement, et comme il levait la tête, il aperçut, à travers la balustrade qui couronnait la muraille, une jeune fille, qui se retira rouge et confuse.

C'était l'heure où M. Warton était à son comptoir.

Le jeune homme le savait sans doute, mais n'osant pas s'aventurer jusqu'à l'entrée du domaine, qui était sur une autre face de l'enceinte, il se décida à appeler :

« Mademoiselle ! mademoiselle ! » cria-t-il en anglais.

Il renouvela trois fois cet appel, et vit apparaître cette fois le visage inquiet, grondeur, d'une vieille femme.

« Qu'y-a-t-il ? grommela-t-elle ; que voulez-vous ? »

Il la regarda une minute avec attention, puis, satisfait sans doute de cet examen :

« Mistress Marguerite, j'ai à vous parler.

— Mistress Marguerite ! répéta-t-elle, il sait mon nom ! Voilà qui est étonnant ! — Qui êtes-vous ? On ne reçoit personne ici ! personne, entendez-vous !

— Je vous en supplie ! laissez-moi vous entretenir cinq minutes.

— Voilà qui est étonnant ! répétait la vieille ; il est bien hardi, ce jeune homme ! — Monsieur n'y est pas. Il est à son comptoir, allez le trouver ! s'il vous voyait ici, vous seriez mal reçu !

— Chère mistress, ce n'est pas lui, c'est vous que je cherche !

— Voilà qui est étonnant ! fit-elle pour la troisième fois, ne trouvant pas d'expression pour peindre sa surprise. Non, je ne peux pas vous écouter ! Monsieur me chasserait, allez... »

L'étranger avait pris à la main le large chapeau qui jusque-là cachait ses traits.

La vieille arrêta la phrase commencée, elle eut un éblouissement.

« Mon Dieu ! mon Dieu !... s'écria-t-elle, est-ce possible !... Une telle ressemblance... bonté divine !... Voilà qui est étonnant !... Approchez là... plus près ! plus près encore... levez le front... regardez-moi en face !... Seigneur Dieu ! on ne vit rien de pareil !

— Chère dame ! reprenait le jeune homme, accordez-moi cet entretien !

— Comment vous nommez-vous ?... ou plutôt, je vais vous dire votre nom, vous vous appelez John...

— Silence ! cria-t-il en mettant le doigt sur ses lèvres.

— C'est lui ! Jésus ! c'est lui, mais venez donc le voir dit-elle en attirant de force jusqu'à la grille la jeune fille, qui s'était retirée en arrière et qui ne comprenait rien à cette scène. Faites le tour ! ajouta-t-elle en indiquant la direction de l'entrée, je vais au-devant de vous ! »

Sans répondre aux questions de sa compagne, elle prit sa course, sortit de l'enceinte et rejoignit l'étranger dans le bois.

« Laissez-moi vous embrasser ! s'écria-t-elle, pour vous d'abord, et puis pour votre mère !

— Ma mère ! répéta-t-il douloureusement.

— Qu'est-ce donc ! N'est-elle pas heureuse ? »

Il montra un crêpe qui entourait son chapeau.

La vieille femme fut prise d'un saisissement si déchirant, qu'il se vit obligé de la soutenir.

« Vous êtes venu nous apporter cette nouvelle ? — elle secoua tristement la tête ! — à quoi bon ! On ne reçoit personne ici ; celui qui prononcerait votre nom serait chassé sur-le-champ ; votre cousine elle-même ne le connaît pas.

— Il est donc vrai, Seigneur, qu'il y a des haines qui ne s'effacent pas même devant une tombe ! Écoutez, dame Marguerite, je suis venu pour accomplir le dernier vœu de ma mère mourante. C'est un devoir sacré, une promesse sainte ! Vous avez connu ma mère, vous l'avez élevée, vous l'avez aimée ! Au nom de ces soins, de cette tendresse que vous eûtes pour elle, aidez-moi dans mon dessein. Elle m'a parlé si souvent de votre dévouement, que j'ai retenu votre nom et que je vous ai reconnue sur le portrait qu'elle m'avait fait de vous !

— Comme je vous ai reconnu, moi, pour votre merveilleuse ressemblance avec elle. Tenez, je ne sais pourquoi quelque chose me dit que je ferai bien de vous servir ; j'ignore ce que vous voulez, c'est égal, disposez de moi !

— Merci à Dieu ! embrassez-moi, bonne mère, je vois bien que celle qui m'a été enlevée m'avait dit vrai, vous êtes véritablement bonne ! »

Ils organisèrent sur-le-champ un plan qui ne pouvait manquer de réussir. Le jeune homme, de retour au port, fit remettre à l'adresse de la gouvernante une lettre au bureau de M. Warton. Il se disait le neveu de la vieille femme, et demandait à lui rendre visite à l'habitation de la forêt.

Monsieur Warton était un homme grave, froid, sombre même ; son goût exagéré pour la solitude l'indiquait assez, mais il avait un grand fonds de droiture, de justice, et, sous son écorce glacée, il cachait un noble cœur. Depuis vingt cinq ans, Marguerite était à son service. Elle l'avait suivi dans toutes les périodes d'une carrière agitée, elle avait assisté aux épreuves cruelles qui avaient mis ce voile de misanthropie sur son front. Elle avait servi de mère, de nourrice, de gouvernante à sa fille, orpheline en naissant. Il n'osa pas lui refuser ce qu'elle demandait. Le jeune homme fut admis dans la villa, sous le nom de Harry ; il obtint d'y séjourner jusqu'au retour du navire qui l'avait amené, c'est-à-dire, environ un mois.

II

On juge si ce fut un événement pour les gens de M. Warton. Le maître lui-même, après avoir causé plusieurs fois avec le jeune Suédois, le prit en affection, exigea qu'il mangeât à sa table, qu'il fût regardé comme de la famille. Sa fille, Mina, cette charmante sirène, dont les chants avaient attiré le voyageur dans les parages du château, se montrait radieuse. Une sympathie mystérieuse et pure, à laquelle elle cédait sans se l'expliquer, à son insu même, l'entraînait vers ce jeune homme à l'œil doux et pensif. Elle eût voulu pénétrer la tristesse qui obscurcissait son front, trahissant chez lui une idée fixe, sombre comme un malheur.

Souvent elle épiait ses démarches, et le surprenait, assis sous une tonnelle de la terrasse, absorbé dans la lecture d'un papier, qu'il serrait vivement dans sa poitrine, dès qu'il entendait du bruit. Plusieurs fois elle avait cru voir une larme silencieuse tomber de ses yeux sur cet écrit. A tout prix elle jura de découvrir ce secret, car un instinct, une inspiration de son cœur lui avait dit qu'elle pourrait consoler cette douleur.

En cela, sans s'en douter, elle ne faisait que seconder les vœux de Harry qui, lui aussi, recherchait les occasions de la voir, de lui parler sans témoin.

Un jour qu'à son tour elle s'était installée sous la tonnelle, avec une corbeille remplie de légers travaux auxquels elle excellait, il vint doucement s'asseoir en face d'elle, et après l'avoir regardée longtemps en silence :

« Mademoiselle, lui dit-il, le navire qui m'a amené ici ne saurait plus tarder ; je quitterai cette île, où j'ai reçu une si gracieuse hospitalité, je la quitterai pour n'y plus revenir... jamais.

— Jamais ! s'écria-t-elle avec émotion, en suspendant son travail. Puis, avec la douce franchise que donne une grande innocence : Monsieur Harry, ajouta-t-elle, vous avez un chagrin ! vous avez un secret !

— Comment l'avez-vous deviné ? mademoiselle. Elle le regarda à son tour avec un sourire séraphique, plein de reproches.

— Je ne suis qu'une petite fille, élevée dans un pays à moitié sauvage, j'ignore les choses et les usages du monde. Mais je dois à votre tante une reconnaissance infinie, pour m'avoir servi de mère ; elle ne me parle de vous que dans les termes d'une affection profonde ; si je pouvais vous être bonne à quelque chose, je suis sûre que je la rendrais heureuse ; j'ai lu quelque part qu'en confiant ses peines à un ami, on les soulage ; — voulez-vous me faire partager les vôtres ? »

Il se leva et vint ployer un genou devant elle :

« Vous êtes une ange, Mina, et je ne quitterai cette position que quand vous m'aurez promis de me pardonner de vous avoir trompés, vous et votre père.

— Trompés !

— Je ne suis pas le neveu de Marguerite ! je ne me nomme pas Harry ; votre père est mon oncle ; vous êtes ma cousine.

— Mais, monsieur, pourquoi cette dissimulation, ces moyens ténébreux pour vous introduire ici ? Que ne veniez-vous le front haut, comme un parent...

— Hélas ! vous ignorez, je le sais, la haine implacable que votre père a vouée au mien et qu'il a fait retomber jusque sur ma mère ! Il a défendu de jamais prononcer ce nom devant vous. Il a voulu être votre seule famille, parce qu'il avait à se plaindre de la mienne. S'il savait qui je suis, il me chasserait impitoyablement, et j'ai dû recourir à la ruse, au mensonge pour accomplir une mission sacrée. Mais j'ai appris à apprécier votre cœur, Mina, le ciel vous a placée sur mon chemin comme l'ange de la réconciliation, écoutez-moi jusqu'au bout, et venez à mon aide. »

La sincérité de son accent avait pénétré sa compagne, elle se rassit ; il reprit de son côté sa place en face d'elle, atteignit le papier qu'elle lui avait vu parcourir maintes fois à la dérobée, et après l'avoir déplié avec respect ; il lut :

« Mon fils, vous ouvrirez ce papier dès que je serai morte, et si vous m'avez aimée, vous ferez ce qu'il vous ordonne : c'est mon testament, ma volonté suprême, écrite en face de ma conscience, en face de Dieu.

« Mariée très-jeune et sans expérience à un homme dont je ne dois pas dire de mal, puisqu'il fut mon époux et votre père, je cédai, par faiblesse, par crainte, à ses menaces, dans une occasion où la soif de l'or l'entraîna à frustrer mon frère d'une partie de sa fortune. Mon frère me maudit et me renia. Vingt ans se sont passés depuis ce jour, et il ne m'a pas encore pardonné. Vous allez, par ma mort, vous trouver en possession de cette fortune. John, votre honneur vous dira ce que j'attends de vous. Si votre père vous blâme, s'il vous dépouille, pour vous punir, de la part qui vous appartiendra un jour dans sa propre fortune, mon fils, vous êtes jeune et courageux, soumettez-vous. Travaillez pour vivre, s'il le faut, mais réparez les torts de votre mère, afin que Dieu lui pardonne et vous bénisse. »

Il s'arrêta et tira de sa poche un portefeuille.

« Et vous êtes venu ?... demanda sa cousine.

— Je suis venu, mademoiselle, pour vous confier ce secret, vous prier de demander à Dieu d'oublier les fautes de ma mère et de remettre à votre père ce bien qui lui appartient.

— Mais vous ! mais votre père !...

— Moi ! je travaillerai, ma mère l'a commandé ! Quant à mon père, un jour, je l'espère, il me remerciera de ce que je fais.

— Ainsi, vous restez sans ressources... Non ! non ! c'est impossible ! Vous avez douté de mon père ! Vous avez eu tort, monsieur.

— Vous m'avez promis le secret ! Votre estime, votre amitié me récompenseront assez, si je fais bien ! Pour lui, il ne doit rien savoir avant mon départ !

— Il sait tout ! dit une voix grave, et M. Warton, depuis un instant caché derrière le feuillage et que dans leur préoccupation ils n'avaient pas entendu venir, se montra tout à coup. Harry ! ou plutôt John Hasselt, votre main ! »

Celui-ci la lui tendit avec empressement, et le vieillard l'attira dans ses bras.

« J'ai été sévère, dit-il, mais je ne suis pas impitoyable. Vous avez noblement réparé une faute qui n'était pas la vôtre ! Je pardonne à ma sœur, Dieu jugera votre père ! J'accepte votre restitution. — Ma fille, dit-il à Mina, ce portefeuille est à toi ; c'est une part

de ta dot ; je la compléterai le jour de ton mariage, mais dès ce moment tu peux en disposer.

— Moi ? balbutia-t-elle... mais, cher p[...]

— Ne connais-tu pas quelque noble cœur auquel tu puisses confier le soin de te continuer le bonheur que j'ai essayé de te donner ici-bas ?... »

Elle prit en tremblant le portefeuille et, sans lever les yeux, elle le tendit à son cousin. Celui-ci oublia de le prendre, mais il pressa sur ses lèvres la main charmante de Mina.

« Bien, mes enfants, dit M. Warton ; vous voilà fiancés. Mais vous êtes jeunes encore, l'un et l'autre. John va se servir de cet argent pour l'augmenter par le travail, et dans trois ans vous serez unis. »

III

Cette histoire aurait dû finir au chapitre précédent. Mais nous l'avons dit en commençant, elle n'a pas été inventée à plaisir, et nous devons la raconter jusqu'au bout.

John Hasselt avait fondé à Stockholm une maison de commerce, que son intelligence, son travail, ses relations avec son oncle avaient promptement élevée à un haut degré de considération et de prospérité. L'époque fixée pour son mariage approchait, lorsque les événements politiques, la guerre suscitée par la Russie, interrompirent les relations entre les îles d'Aland et les États voisins, non dévoués à la Russie. Harry, ne recevant plus de nouvelles de sa fiancée, confia à un pêcheur qui allait vers ces parages une lettre dans laquelle il exprimait sa tendresse, son impatience, son anxiété ; hélas ! cet écrit, le croirait-on ! devint la source d'une suite d'irréparables malheurs ! Au moment où le messager se disposait à le remettre, il fut saisi par les autorités russes. Le général Bodisco, commandant de Bomarsund, exécutant à la lettre les instructions sauvages de son maître Nicolas 1er, envoya une escouade de Cosaques s'emparer du père et de la fille.

Leurs protestations, leurs instances furent impuissantes ; M. Warton partit quelques jours après pour la Sibérie, et Mina, une jeune fille, qui de sa vie n'avait dit un mot de politique, fut jetée dans un cachot de la citadelle, en butte aux plus infâmes traitements.

Ce n'est pas tout : après s'être exercée sur les créatures humaines, la colère sauvage du général s'acharna sur les objets inanimés ; la villa fut saccagée, incendiée de fond en comble (1).

Nous abrégeons, pour l'honneur de l'humanité, l'horreur de ces détails. Quelques jours encore et c'en était fait de la vie de la pauvre Mina, lorsque le canon des troupes alliées de la France et de l'Angleterre vint battre en brèche les murs formidables de sa prison. La garnison russe commença à comprendre que l'heure de la justice était arrivée. Pour donner du cœur à leurs hommes épuisés, les officiers prodiguèrent les provisions d'eau-de-vie de la place ; mais ils ne réussirent qu'à enivrer ces misérables, énervés par une longue abstinence. Les geôliers ne résistèrent pas plus que

(1) Tous ces détails sont empruntés à peu près textuellement au *Moniteur universel* du 29 août 1854. (Relation de la prise de Bomarsund.)

les soldats, et, dans ce désordre, leur captive parvint à s'enfuir.

La résistance était impossible, le général Bodisco fit arborer le drapeau de trêve ; il se rendit à discrétion.

L'armée française prit possession de l'ile. Une commission d'officiers fut chargée d'inspecter la localité. En arrivant dans la forêt, où fumaient encore les restes du château de M. Warton, ils aperçurent, affaissée à terre, une jeune fille qui ne donnait plus signe de vie que par quelques soupirs étouffés.

C'était Mina. Elle n'avait fui sa prison que pour tomber au milieu des ruines de la maison paternelle. Elle revint à elle cependant, grâce aux soins qui lui furent prodigués.

Le lendemain, le général français ordonna qu'elle fût conduite, sur un des bateaux à vapeur tenus à sa disposition, jusqu'à Stockholm.

Ce voyage s'accomplit heureusement. Deux jours après, elle avait retrouvé son fiancé ; mais qui pourrait dire si elle reverra jamais son père !...

Octave FÉRÉ.

FIN

Clichy. — Impr. M. Loignon, Paul Dupont et Cie, rue du Bac-d'Asnières, 12.

www.ingramcontent.com/pod-product-compliance
Lightning Source LLC
Chambersburg PA
CBHW050205030726
47505CB00005B/1528